本套书为

河南省民间文化遗产抢救工程系列成果

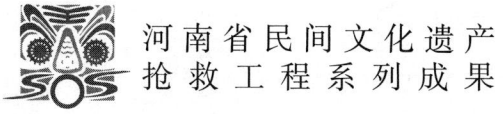

河南省民间文化遗产
抢救工程系列成果

嵩山文化大系

主编　梅耀元

嵩山神话传说

梅淑贞　主编

河南人民出版社

图书在版编目(CIP)数据

嵩山神话传说 / 梅淑贞主编 . — 郑州：河南人民出版社，2019.8
(嵩山文化大系 / 梅耀元主编)
ISBN 978 – 7 – 215 – 11065 – 6

Ⅰ. ①嵩… Ⅱ. ①梅… Ⅲ. ①神话 – 作品集 – 中国
Ⅳ. ①I276.5

中国版本图书馆 CIP 数据核字(2018)第 170663 号

河南人民出版社 出版发行

(地址：郑州市郑东新区祥盛街27号 邮政编码：450016 电话：65788058)
新华书店经销　　　河南瑞之光印刷股份有限公司印刷
开本　889 毫米×1194 毫米　　1/16　　印张　47.5
字数　1 235 千字
2019 年 8 月第 1 版　　　　　　2019 年 8 月第 1 次印刷

定价：300.00 元

"嵩山文化大系"编撰单位与工作人员名单

领导机构 河南省民间文化遗产抢救工作委员会 河南省民间文艺家协会

参与单位 登封市科普作家协会 嵩山文化研究会 国际少林武术家协会

工作策划 程健君 刘爱芳 李松坤 吴聚财 段玉山

学术指导 张振犁 民间文艺学家、河南大学教授

夏挽群 民间文艺学家、中国民间文艺家协会顾问、河南省民间文艺家协会名誉主席

张国臣 嵩山文化学者

周昆叔 环境考古学家、国家文物局专家组成员

谢均祥 族史研究专家、河南中原姓氏文化研究所所长、研究员

程健君 民间文艺学家、中国民间文艺家协会副主席、河南省文联副主席

陈江风 民间文艺学家、河南省民间文化遗产抢救工程专家组组长

高有鹏 民间文艺学家、上海交通大学教授

耿相新 历史学家、民间文艺学家、中原出版传媒集团公司总编辑

马世之 考古学家、河南省社会科学院考古研究所研究员

徐金星 嵩洛文化专家,《洛阳市志·文物志》(主编)、《洛阳市志·白马寺志》(主编)

魏 敏 民间文艺学家、河南省文联编审

总 编 审 梅淑贞

总　　编 梅耀元

副 总 编 秦慧君 李振亮

美　　编 梅淑贞 宋瑞敏 梅耀元 李振亮

统　　筹 姜献永 赵镇威 张松波 靳银东

参与工作	李春敏	焦红波	王向民	邢希芬	吕宏军	韩有治
	赵爱娟	王雪宝	弋梅荣	耿　直	阎锦木	陈　明
	宋瑞敏	刘振海	王丽霞	唐仁福	景新源	郝焕斌
	王占敏	李振敏	王昭渠	常松木	杨朝玲	孙宏欣
	贾艾莉	郜明朝	吴卫永	陈俊杰	黄天弘	郝晓科
	付秋红	尚自昌	孙淑霞	曹书敏		

"嵩山文化大系"（全十册）

《嵩山通志》	梅淑贞	主编
《嵩山三教志》	梅淑贞　秦慧君　梅耀元	编著
《嵩山艺文志》	梅耀元	编著
《嵩山神话传说》	梅淑贞	主编
《嵩山古遗存》	梅耀元	编著
《嵩山民俗》	梅淑贞	编著
《嵩山古诗》	梅淑贞	主编
《少林武术发展史》	李振亮　焦红波	编著
《嵩山碑刻》	梅淑贞	编著
《嵩山名人传》	梅耀元	编著

作者简介

梅淑贞,女,1956年生,登封市大金店镇人,河南大学中文系毕业。曾任登封县政协第五届委员会常委,市政协第一届、二届委员。先后任《少林文艺报》主编、登封市文化局副局长、登封市文学艺术联合会主席、登封市政协文史资料委员会主任、《登封时报》总编、登封市旅游局党组书记。1982年开始发表文学作品,主要作品有纪实性文学集《闪光的功勋》《情系嵩山》;有《漩涡里的人家》《幸福的黄手帕》《野樱桃》《我们的六爷》《盲嫂》《莲子河边的笑声》《复活之后》《素心腊梅》等中短篇小说几十篇,报告文学《嵩山的女儿》《校园卫士》《金戈铁马少林风》《人们心中的乌金碑》《〈穆桂英挂帅〉幕后的悲剧》等,另有散文、纪实、随笔等文学作品100余万字。

嵩山历史文化核心区

中国文化的神圣大山
——"嵩山文化大系"序

高有鹏(上海交通大学人文学院教授,中央电视台百家讲坛主讲人)

嵩山文明是中国文化的核心内容,被誉为天地之中。司马迁在《史记·封禅书》中说,昔三代之居皆在河洛之间,就是这个意思。《孟子·万章上》《古本竹书纪年》《世本·居篇》《史记·夏本记》《今本竹书纪年》都提到"禹都阳城",也是这个意思。如今,嵩山洛口伏羲台、八卦台、力牧台、夏朝的古钧台及汉石阙、周公测影台等古老的文化遗迹,都有力证明了这些历史的真实。

嵩山是一个文化整体,包括以嵩山主要山脉的太室山与少室山,和周围地区以嵩山为地望的登封、伊川、偃师、巩义、荥阳、新郑、禹州、新密、汝州等广大地区。黄河、颍河、伊河、洛河、溱河、洧河、汝河等河流在大山中分布,融入黄淮大平原,成为中华民族的心脏。历史上,从夏王朝开始,商、西周、东周、东汉、曹魏、西晋、北魏、隋、唐、后梁、后唐、后晋等朝代相继在嵩山地域建立政治文化中心,西周、西汉、新莽和十六国后赵、五代后梁、后唐、后晋、后汉、后周以及北宋、金等朝代,也都以嵩山为文化中心,设立中央政权。《诗经》《周礼》《史记》等浩瀚的典籍,包括清代景日昣的《说嵩》,都详细记录了这些历史。近年来的考古发现,更进一步以实物的形制,证明了嵩山与嵩山文明的谱系特征及其特殊价值。

嵩山以五岳中的中岳而闻名,是集结中华民族信仰的大山,是天然的中国文化博物馆。嵩山是中国文化的神山、圣山,被称为崇山、崇高、天室山,见证着中华民族的重要形成与发展壮大。考古发现,100万年前,嵩山地域就有旧石器时代早期的张湾猿人。这里分布着9000~7000年的裴李岗文化、磁山文化,分布着7000~5000年的仰韶文化,分布着5000~4000年的龙山文化,分布着4000~3700年的二里头文化。从遗存的动物化石、火迹灰坑与石器、骨器、陶器等原始文化遗址中,可以看到,这里很早就有我们的祖先在这里生活,是我国原始文明密集分布区。

笔者曾经考察嵩山文明的历史。轩辕黄帝是较早的嵩山神,他在这里留下许多神话遗迹和众多的神话传说故事,诸如具茨山、风后岭、大隗山、演兵洞等神话风景。后人建立中岳庙,把黄帝称作天中黄帝,就是对轩辕黄帝统一天下丰功伟绩的纪念。传说中的尧、舜、帝喾也都在这里活动。禹都阳城不仅是一则传说,而且是一种文化谱系的表达。大禹的父亲鲧,是中国上古时期的重要历史人物,是黄帝的后裔,是颛顼的儿子,曾经被尧封于崇地,即嵩山为伯爵,所以历史上称为崇伯鲧,或崇伯。神话传说中的大禹视嵩山为他治理天下洪水的大本营,他在嵩高山开辟大山通道,让河水浚流,平息

水患,化作大熊,被妻子涂山氏误解,"石破北方而生启",形成启母石和启母庙的传说故事。当年,大禹与涂山氏在此相会,涂山氏高歌"候人猗兮",形成一场轰轰烈烈的爱情,这应该是中国文化最早的神话史诗。

嵩山是诗歌的大山,这里有传说中的《击壤歌》《箕山歌》《涂山女歌》《嵩高八章》《顺伊洛河吹箫》和《诗经》中的《大雅》《小雅》《桧风》《郑风》等诗篇,保存许多关于嵩山的歌唱。如《诗经·大雅·崧高》歌唱道:"崧高维岳,峻极于天。维岳降神,生甫及申。维申及甫,维周之翰。"东汉张衡在这里留下《轩辕道》;三国曹植在这里留下《黄帝赞》《帝喾赞》;北朝庾信在这里留下《黄帝见广成子于崆峒山》;唐朝卢照邻在这里留下《中和乐九章:歌登封》,刘希夷在这里留下《嵩岳闻笙》,宋之问在这里留下《登嵩山岭应制》《嵩山天门歌》《幸少林寺应制》,李白在这里留下《送别嵩山七首》《送裴十八图南归嵩山》《送于十八应四子举落第还嵩山》《嵩山采菖蒲者》《赠嵩山焦炼师》《题嵩山逸人元丹丘山居》,杜甫在这里留下《寄张十二山人彪》《凭孟仓曹将书觅土娄旧庄》《奉寄河南韦尹丈人》,白居易在这里留下《嵩阳观夜奏霓裳》《从龙潭寺至少林寺题赠同游者》《梦上嵩山时足病未平》《观嵩洛有叹》《早春题少室东崖》;宋朝欧阳修在这里留下《嵩山杂咏》《赠嵩山许道人》《箕山》,苏轼在这里留下《少林寺》《将军柏》《启母石》等,如琳琅满目。这里山山水水,一草一木,都有诗篇与歌声相伴,成为中国诗歌文化的宝库。

在人文教化发展中,嵩山以博大的胸怀拥抱世界,有佛教禅宗祖庭少林寺,有道家洞天中岳庙,还有儒学圣地嵩阳书院。嵩山不是中国道教文化的发源地,但是有众多道教领袖在这里传经布道。如唐代《三洞珠囊》卷五引《道学传》卷二《张天师传》称:"张天师弃家学道,负经而行,入嵩高山石室,隐斋九年,周流五岳,精思感积,真降道成,号曰天师。"张道陵的五斗米道,起源于嵩山。北魏太平真君年间,嵩山道士寇谦之改革道教,"清整道教,除去三张(张陵、张衡、张鲁)伪法","专以礼度为首",佐国扶命,使道教由民间宗教转化为国家宗教。不用说,毗邻白马寺,嵩山汇聚了早期的佛教与佛教文化,达摩在这里面壁十年,留下了美好的传说。

少林寺钟楼前开元碑阴刻"混元三教九流图赞",释迦牟尼、孔子、老子三圣合体图像;少室山安阳宫主殿洞有三皇洞,供奉释迦牟尼、孔子、老子;宗教与武术相融,与音乐和舞蹈相融,与社会风俗相融,与医术和中药相融,与各种人文艺术相融。嵩山既有体现原始文明生殖崇拜的摸摸会,又有佛教文化与道教文化共为一体的中岳庙会,在大山的怀抱中,历史与时代一同见证文化多元共存。

嵩山是屹立天地间的一部大书,是中国文化神圣的碑石,是刻写在大地上的天书。这里发现了中原地区珍贵的岩画。这里诞生了河图洛书的神话传说,成为中华民族重要的文化图腾。而且,嵩山现存的太室山庙阙、启母庙阙、少室山庙阙的铭记,都是我国最早的刻石,已纳入《世界文化遗产名录》。这里出土了《东汉侍廷里父老僤买田约束石券》,见证汉代社会的土地制度;这里保存了《熹平石经》《袁安碑》《汉故安乡侯张公碑》《东汉袁敞碑》《甘陵相尚府君(博)之碑》《仙人王子乔碑》和《夷齐庙碑》,见证汉代文化的灿烂辉煌;这里保存了校正五经文字、统一诸家经本的《洛阳太学石经》,保存了记录管理水利的《王晦碑》、堂溪典请雨嵩高山的《汉堂溪典嵩高山石阙铭》,这里保存了《韩仁铭碑》《河南梁东安乐肥君(致)之碑》,见证汉代社会的风风雨雨。这里的《正始石经》,以古、篆、隶三种不同的字体对照刊刻,展现出我国书法从篆书到隶书发展变化的历史轨迹。这里的《大晋龙兴皇帝三临辟雍皇太子又再莅之盛德隆熙之颂碑》,记录了晋武帝司马炎在太学中举行乡射礼的教育历史;《西晋韩寿墓表》《东武侯王基墓碑》《晋故处士成君(晃)之碑》《晋武帝贵人左棻墓碑》《荀岳墓志》《中岳嵩高灵庙之碑》《中岳嵩阳寺伦统碑》《北齐姜篡造像题记》和《韩寿墓表》《元怀墓志》《元怿墓志》《高猛墓志》《元肥墓志》以及《巩义石窟》《北齐刘碑造像碑》《在孙寺造象记》《库庄造像记》《北齐造佛像碑》《东魏造佛像碑》《北齐姜纂造像碑记》《齐造神碑记》《齐宋买造像记》《孟阿妃造像记》等，都是书法的精品、经典。大唐一代，李世民、李治、武则天、李隆基、李豫、颜真卿、王行满、李邕、徐峤、徐浩、徐珙、颜师古、褚遂良、刘禹锡、薛稷、薛曜、王知敬、钟绍京、狄仁杰、欧阳通、柳公权、张旭、孙过庭等；大宋一代，欧阳修、司马光、程颢、程颐、邵雍、鲜于侁、文彦博、苏轼、苏辙、王曾、孙崇望，等等；元明时期的赵孟頫、董其昌、朱载堉，都在这里留下珍贵的墨宝。嵩山是中国书法艺术与书法文化的宝库。

嵩山是中国文化的大山，是中华民族神圣的大山。它不仅属于中原，也不仅属于中国，而是人类文明的一部分，是中华民族对人类文明的重要贡献。

了解嵩山与嵩山文化，是打开中国文化的一条重要通道。

文化是民族的灵魂和血脉，是中华民族的精神家园。中国优秀传统文化蕴藏着中华民族千百年来的聪明才智、情感、意志和信念，对于实现中华民族伟大复兴事业中的文化自信、理论自信，具有重要的价值意义。中国文化走向世界，与世界进行平等对话、交流、沟通，需要弄清自己的文化家底，懂得自己的价值意义。深入挖掘中国优秀传统文化的价值，成为中华民族伟大复兴的重要基础。因此，面对这座中国文化的神圣大山，深入挖掘嵩山文化的底蕴和内涵，盘点整理博大精深的嵩山文化，是时代赋予我们的一项艰巨的工作。尤其值得赞扬的是"嵩山文化大系"的编撰者们，完全是出自于对嵩山文明的热爱，自发地组成一个团队，近十年时间，有的是利用工作的业余时间，有的是在退休以后，以坚韧不拔的精神，遍查历史文化典籍，通过对嵩山文化景观和自然风光的深入考查，不断挖掘、整理、研究嵩山文明，编撰出这套卷帙浩繁的"嵩山文化大系"，给中国文化，给人类文明，在文化遗产的保存与传承上增添了不可或缺的内容与光彩。

"嵩山文化大系"主要从山水与文明、神话传说故事、名人史迹、古代诗选、综艺文释、碑刻文释、民俗风情、古文化遗存、宗教发展、少林武术等多个方面梳理嵩山文化的历史脉络，勾陈历史文献，辨析其中的历史文化疑案，全方位描绘出嵩山文化的历史地理与文明现状。因为这套书中的内容有世界文化遗产、世界非物质文化遗产，有国家民间文化遗产，有国家文化遗产和非物质文化遗产项目，还有全国、河南省重点文物保护单位，具有丰富深厚文化底蕴。既有历史的挖掘，又有现实的记录。将古老的历史文化不断激活，这是展示、介绍、宣传、保存中国优秀传统文化的一部力作。

中华传统文化源远流长，其遗留与积存，为数极多，但系统展示区域文化的史料不多。"嵩山文化大系"的问世，使人们通过阅读，能够世代相传地吸取、传承、弘扬嵩山文化，这对促进嵩山文化进一步的挖掘和研究，开展国内区域间和世界各国间的文化交流等方面，都有着极为重要的作用，具有不容忽视的历史价值。

2017 年 1 月

总　序

　　文化是人类在社会历史发展过程中所创造的物质财富和精神财富的总和。文化是不断向前发展的,是社会生活的物质要素和精神要素的统一,是人的生命活动发展的特殊方式。有了人类社会才有文化,文化是人们社会实践的产物。一定文化(指观念形态的文化)是一定社会的政治和经济的反映,又给予伟大影响和作用于一定社会的政治和经济。

　　这里所说的文化,是关于嵩山的文化。现在学术界有很多争论,有人认为嵩山地域的范围很大,河洛地区就在嵩山地域之内,所以嵩山文化包括了河洛文化;也有人认为,河洛文化是嵩山文化的中心;还有人认为,嵩山地处洛阳盆地盆沿之上,距洛阳60公里,是处在河洛文化的地盘上,应该从属于河洛文化……编者认为,嵩山文化与河洛文化有很多相同之处,如地域上的重叠性、形式上的多样性、文化上的侧重性、内容的多元化等。但嵩山文化与河洛文化各有自己的体系,说嵩山地域在河洛地域也好,还是说河洛地域在嵩山地域也好,这两种说法的地域概念似乎并不矛盾。但与河洛文化稍有不同的是,嵩山文化则是以嵩山为中心而辐射在嵩山地域的一种有着其独特渊源的社会历史因素所形成的文化,与河洛文化相比,更加强调突出了嵩山在这一地域文化中的源头和先导作用,她应当属于区域文化范畴。

　　在中华民族的文明发展史上,从黄帝统一中原部落开始,嵩山地域逐渐成为我国古代政治、经济和文化的活动中心,嵩山地域都占有不可取代的的源头与核心地位。在此地域产生的嵩山文化,是指孕育、诞生、发展、繁荣、传承于以嵩山为中心及其周围的黄河、伊河、洛河、颍河上游流域的嵩山地域文化,经历了距今100万~1万年之间的旧石器时代,经历了距今1万~3600年之间的新石器时代中的距今9000~7000年的裴李岗文化、距今7000~5000年的仰韶文化、距今5000~4000年左右的龙山文化、距今4000~3600年二里头文化的发展序列,以华夏先祖尊奉信仰的嵩山"山"文化和"中"文化为渊源,以闻名天下的嵩山称号"神山""祖山"和"天地之中"为根本,以轩辕黄帝、华夏部族以及后来商、周部族的文化系统为先导,涵盖了古代各历史时期的山水文化、神祇信仰、礼乐制度、三教源流、军事战争、文学艺术、文献典籍、民俗风情、少林武术以及姓氏、名人、建筑、教育、科技、考古、天文等多种传统文化元素的根基文化。著名民俗学家丁慰南说:"嵩山文化的本体决不是某单一的文化现象的遗迹,而是我国几千年来历史上多种文化'元素'积淀融合而成的产物。"正因为嵩山地域在历史上占据着这么多文化元素的源头,故被当今考古、历史、政治、文化界称之为天地之中、文明之源、华夏之根。

一、嵩山与嵩山区域文化

中岳嵩山的名称,历来变化甚多。黄帝时期称太室;尧舜时称外方、嵩高、中岳嵩高,夏朝时称为外方、崇山、崇高,商称嵩高中岳,夏、商、周三代尊称嵩山为太室、天室、大室。西周时称黄室、嵩高中岳、中岳嵩高,称嵩山地域为地中、天地之中、中国。周平王由镐京东迁洛阳以后,定嵩高太室山为"中岳",称中岳嵩高,以后历代均沿称嵩高为中岳。嵩山位于天地之中,泰、华、衡、恒四山拱卫四方,故嵩山也称"天中之山",自古即为华夏民族所奉祀的名山。

嵩山东西绵亘200公里,主体面积约450平方公里,地域面积约11110平方公里。嵩山地跨河南省的巩义、偃师、伊川、登封、新密、新郑、荥阳、禹州、汝州等县市,与郑州、洛阳相连,嵩山主体部分太室山和少室山位于登封市境内。嵩山北瞰黄河、洛水,南临颍水、箕山,东通郑汴,西连十三朝古都洛阳,素为京畿之地,是古都洛阳重要的东方屏障,具有深厚的文化底蕴,是宋代程朱理学的发祥地之一,也是中国佛教禅宗的发源地和道教圣地。

嵩山属秦岭山脉伏牛山系东延的系列山脉,向东北、东、东南方向扇形展开,地势自西向东逐渐降低。区内地势起伏较大,地貌类型复杂多样。《山海经·中次山经》中说:嵩岳西起昆仑,过秦岭,进入河南后,经熊耳山、伏牛山、大苦山、自龙门以东有香山、万安山、八风山、马鞍山、五佛山、青龙山、挡阳山、少室山、轩辕山、君子山、太室山、讲山、牛山、东龙门山、浮戏山等,北至巩义、偃师的北邙山、敖仓山。山体到登封分为三支,往东有新密青屏山、新郑的风后岭,东北有新密的浮戏山,往南有马岭山、密岵山、荟萃山,东延为具茨山、大隗山,西延隔颍水为箕山、大小鸿山、风穴山,诸多支系山脉构成矗立中原大地的庞大的嵩山山系。嵩山各大山脉的高度一般为700米~1500米之间。其中最高的少室山最高峰连天峰海拔1512.4米,太室山主峰峻极峰海拔1492米,而黄帝居住的具茨山峰海拔793米,上古名人许由所在的箕山峰海拔仅723米。嵩山山脉呈东西向横贯全区,各大山脉绵延起伏,如一条巨龙盘踞在中原腹地。

嵩山不仅有连绵起伏的山峰和丘岭,还有庞大密集的水系。其中,挡阳山与少室山相连,称少室通阜,为颍水发源地;鸿山贯宝山南麓是洗耳河的发源地;八风山是洧水的发源地,洧水西流入伊河;阳城山是洧水的发源地,洧水入新密后,纳溱水,称双洎河;轩辕山北麓的休水河、五指岭北麓的石子河、东西泗河,均北流入洛河;伊、洛河在巩义神堤村汇流,叫伊洛河;黄河、洛河在巩义神都山下汇流的地方,叫洛汭。在嵩山主要的分支山脉之间,都有独立的水系分布,蜿蜒着黄河、洛河、伊河、颍河、汝河、溱水、洧水等河流。山脉与水系相间,水流河谷与盆地相互串连,形成了地势低凹的开阔地带和较为平坦的盆地,这里有充足的水源,有繁茂的林木,地理位置优越,生态环境良好,是中华文明的天然"摇篮",为华夏的原始先民聚居、生产与生活提供了极为有利的条件,也为嵩山区域文化的形成和发展,奠定了由自然要素与人文因素作用而形成的一个综合性的基础。

嵩山远古时期人们崇信的"天室",是祭祀华夏民族先祖的"祖山",也是历代帝王进行"祭天法祖"的神圣之山。古人认为,嵩山是大地距离上天最近的地方,圣地灵境,天地相通,得天独厚。嵩山地域不但处于"天地之中"优越的地理位置,融四方文化于一体的中心地带,又率先跨入"文明的门槛",而且在以后的数千年里,长期是我国政治、经济、文化、交通的中心,这不但使嵩山文化在"野蛮"进入"文明"的大变革时期,抢占了先机,充分展示了她的先导性,并为她最终成为中华民族的主体文化，为她的正统地位打下了宽厚坚实的基础。

嵩山文化是产生于嵩山地域的一种区域性文化，关于嵩山文化区域的界定，从大的范围说，我国著名民俗专家张振犁教授称："嵩山文化，狭义指包括北至黄河，南至河南襄城一带，东至虎牢关，西至华山，方圆数千里的（包括河洛文化）的地域。广义就是中原文化的泛称。简单地说，嵩山文化区基本上涵盖了中原腹地的沿黄河、颍河、洛河、伊河、汝河、溱水、洧水两岸的广大河谷、盆地、平原的肥沃地带。嵩山地域之所以被称为中原文化及后来华夏文明的摇篮，是因为炎黄先民在这块土地上开发、经营了近万年。就像埃及原始先民开发尼罗河流域，巴比伦先民开发美索不达米亚（希腊语：底格里斯河和幼发拉底河中间的地方，意为两河之间）和印度先民开发洹河、印度河流域，而创造世界文明古国一样，中国中原地区的'嵩山区'先民开创华夏文明，首先是由独特的地理环境和自然条件所造就。"

从小的范围说，嵩山地域就是当今我国考古界、地质界、历史界的一些专家将以嵩山主要山脉的太室山与少室山所在的登封以及嵩山余脉的所在地伊川、偃师、巩义、荥阳、新郑、禹州、新密、汝州的九个县级市，以及为邻的古都郑州和洛阳的这个地域，称之为"嵩山历史文化核心区"或"嵩山文化圈"。这与考古中发现的以嵩山为中心及其周围的黄河、颍河、洛河、伊河、溱水、洧水一带的中原腹地的范围完全一致，实际上也是秦汉以前以"中国"一词称名的小"中国"。嵩山地域从上古以后各历史时期的古代文明不断代，原始文化序列清晰，历史遗迹随处可见，她不但是一部完整的嵩山区域文化史，还是中华文明史的一个完整的缩影。完全可以说，这是一个在中华民族发展史上占据着重要位置的地域。因此，我国著名环境考古学家、国家文物局专家组成员、中华文明探源工程专家组组长周昆叔称"嵩山文化是中华文化的发动机、孵化器"。

孕育、诞生、发展、繁荣、传承于嵩山区域的嵩山文化，就是嵩山区域在一定的历史、经济条件下产生的古代文明，这一文明的产生、发展，奠定了华夏民族文化的基本模式，同时也包容了几乎整个奴隶社会、封建社会主体文化的发展和演变历史。嵩山文化不同于其他区域文化，如山东齐鲁文化、河北燕赵文化、山西晋文化、陕西秦文化、两湖荆楚文化、江浙吴越文化、川渝巴蜀文化等，嵩山文化不是一般性的区域文化，她对中华民族文化的形成和发展起着巨大的奠基作用。因此有人说，嵩山文化以黄帝统一古华夏部落，与炎帝成为我国远古时代华夏民族的共主，具有中华传统文化的根源性；以夏文化和商周文化为主干，具有中华传统文化的厚重性；以秦汉三国两晋南北朝隋唐的分裂融合为兼容并蓄的全面繁荣，具有中华传统文化的博大性。从黄帝竖起中国大一统的旗帜，到大禹开国建立夏朝，再到嵩山区域的民族融合的与时俱进，外来佛教的中国化，及"河洛"南迁等一系列重大的事件说明，嵩山文化既有强大的吸收、包容、凝聚的力量，把周围的文化吸纳进来，同时也有很强大的辐射作用，把自己的文化传播、渗透出去，影响周围地区，乃至海内外，具有中华传统文化的辐射性。

嵩山文化不仅是名山文化、中央文化、国都文化，在历史上长期处于主导和核心地位，它还是中华文明的摇篮，是中华民族的根亲文化、母体文化、主流文化，是中国传统文化的源头与核心，是构成中国传统文化最主要的组成部分，是华夏五千年文明的源泉与主脉，在中国古代文化史上占有十分重要的地位。中国民俗学会名誉会长、中国民间文化遗产抢救工程专家委员会副主任、文化部中国民族民间文化遗产保护工程专家委员会委员乌丙安说："嵩山的中岳之中，占据了五行方位中央的最佳位置，理应在发扬和开拓中华名山文化的跨世纪文化建设中发挥领头羊的导引作用。在积极倡导中华名山文化的大潮中，建设并发展嵩山文化。"

二、三十六亿年的嵩山地质

地球的年龄约为46亿年,远古时的地球全是被水包围着,后来地壳不断运动后才形成陆地、海洋。据地质学家研究,嵩山是世界上最早出露大海的古陆地。35亿年左右,当地球尚处在天地茫茫、混沌未开、一片汪洋之时,嵩山在大海中已经形成了小块的陆核,之后在漫长的造陆和造山运动中碰撞、裂变、聚集,山体开始在海水中沉浮慢慢地发育成长。

嵩山地域清晰地保存着发生在距今25亿年的"嵩阳运动"、距今18亿年的"中岳运动"、距今5.6亿年的"少林运动"等三次前寒武纪造陆和造山运动所形成的角度不整合接触面及典型的构造形态遗迹。嵩山一次又一次地浮出水面,又一次又一次地沉入海底,历经千万次激烈的起伏、颠簸、沉积、褶皱,历经无数回剧烈的碰撞,终于横空出世,成为世上山龄最长的山脉之一。嵩山经历了这三次大的造山运动,其独特的地质地貌景观,成为世上绝无仅有的地质经典之作。

据中外地质学家考察,嵩山经过这三次大的造山运动,才结束了地质史上的元古代,进入了古生代的寒武纪和奥陶纪。又经过约两亿年,此处地壳上升至海平面以上,因其受风化和剥蚀作用,形成了嵩山地区的含煤地层。

大约在6亿年前后,当时的陆地还没有完全浮出地表,但是北边的中国已开始浮出地表,这里面也包括了嵩山。也就在这一时期,嵩山最后一次升出海面矗立于世间时,以高著称于世的喜马拉雅山和整个秦岭都还在海底沉睡。

大约在2.3亿年前后,中国的版土上,又发生了一次延续很长时间的地壳运动,即南北广大地区的"燕山运动",嵩山受到南北方向的推挤,在这里已经形成了1500多米的高度,成就了今天瑰丽多姿的山势及地质地貌,确定了嵩山地质的基本格局。

嵩山地域内连续完整地显露着太古代、元古代、古生代、中生代和新生代五个历史时期的变质岩、沉积地层,加之伴随历次构造运动,形成了地球上独一无二的嵩山"五代同堂"的地质奇观。嵩山地质构造以其岩龄古老、类型齐全、构造复杂、形迹各异、发育完整、出露良好而闻名中外,被国际地学界誉为"地学百科全书"和"天然地质博物馆"。嵩山地域位于天地之中心,上下数十亿年,大自然所造就的嵩山各地质时期千变万化的地质遗存和类型多样的地势地貌,使嵩山成为世界地质史上的一枝奇葩。

嵩山复杂的地质地理条件,经过漫长的地质作用,形成了独特的气候条件,造就了种类繁多的地质遗迹。内外力的地质作用形成了宏伟壮阔的构造形迹、典型的地层层型剖面、灭绝的动植物化石、重岩叠峰的断块山体、千尺飞泻的悬流瀑布、清流晶莹的素湍绿潭、幽静宜人的湖光山色。嵩山地质不仅给地质科学的研究留下了各历史时期千姿百态的地质变化遗迹,而且为人类提供了适宜居住的生活环境。

鉴于嵩山地质在世界地质的独特性,世界上许多国家著名的地质科研部门和地质大学都将嵩山列为科研、考察、教学的基地。2004年2月13日被联合国教科文组织列为世界地质遗产,命名为"嵩山世界地质公园"。

三、嵩山文化一万年

　　以嵩山为中心的嵩山地域是东方文明的重要发祥地,这里不但最早进入文明时代,而且在以后的漫长时期里,成为我国政治、经济、文化、交通的中心。在史前考古学文化方面,从旧石器时代文化遗址说起,大约在100万年以前,嵩山地域就有了人类生活的史迹。在嵩山地域汝州张湾村发现的旧石器时代早期的简单石器劳动工具,是人类早期的活动遗物。洛阳北窑旧石器文化遗址除了出土有动物化石及人类用火痕迹,还有近800件石制品连续分布在黄土地层内,在国内外十分罕见,这就把旧石器考古与黄土研究紧密联系起来,对研究全球气候变化和探索黄土时期的人类生活环境有着重大的意义。荥阳织机洞遗址展示了旧石器时代与新石器时代的过渡和交替,对于追溯嵩山古文化的渊源和研究嵩山古代环境面貌及其与人类的关系提供了珍贵的史料。

　　大约距今一万年左右,嵩山地域进入新石器时代。新石器时代与旧石器时代相比,人类社会有质的飞跃,首先是陶器的出现、石器的精致化;其次是原始农业的产生,我们的先民已进入了农业定居阶段,早期的聚落已经形成。到了新石器时代中晚期,出现阶级分化,王权开始形成,文明在嵩山地域最先产生。人类在进入新石器时代后,嵩山作为中国史前文化最发达的地区之一,孕育了原始社会最著名的裴李岗文化、仰韶文化、龙山文化和二里头文化等,使嵩山区域最早成为原始文化的核心部分,在中国文化发展史上,占有相当重要的地位。嵩山文化核心区内,嵩岳高山纵横,河(黄河)、颍、洛、伊、溱、洧诸水纵横其间,这就形成了原始先民们居住、生产、生育、繁衍的最理想的地区。嵩山地域现在保存的大量的古文化遗存就足以证明,嵩山地域经历了距今100万~1万年之间的旧石器时代,经历了距今1万年~3600年之间的新石器时代中距今9000~7000年的裴李岗文化、距今7000~5000年的仰韶文化、距今5000~4000年的龙山文化、距今4000~3600年二里头文化等,从1万年至今,一直延续不断,前后相接,形成了一个完整的文化发展系列。其遗址数量之多、分布之密,居全国之冠,它们充分反映了嵩山地域原始社会时期的繁荣景象。

　　从考古学上看,嵩山地区的新石器早期文化是裴李岗文化,在此基础上形成仰韶文化、龙山文化、二里头文化。从考古成果看,嵩山地域的新石器时代文化遗址有1000余处,每处遗址一般包含着几个文化层的堆积。各文化层的叠压层次清晰,具有明显的时代连续性,如郑州的林山寨遗址、吴湾遗址,洛阳的矬李遗址,登封的袁村遗址,汝州的中山寨遗址等,其中每个遗址上都堆积有新石器时代的多种文化遗存,其类型有裴李岗文化、仰韶文化遗存;有仰韶文化、龙山文化遗存;有裴李岗文化、仰韶文化、龙山文化遗存;有仰韶文化、龙山文化、二里头文化和商代文化遗存等等,对研究嵩山地域中的各文化之间的发展过渡和承袭关系具有重要价值。

　　中华民族史前时期的"英雄人物"——"三皇""五帝"生活在这里,"河图洛书"的传说也发生在这里。大量的考古发掘和田野调查资料证明,人类生活环境早在8千至1万年以前,这里已经是农业文化的稳定时期,物质文明和精神文明已达到了相当高的水平。从传说中的燧人氏、伏羲氏、神农氏的"三皇",到中华民族始祖黄帝、颛顼、帝喾、尧、舜的"五帝",他们是远古人类始祖和人文始祖,他们在嵩山的活动情况,皆是嵩山文化的源头和组成部分。相传上古之世,有龙马负图出于河,伏羲据此画八卦。上古时代的主要生产之事,都萌生于伏羲手中。如神农氏在嵩山地域尝百草、制造耒、耜等农具、始种五谷。如生于嵩山地域的炎、黄二帝,《国语·晋语四》载:"昔少典娶于有蟜氏,生黄帝、炎

帝"。"黄帝都新郑"。如尧帝巡狩,崩于阳城。如舜帝迁居负黍城,《世说》载:舜迁于负黍(今登封大金店一带)。如帝喾都西亳(今偃师)。在中国文明早期阶段的历史上,远古人类以不屈不挠的顽强意志、勇于探索的精神和卓越的聪明才智,绘就了人类文明史上光辉绚丽的画卷。

炎黄文化是华夏文明的前身,而炎黄帝族系的形成和发展,却经历了漫长的复杂演变过程。在中原聚居的众多部族之间,由于利益的冲突,经历了长期的斗争。黄帝部落的大发展,为中华民族的物质文明奠定了牢固的基础。以后历经颛顼、帝喾、尧、舜、禹、文王、武王的对以嵩山为中心及其周围的河洛、伊洛平原以及整个中原文化的开发,便成就了古代华夏文明繁荣昌盛的壮丽景象。

远古时代各部落的融合与分化过程,打破了部落的地方隔绝,完成了地区性部落联盟向国家与民族的过渡。公元前21世纪,中国历史上的第一个王朝——夏王朝在嵩山地域诞生,夏为中国历史上第一个奴隶制国家。夏王朝的建立,标志着人类社会由"野蛮"跨入"文明"。从考古发现来看,此时的生产力有了一次突飞猛进的发展,出现了青铜礼器、文字和城市,率先进入了文明时代,并从此在相当长的时期内,成为中国古代文明的核心。著名历史学家刘庆柱说:"学术上严格意义的古代文明起源、形成,实质上就是国家的起源、形成,因此说古代文明起源与形成是个政治范畴的问题。"嵩山之所以称为华夏文明的摇篮,就因为嵩山地域的华夏先辈不断繁衍生息,逐渐发展进步,形成疆域,出现"国家"。史料记载,夏王朝的统治区域西至华山之东,东到豫东平原,北达济水之南,南抵淮河沿岸,方圆千里,展示了人类社会的文明和进步。

嵩山地域作为中华民族的发源地,从一开始就具有非同寻常的生命力。通过继承发展的凝聚性和相互交流的多样性,终于形成了以商周文明为核心的主体部分,并导致多民族的统一国家的形成和壮大。因此,我国文物考古界的有关专家称黄河为中华民族的母亲河,称嵩山为中华民族的父亲山,称"天地之中"的嵩山地域为中华民族形成的中心!

由夏以降,商、西周、春秋、战国、东汉、曹魏、西晋、北魏、隋、唐、武周、后梁、后唐、后晋均曾建都于嵩山地域,许多影响中国历史的重大政治、军事事件发生在这里,许多彪炳史册的民族英才生活在这里,许多光耀千秋、泽被万世的科学文化成果诞生在这里。嵩山地域号称是"举手摸到秦文化,抬脚踢到汉砖瓦"的"文物之乡",古代文化遗存数量之多,分布之密,为全国之冠。从夏王朝到春秋战国,从汉魏两晋到南北朝,从隋唐五代到宋金元明清,都清晰地记录了华夏民族的先祖们在这里繁衍生息、生产活动和后来炎黄子孙自强不息、发展壮大的历史足迹。从一定意义上讲,一部嵩山地域史,就是一部中国发展史;嵩山文明5000年,就是中华文明5000年。

以中岳嵩山为中心的黄河、颍河、伊河、洛河、溱水、洧水、汝河流域孕育、产生、繁衍的"嵩山文化",正是在这一土地上孕育、产生、繁衍的一种中国最古老、最权威的文化。嵩山文化从古到今,一脉相承,延绵不断,流传至今。有学者认为,广义的嵩山文化产生于史前原始社会时期的旧石器时代,距今至少有170万年的历史,是目前所知世界上产生和形成最早的文化之一。即使从新石器时代的裴李岗文化算起,迄今也已延续了大约一万年之久,这是世界文明、文化史上仅有的现象。

四、天室、祖庙、地中、华夏、中国

嵩山地域是人文始祖黄帝的主要活动区域,为嵩山成为政治中心及"天地之中"奠定了基础。距今5000年前后,轩辕黄帝在嵩山地域修德振兵、抚万民、度四方、融炎帝、一统天下,建都有熊(今新郑),带领先民们创文字、织丝帛、分州土、立朝市、定历律、制舟车、撰《内经》等等,创造了最为先进的氏族文化,奠定了中华民族的根基。

　　黄帝建都于嵩山地域之后,即把太室当做祭天的神山。《史记·封禅书》说"天下名山八,而三在蛮夷,五在中国。中国华山、首山、太室、泰山、东莱,此五山,黄帝之所常游,与神会。"可以说,从黄帝时期开始,就开创了祭祀嵩山的先例。正由于此,嵩山成为了中华民族的文化圣山。

　　《五帝本纪》载,黄帝打败了炎帝(族)、蚩尤,统一了华夏,天下万国的诸侯都尊黄帝为天子。据历史记载和文物佐证,黄帝统一天下,奠定中华,肇造文明,缔造了最早华夏族的核心。从黄帝开始有了民族融合,有了国家雏形,有了制度草创,有了农业大发展,有了物质和文化建设。相传尧、舜、禹、皋陶、伯益、汤等均是他的后裔,因此黄帝被奉为中华民族的共同始祖。《礼记·郊特牲》载:"万物本乎于天,人本乎于祖。"由于黄帝开创华夏文明的功绩,夏、商、周、秦、汉时都把黄帝作为共同的祖先进行祭祀。

　　嵩山古时称嵩高、崈(古写的"崇")山,据《唐汉字解字·汉字与日月天地》解释,"嵩"字原本指对男性生殖器的崇拜,故音"笋"。而"崇"字是一个会意字兼形声字,从古写的"崈"字可以看出,崈本身就是以宗在上,山在下,顾名思义,有山之宗的意思。崇的称名起源很早,《国语·鲁语》载:"在昔有虞,有崇伯鲧。"相传,"鲧作城郭",其地因山为名,故址就是现在登封的王城岗夏代遗址。崇,古音从宗声。宗,《说文》载:尊祖庙也。从字源学的角度看,祭祀祖先的所在叫宗,祭祀天帝的所在也应该叫宗。因此,后人理解的嵩山是天人合一,具有"天室"与"宗庙"双重的尊贵地位。一方面,嵩山古称"天室",是天帝居住的地方,是神宗所在,也是上天与人间沟通的地方;另一方面,嵩山又称崇高山,是华夏民族的宗庙,宗庙祭祀的主神为华夏始祖轩辕黄帝。在华夏文明起源与形成过程中,存在着两条主线:一是神祇信仰,二是祖先崇拜。而嵩山恰恰是集这两条主线的条件于一身。换句话说,嵩山祖庙所祭祀的始祖主神和古人祭祀的嵩山天神是一个天人合一的人物——即轩辕黄帝。因此,在敬仰天神、崇拜祖先的远古时期,"嵩高山""崇高山"即为华夏民族所祭天法祖的神山和祖山,是我们华夏民族的族根和精神归属。

　　"天有心,地有胆,天心地胆在告县",这是登封广为流传的一首民谣,民谣中所说的天心地胆即位于登封市东南12公里处的告成周公测影台。即3000年前的西周初年,周公因营建洛邑选址时,曾在此建测影台,据地表、测日影、求地中。《周礼·地官·大司徒》:"以土圭之法测土深,正日景(影),以求地中。"郑众注:"土圭之长,尺有五寸。以夏至之日,立八尺之表,其景(影)适与土圭等,谓之'地中'。""地中"即国家的中央地区。在古代人们还没有认识到地球是圆的之前,我们中国人传统的宇宙观就一直认为,地球直观上看是一个平面,进而认为平面为方形,而方形必然有一个中心点,这个中心点则与圆形天的中心相对应。《周礼》中说:"谓之地中,天地之所合也,四时之所交也,风雨之所会也,阴阳之所和也。"所谓的"地中",与天相对应,就是"天地之中",是天地相合之地、四时交汇之地、风雨相会之地、阴阳相和之地,是圣山灵境,而阴阳相和之地意义更为深远,古代以为万物乃阴阳相和而生,因而"地中"作为阴阳相和之地,也就是天地万物发生发展的根源之地。

　　华夏、中国的名称据考证源于嵩山地域。

　　"华夏"之名,源于夏代。其"夏"的得名,显然与夏王朝的建立有关,古人解释"夏"为"大国",乃自称美名;周人往往自称为"夏",历史上有"周人尊夏"的记载。

　　至于"华夏"之"华"名,似由一望可辨的服饰而来,夏人冠冕衣大带采饰,《周礼》解"冕服采章曰华",亦当为自称美名。《左传》定国十年:"中国有礼仪之大,故称夏,有服章之美,故称华。"故"华"为

美好之意。《左传》载:"冕服采章曰华,大国曰夏。"《疏》:"华夏为中国也"。系释"华夏",乃文物典章制度最盛的炎黄中国而言。

有专家考证"华"与"夏"二字之初源,应为地名、国名,亦民族部落名之转化,民族愈发展,地理范围愈广大,滋"大国曰夏"之意,后逐汙称"中国"。

说华,非今陕西之华山,陕西之"华",古称"太华",似乎东周始而显名;华夏之"华",是另一地,当在嵩山一带。《国语·郑语》云:"前华后河,右洛左济。"说的是公元前773年,郑桓公姬友见西周衰败,西周将乱,诸侯多叛,为预避国难,求教于太史伯。太史伯救之曰:只有出居"前华后河,右洛左济"之地,"主芣騩而食溱洧"才能逢凶化吉,兴旺发达。即《史记》中所说之"独雒之东土,河济之南可居"之地。芣騩,山名,溱、洧,水名,皆在嵩山地域的密、郑一带。然而,此地当时已先有东虢、郐国两个国家居住,因其国君皆贪心好利,有失民心。这为后来郑桓公灭两国创造了有利条件。此地西陲与东周王室为邻。考东虢、郐两国具体位置,《国语·郑语》说"其济洛、河颍之间,是其子男之国,虢、郐为大";《史记·郑世家》裴骃解,"虢在成皋,郐在密县","右洛左济"其左陲,在黄河与济水交汇处,与"夏桀之居"之"左河济",两左陲东疆正相一致。因此,可证虢、郐两国国土,正处在夏桀时的国土之内,不言而语,"前华后河"的"华"地,也必然在嵩山地域的范围之内。

嵩山地域古有华国。同样是《国语·郑语》记载,公元前773年,郑桓公见西周衰败,诸侯多叛,问太史伯:郑国何处可以立国。太史伯对桓公曰:"虢、郐十邑,华其一也"。华,即指华国。太史伯谓郑桓公曰:"华,君之土也。"华,西周时期封国,都城为华阳。简称"华"或"荦"。考其地望,"华"应在嵩山之南,在今新郑、新密一带。《潜夫论·志氏姓》云:"华氏……子姓也。"《水经注·洧水》对华城的记述颇详:洧水又东与黄水合,《经》所谓潧水(溱水),非也。黄水出太山南黄泉,东南流迳华城西。

华阳故城位于新郑市区北20公里的郭店镇华阳寨村周围一带,平面呈南北长方形,各面城墙中部均有折曲,周长2300余米,面积约36万平方米。华阳故城城南、城东是一条古河道,宽20米~70米,深4米~8米,古名华水,现今潮河的源头。华阳故城就座落在古华水北面较高的岗地,距其源头郭店村南仅1.5公里。据《水经注》《新郑县志(乾隆版)》记载"为七虎溪,亦谓之为华水也"。西晋史学家司马彪曰:"河南密县有华阳山"。国在山水间,故而名华。

华阳故城春秋属郑,战国归韩。秦灭六国后堕城毁门,华阳故城遭到严重破坏。隋代伊斯兰教徒入住城内。唐以后对城墙整修,局部增高并增加马面设施。清咸丰年间华阳寨村建清真寺,整修南门,门上刻青石门额"古华邑"。华阳城自古就是很重要的城邑。2013年5月被国务院核定为第七批全国重点文物保护单位。

华夏之"夏",是指夏民族所分布的地区。从禹的族源上说,禹也是始祖黄帝的后裔。《史记·夏本纪》云:"禹之父鲧,鲧之父曰帝颛顼,颛顼之父曰昌意,昌意之父曰黄帝。禹者,黄帝之玄孙而帝颛顼之孙也。"由此可知,同在嵩山地域的夏族和黄帝族一脉相承。其"夏"得名,显然与夏王朝的建立有关。《史记·夏本纪》之《索隐》引《连山易》载:"鲧封于崇",史书称夏部族的祖先鲧和禹为"崇伯鲧"和"崇禹",说明他们曾是崇山即嵩山地域的部落酋长。《太平御览·地部四》嵩山条引韦昭注云:"崇、嵩古通用。夏都阳城,嵩山在焉"。史料记载,夏代第一个帝王大禹在嵩山地域治理洪水,辟山筑道,开拓了夏朝统治的基地,而且夏启、太康、胤甲、孔甲、帝皋、夏桀6个帝王先后都居于此,同时连后羿、寒浞、少康都攻占过这里。

"华"在西周时期有文献记载。周穆王时的命簋铭云:"唯十又一月初吉甲辰,王在华,王锡命鹿,用作宝彝,命其以多友飤飲。"著名考古学家唐兰也在他的《西周青铜器铭文分代史微》中说:"华,地名……在河南省密县,西为嵩山,是夏族旧居,所以华即夏,中华民族起源于此。"

而"中国"一词,最早见于《尚书·梓材》和1965年在陕西宝鸡县贾村塬出土的西周青铜器《何尊》,其底部铸有一篇122字的铭文,其中有"宅兹中国"四个字,就是指嵩山周围及伊洛河一带。"中国"的本意为"天地之中""中央之国",与"四方"相对,故文献又称之为"土中"。在嵩山地域文化中,有两个概念特别突出,一是自然的"嵩山",二是西周都城"洛邑"。著名河洛文化学者徐金星在谈到嵩山与洛阳的关系时,曾经有过一个形象的比喻。他说洛阳是一个天然的盆地,而嵩山则是在这个天然盆地的盆沿之上,它们之间是无法分割的。在古人以天为命的理念中,嵩山就是古都洛阳所依附的一座神山和祖山。夏、商、周三代之所以要在嵩山地域建都,首先是以"天室""祖庙""天地之中"的嵩山为根本,必须是在"毋远于天室"的前提下,依靠嵩山来建立国家,以取得天神和祖先的庇护。如司马迁《史记》所载:"昔三代之居,皆在河洛之间,故嵩高为中岳,而四岳各如其方。"于是作为"天地之中"的嵩山地域,很自然地就成为实际意义上的"中国",成为夏、商、周三代的中心。

由于夏、商、周的疆域面积小,《孟子·商公孙丑(上)》曰:"夏后,殷、周之盛,地未有过千里者也。"《诗经·商颂》曰:"邦畿千里,维民所止。"据史料记载,夏代的疆域面积为210万平方公里;商代的疆域面积为300万平方公里;周代的疆域面积为320万平方公里,三代的疆域面积均未超过400万平方公里。所以,秦汉以前,以"中国"一词称名的嵩山地域,实际上是一个小中国;秦汉以后,经过华夏民族的发展,随着国家的统一,疆域和版图的扩大,过去的"中国"已经成为了一个大中国。而原来以"中国"称名的嵩山地域,在统一帝国后,连同整个河南,已经成为属于大中国的"中原"或"中州"。

故"中国"一词的初义来自"天地之中"。"惠此中国,以绥四方"是《诗经》中的古训。"宅此土中",是包举宇内、一统山河的象征;"迁宅土中",更是寄托了一代代贤圣"囊括四海、并吞八荒"的伟大抱负。正是在大自然恩赐的这块小"中国"的丰土吉壤上,产生了华夏民族的先祖。

历史发展与文献证明,以嵩山为中心的嵩山地域是华夏祖先最早生活的地方,是中华民族的摇篮。经过夏、商、周三代文明的发展,嵩山文化成为了中华民族的文化之根。

夏、商、周以降,对嵩山的祭天法祖已成定习。太室祠(中岳庙)成了古代帝王祭祀远古始祖、中岳主神—轩辕黄帝而设的官方庙宇。从周时的太室祠到公元前110年,汉武帝刘彻祭祀嵩山,起神官斋戒七日,"闻嵩山呼万岁者三,登礼罔不答。其令祠官加增太室祠(周时旧祠),赐山下三百户为之奉邑,祠衙合一,专奉祭祀",至今香火已绵延3000余年。从北魏孝文帝迁都洛阳,亲撰祭文,认定"轩辕曜哲,伊祁载形。逮于有周,实光洛征",到武则天封禅中岳,尊中岳主神为"天中黄帝";从宋太祖赵匡胤向中岳主神黄帝敬献衣冠剑履、冕服,令祀官按宗庙谥册之制、详定中岳仪注及冕服制度,到元世祖忽必烈为中岳神加封号"中岳中天大宁崇圣帝";从明代历任皇帝即位及有关国家大事对中岳主神黄帝的祭告,到创造"康乾盛世"的乾隆皇帝亲祭中岳,这一系列漫长的嵩山朝圣活动,都说明了华夏始祖和中岳嵩山主神轩辕黄帝在后世帝王心目中的崇高地位。尤其是在那种"天人合一、君权神授"的大一统封建社会中,他们之所以要到嵩山祭天法祖,主要是为了向世人宣布,他们统治的权力和正义性来自于上天和先祖的赐予和庇护,他们正统至尊的地位不可动摇。

五、河图·洛书·太极·八卦与洛汭

在古人心目中,嵩山是神秘的"天室",嵩山地域也是神秘的历代统治者封禅祭拜天地山川的中心。闻名古今的洛汭就是嵩山北麓神都山下黄河与洛水的交汇处,这也是中国文明起源中太极图、伏羲八卦和上古时期帝王们修坛沉璧,出现"龙马负图""神龟献书"的河出图、洛出书之处,反映了嵩山地域的史前文化在中华文明史上具有独特的地位。

河图洛书的出现及历代皇帝祭祀河流山川的地点就在巩义市南河渡村、北至神堤村、黄河以南的洛河湾的"洛汭",周围称为洛汭地区。这一地区早在远古时代便是人烟稠密、物产丰富的地方,从考古发现的裴李岗文化遗址、仰韶文化遗址、龙山文化遗址,以及夏、商、周的众多遗址便是最好的证明。据先秦典籍记载,洛汭是中华文明发源的集中地,又是向四面八方辐射华夏文化的核心地区。河图、洛书、太极图、八卦,在科学家心目中,有着博大精深的文化内涵。

相传伏羲氏时,神都山下的黄河与洛河交汇处的洛汭中,有一匹龙马从黄河浮出,背负"河图";还有一只神龟从洛河中浮出,背负"洛书",伏羲依此"图"和"书"画"太极"与"八卦",这就是后来《周易》一书的来源。《易经·系辞上》曰:"河出图,洛出书,圣人则之。"孔安国认为:"河图则八卦是也,洛书则九畴是也。"

有人发表文章说太极图起源于洛汭,认为太极图虽然含有深奥的哲理,但它的图像是来自于自然、受自然的启发而形成的。具体一点说,在洛汭黄河水暴涨时,堵截洛水倒流,如洛水同时暴涨,黄、洛两水在洛汭交汇撞击,形成旋涡,清浊分明。通过这个自然现象触发灵感,启迪了伏羲创造出"太极"和"八卦"。太极是中国古代的哲学术语,意为派生万物的本源。太极图形象化地表达了阴阳轮转、相反相成是万物生成变化根源的哲理。而八卦是表示事物自身变化的阴阳系统,用"—"代表阳,用"——"代表阴,用这两种符号,按照大自然的阴阳变化平行组合,组成八种不同形式,叫做八卦。八卦其实是最早的文字表述符号。它在中国文化中是与"阴阳五行"一样用来推演世界空间时间各类事物关系的工具。每一卦形代表一定的事物。乾代表天,坤代表地,巽代表风,震代表雷,坎代表水,离代表火,艮代表山,兑代表泽。八卦互相搭配又变成六十四卦,用来象征各种自然现象和人事变动。《易经·系辞上》曰:"易有太极,是生两仪,两仪生四象,四象生八卦。"伏羲依河洛而画八卦,文王依八卦而演《周易》,遂使河洛八卦成为华夏文明的源头活水。

河图洛书神话中所包含的哲理,是我国上古游牧时代(伏羲时代)广大牧民在生活实践中创造的文化结晶。它是我国自然科学的萌芽,也是人文科学发展的基础和起点。

除伏羲氏外,洛汭还跟远古时代帝王祭天、决策国家重大事件有关,因而成为上古帝王祭天的圣地,是"君权神授"传统文化现象之源。史料记载,黄帝、尧、舜、大禹、商汤、周武王都曾在洛汭祭天,修坛沉璧,受命、禅位,均得到了自然界赐予的龙马负图、神龟负书的奇观圣景,达到了君权天授的目的。尽管上述记载传说性、神话性很强,但是这些帝王们利用古人对天神的信仰,来达到自己的政治目的,则是完全可信的。可见,这里是中华文明的发祥地之一,又是向外辐射的文化核心地区。至今这里尚有神都山、伏羲台、羲皇池、羲圣祠、图门、龙峰、图录文、洛壁书、河渎庙等遗址。

河图洛书是以天地之数的奇妙组合来涵盖天人合一思想的宇宙图式。图中数字的结构和方位,是按照阴阳五行相生相克的原理配置的。河图洛书的基本内容是代表"天命""神意",应帝王圣君出世而出现。《三国志·魏志·文帝纪》:"君其祗顺大礼,飨兹万国,以来承天命。"裴松之注引《献帝传》:"河图洛书,天命瑞应。"后世人将其内容总结为:一是天文占验,二是地理情况,三是受命帝王的祥瑞、符命之类的神话。河图洛书的文化性质是古代神话传说与古代历史传说的结合体,在神话外衣里,包含古代各方面的文化知识。后经过东汉《七纬》对其内容加以充实,使其内容更加丰富,涉及古代哲学、史学、文学、地理、天文、历法、气象、几何、数字、预测、礼制、宗教、歌谣、民俗等,是极有价值的文献资料。这是河图洛书长期存在、流传的根本原因。

河图洛书之说，文字部分距今已有2000余年，图样部分距今已经1000多年，是嵩山文化中的重要组成部分，有着重要的文化价值。2000多年来，它不仅对我国古代多种学科起到了极为重要的奠基作用，而且对现代的哲学、预测学、数学、物理、化学、生物学等也有很大影响。因此，以"河图""洛书"和太极、八卦起步的《易经》，历来被尊为中华文明之始、中国文化的百科全书，甚至被人誉为"中国先民心灵的最高成就。"河图洛书所反映的天人合一思想是东方哲学的精髓，因而对我国古代的政治、经济、军事、科技、文化等，都产生了深刻的影响。尤其是在当今，河图、洛书、太极、八卦，在海内外已成为中华文化独特的文化标志。

六、神话传说故事

神话、传说、故事是一个民族古老的记忆。远古时代，在进入有文字记载的历史之前，实质上是一个"传说的时代"。虽然文字还没有产生，但有关史实靠口耳相授而流传下来。

嵩山地域是中华先祖最早的集聚地，我国古代黄帝、帝喾、唐尧、虞舜、夏禹等神话，多传于此。从原始社会到奴隶社会，这里产生了大量的神话。盘古、女娲的《盘古开天地》《盘古初分》《女娲补天》《滚磨成亲》，有巢氏的《落地而居》，燧人氏的《钻木取火》，伏羲氏的《伏羲八卦》《神农播五谷》，黄帝的《指南车》，嫘祖的《养蚕造丝》，仓颉的《仓颉造字》以及夏朝时的《大禹治水》《启母石》等神话在这里广泛传播。

古老的嵩山地域是产生神话的沃土，许多有关盘古、女娲、伏羲、夸父、黄帝、尧、舜、许由、大禹、商汤、周公、老子等的远古神话和丰富多彩的民间传说、民间故事、寓言、笑话是嵩山文化的精华。它们不但具有源头文化的价值，而且曲折、生动地展现了中华民族的先民们为生存而进行斗争的古代文化风貌，这些具有原始文化特色的民间口头创作，无不闪耀着中华民族文明智慧的光辉。从夏、商、周起，历经秦汉、三国、魏晋六朝、隋唐五代、宋、金、元、明、清各代，在嵩山地域中发生的重要事件、出现的伟大人物、学术思想、文献典籍、文学作品、碑碣石刻以及风景名胜等，在当地的民间都流传有与之相应的神话、传说、故事。它们伴随着历史的脚步，一直保留至今，成为嵩山文化的重要组成部分。

嵩山地域流传的远古神话，反映了这一地区漫长的远古中原人类居住、活动的社会生活的实际，表现了中华民族不断与自然、灾难、环境作抗争的英雄气概，歌颂了"劳动创造生活，人民创造世界"的光辉历史，展示了我们的祖先不惧恶魔，不怕困难，战天斗地的大无畏精神，从而探寻了人的生命和命运这一永恒的主题，表达了先民的心理愿望和生活渴求，折射出中华民族的信仰与追求。

七、主要学术成就与宗教信仰

在中国文化史上，儒学长期以来居于正统地位。嵩山地域在儒学发展过程中，有着非常重要的意义。嵩山地域既是儒学的发源地，又是其传播、发展、演变的重要地区。追根溯源，周公是儒家文化的先驱，孔子在继承殷、周文化的基础上而创立了儒家理论学说。

依据传统说法，儒家学派的创立者是春秋战国末期的重要思想家和教育家孔子。然而，在孔子以前已经出现了诸多儒学思想的要素。礼乐是儒家思想的核心内容,而追寻礼乐产生就成为追寻儒学发展脉络的一个关键。在华夏文明的起源与形成过程中,存在着两条主线。一是以神祇信仰为内核的非礼乐系统文化由盛而衰,二是以祖先崇拜为内核的礼乐系统文化从无到有、由弱到强,二者形成鲜明对比。而夏商两代的礼乐文化的勃兴与扩展,成为礼乐文化的集大成者,使礼乐文化成为华夏文化的主流。这在儒学乃至整个华夏文明的发展过程中,均具有里程碑式的作用。

在礼乐制度发展过程中,周朝是最早对"礼"和"乐"作出规定的时代。周公制礼作乐,奠定了儒家学说的基础,对巩固周王朝发挥了重大作用。成王、康王之时,天下安宁,40年不用刑罚,史称"成康之治"。正是因为周公封于鲁、周公后人治理于鲁,故鲁国成为保存西周典籍及文物制度最多、最丰富的国家,成为周公思想、儒家思想的根基深厚之国,所谓"周礼尽在鲁也"。后鲁国诞生孔子,孔子向往周,故又有了"孔子入周问礼乐"之事。就是说,孔子不但长期受周文化熏陶,还不远千里到周王室学习。孔子向老子请教诸如"先王之制""礼乐之源""道德之归"等许多事情。在此基础上,孔子倾毕生精力,丰富、发展、弘扬周公开创的礼乐学说,整理编订《诗》《书》《礼》《易》《乐》《春秋》等古代典籍,兴办教育,诲人不倦,成为一位伟大的思想家和教育家。鉴于周公在儒家学说中的创始作用,历代儒家尊周公为"元圣"。因此说,嵩山地域实为儒学渊源之乡。

经学本系阐释儒家经典之学,在汉、魏、晋以后的相当长的一个时期内,一直是中国文化的正统,对我国传统文化的哲学、史学、文学、艺术等产生过重大的影响。东汉时,今文经学派和古文经学派在洛阳展开了空前热烈的大讨论。当时古文经学大师辈出,最有名的如桓谭、班固、王充、贾逵、张衡、许慎、马融、服虔、郑玄等。许慎的《说文解字》是文字学、古文经训诂的一大总结;郑玄则是古文经学的集大成者,"郑学"成为魏晋以后经学的主流;而东汉洛阳太学则是当时讲授儒经、抒发己见、著书立说、相互诘难最重要的学术场所,立于洛阳太学的《熹平石经》,更是经学的范本。

魏晋时期,以国都洛阳为中心,玄学大为流行。这种哲学思潮用唯心主义解释天道自然,以老庄思想糅合儒学经义,以虚无玄远的"清淡"相标榜,引领当时的社会风尚。早期的代表人物是何晏和王弼。何晏撰有《论语解释》《道德论》等;王弼撰有《周易注》《老子注》《老子指略》等。他们认为"无"是宇宙万物的本体,"凡有皆始于无",名教出于自然。接下来的代表人物有嵇康、阮籍,他们反对司马氏为夺权而标榜的名教,"非汤武而薄周孔",主张"越名教而任自然"。再后来,经西晋重臣曾任中书令、尚书令等诸多要职的王衍的大力提倡,玄学更为盛行,其势力甚至已超过原来的经学,从而取得了思想上的支配地位。西晋玄学的另一派代表人物是向秀、郭象。向秀认为万物自生自化,主张合儒道为一,撰有《庄子注》等;洛阳人郭象,将向秀的《庄子注》述而广之,阐发老庄思想。

理学是佛学和道家学说渗透到儒家学说后而形成的一种新儒家学派。它不但是两宋300多年的支配思想,而且对宋以后的中国社会、中国文化都产生过重大影响。宋代理学的创立者邵雍和程颢、程颐兄弟祖籍都在嵩山地域,他们长期在嵩山地域聚徒讲学,著书立说,进行理学研究、讲学传播。嵩山的伊川书院和嵩阳书院是他们传播理学的重要场所。

程颢、程颐兄弟创立了一套系统的客观唯心主义体系。程颢著有《明道文集》《明道先生语录》等;程颐著有《伊川文集》《易传》《经说》等。后人收集整理,编为《二程全书》。他们把儒学提高到了"本体论"的层面,把"理"或"天理"作为哲学的最高范畴,"理"是宇宙天地万物的本源,是人类社会的最高准则。理是第一性的,它产生出天地万物,又存在于天地万物之中,"一草一木皆有理","理"是永恒的。他们又把理作为封建伦理道德的最高准则,认为"为君尽君道,为臣尽臣道,过此则无理","父子君臣,天下之定理";还把"三纲""五常"纳入"理"的范畴,进行"饿死事小,失节事大"的说教。

理学中有价值的内容,是它包含有朴素辩证法的因素,认为事物的矛盾具有普遍性,对立面相互作用是事物发展变化的原因,"万物莫不有对""天地间无一物无阴阳",还提出了"动静相因""物极必反"的辩证观点。同时理学重视气节,把气节置于生命之上,有它积极的一面。宋代理学对中国影响很大,对塑造中国文化,对塑造中国民族性格起了重要作用。

老子是公认的道家学说和道教的鼻祖。姓李,名耳,字伯阳,亦称老聃,曾作过京都洛阳周王室守藏室之吏。他生活的时代,社会动荡。他纵观社会的治乱祸福、历史兴衰成败,并融合多种思想观点,创立自己的学说。他认为:"道"是世界万物的根本。"道生一,一生二,二生三,三生万物",而"道"则是"先天地生""惚兮恍兮""寂兮寥兮""不可名状""视之不见、听之不闻、博之不得"的精神实体。"道"创生万物,在万物创生后,还要守着"道"的精神,依"道"而行。"万物道既是万物之母,又是万物之宗,道是天地万物的根源,又是天地万物的依据。"《道德经》五千言,又名《老子》,被称作道家学说或道家学派的最高经典。道家构筑了中国历史上第一个严格意义上的形而上学体系,是中国哲学、科技、政治、宗教、文学艺术及风俗习惯得以创生及发展的活水源头。不仅对中国文化产生了重大而深刻的影响,而且对世界文明的发展也具有积极影响。

道教在嵩山的形成与发展,主要与古代人们对山神的崇拜有关。道教是在汉代及以后特定的历史条件下,在中国原始宗教信仰的基础上,以"道"为最高信仰,综合古老的巫史文化、鬼神信仰、民俗传统、各类方技术数,以道家黄老之学为旗帜和理论支柱,囊括儒、道、墨、医、阴阳、神仙诸家学说中的修炼思想、功夫境界、信仰成分和伦理观念,构成度世救人、长生成仙,进而追求体道合真的总目标下的神学化、方术化的宗教体系。

史料记载:道学创始人张道陵先是在嵩山古洞里修炼九年,后在四川鹤鸣山继续修炼,创立了天师道(即五斗米道)。张道陵创立的天师道,常被农民用作组织和发动起义的号召,统治阶级对它怀有戒心,也深为当时士大夫所不满。北魏时寇谦之居嵩山修道,声名渐著。神瑞二年(415年),他宣称太上老君亲临嵩山授予他"天师之位",赐《云中音诵新科之戒》20卷,传授导引服气口诀诸法,并令他整顿道教,除去伪法,专以礼度为首,而加之以服食闭炼。寇谦之亦依之对道教进行整顿;泰常八年(423年),他又称老子玄孙李谱文降临嵩山,亲授《录图真经》60余卷,赐以劾召鬼神与金丹等秘法,并嘱其辅佐北方太平真君(北魏太武帝)。始光中(424~428年),寇谦之亲赴魏都平城(今山西大同),献道书于太武帝拓跋焘,倡议改革天师道、五斗米道,制订乐章,建立诵戒新法。帝赐于平城东南建立新天师道场,重坛五层,遵其新经之制,后人称为"新天师道";太延年间(435~444年),太武帝听从寇谦之的进言,改年号为"太平真君",并亲至道坛受箓,成为道士皇帝,封寇谦之为国师。至此,天师道大盛。终北魏之世,崇信不衰。后周承魏,崇奉道法,每帝受箓,如魏之旧。由此,寇谦之的改革使民间道教走向官方道教。中岳庙内被称为道教立碑之始的《中岳嵩高灵庙碑》记述的就是寇谦之改革道教的事迹。而后金代王重阳的全真教在嵩山地域兴起后,王重阳所传七弟子,其四在嵩山地域为开教祖庭:丘长春在嵩阳崇福宫传全真龙门派;谭长真在宜阳韩城传全真南无派;孙不二在洛阳三井洞传全真静修派;刘处玄在洛阳云溪观传全真随山派。《云笈七签》载:"北邙为天下七十二福地之第七十,中岳嵩山为道教三十六小洞天之第六小洞天。"嵩山中岳庙是我国最大的道教建筑群,嵩山崇福宫是我国北宋时期最大的道宫,邙山上的上清宫是我国的四大道观之一。修真胜地,分列南北,堪称钟灵毓秀。今天,我们仍然可以看到当年的胜迹。

在我国历史上,发生于东汉时期的古代印度佛教的传入,是一次大规模的外来文化输入。佛教的教义,包括苦集灭道"四圣谛"、灵魂不灭、生死轮回、因果报应、慈悲为本等。佛教初传于东汉的国都

洛阳,最先在当时的政治、经济、文化中心区——嵩山地域生根、开花,经过魏晋南北朝数百年的吸收消化,逐步与中国传统文化融合为一体后开始枝繁叶茂,至隋唐之际,佛教便蓬蓬勃勃地发展起来。在佛教初传时期,一些著名的外来译经大师聚集在嵩山地域,译出了大量的佛教经典,形成了以嵩山地域为中心的大规模的译经和传经活动。正是这些大量的汉译佛经,为佛教推向全国提供了基础。

在中国佛教史上,嵩山地域有许多寺院闻名遐迩。白马寺是中国早期佛经翻译、佛教传播和进行各种佛事活动的中心,法王寺是东汉时期全国广建寺院的首唱,永宁寺是一座接待安置外国僧人译经的重要场所,嵩阳寺是北魏孝文帝的离宫,永泰寺是全国第一所皇家尼僧寺院,会善寺在唐代则以佛教戒坛而著称于世。著名的禅宗祖庭少林寺早期则是以译经而闻名于佛教丛林,后则以禅宗与武术结合而名扬天下。从嵩山地域历史遗存的白马寺、法王寺、慈云寺、少林寺、刘碑寺、石窟寺、风穴寺、卢崖寺、清凉寺、灵岩寺、香山寺、唐僧寺等众多的名家寺院看,就知道嵩山地域曾经有过的高僧云集,寺院密布,佛教辉煌。无论是在不同文化的协调中和佛教经典的最初翻译中,还是在佛教寺院的广建中,嵩山地域为中国佛教的传播与发展,都做出了巨大的贡献。

佛教在中国传播与发展的过程中,外来佛教对中国文化的影响是多方面的,虽然也一直存在着与中国传统文化的冲突,但最终与中国传统文化融合,密不可分。尤其在一般民众心中,佛教观念已成为日常生活的价值观念。时至当代,佛教文化已成为传统文化的一部分,在中国这块土地上扎下了根。嵩山地域和嵩山文化在推动佛教民族化、中国化过程中起到了不可忽视的重要作用。

自中国原始社会解体,进入文明时代后,中国思想学术史上先后出现了儒学、经学、玄学、道学、佛学、理学等学派。嵩山文化在历史上,出现了五次大的文化演变:一是中国传统文化的官学化,二是吸收和改造佛学并使儒、道、佛融为一体,三是寇谦之在嵩山将原来民间的五斗米改革为官方的新天师道,四是宋儒理学对中国文化彻底全面地加以改造,五是金末元初的儒释融会。这些学术思想和文化演变,对形成中华民族、中国人民的思想观念和"品格",对中国人民的社会生活、文化生活都产生了关键性的影响。古代的嵩山三教荟萃,多种学说和学派共存与发展。

八、民俗风情

以嵩山为中心的嵩山地域,是中国古代文明的发祥地。进入文明时代之后,逐步成为中国政治、经济、文化、交通的中心,因此不管是在姓氏开始形成的时期,即三皇五帝时期,还是在姓氏发展的夏商二代、在姓氏普及时期的周代,以及北魏孝文帝实行汉化政策等时期,嵩山地域均是姓氏形成、起源的一片沃土,给形成姓氏的种种方式(如:以图腾取姓,以氏族、部落取姓,以封国、邑、亭、乡名取姓,以先人名或字、先人谥号、爵位、官职、技艺取姓,赐姓,改姓等)提供了最理想的条件。伏羲氏、有河氏、有洛氏生活于此,黄帝族生活于此,帝喾居于此(偃师),夏后氏生活于此,涂山氏也生活于此。《史记·五帝本纪》载:"自黄帝至舜、禹,皆同姓而异其国号""帝禹为夏后而别氏,姓姒氏;契为商,姓子氏;弃为周,姓姬氏",以上姓氏均与嵩山地域有渊源关系。夏、商、周三代,嵩山地域为王畿之地,封国甚多,不少姓氏渊源于此。北魏太和二十年(496年),孝文帝在国都洛阳下诏,将鲜卑族117个(或说118个)复姓改为汉族单姓,共改得114个姓。著名学者袁义达先生说:"姓氏是中国人一直使用的代表血缘关系的一种符号,代表中国几千年来父系相传的一种文化。"众多姓氏,根在嵩山地域,充分证明了嵩山地域在"中华民族形成和进化"过程中的重大作用。

由于嵩山地域奴隶制最早取代原始公社制,在以后的长时期里,又是我国境内各地区、各民族以至境外不少地区、国家、民族交往的中心,这就决定了嵩山地域的民风民俗,必然会具有表率及示范作用,从而对周边及其他地区甚至境外产生深远的影响。同时,各地的民俗时尚也流传到嵩山地域,而被有选择地、程度不同地吸纳和接受。

嵩山地域的民风民俗是在漫长的时期内逐渐形成、演变,反映在广大人民群众一年四季日常生活的方方面面,内容极为丰富多彩。如农业、手工业、餐饮业、商业等经济活动,日常生活中的衣、食、住、行,节日庆典,集会结社,人生礼仪,婚丧嫁娶,信仰崇拜,邻里乡亲,游戏娱乐,民间艺术等无处不在,无时不有,和广大民众的生活水乳交融。嵩山民俗文化既受不同时期政治、经济、文化、宗教等发展变化的影响,又具有相对的独立性,能够多侧面、多角度地反映各个时期的社会现实。嵩山民俗特有的先导性、正统性、开放性,是和嵩山地域独特的历史地位、嵩山文化独有的特征和优势相吻合的,但它同时也在更多方面体现了我们民族共同的风俗时尚。

九、名人文化

以嵩山为中心的嵩山地域,作为中国古代文明的发祥地,长时期是中国政治、经济、文化的中心,历史上有许许多多对中国历史产生过重大影响,或对中国文化做出重大贡献的政治家、军事家、哲学家、史学家、文学家、艺术家、科学发明家等长期生活或活动在这里。翻开嵩山历史名人谱,我们可以看到,从三皇五帝到大禹商汤,从周武王到汉武帝,从曹操到孝文帝,从隋炀帝到武则天,从后周柴荣到宋徽宗,从忽必烈到清乾隆……这些历史上的王者,既是一个国家的统治者,又是一个历史的创造者,他们以自己的心血与睿智,与天下人民一起,塑造了中华民族不朽的精神内涵,推动着历史的车轮滚滚向前。

在彪炳史册、享誉时代的名人行列中,和嵩山地域相关的名人有炎黄二帝、唐尧、虞舜、帝喾、大禹、夏启、后羿、杜康、商汤、伊尹、贾谊、华佗、韩非子、子产、弦高、郑国、庄子、周文王、周平王、周武王、周公、老子、孔子、吕不韦、刘邦、项羽、张良、田横、陈胜、刘秀、刘彻、桑弘羊、司马懿、鬼谷子、苏秦、孙膑、庞涓、郑国、韩擒虎、宇文恺、蔡伦、马钧、李冲、班固、张衡、马援、司马迁、陈寿、蔡邕、张道陵、曹操、曹植、曹丕、袁绍、董卓、吕布、司马师、刘禅、拓跋宏、裴秀、左思、钟繇、达摩、寇谦之、李世民、李治、武则天、柳宗元、张旭、褚遂良、李龟年、杜甫、李白、吴道子、白居易、李商隐、元稹、韩愈、刘希夷、宋之问、孟浩然、玄奘、神秀、僧一行、潘师正、赵匡胤、赵炅、赵恒、李诫、文彦博、范仲淹、欧阳修、苏洵、苏轼、苏辙、蔡京、颜真卿、赵普、王安石、司马光、吕蒙正、邵雍、程颢、程颐、朱熹、李纲、杨时、李诚、丘处机、元好问、耶律楚材、赵秉文、李纯甫、王重阳、忽必烈、完颜彝、赵孟頫、姚枢、郭守敬、董其昌、王应鹏、俞大猷、唐顺之、高拱、王铎、冯时可、程宗猷、汤斌、耿介、景冬旸等,他们有的是雄才大略的开国君臣,有的是潜心治学的文化圣人,有的是叱咤风云的英雄豪杰,有的是胸怀大义的仁人志士……这些历朝历代的名人堪称中华文明的火炬,千百年来,指引着一代又一代的中国人自强不息、百折不挠、奋勇前进。

十、碑刻文化

碑刻是一种特殊的历史文化的传播载体,以其独特的方式记录着当时社会政治、经济、文化,乃至

军事、宗教、民俗等方方面面的信息，它在补史证史、记载各时代书法艺术方面，在我国传统文化史上有着重要的、不可替代的作用。嵩山的碑刻漫山遍野，这些碑刻文字所反映的社会经济和历史文化领域的内容十分广泛，是嵩山地域文化研究中的第一手原始资料，具有较高的历史、科学和艺术价值。嵩山碑刻主要分布在嵩山的太室、少室、邙岭之中，由此向四周放射，由密集到疏散，逐渐分布在嵩山系列山脉及其所在县市区的寺庙宫观、园林建筑、城镇村庄、丧葬墓地及古文化遗址上。嵩山碑刻作为嵩山文化的重要组成部分，在数量、质量、品类、内容、规模、年代诸方面占天下之先。嵩山碑刻不仅是我国石刻档案的大宗，也是我国书法演变发展的真实记录。嵩山碑刻向来以数量庞大、内容丰富、书法精湛、史料性强而著称于世，是我国重要的文化遗产和旅游资源。

嵩山地域的现存碑刻上自东汉、三国、西晋、北魏，下至唐、宋、金、元、明、清，时代绵延不断，碑刻发展变化明显，碑刻形式多种多样，书法遗迹充分。碑文内容十分丰富，涉及面很广。既有人物传记、改朝换代经过、军事战争纪实、重大历史事件纪实、自然灾害实录、建筑物兴废史记、官方诏令和牒文、典章制度、道家经箓、佛教经典、民间守则，又有民间生产组织机构及分配形式、诗赋名作等。涉及哲学、宗教、历史、地理、经济、政治、军事、文化、艺术、教育、科学、技术、民族等许多方面，它们以石刻的形式记录了古代文明。这些重要的石刻不但有其重要的政治意义，也有着珍贵的历史价值、文学价值和书法价值，能代表各个历史时期的史实和时代精神。它们不仅对纂志征事、正经补史、考字习书、研究嵩山古代社会发展史和中国书法演变发展史有着重要的实证作用，还给社会发展提供极为详实的历史依据。

嵩山地域中有众多的石窟及摩崖、造像、石碑、刻石、碑刻、石阙、石经、墓志、画像石等，还有满布纹饰的陛石、碑额、石柱、额枋等，这些珍贵碑刻文物，反映了2000多年来历代石刻艺术创作的伟大成就。据不完全统计，嵩山历史文化核心区的碑刻现有2600余通，有龙门石窟、巩义石窟及分散于嵩山各市县的造像题记3500余品，还有出土的古代墓志5000余方。石刻文献，林林总总，堪称是一部绵延2000余年的中华石刻通史。

十一、史料典籍与科学艺术

历数中国五千年文明史，文化艺术瑰宝如繁星盈天，举世瞩目。寻根溯源，博大精深的中国文化——哲学、历史、伦理、政治、医学、农桑、文学、美术、书法、音乐、舞蹈等，大都发端于嵩山地域。

嵩山地域诞生了中国最古老的文化经典，孕育了中国最原始、最具生命力的艺术萌芽。素有美术起源之称的仰韶文化中的陶绘代表作《鹳鱼石斧图》，就是出土于嵩山汝州。在洪荒时代，人类就已经知道利用声音的高低、强弱等来表达自己的意思和感情。随着人类劳动的发展，逐渐产生了统一劳动的节奏号子和相互间传递信息的呼喊，这便是最原始的音乐雏形。音乐与诗歌、舞蹈同源。产生于黄帝时期的二言诗《弹歌》，是我国最早的诗歌。我国最古老、最具代表性的舞蹈，用于国家大典和宫廷祭祀活动的《六代乐舞》（包括黄帝时期的《云门大卷》、唐尧时期的《大咸》（也称《大章》）、虞舜时期的《韶》、夏禹时期的《大夏》、商汤时期的《大濩》以及周武王时期的《大武》），是远古时期华夏族乐舞，也是周公制礼作乐时所继承和依据的经典之乐。《易经》与哲学，《尚书》与史学，《诗经》与文学，《道德经》与伦理学，《山海经》与地理、民俗学，《周礼》与政治学，蔡邕的《笔论》与书学等，这些占据着源头地位的经典之作，其根大都在嵩山历史文化核心区内。

同样,嵩山地域也是中国典章文化的策源地。历史上,许多著名的史学典籍都是出自于嵩山地域,而后流播于全国。西周时,周公姬旦营建洛邑后,在主持东都政务时,制定《礼乐》,成为西周奴隶制国家的统治纲领;东周时,孔子入周问礼于老聃(老子),访乐于苌弘;道祖老子在这里写出了千古名篇《道德经》,成为道家哲学思想的重要来源;西汉司马迁在洛阳受命写《史记》;大学者蔡邕鉴于"经典去古久远,文字多谬,俗儒穿凿颇误后学"的情况,于熹平四年(175年)奏定《七经》文字,刻《熹平石经》立于东汉太学,作为法度森严的官定标准范本。东汉班固撰《汉书》,许慎撰《说文解字》,三国陈寿撰《三国志》,北宋司马光撰《资治通鉴》,欧阳修撰《新五代史》与《新唐书》等,这些历史上的皇皇巨著,都与嵩山地域有着不解之缘。

嵩山地域的古代科学技术成果作为嵩山文化的一个重要组成部分,同样有着惊人的辉煌历史,并处于当时那个时代的最前列。从早期的仰韶文化历经龙山文化到二里头文化,反映了从黄帝的农耕、陶绘,尧、舜的农业开发,到夏王朝文化巨大成就的取得,无一不是在以嵩山为中心的广大中原地区发展起来的。从上古时期起,聪明智慧的嵩山人就有了许多发明创造。如旧石器时代的石器,新石器时代的陶器、骨器、青铜器,夏代杜康(少康)酿造的美酒等,都是人类历史上最早的智慧结晶。

嵩山以其沟通天地的神奇和奥妙,使其一批又一批纵横八方、威名远播的名人志士和英雄豪杰,在嵩山开始了科学与艺术的创造,百舸争流,绵延不绝。春秋时期的老子在嵩山写出了千古名篇《道德经》,标志诸子散文的出现;战国时期水利专家郑国奉命在秦国设计修筑了我国第一条长300多里的大运河——"郑国渠";西周初期,周公姬旦通过古阳城测景(影)台的测影,确定了嵩山地域为"天地之中";西汉小说家虞初在这里根据《周书》写成了小说集《周说》,被推为中国古代小说家鼻祖;东汉太史令张衡因探索天文奥秘而创制天文测具浑天仪、候风地动仪,撰写天文著作《灵宪》,绘制我国第一张完备的星图《灵宪图》等,被称为"地动仪的鼻祖";东汉蔡伦在这里发明了造纸术,创制成"蔡侯纸",成为世界发明的先驱;东汉水利家王景主持治理的黄河,后世评价:"王景治河,千年无患";蔡邕在嵩山古洞里学书三年,写出了流传千古的论著《笔论》《九势》与《篆书势》《隶书势》,为后世书法发展奠定了基石;文学家曹植在这里撰写的《洛神赋》,成为我国文学史上不朽的名篇;魏晋时期的机械制造家马均在这里发明、改进、制作的指南车、织绫机、龙骨水车、水转百戏、翻车、转轮式发石机等,创下了我国科技制造业的奇迹;魏晋数学家刘徽注《九章算术》,太医令王叔和著《脉经》,西晋司空裴秀创制《制图六体》,当时在国家引起了巨大轰动;著名的"建安七子""竹林七贤""金谷二十四友"等文学名流在这里谱写了最华彩的篇章;左思一篇《三都赋》,曾一度导致"洛阳纸贵";散文家杨衒之以京城洛阳佛寺的兴废而撰写的《洛阳伽蓝记》,用优美的文笔描绘出一幅京都洛阳的巨幅图画,成为后世研究北朝城市经济地理的珍贵资料;唐代天文学家和佛学家僧一行在这里观天测雨,计算子午线,编制《大衍历》,成为天文学史上的一大创举;"诗仙"李白在这里寻仙访道,赏景咏诗,为嵩山留下了千古不朽的诗篇;杜甫从这里走出,沾着嵩山泥土的芬芳,带着乡亲的眷顾和牵挂,最终成为"诗圣";诗人白居易以所作大量感叹时世、反映人民疾苦的诗篇,成为唐朝现实主义诗歌的巅峰人物;画圣吴道子用嵩山自然的水墨和色彩,使其"吴带当风"成为画作艺术的永恒;出自于嵩山地域的"唐三彩""汝瓷""钧瓷"是唐宋时期朝廷专用的贡品,他们的光彩和美丽至今还是中国陶瓷业的骄傲;北宋王安石、欧阳修、司马光、苏洵、苏轼、苏辙、范仲淹、梅尧臣等一批思想和文学大家相继在这里著书作诗,他们的诗文与嵩岳同高、与日月同辉;北宋建筑大师李诫所写的建筑巨著《营造法式》,成为当时建筑科学技术的一部百科全书;金元时期被称为"北方文雄"的元好问,正逢国家危难、山河破碎之时,和其文友们一起在嵩山腹地创作了大量的忧患诗,用诗记录了当时国破家亡的现实,成为嵩山文化特有的

一道风景;天文学家郭守敬在这里建造观星台,主持编订的《授时历》,比西方发明的、当今世界上通用的公历《格里高利历》要早300多年;旅行家、地理学家徐霞客在这里旅行考察,所写的嵩山游记,给嵩山留下了永久的纪念……他们每个人都在中华民族的历史上留下了浓墨重彩的一笔。嵩山地域的古代科技成就与艺术成果,不但对于中华民族几千年来屹立于世界民族之林做出了巨大贡献,而且对东方各国乃至西方世界都产生了重要影响。这些千古不朽的壮举,这些人类智慧的结晶,在华夏民族漫长的历史长河中,世代传唱,历久弥新。

十二、少林武术

少林武术是指在嵩山少林寺这一特定佛教文化环境中形成的以佛教信仰为基础、以佛教禅宗智慧为文化内涵、以少林武术完整的技术和理论体系、以少林寺武术技艺和套路为主要表现形式,是中国武术界各大派系中历史最悠久、种类最繁多、体系最庞大的门派。

佛教作为异国宗教,自汉时传入中国,它与中国传统文化产生了互动互融的影响,并最终形成了中国化的佛学宗派——禅宗。禅宗简单易行的修行方法,使传统佛教摆脱了繁琐高深的理论和严酷的修行戒律,迅速融于中国社会,这为僧人习武现象的出现营造了理论依据,从而为少林武术的诞生奠定了基础。佛教以普度众生、大慈大悲为主旨。禅宗以宽容开放的精神接纳了武术,并集寺院武术、民间武术、军事武术于一体,在汇集百家武术的基础上创造了少林武术。

少林武术源于北魏,然而嵩山作为华夏文明的发源地,早已是中国政治、经济、文化的中心。从黄帝起,到大禹在此建立第一个华夏王朝,在漫长的人类历史中,人与天斗,人与兽斗,人与自然环境斗,嵩山人民的生活与原始武术的萌生相辅相成。早在少林寺建寺之前,少林寺北侧的轩辕关自周至秦汉都是军事重镇。在冷兵器时代,武术与军事的关系十分密切,少林寺地区频繁发生战争,两军对垒力者胜,这对居住在这里的人们习武风俗的形成和少林武术的孕育产生起到了巨大的影响与促进作用。少林武术的产生由跋陀落迹嵩山、达摩面壁少林、寺僧的生存生活及禅宗的世俗化缘起,到习武维护寺产经济的需要,体现了少林武术健身与护教的价值;从唐初少林僧人助唐平定王世充,到明代少林僧人御敌抗倭,体现了少林武术在军事实践中的价值。少林武术不但使少林武僧超越与世隔绝的修行生活,英勇报国,更使少林武术同搏斗格杀的武术融为一体,在众多的武术流派中独树一帜,成为中国武术的杰出代表。可以说,少林武术的发展过程是传统的中国文化与异国宗教文化的融合与张扬的过程。

翻阅少林武术发展史,少林僧人正义、爱国的精神,始终贯穿于少林武术发展提高的过程中。少林武术得以名扬天下,除了武技高超之外,还因为少林武僧在民族危难的时刻能挺身而出,为民族、为人民而赴沙场、洒热血。少林寺僧人从唐初帮助李世民战王世充至明代镇守边关、平叛抗倭、抵御外敌,保家卫国,使少林武林一直受到社会的广泛尊重和重视。清廷禁武,使少林武术从历代政治的重心中游离出来,但在复杂的社会民族矛盾中,依托民间强烈的爱国热情,少林武术产生了新的发展动力,促进了少林武术更快地传播发展。

回顾少林武术发展史,少林武僧在历次大的争战中,都充分体现了佛教禅宗教义中慈悲为怀、普渡众生、扶正祛邪、弃恶扬善等思想。这与中国传统文化中儒家思想的核心"仁"是一致或相通的。"仁"与"禅"相融合,形成了少林武术"武德"的主要精神。

武以禅魂,禅以武传,禅武相融,相得益彰。这就是少林武术的特点"禅武合一"。

所谓"拳者小拳,禅者大拳",一代代禅宗祖师将禅宗智慧赋予少林功夫,使之从优化人体运动技能和攻防格斗的武艺,到两军对垒时排兵布阵的武学,在持戒修行的武德约束下,提升为放下我执的武道,最终追求的至高境界是无我、空性的"禅武合一"。所以,少林功夫的最终主体是禅者,禅心运武,透彻人生,内心无碍无畏,表现出大智大勇的气概。禅武合一不仅将少林功夫提高到民间武术难以企及的精神品格的高度,更重要的是,它为相当大的一类人群提供了一条有着完整方法的内在超越之路。"天下功夫出少林"作为民间流传的说法,透露出传统社会对"禅武合一"理念与方法的广泛认可。少林武术以禅入武、以武扬禅、禅武不二的文化内涵,已得到世界武术界的赞同,当今,少林武术作为中国传统文化的杰出代表和人类文明的生动展示,已经成为中华民族的精神财富和全人类共同享有的文化遗产。

结束语

嵩山,有许多思想信仰从这里发端,有许多文化种类从这里起源,有许多帝王将相、英雄豪杰在嵩山活动,有许多名人志士为嵩山提笔赋诗,呕歌吟唱……正因为有了那么多,人们才称它为文化之源、华夏之根!

一万年岁月的烟雨风尘在嵩山文化的山野上留下了深刻的痕迹,这些痕迹的文化内涵则为中华民族精神的源泉。从《盘古开天辟地》《伏羲降龙》《二郎神担山赶太阳》《后羿射日》《明火的发明》,到《黄帝治国》《大禹治水》《子产执法》等远古神话与传说中,就隐藏着一个民族精神起源的密码,体现出了一种"战天斗地""自强不息"与"厚德载物"的精神。在漫长的历史长河中,嵩山的文化精神是伴随着环境的变化而变化,特别是随着文化的发展而发展,嵩山文化精神是在"邈彼嵩华,维岳之峻。岩岩高大,配天作镇"的嵩山文化背景下,通过众多标志性人物的具体行为体现出来的:大禹治水三过家门而不入的奋争精神,许由拒绝荣禄、谦让隐退的高风亮节,伯夷叔齐互让王位、信崇仁义、忠孝节烈的圣贤道德,田横和500壮士"富贵不能淫,威武不能屈"的崇高情操,达摩在山洞面壁九年的坚强意志,玄奘西天取经历经磨难、百折不挠的高贵品质,杜甫"三别""三吏"中的忧国忧民的忧患意识,李白"黄河之水天上来,奔流到海不复回"的豪迈气慨,南宋英雄岳飞抗金凛然无畏的民族气节,女真族英雄完颜彝为在抗击蒙古军入侵的战争中,勇敢杀敌,慷慨赴死不低头的钢铁意志,以及嵩山文化所体现的系列精神和品质,诸如仁爱豁达,笃行纲纪;自力更生,自强不息;天下兴亡,匹夫有责;抗击强暴,英勇不屈;同甘共苦,团结互助;勤俭节约,艰苦奋斗;尊祖睦亲,爱国爱乡;不怕吃苦,勇于开拓;辉煌大气,厚重深沉;崇尚自然,天人合一等等,都是我们中华民族面向未来、面向世界厚重而宝贵的精神动力。

我们通过对嵩山历史文化和自然风光等方方面面的考查和研究,主要从自然山水、文化遗存、神话传说、名人史迹、宗教发展、民俗风情、碑文石刻、少林武术及古代散文和诗词等十个方面突出地相互印证而又有所侧重地表现中国传统文化渊源的嵩山文化,编撰《嵩山通志》《嵩山神话传说故事》《嵩山三教志》《嵩山名人传》《嵩山古诗》《嵩山艺文志》《嵩山碑刻》《嵩山民俗》《嵩山少林武术发展史》《嵩山古遗存》,结集为一套"嵩山文化大系"丛书。

历史上有关嵩山文化的资料浩如烟海,一套书的内容和篇幅毕竟有限;嵩山有太多的自然风景、神话传说、宗教学术、英雄伟人、民俗风情、碑碣石刻、少林武术、典籍诗文、文化遗存等,更难以把博大

精深的嵩山文化全部都选入书中,有很多东西我们只能忍痛割爱。在撰写"嵩山文化大系"过程中,我们尽可能从多方面吸纳历史、文物、考古学界多年来的史学研究和考古发掘的最新成果,参阅和征引了不少古人和今人的著作。对资料显示的不同之处,我们反复地查找了多种不同的资料,并进行反复的对照和论证后,都在这本书中进行了编校。行文中一般不做过多考证,寓观点精神于叙述之中。力争做到雅俗共赏,科学性、知识性、可读性兼备。尽管我们作了很大的努力,但对于全套书仍难免存在疏漏之处,敬请有关专家学者、同仁朋友以及广大读者不吝赐正。

文化的自觉与繁荣不仅是中华民族复兴的重要标志,更是民族安顿心灵、寻求意义的精神归属。因此,我们有必要重新审视嵩山文化的意义和价值,不遗余力地捍卫中华民族自己的文化根脉和特性,努力使大家对嵩山文化有全面的认识并充满敬意。

写于 2012 年 8 月
修改于 2017 年 12 月

目　　录

前言 ··· 1
凡例 ··· 1

第一部　远古神话

一、盘古女娲时代 ··· 3
　　天地初开 ··· 3
　　盘古开天辟地 ·· 4
　　二郎担山赶太阳 ··· 4
　　嵩山的来历 ··· 6
　　莲生伏羲女娲 ·· 6
　　嵩山奶奶庙 ··· 7
　　女娲捏造人畜 ·· 7
　　女娲泉 ··· 8
　　水帘洞 ··· 9
　　神堤与女娲窑 ·· 10
　　阴阳石的传说 ·· 11
　　磨沟 ·· 12

二、伏羲神农时代 ·· 14
　　伏羲八卦台 ··· 14
　　伏羲降龙 ·· 15
　　洛神宓妃 ·· 16
　　五谷的来历 ··· 17
　　神鞭降牛 ·· 18
　　造物主神种玉菱 ··· 19

三、黄帝时代 ·· 20
　　有熊氏的来历 ·· 20

— 1 —

黄帝下凡 22
轩辕方 23
黄帝与炎帝 24
黄帝访广成子 25
阪泉之战 26
黄帝战蚩尤 27
观兽台 29
黄帝四十五里军马营 30
仓王的传说 30
黄帝登嵩拜华盖 31
黄帝治国 31
黄帝城 32
洛出书 34
黄帝祭祀河洛 35
天爷洞的传说 37
黄帝西泰山会诸侯 38
来集的传说 39
黄帝与节节草 40
黄帝访道升仙 40
双洎河的传说 41
风后岭的传说 43
明火的发明 44
风后八卦阵 44
嫘祖访玉仙 45
有巢氏搭房挖窑 46
仓颉造字大苦山 47
仓颉造字 47
火神寨的传说 48
黄帝女儿梳妆台 49
门楼庄的由来 50
门神 51

四、颛顼帝喾时代 53
玉皇大帝的由来 53
太阳与月亮 54
中秋节的来历 55
赏月 56
吴刚砍桂 57
黄盖峰 59

众山朝拜峻极峰 ———————————————— 60
中岳嵩山的由来 ———————————————— 61
玉人峰和玉女峰 ———————————————— 62
嵩山老君洞的传说 ——————————————— 64
牛郎和织女 —————————————————— 65
中王爷选妃 —————————————————— 68
掉龙街 ———————————————————— 69

五、尧舜时代 ———————————————— 70

扁担眼 ———————————————————— 70
尧访许由和巢父 ———————————————— 71
洗犊泉与洗耳河 ———————————————— 73
尧王立法 ——————————————————— 73
尧王访贤 ——————————————————— 74
崇伯鲧上任 —————————————————— 75
舜王逃生 ——————————————————— 76
舜王封娘娘 —————————————————— 77
舜王访贤 ——————————————————— 77
舜帝庙 ———————————————————— 78
舜王与钧瓷 —————————————————— 79
南河渡 ———————————————————— 80

六、大禹时代 ———————————————— 82

禹生鲧腹 ——————————————————— 82
河伯授图 ——————————————————— 83
大禹转世 ——————————————————— 84
洛龟出书 ——————————————————— 85
九州的来历 —————————————————— 86
迎春花的传说 ————————————————— 87
太室山与少室山 ———————————————— 87
大禹治水 ——————————————————— 88
大禹娶妻 ——————————————————— 90
嵩山神鸟 ——————————————————— 91
水簸箕 ———————————————————— 92
启母石 ———————————————————— 92
大禹捉蛟 ——————————————————— 94
禹王锁蛟 ——————————————————— 94
火烧蛟河 ——————————————————— 95
牛头山 ———————————————————— 96
五指岭 ———————————————————— 98

石门沟	98
水牛沟	99
九龙圣母殿	100
邙山的传说	101
禹山南麓乱石趴的由来	102
大禹劈龙门	103
大禹借斧斩孽龙	103
禹山顶蛟龙骨的传说	104
禹洞	104
号令石	105
诸侯山治水	106
颍水三翻	106
龙王村与鸿雁河	107
禹都阳城	107
禹铸九鼎	108
三皇轿	109
启母还阳	110
瓦店街	110
龙池	111
挪宫	112
虫王的来历	114

第二部　民间传说

一、自然传说 ····· 117

箕山	117
箕山与蛐子	118
白云山	119
铁链峡	121
子晋峰和白鹤观	122
缑山与升仙观	125
簸箕庙山	126
万岁峰	126
元宵节与万岁峰	127
遇圣峰	129
药山	130
焦古山	131
胜观峰	131

琵琶峰	132
鸽子崖	132
蜜蜡山	134
鳌子山	134
凤凰山	135
鬼修城和鸡星嘴	136
百射箭	137
贞石亭	138
龙击石	138
婆媳让水石	139
飞龙龟地	140
少室晴雪	140
紫荆山的来历	142
金水河的传说	142
玉溪垂钓	142
龙凤潭	144
卢崖瀑布	144
异水河的传说	146
王莽撵刘秀在嵩阴的故事	147
八面神村与刘秀的故事	149
鸡娃地	150
要阙的传说	151
汉封将军柏	152
牡丹的由来	153
花王斗女皇	154
花王和花后	155
黑牡丹	156
葛巾与玉版	157
合欢娇	160
是树一万年	161
紫斑牡丹	162
椿树王	162
银杏树的传说	163
白果与白果树	165
嵩门待月	165
何首乌	167
棘针	169

二、历史传说 ... 170

"年"的来历 ... 170
祈台寺 ... 171
少康中兴 ... 171
箕山怀 ... 173
伊尹的故事 ... 174
商汤和伊尹治国 ... 175
王城岗 ... 176
桑林祷雨 ... 178
汤王庙的来由 ... 179
首阳山 ... 180
偃师名称的由来 ... 181
分金沟 ... 182
子产执法 ... 183
老婆儿顶石头 ... 184
望母台和掘地见母 ... 185
阴司沟 ... 186
狮子舞的起源 ... 186
颍水春耕 ... 187
颍庄王智胜夏髡 ... 188
渔父冢 ... 190
紫罗池的来历 ... 191
西施与紫罗池 ... 192
鬼谷洞 ... 193
鬼谷子因材施教 ... 194
百担有余 ... 196
马陵道的传说 ... 196
太平庄 ... 197
狼心狗肺 ... 198
卢医庙 ... 198
聂政台 ... 199
庄子与一两漆 ... 200
鸡鸣骗关 ... 201
魔家营 ... 202
避债台 ... 203
大冢头 ... 203
老庙 ... 204
毛女洞 ... 205

陈胜的传说	207
大泽乡起义	208
辗辕早行	211
楚河汉界	212
玉门古渡	213
张良母亲是神仙	214
张良风筝破敌	215
壮士悲歌	215
江左	217
机神的传说	217
扳倒井	218
皇封牛王爷	219
邓禹计请铫期出山	219
鸡鸣冢	220
寄料街的由来	221
八面神村与刘秀	221
马蹄沟	222
拉马店	223
刘秀坟	223
蔡伦造纸	224
打虎亭汉墓的传说	226
太室阙	226
王祥卧冰	227
北宋皇陵石人泪	228

三、儒学传说 230

孔子降生	230
孔子入周问礼	231
大写数字的由来	232
颜回借粮	232
三八二十三	233
子路打虎	234
曾子至孝	235
白居易遇鸟窝禅师	236
孟母三迁	237
教主争宝地	238
半部《论语》治天下	239
范仲淹的故事	240
丁郎蛋和玉香炉	242

春风和煦和程门立雪 …… 243
程伊川侍讲 …… 244
二程解梦 …… 245
程颢和邵雍 …… 246
吕蒙正的故事 …… 247
彩球招亲 …… 249
吕蒙正的对联 …… 250
孔子之戒 …… 251
城隍爷托梦 …… 251
鬼为什么不敢进书院 …… 252
都堂坟里有金头 …… 253
耿介助学 …… 254
景冬旸与陈屠户 …… 255
嵩崖尊僧 …… 256
巧治皇后虱包症 …… 258
景冬旸写书 …… 258
康大人与洛阳举子 …… 260
"老实官"蔺挺达 …… 261

四、道教传说 …… 265

三素元君嵩山恋情 …… 265
老子炼丹翠云峰 …… 266
列子跟壶丘子学道 …… 267
老君赐煤 …… 268
煤土的传说 …… 269
王子晋升仙 …… 269
凤凰来仪 …… 271
张道陵嵩山得书 …… 272
寇天师与神仙洞 …… 273
金河九龙讨封号 …… 274
李白访道嵩山 …… 275
李白寻访元丹丘 …… 277
张果老耍把戏出家 …… 279
张果老倒骑驴成仙 …… 279
醉仙石 …… 281
曹国舅散财成仙 …… 282
圣贤愁 …… 283
芝麻凹 …… 284
佛道共处环翠峪 …… 285

五岳图和四岳殿 ... 289
铁人出征 ... 291
中岳庙铁人的来历 ... 292
黄爷 ... 293
灶王爷 ... 294
城隍爷搬迁 ... 295
刘太尉搬家 ... 295

五、佛教传说 ... 297

白马寺的传说 ... 297
齐云塔和金蛤蟆的传说 ... 300
法王寺诞生记 ... 301
刘俊出家 ... 302
护国寺的来历 ... 303
少林寺的由来 ... 306
风旋墓的来历 ... 307
甘露台 ... 308
禅解虎斗 ... 309
神雕仙凿石窟寺 ... 310
嵩岳寺的传说 ... 311
僧逻和尚糯米塔 ... 312
嵩岳寺塔的来历 ... 313
鬼垒堰 ... 314
火焚塔棚 ... 314
永泰寺和太子沟 ... 315
皇姑出家 ... 316
胭脂坡 ... 318
紫金莲池 ... 318
脚拨泉 ... 319
稠禅师求力 ... 320
一苇渡江 ... 321
达摩一苇渡江 ... 322
禅宗祖师达摩 ... 323
达摩洞 ... 325
达摩面壁 ... 326
达摩西去 ... 327
立雪亭 ... 327
李皇后护持少林寺 ... 329
卓锡泉 ... 331

法王寺舍利塔	333
会善寺	335
地藏菩萨坐正殿	336
四祖墓塔	337
唐僧的传说	338
破经山与龟山	341
净土寺	341
六祖手植柏	342
石僧迎宾	343
破灶说法	344
竹林寺下书	345
竹林寺升天	346
待仙沟	349
一行"管"天	349
武则天嵩山拜禅师	352
玄宗梦起皇觉寺	353
元珪授戒中岳神	354
北树东移	355
龙赐泉	356
法王寺护宝	356
赵匡胤发迹法王寺	357
宋仁宗上坟	359
疯和尚路戏欧阳修	360
志隆兴医	362
龙门石窟的传说	363
少林冬青缠柏的传说	364
日本高僧访少林	366
宜山竹	368
五百罗汉像	369
画中梅	370
方丈借粮	372
日僧德始别少林	374
福定兴教	376
少林寺塔林的由来	377

第三部 民间故事

一、历史故事 ... 381
- 三兄弟哭活紫荆树 ... 381
- 杜康酿酒 ... 382
- 杜康造酒醉刘伶 ... 383
- 石羊关 ... 384
- 曹操巡夜 ... 385
- 药王华佗 ... 387
- 洛神 ... 388
- 洛神的传说 ... 389
- 诸葛村 ... 391
- 酒务村 ... 392
- 关林 ... 393
- 洛阳纸贵 ... 394
- 少林寺 ... 395
- 嵩阳观 ... 396
- 托梦周公鼓士气 ... 397
- 白鹿庄 ... 398
- 遇驾沟 ... 399
- 龙虎滩 ... 400
- 五龙沟 ... 401
- 南瓦岗寨 ... 402
- 庞村 ... 402
- 周家陶 ... 404
- 陶哥与三彩 ... 405
- 鸡血红 ... 407
- 魏徵的故事 ... 408
- 修城隍庙 ... 410
- 灶王奶奶的传说 ... 411
- 晾经台和马涧河 ... 412
- 粮仓失火的传说 ... 413
- 古唐寺佛神斗法 ... 413
- 孙思邈与禹州 ... 414
- 武则天投金简的故事 ... 416
- "连理树"上诉哀怨 ... 417
- 鲁班巧造老龙窝 ... 418

鲁班立唐碑	419
恭陵	420
死姚崇算计活张说	421
诗圣显圣	421
杜甫故里的传说	424
东郭寺的神童	426
香山庙	427
白居易与香山庙	428
吴道子的传说	429
吴道子和钧瓷的传说	434
吴生远擅场	437
曹家湾与妖婆山	438
纸衣瓦棺郭威墓	438
柴王陵	439
"唐三彩"窑民造反	440
赵匡胤选陵址	441
欧阳寺奇景	443
洛阳桥	444
冯京变马凉	445
秦椒的由来	446
岳飞题词中岳庙	446
满公方丈计救金宣宗	448
马庙的由来	451
康王算命	451
天心地胆	452
朱洪武的传说	454
朱元璋招亲	455
皇后庄	456
皇坟传说	458
王得楼的由来	459
大槐树底下来的人	459
君召与赵军	461
裴商庙	462
神笔王铎	464
李际遇揭竿起义	465
花园口的传说	467
团圆沟的传说	468
闯王跃马过鱼桥	469

- 李闯王与作揖楼 ………………………………………………… 470
- 李闯王进铁李 …………………………………………………… 470
- 李自成与洛阳 …………………………………………………… 471
- 焦村的由来 ……………………………………………………… 473
- 妻贤庄的由来 …………………………………………………… 474
- 乾隆贬翰林 ……………………………………………………… 475
- 九支玉如意 ……………………………………………………… 476
- 将军门 …………………………………………………………… 477
- 王聿修做官 ……………………………………………………… 478
- 乾隆皇帝与偃师的传说 ………………………………………… 479
- 乾隆横扫贼要店 ………………………………………………… 481
- 仁义胡同 ………………………………………………………… 482
- 梁文秀造反 ……………………………………………………… 483
- 黄瓜泉 …………………………………………………………… 484
- 培风塔 …………………………………………………………… 485
- 火烧瓦摇头 ……………………………………………………… 486
- 马秀才与汝瓷 …………………………………………………… 487
- 季寨 ……………………………………………………………… 488
- 二里半墩 ………………………………………………………… 489
- 五里庙 …………………………………………………………… 489
- 船城 ……………………………………………………………… 490
- 磴槽 ……………………………………………………………… 491
- 懒地 ……………………………………………………………… 491
- 凤凰台 …………………………………………………………… 492
- 九天阿胶 ………………………………………………………… 492
- 花甲老汉选孝儿 ………………………………………………… 493
- 荞麦的来历 ……………………………………………………… 494

二、少林武僧故事 …………………………………………………… 497
- 少林拳的来历 …………………………………………………… 497
- 僧稠打虎感道房 ………………………………………………… 499
- 大鞋僧 …………………………………………………………… 500
- 少林和尚救唐王 ………………………………………………… 502
- 寂月除霸 ………………………………………………………… 504
- 铁掌小沙弥 ……………………………………………………… 506
- 月空执法如山 …………………………………………………… 508
- 大刀义静 ………………………………………………………… 510
- 鹤拳 ……………………………………………………………… 512
- "铁膝益"提敬 …………………………………………………… 513

神胳膊鬼腿	516
觉敏接箭	519
和尚坐花轿	521
武松当僧兵	522
恒林破案	525
凝成唱戏	527
紧那罗王的故事	530
神居捉"鬼"	531
觉远访师	533
秀才取兵印	534
雪岩保镖	537
单棍伏倭记	538
海用劫法场	541
妙经灭匪	542
行端打擂	543
沙弥戏大侠	546
寂照打擂	547
烟术退匪记	549
德根平愤	552

三、民俗故事 … 554

大禹与筷子	554
登封烧饼的传说	554
杂烩菜的由来	555
水瓢的来历	556
娃娃虎头鞋	557
五毒肚兜	558
女人缠脚的故事	560
房顶没有烟囱的传说	562
门楼上为啥要插小红旗	562
盖房上梁放鞭炮的传说	563
虫王的来历	565
红毡辟邪的由来	566
"天作之合"的由来	567
闹洞房的来历	567
三媒六证	569
民间婚俗的由来	570
老灶爷吃糖瓜	571
熬年的由来	572

元宵灯节的故事 ………………………………………………… 572
灶画的来历 …………………………………………………… 573
灯谜的故事 …………………………………………………… 575
正月十五十六挂红灯的缘由 …………………………………… 576
二月二的传说 ………………………………………………… 577
清明节的来历 ………………………………………………… 578
端阳插艾的故事 ……………………………………………… 579
禹州金银花的传说 …………………………………………… 580
属相相克的来历 ……………………………………………… 581
燎锅底的由来 ………………………………………………… 581
麦梢黄，女看娘 ……………………………………………… 582
贴春联的由来 ………………………………………………… 584
送大蒸馍的传说 ……………………………………………… 585
六月六的传说 ………………………………………………… 586
中秋赏月的来历 ……………………………………………… 587
仲秋节的传说 ………………………………………………… 588
腊八粥 ………………………………………………………… 589
披麻戴孝的由来 ……………………………………………… 590
摔老盆的故事 ………………………………………………… 591
给死人烧纸的由来 …………………………………………… 592
出殃的趣闻 …………………………………………………… 592
烧七纸的缘由 ………………………………………………… 593
"驾鹤仙游"的来历 …………………………………………… 595
独脚舞的由来 ………………………………………………… 596

四、动物故事 …………………………………………………… 598

十二属相没有猫 ……………………………………………… 598
鲤鱼跳龙门 …………………………………………………… 599
哑巴蝈蝈 ……………………………………………………… 600
盘龙尖与红水河 ……………………………………………… 600
老猴榷碓 ……………………………………………………… 602
聪明的小鸡 …………………………………………………… 604
老虎怕锅漏 …………………………………………………… 604
磨牙快磨牙快 ………………………………………………… 605
狼外婆 ………………………………………………………… 606
胆怯必败 ……………………………………………………… 609
金马驹 ………………………………………………………… 609
蚯蚓 …………………………………………………………… 610
藏龙谷 ………………………………………………………… 611

蛤蟆招亲	612
斑鸠鸟	614
皮狐子	615
王刚哥和可傲	616
狗和猫	617
老鹰群战蟒蛇	618
斑鸠的叫声	619
狗腿之来历	620
神鹿引路	621
牛冢	622
蟒川	624

五、幻想故事

蜜蜡山的传说	626
朝阳沟的由来	627
龙门开不开	630
殷娘娘	630
神画	632
张三闹海	633
启明星	636
过节为啥放鞭炮	638
青蛙石	639
恶媳妇变狗	639
宝鼓	640
宝帽	640
打子认妻	641
灰子	642
公平交易	644
吃杯茶、黄鹂和知了	644
打石人	645
龙抓王小	646
阴阳先儿和他的儿子	647
金鸡娃	648
画姑	648
范沾	650
金水河	651

六、生活故事

朋友的由来	653
彩陶出嫁	653

红叶良媒	655
勤俭匾	656
抗官戏	657
猜字	658
实憨媳妇	660
陈喜	662
金银花	663
张大胆戏死狗法师	666
宝衣	667
金不换	668
僧申回家	669
王大胆与张胆大	669
文盲驸马	670
百花锦缎	671
缺心眼儿县令	672
打官"是"	673
憨女婿找织布机	674
聪姑订婚	675
柳絮袄	675
害人害己	676
为财双亡	676
彭祖夸寿	677
六吊钱和一匹马	678
炅有光读书	679
捎麻糖	679
棋看五步	680
大布施与小布施	680
活钟馗	681
糊涂官断案	681
点心案	682
村名入药	685
小孩儿分牛	686
刘半仙教子	686
句句不离本行	687
傻女婿串亲戚	688
解不开的病	689
山神庙往事	690
耿家房兽	690

石羊关大蒸馍	691
寡妇桥	691
公叶长与鸟语	692
兄弟俩分家	693
一件汝瓷富三家	695
喜鹊引路	695
熬年	697
黑布衫	698
变骡马还钱	699
挨扁担	700
傅二别子	701

前　言

中岳嵩山,从远古洪荒一路走来,历经沧海桑田而巍然屹立。嵩山地域,作为华夏五千年文明的发祥地,在这片古老而神奇的土地上,曾经繁衍生息着一代又一代勤劳、勇敢、富有智慧的华夏先民。早在远古时代,在进入有文字记载的历史之前,实质上是一个"传说的时代"。虽然文字还没有产生,但在人民中间已经流传着神话传说和民间歌谣等口头文学。他们用丰富的想象力解读自然,用喷薄的激情点燃生活,用满怀的希望开辟未来,用无尽的力量创造文明,给今天的我们留下了大量绚烂瑰丽的神话传说故事。这一个个异彩纷呈的故事,在源远流长的历史长河中不断积淀和完善,绽放成嵩山地域文化的一朵奇葩,为中华文明乃至世界文明做出了卓越的贡献。

每个民族都有自己的神话传说,在中华文化史上同样也有自己的神话传说,最有代表性的就是位居中华民族源头与核心地位的嵩山地域神话传说,它反映了古代人们对天地开辟、人类和万物起源的创世神话,反映了早期华夏儿女淳朴的思想以及古代人们对自然现象及社会生活的原始理解与幻想。这些通过超自然的形象和幻想的形式表现的故事和传说,"通过人民的幻想用一种不自觉的艺术方式加工的自然和社会形式本身",表现了古代人民对自然力的斗争和对理想的追求。嵩山地域流传的盘古、女娲、伏羲、炎帝、黄帝、夸父、后羿、大禹等远古神话和丰富多彩的民间传说、民间故事、寓言、笑话等,都曲折、生动地展现了中华民族的先民们为生存而进行斗争的古代文化风貌,这些具有原文化特色的富有文化价值内涵的民间口头创作,无不闪耀着中华民族文明智慧的光辉。

嵩山地域的神话具有源头文化的价值,是我国古代东方文化曙光的闪耀。在我国5000年文明史的长河里(特别在近2000年的封建社会里),嵩山地域长期是政治、经济和文化的活动中心。远在炎黄时代,河南在历史上就曾占有举足轻重的地位。从夏、商、周起,历经秦汉、三国、魏晋南北朝、隋唐、宋、金、元、明、清各代,在嵩山地域发生的重大战争,震动全国。发生在中州的重大军事、政治、文化活动和在重大科技发明方面创建的不朽业绩中,涌现出许多顺应时代潮流的著名历史、文化人物。正是这众多的历史文化名人,与劳动人民一起推动了历史前进的车轮,创造了我国古代辉煌的中华传统文化。这些杰出的人物,他们中间有神话传说英雄、古代帝王、农民起义领袖、平民精英,有著名的政治家、哲学家、军事家、音乐家、艺术家、医学家、天文学家、建筑学家等,都对我国的政治、经济、文化和自然科学技术事业的发展,起到了重要的推动作用。

神话传说故事长期流传在民间,作为民间文学的内容,千百年来经由一代又一代人民大众共同创造和口头流传,是文字出现以前祖先们记录历史的载体,是人类最早的智慧之光。人类的文字史至今有3000余年,这3000年的历史由文献资料、古代碑刻和民间文学传承下来,而3000年以前的历史轨

迹大抵是根据民间口耳相传的神话传说构筑而成。因此，探索与发现人类史、自然史、文明史、生产劳动史、宗教史等方面的东西，都需要从民间文学的长河中去寻找。神话、传说、故事虽然看起来通俗，就是人们口头相传的趣事，没有很深的学问，但我们民族文化的传承也是与此分不开的。它们的保存，一般有三种形式，既有典籍文献以文字作为载体，又有口头传说以言语口语作为载体，还有以出土文物、岩画、民间木刻、版画、编织、装饰等图案和古玩、壁画等文物实证以及相关的民俗生活构成文化行为，这使得它们的传播经久不息，历久不衰。如女娲补天、大禹治水的神话及一些民间传说，除了民间口传之外，大量的文献都有不同的记载，甚至有些神话、传说还有具体的文物，以直接生动的典型形象反映出特定时代人们的人生观、价值观和审美观。

　　远古神话是关于神或神化的古代英雄的故事，是古代先民在人类的童年时期对社会和自然现象的美妙解释和奇特想象，是他们对自己的生存背景的探寻和遐想，是为征服和改造自然所作的美好构思和伟大规划。马克思认为"任何神话都是用想象和借助想象以征服自然力，支配自然力，把自然力加以形象化"，是"已经通过人民的幻想，用一种不自觉的艺术方式加工过的自然和社会形式本身"。这样的论述正确地提示了神话的产生和形式。远古时代，人们了解的科学知识很少，有许多自然现象不能理解，于是他们在自己贫乏的生活经验基础上，把自然力神化、人格化，借助想象和幻想对这些现象进行解释，从而创造出许多神的故事，这就是神话。那时的人们一方面害怕鬼神，另一方面又有一种愿永远受奴役、受支配的愿望，他们无法改变自己现实的地位，便在虚幻的世界中寻找寄托，幻想有一些力量无穷、机智勇敢的人，帮助他们战胜无法克服的灾难，以达到他们理想中的幸福世界。这些故事反映了古代劳动人民要求征服自然、反抗剥削压迫的思想，同时也反映了他们勤劳勇敢的精神和乐观奋斗的气概以及追求理想的积极浪漫主义情怀，表达了人类童年时代的天真理想。马克思打比方说：我们欣赏神话，就像大人欣赏儿童的天真一样。我国的神话时代划分为盘古时代、女娲时代、伏羲时代、炎帝神农时代、黄帝时代、颛顼帝喾时代、尧舜时代、大禹时代八个阶段。嵩山地域的神话基本涵盖了这八个时代的内容，有很多是关于宇宙的起源、人类的起源、华夏民族的诞生、民间信仰、远古部族的祖先、植物和自然物的人格化等方面的内容，并且在嵩山地域，从盘古、女娲、伏羲、炎帝神农、黄帝、颛顼帝喾、尧舜、大禹的各时代与考古的文化遗址相对应，就有了人们口头记录的历史。在没有文字记录的历史长河中，历史是靠神话、传说来写就的，这样说来，神话就有了一定的历史的真实性。

　　在嵩山地域的神话中，黄帝神话和大禹神话是中华民族最具代表性的神话。被尊为中华"人文初祖"的黄帝，是古华夏部落联盟首领，中国远古时代华夏民族的共主。嵩山地域作为黄帝的故里，在新郑、新密、禹州、登封、临汝等地，有着黄帝时代大量的神话，分布着相当密集的黄帝神话遗址，如新郑的黄帝故里、梳妆台、点将台、双洎河、风后岭，新密的黄帝宫、黄帝粮仓，登封的留有黄帝祭天的太室神祠中岳庙，禹州的具茨山上有黄帝时期大量的岩画、石质城堡和巨石文化遗存，还有黄帝问道上古哲人广成子所在的崆峒山，以及黄帝在嵩山地域留下的大量遗迹。夏朝是我国最早建立的朝代，被称为中国文明社会的开始。相传，夏朝的开国君王大禹，不但出生在嵩山，而且治理滔天洪水有功，受舜禅让而继承帝位，建夏朝的都城于嵩山的阳城，即史书记载的"禹都阳城"。嵩山地域作为大禹的建国之地，除文献典籍记载之外，这里流传有大量关于大禹的神话传说和非常密集的神话遗址和遗存。从嵩山地域流传大量的民间神话传说中，可以看出大禹治理洪水是从嵩山地域开始的，如太室山与少室山、洛阳龙门、五指岭、启母石、大禹锁蛟等，大禹的家室、亲属、大臣的活动地点，都在嵩山的所在地，如有关大禹之妻的古建筑启母阙、少室阙、太室阙、启母庙、少姨庙等，也都在嵩山的太室山之阳和少室山之间。鉴于以上诸多因素，因而黄帝时代和大禹时代的神话在嵩山地域的神话中占有相当重要的地位。这些神话故事把人民群众的美好愿望及朴素的世界观、道德观具体化、形象化，产生了较强的艺术魅力，对于中华民族千百年来的精神文明建设起到了不可忽视的作用，直到今天仍在人们口头广泛传诵，显示出强劲的生命力。

民间传说是与一定的历史人物、历史事件、地方风俗、社会习俗以及某些信仰对象相联系的故事，民间传说对于民众来说具有较强的史实性和可信性。嵩山地域民间传说的种类主要包括自然传说、历史传说、地方传说和信仰传说。自然传说包括地理传说、动植物传说等等。历史传说包括人物传说和事件的传说。地方传说，如村子起源、地名来源、建筑物来源、地方土特产传说、古迹和遗迹等方面的传说，及各种社会习俗起源的传说。信仰传说包括儒学的发源与传播、儒学名传说，道教、佛教有关名道高僧，有关神仙、精灵、灵魂、妖怪等的传说，以及关于祭祀和各种信仰有关的节日起源的传说。华夏民族从嵩山地域源起，中岳嵩山自古就是祭祀、游览的重要场所。在嵩山地域生活的很多历史文化名人，发生过许多重大历史事件，留下了很多史迹遗存，对历史发展的进程有着重大的影响。而且，嵩山地域作为道教的洞天福地、儒教和理学的发源之地，佛教落迹中国最早的佛教圣地，这里同时得到了本土和外来宗教文化的浸润，因而嵩山地域的民间传说以历史传说和信仰传说居多。研究古人对黄帝、大禹、神仙、精灵、灵魂、妖怪以及民间祭祀、节日等有关信仰方面的民俗神话传说，成为探寻中华民族历史的一个重要方面。

神话与传说，作为一种原始文化，是人类活动的产物，包含着人类对世界的理解、认识、看法、观点和心智，而作为人类童年的记忆，它们包含着原始人对世界的猜测、畏惧、想象和误解等，神话传说和经济、政治因素一样也是构建史前历史的要件。被称为"人类学之父"的爱德华·泰勒指出，神话发生和发展于"人类智慧的早期儿童状态之中"，"作为思维发展的证据，作为很久以前的信仰与习惯的记录"，"也像人类思想的一切其他表现一样，是以经验作基础的"，不同程度地"保留了历史真实性的内核"，是构成"各民族历史的素材"。因而，对神话传说的研究，有助于增进对历史的认识。实际上，一些重大考古发掘和古文字研究表明，某些神话和传说中确实包含着历史的真实。有些神话传说与历史关系密切，有些则相距历史较远，但这种联系或多或少是存在的。在这种关系中，信史位于中心，被众多不同层次的神话传说所包围，而且离真实历史的范畴越近的神话传说，其信实性也就越高，也就是说，神话传说与历史构成了一种包含的关系。传说并不是实际上的事实，而是思想上或心理上的事实，是对现实的一种反映，表达的是这些观念形成时代的人的想法。如科学家通过动物学方面的证据证明了龙的传说并非完全属实，揭示了传说产生的集体心理过程。随着研究方法的多元化、研究水平的提高，越来越多的神话传说有可能一步一步接近历史的真实面目。

神话传说是普遍存在于各文明发展初期的现象。神话传说是文化的源泉，一个个看起来非常简单的神话，都是长期的历史积淀和多层次融合的结晶。神话的记录最初都是由各族先民口耳相传，最后达到神乎其神的地步，后人记录的神话基本是依据先民掌握的神话故事智能演绎而成，其间蕴涵着神圣天道及高度的人间智慧。神话的解码，意味着民族精神积蕴的解码。

神话传说是原始社会最早的艺术形式之一，有着很高的艺术价值。神话传说中的文化核心就是抗争！中华民族几千年来就是靠着不断与自然、灾难、环境作斗争才延续到现在。勇于抗争命运，敢于战天斗地，是我们华夏民族的精神，也是我们华夏民族的信仰。我们从嵩山地域的远古神话中，可以看到华夏先民在原始生活中所表现出来的的英雄主义理想、强烈要求改变现实、追求美好生活的愿望以及奇异奔放的想象、生动曲折的情节、新奇夸张的手法，对一个民族后世文学和文化的影响是非

常深远的。中国古代神话传说对中国数千年来的各种文学创作产生了很大的影响。古代的诗词歌赋、散文、小说等有很多直接取材于神话传说,如曹植的《洛神赋》、吴承恩的《西游记》、许仲琳(存在争议)的《封神演义》等。电影戏剧也深受神话传说的影响,如《牛郎织女》《画中人》《真假美猴王》等家喻户晓。除了文学和艺术,神话传说的影响还波及其它领域,如过年、乞巧节、送灶神、祭关公、拜黄帝陵等民俗活动都深深地打着神话传说的烙印。古老的神话传说不仅为历代作家、艺术家们提供了创作题材,有的还成为当今人们日常写作、人际交往所经常援引的典故。因此可以毫不夸张地说,中国古代神话传说已融入了中国文化的方方面面。

对人民群众的思想教育作用同样是神话、传说和故事的重要社会功能,而且,随着一些古代作品在民间的传承,这种作用越来越突出。如古代传说中的大禹治水,大禹三过家门而不入,表现公而忘私、为人民利益献身的精神,这种崇高的精神培养着一代又一代的仁人志士,也一直为人民群众所赞赏,并不断为大禹这种精神编讲新的故事。除此之外,嵩山民间历史文化人物的思想精神在传说中都有具体的故事,如《伏羲降龙》《黄帝战蚩尤》《黄帝治国》《尧王立法》《少康中兴》《汤王桑林祷雨》《伊尹辅政》《子产执法》《孔子入周问礼》《张良风筝破敌》《鬼谷子教学》《蔡伦造纸》《曹操求贤》《鲁班立唐碑》《吴道子和钧瓷》《李白访道嵩山》《郭守敬测天》《吕蒙正的对联》《景冬旸写书》等,都表现了历史文化名人在嵩山地域活动时所表现出来的为民族利益而斗争的不屈不挠的精神、开拓创业的精神和思想智慧等,也都不断地在民间发挥着重要的教育作用。

嵩山地域的民间人物传说是劳动人民对嵩山地域的历史人物、事件评说的历史观的形象体现。凡是涉及这些人物出生、活动与地名有关的地区,大都有丰富多彩、生动有趣的传说故事在流传。其文化内涵是丰富的,艺术感染力也是很强的。嵩山地域的地方传说,与历史的人文、自然景观关系密切。嵩山的名胜山水、林木井台、河湖池泉、都邑城址、关隘宫阙、帝王陵墓、仙宫道观、寺庙古刹、岭岩洞穴、碑碣、故居巷里、街衢殿堂、古战场遗址等,莫不在群众的口头上创作和流传着大量优美动人的传说故事。

民间故事不像神话和传说重在神圣性或可信性,民间故事中的时间、地点、人物的确定性并不重要,故事的侧重点在于表现情节的故事性,或说明一定的道理,因此,民间故事大多具有"寓教于乐"的特点,在谈笑和美丽的幻想之中,常常包含着生活的哲理和积极教育意义的内容。嵩山地域的民间故事涉及范围广泛,内容丰富,种类繁多,概括起来主要包括历史故事、武术故事、动物故事、幻想故事、民俗故事、生活故事六大类。

历史故事重在强调历史的作用。有人说所有的历史都是当代史,这说明了历史的作用是指导人类今后的行为。所以,即使虚构的历史(或者大家认为它是虚构的),只要具有指导意义,也是有存在的价值的,也可以被认为是历史。历史是一面三棱镜,斑驳灿烂,从不同的角度可以看到不同的命运。历史是由一个个活生生的人物和生动的故事组成的。读者能从复杂多变的故事中,品味到故事记录的历史,了解历史人物的品质,体察到故事本身在沧海中的地位。

少林武术是嵩山历史文化特有的一大亮点,嵩山少林寺武僧在历史上运用特有的少林武术技能,在保家卫国、除恶扬善等方面发挥了巨大的作用。为此,我们特意选编了一些少林武僧传奇故事,作为本书故事中的一部分。

动物故事是以动物为主人公的故事,有些也以动物与人为主人公,它们主要叙述和说明动物的起源、动物之间的关系、动物与人类的关系,或借动物形象征人类社会生活和社会关系的故事等等。有很多动物故事,如《聪明的小鸡》《王刚哥和可傲》《皮狐子》《鲤鱼跳龙门》《老猴榷碓》《老鹰群战蟒蛇》等，都以简洁明快之笔，告诉人们一个个极为重要的道理。很明显，动物寓言故事讲的是动物之间的矛盾斗争，实则反映了现实生活中人和人之间的关系。

幻想故事是幻想因素较强的故事，通过丰富奇特的想象、幻想和夸张来表现事物或现象的本质，它以现实与奇幻相交织，以普通人物为主人公，即使出现王子、公主等人物，实际上也并非确定的历史人物，而是带有普通人的色彩，也常有人兽互变的情形，故事情节带有浓厚的神话色彩，往往出现有魔法、宝物等因素。有些民间故事把人神仙化，也把神仙凡人化，仙女可以下凡，凡人也可以升天，那些天人糅合的爱情故事往往充满着浪漫甜蜜的人情味，洋溢着农牧社会的生活面貌与伦理道德色彩，表达了普通人追求幸福生活的心声。

民俗故事大都是从历史中走来。嵩山民俗风情古朴、淳厚，从黄帝以后，历代统治者都讲求维护统治秩序的礼仪（天道、人道、君臣父子之义等）。古代的周礼，已经相当完备。经过几千年的时间，不少风俗、礼仪流传至今，仍伴随着人们的生活（如婚俗、葬礼、生子、成丁、祝寿等），其内容虽几经变化，但仍保持着它的基本面貌。有的民间风俗在一些庙会文化活动中，不时流露出来（如庙会、集市、祭祀）。又如一年的四时八节，岁时风习，许多关于节日、四季民俗风情、土特产等传说故事，历史悠久，可以追溯到汉、唐，一些古代的风俗风情，保存得相当完整。饮食习俗、生产习俗、结婚习俗、丧葬习俗等；祝寿的、宴席的、节日的以及各行各业的习俗故事，丰富多彩。一幅幅嵩山地域特有的民俗风习图画，千百年来，发挥着潜移默化的教育作用，包含着人民对生活的情感和欲求，永远在生活的长河里。

生活故事是现实因素较强的故事，它以普通人物为主人公，情节以日常生活事件为主，富于浓郁的生活气息。其中广泛反映惩恶扬善的主题和人民优良的伦理道德观念，如崇尚勤劳勇敢、聪慧善良、尊老爱幼、知恩必报、爱情忠贞、嫉恶如仇等，如《打官"是"》《兄弟俩分家》《点心案》《灶王爷》《柳絮袄》《变骡马还钱》《傅二别子》等，主要是以反映社会伦理、道德问题为其主要内容，主要通过生动有趣的生活故事，引发人们对传统伦理、道德的重要性的思考。总之，嵩山的民间故事，内容极为丰富，形式结构变化无穷。它所塑造的各种人物形象，性格鲜明，思想健康，爱憎分明，"寓褒贬，别善恶"。它在民间文学的画廊里，占有非常重要的地位。上至天神、帝王、将相，下至平民百姓，这些人物在传说中是人民心目中崇拜的偶像，又是他们精神意志的凝聚。在许多情况下，这些作品往往在生活中发挥着各种实际的功能，借以保障某些社会制度、民风习俗的实行。

神话、故事、传说是民间文学中的"三大家族"。远古神话传说最早都是口头传说，在有了文字之后，这些神话故事零散地记载于古代典籍之中，它们不但没有自成体系，而且还有很多记载相互抵触。而有些著名的民间传说流传的范围非常广泛，在口耳相传的过程中往往又融入了地方色彩，互为异文，或者故事发生的地点不同，或者主人公的名字不同，或者情节不同，等等。民间故事也常常呈现相似的类型化现象。鉴于此，为发掘符合嵩山地域民俗风情的民间故事，对这些相似故事的各种不同的说法，本书也尽量予以搜集、比较，尽可能地去粗取精、去伪存真，挑选出真实可信的民间故事。

嵩山地域的民间神话、传说、故事是嵩山文化的重要组成部分。嵩山地域由于历史悠久、文化底蕴深厚，被公认为是我国民间文学资源最丰富的区域之一，这里流传的神话传说故事，内容丰富，影响深远，反映了华夏先民对宇宙形成以及人与自然、人与人关系的认识，探寻了人的生命和命运这一永恒的主题，表达了先民的心理愿望和生活渴求，折射着人类进步的足迹，集中了中华民族神圣亲切的情感，展示了嵩山地域文明的特色。几千年来，这些神话传说故事伴随着人民群众的精神文化生活长盛不衰。它的各种人物形象的巨大感召作用，显示了中华民族的民族精神力量。其中所蕴含的深层文化价值，给予人们丰富的文化、历史、宗教、艺术、科技知识，使劳动人民从口头传承中，耳濡目染，言

传身教,学到了生产、生活知识,增强了生存的勇气和力量。它们深深植根于万千民众之中,植根于人们的生产、生活之中,因而具有很强的渗透力。它的传播渠道多而通畅,道德教化作用强,情感的亲和力也非常浓烈,它所承载的历史信息、文化、心理和情感连绵不断地传承与弘扬,对嵩山人民的性格塑造、精神观念、陶冶情操、行为方式的形成和培养有着不同寻常的意义,对嵩山文化的产生和发展有着重要而深远的影响。它们不仅是民族精神的重要形体,也是民族文化的母体,同时更是一种远去的历史的记忆。因此,它在中国文化史上具有重要的地位。

民间神话、传说、故事也可以说是一部社会的百科全书,具有多种文化价值和功能,为广大人民群众所喜爱,并成为许多学科的研究者所关注的重要原因。它不仅反映了嵩山地域一般的社会发展水平,展示出嵩山人们特有的生活画卷,而且在阶级斗争史方面,在文化科学技术史方面,在滋养文学艺术发展方面,在寓教于乐方面,在民俗风情方面等,对许多学科的研究和文学艺术创作都有着重要影响。随着现代文化和科学的发展,人们对它还会不断地取得新的认识和发现。当然,民间神话、传说、故事中也有历史局限和封建糟粕,但这些成分在民间故事中既不占主要地位,在批判地继承民族文化遗产的原则指引下,也不难发现和剔除。

神话、传说、故事是嵩山文脉中的一条古老而又鲜活的文化河流,五千年来一直烘托着嵩山文化的高度和亮度。为使这条文化的河流永不停息,代代相传,搜集、挖掘、整理神话传说故事仍然是一项长期而艰巨的任务。今天,古代文明遗存正在与现代文明迎面相撞,人们已经失去了太多来自祖先的记忆。中国较早研究神话的学者茅盾指出,现存的中国神话只是原始人神话全体中的一小部分。这些珍贵的民间文化遗产是中国的,也是世界的。保护这些非物质文化遗产,使它们永生,仍然任重道远,是中国乃至整个人类的一次文明大拯救。因此,坚持搜集、挖掘、整理嵩山地域的人类早期神话和各种民间传说和故事,不仅可以用来记录人类文明起源和远古人民对自然、社会现象的认识和愿望,表现国家民族大事、阶级斗争、生产斗争、文化创造、宗教发展、杰出人物贡献,以及婚姻家庭、伦理道德、理想信念、民间的风俗习惯等方面的历史,而且对于完善中国传统文化,继承历史,有着薪火相传、承上启下的重要意义,同时也是向辉煌灿烂的文明致敬。

凡　例

一、"嵩山文化大系"是在河南省民间文化遗产工作委员会的领导和关怀下立项编写的。目的是帮助读者了解、研究嵩山的历史状况，以促进嵩山地域政治、经济和文化的发展。

二、本书涉及范围为"嵩山历史文化核心区"，其地域划分是以嵩山为中心，所涉及的面积主要涵盖嵩山主要位置区的登封和嵩山余脉地区伊川、偃师、巩义、荥阳、新郑、禹州、新密、汝州9个县级市，以及为邻的古都郑州市和古都洛阳市，也就是被史学界、考古界、地学界所说的"嵩山文化圈"，书中简称"嵩山地域"或"嵩山地区"。

三、本书中所说的古代洛阳，为洛阳京畿辖域，而非今日的洛阳。其大致范围是：南始中岳嵩山，北至太行王屋，东及虎牢，西迄函谷。按现在的区划是南达临汝、登封，北至济源，东及荥阳、巩义，西迄三门峡陕县、灵宝。

四、本书属社会主义新志书的范畴，力求做到资料性、思想性和时代性相统一。

五、全书所选作品都具有嵩山地域特色和资料价值。其民间故事采录于嵩山地域，选材广泛，较为完整地保存了嵩山地域的生活习俗和方言特点。

六、所选作品主要显示嵩山地域民间故事的思想性、趣味性和可读性，从而给人以亲切的乡情感。

七、本书共收录流传于嵩山地域民间的神话113篇，传说232篇，故事268篇，共计613篇。其中，大部分作品选自于嵩山地域各市（县、区）的民间文学三集成（神话、传说、故事），少部分作品来自嵩山地域各县（市、区）的其他史料或网络史料中。

八、本书所选作品主要从华夏民族发源期开始，主要选题有创世神话、历史名人、重大事件、历史遗迹、文学艺术、科技发展、生产生活、伦理道德、奇闻趣闻、民俗风情等方面。

九、在编写过程中，对于由不同作者所写的流传于不同地方的同一题材作品，采取优中选优的办法，只录一篇。

十、书中有些作品后面无注明讲述人姓名或整理人姓名的，是因为该作品为选录作品，原书中无署作者姓名，故所选作品仍照原书摘录。

第一部　远古神话

一、盘古女娲时代

天 地 初 开

相传,很久很久以前,混沌未开,天地未辟,阴阳尚未分开,宇宙一片虚廓,这个时代称为"太无",又称为"太清"。此时,盘古真人承受天地阴阳之精而自生,自号"元始天王",浮游于宇宙混沌之间。后经四劫(据说一劫有41亿万年),阴阳分离,清阳之气上升为天,阴浊之气下降为地,宇宙开始呈现出朦朦胧胧的轮廓,进入所谓"太初"时代。

元始天王居住在天的中心,即玄都玉京七宝山上的宫殿,饮用天之气、地之泉而得以长存不灭。此

天地初开

后,又经二劫,从石缝流出的水中诞生了具有人形的太元玉女。太元玉女在天地间游弋,饮用天之气,号"太元圣母"。元始天王看到她那美妙绝伦的身姿,便与之通气,又将她带到玉京七宝山的宫殿。经一劫,太元玉女首先生下天皇,继而又生下扶桑大帝东王公和九光玄女太真西王母。东王公象征始阳之气,西王母象征始阴之气,又分别叫"木公""金母"。经三万六千万年后,天皇生地皇,地皇生人皇。自此之后,许多圣人、真人纷纷出现,受传道的奥妙。

据说,盘古真人死了之后,他的四肢和身体变成了五岳名山——就是东岳泰山、西岳华山、南岳衡山、北岳恒山和中岳嵩山。他的两眼变成了日月、血液变成了河海、头发变成了地上的草木等等,他成为天地万物之祖。

盘古开天辟地

盘古开天辟地

上古时候，天和地混混沌沌成一团，像个大鸡蛋，盘古就生长在这当中。盘古将身一伸，天即渐高，地便坠下。而天地更有相连者，盘古左手执凿，右手持斧，或用斧劈，或以凿开，自是神力，久而天地乃分，二气升降，清者上为天，浊者下为地。

经过一万八千年，天地分剖，属于"阳"的清而轻的物事上升成为天，属于"阴"的重而浊的物事下落成为地。盘古在天和地当中，一天变化多次，智慧超过天，能力超过地。天每天增高一丈，地每天加厚一丈，盘古的身子也每天伸长一丈。这样又经过一万八千年，天的高度是极高了，地的深度是极深了，盘古的身量也是极长了，然后才有三皇出现在世间。

数字开始于一，建立于三，成就于五，壮盛于七，终止于九，所以天和地的距离是九万里，推想盘古的身量也应当是九万里。

天地开辟时诞生的盘古，临到将死的时候，周身突然发生了大的变化。他呼出的气成了风和云，发出的声音成了轰隆的雷霆，他的左眼变成太阳，右眼变成月亮，四肢身体变成了五岳名山——就是东岳泰山、西岳华山、南岳衡山、北岳恒山和中岳嵩山，他的血液变成江河，他的筋脉变成山川道路，他的肌肤变成田土，他的头发变成了地上的草和树木，牙齿和骨头变成了金属的矿物和岩石，精液和骨髓变成了珍珠和美玉，流的汗变成了能润泽万物的雨，就是寄生在他身上的各种小虫豸，受了风的吹拂，也都纷纷变化成了生活在大地上的黎民百姓。

排在"一、盘古女娲时代"中的"盘古开天辟地"之后，"嵩山的来历"之前。

二郎担山赶太阳

在中岳嵩山南麓有座刀削似的高山，名叫挡阳山。山腰有三个突兀的大石，远远望去，好像天上掉下的陨石，人们都把它叫"二郎石"或"支锅石"。山下是一片白茫茫的黄沙，就像烤焦的赤土，当地人都叫它"大沙漠"。提起挡阳山、"二郎石"和"大沙漠"，还有一段神奇的传说哩。

相传，盘古开天地的时候，曾经有十个太阳涌出地面，庄稼烤焦了，河水晒干了，整个人间比蒸笼还要热，百姓处在危难之中。

嵩山地域有个叫二郎的小伙子。他不但勤劳勇敢,而且为人忠厚诚实。他的力气特别大,大得能搬起几座大山;他有一双飞虎鞋,穿上它能翻山跨海,日行千里。老百姓们都信服他,喜欢他,就推选他当了大伙的首领。

怎样才能制服太阳呢?二郎看在眼里,急在心上,他根据自然的环境,想出一个奇特的办法,就是用硕大的山体把太阳压住。否则,太阳非烤死人不行。二郎是一个有志气的年青人,他认准的事非干到底不可,一定要解救苦难中的老百姓。

百姓们传说,二郎从附近山上砍了一棵千年古树作扁担,把十座山装进两只大筐,穿上飞虎鞋,挑起扁担去追赶这十个太阳。二郎不但聪明,还有神通,他念起口诀,现出法相,完全变成另外一副模样。他头顶着蓝天,脚踩着大地,胳膊比嵩山还要粗,挑着大山追赶太阳。他迈开流星大步,从东赶到西,又从西赶到东,赶呀赶呀……他每赶上一个太阳,就用一座大山把它压住。一路上,为了追赶太阳,他拼命地跑呀跑呀,不知翻了多少山,涉过多少河,历经了千难万险,十个太阳终于被他压住了九个。

二郎担山赶太阳

在二郎马上就要追赶到第十个太阳时,突然变天了,地面上刮起了一阵阵大风,二郎被大风刮得东倒西歪,二郎被风沙刮得眯着眼睛,他在大风中艰难地负重前行……大风终于停下来了,当二郎仔细地寻找第十个太阳时,他吃惊地发现,大风过后,这第十个太阳变得小了,在前方飞快地躲避着追赶它的二郎,然后摇身一变,像火球一样钻到一大丛猪毛菜后面逃脱了。所以,登封的猪毛菜至今不怕旱,越旱长得越旺。据说,那是因为它救了太阳以后,太阳封它为"不旱菜"。

二郎见这第十个太阳逃出了他的手心,本想还去追赶,但在大风中挣扎过后的二郎已累得走不动了。无奈,二郎只能眼睁睁地看着这最后一个太阳在他的眼皮下面逃离而去。

据当地民间传说,二郎担山赶太阳走了很远的路程,他走到嵩山时,把一个太阳压在了挡阳山下,坐下来歇息,觉得鞋里有土,不带劲,就脱下两只鞋倒土,一只鞋倒出一个太后庙堌堆,另一只鞋倒出个冠子岭堌堆。二郎吃过香喷喷的鹿肉,浑身增添了使不完的劲儿,就弯腰挑起装着几座大山的筐子,继续追赶没有被压住的太阳。由于二郎肩上的担子过重,不管他踩到哪里,都留下两行深深的大脚印。至今,挡阳山里的烟熏火燎石下面的河谷旁,还留有二郎担山赶太阳走出的一个大脚印,人们都叫它"二郎石鞋"。

现在挡阳山附近的太后庙村、冠子岭村的村名的由来,就是出自于《二郎担山赶太阳》的神话中。

(整理:王剑松)

嵩山的来历

嵩山是中国五岳之一,又位居五岳之中,便叫中岳嵩山。为啥叫嵩山?高而大的意思。它是怎么形成的呢?那时天地还没有开,宇宙是一片混沌,像个大鸡蛋一样。盘古就生长在这个混沌当中。经过一万八千年,混沌有了晃动,盘古在晃动中惊醒。他睁眼看看,眼前混沌一片,什么也看不清。他伸手乱挥乱摸,想把混沌驱散,顺手摸到一把利斧,向混沌劈砍起来。只听"啪啪"几声响,他见混沌初开,从"大鸡蛋"中产生了两种气体:清而轻的升起来,变成了天;浑而重的沉下去,变成了地。天越升越高,地越沉越低,盘古在天地之间也越长越高大,简直像个顶天立地的大柱子。

盘古支撑着天地,始终不让它们再合上,这样又过了一万八千年。他实在太累了,看看天地早已经凝结牢固了,便躺了下来休息。可是,他一躺下,便再也起不来了。就要静静地死去了,他想:死有什么可怕呢?死也要让宇宙间更美好。他临死的时候,让口里呼出的气变为风和云,发出的声音变为雷霆,左眼变为太阳,右眼变为月亮,四肢躯体变为广阔四野和五岳名山——东岳泰山、西岳华山、南岳衡山、北岳恒山、中岳嵩山,血液变成江河,筋脉变成道路,肌肤变成沃土,毛发变成树木,就是身上的汗也变成了雨露……

盘古的头和身子,变成了嵩山,位于天地之中。由于它比四肢哪个部位都高大,又在四肢中间,而且构造比哪部分都复杂,所以山上山下都含有无穷的奥秘。

盘古高大的身子倒下去化成的嵩山,东西长四十里,南北宽三十里,上下高二十里,周围占地一百四十里。由于长时间的风吹、日晒、雨浇、雷震,他的身体肌肤也会塌陷、洞穿,所以到处沟壑纵横,大洞深穴遍布。因此,后人就把那穴室多而大的东段称为太室山,把穴室少而小的西段称为少室山。

(根据嵩山传说整理 耿直)

莲生伏羲女娲

相传,很久很久以前,盘古开天辟地活活累死以后,他的眼睛变成了大湖。

天长日久,湖里慢慢生出了莲叶,长出来一根花梗,上头结着两个花骨朵。

两个花骨朵吸收了日月的精华,天地的灵气,越长越大。

一天早上,花骨朵突然开开了,好大好大,中间坐着两个娃娃,一个是男的、一个是女的,都长得又白又胖。

这两个娃娃,男的就是伏羲,女的就是女娲。他们出世后,天下才有了人。

因为莲花生出了伏羲女娲,所以人们都爱莲花,把它看得很尊贵。

后来人们崇拜神灵,画神像,塑神态,都让神坐在莲花上,就是受莲生伏羲女娲的影响,也是对莲生伏羲女娲的纪念。

(整理:郭云梦)

嵩山奶奶庙

嵩山西麓五佛山下有一座奶奶庙,也叫奶奶堂,庙里供奉着一尊慈祥和善的泥塑像——老奶奶。老奶奶坐在莲花盆上,背后墙壁上画着飘浮着云气的晴空,膝下放着几十个泥娃娃,象征子孙满堂。老奶奶是谁?放那么多娃娃做啥?

传说,老奶奶叫女娲。自盘古开天辟地之后,大地上由混沌变得清明了。有了山,有了河,有了鱼,有了花草树木,有了珍珠美玉,但是只有女娲自己和伏羲,不免感到孤单和无聊。

一天,女娲在水池边洗手,突然从水中看到了自己的影子,非常好看,她搅动了水,平静的水面,马上出现了波纹,影子也就破碎了。待水恢复了平静,自己美丽的影子又在水中出现。她对影子说话,影子也对她说话;她向影子招手,影子也向她招手。她想:要是岸上有很多和自己一样的人该有多好啊!她便掘取池边的泥土,仿照水中的影子做起了泥人。她做成一个放在地上,接着再做一个。啊!刚放在地的泥人便鲜活了起来,说话,走路,一举一动都和自己一样,他们有男有女,都向女娲叫妈妈,女娲兴奋极了。她越做越多,越做越快,感到两只手不够用了,就拿绳子往水池里一捞,带出的泥滴在地上,全都成了活生生的人。

女娲做的人多了,男人女人们慢慢长大,女娲就让他们结为夫妻,生孩子。生的孩子都向女娲叫奶奶。有的孩子长大又生了孩子,就叫女娲为老奶奶。有些男女虽结了婚没生孩子,就向女娲要孩子,有的还偷孩子。这样一来,女娲真成了包送孩子的老奶奶了,人们便称她为人类的始祖。为了表示尊敬,不直呼她的名,只喊她为老奶奶。

人的繁衍越来越多,祖祖辈辈都忘不了她的恩德。为了使后来人记住她的好处,人们便给她盖祠庙,敬奉她。过年过节人们都要去祠庙内给她化纸钱,摆供品,烧香磕头,表示孝心。新媳妇一过门,人们便想从奶奶庙给她偷个泥娃娃,藏在她的席沿儿下,希望她早得贵子。但这种行为又不算偷,因为大家都知道,给新媳妇送娃娃这本是女娲的职责呢!

(整理:耿直)

女娲捏造人畜

对一年的头十天,有这样一个说法:一鸡二狗、三羊四猪、五马六牛、七人八谷、九果十菜。过年时,无论大人小孩都非常关心这十天天气的好坏。比如说,大年初一是晴天,人们今年就要多喂鸡,这一年的鸡不会生病。如果初八这天是阴天,人们就说今年的收成不会好,要省吃俭用。这是从何说起呢?

传说女娲娘娘降生后,地上没有人,没有鸡狗猪羊牛马,也没有五谷和瓜果蔬菜,她就用泥巴捏了这些东西,捏好了放那里晾晾,再吹口气,都成活的了。

女娲娘娘第一天捏了鸡,第二天捏了狗,第三天捏了羊,第四天捏了猪,第五天捏了马,第六天捏

女娲捏造人畜

了牛。第七天捏人时，女娲娘娘把泥巴揉了又揉，捏得特别细心。泥人捏好后，还没晾干，天下了雪。女娲娘娘怕泥人冻坏了，就用树叶包起来。所以，古时候的人穿树叶，现在要穿衣裳。女娲娘娘造出了鸡狗猪羊马和人，又给造吃的东西，第八天她又捏了五谷，第九天捏了瓜果，第十天捏了蔬菜。

女娲造出了鸡、狗、猪、羊、牛、马、人和五谷、瓜果、蔬菜的这十天，后人说就是一年的头十天，所以有"一鸡二狗……九果十菜"的说法。人们过年正是庆贺人和这些生灵的生日。初七这天是人的生日，家家户户都吃面条，这叫"长寿面"。

（整理：冬禾）

女 娲 泉

河南省汝州市大峪乡的北方邻近登封境处，有一座高山叫小红寨，在小红寨最高处的太极峰上有一眼清泉，该泉有拐杖粗细，清水长流，长年不竭，那泉水清澈可口，清凉甘爽。让人感到神奇的是，泉水出自峰顶，西面是悬崖，其余三面地势较低，根本没有渗水成泉的条件。那么高峰上的水是如何而来的？这里有一个美丽的传说。

女娲补天

相传，在远古时代，我们的祖先伏羲氏和他的妹妹女娲带领东夷族从甘肃一带来到中原，与其他部落联合起来，揭开了华夏文明的序幕。此后，女娲带领部分部落成员来到小红寨，他们看到这里林密果丰，山下（今大峪村一带）湖大鱼肥，是生存的理想之地，便在山上掘穴挖窑，在山坡上寻洞搭棚，定居下来，过上了渔猎和农耕生活。

可是天有不测风云，有一天，小红寨上空的蓝天突然裂开一个窟窿，混沌物从天而降，顿时天昏地暗,四周陷入一片混沌之中。见世间万物处在水深火热之中,濒临灭亡,曾在河北涉县有过补天经验的女娲冷静迎战。她召集部落里的人兵分数路,从大红寨找来五百多种草药,从蜜蜡山找来九十九种木柴,从小红寨南坡挖来五色土石,从关顶山火石岭上取来火石,然后燃起大火炼石烧土。

待到火候时,女娲用特制的九龙拐杖往太极峰上猛地一插,大喊:"水,水,水!"果然从地上冒出一股清泉,汩汩流向炼石场。女娲赶紧用水把炼就的土石火灰揉成团团,和大家一同搬到太极峰上。

女娲脚踏峰顶,昂首挺胸,用手托起五色土石,将苍天缺口牢牢堵住。于是,混浊的天地又重新恢复了光明。

女娲补天成功后,周围各部落的首领都赶来庆祝,大家一同推荐她做了首领,在小红寨周围耕作劳动,过着幸福的生活。

后人为纪念女娲,把她留下的清泉叫女娲泉,还在太极峰后面建了女娲庙,后来被称作"奶奶庙"。至今小红寨的山顶上还居住着几十户人家,世世代代流传着女娲的美丽传说。

(整理:樊忠义)

水 帘 洞

大红寨山腰有座水帘洞,顺着山的南北走向,少说也有十里长。水帘洞洞连洞,据说有一百零八洞,洞内能容下千军万马。

传说上古时候,大红寨生活着男女两个部落,男部落首领叫伏羲,住在南山腰的石洞里,女部落的首领是伏羲的妹妹女娲,住在北山腰的山洞里。当时两洞才两丈多深,洞里既住人,又要堆放杂物,实在盛不下。咋办?兄妹俩商量了一下,便开始打洞,哥哥领人从南头往北打,妹妹领人从北头往南打。为了打洞,他们把硬石和骨头磨成工具,用这些工具去撬去砸,撬不开砸不掉的就用火烧,用大火烧一两个时辰,石头就会裂开长缝,人们再用木棍、长骨和石器插在缝中用力撬,石块便掉了。就这样他们一直干下去,最后终于凿成了十里长的水帘洞。从此以后,人们白天在山上打猎、耕田、采药,夜晚住进山洞,风刮不到,雨淋不着,幸福地生活着。

后来,女娲看到瀑布从水帘洞北口往下流着,老碍事,就用一根石柱把洞顶的流水槽支起来,让水靠洞的左边往下流。这个石柱叫"一条腿"。伏羲看到大水顺着水帘洞南口往下流,总是淋湿人,在洞顶左边挖了个水坑,让水改往洞左往下流。于是这里的人便有了一个口头禅:"水帘洞水不淋头,清泉瀑布左边流。"

又过了很久,炎黄二帝来到中原,他们听说伏羲和女娲兄妹俩过去在大红寨上生活,上面有土地、有果树、有药材、有水坑,另外还有水帘洞,住宿不成问题,就带人马赶到这里。他们来到这里一看,这处所确实不错,就把人马安排在这里,炎帝人马住洞的南半截,黄帝住洞的北半截。他们在这里驯马、养蚕、耕田、织丝,家业一天天旺盛起来,人口也发展壮大起来。后来他们感到水帘洞挤得慌,于是又在水帘洞高低左右凿了许多连环洞,这样便解决了住宿问题。

从此,炎黄二帝的后代便生活在那里,洞里祖先留下了石炕、石枕头、小石磨、石刀、石斧之类的东西。

(整理:樊忠义)

神堤与女娲窑

神堤,是上古时代留存于巩义市河洛镇黄河与洛河交汇处的一个村落,现今分为神南、神北两个自然村。而女娲窑就位于神北村后的一个被人称之为神尾山的神仙沟里。

《施府志》对神尾山曾经有过记载:"所谓神尾山者,北邙尽处,谓神都邙山之尾也。"而关于神堤和女娲窑,在附近的民间有着许多历史传说,最被人津津乐道的是这样的一个故事。

传说上古时代,天地初开,人神共处。忽然有一天,水神共工和火神祝融不知为什么打了起来,他们从天上一直打到地下,闹得天地不宁,最终祝融打败了共工。而共工不服,一怒之下,撞倒了支撑天地的大柱,天塌了半边,出现了一个大窟窿,地陷成了一道道沟壑,山林烧起了大火,洪水从地底下喷涌而出,龙蛇猛兽趁机吞食人类……天帝见此情形,便降补天大任于女娲。

于是,女娲就选用五种颜色的石头架火熔化成浆,将残缺的天窟窿补好后,又斩下一只大龟的四只脚当四根柱子把倒塌的半边天支撑了起来。

女娲虽然补好了天,可历经这样一场大灾难,人类却即将面临着灭绝的危险。这个时候,女娲的哥哥伏羲来到了她身边,两人经过一番商量,决定共同繁衍人类,并治理天下。

于是,女娲就在傍依黄河的神尾山开始造起人来,她挖好山上的黄土,用黄河水和成泥,然后照着自己的模样捏出泥人,经太阳晒干后收到窑洞里,再对着泥人一个个吹气,得到女娲气息的泥人马上就变成了有生命活力的人。女娲好不欢喜,便不停地捏呀捏,捏了很多很多。但是,有时候遇到刮风下雨,她来不及一个个收回窑洞,就用扫帚呼啦呼啦不停地往窑里扫去,这样一来,有的泥人就难免被扫掉胳膊弄断腿,或是伤了眼睛和耳朵,于是便出现了很多瘸子、瞎子和聋子等残疾人。

后来女娲觉得一个个捏人太累了,便用扫帚蘸着泥浆用力甩向四周,甩出去的泥滴一落地,立刻就变成了活蹦乱跳的小人儿。小人儿们围着女娲称母喊娘,女娲非常高兴。

女娲觉得有些疲惫,于是便挥手让小人儿们男女配对儿,各自去生活、劳动、繁衍子孙。

女娲抟土造人的时候,哥哥伏羲也没闲着。他在洛河对岸筑一高台,每天站在高台之上,仰观象于天,俯观法于地,始河出图,洛出书,后创八卦,以利人类发展之生存。此地被后世之孙称其为伏羲台,至今犹在。

兄妹二人为拯救人类废寝忘食,而滔滔河水却把他们相隔两岸不得团聚。两岸的土地爷感动于兄妹二人繁衍、造福人类的精神,就心生慈悲,每当夜幕降临的时候,就把两岸的土地并拢成一条道路,让他们相聚团圆。翌日一早,等各自忙碌的时候,又悄悄使土地回归原位。女娲和伏羲因感恩土地爷的善心,便报请玉帝,封这里为神堤。

女娲当时造人住过的神仙沟的窑洞,也被后人称作"女娲窑",一代代地留存了下来。

据村里的老人们说:从前,神堤的神仙沟里有女娲窑,窑洞内世代都供奉着女娲老母的金身塑像,同时还把女娲老母视作"送子奶奶"。这一带,如果谁家娶了媳妇不能生育,便会到女娲窑中摆供跪拜,祈求赐子,然后在神像座儿下摸出一个可爱的泥娃娃,用红布裹严实了抱回家放到床下,结果都能如愿。因此,女娲窑的香火一直延续到现在都十分旺盛。

阴阳石的传说

中岳嵩山北麓的老庙山里,有条河谷叫洪荒沟,沟底有两块比碾盘还大的圆形石块叠在一起,当地群众都叫它"阴阳石"。传说很古的时候,洪荒沟外有兄妹二人,他们每天上山放牛、砍柴,路过金狮岭上一尊石头狮子时,都要把带的干粮分一半给石狮子吃。

有一天,兄妹二人路过金狮岭,当他们再一次把干粮放进石狮子嘴里准备离开时,突然,那石狮像人一样开口说道:"你们兄妹二人心肠太好了,我一定要报答你们。不久尘世上就要遭受一场大劫难,谁也无法幸免。但我可以救你们,以后上山,你们要注意我的眼睛,如果哪一天我的眼睛变红了,就是尘世上的大劫难来临了,到那时,你们要赶快到我身边来,我会搭救你们。千万要记住!"兄妹听了,又惊奇,又害怕,想再问什么,狮子再也不说话了。

传说中的石狮

以后,兄妹俩照样上山放牛、砍柴,照样分出干粮喂石狮子吃。但多了一件事,就是每天都要仔细看看石狮子眼睛红不红。这样又过了一些日子,突然有一天,兄妹俩在上山的路上,听到一种令人不安的声音,这声音铺天盖地而来,像风雨飒飒,像波涛滚滚,像狂飙怒卷,像熔岩奔突,霎时,天变黄了,地变黑了,恐怖笼罩着宇宙。兄妹俩慌忙朝金狮岭跑去,远远看见石狮子的眼睛红得像两盏红灯。他们还没跑到跟前,石狮子就急忙说:"快,快爬进我肚里去!"说着,便把大嘴张开。兄妹俩刚爬进去,石狮子便把嘴合上了。

兄妹俩在石狮子肚里,一点也不知道外面发生的事情。这里又舒服,又暖和,还放着不少吃的东西,仔细一看,原来全是他们俩每天喂给石狮子吃的干粮。于是,饿了,他们就拿块干粮吃。也不知道又过了多少日子,直到把干粮吃完了,他们才听见石狮子说:"尘世上的劫难过去了,你们俩出来吧!"兄妹俩赶忙从石狮子嘴里爬了出来,四下一看,世界全变了:就像大水冲过、大火烧过,所有的生物都灭绝了,像混沌初辟,地老天荒。兄妹俩看到这一片凄凉的景象,禁不住哭了起来:这可怎么生活啊?

石狮子说:"好心的兄妹,不要哭。现在世上只有你们兄妹二人了,要战胜灾难,生活下去。但更重要的,还是繁衍子孙,让人类复兴旺盛起来,你们兄妹应该成个家。"这么一说,兄妹二人都不同意,亲兄妹怎么能够结婚呢?石狮子理解他们的心情,想了想,说:"这东西两座山上,各有一块碾盘般的大圆石头,把石头滚下洪荒沟底。如果两块石头合在一起,你们就结婚,石分阴阳,人做父母。如果石头合不到一块,那就只好让人类灭绝了,怎么样?"

兄妹俩只好答应了。

兄上东山,妹在西山,果然找到两个形状相同的大圆石头。妹呼哥,哥喊妹,两山呼应,便同时把石头推下沟去。那两块巨石像用绳子牵着一样,"呼隆隆"一声响,滚落沟底,一上一下,正好合在一

起。

于是,兄妹二人便在洪荒沟底盖了石屋,成了亲,并且用石头锻造了刀、斧、镰、锄等各种工具,开始了艰难的原始生活,生儿育女,繁衍后代。据说,这兄妹二人便是现代人类的始祖。后来,他们的后代多了,便禁止兄妹通婚,并制订了婚礼,使原始时代的血缘婚进一步发展到族外婚。

直到如今,在老庙山的洪荒沟底,那合在一起的两块巨石还在,人们都把这两块石头叫作"阴阳石"。

磨　沟

嵩山东麓有个磨沟村,传说开天辟地的时候,从山上滚下来过磨扇。

据说,天地相合以前,这里住着一户善良的人家,老夫妻俩生了一对挨肩的孩子。那年,母亲去世了,剩下父子三人过日子,姐姐十七岁,弟弟十六岁。爹终日在地里做活,姐姐在家里缝衣做饭,弟弟去南沟口外奶奶庙上学。这奶奶庙不大,三间大殿,中间敬神,两头是学堂,孩子们就在这里读书。庙外边有一对青石雕刻的石龟,左边是公相,右边是母相。

弟弟很用功,别人没来他先到,别人走了他还在。有一天后响,同学们都走了,只剩下他还在读书做功课。等做完作业,天已经麻糊眼了。他出来庙门,正低着头往前走,忽听背后有喊叫声:"喂!你过来!"

弟弟回头一看,不是人喊,是庙门左边的石龟在喊叫。他问石龟:"你喊我弄啥哩?"

石龟乞求说:"我肚老饥,你明日上学,给我捎个馍吃吧?"

"中。"弟弟答应了石龟的要求。

这时,右边的石龟也说话了:"你也给我捎个馍吃吧?"

"中。"弟弟也答应了。

第二天,他来上学,给两个石龟各捎了一个馍。当他拿着馍走到石龟跟前的时候,两个石龟都伸着脖子张着嘴在等着。他把馍往它们嘴里一扔,石龟"咣当"就把嘴合住了。整整捎了九十九天,一共给两个石龟捎了一百九十八个馍。就在这九十九天的后半响,天昏地暗山摇动。弟弟还像往常一样,最后一个走出了庙门,一看,两个石龟的眼都红得像血罐一样。左边的石龟说:"明日一早,让你姐姐给你烙个馍,赶快到这里来!"

他不了解其意,问道:"为啥?"

"到时候你就知道了。"石龟不敢泄露天机,又嘱咐说:"这一回,你无论如何要听我的话!"

"中。"他答应了。右边的石龟也说:"你每天给俺俩捎的馍是谁烙的?"

"是俺姐。"

"明日一早,叫你姐也跟你来。"

"中。"他答应着,回家去了。

第二天一早,爹起身做活去了,姐姐按弟弟说的烙熟了两个馍,姐弟俩拿上,便向庙门前跑来。快来到庙门外的时候,只听石龟喊道:"快!赶快钻到我肚子里来,天地快要相合了。"弟弟听说天地要相合,顾不得后边追赶的姐姐,"哧"一声钻到左边石龟肚子里去了,石龟"咣当"把嘴合住了。

这话姐姐也听到了,心里很害怕。这时,她看见刚出来的日头乱跳,山岭乱摇,正愁着没办法,门右边的石龟喊道:"快到我肚子里来!"姐姐还在犹豫,石龟催促道:"快!天鼓就要响了!"

姐姐便慌忙钻到石龟肚子里,石龟"咣当"也把嘴合住了。

姐姐弟弟在石龟肚里整整藏了九十九天,终日像冬眠一样,昏昏沉沉,吃了睡,睡了吃,各吃了石龟肚里的九十九个馍。外边发生了什么变化,他们也不知道。到一百天头上,石龟又开口说话了:"天地相开了,还剩下一个馍,快吃了出来吧。"

姐弟俩像睡了大觉醒来,从石龟肚里爬出来一看,天还是那样蓝,地还是那样黄,就是人不见了,房没有了。他们问石龟道:"世上的人和房子都到哪里去了?"

石龟对他们说:"事到如今,实话对你们说吧,你们在俺肚子里整整藏了一百天。俺肚子里的一天,就是世界上的一万年。天地相合的大灾大难过去了,现在天地相开,又是一重世界啊!"

传说中的石磨

姐弟一听,知道自己躲过了这场大灾难,是两个石龟搭救了他们,赶快跪下给两个神龟磕头。

石龟说:"现在世上只剩下您姐弟俩了,俺劝你俩结成夫妻,生儿育女,繁衍后代吧。"他俩都说亲姐弟结亲老丑,含着泪走了。

他们走后,母龟对公龟说:"咋办呢?尘世上只有这姐弟二人,他们若执意不肯成亲,以后谁来流传后嗣呢!"

公龟笑了笑,说:"这样吧,咱俩变成他家的两扇石磨,到时候让他俩上山滚磨,使两扇磨在沟里相合,叫他们知道,姐弟俩结亲是天意。"母龟说:"中,用这个办法试试。"

姐弟俩回到家里,啥都没有了,只有院里的两扇磨还在。后来,弟弟开荒种地,姐姐抽丝织布,日子过得很好。但有一件事不称心,姐弟俩都到了婚配的年龄,可世界上只有自己亲姐弟俩,这种事又都说不出口。天数老多了,姐姐向弟弟提出来结亲的要求,弟弟还是不同意。

姐姐说:"昨夜我做了个梦,神说爹留下两扇磨,你推一扇上东山,我推一扇上西山,叫两扇磨往下滚,滚到沟底合一块了,咱俩就该成亲,合不到一块,就不成亲,你看中不中?"

弟弟想了半天,说:"中!"

二月二十这天,姐姐推磨上了西山,弟弟推磨上了东山。到山顶后,共呼一声,两人一齐把石磨往沟里滚。磨扇滚到沟底,"咣当"一声合一起了。

姐弟就在石磨跟前拜了天地,结成夫妻。小两口正在行礼的时候,听到半空有说话声:"罢,罢,罢,可成全了他们。"姐俩一看,两磨扇又变成了俩神龟,便赶快叩头。转眼神龟又不见了,哪儿去了?原来他们是天上玉皇大帝的金童玉女,两相爱慕,被贬到凡间受罪。这次他俩又泄露天机,玉皇又降旨一道,使它们永为石龟,不能变回。

(整理:韩有治)

二、伏羲神农时代

伏羲八卦台

在巩义境内的黄河和洛河交汇处东边阜岗上,有个使人肃然起敬的平台,这就是伏羲台,也称"八卦台"。因为伏羲和女娲是人类的始祖,所以,这座相传伏羲曾演画过八卦的平台就格外引人注目。

伏羲氏出生在成纪(今甘肃省天水市),他最早演练八卦处也在成纪。现在那儿还有一座香火很盛的伏羲庙,庙内天花板上,镌刻着八八六十四卦和河图洛书。在渭水和陇水交汇处,还有一座不高的八卦山,上面还有伏羲殿,此山被称为"画卦台"。而巩义的河洛交汇处及伏羲台的地形,竟然和甘肃的"画卦台"惊人的相似。巩义流传有伏羲画八卦的故事,但据有文化的老人们传承,这儿其实是伏羲最后演成八卦和创龙形文字的圣地,因为伏羲是根据这儿出现的河图洛书才取得了成功。

传说当年伏羲和女娲抟土造人以后,伏羲被百姓们奉立为"羲皇",建都于陈(今河南省淮阳县)。伏羲一生有八大功绩:一是教化人们佃渔畜牧,二是演画八卦,三是造书契,四是作甲历,五是定四时,六是制嫁娶,七是造琴瑟,八是以龙纪官。据说,伏羲到了老境,不愿再涉凡事,就把皇位传给他妹妹女娲,称为娲皇。而他自己呢,就隐居到酷似他家乡风貌的河洛交汇处东南边儿的平台上,继续研究他心爱的八卦,想把它演画成熟,让它留传后世,为人类文明做些贡献。

伏羲辞了皇位抛开凡事后,就专心致志地深探八卦的奥秘。他躺在地上就观察天上的万象,俯视大地就研究地理的法则,旁观鸟兽虫鱼的形态与天地之间的联系,近的探究自身各种器官的阴阳,远的探究各种植物事物的兴衰。还有一种说法是,当时河洛中有许多玄龟,常爬到伏羲台上去晒太阳,伏羲根据这些龟身上的不同纹状演习出八卦,所以龟的代称就叫作"八卦"。伏羲以极高的圣人心智,经过七七四十九年的反复研究,终于融会贯通了天地人和各种事物之间的奥秘,他发明了"乾、坤、震、艮、巽、离、坎、兑"八卦符号来推演万物定乾坤,初步开启了人类文明的序幕。

伏羲演成八卦后,真是又喜又忧,喜的是多年的心血终于大功告成,忧的是这些研究成果如何能够传给后人呢? 伏羲静下心来,凝神坐在平台上,眺望着脚下的黄河与洛河从容地交汇。按说,两条大河交汇应像两条巨龙争斗,势必卷起惊涛骇浪,生发出许多恐怖的声势。然而,这黄河与洛河却是风平浪静的和谐交融,真算是一个奇迹,也是乾坤阴阳的自然妙应和实证。

伏羲正在海阔天空遐思时,忽然看见大河之中升腾起一片五彩荣光。继而,一条从未见过的大怪物飞出水面,冉冉飞到伏羲台前,悠然地上下翻飞,像是来祝贺他完成了八卦研究。过了一会儿,那怪物从空落下,静卧在伏羲身旁。伏羲看它生着马的头、鹿的角、蛇的身、鱼的鳞、鹰的爪,以前从没有见过,也没听说过,就给它取名叫作"龙",也称为"五瑞"。伏羲见它不断地故意在自己眼前飞舞,心中灵光一动,悟出了一种伟大的学问。他根据"五瑞"胸背上的鳞形,头部仰俯的状态,尾上的羽舞,爪的抓击,翅的翔动以及各部位各不相同的变化,记成了许多符号。伏羲又根据这些符号,分为象形会意诸类别,形成了中国历史上最早的文字,后被称为"龙形文字"。这种文字是目前现行文字的先祖,而龙则成了华夏民族的图腾。由于伏羲发明了龙形文字,也就顺利地把他的八卦传及了后世。

伏羲氏

后来,人祖伏羲升仙走了,而他当年在这儿结庐隐居的东岭平台,就被后人称为伏羲台或伏羲八卦台,并在台上建造香火极盛的伏羲庙。19世纪30年代,此庙被毁。至如今,河洛镇洛口村的寨门上还镌有对联:"休气荣光连北阙,赤文绿字焕东周。"说的就是伏羲创造文字泽被后世的事儿。

伏 羲 降 龙

很久以前,西方的大山里,有个深水潭。方圆的百姓都必须靠潭里的水生活。

有一天,起了大风,刮得飞沙走石。原来是一条黄龙从别处飞来,钻进了潭里。这条黄龙吃人肉,喝人血,害得这一方百姓没法生活,纷纷逃到外乡。

人祖伏羲在八卦台前推算八卦,掐指一算,知道有条黄龙在西方作恶,那里的老百姓有大灾大难。他就乘上六龙,披着胡叶,来到了潭边。

伏羲降龙

伏羲从身上掏出一个小铜锅,用火石打着,就烧起水来。这铜锅是件宝物,烧一个时辰,能烧干四海的水;烧两个时辰,能烧倒龙宫。伏羲刚点着火,潭里的水就滚了。

黄龙哪能顶得住?变个老头从潭中钻出来,指着伏羲问道:"伏羲,我和你没冤仇,你为啥跑来害我?"伏羲说:"你占了水潭,又残害四方百姓,怎能饶你!"黄龙把眼一瞪,说:"伏羲,你无情,我无义,今儿个咱就拼个你死我活!"伏羲说:"小小恶龙,还不跪下请罪,看我要你的命!"

这时,变成老头的黄龙又现出原形,张开血盆大口,吐出一股黑气,顿时天空阴云滚滚,大雨倾盆,一时间,恶浪滔滔,直朝伏羲扑来。伏羲不慌不忙,乘上六龙,拿出青龙拐棍。这青龙拐棍也是一件宝物,是老天爷叫伏羲下界时,送给伏羲的。不管遇上啥妖魔鬼怪,只要用这青龙拐棍去打,没有打不胜的。黄龙不知道这拐棍的厉害,被伏羲一拐棍打在背上,打得皮开肉烂,鲜血淋淋。

黄龙见斗不过伏羲,就往水底下钻,朝着东海的方向逃去。

黄龙经过的地方,出现一条弯弯曲曲的大河,就是今天的黄河。

伏羲降服了黄龙,西方的百姓又过上了安生的日子。

(整理:雷文杰)

洛 神 宓 妃

洛神宓妃

传说很古的时候,洛河岸边住着一个美丽的宓妃姑娘,她是伏羲的女儿。宓妃不但聪明美丽,而且会打猎、能捕鱼,还会唱歌、跳舞,洛河岸边的人们都很喜欢她。

宓妃长到17岁的时候,出落得光彩照人,仪态万方。她上山打猎的时候,兔呀、鹿呀,看到她就不走了。她下河捕鱼的时候,鱼儿成群结队地往她的网里游。她一展笑容,盛开的鲜花就羞得低下了头,她一开口唱歌,连林中的百灵鸟都噤了声。在洛河岸边,所有的姑娘都愿和她搭伴,所有的小伙儿都想和她说话。无论她走到哪里,哪里便充满欢乐。

当时,洛河里有个龙头人身的怪物,也被宓妃的美丽弄得神魂颠倒,它常常无端地把河水弄得泛滥成灾,淹没岸边的庄稼,冲倒居民的住房,使无数人流离失所。它说,只要宓妃答应嫁给它做妻子,洛河的水患就会停止,人们便可以安居乐业。

宓妃终于知道了洛河怪物的意图。她想了三天三夜,最后决心牺牲自己,拯救两岸的百姓。她把这个想法一说,两岸的百姓悲痛极了,可是又有什么办法呢?

当年六月二十三日,宓妃要走了,她把乌黑的头发梳了一遍又一遍,一共梳了七七四十九遍,河两岸便突起了七七四百九十里堤岸。她把美丽的衣裳换了一遍又一遍,一共换了七七四十九遍,堤岸上便长出七七四百九十里柳树。最后,她告别了来送行的乡亲,走进了洛河之中,从此,成为洛水之神。

两岸的人们为纪念宓妃，在岸边盖起了庙宇，做了美丽的塑像，一年四季奉祀，把她称为"洛河娘娘"。巩义回郭镇一带每年农历六月二十三日有个古庙会，据说就是为纪念宓妃而举办的。

五谷的来历

远古的时候，人们群居在一起，靠打猎过生活。后来，人慢慢地多了，猎物渐渐地少了，这样一来，人们因打不到充足的猎物常常挨饿。

那时候，一个名叫稷的青年人，望着面黄肌瘦的人们，心里非常难受。他是个有心计的人，想把满山遍野的东西都尝一遍，看什么好吃，好为大伙寻找些食物。因而，不管树上结的，还是地上长的，他都放在嘴里尝一尝、品一品，就这样给大伙找着了水果和蔬菜。人们在吃完当天捕获的猎物感到不饱时，就再吃些水果和蔬菜充饥。

稷虽然给大伙找着了能充饥的水果和蔬菜，但这些东西都是应时而生，只能吃个新鲜，不宜贮藏，难当主粮。于是，稷下了决心，要走遍九州，尝尽天下所有的草木果籽，为大伙找些能做主食的粮种。

那时候的首领是女娲圣母，稷把他的打算给女娲圣母说了，正在为人们食物犯愁的女娲圣母听了非常高兴，当即把她束发的红头绳解下送给稷，让稷作鞭去鞭打草木，开始找食物，并又把她的五个儿子给稷做侍从。

女娲圣母给稷做侍从的五个儿子名叫稻、黍、麦、菽、麻。临行时，女娲圣母拿出五条五色袋，把白袋子给了稻，把黄袋子给了黍，把红袋子给了麦，把绿袋子给了菽，把黑袋子给了麻。女娲圣母对她的五个儿子说："稷立下了大志，要走遍天下为大伙寻找粮食，你们跟着他，要听他的话。"

稷领着稻、黍、麦、菽、麻出征了。他举着红绳鞭在前面开路，稻、黍、麦、菽、麻身背五色袋子在后边跟着。稷不管见到什么草籽，都要捋下来放在嘴里嚼一嚼，品品味。特别是对那些长得饱满的草籽嚼得更碎，品得更细。他觉得好吃的，就让稻、黍、麦、菽、麻去采集，按色按类分别装在五条袋子里。

他们周游四方，选择、收集着好吃的草籽。慢慢地，五色袋子都装满了。这天，他们正走着，忽然看见一座险山上长着一种高秆红穗的东西，想采集，可山陡上不去。怎么办？几个一商量，便砍倒古木，搭架而上。他们费了九牛二虎之力，终于上到了那座山顶。站在山顶上，俯视山下，见有五条山谷，稷便对五个侍从说："要得人们永远不挨饿，单靠采集野粮是不行的，必须学会耕种。现在这架山有五条谷，你们每人可选一条谷下去，把袋子里的种子种下，摸索出一套耕种技术。然后，我们再去四面八方向人们传播推广，大家都必须动起手来耕种，才会永远不挨饿。"

稷说罢，他的五个侍从各选一条山谷下去了。在临水的地方砍草开荒，下种子，干了起来。稷为了兼顾各条谷的庄稼，就住在山顶上。他也开了一片荒，把那高秆红穗的东西种下。他一面管理他种的庄稼，一面下到山谷去指导稻、黍、麦、菽、麻的耕作。就这样，他们在那座山上住了三年，摸准了各种作物生长的习性，总结出一套耕作经验，然后分头去四方教人耕种。

后来，人们把稷种的庄稼叫稷，把稻种的庄稼叫稻，把黍种的庄稼叫黍，把麦种的庄稼叫麦，把菽种的庄稼叫菽，把麻种的庄稼叫麻。因它们是在五条山谷里种成的，就把粮食总称为五谷。

稷死后人们怀念他，为了不忘他尝百草、分五谷、开创农业的功绩，称他为神农氏。因为他亲手种的红穗稷一来秆高，二来又是在山顶上种的，后人多称稷为高粱。

（整理：杨东来）

神 鞭 降 牛

传说，神农氏就是农业的神。在很古很古的时候，人们对庄稼和草区分不开，不知道种庄稼吃五谷杂粮，只知道用石头打野兽或者上树摘野果子吃。后来，有一位神人出现了，他就是神农氏。神农氏力大无穷，无论多么粗的树，他一伸手就拔出来了。他有一条神鞭，用这个鞭子鞭打百草，就知道各种草的味道，结果选出了五谷杂粮。然后，他把人们叫到一起，教大家种这些五谷杂粮。后来人们把五谷杂粮统称为庄稼。

神农氏

庄稼种下去后，天大旱，苗都快干死了。人们没法，又去找神农氏。神农氏拿着神鞭的把儿，在地上一连戳了九个洞。一会儿，洞里就往外涌出了清清的泉水，水流进了田里，庄稼又都活了过来。

眼看着到了秋天，庄稼就要熟了。这时候，突然跑来一个头上长着犄角的怪物，在地里乱盘腾，见庄稼就咬、就吃。人们害怕，又去找神农氏。神农氏跑到地里一看，啊，原来是牛魔王偷偷下界来了。神农氏见它毁了不少庄稼，心中好恼，举起鞭子就打。

牛魔王呢，吓得扭头就跑，一边跑一边还吃。牛魔王正在吃高粱穗，神农氏赶上来一鞭把牛魔王的嘴打流血了。所以，直到现在高粱穗都是红色的，那是牛魔王的血染的。牛魔王又去吃玉米棒，把一棵玉米的棒棒吃得只剩下两个时，神农氏又赶上来，用力一鞭，把牛魔王的右角打弯了，牛魔王疼得赶紧又跑了。牛魔王跑呀跑呀，跑到了豆地里，刚张开嘴要吃豆子，神农氏赶上来用力一鞭，把牛魔王的上牙全给打掉了，直到现在牛的上牙也没再长出来。这一下，牛魔王疼得"哞哞"直叫，再也不敢乱吃庄稼了。

神农氏制服了牛魔王，对它说："你就留下老老实实帮助人种地吧，要不，还用鞭子抽你！"牛魔王望了望神农氏手中的鞭子，心里又害怕，又不情愿，说："好是好，就是这地方蚊蝇太多，我怕叮。"神农氏说："那不要紧，我给你一把蝇甩子。"说着话，递给牛魔王一把蝇甩子。牛魔王无话可说了，接过蝇甩子往屁股上一插，就走了。

从此，人们就用牛耕作，种起庄稼来了。现在，庄稼人使牛都拿一条鞭子，鞭子一扬，牛就吓得直往前蹿，那是被鞭子打怕了。

人们感激神农氏帮他们掌握了种田本领，就尊神农氏为农业神。

（讲述：张智杰　整理：任聘）

造物主神种玉荄

盘古有四个儿子,一个女儿。他开天辟地后,叫他的大儿子司管九霄,为万神之尊,人称"玉帝";叫他的二儿子司管九州,为人间始祖,人称"黄帝";三儿子司管物种走兽,人称"造物神";四儿子司管水族,人称"龙王";小女儿司管百花,人称"花神"。

盘古开天辟地劳累过度,伤了元气,将死的时候,把三儿子叫到跟前说:"你生性懒惰,今昔对比大地荒凉,草木不生,禽兽无影。我死后,希望你勤奋起来,使草木茂盛,禽飞兽走。"

盘古走后,造物神遵照父亲的遗嘱,很快使草木生长起来。有了草木,鸟兽也活跃起来,大地一派生机。这时,造物神又懒惰了,整天呆在他的安乐宫中,啥也不管了。

一天,黄帝来到安乐宫,对造物神说:"人类急需食物,赶快去造。"

造物神懒洋洋地说:"野果足够人吃了。"

黄帝说:"人越来越多,野果已经不够吃了。你必须马上再造一种食物,供人食用。"

黄帝走后,造物神想到了父亲盘古的话:往南走四万四千四百四十里有座藏种山,山上有一个藏种洞,洞里有四粒种子。两粒是白色的种子:一粒可生长成白玉石;一粒可生长成高大的白玉荄树。另两粒是黄色的种子:一粒可生长成金属;一粒可生长成高大的黄玉荄树。白玉荄树和黄玉荄树结的果实,都可以供人食用。

造物神坐上麒麟车,从五月到八月走了三个月,才到了藏种山,取出两粒玉荄树种。所以现在的玉荄,五月种上,到八月才熟。金和玉的种子,造物神懒得拿,仍留在山中。所以现在金和玉只有从山里才能找到。

有了玉荄树种子,要培育成高大的玉荄树还很麻烦。首先要把种子播种在净土里,而这净土只有"净土园"里才有。净土园在北方,需走三万三千三百三十三里才能找到。其次要浇生长水,而生长水在东方二万二千二百二十二里的"生长泉"中。而且还要浇千穗水,而千穗水在西方一万一千一百一十一里的"千穗潭"里。玉荄树的种子只有埋在净土里,发芽后浇上生长水,开花后再浇千穗水,才能长成高大的玉荄树,树上结满累累的果实。造物神很懒,他取回种子后,顺手埋在垃圾堆上,发芽后没浇生长水,开花后没浇千穗水。结果,玉荄又小又矮,没有长成高大的树,上面只结了一两个玉荄棒子。

(整理:冯胜利)

三、黄帝时代

有熊氏的来历

【熊氏图腾】熊姓图腾,它是有熊氏的族称。其始祖为少典的国君,轩辕黄帝曾经担任过有熊氏的君长。其图腾为两只手供奉着一头熊。熊姓出自黄帝,而黄帝又是伏羲的后裔,依据众多史料我们可知,伏羲号黄熊、黄帝号有熊,黄帝后裔楚国的历代君王也均以熊为姓,这个家族是以熊为崇拜物的氏族。

熊氏图腾

很早很早以前,具茨山(在今河南新郑市西南)姬水河一带,住着一个少典族部落。少典部落的首领叫少典。这少典个头又大又垒实,有一张强硬的好弓,又射得一手好箭,经常独自一人携弓带箭,出入深山密林,射猎鸟兽。

有一次,少典往西边深山里奔走了半日,只猎获了几只山鸡野兔。狩猎人有条规矩,前半天往外走,日到中午就得往回走,一般不在山野过夜。少典坐在一棵大树下,吃了点儿干粮,想休息一会儿往回走,不知不觉就睡着了。朦胧之中,他觉得有什么东西轻轻推他的手臂,一惊跃起,原来是一只大熊站在面前。

这只熊简直是头大牛,比普通熊大得多。猎人们都知道这是熊的领袖,人们都称它熊将军,平时很少见到的。

熊将军见少典醒来,连忙跪在地上叩头。少典以为它乞求猎物充饥,拾起一只山鸡扔给它。它却不理,只是叩头。熊将军见少典不懂它的意思,就调转身子卧伏在少典胯下,摆摆头,轻声吼叫着,示意少典骑在它身上。少典见熊将军反复这样做,眼里似乎还流着泪,猜想定是有急难事求他,就背起弓,拿着箭,骑上了熊将军的脊背。

熊将军驮着少典在山中也不知奔走了多少路,进入了一条阴森的大峡谷,才渐渐地放慢了脚步。

它全身也战栗起来。

这峡谷里尽是参天古树,密密麻麻,阴阴森森,不见天日。熊将军一边走,一边四处张望,似乎怕什么会一口吃掉它。

熊将军慢走了约有四五里路,来到一片平坦的青石上停下来。青石旁有一棵白果树,高十数丈。熊将军靠在大树上,靠靠树,摆摆头,轻声叫叫,示意少典爬到树上。

少典背着弓箭,攀援树干而上。熊将军站在树下抬头仰望着他。当他爬到树脖想停下来时,熊将军摇摇头,举起前掌直指树顶,示意他再往上爬。少典又往上爬了爬停住,骑在一个树杈上。熊将军围住大树走了一圈看看,又跪下叩头,然后离去。

太阳落山了,少典就在树上歇宿。一夜无事,直到第二天黎明时分,少典看见平坦的青石上有两道亮光闪烁,也看不清是什么怪物,又过了一会儿,才看清那是一头巨兽。它身躯庞大,全身毛色乌黑,正静静地站在那里,似乎在等候着什么。

又过了一会儿,天大亮了,从峡谷那头走出一群熊来,有百余只。最前头的那只特别大,一望便知那就是昨天驮他来这里的那个熊将军,正领着熊慢慢向这里走来。

它们排队走在巨兽面前,一齐趴在地上,听从摆布。巨兽走进熊群,扑杀了两只,当场吃掉。之后,熊群才战栗而去。

少典目睹了这一凄惨景象,终于领悟了熊将军的心意:请求他除掉这头巨兽。他取弓抽箭,拉满弓,居高临下,连发三箭皆中。巨兽负伤,环顾四周,不知箭从何处来,大声狂吼。树木被震得"哗哗"作响,如刮了一阵大风。

少典见三箭未中要害,就从树叶中露出身子,朝巨兽连喊两声,引它走近前来。巨兽看见少典,疯狂扑到树下,朝他吼叫。少典急忙拉满弓,对准巨兽喉咙"嗖"的一箭。巨兽中箭后狂蹦乱跳,折腾了好大一阵,才气尽死去。

古人狩猎

过了片刻,熊将军走来,一步一望地走到巨兽身边,用爪触触尸身,得知它确实死了,才仰天大吼,像是欢呼胜利!声震峡谷,远传数十里。

之后,熊群一齐下跪,朝大树叩头。熊将军走到树下,再次朝少典下跪,并示意少典从树上下来。

少典会意,忙从树上下来,骑上熊背。

熊将军驮着少典在前,熊群列队随后,送少典又回到他歇息的那棵树下。熊将军再次跪地叩头,熊群也都伏地叩头,然后才依依别离而去。

从此,少典成了熊的救命恩人,与熊交上了朋友。只要有用到熊的地方,走到那棵大树下学熊大吼三声,马上就有熊出来供他役使。有一年,居住在箕山(今禹州市北)的狼部落向北扩展,与少典部落发生了冲突。少典部落被狼部落打败,失去了不少土地,损失惨重。后来,少典到那棵大树下学熊叫三声,几千只熊从深山密林中奔来。少典带着这些熊赶走了狼部落的人,夺回了土地。因为熊帮助少典部落重建了家园,熊最勇猛,少典就把少典部落改名为熊部落。熊部落的人感到自己有熊相助,很安全,经常对外部落人夸耀说:"我们有熊。"久而久之,大家都称少典部落为"有熊氏"或"有熊部落"。再后来,这个部落逐渐强大,发展成为有熊国,少典就成了有熊国的国君。

黄帝下凡

新郑市城北门外,有座古老的庙宇,庙前竖着一通石碑,上面刻着"轩辕故里"四个大字,我们的祖先——轩辕黄帝就出生在这里。

古时候,这里有座小土山,叫具茨山。山下有一条河,叫姬水河。靠近河边的一个小山洞里,住着一对无儿无女的老夫妇,男的姓公孙,叫少典;女的叫附宝。

一天下午,附宝在北山坡正挖野菜,突然刮起一阵旋风。刹那间,乌云翻滚,天昏地暗,接着一声雷响,把附宝吓得蹲在地上。这时,一道白光在附宝头顶上直转圈,吓得她两眼紧闭,昏了过去。

黄帝诞生

当她醒过来时,见有满天星星。她借着星光,磕磕绊绊地回到洞里,感觉头晕、恶心,肚子鼓了起来,原来是怀了孕。

两年后,附宝生下来个圆圆的大肉疙瘩。这肉疙瘩一落地,越变越大,眨眼工夫,从里面钻出来个十几岁大的孩子。孩子跪在二位老人面前,叫声爹、叫声娘,说自己的名字叫轩辕,并说明了自己的身世。

轩辕原来是天上的轩辕星,主管雷雨,和玉皇大帝是弟兄。因为他在玉皇大帝和黑风怪的搏斗中立过大功,救过玉皇大帝的性命,玉皇大帝让他住在天宫的中宫,并赐给他一条黄龙,他可以骑上黄龙任意去太空游玩。

一天,各路神仙给玉皇大帝拜寿。酒席宴上,轩辕星向玉帝提出,应该开开天戒,让众位神仙看看人间的景致。他这一说,正合各位神仙的心愿,都随声附和。因为是轩辕星提出来的,玉帝就破例答应了。不过,只准游览一遍,不准逗留片刻。

众位神仙驾着祥云,到人间转了一圈,便各自回去了。唯独轩辕星,看了又看,直到各路神仙都走光了,他才回到宫中。他看到老百姓受苦受难,就暗下决心,要到人间去,帮助百姓,改变这种困境。

这天,轩辕星找玉皇大帝和王母娘娘说了自己的打算。玉皇大帝和王母娘娘都不同意。见轩辕星执意要到人间去,他们挽留不住,才勉强答应。于是,轩辕星就从中宫出来。因为中宫是天的正中央,新郑是地的正中心,他直上直下,刚好看见附宝在挖野菜,就投胎而来。

少典和附宝听轩辕这么一讲,俩人都很高兴。后来,轩辕带领百姓,开发中原,统一天下,建国于有熊(今新郑),他就是后人传说的轩辕黄帝。人们不忘黄帝的恩德,把具茨山改名为"轩辕丘",也称

"寿丘"。后来又在轩辕丘上修了一座庙,叫"祖师庙"。附宝感光受孕的地方有一块石头,人称"天心石"。

(整理:蔡柏顺)

轩辕方

黄帝在中原地区威信很高,大家推选他当酋长首领。人们和睦相处,安安稳稳地过日子。

山东一带生活着的氏族首领叫炎帝。炎帝看到中原地区洪水归道,林丰草茂,野味又多,是个生活的好地方,就带领部落群西进中原。于是,炎帝和黄帝发生了一次大的战争,结果炎帝战败。黄帝并不计较,又和炎帝结为兄弟,两个部落群体从此合并成为一家,建立起一个

黄帝战车轩辕方

庞大的炎黄部落,共同开发中原。接着,炎黄二帝领导大家访贤任能,垦荒造田,建房子,养牲畜,很快富强起来。

东南方的部落首领叫蚩尤,他生性暴戾,天性乖张。他听说中原地带是个风水宝地,就大肆向中原侵吞骚扰,又杀又抢,手段残忍。人们叫苦连天,纷纷向黄帝求救。黄帝就组织炎黄的族众,苦练武艺,研究战术,制造兵器,准备迎接一场大的生死搏斗。

当时,正值中秋季节,夜寒昼热,大地如云蒸烟绕,常常大雾迷漫。在作战中,士兵无法辨别方向,屡次遭挫。为了认准方向,指挥作战,破雾进攻蚩尤,黄帝绞尽脑汁,考察访问。他从北斗星固定在北方得到启示,发现能用一种可以定位指向的自然磁石来辨别方向。于是,他研制了一个木头人,用磁石琢磨成一只手臂,安装上去,机动灵活,五指始终指向南方,遂起名叫它为"方"。

为了带"方"随军作战定方向,黄帝就又研制了一架车:他在一个宽平的木板下边两旁装上能转动的圆轮,前头装上扶手,起名叫作"轩",把木人固定在"轩"的后端。然后,他又在"轩"的前边安上两根木杠,起名叫作"辕",以此使"轩"推拉走动。黄帝就把这天下第一器械定名为"轩辕方"。

后来,黄帝用它定方向,终于战胜了蚩尤。

(讲述:高梧林　整理:李新明)

黄帝与炎帝

很久以前,在中原有一个叫有熊氏的部落。在这个部落当首领的,叫少典。夫妻俩跟前有两个儿子,大儿子生在今新密市与新郑市交界的轩辕丘旁,姓公孙,叫轩辕。他出生时,肉皮发黄,样子很像一条龙,少典夫妻俩给这个孩子起了个名字叫黄帝。

不久,少典夫妻俩又生了小儿子,取姓姜氏,名叫炎帝。

炎黄二帝石雕

黄帝与炎帝长大以后,少典夫妻俩人怕自己百年过世后,两个孩子为平分天下闹出乱子,就把黄帝和炎帝叫到跟前,对他俩说:"你们弟兄二人已经长大成人,可以各自娶妻成家。为了防止你们弟兄为平分部落天下不和,现将天下分成两份,平分给你们弟兄两个。只要将来你们好好相处,我们做爹娘的,就是在九泉之下也心满意足了。"

少典夫妻将两张画着分界的地图,交给了黄帝与炎帝,又嘱咐他们说:"这两张地图现在不能看,等你娘和我双双下世后才能看,要切实照图平分天下!"

黄帝与炎帝同时答应说:"爹娘放心吧,我们一定听您的话。"

不久,少典夫妻俩先后死了。黄帝已娶嫘祖为妻,炎帝也已成家。根据爹娘活着时的嘱托,按照地图画的地界,黄帝带着嫘祖住在中原,炎帝带着他的老婆,到黄河以北冀州阪泉定居,自封神农氏。黄帝与炎帝以黄河为界,各不侵犯。

不知道过了多少年,炎帝对哥哥黄帝分得中原这块宝地,慢慢地不满意了,认为爹娘偏心了哥哥,于是产生了要占领哥哥黄帝地盘的邪念。为了达到这个目的,他暗中在自己地盘里纳丁屯粮,准备找机会打败黄帝。

有一年天遭大旱,黄河水快旱干了。炎帝见时机到了,就亲自带领兵马,偷偷渡过了黄河,突然向黄帝发动了进攻。因为黄帝对弟弟没有防备,所以被弟弟打了个大败。黄帝没有办法,只好称臣。炎帝一举成了天下的大头领。

(讲述:张造　整理:高力升)

黄帝访广成子

黄帝在云崖宫建城的想法没有成功,心里结了个疙瘩。但是他打败炎帝重整河山的决心没有改变。为了国富民强,黄帝叫全部落的百姓垦荒种地发展畜牧,还在云崖宫南的台岗上,挖了一个摩旗穴,竖起了招兵大旗。十年以后,黄帝存了不少粮草,就在云崖宫西北五六里的地方建了个大粮仓。后来这地方成了一个大村庄,就是如今的刘寨乡仓王村。他在云崖宫东一公里处,又建了个养育军用马匹的大马场,就是今天的养马庄村。为了储备草料,黄帝在离养马场不远的地方,建了个草料场,就是现在的草场岗。黄帝兵强马壮、草足粮多,可以打败炎帝了,正要出兵去打炎帝,一位白胡子神仙来到云崖宫,对黄帝说:"听说你要打炎帝?"

黄帝点点头说:"不错,我要报他打我的仇!"

老神仙笑了笑说:"如今你虽然兵强马壮,可是你手下兵多将少,兵没良将,怎么能打胜仗?"

黄帝见这个老神仙容光焕发,一脸正气,讲话很有道理,就问他:"以老尊长的意思,我可以到啥地方求将呢?"

老神仙用拂尘朝南一指说:"从这里往南有个崆峒山,山上有个高人指点你。"老神仙说完话,一阵清风不见了。黄帝这才知道,原来这是仙人指点他。于是,他就打点了行装,前往崆峒山去了。

崆峒山风景很美,山清水秀,紫气盈盈。逍遥河源出崆峒山的半山腰,飞流直泻,好像一道帘子,从空中降下来,好看极了。逍遥峰悬崖峭壁,怪石成行成林。逍遥峰顶上有一片树林,在树林的绿叶枝蔓中,可以看到一个红墙绿瓦的仙宫。黄帝来到宫门口,被两个仙童拦住了。黄帝说明来意之后,一个仙童忙进仙宫中禀报。停了一会,那报信的仙童出来把黄帝领进宫内,经过九曲十八转,在一个写着"养心斋"的小殿门前停住。黄帝偷偷往养心斋里观看,见屋里灯烛明亮,香火冒着股股青烟。一个鹤发童颜的老仙翁双手在胸前合掌而坐,他两眼塌蒙着对门外说:"门外站的可是轩辕有熊氏吗?还不赶快进屋来愣着干什么?"

身边的小童拉了拉黄帝的衣裳襟,说:"师父让你进屋哩,快去吧!"

黄帝赶忙进屋。老仙翁抬起头来,指了指身边的一个蒲团说:"请坐!"

黄帝坐下后忙问:"请问仙翁尊姓大名,怎么称呼?"

老仙翁说:"吾乃广成子是也。"

黄帝闻听广成子的名字,急忙跪拜说:"久闻仙翁大名,今日才得见面,受弟子一拜!"黄帝给广成子作了个揖,磕了个头,又说:"这次,我承蒙一位仙人指点,前来求教老仙翁,指点打败姜氏炎帝的办法,望您示教。"

广成子听罢,微微睁开双眼,从眼缝里看了看黄帝,然后点了点头,慢慢地说:"炎帝姜氏与你本是一母同胞。弟兄之情亲如手足,本应该和睦相处,不可乱动杀机。不过炎帝不讲仁义先打了你,这叫犯兄作乱,应该得到惩罚。这样吧,你把手伸过来。"

黄帝将左手伸给广成子,广成子看了看,然后在他手掌心里画了个八卦,说:"炎帝有九九八十一个孩子,手下良将不下数十人。你要想打败他,必得风后、力牧相助。我在你手掌心里画了个八卦,今后可保你免祸去灾,你就大胆地去吧!"

黄帝拜见广成子

黄帝听罢很高兴,又礼拜了一番,问道:"这风后、力牧二将现在什么地方?让我到啥地方去找哇?"

广成子说:"东海边上有风后,北楚云梦泽畔有力牧。铁梁磨成针,不负有志人,你就去吧!"广成子说罢,一甩拂尘回静心轩而去……

仙童将黄帝送出宫外,他只好回云崖宫来。为了求得这两个大将,黄帝第二天就上路了。他风餐露宿,历尽了千难万苦,步行了七七四百九十个日日夜夜,终于找到了风后和力牧。

黄帝将风后与力牧请到了云崖宫中,封风后为宰相,力牧为大将,将过去的练兵场又扩大了很多,把摩旗台命名为力牧台。黄帝又将云崖宫改建了一番,增盖了殿堂和山门。东边山门称轩辕门,西边山门叫讲武门。从此,黄帝、风后、力牧白天在台岗(力牧台)练兵习武,晚上在云崖宫中讲兵法,又制出了"风后八阵图"阵法。经过几年的苦心经营准备,黄帝下令讨伐炎帝。这次炎帝遭到了惨败,又逃回到冀州阪泉去了。从此,中原的老百姓又过上了太平日子,男耕女织,繁衍子孙,中原地带成了中华民族的摇篮。

(整理:高力升)

阪 泉 之 战

炎黄联盟是在外敌入侵之际建立起来的,这两个有姻亲关系的部族结成的联盟,首先是以炎帝为首领的。但是,在抵御外来入侵的战争中,屡战屡败的炎帝逐渐丧失了权威,而黄帝却在战争中以自己的睿智和果敢赢得了众部族的信任,并且随着他领导的军队打败蚩尤,逐渐树立起无可匹敌的权威。

矛盾已不可调和,昔日的盟友终于反目成仇。炎帝和黄帝各自带领自己的部族厉兵秣马,准备着一场厮杀。但是,战争虽未开始,结局却可以预料。黄帝族拥有风后、大鸿、力牧等名将,有一支在战争中磨砺出来的精锐之师,更有众多部族的支持,而炎帝的军队是由老弱妇孺拼凑而成的。

双方激战于阪泉。阪泉的地望,古来说法不一。曹魏时期的《灵河赋》中有黄河"涉津洛之阪泉"的名句,所谓"灵河"就是黄河。说明阪泉实际应为黄河之滨的一个湖泊,其具体位置在今孟津黄河段。

阪泉之战没有涿鹿之战那样激烈,但是仍然经历了三次战役,炎帝的军队才最终溃败,炎帝被俘获,炎帝无奈之下率全族皆降。

黄帝通过阪泉之战,平息了联盟内部的纷争,众部族推举黄帝为天子,以代替炎帝神农氏。黄帝

"内行刀锯、外用甲兵",建立了新的统治秩序。

这种新秩序实际上是一种新的社会形态的出现,这种新的社会形态就是酋邦王国。

按《管子》的说法,为了统治这个由万姓诸侯联合而成的王国,黄帝任用了负责天时、仓廪、手工业、农业、兵马、监狱管理的"六相"。同时,黄帝以风后等人为三公,以仓颉为史官,建立了"中央官制"。

为了统治这个东达大海,北至大漠,西极流沙,南达江南的庞大王国,黄帝开始巡狩四方,而他把自己的都城建在嵩山地区的新郑。

以黄帝为代表的划时代社会,呈现出大动荡、大融合、大变革、大发明的文明曙光,与世界各个文明交相辉映,照亮了地球的东方。

黄帝战蚩尤

黄帝打败了炎帝,炎帝被黄帝的大将力牧活捉。黄帝念炎帝是他的一母同胞,没有杀他。从此,炎帝对黄帝仇气更深了。黄帝回到云崖宫以后,风后与力牧建议黄帝,发展农牧业生产,加强兵丁训练,要让自己兵强马壮,那炎帝大败以后,一定不会甘心,还会作乱攻打中原,将来就是炎帝再来攻打,也可以打败他。

黄帝听了两个大臣的建议,号召全部落人发展垦荒种植,兴修水利。力牧是牧马人出身,对放牧牲畜很有门道,黄帝就叫他负责发展农牧业生产。风后有勇有谋,办事很有办法,黄帝就叫他掌管部落中的内外事务。

风后和力牧的建议很正确。炎帝被打败以后,很不死心,他终日闷闷不乐,日子一长竟成了疾患,染上了重病。炎帝有九九八十一个孩子,在他快死的时候,将孩子们都叫到跟前,伤心地说:"孩子们,您爹患

黄帝大战蚩尤

了重病,活不长了。我害这病是气出来的。这气是咋来的,爹不说,你们都清楚。爹如今是报不了这个仇了,不知在我的孩子们中间,有谁能为爹爹报这个仇?"

炎帝说罢,面前没一个人吭声。停了一会,只见一个身高一丈、脸色黝黑、十分凶恶的人,站出来跪在炎帝面前,哭着说:"孩儿蚩尤愿为爹爹报仇雪恨。一定将轩辕捉到爹爹面前,千刀万剐!"

炎帝见站在面前的是大儿子蚩尤,高兴地点点头,说:"我儿虽然有雄心大志,不知你有啥本领,可以打败那凶恶的公孙轩辕?"

蚩尤把双眼一瞪,咬牙切齿地说:"孩儿我曾拜六玄尤为师。他教孩儿变化长身和呼风唤雨的本

领。不信的话,就让孩儿变来您看看!"

蚩尤说着就在他爹面前念咒作法。一会儿工夫,蚩尤竟变得身高两三丈,脸像一个和面盆,眼和灯盏差不多,血盆大嘴里露出两个獠牙,样子十分怕人。蚩尤大喊一声,震得弟兄们耳朵都发嗡。他将手中拿的那把钢叉一抡,风声呜呜叫,把在场的弟兄吓了一跳。然后,他又作了个法术,本来是晴天,一会儿工夫就阴了,又是刮风,又是打雷,风婆雷公都来了,只吓得众兄弟们躲的躲、藏的藏。炎帝忙让蚩尤收了法相。他见蚩尤如此有本领,十分高兴,就当着众儿子的面,封蚩尤为姜氏部落的接替头人。蚩尤听了他爹的分封,更是高兴得很。

不久,炎帝就死了。

炎帝死后,蚩尤当上了姜氏部落的首领。他为了反攻中原,在冀州涿鹿一带招兵买马,准备随时攻打中原。

黄帝在风后和力牧的帮助下,经过十几年的发展,中原一带成了鱼米之乡,到处一派欣欣向荣的景象。

有一天晚上,黄帝做了一个噩梦,梦见一只秃鹰自北方天空飞来,在云崖宫的上空盘旋了一阵后,突然一个猛冲向下扑来,要啄黄帝的双眼。黄帝吓得一边用衣袖扑打,一边赶快躲藏。正在这时,他身后出现了四个巨人,各持弓箭一齐向那凶恶的老鹰射去。那老鹰的身上同时中了四支利箭,惨叫了一声,从天上掉了下来。黄帝从梦中惊醒,吓了一身冷汗……黄帝将梦中的事对风后和力牧说了一遍。风后想了想说:"这个梦是个不祥之兆。不久炎帝的孩子蚩尤可能要从北方发兵攻打我们,必须早做准备。如今我和力牧年岁都高了,不能征战疆场。梦中那四个巨人,定是四员贤人强将,也正是可以制服蚩尤的人。您还是早些查访他们才是。"

黄帝听了连连说好。第二天他就离开了部落上路了。

黄帝历尽了千辛万苦,终于在襄城之野和大恢、泰夔、阳翟分别访到了大鸿、大隗、具茨、武定四员贤臣良将。这四个人能文能武,还有变化的本领。黄帝非常高兴,就将他们一块带回云崖宫,封他们四个人为迎战大将军。风后和力牧为后营总参军。

不久,蚩尤果然发兵攻打中原。因为黄帝对蚩尤早有提防,已根据风后和力牧的建议,早令大鸿、大隗率兵在黄河以北的朝歌一带设下了埋伏。蚩尤刚一发兵,就遭到了一场猛烈的痛击,使蚩尤的士气大丧。然后,大鸿、大隗装着打败,连夜撤过黄河,在黄河南岸各大渡口布防。黄帝又将具茨、武定的大兵埋伏在邙山上的树林子里。蚩尤一觉醒来,见阵前轩辕的兵马全部撤退过了黄河,心中十分高兴,认为大鸿和大隗害怕他,怯战而退了。于是,就让他的兵帅们南渡黄河,直捣中原。

当蚩尤的人马全部投入渡河之后,黄帝、风后、力牧见时候到了,就鼓乐一齐奏响,杀声震天,军士们精神大振,弓箭齐发。蚩尤的兵士都在滔滔的大河之中,上不着天,下不着地,有劲使不上,结果兵士们还没登上黄河南岸就死伤了大半。蚩尤只好急忙后退。黄帝乘胜追击,一直追到蚩尤的老巢——冀州涿鹿一带。蚩尤知道自己再没退路了,就拼死一战。他将残兵败将又收拾到一块儿,反扑过来。穷凶极恶的蚩尤,不顾部下的死活,死命拼杀,不肯投降,黄帝与蚩尤在涿鹿一带苦战了七七四十九天,只杀得天昏地暗,血流成河,尸骨遍野。最后蚩尤见自己大势已去,就念起咒语,现出法相来,并呼风唤雨,祭来了风伯、雨婆和雷公,下起大雨来,想用水淹退黄帝。黄帝让大鸿和大隗也现出法相与蚩尤决斗,并叫具茨和武定祭来天女旱魃相助,制住了风伯、雨婆和雷公的大雨。最后,在大鸿、大隗、武定、具茨的奋力厮杀下,蚩尤终于被活捉,黄帝叫大隗将蚩尤斩杀于涿鹿之野。黄帝又一次平息了炎帝后裔的叛乱,胜利了。

黄帝回到中原后,为了奖赏和犒劳讨伐蚩尤有功的人,根据广成子的指点,将中原(河南大部、河北、山东、安徽的一部分)分为六大部州,分别让风后、力牧、大鸿、大隗、具茨、武定掌管。从此,天下太平,老百姓安居乐业。

后人为了纪念黄帝和他部下六位大臣的功绩,曾留诗于云崖宫的讲武门:

战败蚩尤犒旅徒,
云崖深宫葬兵符,
千秋永罢干戈事,
蔓草寒烟锁阵图。

后人还将新密、新郑、禹州交界处的几座险要山峰,以黄帝的六位大臣的名字封了号。如今的大鸿寨、石牛山、七固堆、风后岭,就是以大鸿、具茨、大隗、风后依次命名的。云崖宫前的泉源河是以黄帝的第六位大臣——武定命名,叫武定河。云崖宫东南五里处的台岗,又叫力牧台,是以黄帝的第二位大臣力牧而命名的。

(讲述:张造　整理:高力升)

观 兽 台

在风后岭东南山脚下,千户寨沟南边,有一个高出地面约五十米的土丘,古称"观兽台"。观兽台是轩辕氏站在此台上观看驯兽的遗址。观兽台下面是一道深沟,据传,这道沟是轩辕氏战蚩尤前,命巨灵氏驯兽的沟,古时称其为"千虎沟",现在叫"千户寨沟"。

传说,轩辕氏战蚩尤时,巨灵氏从西方部落来见,提出了"驯化野兽,引乱入阵,出其不意,突然袭击"的计策。轩辕氏听后大喜,连声叫好。可谁能驯化野兽呢?巨灵氏说:"我族栖居深山,常与野兽较量,我有一班人可驯化野兽。"轩辕氏问:"你有多少驯兽能手?"巨灵氏说:"三千人左右。"轩辕氏说:"好!我把你的驯兽能手,全部安排到具茨山脚下一道深山沟里。我让各部族都去缉捕野兽,交给你驯化。"

于是,各部落将捕捉到的虎、豹、熊、罴、貔、貅等,按期交送到轩辕氏西南的天寿宫,夜晚从天寿宫秘密送到驯兽沟,交给巨灵氏。

巨灵氏开始让人用各种木料做成栏圈,但这些栏圈大部被野兽啃坏咬断,只剩下槐木和楝木,原因是这两种木料味苦。后来,巨灵氏就全部改用槐木和楝木制作栏圈,一兽一栏,一人负责一兽。通过数月驯化,虎、豹、熊、罴、貔、貅等野兽逐渐驯服,听从号令,行动整齐。然后,他们又将野兽编排成队伍,三兽一组,三组一群,三群一团,三团一队,三队一纵,三纵一路,三路一总。

当轩辕氏带领大军征战蚩尤时,三路兽军由巨灵氏统一指挥,在征战中三兽一组,对准敌人,前者咬颈,左者啃腿,右者咬手,迫使敌人丢下手中武器,三兽合力,迅速咬死强敌。三路兽军立下了大功。

(整理:赵国鼎)

黄帝四十五里军马营

据传，轩辕黄帝为了战胜蚩尤，曾在具茨山脚下，建造了由西北向东南四十五里长的军马营。营的东南门是现在的唐户村，也叫黄帝口，西北门是现在的关口镇。军马营东北双岭岗一带的冢岗、许岗、黄岗，古称黄帝岗，许岗是军马营的中心点。

为了能全面了解军马营状况，轩辕氏还在具茨山顶建造了观兵台。他经常站在高高的台上，将军马营练兵的情况一览眼底。

轩辕氏拜风后为领兵大将，大兴风后兵法。他命风后大造兵械器具，又研制了"指南器"装置战车。同时，数十万兵将由轩辕、风后、常先等人亲自训练。轩辕氏采用一跳火海，二摆刀山，三造指南器，四造弓箭，五训猛兽，六摆八阵，七行军飞快，八爱护氏族人民等战蚩尤的"八略"。

轩辕氏把四十五里军马营作为实战基地，他说："要想战胜敌军，最重要的是行动迅速，做到出其不意，战时神兵四现，走时瞬间无踪。"轩辕氏和风后用三个月的时间，让将士们围绕四十五里军马营每天跑一圈，保证时间，练就速度。

轩辕氏和风后还让军队实行十字建制法，十人一组，十组一联（一联一车携带军饷），十联一道，十道一营，十营一路，共建四路（左路、右路、中路和先行路）。左路军由大鸿氏率领走西路，从洛阳过黄河，路过济源由太行山北上。右路军由大隗氏率领走东路，从开封过黄河，跨平原北上。先行路军由常先率领，从邙山过黄河北上。中路大军由轩辕氏和风后压队，巨灵氏纵兽紧跟，沿太行东坡北上。他们计划日行二百里，十天到达涿鹿会师。各路军都配有指南车和记里鼓，按记里鼓的计算，按时开赴涿鹿山野。

（整理：赵国鼎）

仓王的传说

新郑市西北二十多公里有个仓王村，村里有个仓王庙，庙里敬着仓王神。不知啥时候仓王庙倒塌了，仓王金身也不见了，可是仓王的故事还在新郑、新密一带流传着。

传说当初黄帝与炎帝打仗失败了，就在云崖宫附近屯粮练兵，决心与炎帝再战。他带领臣民在具茨山下开荒种地，发展畜牧，打的粮食吃不完。黄帝想把粮食存放起来，以备打仗时用，可放不多久粮食就霉烂了。这时一名年青士兵自告奋勇建仓屯粮。他带领五十名士兵采来石块，在高坎地上垒成一座座二尺来高、直径一丈多大的圆石台，再在圆石台周围垒一堵四五尺高的围墙，最后用黄泥把石台和围墙抹平，把粮食倒进粮仓屯放起来。小伙子又用茅草拧成苫子，阴天时用草苫把粮仓盖起来，防止雨淋，天晴时把苫子拿掉，粮食保存完好。

这样黄帝部落兵强马壮，粮足草丰，终于打败了炎帝。因那个小伙子屯粮有功，黄帝封他为仓王。

后人为了纪念他,就在他当年修粮仓的地方建了一座仓王庙,后来居住在这里的人就给自己的村庄起名为"仓王村"。

黄帝登嵩拜华盖

嵩山太室最高峰峻极峰西北有一山峰,叫华盖峰。传说黄帝曾经来游,并拜华盖为师,制订历法。

华盖,传为居住在那个峰上的一个能人。因为他经常观测天象,了解日月星辰的运转规律,琢磨出春夏秋冬的四季变化,对人类生活和植物生长有很大帮助,所以远近闻名。后来,人们根据天文四象中天宫华盖星名,就叫他居住的山峰叫华盖峰了。

黄帝打败蚩尤以后,为了部族人民的生活,为了在炎帝教人种植五谷的基础上,发展农业生产,他亲自率领大臣登上嵩山拜访华盖。当时山上树木茂密,狼虫虎豹很多。他们一边用弓箭扎枪驱逐野兽开路前进,一边互相呼喊在林中采集各种果实。他们往返周转好多峰峦沟壑,最后找到了华盖老人。那是个鹤发童颜一百多岁的老人,非常健谈,听说黄帝到来,不胜荣幸之至,把长期观察到的日、月、金、木、水、火、土星七政和二十八宿、四象、三垣、十二次分野等分别加以叙述,并说明它们和人们生活以及植物生长的关系。黄帝听得津津有味,并不时插话提问,或提出自己的看法。他让随去的大臣仓颉将重要的都记下来。华盖老人非常高兴,黄帝也非常满意,再三拜谢,下山而去。

黄帝回到有熊国都,立刻安排制订历法的事,让羲和占日,让常羲占月,让臾区占星气,让大挠作甲子以干支记日,让容成综六律而制订历法,将一年分为春夏秋冬四季,再分十二个月,再分二十四节气。这样,根据四季、气温、降雨和物候的变化,进行作物种植,发展农业生产,对人民生活的改善和提高,起了很大作用。

(整理:耿直)

黄 帝 治 国

黄帝战败蚩尤之后,定都于有熊(今河南新郑),建国于中原。接着,他给山川河流定名,把具茨山西部的一座山,定为大隗山,再往西北有尖山,那座最高的山定为嵩山,北边的那条大河,定名为黄河。从此山河有名,万物有序。

为了寻求富国之道,黄帝每天起早贪黑,走遍天下,进行察访,农夫女工,无所不问。由于长期奔波,费心操劳,他面黄肌瘦,口舌生疮,终于累病了,可是还不肯休息。文武百官跪地求他养病,他才勉强到风后岭上找了一处地方,准备休息一段时间。

这天,他刚闭上眼睛,就梦到兖州西边、台州北边,不知距此几千万里有个华胥氏国。这华胥氏国的老百姓没有私欲,对亲属,对别人,不疏不近,都一个样儿,还不被财物吸引,人人勤劳,财产共有,过着非常富裕的日子。这里的人,心地善良,互相尊重,相亲相爱。黄帝对此十分羡慕。他想:既然梦中有这样的好地方,我也得把天下治理得和华胥氏国一样美好。

病情略有好转,他便下山,想继续寻找治国之道。这天,他从山上往下一瞅,发现沟底下有一位牧羊老人,就前去拜见,说:"长老啊!我想富国强民,可有什么好办法吗?"老丈上下打量着他说:"想治好国家有办法,可是不容易,不知你有无真心。"黄帝说:"是真心实意啊!"老人说:"现在跟过去不一样了,你成了一国之主,不必再受那么大罪了。"黄帝说:"民为父母,替百姓操劳是天经地义,吃点苦算啥!"老人说:"好!若有真心实意,你需要斋戒七日,然后,独个儿步行,到翠妫河边,就可以得到宝书一本,神图一张,上面记的全是治国之道。"老人说罢,赶着羊走了。

黄帝治国

黄帝按照老人的交代,斋戒七日,病还没好,就出发了。黄帝来到翠妫河边,只见一条大鱼逆流而上,一翻身就不见了,而河面上出现了一张绿地红字的图画和一本红皮书。黄帝赶紧上前,正要去拿,从空中飞来一只仙鹤,衔住图画和红皮书,顺着黄帝的来路飞去。黄帝不顾一切,直追过去。仙鹤像故意逗他,飞得又慢又低,一直不离开黄帝的来路。黄帝的鞋子也不知啥时候跑掉了,光着两只脚,踩着树杈子、野蒺藜,鲜血直往外流;衣服也挂破了,披头散发,满面尘灰。这一切,他一点也不放在心上,还是一个劲儿地追呀追呀。直到第二天黎明,他累得头晕眼花,腰疼腿酸,定神看时,仙鹤没影了,只有鹤发童颜的牧羊人在风后岭上,满脸笑容地说:"这是王母让我送给你的礼物。"说罢,把图画和红皮书送给了黄帝。

黄帝接过来一看,原来是《神芝图》,那图上画着一棵草,有九片叶子,闪闪发光。这时,他才明白过来,这九片叶子指的是九州,这红皮书正是治国之道。黄帝正要拜谢,那老人不见了。黄帝从书中得知,这鹤发老人,就是华盖童子。

黄帝获宝书后,更提倡以农业为根本。他又请来学问家岐伯、史官仓颉,和他们共同整理文字,制订法令,使当官的不徇私,老百姓和睦相处,路不拾遗,夜不闭户。此后,百姓越来越富裕,国家越来越强盛。

(整理:蔡柏顺)

黄 帝 城

新郑的郑韩故城,过去当地人叫它"黄帝城"。说起这座城,在新郑一带流传着一个天上九龙下凡修黄帝城的故事。

传说,原先黄帝打败炎帝之后,为防蚩尤进攻,就想修一座大的都城,因为把地址选错了,没修成。心想,现在天下统一了,不修一座大的都城,普天下的诸侯和臣民来朝贺,怎么办?一天上午,黄帝正在想心事,风后来了,黄帝把这个想法告诉风后,风后说:"这件事,咱俩想到一块了。咱还是出去看看把城址选在何处好。"说罢,风后前头带路,黄帝随后,出有熊国都,向西北的轩辕丘走去。

他们站在轩辕丘上,四下观看。风后指着说:"你看,这里整个地势是西高东低,南边、西边、西北边有陉山、具茨山、西太山和梅山环绕,中部丘陵起伏,沟壑纵横,东边是大平原。臣近观天象,咱这头上天空,位居中宫的轩辕星(即北斗星)最亮。而咱站的这个地方,也正好位居地的中心。这真是上有轩辕星,下有轩辕丘,天地合一。此乃帝王之气,蒸蒸日上!"黄帝听着、看着,连连点头。

第二天,黄帝带领群臣,在轩辕丘东洧水和溱水(即今黄水河)交流处的上面,设立了个方圆的祭坛,摆下供品、香案,还竖立了一通四尺高、三尺方圆的青石碑,上刻龟纹形"天心石"几个大字。黄帝在前,群臣在后,跪拜天地。风后在香案前用手在空中比画来比画去,嘴里念念有词,说:"玉帝,玉帝,请听仔细。天下一统,定都有熊。具茨山下,天地正中。肉鱼香烟,供你享用。保佑子民,万世昌盛!"风后说罢,黄帝和群臣也同声呼喊:"保佑子民,万世昌盛!保佑子民,万世昌盛!"

这祭祀玉帝的香火,化作一缕青烟,直上云天,到达天庭。玉帝和天上的各路神仙正在朝议,突然,闻到从凡间传来的一股香烟味,就拨开云头往下看,见是黄帝正和大臣们祭祀天地,要修黄帝城。玉帝说:"我们不能光受人间香火,今夜大家是不是也帮帮轩辕,修起这座城?"大家早就想到人间看看,自然都很高兴。

这天晚上,玉帝看凡间人脚已定,就悄悄带上太白星、紫薇星、南极星、太微星、金川星和文昌星等,化作八条龙下凡。他们刚离开天宫,王母娘娘追来了,说:"你们下去修城,也不言语一声,谁给你们烧水做饭?"说着,也化作龙形下凡了。这九条龙徐徐降落到轩辕丘的东端。

土地爷知道了,不敢怠慢,立马通知四方的仙家、鬼怪前来修城。只见天上的神和地上的仙家及鬼怪,有的挖土,有的担土,有的推土,有的往木板斗里装土,有的用木柱子打夯。他们像蚂蚁行雨一样,忙忙碌碌,热热闹闹,高高兴兴地修城。

地上修城的喧闹声传到了天庭,惊动了岁星。他往人间一看,啊呀!原来是玉帝带领各路神仙为黄帝修城,顿时,火冒三丈。这岁星为啥这样恼火?原来,当年他曾化作苍龙下凡,做了蚩尤部落的首领,被黄帝杀了。现在,他见玉帝帮黄帝修城,岂不恼火?于是,岁星立马叫来他手下的小神句芒,说:"你快去凡间,要想个法子将他们赶走,不能叫他们帮助黄帝修这座城。"句芒听了,立即下凡。

句芒也是天上一位十分了得的神。他鸟身人面,遍体长着红羽毛,头上和脖子上的羽毛整天像公鸡斗架时的样子抖擞着,两只翅膀传说能遮住半边天,腰间以下缠的像女人裙子,露出两只长长的腿,看上去像一只大红公鸡,行走时老是脚踩着两条小龙。句芒在天空云来云去,最后,落在有熊国的南边(今信阳地区)的一座山上,伸长脖子,学起公鸡叫。

玉帝和各路神仙正忙着修城,隐隐约约听到有鸡叫声,就着了慌。太白金星说:"您别慌,让我去看看。"说着,他驾起云头,来到西南具茨山北边的一个山岭上,四方环视,见南边很远一座山上立着一只大红公鸡,正要伸脖鸣叫。太白金星说:"大事不好!"要回去禀报,可是来不及了。

他还没离开山头,那只大红公鸡已叫出声来。这公鸡一叫,整个中原大地所有的公鸡都叫了起来。太白金星来不及去见玉帝,就只好先回了天宫。再说玉帝和各路神仙,听到公鸡叫,以为天快亮了,就丢下手中的工具,慌忙回到了天宫。可是,这城墙还有西南角没修成。传说玉帝走时,气得掉下两滴眼泪,还说:"这个该杀的鸡!"王母娘娘刚给各路神仙做好玉米蜀黍面疙瘩,气得将锅一掀,面疙瘩滚了一地,也说:"这个该杀的鸡!"

玉帝和天上的神仙,地上的鬼怪都归了位。天亮时,黄帝和群臣来到轩辕丘东,准备要修城,一

看,城已经修好了,只缺西南一个角。黄帝和大臣围绕城墙转了一圈,连声称赞说:"了不起,了不起,整整四十五里见方,样子像个牛角,咱就叫它四十五里牛角城吧!"

黄帝和大臣们,以及当地老百姓知道是天上的玉皇大帝和王母娘娘修的这座城,为了纪念他们的功德,就在城南关给他们修了一座天爷庙和一座娘娘庙。因为这座城是天上的玉帝和娘娘等九位天神化作龙下凡来人间修的,当地人就把这个地方叫作"九龙口"或"九龙滩"。太白金星到具茨山北,看鸡叫的那个岭,当地人叫作"太白岭"。句芒在信阳山头学鸡叫的那座山,人们都叫它"鸡公山"。

传说,玉帝给黄帝修城的那天晚上是农历腊月二十七。因为鸡叫,气得玉帝和娘娘都说"该杀的鸡",所以当地人流传说:"二十七,杀小鸡!"每年腊月二十七日,家家户户杀公鸡,以泄心头之恨。

当地人还传说,当年玉皇大帝为黄帝修城还缺一个角,鸡就叫了,气得掉下两滴眼泪,当时这两滴泪滚到一座青龙桥的两条青龙的口中,成了两颗夜明珠。因为这里有夜明珠,每年冬天下大雪,其他地方下几尺厚,唯这青龙桥上不见一片雪。因此,这里成了新郑一景,人们称为"南桥风雪"。后来,南蛮子来新郑盗宝,趁五月十三城南关古会,用竹竿将青龙桥围起来,将青龙口中的两颗夜明珠盗走了。从此,人们再也看不到"南桥风雪"这一景致了。

还传说,王母娘娘掀掉的那一锅饭,滚了一地,变成了裂礓,从此南关那个地方就叫"裂礓坡"。

据说后来,郑国要往东边迁,请人看了风水,风水先生说黄帝城这个地方有帝王之气。于是,郑国就在黄帝城的遗址上又修了郑国城。以后,韩国灭了郑国,也把国都迁到这里。因此,官方都称这座城为"郑韩故城"。可是,当地老百姓都说,这座城最早是老祖宗黄帝修的,所以仍叫它"黄帝城"。

(整理:刘文学)

洛 出 书

古代的时候,黄河流域有一个有熊国。有熊国的君主姓姬,号轩辕,据传说他是中华民族的始祖。轩辕生着四张脸,八只眼睛,八个耳朵,能眼观六路,耳听八方,洞察一切。

轩辕对他的子民非常关心,常常帮助他们解除困难。当时人们靠两条腿步行,不能到很远的地方去。轩辕从风吹落叶,在地上滚动,得到启示,就教人们砍伐树木,用直木做车架,用曲木做车轮,制成能日行百里的双轮车。然而,一遇上江河湖泊便无法渡过,而住在水旁对岸的人们,也彼此隔绝,无法往来。轩辕从树木能在河中漂浮得到启示,就教人们砍伐大树,把树身挖空,制成独木舟。这样,就给人们往来交通带来了极大的方便。

轩辕受一些自然现象的启发,制成了能辨别方向的指南车,终于杀了蚩尤。轩辕聪明能干,各个部落的首领就推选他当了黄帝。

轩辕黄帝五十年秋,七月出巡,来到了洛水注入黄河的地方。这里背依嵩山,面对黄河,景色十分秀丽。他决定在这里修筑一个高大的祭坛,祭祀天帝。祭坛建成后,轩辕黄帝登坛祈祷天帝降福。祭罢,又沉璧于洛水,以祈吉祥。这时,只见祭坛下方的洛水下面,五彩缤纷,霞光四射,隐隐有仙乐之音。同时,从空中传来了呼唤声:"洛水金龟,背负天书赐予轩辕,解民疾苦。"霎时间,洛水中出现了一只斗大的神龟,缓缓地爬向岸边。那神龟来到轩辕黄帝面前,恭恭敬敬点了三次头,然后就伏在地上,一动也不动。轩辕黄帝定睛细看,只见神龟背上密密麻麻尽是赤文绿字,一时难以辨认,就让仓颉立即把神龟背上的赤文绿字,用木炭原样画在一块平滑的大石上。仓颉刚刚画完,那神龟一滚,进入洛水,霞光也慢慢散去。

轩辕黄帝对空遥拜,谢过天帝后,让人把大石抬到祭坛上,命石匠照仓颉画的样子刻了下来,称它是"天书"。轩辕黄帝和群臣就住在祭坛上,日夜潜心研讨"天书"。经过九九八十一天,轩辕黄帝从"天书"上悟得很多东西。据天书的启示,他发明了甲、乙、丙、丁、戊、己、庚、辛、壬、癸十种符号,与子、丑、寅、卯、辰、巳、午、未、申、酉、戌、亥十二种符号相互搭配起来,按次序来纪年,前者叫"天干",后者叫"地支",相配循环,每循环一次正好是六十年,便称一个"甲子"。这就是我国最初的"历法"。他还根据天书的启示,发明了人们居住的房屋、煮饭用的锅,等等。他的大臣仓颉从天书中得到启示,发明了象形文字。隶首从天书中得到启示,发明了算数。嫘祖从天书中得到启示,发明了养蚕织丝。这一切,对人们的生产、生活有了极大的帮助。

至今,嵩山北麓的巩义洛口村北寨门上还嵌着"古洛"的匾额,刻着"休气荣光连北阙,赤文绿字焕东周"的对联。据说,这里就是当年轩辕黄帝修坛祭天、沉璧而得"天书"的地方。

(整理:周里京)

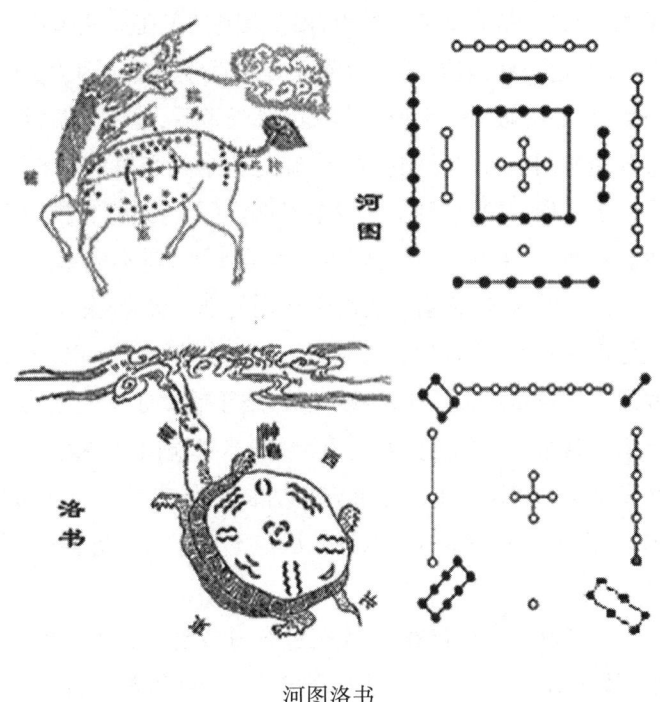

河图洛书

黄帝祭祀河洛

传说,上古的时候,"黄帝修德立义,天下大治",人民过上了安居乐业的太平生活,国家达到了兴旺发达的境界。于是,象征最高祥瑞和"帝王威德之应"的河图、洛书,就以神示天授的方式,向黄帝传递了"梦"的信息。

据传黄帝是个大圣人,他德行高深,智慧绝伦,平生做了一千三百件泽被后人的善事,如发明早期文字、指南针、造车,改制瑟乐,做医书《灵枢》《素问》等等,每件事都推动了社会进步,有许多发明至今仍在沿用。而他最大的功德,就是打败和消灭了"顿戟一怒,伏尸满野"的蚩尤氏,统一了北方中原,开创了华夏文明之邦。

当时,炎帝神农氏是天下的共主,黄帝只是有熊(今河南省新郑市)地方的一个诸侯(即部落首领)。凶悍的蚩尤氏强大以后,炎帝没有能力制服他们,就封他做个酋长,叫他专制西方,管理百工之事,以为可以稳定大局。谁知蚩尤氏依仗兵强器精,竟率兵攻打神农氏,声称要夺取帝位。

炎帝本是个药神,平时并不懂杀伐攻战,只是名望高,才被各地诸侯和百姓们拥戴为帝。这时见

蚩尤氏来攻，就仓皇带兵相拒，屡战屡败，实在无法抵挡凶猛的敌军。炎帝只好放弃帝位，逃奔到有熊，和其他一些诸侯一起，请黄帝出兵消灭蚩尤。因为黄帝贤德，当时有许多能人异士相投，所以他兵精粮足，势力很大。再说蚩尤氏战胜炎帝后，他便称帝，行起封禅大礼，并派兵攻打不服他的诸侯。黄帝开始想用仁义去感化蚩尤，哪知这些半人半兽的种族不懂教化，只是一味地狂征滥讨，很快就打败了许多诸侯，几乎控制了大半个天下。后来，兵锋直指黄帝的有熊。黄帝无奈，只好调兵遣将，奋勇抗敌。然而，后果和炎帝一样，也是屡战屡败，溃不成军。这是因为，他们军队的兵器都是竹、木、石、玉一类的原始武器，而蚩尤氏的士兵用的都是赤金（铜）兵器，并且还造出了一种可以很远伤人的弩，而且他们最善幻变，每战必有风雨云雾配合作战。所以，黄帝的士兵尽管万众一心，拼命死战，也无法打败敌人。黄帝虽败不屈，屡败屡战，终于感动了天上的万仙之首西王母，她派九天玄女和素女二仙下界帮助黄帝。他们在昆吾之山（今江苏省铜山县）找到了大量的赤金（铜），制造了刀枪剑戟和强弩，又发明了冲锋陷阵的战车和辨别方向的指南针。为了破解蚩尤氏九九八十一个兄弟的各种妖法邪术，九天玄女又教给黄帝八种仙法神术，有"三宫五斋阴阳""太乙遁甲六壬步斗"和"灵玉五帝策"等等。

为了壮大军队声威，素女又去东海找到水神夔牛的皮和脚骨，制成了八十面偌大的战鼓，连敲起来可以震天动地，声传三千八百里。一切兵器都准备完毕后，黄帝就率领大军攻打蚩尤。大将风后和力牧、神皇诸将，率部奋勇冲杀，迅速打败了不可一世的骄兵。蚩尤一见不妙，又做起妖法，使天地间风雨大作，妖雾弥漫，伸手不见五指。不料黄帝已掌握破解之法，很快就使天地清明、艳阳高照了。蚩尤兄弟八十一个，在这场惨烈无比的激战中，被杀死了四十五个，还有三十六个带领残兵败将狼狈逃向冀州。

后来，黄帝在九天玄女和素女的帮助下，请旱神女魃破了蚩尤的洪水，又用五行相克之术攻破了冀州，遣应龙抓获了剩余的蚩尤氏，并将其全部正法。士兵们恨透了蚩尤，就把他们全部肢解了。

黄帝费了九牛二虎之力，终于扫清暴虐百姓的蚩尤氏部众，受到万邦黎民的拥戴，奉为帝王。后因历法建子，国旗须用黄色，故称黄帝。由于他大德至圣，百姓咸服，都遵循礼仪与法度，安于发展生产，使国家很快就达到了天下太平。

一日，黄帝召唤天老（大臣）到家中，诚恳地询问他说："我昨晚上做了个奇怪的梦，梦见黄河里出现一条行雨的大龙，要代表上天向我传授河图。请你给我解说一下这是怎么回事儿？"天老是个通神的老者，他上知天文，下知地理，几乎无事不知。听到黄帝的梦况后，他又惊又喜地说："黄河可出龙图，洛河可出洛书，上面记载着古之帝王列圣的姓号，以及许多天地的奥秘，这事儿是天上极为缜密的事儿。既然你能够梦到，可见你成了天下德望极高的人，所以上帝有意把这天地异宝传授给你。请你做好应用的准备，以迎接河图、洛书吧。"

黄帝也倍感荣耀，就非常虔诚地斋戒七日，慎重地沐浴更衣后，才带领众文武大臣来到河、洛汇流处。根据天老的指点，黄帝命人在神都山上修筑了庄严的祭坛后，先向天地行了叩拜大礼，然后下令宰杀骡、马、牛、羊、猪五牲，并摆上祭坛，又躬身向黄河和洛河的神灵一一拜祭。随后，黄帝又走下祭坛，来到河边，把早已备好的白璧沉入河内，作为赞礼。

大约等了一个时辰，只见黄河中泛起氤氲的荣光，并迅速扩展开来，华彩缤纷，充满视野。须臾，河里升腾出一条五彩的黄龙，口衔一块绿色的玉版，那黄龙把玉版放在黄帝面前后，随即又转没水中。黄帝拿起玉版，见它长约三尺，厚约一寸，以黄玉为匣，白玉为检，金作绳，芝为泥，上载朱篆文字，辨为纪帝录，列圣人之姓号，中有七十二帝的地域分布与天体星座对应的情况，无疑是上古历史的框架蓝图和原则。黄帝知道这是天地玄秘，忙命人把宝图珍藏起来。

又等了约一个时辰，只见洛河中也升腾出红、黄、蓝、白、黑五色华彩。须臾，从河里爬出一只巨大的白龟，它径直行到黄帝面前伏下身子。黄帝和天老忙走近龟身，只见它身上布满了文字，一时也认不全，忙唤史官来比葫芦画瓢，把龟背上的文字全部记录下来。白龟见他们抄录完毕，就向黄帝点点头，然后翻身跃入洛水中。

黄帝后来仔细研究了河图，后成书为《河图视萌篇》。而洛书上记载的文字，经研勘是"江河山川州乡之野"。"河图""洛书"其实就是天帝向上古时期的帝王授予疆土以及政治权力、治国之道的象征。这种"君权神授"和"天降祥瑞"的现象，自伏羲氏开始，黄帝和尧、舜、汤诸位圣贤，都有接受"河图""洛书"的记载。然而，图、书的内容却各不相同，如尧被神示禅位给舜、禹被神示治水方略等。

黄帝在洛口接受的"河图""洛书"不但有治国之道，还有修炼升仙的内容。所以，后来他以武功定服四夷，以文德教化万民，国家转为太平盛世后，上天就派神龙接他升仙了。

天爷洞的传说

郑州市西南四十多公里处的新密市平陌镇龙泉村，有个"天爷洞"是新密市重点文物保护单位之一。"天爷洞"又叫"羚羊洞"，因它所在的山叫灵崖山，所以也叫它"灵崖洞"。这里有一个曲折的传说。

相传，在五万多年前的古人类时代，灵崖山周围是大片原始森林，山上有大小七十二个溶洞。这些溶洞是羚羊的栖息之地。有了人类之后，被人类占领居住。有一天，森林里蹿出一条大蟒蛇，连连害人。人们正为此事束手无策时，从东边过来一位英俊后生，不知道用了什么办法，大蟒就老老实实地回到深山老林里去了，并且从此再没有出来害过人。那英俊后生降服了恶蟒之后，继续留在这一带，上山采药，治病救人。

新密天爷洞

人们对他感激不尽，把他拥到灵崖洞里，坐在上座，又是作揖，又是磕头。后生急忙下座把众人搀起，说自己本是光严妙乐国净德国王的儿子，是父王让他到民间为民办事的。说完，后生便不见了踪影。有人挪动王子坐过的座椅，却惊奇地看到，下面有一口深井。后来有好事者往井里撒一把麦糠，第二天竟从十多里外的超化金花泉冒了出来。

数万年过去了。一天，黄帝率兵来到灵崖洞焚香拜天，接着演练八阵兵法，第二天率兵出阵，一举击败了劲敌蚩尤，平定了天下，统一了中原。正月初九这天，黄帝又率领文武将士前来封禅拜天，庆祝胜利。直到这时，人们才知道，之前，黄帝与蚩尤作战，屡战屡败，黄帝日日忧心如焚，有天晚上，黄帝躺在床上翻来覆去睡不着觉,朦胧中有一娘娘来到面前,说自己是西天王母,丈夫是玉皇大帝,让他赶快到灵崖山灵崖洞接受玉皇大帝秘传战法,并说玉皇大帝就是净德国王子,因为他行医治病,济世救人,学道修真,又历经磨难,如今已经当上了"昊天金阙至尊玉皇大帝"。言罢,娘娘飘然而去,天亮后黄帝依言来到灵崖山焚香拜天,果然格外开窍,一天一夜就学会了全部兵法,还打了胜仗,为此特来祭拜玉皇大帝。

原来,降伏恶蟒的净德国王子就是玉皇大帝。如今黄帝都来参拜,那就是最高的神了,是"老天爷"了。人们明白了一切,就在每年的正月初九玉皇大帝生日和三月初三王母娘娘生日这天,以及"小满"、九月初九重阳节这天请来大戏,连唱三日。时间长了,就成了传统古会,人们也都把"灵崖洞"称作"天爷洞"了。

(整理:魏锦池)

黄帝西泰山会诸侯

传说,黄帝打败蚩尤之后,为保护天下太平,要联合各地诸侯建立一个统一的国家,制定一套法规来约束规范大家,就决定在西泰山(今新郑市西北)大会诸侯。

说起西泰山,当地人都知道,西泰山就在新郑。有人说,西泰山就是以轩辕黄帝大臣太山稽的名字命名的,难怪《山海经》有记载:"此太山在郑,非东岳之泰山也。"

黄帝西泰山会诸侯处碑

三月三这天,黄帝邀请了所有的部落首领,在西泰山举行祭天大典,这就是历史上有名的黄帝西泰山会诸侯。应邀前来参加祭神大典的各部落首领,包括东夷、南蛮、西戎、北狄等的八方部落诸侯国酋长都会集西泰山。各国的熊、虎、牛、马、鹿、羊、蛇、鸟等图腾部落的旗帜遍山飘扬。这场大典盛况空前,"虎狼在前,鬼神在后,腾蛇伏地,凤凰覆上",无论是"天子"的威仪,还是侍者的安排,都显得排场、大气。

在这些众多的部落首领中,除了黄帝部落之外,炎帝部落是最大的。在此之前,炎帝在阪泉之战中,与黄帝部落的阵容对战,面对着统领熊、罴、貔、貅、䝙、虎为图腾部落的强大对手,炎帝终告不敌,以失败告终。之后,黄帝与炎帝联合起来,与蚩尤在涿鹿大战,共同打败了蚩尤。不用说这一仗,炎帝和黄帝一样都出了大力。

祭神大会开始,黄帝带领大家祭拜了天神。接着,便开始讨论有关建国大业及首领的问题。经过了战争和兼并,黄帝自然就成了中原部落的领袖。可是,炎帝威望很高,他下面部落的人想推举他为天下首领,这也算是和黄帝部落的人心照不宣吧。

黄帝目光远大,胸怀宽阔,他提出了要与炎帝部落结盟的建议,一下子就让炎帝部落的人释怀了。黄帝在这里与炎帝缔结了"炎黄联盟",黄帝和炎帝都成了大家拥戴的领袖。从此,炎黄二帝成为华夏文明的奠基人,奠定了华夏民族繁荣昌盛的基础。

天下是黄帝领头打下来的,黄帝在这里会合天下诸侯,树起了大一统的旗帜,提议要建一个共同的帝国,各位诸侯完全赞同拥护。大家正儿八经地坐在一起商讨建立统一国家的大计,推举有熊国首领轩辕为天子,尊称为"黄帝",国号为"有熊帝国",定都有熊。综合各部落图腾的特点,定图腾为龙,国旗是黄龙旗,并开始黄帝纪年,称作黄帝历。接着,黄帝设职封官,制定协约、法规等,令大家遵守。于是,中国历史上第一个神州大一统的有熊王朝诞生了。

来集的传说

新密市有个来集镇,来集镇有个来集村。这里为什么叫"来集"呢?据《中国民间故事全书·新密故事卷》记载,"来集"和赶集的习俗起源于黄帝时代。

相传,当年黄帝在中原打败了蚩尤,统一了国家,建立了有熊国,要求地方官员带领百姓开荒种田,植桑养蚕,种植五谷,饲养家畜,发展石器、陶器等手工业。黄帝还把驯养的和野生的马匹、牛驴等分给缺少耕畜的部落。这样,不到十年时间,国家便粮满仓,畜满圈,衣服穿不完,工具用不尽。一天,黄帝带着大将风后和力牧等文武官员出来巡视民情,来到一个距离轩辕丘三十多里的地方。当地百姓听说黄帝和风后来了,纷纷跑来一睹天子尊颜。黄帝问老百姓有啥要求,种地的农夫说:"俺种庄稼打的粮食多,吃不完,就是缺肉吃。"放牧的小伙子说:"俺住在山里放牧牲畜,有的是肉吃,却缺少粮食。"石匠师父说:"俺那里山上石头多,打造了许多石斧、石铲等,如果能在哪里换成粮食就好了。"纺织女说:"俺家织的布穿不完,要是能换成粮食、鸡、鸭、肉,就啥都不缺了。"黄帝听了,对风后说:"你看是不是找个地点,让百姓们日出集,午后散,相互交换东西?"风后说:"行。"黄帝便让风后留下建集,带着力牧继续西巡去了。

黄帝走后,风后把当地的首脑召集到一起,经过反复踏勘地形和研究,在附近划出两块地势平缓的地方,作为集中交换物品的场地。于是,人们每天天不亮就担的担,扛的扛,从四面八方来到这两个划定的地方,互相交换粮食、牲畜、工具、布匹等物。这种交易活动很快传开了,其他地方也纷纷效仿,兴起"集"来。

过了一段时间,新的问题出来了。由于古时候人烟稀少,居住分散,又没有交通工具,待人们带着东西、牵着牲畜来到集上时,常常是天已过午,人去集散。风后把情况上奏黄帝后,黄帝便下令把天天集改为隔天集,还把原来的"日出而集,日午罢集"改为全天集。黄帝还让风后为集起个名字,风后想了想说:"那就叫'来集'吧,让百姓们都来赶集。"

集日兴得久了,赶集的人越来越多,出现了一些为交易双方牵线搭桥的经纪人,还有一些人干脆住到集上,慢慢形成了村庄。后来,人们就把这个村庄叫"来集村",集市贸易习俗一直延续到现在。

黄帝与节节草

仓颉受黄帝指派,在造字台造字多年了。老仓颉年事已高,积劳成疾,总感到身体不适,胸闷气喘,头晕恶心,胸口像压了一块大石头,有时候还刀绞一样疼痛。

黄帝听说了,就同风后、常先等一起,带着鹿胸、鲜果等物来看望他。详细地询问了老仓颉的病情,决心治好他的病,让他好好造字。

黄帝从老仓颉那里回来以后,总留心寻求治老仓颉病的药草和方法,每有所得,就送给老仓颉。

可是,一月过去了,送去的草药没治好仓颉的病,一年过去了,送去的草药还没治好老仓颉的病,非常焦虑。一天,黄帝西巡走到一座大山下,看见山上走下一位老人,鹤发童颜,健步如飞,边走边歌,歌曰:"无叶草,真神奇,能治胸痛气闷疾。"

黄帝听到这话,就立即赶上前去,施礼问道:"老人家,何处有这种无叶草?"

老人停住脚,看到眼前的汉子十分诚恳,就说:"这种无叶草只生长在黄河源头的一个深涧里,山口还有一条独眼恶蛇看守。以前去采无叶草的人,多被这恶蛇吞食。你莫去白白搭上一条性命!"老人说完就下山去了。

黄帝目送老人下山,自己暗下决心:山高路远我不怕,一条恶蛇有何惧,我要斩蛇取草,治好老仓颉的病。

黄帝背上他的千年藤弓,竹竿鱼骨箭,不分昼夜向黄河源头那个深涧走去。他走了九天九夜,翻过了九座大山,涉过了九条大河,终于走到了黄河源头,找到了长有无叶草的那条深涧。他伸手就要去采无叶草,那条独眼恶蛇向黄帝扑来。

黄帝一个箭步,躲闪到一块巨石后边,搭上竹竿鱼骨箭,拉开千年藤弓,射向恶蛇,正中独眼。恶蛇喷出毒雾,正待逃跑,黄帝腾身骑上蛇身,两手死死卡住蛇脖,任恶蛇左右上下翻滚,只是不放。大约一个时辰,恶蛇终于气绝身亡。

黄帝看看地上的无叶草,被恶蛇拍打得一节一节散落在地上,感到实在可惜,就把它一节一节地捡起来放到背篓里。他想,有了这种草,老仓颉的病就要治好了,心里非常高兴!又想,独眼恶蛇虽然被我杀死了,但这里距中原路途遥远,山高水阻,再来采集,实在不易。他就尽量多集一些,带回去。

黄帝回到具茨山,把无叶草配成药方,很快治好了老仓颉的病。

黄帝把余下的草,细心地一节一节地接起来,栽植到姬水河边的沟沿、山坡上,让它繁衍生长,如果百姓们有谁再得了仓颉这种病,便可随处采摘医治。不信,你到河边、沟沿、荒坡上去找找,随处都生长着黄帝栽植的这种无叶草。由于它是黄帝一节一节接起来栽种成活的,百姓们都叫它"节节草"。

黄帝访道升仙

黄帝设坛祈祷,西王母派来人首鸟身的九天玄女,将神符、兵法和一部《阴符经》传给黄帝,黄帝依此布阵用兵，统一了天下，成为华夏始祖。此后，皇帝依照《阴符经》治理国家，又制造琴、钟之类的乐器，规定了仁义、慈孝等道德规范，内合天机，外合人事，国力日盛，百姓安居乐业。

一天，黄帝召集群臣，对他们说："我为天下之事操劳已久，现在要息驾玄圃，养性修真。"随后，他登昆仑山祭祀，这是后人封禅的开端。不久，西王母降临，赐其白色大理石手镯。此后，黄帝巡游各地，四处寻访得道高人。

崆峒山上有位仙人名叫广成子，道行极高，黄帝就带着几名大臣前去拜见。他远远望见广成子高卧山岩之上，就走上前去，右膝着地，跪行几步，拜道："请问大师，什么是道？"广成子遽然坐起，点头称道：

黄帝骑龙升天

"问得好哇！过来吧，我就给你讲讲道的奥妙：至道之精，窈窈冥冥，至道之极，昏昏默默。不视不听，不思不念，不要劳神，不要失精，抱神守静，知多为害。得此道者，上为仙皇，失此道者，下为尘土。"黄帝听罢，一一记在心里。

后来，黄帝巡游各地，向各位神仙请教修仙之道，在王屋山最终掌握了炼金丹的方法，这个方法被称为"九鼎丹法"。于是，他放弃了王位，在天台山得到金液神丹，在青丘山得到三皇内文，最后在青城山受传中黄丈人神仙的真一之法，并依照神人指点，在荆山山麓用采自首山的铜铸鼎，等待升仙之日。

鼎成之日，一条巨龙从天而降，龙须冉冉下垂，黄帝及其友人、大臣共七十二人骑上龙背升天而去。这时，有许多小臣未能骑上龙背便攀上龙须随行。谁知中途龙须断裂，这些人都坠落地上，坠地者抱住黄帝扔下的弓箭，嚎啕大哭。黄帝骑龙升天后，为五方天帝之一，居中央之位，以主四方。传说黄帝有四脸，面向四方。由于西王母还传给黄帝一部《常清静经》，黄帝因此与老子一同被作为清静无为之道的代表，受到后世黄老道派的尊崇。

双洎河的传说

嵩山南麓往东有两条河，一条叫洧水，另一条叫溱水。两河汇流后经新郑城南关滚滚东去，人们称这段河为"双洎河"。提起这河的来历，得从黄帝说起。

相传，我们中华民族的始祖——轩辕黄帝被推选为部落酋长后，带领百姓开垦农田，定居中原，奠定了华夏民族的根基。

黄帝活到一百岁那年，想到自己年纪已迈，他决定选有贤能的人接替自己的位置。

这一天，他把风后、岐伯、力牧等老臣叫到一块儿说："咱们都是土埋住脖子的人了，体力、精力都跟不上了，得选拔接替的人！"众大臣也都有这种想法。

岐伯说:"你身边有二十五个儿子,挑选一个好的就行了。"

力牧也说:"你终日为众人费心操劳,功高如山,恩深似海,创下大业,选个孩子接住王位,是合乎情理的事,你就挑选一个吧。"

黄帝说:"老子有了功业,不能代替儿子。为了保住这千秋功业,咱们就得把这天下交给有真本事的人。要找到有真本事的人,就得测试,就要挑选。"

于是,黄帝下令,公开张榜,天下有贤能的人都可以应试。测试分文、武、德三科:文要求限定时间,能着文百篇;武要求能握千钧弓弩,百步之外,射断吊钱的丝线;最后再用一种特别的办法,测试他们的德行。谁能符合这些条件,谁就接替王位。

测试的日期一到,从四面八方来的人成千上万。黄帝、风后、岐伯等亲自监试。演武场上,英雄会聚,奇才辈出。有的刀枪剑戟,弓弩梭镖,样样精通;有的是出口成章,对答如流。可惜的是,文的只会文,武的只能武。为了不埋没人才,黄帝一个个都详细记下来,根据他们的能力,准备加以分封。

测试整整进行了十天,从千百人中选的只剩下百十个,百十个又剩下十几个,最后,只剩下两个,都是黄帝的儿子,一个叫玄嚣,一个叫昌意。论文,两个人三日之内都能着文百篇,内容不重;论武,百步之外,能连着射断三根悬钱的丝线。为了分出高低,又给他们增加了几个科目,可是经过一番刀枪对打,棍棒拼搏,仍然不分上下。

在场观看的人都不住地叫好,也都议论着:两人的本事一样大,到底应该让谁接替王位呢?大家商量后,把他们交给黄帝,以测试他俩的德行。哪个占了上风,就让哪个占主位,另一个当副手。

黄帝把玄嚣和昌意叫来,交给每人一个珍藏多年的宝葫芦,说:"这是两个宝葫芦,只要一打开,就能流出三丈宽、一人深的一股水来,一直流二百里才能流干。从嵩山北坡到东边的颍水是三百里远。你们每人拿一个葫芦,从嵩山脚下放出水来,水量不准减小,看谁能让这200里的水量流300里那么远,谁就接替王位。"

玄嚣和昌意都是很有心劲的人,谁也不肯示弱,都暗下决心,非让这葫芦里的水流到颍水不可。他们二人都带着葫芦来到嵩山脚下,一个站在山崖南边,一个站在北边,各自都把葫芦打开,放出水来。只见那清凌凌的水从山坡上飞流直下,就像两条大河,滚滚往东流去。这两股水穿峡谷,越平地,只流了二百里就干涸了。他们俩都焦急地抱着葫芦摇了几摇,还是不见一滴水。没办法,只得按照黄帝交代的秘诀,又把水收到葫芦里,再次试验。一次、两次、三次……一日之内试了几十次,仍和头一回一样,流不到地方就干涸了。晚上,他们躺在床上想:长这么大,无论跟谁较量,还不曾失败过,再大的困难,没有难倒过,今天竟然让这葫芦难住了,可是父亲大人明明交代,只要掌握要领,这两个只能容二百里水量的葫芦定能流三百里路程。这要领到底在哪里呢?这一夜,他们俩谁也没睡好觉。

两天过去了,他们仍没有成功。

第三天清早,玄嚣高高兴兴地来找昌意。他说:"弟弟,我想出一个妙法,一试准成。"昌意想,既然你一试就成,怎么还会对我说呢?就问:"哥哥,你有什么办法?"

玄嚣说:"你可记得,父亲大人曾说过,只要掌握要领,这两个能容下二百里水量的葫芦能流三百里远。这要领还在两个葫芦上。你想,这一个葫芦单独能流二百里,要是合到一块儿,就是四百里,既然能流四百里,从嵩山脚下到颍水才三百里,何愁流不到呢?"

昌意一听,恍然大悟,伸手抱住哥哥,连声说:"妙!真妙!"

当即,兄弟二人便一起上山,同时打开葫芦,水流有百十里路,两股便汇流在一起。滔滔河水,像野马一样不可阻挡,一直流入颍河。颍河水量骤时增大,又浩浩荡荡向东流去,从此后永不枯竭。

玄嚣、昌意兄弟二人,这才把黄帝和众前辈请来。黄帝和臣僚们一看,都高兴地连声称赞:"好,好,真是后生有为。"

黄帝又把他俩叫到一块儿,说:"从这里可以悟出一个道理:两股水汇流一处,水量就越来越大,永不枯竭;两股水一分开,就没多大劲儿了。百条江河汇成大海,这和治国一样。人心不齐,百事无成,万众一心,上下一致,国家才能越来越强大。你们兄弟二人,无论谁接替王位都要带领百姓,同心协力,把国家治理好。"

玄嚣和昌意听了父亲的教诲,互相谦让。最后,昌意说:"这是哥哥先出的主意,应该由他接替父亲的王位。"

"还是让弟弟干吧!"两个人让了半晌,黄帝看他们都有诚意,就说让玄嚣接王位,昌意做副职。此后,玄嚣就把昌意留在身边,共商国家大事。在他们的影响下,上上下下都选拔了有能耐的人任职,都团结得很好。

传说,黄帝把玄嚣葫芦里流出的那段河叫溱水,把昌意葫芦里流出的那段河叫洧水,两河汇流后流经新郑南关的那段叫"双洎河"。至今,河水依旧清清,奔流不息。

(整理:蔡柏顺)

风后岭的传说

位于新郑市区西南19公里,有一座险峻挺拔的圆顶山,系嵩山余脉具茨山主峰,海拔793米,南北长4公里,东西宽3公里,面积12平方公里。因帮助轩辕黄帝开发中原的宰相风后,曾在这山上修炼,因以人名命山名,叫它"风后岭",又名"风后顶",以示纪念。

风后本来是天上的金川星。黄帝来到人间后,王母娘娘怕他只身孤单,治理天下有困难,便派金川星下来做他的助手。风后降生在具茨山一个农夫家里,长到七八岁时,农夫见他十分聪明,村里的孩子没有一个比得上,想让他成为一个有出息的人,便叫他跟道人华盖童子,在具茨山顶修炼。

这华盖童子身材高大,鹤发童颜,对人十分严厉。风后来到山上,华盖童子把他从上到下打量一番,见他一副聪明相,暗自高兴。他先把他带到藏书室,指着一大堆书册说:"要想成道,得把这万卷书读完,特别要精通用兵之法。"随后,他又把他带到练功场,指着一块大石头,说:"还得练就一手武艺,举动这千钧之石。"风后一看,场上摆着百十来块石头,最大的足有两三人高。华盖童子说:"修炼之道,贵在专心致志,持之以恒。若存丝毫邪念,便会半途而废。"风后牢记华盖童子的教诲,每天鸡叫头遍,就起身练武,天亮便诵读书文。

不知不觉半年过去了,风后看那么一大堆书册,自己连一个角也没看完。再看看那一堆石头,只能举到第五块,心想:照华盖童子交代的,真不知要练到何年何月呢?我何必吃这么大苦?

这天,风后趁华盖童子不在家,就偷偷从东坡走下山来。走到山半坡,看见一个老太婆抱着一根大铁棍在一下一下地磨,他上前问道:"你磨这铁棍干啥?"老太婆说:"给俺孙女磨根针。"风后又问:"这么粗的铁棍,啥时候会磨成针呀?"老太婆说:"功到自然成嘛!"说罢,她又认真地磨起来。风后见此情景,只觉得脸上热辣辣的,心想:自己身强力壮,竟不如一个老人。于是,他折回山上,发誓不把功夫练成,决不再下山。从此,他每天专心致志,勤学苦练。不知过了多少年,他把华盖童子交代的书,全部熟记在心中，不费多大劲，就能把那千钧之石举起来。华盖童子见他功夫练成了，就放他下山，向东去了。

那时，刚好黄帝治理天下，急需要得力助手。他听说风后文武双全，神通广大，就跋山涉水，历尽艰辛，在东海之滨找到了风后，把他请回中原。

有一年，蚩尤带领四方盗贼突然向黄帝发起进攻，黄帝就让风后挂帅迎敌。风后让士兵在山上扎营寨，在水上造战船，平地摆开连环阵，布下了天罗地网。他作战常施展华盖童子传授的法术，让空中飘满五色云气，射出万道霞光，形成"华盖"。这霞光使蚩尤的士兵眼花缭乱，心惊胆战。风后带领轻骑，一马当先，亲自杀了蚩尤，为黄帝治理天下出了大力。

从此，黄帝对他极为赏识。因为风后生在具茨山，早年又曾在这里修道，黄帝就把具茨山改名为"风后岭"，并把山岭和周围的土地封给了他。为了和风后议事方便，黄帝还在风后岭上设了避暑宫、种花处，每年都要到这里住一个时期。后来，风后从黄帝的《神芝图》中得知，那磨针老太婆是王母娘娘所变，是特意来开导他的。她用这个办法教导风后把功练好，目的是让风后帮助黄帝治理天下。为了纪念王母娘娘，他便在岭东见到她的地方，建了一座庙，叫作"王母娘娘庙"。直到今日，王母娘娘庙和那块磨针的石头，还在风后岭保存着。

（整理：蔡柏顺）

明火的发明

明火即火药，民间俗称明火，相传是黄帝的妃子嫫母发明的。

嫫母虽然长得丑，但却非常贤惠能干。她负责部落里烧火做饭、分配食物等事情，总是安排得有条有理。一天，她在烧火时无意中把一些松香木炭末拨到了火上，马上出现很多火花。嫫母注意到这个现象，又试了几次，都是如此。她又将硫磺与松香、木炭末掺起来撒到火上，结果爆起的火花更大，嫫母把这叫作"明火"。

黄帝知道后认为明火可用来帮助打仗，命嫫母每天把松香、硫磺和木炭末均匀拌和，制作明火保存起来。以后，黄帝用明火发明制作了作战用的"火链球"和"火箭"。

八卦阵图创始地——新密黄帝宫

风后八卦阵

传说当年黄帝与蚩尤作战，第一仗被蚩尤打得惨败。黄帝忧心忡忡，吃不下饭，睡不好觉。黄帝的大臣风后是个有心人,他认真研究蚩尤的阵法,发明了八卦阵法。八卦阵按照乾、坎、艮、震、巽、离、坤、兑八个方位布阵,有天覆阵、地载阵、风扬阵、龙飞阵、垂云阵、虎翼阵、鸟翔阵、蛇蟠阵。终于,风后破了蚩尤的迷魂阵,将其打败。他在战胜蚩尤后,编写了《握奇经》。

到了唐代,大军事家独孤及在具茨山北的云崖宫立碑,上刻《风后八阵图》流传至今。

嫘祖访玉仙

人类在亘古洪荒的年代,根本不知道衣服是什么样子,无论男女,只用兽皮和树叶防寒遮羞。当时人类的首领名叫黄帝,黄帝的妻子便是西陵氏嫘祖。

嫘祖是个聪明能干的女人,爱民如子,走遍了黄河流域所有人居住的地方。有一天,她来到中岳嵩山的五指岭下的山谷中,只见山清水秀,树木苍翠。她觉得有些劳累,就来到溪边饮水歇息。看着周围美丽的景色,嫘祖心想:这么美的风景,有没有人在这里居住呢?她正在遐想,突然听到隐隐约约传来一阵很有节奏的"嗡嗡"声。她侧耳细听,声音仿佛很近。于是,嫘祖溯溪而上,拐过一道河弯,只见河谷的崖壁上有个山洞,被绿树和藤蔓遮掩着。那有节奏的"嗡嗡"声,就是从这座山洞里传出来的。

嫘祖沿着石壁上的小路来到洞口,看到一幅十分奇异的景象:只见一个十六七岁的山村小姑,穿着当时谁也没有见识过的衣裳,正坐在一架木制的纺车前纺丝呢。一见嫘祖进来,村姑急忙站起身,笑盈盈地迎接。嫘祖仔细打量,姑娘的衣裳既柔软,又华丽,飘飘洒洒的,举步顾盼之间,袅娜多姿,仪态万方,一时竟把嫘祖看呆了。嫘祖心想:如果人人都能穿上这种衣裳,那世界该变得多么绚丽多彩啊!于是嫘祖上前拉住村姑的手,问道:"姑娘,你这是在干什么啊?"村姑说:"我在抽丝纺线。"嫘祖又问:"抽丝纺线做什么啊?"村姑回答:"织布做衣。"嫘祖又问:"就是你身上穿的这个东西吗?"村姑点点头说:"是的。"

嫘祖养蚕

嫘祖惊奇极了,问道:"这些丝是从哪儿来的?"

村姑说:"蚕吐的。"

嫘祖又问:"蚕在哪儿呢?"

村姑说:"就在这座山上。"

于是,村姑兴高采烈地领着嫘祖来到山上,只见满山遍野长着桑树和橡树,桑树和橡树上,爬满了白色的蚕虫。村姑说:"这些野生的蚕虫,吃树叶,吐银丝,百日结茧,蚕茧便可以抽丝织布。"

嫘祖听后高兴极了,她问村姑:"你叫什么名字?"村姑说:"我叫玉仙。"嫘祖又问,"只你一个人住在这里吗?"玉仙说:"我还有两个妹妹,一个名叫雨姑,另一个名叫翠霞,两人每天上山采茧,但她们却缺乏耐心,从不学抽丝织布。"嫘祖又问,"我能看看你织的布吗?"

玉仙高高兴兴地领嫘祖来到洞里,用简陋的木机织布给嫘祖看。嫘祖高兴地拉住玉仙的手说:"你是个聪明的姑娘,我今天回去,过几天还要来。再来,就住在这儿跟你学织布,你同意吗?"

"同意,"玉仙说,"太好了,你可要快点来啊!"

嫘祖回去见了黄帝,把碰上玉仙纺丝织布的事说了。黄帝一听,又惊又喜,马上在部落里挑选了十名聪明灵巧的姑娘,带领她们和嫘祖一道来到五指岭下的山中,见了玉仙三姐妹,观看了她们从采茧、抽丝、纺线到织布、做衣的全过程。黄帝兴奋地说:"你们姐妹三个很了不起,人类将因为你们开始有衣着。今日,我特命嫘祖担负起制作衣服的重任,你们姐妹三个要协力相助,并把织布做衣的本领传给天下所有的女人,使男女老少都有衣穿。"

从此,嫘祖和众姑娘便在这座山中,开始了织布做衣的工作,并逐渐使野蚕变为家养,还亲自植桑种树。她们纺啊,织啊,做成了无数美丽的衣裳。以后呢,所有的女人都学会了养蚕抽丝,织布做衣。家家户户春夏秋冬都有衣服穿了,人类从蒙昧向文明大大地跨进了一步。

后人为追念玉仙三姐妹协助嫘祖织布做衣的巨大功绩,便在玉仙纺线洞前修建庙宇,把玉仙三姐妹奉祀为神。此庙,便是嵩山的玉仙圣母庙。

(整理:石栏)

有巢氏搭房挖窑

有巢氏树上搭房

古时候,人跟野兽差不多,不仅没粮食吃,连住的房子也没有。吃啥哩?吃飞禽走兽,天天跑着打猎。住啥哩?在地上挖个坑,就住在坑里,一下雨就得爬出来抱头淋着,不出来就得在里边泡汤。这还不说,夜里睡着不安全,弄不好会被大野兽咬死吃掉。

后来,出了个能人叫有巢氏,他不但个儿大力大,脑瓜子还特别灵。有一天,他用石块儿打鹰,准得很,一下子把鹰打伤了,鹰带着伤飞,他跟着撵。一撵撵到半山腰,鹰飞到一棵大树上,钻到窝里躲起来了。有巢氏正要上树去掏它,忽地下起雨来。他看到鹰卧在窝里怪美,自己受雨淋,心想:这人还不胜鸟哩,鸟都会用树枝搭窝,人就不能用木棍搭窝吗?等雨一停,他爬到树上仔细看那鸟窝是咋搭的,然后用些木棍,找个地方搭起窝来。他搭了扒,扒了搭,试了无数遍,到底把窝搭成了。从此,人开始有了木房子,比住到土坑里强多了。

又一次,有巢氏用石斧砍伤了一只虎,他追呀追呀,那老虎钻到了山洞里。他在洞口儿等了好一会儿,不见老虎出来,就钻进洞里去找。他一直走到洞底,也没找到老虎,觉着很奇怪,只好转过头往回走。正走着,见那老虎从洞的旁边猛地钻出来,很快蹿出洞跑了。有巢氏也不追虎了,他在洞里仔细看了看,心想:嘿,这老虎比人还能啊!洞里挖洞,可以藏身,人不也可以这么办吗?就这,他又发明了窑洞。

大家见有巢氏这么能干,给人办了这么多好事儿,就叫他当各部落的总头领。后来,有巢氏又按照鸟音高低的变化,规定了统一的打招呼信号,人慢慢有了语言。

仓颉造字大苦山

据说嵩山的君召是盘古开天地的地方,许许多多历史上传说的故事,在嵩山这块古老而神奇的土地上,都可以找到它的原始证据。传说随着人类活动的频繁,最先那种结绳记事的办法已经不能记载更多的事情了,因此,黄帝下令让仓颉在大苦山造字。

仓颉造的第一个字是"人"字,是模仿人的体形造出来的。第二个字是"天"字,因为每个人头上都顶着一片蓝天,就画一个人的模样,在头上又平画一道,说明人的头上还有一层什么东西。第三个字是"地",每个人都是双足踩地,就画两只足,即后竖折,形成"L",仓颉觉得不满意,又把它变成了"土"字,再变成"土土"。第四个字是"山"字,后来演变成三竖下面画一横,即今天的"山"字。第五个字是"川"字,大苦山四座山峰间向下或东南、或正南、或西南斜伸着三道大坡岭,画下来即成"川"字。再一个字就是"水"字,因为在马鞍山前有一条跑马岭,岭东的水弯弯曲曲地流向淮河,岭西的水曲曲折折流向了伊洛河,所以,这里有典型的山水构造,"水"字便造成了。仓颉还造了日、月、星等字,他采用君召特殊的山川、河流等自然造型,共造了八十一个字。

仓 颉 造 字

河南省新郑市城南关有座凤台寺,相传是古代仓颉造字的地方。

轩辕黄帝统一中华民族后,建都于有熊,也就是今天的新郑。他带领自己的臣民,养蚕织锦,发明舟、车、弓弩、镜子、锅、甑等等,发展农业生产,改善生活条件,百姓们安居乐业。那时候没有文字,人们靠结绳以记事,逢上小事就打一个小结,遇到大事则打一个大结,若是相关的事情就打成连环结,后来发展到契木为文,人们用刀子在竹木上刻上符号记事。但是随着事物的日益增多及事情的逐渐繁杂,结绳和刻木的记事方法已经远远不能适应文明发展的需要,为了发展文化,轩辕黄帝命令大臣仓颉造字。

仓颉是黄帝时的史官,传说他四目重瞳,生而能书。接到黄帝的命令,仓颉不敢怠慢,立刻选择溱洧河南岸的一处高台住下来潜心思索,决心创造出一种人人都能认读使用的文字来。然而,他日夜冥

仓颉造字

思苦想,也造不出什么字来。

一天,黄帝来看仓颉,见他一副愁眉苦脸、闷闷不乐的样子,就宽慰他说:"不要着急,慢慢来,只要有恒心,一定会造出字来的。"仓颉深为安慰,向黄帝施礼道谢。正在这时,从高空中飞来一只五彩斑斓的凤凰,婉转地鸣叫着,飞到高台上。它把嘴里衔着的一片树叶放下来,并朝着黄帝和仓颉眨眨眼睛,轻轻地啼叫几声,又飞向了远方。黄帝好奇地捡起那枚树叶,看到上面有个清晰的兽蹄印,欣喜地对仓颉说:"这是上天在帮助我们造字,你好好造吧!"

仓颉仔细地看着这片树叶,思考了很久。后来,他去请教老猎人,老猎人说树叶上的图案是貅蹄印,各种野兽的蹄印都不一样,他只要一看它们的蹄印,就知道那是什么野兽。仓颉深受启发,他想:世界上的万物各有自己的特征,只要抓住它们各自的特征,分别画出图像,那不就是字吗?从此,仓颉时时用心,处处留意,夜里仰观天上星宿的分布,白天详察地下山川的走势,反复推敲鸟兽蹄爪的痕迹,深刻琢磨草木脉络的形状,细致描摹种种不同的图像,认真刻画各种各样的符号,并规定了每个符号所代表的具体意义,他把这种符号叫作"字"。就这样,仓颉有了造字之术,掌握了造字的要领。他日夜不停地造呀、造呀,终于造出了山川河流、日月星辰、花草树木、飞禽走兽等很多文字。仓颉把自己所造的字拿给人们看,讲给人们听,虚心征求人们的意见,然后把固定下来的字传授到各个部落中去。自此,中国有了文字。

黄帝为纪念凤凰衔书和仓颉造字的功劳,把仓颉造字的高台命名为"凤凰衔书台"。仓颉在汉字创造的过程中发挥了重要的作用,为中华民族的昌盛和华夏文明的发展作出了不朽的功绩,世世代代的华夏子孙都感念和敬重仓颉,把这一代表着文字源头的文化古迹保存下来。到了宋朝,人们又在此建了佛寺,并造了佛塔,于是原来的凤凰衔书台也就自然更名为"凤台寺"。

(整理:秦慧君)

火神祝融

火神寨的传说

新郑东北的潮水河西岸,有个小寨叫火神寨。寨里有一座庙,供奉着火神祝融的圣像,据说是汉代人为纪念祝融送火种而修建的。相传自从燧人氏发明钻木取火以后,人类开始用火烧熟食物、取暖、驱赶毒虫猛兽等。但钻木取火很不容易,人们只好把火种保存起来。祝融就是负责管理火种的。

有一年夏天连降几天大雨,许多茅屋倒塌,火种被浸灭。黄帝让祝融给百姓送火种,可是祝融的火种也被大雨浇灭了。祝融很着急,偶然中发现击石能溅出火星,便在黄帝帮助下,发明了"击石取火"的方法。从此,人们不再为保存火种发愁了。黄帝特封祝融为"火正"(官职名)。潮河两岸枣林里的人们不忘祝融的功德,敬祝融为火神。

黄帝女儿梳妆台

在新郑市城西南约15公里处的风后岭东侧,有一座突出的悬崖峭壁,它的上面有大约10多平方米的平台,当地群众把它叫作"黄帝三女儿梳妆台"。在这梳妆台的北面不远处,有一块龟头石和一块青蛙石。那块龟头石,好像龟头刚刚伸出龟壳,贼头贼脑地窥视着四周,滑稽诙谐。梳妆台的南面30米处,还屹立着一块巨大的山鹰石,那锋利的鹰嘴和跃跃欲飞的姿势,给人一种神秘之感。关于这几块形态逼真的石头,还流传着一段神奇的故事哩。

相传,黄帝的三女儿叫灵秀,是轩辕氏和妻子嫘祖的掌上明珠。灵秀自幼聪明伶俐,丽质秀美。每当黄帝出游,总要把灵秀带在身边。不想灵秀长到十三岁时,跟着父母到风后岭的黑龙潭——黄帝避暑宫——去消夏,突然得了一场大病,上吐下泻,浑身发热,肚子上还出了很多红点点。这可把黄帝和嫘祖急坏了,他们赶紧召集天下名医会诊。黄帝御医俞跗、雷公轮流切脉,只觉灵秀脉搏缓慢,轻轻触摸灵秀腹部,发现脾脏肿大。灵秀已三天水米未进了,舌苔潮红,脸色蜡黄,豆粒大的汗珠出了一头,最后被确诊为风寒热病。

黄帝马上传令名医巫彭、桐君等人,在风后岭上采集专治风寒热病的各种草药,像石蒜、毛根儿、山果儿、红刺儿菜和扁菊等十几种,有的用根儿,有的用秆儿,有的用叶儿,再加上新郑特产的鸡心红枣,用水煎成汁。说也神奇,灵秀喝下,病情就有了好转,连喝了三天,居然全好了,不吐不泻了,吃饭香甜了,脸也红润了。可谁知一波刚平,一波又起,灵秀的一头乌黑的秀发开始慢慢脱落,不到半个月的工夫,全掉光了。灵秀看到水影里自己秃秃的头顶儿,像个傻小子,伤心得又哭又闹,羞见他人,整天闷在宫里。黄帝和嫘祖看了,也很着急。灵秀接着又吃了几十服长头发的药,也不见效。

一晃儿,到了七月十六日那天晚上,月亮明晃晃地挂在山头的树梢上,各种野花散着浓浓的香气。灵秀正心烦,忽听几声鸟叫,清脆悦耳。她好奇地寻声追去,走着、走着,便来到这风后岭东侧峭壁的平台上。她向下一看,一条潺潺小溪,淙淙流淌,几只羽毛艳丽的山雀在溪边"叽叽喳喳"欢快地唱着。她看到有一只幼鸟儿,用嘴啄一下溪水,梳理一下翅膀,再噙一口溪水,用水洒一下全身,不一会儿,光秃秃的身上,渐渐地长出了毛绒绒的羽毛。灵秀看呆了,心想:这溪水能使秃鸟长羽毛,会不会使秃头长头发呢?她静静地坐在崖头上悄悄地等着,等鸟儿"叽叽喳喳"地飞走了,就来到小溪边,捧起一捧捧清澈的溪水,往头上洒着,揉着,搓着。一会儿,她觉得头皮发热,又一会儿,便觉得头上毛茸茸的。她往水里一看,月亮婆婆笑眯眯地看着她,她头上的的确确长出了细细的头发。

灵秀高兴极了。她飞跑回宫,禀告父母。黄帝和嫘祖一看,也喜出望外。三人一起来到溪水边,

尝一尝那水,甜丝丝儿的;看看那平台,干净净儿哩。灵秀说:"这地方真好,我们把家安在这里好了。"

以后,每年盛夏,灵秀都随父母到风后岭来避暑。每当皎洁的月色洒满平台时,灵秀就来到溪水边,蘸着清流,就着月光,细心地梳理那长长的秀发。灵秀的秀发油黑发亮,越长越长,据说散开来时,能一直拖到脚跟呢。

一晃又是几年过去了,灵秀也出落成了个天仙般的大姑娘了。有一天,灵秀正和丫环在台上梳理秀发,溪流里忽然游来一只乌龟精和它的随从青蛙精。乌龟精一看见灵秀倒映在水中的倩影,眼都看直了,发誓非娶灵秀不可。这两个精怪鬼鬼祟祟地爬出水面,抖掉浑身的水珠,变成了一个公子和一个书童,偷偷地向悬崖的平台上摸去。

正在这时,黄帝手下大将风后的三公子山柱巡山路过这里,一声断喝,那两个精怪立刻现出了原形,把灵秀吓了一跳。当她明白了事情的经过后,非常感激眼前这个英俊的小伙儿,便向他送去一瞥爱慕的眼光,说:"感谢将军救命之恩,小女愿随将军同生共死。"山柱感其诚意,便说:"承蒙公主厚爱,请让我的神鹰来保护你吧。"说着,他吹了一声口哨,天空中展翅翱翔的一只雄鹰,徐徐落在平台南面。

从此,灵秀在平台上梳头,神鹰便屹立在附近警卫。后来,黄帝和风后都知道了两个年轻人的心思,便让他们结成了百年之好。

天长日久,这神鹰、乌龟和青蛙都变成了化石。因为灵秀曾在这峭壁的平台上梳理过秀发,老百姓就把这个地方叫作"黄帝三女儿梳妆台"。那里崖壁半腰的石缝里,有一撮撮四季常青的山韭菜,山民们说那是灵秀梳头时掉的秀发。据说,如果谁不长头发或头发稀黄,在春季挖出这山韭菜的根儿,蒸煮后拌着红糖吃,吃不了几次,就会有一头秀美的乌发呢。

(整理:侯松平)

门楼庄的由来

在通往风穴寺公路的北侧有一个大约六百口人的村子,名曰门楼庄。当你看到"门楼庄"的站牌时,你可能认为门楼庄里门楼多而高大。其实,村名是由传说的城门楼所得。

相传,在嵩山和伏牛山之间还是汝阳江时,黄帝在江北选中一片地要建城池。诏令一下,建设工作就开始了。第一项工程是城南门。城门楼建得高大雄伟,豪华气派。站在城楼上,隔江相望,伏牛山尽收眼底。

规划城池布局时,设计者在该地找不到"聋地",也就是没有设置监狱的地方。请示黄帝,黄帝略一思忖,说道:"若无汝阳江,有城带粮仓。"城建官员茫然退下,遂令工程停建。

不久,龙门山决口,汝阳江向北注入黄河。这就是传说的"打开龙门口,撒干汝阳江"。汝阳江干涸,呈现出平坦肥沃的川地。这样,黄帝就在原来的江底选地建起了城池。汝州一带也得到迅速发展,成为炎黄文化的发祥地之一。

老城停建之后,只有城门楼巍然屹立,成为一个标志性建筑。远近乡民不断前来观瞻,煞是热闹。很快就有人在门楼附近建起家园,狩猎耕田,桑蚕织帛。庄子形成,人们就称之为"门楼庄"。

门　　神

每年过春节,家家门上都要贴上两张门神画。你可知道贴门神画的来历?

传说在远古时候,黄帝打败了蚩尤,在有熊国(今河南新郑)做了天子,成为中央大帝。他为了使天下太平,百姓安居乐业,经常带领大臣们四方巡访,了解民情,为百姓除灾解难。

有一年,他带领后土到东海巡游,来到丸山海滨处,正在听渔民讲述海上风情,突然从海中跳出一只白色怪物。这怪物人面蛙身,长有尾巴,前两肢略短,后两肢稍长,爪上有蹼,浑身雪白,闪闪发亮。这时渔民们惊呼起来:"白泽兽!白泽兽!"黄帝问渔民这是何等怪物,渔民说:"这就是传说的白泽兽。老辈人说这种兽是神兽,常年生活在海里,白天在海底周游,夜晚爬上岸来,到山川树林访查,哪里发生了什么事情,哪里出了什么东西,哪里住着什么神,哪里住着什么鬼怪,它都一清二楚。"渔民还说:"听说白泽神兽几百年才出来一次。白泽兽出海必是贵人驾到。"

黄帝和后土等感到奇怪,就向那白泽神兽走去。白泽神兽一跳一蹦地来到黄帝面前,点了三下头,然后竟说起人话来:"小神闻知天子驾到,出海迎接来迟,望天子恕罪。"黄帝高兴地说:"免礼,免礼!我听说你知道天地间人神鬼怪的事情,是真的吗?"白泽兽说:"小神略知。"黄帝说:"你可说与我听。"白泽神兽说:"这东泰山深谷密林中有魑魅魍魉,这丸山中有山精水怪,这梁山上有人魂神魄,这雪泽之中有神兽……"

那白泽神兽一气讲了一万五千一百种怪物。黄帝听了心中又是喜又是惭愧,喜的是白泽神兽竟然告诉他这么多人神鬼怪的名字和事情,惭愧的是自己作为天子还没这海中神兽知道得多。于是他就令后土将白泽神兽说的这些人神精怪都一一画下来,并在画像上加上注释,以昭示天下百姓,教他们都知道哪里有什么鬼怪,注意免遭祸害。

黄帝叫后土画记这些鬼怪之后,又问白泽兽:"是否有什么神或人能将这些鬼怪管起来,不再危害百姓?"白泽神兽说:"有,你可让神荼、郁垒二人监管,天下方可太平。"黄帝问:"不知这神荼、郁垒现在何处?"白泽神兽说:"他们弟兄二人,就居住在东海桃都山上。"白泽神兽说完,扭头跳回海去。黄帝和后土一再道谢。

再说,黄帝、后土晓行夜宿,一路风尘来到桃都山下,抬头一看,只见山势险峻,峰入云端,树林茂密,郁郁葱葱。他们顺着山间小道绕来拐去,约走了两个时辰才登上桃都山顶峰,只见这山峰之上长有一棵奇大无比的桃树,这桃树树干盘屈,枝叶茂盛,覆盖方园三千里。树冠之上站着一只金鸡。这时,正当天明,金鸡看见东方露出一束亮光,就张开翅膀伸长脖子鸣啼起来。金鸡一叫,只见天上的神仙、地上的鬼怪急急慌忙,纷纷来到桃都山这棵大桃树下。这桃树西边的枝叶间有个门,是世间神仙出入门户,门前站着一个汉子。这汉子头如柳斗,鬓发倒竖,怒目圆睁,口若血盆,个子又高又大,手持一把木剑,监视各路神仙进入门户。他发现哪个邪仙恶神在人间做了坏事,就用木剑将他的头砍下来,扔到山谷喂毒龙。在桃树的东北角枝叶间也有个门,是阴间鬼怪出没的门户,门前也站着一个汉子,这汉子个子又粗又矮,也是头如柳斗,鬓毛倒竖,怒目圆睁,口若血盆,手里拿着一根苇绳,一手牵着一只猛虎,专门监视鬼怪,发现哪个鬼怪在人间做了恶事,不容分说,就用苇绳将他捆起来,扔给那只猛虎吃掉。那些神仙鬼怪都战战兢兢地接受这两个汉子的检查。

黄帝看罢对后土说："咱们有熊国能有这二人,就再也不用发愁天下不太平了!"后土说："是啊,何不将二位请到有熊国中令其掌管天上人间神鬼事情?"黄帝说："正合我意!"黄帝和后土等神鬼都进了神鬼门,就走上前去。二位汉子见了黄帝立即跪下,齐声禀告说："小神神荼、郁垒未能远迎,请天子恕罪!"黄帝说："快快请起!"神荼、郁垒站起。黄帝说："听说二位神人很有本事。我想请你们到有熊国都,专管天上人间的神鬼事,为百姓除害,不知肯否?"神荼、郁垒说："小神受玉帝派遣,专门供天子驱使!"黄帝和后土很是高兴,就带领神荼、郁垒回到有熊国都。

神荼　郁垒

黄帝回到国都之后,根据白泽神兽讲述的天地人间神鬼情况,亲自写了祝文,奉劝天地人间鬼神多行善事,积阴德,为百姓造福除灾;还奉劝那些恶神厉鬼,停止作恶害民,否则将受到严厉惩处。同时,封后土为神鬼国国王,封神荼、郁垒为神鬼大吏,监视和统领天上人间神仙、鬼怪。神荼、郁垒忠于职守,尽心尽力,如查到恶神厉鬼,不是将他们砍头喂虎,就是把他们打下十八层地狱,受尽折磨。从此,那些作恶的神鬼再也不敢胡作非为了。

但是,天上人间神鬼众多,有时难免会照看不过来,有些小神、厉鬼趁神荼、郁垒不注意,伪装一副慈善面孔,偷偷摸摸去干坏事。黄帝就叫人们在大门口雕刻两个桃木像,一个是神荼,放在门右边,一个是郁垒,竖在门左边;或者干脆在门上画上神荼、郁垒画像。那些恶神厉鬼,一见就吓得屁滚尿流,远远地躲开了。

有熊国的老百姓,见这样也有效,就家家仿做起来,在每年腊月二十八就摆出木塑像或贴门神画,以求来年的吉利平安。

四、颛顼帝喾时代

玉皇大帝的由来

很早以前,天上没有玉皇大帝的职位,天、人、冥各界的事情由各界神仙自己负责处理。后来,君王们设置了州、府、县、乡、村,各种机构齐全,一切井井有条。于是,该做官的做官,该种田的种田,该经商的经商,各行各业各等人都安分守己,路不拾遗,夜不闭户,一派升平景象。因而,天神各界也各尽其职,相安无事。

可是,后来天上、人间、地府全乱了。首先是神界放弃了道义,各自为政,互不相让,争权夺利,风、雨、雷、电诸神乱得最凶,搅得天庭一塌糊涂。天上乱,引起地上乱,黑白颠倒,是非混淆,尤其是大小官吏相互倾轧,胡作非为,行贿受贿,卖官鬻爵,贪污腐化,荒淫无度,草菅人命,无恶不作,人们怨声载道。地府中牛头马面也犯上作乱,阎王判官欺上瞒下,任意行事,勒索钱财,陷害无辜,一切坏事都干尽做绝。

这样,天上有几位神仙沉不住气了,为了制止事态的发展,大家决定找出一个具有绝对权威的总管。这一来,三界更乱,各路神仙争得焦头烂额,几乎要火拼了。太白金星对太上老君等几个神仙说,各路神仙本事都太大,谁当总管大家都会很不服气,还是到凡间选个能人上来,神靠人敬,人靠神护,大家共同保他当总管,树立他的绝对权威。大家听太白金星说得有理,都同意了他的意见。

于是太白金星就变成一个叫花子来到人间,他衣着破烂不堪,面相奇丑无比,又鼻涕横流,涎水不断。他到人家里去要饭,既不说要什么饭,也不说要钱,而是吆喝着:"谁家有喝不完的人参汤送给俺一碗。"太白金星风餐露宿,一连好多天一滴水也没有讨到。他想人间怕也和天上一样良莠不分,便有点泄气了。他决定再坚持几天,如果还找不到合适人选,就打道回府,再也不管这等闲事了。

三天后,太白金星来到了嵩山南麓一个叫张家寨的地方。他看到这里山清水秀,良田千顷,牛羊成群,男耕女织,人们都文质彬彬,相互礼让。他大喜过望,心想是谁把这里治理得这样好呢?经过打听,太白金星了解到这里的寨主叫张友人,宽宏大度,慈善为本,济贫扶困,尊老爱幼,深受大家的拥戴。他还打听到张友人的妻子姓王,人称王母,生了七个女儿,他们夫妻和睦,琴瑟和谐,举家平安自乐。尤其难能可贵的是他们夫妻结婚几十年来从未吵过一次嘴,七个女儿也个个能绣龙描凤,心灵手

巧,琴棋书画样样精通,堪称才女,且知书识礼,温柔大方。

于是,太白金星想亲自试一试张友人的德才如何。这天中午时分,他故意晕倒在张友人家门前。张友人看到后,马上把他背到自家床上,推揉捏拿,费了好半天工夫才把他救过来。他一醒,就大声嚷着要喝人参汤。张友人急忙亲自动手,为他熬了一大碗人参汤,他一口气喝了个干干净净。太白金星在张友人家里住了几十天,张友人待他就像自家人一样,一点也不见外,从没有嫌弃的意思。

有一天,太白金星对张友人说,"先生,我马上就要走了,有件事想求求您。"张友人说:"说吧,有事只管吩咐,只要我能办到,定效犬马之劳。"太白金星哈哈大笑,然后说:"张先生啊,我是天上的太白金星,受众神委托,来人间访求贤良之人,终于找到了您。我们要请您到天上去当皇帝,主管三界。"张友人一听,立刻跪在地上,说:"先生,是不是我这些天招待不周,您才拿这来涮我呢?您要真是太白金星,就请您原谅我这一次。"太白金星一听,觉得张友人是不相信自己,于是摇身一变,金光闪闪。张友人一看,吓得直哆嗦,赶紧跪在地上,说自己无论如何也不敢当什么皇帝。太白金星一边说"非你莫属",一边手挥拂尘,把张友人和他全家以及鸡、猫、狗等,连同蟠桃园都一起请到了天上。

张友人不得已,只好先试试看,他大胆实施执政方针,选能任贤,唯才是举,革除弊政,免了一些恶神的职,新选了一批能干的神,很快使天庭有条有理。

天庭理顺之后,人间也风调雨顺,五谷丰登,人们过上了安居乐业的生活。地府大小判官,都循规蹈矩,秉公办事,谁也不敢越雷池一步。一时间,天庭、人间、地府三界都太平无事,三界就一致推张友人做天上的皇帝。但他坚辞不就,还想回到人间。众神们就一起联名上奏,使他觉得众愿难违,只好答应坐在皇位上。谁知,他的座位是群神制好的,用白玉雕成,他一坐,就再也下不来了。从此,人们就称他为玉皇大帝。

太阳与月亮

很久以前,一个村落里有一对兄妹,哥哥名叫太阳,妹妹名叫月亮。由于他们十分善良,经常把劳动成果分给穷人,招致了当地富翁的憎恨。

富翁原本想让穷人借他的钱,他好放高利贷,可是现在兄妹俩的做法断了他的财路。于是富翁想方设法挑拨离间,破坏他们的感情,但是都没有成功。

一天,富翁遇到一个能说会道的人,叫"骗你玩儿"。富翁便指使他再去挑拨太阳和月亮的关系。"骗你玩儿"也是个坏家伙,于是答应了。

"骗你玩儿"来到兄妹俩家里告诉他们说西天佛祖最近炼出了一种神药,喝了就能升天成神仙。但是这种药只能一个人去求,佛祖不会给两个人。兄妹俩都想体会一下做神仙的滋味,于是他们听信了"骗你玩儿"的话,第二天天亮就分别从两条路向西天行进,约好谁先求到神药,谁就先做神仙,再想办法帮助另一个。

"骗你玩儿"提前出发装扮成一位智叟等在太阳的必经之路。

太阳急匆匆地走来了,"骗你玩儿"迎上去吓唬他说前途充满艰难险阻,劝他不要去。太阳听了丝毫不动心,坚定地继续向西走去。"骗你玩儿"见太阳不上当,第二天又化装成一位看上去仙风道骨的老爷爷,追上太阳,劝说他不要去西天。

太阳见又有人劝他,脚步不仅慢下来。但是他没有停止,依然向西方走去。

"骗你玩儿"见时机已到,又在第三天化装成一位老奶奶,再次劝说太阳。太阳见这么多有经验的老人劝自己,再加上出发几天的疲劳,居然相信了"骗你玩儿"的鬼话。但是,他又不想轻易放弃升天的机会。

"骗你玩儿"看出了太阳的心思,就拉住太阳的手,说:"你不是想升天吗?我教给你一个法儿,准行!"

太阳一定来了兴趣,忙向"骗你玩儿"请教。

"骗你玩儿"故作神秘地说:"我知道你有一个妹妹'月亮'。她不是还在走向西天吗?你等她回来把她求来的药偷来不就行了吗?"

太阳开始不忍心,但不久就说服了自己。他跟"骗你玩儿"来到妹妹回来必经的路口一起住下,等妹妹求到升天神药回来。

很多天过去了,太阳终于等到了妹妹。

当时正是深夜,太阳趁月亮睡着了偷走了她的升天神药。太阳这是第一次偷东西,不免有些心慌意乱,吓得包袱也顾不上拿就狼狈逃跑了。太阳跑了一会儿跑不动了,就拿起升天神药吃了下去。

太阳立刻觉得浑身轻飘飘地升上了天空,但马上觉得火辣辣的,身上发出万道金光。太阳吃药时刚好天亮了,于是他踩着祥云好奇地在天空中观察地上的样子。

再说月亮,她一觉醒来,发现哥哥和升天神药都不见了,就追了出去。

太阳看到这一情景,觉得很愧疚,可是又没有办法,就指点月亮再到西天佛祖那里想办法。

月亮只好哭着喊着再次千辛万苦走向西天。她的遭遇打动了佛祖,佛祖把她从地上托向天空,由白云送到太阳身边,告诉太阳全身发烫是对他的惩罚。

月亮却心疼哥哥,回到佛祖那里祈求佛祖给他解药让哥哥摆脱痛苦。

佛祖被月亮打动,给了她升天神药和太阳的解药,一支金针。月亮立即吃了升天神药去找太阳。

太阳远远看到月亮手持金针追来,以为要扎自己,就躲到一座大山后面。

地上的人们见了,就说:"看啊,太阳落山了。"从此,就有了"落山"这个词。当月亮跑到太阳升天的那个位置时,天黑了。月亮见太阳心切,不顾一切去追太阳。佛见了,就又取来升天神药化成水,变成一颗颗亮晶晶的小星星。小星星们提着灯笼走到月亮身旁给她照明。从此,天空就有了太阳、星星和月亮。

就这样,日复一日,年复一年,月亮和太阳在不停地捉迷藏。不过,兄妹俩也有见面的时候,那就是人们说的"日食",每到那一天,太阳总是用一块黑布挡住脸,不愿让人看到他涨红的脸。

中秋节的来历

相传远古的时候,天上一共有十个太阳。晒得大地冒烟,庄稼枯焦,百姓们难活下去。那时有个英雄叫羿,力大无穷,能开万斤弓,搭神箭,一气儿射下了九个太阳。

从此,羿的名字传遍天下,人人敬仰。后来,他娶了个妻子叫嫦娥。嫦娥能歌善舞,非常美丽,夫妻二人相亲相爱,生活美满幸福。嫦娥心地善良,常把丈夫射来的猎物接济乡亲们,乡亲们都夸羿娶了个好媳妇。

一天,羿在射猎途中,碰见一个老仙翁。他佩服羿的神力,赞赏羿为民造福的功劳,赠给羿一包不死药,说吃了可以成仙升天。可羿舍不得心爱的妻子,更舍不得父老乡亲们,不愿自己一个升天,回家把药交给了嫦娥,叫她藏起来。

羿射日出了名,有不少人慕名赶来拜师学艺。有个叫蓬蒙的人,也做了羿的徒弟。这个蓬蒙,貌似忠厚,内藏奸诈,他看嫦娥长得漂亮,就起了歹心。他听说羿藏着不死药,就想把药吃掉,升天成仙。

后羿射日

这一年的八月十五日,羿又带领徒弟们去射猎。天傍晚,蓬蒙偷偷溜回来,闯进了羿的卧室。他嬉皮笑脸地调戏嫦娥,威逼她交出那包不死药。嫦娥身单力薄,呼唤丈夫吧,丈夫打猎还没回来;拼着一死吧,不死药就会落到强盗手中。万般无奈,嫦娥就乘蓬蒙不防备,取出不死药,自己全部吃了下去。顷刻,身子轻得像燕子一样,飞出窗口,飘飘荡荡升了天,来到了月宫。

羿回来听说了,冲出门外,只见天上的月亮好像比以往啥时候都亮都圆,好像心爱的妻子在望着自己。他力气虽大,却上不了天,悲痛万分。乡亲们说,嫦娥能飞上月宫,也还会飞回来的,劝羿耐心等着。

羿盼她回来,就在第二年八月十五晚上,拿来各种圆的水果,还做圆饼饼,摆在当院,向嫦娥表明团圆的心意。因这天时值仲秋,便称为中秋节。就这样等了一年又一年,嫦娥没有回来,人间却有了过中秋节的习惯。

(整理:徐东)

赏　月

每年中秋节的时候,人们都要赏月。这种习惯是怎样形成的呢?

古时候,有个国君后羿,娶了个美貌的妻子,名唤嫦娥。一天,后羿从西王母那里求得长生不老药。嫦娥听说后,半信半疑,就在当天夜里,偷了一些吃了。吃罢,她觉得身子渐渐轻得像一张纸,一阵风刮来,就飘上了天,一直飘到了月亮上。

天上一位神仙见了嫦娥说:"宝药不该你吃,偷吃更是罪过。"神仙说:"赎罪,就是要你日日月月为神仙制造桂花酒;受罚,就是将你打入嵩山下的冰井里受冻。"

嫦娥想了想说:"我愿意做酒。"

神仙说:"只是你要注意一条。"

嫦娥问:"哪一条?"

神仙说:"桂花酒乃是金桂之花酿成的,只许仙人享用,不可向凡间有半点滴漏。如让凡人尝到酒或闻到酒气,他们就都变得漂亮起来,那时善恶美丑就难以分辨了。"

嫦娥听了,点头答应。从此,她起早搭黑,勤恳造酒。不知过了多少年月,嫦娥渐渐思念起人间来。就在一年八月十五日的夜里,私下舀了一瓢酒,遥向凡间洒来。那天夜里,大部分男人睡了,没有运气碰上;女人们在月亮下忙着纺花、干活儿,大都闻到了酒香。她们第二天就变了样:好看的更漂亮了,丑陋的也俊俏起来。以后,每年八月十五,嫦娥都要洒一次酒。时间久了,人们看出了门道,八月十五坐夜赏月的人就多起来了。

现在漂亮的女人比漂亮的男人要多得多,就是因为很久很久以前,女人们闻到了桂花酒香的缘故。

嵩山下确实有一口冰井,一年四季冰冷,伏天也不例外,又叫"伏冰井"。见到这口井,人们就讲起这个故事来。

(整理:辛毅)

吴 刚 砍 桂

远古的时候,在嵩山下的颍河边上住着一家人:两位老人和两个儿子、两个媳妇。大儿子叫吴刚,是个刁钻人;老二叫吴强,是个实诚人。老二治家有方,日子过得还算富足。

后来,两位老人先后去世。吴刚和老婆嫌老二无用,俩人便起了分家之心。

第二天,吴刚把吴强叫来商量分家的事。老二也没有反对,问:"哥,你说吧,咋分哩?"

吴刚说:"二老丧葬,前后借了五百零八串钱,当儿子的不能没孝心,这样吧,零头我认了,整数让给你!"

吴强说:"那四间半房子和两张床哩?"

吴刚说:"亏心的事,哥我不会干!刚才零头归我,这回零头就让给你吧!"

吴强的老婆一听,气就不打一处来。可是,她见丈夫不吱声,自己就咽咽唾沫没说出来。

吴刚说:"弟啊,屋里的家具,你也挑一件吧!"

吴强想到要砍柴卖钱还账,就说:"别的什么也不要,只要一把斧头就够了。"

家分停当了。为了谋生,吴强两口子商定进山打柴。临出门时,吴强回头说:"哥啊,床分给我,不能让你们睡到地上。俺这一走,不知哪年哪月才能回来,床,你们就先用吧!"

吴强和她老婆备了一些柿糠面,沿着颍水河走去,饥了吞几口柿糠,渴了喝几口河水,终于来到了河的尽头。这里是嵩山的最高峰,山上古木参天,山洼有一池清泉。吴强正要捧泉水解渴,忽然瞧见一棵大树下卧着一头牛。那牛看到他们,站起身,抖抖毛,走了过来。

吴强问:"这是谁家的牛啊?"

"我叫飞天牛。"那牛说,"你是吴强吧?""你怎么知道我的名字?""你们夫妇俩对老人有孝心,对亲人有诚心,谁不知道啊!"

"可是,俺的心并没有全尽到啊!"

"为啥？"

"为老人丧葬借的钱，还没偿清呢！"

"现在，你用不着发愁了。我愿意带你到月亮上去，那里长着一棵金桂树，结的果子也是金的。你带些回来，除了还账，余下的足够盖房买地了。"

吴强一听，可高兴了。他嘱咐老婆在泉边等着，翻身骑上牛背。可两手没处抓扶，他担心会掉下来。只听"飞天牛"念念有词地说："给老二两个扶手！"话没落音，牛头上便立刻长出两只角来。

"飞天牛"让吴强闭上眼睛，不一会儿工夫，就到了月亮上。吴强睁眼一看，遍地金光灿烂，尽是金果子。没口袋，他就将布衫脱下，包了一个。"飞天牛"说："走吧，太阳一出来，咱就回不去了。"

吴强听了，忙骑到"飞天牛"身上，闭上眼睛，一会儿就回到了水泉边。不久，账还完了，房建起来了，地垦出来了，有吃又有穿了，小两口的日子过得挺红火。

这件事，很快被吴刚知道了。他告别了老婆，顺着颍河走，终于找到了弟弟。吴刚让弟弟向"飞天牛"求情，说他也想上月亮拾个金果子。"飞天牛"答应了。吴刚想：弟弟到底傻，不知道带斧子，要是砍下一枝来，不是更好吗？所以，他带着斧头，骑上"飞天牛"，也来到月亮上。吴刚在月亮上砍桂树，砍呀砍，原来他砍一下，枝上留下一个印，斧头一抬，砍的印又复原了。天快亮了，他还在不死心地砍呢！

吴刚伐桂

"飞天牛"早等急了，一再催促说："天快亮了，我们快回去吧！要是晚了，太阳一出来，我们就回不去了。"

吴刚头也不抬地说："别急嘛，连一枝也没砍掉哩！"

"飞天牛"警告他说："你不回去，我可要回去了！"吴刚仍不理睬，"飞天牛"一急，独自走了，把吴刚丢在月亮上了。

从此，"飞天牛"再没到月亮上去，所以吴刚也永远不能回家了。一直到现在，他还在那儿不停地砍着。每逢农历十五，特别是八月十五，人们可以朦胧地看到：圆圆的月亮上面，长着一棵高大的树，那就是桂树；在这棵大树下，有一个人举着斧头，这个人就是吴刚。

世上的牛原先没长角，为了吴强上月亮有扶手，才长出角来。一直到现在，世上的牛都长着角，而且都向后弯曲着，传说这是被吴强、吴刚扳弯了的缘故。

（整理：辛毅）

黄 盖 峰

话说山高大将下凡去镇守中原,回头一看,见管后花园的仆役名叫小顶的,背着一笼蜜蜂也跟来了。山高大将勒住马问道:"我等下界去镇妖斩邪,你来干什么?"

小顶说:"我也去镇妖斩邪!"

山高大将不禁笑道:"你凭什么镇妖斩邪呀?"

小顶看看蜂笼说:"我有一笼蜜蜂。"

山高大将平时曾听部下议论,说小顶养的一笼蜜蜂听话,小顶叫蜂干什么,蜂就干什么,可他从没亲眼见过。他严肃地说:"胡说!蜜蜂能斩妖除邪?还是回去看花园门吧!"

小顶执意不回,山高大将见此,只好带他下凡来了。

下凡以后,山高大将带着人马,东杀西战,南攻北剿,杀得妖魔鬼怪死的死、逃的逃,不多日中原平静下来。山高大将非常高兴,认为妖魔鬼怪杀得差不多了,于是下令让士兵们放马休息,他自己也到处游乐起来。一天,山高大将来到颍川河边,跳下马来,观鱼赏花。这时,猛然从山谷里蹿出来五只妖魔,牛头马面,毛腿鹿角,黑青脸、血盆口,露着半尺长的獠牙,挥着刀枪,直向山高大将刺来。山高大将慌忙拿起刀来迎敌。因妖魔多,来势又猛,山高大将起初前刺后砍,左劈右扫,妖魔近他不得,时间长了,寡不敌众。看看只有招架之功,没有还击之力,眼看把山高大将逼到河边,再有几步,就要逼下水去。小顶闻讯,把蜂笼盖打开,向妖魔一指,说:"去!"群蜂倾笼而出,像箭头一般,直向妖魔脸上扑去,霎时刺得妖魔鼻青脸肿,抱着头逃跑了,山高大将得救了。小顶指着蜜蜂说:"回!"蜜蜂又"嗡嗡"地飞回来了。从此,山高对小顶很高看。

过了没多天,将士禀报,有说他们害了咳嗽气喘病,不能拉弓射箭了,有说他们得了肠道病,便道不通,不能舞枪抡刀。随后又来了许多庶民百姓,来见山高大将,说老百姓中许多人也得了这种病。说着说着,山高大将肚子也痛起来。他问大家,中原有没有好医生,百姓们说:"太行山顶,有个道公,医术很高明。"山高大将听了,就派出几位兵将,去把道公医生请了来。

道公医生诊后说:"治这几种病,得用蜂蜜,蜂蜜能润肺止咳,润肠通便,止痛缓急。"

百姓们齐说:"这些年妖魔作怪,人心不安,哪里还有工夫养蜂酿蜜呢?"

道公说:"没有蜂蜜,我也无法。"说着起身就走。众人正在着急,小顶上前,拦住道公医生说:"先生慢走!我有蜜!"他把蜂笼打开,向山上一指,说:"采!"出笼蜜蜂"嗡嗡"叫着飞向山去。不一会儿,蜜蜂就陆续飞回来,采回了蜜。病人吃了用蜂蜜配的药物,病就好了。

小顶立了两次大功,山高大将要赏他元宝,小顶不受;赏金子,小顶不受;赏珍珠玛瑙,小顶还是不受。他问小顶想要什么,小顶说:"我看你帽子上那个小铜顶子怪好看,赏给我吧!"

山高大将一听,哈哈笑着说:"这容易。"随手就把帽顶上的铜顶儿取了下来,赏给了小顶,小顶高兴地藏在身上。

玉皇大帝封山高大将为"嵩山","嵩山"又封他部下斩妖除邪中的有功将领。他论功加封,一口气封了七十一位大将,为嵩山"七十一峰",他扭头一看,小顶在中岳庙后门站着,头上戴着赏给他的铜顶子,身上穿着碧绿彩衫,看起来英姿勃勃。又见他头戴金光闪耀的顶子,就封他为"黄盖峰"。这样

中岳就成了七十二峰。

直到现在,人们多数叫它"小顶山",也有叫它"黄盖峰"的。如今中岳庙院子里的汉柏树洞中藏着几窝蜜蜂,几千年来在中岳采花酿蜜,传说这些蜜蜂就是小顶从天宫带到凡间的。

(整理:李永君)

众山朝拜峻极峰

中岳嵩山七十二峰,峰峰有典,峰峰有名。峻极峰是七十二峰中的绝顶。站在峰顶,放眼望去,众山峰犹如百鸟朝凤,都面向峻极峰而立。这是为什么呢?

相传,在上古时候,嵩山七十二峰还分不清谁高谁低。一天,众山峰汇集在一起商量,推选一个最高的山峰做峰王。可是,谁最高呢?太白峰、松涛峰、玉女峰等都说自己最高。正当争执不下的时候,青童峰止住大家,说:"以我看,咱们中间谁最先看到太阳出来,谁就最高,谁就是峰王!"大家都纷纷表示同意。

翌日凌晨,众山峰个个抖擞精神,翘首东望,盼着太阳先照到自己的脸上。

一轮红日从东方升起来了。阳光首先照到了玉女峰的脸上,峻极峰带头鼓起掌来。于是,玉女峰便被大家推举为峰王。

一天,不知从什么地方爬来一只八条腿的大蝎子。它冲着玉女峰傲慢地说:"听说你当上了这里的峰王?实话对你说吧,我是玉皇大帝派来称王的,奉劝你快点让位。"玉女峰一听,说:"想叫我把王位让出来,除非和我比高低,谁把我比输,我就把王位让给谁。"

"那好,一言为定!"蝎子说完,便撅起尾巴与玉女峰比高低。它把浑身的力气都使了出来,也没比过玉女峰。

大蝎子来到峨眉山,找到懊来山说道:"大哥,帮帮忙吧,我和嵩山的玉女峰比高低呢,让我站在你的头上把它比下去!"

懊来山一听,立即随蝎子风风火火赶往嵩山。

当它们来到嵩山脚下时,众山峰都在睡觉。大蝎子跳上懊来山的头顶,敲着玉女峰的脑袋,大声喝道:"快起来,快起来!今天要和你比比高低。"玉女峰急忙站起来仓促应战。

懊来山看着高大雄伟的玉女峰,心中真有点害怕,但既然来了,就只好硬着头皮试一试了。

它来到玉女峰前,使劲往上伸着脖子,可怎么也比不过玉女峰。这时,只见趴在懊来山顶上的大蝎子猛然把尾巴往上一翘,刚刚超过玉女峰一尺高。玉女峰急忙踮起脚尖,可是,仍然没超过蝎子的毒钩。

"哈……"大蝎子不可一世地狂笑起来:"我要在这里称王了!"

"住口!"突然从群峰中响起一声炸雷,"你想在我们这里称王称霸吗?别做梦了!"

众山峰循声望去,只见平日里从不显眼的峻极峰,慢慢直起了腰,抬起了头。嘿!它那雄伟的身躯,简直要冲破青天。顷刻之间,懊来山成了它脚下的一座小坟头,蝎子毒钩好像插在小坟头上的半截柳木棍。

大蝎子眼看自己称王的野心破灭了,就恼羞成怒地撅起毒刺向峻极峰刺去。峻极峰早有预料,轻轻一抬脚,就把蝎子踢到嵩山东侧的山沟里。天长日久,这只蝎子变成了一座蝎子山。至今,它仍然趴在嵩山脚下。

峻极峰把大蝎子比败以后,又半卧下身躯,恢复了它不愿出人头地的姿态。这大概就是人们一直把嵩山称为"卧山"的原因吧。尽管如此,嵩山群峰都领略了峻极峰的高大,因而都以朝拜的姿态,面向峻极峰而立。

(整理:米军昌)

中岳嵩山的由来

传说上古时候,乾坤是玉皇大帝定的,他叫天下雨,天就得下雨,他叫地生金,地就得生金。他有五个保驾天将,每将都有一件法宝,每件法宝都有七十二能,不但能劈云拨雾,还能镇魔伏妖。玉皇大帝有个女儿,名叫天灵,才貌双全,文武皆通。玉皇大帝早打算从五个天将中选个女婿,可是选谁呢,一时又拿不定主意。

有一天,巡官急步走进天庭,向玉皇大帝禀报,说东方出了水兽,西方出了风妖,南方出了火魔,北方出了冷怪,闹得天下大乱,黎民不得安宁,求玉皇大帝快快发兵除害。玉皇大帝听罢,急忙招天将到校场比武,谁的本领高,就派谁去降魔。天将们来到校场,经过一番比试,四个天将选上了。玉皇大帝传下圣旨,命一个到东方去镇水兽,一个到西方去拿风妖,一个到南方去治火魔,一个到北方去伏冷怪。四员天将领旨,分别带领天兵去了。

中岳嵩山

五个天将中,唯有一个名叫山高的没有选上。可是这山高天将怀有满腹文才,能书善画,智足谋广。他看见其他四将下凡去了,便来到灵霄宝殿,向玉皇大帝施礼说:"陛下!下界东西南北四方,都有人把守了,您就不怕中原出事吗?这就比如一个人,残手废脚尚能活下去,若是心脏坏了,可就都完了!"玉皇大帝听罢,觉得话语不多,道理很深,可派谁去镇守中原呢?山高一看,时机已到,便说:"末将情愿去镇守中原。"玉皇大帝迟迟没有说话,山高当面立下"军令状",玉皇大帝这才勉强传旨,让山高下凡。

过了一段时间,玉皇大帝想了解他们镇妖的情况,就带着随从来到南天门,拨开云头向东看去,只见一员天将把斩兽宝剑挥了挥,突然出了一座大山立于海岸,张牙舞爪的水兽来到山跟前,"砰"的一声,撞得粉身碎骨,翻下海去。玉皇大帝哈哈大笑,封这架山为"东岳泰山"。他又拨开云头,向西望去,见一员大将把捆妖绳抡了三抡,突然出现一座大山站在那里,风妖"呼呼"来他身边,撞得头破身

折,败下阵去。玉皇大帝拍手大笑,封这架山为"西岳华山"。接着,他拨开云头看南方,见一员天将把劈魔铜绕了三绕,突然出现一座大山站在那里,火魔扑来,浑身发抖,掉头就逃。玉皇大帝高兴地封这架山为"南岳衡山"。他又转过头来看北方,见一员天将,用长矛刺了三刺,突然出现了一座大山,冷怪"嗖嗖"飞来,看见大山骨寒毛悚,缩身不敢动弹了。玉皇大帝便封这架山为"北岳恒山"。

最后,玉皇大帝拨开云头俯视中原,只见山高天将一手拿着天书,一手拿着镇世宝刀,把书和刀一上一下,端了三端,突然出现一座大山。他又上下端了三端,山又分为两支,出现了两架山脊,慢慢地又出现了七十二峰,有的像老翁,有的像白鹤,有的像金童,有的像玉女……山上山下,好似一幅美丽的画图,展现开来。玉皇大帝越看越高兴,可是封它什么呢?玉皇大帝略一思索,"山"与"高"合一起不是"嵩"吗?于是封为"中岳嵩山"。

封罢五岳,玉皇大帝想起招驸马的事。他见这五员天将个个武艺高强,但细品起来,数山高文武双全,就选定了山高天将。可怎么说呢?他这么一犹豫,世上已过了几千年。天宫巡官看透了玉皇大帝的心思,忙禀报说:"陛下,把这事交给当代天女去办如何?"玉皇大帝问:"武则天吗?"巡官说:"是的。"此后,没隔多久,武则天梦中接到玉皇大帝诏书,命她到嵩山去封岳神。武则天遵玉皇大帝之命,来到了中岳嵩山,在峻极峰上建起"登封坛",举行礼祭嵩山大典。祭后,她封山高天将为"天中王",封玉皇大帝之女为"天灵妃"。

现在,中岳庙峻极殿后寝殿的东西两厢,还放着两张透花雕刻顶子床,东边床上躺着个檀香木雕刻像,西边床上躺着泥塑彩色像,两个像均为天中王像。两个床头处的椅子上,各坐着一个彩色泥塑贵妃像,这两位均为天灵妃像。天中王的善男信女,便称他们为"睡爷爷""坐奶奶"。

(讲述:李明贵 整理:王鸿钧)

玉人峰和玉女峰

中岳嵩山的太室山上,有玉人峰、玉女峰,还有玉女窗、玉女捣衣石。要说它们的来历,还得从头讲起。

传说天仙碧霞、地仙佩霞、水仙紫霞三姊妹下凡帮助大姐天灵妃除妖斩邪时,水仙紫霞那年才十八岁。姐妹中数她年纪小,又数她聪明、伶俐。水仙紫霞下凡平水怪时,遇一青年,约二十岁,五官端正,眉清目秀,说话办事文质彬彬,大方不俗。别看天寒地冻,他却一连跳进水里几次,抢救出几个溺水男女。护卫军把这情况报告给水仙紫霞。紫霞一听,高兴地说:"再去打探。"三天以后,护卫军又来报告,说那个青年带领百姓把一座山都开成地,种上了庄稼。护卫军走后,水仙紫霞想,这是个有作为的青年。于是她便化成凡人,去观察这个青年。

她走近一看,愣住了,万丈高的山崖,那个青年手扣着崖缝,硬往上爬,干什么呢?原来水灾过后,百姓中流传起了瘟疫,小伙子舍身攀崖,为民采药。水仙紫霞见他人才出众,心地善良,便问:"你叫什么名字?为什么采药?"那个小伙一看,是个老太婆,就说:"我叫欢子。大娘不知,现在村上出了瘟疫,十人九病,医生说山上有种草,专治此病。可是这种草药,生在深山陡崖,别处没有。你看!"说着,他就递给水仙两棵草药。水仙见他温柔典雅,心中就爱上了他,说:"你舍得送给我吗?"欢子只笑不说话。他这一笑,美男子的姿容全显出来了,就像一杯甘露,灌进了水仙的心窝。她喊欢子到她家里坐坐,欢子摇摇头,说:"我还得采药呢!"任凭水仙怎样说,欢子总是说拔草药给人治病要紧,人们病不痊愈,他哪也不去。水仙没有办法,恋恋不舍地回宫去了。

夜里,水仙紫霞翻来覆去睡不着,眨眼看见欢子攀崖,再一眨眼看见欢子对她微笑,又一眨眼见欢子对她摇头。她实在睡不着了,走出宫门,去见欢子。欢子呢,住在一所草屋里,地下铺了一张苇席,睡得正甜。水仙紫霞有心把他唤醒,但又一想,不除去大家的病,怕他也不会和自己相好。水仙只好把西宫娘娘交给她的"开天钥匙"拿出来,对着欢子的耳朵,说:"这是'开天钥匙',你拿上它,明天正午时,你在嵩山顶上画个十字,天门就开了。从那里你可上天,到玉皇大帝寝殿里,开开描金柜,将那包御药偷出来,然后把药撒到水井里,病人一喝水,就痊愈了,没病的人一喝就永不生病。且记动作要快,如果过了午时,叫天兵天将捉拿住,你就难活了!"水仙说最后一句时,泪珠不禁滴在欢子的脸上。说罢,公鸡也打鸣了,她就赶快回天宫去了。

欢子醒来一摸,脸上两颗水珠,又一摸席头处放着一把闪光的钥匙,脑子里,水仙说的话记得清清楚楚。他高兴极了,把衣服穿好,将钥匙往袋里一装,迈步去登嵩山。他走呀,走呀,眼看天快午时了,才走上嵩山顶。他拿钥匙在空中画了个"十"字,天门开了。他登上天门,便向玉皇大帝的寝殿走去,殿里一个人也没有。原来午时是天宫登殿拜帝的时候,天宫大小官员、才人宫女,都到正阳殿拜玉皇大帝去了。欢子用钥匙开开描金柜,把一包用红绫裹着的御药拿出来,往袋里一装就跑。

水仙呢,她早早来到嵩山上等着。眼看午时快过去了,没见欢子下天门,她后悔了,后悔不该把"开天钥匙"交给欢子,万一让玉皇大帝知道了,不但自己罪入牢笼,欢子有命也难保啊!她正在盼望着急之时,欢子从天门上下来了。水仙一见十分高兴,自言自语地说道:"好个勇敢的欢子啊,我再试试他!"于是水仙一转身,变成一个财主模样的人,带了许多元宝,站在路边。等欢子走过来,她拦住说:"小伙子,我这一堆元宝全给你,请把你拿的药给我吧!"欢子一听,嘴一撅,头一扭,没搭理她,就往山下来。水仙赶快从欢子头上越过,又变作一个手执刀枪的武将,站在路口。等欢子走过来,她把刀一横说:"把御药留下来,不然,要你的命!"欢子拿着御药,说:"杀我,也不会把药给你。你逼我,我就把药吞进肚里!"说着,他就把御药放在嘴边。水仙经过几次考验,认准欢子是一个真挚忠实的人。她又摇身一变,穿上了仙女的一套整装,坐在路口。等欢子走来,她拦住说,她是玉皇大帝的四公主,名叫紫霞,奉玉皇大帝之命,让他俩成婚。欢子看着她,摇摇头,说:"玉皇大帝有圣旨也不行!我已经有了。"水仙一听,心如掉在冷水盆里,说:"那人姓啥叫啥,年岁多大啦?"欢子说:"我没见过她,只知道她心思好。"水仙笑了:"你没见过她,咋知道她心思好?"欢子说:"她给我托过梦,说话像女的腔。她还给我'开天钥匙',让我取药救众人。这就说明她心思好。"水仙一听,高兴极了,就把她给欢子托梦的事前前后后说了一遍。欢子一听,扑通跪下,说:"谢过天仙娘子。"水仙把欢子拉起来,两人就手拉手地走下山来,见水井就撒药,把嵩山所有的水井里都撒了药。老百姓喝到井里的水,疾病全除,身强力壮。后来,水仙来找欢子,说她们下凡游春的时间已到,玉皇大帝召她们姐妹三人回天宫。欢子听罢,两人抱头大哭起来。正当午时,雷鸣电掣,天仙与地仙也来催水仙上天。

没办法,水仙向欢子交代说:"你早晚想我,可用'开天钥匙'对天画个'十'字,咱俩就能见一面。"刚说罢,狂风把欢子刮倒在地,三个仙女就上天了。上天以后,水仙想欢子,欢子想水仙。欢子想急了,拿出钥匙,对天画个"十"字,可和水仙只能隔着云彩说话,不能见面接触。西宫娘娘见水仙脸黄、身瘦,光往天门处跑,一查一算,原来她给水仙的"开天钥匙"落到凡人欢子手里了。于是西宫娘娘就派一天将下凡,把"开天钥匙"从欢子手中夺了回来。西宫娘娘想:没有"开天钥匙",水仙就不会再往天门处跑了。谁知道,水仙多天不能跟欢子说话,病越来越重,最后奄奄一息。西宫娘娘恼了,一脚把

水仙踢下天来。

欢子见水仙病入膏肓,哭得死去活来,哭后把水仙背回家,放到床上,便出外采药来治水仙的病。时间不长,水仙的病痊愈了。两个人便过起恩恩爱爱的夫妻生活。谁知,一天正当午时,雷电狂风大作,山摇地动起来。水仙颤惊惊地说:"怕是玉帝知道了!仙女不能配凡人。我要死,也不能连累你。"欢子扑通跪到水仙跟前,抱住水仙大哭,说:"死咱也要死在一起!"他们两个哭得死去活来。西宫娘娘怜惜女儿,向玉皇大帝求情免他们二人一死。但是,她拔下头上金簪,把嵩山划为两半,分成了今天的太室、少室二山。把欢子划到少室山上,把水仙划到太室山上,两山夹谷中,泼上万丈深水,还派天兵天将看守水仙,不让她与欢子相见。

时间长了,水仙相念欢子,假装洗衣服,不管洗得净不净,就在石板上捶,并且捶得很响。欢子听见水仙的捶衣声,就隔水偷偷跟水仙说话。后人称水仙的捶衣石为"玉女捣衣石"。捣衣说话的次数多了,被天兵天将知道了,他们把这事告诉了西宫娘娘。西宫娘娘说:"把水仙关到石室里。"水仙被关到石室以后,经常站在窗口往西看。后人称水仙看欢子的石窗,叫"玉女窗"。后来欢子看见她在窗口站着,两人便遥遥相望。这事又被天兵天将知道了,天兵天将告诉给西宫娘娘,西宫娘娘告诉给玉皇大帝。玉皇大帝一听,传下圣旨,命二人化作石头。水仙一伸胳膊,把欢子从少室山拉过来,两人一起变作了两块大石头,屹立在太室山上,成了两座高峰,一个魁伟峻峭,一个秀逸叠翠,人们称欢子变成的山峰为"玉人峰",称水仙变成的山峰为"玉女峰"。

(整理:王鸿钧)

嵩山老君洞的传说

嵩山老君洞又叫老母洞,这是为什么呢?

传说上古时期,有一个心地善良、美丽的神女,叫无极圣母,因补天有功,留在了天庭。她厌倦了天庭生活,驾五色祥云偷偷离开天宫,来到人间。一天,她来到中岳嵩山,见此山高耸入云,山峰陡峭,群峰耸峙,摩天接云,高挂的瀑布从天而降。她一边走一边看,不觉来到玉柱峰下的逍遥谷中。她心中暗暗称奇,此谷的风景更加秀美宜人,山涧流水潺潺,好似有人抚琴奏乐,美妙动听。水潭四周,山石嶙峋,状如龙盘。无极圣母不假思索便决意在这儿栖身。

她想在溪边做个记号,表示此处已有人占下,却发现溪边已经扎着一根拐杖,原来这里早已被人占去。无极圣母仔细一看,嘿,认得,原来这根拐杖是自己师兄太上老君的,他怎么先到这里了?无极圣母悄悄脱下绣花鞋,埋在地下,然后,又将老君的拐杖扎在埋绣花鞋的地方,这才沿着弯曲的溪流往山里走去。

再说太上老君,也是跑过很多名山大川,最后才选下中州这个宝地。他插了自己的拐杖,证明这里已有人占下,然后迈着方步,悠哉悠哉,浏览嵩山风光。他先在一个清水潭里饮了一顿清凉甜水,又在另一个潭中洗了澡。然后,他登上峻极峰,遥望山景,看到一个状如香炉的山峰,就选好了支炉的地方,最后,他信步走下山峰。

忽然,老君好像听到有人叫他,回头一看,原来是自己小师妹无极圣母。无极圣母在他们师兄妹中,最是乖巧伶俐,又有人缘,大家都非常喜欢和她在一起攀谈、诵经、论道。老君笑道:"小师妹,你这个鬼丫头,不在天庭养性修道,怎么在我的地盘内乱跑乱叫哇?"

无极圣母做了一个怪脸,也笑道:"师兄说话也不嫌牙碜,明明是你在我的地盘中乱跑,却来倒打一耙,是何道理?"

老君听罢此话,不知鬼丫头捣的什么鬼,正色道:"丫头,此地我早已占下,怎么反成了你的地盘了?"

师兄妹二人来到玉柱峰下的逍遥谷中,老君见自己的拐杖仍插得好好的,就呵呵大笑道:"师妹,你看看,那不是为兄我的拐杖插地为记?"

无极圣母说:"拐杖果然是师兄的,不错。"

老君说:"那你就该承认这是我的地盘了吧?"

无极圣母不慌不忙,走上前拔下拐杖。谁知,拐杖却带出一只绣花鞋来,拐杖正好扎透鞋底。无极满脸笑容地说道:"师兄,你来看看,这只绣花鞋可是小妹的?"

老君睁大双眼,一看绣花鞋,说道:"不错,确是师妹你穿的。"

无极圣母开怀笑道:"师兄,既然都不错,说明我们两个都占下此地。但得分个谁先谁后。你看,你的拐杖扎在绣鞋里,说明小妹占地在先,你占地在后,是不是这个道理?"

老君没法争,只得说:"好吧!既然师妹先占下,我走。"说着,他就动身要走。

无极圣母上前忙拉住老君的手,说:"师兄,慢走。"老君停步,听无极圣母说到:"这里既是我的栖身之地,我就应该给这一带的百姓造些荫福,师兄道行高深,还望鼎力相助。"

老君听了,哭笑不得,对这个任性、可爱又心地善良、乖巧伶俐的小师妹实在没法,就说:"你这个丫头,真拿你没办法。唉!我不跟你一般见识,就给你一把虫,再撒一把煤面子。"说着,他从口袋里掏出一把银白色的蚕虫,顺手一撒,落入嵩山一带山中的橡树和桑树上。他又随手在靴筒里抓了一把煤面,朝东南方向顺风一撒,说道:"行了吧,鬼丫头?"

无极圣母做了鬼脸,说道:"师兄,一把煤面不够烧怎么办?"老君边走边说:"不够烧,可掺点红土。"说罢,他驾起五色祥云到太行山去了。

后来,嵩山一带的山上到处都是桑蚕,人们养蚕、取丝、纺线、织布,有了衣穿。直到如今,豫西一带的山下大都蕴藏着煤层,那就是老君走时撒下的那一把煤面。登封一带的人们,和煤时一直都掺上些红土,便是老君临走时的指点。

如今,老君当年饮水的潭、洗澡的潭和支过炼丹炉的地方还存在。饮水的潭被人们称为"老君罐",洗澡的潭人们就叫它"老君潭",支过炼丹炉的山峰就叫作"香炉峰"。无极圣母修道栖身的山洞就叫"老母洞",因是老君先占此洞的,又被人们称作"老君洞"。

牛郎和织女

很久以前,有一家兄弟俩,父母相继去世,家有几十亩田地,房屋、牲口、农具也样样齐全。哥哥心地善良,老实能干,嫂子王氏也很贤惠,料理家务,纺纱织布,样样也都在行。当时,弟弟才九岁,干不了啥农活,就天天牵着家里那头大黄牛,在西山一边放牧,一边割草,到了晚上,就背着草牵着牛回家。为此,村里人见面都叫他"牛郎"。

　　转眼七八年过去了,牛郎渐渐长大,成了个身强力壮的小伙子。他干活非常勤快,又很尊敬哥嫂。王氏这些年来,对牛郎以嫂比母,做吃做穿,照顾得也很好。这时,她看牛郎已长大成人,就打起多占家产的算盘,心想:"牛郎要娶媳妇了,花钱赔东西让他占光,娶过媳妇又该生孩子,这一来,不几年就会添几张嘴吃饭,折腾穷了再分家,兄弟俩还是各自一半,不如霸拦一些东西趁早分开。"这一想,她就看牛郎不顺眼了。她让牛郎吃剩饭,穿破衣,烂鞋子露着脚趾头,整天比鸡骂狗,给牛郎白眼。牛郎忍气吞声去地里干活,她就在家和丈夫吵架,说了牛郎很多坏话,逼着丈夫和牛郎分家。哥哥没法,就跟牛郎说:"弟弟,你也长大了,我这一窝子孩子,连累你吃亏干重活。不如咱弟兄俩就此分开锅,你也可以攒点钱娶来弟媳成个家。这都是为你好,你看中不中?"牛郎一听,心里很难受,就说:"哥哥咋说这话呢?我从小靠哥照料长大,嫂子给我做吃做穿,我情愿一辈子跟着哥嫂过活。"说着说着,泪就流下来了。哥哥说:"哎!你没看你嫂子那小心眼,整天给我气生,我看这个家是捆不到一起了,你还是早作打算吧,我当哥的对不住你!"说着,哥哥也掉下了眼泪。

　　牛郎牵着牛到田里耕地,心里想着要和哥哥分家以后吃穿就没人管他了,越想越伤心,不由得哭了起来,哭着说着:"老天爷,我可咋办哩?"话音刚落,只听得有人接着说:"牛郎,别发愁,我有办法。"牛郎吃了一惊,不哭了。他向四周看了看,也没一个人影,心里越发奇怪。正在这时,又听见说:"叫分家你就答应分吧。"牛郎回头一看,是黄牛在给自己说话。他又惊又喜,连忙说:"黄牛,这么多年,咱俩形影不离,我还不知道你会说话哩。你说我该咋办呢?""这没有啥,你分家啥也别要,就要我和咱家那辆破车,再带点干活用的东西。你坐上车,闭上眼,我把你拉到一个好地方去。"牛郎一听,有了主心骨,就说:"中,中。"

　　这天,牛郎把分家的事给哥嫂说了,嫂子一听,喜欢迷了,心想:"放着田产、地宅不要,一头老牛一辆破车算啥,给他。"天到午时,牛郎套上黄牛,闭上眼睛,坐在车上走了。走着走着,好像上大坡一样,车子离开地面,飞起来了。

　　牛郎听见黄牛说:"牛郎,睁开眼吧。"他睁眼一看,车子停在一个小山坡前。山上苍松翠柏,果香飘荡,到处是叫不出名的鲜花,一朵比一朵好看。山东边是一马平川,黑土肥得流油,五谷和野草杂生。牛郎高兴极了,他选择了一个背风向阳的地方,搬石运土,伐木割草,盖起了一所房子。从此,牛郎和黄牛一起开荒种地,有吃有喝,生活过得很舒心。

　　日子一长,牛郎又觉得烦闷起来。黄牛看出他的心思,就对牛郎说:"牛郎,你该娶房媳妇了。"牛郎无精打采地说:"老黄牛,这里就咱俩,向哪娶个媳妇呀?""嗨!你不要愁嘛,山那边有个天湖,今天中午正好玉帝的女儿都到这湖里洗澡,咱俩偷偷到岸边,那一件翠绿色的衣裙就是七仙子织女的衣服,你往怀里一揣,就赶紧跑回家,藏在我的卧铺墙角。只要不给她衣服,她就永远走不了,你记住了吗?""记住了。"

　　牛郎和黄牛来到湖边,七个水灵灵的仙女,果然在湖中洗澡,岸边堆着五颜六色的彩裙。牛郎跑上去拿起那件翠绿色的,向怀里一塞,拔腿向家跑去。众仙女吓得慌忙上岸来,穿上衣服跑走了。织女发现偷了她的衣服,也顾不得羞耻,快步向牛郎赶去。牛郎到了家里,赶紧把翠裙藏在牛铺墙角,黄牛脚跟脚也到了屋里,它"噗喇"一声,屙了一泡稀屎,把衣裙盖得严严实实。织女赶到屋里,东找西寻,见不到衣服,上不了天,没奈何,只好和牛郎成了婚。

　　自从牛郎和织女成家以后,牛郎和黄牛辛勤耕作,粮食大囤满、小囤流。织女手巧心灵,养蚕抽丝,纺线织锦,五年当中,生了一男一女,全家连黄牛算上五口,吃得香,穿得光,日子过得实在舒坦。

　　到了十年头上,老黄牛病了,草料不搭牙,一天不如一天。这天,牛郎牵它到野外转悠转悠,老黄牛看跟前无人，就对牛郎说："牛郎，我给你交代个事。"牛郎说："你说吧，我听着哩。""我这次得病是不会好了。"牛郎一听，顿时泪流满面，哭了起来。黄牛安慰他说："不要哭了，这是天数。我死了以后，你把我剥成筒皮，晒干安置起来，遇到急事，照样可以驮着你跑。"牛郎哭着点了点头。

黄牛死了以后，牛郎就按它的嘱托，剥了牛皮，把尸骨埋在房前左侧，天天祭祀祷告。不知不觉又三年过去了，织女别家也已经十三年了，她非常想念王母娘娘，但又回不了家，就对牛郎说："我的衣服你到底给藏哪啦？给我拿出来吧。"牛郎一听是要衣服，就说："你织的锦缎五颜六色，还要那件衣服干啥？""那是父王封赠的神衣仙裳，别的再好也比不上。再说，你也不必多心，孩子都这么大了，我还能跑吗？"牛郎一听，心想：男孩十一岁，女孩九岁

牛郎织女

了，她能忍心走了吗？就说："在牛铺墙角里，牛粪盖着哩。"织女听说，赶忙跑到牛铺一看，果真墙角一堆牛粪。她心疼极了，说："哎呀！你怎么这样糟踏仙衣呢？八成沤坏了。"说着，伸手拨开牛粪，把衣服掂起来一抖，嘀，还是干干净净，鲜艳夺目。织女高兴透了，把衣服穿在身上，左看右看。织女想回天宫，明说了又怕牛郎不让她走。她不动声色，仍然上机织布。牛郎看织女又去织布了，也就放心地干活去了。

牛郎正在锄地，忽听一双儿女哭着喊妈妈，赶忙跑回家一看，见织女一人向天上飞去。他心想：坏了！织女得了仙衣，要跑走了。他忽然想起黄牛临死前的嘱托，就马上用筐挑着两个孩子，骑上老牛皮追去。这黄牛皮驮着他三口人飞了起来。追着追着，眼看赶上织女了，牛郎一时性急，取下三角牛索，向织女掷去，这一下正打在织女的左脚上，痛得她走不动了。现在织女星旁边，有三颗小星，正好是三角牛索形。织女挺生气，就用织布梭子向牛郎扔过去，她没有准头儿，没有打着牛郎。现在天上牛郎星附近有一组梭子星。织布梭子没有打着牛郎，牛郎继续猛追，眼看追到跟前，织女一急，就又拔下头上玉簪划去，这一划顿时成了一条波浪翻滚的天河，牛郎骑着牛皮下水，牛皮一见水就软瘫了。从此，牛郎和织女就被隔在天河两岸。天河这边，牛郎星一边一颗小星，就是牛郎的一儿一女。

事后，王母娘娘来了，她责备牛郎说："织女被你抢亲成婚，十几年来也算有情味了，可你总该让她来看望我一趟呀！你用牛索把她砸伤，也太过分了！这样吧，事已至此，今后你们每七天见一次吧。"牛郎没听清楚，误为每年七月七这天见面。

据说，每年七月七这天，下界凡间的鸟类，都飞到天河搭桥，让牛郎织女走上去见面。两人想起十几年的恩爱，一见面就抱头痛哭起来，只哭得天昏地暗，日月无光。所以人间每逢七月七这天，总是乌云密布，淫雨绵绵，传说那是牛郎织女的相思泪。

（讲述：蔡玉花　整理：李新明）

中王爷选妃

  中岳嵩山位居天中,中岳庙位于嵩山黄盖峰下,庙院占地一百余亩,气势恢宏,古柏参天,堪称全国道教庙宇之最。峻极大殿金碧辉煌,可与北京故宫太和殿媲美。大殿正中端坐着中岳大帝,相传为玉皇大帝敕封的帝王,有至高无上的权力。

  峻极殿东北角有个三仙宫。相传每年三月、十月两次庙会,是陈州(淮阳)香客单独歇息驻足的地方。凡是陈州的香客进中岳庙任何一个地方都可以不烧香,不磕头,随意与中王爷戏谑玩笑,而别的香客则不敢有一丁点儿放肆。

  陈州的香客为啥享受特权?他们自认为是中岳大帝皇后的娘家人——内侄内孙,见了姑父、姑爷是要戏谑几句的,即使打骂了你,你也不许有怒色。这是民间的规矩,中王爷也不例外。

  那么陈州姑娘是怎么被选为皇妃的呢?

  距中岳庙南三公里的玉案山下,有个铁炉沟村,村南有一座老君庙,庙前有一大块上水石构成的石崖,崖下有个山洞,人称"蛤蟆洞"。有一年从东南方来了一对讨饭的母女,老太太五十来岁,小姑娘十来岁。她们母女俩夏天住老君庙,冬天住蛤蟆洞,为的是夏避潮湿,冬避寒冷。她们除了讨饭,也给村民纺线挣钱,有时也挖野菜下锅当粮。到了春天,野菜很少,她娘俩就采摘野菊花芽充饥。村民见讨饭的吃野菊花芽,也开始采摘着吃。他们一尝,果然味道不错。天长日久,母女俩也算做了一件好事。

  年复一年,讨饭妮也长大了。娘织布,女纺花。只是小妮长得太丑:烂眼子,两桶浓鼻涕,还有秃疮。因为家穷,老太太也没钱给她治,更没有工夫为女儿梳洗打扮。

  不过小妮还挺自信呢!她坐在纺花车怀里,一边纺花,一边哼着小曲儿:"纺花车,转不停,玉皇把我选进宫。荣华富贵享不尽,美梦成真胜仙境。"

  娘问她:"把你选进宫干啥?"

  "做娘娘!"小妮答。

  母亲哈哈大笑说:"给皇上提尿罐都不要你。你长得那么丑,还想当娘娘?"

  "我是皇帝老婆,一定,一定!"小妮自信地说。

  "别做美梦了,快纺线吧!人家等着要布呢!"

  中王爷开始选妃子了。军师对大臣说:"妃子的条件是十里以内的外地人,房顶上有活兽头,能来回跑!"

  几位大臣四处打听,没有符合条件的人。忽然有位大臣来报:在玉案山下的铁炉沟老君庙里住着一对母女,庙小房破,常有一对公鸡在房顶斗架。

  军师立即吩咐大臣做好应急准备,率领众大臣直奔老君庙。

  来到老君庙一进庙门,军师"扑通"一声跪在地下,口称:"娘娘在上,老臣有礼了。"

  小妮上前答:"免礼,请起。"

  军师说:"谢娘娘!"

  小妮问:"何事?"

军师答:"臣请娘娘进宫。"

小妮:"进宫可以,只是本人相貌……"

不等小妮说完,军师说蛤蟆洞里有一眼井,只要搬掉石板,便有香泉溢出,娘娘一洗就好。说着他带领众人与娘娘一道去了蛤蟆洞,搬开石板,霎时香气溢满蛤蟆洞。众人七手八脚帮娘娘洗呀,洗呀。一夜工夫,娘娘像换了一个人,花容月貌,再身着凤冠霞帔,宛若天仙一般。

第二天,中王爷派来八抬大轿,全路执事,锣鼓喧天,唢呐声声,鞭炮齐鸣,把皇后迎到中岳庙,封她为天灵妃,至今陪坐在寝殿。

天灵妃洗浴过的那口泉水,也成了神泉。

从此,陈州人以中王爷与陈州姑娘结亲,备感荣耀,获得了进庙特权。

(整理:李丙臣 李学仁)

掉 龙 街

从前,登封城西关街叫"掉龙街"。你知道它的来历吗?

传说很古很古以前,登封大旱三载,粮食颗粒不收。有人逃荒在外,有人卖儿卖女,也有人易子而食。当时人们信奉九龙圣母和九龙王爷,很多老人都到唐庄西北倒拜沟九龙潭去祈雨。龙王庙前老头老婆跪了一大片,个个面黄肌瘦,骨瘦如柴,口称:"龙王爷保佑,龙王爷保佑!"九龙王一看,心想这是我的臣民,我怎忍心把他们饿死呢。但天庭玉皇大帝没有圣旨,自己也不敢贸然下雨。再回头看看可怜的老百姓,他们究竟犯了多大的罪呢?他再三权衡得失利弊,觉得还是要救一方百姓不死。于是他私自决定:不管以后受到玉皇大帝任何惩罚,也要降雨给登封百姓。

这一天,在百姓们祈雨返回家途中,登封就普降喜雨。百姓们趁墒抢种庄稼,总算有了盼头。

但是,天上的玉皇大帝知道九龙王私自行云布雨这件事后,大发雷霆。他传旨把九龙王叫到凌霄宝殿,严斥九龙王违犯天条,目无圣上,令天兵天将责打九龙王四十大板,将他推下了天庭。

九龙王受刑又疼又惊,只听耳边风声"呜呜"作响,不一会儿,"扑嚓"一声落在了平地上。正好落到登封城西关大街上。早晨起来,人们发现街上一条庞然大物,遍体鳞伤,嘴里喘着粗气,瞪着大眼睛好像十分委屈的样子。人们猜测:这一定是九龙王为救百姓被玉皇大帝惩罚的结果。消息传出,惊动了全城的男女老少。他们不顾炎炎夏日,拿出家里的盛水工具,挑的挑,抬的抬,端的端,一连数日往龙身上泼水。有的人还砍来树枝遮在他身上,使他免受炎热之苦,并向玉皇大帝焚香礼拜,以求宽恕。

登封百姓救九龙王的事传到玉皇大帝那里,玉皇大帝被人们对九龙王的爱戴所感动。他决定收回成命,传旨让九龙王重回天庭。结果,第七天的一个中午,电闪雷鸣,空中大雨倾盆,九龙王起身振翼,"咔嚓"一声又回了天庭。

从此,登封城西关街就叫"掉龙街"。

(整理:徐赵氏 徐灵霄)

五、尧舜时代

扁担眼

嵩山南麓大冶镇川口村境内,九顶凤凰山北端,对峙的山崖像神斧鬼工造就,崖壁上有个扁圆形的石洞,人称扁担眼;向西南三十里,过了颍河到箕山,箕山头上也有一处立崖断壁,上边也有个石洞,也称为扁担眼。这两个扁担眼是怎么来的呢?传说是杨二郎担山赶太阳,用扁担给戳的。

尧的时候,天上有十个太阳一起出来,把禾苗都晒死了,河水也晒干了,人们都热得难受,很多人得了瘟疫,昏迷不醒,世界上有了一场大灾难。

尧派羿射日。羿是个射箭能手,箭离弓,百发百中。他一口气射掉了天空中的九个太阳,只留下一个在天空运行,给人们光明,帮人们生活。

被射下的九个太阳掉在东海里成为沃焦,不仅热量不散失,大量吸蚀海水,使大地的江河都往东南流,而且还偷偷地爬出东海,到大地上烧焦禾苗,干渴人畜。

杨二郎担山撵太阳

尧又派杨戬去制服跳出东海在大地上到处作孽的沃焦。杨戬,俗称杨二郎,住在灌口,他的能力是镇山、担山和移山,力大得很。他的职责是为天帝镇守山门。他想:怎么才能制服跳出东海的沃焦呢?自己没有羿的射箭本领,只有用山把它压下,不让它到处乱跑才行。

杨二郎抓起一根长扁担，一头扎起一座大山，到处去寻地上作孽的沃焦，看到就撵，从东方撵到西方，从南方撵到北方，撵上一个，压下一个。这天，他正担着两座大山，从东海边撵一个沃焦，撵过长江，撵过黄河，折回嵩山，跨过颍水，曲折回转，到底给撵上了。杨二郎将扁担前头一抬，正好用前面担着的簸箕将一个沃焦压下。可是，由于过颍河，脚踩在水里打了滑，身子一歪，扁担后面的山也掉了，并且甩出很远，散成了凤凰模样的九个山头。以后，人们便称前面的山叫箕山，后面的山叫凤凰山。压下的沃焦成了扁月形，从旁边冒出来的化成山，人们称它为偃月山。杨二郎觉得脚湿了，脱鞋一倒，倒出了一大潭的水，人称玉溪潭，倒出了一堆土，人称堌堆坡。

杨二郎担山把地上作孽的沃焦压下去了，这里的禾苗得以返青，人们有了喜气，处处赞声不绝。

杨二郎想到还有几个沃焦没有被制服，决心把地上作孽的沃焦全部压完，便谢绝人们的款待，不顾劳累，用扁担震一下山尖，叫它稳固不动，自己又拿起扁担担山去了。

（整理：耿直）

尧访许由和巢父

几千年前，唐尧时候，尧将招贤选才列为朝阁头等大事。

有一年，朝臣们向尧推荐，说中岳嵩山下阳城地方，有个贤人，姓许名由，此人熟农耕，识天文，知地理，兵法也略知一二。尧听了后，如获至宝，便换上乡民服装，从唐地（今山西省）亲自乘车到中岳访贤。

尧来到中岳时，正是七八月间，山坡上下，沟川河滩，所有耕地长满绿油油的庄稼。尧看着这般景象，禁不住称赞："真乃贤人辖地也！"说罢，他催促车夫，加鞭驱马，盼望早见许由。

当他路过槐里村头，见一个耕夫打扮的人，身高七尺，年近五旬，细腰宽背，头戴一顶草帽，身穿铁灰色宽袖大袍，大黄色的宽角裤高卷着，手中拿一支竹笔，俯在一块大石案上绘制山川河流图。尧让车夫停住车，一瞧，觉得这个人绘的图样非同一般，有独出心裁的地方。当时尧就对这个人敬慕几分，便问："你认识许由吗？"

"听说他是个大贤人呢！"尧说，"现在许由在哪里？"

"他能称起大贤人？"绘图人用蔑视的话说，"不知道他在什么地方。"说罢又俯身绘起图来。

尧向他笑了笑，挥手驱车前往阳城。

到了阳城，尧访问乡间百姓。大家说的和朝臣给他推荐时说的一样。百姓们按照许由的话耕耘播种，年年五谷丰收，牛羊成群。他还教人懂礼貌，讲文明，关心国家太平。尧越听越爱他，就和少数护卫，由阳城长领路，徒步到槐里村，去请许由。

许由呢，正同几个耕夫在玉米地里挑选良种，看见尧徒步来请他，感动得热泪盈眶，宽袖遮脸，跪到地下。尧一看，许由就是俯在石上绘图的那个人，便把许由搀起来，请他到阳城谈谈五谷、耕耘等事项。许由再三推让，说他是草木之人，讲不出什么。但他执拗不过，最后只得随尧前往阳城去了。

来到阳城，尧与许由深谈多次，了解到许由的确是个博学的贤人，就要他当九州长。许由一听，脸色苍白，不寒而栗，连说治国安邦，他担当不起，他给唐尧天子推荐巢父，说他有真才实学，是个贤人。

尧听许由说巢父是个大贤人，便问："怎么没听说过巢父？"

许由说:"巢父姓樊名仲甫,号巢父。他居住在嵩高山下,距阳城约一日路程。此人久居深山,酷爱学习,对理政建朝很有研究,办事深有远见,说话理正意深,对耕耘牧渔之事了如指掌。要治国安邦,还是请天子去聘请他吧!"

尧听说巢父有这样的才华,喜出望外,就把许由安置在南院,让从人好好款待,他与阳城长徒步去请巢父。途中访问几人,说的和许由推荐的俱是一样。他们走进巢父住的村子以后,就登门去聘请。

巢父这时正在家喂马,听说尧来请他,便走到门口,跪下相迎。尧把他搀扶起来,请他到阳城去谈。巢父见尧执意敬请,便随同尧到阳城。尧把巢父让进北厅,两个人畅谈了治国的道理。经过谈话,尧认为巢父与许由一样,也是一位大贤人,能够掌管国家大事,便对巢父说出请他当九州长的事情。

巢父听罢,目瞪口呆,连说他拙笨无能,久居深山,是个井底之蛙,应让给许由去当九州长,唐尧再三劝说,巢父再三推荐许由。唐尧没办法,只好把巢父暂且留在北厅,让从人好好款待。

他又到南院来找许由。唐尧来到南院时,连许由的影子也找不到了。从人讲,唐尧去访巢父的那天,许由出外散步,一去没有回,现在大家正在找他呢!唐尧听后,长叹一声,将从人呵斥一顿,又赶快到北厅来见巢父。谁知道,巢父也不见了。

巢父与许由

话说许由离开阳城,到箕山深处去隐居。他越过颍水河,向深山走去。这里漫山皆是盛草繁花,蝶飞蜂舞。见到这些,许由禁不住高兴地说:"好个清平世界!"这时他觉得汗流浃背,便到山坪崖下一条清清溪流边去洗汗水。开始洗,他就先洗自己的两只耳朵,因为尧让他当九州长,他觉得弄脏了他的耳朵,让污浊随水东流而去,从此以后,清清白白居住山中。

他刚刚洗完耳朵,猛然听见一阵牛叫声,许由一看,是巢父牵着一头牛犊走进山来。他知道巢父和他一样,不愿管理朝政,避尧而进山来隐居。他埋怨说:"你巢父学识卓越,天子既然让你做九州长,你就该理朝治国。"

巢父问许由:"那你为什么洗耳呢?"许由把道理讲说一遍。巢父本来准备在这个小水潭中饮饮牛犊,一听说许由用此潭的水洗过耳朵,他怕污浊染脏了他的牛嘴,便把牛犊牵到上游去饮。

许由和巢父隐居箕山以后,他们自己开荒耕耘,俭朴度日。他们两个每逢劳动流汗的时候,便来到溪边洗汗,到山泉崖下乘凉。说来也怪,许由、巢父没进山隐居以前,崖壁很低,泉水也不旺。自从二位贤人隐居箕山以后,崖壁越来越高,泉水越来越旺。一年四季,清水潺潺,凉风习习,就是炎热酷暑,人只要坐在崖下,汗水不揩而去。时间长了,这里竟成了中岳避暑胜地。夏秋季节,来这里避暑的人很多。因此人们称其为"箕阴避暑"。

后来,许由死于箕山,葬于箕山坪顶。唐尧皇帝知道以后,封许由为箕山公神,年年以五岳之礼奉祀。许由的祠庙,人们至今还称为"真君爷庙"。

洗犊泉与洗耳河

箕山上有洗犊泉,山下还有洗耳河,传说是上古高士许由和巢父在这里洗过耳朵和牛嘴,故而得名。

尧到老年的时候,儿子丹来不成器,他不愿传位给儿子,让普天下老百姓受害。于是便留心寻找贤人,把帝位让给他。当他还没有得到舜的时候,听说阳城(登封告成)的许由很有本事,而且品德高尚,就亲自去拜访,说明要禅让帝位,但是,许由是个清高的人,立志研究学问,不愿从政,就赶紧躲开,并且跑到一条小河沟边洗自己的耳朵。正在这时候,他的好友巢父牵着一头牛犊来到这里,问道:"你为啥洗自己的耳朵呢?"许由说:"刚才尧来说要把帝位禅让给我,我讨厌这种烦人的话,所以来这里洗耳朵!"巢父一听,笑着说:"算了吧,老兄,你要是隐居到深山老林中,根本不让人见到你,哪会有这种麻烦事呢!"说着牵着牛犊就走。许由问:"你要到哪里去?"巢父说:"刚才在下头,我的牛犊饮了你的洗耳朵的污水,牛嘴给污了,我要到上游给牛洗嘴!"说罢,径直牵着牛犊到上游给牛犊洗嘴去了。

后人就把许由洗耳朵的地方叫"洗耳河",把巢父洗牛嘴的地方叫"洗犊泉"。

(整理:韩有治)

尧 王 立 法

传说尧王是半人半凤,白天是人主管天下,夜里是凤飞到天上和神仙聊天儿,人、神都很敬重他。就因为这,他当帝王几十年,风调雨顺,五谷丰登。

人有了节余,就变了,一是变懒了,二是有了盗贼,抢财物的、偷牲畜的、杀人放火的,啥坏人都有。咋办哩?尧王去找二郎神谈这个事,二郎神一听就笑了,说:"我是指望哮天犬办事的,遇到了坏人,哮天犬就去咬他。"尧王说:"你的哮天犬借给我用用吧?"二郎神摇摇头说:"那不中,南天门上离了哮天犬会行吗?这样吧,我这里有个明辨是非的独角头兽,给你吧。是好人是坏人,只要往独角兽面前一站,它很快就能认出来。"

尧王很高兴,把独角兽带回来了。可是,干了坏事的人找还难找哩,咋会站到独角兽面前叫辨认呢?尧王又去找王母娘娘问刑法,王母娘娘说:"我的刑法叫天条,只那么一句话,不管大小过错,都是打下凡间受罪。"

尧王没办法,决定到民间去看一看。他到民间一问,有些女人说:"你瞪我一眼,我瞪你一眼;你咬我一口,我咬你一口。"有些男人说:"你踢我一脚,我打你一拳;你叫我死,我也不叫你活。"尧王一听,觉得不错,就依这些话,定出刑法,就是"杀人抵命,打人受罚,偷人还物,抢人抄家"。

尧王把定的刑法颁布下去,人人都说好。有了刑法,大家都安下心来干自己的活儿,犯法的人少了,日子太平了。

(讲述:赵衍生　整理:赵子谋)

尧王访贤

尧王老的时候,力不从心了,想把天下大事让给能干的贤人。他有九个儿子,看看没有一个能治理天下,满朝文武呢,掂量来掂量去也不中意。他决定到民间访一访,找个贤人,把江山让给他。

单说历山脚下,住着一个名叫瞽叟的老汉,他有个聪明能干、善良勤劳的儿子名叫舜。舜的母亲死后,瞽叟又给舜娶个继母。舜的继母不贤,把舜当作眼中钉。一天,尧王来到这里,听到人们议论舜的继母千方百计要害舜,但总是害不死,他便想见见舜这个人。这时,舜正在地里犁地,尧王就问路去找。

尧王来到舜犁地的地方,见舜的一头黄牛和一头黑牛屁股上都绑个簸箕,而且长尺的地不顺着犁,而是横着犁,感到奇怪。

尧王走到舜的跟前,问道:"年轻人,人家犁地都必须是顺着犁,你咋要横着犁呢?"舜说:"老人家,您不知道,我来犁地时,母亲交代叫横着犁。若是顺着犁,便违背了母亲的话呀!"原来舜知道这样犁地动作又慢又费劲,但母亲整天想法害他,怕不照着办会惹出祸来,就只好遵从。舜心里的话虽没有说出来,但尧王听过人们的议论,知道舜的苦楚。他对舜的回答点了点头,心想:继母不贤,也只得这样。此人宽宏大度,难得呀!

尧王又问:"你在牛屁股上绑个簸箕干啥呢?那不带累了牛吗?"舜说:"鞭打在牛身上,牛会疼的。绑个簸箕,哪头牛走得慢了,照簸箕上打一下,它就知道是打它,便会紧逼走几步撵上去。为了不打在牛身上,虽使它们带累一点,也只有这个办法呀!"尧王听罢暗暗称赞:此人对牲畜竟这样疼爱,对人更可想而知了。

尧王访贤

尧王觉得舜这个人与众不同,心中高兴,便坐下来和舜拉呱开了。尧王向舜问了许多问题,舜的回答都令尧王满意。最后,又说到牛身上,尧王问:"你的黄牛快呀,还是黑牛快?"舜说:"我的黄牛快,黑牛疾!"舜的这个回答使尧王很失望:这个人咋不诚实?你黄牛快就是黄牛快,黑牛快就是黑牛快,两头牛总不会一样快,为啥说黄牛快黑牛疾呢?想到这里,他便起身走了。尧王走有百十步远,舜又撵上去说:"老人家,你停一下。"尧王站着,舜到他跟前,问及此事悄声说,"我知道你为啥起来就走,是对我的回答不满意。现在给你说实话吧,本来那头黄牛快些,黑牛稍微撵不上趟。可是刚才你那样问,它俩都在跟前,我说黄牛不快,黑牛听见心里啥滋味呢?所以我说黄牛快,黑牛疾。"尧王连连点头,心想:原来是这么回事呀!此人办事这么细心,这样讲究方法,无论办啥事都能办得好的。

尧王大喜，把舜带进宫，将自己的两个女儿娥皇、女英许配他为妃，并把江山让给了他。

（整理：张楚北）

崇伯鲧上任

相传天上的下雨王一时不慎，掌管的雨簿被蛟龙偷去闯下大祸，心中恼怒，一脚踢得蛟龙掉落凡间。那时候，世上正是尧王当政的晚年，终日大雨倾盆，洪水泛滥，老百姓遭了劫难，尧王愁得坐卧不安。他为了尽快治服洪水，召集大臣们商讨领导治水的贤人。尧王说："如今洪水为害，你们看让哪一位来领导治水？"西岳大臣推荐说："汶山石纽村有个名叫鲧的人，很善于修堤筑坝，让他来领导治水就行。"尧王摇了摇头，说："鲧这个人我听说过，本领倒是可以，但他刚愎自用，骄傲得很，恐怕不行吧。"大臣们都说眼下还没有比鲧更合适的人选，不妨让他来试一试，如果实在不行，再另选别人。尧王接受了大臣们的意见，封鲧为崇伯（即崇高山地区的地方官），命令他火速到中原上任，领导治水。

崇伯鲧接到尧王的任命二话没说，同他的爱妻辛嬉女一道，带着他的独生儿子文命（夏禹王的乳名），从汶山石纽村出发，日夜兼程，来到崇高山下水纽屯，选择了一个山洞住了下来。崇伯鲧嘱咐妻子说："您娘儿俩在这儿安心住下，时间紧迫，我不能在家久留，等我把洪水制服以后，我回来咱再团圆。"

辛嬉女两眼含泪，说："你出门在外，任重道远，我放心不下，你自己爱护自己身体吧。"

崇伯鲧说："你在家担子也不轻，一切事情都要由你自己去操办，但事情千头万绪，你要记住一条：无论如何要把咱的儿子抚养成人。我拜托了！"

辛嬉女说："困难再大，我也不怕，只是刚到这里过不习惯啊！"

崇伯鲧说："是啊！刚从石纽来到水纽，人生地不熟，气候不适，水土不服，过不惯是真的。不过你要明白，咱到这里是为了治水除害，不是来做官享福啊！"说罢，出门就走。

"鲧，你拐回来。"辛嬉女忽然有一事涌上心头，赶紧叫唤丈夫回转。

"你还有什么事情呢？"崇伯鲧去而复返，问道。

辛嬉女说："我有个想法，不知当讲不当讲？"

崇伯鲧说："你有事就快说。"

辛嬉女说："你到外边是去治水，现在咱家乡也是洪水滔滔，倒不如……"

崇伯鲧不等妻子把话说完，犟脾气就来了，两眼瞪得跟铜铃一样，哼了一声，怒气冲冲出门而去。

光阴似箭，日月如梭。崇伯鲧出外治水已经九年，他的夫人辛嬉女成了满头白发的老婆儿，孩子文

崇伯鲧上任

命也已经长大成人。这年秋天,母子二人听到人们风言风语传说崇伯鲧在外治水失败,被舜爷判罪发配羽山,死在冰天雪地里。文命跟他的父亲一样,性如烈火,听到不幸后,气绝身亡。这时候,辛嬉女夫死子亡,感到陷入绝境,也要悬梁自尽。夜深人静,当她手拿麻绳正要上吊的时候,门"忽啦"一声开了,进来一个披头散发、满身污血的老头儿,手中拿着一个小黄布袋,走得越近,看得越清,原来正是自己天天想、夜夜盼的丈夫崇伯鲧回来了。当她正要起身相迎的时候,老崇伯亦不说话,把手中的小黄布袋往地上一放,用手指指,便隐身不见踪影。辛嬉女拾起小黄布袋一看,里面装的是五色杂土。她又哭了,心里明白这是老崇伯魂归故里,这袋五色杂土是丈夫鲧的遗愿,预示着让妻子和儿子继续自己未竟之志。这时候她想到儿子死了,唯有自己是能使老崇伯遗愿得以实现的人。于是她振作精神,用野草裹了儿子文命的尸体,背到一个大石头堆上,然后又孤苦伶仃地回到家里,想着以后的事情。

(整理:韩有治)

舜 王 逃 生

舜小时候,亲娘死得早,爹给他续了个后娘。后娘生个孩儿,起名叫象。舜和象虽说是弟兄俩,日子过得可差远了。舜整天不光挨打受骂,吃不好穿不好,还得干脏活重活。象整天娇生惯养,吃好穿好,啥活也不干。就这还不行,后娘为了让象独占家业,天天谋划要把舜害死。

有一天,爹叫舜和象去地里种麻,后娘见是个机会,就起了歹心,恶狠狠地说:"叫他弟兄俩各种各的,谁的麻不出来就甭想回家!"说罢,她背地里把舜的麻籽炒成了熟的。

弟兄俩走到路上,象捏些麻籽吃,因为他爱占小便宜,就抓把舜的麻籽儿,放嘴里一尝,香喷喷的,比自己的好吃,他就闹着要和哥哥换麻籽儿。舜二话没说,就跟他换了麻籽儿。结果,麻籽儿种下去几天,舜种的很快出齐了,象种的连一棵也没出。舜没把后娘的话放在心上,扯着象一块儿回家了。后娘一听说这事,气得半天说不出话来。

一计不成,又生一计。后娘让舜淘院里的井,等舜一下到井里,她就和象推一扇磨把井口盖死了。心想,这舜可活不成啦!谁知道舜在井里正着急哩,猛地见井壁上有个洞,他往洞里一看,见洞那边连着另一眼井,就顺着洞钻过去,从邻居家井里爬了上来。舜活着回到家,后娘和象大吃一惊,俩人差点儿气死。

两回都没把舜害死,后娘还不甘心。过了几天,她又想了个毒计,让舜上房修房顶,打算点火把舜烧死。她怕舜不肯上,就装出很亲热的样子对舜说:"好孩子,天气热,给,带着这把伞,干会儿歇会儿,可别累着了。"舜也没在意,拿着伞上了房顶。他刚上去,后娘赶紧把梯子一抽,就叫象把房子点着了。火越烧越大,舜在房顶把伞撑开,带伞跳了下来,连一点皮儿也没摔破。

后来,人们看舜忠厚老实,宽宏大量,就推选他做了皇帝。舜当了皇帝,并不跟后娘记仇,还是照样孝敬她。后娘觉着愧得慌,没脸见人,只得碰墙自尽了。

(讲述:寇文贤　整理:刘伯欣)

舜王封娘娘

舜娶了两个妃子，一个叫娥皇，一个叫女英。舜特别喜欢女英，想把她封为娘娘，可是又找不到好的理由。

这一天，舜想了个主意：让两个妃子一个骑牛，一个骑骡子，从远处向自己跑来，谁先到就封谁为正宫娘娘。

舜私下里把跑得快的骡子送给女英，把牛留给娥皇。娥皇、女英一起从远处上了路，女英骑着骡子一路领先，娥皇骑着牛慢腾腾地跟在后边。谁知道，女英正高兴哩，骡子要下驹子，一耽搁就是大半天。就这样，女英眼巴巴地看着娥皇骑着牛超过了自己，先到舜的面前。

舜费了那么大的心思也没有如愿，心里一恼，就下了一道圣旨：不准天下的骡子再下驹。从这以后，骡子就再也不下驹了。

舜王访贤

尧王到了晚年，朝政由虞舜代理。舜杀了在治理洪水中犯有严重错误的崇伯鲧，一时又找不来能领导治服洪水的人，倒使洪水灾害更加严重。

一日，洪水暴发，直向京城冲来，尧和舜闻听此报，组织京城中的人们往东南浮丘山上撤离。逃上浮丘山后，年老多病的尧王仰天长叹："都怨我修德不成，误用庸人，没有治服洪水，让无辜的百姓遭此大难！"虞舜说："这几年朝政由我代理，是我无能，责任在我。"这时候，尧王提出来他要让位，他说："我年迈多病，不能治理天下，请大家允许我把王位让给年轻有为的虞舜吧！"尧王的提议，众大臣们也都拥护，就在浮丘山上举行了禅让大礼，从此舜就正式称王于天下。舜王继承王位以后，最关紧的仍是尽快地治服洪水，他对大臣们说："治水救民迫不及待，哪一位大臣能胜任大司空，请自荐。"大臣们都表示无能为力，大司理皋陶建议另选贤人。舜王说："另用贤人也可以，请大家给我荐一个来。"皋陶说："我听说从前负黍地（今河南登封大金店一带）也是洪水泛滥，后来有两个贤人玉溪和叠溪，领导百姓们治服了那里的洪水，从此负黍地成了一

舜王访贤

片乐土,人们安居乐业,四面八方的人都迁到那里去住了,请圣上快传旨意,速调玉溪、叠溪前来效命。"舜王听到皋陶提及负黍地,使他想起了一件往事,他说:"当年我还是老百姓的时候,曾经去负黍地贸易经商一次,那里依嵩带颍,确实是个好地方,常有贤能高士隐居。古往今来,选用贤人都是以礼相请。今日我已继位称王,我也要再到负黍,礼请贤人出山。"大臣们都赞成舜王的意见。于是,舜王带着一班大臣到负黍地访贤来了。

舜王和他的大臣们,跋山涉水,历尽艰险,受尽苦难,在阳春三月的一天,终于来到负黍地,一打听,当地人都齐声称赞玉溪村的玉溪、叠溪治水的本领。舜王和大臣们稍事休息,就到阳城关玉溪村前去访贤。走到一问,才知玉溪早就到颍水钓鱼去了,舜王访贤心切,就又直奔阳城关颍水边。当玉溪听说虞舜是前来请他治水时,面带难色地说:"我已年过七旬,又体弱多病,实在不能担当大任。"舜王千里迢迢访贤,见此情景很感失望,不禁又担心起天下黎民来。这时,玉溪老人说:"圣上不必烦恼,普天下贤人很多,请您再选一个年轻有为的就是了。"舜王诚恳地说:"请您推荐一个吧!"玉溪老人有心推荐崇伯鲧的儿子文命,又怕舜王不能容忍,反而害了文命,但治水又非文命不可,于是就想试探一下,如果舜王能不计前嫌,唯贤施用,就推荐文命,否则就顺水推舟。想到这里,玉溪就说:"我有心为圣上荐贤,但不知圣上能否容忍?"舜王一听,莫名其妙,就问道:"眼下洪水肆虐,我心急如焚,思贤若渴,我又没什么仇人,怎么会有什么不能容忍呢?"玉溪说:"这人可是你的仇人。"舜王一听,赶紧说:"我从未同任何人结下私仇。"玉溪说:"可是你为天下之事杀了他的父亲,因而怕你不会重用此人。"舜王意识到玉溪老人还不相信自己,就跪在地上,对天盟誓:"苍天可鉴,我若因私而不用贤良,就死无葬身之地。"玉溪老人一看舜王盟誓,就下决心推荐文命:"圣上真诚之心感动上天,贤人就是崇伯鲧的儿子文命。"舜王急忙问道:"文命能否比得上你?他如今在哪里?"玉溪说:"文命年轻有为,能力远在老朽和他父亲之上。请您到负黍城等候,三天后我带他前去见您。"大臣们都担心他是犯臣之子,一旦重用后果不堪设想,舜王就耐心说服了大臣,然后议定当场考察。

三天后,玉溪老人和文命一道来到负黍,大臣们提了很多有关忠孝和治水的问题,文命对答如流,当听完文命的忠在孝先、大忠即孝的理论和治水方略以及甘愿赴汤蹈火让老百姓安居乐业的誓言后,大臣们口服心服。舜王当即封文命为夏伯禹,让他统领天下治水之事。

舜 帝 庙

从偃师首阳山的四周,远远地都能看到山顶上有几间建筑,那就是舜帝庙。

舜帝是历史上"五帝"的最后一位,年代约在公元前22世纪末至公元前21世纪初。五帝之一的尧年老时,看儿子丹朱不肖,就四处寻访天下的贤人,以禅让传位,后来在历山(今山西雷首山)遇到了耕地的舜。据传,舜生在妫水(今山西永济县南),是瞎子瞽叟的儿子,姓姚,因一只眼睛里有两个眼瞳,故名重华。舜出生不久,母亲去世,瞽叟又娶妻并生子"象"。后母和弟弟象待舜都很刻薄,但舜仍真诚孝敬父母,故孝名远扬。旧时所讲《二十四孝》的第一孝"孝感天地",说的就是舜。尧得知舜的美名,就把两个女儿娥皇和女英嫁给舜,又叫九个儿子和舜一块儿生活,来验证舜的为人和才干。后来后母和象多次陷害舜,都被舜化解躲过,显示出了过人的才干,尧就把帝位传给了舜。舜做国君几十年,也像尧一样做了很多利国利民的事,其中包括命令大禹治服了水灾。后来,舜也没把王位传给只知道唱歌跳舞的儿子商均,而是传给了治水有功的大禹。

据传,后人为纪念舜,在首阳山南山下盖起一座舜帝庙,前有山门,后有大殿,香火很盛。忽一日晨,山下各家的耕牛都是通身大汗淋漓,犹如刚刚卸犁,牛犄角上且挂有铜钱。众人正不解时,有人猛然发现,首阳山巅,一夜之间竟突起一座庙宇,回瞧山下的舜帝庙,殿房都不翼而飞,仅余前面的门孤单地立着。大家恍然明白,昨晚是神仙借各家的耕牛去拉庙高迁了,直到鸡报晓时,还没拉完,就把这山门遗在了这里。现在偃师城关镇的山门村,就是因在山门处得名。

当时的舜帝庙多大呢?有谚为据:房水前坡流入洛河,后坡流入黄河中;好马跑不出山门,好雕飞不上三圈。当时的庙是琉璃瓦顶,远看金光灿烂,辉煌耀目。

现今的建筑是近年重建,红砖青瓦,大小不同的三间房共有六七座,供有舜帝、无极老母等塑像。庙坐北朝南,前为峭壁,东北边坡缓,西边异峰突起处,便是伯夷叔齐墓。再西依次可眺几个山头上的薄太后庙、奶奶庙、祖师庙等,结构大同小异。

舜王与钧瓷

相传很早以前,在古阳翟城(今禹州市)里有一个叫作钧生的年轻人,年方一十八岁,长得是眉清目秀,相貌堂堂,与二老双亲相依为命,以做小生意为生。

却说有一日,钧生夜间做梦,恍恍惚惚梦见一白发长者,穿着上古时的粗布上衣,神情安详,和蔼可亲。长者走到钧生跟前,对钧生说,他是上古帝王虞舜,曾在颍河之滨制陶,经推算,阳翟城如今该出产一种举世闻名的宝瓷,因此今天特来故地重游,完成此事,并说已观察多日,最终选定钧生来担这一重任,叫钧生明天到城东北隅见面详谈。钧生刚想问个仔细,那长者却忽悠一下不见了。

一觉醒来,钧生觉得很奇怪,就把昨夜梦里的事告诉给父母。父亲说:"舜王本是上古有贤德的帝王,万民称颂,所言不会虚假,他给你托梦,定有重任,你就按他说的去办吧。"

吃罢早饭,钧生来到东城北隅。但见这里野蒿遍地,只有夏代遗迹古钧台在正西不远处孤零零地立着。正在张望间,忽听身后有人说:"年轻人准时赴约,日后定成大器。"钧生回头一看,只见一长者站在自己身后,与梦里所见一模一样,就问:"您就是舜王吗?"那长者说:"正是。"钧生一听长揖到地,纳头就拜。舜王说:"年轻人快起来。古钧台本是地之中心,在这里烧制瓷器,一定会瑰丽无比,名扬四海的。你先把这里清理出一片平地来,我再教你如何制瓷。"钧生赶忙动起手来,很快就清理出一片平展展的空地。舜王说:"咱们先造个窑吧。"他叫钧生就地挖个大坑,然后再往正南方向掏个大洞,洞的后面墙上挖个小通道出烟,窑门和窑膛都向北开。一座神秘莫测、前所未有的窑炉就这样建成了。

窑建好后,舜王对钧生说:"当年共工与颛顼为争夺帝位,共工在战斗中失败了,怒触不周山,柱断天破,大雨不止,女娲氏炼五彩石补天,花了好大功夫才把天补好。天补好后,女娲就把剩余的五彩石倒到一座雄鸠聚集的山上。如今烧制瓷器,必须用这些五彩石配料方可。"舜王就带钧生到阳翟城的西北,翻过了九道山岭,来到一个叫鸠山的山上,采回了女娲氏当年遗弃的五彩石。

开始配料了,但这些石头如何粉碎呢?舜王有办法,他让钧生凿了一个大圆石盘,称作"碾盘",再凿一个石头辘轳磙,叫"石磙"。石磙放在碾盘上,套上一头牲口拉着转圈儿。舜王叫钧生把五彩石砸成碎块,放到碾盘上去碾。还真行,一会儿工夫就把石块碾成细面儿了。舜王给这套碾盘和石磙起名

叫"石碾",这就是"石碾"的由来。直到如今,有些烧瓷器的厂家,还用这种简单而实用的石碾来粉碎原料呢。

料粉碎好,下一步是配料,舜王说:"颍河水含天地之精华,流经奇珍宝地,用此水配料最好。"钧生就从颍河里取来清洁的河水制泥、制釉。制坯时,钧生看着一堆泥,无从下手。舜王找来一块大青石,让钧生做了一个石轮子,地上揳一个碗口粗的木棍做轮轴,把石轮子放在轮轴上,在石轮子的边上凿个小眼,用一根细长木棍捣着小眼,搅着石轮转圈儿。钧生把泥巴放在石轮子上,在舜王的指导下,边搅轮边练习手工拉坯,很快就把坯拉成了。无论是盘、碗、瓶、炉,拉起来都很得心应手。这种轮子因为是最先在钧窑上使用的,所以后世做陶瓷的,就把这种转轮称为"陶钧"。陶钧还比喻造就人才,其出处,就来自舜王把钧生培养成著名的钧瓷匠师。

坯子做成,干了以后就上釉。钧生把坯子往釉浆里一蘸,放在地上,没多大一会儿,坯子却软塌了,成为一堆散泥。钧生一看傻眼了,忙向舜王讨教,舜王就对钧生说:"坯子先烧一次再上釉。"钧生就照舜王的吩咐先烧一窑。果然,坯体的强度也提高了,上釉后也不软塌了。这就是钧瓷上釉前先经一次素烧(不上釉烧)的由来,这种方法后世一直沿用。

钧生在舜王的指教下,闯过了一道道难关,最后到了烧制钧瓷的最关键一关——入窑釉烧。舜王让钧生每天到山里砍伐木柴,专要松木和杉木,并把木柴都劈成尺把长的木块,堆在土窑前。待到堆得有小山似的一大堆时,舜王说:"够了,点火吧!"钧生一把火就把窑点着了,只见浓烟滚滚,四下弥漫。舜王在一旁闭目端坐,一脸严肃的表情。到了夜里,炉火映红了城东北这片荒野,使这里变得热腾腾、光亮亮的。钧生丝毫不敢大意,按舜王的吩咐,不停地往火炉里添柴火,时而多加几块,时而少加几块。就这样,一连烧了三天三夜,从小火烧到大火,一直烧到炉火纯青,柴火也烧光了,舜王从炉膛口往窑里看了看,对钧生说:"火候已到,停火!"正所谓柴尽窑熟。

第二天,钧生怀着急不可耐的心情,早早地就开了窑门,呵!只见满窑瓷器光怪陆离,五彩缤纷,宝光四溢,红的像玛瑙,紫的如水晶,绿的似翡翠,蓝的像宝石。舜王看后对钧生说:"瓷器已烧出来了,我的使命完成了。这种瓷器出产于钧台,就叫'钧瓷'吧。"说罢就升天去了。钧生长跪在地上,一直望着舜王渐渐远去的背影在天边儿慢慢消失。

钧瓷就这样诞生了。从此,钧生就不再做小生意了,开窑烧瓷,并把手艺传给乡亲们。

到了宋代,皇帝下诏说:"虞舜乃帝王,钧瓷是舜王烧成的,理应为皇帝所用。"就把古钧台周围的几家窑场统统收归官府,专为宫廷烧制御用瓷器。自此,钧瓷名声大振,"钧官窑"也举世闻名,成为宋代五大名窑之一。

南 河 渡

"南河,在县北,即今南河渡,舜避尧子于南河,即此。"

——摘自清乾隆十年(1745年)《巩县志》

传说,上古尧帝临死之前,把帝位禅让给了舜。但是,尧的长子丹朱,生性粗野,不遵父训,纠合狐朋狗党,准备用武力夺取帝位。舜为了不给百姓造成苦难,只身悄悄离开京师。丹朱得到消息,派人追杀。

一天，舜来到洛河南岸，面前是波涛滚滚，身后是喊声震天。舜正在一筹莫展的时候，忽然从云端落下一位仙姑，自称女娲娘娘。她用手一托，将舜送过河去。追兵找不到舜的身影，怏怏而退。从此，舜与这里的百姓共同劳作，和睦相处。

由于舜为人厚道，心地善良，又足智多谋，他在百姓中威望越来越高，不久便被推选为当地首领。几年工夫，把嵩洛地区建成了富庶的粮仓，老百姓安居乐业。

丹朱登基以后，穷兵黩武，滥施刑罚，民怨沸腾。加之连年大灾，各部落纷纷归依于舜，舜自然而然地成了真正的帝王。而丹朱遭人追杀，逃往深山，再也没有露面。

舜做了帝王后，想到女娲娘娘的渡河之恩，就将洛河南岸的渡河之处命名为南河渡。

六、大禹时代

禹 生 鲧 腹

崇伯鲧

相传很久以前,天下划分为九州岛,洛阳当时称豫州。九州大地河流众多,当时的众多河流经常泛滥,冲毁了百姓的房屋,淹没了众多良田。当时的百姓为逃避洪水,纷纷逃到山岭高地,对着苍天呐喊:"老天爷呀,快救救我们吧!我们被洪水祸害得不能生活了。"天帝在天上听到了百姓的哭喊声,知道又是洪水作恶,扰乱黎民百姓,于是就派他的孙子鲧下到人间来治水。

鲧来到人间,放眼望去,大地上到处是洪水,一时间也不知从何处下手,心中焦急万纷。突然间从远处飞来一只猫头鹰,鲧便向猫头鹰询问治水之策,猫头鹰笑了笑,告诉鲧:"兵来将挡,水来土掩。"鲧点头称是,但又忧虑自己一人无法治水。正在这时,水中钻出了一只乌龟,乌龟给鲧出主意说:"你是天帝的孙子,何不借天帝的宝贝息壤一用呢?"鲧听之有理,于是就上天向天帝借息壤去了。见了天帝,鲧一五一十地说明来意,希望天帝帮忙借给息壤,谁知天帝不但不借息壤给鲧,还训斥鲧没有治水本领。鲧在万般无奈的情况下,在夜深人静的时候,悄悄溜进天宫,偷了天帝的宝贝息壤,并连夜赶往下界治水。

天帝的息壤果然是宝贝,只要往洪水里一撒,马上就变成一道长堤,并且越长越高,越长越长。洪水见息壤如此厉害,只好乖乖地顺着长堤,一直流入大海。躲在山岭高地的人们见洪水被治服,纷纷返回家园,重新过上了安居乐业的日子,并非常感谢鲧,把鲧作为他们的亲人,尊称他为"崇伯鲧"。后来天帝知道鲧盗走了息壤用以治水,非常震怒,迅速派火神祝融率领天兵天将到人间捉拿鲧。鲧见势不妙,又无处躲藏,就和天兵天将战了起来,经过三天三夜的激战,鲧最终寡不敌众,被祝融捉住杀了,尸体被丢到了一条河边。

祝融收了息壤,上天界领功去了,但息壤一收,洪水再次泛滥。鲧被杀后,尸体过了三年仍不腐烂,天帝知道后就又派了位天神,并赐其宝刀一把,让他将鲧的尸体剁烂,害怕其复活后到天宫捣乱。谁知那位天神举刀砍开鲧的尸体,从鲧的肚子里跃出了一头小虬龙,很快地飞到嵩山上变成了一位英俊少年,这位少年便是禹。

河伯授图

传说大禹治水以前,黄河流到中原,没有固定的河道,经常泛滥成灾。

那时候,有个叫冯夷的人,被黄河水淹死,一肚子怨恨,就到天帝那里去告黄河的状。天帝听说黄河危害百姓,就封冯夷为黄河水神,称为河伯,治理黄河。

河伯掏尽了气力,治了许多年,也没把黄河治住。他已年迈体弱,想着世上总有一天会有人能治理黄河的。为了叫后人治水少费点劲,他天天奔东走西,跋山涉水,察看水情,画了一幅黄河水情图,准备把它授给能够治理黄河的能人。

到大禹治水的时候,河伯决定把黄河水情图授给他。

这时,世上有个射箭百发百中的年轻人,叫后羿。他见河伯身为黄河水神,治理不了黄河,只是东奔西跑,不知道在干什么,便想把河伯射死。

这一天,河伯听说大禹来到了黄河边,就带着那幅水情图去找大禹。河伯和大禹没见过面,谁也不认识谁。河伯跑来跑去,见河对面有个英武雄壮的年轻人,就喊:"喂!你是谁?"

原来站在对岸的是后羿。他抬头一看,喊话的老头仙风道骨,就问:"你是谁?"

河伯高声说:"我是河伯。你是大禹么?"

后羿一听是河伯,冷笑一声,说:"我就是大禹。"说着,他张弓搭箭,不问青红皂白,"嗖"的一箭,射中河伯左眼。

河伯捂着眼,疼得直冒虚汗,心想:大禹呀,你好不讲道理!他越想越生气,就去撕那幅水情图。正在这时,猛地传来一声喊:"河伯!不要撕图。"河伯用右眼一看,对岸一个戴斗笠的年轻人,拦住了后羿,不让他再向自己射箭。

这个人就是大禹。原来,大禹知道河伯绘了黄河水情图,正要找河伯求教呢。

大禹过河来,跑到河伯面前,说:"我是大禹,刚来到这里。听说你有一幅黄河水情图,特来找你求教。"

河伯说:"我用了几年心血,画了这图,现在就授予你吧。"

大禹展开一看,图上密密麻麻,圈圈点点,把黄河上上下下、左左右右画得一清二楚。大禹高兴极啦,他要谢谢河伯,一抬头,河伯早没影了。

后来,大禹根据河伯授给他的黄河水情图,疏通水道,终于治住了黄河。

(整理:申法海)

大 禹 转 世

大禹原来是天上管下雨的王,多咱儿(方言,啥时候)该下雨,下多大,都得按雨簿下,不能胡下。有一次下雨王指挥下雨劳累了,在南天门外睡了一觉,不料被癞蛤蟆精偷改了雨簿,造成凡间连年水灾,害得百姓没法儿活。

这事叫玉帝知道了,要杀下雨王。太白金星讲情说:"下雨王虽说有过错,是一时疏忽,叫癞蛤蟆精改了雨簿。念他忠厚老实,饶了他吧?"玉帝想想也是,就对下雨王说:"死罪饶了,活罪难免。给你十二年时间,罚你下凡治水,把水治好再回天宫。"下雨王说:"我有过错,情愿下凡治水。不过你只给我十二年时间,我到凡间从托生到长大,少说也得十六年,到时候水还没治哩,期限早过了,这咋能中?"玉帝想了想说:"你可以借尸还魂嘛!"下雨王正要拜别,玉帝又想起一件事:"我还有个请求,等治好水,我还想给你十二年,叫你做一代帝王。"下雨王又问:"你封我啥王号哩?"玉帝说:"还叫下雨王好了,快下去吧!"

大禹

下雨王下凡,来到嵩山南面一个叫水纽屯的村里,听见一户人家传出哭声。他到窗前往里一看,见有个老婆儿趴在床帮上哭着说着:"禹啊,我的儿,你爹刚下世,你又死了,撇下娘自个可咋过呀!"下雨王心想,嘿,巧了,她的儿子也叫"雨",正好跟我同名,看来我跟这老妈妈有母子缘分。原来这老婆儿的丈夫叫鲧,因为治水没治住,反倒越治水越厉害,被皇帝杀了。鲧刚死不久,他儿子禹得陡病也死了,眼下没来得及埋哩。下雨王觉得借他的尸正合适,就把魂扑到禹身上了。

老婆儿哭着哭着,见儿子睁开了眼。她当是自己眼花了,揉揉眼一看,就是活了。儿子说:"娘,我又活了。"老婆儿又惊又喜:"孩子,这不是做梦吧?"禹坐起来说:"不是,我真的又活了。因为世上的水没治住,玉帝叫我转生治水,拯救天下百姓哩。"

就这样,下雨王借尸转世了,后来他当真治好了水,当上了"夏禹王"。不过,这个王号跟他在天上那王号音同字不同。

(讲述:韩大学 整理:韩有治)

洛 龟 出 书

上古的时候,出了一个鼎鼎大名的圣人,名叫文命。由于他历尽千辛万苦,成功地治理了即将毁灭华夏人民的洪患,后被尧帝封为大禹。为啥叫大禹呢?因为女娲氏有个十九代孙,名叫禹,是个很出名的治水英雄。而文命治水的成就远远超过了禹,所以,隔了三百六十年的文命就被称为"大禹"。

传说当年文命受尧的委托,担任崇伯,治理天上洪水。天上主管神仙的总头儿叫西王母,她知道大地上洪水猖獗,治理极难,加上妖匪巨兽为孽,文命虽说是天神下凡,但毕竟成了凡夫俗子,没有神通去对抗妖孽。所以,她就派了以庚辰为首的七员天将,直接跟随文命治水。后来在王屋山治理济水的时候,遇到了以鸿蒙氏为首的七个地仙,妄图抗命。庚辰等七员天将费了九牛二虎之力,终于降伏了七个地仙,被文命封为七员地将。从此,文命麾下有了能够上天入地的天地十四员大将。

文命率领天地十四将及伯益、水平、横革等臣僚和数万民工,先后治理好黄河、冀州水患后,就开始治理伊洛了。他们先从洛水发源的熊耳山顺流而下,发现有阻水的地方,就命人疏凿浚通。有一天,他们到了青要山(今河南省新安县西),文命召山神罗武问道:"我打算治理伊洛二河,不知这一带有没有妖精怪魅?"罗武答道:"妖怪倒没有,不过吃人的野兽是有的。还有几种可以导致旱涝的动物,一种是鸣蛇,一种是化蛇。鸣蛇出在伊水流域的鲜山,是蛇的形态但有四只脚,它一出现天下就会大旱。化蛇则出在伊水流域的阳山(与鲜山都在今河南省嵩县),其形状是人面豺身,蛇形但有翅膀,它一出现天下就会大涝。"文命说:"这是两种不祥的妖蛇,将来会为祸人间,所以必须除去。"说着,指派天将繇余、地将陶臣氏去除化蛇,又叫天将狂章、地将犁娄氏去灭鸣蛇。

文命自率大队人马到了蔓蕖山(今河南省卢氏县),忽然听山上有婴儿啼哭声,文命怀疑是百姓的弃儿,忙叫前边儿的民工去抱回来收养。谁知民工们刚到山上,突然从林中跑出来一个人面虎身的怪兽,将最前面的一个民工噙了就走,众民工们都惊叫起来。天将童律反应极快,一道电光似地冲过去,手起一枪将怪兽戳倒,但民工已被咬死了。原来这种野兽就是青要山山神罗武说的吃人兽,名叫马腹。后来,此兽就绝迹了。接着繇余、陶臣氏来报,他们去灭化蛇,谁知化蛇却化为豺,追逐时它们又化为鸟,漫天乱飞,好在二位神仙法力高强,很快就把它们全部消灭了,看它们的原形,果然是人面鸟翼豺身的怪物。接着,狂章和犁娄氏回来报捷,说把鸣蛇剪灭了。此后,这种化蛇和鸣蛇也绝迹了。

文命见妖物尽除,就率大队人马在治理了上游的水患后,又顺洛水而下,边走边整治。走到下游时,文命见河水大体较驯,但不少地方仍激荡不已,恐日后为患,遂命工人们用铁铸一只大铁牛,立在洛水南岸,头向南,尾在北,做回顾之状。伯益和水平不解其意,便询问道理。文命说:"天生五种原质,叫作金木水火土,是谓五行,有相生相克之理。铁属金,金能生水;而十二支之中,丑支为牛,牛为土类,土能克水。我看这里河水滔滔,冲荡得很厉害,恐怕多年以后会有水患,所以用五行生克之理,铸成此牛,意想作镇压之用,也不知有没有实用。"说也奇怪,铁牛安放以后,一直激荡不已的涛水竟逐渐平静下来。

文命和众臣工们正在欣喜时,忽听有人喊到:"快看,快看,河里出现怪物了。"文命向河中一看,原来是一只很大的玄龟,像利船一般,直向岸边飞来。玄龟爬上岸径直到文命面前伏下。文命非常奇怪,不知它是啥意思,眼睛无意间向龟背上一看,见有许多蝌蚪形的文字和图画,却看不甚清楚。谁知

那玄龟通灵,身体逐渐增大,字迹也就大了。文命是个灵圣之人,知道这是天地至宝,忙叫伯益取过笔牍来,照着上面的图文精细地抄录下来。有些看不到的地方,就爬到龟背上去抄。抄完之后,玄龟又慢慢复原了身体。文命看了抄下的图文,一边是个计数之图,从一到九,排列整齐,纵横推算起来,无不是个成数;一边是哲理之文,共有三十八个字:"五行,敬用五亭,农用八政,协用五纪,建用皇极,口用三德,明用稽疑,验用庶征。享用五福,威用六极。"文命明白这是天所宠赐的宇宙精义,天地瑰宝。于是,他虔诚地向神龟稽首而拜,以示感戴天恩。那神龟也向文命点点头,然后悠然地返身潜入洛水之中。

此后,文命一有空闲时间,就取出《洛书》来研究,并把研究所得铭记在牍中,后来又成功地把《洛书》划分为九类内容,形成极珍贵的文章,就是《书经》中所载的《洪范九畴》。由于文命是天生圣人,他在治水时又极为辛劳,为拯救华夏民族几乎九死一生。所以,上天赋予他《洛书》,帮助他完成了治理天下水患的伟大任务。

九州的来历

传说,大禹治理洛水时,偶然在河底沙滩涂挖出一块刻有文字的龟壳,以九为最大数,于是就划定天下为九州。嵩山地区属豫州,居天下之中,这实际意味着禹经过治水,最后以河洛地带为中心着手建立国家。历史上有"茫茫禹迹,画为九州"之说。

禹是夏朝的开创者,是著名的治理洪水的英雄。他当时领导人民"疏川导滞""合通四海""尽力乎沟洫",立下了汗马功劳。

传说,洛水、伊阙、轘辕山都是禹开凿的。东周的卿士刘定公奉周景王之命去颍水慰劳晋国卿士赵孟,行至中途宿居于洛汭,他称赞禹的功绩说:"美哉禹功,明德远矣,微禹,吾其鱼乎!"禹治水成功后,为有利于统治,把天下分为九州,州名未有定说。但《尚书·禹贡》的记载,九州为冀州、兖州、青州、徐州、扬州、荆州、豫州、梁州、雍州。

当时九州中的豫州是指今天嵩山及周边一带。关于九州的范围,《尚书·禹贡》载:"荆、河惟豫州。"荆是说荆山,地当今湖北省南漳西一带;河指黄河。《周礼·职方》载:"河南曰豫州,其山镇曰华山,其楼群薮泽曰圃田,其川荥、雒,其浸波、溠。"是说豫州的范围是在华山以东,中牟以西,荆山以北,黄河以南。本土的嵩山人都知道,在远古,豫州的范围是比较大的,嵩山地区则是豫州的核心地区,即九州腹地。

1977年,考古工作者在嵩山之阳的登封告成镇东北发现了春秋战国时的阳城遗址。又在告成镇之西,五渡河两岸的王城岗发现了一座河南龙山文化中晚期的古城堡遗址,有的学者认为此即"禹都阳城"。

夏禹的行迹主要是以嵩山为中心及其颍水、伊水和洛河一带。

迎春花的传说

远古时候,大地上洪水泛滥,一片汪洋。庄稼淹没了,房子冲塌了,老百姓们只好聚集在山顶上。天地间整日混混沌沌,连春秋四季也分不清。那真是饥寒交迫,苦不堪言。

那时候的皇帝叫舜,舜命大臣鲧带领人们治水,可治了几年,水不但没消,反而更大了。后来,鲧死了,他的儿子禹毅然继承父志,又担起了治水的重担。

当禹率领人役查找水路的时候,在一个叫作涂山的地方遇到了一位姑娘。这姑娘给他们烧水做饭,帮他们指点水源。禹很感激这姑娘,这姑娘也很钟情于禹,患难中两人产生了爱慕之情,并在众人的撮合下订下了终身。

可禹忙于治水,他们相聚了几天,就要分手了。分手时,姑娘默默地把禹送了一程又一程。来到一座山岭上,禹忍不住了,深情地对她说:"送到什么时候也总得分别啊!我为天下生灵奔波的决心下定了,不达目的是死也不回头的。"姑娘泪眼汪汪地看着禹,说:"你走吧。我就站在这里,看到你治水成功的时候,看到你回到我身边的时候。"禹感动得流下眼泪。他把束腰的荆藤解了下来,送给姑娘做纪念。姑娘抚摸着那条荆藤腰带,又坚决地重复说:"去吧,你去吧。我就站在这里等。等到荆藤开花,洪水消去,人们安居乐业的时候,我们就团聚了。"

大禹辞别姑娘后,就带领人们转战九州,开挖河道,历尽艰辛。几年过去了,江河一条条疏通了,洪水归海了,庄稼出土了,杨柳发芽了,万物回春了,人民安居了,治水终于成功了。

禹高高兴兴地日夜兼程,赶回来和心爱的姑娘团聚。当他远远地看见姑娘手中举着临别时赠的那束荆藤立在那高高的山岭上时,高兴得要跳起来。禹奔跑着,呼喊着,可当他攀上山岭,来到跟前一看:啊!那姑娘早变成了一尊石像了。

原来,自禹走后,姑娘就每天立在这山岭上,不管刮风下雨,天寒地冻,等啊,等啊。后来,草籽儿在她身上发了芽,生了根,她仍然手举荆藤,一动不动。天长日久,姑娘变了,变成了一座石像。她的手和荆藤长在一起,她的血浸润着干枯的荆藤。不知过了多久,荆藤竟然变青了,变嫩了,抽出了新的枝条。禹扑到石像上,呼唤着心爱的姑娘,泪水落在石像上。说也奇怪,那荆藤绽蕾了,开出了一朵朵金黄金黄的花儿。人们说,是姑娘那颗赤诚的心感动了玉帝,玉帝才派一条神龙下凡,帮助禹制服了洪水。人们还说,是大禹和姑娘那忠贞的爱情,使干枯的荆藤开了花。

荆藤开花了,洪水消除了,大地回春了。为了纪念姑娘的崇高情操,大禹就把这荆藤花儿命名为"迎春花"。

(整理:姜书华)

太室山与少室山

中岳嵩山有太室、少室二山。这太室、少室的名字是从何说起呢?相传唐尧时,登封叫崇地,嵩山叫崇山。那时,普天下洪水泛滥,人们无法生存,纷纷逃往崇地。因为这里地势高,又有个酋长崇伯鲧领着堵水,留下一大片土地,可供居住。因此,鲧也有了名声。

鲧的声名传到唐尧耳朵里,他就派鲧专门去治水。鲧只知道堵,一连九年治水不成,便被唐尧杀了。

虞舜为君后,鲧的儿子大禹要求继承父亲的遗志去治水。舜看禹有决心有才能,就答应了。禹的朋友伯益劝禹用疏浚的办法去治水,一连治了十三年,开出九条河道,终于治住了洪水。

大禹治水到了涂山,人们看大禹三十多岁还没有娶媳妇,就把一个最好的姑娘涂山娇嫁给了他。婚后,禹把涂山娇带回崇地。涂山娇的妹妹涂山姚不愿离开姐姐,也一起到崇地安家。大禹把涂山娇安排在崇山脚下居住,把涂山姚安排在季山脚下居住。安排停当后就又治水去了。一次路过家门,同伴劝禹进家看看,禹却说:"治水要紧,不能因为自己耽误大事。"就这样大禹一连三次路过家门口,都没进门看上一眼。后来,要开凿轘辕关,工地就在家门前,禹这才见到了涂山娇。涂山娇有次发现丈夫的化身是黑熊,一气变成了石头。大禹从石头中唤出了儿子启。可是抱着孩子怎去开山呢?大禹无奈只好找涂山姚了。涂山姚见大禹为民治水的决心坚如铁石,十分爱慕,便嫁给了大禹。从此,她不仅代姐姐照料孩子,还代姐姐一天三顿为大禹准备饭菜。大禹就把涂山娇住的崇山叫"太室",把涂山姚住的季山叫"少室"。"太室山"与"少室山"也就从此得名了。

不久,轘辕关被凿通,治水的人又开到了龙门山,凿开了龙门口,排干了汝阳江,露出了大片沃土。

人们为了纪念涂山娇、涂山姚姐妹,在太室山下建了太室殿和太室祠,在少室山下建了少室殿和少姨庙,还在启母石前建了启母殿和启母庙。

(整理:甄秉洁)

大 禹 治 水

很古时候,有个恶神共工,他的部下相柳,也很凶恶,有九个头,人面蛇身,青灰色,盘踞九土,作恶多端。他喷一口气,地上就变成大湖。洪水泛滥,漫天横流,除了露在水面的一些山头,平原丘陵都被水淹了,房屋家具沉到水底。人们被逼上山顶、大树,在山洞铺草为炕,在树杈搭巢当家。就这还挡不住禽兽伤人,龙蛇作祸。人们叫苦连天。

当时,尧为天帝,知道了民间疾苦,对四大山神说:"汤汤洪水正在为害,浩浩荡荡,包裹山陵,广大人民在怨恨。谁能治理洪水?"四大山神想了想,异口同声说:"啊!鲧可以吧!"天帝说:"好,叫他去。他要违命,我要灭他的族!"四大山神皱皱眉头,说:"这样吧,试试看。如果行就让他去做。"天帝说:"去吧,告诉他,小心做吧!"

四大山神马上传达天帝的命令,叫鲧治水。

鲧望着滔天的洪水,怎么治呢?

一只猫头鹰飞来,叫道:"高地垫低地,洪水流不去,哈哈哈……"

一只乌龟游过来叫道:"屯土填百川,把土堵成潭,哼哼哼……"

鲧听了,目送它们而去:"对,就这么办!"

鲧领着人们到处壅塞百川,铲平高地,垫平低地,建起堤坝,挡住洪水。可是水很大,挡住这里,又冲开那里。这样辛辛苦苦治了九年，洪水还是到处泛滥，有的人便失去了信心，也就不愿再帮助他。

鲧以为是地上的土不好，听说天上的"息石息壤"能随着水涨堤高，便不经天帝的同意，就偷了来筑堤挡水。果然，真灵，水涨堤高，高高的堤坝挡住了洪水。

但这事却被天帝知道了，他派了人面兽身的火神祝融，乘驾两条火龙，飞到了羽山上空，祝融见鲧正用天土筑堤，大吼一声，一个炸雷；尾巴一甩，一道闪电，鲧便死在羽山之下。

鲧死了，洪水更加泛滥。"哗哗——！哗哗——！"浪涛不断地卷来，拍打着岸边的岩石，冲刷着他的尸体。

鲧死了，眼却不闭，尸体三年也不腐烂。有人用吴刀剖开他的肚子，肚子里却生出一个结结实实的禹来。

鲧变成一条黄龙，随着浪涛跃入洪水，潜沉到深深的水底。

禹一站起来，就是个魁梧的大汉，身高八九尺，虎鼻，熊腰，耳有三洞，人称大禹。

大禹目送父亲变龙顺水而去，很为他治水的失败而痛心。他决心继承父业，但要改变治水的方法。他沿着山岩水岸到处察看地势水情，研究出开河凿渠疏导洪水的办法。他把这办法向人们一说，大家都说："好！"便都主动地和他一起干起来。

大禹治水

大禹拿着橐耜耒叉，领着人们凿劈岩石，决心疏通天下河川，使洪水流入江河，使江河流入大海。他干啊，干啊，使尽浑身的力气。他铲啊，掘啊，疏通这里，又到那里。

一天，他治水到了涂山，遇到一个美貌的女子。因为忙着治水，他没有停留，便匆匆巡行南土。涂山女见禹一心治水的忙碌样子，认定他是个英雄，对他投去羡慕的目光，并派人到涂山的南坡去等禹，自己也作歌唱道：

　　滔滔的洪水呀，
　　快流入千河万渠；
　　治水的英雄呵，
　　我在等你盼你！啊……

禹三十岁了，还没娶妻。他正弯着腰掘土，听到歌声，知道是涂山女唱的，看到天色已晚，又要在涂山风餐露宿，心里高兴，应道：

　　滔滔的洪水呀，
　　要归千江万河；

我要娶妻了呵,

可有女愿意嫁我?啊……

于是,有白狐九尾来找禹说亲,说涂山女叫女娇,很仰慕禹的品质,愿意嫁给禹。大禹和女娇便来到山洞,举行了简单的婚礼。

他们结婚的第四天,大禹又拿橐耜耒叉治水去了。临行,女娇含着眼泪送丈夫奔向征途。很远了,大禹又转过身来,摆手要女娇回去,并说:"你如果想给我送饭,一定要听到鼓声!"女娇"嗯嗯"地应着,久久地目送着远去的丈夫,直到看不见。

大禹出外治水,他铲土凿石,手上磨掉了指甲,脚底打满了血泡,腿上磨去了汗毛,肩背生成了老茧。终于,他积劳成疾,生了偏枯之病,脸上又黑又瘦,嘴尖颈细。走路时,左脚迈不过右脚,右脚越不过左脚,他只能前腿拖着后腿一步步地走,人称为"禹步"。但他仍在带领着人们战斗。

一晃,十年过去了。十年,三千六百五十个日日夜夜,禹没有见着自己的妻子。他不想念吗?想。但一心为治理洪水,这种思想压过了对妻子的想念。他回过家吗?没有。十年中,他三次路过家门口,都不顾拐进去看看。

他的行动感动了天地万物,有龙名叫应龙,有翅能飞,便来帮他治水。应龙飞起来,用尾巴画地,地上便出现了深沟。洪水流入沟里,形成了条条江河。

禹在治水时遇见了九头蛇身的相柳,知道他是洪水的祸首,便发动大伙杀死了他。人们把他流在地上的腥臭的血土挖掉,地上出现了湖泊,湖泊的岸边都长满了庄稼。

又是三年过去了,洪水被制服了。禹领着人们疏通了大河三百条,小河三千条,沟沟坎坎不计其数。从此,地上的洪水汇入江河,江河的洪水汇入大海,鸟兽龙蛇不再为害,人民都到陆地上生活。

由于大禹和妻子涂山氏治水有功,大禹被舜封于嵩山南八公里的阳城。后来舜老了,又把帝位让给他,叫他统管天下。后来,禹正式在阳城建都,称为夏朝。

(整理:耿直)

大 禹 娶 妻

大禹为了治理洪水,整日骑着苍龙巡回各地,三十多岁了还未结婚。

有一次,他治水到了涂山,即今安徽省怀远县东南淮河岸边的一座小山,将附近的洪水成功导入淮河后,有一只白色的九尾狐狸走到大禹面前,对着涂山氏人说:"乘龙快婿到了,大家快来欢迎。"传说九尾狐是种吉祥的动物,非常有灵性,它的出现会给人们带来好运。

大禹看到后,高兴地说:"白色是我衣服的颜色,九条尾巴是我将来要当王的证明。"这时,大禹听到一群涂山人在对唱,这边唱道:"美丽光洁的白色狐狸,九条尾巴摔摔打打。九尾白狐来做宾客,我的家庭有吉祥好兆。有了妻室而成立家庭,我将达到昌盛的彼岸。天人之际事情微妙莫测,应该抓住时机赶快进行。"那边唱道:"白色的狐狸啊多么安闲,九条尾巴蓬松好看,我的家因你治水美好而又平安,你这个未来的王子啊,和你结成婚姻将非常美满,你我的造化啊昌盛的明天,自然的法则啊人间的姻缘,不要迟疑啊就在眼前。"大禹听了这歌,明白了天意,就说:"我要依着天意行事。"

这时，一位漂亮大方、美丽可爱的姑娘向大禹款款走来，大禹一见倾心，但因治水任务紧急，没有留下来和这位姑娘细谈，只问了她的名字叫涂山娇，就带着人马继续往南方治水去了。涂山氏的女儿涂山娇，见大禹长得身材魁梧，虎鼻大口，英俊潇洒，看到大禹远去的身影，也顿生爱慕之情。涂山娇日夜思念大禹，就让妹妹涂山姚守候在涂山南面大禹回来必经的路上，并作歌大唱"等候我心中的人啊"。这歌声情意绵绵，美妙动听，被当时搜集民歌的采风人员记录下来，作为"南音"后编入了《诗经》中《周南》一组诗歌中。

盼星星，盼月亮，又过了好长一段时间，大禹经过涂山，看到涂山娇的妹妹还守候在那里，非常感动，知道自己与涂山娇前生有缘，今生也是情投意合，就决定娶她。大禹和涂山娇相亲相爱，当天晚上便来到古代男女私约的"台桑"，又叫"桑中"的地方幽会，第二天便举行了结婚典礼，结成了美满夫妻。

成婚后，大禹就带着涂山娇回到了家乡嵩山。涂山女因为思念家乡，就在阳城山下今登封市大冶镇东筑台遥望家乡，人称"涂山台"，后人又称为"望乡台""娘子台"。

大禹因治水奔波娶了一个远方之妻，也可以说是天作之合。

嵩 山 神 鸟

很久很久以前，登封城北，嵩山万岁峰下，住着几户人家。他们日出而作，日落而息，过着平静的日子。突然有一天，有个叫王小的人听到一种奇怪的鸟叫声："赶快搬家，赶快搬家！"

他回家把听到的声音告诉妻子，妻子听后说："什么搬家不搬家，住得好好的搬什么家，是不是你神经了？"

夜深人静了，王小又听到了鸟叫，唤醒妻子一块儿分辨鸟音。妻子仍听不出什么名堂，反怪丈夫杞人忧天。

王小对鸟音百思不得其解，第二天，他起床去问东家张大哥。张大哥说：睡得可香了，什么声音也没听见。他又去问西家李大嫂。李大嫂也说：一觉睡到天亮，什么也没听见。

王小听了他们的话，心里更加不安，难道是自己的耳朵真有毛病了？

到了深夜，他刚要入睡，又听到了鸟叫声："赶快搬家，赶快搬家！"而且声音比以前更急促。此日早晨，他早早起来，谁也不问了，独自围着自己的院子，里里外外，前前后后，左左右右，上上下下仔细察看了几遍，觉得房子完好无缺，没发现什么破绽。他转身向北一望，看见万岁峰下一块巨石摇摇欲坠，正对着他们几家的房屋。看到此情此景，想起多日的鸟叫，不由得胆战心惊。他赶快走回村当中，大喊一声："危险，赶快搬家！"

此时张大哥、李大嫂和妻子不再抱怨王小害神经病了。大家一起动手，先捡贵重的东西和粮食、耕牛搬。搬着搬着，只听一声巨响，一块大石头从山头掉下来，将空屋子砸得粉碎。

这块巨石就是今天的启母石，又叫金钱石。这鸟就是中岳神派来的神探之鸟，是它搭救了一方百姓。

(整理：刘艳云　张锦泰)

水 簸 箕

　　登封的君召、石道是颍河的发源地。颍河为淮河水系的重要支流,纵贯登封,滋润着两岸的良田。自古以来,颍河西起石道、东到石羊关这一段河道会发出"唰啦""唰啦"的响声,好像用簸箕簸粮食发出的声音。每到夜深人静,声音更为响亮,而且响声不定时更换地方,有时在上游、有时在下游。人们听着这种奇妙的声音,顿时心旷神怡,如听仙乐,后来人们就给它起了个好听的名字——水簸箕。

　　说起来这水簸箕,在登封还有一段美丽的传说。传说上古时期,老天发怒,大雨成灾,洪水横流,一直延续了十多年。舜派大禹率领百姓治水,来到石羊关住下。当时他的妻子涂山氏化石升天,儿子启尚在襁褓之中。为了开山治水,他就把儿子放在侍启洞中,启在洞中时常哭闹,影响大禹的工作。此事让天上的龙王知道了,他派河神下凡把颍河水变成美妙的音乐给大禹的儿子催眠。启听着河水"唰啦""唰啦"的声音,也就安然入睡了。

　　后来,人们把"水簸箕"比作"颍水无弦万古琴",歌颂颍河的诗也就多了起来。

(整理:徐凌霄　李桂荣)

启 母 石

　　在嵩山南麓的万岁峰下,有一座汉代石阙,叫"启母阙"。阙的东北面,矗立着一块几丈高的大石头,这块石头叫"启母石"。

　　传说在唐尧的时候,洪水滔天,到处一片汪洋,不知淹死了多少人畜。唐尧授命禹的父亲鲧治理洪水,鲧连治九年不见成效。虞舜即位后,又授命鲧的儿子禹继承父业,治理洪水,并封禹为"夏伯侯"。禹就带领身怀有孕的妻子涂山娇,来到阳城一带治水。

　　禹根据水的流向和山川地势,打算在嵩山西侧的轘辕关凿沟渠,以排泄洪水。可是那里山高石厚,要凿通得用很长时间,夏禹急得食不知味。有一天晚上,他躺在床上,翻来覆去不能入睡。朦胧中,他忽然看见从山上下来了一只大黑熊,用嘴顶住大山,腰一躬,脚一蹬,大山塌了半边,洪水就从那里流走了。禹一高兴,醒了,原来是一个梦。

　　禹心里暗想,为了治理洪水,自己要是能变成梦中的黑熊该多好哇！于是,他到处寻访变黑熊的法子。后来,他这种为民除害的精神感动了上苍,玉皇大帝就施展法术,让夏禹在开凿渠道时变成了一只黑熊。

　　以后,在治水工地上,变成黑熊的夏禹翻山越岭,快步如飞,凿石运土,力大无比,大大加快了治水进度。但是,他始终没有把自己变熊的事告诉妻子涂山娇。

　　夏禹整天忙着开山凿石,疏通河道,连每天三次回家吃饭都嫌耽误时间。为了不影响施工,他就在轘辕关下放了一面大鼓,跟妻子商定:只要听见敲鼓的声音,就来给他送饭。从此,每当听到"咚咚"的鼓声,涂山娇就马上撑一只小木船,把热腾腾的饭菜及时送到,不管刮风下雨,酷暑严冬从未间断。

这就是"击鼓饷夫"的故事。

有一天,夏禹正在拱山,有几块石头从山坡上滚了下来,恰巧掉在了那面鼓上,顿时发出"咚咚咚"的响声。涂山娇在家里听见鼓声,犯起了疑:今天不到吃饭的时候,怎么就敲起鼓来了呢?啊,一定是今天活重,丈夫的肚子饿得早。于是,她马上把饭菜做好,急急忙忙送来。

涂山娇撑着小木船来到山坡前,又从船上拿下饭菜,等丈夫来吃。等了好大一会儿,始终不见来人。她实在等得着急了,就掂着饭菜向丈夫开渠的山顶爬去。她爬上山顶,往下一看,只见一只大黑熊正低着头拱山呢。涂山娇吓得目瞪口呆,出了一身冷汗。她暗想:自己的丈夫原来是只大黑熊啊!平时怎么没发现一点迹象呢?哎呀!自己真糊涂,跟黑熊结成了夫妻。她越想越羞愧,越想越气愤,越想越害怕,就变成了一块大石头。

夏禹干活到晌午,又由熊变成了人。他来到大鼓前"咚咚"地敲起来。他敲一阵,等一会儿,一连敲了好几阵,又等了很长时间,一直不见涂山娇来送饭。他心里暗想:一定是妻子在家临产了,就连忙起身往家里赶。

夏禹回到家里,仍不见妻子的踪影,更没有小孩的哭声。他心急得像一团火,急忙出门四下寻找,找来找去,抬头看见石坡上多了一块大石头,旁边还放着送饭篮。这时候,夏禹心里才明白,原来这石头是自己的妻子变的。夏禹心里很难受,后悔自己没有把变熊拱山的事告诉妻子。他又想到妻子就要临产,如果妻子一死,当然也就没有儿子了,让谁来继承治水的事业呢?于是,他就急急忙忙跑到大石头跟前,拍着石头,大声哭喊:"涂山娇,你就这样离开我呀?你好狠心哪!你要把儿子交出来呀!"夏禹的喊声,震荡着整个嵩山。

突然,"轰隆"一声巨响,大石头裂开了一条大缝,从石缝里跳出来一个小孩。夏禹知道这就是他的儿子,高兴万分,急忙上前把儿子抱在怀

大禹化熊和涂山氏

里。由于他的儿子是从裂开的石缝里跳出来的,夏禹就给他取了个名字叫"启"。后人就把这块石头叫作"启母石"。

后来,启长大了,就跟随父亲一起疏通河道,治理洪水,终于使黎民百姓摆脱了水患。

汉王朝为表彰启的母亲涂山氏支持丈夫治水的功绩,便在中岳嵩山七十二峰中的万岁峰下,建了一座"启母庙",并立下"启母阙"。启母石的故事也一直在民间流传着。

(整理:张存义)

大 禹 捉 蛟

相传大禹治好了黄河的水患,想回家看看老婆孩子。回家的路上,他向南一望,发现颍河一带天连水、水连天,雾气腾腾。大禹想:莫不是从黄河溜走的那条蛟龙,窜到颍河作恶去了?他决定到颍河看看,家也不回了,径直朝颍河走去。

大禹来到颍河,那里的风浪便停息了。他断定这是蛟龙知道他来了,隐藏了起来。大禹决心把这条蛟龙捉住。

蛟龙藏哪儿去了呢?它摇身一变,变成了人形,钻到禹县城里去了。大禹便追到城里去找。他一天到晚在大街小巷里转悠,直找了六天六夜,没有发现蛟龙。怎么办呢?大禹想,这畜牲食量很大,它不能不吃饭。想到这里,他的计谋就来了。

大禹也不到处找了,他扮成一个厨师,在西门里路北边开了个饭铺,卖起饭来。

一天,擦黑的时候,一个一脸横肉的汉子闯进了大禹的饭铺。大禹搭眼一看,就知道这家伙是蛟龙变的,心中暗暗高兴。他迎上来,笑着问道:"客人想吃饭吗?"蛟龙变的汉子说:"不吃饭,我来这里干啥?"大禹又陪笑说:"对不起,别的东西卖完了,还有面条。"那汉子说:"面条也好,做一大锅来。"大禹忙把面条下好,端了出来。

那汉子接过面条,头也不抬,大口就吃。大禹看那汉子快把面条吃完时,喊一声"变",面条变成了铁链子。那汉子吐不出来,又咽不下去,马上现出了原形,被大禹用铁链子拴住了。

(整理:张西坦 张康民)

禹 王 锁 蛟

大禹治水的时候,禹州城北关住着一对老夫妇,膝下无子,收留了一个被水冲来的孤儿做义子。这孩子聪明伶俐,老两口爱如掌上明珠。但他一不学文,二不习武,啥事也不干,整天泡在颍河里戏耍。老两口心里不安,生怕儿子有个三长两短。他们无论怎样劝阻,都不济事。那孩子死活不改,非下河玩水不可。老两口没办法,只好任他去玩。

隆冬季节,寒风刺骨。大禹治水从颍河边经过,突然见河里有一顽童在戏水,浑身冒着热气,毫无一点寒意。大禹定睛一看,发觉这顽童是蛟龙所化,不由得暗自惊奇。他立即派人盯住这孩子,暗中察看他家在哪里。

原来这只蛟龙晓得大禹的厉害,生怕被大禹捉住,因此化成个小孩,躲在这一老汉家里暂且栖身。

第二天,大禹扮作一个老汉来到玩童家里,以喝水为名,和老人攀谈起来,问道:"老哥,你家有几口人?膝下有几个儿郎?"老汉长叹一声:"唉!命中无子,收了个义子,生性顽皮,每天啥事不干,只知道去河里洗澡。俺老两口多少次劝说,他都当耳旁风。咳!把人快气死了。"大禹说:"大冷天,我见有个孩子在河里洗澡,想必就是他吧?"老汉说:"正是。"说话间,天已中午,老人便留大禹在家吃饭,大禹欣然同意。老汉让老伴做了面条，招待大禹。饭刚端上，只见那孩子从河里回来了。他进门看见大禹，二话不说，转身就走。说时迟，那时快，大禹顺手从碗中捏起一根面条，叫声"变"，面条立即变成一根又粗又长的铁索。他手执铁索，只听"哗啦"一声，套在那孩子的脖子上。大禹喝道："畜牲！还不快现原形！"刹那间，那玩童变成一条几丈长，口似血盆，眼若灯笼，张牙舞爪的蛟龙。老人一见，大吃一惊，浑身哆嗦。大禹说："老人家，不必惊慌，我实话告诉你，他本不是人，就是一条蛟龙。它怕被我捉拿，才变成人形，暂时到你家躲藏。"大禹说罢，把锁住的蛟龙压在一口八角井内。那蛟龙绝望地叫道："我何时才能出来？"大禹说："除非石头开花之日。"

不知过了多少年月，有一个新上任的州官来到"禹王锁蛟井"。他想看看井内被锁的蛟龙究竟是啥样子，但又怕头上的纱帽掉进井内，所以随手摘掉纱帽，戴在井旁的石桩子上。井内的蛟龙看见石柱上花花绿绿的帽花，以为是石头开了花，便挣扎着想起来。顿时，井内"呼呼"作响，

大禹踩蛟

井水一个劲往上涨。州官吓得魂不附体，掉头就跑。衙役取下纱帽，赶紧给州官送去。蛟龙看不见石柱上头的花，才又老老实实地躺在井里。

火 烧 蛟 河

相传，嵩山南麓的焦河，古时候是条波涛汹涌的蛟河。蛟河怎么变成了干涸的焦河呢？还得从夏禹王治水说起。

大禹撒息壤，筑邙山，疏导黄河向东流去。眼看黄河水就要进入东海的时候，老黄龙气急败坏。他想：黄河水一进入东海，哪还显起我这一道（黄）呢？便恶狠狠地骂道："大禹呀！大禹，你不叫我好过，我也不叫你安生！"于是，他策动他的小舅子颍河蛟龙，在大禹的家乡发起洪水。当洪水快要淹住大禹家的大门台儿的时候，大禹的母亲给儿子送去了急信。

大禹接到家信后，兵分两路，留下一部分人继续治黄，自己带一部分人连明彻夜往家乡赶。站在峻极峰上往下一看，土地冲毁，房屋倒塌，只有树梢露出水面，灾情十分严重。他经过仔细察看，得知这次洪水再起是颍河蛟龙作怪，洪源就在离自己家不远的蛟河。时间紧，任务急，他顾不得回家，便召集部下研究对策。

颍河蛟龙听说大禹回来了，为了拖住大禹不能走，躲在蛟龙宫中不出来跟大禹照面。大禹决定用

火烧。他先让狂章深入龙潭,切断蛟河水源,又叫庚辰把守蛟河入颖(河)口,防止蛟龙顺水逃走,然后点燃熊熊烈火。刹那间,颖河上下成了一片火海。一开始,颖河蛟龙躺在床上,安然自得地睡大觉。正睡哩,水变热了,他慌忙走出龙宫外去察看。哎哟,浑身烫得起燎泡!说时迟,那时快,身上的鳞甲开始着火,他知道大事不好,想要腾空逃走。但是,晚了,身上无鳞,驾不起云。无奈之下,他变成浑身生疮的老头儿,由他的儿子颖河小蛟搀扶着,顺水而逃。

再说大禹的老师玉溪老人听说大禹正在蛟河斗蛟治水,不顾年老体弱,同妻子一道,赶到蛟河参战,同时,也想跟儿子颖龙见上一面。当他们赶到五渡湾的时候,同颖河蛟龙父子相遇。

颖河蛟龙舍子保己,指示颖河小蛟龙说:"对面来的是大禹的老师玉溪老人,趁他不防,去把他吞了!"颖河小蛟龙张开血盆大口,"哧溜"一声,把玉溪老人吞进肚里。玉溪老人在小蛟龙肚里拼命挣扎,小蛟疼痛难忍,走不了啦。颖河蛟龙趁机吸水逃走。玉溪夫人一看丈夫被蛟龙吞进肚里,伸手拔下头上的玉溪,"刺啦"声,剥开了颖河小蛟龙的肚皮。玉溪老人得救了,但一只胳膊被腐化,伤势严重,生命危险。

大禹点燃大火以后,满以为颖河蛟龙会被烧死,即使烧不死,下游由庚辰把守着,也逃不了。当他下到被烧焦的河滩上察看的时候,只见鱼鳖虾蟹烧死得不计其数,唯独查找不到颖河蛟龙的尸体。他赶紧顺河到下游去寻,走到五渡湾,遇到了伤势严重的玉溪老人。玉溪夫人告诉大禹,颖河蛟龙已经逃走。大禹留下玉溪老人的儿子颖龙抢救父亲,就追赶颖河蛟龙去了。

玉溪老人伤势严重,在大禹走后不久,就死了。后世为了纪念玉溪老人,就在他死的地方盖起了玉溪庙,庙里塑起玉溪爷爷和玉溪奶奶两尊神像,世世代代受人们祭祀。

从此,蛟河就成了焦河。

(整理:韩有治)

牛 头 山

相传,大禹治水后期,洪水虽落,但在颖河源头,由于地势低洼,积水未退,仍是一片汪洋。在这片汪洋中,盘踞着一条蛟龙。这条蛟龙根据气候变化,迁居卧地。炎夏时居于阴凉的上游,春秋天居于中间,严冬时迁居下游。这也就是现在的上龙窝、中龙窝、下龙窝三个村庄名称的来由。

蛟龙红头青躯,嘴吐獠牙,爪如利剑,鳞似快刀,经常兴风作浪,为非作歹,为给人民除害,玉皇大帝派驸马牛王下凡,来治服这条蛟龙。

牛王下凡,见了蛟龙,施一礼道:"贵体可好?"

蛟龙傲慢地说:"你是何物?扰我龙宫!"

牛王便把玉帝的旨意说了一遍,劝它不要为非作歹。

蛟龙听后勃然大怒:"你假传圣旨,看我宰你!"不由分说,抡起大刀向牛王头上砍去。牛王急忙用双铜架住了大刀,仍和颜悦色地说:"我劝你不要任性,不然,后悔莫及。"

"你少说废话,看刀!"蛟龙说着,就抡刀向牛王砍来。牛王一连让过蛟龙几刀,看它无悔悟之意,便与它斗打起来。

一直战了九九八十一个回合,蛟龙体力渐渐不支,刀法一乱,挨了牛王一铜。蛟龙看战牛王不过,便使个妖法腾飞上空。霎时,满天大雾,蛟龙趁此机会潜入水中。牛王无奈,只好坐在海边石上烦闷。

这时,太白金星飘然而来。牛王见了十分高兴,把与蛟龙鏖战的情况向太白金星说了一遍。太白金星从腰中解下一根玉带,又拿出一张金符赐予牛王,交代几句,腾空而去。

第二天,正当午时,牛王来到海边,把玉带往海上一抛。刹时,玉带变成了一道土岭,把大水分开。没有一个时辰,海水便分东西两处流走。后来人们便把这道岭叫"分水岭",这就是现在的"分水庄"村。

俗话说:放开水来捉王八。海水一干,蛟龙无处存身了。

这次,牛王又诚恳地对蛟龙说:"你现在改邪归正还不晚,我可以在玉帝面前保你无事。"蛟龙哪能听进耳朵里,又舞刀杀来。

双方又战了七天七夜,只杀得太阳无光,星斗稀落。蛟龙看战牛王不过,便张开血盆大口,喷出一股毒气,牛王被熏得浑身发紫,疼痛难忍。

在万般无奈的情况下,牛王才拿出金符,照蛟龙眼前一抖,蛟龙只觉得头晕眼花,四肢无力,瘫软在地上。片刻,一股白气冲天而起,蛟龙无影无踪了,地上留下一条尺余长的毒蛇。

牛王将小毒蛇提起,抡了七七四十九圈,抛在山脚下的一口枯井里。然后,他把那张金符贴在井口的石头上。顿时,股股泉水从井里冒出。人们称这个池子叫"龙泉"。后来,在池子不远处盖了处寺院,名曰"龙泉寺"。

妖龙被除以后,牛王因剧毒攻心,一散劲,瘫死在那里。现在龙泉寺西面的那座山头,即牛头山。

一日,玉皇大帝登上灵霄宝殿,召集文臣武将议事。

玉皇问道:"朕派驸马下凡为民除害,未知如何?"

太白金星上前奏道:"玉帝,前些时臣下凡见到了牛王,我赐他玉带、金符,助他除怪,可不知后来如何?玉帝可派人下去看个究竟。"

玉皇大帝看了太白金星一眼,问道:"哪个爱卿愿去?"

太白金星说:"自从驸马下凡以后,大公主整日愁眉不展,前天要随我下凡去看望驸马。现在何不派大公主前去?"

太白金星看玉皇大帝不语,又道:"如果圣上不放心,让两位公主陪同前去如何?"

玉皇大帝思考良久,道:"就依卿之言。"

大公主领了旨意,随同两个妹妹驾起祥云,下凡来了。她们落下云头,来到此地,一看牛王战死在那里,悲痛万分,大公主更是哭得死去活来。

以后玉皇大帝连下几道圣旨,宣她们上天,大公主誓死不再回去,要永守牛王尸体。二公主、三公主无奈,只得陪着姐姐,整日守在牛王身边。玉皇大帝知道三个女儿不再升天,封三个公主为"三仙圣女"。

人们为了纪念她们,在牛头山下盖了一座庙宇,称为"三仙庙"。这个山,玉皇大帝命名为"牛头山"。

(整理:王电杰)

五 指 岭

在中岳嵩山太室山北面,有一座山岭,远看山头上像是竖着一只巨大的巴掌,裸露着五个手指,因此人们称它为"五指岭"。

传说大禹打开轘辕关后,要去开凿龙门口。动身时,涂山姚抱着启儿,送出门外。大禹亲了亲涂山姚怀中的启儿,说了声:"五年后再见。"就匆匆地走了。

五年过去了,小启儿会跑会跳会说话了,整天缠在姨娘身边吵着要爹,他哪里知道姨娘早把心都想碎了。

这天,姨娘分外高兴,她拍着启儿的小脑袋,说:"启呀,你爹出门整整五年了,今天就该回来了!"话音还没落,只听得太室山北"哗"的一声巨响,接着又传来"呼隆隆"一片响声。涂山姚听到响声,把启抱将起来,说了声:"走,龙门口开了,接你爹去!"一边说着一边就离开家门,朝东北方向走去。

母子二人走啊,走啊,爬上太室山,越过峻极峰,跨过白鹤谷,又攀上马头崖,站在最高峰上直朝北望。只见对面山上"轰隆"震天一声巨响后,半个山头就滚倒在山谷之中。就在这山头倒下的地方,出现了一只大熊掌,高竖着五条手指。波涛汹涌的龙门水,通过被熊掌推开的大山向东直泄。涂山姚很想从山倒处看到丈夫,但是,除了洪水之外什么也看不见,唯有那五条手指还在竖着。涂山姚眼含热泪抱着启儿,面对着洪水坐了下来。

其实,这只大熊掌正是大禹的左手。龙门口被凿开之后,大禹就驾着木筏随波东流察看水路。他到了这个地方,看到山头阻水,霎时,身子一抖又化为大熊,伸开巴掌一下子推掉了半个山头。他的手还没来得及收回,就瞧见涂山姚背着启儿,正站在对面马头崖上。

大禹心里一惊,深怕涂山姚看穿情由,再走涂山娇的老路。好在整个身子有山头阻隔,只有这只左手已被她看见,因此急忙恢复了原形,只把这只熊掌留在了山上。从此,这座山就被人们称为"五指岭"了。

涂山姚抱着启儿,正在马头崖上含泪北望,忽然,看见洪水中一条木筏向南驶来,定睛一看正是大禹,便对启儿说:"你爹回来了!"启儿喊了声:"爹——"张开双臂就迎着大禹跑去。大禹走上岸来,一把把启儿抱了起来,一家三口幸福地凝望着滚滚东流的大水。好半天,大禹才笑着说:"好了好了,水泄了,家家都该团圆了,我们团圆的日子也快到了。"说罢,别了涂山姚和启儿,又匆匆地登上木筏朝东北方向走了。

(整理:甄秉浩)

石 门 沟

嵩山南麓启母石东侧,有一条很大的山沟,叫石门沟。

相传,涂山氏变为石头,生了启后,禹仍是忙于治水,无暇照顾孩子。启自小聪明懂事,他知道父亲治水是为了拯救黎民百姓,所以父亲把他留在家里,他从不哭闹。他两岁学会走路喊爹,四岁能懂事知理,六岁会爬山攀崖,七岁学会了开山治水的各种技术,每天跟父亲走东闯西治理水患。

这年夏天,连降猛雨,山洪暴发,嵩山南麓的大部分洪水聚积在禹家东面的山洼里。因为洼前有座几丈高的石崖,挡住了洪水的去路,洪水泄不出去,便在这里泛滥成灾,黎民百姓叫苦连天。大禹整天忙着开凿轘辕关,没想到自己家附近还有邻居泡在水里。

一天早上,启趁父亲吃饭的机会,偷偷拿了父亲的开山斧,直奔东山而来。这把开山斧重约200多斤,没有大力气是拿不动的。启虽然年龄幼小,但力大过人,拿起开山斧,只觉轻如鸿毛。他来到东坡,先在一块大石头上把斧刃磨了磨,并想试试斧刃是否锋利,于是,就照着路旁的一块大石头用力劈去。只听"呼啦"一声,大石头像豆腐似地被分成了两半。启一见此情,心中高兴万分,自言自语地说:"斧刃还怪快哩。"他就拿着开山斧,直奔东山挡水的山崖而来。

大禹吃完了饭,不见开山斧,四处寻找没有下落,心想:一定是被儿子拿走了,就急忙出外寻找。半路上,他发现启正拿着开山斧往东山上走,于是就大声问道:"启,你拿开山斧弄啥哩?"启理直气壮地答道:"俺要继承父业,开山治水,拯救黎民百姓!"说完,他来到挡水的山崖前,举起开山斧,用尽平生的力气,照着山崖猛劈下去,只听"轰隆"一声巨响,挡水的山崖被劈开一个像大门一样的缺口,山洼里的洪水从缺口处滚滚而下。从此,这里的水患消除了。

当地的黎民百姓为了纪念启劈山治水的功迹,就把他试斧劈开的石头叫作"试斧石",把他劈开的山崖缺口起名叫"石门沟"。

(整理:张存义)

水 牛 沟

偃师市高龙乡境内,有个村子叫水牛沟。说起这个村名的来历,它与大禹治水还有联系呢!"

相传大禹在洛阳一带治水时,喂有一头神牛。这神牛身高力大,既可负重,又可坐骑。陆上能疾驰,水上能奔腾,遇到急事,它还会腾云驾雾,"日行千里,夜走八百"。这神牛能通人性,懂人语,是大禹的得力助手。

一天,大禹和神牛一起,沿着崎岖的山路,从龙门向大谷关走去。几天来,他与神牛风里来,雨里去,历尽千辛万苦,战胜恶魔与洪水,已是人困牛乏,但为了造福人类,大禹与神牛仍在四处奔走,治理水患。刚才,大禹听说大谷关南边的颍阳江洪水暴涨,就急忙赶去察看。

大谷关是万安山的一个豁口,

大谷关

南边颍阳江水常经此豁口溅到山北,所以人们又称大谷关为"水溅口"或"水泉口"。大禹和神牛来到大谷关西侧,只见颍阳江水浊浪排天,呼啸怒吼,向北方奔腾而来。这洪水如不及时治服,不仅大谷关内的庄稼将被淹没,而且人畜也要受到大的伤害。但这突如其来的洪水如何去治,大禹一时想不出办法来。神牛见滔滔洪水向北滚动,不等大禹发号施令,便腾空而起,冲向洪水,张开大口喝起来。它喝了九九八十一口,把洪水全部喝进肚里。水灾消除了,神牛也筋疲力尽了。它稍一松劲,喝进肚内的洪水从屁股后排泄出来,把地上冲了一条沟,流进伊河。尽管神牛排出的洪水汹涌澎湃,但它是顺着壕沟流进伊河的,所以危害不大。大禹见神牛又立新功,非常感激,他来到神牛前慰劳,只见神牛喘了一阵粗气,便卧下不动了。大禹心里一酸,泪如雨下。泪水冲掉了牛毛,神牛变成了石牛。

再说,自从这里有了这条沟,遇洪能排,遇旱能灌,使方圆左近的土地更加肥沃,旱涝保收。人们见这里风水好,便沿沟而居。形成的村子叫什么名字?有人就想起神牛的恩德,叫"神牛沟",后来慢慢讹传为"水牛沟"了。时至今日,逢年过节仍有不少人到这里焚香烧纸,以表示对神牛的怀念、敬仰和感激。

(搜集:杨聚全 整理:康仙舟)

九龙圣母殿

九龙圣母殿在嵩山南麓焦河西岸几公顷大的草坪上。原建筑坐北朝南,有大门、正殿、配殿,雕梁画栋,斗拱飞檐,金妆圣像,彩绘壁画,殿堂十分秀丽典雅。庙院前有戏楼相对,每年农历二月初二龙抬头的那一天,常有四邻五村的农家男女来这里赶会看戏,制买农具,从而开始一年辛勤的耕作。

这殿为啥叫九龙圣母殿?它和焦河又有啥关系呢?

焦河又叫蛟河,是大禹治水锁蛟的地方。禹制服了兴风作浪的蛟龙,洪水归槽,蛟河两岸长出了丰美的庄稼,人们便聚集到这里生息。可是,后来天不下雨,庄稼干旱,人们又困苦难当。蛟河也变成了焦河。

焦河东岸有个康村,康村有一户人家,老两口只有一个女儿。女儿十七八岁,承担着家里的全部农活和家务,炕上剪子炕下镰,耕种收割一人担。好年景,风调雨顺还好办,逢到坏年景,一遇干旱,就得起早贪黑地到焦河里挖泉、挑水、浇禾苗,累得腰酸腿疼,浑身瘫软。爹娘看在眼里,疼在心里,总劝她多歇歇再干。可是她想,怎能一担水就能把所有的苗都浇遍呢?

这天,她又在焦河挖泉,泉水清清凉凉地流出来,积了一滩,照见人影。她正高高兴兴地洗手,准备拿桶灌水,水滩中映出一个男人的影子来,那是个头挽发髻、身穿道袍的老道。他说:"姑娘,我看你挖的泉水清亮,像你的心那样美丽,我的道袍脏了,能不能替我洗一洗呀?"

姑娘回头看时,真是一个二目和善、两耳垂肩的老道站在背后,便点头答应。老道便脱下道袍,交姑娘搓洗。姑娘心地善良,纯真,为他清洗干净,烂了的地方还给他补缀缝合,见有长短不齐的纫头,便用嘴咬下来。但没成想,纫头咬在嘴里,一不注意却被咽进肚里。姑娘把道袍还给老道。老道谢过,便不见踪影。

姑娘心犯怀疑,回家以后,不思饮食,渐渐喜吃酸辣,肚子也大了起来。老娘先看出了女儿的异常,慢慢地,爹也看出来了。他们试探女儿,女儿说不出什么。他们请郎中看过,说是身怀有孕。爹说女儿行为不正,败坏他家门风,要打她,女儿离开了家门。

她往哪里去呢?姥姥家人已在大荒之年饿死绝尽,姑姑家人为躲荒年讨饭在外。她来到焦河,看到挖出的泉水已经干涸,想起曾在此洗过的道袍,她恨死了那个老道。她过了焦河,登上西岸,来到自家的田边,看到亲自浇过的庄稼,她不忍离开一步。她就着地堰根蹲了下来,没想到这一蹲,肚子滚翻着疼痛,她站不起来了。

在庄稼棵里,她生出了九条龙来,前八条一出世,条条都欢腾活跃,亲昵地围着她的身边转。唯有第九条,不仅生不顺利,样子难看,而且远远地离开她的身子。她就掂住尾巴把它扔了。这一扔,扔到了嵩山后面。这些龙各自潜入到一个水潭,这水潭就称为龙潭。所以,当今嵩山前面有八龙潭,后面有一龙潭。后来,人们在山前修建了龙潭寺,在山后盖了九龙王庙,在生九条龙的地方盖了九龙圣母殿。

传说,这九条龙按照圣母的吩咐和民间的愿望,从每年的二月二日开始,抬头仰天,各负其责,耕云播雨,给大地降下甘露,使五谷丰登。所以,每年的二月二日,人们便成群结队地来这里向他们祭祀,祈求风调雨顺,降福民间。

(整理:耿直)

邙山的传说

相传禹王没有治水以前,洛阳一带是汪洋一片,成为浩瀚的中州大海。这个海里还有些巨龙怪兽,时常兴风作浪,使洪水毁坏良田,毁灭人畜,为害很大。

舜帝即位后,让禹王治水,禹王历尽艰险,走遍四海九州,察看地形。利用山川形势、洪水流向,采取疏导的办法,使洪水东流入海。

禹王来洛治理这片浩瀚的洪水,当他发现洪水之中有条长达数百里、身厚百丈的巨龙时,认为如不先除此怪物,即是水道开通,它也会把它毁成废墟,功劳白搭,因此,他非常发愁。

一天夜里,他在太行山巅,刚入睡,梦见一个金盔金甲金面银须的大将军来到他的眼前,向他拍了一下,他猛然惊醒。醒来确有一个金人站在面前,他心里害怕起来,忙向金人叩头。金人笑着说:"禹呀,你不要害怕。我是西天长庚星神,奉天皇之命,来给你传授治水之术、降妖之法的。天皇看你治水,上合天意,下顺民情,特派我来相助。"禹王听了非常感动,又跪下称谢。长庚星扶起来禹王说:"要治水,先除妖,天皇赐你平妖斧一把,破洪船一只,我已给你带来,你可以乘船执斧,斩妖劈山。"说着,他从耳孔里抽出一把小斧,从口袋里取出小船一只。禹王看见又惊奇又好笑。长庚星看透了禹王的心事,就严厉地说:"禹呀,你别笑,别轻看它。这两件宝能大能小,携带方便,运用得当。告诉你,这洪水中的巨龙,是条已修炼千年的黄蟒,肉是黄色,骨为红色,是水怪之王。把它除了,你治水才能成功。你若有难,用斧向西一指,我即来助你。"说罢,没等禹王答话,他便腾空而去。

禹王获得这两件宝,高兴得一夜未睡,第二天一早就下山入海。他把小船放入水面,忽然变大了。他站在船上稳如泰山,从耳孔中拔出小斧,一捋,有一丈多长,当作篙竿,划着宝船向峰高浪险处而去。见水中怪物,他举斧就砍,霎时,没砍住的跑了,砍死的顺水漂去。禹王砍死怪物不少,就是不见黄蟒下落。他找呀找,找了七七四十九天,才在一处百丈以下的大水潭中遇见了黄蟒。

禹王怎么会到深潭处发现黄蟒呢？也是黄蟒命该受诛，它在深潭五十多天，实在困得不耐烦了，把头伸出水面看看动静，恰好禹王船到，看见了它，黄蟒急忙钻入水底。禹王不管三七二十一，举斧便砍，黄蟒急躲，尾被砍伤。黄蟒急了，施展法术：一会儿喷水，白浪滔天；一会儿喷火，海水灼热；一会儿喷黑雾，水面如夜；一会儿飞沙走石，海面砂石滚滚，遮天盖地。可是，禹王驾有宝船，拥有宝斧，一连与黄蟒战了三天三夜。禹王见擒它不住，正在为难之时，猛然想起长庚星神所指点的话，就用斧向西南一指，说了声："请！"霎时，长庚星神就从西天而来。长庚星手拿镇妖塔，往水中一放，一道金光骤起，黄蟒的巨头仰起乱摆，身子再也动弹不得。禹王举起大斧，用尽全力，朝黄蟒的脖颈砍了三斧，黄蟒的巨头被砍掉，顺水漂去，长庚星见黄蟒被诛，收了宝塔，飘然而去。黄蟒的巨大身躯，一曲蜷，滚了百丈远，倒在浅滩死了，就变成了今日的邙山。

禹王诛蟒以后，邙山以北的洪水流入了东海。但伊洛水仍不能入黄东流，禹王又劈龙门，凿黑石，并在巩义北面在死蟒身上砍了三斧，砍断了蟒尾，才打开了伊洛水的去路。今巩义北邙山有断口，伊洛水从那里流入黄河，洛阳一带成了一个土地肥沃、风景优美的小平原。

（整理：白眉）

禹山南麓乱石趴的由来

在禹山南麓有一片奇特的山石，千姿百态、形象诡异，有的像人，有的像马，有的像牛，有的像羊，还有的如虎豹豺狼，这些山石不仅形象不一样，颜色也五彩缤纷，当地村民称之为"乱石趴"。那么，它是怎么来的呢？

据说，在史前大洪水时期，大禹接受帝尧的指令，治理颖淮河流域的水害。大禹通过实地察看，发现淮河上游有许多支流壅塞，形成沼泽和湖泊，大禹想：如果把淮河的支流都治理好了，淮河水害也就消除了。所以他就把大本营扎在海拔350米的禹山上，组织周围各个诸侯国和氏族部落都来参与，集中治理汝颖河。那时候既没有钢钎、铁锹，也没有铲车和挖掘机，全凭木石骨头制成的工具，非常简陋，最先进的也不过是一些铜制的锸呀、锥呀、铲呀、凿呀。但是，那时候的人能吃苦，肯下力，加上半军事化的组织，上下同心，官民一致，同吃、同住、同劳动，没几年工夫，真个把淮河流域的水患给治理下去了。

尧帝下来一看，高兴了，就赏赐大禹，给了许多车马、玉圭，以及画有山石、华虫、飞禽、走兽的衣裤，还有几百瓮秫酒。大禹就把这些秫酒分发给民工们喝。在潮湿寒冷的河水里干活久了的四方诸侯、氏族头脑和民夫，看见美酒立刻沸腾起来，一个个喝得烂醉如泥，东倒西歪，躺得满山坡都是。

多少年后，这块山坡上忽然冒出了许多奇形怪状的石头。有人夜里做梦，梦中有神人对他说，那些石头都是喝醉了的诸侯、氏族酋长变成的。有些石头缝隙里还往外渗水，石头下面还有小水泊，水泊里的水尝尝还有酒味，神人说那是当时没有喝完的秫酒倒在地上渗入泉中变成的。这样一来，乱石趴就越发神奇了。

北宋时期，辽兵入侵中原，想以中原为据点，进而侵犯江南。一天，辽国兵马来到禹山脚下，看到了禹王庙，就想以此为据点，又害怕庙里有伏兵，就派士兵去打探。打探的士兵摸到山顶一看，吓得急忙跑回来报告说：庙里倒没见有人，只是见禹山南坡影影绰绰埋伏有大队人马。辽兵统领一听，以为中了埋伏,大惊失色,赶紧下令撤退了回去。如今,当地村民说起来这事,还倍感神奇与自豪。

大禹劈龙门

大禹治水治了好几年,还没把水治下去,心里难受。他日夜在想治好水的办法,可一直没有想出个头绪来。

这天,大禹站在一座山上,望着山南的洪水正在发愁,忽听不远有人高唱:"打开龙门口啊!旱坏那吕梁江(禹州境内的一条河)哪!"大禹转脸一看,是个砍柴的老头儿在唱,赶紧来到老人眼前,恭恭敬敬地作了个揖:"请问大伯,你唱的这两句歌是啥意思啊?"砍柴老头儿摘下草帽扇着风说:"我是笑大禹没能耐,他治水治了好些年遭儿,治来治去,这里还是老样子。"大禹一听,又问:"请问老伯,依你看这洪水该咋个治呢?"砍柴老头儿捋着胡子说:"依我看,只有疏导,才是好办法。要是把这座山打开,我就不信洪水不退。可惜我年事已高,能说不能行,帮不了别人的啥忙了。"砍柴老头儿说完,化成一阵清风不见了。

砍柴老头儿不见了,地上留下一把大斧子。大禹看着这座山,动了气:"要不是你挡住水,百姓咋会遭恁大的灾难?我恨不得一下把你劈成两半!"说罢,他抡起那把大斧子,使劲儿劈了下去,只听"轰隆"一声,大山一下被劈成了两半,洪水顺着山口向东北流去。没多久,山南的洪水全退了。

这座山就是现在洛阳南郊的龙门山,被劈开的山口就是现在的龙门。

(讲述:贾德林　整理:贾国忠)

大禹借斧斩孽龙

相传上古时候,人祖造人时丢下一段肉绳,天长地久,这段肉绳吸天地灵气变成一条孽龙。这孽龙自称天王老子,狂妄自大,为非作歹,一心要与轩辕氏争天下。孽龙被玉皇大帝制服后,背上又被太上老君贴了一道符咒,压得它不能动弹。过了好些年月,天的西北角塌了一个大窟窿,女娲炼石补天,补到最后一块石头时,顺手在嵩山的西北角上搬了一块石头。谁知,这块石头正与太上老君的符咒连在一起,搬石头时扯去符咒上一个角,孽龙虽然出不来,但可以用尾巴祸害乡民。

大禹奉舜帝之命,身先士卒,和百姓打成一片,用了九年时间,疏通黄河中上游九百九十九条河道。洛阳南面被嵩山西部

大禹崭鲛龙

余脉万安山挡住,河水乱流,使嵩山南麓的老百姓叫苦连天。于是,大禹就同老百姓一起动手挖山,白天挖一尺,晚上长一丈,怎么也挖不通。大禹奇怪了,就去问万安山的土地神。土地神据实告诉他:"这是一条孽龙的尾巴作怪。你要挖掉这座山,需到灵霄殿借二郎神的神斧。"大禹辞别了土地神,上天到灵霄宝殿见二郎神。二郎神慷慨地拿来神斧交给大禹说:"禹啊!你为民除害造福,功德无量,哪有不助你一臂之力的道理呢?"大禹接过神斧,辞别了二郎神,来到万安山下,正要拦腰劈下,这时土地神赶来叫道:"禹呀!那山就是孽龙的尾巴。"大禹一听此山就是孽龙的尾巴,运足气力一斧就把孽龙尾巴斩为两段,就听"轰隆隆"一声巨响,山崩地裂,神斧劈处洪水汹涌而出,流入了黄河。

因为大禹借来神斧,劈开了龙门口,撤干了伊阳江,嵩山南麓西部一带才露出了地面。大禹治水前,嵩山和伏牛山是连在一块的,大禹一斧砍断了孽龙山尾巴,因此嵩山和伏牛山就在洛阳龙门分开了。

(整理:秦福宽)

禹山顶蛟龙骨的传说

在禹州方岗乡西南有一座禹山,禹山顶上格楞楞突起一溜白色的石头,东西走向,有几十丈长。许多石头上还凸显出骨骼化石一样的花纹,当地村民都叫它是"蛟龙骨"。

传说,大禹治水那阵儿,就在这禹山上扎营,指挥周边许多部落酋长和民夫治水。开工之前,大禹叫人在山顶垒土作台,建了一个祭坛。坛上架起一笼火,火上烤着牛羊牺牲,先要率众祭天。古时候人们称这叫"烟祭",说随着袅袅上升到天空的烟气,上天就会闻到火烤牺牲的香味,就会知道人们所祷祝的心愿,就会帮助人们实现自己的心愿。

这天时辰一到,大禹身着法衣,左手执爵,右手执剑,登坛作法,率众向上天祷告,要求大家齐心协力,同心同德,降伏洪水,为民造福。正在这时,忽然山体震颤,祭台晃动,烟火燎乱。大禹低头一看,山顶上的土皮像穿山甲在下面拱动一样,"呼呼"向两边翻卷。大禹心想:这是什么妖怪,居然敢兴风作乱,破坏祭祀?他随手将青铜剑朝土浪翻卷处一刺,只见一股鲜血喷溅而出,然后一条尾巴"扑棱棱"甩出地面,大禹回手一剑,将其尾巴斩断,妖怪即刻现出原形。

原来是一条蟒蛇,修炼日久,已成龙形,所以叫"蛟龙"。尔后年深日久,蛟龙变成了石头,村民就叫它"蛟龙骨"。蛟龙骨偏南不远,还有一条深数尺、宽丈余的土沟,传说是当年蛟龙作乱时拱出来的土窝窝,村民就叫它"老龙窝"。老龙窝旁边有一种草,叶子上有许多红色的斑点,村民们都说那是蛟龙血溅染的结果。

禹 洞

在登封市徐庄镇东面,郑庄桥东北的山上有个山洞,名叫禹洞。前山的洞口面向东南,叫前洞。洞内高大宽敞,塑有各种神像。后山的洞口朝西,洞深无底,又叫无底洞。两个洞口虽然相通,但从来没有人走到头过。仅观察到洞顶有很多白色的钟乳石,洁白透亮,像一块块奇形怪状的白玉石镶嵌在天花板上。因此,又有人把它叫"玉洞"。

相传五千多年前天降大雨,洪水横流,淹没了百姓、田产、庄园,许多人无家可归,只好逃到高山上避难。马峪川这一带也是一片汪洋。有一天大禹率领民工来此开挖河道,就住在这个山洞里。大禹治水早出晚归,十分辛苦。这事感动了上帝,上帝就派两位大仙在突出水面的山上把山洞凿大,并在山洞下挖了一条暗河,让洪水顺暗河流走。从此,马峪川一带土地露出地面,百姓们搬下山去又过上了农耕生活。现在洞内还有大禹用的石洗脸盆、石井等物。

人们为了怀念这位治水英雄,把洞名改为禹洞,把每年的农历二月初一定为古刹庙会,周围十里八村的善男信女都来上香朝拜。

相传唐僧取经曾走过十八洞,洞洞出妖精。这个洞正好是唐僧师徒遭遇的第一个洞。洞里住着一个鲤鱼精,听说唐僧师徒要途经这里,便吩咐喽啰扮成村姑诱骗唐僧进洞。鲤鱼精设下美人计诱骗唐僧上钩,只要计谋实现,便可饱尝一顿唐僧肉,以求长生不老。鲤鱼精的美人计被孙猴子识破,经过一场恶战,唐僧师徒终于战胜鲤鱼精,取得了西天取经第一个回合的胜利。

因为唐僧取经路过此地,并打死了鲤鱼精,所以,后来又有人把它叫鱼洞。

(整理:徐凌霄　李桂荣)

号 令 石

在禹山临近山脊的半坡上,有两段石头,一般粗细,一段在上,一段在下,两段相距三四丈远,其实这本是一段石头截开的,上面至今留有剑劈的痕迹。人们说这是大禹治水时留下的号令石。

当年,大禹在这里扎下大本营,治理颍淮河水害,四面八方的诸侯国君、氏族部落酋长都来了。这些人在家都是被人伺候的人,领着一干人来到这里,还像在家一样,还是他们说了算。大禹要他们干什么,他们大眼瞪小眼,磨磨蹭蹭,带答不理的。于是大禹便开了一个会,说:"水患祸害的是大家,治好了对大家都有好处。有的人不懂得这个道理,好像是替别人干活一样,龇龇滑滑。现在我奉尧帝之命,带领大家治水。我们这支队伍,既是民工,也是士兵。我们的敌人既有人,也有穷山恶水,还有豺狼虎豹。因此得立个规矩:一、大家要像打仗一样,服从命令,听从指挥。不管你是国君、是酋长,不听我令者,斩!二、大家要吃苦耐劳,奋勇争先,临阵脱逃,开小差者,斩!三、大家要一心一意、同心同德、唯天是从,装神弄鬼、散布谣言、蛊惑人心者,斩!"

说罢,他看有人一愣一愣的,就指着旁边立着的一块大石头说:"大家看见这块大石头了吗?凡不听令者,就是这个样子!"手起刀落,"嚓"一声,巨石断为两节。"你们谁的脖子比这石头硬,站出来!"

现场没有一个人敢吱声。从此,令行禁止,上下一致,治水工程进行得十分顺利。

诸侯山治水

相传在远古时候,洪水泛滥成灾,阳翟一带一片汪洋,土地被淹没,房屋被冲倒,无数百姓在洪水中丧生。当时,有一位治水英雄名叫禹,一心要征服水患为民解难。这天大禹召集各路诸侯,在阳翟县北部的蜘蛛山顶聚会,共商治水大策。聚会后,众诸侯七嘴八舌,众说纷纭。有的诸侯不住摇头叹息,认为这是天意、劫数,人力根本无法抗拒。有的诸侯则认为事在人为,百事可行。大禹博采众长,制订出一套治水办法。他觉得只要详查水清,疏通河道,洪水是一定能够制服的。大禹的主张和办法,赢得了众多诸侯的支持。

大禹带领众诸侯看地势,察水情,日夜奔波于洪水之中。由于大禹和众诸侯齐心协力,终于查出了阳翟县发生水患的根源。原来,蜘蛛山和东面的灵山中间的一段山岗挡住了水路,要想排出阳翟县的洪水,必须疏通这段河道。于是,大禹领着诸侯和广大百姓,开凿河道,疏通水流。不管风风雨雨,日日夜夜,他们从未停止过治水事业。

在开凿河道的闲暇,大禹常和诸侯们登上蜘蛛山顶,坐在一块大石头上,商量治水中遇到的困难险阻。天长日久,在大禹坐过的大石头上,磨出了深深的屁股的痕迹。就在这痕迹坑的前面,还有一条谷。据说大禹坐在石头上歇息时,浑身的汗水从石坑中淌出,汇在一起,向远处流去,久而久之,石头便被汗水冲出了一条深沟。后人就把这条石沟,称作"汗沟"。

大禹领着诸侯和广大百姓,不知经历了多少个日日夜夜的苦战,终于把蜘蛛山和灵山之间有三里多长的河道凿通了。洪水顺着河道飞泻而下,没多久,阳翟地面的洪水就全部被排除了。

后来,人们为了纪念大禹和诸侯们的治水功绩,把原来的蜘蛛山改称"诸侯山"。

(整理:王根林)

颍 水 三 翻

颍水从颍谷涌出,到禹州北关外,出现了一个奇怪的翻涌现象:从清颍桥往上不到一里远,河水三次跌宕,三次翻涌。夜深人静的时候,能听到"哗——哗——哗——"很有韵律的水声。这成为禹州城郊一处胜景,明代文人马世芳称之为"颍水三翻",有人还在岸上建"颍亭",观景吟咏。

据说,颍水三翻现象与大禹治水有关。上古时候,颍河水与黄河水一样,流淌的水是黄色的,浑浊不清。建在河岸边的夏邑城,城内有三个山冈,依次叫荆山、煤山、丹山,三山之南有井,井水甘甜,可以吃。然而,三山之北没有井,打出的井水也是苦的,不能吃,人们没法生活,只好从颍河掂水吃,水浑,一年到头没少吃泥沙。大禹治水到这里,看了心里很着急,就对大家说:"光治住水害可不行,还得让百姓吃上干净水。"

一天,他到百姓家里走访,见许多百姓家里都放有缸呀、罐呀、瓮呀,就问他们:"放这么多缸呀、罐呀做什么?"人们说:"先把浑水放缸里澄一澄,水就清亮了。"大禹恍然大悟,于是就让民工在颍河上游闸了三道石堰,每道堰相错百十丈远,造就了三个澄水池,水在里边一稳一澄就清了,人们再也不用吃浑水了。人们都说:"大禹真是神人啊,他能把浑水治清!"

有人说:"大禹本来就是神,是他从玉皇大帝那儿借来了水簸箕,让河神爷不分日夜地簸啊、簸啊,才把颍河水给簸清了!"人们说:"是啊,你听那哗——哗——哗的声音,像音乐一样好听,不就是河神爷爷在簸水吗?"

龙王村与鸿雁河

在很久以前,天下洪水泛滥成灾,到处汪洋一片,人们四处逃难,无家可归。

舜帝命大禹治理洪水。大禹奉命,驾船行驶到现在的新郑地带时,黑云压地,狂风暴雨。大禹稳坐船中,探流沙,察水势,研究治水路线和方法。他率领百姓挖河道,排淤泥,白天黑夜与洪水搏斗。

当地,有一对鸿雁,经常跟着大禹,展开翅膀,遮盖着大禹的船,不让雨淋住大禹。雨停了,鸿雁累得坠落在大禹的船头。

这时,突然正北霹雳一声震天响,出现了一条巨龙,张开大口,吸呀、吸呀,把汪洋大水吸干吸净,又朝大禹开挖的河边吐去。"哗——"大水顺着河槽,向东南大海流去,巨龙因劳累过度,死在了滩上。

从此,洪水平息,风调雨顺,中原一带的人们过上了安居乐业的生活。百姓们抬着猪羊,捧着贡品,慰劳大禹,庆贺胜利。舜帝见大禹治水有功,就把帝位禅让给了大禹。

大禹为王以后,没有忘记帮他治水的那对鸿雁和巨龙。在巨龙累死的地方,大禹让人们修起龙王庙,逢年过节,送礼上香。后来,人们称这个地方叫"龙王村"。大禹把那对鸿雁死而落下的那条河流,起名为"鸿雁河"。

(整理:王雅湘)

禹 都 阳 城

中岳嵩山南麓十多公里阳城山下,有个古老的都城遗址,它位于颍河、五渡河与石淙河交汇处的河谷盆地的土岗上,被群众称为"王城岗",也就是今日所说的阳城。

禹继承父业,治水十三年,周历了九州土地,天下万国。东方到过扶桑,那是太阳出来的地方;西方到过三危山,那是西王母三青鸟居住的地方;南方到过交趾(越南),那里的气候非常炎热;北方到过人正国、大戎国、夸父国、积水山和积石山,那里已是北极荒远的处所。他领着人们疏通了大河三百条,小河三千条,沟沟汊汊不计其数,使地上的洪水流入江河,江河的水归于大海,人民过上了安居乐业的日子。

那时尧已经去世,舜做了天帝,他赏赐给禹一块上方下圆的黑色宝贝玉石"元珪"作为奖励,并封他为"夏伯",还把帝位让给了他。为了安慰他失去涂山氏女娇的寂寞,尧还赏赐给他一个叫圣姑的神女。可是对这些,他都不要,为了把帝位让给商均,他偷偷地逃到崇高山南的阳城山中,隐藏起来。很

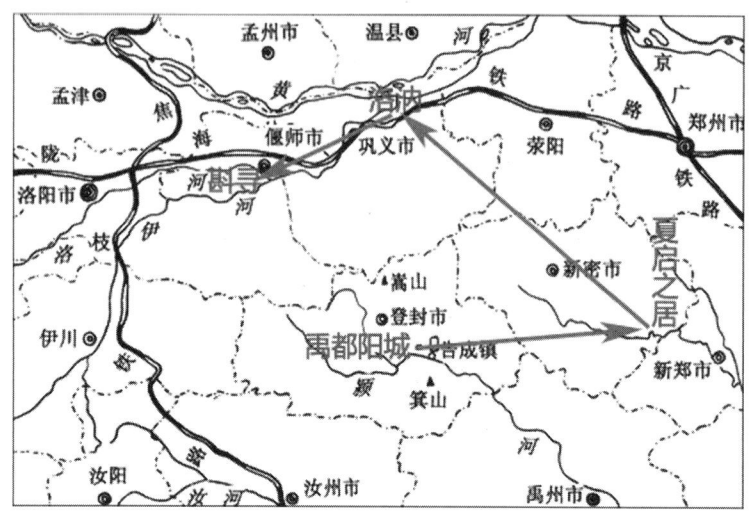

禹都阳城位置图

如今,阳城遗址还在,经考古认定那就是当年的禹都阳城。

多人打听到他隐居的地点,都自动地追随他来,天下诸侯也都离开商均而投奔禹。

禹没办法,只得在阳城山下即天子位,做了帝王,并建国都,国号夏后。据说一匹日行三万里的神马飞兔,受了禹的德行的感召,也自己来到禹的宫廷,甘愿做他的坐骑。之后,又有一匹会说话的神马,也自动来做禹的坐骑。禹骑着神马到处安抚百姓,安排洪水退了之后的生产、生活,到处留下了神马的蹄印。

(整理:耿直)

禹 铸 九 鼎

禹治水有功,舜心甘情愿地把天子之位禅让给他。禹建立夏朝以后,为百姓做了很多有益的事,人们安居乐业,诸侯也都敬畏他,九州稳定,四海升平,赋税既定,万国遵从。禹见九州所贡之金年年积聚,便准备将所积之金铸成宝鼎为百姓所用。经过一番深思熟虑,他决定就拿哪一州所贡之金铸哪一州的鼎,并将其州内的山川风物都铸在上面,而且将此前治水时所遇到的各种奇禽异兽、鬼神精怪一一镌刻其上,以昭示九州百姓哪一种动物有益、哪一种动物有害,从而使他们在山林川泽里劳作时能够明确辨认,以保护自己。

公元前2067年,大禹让手下官员选择山川秀美并有铸造技术的地方开始了铸造宝鼎的工程,大批工匠参与其中,有的绘图设计,有的造坯锻冶,一时间忙得不亦乐乎。当九鼎铸成之时,鼎的上空祥云缭绕如同车盖,大禹欣喜不已。这分别代表着九州的冀州鼎、兖州鼎、青州鼎、徐州鼎、扬州鼎、荆州鼎、豫州鼎、梁州鼎、雍州鼎,一个个气势磅礴,精美绝伦,其中豫州鼎为中央大鼎,象征着国家中央枢纽的地位。禹把九鼎集中到国都阳城,陈列在宫殿门外任人参观,有效地指导百姓出行。各方诸侯来朝见时,也都要向九鼎顶礼膜拜,九鼎遂成为国家最重要的礼器,成为镇国之宝。从此之后,这寓意天命、显示天下一统的九鼎成为王权至高无上、国家统一昌盛的象征。

后来夏都几经搬迁,九鼎也随之搬来搬去。夏朝被商所灭之后,九鼎被迁于商朝都城亳邑。商朝为周朝所灭之后,九鼎又被迁到了周朝的国都镐京。据说周得九鼎时,搬运每个鼎用了九万人,九鼎足足用了九九八十一万人。后来,周成王在嵩山地区的洛阳营建新都,又将九鼎安置在洛邑,谓之定鼎。这就是所谓的"鼎在国在,鼎失国亡"。就这样,宝鼎世代相传,被历朝帝王珍藏在庙堂里,成了传国之宝。

楚庄王八年,也就是公元前606年,楚庄王讨伐陆浑之戎,一直抵达洛阳。周定王派王孙满去慰劳楚庄王,楚庄王乘机询问周鼎的大小轻重,以表达他北上图霸的企图。据说战国七雄逐鹿中原,对九鼎梦寐以求,不断向周问鼎、求鼎。至今,"一言九鼎""问鼎中原"等成语仍然是人们常用的词汇。

战国末年,也就是周赧王十九年,周朝为秦昭襄王所攻,九鼎在迁秦途中,忽遇一阵狂风刮来,有一鼎竟飞入泗水之中,数千人搜寻无果,秦始皇又斋戒祷告,仍寻觅不到鼎的一丝踪影。另外八鼎到秦灭之后,也不知所终。九鼎作为镇国之宝、传国之鼎,仅传三代约两千年,就这样因历史上战火频仍而神秘失踪,成为千古之谜。

2007年年底,国内历史学家、考古专家和青铜器专家联手成功复原中华九鼎,使这失传两千余年的中华传国之宝、大禹所铸九鼎再度鼎立华夏大地,展示着中华民族悠久的历史和源远流长的文明。

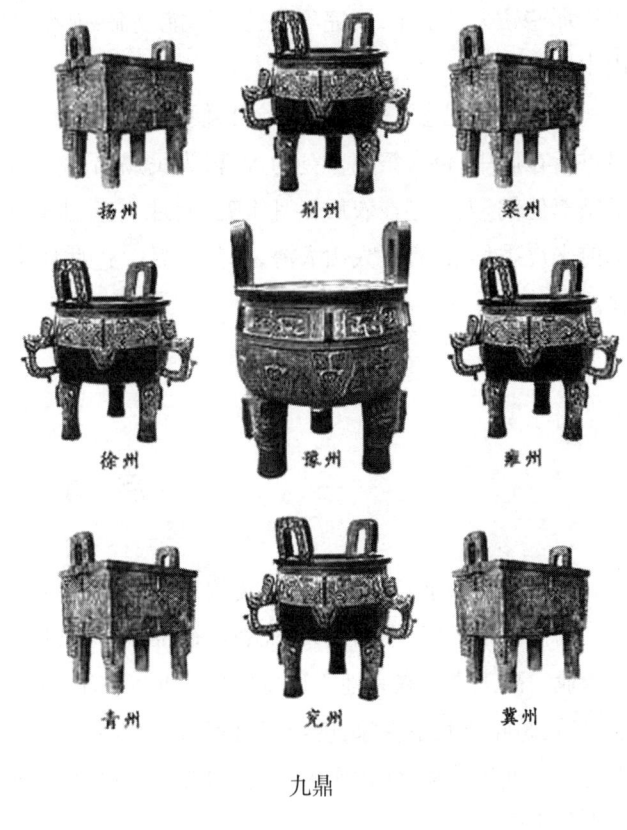

九鼎

(整理:秦慧君)

三　皇　轿

老汝州与登封交界的小红寨西坡向西延伸2.5公里后,便转弯起伏南下,直奔5公里开外的大峪店。这座处于大红寨和蜜蜡山之间的十分秀气的山叫石人头,此山南部的三大高岭处,有3块3丈多高的巨石,每块巨石都像轿子一般,而且这轿子周围有许多人形石头,有的像在抬轿,有的像是卫士。从远处望去,会隐隐感到那轿子在向前晃动,似乎那些人在抬着轿子向前走呢。这就是传说中神仙送给尧、舜、禹三位圣君的轿子,人称"三皇轿",当地人又叫它"石人头"。

传说上古时候,有位神仙叫原始天尊,他想让天下成为太平盛世,便在嵩山山顶吐出三个圣婴,上元是尧,中元是舜,下元是禹,他还送这三个圣婴草鞋、草帽、草衣,让他们到民间与百姓一道生活,从中悟出治国方略,让世界走向文明。

后来,天神们见这三个圣君在凡间治理国家兢兢业业,非常辛苦,就嘱请白云圣母、九莲圣母、玉兰圣母,分别做了三顶轿,又挑选了几十名小仙做轿夫和护卫,把轿送到尧、舜、禹巡访天下时必经的山岗之上,也就是今天的石人头山上,当他们经过之时让他们坐上轿,以减轻旅途之苦。

轿夫和卫士在山上等了上元等中元,等了中元等下元,一直等了好几百年,也没见三位圣君从此经过。他们哪里知道,他们前来送轿的消息早就传到了尧、舜、禹的耳中,为了不脱离百姓,和老百姓同甘共苦,他们经过这里时,不是绕道而过,就是穿上百姓的衣服,打扮成老百姓的模样,悄然而去。

可怜那些轿夫和卫士,因完不成任务不能复命,就在那里等了下去,最后便化作了石头,永远地站立在山中。

后人为了纪念这三位远古圣君,便在石人头山下的大峪店建了三官庙(又叫三皇庙),将这三位圣君供奉在庙中,供人祭奠。尧为天官,为民赐福;舜为地官,为人赦罪;禹为水官,解人间洪涝水灾。为了祭奠他们,人们还在农历正月十五、七月十五、十月十五起了庙会。逢会之时,方圆十里八乡的大众都前来烧香拜祭,真是人山人海,热闹非凡。这些庙会逐渐演变成大峪店的老古刹会,至今仍十分繁盛。

启 母 还 阳

嵩山辕辕关下,有个还阳镇,传说启的母亲涂山氏就是在这里还阳的。

禹治水十三年,平息了天下洪水,被推举为王,建都在阳城。这时候,四海升平,五谷丰登,百姓安居乐业。禹王高高兴兴地管理着国家大事,只有一件事常常使他伤心苦恼。啥事呢?他与涂山氏成亲以后,整年累月不在家,曾经三过家门,也没到屋里探望一下,夫妻没有安安生生地团聚过几天。特别是为打通辕辕关,他化作黑熊,害得涂山氏化为石头,一命归天。一想到这些,他觉得愧对妻子,心里十分难受。

禹的儿子启呢?他懂事以后,听父亲讲,在他出生之前,母亲已化为石头死去。他知道了这些,经常跑到化为石头的母亲面前,千呼万唤,痛哭不止。哭够喊够了,他就一个人迷迷糊糊地漫山遍野去游荡。

一天,启又到他化为石头的母亲面前哭叫了一阵后,不知不觉来到了辕辕关下,往一座山神庙门口一躺,便睡着了。这时候,他朦朦胧胧地听到"启儿""启儿"的喊声,睁眼一看,面前站个女子,长相、穿戴跟他父亲讲的母亲生前的模样没有什么差别。启很惊奇,忙站起来,只听那女子又说道:"启儿,我就是你的母亲。"

这是咋回事呢?原来,中岳大帝知道治水有功的禹王思念贤妻,可怜的启儿思念母亲,十分同情,便启奏玉皇大帝让涂山氏还阳,使其全家团聚。玉皇大帝准奏。于是,涂山氏从天而降,重返人间。她见启儿睡在山神庙前,便把启儿从梦中唤醒。

启望着母亲半信半疑,不敢相认。这时,禹王恰好赶到,看见涂山氏也大吃一惊。原来,启出门后,禹王不放心,便跟踪找来了。涂山氏对禹王说:"中岳大帝被你们父子的思念之心感动了,他启奏玉帝,让我还阳和你们重新团聚。"禹王一听,热泪滚滚,忙叫启儿与他母亲相认。

涂山氏还阳的地方后来形成了一个镇子,就叫还阳镇。

瓦 店 街

瓦店街在禹州城西7公里,南距火龙镇2.5公里,最初叫"瓦坊店",后来叫"瓦店街"。它是古时候做瓦匠人居住的地方,名字非常久远了。

这个聚落传说是夏代建造都城时候形成的。上古燧人氏时候人们都是住山洞,后来有巢氏时候住在树上,再后来人们到平地耕作,就住地窖、半地窖,到黄帝和尧舜禹时候才住上了茅草房。有一副古对联说:"禹庙千年垂橘柚,尧阶三尺覆茅茨。""覆茅茨"就是用茅草覆盖在屋顶上。这种用茅草、黄白草、麦秸、稻草苫盖的房顶,俗称草房,20世纪五六十年代还存在。这种草房怕风,一遇大风,房顶就会被掀掉,杜甫不是有一首《茅屋为秋风所破歌》嘛,"八月秋高风怒号,卷我屋上三重茅"就是描写的这种情景。

大禹崇尚节俭,修建宫殿时仍坚持"堂高三尺,土阶三等,茅茨不剪,采椽不刮"。可是,正当修建大殿时,忽然刮起了大风,刚苫好的茅草,风一刮就刮跑了。大禹非常发愁。这时有一个奴隶,在制陶作坊干过活,他找到一些破陶片扣在茅草上,大风过后,扣住的茅草就没有被风刮跑。大禹一高兴就表扬了他。这个奴隶就动起了脑筋,他把泥巴贴在转盘上,做成泥筒状,再切割成两块或四块,就成了泥瓦,装进窑里一烧,一块叠一块扣到屋顶上,就成了瓦房,很结实,再不怕风吹雨打了。

大禹见他爱动脑子,就让他带头开了个"制瓦作坊",专门为建宫殿制瓦。作坊里的瓦匠越来越多,有人还开了门店,专门制瓦卖瓦,人们就叫这店为"瓦坊店",后来开门店的人多了,形成了一条街,人们就管这条街叫"瓦店街"。

龙　池

禹州城西北9公里颍河南岸,有个村子叫龙池,南距火龙镇3公里。这个村子很大,环村建有一个很大的土寨,除东南西北四个寨门外,还留有一个西南门。寨北半公里还建有一个小寨,叫小北寨。外地来的客人们常问:"这个村子为什么叫龙池呢?"这里有一段历史故事。

大家都知道,龙是华夏儿女的图腾,华夏儿女自称是龙的传人。许多古建筑上都雕刻有龙的图像,各地在节庆日时都有舞龙灯的习俗。那么,古时候到底有没有龙呢?据生物学家和考古学家说,古时候确实有龙存在。不过,不像绘画中画的龙那么威武好看罢了,但是也很厉害的。专家说:"其实就是今天被列入国家一级保护动物的扬子鳄啊,若不驯化,还会吃人哩!"

夏代时候中原地区气候温暖,很适合龙的生存。龙在社会生活里是一种很普遍的物种。世上有专门以养龙、驯龙为职业的人,民间有许多乘龙、驭龙、豢龙的故事。《吕氏春秋》就记述有一则大禹遇龙的故事:"禹南济乎江,黄龙负舟,舟中人恐惧。禹仰而笑曰:'受命于天,竭力以济生。人受命天也,奈何忧于龙焉?'龙弭耳低尾而逃。"

豢龙氏

大禹为何不怕龙？因为他见龙见得多了。他建立夏朝以后，就设有专门养龙的官职，有一个叫郭伎的人，当时就在龙池这地方专门给朝廷养龙。郭伎有一身绝技，传给了自己的子孙，到夏启时候他的子孙还给朝廷养龙，叫"豢龙氏"。后世为了纪念"豢龙氏"，在豢龙池旁建了一个庙，叫"豢龙庙"，俗称"白龙庙"。郭伎后代傍豢龙池居住，村子便成了"龙池"。

挪 宫

"挪宫！挪宫！"有人会问，这是人们在喊叫吧？不！这不是人们的叫喊声，而是鸟儿在叫喊。

鸟儿会说话吗？

相传，很早很早以前，普天之下是一片汪洋，洪水四溢，到处为害，逼得黎民百姓只有到高山峻岭上去居住。后来，夏禹的父亲崇鲧领导治水九年，因治洪水的方法不当，招致大祸，被判罪充军羽山，死在北极的冰天雪地里。到了夏禹治理洪水，他接受了先人的经验教训，改变了方法，疏渠引水十二年，最后治水成功。夏禹在世的时候，百姓们拥护他做了夏王，死了以后，人们为他修盖了很多庙宇。别的地方不说，单在中岳嵩山，从东到西不到二十里以内，东修太室祠，西修少室庙，中间盖了启母宫。

夏禹治水成功，也惊动了天上的玉皇大帝！

有一天，玉皇大帝在灵霄宝殿和群神议论大事。太白金星奏道："臣启玉帝陛下，下界出了一件大喜事！"

玉皇大帝问："是何大事？"

太白金星道："夏禹治理洪水成功，水顺河流，河归大海，百姓们都从高山上搬到平地住了。赏功罚罪，是治世之道。对夏禹的功劳，陛下也应该有所赏赐呀！"

玉皇大帝说道："夏禹活着的时候，已经做了夏王，死后又受到祭祀。这已经是很高的赏赐啦。"

"那些都是黎民百姓们对他的敬意，陛下作为上帝，更该有所赏赐。"

"他在世为王，死后成神，已经足够了。朕实在无法再封赏了。"

太白金星说："臣以为应该赏赐，也有法赏赐。"

"依你之见，如何赏法？"玉皇大帝问。

太白金星说："黎民百姓为他修盖了庙宇，陛下赏赐他一块御匾，使他治理洪水的事迹流芳万代，就是最大的赏赐。"

玉皇大帝心里想：中是中，但匾造多大呢？造得小了，哪能显出我堂堂玉皇大帝的威风；造得大了，下界的庙门又都很低，也挂不了。想来想去，自己也想不出个好办法，就提起御笔，写了四句："工匠鲁班，监工杨戬，工期百日，匾挂石岩。"写罢，交给太白金星李长庚去办。

太白金星赶忙奏道："陛下，匾题何字？"

玉皇大帝说："功高无比，文词岂能表达？"说罢，就起驾回吉祥宫去了。

太白金星在灵霄宝殿领了圣旨，连夜召来了鲁班和杨戬，命他二人急速下凡给夏禹王造挂御匾。

鲁班和二郎神杨戬来到下界，把世界上所有的禹王庙都查看了一遍，最后决定在中岳嵩山启母宫后的悬崖上造一幅石匾。

可是山高，岩陡，咋上去刻造呢？

— 112 —

鲁班说："我有青钢神斧一把，砍石如剁泥，按期造完是可以的。但这山高有百丈，岩如刀切，上不去，站不住，没有办法造啊！"

杨戬说："只要你能刻造，怎样上去，我有办法，你穿上我的登云鞋，站在云头上刻造就是了。"

难题算是都解决啦。于是，鲁班从工具箱中取出了青钢神斧，在一块大石头上磨了又磨，然后递给杨戬，说："你试一试，看快不快？"杨戬接过青钢神斧，走出屋门，向着一个大石头砍去，只听"咔嚓"一声，囫囵囵的一个大石头，被砍成了两半个。杨戬惊奇地说："哎呀！好一把锋利的斧头呀！有了它，百日工期，一定能按期完成。"

从这一天起，不管刮风下雨，鲁班都穿着登云鞋，站在云头上，为夏禹王刻造御匾。杨戬也日不错影，每天去监工。

经过九九八十一天，御匾快要刻造好的时候，太白金星李长庚下界来视察。杨戬一看是太白金星来到，慌忙叫住鲁班，二人一齐向太白金星施礼。

鲁班说："上神，你看这御匾刻造在这里，好不好？"

杨戬也说："上神，这块御匾正好刻造在启母宫的后岩上，你看照不照？"

太白金星李长庚也不吭声，从上往下看看，又从下往上照照，说道："好是好，照也照。可是，您二位只顾高兴哩，刻造石匾凿下来的大石块，万一滚落到启母宫上，把宫殿砸坏咋办呢？"

鲁班和杨戬压根儿就没有往这上头想过，听太白金星一讲，才大吃一惊。

"那咋办呢？"鲁班发愁啦。

杨戬这时候也没了办法，只好恳求太白金星说："上神，这都怨俺俩粗心大意，事到如今，工期快到了，再换个地方恐怕也来不及了，请上神恩赐一个办法吧！"

李长庚沉思了一阵，说道："我看，这样吧，咱把启母宫挪到别处，照原样重新复建起来算啦！咱们挪宫院，不挪山门，岩上边滚落下来的大石头，让它落在宫殿旧址上，叫它为千斤石。这样，前头有山门，中间有千斤石，后岩上有石匾，三点成一线，还是一座好宫院。"

杨戬问："挪到别处的宫院叫啥名字呢？"

太白金星说："叫'重复宫'吧。"

鲁班问："咋挪呢？"

太白金星李长庚说："您二位只管按期刻完御匾，挪宫的事由我办。"

鲁班和杨戬这才放了心，照常刻造御匾了。

太白金星李长庚，找来了嵩山的山神和土地神，命他们两个变成两只鸟儿，连明扯夜，轮换叫喊："挪宫！挪宫！"

起初，宫里宫外都没有注意这种鸟儿的叫声。时间长了，鸟儿越叫越高，越叫听得越清楚。宫里宫外的人们都觉得很奇怪。这个说："过去可从来没有听见过这种鸟儿的叫声呀！"那个说："这，可能是一种神鸟。要不，它咋会绕着宫院叫呢？"大家都说："神鸟叫'挪宫'，一定是宫院在这儿有危险。叫挪，咱就赶快挪吧。"说罢，宫里宫外一起动手。不几天，整个宫院，除了山门，都被挪到距离旧宫向西一里多的地方。大家正要去挪山门，只听"轰隆隆"一声巨响，从万岁峰的刀切岩上，滚落下来一大溜石头块，其中一块最大的石头不偏不斜正好滚落到启母宫大殿的旧址上。宫后的悬岩壁上，明明显显地亮出一块长方形的石匾来。

这时候，再也听不到鸟儿的叫声了。人们都说："鸟儿不叫了，危险过去了，这山门就不用再挪了，赶快把挪走的宫院重修起来。"宫院重新修成以后，取名就叫"重复宫"，后来又更名为"崇福宫"。

从此以后,"挪宫!挪宫"的故事就流传下来了。

(整理:韩有治)

虫王的来历

外地人敬虫王,大多敬一位姓刘的勇猛将军,传说是南宋初年抗击金兵的大将刘琦,而登封人敬的虫王爷却是辅佐大禹治水的伯益。这里边有个故事——

伯益是舜的大臣皋陶的儿子,也是个了不起的英雄。他原姓伊氏,名益,字贵凯,年轻时,伯益是个发明家,他最早发明打井取水,伯益的聪明才华,使他名闻遐迩。夏禹于是向帝舜推荐伯益,帝舜就派他去当夏禹的助手,辅佐治理天下的洪水。在治水时,伯益立下了汗马功劳,夏禹在治水成功后受赏时对舜说:"治水不是我一个人的功劳,伯益的辅佐也起了很大作用。"舜于是又对伯益大加奖赏说:"你立了大功,你的后代将繁荣兴旺。"舜的话果真灵验,后来伯益的后嗣非常发达繁显,分衍出黄、赵、秦、江等十多个姓氏。

大禹继任华夏部落联盟首领后,伯益和他的父亲皋陶都深受大禹的信任,大禹原本打算禅让于皋陶,恰巧皋陶死了。于是,大禹又指定皋陶长子伯益为自己的继承人,并在晚年授政于益,而让自己的儿子夏启为臣。大禹在位十年,东巡会稽时去世,临终遗命传位给伯益。伯益为大禹守丧三年后,也像大禹避让舜的儿子商均一样,避让王位给大禹的儿子夏启,自己隐居到箕山之北。大禹的臣属都跑去朝见夏启,却不理会伯益;那些诉讼的人也都只去找夏启而忽略伯益,老百姓也前往归附夏启而疏远伯益,人们甚至歌颂起夏启来:"我们君王帝禹的儿子,才是我们的新君主。"于是,夏启在人们的拥立下,自即天子之位,"家天下"而建立了中国历史上第一个王朝——夏朝。夏启即天子位后,便开始消灭伯益的势力,夏启六年,伯益被夏启杀害。伯益死后,夏启为了笼络人心,又以隆重之礼安葬伯益。

传说大禹治水后,原先洪水里的鱼仔都被晾晒在大地上,变成了蚂蚱。等到庄稼即将成熟时,蚂蚱们成了一大祸患,它们铺天盖地,飞来飞去,飞过去后地里的庄稼即被吃得干干净净。人们眼看即将成熟的庄稼被吃得光秃秃的,就急红了眼,纷纷挥舞树枝拍打蚂蚱,但蚂蚱还未被消灭,其后代蚂蚱就又长大了,吃庄稼也像刮大灰风一样,一阵风过去,一溜儿庄稼就被一扫而光。

这时,夏启惊恐万状,又想起了被他杀害的伯益。因为伯益本是东夷少昊鸟氏族的首领,传说伯益知禽兽之言,有能与飞鸟通话的本领,曾帮助帝舜调驯鸟兽。帝舜还让伯益掌管火,伯益就用火焚烧山泽,迫使猛兽逃匿。因此夏启就不断祭祀伯益,希望他保佑天下黎民。据说伯益可怜黎民百姓,就指点人们用火攻、挖沟土埋等方法消灭了蚂蚱,过上了安定的生活。夏启于是每年都用牲畜来祭祀伯益的亡灵。后来人们也就尊伯益为"百虫将军",建了很多虫王庙来供奉伯益。现在,登封大治北五里庙等村的庙宇里都还供奉着虫王爷伯益,希望他保佑人们免遭蝗虫伤害呢。

(整理:秦福宽)

第二部 民间传说

一、自然传说

箕　山

传说,很早以前箕山没有名字。

天上王母娘娘养了十二只鸡,称为金鸡。有一天,她的一只白花母鸡偷偷飞出笼外,顺着御道一溜烟飞到南天门外。它瞪大两眼往下一看,高山、河流、花草、树木、村庄……可比天上美得多了。它想四大金刚也没在此把守,何不趁此机会下到凡间。它扭回头行了个天礼,驾起祥云向人间飞去。

箕　山

飞了不远,正好遇到左金童出差回天宫向玉帝交旨,白花母鸡想躲也躲不开。左金童定睛一看,认出是王母娘娘十二只鸡中的一只,便问:"你到什么地方去?"白花母鸡说:"笼里太困,出外游玩散心。"左金童不再多问,往天庭走去。

白花母鸡飞至箕山上空,按落云头,定睛四下望了一遍,见此山山顶平缓,风景秀丽,流水潺潺,东西山崖矗立,形势险峻,东山头绝壁下长着两棵松柏树,树下有条溪水长流不断,一块大石头又朝阳又避风,能存身休息。

它落在石头上,第二天便下了个蛋。这鸡蛋金光闪闪,光彩照人,倒让白花母鸡发了愁。它一怕鸡蛋被人发现,惹出麻烦;二怕天神看见报告王母娘娘,将它抓回天庭受罚。因此,它便紧紧地将鸡蛋

抱住。后来,它干脆把下蛋时间推迟到深更半夜。

后来,山上来了一位风水先生,大家都叫他"南蛮子"。他在山顶走来走去,坐在山头大石头上休息时,发现山谷里一缕白光来回晃动。他顺着白光俯下身子张望,见白花母鸡"扑棱"一下飞跑了。他顺手抓出几枚鸡蛋,觉得沉甸甸的,心想这是宝物,绝不是一般的鸡蛋,遂即装在袋内,自言自语道:"好宝,好宝!"

"南蛮子"得到宝物后,便天天背着人来收鸡蛋。一天一个,一天一个。可他不知足,心想一天能多收几个才好哩。有一天,他带了一把锉,把下蛋的窝锉得又大又深。第二天,鸡就再也没有下蛋了。

原来他的锉声吓跑了白花母鸡,再加上左金童把金鸡下凡的事一五一十汇报给了王母娘娘。王母娘娘立即传令养鸡仙翁,把白花母鸡收了回去。从此这座山便称为鸡山。因为山形像簸箕一样平坦,也有人叫簸箕山,现代人都叫箕山。它还是上古高士许由隐居的地方,山上有许由冢、许由庙及有关许由的碑刻。

(整理:袁明)

箕山与蛐子

箕山位于登封市东南13公里处,海拔700多米,是东金店、告成、徐庄、白坪的接合部。山顶因供奉远古华夏第一隐士——许由而闻名,也是古代许氏发祥地。据说这座山以前不叫箕山,叫蛐子山,因为山上有很多蛐子而得名。

那么为什么这座山现在叫箕山呢?

相传很早以前,这座山上住着一户姓韩的人家,只有母子二人,儿子名唤群利。因家庭贫寒,儿子以砍柴卖柴为生。眼看儿子长到20多岁了,还没定下亲事,母亲心中十分焦急。

一天,儿子群利从山上砍柴回来,已是日落西山,夜色朦胧。他一人走在山间弯道上,突然听到路旁传出阵阵哭声。群利放下柴担上前去看,原来是一位年轻女子在此哭泣。他便上前问原因,那女子言道:"俺叫桃梅,家住山前庄,三岁死了父母,独自一人过日子。前年找了个婆家,没有出闺,女婿就死了。俺女孩儿家自觉上天无路,入地无门,来到深山干脆寻个短见算了。"群利出于同情,让她先到自己家中歇脚,待天明再作商议。女子同意了,便跟随他回到了家里。

回到家中,群利向娘介绍了桃梅的身世,他娘高兴万分,觉得是一桩天赐良缘。当晚说服姑娘便与儿子成了亲。

第二天,桃梅就早早起了床。当她到厨房舀水洗脸时,从水缸后面突然飞出一只大红公鸡。只见那公鸡鸡毛倒竖,"咯咯"叫着恶狠狠地向桃梅扑去。桃梅大吃一惊,她跑出来急忙躲到婆婆身后。群利这时赶紧操起扁担朝公鸡打去。那公鸡见势不妙,扑棱几下飞跑了。自此,桃梅也病倒了。

大公鸡飞走后,就再也没有回来。

桃梅自那日得下病,群利母子访遍四乡名医,百药无效。娘儿俩心里十分着急。这天晚上婆婆将药煎好后连叫几遍,儿媳不应一声。她心想媳妇睡着了,就亲自端药送到床前,又叫了几声,还是没人吭声。她左手端碗,右手撩起床帐一看,只见一只大蛐子躺在床上,吓得老婆"哎哟"一声,一屁股墩在地上,药碗摔得粉碎。这时蛐子被喊叫声惊醒,骤然翻了个身,摇身一变,又变成了人,从床上跳了下来。

就在这时,群利正好从外边回来。蛐子精怕群利他娘戳穿自己,眼珠子一瞪,计上心来。她顺势往地上一坐,便嚎啕大哭起来:"哎呀!当媳妇可真难,一句话说不对,就摔盆打碗,往后叫我咋过呀!"说着,她装模作样要离开这个家。群利上前急忙拉住,好好劝了一番才算了事。

再说群利娘被蛐子精吓得一夜没睡着觉,第二天她把群利叫到自己屋里,把昨天的事一五一十说了个遍。哪知蛐子精在门外听得一清二楚。

晚上睡觉的时候,她对群利说:"我知道你娘嫌弃我,因为我没有本事,拖累了您娘儿俩,算你白救我一场,我还是跳崖一死算了。"说罢,她就"呜呜"哭着要出门寻短见。群利怎会舍得,忙上前拉住不丢。蛐子精接着说:"我把一切都交给你了,到现在落了个啥?"说罢又假意往外走。这时群利生气地指着娘说:"哎!您呀……"蛐子精见群利不信娘的话,又"嘿嘿"一笑,说:"你娘也不过只是给你养活大,你娘和我,谁能跟你一辈子,你要谁,你看着办吧!"群利急忙说:"要你,要你!"

群利娘见儿子被蛐子精迷住了心窍,便哭着投奔娘家去了。临走时她对儿子说:"终究你会明白的!"

蛐子精见婆婆离家出走,心里非常得意。

又过了数日,蛐子精对群利说:"我出来好几年了,虽然爹娘已经过世,我还有一个妹妹,我想回去看看,你送我一程好吗?"群利答应了。

蛐子精把群利骗到山上,趁左右前后没有人,她对准群利猛地喷出一股毒气。群利顿时觉得天旋地转,一头栽倒在地下,再也没有知觉了。蛐子精正要上前张口吸血置群利一死时,只听"咯咯咯咯"连声叫唤,原来是他家丢失的那只公鸡飞扑而来。那公鸡闪着双翅,颈毛倒竖,挺着胸直奔蛐子精而来。此时蛐子精就地一滚,现出原形,张牙舞爪地迎了上来。它们俩一来一往各显其能,从山上斗到山下,又从山下斗到山上,一直斗到东方破晓。蛐子精被大公鸡叨得皮开肉绽,连眼珠子都被叨出来了,躺在地上"唧唧"几声惨叫,翻了几个身,就一命呜呼了。大公鸡也倒在地上累死了。

群利渐渐醒来,发现身旁有一只大蛐子和一只大公鸡躺在血泊中,他明白了一切。他悔恨当初不该不听娘的劝告,使自己险些命丧九泉,大公鸡也因之送命。

群利伤心地哭了好一阵子,含泪把大公鸡埋在山顶,又去舅家接回了老娘,过上了以往平静的日子。

群利为了纪念大公鸡的救命之恩,每年六月初九来山顶焚纸烧香,以表谢意。

当地百姓把蛐子山改名鸡山。又因该山山顶地势平坦,形似簸箕,又有人称箕山。"鸡""箕"谐音,各有来历。又因箕山山顶平坦,缺少山峰,远观好似枕头,当地人又多称"枕头山"。不过,箕山上找不到蛐子,是千真万确的事实,可能是蛐子怕鸡的缘故吧。

(整理:袁明)

白 云 山

树山上有个赵窑村,赵窑村有个赵白云,赵白云家种的地在树山洼。

这年夏天,赵白云肩扛锄头,到树山洼地里锄地,火辣辣的日头儿,晒得树山洼真热。天快晌午的时候，他便擦擦锄头，来到土堰根一片荫凉地儿，在一块石头上坐下来，倒倒鞋里的土，准备歇一会儿。刚坐下不久，忽然听得身后"哗啦"一声响，回头一看，土堰根出现一个大山洞，凉风吹出来，好凉快！他便走进去想看个究竟。

白云山一景

越往里走，里边越深越亮堂，走了好一会儿，忽然看见洞的两边一边一只漂亮的小鸟儿，"呼"地飞过来，"呼"地飞过去，来回不停地飞。旁边坐着两个白胡子老头儿下棋，看见赵白云进来，他们抬头看了看，笑笑，没吭声，继续聚精会神地下棋。

再往前边走，有一盘石碾，碾上堆满了豌豆，一头黑驴，一刻也不停地拉着石碾碾豌豆，时不时打着响鼻儿。

赵白云觉得很有趣儿，绕过碾道又往前走，往里一看，里边的地方好大哟，到处清亮亮的，景致真美，无边无际，漫山遍野翠绿翠绿，只听得山泉叮咚响，鸟儿"啾啾"叫，层层梯田上还有人吆喝着牲口犁地，山坡上还有一群群洁白如云的羊群在撒欢、追逐、吃草，他越看越想看。

正看得有劲儿，赵白云忽然想起该回家了，他原路退回，又来到两个老头儿下棋的地方，他又不自觉地站在那里看老头儿下棋，看了一会儿，两个老头儿说："该走了。"

赵白云说："没事，早着咧。"

又看了一会儿，两个老头儿说："该走了。"

赵白云说："不要紧，早着咧。"又看了一会儿，两个老头又说："你来的时间不短了，再晚就回不去了。去吧，把碾盘上的豌豆捎走点儿吧。"赵白云说："俺多的是，不稀罕这！"两个老头儿笑了笑说："你捎点儿吧。"

赵白云一看，两个老头儿很诚意，便随手抓了几把装在口袋里。

随后，老头儿又说："给你一双登山鞋带回去，若遇天不下雨，你就穿上登山鞋，立到树山尖上，天就下雨了。"随手递给赵白云一双鞋，催着赵白云赶快走。赵白云接过登山鞋就往外走。

洞两边一对漂亮的小鸟儿依旧飞来飞去，碾道上的小黑驴继续拉着碾。两个老头儿继续下他们的棋。赵白云往外走，前脚踏出洞外，后脚刚一离洞口，只听"哗啦"一声响，山洞没了踪影。

赵白云一到洞外，眼前的景象使他惊呆了，一切都变了样，他赶紧往村子走去，村子里，先前自己的家没有了，到处是新盖的房子。赵白云说他是这个村子的，人们都不信。他说他叫赵白云，很多花白胡子老人都说："赵白云是几百年前赵家的老祖宗，根本不认识你这个赵白云。"

赵白云见大家都不信，就把离家时的情形，村里的人，村里的事说得一清二楚，又把进山洞的所见所闻一五一十说出来，又把口袋里的豌豆掏了出来。大家一看，这哪里是豌豆，分明是一大把一大把闪亮的金豆子，又让大家看了花白胡子老头儿给他的登山鞋。刚好，多天没下雨，赵白云就穿上登山鞋，说声"起"，"腾"的一声，赵白云便立在山顶上，天果然下起雨来。赵窑村的人这才相信了他。

后来人们才知道，赵白云到了极乐世界。两只美丽的小鸟儿，分别是太阳和月亮，这一个来回就是一年。赵白云也不知道两只小鸟飞了多少来回，他才回了家。只知道仙界一小会儿，人间几百年！

赵白云看上去虽然年轻,但村子的人把他尊为祖宗,逢年过节连村子里颤颤微微的老人也得拄着拐杖给他拜年。而赵白云一到天旱,就穿上登山鞋,登上树山尖儿,天立时就下雨。很多年,树山一带风调雨顺,人们都打心眼儿里感激赵白云。

赵白云死后,赵氏家族的人就在树山洼为他立了一通纪念碑,追思他的恩德。树山周围的村民,为了纪念赵白云,就把原来的树山改名为白云山,"白云山"这个名字一直沿用至今。

(口述人:王丙中　整理:王湛文)

铁　链　峡

嵩山峻极峰的右边,有个深涧峡谷,陡壁悬崖。汉武帝游中岳登嵩山的时候,因为坐着八抬轿子没法过,就命人用铁链架起一个吊桥,才登上嵩峰,故取名"铁链峡"。

传说:铁链峡的山半腰,有个大石缝,石缝里边是个宝库,放有很多奇珍异宝。在嵩山附近的田园里,年年都长有开山的钥匙。不过这钥匙跟平常开门的钥匙不一样,今年是黄瓜,明年就可能是茄子,一年一个样。谁要是得了这把钥匙,就能开山取宝,那一辈子就再也不会受穷了。

一年,有一个给财主种地的老头儿,在铁链峡不远的地方,种了几亩瓜,有甜瓜,有西瓜,还有菜瓜……,品种多,长势也好,老头整天在那里看瓜。一天,老头吃罢响午饭,正在凉棚下打瞌睡,忽然从棚后走来一个穿黄衣裳的老人,他见了看瓜老头儿就说:"我渴极了,请你给我找一个甜瓜吃吧!"

老头儿说:"唉!要是我的瓜呀,你不要说吃一个,就是吃十个也行,可我是给人家种的,要是让掌柜知道了,受骂挨打不说,还会被撵走,就连你这吃瓜的人,他也不会轻易饶过的。"

黄衣老人因渴得太厉害了,就顾不得这些,还是一个劲地向老人要瓜吃。说:"还是行个好拣一个吧,要把人渴死了……"种瓜老头看这人热得汗流浃背,渴得直喘气,心里很不忍,就硬着头皮拣了一个又大又熟的甜瓜,递给了他。说:"你快吃吃走吧!"

黄衣老人吃了瓜,满面笑容,不住地向老头儿道谢。走了几步又返回来,问老头儿:"你知道今年开铁链峡宝库的钥匙在什么地方吗?"

"这谁会知道!"

"我就知道。"

"在什么地方?"

"就在你这瓜园里。"

黄衣老人领着种瓜老头,走到一根菜瓜前,指着说:"就是这根菜瓜。等100天后,摘下来,往那铁链峡石缝一插、一扭,山门就开了。不过,你一定要记住,不敢在里边停的时间长,见了东西,拿起就走,就足够你吃喝一辈子了,这个事可千万不要让别人知道。"

话刚说完,转眼间黄衣老人就不见了。

种瓜老头真是高兴极了,又是浇水,又是施肥。100天以后,这根菜瓜真的长成了。一天夜里,他摘下菜瓜,摸黑来到铁链峡,爬上悬崖石,用菜瓜往山缝里一插、一扭,只听"哗啦"一声响,山门果然大开。顷刻间,宝光四射,灿烂夺目。老头急忙进去,只见石壁上挂了一个布袋,拿下来沉甸甸的。他慌忙将布袋背上肩就往外走,刚出山门,"哗啦"一声,山就合住了。回到家里,老头打开一看,原来是一袋粒粒发光的金豆子。

后来,这件事还是被掌柜财主知道了,把老头叫到跟前,恶狠狠地问:"你的金豆是从哪里来的?"

老头儿不肯说。

"你不说,我也知道,准是从谁家偷来的!"

"我这么大年纪了,怎么会偷呢!"

"不是偷人家的,会是从哪里来的?你说呀?"

贪财的财主

老头儿被逼得没办法,就把黄衣老人吃瓜以及开铁链峡山门取宝的事一五一十地给财主说了一遍。

人常说,见财起歹心。当天夜里,财主就到老头家,活活地把老头儿勒死了。他得了这布袋金豆子还不满足,又拿上菜瓜,直奔铁链峡盗宝。他打开山门,往里一看,尽是珠宝异物。他惊喜若狂,心想:这一回可要发家致富了。

财主刚跨进山门,就看见那个黄衣老人正赶着金骡驹、银马娃在玉石磨上磨金豆呢!他跑上前去拉住金骡驹,又去拉住银马娃,刚一拉到手,又舍不得磨盘上的金豆子……,结果,拉来拉去,撮了又撮,他还是显少。正在这时,只听"哗啦"一声,山门就合住了,把这个贪财如命的财主和那把开山的钥匙都关在洞里了。

从此以后,铁链峡的山前山后再也不会生长开山的钥匙了。

整理人:王志周

子晋峰和白鹤观

相传,东周灵王的太子,名叫晋。故此,人们称他为王子晋,也称太子晋。这个人自幼喜欢吹箫。他吹的箫,声如凤鸣,婉转悠扬,十分动听。宫中人都喜欢听他的箫声。特别是他的妹妹王观香,一天听不到他吹箫,就没精打采;两天听不到他吹箫,就身若有病。王子晋见妹妹喜爱听箫,就让妹妹学吹,但是观香无论怎么学,也赶不上哥哥的箫声好听。

当时的东周王朝,诸侯纷扰,天下不宁,明令不行,王室衰微。子晋对王宫生活感到厌烦,就走出王宫,离开了繁华的京都洛邑,涉水登山,求师问道,往来于伊洛之滨。一天,他见伊洛水滔滔东流,波澜起伏,就吹着玉箫,唱着歌儿:

伊洛之水清兮。
可以涤我缨;
伊洛之水娇兮,

可以涤我箫。
……

箫声传到离伊洛水百里外的嵩山上。嵩山上当时住着一位道人,号称浮丘公,在嵩山修道五十余年,爱尝百草,济世救人。这天,浮丘公听见优美的箫声从伊洛河边传来,便手扶仙杖,往伊洛河边走去。王子晋见浮丘公,年逾古稀,白发红颜,道冠朱服,手扶仙杖,知道来人非凡,便走上前去,向浮丘公深施一礼。

浮丘公说:"王子想找清静,何不登上嵩山?那里飞瀑腾空,层峦叠翠,崖石嶙峋,气象万千,实是深造之良地也!"

王子晋说:"师父,您……"

浮丘公又说:"我是出家修道之人,久居嵩山。常闻王子的箫声,早想会见。今日见到王子,诚感幸运。不过王子的箫声华而欠实啊!"

王子晋听后,又向浮丘公深施一礼,说:"弟子愿随师父登上嵩山。"

王子晋随浮丘公来到嵩山,见巨壑深谷,云雾弥漫,高兴极了。从此,他在浮丘公指教下,终日吹箫练歌。

自从王子晋离开皇宫后,王观香听不到哥哥的箫声,大病在身,卧床不起。周灵王与正宫娘娘召遍天下名医,都没有治好女儿的病。有一天,一阵悠扬的箫声随着和煦的东南风传到王宫,王观香仔细一听,是哥哥的箫声,霎时精神大振,病疾痊愈,走出王宫,迎着歌声往嵩山而来。

王观香登上嵩山,站到一座山峰上一瞧,南边山峰上坐着一位老公公,道冠朱服,童颜鹤发,手扶仙杖,倾耳细听哥哥吹箫。北边一座山峰上哥哥盘腿而坐,手托长箫正在吹奏。当朝霞照到嵩山上时,王子晋好像一尊金罗汉,摇身晃膀,吹奏起九曲之歌:

一曲箫罢,鹏程万里;
二曲箫罢,古松增翠;
三曲箫罢,和风拂煦;
四曲箫罢,五彩祥云;
五曲箫罢,山河壮丽;
六曲箫罢,日月增辉;
七曲箫罢,山岳回鸣;
八曲箫罢,山水蛟龙;
九曲箫罢,凤凰来仪。

动听的歌声,真是人听到不走,鸟听到不飞,羊听到不叫,马听到不踢。王观香听得心旷神怡,飘飘欲醉,流连忘返。

王子晋箫声一息,忽然从黄花丛中走来一位妙龄女郎,面如满月,明目皓齿。子晋在宫中见过千万美女郎,都比不上此女郎的姿色,因此对她十分倾慕。这时女郎嫣然一笑,柔声细语地说:"王子的箫声真好听啊!愿你长奏万年!"

子晋说:"你是哪方人士,咋来这里听箫品韵?"

女郎道:"我是菊花仙子,特来中岳散花,恰遇王子弄箫。你若愿意脱离凡尘,可到瑶台一会,我定厚礼相待。"说罢,脚下生出一朵彩云,飘然而去。

以前王子晋在王宫宗室,因不满朝廷的残暴统治,触怒过灵王,受过多次斥责,便不愿回宫。如今他到了欢乐的妙境,又见女郎如此多情多意,更是飘飘欲仙。正在这时,从天上又传来菊花仙子的声音:"王子你若有心,明朝面向东南,重奏九曲之歌,那地方有一仙鹤,驾你上天宫来。"

王子听完,非常高兴,恨日月不能飞转,明朝早来。他见妹妹王观香也登上嵩山,高兴之余,把菊花仙子邀请之事,讲给妹妹。王观香听后非常羡慕,要哥哥教她学吹九曲之歌。

王子晋吹箫

王子晋对她说:"你可拜浮丘公为师,他会教你吹出优美动听的箫声!"说罢,兄妹俩来南峰拜见浮丘公。

浮丘公见了王子晋,笑着说:"洞箫引凤,王子要升天了。"

王子晋听后,问:"师父知道了此事?那么怎么升上天宫瑶台呢?"

浮丘公递给王子晋一张红纸,王子晋一看,红纸上写着四句话:"王子面东南,九曲歌三遍,仙鹤拜会你,乘它会瑶仙。"

王子晋看罢,便说出妹妹要拜他为师的事。浮丘公听了,认真地对王观香说:"你能吹过三个花开花谢,我自去教你。"说罢,扶仙杖而去。

第二天,王子晋一早就坐在山峰上,面朝东南方,连奏三遍九曲之歌。歌声刚停,从东南方向的花草坪上,飞出一只丹顶白鹤,停在他面前,连连点头夯翅。王子晋见这只丹顶鹤个大如案,就往鹤背上一坐,白鹤便展开翅膀,翩翩起舞,往天宫瑶台飞去。王观香看见哥哥乘鹤升天,誓死不回皇宫,坐在那个山峰上,整天静心吹箫。

王子晋乘鹤飞上瑶台,会见了菊花仙子,两人结为夫妻,十分恩爱。闲暇时节,夫妻相伴,同乘白鹤,遍游天下名山大川。他们飞到哪里,王子晋的箫声就响在哪里,菊花仙子就把花种播在哪里。

他们来到猴山玩耍,猴山上建造了"升仙观";他们来到雁荡山停歇,一个山岭被命名为"仙亭山";他们来到乐清县的两座山游玩,两座山分别被命名为"箫台山"和"吹台山"。

而在中岳嵩山呢,人们把王子晋吹箫坐过的那座山峰称"子晋峰";他妹妹王观香吹箫坐的那座山峰称"观香峰";浮丘公听箫坐的那座山峰称"浮丘峰";丹顶白鹤起飞的地方,起了寺院,名曰"白鹤观"。子晋、观香、浮丘三个山峰,均被列入嵩岳七十二峰。

(整理:王鸿钧)

缑山与升仙观

偃师的缑山上，有武则天御笔亲书的升仙太子碑。据说，这里就是王子晋骑鹤升仙的地方。

王子晋虽是东周灵王的太子，但对宫廷里的生活却十分厌恶，一遇机会便劝谏父王要轻徭薄赋，使人民能够休养生息。灵王不听劝阻，反而变本加厉，更加残暴地奴役人民。王子晋不愿久居肮脏之地，便经常到民间游玩或到旷野射猎。

这年秋天，王子晋骑一匹高头白马，佩带宝剑、弓箭，独自出了洛阳城。一路上的田野秋色，使王子晋觉得农家生活就是比宫廷内有趣。忽然，王子晋看见荒野里有一只金鹿在啃草，忙张弓搭箭，只听"飕"的一声，箭射在金鹿胯上。金鹿一惊，撒腿就跑，王子晋纵马紧追。

金鹿跑到一座山峰上，在野菊丛中一晃，就不见了。子晋绕山头转了一圈，也没有找着金鹿，只见满山黄艳艳的菊花，使得他心旷神怡。就在这时，黄花丛中金光一闪，走出一个美貌女郎。王子晋在宫中见过美女千百，可是都比不上她。王子晋立即对女郎鞠躬问话，还没开口，那女郎嫣然一笑，说道："王子不在宫中，何故来到深山？"王子晋说："我出城打猎，射中一只小鹿，可惜追到这儿不见了。"女郎从袖筒里掏出一只琉璃小瓶，说："你看是不是它？"王子晋定睛一看，只见瓶内有只小鹿翘首而立，和刚才射着的小鹿一模一样，只是小了许多。再看看鹿胯上还插着一支细箭，箭杆上渗出点点血水。王子晋大惊，忙伏身下拜："冒犯您啦。但不知您是哪方神仙？"

女郎说："我是菊花仙子，今来此散花，恰遇王子。"

王子晋说："我无意射中您的小鹿，还望恕罪！"

女郎脸一红，说："你若射不中小鹿，还来不到这山上呢。"说着，她从瓶中放出小鹿，指尖一扬，小鹿即变得和原来一样大。她轻轻拔下箭来，鹿胯上的伤口自动愈合，没留下任何痕迹。她捧着箭来到王子晋面前，说："这么好的箭法！这箭是还给你呢，还是让我收留着？"

王子晋是个聪明人，听了那女郎的话，知道她的心意，就说："你若愿意，就收着吧。"

本来就不满父王的太子晋，如今看到人间欢乐，又见女郎多情，更不愿回朝。但是，苦于无法追随菊花仙子，他只好独自搓手叹气。这时，天上又传来那仙子的声音："你若有心，只需与白马同饮池水，即可成仙。"

王子晋牵着白马转来转去，果见西山顶有一清泉，他就与白马同饮泉水。饮后，顿觉浑身清爽，他转眼一看，白马已变成了一只清白的丹顶鹤。王子晋将身边的散碎银子撒向池边，翻身骑上白鹤。当他转身时，宝剑上的剑缑被一丛枣树的枣刺挂住，来不及伸手去解，白鹤已腾空飞起，剑缑"嘣"的一声被扯断，留在了山上。白鹤扶摇而上，驮着王子晋升仙去了。

追赶王子晋的官兵到来，只见蓝天上白云飘飘，整齐壮观的仪仗从云层中显露出来，并隐约听到笙管鼓乐之声，遂将此事回报灵王。灵王闻报大惊，急忙传旨大兴土木，在山顶修建升仙观。

直到现在，山顶西侧还有一个大坑，这就是当年的饮马池，又叫饮鹤池。在这里偶尔还会找到几枚晶莹剔透的水晶石，据说那是当年王子晋抛撒的碎银子。王子晋升仙时，剑缑被挂落在山上，因此这座山就叫缑山。

（整理：李宗德）

簸箕庙山

秦末,刘邦、项羽争霸天下,大战于洛阳。刘邦驻兵万安山间,后有高山为屏,两翼有深沟为障,前方一马平川,进可攻,退可守,是比较理想的扎营之地。项羽扎营于北邙,前有伊、洛两河,背有黄河,可谓背水之战,乃兵家之大忌。

双方对阵,下了战书,只待次日大动干戈。刘邦把后帐扎在一个小山头上。此处孤山突兀,居高临下,山前景物,尽收眼底。刘邦的妻子薄姬,就住在这里。刘邦临行之前,对薄姬说:"今日大战,胜负难定。回师之时,你可看队伍是否整齐。午时三刻,我若不归,夫人可自行抉择。"薄姬说:"我只等大王凯旋,若有不测,我宁可自尽,决不做项羽的俘虏。"说完,亲斟三杯辞行酒。刘邦饮罢,骑一头骡子,带领队伍下山去了。

双方开战,一场好杀。刘邦依仗地理上的优势,取得胜利。他因惦记薄姬,并急于午时赶回去,忘记了下令整顿队伍,自己便纵缰而回。待跑到山脚下时,骡子失了前蹄,跌倒在地,生下一个小骡驹,"跌马沟"的名字就由此而来。

刘邦急于赶回,反而欲速则不达,埋怨道:"你早不生,晚不生,偏偏在这时候生。以后你不要再生了!"从此,骡子就再也不会生了。

薄姬在山上,眼看已到午时,还不见刘邦回来,心里很着急,就走出后帐向山下瞭望,只见队伍不整,旌旗歪斜,兵士遍地奔涌而来,显然是打了败仗的样子。薄姬看到这种情形,想到刘邦临行前对自己的誓言,就解下身上的绸带上吊而死。等刘邦赶回,见薄姬已死,后悔不已。他本欲修庙宇一座,以示对薄姬的怀念,但因战争未休,来不及修建,就拔营而去了。当地百姓敬佩薄姬的忠贞,就在这座山上修庙一座,命名为"薄姬庙"。

薄姬庙以讹传讹,流传至今,已变成"簸箕庙",山也随着叫"簸箕庙山"。这座山坐落在洛阳东南15公里的万安山下,远看倒也像个簸箕,叫它簸箕庙山确也形似。

(整理:王福建)

万 岁 峰

在嵩山太室山南麓,万岁峰拔地而起,巍峨高耸,峭壁如削,嶙峋岩峋,使人仰望惊叹,连苍鹰也怕折断了翅膀。

在流云飘动的巉岩间,不时显露一方比较规则的岩壁。传说是天帝为表彰治水功高的大禹,特派太白金星监工,鲁班锻造,挂在峰头高崖上的大匾。因而,那崖便叫"匾挂石崖"。峰下半坡有块巨大的卧石,叫启母石,传说是大禹的妻子涂山氏所化。石前有启母庙阙,阙上刻写有大禹治水的故事。

当年,汉武帝就是先看了启母石,后登上万岁峰的。

《汉书·武帝纪》记载:西汉元封元年(前110年)正月,武帝刘彻率文武官员祭罢华山,路经缑氏来到嵩山(当时叫崇高山),先登的就是这座山峰。那时他是坐着"龙驾",臣子们前呼后拥,好不威风。行至山上,官员们看见一只驳狍,大家乱撵乱追,便将它抓获了,武帝很高兴。

众人行至一所庙旁,隐隐听到山中有呼"万岁"之声。山峰相连,沟壑纵横,空旷辽远,回声荡漾,整个山间都有呼声传递。武帝问前面的人是谁呼的,前面回说"不知";问后面的人,后面回答"不晓"。武帝生疑,群臣吏卒都说:"这是中岳神在欢迎您吧。"武帝大喜,遂诏令扩建庙宇,在峰头建万岁亭,峰下建万岁观,并且禁止在山上割草、乱伐树木,另划山下300户为崇高县,免除一切赋税,专管对中岳神的祭祀事宜。

武帝斋戒七日,祭祀中岳之神。之后,他命一些官员留下督建祠、庙、亭、观,直到建成回京。

后来,这座山峰便叫"万岁峰"了,"山呼万岁"的成语也由此产生,流传全国。

山下,启母石、启母阙、万岁观、崇高城,历历在目。只是历史沧桑,万岁观已经西移,并在唐高宗时被改为太乙观,宋真宗时改为崇福宫,崇高城也已南迁,并在隋文帝时被改为嵩阳县城,唐武后时改为登封县城,1994年登封县已改为登封市,并且城区扩大了8倍。

汉武帝游嵩山

明代登封知县傅梅有诗:"汉皇修大礼,龙驾此间登,可叹三呼后,无人问茂陵。"当代著名诗人赵朴初诗云:"前代登封史,饥旱人相噬。今见登封人,战天又斗地。中岳为低头,人定神辟易。嵩阳有周柏,阅世三千岁。当能为证明,今古天渊异。"

(整理:耿直)

元宵节与万岁峰

传说,汉武帝的宫中,有个宫娥,名叫元宵。元宵这闺女是个孝顺女子,她没被选进宫前,在家里除给父母端饭捧茶以外,冬夜睡觉给父母暖被窝,夏日给父母打蚊蝇。她家二老爱吃汤圆,她就学做汤圆。由于元宵人才出众,聪明灵慧,十六岁那年被选进宫去。进宫以后,她不但能歌善舞,特别是她做得一手好汤圆,汉武帝特别爱吃。每逢大喜之日,汉武帝就要让元宵给他做汤圆配宴。也恰在这时,元宵也就想起了她的父母双亲,禁不住暗哭一场。

元鼎五年(前120年)八月十五,汉武帝设宴会群臣,又要元宵制作汤圆配宴。当时有个人叫东方朔,经常在长安城内摆卦摊。此人虽然身材不高,个儿不大,但足智多谋,风趣滑稽,常在汉武帝面前献计逗乐,因此汉武帝非常喜欢他。这一次,汉武帝也把东方朔招来参加宴会。宴会这天,大雪纷飞,东方朔想让武帝更为欢乐,便去御花园折梅花献给武帝。当他进入御花园时,见一宫娥泪流满面,欲向御井扑去。他忙上前拦救,这宫娥就是元宵。问其缘故,她说父母年迈,家中只有一个小弟弟,无人照管二老,进宫三年,见不到家里人,女儿不能尽孝,不如投井一死。东方朔听罢,安慰她一番,并答应想办法让他们父女团聚。

赴完御宴,东方朔想啊想的,终于想出了一个妙计来。一天,他按照元宵给他说的家乡居处,见了元宵的父母和弟弟,就如此这般安排了一番,又回到长安大街摆起卦摊。人们都知道东方朔的卦灵,不少人向他求卦,所占所求,都是"正月十六火焚身"的卦条签语,人们非常惊慌害怕,纷纷求问免灾的办法。东方朔神秘地说:"明年正月十三火帝真君会来长安察看,你们到城北接官厅处等候。到日落西时,见一个手拿金钢圈、脚蹬风火轮、身披红衫的童子,他就是奉旨火焚长安的火帝真君化身,众父老可拦路哭求,全城兴许得救,幸免灾难。"

人们听了东方朔的话,信以为真,到第二年正月十三这天,很多人来到接官厅处等候,直到日落西时,果然从大道上走来一个身披红衫的童子,手中拿着一个耀眼钢圈,脚蹬两个红布缠裹的圆轮,疾速往长安赶来。人们拦住他,苦苦哀求。那童子说:"我姓火,名炎,号焚君,奉玉皇大帝之命,特来焚烧长安。既然庶民们请求,可禀奏当今天子。"说罢,他掷出一张红帖,转身扬长而去。

这样一传十、十传百,长安的百姓们为了免灾,千万人跪在午门,把帖献上。午门侍卫接过红帖,来到皇府金殿,把庶民百姓的言语如实禀报。汉武帝接过红帖,只见上面写着四句话:

长安将火劫,
宫殿尽焚灭。
玉帝圣旨定,
十六焰火夜。

汉武帝看罢,吓得浑身发抖,忙请足智多谋的东方朔商议免灾办法。东方朔思虑一阵,说:"神、人都是一理。你当朝一品喜欢吃汤圆,上神亦然。十五晚上,圣上可摆案焚香,让元宵做汤圆供奉。这样方可消劫解灾。"汉武帝听罢,龙颜大喜,即传圣旨,按东方朔的办法行事。

正月十六夜晚,长安城内,家家红灯高悬,处处鞭炮震耳。城外的官宦百姓,手提花灯,进京游玩的不计其数。汉武帝脱去龙袍,换上便衣,由几个近臣、护卫跟随,也走上大街。娘娘、贵妃、宫娥、彩女,三三两两,手提花灯,离开了宫院,也杂在大街观灯的人群中间。

宫娥元宵受东方朔的嘱托,在自己做的花灯上,特写上"元宵"二字。元宵的父母和弟弟,早从中岳赶到长安,单等正月十六夜晚与女儿见面。当元宵的父母与弟弟看见"元宵"二字的花灯,就围了上来,弟弟看见久别的姐姐,禁不住老远就喊:"元宵灯——姐!元宵灯——姐!"

这时候恰巧观灯的汉武帝从这里经过,听到喊声,脱口而出说:"好个'元宵灯节'啊!"从此正月十六就叫元宵节了。人们闹了一夜灯火,长安城却安然无事。

第二年元旦过后,汉武帝传出圣旨:全国上下,僧俗人等,正月十六皆做汤圆,供奉火帝真君;同时,高挂红灯,燃放焰火,避劫除灾。

为使国泰民安,汉武帝于元封元年(前110年),出京到民间巡视。临出京前,东方朔劝他要带上宫娥元宵去玩,这样元宵便随着武帝来到中岳嵩山。

正月十六这天,汉武帝就让元宵做了汤圆,向火帝真君作供奉,夜晚汉武帝要到民间观景。当汉武帝带着文武大臣与宫娥元宵登嵩高县城北山峰时,只见山下万千村庄鞭炮连天,灯火通明。他正看得有趣的时候,忽然从不远处传来三声"万岁"之声,声音清脆响亮,震得满山回响。汉武帝令随从把呼万岁的人找来。他映着龙灯一看,原来是白发苍苍的老翁、老太和一个青衣顽童。宫娥元宵一看,原是自己的父母和弟弟,心中高兴极了,一时不敢多言。汉武帝问罢,龙心大喜,说:"喊得好,赏你们一个'元宵'(意思是指吃的元宵)!"他这样一说,谁知宫娥元宵赶快跑到老人身边,父母、子女四个跪下,又连呼三声"万岁",叩头谢恩。汉武帝想说什么,话已出口,又难收回,只有看着元宵他们父女四人走下山去。

从此,这个山峰,名曰"万岁峰",为中岳七十二峰之一。

(整理:王鸿钧)

遇 圣 峰

遇圣峰在峻极峰东南,浮丘峰以北,满山层层叠叠的巨石,峰顶怪石嶙峋,杂树攀岩。峰上经常云遮雾罩,连鸟兽也不敢来栖息,平时就更少有人来了。传说,汉武帝元封元年来游嵩山,在这座峰头遇到古圣人之后,便叫它"遇圣峰",以后这个名字便传开了。

那年,汉武帝率文武群臣来游嵩山,没到启母石就迷路了。因为那时嵩山上下都是树林,启母石以南这一带都是茫茫林海,还没有登封城,上山也没有一条正经的路。怎么办呢?得找个当地领路的人。这一带属阳城管辖,他们就找了阳城的老农王兴当向导带路。

王兴是个50岁上下、红黑脸膛、宽厚肩膀的汉子。他长年种地,农闲上山,对山上的沟沟汊汊、峰峰崖崖都很熟悉。这天,他领汉武帝一行向嵩山攀登。

他们从太室山前东大沟上山,当爬上一座险峻的雾中石峰的时候,突然看见一个白发苍苍、手执药锄、肩背药筐的老人。那老人正攀上不远处的凌空崖壁,弯腰采药。汉武帝令随员呼唤,让老人当心石滑风急路险,老人直腰回头,哈哈大笑:"不要紧,谢谢您的好意!"

汉武帝一行这才看清,老人脸膛红润,二目有神,两耳垂肩,一捧白须飘在胸前。汉武帝感到此人不凡,亲自招手相问:"请问老人,您是何处人士?今年高寿?怎敢孤身攀登山崖?"

老人毅然站在崖上,任白发白须在空中飘舞,朗朗地说:"我是九嶷山人,来崇高(即嵩山)采摘石上菖蒲。此物一寸九节,吃了可以长寿。"

武帝一听,更感新奇,加上平时总想求拜方士,讨到仙药,服食之后长生不老,忙叫老人下来,看看他采的药,尝尝他的菖蒲。

老人飞身下崖,将菖蒲拿给武帝尝。武帝尝了一点,顿觉满口醇香,浑身强健。他想:这真是一种仙

仙人采药

药啊！他叫身边的随员们尝,叫向导王兴尝,大家都说:"这确是不平凡的仙药!"

武帝还想向老人再讨要的时候,面前的老人却不见了。大家都很惊奇,都说:"这真是遇上神仙了。"

他们便到处找石上菖蒲,采摘之后,献给皇上。武帝也将一些菖蒲分给大家服食。

的确,不少人吃过菖蒲以后,都身体强壮。可是,因为采摘菖蒲要攀山登崖很费力气,后来有的人不想坚持了,汉武帝也不再坚持了,再后来他们的身体衰弱下去,老下去,最后死了。只有王兴坚持着,采摘着,服食着,还一直活着,升了天。

再后来呢?人们就把汉武帝他们遇到神仙的这座山峰叫"遇圣峰"。唐代大诗人李白的《嵩山采菖蒲者》诗中就说:

神仙多古貌,双耳下垂肩。
嵩岳逢汉武,遍是九嶷山。
我来采菖蒲,服食可延年。
言终忽不见,灭影入云烟。
喻帝竟莫悟,终归茂陵田。

药　山

登封市的箕山西南有个分支,原称"轿顶山"。站在远处看,还真酷似两个人抬轿一般。山上并没有什么药材,可是后来为什么叫它"药山"呢?这里流传着一段西汉末年王莽与刘秀争夺王位的故事。

东汉初期,王莽四处追赶刘秀。这年夏天的一个中午,火辣辣的太阳晒得大地滚烫,连山上的石头都晒红了,热得人连气都喘不过来。这时突然传来马嘶人喊的声音,由远而近。不一会儿,只见一群人马手握刀枪,追着一位骑白马的大汉子。这个汉子就是刘秀,由后面追到轿顶山的就是王莽。"驾!"刘秀"啪"的一鞭,那白马长嘶一声,飞上山去。王莽穷追不舍,说话不及,也上得山来。

在这万分紧急关头,突然刘秀那匹白马"扑通"一声栽倒在地,将刘秀甩落马下。只见那马头左右摇摆,通身汗水,直喘粗气,四只蹄子胡乱踢腾。刘秀坐起,看着白马长叹一声:"啊!天要灭我,我将死于此也!"这时他猛抬头一看,迎面走来一位鹤发童颜的老人,手拿一把青草,高叫:"刘主莫要悲叹,这白马是肚子疼,实在难忍,快将这把青草喂上,立即就会好的!"刘秀叩头拜谢,接过青草,喂给白马。说也奇怪,一把青草下肚,那马"咳咳"地打了个嘟噜,扬头摆尾站了起来,显得十分精神。刘秀一面拜谢,一面翻身上马,转眼老人也不见了。

王莽这时正好赶到,刘秀上马急抽一鞭,那白马如腾云驾雾,飞速疾驰而去,使王莽望尘莫及。

后来刘秀坐了皇帝,为纪念轿顶山上那位老人救命之恩,就把此山改名为药山。

(整理:王云青　韩书田)

焦 古 山

汝州市蟒川乡境内有一景区,叫蒋姑山风景区。蒋姑山属于伏牛山系,主峰海拔787.4米。这里奇峰林立,层峦叠嶂,沟壑纵横,洞深石怪,植被茂密,云蒸霞蔚,有罗圈冰碛地层(我国著名地质学家李四光曾亲临此处考察冰碛遗址)、鸡冠山、月牙湖、五朵山、石人沟、千层梯田、千亩果园、罗圈寺、擂鼓、蒋姑神庙、蒋姑烟云等人文与自然景观。

蒋姑山因主峰顶建有蒋姑神庙而得名。清道光《直隶汝州志》载:"蒋姑山(又名焦古山),形如翠屏,壁立千仞,松竹蓊郁,有水环抱。山巅座蒋姑庙,山角藏罗圈寺。"蒋姑奶奶的历史无从查考,只是传说她曾在此山巅居住,信仰她的弟子达数万人,分散居住在方圆三百里内,每逢有事,通知十分不便。于是,蒋姑奶奶就在此山上建了一个擂鼓台,一旦有事,只要一击鼓,弟子们就能听到鼓声,很快赶来。千百年后,擂鼓台就成了现在的形状:上方一块大圆石,状如鼓;下面有几根巨大的石柱支撑此石,似鼓声震天,气冲霄汉。到此观光的游人对其奇特的造型和动人的传说赞叹不已。

另据传,汉光武帝刘秀被王莽追杀到蒋姑山,眼看要被追上,刘秀就让人放火点燃了茂密的山林,阻挡王莽,自己继续往前跑。烈火整整烧了三天三夜,刘秀终于甩掉了王莽,保住了性命,而蒋姑山被烧成了一片焦土。因此,蒋姑山又称焦古山。

(整理:张广顺)

胜 观 峰

嵩山气象站南边最高的山峰叫胜观峰,又叫圣观峰,当地群众叫它"竖旗鼓堆"。据说这些名字都和明太祖朱元璋有关。

传说朱元璋出身寒门,小时候很早就没了爹娘,生活无依无靠,就独自一人跑到少林寺当了小和尚。老方丈见他年幼,就让他做了羊倌。他经常赶着羊到嵩山上,为寺院放羊。

有一次刘伯温扮作道士从嵩山经过,见到一堆小孩屎,一看这屎橛子不是圆的,而是方的,当下大惊。他掐指一算,知道将要改朝换代,新皇帝现在就在嵩山这一带。刘伯温就赶紧打听,当得知这是少林寺小和尚朱元璋刚刚在此解手时,就找到朱元璋说:"你以后在嵩山上见到天上泛起红雾,就离开少林寺,到南方当兵打仗,可做到将军,日后可能还会大富大贵。"朱元璋当时半信半疑,只是一脸茫然。

有一天,朱元璋又把羊赶到了嵩山上。羊儿吃着草,他扔石子玩,练习准头,一心想百发百中。这时,一只不太听话的老山羊直往山顶跑。朱元璋就在羊屁股后面撵,一直撵到了山尖上,直累得气喘吁吁,就躺在一石头上休息。

这时,他看到嵩山顶上白云缭绕,忽地想起了老道士的话,就一个跟头站起,朝四周看看,连一个人影也没有。他想:常听人说,竖起招兵旗,就有吃粮人。这次,就全当作游戏吧,看看竖起旗后会怎么样。于是,他就把放羊鞭往地上一插,脱下小褂子,搭在鞭子上,像老方丈那样,闭上眼睛,口中默念:阿弥陀佛,佛祖保佑!天下快起红雾,我就做将军,后定当重塑金身。当他睁眼看时,果然从起云峰腾起了一团红雾,霎时把整个嵩山上空映得红彤彤的。

朱元璋一看,大喜过望,想那个老道士可能不会骗人,当即就把头羊赶回少林寺,向方丈辞别,朝南方而去。他一到南方,就参加了郭子兴的红巾军,后来当了大帅,并且攻下应天府。建立大明王朝后,他想到老道士的话,以及在嵩山顶上见到的红雾,于是就取其谐音把年号定为"洪武"。后来,为把元军彻底赶走,他还曾到少林寺借僧兵呢。他当上皇帝后,风调雨顺,天下老百姓安居乐业,人们就编了戏文:"朱洪武坐南京,风调雨顺。"

后来,人们就把他当年所站的山峰叫作"圣观峰",插旗的地方叫"坚旗鼓堆"。

琵 琶 峰

洛阳龙门香山上,有个琵琶峰。提起琵琶峰,人们就讲起琵琶公主的故事来。

相传很早以前,一个皇帝的女儿善弹琵琶,因而人称"琵琶公主"。

有一天,琵琶公主带着琵琶到龙门游春,登上香山,见百花争艳,百鸟争鸣,就情不自禁地拨动琵琶,弹起了《龙门山色》的曲子。琵琶声优美动听,整个龙门山色全收在琵琶弦上了,能同时发出鸟鸣声、虫叫声、"呼呼"风声、"哗哗"水声。行人不走了,百鸟不唱了,都被这醉人的琵琶声吸引住了。

突然,一阵风响,从山涧蹿出一只猛虎,向琵琶公主扑来。公主惊叫一声,吓得昏倒在地。

眼看公主的性命难保,只听得一声大喝,"呼"地从树上跳下一个小伙子来,不偏不倚,正好骑在老虎背上。小伙子抡起斧头,向老虎头上猛砍,几下就把老虎砍死了。

这个小伙子,名叫李刚,是个樵夫。这天,他正在树上砍柴,看到公主遇难,便跳了下来。公主为了报答李刚的救命之恩,就以身相许,并从手上摘下一只金镯,送给李刚作为信物。

谁料琵琶公主把这件事情禀报父王以后,皇帝却不让女儿嫁给砍柴的李刚。为绝女儿的念头,竟派人来到香山的最高峰上,等李刚去打柴时,把他推下了深涧。

琵琶公主知道了这个消息,悲痛欲绝,硬要父王在香山的高峰上,隆重安葬李刚,不然就碰死在父王面前。皇帝无奈,只得依了女儿。

安葬这天,琵琶公主来到李刚墓前,先把自己那只镯子放在墓旁,便哭着拨动琵琶,弹奏起《悼夫君》的曲子。弹罢,双手把琵琶放在李刚的坟上,转身跳进了李刚被害的深涧……

从那以后,人们便把这个山峰叫作琵琶峰。

(整理:苗子修)

鸽 子 崖

嵩山有个太白峰,太白峰下有个鸽子崖。

很早以前，玉皇大帝身边的金童玉女，产生了爱慕之情，但天规森严，两人虽眉来眼去，终不得在一起长相守，金童玉女听说人间男女恩恩爱爱，自由自在，生活很幸福，便约定逃离天庭下凡人间。有一天，玉皇大帝出外巡游。金童和玉女商定：趁玉帝不在，马上出走。金童先走，玉女随后紧跟。他们携手来到了嵩山，恰巧被路过的何仙姑看见了，何仙姑暗想：哎呀，他们两个怎么在这里游玩？八成耐不得寂寞，偷离天庭下界！我何不当一回月老成全他们？何仙姑遂挥动拂尘来到金童玉女眼前。他们两个一看何仙姑来到，赶忙下跪求何仙姑成全，这正合何仙姑之意，就答应了他们，但说定不得把此事泄露出去。两人答应，何仙姑主持他们完了婚。

人常说：天上一天，地下多年。当玉皇大帝巡游归来，不见金童玉女，知道他们私奔，大为震怒。遂派太白李金星前去治罪，当太白李金星举目一望，立即发现了金童和玉女，只见他们所住的院落打扫得干干净净，小两口儿在院内不停地忙着干活，说说笑笑快乐无比。太白李金星不忍心治罪他们。变成一个要饭老头儿，穿着又脏又破的衣裳，端着一个缺豁要饭碗，站在门前乞讨要饭。玉女看见了，立即端来一盆水让他洗手洗脸，继而又拿来几个白生生的热蒸馍，又端来香喷喷炒菜和热乎乎的米汤，热情地让老头儿慢慢吃慢慢喝。随后太白李金星和她拉起家常，说他家乡遭了灾，其余的人都饿死了。他

金童玉女

为了活命出来要饭吃。"玉女一听就说："那你就住在这里吧，我们二人年纪轻轻的可以干活儿养活你，还可以给你养老送终。"又唤来金童，二人跪在李金星面前，要认他为父。太白李金星为他们二人的善良所感动。立即现出真形，将原委说明，金童玉女跪地不起，请太白李金星成全，太白李金星知道，违反天条不治罪是欺君之罪，如果带金童玉女回去，肯定要受重刑。说什么也不愿拆散这对恩爱小夫妻。思量片刻后，太白李金星就告诉金童玉女要好好过日子，剩下的事他自有办法。

李金星回到天庭，告诉玉帝说：金童和玉女，在人间已经生儿育女了，没法治罪，我就让他们变成鸽子留在下界，永世不得为人。玉帝想了想，金童玉女有罪但儿女没罪，这样也可，也就没在理会这件事。有一天，玉皇大帝到南天门巡游，看到金童玉女在下界生儿育女过得很好，玉帝大怒，将李太白问罪，遂命千里眼、顺风耳二将下界，判令金童玉女的儿女们变成灰白两种颜色的鸽子，划一道鸿沟为界让其分住两边陡崖绝壁，自己繁衍生息，命名鸽子崖。又判令金童玉女分居鸽子崖东西两地，永世不得见面！还判令太白李金星日夜监管不得有误！

金童玉女被分开以后，虽然两个常年不得见面，但日夜相互思念，经常去看儿女们。一天，玉女来看她的儿女们，寻思金童也在思念着她，也肯定会来看儿女们，就利用陡崖绝壁绘图画画儿，表情达意。玉女走后金童来到这里，发现玉女给自己传信，心里很兴奋，于是用同样的方式告诉她自己想说的话。他们约定：单日子金童来看鸽子，双日子玉女来看鸽子。长年如一日遵守诺言，几百年以后，日久功成，两人在鸽子崖上行走如飞，犹如平地。男的长命不老，女的寿长不俗。

现在嵩山太白峰巍然横卧,太白峰下的鸽子崖上,鸽子依然翻飞繁衍,但谁也没见过金童玉女,只知道东边有个金童沟,西边有个玉女坡!

(讲述:姚现周 整理:王湛文)

蜜 蜡 山

汝州市大峪乡北部与登封交界处,有一座南北走向的高山,叫蜜蜡山,此山山势险峻,树木茂盛,风景秀丽。关于它的名字,还有一个有趣的传说。

相传很久以前,蜜蜡山下有一户人家,只有母子二人相依为命。老太太得了个怪病卧床不起,取药治病以及平时的生活全靠她十几岁的孩子棉花。小棉花为给他娘治病,整天上山打柴,下山卖柴,累得腰酸背疼,磨得两只小脚鲜血直流也从不歇息,是远近公认的孝子。

这天,棉花上山碰到一个白胡子老头儿,交谈中,老人知道这孩子是个孝子,就对棉花说:"我给你说个单方,保管能治好你娘的病。"小棉花一听,喜出望外:"真能治好,我就认你做干爹,给你养老送终。"说罢,跪下谢恩。

老人说:"这山最高处的石洞里住着窝蜜蜂,你明个儿上山带一根长竹竿,竹竿头上卷一块烙饼,用绳捆硬朗,朝蜂儿进进出出的洞里一戳,饼上就会沾上蜂蜜。你拿这饼让你娘吃,连吃三五次,你娘的病就会好。但要注意,一次只能戳一下,念你是个孝子我才告诉你。"说罢,一眨眼,那白胡子老头便不见了。

第二天,棉花带着竹竿和烙饼上了山,他找到了那个蜜蜂进进出出的石洞,照老人说的方法,把烙饼拴在竹竿上,往石洞里戳了一下,拔出后,果然看到饼上沾了一层黄糊糊的蜂蜜,香气扑鼻。他取下饼便回了家,把饼拿给他娘吃,娘吃了后,果然感到病好了许多,连吃了三次后便能下床走路了,吃了五次后便恢复了健康,农活儿家务活儿样样能干。

蜂蜜治好了棉花娘久治不愈的疾病,这消息一下子便传遍了村庄,村上有个贪心的财主知道了此事,逼迫小棉花讲出蜂洞的位置。那个财主带着水桶竹竿和一沓子烙饼来到洞前,他在竹竿上绑上烙饼后,便狠命地往洞里猛戳。只见群蜂出洞把他团团围住,尖锐地蜂针狠狠地刺在财主身上,财主疼痛难忍,惨叫一声,滚下悬崖摔死了

从此之后,这山便叫"蜜蜡山"。后来兵荒马乱时,人们在山上建了山寨,取名为"蜜蜡寨",又名"棉花寨"。山下棉花曾住过的村庄便成了现在的棉花村,这个名字至今还用着,"卷烙馍,戳一戳"的口头禅至今还在这一带流传着。

(整理:樊忠义)

鏊 子 山

荥阳市城区南11公里有座万山,"万山叠翠"乃是老《荥阳县志》所描述的荥阳十景之一,也是须

水河发源地。从万山往南有一座藏在云雾中的山峰,远看像农村烙馍用的鏊子,故名鏊子山,当地人又叫它二龙山。关于它还有一段民间传说呢。

据荥阳人士口碑相传,很久很久以前,鏊子山是块风水宝地,民间能出一斗二升芝麻官。一天,西天使臣路过此地,见旺气冲天,风水如湖水般翻滚,一浪高过一浪,十分壮观。他观看后,私欲作怪,想把此处风水撵到他的老家。

黄河龙王闻报不忿,郑州的好风水岂容他人染指?急命两大神龙镇守鏊子山。西天使臣见阴谋败露,气急败坏,恼羞成怒,与二龙话不投机,杀在一处。两大神龙见西天使臣道行高,不敢轻敌,一使眼色,二龙出水,左右夹击。战了多时,势均力敌,不分胜负。黄河龙王见二神龙难以取胜,急返天庭,将此情上奏玉帝。玉帝命风、雨、雷、电四神下凡助阵。诸神一步来迟,二龙已被西方使臣击得遍体鳞伤。西方使臣放出弥天大火,企图将鏊子山烧成黑秃山,将此处风水毁灭掉。

为守住阵地,保住鏊子山的风水,二龙并肩作战,以死相拼。诸神见形势危急,一齐发威,狂风怒吼,电闪雷鸣,倾盆大雨浇灭了大火,西天使臣也被浇成了落汤鸡。二神龙见援兵到了,拼死反击,将西方使臣赶出了郑州,双双吐血而死。龙躯遗留在鏊子山石壁下,成为两条起伏连绵的土陵,永留人间。百姓为纪念二龙舍生护佑鏊子山风水,故称此山为二龙山。

(整理:朱永忠　卢玉根)

凤 凰 山

凤凰山又名红石山,位于巩义芝田乡蔡庄村正东方向,这里流传着这样的歌谣:凤凰山上凤凰多,真凤只有穆仙荷;死后化作金凤鸟,红石山上留传说。

很久很久以前,凤凰山是个十分秀丽的地方。满山红石头,血红血红的,宛如红宝石熠熠闪光。树木森郁,长满那无人起出名字的硕果。山草茂盛,绽开着五颜六色的野花。冬天遍地白雪,夏天几多祥云。就是这样的俊秀灵山,诱来一位美丽的天仙。原来,山间聚有一泓清泉,泉边生出千姿百态的芙蓉花,这位仙子日暮后往往在此浴身,天长日久,芙蓉花也沾下几多灵气,就在一个日暮西山的傍晚,一株艳丽芙蓉慢慢悠悠变成了一位亭亭玉立的妙龄女子,她就是穆仙荷。后来,那秀丽的天仙得知此女不凡,便与她结为姊妹,誓同生死。当时,山野苍苍,草木茂盛,还有条小路通往山上,樵夫砍柴,大多从此经过。有一天日薄西山的时候,有一位英俊潇洒的樵夫壮儿从

两只金凤凰

此经过,肩扛柴捆,累得汗湿衣衫,他慢慢放下担子,想痛痛快快洗上一阵子。这壮儿从小没了爹娘,过着孤苦伶仃的生活。更可恼的是,本村有个大财主刘大,这刘大蛮不讲理,欺压百姓,他还有个儿子刘三,这刘三仗着有钱有势,欺男霸女,无恶不作,被乡亲们叫作"地头蛇"。从前,壮儿葬父时借过他家十两银子,事后他们硬说是一百两,壮儿无力偿还,被迫成了他家的长工,整天下地干活上山砍柴,

壮儿有气,只能闷在心里。这阵子壮儿正在泉边洗澡,忽然间眼前倩影晃动,荷花丛里现出一位天仙女,这就是穆仙荷,她可怜壮儿无依无靠,就自愿配他为妻。真是福从天降,壮儿满心欢喜。这一好事被刘家得知,刘三便施着法子想得到这位美娘子。仙荷有点石成金的本事,还了刘家的百两纹银,从此二人就上了红石山。他们在山上男耕女织,过着理想的田园生活。

谁知好事不长。上天得知一枝荷花修炼成仙,大祸就从天而降,日夜狂风大作,推墙拆屋,百姓们不得安宁。仙荷女为了父老百姓免受灾难,权衡再三,情愿往上界请罪。上帝大怒,但王母见仙荷体端貌美,不忍伤她性命,便施法术化仙荷为一金凤鸟降下凡尘。壮儿哭天喊地,忽见一只仙凤从天而来,绕着他鸟语不息,两只眼睛含情脉脉。这时,那湖边仙子出现在壮儿面前,她告诉壮儿,这只金凤鸟就是仙荷女的化身,从此她只能是鸟而不可为人了。壮儿听罢,哭得更悲惨了,请求湖边仙子,把他也化成一只鸟,使他们夫妻生死相依。湖边仙子被壮儿的诚心所感动,手扬拂尘,口吹仙气,只见金光闪闪,壮儿也变成了一只美丽的金凤凰。从此,两只美丽可爱的凤凰鸟生儿育女,幸福美满。

刘家父子得知此事,好生恼恨,花钱找来几个好猎手,想让他们逮住这两只金凤凰,好上京请官。那几个猎手在当天夜间就开始了鬼鬼祟祟的行动。此事被湖边仙子得知,告诉了金凤凰和它们的凤子凤孙。它们听罢十分愤怒,成群结队飞往刘家,啄瞎了刘家父子的双眼,随着湖边仙子,飞往他乡安身去了。

人们为了纪念金凤凰,就把红石山改名叫凤凰山了。

(整理:付建华)

鬼修城和鸡星嘴

登封市东金店乡券门村南有一座中型水库。白江河水被水库大坝拦腰截断,库水被挡在山峡之间,水面与东白坪村相连。大坝东山头有一个地方叫鬼修城,西山头有一个地方叫鸡星嘴。这两个地名都因一则民间传说而得名。

相传很久以前,这里有一个魔鬼,常兴妖作乱。一日,他看到白江河流经的焦山崖一带,地势险要,像个袋口,就有心闸住两个山头成大堰,待河水上涨,先淹死白坪所有的百姓,待河水漫堰,再冲走所有的券门百姓。如果阴谋得逞,这一带就成了他们魔鬼的王国了。

在一个月黑风高的夜晚,魔鬼率领一帮小鬼来到焦山崖挖土垒堰,计划在天明以前完成任务。大鬼小鬼们借着一明一暗的鬼火,一通"叮叮当当",好不热闹,而老百姓们却全然不知。

世上没有不透风的墙。此事被券门村头土地庙里的土地佬发觉了。他深知事态的严重:如果魔鬼阴谋得逞,淹没了白坪,冲走了券门,自己也自身难保。于是他拿起拐杖,出了庙门,磕磕绊绊来到西山嘴上,面对忽明忽暗闹嚷嚷的工地,他捏住鼻子学着公鸡的叫声叫了起来。村里的公鸡听到了叫声,认为天明叫了起来,马上白坪、二岚沟的公鸡也都叫了起来。

魔鬼们听见了鸡叫,立刻惊慌起来。工程还不到一半,怎么会天亮呢?为了怕天亮他们的阴谋被人们戳穿,他们决定赶紧撤退。于是他们在大魔鬼的率领下仓惶逃离。途经库庄、背阴坡、一溜界头、烟庄、石羊关,直到白沙。

在白沙,他们坐下来休息,发现仍然是满天星星,并没有东方发白的迹象。他们越想越不对劲,方知自己上当受骗了。他们一边骂着一边将鞋壳篓带来的土倒了一堆,待到天明,他们不欢而散。

后来,人们弄清了这件事的来龙去脉,把魔鬼挖土的地方叫鬼修城,把土地佬学鸡叫的地方叫鸡星嘴,把白沙魔鬼休息的地方叫噘(崛)山。因为东金店方言"噘"就是骂的意思。

如今的券门水库大坝耸立,波光潋滟,发挥着拦洪、灌溉、养殖、调节气候、供人观光、休闲等作用。而谁曾想到编故事人的梦想却真的让20世纪的登封人民实现了。

(整理:白天乐)

百 射 箭

百射箭,又叫"白石箭"。其实,原先说的是"百射箭手",就是说的"百射百中的人"。不过,后来说话省略了,又把他说成了一个地名。在哪儿?在太室山遇圣峰北崖上。人们站在青童峰上,可以看得清清楚楚:崖上北面站着一个施礼谢鹤的童子,崖下横着一具粼粼白骨的死蛇。这是怎么回事呢?

据说,前秦时,太室山青童峰上住着一个青衣童子,爹娘早死了,自己以打柴卖柴为生。他平时闲下来也爱读书、射箭,没多久,就学得文武双全。他箭法好,百射百中,人称"百射箭手"。他心肠好,遇到不平的事,没有不帮助的。人们又称他为"好心少年",称他住的那峰为青童峰。

一天,他正在青童峰上打柴,忽听"关关啾啾"一阵鸟叫声从头顶掠过。他抬头看时,见是一对洁白的鹤安详自在地唱着,朝西飞去。他没有打扰它们,仍忙着砍柴。猛然,他又听到西边的遇圣峰上有悲惨的嘶鸣声:"嘎——嘎——"少年手握镰刀,手搭凉棚一看,见一条巨大的花身毒蛇正从沟底腾跃而上峰顶,挡住白鹤去路。它说这里的天空是它占下的,不等白鹤回话,毒蛇伸出带叉的毒舌,"扑扑"几下,将一只鹤吸住。另一只白鹤惊恐地叫着,向周围求援。

少年看见这种情况,不容迟疑,扔下镰刀,从腰间卸下弓箭,张弓搭箭,朝大蛇射去。可是那蛇的皮很硬,连射几箭,箭不落空,虽说射着了它的身子,箭头却不进,箭杆"扑嗒""扑嗒"落在沟里。少年射它的头,射它的眼,箭还是不进。那蛇"哈哈"笑着说:"你就是射上100箭,也别想把我射死!"少年射了99箭了,他最后趁那蛇又"哈哈"嘲笑时,用眼瞄准,"嘣"的一箭,正射中蛇的口腔,箭进了喉咙。那蛇脑袋一晃,一声惨叫,倒在崖上。它吞下的一只白鹤,挣扎着穿过蛇口,跌跌撞撞地飞上天空。

但是,那蛇并不死心,呼风唤雨,张着大嘴,朝天空喷气。一时,天空乌云翻滚,雷声隆隆,几道闪电过去,大雨如注,把整个嵩山都罩住了。少年被淋得睁不开眼,浑身是水。闪电间,白鹤穿过云层,盘旋鸣叫,然后,看准少年,抖落身上的羽毛。羽毛纷纷落到少年身上,替少年遮雨,将少年暖暖盖住。少年的眼又看见了,浑身又充满了力量。他朝蛇的眼睛射箭,最后跑上峰去,用镰刀在它的头上乱砍乱劈,把蛇劈死。

白鹤看蛇已被少年劈死,"关关啾啾"地叫着,谢过少年,安安详详地朝北飞去,就栖息在嵩山顶上的白鹤观里。

少年站在遇圣峰北的山崖上施礼欢送,也谢相救之恩。

后来,死在太室山遇圣峰北崖那里的毒蛇,皮肉烂掉,骨骼化为岩石,成为了人们说的"百射箭",站在青童峰上便可以清清楚楚地看到。

贞 石 亭

猛然听到"贞石亭"三个字,很难让人揣摸出什么意思,即使你亲临亭上,也不一定看出个所以然来。这亭在新密摩旗山南麓的拜石岗那里,是座六角形的亭子。该亭砖墙瓦顶,坐北朝南,门上有一块石匾,上写"贞石亭"三个字。门内立着一块一丈多高、四尺多宽的巨石,上面有三条裂缝,这便是"贞石"。故事就出在它身上。

据说,明朝天启、崇祯年间,大奸臣魏忠贤深受皇帝重用。为表彰他的"功绩",皇帝专门批准为他修造生祠。什么叫生祠呢?就是给活人建的祠堂。于是,魏忠贤就在京城里为自己盖了一座规模宏大的"魏氏生祠"。祠堂修成后,缺少一样东西——拜石,就是铺在正堂前面用来跪拜施礼的一块平平整整的大石头。魏忠贤听说河南新密摩旗山拜石岗盛产拜石,便派人去寻找。使者果然在拜石岗上发现一块一丈多长、四尺宽、闪闪发光的上等拜石。魏忠贤知道后十分高兴,随即命令工匠前往搬运。

工匠们费了九牛二虎之力,把拜石装到大车上,往京城运去。第一天,他们只走到皇帝岭,天就黑了,运输拜石的工匠们住了下来,准备次日早起赶路。不料第二天天刚亮,车上的拜石没影了。大家都很奇怪,无可奈何,只好回摩旗山再选一块儿。到拜石岗一看,昨天拉走的那块拜石又回到了原处。这样,他们一连运了三次,都是如此。魏忠贤听了手下人的禀报,一口咬定是胡扯八道,并决定亲自前往监督搬运。

魏忠贤带着随从来到拜石岗,再次把那块拜石装在车上。为了早日赶回京城,魏忠贤不准工匠们休息,要求在登程的第一天赶过黄河。可是,运输队赶到黄河南岸时,天就黑透了,再加上一路没有休息,弄得人困马乏,大家都歪在河边睡着了,连魏忠贤也在马上打起盹来。第二天,醒来一看,那块拜石又不见了。魏忠贤带领随从回到摩旗山拜石岗寻找,果见那块拜石又回到了原处。魏忠贤气得暴跳如雷,挥起钢鞭,朝拜石连打三鞭,随着钢鞭的响声,拜石裂开三道缝。然后,魏忠贤带着随从灰溜溜地返回京城去了。

后来,人们为了纪念这块不惧权势、不媚奸臣的石头,就把它称为"贞石",同时还为它修建了一座亭子,取名为"贞石亭"。

(讲述:白长山 整理:丁铁山)

龙 击 石

在登封市观星台对面箕山东侧半山腰里,苇园沟林场坡主峰左面,有一块方圆约九尺、高约丈余的大石头,当地人叫它"龙击石"。

传说在很久以前,这里麻雀成群。每年到麦、谷将要成熟的时候,它们成群成群地飞来糟蹋粮食。俗话说:麻雀上万,一起一落上石。百姓们有种无收,没法生活,只得四处流浪,逃荒讨饭。

此事惊动了天龙。一天,天龙下凡,扮作一位县令,亲自来此地察看,并询问一位老汉:为什么这里人口稀少?

老汉长叹一声:"这里有一只麻雀,人称'金小虫',神通广大,小嘴一叫,就会唤来成千上万只麻雀,到田里祸害庄稼。它们还敢啄鸡撵狗,闹得四方百姓鸡犬不宁。众百姓认为是得罪了金神,便磕头许愿,苦苦哀求,也无济于事。老百姓只有外出逃命了。"

天龙听罢,大发雷霆:"小小麻雀,竟敢为非作歹,残害良民,实乃天理难容!"言毕,告辞了老人。

第二年,麦子一片金黄。当百姓们准备开镰收割的时候,金小虫又出现了。它小嘴那么一叫,霎时麻雀铺天盖地而来。正当此时,忽听空中"喀嚓"一声,天龙乘云驾雾而降。金小虫听到响声,慌忙逃到一块大石头缝里。天龙看得一清二楚,它抓住这块大石头腾空而起,紧接着一阵拳击,只听得金小虫一声惨叫,就一命归天了。

后来,人们为了纪念天龙除害有功,就把这块石头唤作"龙击石"。至今石头上面还留有天龙抓的五个爪印,拳击金小虫的拳击窝等痕迹。

(整理:孙幸福 韩书田)

婆媳让水石

浮戏山有一景,叫"婆媳让水",也叫"乌龟让羞水"。山坡上有个马蹄形的小石坑,坑旁边立着两块大石头,一块儿像个老太婆,一块儿像个年轻媳妇。离它俩不远,还有一大一小两块石头,像两个乌龟,活灵活现,跟人雕的一样。

不知是哪辈子的事啦,有一年天大旱,几个月没落一滴雨,井里河里水都干了。山下边有户人家,就剩一老一少婆媳二人。她俩渴得没办法,想起不旱的时候,山坡上石头坑里有泉水,媳妇就搀着婆婆上山去找水喝。

婆媳俩死拉活拽地爬到山坡上,见一个马蹄形的小石坑里有不多的水,俩人喝了不济事,一人喝了能救救急。婆婆对媳妇说:"孩子呀,这点儿水你喝了吧。我老了,没多大活头了。你年轻,喝了水逃个活命,熬过荒年,把我这把骨头收拾收拾埋了,不枉咱娘儿俩厮合一场就好。"媳妇摇摇头说:"娘啊,自古以来都是养儿防老,哪有当孩子的跟爹娘争吃争喝的呢?您儿子不在人世了,我就该好好孝敬您。这点儿水,还是您喝了吧,我年轻,能顶得住。"

婆媳俩你让我,我让你,谁也不肯喝那点儿水。婆婆渴得不能说话了,推着媳妇去喝;媳妇哭着,拉着婆婆去喝。俩人让过来让过去,让了好一会儿,最后都渴死了。婆媳俩死以后,站在那儿变成了石头。

就在好婆媳俩让水的时候,山下面干河里,有个老乌龟领个小乌龟上山找水来了。老乌龟和小乌龟也看见了马蹄坑的那点儿水,本来想爬过去抢着喝那点儿水哩,见婆媳俩在让水,它们觉得羞愧,也不抢了。婆媳俩渴死后,可该它们喝了,谁知道老乌龟叫小乌龟喝,小乌龟不喝;小乌龟叫老乌龟喝,老乌龟也不喝。让来让去,哪个也不喝,扭头爬走了。爬没多远儿,老乌龟、小乌龟也都渴死了,死后也变成了石头。

后来,人们知道了这件事儿,不忘记婆媳俩互敬互爱的美德,就把她们的村名改成了"贤孝村"。

(讲述:赵衍生 整理:赵子谋)

飞 龙 龟 地

荥阳市贾峪乡有一个占地近百亩的祖始庙,庙旁有村,村随庙名。民间传说,道教始祖老子曾在这里隐居修道,世代受到敬仰,便在此立祠纪念。每年农历正月十九、三月二十六和九月初九有三个庙会,现被定为道教始祖文化节。从而,使这里形成了道教信众和社会大众参拜道教文化的圣地。

说起道教,传说道教创始人老子的《道德经》即是在这里孕育成腹中稿,后到函谷关时,才挥笔而就五千言。世代流传,自盘古开天辟地后,社会在发展,人性在倒退,中原大地动荡不安。历史到了东周时期,盘古老祖偶有所感,已知其然,遂昭使道德真君化身老子投胎人间。当年老子在鹿邑降生时,惊天动地,震裂出今祖始庙一只大"灵龟"的地形。老子出生后,以天地为己任,每天深居简出,精心修道。一日,心中突然感动不已,便离家向西北一路行来。当行至今祖始庙地方,用目细观,见一只巨大的"灵龟",状似自东南向西北昂首奋进;再向北望,五条深沟,又状似五条巨龙簇拥着龟首,这真是个"五龙捧圣"之地。于是,他从中悟出,以"龟"说"归",信仰在于认祖归根,回归中原,这便是自己苦苦追寻的归地。于是,他便在龟形地南侧的一个天然洞穴中隐居下来。

老子在这里感天悟地,胸怀抱负,饥则采野果,渴则饮甘露,潜心修道,整整三年。其间,有人见老子怪异,多次前去搭言,问他何方人氏,为何到此地。老子总是和蔼答道:"我这是回家来了。"人们还不时见老子走出所居洞穴,向空中招手,遂见一条白龙过来,驮着老子来去如飞。当年老子招骑的那条白龙,受老子委派,隐归于五龙沟西的河里,以保这方土地风调雨顺,五谷丰登。后来几次河水退落时,人们还曾见到已化作白石的巨龙。

这个飞龙龟地的传说一直在当地民间广为流传。时至今日,老子隐居的洞穴、五龙沟和龟形地等,没有人为雕饰的自然地貌亦都存在。

少 室 晴 雪

金贞佑二年(1214),宣宗听说元军过黄河,登上了邙山岭,大军直指洛阳,便召集军政大臣,商议退敌办法。

军政大臣中,有人主张死拼硬打,有人主张送礼议和。宣宗听后,则连连摇头,说:"全是下策。"他的主张是弃城登山,然后一边招兵买马,一边养精蓄锐,待兵强马壮之时,再和敌人大战。朝臣们听后,都同意宣宗的主张。于是宣宗传下圣旨,让人马开进中岳,屯兵嵩山。

金兵临出洛阳城之前,宣宗让将士在大城垛上插大旗,小城垛上插小旗,旗下各架设一门用红毡包裹着的六七尺长的木桩假炮。另外,九个寨门紧闭,并在每个城门楼上设防九名勇卒,交相擂击战鼓,表示破釜沉舟,决一死战。一切布置好后,金宣宗亲自视察一遍,然后才带着文武大臣和兵众,直奔中岳嵩山。

元兵的探马到洛阳城下一看,城头上军旗严整,旗下大炮高架,城门紧闭,鼓声震天,城上城下,森严壁垒,显示出一派决战的气氛。探子回去禀报,元军头领大吃一惊,顿时偃旗息鼓,安营下寨,让探子再探虚实。过了整整三天,不见金兵动静,元兵便逐渐逼近城下,让士兵万箭齐发,向城头射去。可是射了多时,仍然不见金兵动静,元兵便破城而入,才知中了金宣宗的"空城计"。于是,元兵调转马头,向中岳嵩山杀来。

少室晴雪

当时,正值初春天气,中岳嵩山许多地方冰未消、雪未化。金宣宗带着人马走到少林寺时,追赶他们的元兵已过了辕辕关。宣宗据探子初报情况,把兵马带到少室山上。少室山,人称"立山",俱是悬崖绝壁,攀登不得。要想登上山顶,只有几条道路,这些路又是绝道,从哪儿上,还得从哪儿下。论起风景,少室山则风光绝顶。早晨,雾像一道道白纱幕,迎着红日,徐徐升起,少室山群峰悄悄从幕后探出头来。人若站在峰顶,俯视山下,河流似带,村庄点点,农家炊烟,缕缕升起,随着春风吹拂,轻轻散开,又慢慢消失。

元兵进入中岳,就把少室山团团围住,并集中优势兵力,多次向金兵冲杀。金兵因在山上,打起仗来,居高临下,弓箭、火炮、滚木、礌石,向山下齐发,进攻的元兵一次次被击溃。元兵连连失败,伤亡很大,没有办法,就将少室各个山峰团团包围,断绝运粮道路,想将金兵困死在少室山顶。

金宣宗知道以后,就和文武朝臣商量出一个计策,决定在山上一边练兵,一边开荒种地。金兵士气高昂,战歌嘹亮,严密守山,辛勤耕耘。从此两军对垒,整整僵持九十余天。

元兵估计,金兵被围三个月,一定粮尽物绝。百日之后,金兵又发起总攻。这时候,山下百姓已开始收麦,村村户户,处处打麦扬场。峰顶上金兵白天摇耧播种,夜晚习练武艺,金宣宗用这个"回耧计"使金兵士气高昂。

元兵看看围困战略不行,就架云梯,组织勇士队登崖。金宣宗一看元兵来势凶猛,就和文武朝臣商量,把兵撤下山去。可是元兵处处围困甚严,怎么下山去呢?他们通过调查,从大寨峰北面,有一条羊肠小道,这一带元兵把守力量比较薄弱,于是宣宗决定从这里下山。

金宣宗让士兵每人身上披一块白布单,伪装成山羊,从丛林中往山下蠕动。宣宗自己化装成一位牧羊老人,在后边行走。就这样天将黎明时候,金兵所有人马已安然来到"旗、鼓、剑、印、钟"五峰处。

碰巧当时大雾弥漫,乌云翻滚,围困的元兵一看,丛林中出现了许多白羊。元兵想登峰查看时,天又下起雨来,所以他们就避在帐篷或石洞里,不出门了。

就在这个下雨的时候,金宣宗下令,让士兵把白布单解下来,一律搭在荆棘棵上。人和马暗暗下山。避雨的元兵,远远看着雪白的"羊群",仍在林丛中吃草未动。大雨下了半天,雨停了,云彩也离散了,太阳光射向少室山,原来似乎是羊群的山坡上出现了一片皑皑白色,银光闪亮,耀人眼目,金兵连一个影子也不见了。

从那时候起,少室山的北麓有一片山坡,每逢雨后初晴,特别是夏秋两季,太阳光射在山坡石板上,宛如白雪覆盖。若站在少林寺的客厅前檐下观看这一美景,更为逼真。这就是"少室晴雪",被后人列为中岳第七景。

(整理:刘慧峰 吴新年)

紫荆山的来历

在郑州,有一个地方非常出名,那就是紫荆山。其实,紫荆山既不高,也不大,充其量也就是一座土山,或一个不大的丘陵,它的名气主要是它的历史由来已久。

相传,早在春秋时,郑国的政治家子产,一日出外春游,过了北门的护城河(今金水河),漫步在郊外,忽然间看到不远的庄稼地边有一座无名小土山,山上松柏葱茏,万绿丛中还映出点点红斑。他和随从走近观看,但见那些紫红色的花朵被簇拥在一棵棵灰色的树枝上。他回头问这是什么花,一位老农回答说这是紫荆花,随后又说:相传在很早以前,这里飞来了一只凤凰,嘴里衔着一粒紫黑色的种子,它把这粒紫色的种子丢到这山上就飞走了。后来山上就长出很多很多这样的树,每年三四月份,先花后叶,紫红色花冠,簇生于老枝上,花落之后就长出心形的叶子。村民们就把这种树叫紫荆树,它开的花就叫紫荆花。子产这时对着此山感慨地说:"这里是有水难得山,我看就把它叫紫荆山吧。"从此往后,人们就把这山叫作紫荆山了。

金水河的传说

传说子产一生操劳治理国家,临终还惦记着国计民生,嘱咐儿子说:"我生不贪民财,死不占民地,可把我埋在陉山顶上。"由于子产勤政爱民,深受人民拥戴。人民听说他的死讯都非常悲痛,从全国各地赶来送葬,并把身上佩戴的金银珠宝摘下来送到子产家中,你一件我一件,竟堆满几大车。子产的儿子秉承父亲遗志坚决不收。最后,有一位老人说:"既然不收,我们就把这些金银珠宝送到他的封地倒进河里。俗话说:'肝胆照日月,江河流不息。'就让子产的恩德和我们对他的怀念像河水东流一样,流芳百代吧。"大家就把车推到距子产居住的东里不远的河边,将金银珠宝全倒进河里。只见河水波光粼粼,金光闪闪,成了一条金色的河,从此这条小泥河便得名"金水河"。

玉 溪 垂 钓

周朝时候,有个叫姜子牙的,满肚子才学,是个具有远见卓识的人。他善兵法,懂农耕,知渔牧,好天文。朝廷招他入朝理政,姜子牙却躲避不去。妻子说,给官不做不是傻子吗?姜子牙说,在不识千里马的君王手下做官,还不如埋名种田。于是他和妻子隐居渭河之滨,既耕耘,又钓鱼。姜子牙每次钓鱼时,总是手不离书,研究经文,鱼若碰到他的钓钩,他便说一句:"愿者上钩,不愿者顺水而去。"所以总没见到姜子牙钓到过一条鱼。

那时候,周文王是个明君正主,视贤才如宝贝。当他听说姜子牙怀有真才实学,常在渭河边隐耕钓鱼,就速派人去请。派去的人回来禀报说,姜子牙三天前还在渭河边钓鱼,现在不知去向,他钓鱼时常说:"愿者上钩,不愿者顺水而去。"周文王听后,沉思许久,连连点头,命御史官亲自出访,并限期把姜子牙请入朝中。

姜太公钓鱼

当御史官访问到伊水河口(即现在的洛阳龙门口),听到当地居民说,半年前有一对壮年夫妇,来到伊水河畔。那男的喜爱读书钓鱼,钓鱼时爱说:"愿者上钩,不愿者顺水而去。"御史把访到的情况回朝禀报,文王听后,拍手大喜,并问御史:"姜子牙会去什么地方隐居呢?"

御史说:"听邻舍话音,姜子牙夫妇也许会往嵩山而去。"

"这就好了。"周文王乐得捋着胡须,随即又派内史、御史诸人入嵩山私访。

姜子牙从渭水河畔来,走到嵩山南麓,看见颍河水流过石羊关后,倾入一个小小的湖泊之中,顿时,坦荡平静,水质清冽,群鱼贯游,鹭鸶翱翔。姜子牙又听当地耕夫们讲,这里一到夏秋两季,湖东丘陵腰部、巅上,松柏挺立,白云缭绕;湖西层层群山,错落有致;湖偏西南处,泉水数处,喷珠吐玉;湖的北面,群巅逶迤,好似万马奔腾;湖中有一巨石,约九尺见方,游人可登石稳坐,观赏湖景。姜子牙巡视已毕,便在这玉溪河畔隐居下来。他住下后,仍然登台钓鱼、读书。姜子牙的夫人,十分贤惠,丈夫钓不到鱼,她也从不埋怨一声,该吃饭时,就给丈夫送去。

有一次,姜子牙钓鱼没有回来,夫人又按时给他送饭去了。当丈夫吃饭时,妻子登台去看湖景,一瞧,湖中有许多大鲤鱼,背黑身肥,鳞光闪闪,在湖中游来游去。她拿起钓鱼竿去钓。一看,钓钩儿是直的,她嘴没讲,心中埋怨说:知书达理的人,钓钩是直的,怎么能钓到鱼呢?于是她从头上拔下来簪子,把针儿捏了个钩儿,然后挂上钓饵,正要垂钓时,丈夫吃完饭走了过来。她只得把鱼竿交给丈夫,提着饭具往家去了。

姜子牙接过钓竿,和往常一样,一手握书,一手垂钓。这次钓竿落水时间不长,只觉钓竿一震,姜子牙赶快把钓鱼钩儿拉出水面,钓钩上挂着一条又大又肥的鲤鱼,正在摇头甩尾地弹腾。姜子牙赶快提起钓竿,把鲤鱼卸下来掷入水中。

谁知道,近期河里新添这一批大鲤鱼,是内史、御史买来的活鱼放入河中的。他们搞了许多纸片,每个纸片上都写上"请姜太公入朝理政",用黄蜡把纸片包好,团成蛋儿,塞入鲤鱼腹中,然后再将鲤鱼放入河水之中。他们想:鱼的习性是逆水而上,上游的人们若能捉到鱼,见到蜡蛋纸条上的字,传起来请姜子牙入朝的舆论,姜子牙就好访到了。

时值初秋,鲤鱼逆水游到玉溪湖中来,姜子牙把钓到的鱼放入湖中以后,带伤的鲤鱼顺水而去。御史的随从人员见到伤鱼,慌忙报告。御史、内史经过商量,猜定姜子牙会在上游垂钓。于是他就暗到颍水河上游私访,这次果真访到了姜子牙。

御史、内史火速报知周文王。文王大喜,便日夜兼程来到嵩山,亲自请姜子牙入朝。

姜太公看到周文王有诚心,就随周文王乘轿回镐京去。路过嵩山的崿岭口时,因山道窄狭坡陡,文王就把绳子拴在姜子牙的轿杆上,亲自拉纤过关,后来戏剧中才有"你拉纤八百零八步,我保你八百零八年"这两句唱词。

姜子牙到镐京以后,不愿住金銮殿,周文王就命令朝臣给姜子牙修造一处草舍。动工的时候,朝臣禀报文王,说:"今日不是黄道日,不能动工。"周文王听后,随手提起御笔,在一张红纸条上写到"姜太公在此,诸凶神退位"交给朝臣,命立即动工。朝臣把红纸贴在工地上,工匠们就建造起房舍来。

这个典故,至今还在民间流传。从那时候起,不拘官府和庶民百姓,凡动土建造房舍的,工地上都要贴一张红纸,上书:"姜太公在此,诸凶神退位。"

姜太公"玉溪垂钓"的地方,被列为中岳八景之一。

(整理:李永君)

龙 凤 潭

嵩山东麓春震峰下有一个簸箕潭,在特定的条件下,其旋流形成的水沫可形成如龙似凤的图案。因此该潭也称为龙凤潭。

唐武则天游中岳时,为显示她的文治武功,决定祭祀龙凤潭,以祈求龙凤神保佑风调雨顺,五谷丰登,国泰民安。

一天,武则天在祭台上看到了潭内一龙一凤同时出现的情景,就联想到小时候父亲曾对她君临天下执掌社稷寄予厚望。

武则天的父亲武士镬,曾为京中小吏。在武则天出世前已有两个千金。他们夫妻都希望再生一个男孩以接续武家香火,所以在她出生前就做了许多件男孩儿衣服,不料却又生下了女孩儿,只好把衣服将就着穿。有一天,著名星象家袁天罡来到武家门口,见乳娘抱着的男孩虎头虎脑,十分精神,端详良久,便信口言道:"这位小公子龙眼凤颜,实乃伏羲之相,富贵之极,只可惜是个男娃。若是女娃,将来必定君临天下,执掌社稷。"

而今,武则天抚今思昔,天下太平,海河清晏,大周江山固若金汤,谁说女子不能执掌江山?想到这里,武则天脸上露出了满意的笑容。今日潭中龙凤同时现身,因此她就封此潭为龙凤潭。

(整理:郑根发 于丙森)

卢 崖 瀑 布

嵩山悬练峰东侧,有八股山泉汇成一条清流,经过风门口后,形成一道瀑布,跃下高崖,崖下积水成潭,犹如平湖。在深绿色的潭水上,突出一个黛色圆石。在圆石的西侧壁上,凿刻着三个斗大的字——墨浪石。

传说，唐玄宗开元年间，有个人叫卢鸿乙，很有学识才干。玄宗李隆基对他很器重，封为谏议大夫。但卢鸿乙性格刚直，看着朝纲不正，奸佞握权，就辞官来到中岳，隐居于嵩山的悬练峰下。

常言道："无术人，虽居闹市无人聘；有才人，远住深山有人闻。"卢鸿乙隐居悬练峰下不久，前来拜他为师求学的人络绎不绝。玄宗知道以后，命当地官员在悬练峰下给卢鸿乙盖了一处宅院，命名为"卢氏草堂"，并允许他广招天下才子，培育建国栋梁。这样一来，山南海北的学者，更是闻讯进山，不到三年时间，已达数百人。

就在四方才子汇集悬练峰下的年月，中原大地连年无雨，田地龟裂，五谷绝收。唯有悬练峰下，一股清泉，畅流不息。百姓们称这股山泉叫"龙眼"，并在一旁修建一所石庙，内塑一神像，称为"九龙王爷"。逢年过节，人们都要进山给九龙王上供、进香。

卢崖瀑布

这年，又是严重干旱。面色憔悴、形容枯槁的庶民百姓，从四面八方起早摸黑赶来"龙眼"挑水，还有的头戴柳圈、身披蓑衣来"九龙王庙"祈雨。卢鸿乙看着挑水的人们，水桶列成行，桶系中还穿着一根长长的竹竿，这是按先后次序灌水的。潭水越来越少，挑水的人们越来越多。他们等呀，等呀，有的盼红了眼，有的急干了喉咙，但仍是灌不到水。在"九龙王庙"祈雨的人们，烧香磕破了头，香纸烧红了庙砖，但"九龙王"还是不"睁眼"。有时，祈雨的庶民问："卢大夫，你是有学问的人，你说老天爷是不是要'收'这一方的人呢？"卢鸿乙便劝他们："哪能呢，人动神惊。人找来水，神才会保佑。不然磕烂头，怕也无济于事。"卢鸿乙还对求学的弟子们讲："严霜知劲草，益民献寸心。"

有一天，卢鸿乙到山顶去找水，谁知他一去三天没归，弟子们就结伙上山去找卢大夫。当他们走出风门口时，见到一丛映山红上系着一条青丝带，带上系着一个葫芦坠儿。大家认出是卢大夫的腰带，就走过去大喊："卢大夫——卢大夫——"可是，百喊无人应声。

弟子们来到三节崖的时候，天已经黑下来。他们抬头往三节崖上仰望，只见天空挂满了闪烁的繁星，星光下，一个黑影沿着崖边小道往簸箕掌中蠕动。于是，他们翻过小铁梁，爬上荞麦蔸，来到灯盏窝，沿过三节岩，见卢大夫正侧着身体，耳朵贴着乱石在听什么。弟子们不约而同地喊道："卢大夫，您……"

卢大夫见是自己的一群学生，高兴地哈哈大笑，说："你们看！这八股山泉，都流隐到这里了。你们听听，响声多大！"

大伙儿伏耳一听，乱石堆下水声潺潺，也都高兴地问："大夫，这水能不能引下山去？"

卢鸿乙往大石头上一坐，理了一下山羊胡须，说："要引下山去，必须把风门口劈开。但要劈风门口，可不是一件容易的事啊！"

"风门口？"一群学生问。

"对，那里我系上丝带做了记号。"卢大夫说。

弟子们听大夫这样一讲，齐说："大夫，你不是讲过'益民献寸心'吗？咱们大家都下手劈，一定能把风门口劈开！"

卢鸿乙站起来，语重心长地说："我也是这样想的。"

从此，卢鸿乙就带着数百名学生，于课余时劈风门口。百姓们听说卢鸿乙大夫劈山引水，男女老少也都登上山顶，一同劈山引水。他们整整劈了九九八十一天，把一个风门石崖劈为两半。于是，一股巨大的清流，闯出风门口，跌下万丈崖去。

卢鸿乙带着弟子们在返回草堂途中，听到雷鸣声，仰脸一看，只见一片白云从天而降，巨大的水头似从天上直泻下来，跌到鼓肚崖石上，炸成万点水珠。卢鸿乙高兴地说："真乃'珍珠倒卷帘'也。"

他来到积水潭边，站在东崖石上，往潭中望去，只见深绿色的潭水上现出一块黛色圆石，被瀑布推动着象磨墨一样，便称其为"墨浪石"。迄今中岳嵩山一带还流传着这样一句话："卢崖瀑布三千丈。鸿乙石上观墨浪。"

潭水流下山去，百姓们就用来饮用、灌田。人们为了纪念卢鸿乙，称崖水为"卢崖瀑布"，改"卢氏草堂"为"卢崖寺"。现在西崖壁上凿刻的"墨浪石"三个斗大的字，系明代袁宏道凿刻。"卢崖瀑布"列为中岳第八景。

（整理：王鸿钧）

异水河的传说

话说东汉时王莽撵刘秀，在新郑的千户寨一带，刘秀的军队恰巧与王莽的军队遭遇。双方鏖战多时，刘秀的军队被击溃，刘秀只身落荒而逃。

在南山坡下的一个小村子里，刘秀见到一位60多岁的老太婆坐在一块大石头上歇息，便走到她跟前，说："老大娘，请您给我一碗水喝。"那老婆看刘秀牵着马，腰里挎着宝剑，浑身上下都是血迹，心想此人不是强盗便是逃犯，所以不但不理睬他，反而走到家里关上了大门。刘秀又连续向几家人家讨水喝，都受到了同样的冷遇。

无奈，他只好牵着马向南山走去，走着走着，眼前出现了一条小河，水清见底，游鱼可数，潺潺向东流去。刘秀高兴极了，双手捧起清凉的河水，喝了个痛快，又将身上的血迹和泥土洗净。在跨马登程的同时，他猛想起在村子里寻水喝时遭到的冷遇，百感交集，愤怒地指天发誓："我若有朝一日得了势，定叫这条河上干三里，下干三里。"

后来，刘秀终于打败了王莽，成为东汉的开国皇帝。皇帝是天之骄子，开口为敕，说话是算数的，山川神灵都要听从天子的旨意，所以，异水河中上游从刘秀喝水的地方起，上至千户寨干了三里，下至郭寨沟干了三里。其实，异水河中下游为常年河，上游为季节河，枯水季节，六里河床无水是正常现象。

（整理：罗仁永）

王莽撵刘秀在嵩阴的故事

王莽撵刘秀起始于古都洛阳,路过巩义、登封,在嵩阴地区,留下了一个又一个神奇的传说。

一、老驴驮箱

嵩岳北麓(也称嵩阴)有座金牛山,山的南坡有个"老驴驮箱"的地方。

据说,王莽是刘秀的亲外爷,手中有很大的权力。老王晏驾,就有王莽辅佐朝政。那时刘秀年幼,朝中一切大事都由王莽做主。但他仍不满足,一心要面南背北坐朝廷,就和手下密谋除掉刘秀,篡朝谋位。刘秀一听说,就慌忙只身往东南出逃。王莽很快得到了这个消息,便亲自领兵追杀。来在巩县的金牛山脚下,王莽追兵已经逼近,刘秀沿着一条崎岖山路拼命逃窜,王莽更是打马紧追不舍。到了"老驴驮箱"这儿,已经是追得马头碰马尾,只要再有三两步,王莽一伸手,就能逮住刘秀。

这时候,斜刺里出现了一位赶驴老人,驴背上驮着一副元宝箱。老人见此情景,朝毛驴猛抽一鞭,那毛驴一惊,冲着王莽马头猛蹿过去,驮着的元宝箱就滚落地上,挡住了王莽去路。那王莽又气又急——煮熟的鸭子反而飞跑了!正要发作时发现,哪还有老人和毛驴的影子,挡在路上的元宝箱竟变成了一人高的大石头!多日的追杀又一次变成了泡影,王莽懊恼万分,仰天长叹:"难道真是天不绝刘,神鬼难我?"

现在,那块巨石还横在那里。后人为了行走方便,绕着那块巨石新辟一条小路。这块巨石和这个地方,就被人们称作"老驴驮箱"。

二、石蒸馍

幸得神人相助,刘秀在金牛山躲过一劫,心惊肉跳,马不停蹄一路南逃。王莽呢,还不死心,继续紧紧追赶。

来在姜山脚下,有个潭李沟口。一道溪水潺潺流过,风景非常优美。刘秀人困马乏,逃难心切,哪有心情浏览这些景致?但见战马渴得口冒白沫,刘秀也觉肚里饥渴难耐。索性小歇饮马,自己也吃点东西,垫垫肚子。

刘秀喝了一肚子清水,感到清爽了许多。摸出随身带的蒸馍,啃了一口。看着眼前的青山绿水,虽然荒凉,渺无人烟,可这里没有厮杀,没有纷争,没有倾轧,鸟语花香,便崇尚起这个仙境一样的地方来。刘秀不觉感叹,人生在世,图的是什么?——名利?名利!谁人不为名利厮杀?又有哪个不被名利所害?祖上打下十万里江山为了什么?外爷苦苦紧逼,宁可与亲外孙血肉相残又是为了什么?这时候,一阵急骤的马蹄声传来——追兵又撵来了!刘秀赶忙翻身上马,王莽已到近前。说时迟,那时快,刘秀急中生智,把手中的蒸馍当成兵器向王莽打去,乘王莽招架的机会,刘秀打马一鞭,夺路逃去。

王莽慌忙接过投来之物,原来是一个熟馒头。——又让这龟孙子逃掉了!看着这软暄暄的大馒头,就把恶气朝它撒来,张嘴就咬。"呀——!"那硬邦邦的东西几乎把牙硌掉,这哪是白蒸馍?分明是一块圆石头!"真他娘的怪事!"王莽愤愤地把它扔在地上。

直到今天,姜山脚下的潭李沟口,还横卧着一个馒头样的大圆石头,大得很,重量在百吨上下。石头边沿有一个像人啃过的缺口,当地人称它"石蒸馍"。

三、"帽石"沟

王莽撵刘秀

刘秀的一个蒸馍打将过去,在王莽一晃神的工夫,才得以逃脱。一路狂奔,惶惶不定中又有些庆幸——人不该死有人救,一个蒸馍救了他一条命。

躲过一劫,刘秀心中盘算,蒸馍原本死物,偶得救孤,也够灵性。日后若有出头之日,定然封诰。

来在嵩山北角,战马忽然发出"咴咴"嘶叫,不肯前走。刘秀抬眼望去,只见眼前是一道狭长深谷,荒凉阴森,似有一团迷雾四下弥漫。刘秀心说不好,拨马便回,谷中已跳出一头巨大的白牛妖魔。一声高喊:"小儿休走,我受莽爷所托,早已等候多时,还不快快下马受死?"

刘秀慌忙逃走,那牛魔哪肯放过?一个蹿跳,向他抵来。若被抵中,连人带马必成肉泥。刘秀两眼一闭,说道:"孤命休矣!"

这时候,只听一声断喝:"牛妖休得助纣为虐!本将军来也!"喊声还未落,大将军已到跟前。那牛妖丢下刘秀,就同将军厮杀起来。只杀得天昏地暗,日月无光,山摇地动,飞沙走石。刘秀趁机脱离险境,往南逃去。

大将军同牛妖大战七天七夜,被牛妖扫伤小腿。将军吐口唾沫,弯腰敷在伤处,立马手到病除。但军帽掉在地上,将军哪顾得这些?运口真气,神勇无比。那牛妖渐觉不敌,将军却招招凌厉,终于制服牛妖,回了天庭。

日久天长,将军失落的那顶战帽,就变成了现在的"帽石"。这块帽石呈圆形,上大下小,和将军战帽非常相像。而且非常大,似有百余吨重,成了嵩岳风景区的一大景观,这条峡谷也被称作"帽石沟"。

四、"搠刀泉"与"剑劈谷"

刘秀打马逃进了深山。这里虽说风景优美,但重峦叠嶂,没有了逃生的出路。举目四顾,只见两边峭壁好像刀砍斧剁一般,前面是云崖深沟,狂风撞着山崖幼林,发出"呜呜"怪叫,刘秀只觉得头皮发麻,一声哀叹:"天绝我也!"战马也"咴咴"嘶鸣,单蹄扒地,不肯上前。刘秀低头一看,只见战马浑身湿透,嘴吐白沫。刘秀也觉口干舌燥,不忍再骑,索性下得马来,休息片刻,再想办法。

刘秀背靠崖壁,战马仍用那只前蹄在地上刨挖。刘秀心想,人说"马有三分龙",这牲畜有灵性。莫非它蹄下有水?就拔出宝剑在马蹄边又刨又剜。没多大工夫,果然剜出了水,一股清泉眼"咕嘟咕嘟"直往上翻。不一会儿,就溢满了坑。战马喝足了水,吃起了身边的青草。刘秀饮罢清泉,只觉神清气爽,随口感叹:"好水,好水!不是玉液,胜似琼浆。但愿清泉常在!"

直到今天,这个坑中不枯不涸,泉水不断。据说是受了皇上的封诰,人们称它"搠刀泉"。

刘秀喝罢水后有了精神,忽觉胆壮气浩。说道:"天无绝人之路,小小山涧,岂能拦我?"抽出宝剑,使出神力,朝山峦砍去,只听天崩地裂一声巨响,眼前出现了一道缓缓山谷。刘秀翻身上马,向南而去。多少年过去了,后人一直把这道峡谷称作"剑劈谷"。

再说这山里有一只修炼多年的雀鸟,就卧在这绝壁之上。刘秀举剑劈山的时候,这雀鸟只觉灵光冲天,耀得它眼花缭乱,吓得它"啾啾"惊叫,探头向崖下窥望;随着一声劈山巨响,那雀鸟就吓破了胆,化成一块突兀的巨石,当地人叫它"惊鸟探谷"。

(讲述:于道坤　整理:柳智杰)

八面神村与刘秀的故事

"八面神"是郑州市中原区沟赵乡所辖的一个自然村,其村名的来历有一个古老而有趣的传说。传说西汉末年王莽篡位后,自封为皇帝,属下文武大臣强烈不满。后来刘秀起兵讨伐王莽,攻占颍川、展开中原一场激战,刘秀败下阵来。王莽乘胜追击刘秀不放,一天追赶到沟赵南边一片空旷野地时,刘秀被追得筋疲力尽,眼看就要被王莽抓俘之时,突然狂风大作,天昏地暗,飞沙走石,一声炸雷响彻天空,大雨倾盆电闪雷鸣中,出现一位身高丈余,金盔银甲,手持兵器的八面脸人,怒目圆瞪对王莽吼道:"莫伤真龙天子!"吓得王莽魂不附体,翻身落马。刘秀趁机逃跑,躲过一劫。

后来,刘秀洛阳登基称帝,恢复大汉王朝。一日,想起当年在郑州西郊北遇难被王莽追赶的情景,心想上天派"八面神"救他,才有今天,定报救命之恩。遂颁旨在他当年遇难处建庙塑神——八面神。后来人们来此居住,人口越来越多,形成村庄,遂叫八面神村。

鸡 娃 地

登封城北有一块地方,千百年来被人们称为"鸡娃地"。不管谁从这里经过,只要你"啪啪啪"一拍手,很快就迎来"啾啾啾"的小鸡叫声。

说起这"鸡娃地",话就长了。登封的前身是嵩阳县,嵩阳县的前身是崇高县。当时,崇高县的城阙在"鸡娃地"的西北方向,"鸡娃地"就在北城墙外。那时候,这地方住着几户人家,其中有一户姓姬,夫妇两口,男的叫姬忠,在县衙里当更夫。

姬忠是个老诚善良、勤俭肯干的人。春夏秋冬,不管刮风下雪,他的梆声从没有误过时刻。人们很感谢他,知县老爷也常赏赐他。

有一年春天,姬忠打完五更梆,回家歇息,出来城门,见路沟里扔着七八只鸡娃,有两只还会弹腿儿,其他的都已经死掉了。他问过路的人,说是卖鸡娃的把剩下的底渣儿倒在那里了。姬忠就把那两只还会弹腿的鸡娃儿抱回家去,两口儿掰着嘴儿给它们喂米灌水。终于,鸡娃被养活了,而且越长越好看。十个月后,只要姬忠从外边回来,红公鸡、黄母鸡就"咕咕"地叫着迎到大门口。姬忠看到它们,不是撒把米,便是扔把菜。

俗话说:禽通人性。姬忠待鸡越好,鸡对姬忠越亲,两只鸡后来竟会替姬忠值班儿。怎样值哩?夜里只要到打梆的时候,两只鸡就"咕咕"直叫。姬忠听到鸡的叫声,一看点的香火儿,就上街去打更梆。

公鸡打鸣准,母鸡下蛋多,这两只鸡简直成了姬忠家的宝。夫妇两口对待两只鸡,说不出来的爱和亲。因这两只鸡相助,官民就更钦佩他的更梆出神。知县老爷奖给姬忠一件羔皮袄,两双粉底靴,还有五两银子。

当时,县衙有个门子,名叫蒋通。此人四尺八高,心狠手毒,办事两面三刀,是个"笑面虎"。人们说蒋通的大衫,见到穷人前襟短后襟长,见到财主前襟长后襟短。他见姬忠常常受到知县和众人的夸赞,非常眼气,对姬忠起下狠心。一日,他听说姬忠的"神梆"是家中两只鸡所助,毒心一沉,便想出个坏主意。

有一天,蒋通趁知县到乡间去验尸,走进二堂,对知县太太深施一礼,说:"给太太贺喜!"知县太太是个爱奉承、见财如命的人,忙请他站起来,说:"门子,喜从何来?"蒋通说:"老爷要官提三级,步步高升了。"知县太太一听,更加高兴,忙让蒋通坐下直说。于是蒋通就说了,更夫姬忠家有对"神鸡",公鸡能自动叫更,一夜五遍,分刻不差;母鸡除去帮更以外,天天下蛋,蛋大不说,人吃了定会益寿延年。

官太太一听,说:"那是更夫家的东西,我喜从何来?"蒋通说:"太太要是把两只鸡逮来送上朝廷,老爷岂不是可官升三级,您不是也可福如东海长流水吗?"他看四处无人,便悄悄地对知县太太说出如此这般的毒计。

这一天,知县正在处理案件,忽听堂鼓大响,便迈步到大堂上来。他看绳捆索绑一个人,跪在地下,三班衙役手执竹板,分站两边,太太稳稳当当坐在一旁。知县把惊堂木一拍,说:"下面跪的什么人?"姬忠说:"老爷息怒,我是更夫姬忠。"知县说:"打更守夜之人为何被绑在这里?"

官太太接着说:"此人青天白日来盗我珍珠!"

知县清楚,姬忠平素是个老诚勤恳的更夫,怎敢青天白日来偷官太太宝物,便说:"大胆的更夫,你为何偷太太的宝物?"姬忠望了一眼知县太太,太太把眼一瞪,姬忠忙低下头说:"是我偷了太太的宝物。"

知县太太怒目切齿地说:"叫他赔偿!"

姬忠说:"老爷!我家里穷,情愿把两只鸡赔给太太。"知县一听,心里加上一层疑云,说:"松绑,打入牢里去!"

夜里,姬忠在牢里生闷气,想寻死上吊。忽然,狱门开了,黑暗里被推进一个人来,狱卒随即把门锁上了。进狱人蹲在屋角里,一个冤枉接一个冤枉地喊。姬忠爬过来劝他,说:"难道你比我还冤枉吗?"接着,他讲起了自己大祸从天降的事:

那天,姬忠正在家里喂鸡,突然闯进他家两个衙役,说是知县有请。姬忠忙放下鸡食,随衙役走进二堂。太太笑脸相迎,说姬忠打更有功,要代老爷宴请。姬忠喝不到三杯酒,就头重脚轻滑倒在地。这时候,他模模糊糊看见蒋通往他口袋里装了一包东西。不知过了多长时间,一阵吆喝声响,姬忠从酒中醒来,见自己已被绳捆索绑。太太审讯,姬忠只好苦打成招。姬忠说他家贫,无物可赔,蒋通就说:"把你家那两只鸡赔给太太罢了。"姬忠还没说个"不"字,太太就命衙役毒打,因而只得忍辱承许。

讲到这里,狱门大开,监卒又把那个喊冤的人提走了。谁知道,这竟是知县老爷进狱私访。第二天知县升堂,就把门子蒋通也带上大堂来。起初,蒋通不认罪,知县让衙役重打蒋通四十大板以后,蒋通才从头到尾把奸计说出来。知县当堂恕姬忠无罪。蒋通从此对姬忠更加恨之入骨,起奸心要把姬忠的两只鸡抓到手,把姬忠害死。

事隔三天,半夜里,忽然双鸡大鸣。姬忠起来一看,房屋失火,火焰染红半个天。他狠推了妻子一把,抱起公鸡,翻身过墙往嵩山上跑。妻子呢,醒来一看,烈火燎到房顶,便抱起老母鸡和刚出壳的一窝鸡娃,跳进红薯窖里。当她跳进去不久,墙倒屋塌了,姬忠的妻子、母鸡和一窝鸡娃,被活活埋压在地下。

凶手蒋通来到姬忠家中,找了好一会儿,一只鸡也没见到。当天明的时候,他听说姬忠抱着大公鸡跑上了嵩山,就拿起弓箭撵上山去。姬忠抱着大公鸡在前面跑,蒋通握着弓箭在后边追。但是,任他怎么追,总是差几十步追不上。蒋通一狠奸心,拉开弓,一箭把姬忠射倒在山上。红公鸡扑翅膀飞了不远,一见主人死在山上,也站下来不飞了。当蒋通跑到姬忠跟前时,姬忠已经变成个石头,稳稳坐在山顶。蒋通跑到红公鸡那里,公鸡也变成个石鸡立在山头。蒋通费尽了奸心,什么也没捞到,便"扑通"一声跌下崖去。

从那时候起,人们称"姬忠石"为"老翁峰",称"石公鸡"为"鸡鸣峰",蒋通跌崖处为"不通谷"。埋姬忠妻子和一窝小鸡的红薯窖,就是后来的"鸡娃地",当今的"鸡鸣街"。

(整理:王鸿钧)

要閑的传说

原来的灶王爷画像上方,印有"二十四节气表"。表的上方印有两条龙,附带印有"×龙治水"和"×日得辛"字样。表的左侧还印有一个七八岁的顽童,他的名字叫"要閑"。这个顽童有的年份穿鞋,有的年份赤脚。百姓们参考上面的字和画，可以预测这一年的旱涝和收成的丰欠。比如，这一年是"九龙治水"，则预示着天旱，因为"龙多不下雨"。又比如，这一年是"七日得辛"，则表明小麦扬花坐胚时间长，有可能遭坏天气的袭击。

那么为什么看要阔的双脚可知天气呢？

从前在箕山脚下颍河南岸有一个村庄，村庄里住着一户贫穷人家，就是要阔和他娘母子二人。要阔生性乖僻，不服管教，他娘叫他往东，他偏往西；叫他打狗，他偏撵鸡；家中缺柴，他偏割草；家中缺草，他偏拾柴。

转眼老太太已步入风烛残年。面对自己的不孝逆子，她也无可奈何。对于自己的后事，她想了许多：既然儿子一辈子跟自己唱反调，不听自己的话，倒不如给他来一个"歪打正着"。她嘱咐儿子："孩子呀，我死了以后，你看那老鳖潭深，你就把我背去扔进去算了……"说话之间，母亲便咽了气。

母亲死后，要阔彻底悔悟了。他觉得自己一辈子没有听娘的话，万分惭愧，今天该听一次娘的话了。于是他买回棺材盛殓了母亲，央人抬着来到石羊关颍河岸边，在河南崖根找到了大潭，要遵嘱把棺材扔到了水中。后人为纪念此事，把水潭命名"要阔潭"。在白沙水库蓄水以前，人们来这里还可以影影绰绰看见潭里的"棺材"。

至于灶王爷画上为啥能从要阔的双脚预测旱涝呢？因为他一贯悖逆他母亲的教育，不珍惜母亲的劳动，下雨天他偏偏穿上鞋踩泥，而晴天则赤脚走路。难怪至今乡下人见了不听话的孩子，会说："哎呀，你好要阔呀！"或者说："你真是要阔转世呀！"

因此说，画上的要阔如果穿鞋，这年一定是涝天多；如果要阔赤脚，这年一定是旱天多。

（整理：白天乐）

汉封将军柏

嵩山之阳的嵩阳书院里有两株大柏树，枝干如铁，老态龙钟，好像历经沧桑的老人，受到人们的尊重。它们就是被汉武帝所封的"将军"。

传说，两千年前，汉武帝刘彻来游嵩山，行走在嵩山之前的树林中，看到一棵柏树，树身高大，枝叶茂密，感到惊讶，不禁连声赞叹："哎呀！好大的柏树呀！"陪伴的官员一见皇上对柏树赞不绝口，也都跟着说："是啊，我们跟随万岁游遍天下，从来没见过这样大的柏树呢！"帝呼臣应，议论纷纷，兴头越来越高。汉武帝仰望再三，一口将这株柏树封为"大将军"。"大将军"高兴地笑起来。

武帝又往北走，迎面又见一株柏树比前一株还高大，心中更加惊讶。可是，前一株已经封为"大将军"了，这株怎么封呢？不封吧，情理不通；封吧，想不出合适的封号；把前一株封号移过来吧，自己是天子，金口玉言，封号已定，不能改动。想来想去，最后，他拿定主意封它为"二将军"。一个随驾御史跪下奏道："臣启万岁！这株柏可比前柏大得多呀！"意思是想提醒武帝改改封号，却又不敢直言。汉武帝也完全知道这位臣子的意思，但为了维护自己的尊严，明知道封错了，却硬是不改。只见他把脸一黑，斥责那位犯颜妄奏的大臣说："什么大呀小的，先入为主嘛！"那位伴驾使臣连忙叩头称是。别的伴驾官员见此情景，再也没有人敢多嘴了。而那株柏树对皇上这样不公正的封号却很有意见，但在皇上面前又不好提出，只有生气，结果气炸了心肺。

武帝透过树木枝叶看到东边还有一株高大的柏树，不管大小，只该依次封为"三将军"了。别人不好再说什么，只有看皇上一错再错。可是，那株柏树满腔愤怒，后来便引火自焚了。

至今，大将军、二将军两株古柏一直保存在院内。看到古柏，人们便想到汉武帝的晋封，为柏树鸣不平，留下一段话来：

　　大封小来小封大，
　　先入为主成笑话。
　　只管皇上保尊颜，
　　哪管事实差不差？

（整理：韩有治）

汉封将军柏

牡丹的由来

从前，在洛阳北邙山住着一对勤劳善良的夫妻。小两口男耕女织，恩恩爱爱，但有一样不顺心，成亲三年还没有孩子。医也求了，神也拜了，不见灵验。

这天，小两口从一只凶猛的老鹰的爪下救下一只美丽的鹦鹉。鹦鹉知道小两口的心事，从邙山仙人台上衔回来了灵芝草。妻子吃了灵芝草，不多久，生了个胖小子，取名叫鹦哥。

鹦哥十岁那年，邙山上流行一种病，好多人染病卧床不起，爸爸不幸去世，妈妈也奄奄一息。

鹦哥决心找到仙人台，挖来灵芝草为妈妈治病。他走呀，走呀，也不知趟过几条河，翻过几道岭，眼看走不动了，迎面遇到一位白胡子爷爷。

白胡子爷爷问小鹦哥为啥出远门，鹦哥说要找灵芝草救妈妈。白胡子爷爷摇头说："你妈得的是冷热病，灵芝草治不好。"他交给鹦哥一块儿石头，说："你把这石头磨成钥匙，你妈的病才有指望。"说完，白胡子爷爷不见了。

鹦哥来到河边，找块青石就磨开了石头。手磨出血来了，膝盖跪出血来了，这样三天三夜，石头终于磨成了钥匙。

白胡子爷爷又出现了。他笑着夸赞小鹦哥一番，说："这钥匙能打开王母娘娘瑶池的门，那里面放有金丹，一粒就可救你妈妈的命。"说完，他吹口仙气把鹦哥送到了天宫。

鹦哥用石头钥匙开了瑶池的门，找到了金丹葫芦，倒出一粒金丹。他刚要出门，又想起邙山的乡亲们也需要金丹救命，便把葫芦来个底朝天，尽其衣兜装满金丹。

也许是时间耽误太久，王母娘娘发现金丹被偷，急忙仗剑追来。鹦哥哪能跑得过王母？正在焦急,忽从云缝间见地上已是邙山,他便不顾一切把金丹全部撒下,心想:我大不了一死,但乡亲们谁拾到金丹,或可保住一命。

王母娘娘抓住鹦哥,便要处死,白胡子爷爷不知从哪里又冒出来。原来,他是南极仙翁。南极仙翁对王母娘娘说:"难得这孩子为乡亲们治病,可饶他不死。"王母娘娘以慈悲为怀,点头应允。仙翁又告诉鹦哥:"你撒下的金丹会即刻长出一种奇花,可用它的根熬药治病,定安然无恙。"

鹦哥回到邙山,果见满山遍野都是鲜花。他把经历告诉了妈妈和乡亲,大家把花根刨出来熬药汤,喝了病立马好了。因这花是王母娘娘的金丹变的,人们给这花取名"母丹",后又改为牡丹。

(整理:王经华)

花王斗女皇

牡丹是百花中的王,她的品种很多,生长在全国各地。但是,全国各地的牡丹要数洛阳牡丹最好。宋朝大文学家欧阳修在《洛阳牡丹记》中说:"牡丹出丹州、延州,东出青州、南亦出越州。而出洛阳者,今为天下第一。"在《洛阳牡丹图》中,他又说:"洛阳地脉花最宜,牡丹尤为天下奇。"

洛阳牡丹为什么比其他地方都好呢?这里还有一个故事哩。

武则天游牡丹园

公元690年,武则天废了唐睿宗后,自己当了女皇,改国号为周,称号是圣神皇帝。武则天是个有本事的人,她把反对她的人都给整垮了,最后打败了徐敬业的十万大军,取得了天下太平。

这年冬天,鹅毛大雪纷纷扬扬下个不停,长安城里一片洁白。嫔妃们讨好地对武则天说:"万岁治国有方,威震四海。如今天下太平,瑞雪纷飞,明岁定然五谷丰登,国泰民安!"

武则天听了这话,心里十分高兴,命宫娥们摆宴,饮酒赏雪。武则天一边喝酒吟诗,一边观赏着雪景。她看到后宫院内白花花的一片,花草树木也都披上了银装,甚是娇媚。但转念一想:虽说瑞雪兆丰年,却总觉得颜色单调,草木凋零。于是,她的心里就有几分不痛快。

这时,她已经有点儿醉意,摇摇摆摆地站不稳,宫女劝她回去,说:"天色不早,万岁起驾回宫吧。如果万岁高兴,明晨再来观赏。"

武则天也觉得难以支撑,就由宫女扶着回宫了。但她心里还有点不高兴,就叫宫女拿来文房四宝,写下了一首诗:

明朝游上苑,火速报春知。

花须连夜发，莫待晓风吹。

　　写完，她就迷迷糊糊地睡着了。

　　第二天一清早，宫女们慌慌张张地禀报说："启禀万岁，上苑的百花连夜开放了！"

　　武则天觉得很奇怪，一看案上的诗，她就明白了，这是百花奉旨开放了。武则天心中大喜，就带着宫女们到了上苑。

　　再说上苑的百花正在寒冬中休养生息，准备来春献花，忽然接到武则天的圣旨，命她们连夜开放，一个个惊慌失措。只有花王牡丹全不理会，她劝大家，说："武则天太专横，她已经乱了人世，还想来乱花时，众姐妹不要理她！"

　　百花说："姐姐法力高强，可以抵挡得住。我们道行浅薄，不敢与她抗争。"

　　牡丹仙子冷笑说："武则天再厉害，也不过是人间凡王，我看她能把我怎样！"说罢，牡丹仙子仍然在雪中休养生息。

　　其他百花不敢抗旨，只得仓皇开花了。

　　当武则天看到百花破雪绽开，万紫千红，满院生辉，心里十分得意，便慢慢地游览起来。突然，她看到花木丛中，还有几株披霜裹雪，没有开放。仔细一看，全都是牡丹，她不由得勃然大怒："大胆牡丹，如此放肆狂妄，竟敢抗旨慢上！速将她逐出长安，发配洛阳邙山，叫她在那荒山秃岭上年年月月受孤单！"

　　就这样，牡丹被武则天贬到邙山。但洛阳人爱花成性，看到邙山上添了新花，家家户户都来移栽培植。待到来年，牡丹仙子也不负洛阳人的厚爱，加倍出力，把各色牡丹开遍了邙山上下和洛城内外。

　　这年，武则天到洛阳游春，看到邙岭上人山人海，热闹非凡。她催轿到上面一看，原来大家都在观赏牡丹。那牡丹和往年长安宫里的可大不一样，她们有千层叶瓣、万种颜色，小的像月季，大的如葵花，真是千姿百态，娇艳无比。

　　武则天一看，心里更加有气，怒骂道："好个牡丹，我把你发配洛阳邙山，叫你永世孤单，不料你这般卖弄风情，招蜂惹蝶，这回我叫你断种绝代！"

　　武则天说罢，就命人放火烧山。游人散了，武则天也怒冲冲地走了。

　　再年春天，武则天得意洋洋地来到邙山，想看看牡丹的焦枝枯叶。但到了那里，她却大吃一惊。原来，这年的牡丹比往年开得更盛，游人也比往年更多。她细看牡丹的枝叶，只见秆茎上带有黑印，想必就是去年烈火焚烧的痕迹了。她无可奈何地叹了一口气，说："天意不可抗，民意不可违。朕年老矣！牡丹气数未尽，难与抗争。"

　　没过几年，武则天老死了，而洛阳牡丹却年复一年，越开越旺。人们把烈火焚烧过的牡丹称为"焦骨牡丹"，她不但花色艳丽，还是一种名贵的中药材呢。

（整理：顾丰年）

花王和花后

　　洛阳牡丹有花王和花后，花王是"姚黄"，花后是"魏紫"。这两种牡丹开得特好。它们的来历，人们传得也很神奇。

唐朝时候,北邙山也叫牡丹山。山底下住个砍柴孩儿,没爹娘了,他喜欢牡丹,一年到头儿在山上砍柴,啥柴都砍,就不砍牡丹,连个牡丹枝儿也没伤过。

山半腰有个石人,砍柴孩儿上山时,把带的干粮往石人脖子上一挂,笑笑说:"石人哥,吃馍吧!"就砍柴去了。饿时,他到石人那里取下袋子,对石人说:"你不吃,我吃啦!"就坐在石人旁边吃起来。

有一天,他打好一担柴挑着下山,走到石人跟前,放下来歇歇脚。这时,从石人背后出来个姑娘。砍柴孩儿起身要走,那姑娘坐到他柴捆上,说:"我叫花女,没亲没故也没家。咱结成夫妻吧?"砍柴孩儿摇摇头:"大姐,没媒没证,这可不中!"花女说:"石人为媒,牡丹山为证,不也中吗?"砍柴孩儿说:"石人、牡丹山不会说话,咋会中哩?"他话一落音,石人开口啦:"老弟,我就当媒人。你答应吧。"说着,他从嘴里吐出一个珠子,"这可当个证物,拿着吧!"砍柴孩儿拾起珠子,再看那花女,长得天仙一样,笑着不出声,说话又好听。他红着脸说:"石人哥说话了,这是天意,咱回家吧。"

到家,砍柴孩儿忙着做饭,饭做好了,花女说:"你自个儿吃吧,我不吃。"砍柴孩儿说:"你咋不吃饭呢,嫌饭不好?"花女说:"实话给你说,我在山上捡个珠子,跟石人给你的一模一样,我噙嘴里玩儿哩,不小心咽了,就再不知道饿了。"砍柴孩儿说:"诓人哩!"花女说:"不信你噙嘴里试试。"砍柴孩儿把珠子噙到嘴里,真的不再想吃饭了。花女上去摸了一下他的胳肢窝儿。他一笑,把珠子咽了。

这珠子是颗仙丹,砍柴孩儿一咽就成了仙,跟花女一起晃晃悠悠就升天了。原来这花女是个牡丹仙子,爱上了砍柴孩儿,叫石人做媒,又想法叫他吃了仙丹,度他成了神仙。

他俩升天后,扔下来一个黄手绢和一个紫手绢。俩手绢落在牡丹山上,变成了两棵牡丹,一棵开黄花,一棵开紫花,两种花朵又大又好看,牡丹山上再没有能比得上的。

这两棵牡丹叫洛阳姚家花园和魏家花园的花匠发现了,他们说,黄花是洛阳牡丹的"花王",紫花是"花后"。姚家花匠把花王移到姚家的花园里,魏家花匠把花后移到魏家的花园里。后来,花王就叫"姚黄",花后就叫"魏紫"了。

(讲述:姚明德　整理:张楚北)

黑　牡　丹

原来没有黑牡丹,它是红牡丹变的,开花时总叫一片叶子遮在花朵上边。这是咋回事哩?得从吕洞宾戏牡丹说起。

洛阳牡丹出名后,不光天底下的人来看,天上的八仙也来看稀奇。有一年牡丹盛开时,吕洞宾变个花花公子来牡丹沟赏花。正看着,一个漂亮女子从他旁边走过,勾走了他的魂。吕洞宾跟着就撵,撵到一棵红牡丹跟前,那女子不见了。原来那女子是红花仙子。吕洞宾一愣,咦,亏我长着仙眼,不识仙体,这棵牡丹修炼成仙啦!吕洞宾守在那里不走,等这棵红牡丹再现出仙体。谁知那红花仙子再也不跟他见面了。吕洞宾等不着,就把这棵牡丹枝上绑个绳子作记号,说:"改日再来!改日再来!"他一步三回头地走了。

吕洞宾走后,红花仙子变成一棵红豆儿,飞到牡丹沟的牡丹洞里,要向管牡丹的花神禀报遭到调戏的事。

花神正在画牡丹呢，见飞来一颗红豆儿落在跟前，知道是红花仙子变的，想戏耍戏耍，没等她现出仙体，就捏住装进笔管里儿，用个小纸球堵住，又去画画。

红花仙子不能出来，就在笔管里儿诉起苦来："姐姐，我今儿个倒霉，到山上看望姐妹回来，叫一个花花公子跟上了，差点儿把我吓死！"花神说："你知道那花花公子是谁？他是吕洞宾啊！"红花仙子说："你咋知道是吕洞宾哩？"花神说："我知道八仙里有来赏花的，凡人又看不见你。吕洞宾好寻花问柳，不是他又会是谁？"红花仙子说："人间有伪君子，想不到仙宫里还有假神仙。"

说话间，花神做完了画，取下笔管儿上的小纸球，把红豆儿往外倒，没小心倒进了砚池里。红豆儿染上了墨汁，变成了黑色。红花仙子现出仙体，跟桃花一样美的脸也变成黑的了。花神说："好妹妹，我无意中毁了你的面容，这可咋办？"红花仙子说："姐姐，这倒好，免得招惹麻烦。"

第二天一大早，吕洞宾又来找那棵绑记号的牡丹，到跟前一看，花朵叫叶子遮住了。他拨开叶片一看，红花变成了黑花，原来那红花仙子变成了黑花仙子，还不想叫吕洞宾看见，用"绿纱"罩住了自己的脸。吕洞宾知道红花仙子跟他无缘，叹着气走了。

打这儿起，牡丹山上就多了一色牡丹，这就是"黑牡丹"。

（讲述：冀银升　整理：张楚北）

葛巾与玉版

在洛阳牡丹园中，有一种紫花牡丹，名叫"葛巾紫"。她紫光闪闪，异彩灼灼，萼含朝露，绚丽异常。还有一种白花牡丹，名叫"玉版白"。她洁白溢泽，美如皎月，姿容端庄，风趣可爱。你想知道这两株牡丹的来历吗？请听下面这个曲折动人的故事。

记不清是哪朝哪代了，洛阳有个书生名叫常大用，自幼喜欢牡丹，简直到了入迷的地步。他听别人说曹州牡丹甲齐鲁，便总想去那里观赏一番。于是，他跋山涉水，千里迢迢地来到了山东曹州（今菏泽县）。经过打听，他得知城里有个姓徐的达官贵人，也爱花入迷，花园里种有许多牡丹。常大用找到这位达官贵人，借住在他家的后花园里。

此时，正值早春二月，天气乍暖还寒。满园的桃李已经开放，但牡丹花时未到，枝叶刚刚吐绿。常大用天天一个人在花园里徘徊，迟迟不愿离开。他对牡丹吟道："千里寻花花不发，新绿乍吐萼未发。玉容不见惆怅久，唯愿东君绽奇葩。"

过了一段时间，牡丹的枝梢上渐渐长出了荷苞。可是，他带的银两快要花完了，没有办法，只好把衣服典当出去，换钱糊口。这样还是每天留恋在花园里，等待牡丹早日开放。

一天早晨，东方刚刚泛起鱼肚白，常大用就又进了牡丹花圃。他发现在那花丛旁边站着一位美貌姑娘和一个白发苍苍的老太婆。他猜想这可能是徐府的小姐前来赏花，就赶快回了书斋。傍晚他又来到花园时，看见这一老一少又来了。常大用躲在树后，偷偷地看了看那个姑娘，只见她云髻娥眉，雪肤花貌，秋水盈盈，嫣然含笑，身穿曳地彩裙，体态百媚千娇，如同仙女一般。这美女从前面一闪，不见了。他快步追上去，想再看上一眼，刚转过一座假山，见那美女在一块石头上坐着，二人的目光碰在一起。常大用一时惊慌，不知如何是好。这时那老太婆用身子将姑娘一挡，厉声斥道："狂生，大胆！恣意戏弄名门闺秀，待我回去禀告大人，拿你官府问罪！"

常大用惊慌失措,连连施礼道:"不敢,不敢!小生一时忘情,绝没有戏弄之意……"谁知姑娘一点儿也不生气,微笑着对老太婆说:"让他走吧!"常大用回到书斋,越想心里越觉得害怕。他想,糟了,要是这位姑娘回去把这事告诉了她的父兄,不被赶走也得挨顿臭骂。他躺在床上,翻来覆去,夜不能寐,一会儿又想起了那姑娘的美丽倩影,不由得产生了相思之情;一会儿又觉得官府的差役进来抓他,心里充满了恐惧。就这样,整整折腾了一夜,他竟然病倒了,一病三天,不见好转,脸色越来越苍白憔悴。

这天晚上,夜已经很深了,常大用仍未能入睡,在低声呻吟。突然房门一响,见那个老太婆手里端着碗,走了进来。常大用吓坏了,急忙坐起来。那老太婆走到床前,递药说道:"常公子,这是我家葛巾娘子亲手给你调制的一碗毒药,你快喝了吧!"

常大用一听,惊恐地说:"我与小姐素无冤仇,为何要害我一死呢?"

葛巾和玉版

老太婆说:"少废话,叫你喝你就快喝吧!"

常大用犹豫片刻,最后把心一横说:"难得小姐能想起我,与其相思成病,不如服药而死。"说罢,一饮而尽。老太婆接过空碗,笑着走了。

常大用喝罢药就很快睡着了。当他一觉醒来的时候,朝霞已经临窗,室内一片红光。他只觉得心胸开阔,精神怡爽,浑身轻松。他高兴地穿衣起床,走进花园,就像小孩子一样,在花丛中的小径上来回奔跑。突然,他停住了,看见那位叫葛巾的姑娘迎面走过来。大用急忙上前,施了一礼。

葛巾笑着问:"公子的病痊愈了吧?"

常大用感激地说:"多亏小姐为我亲手调制的那剂'毒药'啊!"

他俩都笑了,正想继续说话,只见老太婆从远处朝这里走来。葛巾忙说:"此处非你我谈话之地,翻过这花园的高墙,四面红窗者,即是我的闺房。君若有意,今晚不妨前来。"说罢,便匆匆走开了。

常大用好不容易盼到了夜晚,他顺着葛巾白天指的方向,来到了花园墙外。他支起花梯,爬上墙头,向里一看,墙那边已经事先放好了梯子。他顺着梯子下去,果然看见了红色的窗户,窗户上亮着灯光。他走近窗户听了听,里面没有声音,便轻轻地推开门走了进去。这会儿葛巾正一个人坐在灯下发愣,脸上流露着焦急的神情。她一见大用进来,霎时满面羞红,不自然地站了起来。常大用上前作了个揖,道:"我以为我没有这个福分,没想到竟会有今天的良宵相会呀!"

葛巾让大用坐下。大用只觉得满屋香气扑鼻,情不自禁地说了一声:"真香啊!"

两人刚想倾吐相思之情,忽听外面有人喊"姐姐"。葛巾惊慌地说:"玉版妹妹来了,常公子,你最好藏到床下委曲一时了。"

常大用赶快钻到床下边。说话不及,玉版已进了屋里。这姑娘跟葛巾一样的美丽。她身穿素色衣裙,姿容清雅娟秀,性格开朗,爱说爱笑。她一进门就说:"手下败将,还敢与我杀一盘吗?我已泡好了茶,咱们再玩它个通宵吧。"

葛巾借口身体不舒服,不愿去玩。谁知玉版缠着不放,拉着要走。葛巾坐着不动,玉版面孔一板,说:"哦!我明白了。你如此恋恋不舍,莫非屋里藏有男人不成?"说着,便假意搜了起来。葛巾怕她真搜出来,随她去了。

常大用从床下爬出来,感到十分懊悔,而且又不愿白白返回,便在屋内想翻找一样什么东西作纪念,最后在床头找到一个水晶如意,精致极了。他便把它揣到怀里,回自己的书房去了。

第二天晚上,葛巾来了,见了大用笑着说:"我以为公子是个君子,不料竟是个偷东西的盗贼。"

常大用忙赔礼道:"我是拿了你一点东西,但不是盗贼。我是愿咱们的情谊能像这水晶如意一样如意呀!"葛巾说:"这如意是玉版的,还要送还与她。""玉版是谁?""就是昨晚拉我去下棋的姑娘,她是我的堂妹。""那个老太太是谁呢?我最怕她了。""她是桑姥姥,把我从小带大,是最好的老人。"葛巾说罢,拿起如意走了。屋子里留下了一股浓郁的香味。

此时,满园的牡丹已经怒放,风姿绰约,雍容华贵。他俩有时在花丛中谈情,有时在住室里幽会,感情越来越深了。时间一长,常大用的银两又快花完了,他决定把马卖掉。葛巾知道后,找着他说:"你为了我,把衣服都典当完了,现在又要卖马,以后怎么回洛阳呢?我有一点积蓄,请公子随我来。"

葛巾把大用领到一棵桑树下,让他把一块石头搬起。而后她拔出簪子,在地上画了个圆圈,扒开浮土,露出一个罐子。她从里面取出50两白银,交给大用,然后又把罐子用土埋上了。

一天晚上,葛巾来对他说:"近日我听到一点流言蜚语,如此下去势必暴露。咱俩只好远走高飞私奔洛阳了。"

二人商量,大用先走,葛巾随后。那日常大用刚到家,葛巾的香车也就到了门口。大用的父母和邻居们一看大用带回来这样一个漂亮媳妇,又惊讶又高兴。大家忙着把葛巾接回了家。常大用有个弟弟,叫常大器,年方十七,一表人才,尚未娶亲。一天,他正在院里习武,葛巾看见对大用说:"我想当当月老,把玉版妹妹许配给大器兄弟,不知你意下如何?"常大用一听,连声说:"好好好!只是妹妹如何来呢?"

葛巾说:"这你不必担心。我只需要让桑姥姥再辛苦一趟就是了。"

这事对父母和大器一说,都很愿意,算是定了下来。

数日后,桑姥姥又用香车去曹州把玉版接来了。当天玉版就和大器热热闹闹地成亲了。

常家一下子添了两个如花似玉的媳妇,很快传得十里八乡的人都知道了。况且这姐妹俩心灵手巧,勤快能干,家境也越来越富裕了。两年以后,又各生一子,小日子过得更甜了。

有一天晚上,不知从哪里突然来了几十个强盗,把常大用家的小楼包围了起来。他一看事情不好,忙让家里人都躲进楼里,他出来对楼下人说:"请问诸位有何贵干?"

强盗气势汹汹地说:"我们有二事相求:第一,我有五十八名兄弟,请给每人五百两银子;第二,听说贵府二位娘子世间所无,请出来让我们看看。"

常大用没有答话,众强盗把干柴架在楼下,恐吓说:"若不答应,我们就要放火烧楼了!"这时,葛巾、玉版穿着以往的华丽服装,从楼里走了出来。大用慌忙阻拦,但姐妹俩执意要见强盗。她们走到台阶上,对众强盗说:"我们姊妹都是仙女下凡,岂怕你们不成?就是给你们万两黄金,你们敢要吗?"

强盗们一听,连忙后退。强盗头大声说:"什么仙女下凡,骗人!"葛巾气愤地说:"那我们就不客气了。"说罢,葛巾、玉版大衣袖轻轻一挥,只见那一群强盗东倒西歪,立站不稳,赶快连滚带爬逃跑了。

葛巾、玉版驱赶强盗以后,邻居们议论纷纷,都说她俩是花妖变的,要不怎么能会使法术呢?

常大用听到众人议论,心里产生了怀疑。他回家细问葛巾的身世,葛巾说,她姓魏,母亲就是曹国夫人。常大用半信半疑,就背着葛巾,二次去曹州查访。

谁知,曹州城快打听遍,都说没有姓魏的大户人家。后来,他又来到徐府,见了那位徐大官人,徐大官人听了他的来意,笑着指着墙上的一首诗说:"你要问'曹国夫人'是谁?请看看它就明白了。"常大用抬头一看,一幅挂轴上写着《赠曹国夫人》诗一首:"灼灼光华放紫晕,天地钟秀有慧根。色冠齐鲁非凡种,何妙曹州封夫人。"看罢,徐大官人又把他领到后花园里,让他看看那棵高与檐齐的紫牡丹,说:"因这种牡丹在曹州最大,大家开玩笑封她为'曹国夫人'。"常大用大吃一惊,妻子是"花妖",他已经坚信不疑了。

常大用回到家里,葛巾问他这些天到哪里去了,他不敢实说,无意中露出了那首《赠曹国夫人》的诗。葛巾听说以后,知道他偷偷去曹州查访她的身世了。她马上脸色一变,跑出去找着玉版,而后抱起孩子,哭着对大用说:"三年前,我被你对我的深情所打动,才和你结为夫妻。如今已点破真情,就不能再有这人间天伦之乐了。可怜玉版妹妹……"玉版也泪流满面地说:"姐姐,我们花仙怎容得猜忌、怀疑,信守天令,咱们走吧!快走吧!"说罢,葛巾、玉版将一双孩子齐向远处扔去。谁知孩子一落地就不见了。常大用正在惊讶,转眼间,葛巾、玉版已经腾身而起,飘然离去了。

常大用后悔莫及,痛苦万分。几天以后,他发现在两个孩子落地的地方,生出了一紫一白两株高大的牡丹,鲜艳夺目,花大如盘。常家兄弟为了纪念失去的这两位姐妹,给她们各自起了名字,紫的叫"葛巾紫",白的叫"玉版白"。从此,这两种牡丹开遍了古都洛阳。

合　欢　娇

洛阳城南有个李楼村,村里住着一户以牡丹谋生的农民。家里人不多,只有夫妻俩和女儿共三口人。他们在门口开了二分地,种的全是牡丹。两口子平时浇水、施肥、剪枝、除草,管理得十分精细,就像待孩子一样。全家就靠卖牡丹的一点微薄收入勉强维持生活。虽说他们的家庭很贫寒,但日子过得相当快乐。要说她俩都是四十开外的人了,可是整天还跟刚刚成亲一样,谁也离不开谁。丈夫性格开朗,滑稽幽默,一天到晚无忧无虑,天大的事搁在他头上,也不知道发愁。妻子心直口快,爱说爱笑,好像一天不说笑几句,就跟少了什么东西似的。这两个人生活在一起,那真好像耍狮子的碰上耍龙灯的——热闹到一块儿了!

有一天,两口子在牡丹园里劳动,憋不住又开起玩笑来了。丈夫说:"妞她娘,都说牡丹仙女长得好看,我种几十年牡丹了,咱咋没碰见过一回呢?"

妻子说:"就不能叫你碰见,要是叫你碰见了,就不要俺娘俩了。"

丈夫说:"说没看见其实天天见,我看你就像牡丹仙女。"

妻子瞪了他一眼说:"丑八怪!"

丈夫哧哧一笑,说:"丑八怪,长得丑,取了个老婆像'盛丹炉'。"

"盛丹炉"是一种开桃红花的牡丹。两人都哈哈大笑起来。

笑毕,丈夫又说:"妞她娘,你说,这天上小燕成对,水里鸳鸯成双,谷有双头穗,荷有并蒂莲,这牡丹花就不能结姻缘？"

妻子笑得前仰后合："你还想当牡丹的月老呢？小二姐做梦想得怪美！"

"你不相信？"

"我不相信。"

"要是能成功呢？"

"能成功我面对着牡丹叫你三声哥。要是不成功呢？"

"不成功我面对着牡丹叫你三声姐。"

"一言为定？"

"一言为定！"

这本来是两口子的逗趣话，不料，被走来的女儿听见了。女儿天真地笑着说："爹，娘，我给您两个当证人。"牡丹园又迸发出了一阵笑声。

一天一天地过去了，双头牡丹一直没有培植成功。为了这事儿两口子经常要闹逗笑，可是，时间一长，女儿也不提了，慢慢地忘却了。

一晃过了十几年，女儿出嫁了，两口子也都已年过半百。虽说双头牡丹的事儿再也没有人说过，但老汉还一直把它记在心里。他跑遍了牡丹山，拜访了许多老花师，一听说他想搞双头牡丹，都说难！难！难！

一晃又过了十多年，外孙都长大，两口子都成了白发苍苍的老人，但双头牡丹还没见到影子。虽然老头整天还是嘻嘻哈哈，可总是为这事吃饭不香、睡觉不甜，常常一个人钻在牡丹园里。

某夜，老汉睡梦中邂逅了牡丹仙女，只听她说："你七十岁了，辛苦了几十年还没育出双头牡丹，我帮你吧。"仙子玉手一扬，往牡丹田里撒了些种子，随后飘然而去。老汉忽地起身，到牡丹田一看，发现新嫁接的一株牡丹开了上百朵红中带紫的花朵，全是双头牡丹！

他拉老伴来到牡丹田。老伴问："啥事？"

老汉说："三十年前咱们打的啥赌？"

老伴说："我这人前头说后头忘，这么长时间了，我还能记得住？"

老汉用手指着"双头牡丹"说："好好想想，咱闺女还是证人呢！"

这一说，闺女想起来了，抿着嘴笑着说："你呀！俺爹是叫你对着牡丹叫他三声……"

女儿没说出口，老伴笑了。原来她没忘记这"三声哥哥"呢！不喊吧，自己过去说过这话，不能不承认；喊吧，闺女、女婿都在跟前，多难为情呀！她想了半天，把嘴贴在老头的耳朵上轻轻地说："你等着，晚上回屋里喊。"

老汉假装没听清，故意大声问："啥？晚上回屋里喊？"

这一下，把闺女、女婿都逗笑了。老两口也笑了，两张笑脸恰似那对并蒂开放的牡丹花……

后来，村里有位私塾先生，给这种牡丹起了个名字，叫"合欢娇"。

是树一万年

西汉末年，王莽篡朝，刘秀造反，王莽大怒，就追赶刘秀。一天，刘秀逃难跑到荥阳地界，饥饿难忍,正好走到桑树下面,刘秀看到树上熟透的桑葚就摘下来放入口中尝尝,果子酸甜可口,刘秀随即有滋有味吃起来,一颗、两颗、三颗,最后刘秀吃饱了,浑身是劲。刘秀心中许愿,今日此果相救,来日为帝必封此果。

刘秀登基后,想起当年有救驾之功的红彤彤、紫盈盈、甜蜜蜜的桑葚儿。他不忘诺言,要封在荥阳吃过的果树长寿一万年,多结果实惠泽百姓。但刘秀不知自己当时吃的是什么树结的果子,他下了一道口头诏:加封"是"树长寿一万年。以表昔日救命之恩。

刘秀口谕传下后,柿树想:"是树,我不是柿树吗?以后我可以活一万年了。"但柿树又想:"我无功于皇帝,皇帝为什么加封我!"柿树想告诉刘秀真相,但无口莫辩,就享受了加封。

人和树就指责柿树贪桑树之功是黑了心。柿树享受封赏,心中有愧,从此,柿树寿命虽长,但树干中心的颜色也由白色变成黑色了。

桑树见功劳被柿树冒功,十分伤心,哭哭啼啼,因此桑树树干就经常向外流水,时间长了,就哭空了心。

紫 斑 牡 丹

明朝末期,有一位清贫之士,学识渊博,且擅长琴棋书画,只因看破"红尘",拒官避世,削发为僧,隐居于太白山白云寺,法号"释易寿"。此寺依山傍水,景色秀丽,院内广植牡丹花草。易寿在寺院中除了日勤于佛事外,闲暇之时,几乎都用来研墨作画。他又擅画牡丹,所作之画,细腻逼真,宛若天成,凡观看者,无不拍手叫绝。

易寿作画的名声很快传遍方圆百里,求画者络绎不绝。一年春日,谷雨前后,牡丹争相竞开,引得八方善男信女前来朝山拜佛观花,以图富贵、吉祥、安康。这日午后,易寿正在院中对着牡丹作画,忽听院前人声嘈杂,抬头望去,远处有几个庄丁打扮的人,簇拥着一位富贵之相的胖子,大摇大摆向这边走来。走到近处,方看清胖子是当地有名的恶霸"王大癞",此人一向横行乡里,欺压百姓,无恶不作。"王大癞"走到易寿跟前,见他有一手好画,垂涎三尺,急待得到,便唆使庄丁上前索取。易寿何等人格,岂能与"王大癞"为伍,当下拒绝。"王大癞"恼羞成怒,硬逼其交画一幅。易寿毫不示弱,将画撕烂,将毛笔投入到砚台中,愤然而去。"王大癞"只见围观的人们群情激愤,无可奈何,只得悻悻而归。

谁知,从那砚台内溅出的笔墨,正好落在附近几棵牡丹的花瓣上,又顺着花瓣流到花瓣基部,凝结成块块紫斑。以后,每年花开时节,人们到此,都可以清晰地看到花上的紫斑,于是称其为"紫斑牡丹"。

椿 树 王

嵩山地区流传着这么一首儿歌:"椿树王椿树王,你长粗来我长长;你长粗来好解板,我长长来穿衣裳。"大年三十,孩子们就抱着椿树唱这首歌。

汉高祖九世孙刘秀被王莽追得上天无路,入地无门,眼看就要追上,刘秀跑到一棵大榆树下,大喊三声:"榆树,榆树,救我!救我!"

也该刘秀不死,话没落音,那棵大榆树"咔嚓"一声,树身裂开,"哗啦"一下子,树歪倒了,把刘秀盖得严严实实。

王莽的兵眼见刘秀来到树下,等追到树跟前,连个影子也没有了。就又向前追去。等兵过去了,老树又挺起了身。刘秀爬起身来,又对榆树说:"等我恢复汉家江山以后,一定给你披红戴花,封你为树中之王。"说完就逃往南阳去了。

后来,刘秀打败王莽又恢复了汉朝,当了皇帝。

一天,刘秀想起榆树救他的事,就命太子带上彩红、金花,去封那棵树为王。

太子来到那里,看到了挨排溜站着榆树、椿树和柳树。他看着榆树裂纹炸丝、窟窟窿窿、歪歪巴巴,不成体统,怎么能为树王?再看柳树,柳树树头大,树身不挺拔,也不配当王。再看椿树,椿树高插入云,直直挺挺,很有点气派。太子觉着它当王还差不多,就高声对椿树说:"我奉父王之命,封你为树中之王。"叫随从人员给椿树披上彩红,戴上金花。完了,太子带领人马回去了。

这么一来,榆树气得死去活来,树心烂得更厉害啦。据说榆树常常空心,就是这么回事儿。再说柳树,为这事天天低头沉思,太子光看外表,不问实情,封椿树不封榆树,太不公平啦。从那儿,柳树枝头就一直向下垂着,再也抬不起头来。

(整理:白剑)

银杏树的传说

早些年,嵩山脚下有一户财主,雇用了许多女用人,有做饭的、磨面的、喂猪的、放羊的……财主不叫她们的名字,做饭的叫"饭倌",磨面的叫"磨倌",喂猪的叫"猪倌",放羊的叫"羊倌"。

姑娘白果,十二岁就给财主当羊倌。有一天,白果正要赶着羊群到嵩山上放羊,忽然看见一只乌鸦叼着一个东西在前边飞,一群乌鸦在后边紧紧追赶。叼东西的乌鸦飞到财主家的上空,嘴一张,一个白点儿落了下来,其余的乌鸦就争先恐后地扑到院里来抢。羊倌急忙跑过去,赶走乌鸦,把那东西拾起来仔细看。哦!原来是一枚果核,像杏仁一般大,白细光滑,十分好看。

这一切,财主在楼上全看见了,他吩咐女仆去唤羊倌。羊倌一听财主叫她,心里一惊,急忙把果核塞进辫梗里,提心吊胆地走上楼去。

财主问道:"刚才你在院里拾的是什么?"

羊倌说:"什么也没拾。"

凶狠的财主二话不讲,上去就给了白果两个耳光,说:"搜!"于是,他让人将羊倌浑身上下搜查了一遍,什么东西也没搜出来。恼羞成怒的财主又狠狠地照羊倌身上踢了几脚,说她不操心放羊,引逗乌鸦寻开心,以后再碰见这种事,要用皮鞭伺候!

羊倌赶着羊群来到山上,从辫梗子里把果核抠出来,翻来覆去地看了又看,越看越爱看,就把它种在嵩山的峡谷里。不多天,果核发了芽,嫩鲜嫩鲜地往上长。羊倌每天来放羊,都要来瞧瞧这棵嫩苗苗,不是给它培点土,就是给它施点肥。嫩苗苗好像通人性似的,越长越旺。

长到半米高的时候,多天没有下雨,嫩苗苗旱得耷拉了头。这可怎么办?这儿离水远,又没提水用具,急得羊倌抓耳挠腮。后来,她想了一个办法:每天上山放羊时,把身上的布衫脱下,放进水潭里浸透,带到山上,再将布衫上的水拧到小树苗根上。这件事被山里住着的一位老大娘看见了,就把自己家种的大葫芦送给羊倌两个,叫她用葫芦提水。羊倌就用两个葫芦当水桶,天天提,月月提,一直把小树浇成了大树。后来,这棵树长了一搂粗,结满了黄澄澄的果子,真好看啊!

法王寺银杏树

就在这时,山下传起"大家病"。不管大人小孩,一经感染,马上就咳嗽、气喘,浓痰憋得人脸红脖子粗,上不来气。病轻的,十天半月就折腾得走不动了;厉害的,三五天就能把人憋死。羊倌也害了"大家病",咳嗽起来,汤水都咽不到肚里,瘦得皮包骨,可她还得挂着棍上山放羊。

这天,她来到自己亲手种的果树下,一连咳嗽了几十声,痰壅得她晕倒在地上。突然,她在昏迷中看见一个美丽的姑娘,从大树上飘飞而下,顺手摘下几颗果子,一颗颗剥去黄肉,露出白核,又将白核放进小手巾里搓成碎末,一点点喂进自己嘴里。不一会儿,痰就不壅了,喘和咳嗽也轻了。美丽的姑娘让羊倌再吃几枚。羊倌说:"我不吃了,山下还有许多人害这种病,留着让他们吃吧。"

美丽的姑娘指指树上的黄果,说:"多着呢!你让他们都来摘着吃吧!"

羊倌问她:"好姑娘,你叫什么名字?"

姑娘说:"我叫银杏。"她说罢,一眨眼就不见了。

羊倌从树上摘了许多果子,带到山下,送给害病的人吃,吃一个,好一个。一棵树结的果子,治好了成千上万人的咳嗽气喘病。

病人问羊倌:"这是什么果子?"

羊倌说:"叫银杏。"

病人问:"你叫什么名字?"

羊倌说:"俺叫白果。"

就这样,人们传来传去。这种果子,有叫"银杏"的,也有叫"白果"的。东汉的时候,一位名叫先觉的僧人,在这棵银杏树生长的地方,修造了一座佛寺,取名为"大法王寺",院墙正好把银杏树圈在寺里。直到现在,那株高大挺拔的银杏树还矗立在大法王寺里。

(整理:王鸿钧)

白果与白果树

禹州白果树位于神垕镇东南三里处。白果树旁有一山泉,名叫灵泉,泉边建有灵泉寺。

很早以前,有一位穷人家的姑娘叫白果,从小死了爹娘,十二岁时就给财主放羊,受尽了苦难。一日,白果在山坡上拾到一枚不知名的果核,宝贝似的赏玩了几天舍不得扔掉,最后背着财主把它种在了常去放羊的大刘山上的一个山坳里。经过几年的精心照料,这颗神奇的种子由生根到发芽,很快长成了一棵参天大树,每年都会结满黄澄澄的果子。一天,白果赶着羊群又来到了这棵树下,突然接连咳嗽几十声,痰壅着咽喉吐咽不下,顿时昏迷过去。这时,从大树上飘下来一位美丽的仙女,手里拿着几颗从树上摘下的果子,取出果核,搓成碎末,一点一点地喂进白果口中。不一会儿,痰就不壅了,不再咳嗽也不喘了,白果睁开眼睛,见那仙女朝她笑了一下,就飞上大树不见了。惊异非常的白果赶紧从地上爬起来,从树上摘下许多果子,带到山下送给患病的人吃,吃一个,好一个。一棵树结的果子,治好了成千上万的咳喘病人。

就这样,一传十、十传百,传来传去,人们干脆把"白果送的果子"直接叫作"白果",那结满白果的大树就叫"白果树"了。从此,"白果树叶降血压,白果果核治咳喘"连同白果姑娘的故事世世代代就流传了下来。

东汉时期,一位法号先觉的僧人,路过此地,发现白果树旁的泉水清澈甘甜,四季不枯,认为白果树的生长及其治病的灵验都与此泉有关,就为其取名为"灵泉"。后人在灵泉和白果树旁建起一座寺庙,取名叫"灵泉寺",并在清泉的出水口雕琢了一尊龙头,使泉水由龙嘴喷射而出,很是壮观。

不知经过了多少岁月,这棵白果树至今依然枝叶茂盛、高大挺拔,巍然屹立在禹州神垕的大刘山上,吸引着越来越多的国内外游人到此参观。

嵩门待月

嵩山南麓有个法王寺。寺东的玉柱峰下,有两座山峦相峙而立,其形状像个门户。多少年来,每逢中秋之夜,一轮银盘似的皎洁明月从这个圆形的门洞中徐徐升起,不左不右,好似一面玉镜嵌于架中。皎洁的月光,犹如水银泻地,给周围的群山披上了一层银装。这就是著名的嵩山胜景"嵩门待月"。一提起"嵩门待月",人们就会想起一个古老的传说。

话说这里盛产一种珍贵的药材——嵩参。嵩参是多年生草本植物,茎高一二尺,七八月里,椭圆形的叶儿,配着粉红色的菱形花朵,满山满坡。微风吹过,清香扑鼻。特别是它的根,肉质肥厚,色泽湿润,是补肾健脾、理气和血的良药。因此,这嵩参成为贡奉朝廷的一种"御药",被人誉为"益寿宝"。相传,这里的嵩参,是一对童男童女培育出来的。

很早很早以前,嵩山南麓的颍水河边,有一个挂过"千顷牌"的财主,名叫魏绪班。魏绪班是靠卖人参发家的,他种植的人参,与众不同,粗如鸡蛋,长若盈尺,颜色清润,根似人形,有头有脸,有鼻子有眼。谁若问他是如何培植的,他则守口如瓶,绝不泄露天机。但是,这个秘密,后来被他家买的一对童男童女揭露了出来。

且说魏绪班的人参被选为御药以后,朝廷封他为太医院贡奉,封他儿、孙为公、侯。其实,魏绪班任太医院的贡奉,不过是个虚名,其主要任务是每年给朝廷送千棵"娃娃参"。自从魏绪班得到朝廷这张王牌,坑害人的手段就日增月加。为了垄断嵩参,他雇了一帮药工,用了三年时间,把嵩山上的人参刨得绝苗断根。他把掘出来的人参种子,在他家的后花园中培植起来。

魏绪班绞尽脑汁,想尽刁法,在两个大型砖头的上面,各凿成半个人形的窝窝,将两个砖头合起来后,中间凿成空洞,正好形成个胖娃娃形。然后,在人形的窝窝里,填满沃土,把人参种子放进里边,再把砖头埋进畦中,施肥、浇水、拔草、除虫。三年时间,把砖刨出来打开,人参在砖窝窝里就长成胖娃娃形了,因而起名叫"娃娃参"。

嵩门待月

为了培育好"娃娃参",魏绪班暗地买来一对童男童女,锁入深宅大院,专作育参奴仆。三年过后,他会杀死童男童女,把他们浸入池水,再育人参,参会长得更出色。就这样,三轮九年,魏绪班每隔三年就会害死一对童男童女。从第十年开始,魏绪班又买来一对十二岁的童男童女,男的叫好汉,女的叫毛妮。这对童男童女,长得聪明伶俐。魏绪班欺骗他俩说:三年头上,八月中秋,把参刨理完毕,赏罢月,就送他俩人回家去。

孩子毕竟是孩子,他们才进育参园时有些苦闷,常常哭啼。后来,活路熟了,也习惯了,每做完活儿,俩人就玩耍嬉戏。唯有厨妈给他们送饭时,总是愁眉苦脸地说:"好汉,你说鸡能飞出去这高墙吗?"

好汉老实地说:"墙这样高,鸡哪能飞出去。"

厨妈再对毛妮说:"妮,狗能跳过去这高墙吗?"

毛妮笑着说:"这样高的墙,鸡还飞不过去,狗咋能跳过去呢?"

厨妈听后,看着他两个,总是长叹一声:"笨瓜呀!"

厨妈为什么这样说呢?魏绪班买童男童女种人参,仆人中唯有她一个人知道,因为她常给童男童女送饭吃。魏绪班警告她,如若走露风声,她的下场和童男童女一样。可是,厨妈有一颗慈母心肠,她看着这一对聪明伶俐的孩子,只能含着眼泪,说些鸡飞狗跳的含糊话来。好汉和毛妮不知道厨妈说话的用意,闲时只知道玩耍嬉戏。

参园中靠墙长着一棵白桑树,有胳膊粗,比墙低五六尺。有一次,好汉攀着桑树玩,他越攀越高,快攀到树梢的时候,把白桑树压成了弓形,他怕把桑树折断财主揍他,便一只手猛地一松。谁知道白桑树坚柔,弹力大,"呼"一下子,把好汉弹到墙头上。他蒙过来一看,对着毛妮小声说:墙外有条大河,水又清又稳,他要下去洗洗澡。毛妮听说过墙洗澡,就求着好汉带她一块儿去洗。后来,两个孩子又想了个办法,找到了一根大绳,一头拴在桑树上,一头由好汉握紧,把毛妮拔上墙去。然后,两人坠绳下河去洗澡。从此以后,两个孩子就利用这个办法,不断翻过墙去洗澡玩耍。

好汉和毛妮在深宅大院中,盼呀,盼呀,盼到第三年八月中秋快来的时候,他们高兴地说:"再过几天,赏罢月,掌柜把人契给咱,咱俩就能回家见爸爸妈妈了!"于是,他俩把育成的参刨了出来,洗净晾干捆起来,又把参子晒干簸净,装进袋里,单等着八月中秋回家。

八月中秋终于到来了。这天晚上,月亮刚刚升起,厨妈就给他俩送饭来了。两个孩子看见厨妈,高高兴兴地去抢着吃饭。谁知这天晚上厨妈啥话也不说了,只是泪珠不断地流。好汉和毛妮见厨妈直哭,也就把饭碗放下来劝厨妈。厨妈听到一更梆响,猛抱他俩,泣不成声地把魏绪班如何杀人育参的事,全部告诉给了他们,劝他两个赶快翻墙逃走。

两个孩子听了以后,向厨妈磕了个头,把人参捆儿和人参籽儿全部背到身上,利用白桑树的弹力,翻墙跑了。当他们过去河刚钻进庄稼地里,只听厨妈尖叫一声,接着,灯笼火把从深宅大院里涌了出来。

好汉与毛妮两个人,翻山越岭,闯荆绕崖,一股劲儿跑到玉柱峰下,抱头哭了一阵。从此,二人相依为命,立誓把参棵参籽育满中岳嵩山,断绝魏绪班的发财之路。他们一个人住嵩山南坡,一个人住嵩山北洞,每年八月中秋月夜,在玉柱峰下相会。

从此,两个人不惧风霜雨露、山险路陡,不畏虎豹豺狼、妖魔鬼怪,天天在嵩山育参,月月在中岳播种,而在一年一次的中秋月夜,两个人来玉柱峰相会,畅谈恩爱之情。

好汉和毛妮整整在嵩山育了三年人参。山上山下,峻峰陡洞,七八月里,处处散发着人参花的香味。他们的勤劳和恩爱,感动了天神。就在参花满中岳的这年八月十五夜晚,天神一剑把山峰劈成了圆形门洞,月亮就等候在圆门洞后面。待好汉和毛妮相会的时候,月亮就从圆门洞内徐徐升起,为两个人照明引路,让两个人尽情地恩爱。

从那时候起,人们把好汉与毛妮育的参叫"嵩参",称姑娘住的地方叫"毛妮洞",称好汉住的地方叫"好汉坡",劈峰会面的地方称为"嵩门待月"。

(整理:王鸿钧)

何 首 乌

早年间,嵩山玉女峰下,住着一户人家,家中只有母子俩,孩子名叫何守虎,从小就有志气,酷爱读书。

那时候兴的是科举制度,第一步,经过童试,录取后"童生"。然后再经一年一度的"岁考",录取后称为"府学生员",俗称秀才。再经府里三年一次的乡试,录取后称为"举人",也叫"孝廉",得第一名的,称"解元"。

何守虎经过"岁考",当了秀才。乡亲们劝他说:"守虎,再下把劲,明年到府里去参加乡试,中个举人。"还有人说:"拼上命也得中个举人,给咱嵩山的穷人也争争光。"于是,这个穷亲戚送点粮食,那个穷朋友送件衣服,盼何守虎魁名高中。

何守虎受到众人的鼓励,就拼命攻读诗书,整整百日,没有出门。过罢新年,他向大家借了一身靴

帽蓝衫,穿上到府城去参加乡试,一考,得了头名解元。

当时的知府大人,想为闺女选个女婿。乡试后发榜那天,他把本科举人试卷查了一遍,得知何守虎中了解元,就托人向何守虎提亲,何守虎应允了。

知府听说后,就招何守虎结拜花堂。酒席宴前,知府看到何守虎时,兴头马上扫去一半。咋啦?听媒红讲,何守虎刚刚二十岁,可是看他的相貌,满脸皱纹,骨瘦如柴,像个四十多岁的人。这样相貌的人咋做知府的女婿,实在不配!但事已到现在这步田地,只有酒宴以后入洞房了。

酒席宴上,内外来宾,州、县官员,都来给新郎解元敬酒。何守虎自小家穷,哪经过这种场面?几杯酒下肚,大汗满头。他习惯地把帽子一摘,露出一头白发。客人们一看悄悄地说:"知府咋选个老头做女婿?"知府见了,顿时怒火大起,命令手下人说:"这个老头隐瞒年龄,欺骗大人,赶出府去!"何守虎立即被赶出门来。

何守虎来到大街,非常生气。因为平时一心攻书,有时候脸都不顾洗,哪有闲空照镜子。现在他借个铜镜一看,自己也吓了一跳,满头白发如霜,连一根黑发也没有。他回到家里,蒙住头睡了三天。他娘问他,何守虎啥话也不说。第四天头上,他拿起镢头,挑上行李锅碗,上嵩山了。

何守虎想,就在山上开荒务农。他来到青童峰背面,把行李锅碗往山洞中一放,便开起荒来了。开呀开呀,天天不断。有一天开荒,觉着又饥又渴又累。正在这时,他见草丛中长着一棵长秧的藤蔓,叶的形状像人心,茎上开满了绿白色小花,长势挺旺。他举起镢头,用力照根部刨了几下,细长的根端结着一块东西。他摘下来,拿到水边洗去泥土,剥去棕黑色外皮,砸开内瓤一看,里边是淡红棕色,还呈现有云彩状花纹。他咬一口尝尝,甜丝丝的,末尾有点苦涩味。何守虎正在饥渴之时,就大口啃着吃起来,吃了以后,觉着肚里怪舒服哩。

从此,他只要感到饥渴时,就刨一两块这种黑东西吃吃。吃的时间长了,他觉着胳膊腿粗了,身体胖了,浑身有劲了。就这样,有时吃生的,有时放锅里煮熟吃,整整在山上吃了一百多天。之后他收罢秋庄稼,带着粮食下山去了。

回到家里,他娘不认识他了。咋啦?胖啦,年轻啦,脸上没皱纹啦,头上白发变黑啦!何守虎借个镜子一瞧,一年多没有笑过,这时候也笑了。亲戚朋友都又来了,大家劝他说:"守虎,去年开春府里乡试,你已中了举人,再进京考考,说不定还考个贡生呢?"

何守虎听了大家的话,就又读起书来。第二年开春,他进京去赶考,真的中了贡生。贡生复考后,到朝廷太和殿进行殿试,又得了个第三名探花。

上年选女婿那个府官,这时候升迁到朝廷来当御史。他见头名状元、二名榜眼叫皇帝与千岁选女婿选走了,他给闺女选婿只有选探花了。他见了探花,发黑如漆,眉清目秀,仔细一端详,还是去年那个解元何守虎,不禁大吃一惊,忙问他白发如何变黑,如何返老还童的?何守虎就把开荒吃黑东西的事,前前后后讲说一遍。宴席上,内宾外客听了以后,人人高兴,拍手喝彩。

从此,凡青年中有害白发病的,很多人到嵩山上刨黑疙瘩吃。这种药原先没有名字,只知道是御史的女婿何守虎发现的。于是,大家就称这种药为"何守虎"。后来,何守虎成了朝廷的谏议大夫,为了避讳就把这种药改称为"何首乌"。

(整理:王鸿钧)

棘　　针

棘针是嵩山一带丛生多刺灌木。它耐干旱,耐瘠薄。无论是石厚土薄的山间小道旁,还是怪石嶙峋的嵩山之巅,到处都可以看到它生长的身影。每到秋天,它的果实便会由绿变黄,再由黄变红,夹杂在稀疏的绿叶之间,远远望去,煞是好看。走在近处,它那红光透亮的果实会使你垂涎欲滴。壮壮胆子伸手摘下一个,咬上一口,回头一看,啊!手背被棘针扎流血了。但那酸里带甜的味道足以让人过瘾。据说原来棘针上的刺长得带钩,后经李娘娘一句话,棘针上的刺都变成直的了。

相传某朝代,京中皇宫李娘娘遭人陷害,被打入冷宫。李娘娘不甘心冷宫受罪,私自逃离京都,来到嵩山一带,隐名埋姓,住在文村与核桃园之间的深沟窑洞里。后来人们就把李娘娘住过的窑洞称为"娘娘窑"。

李娘娘在此长期居住,皇上十分想念。后来朝中一位将军奉旨寻找李娘娘的下落,但始终没有找到。将军自愧无能,无颜回京见皇上,便拔剑自刎。当地百姓为了纪念这位忠义将军,就在娘娘窑附近的后山坡上修建了一座将军庙。

当时陪伴李娘娘来嵩山隐居的是她的嫂嫂。姑嫂二人相依为命过着贫穷的生活。有一天,李娘娘与嫂子半开玩笑地说:"有朝一日我能再回宫的话,就让我蹬着你的肩膀上马好吗?"嫂嫂半信半疑,不耐烦地说:"别做梦摘星星了,妹妹既然失宠,还是安心过咱的穷日子吧!"

谁知几年后,皇上得知李娘娘在此居住的消息,又派人接娘娘回宫来了。

临走之时,娘娘刚出窑洞,不小心被路边的棘针挂住了衣裙。娘娘心中十分不悦,愤愤地说:"长这弯钩干啥,怎么不长成直的?"从此以后,棘针就长成直的了。

娘娘又往前走了几步,来到马前。这时紧随其后的嫂嫂刚好弯腰去捡自己头上坠落的银簪,李娘娘趁势蹬住嫂嫂的肩膀跃上马去,从此离开了娘娘窑。

（整理：郑庚银　李玉梅）

二、历史传说

"年"的来历

年三十守岁,俗名"熬年"。为什么称作"熬年"呢?嵩山地区的民间流传着一个有趣的故事:太古时期,有一种凶猛的怪兽,散居在深山密林中,人们管它们叫"年"。"年"的形貌狰狞,生性凶残,专食飞禽走兽、鳞介虫豸,一天换一种口味,从磕头虫一直吃到大活人,让人谈"年"色变。后来人们慢慢地掌握了"年"的活动规律,原来它每隔三百六十五天窜到人群聚居的地方尝一次口鲜,出没的时间都是在天黑以后,等到鸡鸣破晓,便返回山林中去了。

"年"的来历

算准了"年"的肆虐日期,男男女女便把这可怕的一夜视为关煞,称作"年关",并且想出了一整套"过年关"的办法,每到这天晚上,家家户户提前做好晚饭,熄火净灶,再把鸡圈牛栏全部拴牢,然后把宅院的大门封住,躲在屋里吃"年夜饭"。因为这顿晚餐有凶吉未卜的意味,所以置办得很丰盛,除了要全家老小围在一起用餐表示和睦团圆外,还在吃饭前先供祭祖先,祈求祖先神灵保佑他们平平安安地度过这一夜。吃过晚饭后,谁都不敢睡觉,挤坐在一起闲聊壮胆。

天色渐渐黑了下来,"年"从深山老林里窜了出来,摸进村落,只见家家户户宅门紧闭,门前还堆着芝麻秆,街上瞧不见一个人影儿。转了大半个晚上的"年"毫无所获,只好啃些芝麻秆充饥。又过些时,公鸡报晓,这些凶残而又愚蠢的怪物只得怏怏返回。熬过"年关"的人们欣喜不已,感谢天地祖宗的护佑,人们见面互相拱手作揖,互相祝贺没有被"年"吃掉,便打开大门,燃放鞭炮,表示庆祝。

这样过了好多年,没出什么事情,人们对年兽放松了警惕。就在有一年三十晚上,年兽突然窜到一个村子里。一村子人几乎被年兽吃光了,只有一家挂红布帘、穿红衣的新婚小两口平安无事。还有几个儿童,在院里点了一堆竹子在玩耍,火光通红,竹子燃烧后"啪啪"地爆响,年兽转到此处,看见火光吓得掉头逃窜。此后,人们知道年兽怕红、怕光、怕响声,每至年末岁首,家家户户就贴红纸、穿红袍、挂红灯、敲锣打鼓、燃放爆竹,这样年兽就不敢再来了。

可是有的地方,村民不知年兽怕红,常常被年兽吃掉。这事后来传到天上的紫薇星那儿,他为了拯救人们,决心消灭年兽。有一年,他在年兽出来时,就用火球将它击倒,再用粗铁链将它锁在石柱上。从此,每到过年,人们总要烧香,请紫薇星下界来保平安。这种现象逐渐形成了世代相传的"过年"和"拜年"的习俗。

(整理:陈明)

祈 台 寺

祈台寺在禹州市褚河乡东南胡村南,地处阳陵岗(也叫大陵)下,颍河北岸,有古寨,呈梯形,仅一处寨门,开在寨南墙偏东处。

据说,夏启当年登大陵祭天之前,曾在此沐浴斋戒三天,而后登山祭天祀地,宣告继禹而登天子位。后人为纪念夏启,在此建寺,称"祈台寺",也叫"启台寺"。《水经注》曰:"嵎水东径三封山东,东南历大陵西连山,亦曰启筮亭,启享神于大陵之上,即钩台也。"《左传·昭公四年》也载:"夏启有钩台之享。"

民间还有另一种说法,说夏启伐伯益受箭伤,久治不愈,巫师说是"天罚罪",需受七七四十九天磨难。于是,启持钵沿门求舍,吃百家饭,而后病愈。所以"启台寺"又叫"乞台寺"。

明代,匪患猖獗,村民在"启台寺"建土寨,因为有夏启王保佑,此寨自打建成以来,从未被攻破过。

少 康 中 兴

传说,大禹当上夏朝的国君后,没有忘记肩负的重任,没有忘记天下的长治久安,虽然身居高位,却不贪图享乐。为了治理天下,他还经常外出巡游,了解民情。

禹王去世前几年,想效仿尧舜,找一个贤能的人来接替自己。最初,人们推举在帝舜时就掌管刑法的皋陶,但是没等接任,皋陶就病死了。后来经过商议,又一致推举伯益做他的继承人。

启由于把国事处理得很好,在人们心目中的地位也高了起来,而伯益作为继承人,却没有新的政绩,他过去办的好事,人们也渐渐淡忘了。禹王死后,他的儿子夏启就真的行使起王权来了。而多数部族的首领,也都表示效忠于启,他们说:"启是禹的儿子,我们愿意效忠于他。"

启继承了王位,但许多部族对他改变禅让传统的做法表示强烈的反对。有一个部族首领叫作有扈氏，站出来反对夏启的做法，要求他按照部落会议的决定，还位于伯益。于是，夏启就和有扈氏在甘泽地方（今陕西户县一带）发生了战斗。两军对垒，大战开始前，夏启激励将士们说："我要告诉大家，这个有扈氏对天帝不敬，王命不遵，是上天借我的手来消灭他！因此你们要服从我的命令，奋力出击，不可懈怠！"夏启训话完毕，六军兵士就挥舞刀枪，呐喊着冲向有扈氏的队伍。经过一场激烈的厮杀，有扈氏被打败了，有扈部落的成员被罚做奴隶。其他部落看到有扈氏的样子，没有人再反抗了。从此，父死子继的家天下制度正式开始了。

夏启死后，他的儿子太康即位。太康是个十分昏庸的君主。他不管政事，一心只迷恋打猎。有一次，太康带着随从到洛水南岸去打猎。他越打越起劲，去了一百天还没有回家。这时已不是尧、舜时代，氏族部落首领与人民同劳动、共甘苦的纯朴风气荡然无存。坐上王位的特权，以及与之相随而至的豪华生活，令众多心怀野心者垂涎三尺。后羿便是其中最早跳出来的一个。

少康中兴

后羿是黄河下游夷族的一个部落首领。他是神话传说中著名的神箭手。相传古时候天空中曾有十个太阳，强烈的光束把地上的庄稼全部晒死。天空中热浪妖风席卷，地上毒蛇猛兽横行。人民简直没法生活。危难出英雄，后羿受大家的委托，设法解民苦难。他手持弓箭，翻山越岭，追射太阳。只见他拈箭张弓，"嗖嗖"地射出神箭，九个太阳一个接一个应声坠落，留下一个给人类带来光明和温暖。接着，他踏小溪，渡大水，斩杀水中的怪物，射杀陆上的野兽。祸害消除了，人民的生活得以恢复正常。

夏王太康不理朝政、酷爱打猎的情景，后羿看在眼里，记在心里。有一天，他趁太康外出打猎的机会，带领大队人马守在洛水北岸。太康带着大批猎物，高高兴兴地返朝回宫，行至洛水之滨，猛然发现对岸全是后羿的兵马，拦住他的归路。有国难投、无家可归的太康，无可奈何地在洛水南岸流浪，最终成了孤魂野鬼。

后羿还不敢自立为王，另立太康的兄弟仲康为夏王，把实权抓在自己手里。后羿开始还只是做仲康的助手。仲康一死，他干脆把仲康的儿子相撵走，就篡夺了夏朝的王位。

后羿仗着射箭的本领，也作威作福起来。他和太康一样，四出打猎，把国家政事交给他的亲信寒浞。寒浞瞒着后羿，收买人心。有一次，后羿打猎回来，寒浞派人把他杀了。

寒浞杀了后羿，但要真正夺得王位，还要杀死被后羿撵走的相。仲康的儿子相在位的第二十八年，寒浞才有机会杀相篡位。

相逃到哪儿，寒浞就追到哪儿。后来，相终于被寒浞杀了。那时候，相的妻子正怀着孕，被寒浞逼得没法，从墙洞里爬了出去，逃到娘家有仍氏部落，生下个儿子叫少康。少康长大后，给姥姥家看牲口;后来听到寒浞正在派人追捕他,又逃到舜的后代有虞氏那儿,有虞氏暗送少康到纶邑(纶邑也称纶国,在今登封颍阳一带),封地十里,养兵五百名。少康勤政练兵,养精蓄锐,不断壮大队伍,后得到夏朝大臣和其他部落的帮助,四十年后起兵杀了寒浞,终于把王位夺了回来,光复了夏王室。

夏朝从太康失位到少康复位,中间经过一百多年的混战,史书上把它称作"少康中兴"。

(整理:贾艾莉)

箕 山 怀

嵩山南麓箕山下有一处低凹的地方,湿润背风,树木葱茏。靠土堰根挖窑居住的几户人家,长年累月以耕地为生。人称这里为箕山怀。

说是"怀",也有另一层意思:传说夏代第十四代国王孔甲到箕山打猎,遇到风沙,为躲避风沙进山怀,又从民妇怀里夺走初生的娃娃进入宫廷。

孔甲是个吃喝玩乐、不理朝政的昏君。他上台后,昏庸无道,德败政衰,他走到哪里,哪里人民都反对他。不久,很多诸侯都背叛他而去。

孔甲喜欢打猎,整天带着一大帮宫廷随从和卫队,骑马持械到野外打猎,有时一出去就是十天半月。

这天,他带领随从来到被尧封为箕山公神许由镇守的箕山,在山中乱窜,吆三喝四,耀武扬威,扰乱了山中的秩序。箕山公神许由看着他们奔跑带起的尘土,听着他们吆喝发出的怪叫,心里厌烦透了。他无法拭目洗耳,便刮起一阵飓风,把那污浊的空气刮了去。不承想这阵风刮得大了,弄得飞沙走石,天昏地暗,树枝摧折,山岩轰响。孔甲的队伍被刮得东躲西藏,四散奔逃。孔甲呢,被刮下马来,摔了一个跟斗,爬起来揉着膝盖"哎哟""哎哟"直叫,风沙中了迷失方向,被随从搀扶到山凹一家低矮的土窑洞里,暂避风沙。

这家山民只有夫妻两个,虽已四十来岁,但因日子穷苦,成婚晚,好在婚后就要下孩子。也正是在国王孔甲被搀扶进洞的时候,那男孩儿呱呱落地了。

围着孩子的邻居老妇们一见国王到来,感到吃惊。但看国王只顾望着窑外的风惊魂未定,心里也不害怕了,并且主动跟国王和随从们搭话,有的还夸:"这孩子生得好,有福气,一生下来就见到国王,将来一定也是个大官。"有的却说:"未必,说不定他见人家是大官,自己还会遭灾殃呢!"孔甲听了,先是一笑,后来眉头一竖,止住话说:"胡说!见了孤王怎会遭殃?我愿收他做儿子,看谁敢给他灾殃?"说着,就要窑主人给他孩子,窑主人再三哀求,他才答应暂时将孩子留给窑主人抚养。

风停沙住,孔甲出窑,招集失散的随从卫队回都入宫。后来,他却又真的派人来箕山,把孩子从娘怀里接去宫中抚养,主人不给也没办法。

孔甲只管给孩子好吃好穿,叫他过优裕的生活,享受荣华富贵。孔甲常在大臣面前夸耀:"哼!跟王长大,看谁敢给他灾殃!"可是,他只注意了养活,而没有教给他知识和本领,娃娃什么也没有学到。

娃娃慢慢长大,成了少年,成了青年,该给他官做做了。可是他光知道吃喝玩乐。没有官,怎么证明作为国王的威风呢?他就是个白痴,也得给他官做!这事传出去,激起了一些正直贤臣的议论,也引起民间人们的反对。

箕山公神许由早为孔甲夺走箕山山民之子而愤恨。这天,孔甲正要封这孩子高官的时候,孩子却跑出去玩了。他跑到宫廷演武厅去看演武。孔甲派使臣来找,那使臣忠于孔甲,害孩子不浅。箕山公神许由刮起大风,本想把厅椽摧折,把使臣砸死,没想到椽折幕落,砸飞器械架上一把利斧,利斧跳了起来,正落在奔跑的孩子的后脚脖上,孩子的脚被砍掉。

孩子的伤虽经医治,伤口愈合,但成了终生瘸子。

孔甲感到伤心,想:两只脚有官不能做,还能摆摆架子吓人,一只脚怎么做官?架子也摆不成了。因此,只得让这孩子去当个不用走动的守门人了。他想到箕山接生的民妇的话,无限感慨,感慨之余,写了一首《破斧之歌》来说明这件事:

> 破斧子哟破斧子,
> 你毁了我的干儿子!
> 只想君主之后都该富贵,
> 却不料成了终生残废!
> 那就当个守门人吧,
> 但不要回箕山怀里……

(整理:耿直)

伊尹的故事

伊尹少有大志,自学成才,是个有志向的青年。他年少时,由于夏桀昏庸暴虐,不理朝政,夏朝已衰弱不堪。见同村的乡亲食不果腹,衣不蔽体,十分贫困,他发誓一定要重振国家,给百姓以幸福的生活。成年后因家境贫寒,流落到有莘国(今伊川莘店村一带),给有莘国国君当了奴隶,职位是厨师。有莘国国君见他贤良,有心提拔他为亲近大臣,但因身份之限,一直不敢。于是封伊尹做了一个管厨子的官,实际上国家大事事事都跟伊尹商量,伊尹实际上成了辅政大臣。过得久了,伊尹渐渐发现有莘国国君昏庸糊涂、优柔寡断,不堪担当大事。后听说有莘氏嫁女,女婿是商国的商汤。这件事让他兴奋不已。对于商汤的大名他仰慕已久。他深知商汤将来一定是个成大事之人,于是决定投奔商汤。他找到了有莘国国君,据实以告。这有莘国国君虽然昏庸但倒颇有自知之明,自知以伊尹之贤,自己国家之小,必留不住此人。于是慷慨应允,让伊尹作为女儿的陪嫁,跟随女儿一起到商国。并在临走之时交给伊尹一封给商汤写的书信,信中介绍了伊尹的贤良,让伊尹必要时交给商汤,让商汤重用于他。

伊尹到商国后并未出示有莘国国君的书信,一是他相信以自己的能力必会引起商汤的注意,为商汤所重用。二是他认为,一旦出示了这封书信,商汤就认为他是凭关系进来的,恐会引起商汤大臣的轻视。

但他到了商国后,转眼间几个月过去了。他一等再等,一直未等到表现的机会,这令他十分着急。终于有一天已做了商国皇后的有莘氏女吩咐他给商汤做上一顿饭。这可是千载难逢的机会!于是他做了一锅粥用鼎盛了,给商汤送去。商汤喝了几口后,感觉鲜美异常,且从未尝过,十分惊讶,便问他:"这叫什么粥?"

伊尹答道:"回陛下,这叫忧国忧民羹。"

商汤问:"何谓忧国忧民羹?"

伊尹答:"此羹以莲子、红小豆为主要材料。陛下可以看这鼎,这鼎表面上虽十分坚硬,但已存在八百年之久,已脆弱不堪,可以比喻为我们的有夏国,故称忧国。汤里有几个莲子,在鼎里沸腾翻滚,可比喻为民。民在热汤里沸腾挣扎,莲心甚苦,可谓忧民。故名忧国忧民汤。"

商汤听罢大惊。一个厨师怎有如此胸怀!不禁肃然起敬。忙起身扶伊尹坐下:"这正是朕所忧虑之事,请先生坐下详谈,教我应该如何做!"

伊尹见商汤诚恳,也不推辞,遂和商汤展开长谈。畅谈尧舜之礼,治国之策。二人由白昼谈到黑夜,晚上抵足而眠继续畅谈,谈了三天三夜。这让商汤充分认识到此人实有经天纬地之才,以后自己成败全在此人。随后商汤免了伊尹奴隶的身份,拜伊尹为右相并做了国师,以便随时请益。由此可见,商汤用人比有莘国国君高明得多,可谓是不拘一格。

(整理者:朱炎昌)

商汤和伊尹治国

黄河下游有个部落叫商,传说商的祖先契在尧舜时期,跟禹一起治过洪水,是个有功的人。后来,商部落因为畜牧业发展得快,到了夏朝末年,汤做了首领的时候,已经成为一个强大的部落了。

夏王朝统治了400多年,到了公元前16世纪,夏朝最后的一个王夏桀在位。夏桀是个出名的暴君,他和奴隶主贵族残酷压迫人民,对奴隶镇压更重。夏桀还大兴土木,建造宫殿,过着荒淫奢侈的生活。

大臣关龙逢劝说夏桀,认为这样下去会丧失人心。夏桀勃然大怒,把关龙逢杀了。百姓恨透了夏桀,诅咒说:"这个太阳什么时候才会灭亡,我们宁愿跟你同归于尽。"

商汤看到夏桀十分腐败,决心消灭夏朝。他表面上对桀服从,暗地里不断扩大自己的势力。

那时候,部落的贵族都是迷信鬼神的,把祭祀天地祖宗看作最要紧的事。商部落附近有一个部落叫葛,那儿的首领葛伯不按时祭祀。汤派人去责问葛伯。葛伯回答说:"我们这儿贫穷,没有牲口作祭品。"

汤送了一批牛羊给葛伯作祭品。葛伯把牛羊杀掉吃了,又不祭祀。汤又派人去责问,葛伯说:"我没有粮食,拿什么来祭呢?"

汤又派人帮助葛伯耕田,还派一些老弱的人给耕作的人送酒送饭,不料在半路上,葛伯把那些酒饭都抢走,还杀了一个送饭的小孩。

葛伯这样做,激起了大家的公愤。汤抓住这件事,就出兵把葛先消灭了。接着,又连续攻取了附近几个部落。商汤的势力渐渐发展了,但是并没引起昏庸的夏桀注意。商汤妻子从有莘国(伊川县大莘店村一带)带来的陪嫁奴隶中,有一个人名叫伊尹。传说伊尹开始到商汤家的时候,是个厨子,服侍商汤。后来,商汤渐渐发现伊尹跟一般奴隶不一样,商汤和他交谈以后,才知道他是有心装扮作陪嫁奴隶来找汤的。伊尹向汤谈了许多治国的道理,汤马上提拔伊尹做他的助手。

商汤和伊尹商量讨伐夏桀的事。伊尹说:"现在夏桀还有力量,我们先不去朝贡,试探一下,看他怎么样。"

商汤按照伊尹的计策,停止了对夏桀的进贡。夏桀果然大怒,命令九夷发兵攻打商汤。伊尹一看夷族还服从夏桀的指挥,赶快向夏桀请罪,恢复了进贡。

伊尹向商汤进言:你现在可以举兵伐桀了

过了一年,九夷中一些部落忍受不了夏朝的压榨勒索,逐渐叛离夏朝,汤和伊尹才决定大举进攻。

自从夏启以来,夏王朝统治已经四百多年,要把夏王朝推翻,也不是一件简单的事。汤和伊尹商量了一番,决定召集商军将士,由汤亲自向大家誓师。

汤说:"我不是敢进行叛乱,实在是夏桀作恶多端,上帝的意旨要我消灭他,我不敢不听从天命啊!"他接着又宣布了赏罚的纪律。

商汤借上帝的意旨来动员将士,再加上将士恨不得夏桀早早灭亡,因此,作战非常勇敢。夏、商两军在鸣条打了一仗,夏桀的军队被打败了。

最后,夏桀逃到南巢(今安徽巢县西南),汤追到那里,把桀流放在南巢,一直到他死去。

这样,夏朝就被新建立的商朝代替了。历史上把商汤伐夏称为"商汤革命",因为古代统治阶级把改朝换代说成是天命的变革,所以称为"革命"。这和现在所说的革命完全是两回事。

后来,伊尹成了一位治国名臣,辅佐商汤王制定了各种典章制度,要求官吏必须勤勤恳恳地工作,做出显着的成绩,否则,将受到严厉的责罚,甚至于罚作奴隶。因此,各级官吏都不敢胡作非为,使得商初社会比较稳定、经济繁荣。

(整理者:陈明)

王 城 岗

相传在很早以前,登封市告成镇八方村住着一位张员外,名叫张东斋,此人学识很广。他有个儿子名叫张王城,自幼接受父亲的教育,才华横溢,智慧超群,但不贪图荣华富贵,不慕高官厚禄,为人忠厚老实,很受当地黎民百姓的爱戴。在他20岁的这年夏天,阳城一带发生了旱灾,特别是颖河两岸,干旱更为严重,一个多月滴雨没下,河道干涸,庄稼苗旱得卷了叶,低了头。方圆几十里的人畜用水都发生了严重危机,人们心急如焚,仰天长叹。

就在这严重缺水的紧要时刻,在离八方村东一里的地方却出现了一道清水。这道波光粼粼、深不见底的清水,在当时干旱严重、吃水困难的情况下,确实是当地人民的救命水。但是这潭清水又很奇怪,你能看到它,却不能利用它。据说这道水里住有一条鲤鱼精,它利用法术把方圆十几里所有的井水、河水都积聚在这水潭里。你若用潭里的水要先摆供烧香烧纸,不摆供烧香烧纸,潭里的水担回家,人吃了要丧命,庄稼浇了要枯干。在食不果腹的大旱之年,人们为了有水吃,只得借钱买香纸摆供。这个鲤鱼精还在夜晚变作人的模样,到附近村里抢劫财物,奸污妇女,干尽了各种坏事,人们对它恨之入骨,但又没人敢惹它。

这个消息传到了张东斋的儿子张王城的耳朵里,他看着地里将被旱死的庄稼,又望望村里等待吃水的百姓,决心杀死鲤鱼精,为民除害。用什么办法杀死鲤鱼精呢?常言说:鱼离不开水,瓜离不开秧。要想除掉鲤鱼精,必须把水排干净。怎么把水排出去呢?他心生一计,四处召集受害的灾民来这里挖排水沟,把潭水放到河去,潭里水放干了,捉住鲤鱼精把它刺死,就能使附近的老百姓安居乐业,永远不再受鲤鱼精的愚弄。

挖沟排水捉鲤鱼精的消息一传开,四面八方受害的灾民成群结队赶到这里,短短几天的光景,就把排水沟挖通了。滚滚潭水顺沟流到河里,顿时潭水干涸,潭底露出了一个无底潭洞,洞内躺着一条鲤鱼,身粗像筛子,身长两丈余,眼似灯盏,口如血盆,嘴两边的胡须像利剑,鱼鳞闪闪发光。众人见此怪物,大都目瞪口呆。

在这关键时刻,张王城临危不惧,挺身而出,手拿早已准备好的鱼镖,飞身扑向洞口,向鲤鱼精猛刺。就在这一瞬间,只见鲤鱼精抬起头来,突突突,喷出两股水柱,刹时天色无光,乌云密布,电闪雷鸣,狂风暴雨扑面而来。张王城一见此景,火从心头起,怒打胆边生,早把个人生死置之度外,顽强地和鲤鱼精拼搏在一起。周围的百姓都被他这种为民除害的精神所感动,同时也都为他的性命担心。鲤鱼精得水越战越勇,张王城怒火越烧越旺。鲤鱼精一见狂风暴雨没把张王城吓倒,气得眼珠外冒,无奈使出最后一招:跃起身子,张开血盆大口向张王城扑来,妄想趁张王城不备之机一口把他吞进腹内。张王城不愧是为民除害的英雄好汉,在这千钧一发的时刻,他心不发慌,气不喘,沉着冷静,英勇应战,他趁着鲤鱼精张着血口向他猛扑的时候,后退几步,拉开架势,两手举起鱼镖,用尽平生的力气照着鱼嘴猛掷过去。说时迟,那时快,只听"扑通"一声巨响,鲤鱼精应声倒地,腹部被鱼镖刺了一个大血口,尾巴扑甩了几下就沉入水底了。

作恶多端的鲤鱼精就此结束了它罪恶的一生,而我们的除害英雄张王城也因劳累过度而倒在地上。

由于除掉了鲤鱼精,阳城一带连降大雨,下得沟满河平,干旱的庄稼得了雨而茁壮成长,颍河两岸到处一派丰收景象。黎民百姓怀着崇敬的心情来到张王城和鲤鱼精搏斗后倒下的地方,潭里已被洪水淤起一座又高又大的土岗,这座土岗三面环水,一面靠坡,四季朝阳,风光秀丽。为了表彰张王城为民除害的事迹,人们就把这座土岗起名叫"王城岗"。

夏朝的国君根据当地群众的要求,把都城建在了这座岗上。所以,它现在成为考古学家眼中的明珠。

(整理:张存义)

桑 林 祷 雨

商代帝王成汤灭掉夏桀,建都于亳后,遭到了旱灾,伊河、洛河里的水都干涸了,庄稼种不上,人们没有吃喝,饿死者越来越多。

汤王非常着急,想向上天求雨,就叫史官先占卜了一卦。史官卜后说:"只有拿活人作牺牲(古代祭祀用的牲畜称牺牲),老天才肯下雨。"

成汤听了,很为难。他说:"求雨原是为了百姓不受旱灾,怎么能为祈雨而先让百姓受杀戮呢?"成汤寻思再三,遂做出决定,说:"如果一定要以活人作牺牲才能下雨,那就让我来当这个牺牲品吧。"

于是,他选定了日子,在汜水的桑林(今嵩山西麓偃师市大口乡经周村南)筑起了神坛,坛上堆满易燃的干柴。

到了求雨那天,成汤洗净了身子,披散着头发,穿一身粗布衣服,身上捆满了干茅草,坐一辆白色的车子,率群臣庄重严肃地向桑林而去。

人们早已从四面八方赶来,神坛周围人山人海,巫师们坐在坛前祷告,大鼎下的火熊熊燃烧。

桑林祷雨

汤王剪下自己的头发指甲焚烧,以示对自己的惩罚。他手捧盛满清水的三足鼎,跪在神坛前向上天忏悔自己的过错,以六件事责备自己,求告上天快降大雨,搭救万民。他真诚地说:"苍天在上,我自当商王以来,尽心尽力为臣民办事,不知怎么得罪了上苍,竟降灾不雨。难道我实行的措施不当、政策不好吗?我对臣民体恤不够,失职了吗?我贪图享受,多盖宫室殿堂了吗?我贪恋女色,身边的妻妾宫女太多了吗?我聚敛财富,接受别人的贿赂、财礼了吗?我接近奸邪馋贪的人,让正直无私的臣民们受压抑了吗?如果这些方面做得不好,那是我的过错,不要难为百姓们。我愿以身体作牺牲,请上天降雨,解除臣民们的干渴之苦。"成汤祈祷完了,就虔诚地走上神坛,端坐在干柴堆上。

巫师们引燃了火把,绕着神坛边跳边舞,然后将火把一起扔向神坛上的柴堆里。干柴很快就"劈劈啪啪"地燃烧起来,而坐在柴堆上的成汤临危不惧,大义凛然,一副为民献身的大无畏神态。

围观的人们看着火堆上的成汤,心都缩得紧紧的,一点声息都没有。等大火烧起来,烈焰围住了成汤,哭泣声和呐喊声响成一片。

正在这时,东南方刮起了大风,随风吹过来了乌云。顿时,雷声隆隆,黑云滚滚,大雨倾盆而下。天上之水浇灌了田野,也浇灭了神坛上的大火,人们都仰脸接饮着甘甜的雨水。

汤王终以至诚之心感动了上天,驱除了旱魔,百姓们高兴得又唱又跳。汤王命令伊尹把百姓的歌舞记录整理,取名"桑林舞"。

从此,人们更加景仰和爱戴勤政爱民的汤王了。汤王不惜牺牲自己为民请命的故事,也在民间广为流传。后人为纪念汤王的功绩和德政,在汤王祷雨住过的大沟旁——氾水城东修建了一座庙,叫"汤王庙"。再后来,那里成为一个村庄,村名就叫"汤王庙沟"。

汤王庙的来由

商朝的开国国君汤,不仅是位能干的国君,而且心地也极为善良。他不仅爱民如子,而且对鸟兽也非常怜惜。有一次,他在郊外看见有人张网四面,要把四面八方飞来的鸟统统捉住,便对那人说:"你这样做,不是太残暴了吗?何不张网一面,只捕那送死的鸟呢?"那人果真照此而办。为此,很多路过的鸟都幸免于难。鸟王凤凰知道了这件事后,决定日后一定报答他。一些诸侯知道这件事后,也都赞叹道:"汤王对鸟兽尚且如此爱怜,何况人呢?他要做了我们的大王就好了。"

当时的商国还是夏朝的一个属国。与汤王相反,夏王桀是个荒淫无道的昏君,他的心肠非常狠毒。他杀了大臣关龙逢后,不许埋葬。汤看着感到实在过意不去,就派人偷偷地把关龙逢埋了。过了一段时间,这件事被夏桀知道了,他非常恼恨汤,心想:"你这样收买人心,不是成心拆我的台吗?非杀了你不可。"于是,夏桀便与宠妃妹喜商议,定下了谋害汤的毒计。

他们先是用好言语把汤骗到了夏都斟鄩,然后质问汤是不是想谋反。汤本是个很忠诚的人,便据理力争。夏桀看看也没有充足的理由杀死汤,就实施第二个诡计,对汤说:"你说你忠心,但怎么才能让我相信呢?"汤想:我身正不怕影子斜,什么方法我也不怕。就对桀说:"一切听从大王的安排。"桀见汤中了圈套,就说:"你要敢在夏台斋戒七七四十九天,祈祷我夏朝江山世代流传,我就相信了。"汤当时没有想到桀会狠毒到想置他于死地,便答应了,来到夏台。

当时的夏台,在今天南河渡村渡口附近的一个山沟里。山沟三面是悬崖绝壁,只有一个出口可以走人。山沟里有一座土台。汤王进去以后,桀派人把守住山口,把汤软禁在里面,如同一个监狱。当时,正值寒冬腊月,桀企图把汤冻死饿死在山沟里。汤被关进去以后,识破了桀的阴谋。但到了如此地步,插翅难逃,也只好听天由命。三天三夜过去了,桀只让人给汤送了一碗稀饭,还是为了观察汤的死活。汤又冻又饿,眼看就要死了。正当他感到绝望之时,忽然空中飞来一只凤凰,落在离汤不远的地方,很快便又飞走了。汤王看到凤凰降临,不胜惊喜,陡然增加了一股力量。因为他知道,凤凰不落无宝之地。于是他挣扎着来到刚才凤凰降落的地方,用手挖了起来,最后挖出了一只盒子,打开一看,里面放着一个碗、一根五颜六色的羽毛。汤王把碗拿出来,又拿起羽毛,心里想,现在我又冷又饿,光这么个空碗有啥用?嘴里轻轻地说着:"要是碗里有饭,羽毛能变成一件衣裳,该有多好哇!"汤的话音刚落,奇迹出现了,碗里果真盛满了米饭,羽毛也变成了一件羽衣。汤吃了饭,穿上羽衣,不饿也不冷了。当夏桀派人来看他时,他便把碗和羽毛重新埋起来。四十九天过去了,汤王不仅没被冻死饿死,身体反倒更结实。

后来,汤被带出夏台时,为了不让桀发现那两件宝贝,又把它们埋在了地下。到灭了夏朝以后,再派人去寻找,却再也找不到了。后来,南河渡的老百姓为了纪念汤,就在夏台修了一座汤王庙,来永远纪念这位善良的国君。

首 阳 山

在古都洛阳东四十里的邙山岭上,有个独立的山峰,相传是伯夷、叔齐兄弟俩为让王位而隐居的首阳山。

伯夷、叔齐是商代纣王时期孤竹国君的两个儿子。伯夷为兄,叔齐为弟。他们心地善良,为人忠厚,一切都能顾全大局,兄弟间的关系也相处得很好,受到了臣民的称赞。可是,当孤竹国君晏驾之后,他们兄弟之间却发生了一场相当激烈的争吵。这场争吵,是由他们的父王的一份遗诏引起的。

孤竹国君去世前,就对他的王位继承问题,翻过来覆过去地想了很长时间。他一会儿想,大儿子伯夷为人老诚,办事老练,深得众望,又是长子,继承王位比较合适;一会儿又想,小儿子叔齐天资聪颖,处事有方,风华正茂,继承王位更为妥当。他把两个儿子比较过来,比较过去,最后可能是老人偏爱幼子的心理起了作用,便悄悄立下遗诏,让叔齐继承他的王位。不久,孤竹国君晏驾,宫廷执事便按照常例当众宣布了遗诏。叔齐听说要让他继承王位,先是大吃一惊,接着便难为得大哭起来。他跪到哥哥伯夷前面乞求:"父王遗诏,小弟受之有愧。您是父王的长子,各方面都胜我百倍,请您为国家社稷着想,把王位继承下来。"

而伯夷听了父王的遗诏,感到非常高兴,他认为弟弟年少才高,治理国家定比自己高明。所以,叔齐的话还没说完,他便把弟弟从地上搀起来劝慰道:"父王遗诏极当,叔齐不必过谦,赶快即位,我当全力辅佐。"他两个就这样你让过来,我推过去,最后竟吵了起来。经过好多人的劝解,他俩才停止了争吵,各自回到了自己的住处。

叔齐回去后,心里仍不平静,急得在屋里踱来踱去。无意中,他看见了门口挂的鸟笼,笼中关着两只画眉。也算是苦中作乐吧,他伸手去挑逗笼中的小鸟。谁知他一指头上去,碰开了笼子小门上的挂钩,一只画眉夺门而出,飞上了天。叔齐见此,一直阴郁的脸上顿时露出了一丝微笑。他自语道:"我若逃了出去,只剩哥哥在朝,王位不由得他不继承。"他主意拿定,借故支开家人仆从,神不知鬼不觉地从后门逃了出去。

再说伯夷和弟弟争吵之后,一直郁郁不乐。他埋怨弟弟不该违抗父王遗诏,要把王位推给别人。可是怎样才能说服弟弟呢?他左思右想,一直想不出办法来。夜已深了,他还不能入睡,便到御花园里去散心。当他仰望南天对空长叹时,看到空中两颗相距很近的星星在闪闪发光,忽然一块乌云飘过,遮住了其中的一颗星星,而另一颗星星,好像比刚才更亮了。这个很平常的现象,却使伯夷受到了启发。他想:弟弟不愿承袭王位,可能是因为有我这个哥哥在。我若偷偷跑出去,他不继承王位谁继承?主意拿定,就对家人说:"我心里烦得慌,想到门口遛一遛,任何人不准打扰!"他悄悄换上一套用人的衣裳,从前门跑出去了。

他们弟兄俩,一个从前门出,一个从后门逃,也不知费了多少劲,也不知吃了多少苦,后来都上了首阳山。兄弟俩在此相逢,知道都是为了推让王位跑出来的。哥哥劝弟弟回去,弟弟又劝哥哥回去,劝来劝去,谁也不回,两人抱头大哭了一场,就在这里隐居了。

伯夷、叔齐互让王位,后人称颂他们是"二大贤"。

可是,后来他们又变成了反对社会变革的顽固派。当武王率八百诸侯讨伐荒淫无道的纣王时,他们说诸侯讨伐天子是犯上作乱,曾拦马劝阻。首阳山北他们扣马而谏的地方,便叫扣马村。

武王灭商建立西周,他们又发誓不吃周朝的粮食,在首阳山上饥了吃些松柏籽,渴了饮山间清泉。一位采药老人曾质问他们:"你们发誓'不食周粟',可是这松柏籽、山泉水都是周朝的,你们为何还要食用?"他俩无言可答,便连松柏籽也不吃了,山泉水也不喝了,不久,便饿死在首阳山上。

伯夷、叔齐隐居首阳山

(整理:褚书智)

偃师名称的由来

今天的偃师市,位于陇海线上,西与洛阳市郊区相邻,东与巩义市相连,南与登封、伊川相接,北隔黄河与孟县相望。在我国历史上曾有夏、商、汉、晋、魏等朝代在此建都,历史文化悠久。然而偃师名称是如何来的呢?这还要从武王伐纣说起。

商朝统治末年,由于商纣王暴虐无道,统治黑暗,早已是内外交困,危机四伏,而此时西部的周族却日益强大,在周武王统治时期已具备了灭商条件。周武王在周公的辅佐之下大会诸侯于孟津,取得了其他诸侯国对灭商之战的支持。不久,周武王便亲率大军渡过孟津,向商朝的统治中心国都朝歌进军,与商纣王的军队在牧野进行了决战。虽然周武王的军队人数不及商朝军队多,但灭商大军同仇敌忾,团结一心,因而战斗力十分旺盛。相反,商纣王的军队却军心涣散,两军刚一接触,纣王的士兵不但无心作战,许多人还阵前倒戈,和周军一起进攻纣王,很快周武王便取得了牧野之战的胜利,并攻进了商朝都城朝歌。商纣王看大势已去,自己在鹿台自焚身亡。

周武王灭掉商朝之后,在商朝都城停留了几日便迅速罢兵西归。在威武大军路过今天的偃师境内时,部队在此驻扎进行休整,时间长达数月之久。因为周武王在此息偃戎师,人们便将此地叫作"偃师",这便是偃师名称的来源。

分 金 沟

春秋时,齐国的宰相管仲,没做官以前家里很穷。他与鲍叔牙是好朋友,俩人一起做生意。鲍叔牙家里富一些,总想接济管仲,可是管仲说啥也不肯接受。这就叫"君子不食嗟来之食"。鲍叔牙没法子,便想把一块儿做生意赚的钱多分给他一些。管仲呢,对账目清清楚楚,丁是丁、卯是卯,每回都是二一添作五,一人一半,多一分也不要。

这天,俩人在洛阳做完一笔生意回齐国去。走到靠北邙的一条山沟里,鲍叔牙心生一计,从怀里偷偷拿出一锭金子,打马跑到了前头。然后,他把那锭金子丢到路上。鲍叔牙心里说:管仲呀管仲,送你钱你不要,这路上扔的金子,你总该拾了吧。

鲍叔牙与管仲

鲍叔牙等管仲撵上时,问他:"你在路上拾到东西没有?"管仲说:"没有。""你看见啥没有?""我看见一锭金子。""那你咋不捡来呢?""不是我的东西,我不能要。"

鲍叔牙心里说:管仲呀,我对你真是没办法。他想把金子再捡回来,又觉得不妥。那时候,人都讲究出手的东西不能再收回,再说捡回来等于证明是自己扔的。

正在这时,对面过来一个农夫,肩扛一把镢头。鲍叔牙赶紧喊住他,说:"哎,老兄,前头有一锭金子,你去拾了吧。"农夫半信半疑,走过去一看,没有金子,路上只有一条金环蛇。金子咋会变成蛇呢?因为这个农夫是个日上三竿才起床下地的懒汉,便宜让懒汉占了神灵不愿意,所以金子在他眼里成了蛇。农夫正想走开,金环蛇"噌"地一下蹿上来咬他。他慌忙取下肩上的镢头,一下把金环蛇锛成两截,蛇血把镢头刃都染红了。

农夫回来说鲍叔牙骗人,把蛇说成是金子。鲍叔牙和管仲都很惊奇,便过去观看,见地上那锭金子被截成两截。鲍叔牙说:"管仲,天意如此,这金子别人拿不走,只有咱俩要了。"管仲无奈,只好一人一半收了起来。

那农夫见他截为两截的金环蛇真的成了金子,也很奇怪。再看镢头上的蛇血,也变成了金子,他便用手抠了下来。鲍叔牙说:"这算是对你分金的报酬吧。"

后来,人们就把这条沟叫作"分金沟"。

(讲述:杨沅　整理:姜弘)

子产执法

在新郑市一带,只要一提起春秋时期的郑相子产(即公孙侨),大人小孩儿,没有不知道的。为了治理国家,惩恶扶善,子产制订了各种严格的法令。为了认真执行这些法令,他用金属铸了一个很大的宝鼎,把郑国的刑法一条一条铸在鼎上。这个鼎就叫"刑鼎"。刑鼎一铸成,轰动了全国。有的说好,有的说坏,有的害怕,有的怀疑,都想看看到底是个啥执行法。

一天,子产身穿便衣,不骑马,不坐轿,带着几个人到乡下去巡察民情。刚走出南门,他就看见河对岸一个少女,披头散发,哭哭啼啼,跑到溱洧河边,一头扎进水里。子产和跟随的人急忙跑过去,把那女子打捞出来。那女子醒过来时,"哇"的一声,哭得上气不接下气。停了好长时间,她才诉说了自己的冤情。

这个女子姓李,叫素菊,住在城东李家庄,家里只有母女二人。今年春上,母亲领她到溱洧河边赶会,回来时,在路口岔道上,被三四个人截住了。领头的是个矮胖子,龇牙咧嘴地硬要逼她成婚。她娘说,这闺女已经许配人家了。那矮胖子还死皮赖脸地缠着不放,说:"许配给人咋着?你们也没打听打听,我要看中的娇娥,没有不到手的。"说着,他就强拉硬拽,要抢素菊。她娘拼死拽着女儿不放。那矮胖子拳打脚踢,就把那老婆打倒在地,硬把素菊抢走了。老婆哭着,爬着,打听不到独生女儿的下落,心想没啥过头,就跳井死了。李素菊听说母亲已死,自己又被矮胖子侮辱了,越想越伤心。这一天,她瞅个机会,偷跑出来,到她母亲投井死的地方看了看,便投了河,但被人救了起来。

子产听罢,气得咬牙切齿。他想:刑法已定,竟然还有人这样胡作非为,必须严加惩处。子产带李素菊返回朝中,自己化装成货郎,并让李素菊暗地引路,立即前往捉拿凶犯。他们往东走了二十四里,李素菊指着一个村庄说:"就在这村里。"子产留步一看,吃了一惊,原来,这是他家住的村庄。

一进庄,他就见一棵大树下两个乘凉的老汉在坐着说话。他把草帽往下一拉,走了过去。只听那年岁大的说:"他哥在朝中做大官,告也白搭。"那年岁小的说:"他哥可不是那号人,听说他家几辈人都正直,他更是个公道人。不过,他不知道自己的兄弟那么赖,知道了一定不饶。"年岁大的又说:"哎,公孙家咋会出了公孙穆这个孬种?坏事让他干绝了!听说他家后院里,关了几十个女子。他每日寻欢作乐,不知糟踏了多少好女子啊!"

子产听到这里,早就气坏了。

子产下乡巡查民情

原来,公孙穆是他的亲弟弟。他想:平日自己一心想着治理国家,万万没有想到,弟弟公孙穆竟敢这样目无王法！家没治好，怎能治国？自己身居要职，又铸了刑鼎，若此案不认真惩处，这刑法如何让百姓去执行？子产当即回朝，下令捉拿公孙穆。

子产的母亲和亲友都来说情。子产说："刑法已定，人人都得执行。像这样的杀人罪犯不予惩处，国家还怎样治理？"说罢，他当即把公孙穆砍头示众。

为了进一步教育家里人带头遵守法令，他又专程回到家里，对安分守己的人给予表彰，对为非作歹的人严加处治。他发现哥哥公孙朝是个酒徒，每天都喝得醉醺醺的，家里还放了许多酒，百步之外，就能闻见酒气。他想到百姓们都能勤俭度日，自己的哥哥却成了这个样子，便强令把他送到远乡，交给他二亩菜园，让他自己去种。他的堂兄公孙惠，平日要求自己很严格，艰苦朴素，廉洁正直，子产推荐他当了管理财政的官。

子产严惩弟弟、管教哥哥的事一传开，大家都非常高兴。那些依仗权势为非作歹的人，再也不敢无法无天了。

从此，国家治理得越来越好，城市和乡村都有一定的规矩，人人遵纪守法，老百姓的日子越过越好。

（整理：蔡柏顺）

老婆儿顶石头

新郑市南边陉山半山腰里，立着一块四五丈高的石头，那上面还撂着一块大石头，看着就像一个老婆儿顶着一块大石头。这就是陉山有名的一景，叫"老婆儿顶石头"。

古时候，新郑是郑国。郑国宰相子产为官清正，爱护老百姓，临死的时候留下遗言说："活着我不占民财，死了也不占民地。"子产死后，人们就把他埋到不能种庄稼的陉山顶上，还盖了一座庙。逢年过节，方圆几十里地的人都来烧香。

陉山神想：子产一生为国为民，临死还想着老百姓，连一点坟地都不肯占，真是难得的好官。我要为他办点好事儿，用石头把他的墓包起来，叫它千秋万代不会坏。山神把这个想法告诉给老伴儿，老伴儿高兴地说："你说得对，这事儿就交给我吧。"

陉山顶上光溜溜的没有石头，近处也没有。山神婆儿天天夜里到很远的地方去找石头，找到了，一块一块用头顶着往山上运，一直干到鸡叫才停止。

这天五更，山神婆儿顶一块大石头刚走到半山腰，只听起早犁地的老头儿大声吆喝牲口："站住！"山神婆儿当是天神叫她站住呢，就顶着石头愣那儿了。等日头一出来，山神婆儿也变成了石头。

后人不忘子产，也忘不了山神婆儿的好心，给子产烧香的时候，也要到"老婆儿顶石头"跟前烧炷香。

（讲述：唐中喜　整理：张宝锁）

望母台和掘地见母

新郑市南的凤台寺南侧有一个大土丘,叫作望母台。

春秋时,郑武公有两个儿子,大儿子叫寤生,小儿子叫叔段。寤生出生时,他的母亲姜氏受了一场惊吓,故名之寤生,长大了以后他很丑陋,所以姜氏特别喜欢叔段。周代的规矩,长子立为太子,可以继承王位。于是,郑武公立寤生为太子,姜氏曾多次要求改立叔段为太子,武公没有允许。后来武公死了,寤生继承了王位,历史上称为郑庄公。由于姜氏偏爱叔段,所以经常在庄公面前为叔段今天要这个封地,明天要那个封地,庄公看在母亲的分上,都答应了。最后,连国中最大的一个城邑——京城,他也谨遵母命给了叔段,但姜氏仍不满足。有一天,姜氏听说庄公要去朝见周

掘地见母

天子,就暗地派人到京城(今荥阳市东南)给叔段送信,叫他趁机造反,自立为王。叔段照计行事。结果庄公平定了叛乱,叔段亦畏罪自杀。庄公从叔段的身上搜出了母亲的密书,非常生气,发誓说:"不到黄泉,再也不见母亲!"随即派人把姜氏送到了城颍(今登封市西)。

庄公赶走母亲后,听到了一些议论,说儿子将自己的母亲赶走,实为不孝,不孝的人怎能当好国君和治理好国家呢?庄公心里想:是否自己做得太过分了?可既已发过誓,又怎能食言呢?为此,他非常苦恼。

郑国都城南边有一条河叫洧河,洧河南岸有一座高土丘,登丘远眺,四处风光尽收眼底。一天,庄公到高丘上观景散心,看到一只小乌鸦在喂老乌鸦,不觉潸然泪下。心想:乌鸦尚知反哺,何况人乎!第二天,下令在高土丘上修建了一座很高的土台,一旦思念母亲,就登台朝城颍那个方向翘望。以后,人们就叫它望母台。

姜氏被送到城颍后,城颍有个小官叫颍考叔的知道了事情的全过程,便以进贡的名义来见庄公,并带了一只猫头鹰。庄公看了问:"这是什么鸟?"颍考叔说:"这种鸟小时候靠母鸟喂养,长大了以后就把娘给吃了,是个恶鸟。因此,我把它逮来,请主公处治它。"庄公默然无语。吃饭时,颍考叔把两只羊腿包起来塞进袖筒里。庄公很奇怪地问道:"你把羊腿塞进袖筒干啥?"颍答:"我家有个老母,凡是我能买到的吃食,她都吃过了,就是没有吃过主公您赐给的食物,我想给老母带回去。"庄公长叹一声说:"你真是个孝子!我做国君的,还不能像你那样侍奉母亲。"颍问其故,庄公如实相告。颍考叔说:"这好办。黄泉就是地下,挖一条地道,然后在地道里盖上房子,请太夫人坐在房子里,主公您到地道去见太夫人,不就是在黄泉相见了吗?"庄公认为这个办法很好,便委托颍考叔办理这件事。颍考叔接受任务后,征集民工在洧水北崖往城里挖地道,不久就完工了,又把姜氏从城颍接回来,送进地道,母

子终于相见。庄公见了母亲哭着说:"孩儿不孝,求母亲原谅。"姜氏说:"都是娘的不是,哪能怨你呢。"说着,母子俩抱头痛哭一场,各诉离情思绪,和好如初。

(整理:罗仁永)

阴 司 沟

　　登封市君召乡黄城寨西南角有一道深沟,人们称之为阴卫星、阴司涧。相传是春秋时期郑庄公掘地见母处。

　　郑庄公的母亲姜氏因生庄公时难产,就给他取名寤生,并且非常讨厌庄公,经常撺掇郑武公传位于庄公的弟弟叔段。庄公即位后,姜氏就替叔段请封,庄公就把京城地封给叔段。叔段因有姜氏支持,不仅违制擅自扩大城池规模,吞并了京地附近的两座小城,还以狩猎为名招募军队。虽然大臣们一再劝谏,庄公故作不知,只是以"多行不义必自毙"来搪塞。后来叔段自以为羽毛丰满,就和姜氏相约里应外合,准备夺取君位,庄公就派大将子封讨伐叔段,叔段战败后逃往共城,后被迫自杀。庄公因姜氏支持叔段叛乱,就"置姜氏于城颍",并发誓说:"不及黄泉不相见也!"这显然不合周公之礼,庄公一直惴惴不安,恐怕天下人耻笑他不孝。这时聪明的颍考叔就充当了补锅匠的角色。他借庄公宴请之机,把盘子里的肉都放在一边,庄公问其原因时,他说他母亲没有吃过国君赏赐的肉食,想带回去孝敬母亲。这时,庄公悲伤地说:"你的母亲可以孝敬,我却难以做到这一点。"颍考叔明知其故,却问其原因,庄公细说其详。颍考叔听后,心生一计,就在其封地黄城掘一隧道,安排庄公母子二人"黄泉"相见,遂使母子二人和好。

　　现在当地人中还流传着"大哭恸,小哭恸,哭恸哭恸到黄城"的故事。相传阴司沟就是他们黄泉相见处,大呼沱、小呼沱是他们母子二人的出发地点。掘地见母之计,使颍考叔费尽心机,既解庄公之尴尬,又显自己之才智,因而他被后人尊称为"纯孝伯"。

狮子舞的起源

　　早在四千年以前,嵩山地区遍地洪水。大禹在两位夫人的帮助下,带领百姓开河导流,治水成功,使百姓能够安居乐业。

　　治水成功以后,禹建立了中国历史上第一个王朝,定都阳城,也就是今告成镇的王城岗。为了纪念禹的两位夫人,百姓们把嵩山的两大主峰分别命名为太室和少室。

　　不料百姓刚刚免除洪水之灾,却又遭野兽的袭击。对百姓威胁最大的是残忍的野狼。成群的野狼栖息在少室山的深山老林里。此处被人们称为狼窝,即现在的大金店镇狼窝村。狼群常常出来吃人,百姓多有生命之忧。群狼不仅吃人,也吃鹿、兔、猩猩等动物。

　　一天,百姓们正在地里干活,又有一群野狼出来伤人,人们惊慌失措,纷纷逃跑,突然从少室山丛林中冲出一头黄狮。它来势凶猛,逢狼便咬、便抓,一会儿野狼尸横遍野。狼的首领一看形势不妙,立即带领群狼逃匿深山老林中。猩猩也恨透了野狼,便给黄狮带路,又咬死了不少野狼。

人们当时不知黄狮为何物,便称它为黄神;把黄神居住的山林称作黄岭。每逢遇到狼群,人们便对着黄岭高呼救援,即有黄狮出来。黄岭即今天少室山下的黄岭。

过了许多年,黄狮老死了,狼群又出来伤害百姓。人们想了个办法,用黄麻编织了一张狮子皮和一张猩猩怪皮。野狼来时,由一个人顶上狮子皮,一个人穿上猩猩怪皮,向狼群冲去。群狼一看,黄狮还在,而且还有猩猩引路,吓得调头便跑。

舞狮子

从此以后,舞狮便在嵩山地区流传下来,以后又传到全国各地。随着世界上华侨分布越来越广,近几年舞狮又传遍世界各地,成为华人喜庆节日传统文娱活动项目之一。

(整理:郭有铭 郭连珠)

颍水春耕

嵩山西侧的颍河源头旁边,有所坐南向北的小庙。以前,每逢农历二月二日前后三天,庄户人都来这里"庆丰会"。赶会的人山人海,挤扎不动。

小伙子和青年姑娘们,都穿上新衣服,打扮得漂漂亮亮的。他们用两根丈八长的楸木长杆,将神像坐的椅子绑好,抬出来转悠。神像是用檀木雕刻的,金粉涂面,浓眉长须,头戴一顶盘金官帽,身穿一领轻缎描金绣袍,脚蹬粉底朝靴,坐在透花木雕椅上,手里拿着一把折叠斑竹扇,显示出一副清官形象。小伙子们轮班替换着抬,姑娘们轮班配在两边,手扶轿杆,前走走,后闪闪,"哎呀呀呀"地唱着《春耕曲》。她们的歌声只要一响,赶会的人们这里一堆,那里一簇,万人千曲就一起和起来。

人们抬的那个木雕清官偶像,就是"颍考叔"。传说春秋战国时候,颍考叔是郑国的一个大夫。三十五岁那年,颍考叔得到皇帝的封爵,管辖中岳颍阳郡一带。那时候,嵩山一带的人们,只知道一年种一季庄稼,加上山地瘠薄,收获的粮食也不多,所以生活非常贫困。颍考叔来这里做官以后,勤政爱民,终日思考着这样的问题:怎么能在田地里一年种出两季庄稼?如何改善农业生产,增加粮食收入,使民富国强?

为此,他多次在全郡私访调查。有一次,他视察到颍水源头,见那山峰岭巅之间,有一个方圆十余里的天然盆地。盆地中心有个清澈见底的水潭,潭中数百股泉,竞相喷出,翻滚腾涌而上,溅出水面四五尺高,好像一串串珍珠在空中飞舞。当地的居民说:这里一年四季泉水不断,每当春日一到,中岳嵩山顶上还冰雪未消,寒气未退,这儿已是芳草连天,莺啼燕语,柳絮飘飞,满溪春香了。

颍考叔通过看地形，查土壤，观气候，测日光，证实这一带土地肥沃，就命令从人在喷泉附近建立一座宅院，定居在那里。每日理案勤政以后，他就带领从人眷属，在颍水河源开荒扩耕。

春天，他们深翻施肥，将种子埋进松软的沃土之中。每当晚霞洒在泉水溪流上面时，颍考叔便放下工具，伙同眷属从人，兴致勃勃地观赏颍水美景。此时，水绿得像碧玉，霞红得像胭脂，河畔垂柳，两岸青山，一派生机盎然。到了夏天，禾苗嫩绿肥壮，他们又开始灌溉，除虫，追肥。就这样，经他们亲手开拓出来的田地里，不但能收到一季小麦，而且还能收到一季豆类和谷、稷。这个喜讯传出去以后，颍阳郡的人们欣喜若狂。

颍考叔在颍水河畔整整勤政耕耘九年。每当红杏枝头饱含春意，彤彤日光射进颍源盆地的时候，颍考叔总是怀着高兴的心情，来到颍水珍泉岸边观看美景。这里，一时微风乍起，细浪跳跃，搅得满溪碎金斑驳陆离。当河水平静以后，周围的飞鸟树林，嵩山的峰巅胜景，统统倒影在颍水河中。站在河岸品评春光的颍考叔，如饮玉浆，似灌琼液。

无限欢快之中，他召唤眷属从人，套上牛马，扶犁春耕。他前面扶犁走，妻子后面播种，从人依照颍大夫模样，扬鞭催犊，步步相随。这时，人畜倒影于碧水之中，颍水河畔形成一幅天然的"春耕图"。颍考叔看到这种春耕胜景，心情愈加高兴，禁不住唱起"耕耘乐"来：

  春风吹兮地苏醒，
  庄户人兮早春耕。
  勤耕耘兮地不懒，
  秋天来兮粮丰登。
  盼岁月兮长如此，
  举国上下歌升平。

高昂的田歌，惊得流云徘徊荡漾，引得莺燕啁啾鸣啭。颍阳郡的农民们，跟颍大夫学耕以后，所有的土地一年都能收获到两季庄稼，家家麦满囤，户户谷满仓。

颍考叔去世以后，颍源的春耕歌声仍是岁岁不断，世代相传。后人为纪念颍考叔的勤政爱民功绩，就把他的住宅改称为"颍考叔庙"，把每年的农历二月二日定为"庆丰"节，而"颍水春耕"也被列为中岳第三景。

（整理：王鸿钧）

颍庄王智胜夏髟

相传，春秋时代，嵩山南面，从颍阳到夏店，南北不足五十里地，是两个诸侯国。颍阳是颍上国的都城，国王是颍庄王。夏店是夏国的京都，国王是夏髟。两国边境上东西横卧着一架高山，当时叫界牌山。两国和睦相处，互不侵犯，老百姓们都安居乐业。后来，夏国国王夏髟无事生非，制造事端，两国在界牌山打了一仗。结果，夏国被打败，国王夏髟吓死在茅房里。

先说夏国国王夏髟，他子承父业当了国王，但根本不知道天高地厚，自以为这个世界上除了他爹，就数他厉害，他爹一死，自己当上了国王，天下该数他最厉害了。他一心想把邻近的几个国家吞并了，当个更大的国王。

有一天，夏髳把最信任的两个大臣宣进王宫，商量怎样灭掉邻国，自己当大国国王。这两个大臣，一个叫夏参，一个叫夏谋。在夏髳当太子的时候，他们是东宫的两个内侍，终日同夏髳形影不离。夏髳放个屁，夏参、夏谋赶紧说："老香老香！"夏髳恶作剧，让夏参、夏谋扒掉裤子，光屁股坐在狼牙棒上，两人也硬是皱着眉头，说："老光老光！"夏髳说一，夏参、夏谋不会说二。夏髳当了国王就认为，这两个人对自己最忠心。

这天夏髳把自己想灭掉邻国当大国国王的心事一说，夏参、夏谋跟着吹上了。夏参说："邻近的几个小国老碍事，灭掉他们完全应该！"夏谋说："大王文武全才盖世无双，当个更大的国王，完全应当！"本来夏髳的头就晕晕腾腾，又经夏参、夏谋一吹一拍，连两只脚也不着地了。夏髳问："先从哪国下手？"夏参说："颍上国君老臣弱，先从那里开刀。"夏髳又问："能不能取胜？"夏谋说："强将对弱兵，定能旗开得胜"！君臣三人你一言，我一语，越说心里越高兴。随即，夏髳给颍上国打去战表，要在秋后九月九日那天在界牌山开战，胜者为王，败者为臣。

再说颍庄王接到战表，赶紧召集大臣们商议对策。大家都认为夏国来势凶猛，只可智取，不可力敌。但是，大家一时又都拿不出具体办法来，颍庄王宣布三天后每人要各献一计。大臣们都出宫走了，颍庄王独自一人仍在深思。忽然，大臣禀告说有两个献计的人求见。颍庄王正愁着无计可施，一听说有人献计，慌忙出宫相迎。他到宫门外一看，心凉了半截，来的不是别人，而是从别国逃亡来的人，一个叫箕子，一个叫狂生。颍庄王心里有些不耐烦，但人已经来了，又不好拒人于宫门之外，于是满面笑容地把两个人请进了宫。

颍庄王一心寻思用计，自己坐下来，忘记了给箕子、狂生让坐。狂生一看气上心头，劈头就问："夏国打来战表，大王准备怎样对敌？"这时候，颍庄王心情烦乱，心里说：哎呀！我哪有闲心跟这两个闲人说闲话呢？量二人不会有什么好办法，他只想很快把他们推走了事，便随口答曰："兵来将挡，水来土屯呗。"狂生一听，气上加气，指着颍庄王的鼻子数落："是谁给你出的这个灭国丧邦的黑主意，大王就该对他就地正法。"箕子虽然没发脾气，但也带着责备的口气说："夏国兵多将广，大王去硬拼，岂不是以卵击石，自取灭亡吗？"颍庄王觉得两个人的话头虽然难听，但是入情人理，因而知他们不是平庸之辈，深感自己失礼，赶紧离位让坐，请求他们献计。狂生、箕子看颍庄王有了诚心，就对颍庄公分析了夏国的优势和弱点，而且献出了智取夏髳的计策。颍庄王一听心里很高兴，传下圣旨，准备破敌。

话说"九九"重阳来到，这一天四更鼓响过，夏国的兵马战车，由夏参、夏谋统率，倾巢而出。大营起动的时候，夏髳亲自送行到北门以外。夏参、夏谋在马上回身施礼，说："请大王回宫去吧，这次出征好比囊中取物，伸手而得。"夏髳高兴地说："好，我把庆功酒宴摆好，单等二位将军胜利回师。"三声炮响，夏髳国的兵马浩浩荡荡向界牌山开发。

以狂生为首的数百名颍上国勇士，几天前就化装成各式各样的打扮，暗藏兵器，先后到了夏国都城。他们事先约定"九九"重阳这天五更，等夏国的兵马出征走了，齐集夏髳国王宫外待命。

夏国人马出征走后，夏国京都成了空城一座。狂生一声令下，勇士们个个手执兵器，高声呐喊着冲进王宫。刹那间，夏国王宫里头，火焰冲天。这时候，夏髳正在忙着筹办庆功酒宴，猛听有喊杀声，慌忙出来查看，大喊："哎呀！大事不好，快来救驾！"哪还有人应声呢？他吓得屁滚尿流，跌跌撞撞就往茅房里跑。喊杀声跟着越来越近，"咕咚"一声，他往地下一摊，死在屎尿窝里了。狂生率领勇士们搜遍王宫，不见夏髳的踪影，最后在茅房里找到他的尸体。

再说夏参、夏谋率领大军,来到界牌山下,大营还没有扎稳,从夏国王宫逃出一人来报信,上气不接下气地说:"将、将军,京都有、有失,快、快快回京救驾!"夏参、夏谋还没有弄清是怎么一回事,界牌山上号角声、呐喊声、马铃声,震天动地,跟着,滚木、礌石劈头盖脸地砸了下来。夏国的兵将哪有这种思想准备呢?一下子像羊见猛虎——乱了群,回头就跑,夏参、夏谋也吓提浑身筛起糠来。他们看大势已去,也跟着乱窜。溃不成军的夏国兵,半路上又遇到了颍庄王和箕子率领的伏兵截杀,死伤惨重,剩下的也都成了颍上国的俘虏。

颍庄王押着大批俘虏,威武地开进了夏国京都。狂生把颍庄王迎进夏国王宫,颍庄公亲自到茅房里看了夏髳的尸体。面对夏髳的尸体,颍庄王向箕子说:"对这个亡国之君,应该怎样处置?"狂生回答说:"死不记仇,以王礼葬之。"于是,颍庄王下令,让所有的俘虏兵用手为夏髳挖墓坑。俘虏们每人用手只扒了一下,很快一个又深又大的坟坑挖成了。把夏髳的尸体抬进坟坑后,颍庄王又让所有的俘虏为夏髳封墓。很快,俘虏们每人用手只抓了一把土,一个又高又大的夏冢就堆起来了。

最后,颍庄王开刀斩了夏参、夏谋,祭奠了夏髳,说是他两个误了夏国的大事。

夏国灭亡了,夏髳(瞎猫货)和夏参、夏谋(瞎参谋),也成了汉语中的两个贬义之词。

(整理:韩有治)

渔 父 冢

新郑市城区东边,有一条小河,叫"黄水河"。河东岸有一高一低两个大土坟,叫"渔夫冢"。

春秋时候,楚平王好色,他听说未婚的准儿媳妇长得好,就偷偷娶过来做了自己的妃子,把儿媳妇随身带来的侍女丫环给了儿子做妻子。楚国的大将军伍奢知道了这件事,很恼火,骂楚平王败坏人伦。楚平王一怒,杀了伍奢和他的大儿子伍尚。伍奢的二儿子伍子胥也是楚国的大将,他在父亲和哥哥被杀后,就保着太子的妻子马丫环和太子的儿子逃往郑国。楚平王听说伍子胥跑到了郑国,就派人马追来捉拿,在郑城西关的双洎河边把伍子胥他们三人围了起来。马娘娘看没有活路,投井自杀了。伍子胥抱着太子单枪匹马跟楚兵厮杀,冲出了重围。

伍子胥逃到郑城东边,又被黄水河挡住了去路。他看追兵来了,赶忙藏进河边苇丛里。伍子胥正愁哩,听见有人小声喊:"芦中人,芦中人,快上船!"伍子胥偷偷向外看看,见船头上站着一老一少俩打鱼人,就大着胆子过去了。老渔夫说:"听说楚兵围了你,眼下又在追你,快上船吧!"伍子胥上了船,老渔夫忙向对岸划去。

过了河,伍子胥说:"老伯,您父子救了俺主仆的命,我没啥报答您,就把先王送给我祖父的这把七星宝剑送给您吧,它值几百两金子呢!"老渔夫听了说:"这是啥话,我看你是个忠臣才救你。要是图钱,楚王出万两黄金捉拿你,不比你这一把宝剑值钱?"伍子胥一听很感动,深施一礼说:"请问老伯尊姓大名?日后我伍子胥若有出头之日,也好报答。"老渔夫说:"我不图报答,只要日后见面不忘就行了。"说完,拨转船头走了。

后来,伍子胥当了吴国大将军,为了报仇,带兵伐楚,楚王逃到了郑国,他又领兵伐郑。这下可把郑国的君臣吓坏了。郑王急忙张榜,招天下能人抵挡伍子胥。榜文贴出去,三天没人揭。到了第四天,一个年轻渔夫揭了榜。郑王问他:"你能挡住伍子胥吗?"年轻渔夫说:"试试看呗!"郑王又问:"你要多少人马?"年轻渔夫说:"一兵一卒也不要。"郑王再问:"那你凭啥抵挡伍子胥呢?"年轻渔夫扬了扬手里的船桨,说:"就凭这个。"郑王不信这个打鱼的能抵挡住伍子胥,可军情火急,又没别的办法,只好让他去试试。

年轻渔夫手拿船桨出了郑城东门,过了黄水河,来到伍子胥的营前。他一边用手拍着船桨,一边喊:"芦中人,芦中人,过了河,莫忘恩!"吴国的士兵赶他走,他不走,士兵就报给了伍子胥。伍子胥一听,急忙出营,见到年轻的渔夫就问:"你是啥人?"年轻渔夫说:"我是送你过河的老渔夫的儿子,你不记得啦?"伍子胥仔细一看:"啊,记得!记得!"他忙把年轻渔夫请到军帐里,说要向他们父子报答救命之恩。年轻渔夫说:"我今天找您,是求您莫为一个楚王祸害一个国家啊!只要您退了兵,再别说您报恩了,郑国的百姓还要向您谢恩呢!"伍子胥听了这番话,想想有道理,就退兵回吴国了。

渔夫救伍子胥

郑王见年轻渔夫真的叫伍子胥退了兵,心里很高兴,要给年轻的渔夫封官。年轻渔夫说:"我是为了救国家,不是为了做官,我还是回去打鱼吧。"说罢,转身走了。

郑国的君臣百姓不忘渔夫救国的功劳,他们父子死后,就在劝退伍子胥兵马的地方,为他们父子修了两座大坟,就是现在的渔夫冢。

(讲述:黄萍轩　整理:刘文学)

紫罗池的来历

登封市大冶镇西施村一带,属于十年九旱的缺水区,再加上石厚土薄,没有水源,人们吃水都要到很远的地方去担。在当地,流传着这样一首顺口溜:

　　担来水,贵似油,
　　先淘青菜后洗手;
　　洗罢手,再饮牛,
　　牛喝剩下和煤球。

想想看,在这种情况下,人们自然是连一滴水也不肯抛洒呀!

有一天,一位白胡子老头穿一身紫罗袍衫,拖着疲惫的身子,来到西施村,在一户人家门前停住脚步寻水喝。

门开了,走出一个老婆婆,端出半碗水来,小心翼翼地递了过去。白胡子老头接过碗来,一仰脖子,"咕咚""咕咚"喝了下去,最后剩下一点儿浑泥汁子,顺手泼在地上。老婆一看,顿时拉下脸来,毫不客气地对着老头嚷道:"看你这个人,喝不完也不能倒哇!"

老头瞧瞧地上干涸的泥浆,委屈地说:"全是稠泥汁了。"老婆顶上去说:"稠有稠的用处。你觉着我儿子翻山越岭担点水老容易吗?"老头惊愕地问道:"怎么?这里没有井吗?"老婆婆没好气地接了一句:"有头发谁愿装秃子?"

白胡子老头抬起头来四处张望,发现村北不远的山岗之间,缭绕着团团云气,便指着山岗,说:"那里有水,叫你儿子去挖吧。"老婆子不耐烦地翻着白眼说:"哼!多年老辈子都没在那里打成井,你偏说那里能挖出水!俺不是有力没处使了?"老婆转身就要进屋,老头却硬向她借镢头,要自己动手挖井去。老婆朝院墙根一指:"在那儿,拿去吧!"老头掂起镢头,往山岗上挖井去了。

白胡子老头一口气挖了二三尺深。老婆的儿子担水回来,经过这里,就停下脚步,问道:"老爷爷,你挖啥呀?"白胡子老头说:"挖水喝。"后生忙说:"别挖了,我这一担水满够你喝了。"老头说:"我要挖出一口井来,还那个老太婆的半碗水。"后生一听,就估摸出了里边的蹊跷,不觉笑出了声。

白胡子老头二话没说,又一次抡起镢头刨了下去。奇怪的是,他没有再将镢头拔出,而是丢下来就走,并且边走边说:"快把你的桶担到旁边,小心被大水冲跑了!"后生心里暗想:"哼,净说梦话!"于是,他便走上前去,要将自家的镢头拔出来扛回家去。老头子急忙回过身来说:"不要慌,等我走出一百步后再拔,我怕被水冲走了。"后生哈哈大笑起来。他一面笑,一面跑上去,抓住镢头拔了出来。

说也奇怪,镢头刚被拔掉,只见一股粗大的泉水翻着浪花涌出地面,很快聚成了潭,流成了河。白胡子老头正在走自己的路,猛听到身后有流水声,回头一看,水头已经滚到脚边。只见他抬起脚来,猛地一跺,水头立刻钻进地里,形成了一条地下河,一直流到新密的超化,才又冲出地面,继续往前流去。

这股水实在是好,浇蒜蒜头大,浇梨梨汁甜。从此,西施村的百姓再也不用翻山越岭去担水了,村北的那个水潭吃用不尽。

人们为了纪念那位身穿紫罗袍衫的白胡子老头,便把西施村旁的水潭起名为"紫罗池"。那位白胡子老头究竟是谁呢?有人说是明代的科学家徐光启。徐光启出身农家,接近人民,深知水利对农业的重要,又懂得因地制宜开发水源的知识,因而便为百姓开掘了紫罗池。

(整理:耿直)

西施与紫罗池

春秋时期,吴王夫差以伍子胥为帅,举兵进攻越国,越兵惨败。眼看就要灭国,越王勾践采用大臣文种、范蠡的主张,以重金买通吴国贪臣伯嚭,惑通吴王,向吴称臣。勾践夫妇协同范蠡忍辱服侍吴王三年,于周敬王二十九年(前491年)返国。回国之后,勾践卧薪尝胆,勤修国政,并采用文种六术兴国败吴。美人计即是其中一术。

勾践选得美女西施,专工教习以歌舞,周敬王三十一年(前489年)将其献给了吴王。夫差一见西施,惊愕万状,只见她如出水芙蓉,亭亭玉立,眼若秋水,面似桃花,比花花解语,比玉玉生香,真乃绝世佳人,旷世国色。顿时魂魄俱醉,误以为见了仙女,遂封为妃,百般娇爱。吴王从此迷恋酒色,废弃朝政,而越国养精蓄锐,便趁机灭掉了吴国。

范蠡为避乱世,携西施一路风尘,来到了洧水源头的紫罗池畔(位于今登封市大冶镇西施村)。他见此处景色秀丽,水清石净,如世外桃源,且有家乡江南的气韵,于是就隐居在此地。西施常于池边洗手净面,解紫罗浣纱洗涤,命侍女晾晒于附近的狼拉坡(又名卧牛坡)。

西施因怕紫罗被棘针挂破,便以惊艳之色,命花神使狼拉坡的棘针直而无钩。至今,狼拉坡的棘针仍然直而无钩。

后来,西施因忧伤死于池畔,范蠡将其葬于池东南的绿地里,建了西施坟,并于坟墓旁建了西施祠。后西施祠被毁,西施坟也于1958年平整土地时被平毁,。

后人将西施洗紫罗裙的池取名为"紫罗池",又唤作"洗罗池。"

(整理:冯志芳)

鬼 谷 洞

春秋时候,在阳城鬼谷里,住着一位很有学问的隐士,他姓王名诩,自号"鬼谷",人们都称他"鬼谷子"。当时,鬼谷子有四个学生,就是历史上很有名气的孙膑、庞涓、张仪和苏秦。其中的庞涓,为人轻薄尖酸,好逸恶劳;而同他一起学习兵法的孙膑却忠厚老成,勤奋好学。

一天课余,师徒又要上山采药了,庞涓使出了"瞒天过海"之计,托病在家做饭。师父笑了笑,带上孙膑、张仪和苏秦上山走了。庞涓在家,吃饱了肚子,倒头就睡。他一觉醒来,已是日薄西山,眼看师父就要回来,才慌慌张张打火做饭。锅里水开了,他还没想好做啥饭,最后,干脆来了个"李代桃僵"之计。他取出一大碗绿豆,刚倒进锅里,师父就同三个弟子背着满筐药材,走进门来。苏秦进门就问:"庞兄,做的什么好吃的?"庞涓说:"我想大家回来又饥又渴,就煮了些绿豆。渴了,现在就去喝;饥了,绿豆马上就熟。"张仪一听,生气地说:"大伙儿上山一天,就让吃这呀!"孙膑把袖子一挽,说:"庞兄病了,还给咱做了豆汤,我来和面,给大家做馍吃。"鬼谷子笑笑,进洞去了。

第二天,鬼谷子自己留在家里,让四个弟子进山去采药。四人走进嵩山,刚刨了一阵,就惊起一只灰狼跑下山去。庞涓心里一嘀咕,这不正好能用上"以逸待劳"之计吗?于是,他就对大家说:"嵩山上豺狼虎豹甚多,不如让我攀上高树,查看虎狼出没,大伙儿也好放心刨药。"大家听他一说,都很赞成。庞涓在崖边上找好一棵高树,攀了上去,咋咋唬唬吆喝了一阵后,就折了一些树枝,横架在两个树杈上,自己躺上去,做起美梦来了。

孙膑正在山坡上刨呀,刨呀,突然听见后面"咔嚓"一声,回头一看,见庞涓摔下山崖,挂在下面一棵树杈上了。"庞兄,抓好!"孙膑高喊一声,就手抓荆棘,下了山崖。这时,张仪、苏秦也赶到了,三人手牵着手,把庞涓救了上来。

三人轮流背着庞涓,回到鬼谷洞,向师父说明了原因。鬼谷子笑了笑,说:"好心尚且无好报,何况庞涓?"如今,登封人还在引用这句话哩。

庞涓摔伤后,可忙坏了孙膑,他整天帮着煎药送水,端饭铺床。师父每天都让庞涓吃些蒸好的黄

精,又让庞涓吃一根嵩参。在大家的呵护下,庞涓的伤一天天好起来。

这天,师父又要外出,庞涓的伤也好多了,就主动承担起翻晒药材的活儿,让别人到西坡开地种谷去了。哪知庞涓又用"浑水摸鱼"之计,想独自品尝师父蒸好的药材。他一边摊晒,一边一样一样地品尝。当他一打开黄精,就馋得口水直流,他蹲下身子,大吃起来,一直吃饱了肚子,才歇下来。当他又翻出十多根嵩参时,更舍不得撒手了。他深知这药的奇效,心想:"前天师父只给我吃了一根就好得这么快,要吃下两根该如何呢?"想到这里,就抓起一根,大嚼起来,一连吃了三根,觉得浑身发热,头上冒起汗来。他找了块儿阴凉地方,躺下去就是一梦。他梦见自己入朝当了将军,亲自率领五万人马东闯西杀,立下了盖世功劳,凯旋还朝那天,皇上亲自出城迎接,赐给他黄金百两,美女百名,又官加三级,前呼后拥,威风极了。

一觉醒来,已是红日偏西,他猛一抬头,远远看见师父已登上了东山。这时,他心里开始嘀咕起来:师父若问起黄精、嵩参,该如何回答呢?他愣了一会儿,眉头一皱,一个"金蝉脱壳"之计上了心头。他装出一副难受的样儿,朝西坡走来。苏秦一见,就问:"庞兄,怎么啦?"庞涓紧皱双眉,说:"今天不知为什么腰背酸疼得厉害,谁去帮着把药材收起来,顺便把晚饭也做好吧。"

苏秦和张仪,你推我,我推你,最后还是落在孙膑身上。孙膑收完药,师父把弟子都叫到跟前,问嵩参哪里去了,别人都说不知道,庞涓也跟着说不知道。晚饭时,庞涓一点也不饿,怎么也吃不下。孙膑心疼地上前问病。师父笑笑,说:"他没病,他是腹中有底儿,难下稀水儿!"庞涓知道自己的行动已被师父识破,脸火辣辣的,一声不吭,回洞睡了。"腹中有底儿,难下稀水儿"这句话,今天在登封还流传着。

就从这一天起,庞涓产生了背师下山的念头。不久,他就趁魏王来信聘请的机会,下山走了。

庞涓在魏国得势以后,又想全得兵法,便骗孙膑出山,引出了孙庞斗智和马陵道庞涓乱箭穿身的故事来。苏秦、张仪别师下山时,鬼谷子再三挽留不住,叹口气,说:"弟子们贪图世间富贵,不肯随我修道,可惜呀可惜!"苏秦、张仪出山后,纵横天下。后来,苏秦后悔没听师父的话,又重回鬼谷洞来找师父。然而,鬼谷子早已不知去向,苏秦只得到他的三卷著作。他把这些著作视为珍宝,日夜攻读。

如今,鬼谷里还有一孔窑洞,相传就是鬼谷子住过的鬼谷洞。

(整理:甄秉浩)

鬼谷子因材施教

登封告成观星台北面约三华里远的峡谷里,有一座幽静的窑洞,当地群众称它为"鬼谷子洞"。

传说春秋战国时期,纵横家之祖鬼谷子王诩早年在云梦山修道,晚年归隐此处收徒传艺。张仪、苏秦、孙膑、庞涓都曾在这里学过艺,后来都成了历史上赫赫有名的人物。

人们为什么称王诩为"鬼谷"或"鬼谷子"先生呢?据说那个幽静的山谷里,以前有很多鬼怪,人们便称其为"鬼谷"。王诩住在那里以后,魔鬼全消失了。而"子"是古时候对人的尊称,所以,后人称王诩为"鬼谷子"。

鬼谷子王诩教学方法别具一格,他先让学生们同做一件事,借以考察各个学生的特长,以便对学生因材施教。他让学生们以师兄弟相称,但称师兄弟,不是以年龄大小而论,而是根据拜师来的早晚确定的。

一天,从齐国和魏国同时来了两个青年。齐国来的名叫孙膑,细高挑身材,面黄肌瘦,但两眼却炯炯有神,一举一动都很有礼貌。从魏国来的,名叫庞涓,长得虎背熊腰,方面大耳,遇事逞强好胜。鬼谷子问新来的两个学生要学什么艺,两个人都说要读兵书、学兵法。

一天吃早饭时,鬼谷子先生对他俩说:"冬天快到了,咱们得先把吃的烧的备足,一旦大雪封门,还能照常读书习艺。"说罢,他交给孙膑、庞涓每人一把斧头,让他俩上山砍柴,十天期限,砍柴多、好燃烧、旺而烟少者,为兄,反之为弟。孙膑和庞涓尊师命,上山砍柴而去。

孙膑和庞涓在上山的路上,各自想着心事。孙膑觉得自己身小力薄,非以智取不可。头一天到山上,他先察看地形,趁土崖头挖了个大肚子小门的窑洞,然后把每天砍来的柴存放在窑洞里,空手回到鬼谷洞去。庞涓呢,他仗凭着自己身强力壮,砍柴时拣最大最干的树木砍,每天挑一担干柴下山,放在鬼谷子先生面前,显示他的能干。他见到孙膑空手而回,便暗自高兴,心里说:"这大师兄我是当定了。"

鬼谷子王诩在十天时间内,对庞涓的满载而归既没赞扬,对孙膑的空手而

鬼谷子因材施教

回也没有责备,只是详细观察着孙膑和庞涓二人。孙膑并不因为柴无一根而气短,依然不慌不忙,从容不迫。而庞涓因为有一大堆干柴放在师父面前,自然盛气凌人。

到了第七天头上,孙膑把堆满窑洞的木柴引火点燃起来,到一定火候时,闭了窑洞门。两三天后,等余火完全熄灭了,他扒开洞口,搬出了一堆堆木炭,挑回去放在老师面前。

十天期限已满,鬼谷子王诩在洞中先点燃了庞涓的干柴,火势虽然很旺,但滚滚浓烟呛得人透不过气。接着,他又点燃了孙膑的木炭,炭火旺而持久,烟又少。鬼谷子高兴地说:"孙膑当师兄。"随即,让庞涓向孙膑作揖相拜。庞涓内心很不服气,埋下了忌恨孙膑的种子。

鬼谷子王诩根据孙膑和庞涓的特点和考核的结果,让孙膑侧重学谋略而兼学战法,让庞涓注重学战法而兼学谋略。学艺期间,鬼谷子看出来孙膑对庞涓依然一片诚心,而庞涓对孙膑的忌恨很深。因此,他常当着孙膑和庞涓的面指教,说:"你俩同窗学艺三年,一个善谋,一个善战,若能下山同保一社稷,定能治乱世以保太平,双双成名。"孙膑和庞涓当着老师的面,都说老师说得很对,一定遵从师父教诲。但鬼谷子王诩知道孙膑是真心实意,而庞涓是心怀狡诈,因而常叹:"哎!山人三年心血,却教出一福一祸,真是教子在师,成名在己也!"

没等三年期满,庞涓就背着老师私奔魏国,被招为驸马,当上了大将军。但是,他始终害怕孙膑下山,压住自己的威风,自己成不了名,随之起了杀害孙膑之意。于是,他编造假书,骗孙膑到魏国,挖掉了孙膑的膝盖骨,想孙膑成了残废之人,再也无用了。后来,孙膑回到齐国,施展计谋,让庞涓兵败马陵道,落了个万箭穿尸的下场。

(整理:韩有治)

百担有余

传说,孙膑、庞涓在阳城跟鬼谷子王诩学兵法时,王诩为了测验两个弟子的智慧,便把他们叫到面前,说:"尔等跟我艺三年,学业大有长进。明日考试,你二人各带斧头一把上山砍柴,各砍百担有余,看谁先办到。"

第二天一早,庞涓就持斧头上山去,拼命地砍呀、砍呀,直砍到红日西坠,月出东山才归来。

第三天又砍,第四天又砍……他边砍边运,总算把百担柴运下山来。

孙膑呢?哪天都睡到日上三竿,才慢悠悠地起床,吃了早点,辞别老师,持斧上山去。上山之后,他找个避风向阳的地方,读一阵书,睡一阵觉,直到太阳快要落山时,才动手砍了几枝,最后砍了一条扁担,将两捆柴挑下山来。

规定的时间到了。老师问:"柴砍够数了吗?"二人齐答:"够了!"

鬼谷子来到二人的柴垛跟前。庞涓指着大堆柴禾,说:"请老师查点,足足一百担有余。"

鬼谷子认真清点后,只百担而无余。他又问孙膑:"你的呢?"孙膑指着两小捆柴禾和一条扁担,说:"在这里,请老师清点。"

老师说:"这怎么能够数呢?"孙膑拿起扁担说:"老师,这根是柏木扁担,抵了百担之数,这两捆柴火又全是榆树枝,这不是柏(百)担有榆(余)吗?"

鬼谷子听后点点头,说:"嗯!很好,很好!"

马陵道的传说

读过春秋战国故事的人都知道,齐国的孙膑和魏国的庞涓经过一场斗智斗勇的恶战,结果庞涓全军覆没,葬身马陵道。很少有人知道那条荆棘漫山遍野、车马难行的路径在什么地方,是怎样形成的,又为何叫马陵道。

相传很古的时候,新郑市东北十几公里的地方人烟稠密,土地肥沃,风景秀丽。有一年黄河水暴涨,滔滔恶浪卷走了幢幢农舍,吞没了数以万计的生命。在这汪洋之中,有一位白发苍苍的老人,驾着一叶小舟,奋力抢救一个个落水的难民,突然一股巨浪袭来连人带船裹去。

这位老人早年丧妻,膝下一女,名叫水莲。父女俩以打鱼为生,相依为命。因家境贫寒,女儿长到十三四岁,便把她送到庙院修身学道。小水莲聪颖过人,很受师父宠爱。这几日,水莲正和道姑们比试法术,听说黄水泛滥成灾,于是向师父求得杏黄马一匹,冲出庙院,扬鞭策马直往老家奔去。行至邙山之巅,纵目眺望,只见中原大地一片汪洋,哪有父亲的身影?

她伤心地哭呀,哭呀,泪水洒遍了邙山。

忽然,从山涧里的泉水中跳出来一只青蛙,向水莲说:"道姑,休要伤心,快随我来。"说罢"扑通"一声纵身跃入黄水向南游去。水莲立即上马,"叭叭"两鞭,坐骑杏黄马腾空而起,驾着彩云,朝青蛙游去的方向追去。青蛙游着,杏黄马飞着,水莲两眼直盯着水面,突然前面粼粼波光中闪出一叶小舟,父亲的身影时隐时现。当水莲正要跳下去搭救父亲时,一个恶浪袭来,水面上又什么都不见了。水莲气得七窍生烟,她使用法刀,挥鞭朝黄水"叭、叭、叭"抽了三鞭,黄水退下。水莲扬鞭策马,乘胜追击,一气抽了八百鞭子,那黄水只得乖乖地向渤海逃去。大水过后,地上留下了一条条沙岗。水莲在茫茫的沙滩上苦苦寻找了三天三夜,终于在韩国境内找到了她熟悉的那只小船。船底朝天,父亲紧抱着船桨,静静地躺在泥沙里。水莲只觉天旋地转,一阵晕眩,"哇"的一声扑到父亲身上,哭得绝了气,死了过去。

主人死了,杏黄马却不肯离去,它伤心地卧在父女身旁,不吃草,不喝水,直至永远地闭上眼睛。得救的难民纷纷赶来,埋葬了水莲父女,还特意为忠心赤胆的杏黄马建了坟堆。消息传到京都韩哀侯的耳朵里,他想:杏黄马非同寻常,死后,一定还原了金身。当下派了一杆人马前去挖马坟。谁知刚出城门,天气骤变,乌云密布,狂风大作。当大军行近马坟时,突然横在眼前一道五十余里长的大沙岗,路上长满了荆棘葛藤,兵马不能前进,只得扫兴而归。

事后,人们都说这是杏黄马显了灵。出于崇敬,马坟改称马陵,大沙岗取名马陵岗,岗下这条险峻的道路自然唤作马陵道。

(整理:王雅湘)

太 平 庄

洛阳老城西南十里处有个村子,原名"乘轩里",以后改叫"太平庄"。战国时期身挂六国相印的合纵家苏秦,就生长在这里。

苏秦少年时,同张仪、孙膑、庞涓等跟着鬼谷先生学兵法。后来,他为求官,求见周天子不成,又去拜会秦惠文王,也没受到器重。奔波数年,所带的银两用完了,又百事无成,他只好扫兴而归。一家人对他十分冷淡,父母不搭理他,正在织布的妻子不下布机,嫂子不给他做饭吃。苏秦羞愧万分,又发奋苦读,头悬梁,锥刺股,用一年多的时间,认真钻研兵法和各诸侯国的情况,提出了齐、楚、燕、韩、赵、魏六国合纵抗秦的主张。这个主张首先受到燕国文侯的重用,赏他车马玉帛,让他游说赵国。赵王深信其道,重赏苏秦车马百乘,黄金千两,玉璧百双,锦缎千匹。苏秦又说服了韩、魏、齐、楚,最后,六国诸侯在赵国会盟,正式订立了合纵抗秦的盟约。为了使苏秦便于处理六国之间的关系,各国都把相印授予苏秦。

且说苏秦佩带六国相印路过洛阳时,周显王得到消息,亲自派人到郊外清扫道路。苏秦的妻嫂为了讨好苏秦,匍匐郊迎三十里,仍不敢仰视。苏秦看到这种情况,就对她们取笑说:"过去你们看不起我,现在又这样恭维我,这是为何?"其妻面红耳赤,说不出话来。其嫂巧言花语一番以后,坦率地说:"还不是见你地位高了,金钱多了?"苏秦听了,无限感慨地取出千金散发给宗族朋友,便离开这里,去处理六国合纵的事了。

由于乘轩里出了个苏秦,人们对乘轩里都高看一眼。即是匪盗四起的战乱时期,这里的百姓仍然过着日出而作、日入而息的太平日子。村中人每每提起苏秦,都感激地说:"我们乘轩里没有苏秦,哪来太平?"为使乘轩里永葆太平,村民合议,就把村名改成了"太平庄。"

（整理：何恒伟）

狼 心 狗 肺

传说战国时期，阳城地区有个民间医生，卢国人，姓秦名越人，号扁鹊。他医术精湛，立起沉疴，很受乡民欢迎。

一天，他往颍河南岸箕山槐里为民疗疾。走到烟庄焦山寺路旁，忽然发现杂草丛中有一具尸体，像是刚死不久。他想把他救活，可是心肺已坏。正在犹豫之际，忽见一只狼从他身边走过。他用手术刀一投，将狼扎死，取了它的心安在尸体的胸腔里。又见一只狗也从这里过，他抓住狗又取了它的肺，也嫁接在尸体的胸腔里。经他一番抢救，尸体活了过来。他猛地站起来，抓住扁鹊道："强盗，还我财物！"扁鹊说："是我救了你的命，怎么还说我是强盗？岂有此理！"那人拉住扁鹊死死不放，口口声声喊道："还我财物！"扁鹊无奈，与他同到阳城去见县官。

阳城县令姓白，听了二人申诉，对扁鹊说："你趁他熟睡之机，盗他所带财物，尚未走脱，被他醒后捉住，还狡辩什么？速将财物还他！"扁鹊道："此人是狼心狗肺，如若不信，当场查验。"县令点头应允。扁鹊说："把他的内脏打开看看！"那人胆怯，不愿意。扁鹊说："看看我缝的刀口也可以。"那人解开怀，一眼看去，果然有新缝的刀口在身。县令惊呆了，那人还想狡辩下去。这时扁鹊一跺脚，飘然而去……

白县令急忙追赶，直追到石淙河山顶，却见扁鹊面朝东方盘腿而坐，叫他起来，他却再无言语了。县令命人查看扁鹊做手术的地方，果然死狼、死狗还在，只是一个没有心、一个没有肺，证实那个人真是狼心狗肺。

人们为了纪念扁鹊，在东刘碑岭和石淙河山顶各建一座卢医庙，内供扁鹊坐像，年年香火不断，以表百姓虔诚之心。

（整理：王新成 韩书田）

卢 医 庙

嵩山之阳有座凤凰岭，岭上原有一所青砖蓝瓦、古朴雅致的庙宇。庙门外有一对虎视眈眈的石狮子把门，庙里正中坐着一位淳朴善良的白胡须老人金装塑像，两边各有一位手托盘盏的站像。那都是谁呢？老年人都知道，中间坐着的是卢医扁鹊，两边站着的，一个是他的学生子阳，一个是他的学生子豹。

卢医扁鹊是啥时候人？为什么人们在这里盖庙敬他呢？

据说，很早以前，有一年夏天，颍河里发大水。有一个庄稼人，因为有急事要过河。然而，河上没有桥，水上没有船，他就挽起裤脚过河。一开始，河边的水浅，还好走。可没到河心，水就到膝盖以上了。水很大，浪又急，"哗啦""哗啦"打着漩儿往下冲。庄稼人脚下踩住个光滑的圆石头，骨碌碌，身子一歪,倒下了。接连几个浪头打过来,就势把他卷走了。他挣扎着向岸上呼救,连喝了几口水,被急流冲出去好远。等到人们从岸上跳下来,七手八脚地把他捞出,拖上岸,他已经嘴脸乌青,不省人事了。

人们忙去把他家里的人找来。家里人伏在他的尸体上哭够了,就准备给他办后事。

这时,有个个子不高、身穿粗布蓝衫的白胡子老头,肩背褡裢从这儿路过,身后还有两个二十多岁的后生,各为他挑着两只木箱。他们看见人们围着一具尸体痛哭,便走上前去。老头弯腰先摸摸死者脉搏,又翻开他的眼皮看看瞳仁,然后把他抱在一个大石头上,让他趴下控水。控过了,他便用胳膊轻轻地在他肚子上擀水,又嘴对嘴帮助他进行呼吸。

有人说:"不行了,不要再折腾他了。"那老头只当没听见,还是继续做着这些动作,并且又给他扎了针。

一会儿,那人慢慢有了微弱的呼吸了。人们都喜出望外。一会儿,那人慢慢又睁开了眼睛,又复活了。人们都无限感激。

老头儿让两个童子打开木箱,取出盘盏,盛上草药,令庄稼汉的家人熬了药,精心照料,使他很快又恢复了健康。人们说:"这老头儿真是个妙手回春的医生!"

他是谁呢?后来打听到他就是卢医扁鹊。扁鹊是卢国人,原名秦越人,出身很贫苦,青少年时期,当过客舍的管理员。因为他聪明好学,客舍里住着的一个名医长桑君,就下功夫教他学医。他学习认真,还重视结合病例进行实践,后来能治外科、内科、妇科、儿科、五官科等多种疾病。他曾到河北、河南、山东、山西等地给人治病,很受大家的爱戴和尊敬。这次又使一个溺水的庄稼汉死而复生,大家说:"咱得给他盖个生祠,立碑纪念,永远感谢他的恩德!"

于是,阳城附近的群众自动捐钱,买木料砖瓦,选择阳城山的最高处,最显眼的地方,给他盖了庙宇,并塑了卢医扁鹊和他的两个弟子的神像,年年敬奉,辈辈瞻仰。

(整理:耿直)

聂 政 台

禹州城西南不远,有一座高大的台,台下有山门、大殿、钟鼓楼。这就是有名的聂政台。

现在的禹州城,原来是战国初期韩国的国都。韩国宰相侠累是个白脸奸臣,他不但苦害了不少平民百姓,还害死不少忠臣良将。

当时有个名叫严仲子的公子,他父亲在朝做官时和宰相侠累不和,后来被侠累害死了。严仲子为替父报仇,就想找个好汉帮忙。他打听到轵城有个豪杰姓聂名政,是个杀猪卖肉的,就去到那里结识这个人。他换一身普通老百姓的衣裳,经常在聂政的肉铺子前转悠。每逢刮风下雨,聂政的生意不发市,严仲子就去买他的肉,有时还装成无意多给他几个钱。可聂政向来丁是丁、卯是卯,从不多收一文钱,也不多说一句话。

后来,聂政的母亲有病卧床不起,聂政手头儿没钱,心里急得火烧火燎。严仲子听到信儿,跑到聂政家,请医抓药,端汤送水,比待亲爹娘还尽心。聂政他娘去世时,严仲子帮他料理完丧事,又陪聂政守孝一百天。

一天，聂政从姐姐聂莹家回来，问严仲子："你有啥难事吗？"严仲子"哇"一声哭开了。哭罢，才从根儿到梢儿，把父亲被奸臣侠累害死的经过说了一遍。聂政听了，说："侠累干的坏事我早就听说过。放心吧，这仇我一定替你报！"

聂政

第二天，聂政告别严仲子，直奔韩国。到了韩国都城，聂政想：要除掉老贼，必得先接近他。聂政听说侠累特别爱听弹琴，就专门到文济寺去拜访一名老和尚。这个老和尚是有名的弹琴高手，聂政拜他为师，下苦心学弹琴。他不剃头，不刮脸，浑身邋遢得不像样儿，埋头苦练一年，弹会了非常好听的曲子。这天他当着老师的面弹了一曲，老师连声夸奖。聂政有意问老师："师父，你看我成啥样子了，以后见面，你还能认识我吗？"老和尚看着他，笑着说："你这面目是变了，可一见你这一嘴白牙，我就能认出你来。"

听师父这样说，聂政在寺里又住了一年。这一年，他隔几天拔掉一颗牙，身体慢慢变得又黄又瘦，加上满头长发和满脸胡须，简直变成了老头子。一天，老和尚很心疼地说："聂政啊，你看你变成啥样子了。要是三天不见，怕是连我也认不出你来了。"

第二天，寺里不见了聂政。过了几天，城里传出了侠累老贼被杀的消息。都说刺客是个弹琴的老头儿，侠累专门把这老头儿请到府里，自个儿躺在床上听老头儿弹琴，老头儿掏出一把尖刀把侠累捅死了，等武士赶到，老头儿毁了面容，剖腹自尽了。官府把老头儿的尸体扔到街头，看谁敢认。

消息传到轵城，聂政他姐姐聂莹急急忙忙赶到韩国，找到聂政的尸体放声大哭。等武士赶到跟前，聂莹掏出怀里剪刀也自尽了。官府把聂政姐弟俩的尸体扔到荒郊野外，让狼拉狗啃。可老百姓敬重义士，大家趁黑夜，你一篮我一筐运来黄土，把姐弟俩的尸体埋了起来。没多时，这里堆起两个大土冢子。

后来，一些生意人捐款买砖，把两个冢子砌成一个高大的台子，就叫"聂政台"，又在台上盖一座庙，塑起聂政姐弟俩的神像，周围百姓一受官府的欺压，就往聂政台上跑，请求聂政的魂灵为民除害。

（讲述：侯老远　整理：李社会）

庄子与"一两漆"

登封农村，许多地方都把难堪的事情说成"这下可成'一两漆'了。"但为什么会把棘手难办的事与"一两漆"联系在一起，却很少有人能说清楚。

原来，这一典故出自一出神话戏剧《庄子点化》，也叫《破棺材》，20世纪三四十年代登封境内一些曲剧团曾有演出。

故事大意是说庄子去深山修道多日,回家去探望妻子张氏,路遇观音老母装扮成一位年轻寡妇,身穿孝衣,头戴孝帽,手拿扇子,跪在坟前扇坟。庄周问明情况,方知坟中埋的是此人丈夫,丈夫刚死没几天,妻子急于改嫁他人,婆婆不答应,要求她坟上土干方能改嫁,无奈,寡妇只好拿扇子来扇坟,希望早日土干,以便早日改嫁。庄周听后,认为寡妇品德下贱,当即对其奚落一番,说她薄情无义,寡廉鲜耻,丈夫尸骨刚刚入土就要改嫁,太不知趣。寡妇听后,转悲为怒,斥责庄周多管闲事,立时咬破手指在扇子上写下:"巍巍庄周五尺男,休笑老娘把坟扇,一日庄周身亡故,你妻比我更不贤。"写毕,忽见天空一股祥云,寡妇丢下扇子腾空而去。

庄周百思不解,回到家中将途中所见之事详细告诉妻子张氏。张氏听后斥责那位寡妇无情无义,不念夫妻情分,并表示自己根本不是那号人。但庄周想要对张氏考验一番。

晚饭一毕,庄周突发紧急肚疼,一脸青筋,满身冷汗,还没有来得及请医生就命丧黄泉。张氏急忙唤出家郎安排后事。家郎连夜来到大街上与棺材店老板讨价还价,以一两七钱银子买下棺材。庄家缺乏人手,家郎又与老板讨价还价,以一两七钱银子运回棺材。棺材抬到家中,家郎又以入殓、定口各付一两七钱银子为代价。待死人盛殓已毕,老板讨要银子,家郎却让老板回家掂罐子去。老板不明其意,家郎此时开口:"每件事办成都承许你是'一两漆',四件事办成,一共是四两漆,掂来罐子立即兑现。"老板辩道:"咱搞的是银子!"家郎答:"那是您说的,我只说了'一两漆(七)'"。老板已知上当,只好悻悻而去。

再说庄周遗体被装入棺材以后,魂魄已飞向远方。张氏在灵前设下供桌香案,不断焚香祭奠。她忽听门外有人喊门,开门后只见来了一位风流倜傥的英俊书生,声称是庄周的学生,要给老师祭奠一番。眼观书生一言一行,耳听书生祭文亲切感人,已使张氏心旌飘荡,魂不守舍。霎时间,灵堂变成了他们谈情说爱、互相亲昵的华堂。

晚饭毕,睡觉前,书生突发心绞疼,大汗淋淋,满地打滚。张氏问其故,书生言旧病发作,百药无效,唯吃活人心能治此病。张氏无奈,哪里有活人心可采呢?情急之中,张氏突然想起棺材中的丈夫。她问书生:人死没过三天的心是否管用?书生说可以试试。

为了挽救书生性命,半夜三更,张氏支走家郎,一个人持斧头悄悄进入灵堂,撬开棺材,欲取丈夫心脏来救书生性命。庄周此时急忙借尸还魂,跃起身子,一把抓住张氏手腕将张氏推到地下,一一历数张氏不贞不爱、喜新厌旧、图谋摘心的罪行。此时张氏方知书生乃庄周点化而成。

戏剧教育的目的达到了,"一两漆"的典故也在民间流传开来。

(整理:白天乐)

鸡鸣骗关

战国时期,齐国的相国孟尝君以好士名闻天下。秦昭襄王渴望得到孟尝君为相,就以泾阳君为人质,请求齐愍王交换孟尝君,"使寡人一见其面,以慰饥渴之想"。齐王为了两国关系,送还泾阳君,并派孟尝君行聘于秦。

孟尝君同千余名宾客西入咸阳,谒见秦王。秦王降阶欢迎,吐诉仰慕之意。孟尝君有件白狐裘,

毛长二寸,色白如雪,价值千金,天下无双,作为礼物献给了秦王。秦王穿上这珍贵的裘衣让自己宠爱的燕姬看,并介绍说:"狐长不到数千年毛色不会变白,这白裘,都是取狐腋下那一小片拼缀而成的,是无价之宝哩!齐国是山东大国,所以有这珍贵的服装!"当时,天气尚暖,秦王就让主藏官员把裘衣好好收藏起来。

秦王准备立孟尝君为丞相,秦国原来的相国樗里疾坐不住了,害怕自己的位置从此不牢,就指使人进言,对秦王说让孟尝君为相于秦国不利,孟尝君只会偷偷帮齐国干事,最好把孟杀掉。秦王被迷惑住了,就把孟尝君幽禁到馆舍。

泾阳君质齐时,孟尝君待他很好。泾阳君不忍心看孟尝君受害,就把险情告诉孟,并去燕姬处活动,求燕姬帮着向秦王进言,放孟尝君回齐。这燕姬答应帮助,可提出要一件白狐裘为报。孟尝君来秦时只带了一件白狐裘,已献给秦王,这下急得束手无策。谁知,最下座的一位宾客说:"我能得到白狐裘。"

当晚,这个宾客装扮成狗的模样,从墙洞中潜入秦宫的仓库里,学着狗叫了几声。看仓库的人以为是守夜狗吠,也不怀疑。宾客便乘守库人熟睡时,偷解下钥匙,打开藏柜,偷回了孟尝君送给秦王的那件白狐裘。

燕姬得到白狐裘,便趁秦王夜饮时,力劝秦王别担戮贤之名,放了孟尝君。秦王第二天果然备下车马,发了通行证,放孟尝君归国。

孟尝君拿到通行证,怕秦王反悔,让善于做假证的宾客改了自己通行证上的名字,立即急速返国。到了函谷关,正是半夜时分,关门早已锁上。按常规,早晨鸡鸣关门才开。孟尝君怕后有追兵,心中惶恐。忽然,他的宾客队中传出一声嘹亮的鸡鸣声,原来是一个下座宾客在学鸡打鸣。这一鸣叫,逗得关里群鸡尽鸣。守关人以为天将要亮,就打开关门,验证放行。孟尝君一行赶忙出关匆匆归国。

再说那樗里疾听说秦王放了孟尝君,赶忙进言,让秦王追回孟作为人质。秦王派人急追至函谷关,说了孟尝君一行的模样和车马数,才知孟已出关。秦王叹息说:"孟尝君有鬼神莫测的本领,果然是天下贤士呀!"

后人为纪念这件趣事,在关旁建了"鸡鸣台"。

魔家营

相传春秋战国时代,汝河南岸有个大集镇,这里住着一个称霸一方的武人,号称"魔王"。

这位魔王身高八尺,黄头发,红脸庞,走路带风,话音如铜钟,外貌有点古怪,练得一身好武艺,战术变幻莫测,英勇善战,勤政爱民。此外,他还好杂耍、投镖、舞蹈、变戏法,多才多艺,特别拿手的是他能双手发弓,箭箭击中,双手接箭,支支不漏。传说他从15岁起练接箭,自己当靶子,先让一个人射,后来增加到两个人射箭,最后增加到十人一齐向他射,他都能敏捷地接住,一支不漏。有次敌人来攻寨,七八个箭手向他射箭,他能应付自如,眼看箭已射完,敌人心惊了,魔王就趁机反攻,一箭射倒一个敌人,一会儿工夫,敌人就死伤大半。敌人拔箭一看,认出原来是自己刚射出的箭,大惊,急忙退去。

从此,一提起"魔王",人人害怕,敌人再也不敢来骚扰了。

后来村人感激魔王的功德,在他死后,把他的灵柩埋在寨东南的地里,称为魔王冢,竖碑立传。明朝时候,有兵驻屯此地,就把村名改称为"魔冢营"。

避债台

人们形容欠债多,爱用"债台高筑"这个成语。说起来,这个成语还有一段历史故事。

东周末年,七雄并立,周王朝名存实亡。末代天子周赧王更是软弱无力。赧王五十九年(前256年),秦国攻取阳城(今登封东南)、负黍(今登封西南),赧王是又气又怕。这时,想当霸主的楚王提出来,以周天子的名义约会韩、赵、魏、齐、燕诸国共同出兵伐秦,赧王当即赞同并诏令这六国共同出兵。赧王自己也竭尽全力,拼凑了六千人马准备参加战斗。俗话说:"兵马未动,粮草先行。"这天子的国库里早已空空如也,怎么筹措军需呢?后来,赧王采纳大臣的意见,先向国内的商人、地主借了一笔钱,立了字据,说取胜回来,连本带利一并归还。

兵马粮草备齐,周赧王带着六千人马到伊阙会集诸侯大军,谁知等了三个多月,韩、赵、魏、齐均未出兵,只有楚、燕派了少量军队赶来。大家看看兵寡将少,不敢行动,只好草草收场,各自返回。

天子要伐秦,惹恼了秦国,正要夺天下的秦国趁势派兵灭周,把投降了的周赧王迁到伊阙南的新城。这时,周赧王出兵时借的钱都花完了,商人、地主都拿着借据来向赧王讨账。逼债人成群结队、吵吵闹闹,弄得赧王六神无主,只好在城内筑起一座高台,躲到上边,眼不见为净。后人称此台为"避债台",并据此有了"债台高筑"的成语。

周赧王后来迁居的新城,就在今伊川县城南八里的古城寨一带,又称伊阙城。这一带尚有一段夯土城墙保存较好,有一土台,传为当年的避债台。

(整理:郭凤伟)

大冢头

战国时期,七雄并立,战争连年。你杀我砍,弄得各国都疲惫不堪。为了有个喘息的机会,秦国的昭襄王和赵国的惠文王在渑池会盟言和。为了表示诚意,秦昭襄王将安国君的儿子异人送到赵国去当人质。由于秦赵两国常有摩擦,赵国虽然没有把异人杀掉,但总是在生活上折磨他。

当时有个商人叫吕不韦,是河南阳翟(今禹州市)人,广有资产,为人奸诈。因为他常在各国之间经商,了解很多情况。他看出强大的秦国迟早会统一中国,就在秦国送往赵国的人质异人身上打起了主意。他一方面使用大量的黄金贿赂看管异人的赵国人,让他们安排好异人的生活,又把与自己同居、已经怀孕的赵姬送给异人。赵姬和异人结合后所生的儿子嬴政,实际上就是吕不韦的儿子。

吕不韦设法使异人连同赵姬、嬴政逃回秦国时,异人的父亲安国君已经继承了王位,这就是秦孝文王。孝文王共有20多个儿子,为了能使孝文王将异人立为太子,吕不韦又花费好几千两金子,去贿赂孝文王最宠爱的华阳夫人。华阳夫人没有亲生儿子,现在得了贿赂,就千方百计在孝文王面前撒娇卖乖,孝文王无奈,就将异人立为太子。后来,孝文王病死,太子异人继位,这就是秦庄襄王。为了报答吕不韦的大恩大德，秦庄襄王让吕不韦当丞相，封为文信侯，食河南洛阳十万户。

嬴政十三岁时，秦庄襄王病死。吕不韦辅佐嬴政继承王位。嬴政称吕不韦为"仲父"，让吕不韦掌握着秦王朝的一切大权。

再说嬴政的母亲赵姬，她被吕不韦奉送给异人后，与吕不韦仍有暗中来往。就是在秦庄襄王在位时，他们也常暗中幽会。由于吕不韦位居丞相，出入宫闱轻而易举，秦庄襄王又对吕不韦感恩戴德，从不怀疑吕不韦有什么不轨行为，所以，始终没被发觉。秦庄襄王死后，中年的赵姬成了新寡，竟在王宫之内与吕不韦公开姘居。嬴政慢慢大了，听到些风言风语，不便责怪母亲，却记恨起吕不韦来。

嬴政与吕不韦的矛盾越来越大，并由宫闱私情发展为政见不一。在吕不韦心中，秦王嬴政是他的儿子，儿子应该听父亲的。在嬴政眼中，吕不韦是他的丞相，丞相应该听国王的。闹得不可开交时，嬴政将吕不韦赐死。

吕不韦自杀身死之后，赵姬才向嬴政诉说了隐情。嬴政虽然不能公开承认吕不韦就是他的生父，但在丧事上强调要重礼厚葬，特别是墓冢修得十分高大，是洛阳附近少见的大冢，群众称它为"大冢头"。偃师市南蔡庄乡的"大冢头村"，就因位于大冢头之西而得名。

（整理：郭引强）

老　庙

玉仙圣母庙，又称老庙。这是为什么呢？

传说秦始皇统一六国后，滥施苛政，不但焚书坑儒，并且扒坟拆庙，全国所有的庙宇几乎都被拆毁。

有一年，秦始皇游罢中岳嵩山，因山路难行，便微服带领近身侍卫数人沿五指岭北下，准备再东游泰山。谁知刚走到方山，突然间云雾四起，大雨倾盆，秦始皇山中迷路，只好在石崖下避雨。眼看天色已晚，找不着住处，十分着急。少顷，山雨暂停，只见暮色四合，群山苍茫。忽然，听到不远的山坡下有纺麻之声，秦始皇急命侍卫打探。不多时，侍卫回报说："前面不远有一所茅舍，只有一个老太太在纺线，万岁不如暂投宿一晚，明日启程。"秦始皇只得跟随侍卫来到茅舍，对老太太说："我等是过路人，因山中遇雨，迷失道路，可否借宿一晚，明日便走。"老太太停了纺车说："借宿倒可以，只是我这茅屋窄小，你们数人来投宿，恐怕委屈了你们，你们到别处另寻宽敞吧！"

秦始皇觉得老太太说的也是实情，就问："附近还有人家吗？"老太太说："北去七八里，倒有人家。"秦始皇出门向北面张望，只见夜色深重，山林隐约，虎啸狼嗥，惊心动魄。秦始皇吓得出了一身冷汗，又回到茅舍对老太太说："今晚只有住在这里了，纵有金銮宝殿，我也没有办法去住了。"老太太一听，笑了笑说："你是过路人，咱们无亲无故，我纵然有心留你住宿，到底男女有别，况且只有这一间茅屋，可怎么住呀？"秦始皇急忙说："既是这样，你到底比我年长，我拜你作姐姐，行了吧？"老太太呵呵笑道："我比你年长少说也有20多岁，论经历，论年岁，都可以作你的长辈！"秦始皇心想，反正就借宿这么一晚，拜她作长辈，也是一锤子买卖，明天我一走，她一辈子也别想再见到我。于是便说道："好吧，我拜你作干娘，这总可以了吧？"

于是，秦始皇就拜老太太为干娘，住了一晚。第二天，秦始皇一行人一早上路，走过一道山坡，又回头看借宿的茅屋时,哪里还有踪影?只见绿树掩映中,露出一座玲珑的庙宇。秦始皇不由吃了一惊,心想:我原以为天下所有的庙宇都已拆完,谁知这座庙宇还完整无缺,想昨晚投宿遇见的老太太,定是神仙所化,但不知是哪家神仙?于是又回头来到庙前,但见庙的石柱上镌刻着一副对联:

巩义市玉仙圣母庙

  藏风藏气龙盘地尊神先占
  极幽极静凰飞岗圣母独居
  横批:玉仙圣母殿

  秦始皇走进庙内,撩起幔帐一看,大吃一惊。只见玉仙圣母塑像神态安详,头戴九层帷冠,身穿彤云神载十二鎏金钗铃,服翠羽习裙,持水晶之莹,穿黑玉朝真之履,凭玉琳之几,坐红玉之床,黄金耀明之阁,金碧辉煌。庙的四壁有图,是玉仙圣母在太古之时协助嫘祖养蚕取丝制作衣裳的画面。秦始皇看罢,喟然长叹:"天下人有智有愚,仙界亦然,看来玉仙圣母早知吾是始皇,化老妈妈点化于我。我已认作干娘,岂能儿戏!"于是,撮土为炉,插草为香,对玉仙圣母像跪拜一番,然后启程而去。

  秦朝时,全国庙宇多已拆毁,唯此庙独存。后人把玉仙圣母庙称作老庙,喻其年代久远。因而,这一带的山,便叫作老庙山了。

(整理:石栏)

毛 女 洞

  嵩山脚下住着一家母子俩,儿子二十多岁,还没娶媳妇。他每天上山打柴、卖柴,换回米来,和老娘相依为命过日子。因为他打的柴多,挑的担大,大家都叫他"好汉"。

  他每天打柴歇息的时候,总看见一个拎篮采山菜野果的女子,远远地停在林间,或仰脸接喝崖上的流水,或抱琴拨弹人间的悲怆哀怨,凄凄切切,如泣如诉。每当她弹到伤心动情处,好汉也陪着流泪。

  这天,好汉打了柴,正要休息,见那女子在远处弹琴,琴声沉沉,由大而小,小到没有。他起身走了过去,说:"好妹妹,你的琴弹得真好!"那女子微微侧转身,露出姣好的面容,羞涩而坦率地笑道:"好汉哥,惹您见笑了。您若是能听得,是我遇到知音了。"

  好汉问她:为什么一个人天天来到深山?那女子说:她原是秦朝皇宫中的一个宫女,名叫玉姜,老家在楚国。秦始皇统一六国的时候,被从楚国抢过来的。玉姜平时在宫中受尽屈辱,小心侍候。秦始皇死后,她听说自己被选为陪葬,便和其他六个宫女逃出皇宫。六个姐妹到渭南就走不动了。玉姜穿

林绕石,颠簸向前。走到华山,她找到一个石洞住下,饥了吃些松柏籽,渴了岩下饮清泉。但是,距秦都太近,他们会派人来抓她回去的。她便离开华山,又往东逃,来到嵩山,又找到一个石洞。时间长了,她身上长出了茸茸的绿毛来,人们便叫她"毛女"。

好汉看她的头发,黑中泛绿,搭在肩头,随风飘散;看她的脸,绿中透红,秀美可爱。他说:"毛女妹妹,你住在这山洞里,真可怜!你到我家去,和我娘住一起吧。"

毛女说:"不,我不能连累你。近日来,秦二世当政,听说明天就抓我回去呢。"

"什么时辰?"

"午时三刻。"

"那,我要留下来对付他们。"

"不,家里老娘会忧心的。再说,我一个女孩家……"

直到太阳落山,好汉才挑柴回家。好汉把遇见毛女的事说给娘听,娘说:"真是个可怜的孩子。"好汉说:"就这,秦宫内还要派人抓她回去呢。"娘说:"咦!若抓回去,就没命了!"

当晚,好汉躺在床上睡不着,反复想着怎样才能搭救毛女。

第二天,他早早地起来,找来了两张钐刀,一张强弓,一把利箭,他还嫌不快,蘸着水在石头上磨呀、磨呀,直磨得刀刃明光闪亮,吹上一根头发,一碰即断;箭头锋利如针,一扎就进。

天将近午,他来到山上石洞旁,顾不得将自己的打算告诉给毛女,就先在洞口的草丛里,刃朝上下了钐刀,然后带着弓箭爬上旁边的一棵大树。他想:只要秦宫人来,管叫你脚下挨刀,头上挨箭,有来无回!

可这时,洞内并排出来两条青绿蛇来。好汉正在惊疑,只见一条蛇正顺行在钐刀上,身子一蜷曲,血淋淋地翻滚在地上。另一条蛇便奔回洞去。不一会儿,嘴上噙着一把草出来,朝翻在地上的蛇肚子上一擦,那蛇肚皮便黏合了。它们慢慢地回到洞里。

好汉在树上手握着箭,出了身冷汗。他爬下树来,正要进洞去看,一个比毛女大几岁的女子过来,厉声说:"你走不了了!"好汉说:"你是谁?"女子说:"你管我是谁!跟我走吧。"好汉拿起钐刀,握着弓箭,跟她进洞。

洞越走越深,越深越黑,东叉西拐,像摆迷昏阵一样。突然,前边一亮,出现了一片房舍。那女子把他带进一所殿堂,回身关门落锁了。

好汉在洞里没事,这里走走,那里看看,来到一座华丽的小楼上,扒门缝瞅,里边床上躺着一个娇媚俊秀的姑娘。他仔细瞅瞅,那正是自己要找的毛女妹妹。可是,她身上的绿毛全没有了。

他推门抢步进去,两人几乎同时喊出:"好汉哥!""毛女妹!"二人正要拥抱在一起,另一女子端着药汤进来,嗔怪说:"都怨你!你咋给她下利刃呢?"好汉说:"不,我是一心对付秦宫来人的。原想他们来抓妹妹,叫他们下踩利刃,上挨箭穿。哪想没得及告诉妹妹,倒害了妹妹!"说着,他扔了钐刀、弓箭,抱头痛哭起来。毛女赶忙解释:"这不怨你,你全是为了我呀!"

可是,直到这时,好汉还不知道毛女是怎么变成蛇的,而同时出洞的那条蛇又是谁呢?

毛女告诉他:她已修炼成仙,可以应得七十二变。姐姐玉姣由华山来到嵩山,没想到昨晚刚到,今天就出了这事。

好汉听了,忙给玉姣姐姐叩头谢罪。毛女笑起来,说:"快别谢了,傻大哥,快把钐刀、弓箭拾起来,还得为俺抵挡秦宫来人哪!"

说话不及,外面呐喊不止。好汉提起钐刀,箭搭弓弦,正要冲出,姐姐玉姣拦住他,说:"待我先呼

— 206 —

神龙来!"说罢,她变作一只莺燕,飞出洞去。霎时,黑云暴涨,大雨倾盆,一道闪电,一声炸雷,山崩地裂,洪流滚滚。秦宫来人落汤鸡似的,钻进山洞。洞内暗处的好汉舞刀操弓,又砍又射,使秦宫来人个个倒下。洞外岩石被雷电击碎,留下六个龙爪痕迹,洞下陡坡被龙尾划出一道深沟。好汉飞起右脚,一脚一个,把倒下的尸首踢出洞去,顺沟滚下山去。

待玉姣送走天神回洞,见好汉累得汗流浃背,要他好好歇息。好汉说:"不,眼看天晚,我还要回家照看老娘哩。"玉姣说:"天晚怕啥?今天是八月仲秋,你和玉姜妹妹一起去照看老娘吧。"她回头看看玉姜,玉姜已经起来,正低着头儿,抿着嘴儿笑。这时,金黄的圆月从嵩门升起,透过树影,照进窗棂……

陈胜的传说

一、陈胜驮煤

《史记》载:"陈胜者,阳城人也。"传说,陈胜家住阳城南屯,即现在的登封市告成镇。他自幼务农,家虽贫,至孝,母子二人相依为命。他常与群儿常戏田间,遇物同分,深受拥戴。

陈胜渐次年长,除种地外,常以卖煤为生。因家境贫寒,他养了头毛驴,不满三尺,仅驮百斤。陈胜亦背百斤。一次遇雨,洪水暴涨,走至河心,驴被冲倒。陈胜拉起驴时,煤已被冲去大半。上岸之后,驴觉轻松,尔后,每逢走至河心,驴便卧水中不起。陈胜察觉后,便用棍狠力抽打。驴疼痛难忍,飞奔过河。为此,人们给陈胜送个绰号"气死驴"。

二、梦中学艺

陈胜家境贫寒,无钱读书,但少有志气,常常结伴玩耍,自为领袖,做领兵打仗之戏,后来年纪渐长,自叹平生之志不能施展。

一日,他与同伴上阳城山上打柴。天忽下雨,陈胜急忙跑到山腰的鬼谷子洞避雨。洞里有个土坑窑,他便歪在上面歇息,忽见一个鹤发童颜之人向他招手,转身而去。陈胜急忙跟随,出了后门,来到一个花园。只见园中百花齐放,蜂蝶相戏,楼台亭阁,栉比鳞次,鸟雀啾啾,泉水潺潺。老者走过一个小桥,来到一片宽阔之地,在一石凳上坐下。陈胜跟了过去,走到老者面前,问道:"不知老师尊姓大名,对弟子有何指教?"

老者道:"天下不久将乱,尔文武皆不能,老夫特来点拨于你。"

陈胜闻听,急忙跪下叩头:"弟子愿受老师教训。"

老者命陈胜站起来,说:"我先教你十八般武艺,然后授你《孙子兵法》十三篇。"

陈胜拜谢,老者便从兵器架上取下一把大刀,认真教练。教者有意,学者用心,十八般武艺件件习

练。

陈胜正练到如意之处,忽听一声大喝:"陈胜!"陈胜回头一看,乃是南柯一梦,心中好觉诧异。正在这时,又听洞外有人高喊:"陈胜!"陈胜这才醒悟,原来是在鬼谷宅睡着了,方才应了一声。伙伴进来说道:"雨早停了,我们到处找你,原来你躲在这里。"

陈胜便将刚才之梦对伙伴说了一遍,伙伴说:"定是王诩老祖先点化老兄,将来不可限量。"

陈胜道:"苟富贵,勿相忘。"

自此以后,陈胜按照梦境所学,时常练习,竟练就一身好武艺。美中不足的是,兵书未曾到手,致使他后来起义兵败。

三、箕山狩猎

陈胜自幼喜爱玩弄棍、棒、刀、枪,习拳练武,尤其鬼谷宅梦中学艺之后,更是鸡鸣起舞,刻苦操练。他还在农闲天气,不断上山狩猎,所得猎物,挑至阳城街上出卖,换些粮钱糊口。

一日,他和几个穷友前往箕山打猎,行至山梁,忽见一只恶豹口衔一女孩,迎面跑来,鲜血淋漓,情况危急。陈胜大喝一声,举棒迎击。随从几人也一拥而上前去,与恶豹搏斗。恶豹吼叫逃窜,陈胜和众位兄弟抬女返家。女家长感激倍至,备礼登门酬谢,并把此女许配陈胜为婚。

阳城为丘陵地区,十年九旱,庄稼无收,加之秦法苛暴,徭役繁重,官吏敲诈,富户盘剥,贫苦百姓无法生活,多封门闭户,出外逃荒,只弄得十室九空,炊烟断绝。尽管如此,当地官吏不但不减轻人民负担,赈济受灾百姓,还将外逃之人的捐税强加在没逃之人的身上,人民如何负担得起?然而,限期不交,就是抗法,不是杀头,就是蹲监,阳城百姓处在水深火热之中。

一年秋末,庄稼所收无几,官府漕粮却高于往年数倍。一伙吏卒到阳城南屯催交漕粮,陈胜的邻居陈青将全年所收交上仍然不够。吏卒将他打倒在地,硬抢陈青女儿前去抵捐。陈胜见状,忍无可忍,挥拳将众吏卒赶窜。然后,他聚起数百人众,到县城请愿。众人来到阳城南门,县令紧闭城门。陈胜无奈,扒了城外官亭。县官害怕,下令仍按原数征收,人们方才散去。

经此一闹,官府看到,不除陈胜,漕粮难收。一日夜晚,陈胜方才歇息,忽听有敲门之声。陈胜警觉,急忙披衣起身,手提单刀开门。只见月光下,一伙吏卒手拿兵刃、锁链,前来捉拿于他。陈胜凭着一身武艺,忽地跳出门外,与众吏卒拼杀,砍翻了几个。众吏卒抵挡不住,慌忙逃窜。陈母爬起身一看,儿子杀了人,知在阳城呆不住了,急忙收拾行装,连夜逃往他乡。

大泽乡起义

两千多年前,嵩山脚下,颍河岸边,有个黄土村,村里住着二十多户人家。村东头一家新盖的房子里,住着黄山虎。他依仗官府势力,欺压良民。这一带的人都叫他"地头蛇"。村西头有一间破旧的草房,里面住着一个贫穷的佃农陈胜,字涉。

陈胜给"地头蛇"扛活,过着牛马不如的生活。一天晚上,他刚躺下,屋外面阵阵狂风,好像山歌在响:"泥瓦匠住的风雨楼,裁缝穿的破袄头,秦王不嫌黎民瘦,抓了拉夫无尽头。"他想:爷爷因反抗官府的酷刑,脸上被刺字"奴隶";父母亲为生活所迫冻死、饿死;自己终年给"地头蛇"当牛做马,挨打受骂;他和村里穷弟兄暗地联合"抗征",阳城县令张世荣正在追查。他想了很多很多,久久不能平静。

金鸡刚刚叫过两遍,"地头蛇"便高一声低一声地催促陈胜等人起床,要他们到黄龙岗开荒地。

陈胜在梦中听见吆喝声,就爬起来,唤醒陈五升和刘海两人,肩扛铁锨,向村西走去。一股冷风迎面吹来,他觉得浑身像冷水浇一样。东方刚发亮,他们突然听到一阵急促的马蹄声,回头一看,路上有三个官兵骑马挎刀,手执皮鞭,直向黄土村冲来。

刘海焦急地问:"咋办?"

陈胜紧握拳头,气愤地说:"走,上黄龙岗,先看一下动静再说。"

官兵一进村,就把张县令写的密信交给了"地头蛇"。"地头蛇"看了后,说:"这还了得,让这些穷小子看看秦王法令的厉害!"

紧接着,"地头蛇"领着官兵,开始挨家挨户搜查。全村的狗咬声、皮鞭声、哭喊声,混成一片。

陈玉贵正要越墙逃走,被官

大泽乡起义

兵一把抓住,说他是"抗征"罪犯,一把拉到街上把头砍掉;刘小青正要辩理,狠心的官兵把他的舌头割去了;韩发强只往倒下的陈玉贵那儿看了一眼,官兵就把他的两眼挖了出来;黄三周刚跑到村西头,他的双脚就被砍掉……

秦朝的横征暴敛和残酷压迫,激起了人们的无比愤怒。

陈胜走东家,串西家,给这家干活,给那家帮忙,结识了很多朋友。他经常对朋友们说:"遍地人头落,不反待如何?"他分析说:"阳城虽小,是兵家必争之地,现有重兵把守,大家要想拿下,必须出其不备,乘虚而入。"他暗暗联络,并召集大家出谋献策,分头准备,待机起义。

秦二世胡亥登基即位的消息,很快传到了阳城。张世荣令众衙役张灯结彩,设宴庆贺。已是夜半时分,县衙内还在猜拳行令,守门的也去讨酒吃了。

这时,陈胜破门而入,见县官正抱着新娶的七姨太太寻欢作乐,大声喝道:"狗官罪恶累累,民愤不容,看刀!"他一个箭步飞奔上去,将张世荣的头砍了下来。陈胜将张世荣的头放在公堂上,然后,在墙上写下"杀人者陈涉"。

这个时候,官府后院也燃起了熊熊大火。接着,四个城门也同时冒出了滚滚浓烟,火光映红了阳城上空。韩刚领着众弟兄冲进官府,正碰到"地头蛇"黄山虎。韩刚一见,火冒三丈,将他打翻在地,右手举起菜刀,只听"唰"的一声,地头蛇的头滚在地上。官府的大小官员吓得面如土色,连连叩头求饶。陈涉对着这些赃官大骂道:"今天要你们看看平民百姓的厉害!你们这些赃官,谁再欺压百姓,小心脑袋!"众官员连连叩头:"是!是!"

陈胜等人把监狱门打开了,把仓库门打开了。阳城内一片欢腾……

这个时候,一个火球从东往西滚滚飞来,突然落到阳城,接着,一道红光腾空而起。众百姓惊喜若狂,拍手作歌:"天有心,地有胆,火星陈涉来救俺,祖龙(秦始皇)死,黎民反,打下阳城有吃穿。"

颍川郡首赵基,是秦朝丞相赵高的亲属,由于赵高弄权,他才当了官,是个趋炎附势、阿谀逢迎的小人。听到陈胜在阳城杀了县令,他吓得出了一身冷汗,一面上报秦王,一面派五百官兵到阳城搜查"凶手"。他们在各村各户实行"连坐",不少人惨遭杀害。众兄弟有的被捉拿,有的奔走他乡。看到这种情况,陈胜并没削减反秦的决心。他听人说,人心思楚,心想到那里也许会有出路。于是,他登上箕山,爬上金鸡岭,望了望家乡的亲人,跋山涉水向楚国去了。

从阳城到颍川郡,沿途设有许多关卡,颍川郡城门上还贴着捉拿"盗徒陈涉"的告示。陈胜把衣服换了一下,打扮成经商的人,混过了颍川郡,来到上蔡。

上蔡是丞相李斯的家乡,陈胜却听到一个老汉在骂秦廷,便走到老汉面前,打了一个躬,问道:"老先生有什么不顺心的事吗?"老汉看陈胜说话是外地人,举止稳重,一派正气,便一五一十谈了起来:"李斯帮秦始皇出了个'焚书坑儒'的主意,毁了许多书,杀害了许多文人,咋不叫人痛骂呢?他还和赵高勾结,帮助胡亥害了公子扶苏。扶苏是个贤人哪!"谈到这里,老汉把话题一转,用很低的声音说:"听说阳城有个陈涉?"陈胜连忙接着道:"有,官府正在捉拿他。"老汉又摸了一下雪白的胡子,继续说:"陈涉杀了县官,留下姓名,真称得起好汉!"

谢别了老汉,陈胜信步走到李斯门前,看到红色的大门用封条封着。他便又往东南的大街走去,见县衙的墙上贴着一张告示,上面写着:"秦二世皇帝,外抚四夷,威扬天下,故征丁男五万人屯卫渔阳,凡闾左平民一律在征之列,违者斩首。"由于征丁紧急,知县派衙役四处搜查,父亲逃了抓儿子,哥哥死了抓弟弟。正当日落西山的时候,衙役们手握大刀、皮鞭、木棍,气势汹汹地押着一百多人从东门向县衙走来。陈胜正要躲开,两个公差说他是外地流民,形迹可疑,上前便要绑他。陈胜火冒三丈,左一拳,右一拳,将两个公差打倒在地。当陈胜弯腰抢地上刀时,众衙役一拥而上,将他扭送县衙。县令说:"抗官造反,本应严刑处治,念你外地流民,依法征发渔阳。"就这样,陈胜被编入队伍,押解着没日没夜地取道大泽乡,然后赶往渔阳。

路上,军官看陈胜和其他被征的人很合得来,办事能干,就叫他充当屯长。

同征的人中,有个叫吴广,又叫吴叔,是阳夏人,和陈胜一见如故,比亲兄弟还亲。共同的道路,同样的命运把他俩紧紧地连在一起。当他们走到大泽乡的时候,遇上了大雨,洪水泛滥,道路淹没,桥梁冲断,他们只好停下来,等天晴了再走。但是,这样一来,到达渔阳必然误期,而按照秦法,误日期就要杀头。

陈胜、吴广心急如火。一天晚上,他们暗地商议怎么办?陈胜说:"等待下去是死,起来造反也是死。与其等死,还不如干他一场呢!"吴广说:"对,咱要干他一场,夺了天下。可是,怎么个夺法呢?"陈胜胸有成竹地说:"如今天下百姓吃尽了秦朝的苦头,谁站出来反秦,老百姓就会支持谁。不少人都同情扶苏,楚人也倾向项燕,咱用他们两人的名义,号召天下,讨伐秦王,这样会有很多人来响应的。"吴广认为陈胜说的有道理,就商议了具体的行动计划。

第二天一早,陈胜当"王"的舆论到处传开。

伙夫上街买鱼回来,剖开一条大鱼,鱼肚里发现一块绸子,上面用朱砂写着"陈胜王"三个大字。于是,大伙都把注意力集中到陈胜身上。

晚上,他们看到破庙附近那边的草木丛中,闪烁着忽明忽灭的鬼火,隐隐约约地听到狐狸的叫声:

"大楚兴,陈胜王。"大家又惊又奇。

第三天陈胜、吴广趁着押送他们的军官喝醉了酒,故意跑去要求军官放他们回家。军官一听,又急又气,先打了吴广几鞭子,接着,又拔出剑来要杀吴广。大伙非常气愤,一拥而上,帮助吴广。吴广一个箭步上去,夺过军官手中的剑,一剑把他刺死了。陈胜乘机把另一个军官打翻在地,结束了他的性命。

陈胜一手掂着两个军官的头,一手举着宝剑,站在九百多壮丁面前,大声说:"弟兄们,下了大雨,咱们已经不能如期赶到渔阳了。按照秦法,误期就要杀头。反正是个死,男子汉大丈夫,不死则已,死就要死得值得!"大家都说:"我们拥护您,听您的!"于是,他们上山伐树木,砍竹竿,做武器,还做了面大旗,旗上写着一个大大的"楚"字。

一切准备好了,陈胜、吴广站在高台上,脱下右袖,露臂宣誓。他们假奉扶苏、项燕的号令起兵。陈胜自称大将军,封吴广为都尉。一声令下,大伙在怒吼声中攻占了大泽乡。

大泽乡附近的穷苦百姓,听到消息,许多人扛着锄头、铁锨、扁担,纷纷赶来参加起义军。陈胜、吴广领着起义军,从大泽乡出发,向东冲杀,一举攻克蕲县。紧接着,他们派葛婴带领一支起义军,攻下了五座县城。许多穷苦农民起来响应,杀死郡县的官吏。这时,起义军已发展到几万步兵,一千多骑兵,六七百辆战车,声势浩大。他们又迅速攻下陈,陈的郡首和县令都逃跑了,只有守丞领着秦兵守城。陈胜、吴广率义军蜂拥而上,杀死了守丞。

陈胜自立为王,吴广为大将军,定国号"张楚",拉开了我国有史以来第一次农民大起义的帷幕。

辕 辕 早 行

秦朝末年,刘邦率领大军来到洛河南岸。探子向他禀报,说这里的秦军早逃得无影无踪,只有洛阳城里有一部分老卒看守城垛,他们也像惊弓之鸟,惶惶不可终日。

刘邦听后,随即命令部下,在洛河岸边安营扎寨,准备攻占洛阳城池。将士纷纷下马解甲,睡起安稳觉来。

半夜时分,忽然犬吠鸡鸣,刘邦把盔甲一穿,挂上宝剑走出军帐。星光下他看见有几个黑影,偷偷向军帐前移动。他急忙跨上战马,大声叫喊:"贼兵偷营了!弟兄们快起来啊!"

原来秦兵将士早埋伏起来,准备趁夜晚偷营。刘邦军从睡梦中惊醒,仓促应战,双方厮杀一阵。

刘邦看看一时难以取胜,就下令汉军撤退。秦军击鼓追杀。刘邦带着军队只得且战且走。

到东方发亮的时候,刘邦军已退到嵩山北麓。他站在高土丘上,勒马一瞧,三军跟随他的不足百骑,其他人不知去向。秦兵突然从前、左、右三方面杀来。

怎么办?三面受敌,背后又是嵩山,崖壁嵯峨,怪石嶙峋,别说骑马登山,就是步行也难。这时候一个探子向刘邦报告,说:"此处名为'嵶岭口',雄伟而险要,上有秦军老卒数人守卫。唯有夺口压顶,居高临下,方能取胜。"刘邦听罢,正在思索,三面秦军又一齐击鼓杀来。

说时迟,那时快,刘邦挥起宝剑,连连削掉秦兵几个人头。他忙调转马头,带领数十名骑士,向嵶岭口奔去。刘邦勒紧马辔,急鞭相催。他的马像一条飞龙,东绕西拐,左旋右转。忽然山岚缭绕,云雾茫茫,霎时分不出哪里是山谷,辨不清哪里是山峰。刘邦骑着马往山上飞奔,秦兵击着鼓在后面追赶。

当秦兵快追上他们的时候,忽然卷过来一阵浓雾,宛若纵横驰骋的野马。停了一会儿,烟雾消散,刘邦透过云隙往上看时,山更高,坡更陡,真是"山自人面起,云从马头生"。他骑在马上,犹如腾云驾雾,好似身临幻境,而追赶他们的秦兵,绕来转去,觉得天旋地转,累得气喘吁吁。只听见刘邦军的马蹄响,却看不见刘邦的兵马。

守在崿岭口的秦军老卒,站在山口往下俯视,只见大雾茫茫,只听鼓声震天。雾浪之上,不时飞奔着几十匹战马,当头一匹乌锥战马,马背上端坐着一位将官,只见他浑身穿黑,甲盔锃亮,好比一位火燎的金刚,手执宝剑,东杀西砍,时隐时现,忽东忽西,吓得几个守山口的老卒扔下弓箭,慌忙逃入深山密林中去了。

当太阳出来的时候,刘邦带着数十骑人马,杀上了崿岭口。这时候他们居高临下,抖起了威风,礌石、弓箭、滚木一起向山下打去。霎时礌石的撞击声,箭响声,秦军的哭叫声,加上风声和山谷里的回声,响成一片。秦军伤亡甚重,当即鸣锣收兵。正当秦军撤退的时候,刘邦的东路兵马与西路兵马也一同赶到这里,三军相会,乘胜追击,直杀得秦军抱头鼠窜,溃不成军。

刘邦的人马厮杀了半夜,人困马乏,坐下来休息的时候,将士们都想喝点水,可是崿岭口上到处找不到。部下一员大将,渴急了,便在崖壁上写了一首打油诗:"崿岭似火口,滴水难得瞅,过此喉冒烟,绝道不可走。"

刘邦踏着雾流巡视过来,见到此诗,抬脚擦去,拔剑劈进崖缝之中,湿漉漉的崖缝里随宝剑流出一股清清泉水,士卒、马匹见到水便痛饮起来。从此,这股山泉川流不息。现在人们都叫它"剑引泉"。

刘邦带着兵马西征以后,人们照着刘邦骑战马杀上崿岭口的道路,劈了一条辕辕大道,后人称此道为"十八盘",崿岭口改为"辕辕关"。辕辕关这里早晨多有云雾,从此"辕辕早行雾中游"被列为"中岳第二景"。

(整理:王鸿钧)

楚河汉界

公元前205年夏,项羽在彭城(今江苏徐州)大败汉军,刘邦退到荥阳。楚军乘胜追击,在荥阳一带互相攻伐,长达两年之久。

公元前204年,楚军包围了荥阳。刘邦感到形势危急,向项羽求和。项羽听从谋士范增的计策,拒绝汉军的讲和要求。刘邦势单兵弱,但非常善于用有计谋之人。他接受谋士陈平的建议,对楚军实行反间计,设法离间项羽和范增的关系。项羽虽勇却无谋,不知是刘邦的计策,果然对范增生疑,并把他驱逐出军。范增蒙受不白之冤,含恨离开,途中病死。从此,项羽失去了智多星,多误战机。

当时,楚军锐气正旺,对荥阳加紧了围攻,形势对汉军非常不利。相貌酷似刘邦的大将纪信为解汉王安危,决定牺牲自己,建议刘邦逃走。刘邦被纪信之举所感动,于是在陈平的劝说下,让纪信穿上汉王服,乘汉王车,假扮汉王,出荥阳东门诈降,自己则趁机从西门出逃至成皋。项羽发现上当后,焚了纪信,发兵荥阳,攻破成皋。刘邦又迅速从成皋逃出,北渡黄河,军至修武,得到韩信的援助,势力又壮大起来。他接受以往教训,决定采取深沟高垒和项羽作持久战,以消耗楚军兵力。同时,又派兵袭楚烧其粮草。

秋天,项羽率兵东进开封、商丘一带作战,留部将曹咎守成皋,并再三嘱咐无论如何不要与汉军交锋。汉军得知情报后,多次到城下叫阵谩骂。曹咎不忍羞辱,怒而率部出城,欲渡过汜水与汉军作战。当船至河中时,被汉军突袭而败,曹咎后悔不迭,自知无颜见项羽,遂自杀身亡。刘邦复取成皋,屯兵广武,取敖仓之粮而用。

项羽闻知成皋失守,急回师广武。刘邦闭城不出。楚军粮食缺乏,不利久战。为了迫使刘邦投降,项羽把俘虏来的刘邦的父亲拉至广武山(今霸王城)上,隔涧要挟刘邦说:"你若不及早投降,我就把你父亲下锅煮死。"刘邦故作镇静地说:"当初咱二人共同反秦,在怀王面前盟誓结为兄弟,我的父亲就是你的父亲。如果你要煮咱们的父亲,别

楚河汉界

忘了给我一碗肉汤。"听后,项羽更加恼怒,决定杀掉刘太公。这时,项伯劝项羽,道:"杀太公不是时候,也对楚军不利。"项羽从其言,太公幸存。

此后不久,刘邦兵分两路,一路仍在荥阳同项羽相持,一面派大将韩信抄楚军后路,占领河北、山东一带。从此,汉军有了更为巩固的后方,关中的萧何更是源源不断地运来兵员、粮饷。此时,项羽则补给困难,危机四伏。形势发生了逆转,楚军渐弱,汉军日盛。公元前202年秋,楚军粮尽,无奈之下与汉军讲和。双方约定以鸿沟为界"中分天下",以西为汉,以东为楚。这是历史上著名的"楚汉相争,鸿沟为界"故事的由来。

玉 门 古 渡

在汜水城北二里许的汜河水入黄河处有一渡口,俗称"汜水口",古时叫"禹门渡"。相传很久以前,汜水口西边的大伾山与东边的广武山并未断开,统称为大伾山,黄河在山北,汜河在山南。大舜时期,洪水泛滥,汜河水四处漫溢,奉命治水的夏禹来到这里,察看水势地情,召集鱼类水族在大伾山拱穿一个洞,使汜河水从中泄出顺利流入黄河,将这一带变成了利于生产的"荥泽"。天长日久,由于黄河不断南徙,加之汜河屡年冲刷,原来的大伾山被冲成两段,西边是大伾山,东边是广武山,这里成了南北交通重要渡口。人们为纪念大禹治水之功,将其称作"禹门渡"。还因为是鱼们所开,也有人就叫它"鱼们拱洞"。秦末汉王刘邦曾来到渡口,问及渡口之名,当地人答曰"鱼们拱洞",汉王错听为"玉门古渡",连声说:"哦!玉门古渡,好,好!"此后人们便将错就错,称为"玉门古渡"。

张良母亲是神仙

张良是汉朝著名的谋略家、政治家,汉初三杰之一。张良为帮助刘邦建立汉朝立下大功,后来归隐于禹州城东北的颍河岸边。至今颍河北岸留有"张良洞"遗迹,据说便是张良归隐于此安度晚年潜心修炼的地方。张良的父亲名叫张得,现今禹州市张得乡便是因其而得名。

传说张得为人诚恳、忠厚实在、乐善好施,但家境贫寒,一直娶不上媳妇,在街上开小饭店勉强糊口。一天,饭店里来了一位须发皆白的老人,吃饱喝足之后,一抹嘴就走了。看他也不像有钱的样子,张得索性送个人情。谁知道,那个老人以后天天来饭店吃饭,而且从不付账。但张得依旧迎来送往,从没有怠慢过老人。

张良母亲是神仙

又一次吃饱喝足之后,老人对张得说:"我天天在你这里吃饭,没钱付账,心里挺过意不去。这样吧,我有一幅画,送给你,全当是对你的报答。"说着,老人从怀里拿出一幅画来,上面画的是一位妙龄少女。张得推辞不过,就收了起来,回家后挂在中堂的墙壁上。

但自从那幅画挂在中堂之后,张得家里就出现了一件怪事。每天只要他一回家,就发现自家的饭桌上早已摆放着做好的可口饭菜。开始,张得以为是邻居嫂嫂替自己做的,但邻居们都说不知道这件事。

时间长了,张得就留了一个心眼。这一天,他假装外出,自言自语地说:"中秋节快要到了,今天中午吃什么呢。"然后关上房门而去。但其实他并未远去,而是蹑手蹑脚地躲在了窗外的柴垛后面,偷偷观察屋里的动静。

不一会儿,令人惊讶的事情发生了。只见墙上那幅画上的女子轻轻飘落下地,系上围裙,端水和面,专心地开始做月饼。张得看明白了,心中一动。他突然推门进去,冲到墙边揭下那幅画,一下子把它塞进炉灶里烧了。

女子不及防,看到画烧了,自己无处可以藏身,就"嘤嘤"地哭了起来。张得上前一步,大胆地抱住女子,说:"既然画已经烧了,你无处可去,何不留下来嫁我为妻呢?"女子想想,也只好如此,于是嫁给了张得。一年后,女子生了一个白白胖胖的儿子,就是张良。

据说,那个送画的老人是民间高士黄石公。后来他又在桥上送兵书给张良,才有了张良"圯上受书"的故事。

张良风筝破敌

楚汉相争时,楚霸王项羽被刘邦的军队包围在垓下。

当时汉王刘邦问军师张良:"下一步该怎么办?"张良说:"项羽一向骄傲自大,目中无人,不把他逼得山穷水尽,他是绝不会服输的。"刘邦说:"不投降就叫他脑袋搬家。"张良摇了摇头:"项羽是个粗人,只可智取,不可硬拼,不然我们会付出很大代价的。"

怎样智取呢?汉王同张良等文臣武将商量,韩信说:"把目前的战局写成书信射向敌营,迫使他投降。"陆贾接着说:"这不叫智取,要这样,还不如把项羽虐待将士、鞭打士卒的暴行写写,射向敌营,使士兵厌恶项羽,不战自降。"萧何丞相懊丧地说:"哎呀!可惜咱不是哪吒,要是哪吒,脚踏风火轮,手持火尖枪,飞到他的营盘上,三下五去二就把楚军杀得落花流水。可惜呀!哪吒没生在汉营。"张良听了众人的议论,没说什么,只是低头沉思。

第二天,张良同汉王视察营地,忽然看到不远处风卷着尘土、叶片在空中飞舞。他看了许久,猛然又想起丞相说的哪吒脚踏风火轮的话,一条妙计在心中跳了出来。

回营后,他叫士兵找来竹批、纸帛、绳子,亲手做了只老雕,用三根短绳子绑住老雕的两只翅膀和头部,与一根长绳子接在一起,一人拿着老雕,一人牵着绳子,迎风一试,老雕竟飞起来了。接着,他又用绢帛做了只大老雕,在刮大风的一天上午,他坐在老雕的肚子里,飘飘然上了天空。张良有了这件宝贝,心里踏实了。第二天,他把智破项羽的办法向刘邦一说,刘邦满口答应。

一天夜里,大风呼呼地刮着,张良把士兵部署停当后,自己坐在老雕的肚内,让士兵牵着绳子飞到楚营上空,吹起箫来。

项羽兵士们忽然听到天上箫声凄惨,地下歌声悲痛,四面八方唱着:"儿子出征远离家乡,不知生死和存亡。父母门外望,妻子守空房……"这牵肠挂肚的歌声,使楚军将士不由伤心地流下眼泪来,这里说,那里议,一时军心涣散。士兵成群结队,逃跑的逃跑,投降的投降。项羽听到凄凉的箫声和四面楚歌,不觉心烦意乱。此时接连听到禀报,说自己的部下四散逃亡,他见大势已去,连夜逃至乌江。来到江边,大江拦路不能通行,后面追兵呐喊连声,眼看就要被汉军捉住,他长叹一声叫道:"天哪!我项羽一世威名,带领千军万马南征北战,想称霸立业,不料全军覆没,我咋有脸回去见江东父老啊!"说完,拔剑自刎了。

人们为了表彰张良协助刘邦智取项羽、平定天下的功绩,就把这次战争命名为"风争(筝)"。后来每年二三月间,儿童们都放风筝,听说这是纪念张良的。

(整理:吕景亭)

壮 士 悲 歌

刘邦打败项羽称帝后,在洛阳南宫设宴庆功。君臣开怀畅饮,好不快活。席散后,兴冲冲的汉高祖不免又微微皱起眉头：虽然大局已定，但齐王田横和项羽手下的几员大将不来投降，终是隐患。高祖心中不免忧虑。

几天后，探子报告高祖，说田横率五百余壮士避匿海岛去了。高祖立即派了使者，快马加鞭赶往海岛。宣布赦免田横等人的罪责，叫他们回来。高祖还要召见田横。

田横召集手下壮士们商议。大家异口同声说："不能投降。刘邦外表仁慈，内心狭窄，是个刻薄小人。大王决不可去。"

田横想想有理，就出来对汉使说："我先前烹了郦生，现在，他的兄弟郦商就在天子左右，不会放过我的。请您替我拜谢天子，让我在海岛上做个百姓吧！"

徐悲鸿画作《田横五百士》

使者回报高祖。高祖岂能放过田横这只猛虎？于是哈哈一笑说："这个好办。"当即正色告诫卫尉郦商说："田横快要来了。你不得对他和他的随从加以迫害报复。若敢违抗，诛灭三族！"郦商虽有怨恨，也只得俯首遵命。

随后，高祖又派使者再次来见田横，转达了高祖对郦商诏诫的事儿，并强调："你去了，大则封王，小则封侯。不去，皇上就要发兵来剿灭你们了！"

海岛是弹丸之地，无法抗拒大军。田横只好答应入朝。他对部下们说："我先入朝察看动静。如果受封，就来接你们同去。"他只带了两个门客，告别众人，随同使者离开了海岛。

田横一行来到今偃师市城西的尸乡驿舍，眼看离京都洛阳（汉魏故城，白马寺东边）只有三十里了。田横对汉使说："人臣朝见天子，应该斋戒沐浴，以表敬意，请允许我洗浴一下。"

田横支开汉使，对两个门客说："我和刘邦原来都南面称王，如今刘邦当了天子，我却成了俘虏向他称臣，这已经是奇耻大辱了，况且我曾烹了郦商的哥哥，现在和他并肩同事一主，即使他惧怕天子的命令不敢动我，我能问心无愧吗？再说，汉王要见我，不过想看看我的容貌罢了。汉王现在洛阳，马上割下我的头，快马跑三十里，面容还不至于腐坏，还可以看的。"说罢，拔剑自刎了。

两个门客悲恸欲绝。使者见人已死，无可奈何，只得让门客捧着田横的头颅快马去见高祖。

高祖见了田横的头颅，又惊又喜，脸上却显出悲伤的样子叹息说："唉，真了不起！兄弟三人从平民百姓起兵，相继称王，难道不能说明他们的贤能么？现在不肯屈节，慷慨就死，实在可惜！"说着说着，刘邦还落下泪来，并任命那两个随行门客为都尉，带两千士兵，为田横造座坟墓，按国王的礼节给以安葬。

田横下葬后，刘邦心中一块石头落了地。可他又听报，田横的两个门客待下葬田横后，大哭一场，在田横墓旁挖了孔道，钻进田横墓自杀了。他心里又沉重起来：田横的门客如此忠心，那海岛上可还有五百壮士呀！

刘邦担心后患，口上连忙称赞："这些门客实在是既忠又贤，快去把岛上的壮士们全部请来。"

使者赶到海岛，领着五百壮士向洛阳进发。路上，壮士们得知了田横和两个门客的死讯，就直接

来到田横墓处,祭祀一番,用山东汉子雄浑低沉的歌声唱起了悲壮的挽歌:

  叶上的晨露这么容易干哟!
  我们的英雄怎么会去噢!
  ……

歌罢,全体自刎。

江　左

  伊川县江左乡江左村,位于中岳嵩山的西麓,北依高山,南临白降河。相传早在西汉时期,这里就是一个寺观林立、松柏葱茏、香花遍地、莺歌燕舞的好去处,来这里游玩赏景的人群四季不绝。

  某年,汉武帝刘彻见举国上下风调雨顺,四海宁静,便率文臣武将、皇亲国戚到江南游幸。江南的明山秀水、奇花异卉曾使他赞不绝口,流连忘返。他在江南没有久留,就到中岳嵩山去封禅,而后向京城长安进发。

  他们浩浩荡荡的车辇仪仗途经这里时,武帝刘彻见这里景色优美,急令侍从停下车辇。他在几位近臣的搀扶下,走下车辇,登上一个土台,环顾周围的水光山色,脸上流露出欣喜的表情。

  侍立在汉武帝身边的一位近臣,见他面露喜色,为讨主子欢心,便躬身问道:"圣上,您看这里的景色如何?"

  汉武帝将这里的景色与刚游幸过的江南稍一比较,便脱口而出:"此处好像南江左"。

  奉旨恭迎圣驾的地方官,听到皇上对他辖地的赞扬,感激涕零,汉武帝一走,他便下令称此处为"江左"。以后来这里游山观水的人越来越多,慢慢形成了个小镇,名字就叫"江左"。此处原有的汉武帝驻跸碑,是这一传说的史证。

机神的传说

  新密市牛店镇月台村有座古老的"机神庙",庙内墙上画满了彩色壁画,壁画都是种桑养蚕、缫丝织绸的故事图案。但庙里敬奉的机神爷和机神奶奶却不是两口子,也不是一个地方的人,而且还不是一个朝代。这是为什么呢?

  相传,早在公元前两千多年前,月台人就有了抽丝的缫车和织帛用的机杼,但都是手工操作,效率很差。公元前827年,周宣王继位,他勤于政事,仁政爱民,使得这一时期社会稳定,经济发展,被誉为中兴阶段。就在这一时期,禹州有个叫褚载的人来到月台,发现那里位于嵩山东麓,洧水主源和支源汇合,数千亩良田处在三山二水之间,土地肥沃,农桑茂盛,是伏羲、女娲为人类生存选择的好地方,大部分农家都在植桑养蚕,抽丝织帛。而他本来就是个纺织能手,看到更适合自己展示才能的环境,就

决定在那里发展抽丝织帛业。看到人们的织丝工具落后,他就到处拜师求教,最后用木料做成了一部织布机。这种织布机构造简单,容易操作,织绸速度快,丝帛均匀质量高,能够织出很长很长的绸缎。褚载的名声越来越大,一直传到京都,周宣王把褚载宣到京都,专门研制织绸机械。褚载发明的织布机制作工艺和操作技术在全国得到推广普及,使全国的丝绸纺织业产生了一次很大的飞跃。褚载走了,月台人仍然记挂着他的好处,就把他作为"机神爷"敬奉起来。后来,专门盖了一座庙,塑了机神爷金身,常年供奉。

到了汉昭帝时期,河北巨鹿县出了一名女能人,对纺织工艺颇有研究,其丈夫叫陈宝光,任工部侍郎。女能人来到月台后,对褚载发明的织布机进行了改革,造成提花机,可以在丝绸上织出花纹。这种提花机被宋朝的宋应星收编到《天工开物》一书之中。月台人就把女能人称为"机神奶奶",也塑了金身供奉到机神庙中。长期以来,养蚕、缫丝、织绸、结网成为月台人的传统副业,最盛时期的20世纪50年代,月台的丝绸作坊有八十多家,织绸工匠数百人。他们织出的白绸、彩缎,特别是宋氏丝巾,曾远销东南亚和欧美地区。

机神爷和机神奶奶虽不是一家人,也不是一个朝代,但巧的是二人的生日都在农历九月十六,塑像进庙时间也是九月十六,当地人就在九月十六这天请来大戏,唱给机神爷和机神奶奶看,并且一请就是三台戏,作坊主们请一台,工匠们请一台,当地百姓请一台。三台大戏对着唱,其热闹场景十分壮观,时间长了就形成了固定庙会。乃至现在月台村竞选村支书、村主任,发表竞选演说时的第一项承诺,就是保证每年九月十六为群众请大戏连唱三天。

(整理:魏锦池　陈学柱)

扳　倒　井

嵩山东麓的半山坡上,有一眼三丈多深的水井。这口井不是直上直下的,而是歪倒着的,井壁是斗大的石头垒券的,井水清澈见底,而且"哗哗"地从井口向外流着。这就是扳倒井。是谁把它扳倒的呢?

据说,西汉末年,王莽篡位。他荒淫无度,横征暴敛,引起了老百姓的反抗。绿林起义、赤眉起义先后暴发,汉朝宗室也乘机讨伐王莽。刘秀便在南阳起兵,不断扩大自己的实力。

这天,刘秀领兵来到嵩山东麓,将士们人困马乏,口渴舌燥。刘秀派出几个手下到附近找水。回来的人说:"不远的东山坡上,有一眼水井。"刘秀听了,赶忙去看。果然有一眼水井,三丈来深,井壁全用石头垒券,井水清亮见底,照见人影。

将士们说:"水倒是很清,可是一无长绳,二无水桶,怎么打出来呢?"

刘秀把手一晃,笑笑说:"这还不好办,把井扳倒不就行了吗?"

谁知他这么一比划,井真的倒了,井水淹住了半边井壁,悠悠地从井口流了出来。刘秀抽出宝剑朝山坡上一划,一条水沟从井口流向山下。全军人马都奔来喝水,有的蹲下用手掬捧,有的跪趴在水边如牛畅饮。喝好了,喝足了,将士们精神百倍,正好迎上追来的王莽新军,打了个胜仗。

现在这眼水井还是倒着的,井水终年不断地往外流着,滋润着山下肥美的土地。

(整理:朱炎昌)

皇封牛王爷

登封市东南告成镇西不远有个八方村,村中有个牛王庙,历朝历代香火不断,百姓崇拜有加。八方众多姓韩的人认为牛王爷就是自己的祖上,是汉光武帝刘秀亲口所封。因此他们倍加自豪。

八方的牛王爷姓韩名犇,祖祖辈辈以养牛为业。轮到韩犇这一代养牛技术更是名声远播,且为人忠厚善良,常常接济乡邻。

西汉末年,王莽篡夺汉朝江山,四处追捕刘秀。一天傍晚,韩老汉正在路边乘凉,忽然东边传来"嗒嗒"的马蹄声。不一会儿,见一位英俊少年身骑白马朝他飞驰而来。少年下马上前说道:"老先生行行好,后面有贼兵追赶,请速把我藏起来,躲过劫难,日后定重谢。"老汉想,不管他身为何事逃难,先暂时救下他再说。他手拉少年直奔牛屋,让少年躺在牛槽内,然后撒上草料,接着转身出门而去。

王莽军进村挨家挨户搜了个遍,也没见人影。王莽怒不可遏,将全村老少集中在村头麦场上,他大声叫嚷:"刚才一位少年骑一匹白马进村躲藏起来,有告知者赏银万两。若知情不报被查出来,举家犯抄,五马分尸,全村人也不得安宁。"

众百姓听罢默默不语,不少人吓得浑身发抖。眼看全村人生命危在旦夕,韩犇老汉挺身而出。他当众说:"刚才我看见一位少年骑着白马,在马屁股上加了几鞭,弓着身子朝西方而去。"王莽听后大喜,让他带路直奔西方。

王莽军大队人马往西追了好远,一个人影也没见到,方知上当受骗了。王莽恼羞成怒,挥刀劈死了韩犇老汉。

第二天,村民得知韩犇老汉遇难,男女老少悲痛欲绝,帮助老汉家属把老汉埋葬了。

刘秀即位后,为了报答老人的救命之恩,传下圣旨,在葬埋老汉的地方盖了一座牛王庙,并赐匾额"四面八方,牛王当令"。

现在许多养牛的农户都还敬奉着牛王爷,八方村牛王庙的香火更是世代不衰。

(整理:袁明)

邓禹计请铫期出山

邓禹是东汉初年的著名军事家,早年他追随刘秀,提出"延揽英雄,务悦民心,立高祖之业,救万民之命"的方略,被刘秀侍之以为萧何。传说在禹州,神垕大刘山上,有块四四方方的石头,当地人叫它"八仙桌"。传说曾帮助刘秀安定天下,一生战功无数的铫期就是被邓禹用计请到这里,见了刘秀,才答应出山,帮刘秀去夺汉室江山的。

王莽篡位后,四处发兵,追杀刘秀。刘秀决心夺回汉室江山,一边逃难,一边访贤。在南阳访到了邓禹,邓禹又向他推荐了自己的好友铫期。

铫期武艺高强,性情耿直,因对世道看不惯,隐居在大刘山深山里,靠打柴养活母亲和妹妹。这

天,邓禹领着刘秀登门来访铫期,不巧铫期上山砍柴了,家里只有他妹妹和病在床上的母亲。刘秀见此情景,对邓禹说:"算了,算了。老母患病在床上,他肯出山吗?"邓禹说:"放心吧,我自有办法。"就对铫母把刘秀决心讨伐王莽,复兴汉室,特来请铫期出山的想法细说了一遍。临走,又在影壁墙上写下一首诗:"智士择主事,俊鸟择木栖。尽忠难尽孝,莫错好时机。"

铫母识得字,看了这首诗,仔细想想,觉得儿子应该为国尽忠,干一番大事业,自己一身病,不能再拖累儿子了,就留下一封血书,上吊自尽了。

铫期的妹妹见母亲死了,哭着跑到山上,把哥哥找了回来。铫期到家,扑到母亲身上,大哭一场。看看母亲留的血书,又看看墙上那首诗,向妹妹问明缘由,气得"哇哇"直叫:"好你个邓禹,拉我出山,竟设下毒计,逼我老娘自尽哪!"叫着,就提了宝剑,要杀邓禹,顺着山沟追去。他妹妹想:邓禹逼死母亲确实狠毒,可他是为国家着想啊!咋能杀人家哩?急忙撵上哥哥劝说。铫期不听,非杀邓禹不可。他妹妹只好抄近路去给邓禹报信儿。铫期喊不住妹妹,飞起一脚蹬倒一块大石头,把妹妹压在下边。这块巨石,后人就叫它"压妹台"。

铫期追到燕子岭下,捡到一张帖子,上面写着:"铫期贤弟,办完事请到八仙桌相会。"后面落的是邓禹的名字。铫期看罢,就向八仙桌跑去。没等他开口,邓禹忙迎上去,躬身作了个揖,说:"贤弟,太子亲自登门,请你出山,要夺回汉室江山,不巧你上山砍柴去了。离开你家,听说伯母不幸亡故,太子早哭成了泪人儿。又听说你追来了,我们就在这里等候。"铫期听了这番话,明白了邓禹为国着想的用心;再看看刘秀,坐在那儿鼻涕一把泪一把地哭,气也就消了,忙到刘秀跟前施礼拜见。邓禹又说:"如今,你我都没有家拖累了,咱就一心一意帮太子夺江山吧?"铫期点头答应了。

(讲述:李得水　整理:张长根)

鸡鸣冢

话说中岳嵩山东麓有一条支脉,名叫云蒙山,传闻是战国时期鬼谷子修道的地方。就在云蒙山的东十余里处,坐落着一个小土丘,就是这座土丘,还引出一段耐人寻味的传说哩!

故事发生在西汉末期。一次,王莽亲自带领一队人马追赶刘秀,在路过云蒙山东面的一个村庄时,天色已近黄昏。因连日奔波,刘秀和几个随从口干舌渴,腰酸腿软,无奈只好借住在村西头的一个农户家的牛棚里小憩。同时,就在刘秀等人刚躺下不久,后面的王莽军恰好赶到了村东头。因天色已晚,人困马乏,王莽只好下令在原地歇息。眼看到了深夜,刘秀因后有追兵而心神不安,还未睡熟就听到村中传来鸡叫声,他赶忙招呼随从起身赶路。等天色大亮时,住在村东头的王莽军才隐隐约约地听见鸡鸣。兵士们急忙追赶,可是刘秀等人已经走出几十里远了。

后来,刘秀在洛阳即位,建立了东汉王朝。为溯本求源,他便派人去避过难的那个村庄打听鸡鸣之事。听当地人说,往常雄鸡打鸣总是在天快亮时,只要有一声啼鸣,全村的雄鸡就都叫起来了。可是,在王莽追赶刘秀的那天夜里,雄鸡都一反常态。村西头的鸡在深更半夜就叫,村东头的鸡一直等到天大亮时才发出鸣声。又有人说,那天夜里的第一声鸡鸣是从村西头的一个小土丘里传出来的,所以这个小土丘就被人称为"鸡鸣冢",直到现在,鸡鸣冢的故事还在云蒙山一带的群众中广为流传着。

(讲述:崔玉莲　整理:崔星林)

寄料街的由来

汝州市寄料镇政府所在地寄料街,上点岁数的人都叫圪料街,有人说这是因为过去街道不直,所以土话就叫圪料。

还有一种说法,此地得名与"王莽撵刘秀"有关。公元22年秋,已经随兄长在南阳起义的刘秀带一随从到伊阙(现龙门)观察敌情,熟悉地形,被王莽的守将发现,王莽亲自带兵一路追杀。刘秀从龙门东冲西撞,左冲右突,且战且退。天将黑时,人困马乏,跑到寄料这个地方。当时这里人烟稀少,自南阳到洛阳的驿道从这里通过,山脚拐弯处有一家路边旅店,平时生意比较好,店家人也忠诚老实。刘秀和随从来到这里,看天色已晚,听听后面也没有追兵的声音,座下的马也是四蹄无力,陪着主人呼呼喘气。刘秀就勒马下镫,让随从上前求店家赊一顿饭,给马赊一顿草料。为啥说赊呢?因为身上的盘缠早跑丢了。

店家一看刘秀主仆二人,虽然因疲乏显得憔悴,但眉宇间不失英雄之气,料也不是等闲之辈,这种人要不是有十分的难处,是不会装穷求人施舍的。

过去凡是在驿道或官道开店经商的人无不是眼观六路,耳听八方,心眼灵活,善解人意。这店家既然看出刘秀不是等闲之辈,当然格外殷勤周到。他一边连声说着:"甭提钱,客官能光临小店,就是小店的福气造化,谁出门没个闪失?到店如到家,到家甭客气,人吃马喂管足管够!"一边忙吩咐小二端草料喂马,自己亲自张罗盛饭端菜。

谁知刘秀主仆二人一个蒸馍没嚼完,两匹马一筐草料没吞完,就隐约听出从北方传来乱糟糟的马蹄声响,他们知道是王莽的追兵快到了,丢下碗筷赶忙牵马谢过店主,朝南而去。

两年以后,刘秀的起义军在河北发展壮大,被当时的临时皇帝刘玄封为萧王,回南阳探亲又路过这里,为了感谢这家店主当年施舍草料之情分,专门拐到店里歇息叙旧,临走时又命人留给店家马料两袋。

刘秀走后,店主觉得自己荣耀,也为自己当年慧眼识人的义举感到自豪,就把自己的小旅店取名"给料店"。

汝州方言"给gěi"念成"供给"的"jǐ",所以后来官场不仅把"圪料"说成"寄料",还逐渐把"给"字写成"寄"字,也就成现在的寄料街了。

八面神村与刘秀

"八面神"是郑州市中原区沟赵乡所辖的一个自然村,其村名的来历有一个古老而有趣的传说。

传说西汉末年王莽篡位后,自封为皇帝,属下文武大臣强烈不满。后来刘秀起兵讨伐王莽,攻占颍川,展开中原一场激战。刘秀败下阵来,王莽乘胜追击刘秀不放。一天,追赶到沟赵南边一片空旷野地时,刘秀被追得筋疲力尽,眼看就要被王莽抓俘之时,突然狂风大作,天昏地暗,飞沙走石,一声炸雷响彻天空,大雨倾盆,电闪雷鸣中,出现一位身高丈余、金盔银甲、手持兵器的八面脸,怒目圆瞪,对王莽吼道:"莫伤真龙天子!"吓得王莽魂不附体,翻身落马。正在想着"天不助我"的刘秀趁机逃跑,躲过一劫。

后来,刘秀在洛阳登基称帝,恢复大汉王朝。一日,想起当年在郑州西郊北被王莽追赶的情景,心想,上天派"八面神"救我,才有今天,定报救命之恩。于是,刘秀颁旨在当年之地建庙,塑八面神。

后来人们来此居住,人口越来越多,形成村庄,遂叫八面神村。

马 蹄 沟

公元8年,王莽篡夺汉室江山,爬上了皇帝的宝座,改国号为"新"。王莽篡位之后,为了维护自己的统治,连年征战,弄得天烦人怨。先是干旱千里,接着又蝗虫成灾。庄稼无收,老百姓只好背井离乡,四处逃难,不少人家破人亡,尸抛荒野。在走投无路的情况

汉光武帝刘秀

下,各地的饥民纷纷揭竿而起,抗暴灭莽的农民战争风起云涌。其中,南阳汉室后裔刘秀,誓与王莽争夺天下,决心恢复汉室江山。

刘秀在昆阳(今河南叶县)屯兵时,一时大意,被王莽团团围困,挣扎不得。一晚,天黑如漆,刘秀因逃不出重围而仰天长叹。当他遥望北方时,只见北斗七星一闪即逝。他认为这是天神的指点,便密传军令,向北突围。这一下真的成功了。王莽见刘秀突围,派重兵紧追不舍。刘秀为保存实力,马不停蹄,人不离鞍,日夜兼程,向洛阳方向而逃。

当刘秀的部队来到伊川江左时,是一个新月高挂的夜晚。他断定已经摆脱了王莽的追赶,就下令让疲惫不堪的士兵安营休息。刘秀刚一躺下便睡着了。朦胧中,他走进一座皇城,金碧辉煌的金銮殿上,有一位金冠黄袍的皇帝,端坐在大殿正中的宝座上。八大朝臣、九卿四相排列左右,嫔妃宫娥、太监侍臣簇拥前后。刘秀望而生畏,扑通跪倒在地,口称"万岁",叩起头来。宝座上的皇帝见了刘秀,龙颜大悦,和和气气地让刘秀平身,并说道:"皇孙智勇双全,忠扶汉室,乃国器也!王莽篡汉,伤天害理,现气数已尽。朕赐你金龙宝驹一匹。这宝驹蹄大如盆,踩石留印,快如闪电,能辨吉凶,乃神龙所化。此马现在紫云山下,八风溪旁。要寻此马,必须到松涛吼叫、桃李飘香、翠竹丰草、泉甘溪清、气候适宜、景色瑰丽的地方。只要见到沟坡的石板上有马蹄的印记,就能找到这匹宝驹。"

刘秀一觉醒来,方知是南柯一梦。但梦中那位皇帝的话,却使他深受鼓舞。他一起床,就带上人马,伴着东方欲晓的朝辉,顺着梦中交待的路线,到山坡上去找宝驹。在现在马蹄沟这个地方,见这里的景色秀丽,气候宜人,和梦中皇帝交代的话毫无差别。他一询问,得知这里正处于紫云山下,八风溪西,就让兵士仔细寻找。最后,在现在后马蹄沟的后坡上,见石板上有个马蹄印,形大如盆,接着,一声

嘶鸣,宝驹便出现在刘秀面前。刘秀就凭着这匹宝驹,冲锋陷阵,转败为胜,最后剿了王莽,恢复了汉室江山,建立了东汉政权。

现在伊川江左乡境内的马蹄沟,就因刘秀在这里喜得宝驹而得名。这里的村子,也就叫作"马蹄沟村"。

拉 马 店

伊川县的吕店乡,有个"拉马店"村。

相传王莽篡夺西汉江山,建立新莽政权之后,大搞复古倒退,遭到新兴地主阶级的普遍反对。老百姓受正统思想的影响,也称王莽为乱臣贼子。他刚即位不久,各地便纷纷起兵讨伐。其中南阳人刘秀所领导的一支农民起义军,因为聚结了像岑彭、马武、冯翼这样的一批战将,又因刘秀是西汉皇族的后代,所以,成群结队的饥民都来投奔,声势浩大。王莽认定所有的起义军中,刘秀对他的威胁最大,就把刘秀确定为最主要的攻击目标,穷追不舍,几次把刘秀打得大败,几乎全军覆没。但由于刘秀聪明机智和百姓的掩护,每次都能转危为安,逢凶化吉。

这天,王莽听探马报告,刘秀的残余人马越过龙门口向东而逃,便指挥大军追了上去。他的部下大都是精兵良将,行动迅速,而刘秀的部下兵马疲惫,行动迟缓,在祖师山与老君山之间的出山口,眼看王莽将生擒刘秀。谁知当王莽要挥剑传令时,突然发现身上佩带的宝剑不翼而飞。他手拍脑门一想,回忆起刚才路边解手时,顺手把宝剑挂在一棵树上,忘记在那里。这宝剑伴随王莽多年,是他的护身之宝,怎能一时离开?想到此,他便拉转马头,去刚才解手的地方寻找宝剑。他的部下见主帅调转了马头,也立即变换了前进方向,刘秀就乘这个机会,得以远走高飞。

后人对刘秀这次转危为安,说成是神灵的庇护。王莽拉马回兵之处以后成了一个村庄,人们就称它叫"拉马店"。

刘 秀 坟

在洛阳东北27公里的铁谢村附近,一片苍劲挺拔的参天古柏簇拥着一个高65米、周长600米的大墓冢。那就是东汉中兴老祖光武帝刘秀的陵墓,当地人们都叫它刘秀坟。

历代的帝王将相、达官贵人,向来都有"生在苏杭、葬在北邙"的夙愿。而在洛阳面南登基的汉光武帝刘秀,为啥会葬在这地势低洼的黄河滩上呢?说来这里头还有个故事。

刘秀借助农民起义军的力量,平息了王莽的叛乱,在洛阳建立了东汉政权。他登基之后,时刻都在打算着要在洛阳北边的邙山顶上,为自己建造一座雄伟壮观的陵寝。可是,他那个犟筋儿子从来不听他的话。刘秀叫他往东,他偏要往西;刘秀叫他打狗,他偏要撵鸡。

刘秀想:我若在邙山上建起陵寝,让他在我百年之后把我安葬在那里,他若和往常一样,犟着劲儿偏偏要把我葬在黄河滩里,岂不使我遗恨万年?所以,刘秀一直没敢给儿子说过他在邙山上建造陵寝

的打算。

刘秀在位三十四年。虽然他终日坐在皇宫里,吃的是龙肝凤髓,穿的是绫罗绸缎,行有车辇仪仗,睡有后妃相陪,但也躲不过生老病死的规律。当他病倒垂危、奄奄一息时,心里还惦念着他的葬身之地。他想:我来个正话反说,叫他把我葬在黄河里,他一定会和往常一样,犟着劲儿把我葬在邙山顶上,岂不是如愿以偿?刘秀在经过一番深思熟虑之后,便把他那犟筋儿子叫到病榻之前,一本正经地说:"父皇我命中缺水。当我驾崩之后,你要想办法把我葬在黄河之中。你尽了孝道之心,我也能在升天之后,免受干渴之苦。"谁知刘秀那个犟筋儿子,这时听了刘秀的话,却一反常态,抱着刘秀哭了一阵,便发起誓来:"不孝儿从没听过父皇的话,辜负了您老人家的养育之恩。父皇的后事,我一定要按您的嘱咐办!"刘秀听了,好像挨了一闷棍,他想把话收回,怎奈"君无戏言"的规矩,使他张不开口来。于是,他长叹一声,便呜呼哀哉,一命归天了。刘秀那个犟筋儿子见刘秀断了气,便公布了刘秀要葬在黄河的遗言,并调集全国的能工巧匠,打造棺木龙舟。刘秀的尸首一装殓,便用龙舟载入黄河,扔进那汹涌澎湃的波涛之中。

说来也怪,刘秀的灵柩一扔进黄河,黄河水便咆哮着向北滚去,抛灵柩的那个地方,刚才还是滚滚激流,一转眼便成了一片平地。在这块平地上,一个大土丘拔地而起。土丘的四周,慢慢地又长起来密密麻麻的柏树。

柏树有多少?谁也说不清。后来,有个大将军路过这里,一时心血来潮,要清点柏树的数目。他让士兵用纸裁成帖子,帖子上编成号,挨号往树上贴。正贴着,一阵黄风骤起,数柏树的士兵个个被刮得晕头转向,软瘫在地,动弹不得。黄风过后,树上的帖子便无影无踪了。在那无数的柏树中,最大的有二十八棵,那是刘秀当年的二十八个主要部将。他们生前跟随刘秀南北征战,死后又来为刘秀站岗放哨,保护陵寝。正因为有他们的保护,一千多年以来,黄河水泛滥多次,但位于黄河滩里的刘秀坟,却从来没被洪水冲击过。

(整理:褚书智)

蔡 伦 造 纸

马涧河弯弯绕绕,流经偃师市缑氏镇这一段,古时曾称为"造纸河"。志书记载岸上原有造纸河碑,惜已失存。近年来,文物工作者在附近的汉墓中,发现数百块形状各异的空心砖,砖上绘有楮树、木芙蓉、扶桑等可为造纸原料的树木图案。因此,据推测,这些砖为纸作坊用物。

说起造纸河的来历,当地流传着东汉蔡伦造纸的故事。

纸未发明以前,我国应用的书写材料,主要有甲骨、简牍和缣帛等。

甲骨的来源有限,刻字、携带、保管都不方便,人们用的愈来愈少。

简有竹简、木简之分;牍有竹牍、木牍之别,因南方多竹,北方杨树、柳树较丰之故。简是狭长形的,宽度比较一致,长短却随时期而不同,春秋战国时的简最长的2尺4寸(当时的一尺约合今23厘米),汉初的简最长的2尺。牍的面积比简大,能多写几行字,常用于下命令、发公文、画地图等。古时书信所用牍长一尺,所以就把信件叫作"尺牍"。由于一枚简只能写很少字,一篇文章要用许多简,人们就把简串起来使用,叫"策"或"册"。"册"就是绳连竹简意。这时,已经有了笔墨。这样,记事方法较刻骨大有进步，但那简牍的分量却也不轻，使用起来仍然不便。当时，人们出门求学或讲学，要背一口袋竹片或木片，携带着笔、墨，腰中插把小削刀用来修简，或刮去错字用。学问大的更是马驮车载木片竹片了。《汉书·刑法志》说秦始皇每天批阅用简牍写的公文重达一石。秦朝一石换算成现在的度量单位有109公斤，这来回搬简胳膊也是要累得酸酸的。

缣帛是蚕丝制成的丝织品，虽然书写、携带都很方便，但量少价贵，难形成大气候。

蔡伦是桂阳（今湖南耒阳县）人，东汉明帝刘庄永平十八年（75）进京城洛阳的皇宫里当了太监，章帝刘炟、和帝刘肇时升为小黄门、中常侍，后又兼任尚方令。小黄门和中常侍是太监头目，是掌管皇宫内院事务的官吏；尚方令是监制各种御用器物的皇家工场的负责人。

平时，蔡伦看皇上每日批阅大量简牍帛书，劳神费力，就时时想着能制造一种更简便廉价的书写材料，让天下的文书都变得分量轻轻，便于使用。

蔡伦造纸

据说，有一天，蔡伦带着几名小太监出城游玩，来到了离城（指汉魏故城，今白马寺东南一带）不远的缑氏县（秦始皇时置，今缑氏一带）陈河谷，也就是凤凰谷，只见谷里溪水清澈，两岸树茂草丰，鸟语花香，景色十分宜人。蔡伦正赏景间，忽见溪水中积聚的一簇枯枝上挂浮着一层薄薄的白色絮状物，不由眼睛一亮，蹲下身去，用树枝挑起细看。只见这东西扯扯挂挂，有如丝绵；手指捏捏，光滑柔软。

蔡伦想到工场里制丝绵时，那茧丝漂絮完毕，总有一些残絮遗留在篾席上。漂絮的次数一多，当把篾席晾干后，那上面就附着一层由残絮交织成的薄片，揭剥下来，写字十分方便。只可惜这残絮量小，无法大量生产。蔡伦忽然想，溪中这东西和那湿残絮十分相似，也不知是什么对象，能代替絮棉么？

他立即命小太监找来河旁农夫询问。农夫说："这是涨河时冲下来的树皮、烂麻，扭一块儿了，又冲又泡，又沤又晒，不就成了这烂絮！"

"这是什么树的皮？"蔡伦急切问。

"那不，岸上的构树呗（学名楮树）！"

蔡伦放眼望去，满眼绿色，脸上漾起笑意。

几天间，最初的造纸作坊便在这条溪旁诞生。蔡伦率领几名皇室作坊中的技工来到这里，利用丰富的水资源和树木，剥树皮，捣碎，泡烂，再加入沤松的麻缕，制成稀浆，用竹篾捞出摊薄薄一层晾干，揭下，造出了最初的纸。大家欢笑声中，试用，发现容易破烂，又将破布、烂鱼网捣碎，或制丝绵时遗留的残絮等，掺进浆中，再制成的纸便难以扯破了。为了加快制纸进度，蔡伦又指挥大家盖起了烘焙房，湿纸上墙烘干，不仅速度快，且纸张平整，更让大家乐开了花。

造出了一些纸，蔡伦挑选那规正挺括的，进献给和帝。和帝试用后龙颜大悦，当天就驾幸陈河谷

造纸作坊,查看了造纸过程,回宫后重赏蔡伦,并诏告天下,推广造纸技术。

后来,元初元年(114),邓太后见蔡伦的纸越造越漂亮,能厚能薄,质细有辉,兼有简牍价廉、缣帛平滑的优点,而无竹木笨重、丝帛昂贵的缺点,真是利国利民,便高兴地封蔡伦为"龙亭侯",赐地三百户,不久又加封为"长乐太仆"。人们见纸用着方便,就把这种新的书写材料称作"蔡侯纸"。

"蔡侯纸"名声大了,造纸的地方自然也有名,人们便把马涧河的这一段称作了"造纸河"。

打虎亭汉墓的传说

西汉末年,外戚王莽篡夺了西汉政权,废汉立新。当时居于河南南阳的汉朝王室后裔刘秀为了夺回王位,恢复汉室,遂领兵攻打王莽。

有一次在新密一带的交战中,刘秀战败,王莽在后面紧紧追赶。当刘秀逃到打虎亭村附近时,看到一位农民正赶着马在犁耙田地,这位农民就是常十。

刘秀跑到常十面前,乞求常十帮他隐藏起来,常十望望周围空旷的原野,也找不到可以藏身的地方。思索了一会儿,常十突然想出一个主意,对刘秀说:"我看只有在田地里犁出一道深沟,把你轻轻掩埋起来,才能逃过一难。"刘秀一时也想不出更好的办法,只好答应。

常十刚刚把刘秀掩埋好,王莽的追兵就赶到了,此时刘秀正在常十的马肚子下的田地里掩埋着。王莽的追兵问常十看到刘秀没有,常十回答说没有见到,他们向周围看了看,没找到可以藏身的地方,就继续向前追赶。

刘秀见追兵远去,就向另外一个方向逃去。追兵追了很久,仍然看不到刘秀的踪影,就认为是常十骗了他们,回来就把常十抓走了。

经过多年的战争,刘秀终于打败了王莽,建立了东汉王朝,成了东汉王朝的开国皇帝。在刘秀即位前,他就得知常十为救他被王莽抓去的消息,心中明白常十肯定是凶多吉少。即位后,刘秀为了报答常十的救命之恩,除在打虎亭村附近建立了"报恩寺"作为纪念之外,还将打虎亭村一带赐为埋葬常十及其家人与后代的家族墓地。

太 室 阙

相传东汉时期,嵩山脚下住着一户人家,家中父女二人。父亲是个巧石匠,成年累月以做石工活为生。女儿名唤小爱,从小学得一手剪纸手艺,长到十七八岁,手艺已非同一般,手操剪刀剪啥像啥,谁家男婚女嫁,都要请她去剪窗花、枕头花、绣鞋花。由于姑娘剪花手巧,大家都称她为花姑。

东汉安帝年间,皇帝传下圣旨要扩建太室祠。太室祠前还要建阙,以表示皇家威严、皇恩浩荡之意。

当时负责建阙工程的是阳城长吕常。他派衙役会同地保征来百名石匠,老石匠也在其中。他们在官兵的驱使下开山凿石,把石匠们囚禁在工地,过年也不让回家团聚。

花姑惦念父亲,带着剪刀到太室山前来找老石匠。一日,在奈河边终于找到了工地。在工地上,她见百十名工人正在围着一堆青石唉声叹气。

花姑来到父亲身旁问:"爹,您咋不干活,在这里愁啥哩?"老石匠一看是女儿,就噙着眼泪说:"阳城长要我们建造一座又高又大又好看的石头门。门上又能贴榜文,又能站在上面远眺阅兵。限定时间在一百二十天完成,建不成就要杀头!"

花姑说:"这有什么难?"

老石匠说:"高和大都不怕,结实也能办到,就是'好看'难办到呀!大家想,早晚都是死。"

花姑沉思了一会儿,说:"爹,让大家干吧,我能让它变得好看。"

石匠们开始干活,花姑拿起剪刀在纸上剪了许多红花和绿叶,让父亲把它刻到石头上。大家一看,齐声喝彩。于是,花姑剪花,大家刻石料,工地上立刻"叮叮当当"忙活起来。这样,只用了一天一夜的时间,两座石阙就建成了。

石阙立在了太室祠大门口,阳城长吕常走来一看,说不行,全是花草,太单调。

花姑问:"你说什么样才成?"

吕常说:"天上飞的,地下走的,河里游的,花样越多越好。"说罢扬长而去。

花姑对大家说:"不怕,他要啥,我剪啥,大家多出点力就是了!"石匠们把花草统统凿掉,再把花姑剪的重新刻在石头上。大伙儿又干了一天一夜,石阙又刻好了。

阳城长走来一看,每块方石上都有一个花样,花样有驯兽、斗鸡、怪兽、车马等。阳城长嘴上没说,心里却大吃一惊。他硬起嘴皮子说:"我要的是活的,你们怎么刻成死的了,不行!"说完又要走。

花姑上前拦住他,说:"要是活了怎么办?"

阳城长嘿嘿冷笑一声,说:"放他们回家!"

"说话算数吗?"

"当然算数!"

花姑拿起剪刀对着石雕上的鸟兽虫鱼点了三点,说:"下来!"那些鸟兽虫鱼顿时飞的飞、爬的爬、跳的跳,都跑到地上来了。花姑又用剪刀点了三点,说:"上去!"那些活的东西又回到石头上去了。

花姑对阳城长说:"怎么样,让我们走吧?"

"这个……把剪刀给我,才放你们走!"

花姑把剪刀交给了阳城长。石匠们走后,他觉得又奇妙又好玩,照着石阙也点了三点,说了句"下来",鸟兽虫鱼就下来了。因此,他不停地点,不停地说。忽然"嘭"的一声,剪刀断了,鸟兽虫鱼再也下不来了。当他再找花姑时,花姑和民工们早已无影无踪了。

(整理:宫熙 李秉锡)

王 祥 卧 冰

很早很早以前,在洛阳老城西二十五里的地方有一条小河,小河边的村子里住着一个名叫王祥的男孩。

平时,尽管王祥对继母像对生母那样孝敬,可是他的继母开始时还可以,当她生了个男孩以后,渐渐地就把王祥看作眼中钉、肉中刺了。

继母整天把重活指派给王祥干，王祥尽管非常卖力，但是，十成有一成做不好，她不是打便是骂，并且还经常在王祥父亲面前说他的坏话，时间长了，父亲对王祥也讨厌起来。

尽管这样，王祥对父母还是和以前一样孝敬。

王祥卧冰求鲤

有一年冬天，王祥的继母得了病，她为了整治王祥，故意对王祥的父亲说想吃村边河里的鲤鱼。王祥听见后便于第二天顶着寒风来到小河边。十冬腊月天气，小河上结了厚厚的一层冰，莫说用脚踩，就是用石头也砸不开，怎么逮鱼呢？王祥身穿单薄的衣服，坐在冰上哭起来。

他哭了一阵，突然发现自己屁股下的冰稍微化了一点，王祥就脱掉衣服卧在冰上，不一会儿便被冻麻木了。就在这时候，突然听到天空中"轰隆隆"一声巨响，一条火龙从天而降，卧在王祥卧冰的河边。那火龙吐出的火把岸边的土都烧红了，河里的冰也融化了，王祥也被暖醒过来，捉住了两条鲤鱼，提着两条鲤鱼回家了。

继母吃了王祥提来的鲤鱼，却不见病情好转，又连着让王祥卧冰二次，病情更加重了。有一天晚上，王祥的继母做了一个梦，梦见了一个小孩从她身上钻出来，对她说："你儿子为你卧冰求鱼，你却本性不改，百般虐待他，如果继续下去，叫你性命难保！你如果能改恶从善，吃几只黄雀肉，病可自解。"说完，那小孩就不见了，继母也被吓醒了。想想她平时对王祥百般虐待的情况，她心里又悔恨，又难过。她又看见王祥穿着单薄的衣服，躺在木板上发抖，便产生了怜悯之心，忙拉起被子，给王祥盖上。

从此，继母像变了一个人，对王祥非常好，王祥又去捉了几只黄雀让继母吃，继母病也好了。打那以后，继母辛勤操持家务，又让王祥去读书。王祥非常聪明好学，长大以后，当了大官。后来，人们为了纪念王祥孝敬继母的品德，把他卧冰求鱼的那条小河取名叫"王祥河"。

北宋皇陵石人泪

北宋皇陵中的石头人很有特点，凡石刻人物，神态都很肃穆，有的人似眼里在流泪。后代许多人说，这标志皇上驾崩时，王公大臣们心里悲痛。但还有一种说法，说是石匠流泪滴上的，其中还有这样一个故事。

宋代要求，皇帝死后七个月造好陵墓，但石刻却整年有人采石雕刻，以期备用。石雕艺人从全国征调。河南南阳出石雕艺人，因为那里盛产汉白玉，搞玉雕成了许多百姓谋生的手段。在南阳的石雕艺人中最出名的要数刘老三。刘老三被官府征调来，为北宋皇陵雕刻石头人。

临离开南阳老家时，刘老三心里就不愿意。母亲正病重在床呢，他从小死了父亲，母亲逃荒要饭把他养大，托人让他拜师一个技艺精湛的老石匠跟前学艺，后千艰百难又为他娶妻生子。可修宋陵是皇家大事儿，在全国征集能工巧匠，谁敢不从？违者还不问成死罪？刘老三别别扭扭地离开了家乡，来到建造宋陵的刻石场，和征调的其他工匠一起雕刻石头人。

营造宋陵，时间上有要求，这些来自全国各地的工匠，聚集这里，不分春夏秋冬，四季里都"叮叮咣咣"凿石头。

宋陵石人泪

后来，刘老三的母亲一天一天病情恶化，念叨着想见儿子一面。好在南阳离宋陵所在的永安军（现巩义市）不远，有亲戚步行几百里来这里找到了他。监造官哪里准他的假？

无奈，即便是在母亲病危的时刻，他也没能回去。母亲在家里叫着他的名字断了气。老婆在亲戚帮助下，安葬了婆母，领着一个小儿子，仍然在家里艰难度日。

也是祸不单行，村子的里正（村长）见刘老三的女人生得有几分姿色，又见刘老三一二年不能回家，就起了歹意。里正开始用小恩小惠，后用些浪语酸言挑拨刘老三女人的心。

刘老三的女人是个贤惠贞节的女子，虽然生活艰辛，和独子相依为命，但想起和男人刘老三恩恩爱爱的感情，一次次回绝了里正的调戏。

这样，就使里正产生了忌恨之心。里正暗地里杀了刘老三的小儿子，除去了一个累赘，想使刘老三的女人屈服于他。

谁知悲痛欲绝的女人仍然忠贞于刘老三，不为里正的调戏引诱所迷惑。里正十分恼恨，一天夜里，就强行糟蹋刘老三的女人，那女子和里正在搏斗中，被里正活活地掐死了。

邻人发现了里正害死刘老三女人的事儿，告诉了那女人的娘家刘老三的内弟，刘老三的内弟和里正打了官司。里正有钱有势，还打赢了官司。刘老三的内弟被判诬告，住进了监牢。气死了刘老三的岳父岳母。

有一个亲戚跑到宋陵的刻石场上，把这个事情告诉了刘老三。

刘老三听到了晴天霹雳的坏消息，想跑回家报仇，无奈被军队严密看守。刘老三负责石人脸部的修整，他雕凿着石头人，就想起了一个个冤死的亲人，就不由地流泪不止。也怪，那泪珠滴到石人的脸上，石人的眼睛里也有了留下来的泪水。

也有人说，这些经过刘老三修整后的石人，也为石匠刘老三的遭遇，流下了同情的泪珠。

（口述：刘洪森　整理：张鑫琦）

三、儒学传说

孔子降生

据说孔子是感天地之气而生的圣人。

有一天,孔子的母亲到湖滨游览,休息时梦见神使召见。到神宫之后,黑帝(黑龙)与之相交,并告诉她说:"你将在旷野中生下你的孩子。"孔母一觉醒来,若有所感,后来果真在旷野中生下了孔子。所以人们称孔子为"玄圣",玄是黑色,玄圣即黑帝所生的圣人。

传说在孔子出生的那天夜里,有两条苍龙从天而降,有两位仙女在空中撒播香雾,用香雾包裹和沐浴孔母。在这之前,先有五位老神仙降临孔家,人们说这是星之精。还有麒麟口吐玉书于孔子家乡,并对人们说:"有水精子将要继商周而诞生于此地,他就是未来的素王。"孔子为什么被称为"素王"呢?

"素王"是儒教中人专门用来称呼孔子的一种尊号,意思是只有王者之德而没有王位的王。上古天子之所以能拥有天下为万民之王,有三种原因:一是感生,二是受命,三是封禅。感生是证明天子确实是天之所生,不是凡人;受命即受天命,是天叫这个人做百神之主,使他改造社会制度以顺应天意;封禅,是说这个人是得到明确的天命,自觉地服从天意,致力于天下太平,并以自己的事业得到天的首肯支持。孔子虽然不是在位的天子,但母亲梦神迹而生孔子,这是感生;天降血书于鲁端门,麒麟口吐玉书于阙里,这是受天命;天神仙女临空,天降香雾仙乐,这是封禅。凡天子即位所需的礼节、神迹全都齐备,所以孔子当然是上天派给尘世的圣人,是天派下来整顿人间、传播教化的无冕之王。

因为是天神的后裔,孔子的相貌也非同寻常:"身长十尺,大九围,坐如蹲龙,立如牵牛,就之如昂,望之若斗。"后来他果然不负天意,仰推天命,俯察时变,去观未来,预演无穷,知道汉代会于大乱之后统一中国,所以根据文王八卦的道理作了改变乱制的《春秋》一书,传授给子游、子夏等弟子,弟子竟不能删改一字。后来到了汉代,儒士得宠于皇帝,不由得感叹:"孔子之《春秋》,素王之业也。"

孔子入周问礼

春秋末期,思想家、教育家,儒家学派的创始人孔子非常向往周文化,很早就想到洛阳"观先王之制",考察"礼乐之源"和"道德之归"。有一次,他对鲁国人南宫敬叔说:"吾闻老聃(老子)博古知今,通礼乐之源,明道德之归,则吾师也,今将往矣。"南宫叔将孔子的想法报告了鲁国国君昭公。

周敬王二年(前518年),鲁昭公送给孔子一辆车,两匹马,还有一位小童。孔子遂和南宫叔一道,千里迢迢来到东周(今洛阳),找到当时熟知周礼的大学问家老聃请教礼乐。

老子时任周王室"守藏官之史",大概相当于现在的国家图书馆馆长吧。老子对孔子说:"您所要问的那些人,他们和自己的骨头早腐烂了,只剩下他们的话罢了。况且,君子逢到好的时代就出来干一番事业,遇不到好的时代就像蓬草一样,随风飘转。我听说,出色的商人深

孔子入周问礼

藏不露,有盛德行的君子,容貌却像普通人。去掉你的傲气和各种欲望,不要装腔作势和好高骛远,这些不利于您的身体,我要对你说的就是这些了。"

孔子向老子告辞时,老子还来了几句临别赠言:"我听说富贵的人送人钱财,仁义的人送人良言,我不富贵,也不能穷仁者的名声,但还要告诉您几句话:聪明、观察细致而又将死的人,是爱好议论别人的人;渊博善辩而又危害自身的人,是揭发别人罪恶的人。作为人子,不要张扬自己;作为人臣,不要张扬自己。"

老子的议论深深地震撼了孔子,回去对自己的学生们说:"鸟,我知道它能飞;鱼,我知道它能游;野兽,我知道它能跑。跑者可以用网对付,游者可以用钓丝对付,飞者可以用弓箭对付。至于龙我却无法了解,它乘风驾云直上青天。我今天见的这位老子,就像见到了龙一样啊!"

孔子在周期间,还曾向苌弘学乐。苌弘是东周大臣刘文公所属大夫,"天地之气,日月之行,风雨之变,律历之数,无所不通"。后因故被杀,传说其血三年化为碧玉。

孔子在这次洛阳之行中,还游览了周天子召见诸侯和举行国家大典的明堂、祭祀祖先的太庙、祭天地的社坛等,从而对制定了西周礼乐制度的周公更是敬佩。洛阳之行,孔子扩大了眼界,增长了知识。回鲁国后,向他求学的人更多了。

在周期间,还曾和老子一起帮邻里送葬。

孔子入周问礼碑的西边不远,有条小街名曰"东通巷(旧铜驼巷)",巷北头,现在的洛阳市二十四

中家属院,即是传说中的老子故宅,儒道两家的创始人就是在那里会晤的。

洛阳是当时政治、经济、文物制度、礼乐文化的中心,孔子入周问礼学乐,对弘扬周代文化,扩大儒家文化对当时和后世的影响,产生了重大作用。

洛阳市东关大街的东头有一通石碑,碑面阴刻"孔子入周问礼乐至此"九个大字。据说,此碑就是清朝雍正五年(1727)河南府尹张汉与洛阳县令郭朝鼎重修文庙(孔庙)时立的,它记载着两千多年前孔子从山东曲阜来洛阳问礼乐的事件。

大写数字的由来

有一年正月十五,孔子周游列国,到了陈国的一个地方,断了粮草。万般无奈,孔子只好带着颜回进城找吃的。这时,家家户户都在过元宵灯节,店铺里不时飘出香甜的元宵味。孔子和颜回走在大街上,更觉饥肠辘辘。

两人东张西望了一阵,孔子忽然眼睛一亮,对颜回说:"咱们有元宵吃了。"颜回很觉奇怪,就跟着孔子走到一家元宵铺前,只见门口的招牌上写道:"大元宵一文钱一个。"孔子摸出一文钱在颜回面前晃了晃,颜回说:"只有一文钱,只能吃一个,老师你吃吧,俺再往前转转。"孔子急忙拉住颜回,四下一打量,又冲颜回笑笑,取出笔砚在"一文钱一个"上加了一竖,于是成了"一文钱十个。"随后,他们走进了元宵铺,要了十个大元宵,一人五个吃了起来。

吃罢,孔子把一文钱放在桌上就走,这时店小二急忙拦住他们,说:"二位,一文钱一个,你们吃了十个应给十文钱才对呀。"正巧老板走了过来,颜回装着气愤的样子,说:"你们的招牌上不是明明写着一文钱十个吗?"店老板走过去一看,招牌被人改过了,又见孔子他们的装束打扮像个书生,于是心里明白了,本想上前质问,但转念一想,买卖人和气生财,就客气地说:"二位客人不必生气,俺的招牌原来写的是一文钱一个,不知哪位先生开玩笑,给改成了一文钱十个啦,既然改成了十个,俺就按一文钱十个收钱吧。"

孔子顿觉好笑,便洋洋自得地说:"一字添一竖成十,就给你留情了,如果十字加一撇儿,就成一千个;如果一字改成艹,下边再加个禺,就是一万个。一字改成十,你还占了个便宜哩!"

店老板听孔子说后,目瞪口呆,胆战心惊,连连称是。

归途中,孔子就想:中国的数字还真得变变样,不然以后的麻烦会更多。于是他创造了壹、贰、叁、肆、伍、陆、柒、捌、玖、拾等数字。自从有了大写数字后,买卖人写招牌、做生意,都改成了大写数字了。

颜 回 借 粮

有一年,孔子带领七十二个弟子周游列国,路上断了吃的,十分困难。子路是赶车的,又是大徒弟,就主动向师父请求:"师父,我去借点粮吧?"孔夫子早就饿得有气无力了,就说:"行,你就找范丹借吧。他是个有学问的君子,对他得虚心一点呀!"

子路答应后,拿起口袋就出了门。到了范家,对范丹说:"我是子路,是孔子的弟子。""你来做什么?""师父叫我来借粮!"范丹说:"你识字不?"子路说:"识字不多,不敢坦露。"范丹说:"不要紧,我有个规矩,借粮必须回答我一个问题,答对了拿粮食,答不对,就算白跑一趟。"子路说:"请先生赐教。"范丹说:"什么多,什么少;什么喜,什么恼?"子路想了想,说:"天上的星星多,月亮少;地上娶媳妇的喜,发丧的恼。"范丹一听,毫不客气地说:"你不识字,回去吧!"

子路拿了空袋子,垂头丧气地回到孔子那里,只见师父和众师弟饿得一个个东倒西歪,他把借粮的经过一说,大家直摇头叹气。颜回站在一旁:"师父,我跟子路再去一趟,行吗?"孔子说:"你去能借来吗?"颜回说:"我保证能借来。"于是,他俩就拿了口袋借粮去了。两人来到范家一敲门,范丹说:"怎么又来了,还来了两个?"颜回立即上前一步,说:"范大叔,我们实在困难,所以师父命我们再来借粮。""好吧,你识字吗?"颜回说:"识字不多,不敢坦露。"范丹说:"不要紧,你回答我,什么多,什么少;什么喜,什么恼?"颜回不慌不忙地说:"世上小人多,君子少,借时喜,还时恼。"范丹一拍大腿,说:"好,回答得好!"他提笔写了一个"真"字,说:"这是什么字,你该怎么办?"颜回看了两眼,也不作声,就拉上子路到粮仓里装了满满两口袋,扛上就走。那范丹也不说话,只是微笑。

半路上,子路问颜回:"他写个真字,你为何就去装粮呢?""这个真字,从中间分开是'直'和'八'两字,他明明叫咱'直扒',不装粮行吗?"子路这才恍然大悟。

三八二十三

一天,子路在曲阜大街上闲逛,见前面有两个人在争吵,就紧走几步凑了过去,原来是卖布的和一个买布的为一文钱争执不下。只见卖布的伸着三个指头说:"咱俩讲好的是三钱一尺,你买八尺布,我要二十四个钱,你少给一个也不行!"买布的偏说:"明明是三八二十三,多一个子也不给你!"子路是个直性子脾气,又好管闲事,就对买布的说:"明明是三八二十四,干脆再给人家一个钱算啦。"

买布的一听,当即火冒三丈,指着子路说:"你狗咬耗子多管闲事,咱俩打个赌,你如果错了,输给我什么东西?"子路指指自己的头盔,说:"要是我错了,这顶新头盔给你,要是你输了呢?""我赔上这人头二斤半!"子路又问:"咱找谁评理去?"买布人想想说:"就找孔夫子算算!"子路说:"说话算数吗?"那汉子说:"击掌为证。"二人就击了三次掌。

他们到孔子面前把事情经过一说,孔子笑着说:"子路输了,快把头盔给人家。"子路后来越想越气,说:"老师啊,老师,你老糊涂了不成,连三八二十四都不知道了,我还不如走呢!"于是,他憋着一口气,窝着一肚子火,背上包裹,挎上宝剑,走到孔子跟前,说:"我好久没有回家了,今天我想回去一趟。"孔子一看就心知肚明,说:"你这次回家,有两句话要记住:第一,多年的古树莫存身;第二,杀人勿动手。"

他正走着,忽听得西北方雷电交加,倾盆大雨便直泻下来。子路想这里前不着村后不着店,到哪儿去避雨呢?忽见前面有一棵古槐,还是棵空心树呢,真是车到山前必有路。他刚钻进树洞,就听见几声闷雷,这时才想起孔子的话来。"不行,赶快走,说不定会有什么变故。"想到这里,他不顾瓢泼大雨,就走出树外,刚走几步,只听得"嘎"一声巨响,古槐被击得粉碎,子路吓得目瞪口呆。

当子路到家时,已是深夜了。他正要喊门,忽然想:我很久没有回家了,不如乘此查看一下妻子是

否坚守贞节。他就轻轻打开屋门,蹑手蹑脚地摸到床前,用手一摸,"啊,两个人!"子路顿时眼冒金星,一下抽出剑就想结果这对狗男女。就在这瞬间,忽然想起孔子的话,"杀人勿动手",点燃蜡烛一看,原来是妻子和妹妹在一块儿睡得正香。这可真把他吓了一跳,心想如果我一剑下去,她姑嫂二人不就完了。

这时他反复琢磨着孔子的话,觉得句句在理,两次使自己免灾,但又一想他为什么单单说三八二十三对呢?子路一夜没睡好觉,第二天一大早就赶回曲阜,连礼也没行,就问:"老师,三八二十三是怎么回事?"孔子笑着说:"我就知你会来问,你想想,你输掉的只是一顶头盔,可买布人输的是颗人头啊!头盔可再买,人头能再长出新的吗?"子路一听,拍着自己的脑袋,说:"可不是,我怎么只会认死理呢。"从此,他对老师佩服得五体投地。

子 路 打 虎

据说子路初进孔门时,读书很不安心,有时孔子在上面传教,他在下面摆弄长剑,等孔子考问时总是一问三不知。原来子路的志向是当一名武将,所以平时表现得野蛮粗俗。可后来他不但改掉了坏毛病,学习还十分用功,成了孔子的忠实门生。这是怎么回事呢?

有年春天,孔子带领弟子到尼山游春。走到半山腰时,孔子口渴了,就让子路去山涧取水。子路来到溪边,刚要提水,只觉得身后树摇草动,寒风袭人。他一回头,一只吊睛白额大老虎从草丛中蹿了出来。在这千钧一发之即,子路一纵身,闪到一块大石头后面,老虎扑了一个空,又猛扑过来。子路赤手空拳,和老虎连斗了几个回合。正当老虎掀动铁杆似的尾巴向子路甩来时,子路一把抓住老虎的尾巴,使劲在手腕上一挽,奋力一拉,尺把长的老虎尾巴硬叫子路拔了下来,老虎嗥叫着逃跑了。

子路歇息了一会儿,取了水,挟着老虎尾巴得意地来见孔子。可孔子视而不见,接过水就喝。子路按捺不住了,就问:"老师,书上有没有打虎的方法?"孔子平静地说:"书上没有,但我听人家说,打虎分为四个等级。""哪四个等级?"子路急不可待地问。孔子说:"一等打虎按虎头,二等打虎揪虎耳,三等打虎抓四蹄,这第四等嘛……""最后一等是什么?""四等打虎抓尾巴。"子路一听满脸羞愧,偷偷把老虎尾巴甩进了山涧。可他越想越气:你明知山里有虎,却指名叫我去提水,这不是故意要让老虎吃掉我吗?再想想自入孔门以来,一直受孔子奚落,又被其他人看不起,他只觉得热血直冲脑门,就顺手抓住一块大石头找孔子算总账。

见到孔子后,他怒气冲冲地说:"你学问满腹,我比不上你,可你敢和英雄武士较量吗?"孔子不急不躁地笑着说:"你堂堂一个汉子,想杀死一个手无寸铁的老者,易如反掌。可这算不上英雄,只不过给自己留下骂名,让后人耻笑你不仁不义不道德。我早就听人说,杀人也是分等级的。""怎么分?"子路又沉不住气了。"一等杀人用笔,二等杀人用口,三等杀人用拳,四等杀人用刀,最下等的是用石头。"

孔子一席话,说得子路无地自容,急忙悄悄地把石头放了下去。从此,他便一心一意地跟着孔子学习,最终成为孔子的得意门生。

曾 子 至 孝

曾子的孝心孝行,在孔门弟子中是最突出的。据说曾子至孝,以至达到了能与母亲相互精神感应的通神地步。有一次,曾子外出上山砍柴时,恰巧家里来了客人,此时只有母亲在家。按照儒教的规矩,妇女不能在家中招待客人,只有男主人才有这种权利。客人见家中无男子,与曾母打了招呼便要告辞。曾母对客人说:"请稍坐,曾参马上就到。"说着,她用右手在自己左臂上掐了一下。曾子正在砍柴,忽然感到左臂猛地疼了一下,于是急忙气喘吁吁地跑回家中,问母亲说:"刚才我左臂疼是怎么回事?"后人解释说,因为曾子至孝,所以精神气息与父母相通。这样身体哪一部分若有疼痛,对方的精神和身体就能感知,这是"骨肉之亲,神出于忠,而应于心"的缘故。

据说曾子有一次到了一个地方,此地名为"胜母",他认为这样的地名是对母亲的亵渎,因而拒绝进入。在临终前,曾子命弟子认真地检视一下他的手和脚,说:"启予足,启予手。"他认为:"身者,父母之遗体也。行父母之遗体,敢不敬乎?""父母生之,子弗敢杀;父母置之,子弗敢废;父母全之,子弗敢阙。"可见,曾子的孝道观念确乎是真诚的。

曾子对父母极为孝顺,每日晨昏定省,问寒问暖,茶饭衣食无不细心照料。曾子的父亲就是孔子在问到各人志向时回答说"异乎三子者

二十四孝之一——啮指痛心

之撰"的曾点。曾子在家中侍候父亲时,每顿饭必有酒肉;准备撤去饭菜时,一定要问剩下的给谁。曾点如果问:"还有剩余吗?"他必定回答说:"还有。"后来曾点去世,曾元(曾参之子)奉养曾子,也是每顿饭都有酒肉,但撤除时便不问再给谁了。若曾子问还有没有剩余,就回答说"没有了"。孟子评价曾子和曾元的区别时说,曾元的做法叫"口体之养",而曾子对待曾点,才叫做顺从亲意之养。曾点也很为曾子的孝行而自豪。据说有一次,曾点有事派曾子去办,到了约定时间,曾子还没有来,别人纷纷说:"别是有什么事困住不能来了吧?"曾点非常自信地说:"我还活着,在这里等他,他即使有什么麻烦,又怎么敢耽误我的事?"

有一次,曾子做错了事,据说是在瓜田除草时铲掉了一株瓜秧,父亲曾点非常生气,拿起棍子就打。曾子老老实实地站在那里,既不申辩,也不躲避,竟被父亲打昏了过去。过了一会儿,曾子苏醒过来,爬起身跪在父亲面前,问:"您老人家身体没累出毛病吧?"鲁国有人听说了这件事后,认为曾子是大孝子,于是跑去告诉孔子。孔子听了不但没加赞许,还吩咐弟子们说:"下次曾参再来,不许他进来!"曾子觉得自己没做错事,托人去找孔子申辩,希望孔子谅解。孔子说:"你没听说以前舜帝是怎么

做儿子的吗？随便打你几下子，你就承受着。要是拿大棍子来打，就得赶快逃跑。找你叫你做活，叫你侍奉父亲，应该随叫随到；要是找你想杀你，你就得叫他找不到。现在你是没错，老老实实呆在那儿承受暴怒痛打，你不是君王的臣民吗？杀人者是大罪，你难道想陷你父亲于不义，有心让你父亲犯杀人之罪吗？"

曾子对儒教的主要贡献，就是以自己的实际行动为后世做出了榜样。他的学生把老师的言行汇成《孝经》，并托名曾子所作。由曾子一派阐发的孝道，也成为儒教最核心的对中国人的世俗生活影响最深远的观念之一。孔子讲要孝顺父母，听父母教诲，不使父母担忧，但曾子却把孝的观念无限扩展，把自己的孝行做到了无以复加的地步。他强调举手投足和张口说话都要想着父母，因为自己的身体是父母给的，言行有过失，或因此受辱，都是辱父母的不孝之举。他把仁、义、礼、信、忠等价值观念都与孝联系在一起，要求所有的追求都从孝开始。这就完全超出了孔子对孝的定义。当然他的目的在于"事父可以事君""君子立孝，其忠之用，礼之贵""孝子善事君，悌弟善事长"，是希望把孝作为维护封建社会秩序的价值中介。因此尽管孔子对他的愚孝不满，但从孟子到宋明理学家和历代帝王，都发现了孝的妙用，不但把曾子推为孔门的正宗传人，而且依照曾子的榜样，又发掘出了一系列供世人效法的孝子、孝女典范。

白居易遇鸟窝禅师

大诗人白居易在做河南府尹期间，常到风光绝佳的峰峦深处，浏览山色和名胜古迹，听老僧讲经说法。每次出游，为解除孤独和避免猛兽猛禽之害，他常约五六个好友，结伴同行。

这年夏季的一天，白居易来到嵩山深处。忽然，他听到面前一棵蓬蓬松松的巨大古槐树上，传出一声："南无阿弥陀佛……"接着，又是"哈哈"一声大笑。白居易大为惊愕，连忙同友人上前察看，只见树顶几条胳膊粗的树枝上，无数小柴棒横三竖四地架起一座鸟窝状的柴床，柴床上躺着一位方面、大耳、高颧、络腮、蓬头、赤脚的老僧，耳垂上挂着一双碗口大的荆木耳环，身上的袈裟丝丝条条，补丁上摞着补丁。此刻，他双手合十，两眼微闭，嘴角上挑，似笑非笑，鼻孔中"吱吱"作响，正在专心致志地默诵佛经。

白居易见此情景，上前问道："老禅师，您一人在这上面打坐，不怕危险吗？"

和尚听到此话，漫不经心地微睁双眼，笑说："啊！请您不必为我担忧，在这里真正怕危险的，不是我而是府台大人您啊！"

白居易一听此话，茫然不解地问道："弟子有这么多人相互保护，怎么会怕危险呢？"

和尚听了，又是"哈哈"一阵畅笑，然后说道："哟，是啊！请您想一想，假若府台不怕危险，为什么还要那么多人结伴同行相

白居易遇鸟窝禅师

互保护？倘若我怕危险,为什么还能在此禅坐入定呢？在这里真正怕危险的,到底是府台,还是老衲呢？"

和尚的一番议论,直说得诗人面红耳赤,羞愧无限。同时,他已深知这位和尚道行高深,来历不凡,便连忙上前深施一礼,谦恭地问道:"师父所言甚是,弟子白居易聆教了。请问老禅师法名怎呼,禅居何寺,告知弟子,以便改日再聆教诲!"

和尚听罢,仍然是大笑一阵,随口道出一首偈语,道:"老僧法不名,名无法,六合处处为我家,苍天为被地为床,万物相伴乐无疆。别的,就无可奉告了。"说罢,他仍然瞑目合掌,凭你怎么问,却始终不再开口说话。

诗人沿着山道,继续前进,来到宝刹少林寺。他问及众僧,人人无不异口同声地赞说:"府台大人见着鸟窝禅师了。幸甚,幸甚!"

后来,诗人一直惦念着这位鸟窝禅师,几次到原地寻找,却再也没能见到他。

孟 母 三 迁

孟子的母亲非常注意教育孩子,怀孕时就对孟子进行胎教,常到碧绿的草地上、茂密的树林中让胎儿接受春天气息的熏陶;热闹的庙会、隆重的郊祭大典,她都想方设法去参加,让胎儿接受礼义的教育;她还到沂河观澜,攀登峄山,对孩子进行不畏艰险的教育。孟轲三岁的时候,在富商颜崇义家做账房先生的父亲,因在店铺守夜被盗贼打死,全靠寡居的母亲把他抚养成人。孟母经常给小孟子讲女娲炼石补天、神农尝百草、大禹治水、武王伐纣、孔子作《春秋》的故事,小孟轲的表情随母亲的讲叙而变化。她还有计划地给孩子讲《诗》《论语》《礼》《春秋》,并让孟子背诵,孟子总能应付自如,转眼就逃出了家门。为生计所迫,孟母毕竟太忙了,耕地纺纱,不能常常盯着儿子。

孟子的家原来住在凫村,即现在山东省曲阜市马鞍山旁。这里紧临墓地,经常有人举办丧事,安葬死者,哀乐、号哭声不绝于耳。孩子们最善于模仿,孟子年幼好奇,总是到墓地去玩耍,并和小朋友一块儿模仿人家办丧事,把这当作主要的游戏。孟母发现后,哭笑不得,觉得在这样的环境不利于孩子的成长。孔子说:居住的地方,要有仁德才好,选择住处,没有仁德,能算是聪明吗？为了孟轲的成长,她萌发了迁居的念头。她没有责怪孩子,只给他讲了许多道理。孩子虽点头称是,行为上却依然如故。故土难离,但环境对孩子的影响越来越大。于是在颜崇义的大力支持下,孟母就带着孟子搬到庙户营一带安家。

庙户营是个大集镇,他们的新家临近街市,左有屠宰场,右有铁匠铺,不远处还有一个饭店,门前车来人往,热闹非常。可是过了段时间后,孟母发现猪的嚎叫声、"叮叮当当"的打铁声仍然不利于孩子的学习。六七岁的孩子自制力是很有限的,每逢集日,小孟子就趁母亲不注意时溜出门去。他前街跑,后街串,生就聪明的他无论是叫买还是叫卖,都模仿得惟妙惟肖。八月十八日是孟轲的生日,母亲让他自由自在地玩了个痛快,还为他做了他喜欢吃的鸡卤面。开饭时,小孟轲将母亲推至桌边坐下说:"娘每日织布做饭,太劳累了,让我给您端面吃。"他肩搭葛巾,手托陶盘,边走边吆喝:"香喷喷、热腾腾的鸡卤面来啦!"他双手将陶盘端至母亲面前,鞠躬、后退、转身,一副十足的奴才相,这些都是从那饭店学来的。孟母再也坐不住了。可更气人的是他还整天和其他小朋友一道,学着杀猪的样子做游戏,孟母如卧针毡,觉得这种环境仍然不利于孩子成长,于是决定再次搬家。

这一次,他们搬到了邹县南关的学宫旁边。孟子耳濡目染,于是每天学着做读书、揖让、进退之类的游戏,还表示要好好读书,将来做一个像孔夫子那样的博学君子。孟母看到后,心里很高兴,觉得这种环境有利于孩子成材,于是就定居下来。

后来,孟子上学读书了,但小孩子喜动不喜静,孟子也和别的孩子一样贪玩,不肯用功读书。有一次,孟子上课读了一会儿书,觉得枯燥无味,就逃学回家了。这时他母亲正在家里织布,忽然见孟子不响不夜半途回家,就问他到底怎么回事。一听孟子回答说读书没意思,孟母便拿起剪刀,把自己正在织的布割断了,然后说:"你逃学的行为,就像我割断这块快织成的布一样。"孟子领悟了母亲的苦心,从此再也不敢荒废学业了。

由于孟母择邻而处,为孟子选择了一个有利的学习环境,并严加督责,终于使孟子从小就接受了正统的儒家教育,最终成为一个垂范千古的儒教亚圣。"孟母三迁"和"断布教子"的故事家喻户晓,至今山东省邹县孟庙内还立有"孟母三迁"和"孟母断机杼"碑各一块。《三字经》中说:"昔孟母,择邻处,为教子,断机杼。"

教主争宝地

儒道佛三教共存

从前,中国有三教,即儒、释、道。儒家的创始人是孔子,佛教的教主是如来,道教的鼻祖是老子,他们都是同时代人,各传各的教,互不往来。可到了东汉,张天师重兴道教,为了显示道教的辈分高,硬编出了孔子洛阳拜老子为师和老子出函谷关传教如来佛的故事。这样一来,儒和释都成了道教的晚辈啦。从此,三教经常互争高低,当然争得最激烈的还是传教的地盘,都认为谁的地盘大,谁就最有影响力。

登封的嵩阳书院原本是嵩阳寺,隋朝时改成了嵩阳观,到了后周时又成了太乙书院。自从书院建立后,佛道两家心里都愤愤不平,总想把地盘夺回来。到了宋代,佛道两家不断到朝里向皇帝告状,希望皇帝能为他们撑腰,尤其是道教徒,他们想历代皇帝都崇信道教,把书院争回来改建成嵩阳观是不成问题的。皇帝也非常为难,有的大臣说按照先来后到的原则,嵩阳书院这块地方应该归佛教,因为这里最早就是中岳嵩阳寺。有的大臣说按照时间长短,嵩阳书院应该归还道教,因为历史上嵩阳观时间最早。有的大臣说现在是儒家在此建立了书院,我们又提出以儒治国,再把书院给别人,于理不合。这个问题长期争执不下,经常困扰着皇帝和大臣们。

一天，皇帝做了一个梦，梦见孔子、老子和如来同往嵩山，途中不期而遇，三人边走边谈，都打算在嵩阳书院落脚生根，广招门徒，设坛传教，并因归属争论不休。他们来到嵩山脚下时，孔子会看风水，搭眼一看，就说："这是盘龙卧虎之地，现在又是书院，我就在这里长住啦！"老子忙道："不行，不行！我能掐会算，这里早先就是宫观，理应归还于我。"如来慢声慢气地说："自古名山佛先占，这片宝地早就是寺院，应该地归原主。"三位教主互不相让，争得脸红脖子粗。过了一会儿，如来说道："咱们谁也别争了，咱三人各拿出一件宝物，从嵩山顶上抛到嵩阳书院正当院，看谁的落在最下边，就归谁所有，好不好？"孔子和老子一听，觉得还公平，就齐声说"好"。于是，三人就直奔峻极峰。如来驾祥云，一眨眼就登上了峰顶。老子骑青牛，不大一会儿也上到了峰顶。只有孔子是步行，用了很长时间才上来。等他上来时，如来、老子已把自己的宝物抛了下去，孔子不慌不忙地掏出砚台往下一丢。

这时，皇帝一觉醒来，想想这个梦做得真奇怪，和儒生、道士、和尚争嵩阳书院的事一样。于是，他就传旨下去，派钦差大臣前往嵩山，到嵩阳书院去查验。钦差大臣到嵩阳书院后，就派人在书院院中心掘地，先挖出了炼丹炉，道士们接过炼丹炉二话没说，就离开了。接着挖出了一串念珠，和尚们一看也傻了眼，又见最后挖出的是砚台，儒生们高兴得眉开眼笑："这里从此就永远是我们的天下啦！"钦差大臣回去一禀报，皇帝和其他大臣也都如释重负，并传旨这场官司就此了结，和尚、道士不得再无理取闹。

据说老子听说自己最先出局，也就认了命，但又不想离开嵩山，于是就到书院的后山上去另辟新居，传说现在还在嵩山半山腰的老君洞里修仙呢。如来听说结果后心有不甘，驾起祥云回西天时，还久久回望这块宝地，最后变成了少室山的一座山峰，目不转睛地望着书院这块地方，不信你看少室山摘星楼像不像如来头像。孔子听说后心情舒畅，就端坐嵩山静心读书，现在嵩山玉柱峰峭壁上还有孔子读书石像呢。

半部《论语》治天下

宋朝宰相赵普非常会做官，也非常好读书。据说，他每晚从朝中回家，总是手不释卷，第二天上朝，处理国家大事也是井井有条，干净利落。

可是，有人说，赵普每天读来读去的只是一部《论语》而已。有一天，宋太宗就当面问他，外面的传言究竟如何？赵普非常爽快地回答说："臣这一辈子的学问，确实都包含在《论语》这部书中了。以前，我曾经用其中的一半知识，辅佐陛下创立一个太平盛世。"这就是儒教最为自豪的载入史册的典故：半部《论语》治天下。赵普还趁机在宋太宗面前吹嘘自己所行是真正的圣王之道。其实，赵普做官的秘诀是善于体察上意，随机应变，而不是照本宣科。比如有一次，宋太祖大宴群臣，但忽然天上下起雨来，太祖很扫兴，以至无故大骂群臣。这时赵普上前对太祖说："最近天旱，老百姓正盼着下雨，皇上此时不正是与民同乐吗？下雨无非是淋湿一些艺人的衣服，弄脏一些陈设器具。陛下只管喝酒取乐，又有何妨？"一席话说得太祖转怒为喜，马上命艺人在雨中演杂剧，而百官与皇上既不耽误喝酒行乐，又博得了与民同庆的美名。

《宋史·赵普列传》也记载，赵普晚年手不释卷。等他死后，家人打开他的书箱一看，只有一部《论语》。儒家道统的捍卫者们则借此抬高儒教"治太平""成王道"的功能。但不管事实如何，赵普"半部

《论语》治天下"的自吹之词,确实成了儒教和全体儒生最值得自豪的政治资本。当时人们就说,赵普做事,很多都不合乎《论语》的精神、理想,但他说《论语》是"治天下""致太平"的圣典,这倒是不容置疑的真理。直到近代,著名改革家康有为还说:"中国之所以二千年来,保持道德、礼教的一统天下,全都靠了'半部《论语》'的指导。"

范仲淹的故事

一、出走寄读

范仲淹两岁丧父,因家贫难以度日,其母改嫁山东淄州长山县朱文瀚,仲淹亦改名朱说。

仲淹从小刻苦好学,品性正直。但他继父的儿子却吃、喝、赌博,恶习不少。十多岁的仲淹常常教训这不成才的弟弟。有一次,弟弟又挨训了,就瞪眼对仲淹嚷道:"你又不是我亲哥,你还得叫我家养活,少管我家的事儿!"

仲淹惊怒,追问母亲,才知道了自己的身世,就毅然告辞母亲,流浪到龙门南边这彭婆镇,以卖柴为主。

当时,铁角寺内办有学堂。仲淹常常立在学堂外听讲。次数多了,教书先生问他:"学生们在教堂里还不好好听讲,你在外边能听个啥呢?"

仲淹眨眨眼,随口把当天讲的新课背了一遍。看先生惊讶,他又把以前学堂教的课文背了几篇,篇篇滚瓜烂熟。

先生心喜说:"你真爱学,以后进来听吧!"先生课后找到住持老僧说:"这孩子聪明好学,以后绝不是个白人(一般人),我让他免费听讲,你留他住下,补贴些日常费用如何?"老僧也是个惜才的人,便点头应允,让仲淹寄住在寺中用心读书。

后来,仲淹果然学成大业,当了高官。

二、灾年谢师

有年河南一带大旱,庄稼绝收,吃的都紧张,谁还有心读书?学堂眼看着关了门,教书先生家道日紧,最后卖了薄田、耕牛、瓦房,忽然想起,何不去学生仲淹那里求求资助。

先生赶往京城,师生相见,自是亲热。先生讲了难处,学生请先生先住下再说,谁知天天好饭招待,一晃月余,仲淹却不提资助的事。先生忧心如焚,呆不住了,留个条子不辞而别,一路上想着"世事更比浮云薄"的诗句,闷闷不乐返回家乡。

走到家门口,先生呆住了:破草棚变成了新瓦房,墙皮还没干呢! 屋外槽上拴着卖出去的牲口。先生张大口站着,猜不透家里发生了什么事,直到家人从院里出来,一一说了,才明白事情原委。

原来,他到京城说了灾情,仲淹就差家人急速赶往先生家,招民工盖起房屋,并赎回卖出去的田地和牲口,临走还留下了当年的购粮钱。

话听完,先生油然落下热泪。

三、老僧修寺

范仲淹做官后,有年老僧人到任上找他,想化点布施回去修葺寺院。仲淹对这位幼时的恩人热情接待,开怀畅饮,追叙往事。几天后,老僧告别,仲淹给了盘缠,并送了一包茶叶,却没提布施的事。

仲淹不开口,老僧也不好意思点明,满肚子不高兴返回铁角寺,气冲冲把茶叶扔到暖阁上。

过了年把子,有位官员路过寺院,想讨杯茶喝,老僧才想起暖阁上那包茶叶。取下解开包,发现里边有封信,上写:"小房内西北角埋有白银一罐,可作修寺之资。"

官员走后,老僧果然从小屋内挖出一罐白银,高高兴兴把铁角寺修缮一新。

后来,老僧派小僧赴京表示谢意并询问原委,才知道:那是仲淹在寺内读书时,常常趁着月光读书,老僧见状每晚送他一灯油,正够一晚所用。谁知,有一阵子,那灯油点不到半夜就没了。仲淹留意观察,发现屋内有只小白鼠,一等仲淹出房或伏案打盹时,就溜上桌子偷灯油喝。仲淹装睡捉了几次小白鼠没有成功,就取来锹、镢刨起墙角的鼠洞。一刨,从墙角刨出一罐白银。仲淹惊喜万分,可想到这罐银子不是自己所有,君子不取不义之财,就把银子埋好,堵死鼠洞,专心读书去了。

这次老僧修寺,仲淹终于为这些银子找到了合适去处。

四、三次风光

范仲淹被任命为谏官不久,有掌管朝廷礼仪的大臣为了取悦皇太后,想出一个注意,请皇上亲自率领百官在冬至这天为太后祝寿。范仲淹马上对皇上提出异议。当时范仲淹是由晏殊推荐做官的,晏殊知道后赶快把他找来怒斥一通:"你是干什么吃的?你不知道一个小小的言官和皇太后作对是什么结果吗?我看你狂妄得过分了,你长了几颗脑袋,这种事以后不要乱说话!"范仲淹很诚恳地说:"仲淹得到您的慧眼相识,只怕自己不称职,对不起您的知遇之恩,不过可没想到会因为我坚持正确的立场而得罪您!"晏殊听了很惭愧,也不好再说什么了。

过了不久,果然一道圣旨把范仲淹贬到了河中府。临行前同事和朋友们为他送行,都说:"此行极光!"意即你身为言官,敢于公然反对为太后祝寿,实在是了不起,即使被贬也是光彩的。

过了几年,他又被召回京城,还是做谏官,结果又因为废郭皇后的事,他率领全体谏官与皇上争执,又被贬到睦州。同事朋友又为他饯行,并称赞说:"此行尤光。"

又过了几年,范仲淹又被召回京城,任开封府尹,不过他还是改不了爱管闲事的坏毛病,作了一份百官图呈给皇上,历数宰相用人不当、处事不周等。宰相吕夷简非常生气,找到皇帝抗议说:"宰相本来是领导文武百官的,现在范仲淹不守本分,对朝中大臣指手画脚,褒贬百官,自以为比谁都了不起,还要我们宰相干啥?干脆请皇上把他撤职算了。"皇上也很恼火,于是又把他贬到饶州。这次亲朋故友又为他饯行,有人就说:"此行最光!"范仲淹大度地一笑,说:"我可是前后'三光'了,以后诸君再有

范仲淹

机会为我送行,恐怕该是往监狱中送了。"众人大笑,因为他生性豪迈,说这话也只是开玩笑。

客人散去以后,一位叫王质的坚持要留范仲淹多停留几天。两人在一块儿纵论古今大事,谈得甚是投机。范仲淹对别人说:"子野(王质的字)平时在家总是病歪歪的,好像连穿衣服的力气都没有。现在一谈起忠义的话题,竟是一副龙腾虎跃的气概,真是难得的人才!"二人分别后,有人按照朝中大臣的意思暗示王质,说:"你们在一起吃的什么,说的什么,别人都知道,如果有人调查都会水落石出,将来如果追查范仲淹的党羽,恐怕第一个就是你。"王质说:"要是真有个密探,把我和范公这几天的谈话记录下来,送给皇上,还真是百姓之福呢!"当时的儒士们听说后,对王质都很钦佩,交口称赞说:"这才是真正的儒者风范。"

范仲淹的治世理想和道德人格堪为儒家价值观念的典范,他虽不像程朱理学家那样在理论上孜孜以求,但其行动非常符合"君子""忠臣"的标准,他的"义之所在,万死不辞"的行为更具号召力,许多自视甚高的理学家都钦佩他的人格,把他作为儒家"修、齐、治、平"理想的一个典范。

丁郎蛋和玉香炉

相传二程兄弟小时候上学时,哥哥程颢读书很用功,经常受到老师和父母的称赞,而弟弟程颐却常常背着老师和父母到山上和河边玩耍。哥哥程颢一回到家,就让父母把自己锁在书房里,开始读起书来。他还让父亲把书房的窗户垒住,仅留一个小洞,有时饭就从这个小洞里递进来。邻居们都夸奖说他有出息,肯定会出人头地。相比之下,人们都认为弟弟程颐不成器。

有一天,程颐又上山游玩,看见了一只花蝴蝶,他就追呀追呀,一直追到一处山崖下。在山崖下,他发现了一棵檀香树,高约二丈,树杈上垒了一个鸟窝。生性顽皮的他三下五去二脱去鞋子,"噌""噌"两下就爬到了树上,手往鸟窝里一摸,掏出了四个方鸟蛋。程颐高兴地往怀里一揣,"哧溜"一下跳到树下。他坐在一块石头上,仔细端详着这四个方鸟蛋,心想:哥哥,你书读得不少,可这方鸟蛋,你知道是什么鸟下的?这一回我要让你出出洋相!他回到家里,见哥哥仍在书房认真读书,就对着那个小洞大喊:"哥哥,你看这是什么鸟下的蛋?"他边说边把方鸟蛋递给哥哥。

程颢一看,皱了皱眉头,说:"小傻瓜,你怎么不把鸟窝带回来?这蛋再金贵有什么用?"程颐说:

"带鸟窝干什么?"程颢笑着说:"你就没听说过,'丁郎呀丁郎,下蛋四方方,灵芝草做窝,垒在檀香树上'?窝与树都是贵重东西,窝还是贵重药材,要这4个鸟蛋有什么用?"程颐羞惭得脸像一块大红布,急忙问:"哥哥,你是怎么知道的?"程颢笑着说:"这些书上都写着呢,处处留心皆学问嘛。老师不是说过'书到用时方恨少,事非经过不知难'吗?只要好好读书,'秀才不出门,能知天下事'。你不听老师的话,所以不知道。"程颐更不好意思啦,低着头,说:"哥哥,今后咱俩一块儿读书吧,我再也不贪玩了。"

有一年大年三十下午,几个学友来找程颐玩,屋里屋外都找遍了,到处都找不到,都想他又上山玩去了,就说笑着离开了。直到吃年夜饭时,他才从牲口房里走出来,书上、头上、衣服上沾满了草屑。父母看在眼里,喜在心里,心想:还真得感谢丁郎蛋呢。

除夕之夜,北风吹,雪花飘,天冷极了。初一五更,程父早早就起来祭祀祖宗。可一看,祖宗牌位前的香炉不见了,这还得了,大年下出了这个岔子。这香炉是南阳玉制作的,个如砖大,是程家的传家宝,程父把它看得像命根子似的。他以为是盗贼偷了,就把全家人都叫起来寻找。当程父找到专供程颐读书的"思易斋"时,见里面灯火通明,推开门进去一看,桌子上的蜡烛结满了灯花,而程颐还在专心致志地读书,连父亲进来都不知道。父亲对他说:"南阳玉香炉被人偷走了,快去寻找,免得一年晦气。"程颐这才慢慢站起来,伸了伸懒腰,打了个呵欠,说:"没丢,是我拿了!"说着,他掀起衣服,从怀里掏出了香炉,双手递给父亲。

程父又好气又好笑,拿着被程颐暖得热乎乎的香炉,不悦地说:"你拿这干什么,让人着这么急?"程颐说:"晚上读书太瞌睡,困时,把这揣在怀里冰冰,提提神。"父亲又仔细一看,程颐的椅子后面还放了一块大冰凌,本来一肚子火气,见孩子读书这么用功,怎么也发不出火来,便高高兴兴地祭祀祖宗去了。然后,他又在程颐的书房门上贴了一副对联:"闲人免进贤人进,盗者莫来道者来。"心想:浪子回头金不换,真是士别三日当刮目相看,小程颐也会成大气候。后人就把程颐这种苦学,称为"背冰抱玉"。

就这样,程颐一连三年没出门,在家苦读圣贤书。后来,兄弟俩都成了大学问家,开创了对后世影响深远的"洛学"。

春风和煦和程门立雪

大夫子程颢,性情温和,以德治学。讲学时,从没恶言厉语,也不声色俱厉地批评学生,总是以情来感化学生。早晨学生还没有梳洗完毕,程颢就早用抹布把学生的桌椅擦得干干净净,以让学生在窗明几净的环境里学习。等到学生一来就开始讲学。有一次,几个学生做的文章很不像样,他看了非常生气。特别是从信阳州来的那个学生,体格健壮,长得人高马大,聪明伶俐,就是爱玩,文章简直是"两只黄鹂鸣翠柳,一行白鹭上青天",离题万里。程颢把他叫到跟前,说:"子不教,父之过,教不严,师之惰。国家需要良材,材不挺拔,是园丁失职。"于是他就把那个学生的作文顶在头上,跪在那个信阳州学生面前,劝他好好学习。这个学生见状,忙来搀扶。程颢说:"你只要好好读书,认真写文章,我就是跪着讲学,也心满意足。"这个学生感动得热泪盈眶,也跪下做起文章来。程颢桃李满天下,人们为感谢他的功德,根据他温和的性情和以德治学的风尚,在他教学的讲堂门上挂了一块匾,上书四个金光闪闪的大字:"春风和煦。"

"二程"名满天下,当时福建省蒋乐县有个才子名叫杨时,听说二程学问渊博,便不远千里来拜程颢为师。程颢去世后,他又以程颐为师,学习孜孜不倦,还特别虚心。有一天,杨时和同学游酢去向老师程颐求教。来到程颐门前时,发现老师正在瞑目静坐,休息养神。二人不敢打搅老师,便静悄悄地站在门外等候。正值隆冬,北风呼啸,天还下着鹅毛大雪,两个人就一直冒雪恭立门外,雪深没膝了仍然纹丝不动。过了许久,程颐才睁开眼睛,看见两个弟子在门外侍立,甚是感动,就说:"怎么不早点进来呢?"他们才拍落身上的雪,进屋请教。程颐见杨时学习心诚志坚,就把自己的满腹学问一股脑全部传授给他。后来杨时学成回家,程颐亲送至五里长亭,分别时,他握住杨时的手,说:"吾道南矣!"后来杨时经过一番努力,也成了一个大学问家,人称"龟山先生"。杨时为铭记老师的恩德,同时也为了自勉,就在自己家门上挂了一块匾额,上书"吾道南矣"。

元代谢应芳有一首诗:

卓彼文靖(杨时的谥号)公,
早立程门雪;
载道归东南,
统绪赖不绝。

程门立雪

这首诗点明了"程门立雪"的含义。

程伊川侍讲

"二程"是宋代理学的创始人,程颢曾当面称赞弟弟,说:"以后,能使人懂得师道尊严的人,必定是我的弟弟!"程颐果然不负兄长赞赏,在皇帝身上实践了师道尊严的信条。

元祐初年,由司马光等大臣的推荐,程颐以布衣的身份被召入京,任命为校书郎。程颐上奏说:"以往布衣做官都是皇帝亲自任命,我现在还没有见到皇上,不能赴任。"大臣们又上书推荐,请皇帝亲自召见他。于是宋哲宗及太皇太后接见了程颐,并准备任命他为侍讲,即皇帝的老师。程颐又上奏,提出三条任职条件,然后才走马上任。

程颐讲经非常认真严肃,对十几岁的皇帝的要求也很严格,在皇上面前摆足了老师的架子。有一次,刚讲完课,皇上忽然站起来,手扶廊柱,欣赏春色,一时高兴折了一根柳条在手里玩耍。程颐马上说:"春天正是万物生长的时候,您不应该无缘无故摧折树木。"皇上讨了个没趣,脸色马上阴冷下来,使劲把柳条摔在地上,转身走了。司马光听说此事后,也很不高兴,对自己的门人说:"这人太迂,引起皇帝不愿接近儒生的就是这种人!"吕公著也说:"哪儿用得着如此小题大做!"程颐却认为自己的责任不仅仅是讲经,而且还应该教导皇帝按照圣人之道学会做人,所以他仍不断对皇帝的言行、宫廷的礼仪指手画脚,引起满朝议论,也只当是耳旁风。

程颐为皇帝讲学时,文彦博以九十岁高龄再次被起用为太师。每次朝议时,他都恭敬地在皇帝身旁侍立,有时一站就是几个小时。皇帝也多次劝他:"太师下去休息一会儿吧!"文彦博只是鞠躬致谢,仍坚持站到最后。程颐给皇帝讲课时则正襟危坐,一脸庄严相,还总是联系实际,告诫皇上应当如何,不应当怎么样,弄得皇上很怕他。有人劝程颐说:"你坐着讲课,本来就太傲慢,又总是教训皇上。你看人家文太师,那么大的年龄,对皇上还是毕恭毕敬。你们相差太远了,大家都认为你做得不太妥当。"程颐回答说:"文太师三朝元老,现在服侍幼主,即使为给别的大臣做个榜样,也必须表现得非常恭敬;我是一个平民,因道德学问被召来做皇帝的老师,我怎能不拿出老师的架子呢?我之所以自重,太师之所以自谦,正是因为我们身份不同。我不自重,怎么能教皇上懂得尊师重道。"

因为程颐坏了作臣子的规矩,按照书生的习惯随意指责皇帝和大臣,干预朝政,终于引起其他大臣的不满,以"僭横忘分"的罪名参劾他。皇上自然乐得离开这个不苟言笑、比父亲还严厉的老师,最终"批准"了这位老师的辞职请求。

二 程 解 梦

程颢世称"程大夫子",号明道,程颐世称"程二夫子",号伊川。兄弟二人以讲书育人为业,精通儒家经典,为北宋年间儒学权威人士。

有一天,大夫子出外,只有二夫子一人在学堂。此时学校邻居刘氏二位婆媳来到学堂,请大夫子解梦,大夫子不在,只有二夫子担当此任。

刘太太说,我儿子出外多年没有音信,我们婆媳昨天晚上各做了一个梦。我做的梦是:一个梨切开,我吃半个,我儿子吃半个。我媳妇做的梦是:拿着一把折扇,正在扇时,扇纸脱落了,光剩下扇筋了。

二夫子听后解释说,一个梨切开,儿子和你各吃一半,这叫"破梨丢子",你儿子已经不在人世了。你媳妇梦见扇纸脱落,只剩扇筋,说明她丈夫死后已经脱骨了。

婆媳闻听后抱头大哭,她们哭自己命太苦,哭后只好转身回家。

二人出了学堂门,正好碰上大夫子回学堂。大夫子见二人泪流满面,不知为啥,便问个究竟。刘太太将做梦、圆梦的事向大夫子述说一遍。大夫子听后劝二人说:"回去吧!今天晚上你儿子就回来了!"

婆媳二人想,大夫子是用好话安慰遇难人。二夫子说得多清楚,"破梨丢子",已经脱骨了。

大夫子怕婆媳不放心,接着又说:"你儿子回来明天可得谢谢我。"

此时二人仍然半信半疑,但总算得到些许安慰。她们婆媳从上午等到下午,又从下午等到晚上。

吃罢晚饭,她们一直等到二更天,刘太太对媳妇说:"睡吧,不会回来了!"媳妇脱去下衣,坐在被窝里。等到三更,婆婆又催媳妇睡觉,媳妇脱下上衣,赤身躺在被窝里。不多一时,听见有人敲门。媳妇慌忙叫道:"娘,您孩子回来了!"媳妇赶快穿上衣服去开门,一看丈夫真的回来了,心中万分高兴,母亲看见儿子,更是喜出望外。

第二天,刘太太叫儿子买了礼品,去学堂感谢大夫子。二人去到学堂向大夫子报喜,大家又扯起解梦的事。大夫子说:"老太太做梦是一个梨切开,你吃一半,你儿子吃一半,这叫破梨见子,当天你不就看见孩子了吗?你媳妇做的梦是扇纸脱落,光剩扇筋,你媳妇身上衣服脱不光,睡不到被窝里,你儿子就回不到家。三更过后,你媳妇脱光了衣服,你儿子就到家了。"

刘太太一家听后,非常感激,心想,还是大夫子有学问,解梦解得准。

(整理:程广武)

程颢和邵雍

程颢和邵雍同为北宋名人。程颢研究理学,邵雍研究《易经》。程颢住伊川县南府店街,邵雍住洛阳安乐。世人同称二人为夫子。

有一年冬天,大雪过后,邵夫子到程夫子家做客。当时太阳光照大地,气温上升,二人走到村外散步。当他们来到一堵墙前晒暖时,邵夫子掐指头一算,墙上要掉土块子,就转身走了过去。这时程大夫子看邵夫子急忙过去了,他便转身也离开此地。此时冻墙开化,一大块土块子掉了下来,二人都没有受到伤害。

这时邵夫子问程大夫子:"我算着墙上要掉土块子,我过去了,你咋知道要掉土块子,也走过去了?"程大夫子说:"我看你走得很急,一定要出问题,所以就赶紧离去。"这时邵夫子说:"我的易学不及你那理学。我的易学得算算才知道,你那理学一看就知道。"

接着二人又论起《易经》中的卦术。邵夫子说他有一部卦术能精确算出人的寿命及生死时辰,问程大夫子能不能使用。程大夫子说:"你算得很准,可惜不能使用。"邵夫子问:"为什么?""程大夫子说:"你给人算出吉凶祸福是可以的,但不能定出死期。因为是人都有生存的欲望,如果你叫他知道死日将临,他啥也不干了,眼前一片恐怖,饭也吃不下去,光愁也把他愁死了。所以,人光叫他知道生,不能叫他知道死。人有了生的欲望,就一日不死还得干,就像'八十老公去开荒,一日不死还喝汤'一样。"

从此,算命先生接受程大夫子的教诲,恪守职业道德,只算生,不算死,以减少人们的恐怖心理。

(整理:程秀斌 程广五)

吕蒙正的故事

吕蒙正是个有学问的人,又是一个政治家,曾任过北宋的宰相。他少时贫苦,孜孜好学,宋太宗时考中状元,曾先后三居相位。他性情耿直,为官清廉,爱国爱民,遇事敢言,不惧犯颜直谏。偃师佃庄相公庄为吕蒙正故里,这一带至今还流传着吕蒙正的故事。

一、寒窑苦读

吕蒙正的父亲在洛阳做官,听信小老婆的谗言,把结发妻及儿子蒙正赶出府门。

蒙正母子在洛阳无亲可投,便流落到洛阳东二十多里的一个村子里,寻了一个破窑住下。这个破窑,无门无窗,又破又浅,遇到风雪凌侵,寒冷刺骨。生活没有着落,全靠母亲给村人纺棉赚点儿钱糊口。母子总是吃稀汤野菜,穿得破破烂烂。幼小聪明的吕蒙正不仅没叫过一声苦,还能剜菜、拾柴火,为母亲分忧。他每天外出,总要路过村学门前听学生读书。听得多了,也能背诵一些;七八岁时,便向母亲要求上学。母亲含着热泪说:"娘知道读书好,要不是你狠心的爹爹把咱撵出来,你早就入学读书了。可是咱现在连吃穿都顾不上,哪来的钱供你上学呢?"幼小的蒙正固执地说:"那俺一辈子不能上学念书了吗?"母亲听了孩子这么一说,伤心得一夜翻来覆去睡不着觉。她猛然想起,她小时在娘家跟爹爹也念过几年"四书""五经",不如由自己来教孩子读点书。第二天,蒙正去拾柴火走了,她就到村里相识的人家,找了一些残缺不全的旧书,晚上一边纺棉,一边教儿子念书。吕蒙正有了读书的机会,高兴极了,拾柴剜菜时,嘴里也在背诵,晚上读得更有劲。时间长了,有些难解的词儿,母亲解答不了,他就到村学向先生请教。村学先生见他好学,就收他为"特别学生",晚上给他讲书,并且给他些笔墨纸砚之类的东西让他使用。这样,吕蒙正的学业大有进步。

有一年的大年三十,吕蒙正外出劳作一天,晚上回到寒窑立即翻开了书本,这时传来了别人家祭神过年的爆竹声。年迈的母亲含着泪说:"孩子!明天就要过年了……"吕蒙正知道家里米光面净,知道母亲心里难受,没等娘把话说完就安慰母亲说:"我读我的书,你纺你的棉,有朝一日得了志,咱一天过上一个年。"娘听了孩子的话,觉得孩子有志气,便揩干眼泪继续纺起棉来。

吕蒙正长到十八九岁的时候,母亲刘氏由于劳累过度,病魔缠身,在饥寒交迫中离开了人世。吕蒙正独自一人过活,他白天街头谋生,晚上寒窑苦读。

二、金精相助

宋太宗兴国年间,朝廷开科取士。吕蒙正也进京赶考。他东挪西借的一点儿盘缠,走到半路就花完了,只好边要饭边赶路进京。

这一天,吕蒙正走着走着,忽然发现路边有一个金光闪亮的大元宝。他心中大喜,忙弯腰拾起。

可是转念一想：不明之财不可得！这一定是别人不慎失落的，我若拿去，说不定会给失主带来很大的灾祸。想到这里，吕蒙正决定歇息歇息，等候失主。哪知，他一等再等，几个时辰过去了，还不见有人前来认领。他的肚子饿得咕咕直叫，心里急得像猫抓。这时，忽见前面过来一位美女，长得如花似玉，天仙一般。她到了蒙正面前，施礼问道："小哥哥可曾拾得一个元宝？"蒙正连忙说："拾得，拾得，我正为此等待多时呢！"那美女一把拉住蒙正的手，娇滴滴地说："你真好，奴家无以报答，若不嫌弃，愿委身于你，白头到老。"蒙正羞得满面通红，忙说："这如何使得！我是一个穷书生，还要去赶考呢？"美女道："千里做官，为的吃穿，咱有的是金银，还怕没福享吗？"说着，一把将蒙正搂在怀里。吕蒙正又羞又恼："真乃淫妇！这等轻浮，再不放开，看我剁了你的双手！"说罢，就抽出压书宝剑，吓唬美女。突然间，美女化作一阵轻风，飘飘荡荡将吕蒙正吹到了京城。

原来，那美女是一个金精，她为了试探吕蒙正的人品，故意化作金钱美女。今见吕蒙正财色不贪，就化作清风，把他送到了京城。在这次考试中，吕蒙正金榜题名，中了状元。

大宋丞相吕蒙正

三、宽厚待人

吕蒙正被宋太宗点为状元后，入朝为官，并被皇上委以重任。但由于他出身贫寒，有乞讨为生的经历，有些朝中大臣就瞧不起他。

传说，有一次吕蒙正赶着上朝，一个大臣在他身后指着他说："这个穷小子也能入朝参政吗？"吕蒙正对于这奚落挖苦的话听在耳里，疼在心里，但他心地纯正，不屑作答，于是就假装没有听见，头也不回地上朝去了。与吕蒙正私交很好的一个大臣感到不平，就想去打听奚落蒙正者是何许人。

吕蒙正听说后，就阻止朋友："假如我知道奚落我的人是谁，就会一辈子忘不了。还不如不知道心里舒坦。"这件事传出以后，朝中大臣无不佩服他的肚量。

传说，吕蒙正拜相后，就有些人来巴结他，有个官员收藏有一面古镜，据说能照到二百里内的景观，大家都知道是个宝贝。这个官员就把这个无价之宝献给吕蒙正，吕蒙正拒绝了他的好意，笑笑说："我的脸不过碟子大小，哪里用得着照二百里的镜子啊！"

四、慧眼识人

传说，吕蒙正拜相后，他的幕府中有个叫富言的人，出身也较贫寒。有一次富言对吕蒙正说："我的儿子已经十几岁了，想让他进书院学习，受到正规的系统教育。但我个人无能为力，请大人帮忙成全。"吕蒙正答应富言的要求。

第二天,富言把自己的儿子带来见吕蒙正。吕蒙正见这个孩子知书达礼,就询问了他的功课学业。经过一番交谈,吕蒙正大加赞赏地说:"这孩子将来的名位将不亚于我,而且建立的功勋伟业将远远超过我啊!"于是,吕蒙正当即决定让这个孩子与自己的两个儿子同学读书,所有费用都由自己供给。

富言的这个儿子就是宋朝历史上著名的大臣富弼。在宋仁宗的时候,富弼两度被拜为相国,与当时的另一名臣范仲淹一起整肃朝政,建树颇广。

彩 球 招 亲

吕蒙正长到十八九岁,他的母亲刘氏因劳累过度去世。蒙正白天四处打工,晚上仍回寒窑苦读。

那天,吕蒙正到洛阳城干活,见南关热闹异常,凑近一看,只见一座又高又大的门楼上,临时搭起一座彩楼,两旁红柱题联:"彩球为媒选佳婿,金榜题名配淑女",横额为"天作之合"。门前红纱灯上有金黄大字"刘府"。门旁红纸写着:"凡被彩球击中者,不论贫富贵贱,定然招为佳婿,绝不反悔。"

原来,这南关刘员外家的小姐月英,芳龄十八,长相是百里挑一,心眼也特善良,只是她看不惯周围纨绔子弟们的浪荡样,让一个个提媒说亲的都碰了钉子。刘员外无奈,只好同意月英的意见:搭起彩楼,由月英抛彩球招婿。

随着鼓乐声起,刘小姐被丫环扶着登上彩楼,只见她如出水芙蓉、下凡仙女,果然丽而不俗。她举面彩扇半遮着羞红的粉脸,朝楼下巡视。

彩球招亲

楼下的公子哥儿,个个美衣华服,瞪圆双眼,踮起脚尖,伸颈张口,垂着馋涎,只盼望刘小姐独独瞧见自己,恨不得把刘小姐伸手揽进怀里。

刘小姐放眼望去,一个个粉面酒色,只有贪相,毫无生气,正失望时,忽见人群后站着一个穷小伙,虽衣破身瘦,面有饥色,却眉清目秀,气宇不凡,且显得忠厚善良。姑娘略一思忖,将手中彩球瞄定抛了过去。

再说这吕蒙正压根儿就没想这份福气,只是站在人堆后面瞧热闹。待接住彩球,又听得周围一片哄叫声,才明白自己成了刘小姐的意中人,忙随着刘家仆人进到府内,向脸已气成白色的刘员外施礼:"岳父大人在上,请受小婿一拜!"

刘员外强压怒气,摆摆手说:"小女彩球抛偏,误中了你。送你十两纹银赶快去吧!"

吕蒙正正要分辩,小姐已走下彩楼,向父亲肯定说,投的正是这位青年!刘员外气得瞪圆了眼,发

怒嚷:"好!你跟着这穷小子受穷去吧!我只当没养你这个闺女!"把两个人赶出了家门。

吕蒙正领着刘小姐回到寒窑。蒙正问:"这穷日子,你能过得了?"小姐答:"找上郎君,就是一天喝三顿凉水也甘心。"二人遂欢欢喜喜地拜了天地。

从此,蒙正打工回来吃上了热饭。饭罢,妻纺纱,夫读书,日子清苦却也恩爱。蒙正刻苦攻读,后来赴京赶考中了头名状元,为官后才高品端,升为宰相,刘小姐也被封为诰命夫人。

吕蒙正的对联

嵩山偃师的吕蒙正,曾考得宋朝的状元,三度为相,前后在相位九年,被誉为北宋的第一位状元宰相。就是这位鼎鼎大名的宰相,对他做官前后的亲友关系,有着深刻的体会。

吕蒙正的早年是不幸的。他的生母跟他的父亲不和,他和生母被父亲逐出家门,寄居在龙门山利涉寺里。方丈可怜他们母子,又深信吕蒙正决非久在他人之下之人,很是关照,特地为他们凿了一个石洞藏身。吕蒙正和母亲在这个石洞里一住就是九年。尽管方丈不时接济,但他们的生活依然十分贫困,并因此而受尽了世人的冷遇。每当衣食不济时,吕蒙正多么盼望除了方丈以外,能再有人雪中送炭啊,然而始终不可得。

有一次,吕蒙正在伊河岸上步行,见到一个卖瓜的,他想买一个尝尝,却身无分文。后来卖瓜的挑起担子走时,忽然掉下一个瓜来,吕蒙正犹豫了好久,后来还是心情沉重地捡起来吃了。一个胸怀大志的人,到了如此地步,这使他的自尊心受到了很大的刺激。太平兴国二年(977),困顿中的吕蒙正终于熬出了头——状元及第。这时的他名也有了,利也有了,生活迅速富裕起来,根本不再需要别人的帮助了。可这时远的、近的、亲的、不亲的、认识的、不认识的都来锦上添花。现在好瓜果吃厌了,有人硬要成箱成篓地送来。他没有被潮水般涌来的吹拍、奉迎所迷惑。相反,及第前后的鲜明对比,使他深切地体味到了世态的炎凉。他对人类的这种趋炎附势的劣根性十分愤慨,曾书一副对联进行了辛辣的讽刺:

回忆去岁饥荒,五六七月间,柴米尽焦枯,贫无一寸铁,赊不得,欠不得,虽有近亲远戚,谁肯雪中送炭?

侥幸今朝科举,一二三场内,文章皆合适,中了五经魁,名也香,姓也香,不拘张三李四,都来锦上添花!

横批曰:

人贫双月少,衣破半风多;世态炎凉,自古而然。

下联中的"五经魁",指郡县选拔考试的第一名。"五经"即《诗经》《尚书》《礼记》《易经》《春秋》五部古代经典的合称。

横批中的"双月"即"朋"字,说的是人穷了,朋友也少了;而"半风"是指"风"字少了一笔成了

"虱"字,说的是衣服破旧,而无衣可换,因而长满了虱子。

吕蒙正的此联,来自切身体会,充满了愤世嫉俗之情,形象地刻画出了人间那些势利之徒的丑恶嘴脸。而且,除横批略搞一点文字游戏之外,全联行文质朴,用词浅近,可谓雅俗共赏的佳作。

孔 子 之 戒

元代开国之初,佛教比儒教的地位高,被定为国教。元朝统治者本来也就不知"孔孟之道"为何物,科举制度也废止了,汉人即使做了官也是凭个人的才智和贡献。

当时朝中有一位大臣叫廉希宪,他是一位正统的儒教学者。有一天他正在读《孟子》,忽然元世祖忽必烈派人叫他,他就急急忙忙把书往怀中一揣就上殿去了。到了宫中,忽必烈问他:"你整天钻在书里读啊、写啊,到底有什么用处呢?你刚才是不是又在读书呀,能告诉我你读的是什么书吗?"廉希宪说自己读的是儒教圣典《孟子》。忽必烈让他讲讲孟子的学说,他便详细地陈述了儒教关于"性善性恶""义利""仁暴"等观点。元世祖听了大加赞赏,不但觉得这位书生很有学问,而且还觉得儒教确实有些高明之处,所以夸赞了廉希宪一番。

因为当时正流行佛教,朝中最受宠的是佛教的"国师",所以世祖随口就说:"你这人很不错,脑子挺聪明,你受戒吧,受戒以后就可以懂得更多的道理,给我做事也就更得力了。"忽必烈如此说完全是抬举廉希宪,是对他的特殊优待。但他并不领情,还很恭敬很自豪地说:"臣蒙皇上恩宠,实在荣幸之至。不过请皇上恕臣不能从命,因为臣早已经受过孔子之戒了。"

元世祖听了这话,大吃一惊,问道:"爱卿,孔子也有戒吗?"廉希宪自豪地说:"那当然,'为臣尽忠,为子尽孝',所谓'孔子之戒',就是这两句话而已!"他的话本来是搪塞之词,因为本来就没有"孔子之戒"的说法。但他的话恰好体现了儒教思想的精髓,又在不信儒教的元朝皇帝面前抬高了儒教的地位。因此,后来儒教人士也就借用了廉希宪的说法,把自己的儒教信仰称为"孔子之戒"。

城隍爷托梦

从前,无论城市大小,都建有城隍庙,因为城隍爷是城市的保护神。孔子不信鬼神,他的弟子们自然也不信喽。

有一天,牛状元曾参下学路过城隍庙,只见庙院红墙相围,殿堂金碧辉煌。他溜进大殿,只见那城隍爷双目微睁,手捻胡须,在缭绕的香火里,一副安然自得的模样。曾参一看就来了气,心说:农民耕田,商人做买卖,士兵打仗,先生教书,学生上学,没个闲人。你城隍爷倒好,终日无所事事,白受人间烟火。不行,我得罚你的徭役。想到这里,牛状元取出毛笔,在城隍爷的背上写了一行字:"城隍,城隍,罚你天天上洛阳,巳时去,午时归,若敢怠慢封你的庙门。"

牛状元写完,把笔一扔,吹着口哨出了城隍庙。这下,城隍爷可就坐不住了,天天按着牛状元的令,巳时去洛阳,午时回登封,一天来回二百多里路呀!城隍爷生怕误了时辰再受罚,天天去得急,来

得快,浑身的衣裳总是湿漉漉的,传说还有人亲眼见过哩。

时间一长,城隍爷就受不了啦,心里暗骂:牛状元这小子,害人不浅!有天夜里,城隍爷就到文庙里去向孔子求情,孔子见城隍爷浑身就像被雨淋了一样跑进来,并且倒头便拜,磕头如捣蒜。孔子觉得很奇怪,虽说文庙和城隍庙相隔不远,可和城隍爷从没来往呀。于是,他就问城隍爷有何事相求,城隍爷便把牛状元派他的徭役,从登封到洛阳一天一个来回的事儿告诉了孔子,并求孔子开恩,劝牛状元擦掉他身上的字。

第二天晚上,牛状元梦见孔子问他这件事。牛状元本来是跟城隍爷闹着玩哩,谁知城隍爷当了真,还告到了孔老夫子那里。于是牛状元就到城隍庙,把那些字擦掉了。城隍爷从此还像以前一样,在香烟缭绕中,双目微睁,手捻胡须,安然自得地享受着香火。

鬼为什么不敢进书院

你知道鬼怕什么?怕"四书""五经"。"四书""五经"是孔子和他的弟子们写的,所以鬼最怕孔子。

据说明朝中期,嵩阳书院里常常闹鬼,弄得儒生们心神不安,无法静心读书,许多邻近书院的人家都因害怕而搬走了。后来孔子知道了,气就不打一处来,心想:世道混乱,儒学不兴,人心不古,你们这些小鬼也敢在这书院兴妖作怪,我孔丘非治治你们不可。

一天晚上,孔子取出"四书""五经",秉烛夜读。半夜里,就见一个披头散发、伸着长舌头、青面獠牙的小鬼走到孔子面前,孔子一点也不害怕,依旧翻书诵读。小鬼就想捉弄捉弄孔子,他一会儿拿起孔子的笔晃晃,一会儿趴在地上摇摇桌子腿,他看孔子还是没反应,就猛地一下子趴到孔子的书上,把狰狞的面孔贴在孔子的脸上。孔子生气了,拿过朱笔往小鬼的眉心一点,那小鬼就消失了。原来鬼怕红色。

小鬼被点了眉心,回到阎王那里,把事儿一说,阎王十分愤怒,没想到还有敢欺负鬼的人哩!于是,阎王亲自出马,来到嵩阳书院,他先在大殿外鬼嚎了一阵,听屋里没动静,就趴在窗棂上往里一看——孔子仍在读书。阎王想:我不能让你这么自在地看书。于是,阎王就把长舌头从窗棂里伸进去,还不停地转动,孔子还是像没看见一样。阎王恼了,就用长舌头卷起孔子的书。孔子一看,取过笔墨,在长舌头上写了个"山"字。阎王顿觉舌头被压住了,进不得也出不得。孔子笑笑,说:"我孔子著书立说,治不了当今乱世,还镇不住你阎王爷?"阎王爷一听,叩头如捣蒜,连连求饶:"小鬼有眼不识圣人,我以后再也不敢骚扰读书人了。""好,"孔子说道,"你记住,今后凡属书院,不许你们这些鬼类出入!""是,是。"阎王边答应,边磕头。孔子拿过笔,在"山"字下边又加了个"山",于是成了个"出"字。阎王觉得舌头一轻,连忙缩回来,调头就跑。

从此,"四书""五经"成了镇鬼之物。嵩阳书院和书院庙宇周围,再也没听说过有鬼神出没的事了。

都堂坟里有金头

登封市东金店村西头有座都堂坟,坟前立有石碑、石牌坊、石马、石人、石狮子、石羊。这里传说着一个"都堂坟里有金头"的故事。

刘景耀在明熹宗天启年间是一位不寻常的人物。他7岁念书,15岁进秀才,25岁中举人,33岁会进士。初任河北大城县知县时,就锋芒毕露。大城县豪门很多,他们仗势欺压百姓,逼得人们走投无路,有冤不敢分辩。刘景耀到任就明察暗访,法办了一些土豪、劣绅,老百姓拍手称快。他在那里任职四年,建立了丰功伟绩,后来升为车驾司主事。

当时,部队南北调遣,在十分频繁的公务中,他废寝忘食,日夜筹划战略决策,没有贻害和失误的现象,又升为兵部驾司员外郎。在巡察京城郊区驻军时,他整顿军纪,赏罚严明,对做出成绩的将校进行奖励,训练出无坚不摧的精兵,后来又升为永平监司。

永平那时候是边疆要冲之地,后金兵常去侵犯国土,他多次查看地形,设立岗哨,检验阵地所用的武器,日夜操练兵马,常以火攻战术出奇制胜,后定巧计埋伏七家岭引诱敌人,以三千兵力胜数倍之敌,指挥不差分毫,使边疆稍得平安。

当时,明朝的宦官高起潜是监军,他奉命去视察边关,极力向刘景耀索贿财物。刘景耀虽仗义疏财,但对他的敲打勒索分文不给,高起潜盛气凌人,指桑骂槐地叫刘景耀听。刘景耀受不了这气,一怒之下,给皇帝上书奏本:"臣操劳边防,已满三年,出生入死,抵抗外患。我不怕为国捐躯,而高总监来边防敲打勒索可不中,指桑骂槐的话我也不听。皇上要听高起潜一面之词,我可能大祸临头。臣也不是贪生怕死爱钱的人,您对我罢官免职都行,听高起潜嫁祸于我断断不可。"皇帝看罢奏书,说:"高起潜身为总监军,他视察边关是按制度办事,理所当然。刘景耀对他发怒是对我不满,将他官职降两级。"

刘景耀虽说官降了两级,但他仍然伸张正义,受到所有人的拥护和爱戴。

不久,崇祯皇帝登基。后金兵进攻济南一带,边防十分危急,皇帝要选善韬略的老将去抗敌,满朝文武大臣都说刘景耀可以胜任。皇帝也知道刘景耀雄才大略,又升他为山东巡抚(都堂),命他率领兵马去抗敌。当时,也有人劝刘景耀,说山东多事故,何必自找苦吃?可他以民族危亡为重,不计个人得失,整顿兵马,昼夜不息,兼程前进。到达后,他采取积极措施,一方面命人挖战壕,凿隧道,积极备战,一方面开仓放粮,救济灾区百姓,还派人招回流落外乡的人,组织人把因战争毁坏的吃水井、灶房、住处进行修缮,使边防巩固,百姓得到安宁,人称刘都堂是青天大老爷。他在山东任职期间,呕心沥血,勤政爱民,后来,因积劳成疾,死在都察院的书案上。

山东军民无不伤心掉泪,恸哭万分,上书奏启皇上,说刘景耀已病故。皇帝因山东边防告急,战争局势一天比一天紧张,用人心切,不相信有此事,竟宣刘景耀上朝议事,派钦差大臣去说:"好好一个人,咋会死啦?就是死了,我也要亲眼看看人头!"刘家无可奈何,割下刘景耀的人头,献给皇上。

皇上查明根由后,感慨万分,赐给刘景耀一个金头埋葬。刘景耀的女儿哭得死去活来,她抱着御赐的金头,大声嚎啕着:"金头,银头,不胜俺爹那肉头啊!"

从此以后,人们都知道"都堂坟里有金头"。民国二十五年,有伙儿揭墓贼去盗金头,发现墓里全用青石条封闭,坚固无比,没办法揭墓,也就失去了盗心。"都堂坟里有金头"的故事便永远流传着。

(整理:李有德)

耿 介 助 学

清初,登封人都知道当朝翰林耿介把自家的二百亩地捐给了嵩阳书院,为此还得罪了表弟呢。

耿介

耿介,字逸庵,先后任翰林院庶吉士、翰林院检讨、福建巡海道、江西湖东道、河北大名兵备道、詹事府少詹事等职,他一生热衷教育,关心读书人,留下了许多千古佳话。

据说耿介中进士后回家完婚,结婚后去岳父家认亲的那天早上还在写文章。准备走时,他对妻子说:"你们先走一步,我把这篇文章润色一下,随后骑马就到。"妻子无奈,只好让仆人抬着礼盒先走了。耿介觉得文章满意后就骑马往岳父家去,当路过一个村庄时,见一农家小院柴门上贴有一副对联:"无瑕人品清如玉,有骨文章淡若仙。"耿介勒马观看时,听到院内有人唉声叹气,就下马走了进去,见一个二十多岁的书生,穿着补丁衫,拿着一本书,两眼泪花,在摇头叹气。俗话说:男儿有泪不轻弹。他上前深施一礼,说:"兄长何故长吁短叹?"书生的母亲听到有人和儿子说话,就从茅屋中走出来,说:"东庄霍家聘小儿凤鸣当教书先生,因家里贫寒,他连出门衣裳都没有。这不,我正给他补裤子呢。"耿介一听,说:"凤鸣兄,人是衣裳马是鞍,如若不嫌弃,就穿上我的衣衫去吧。门外还有一匹马,你也骑上吧!"说着,他就把衣服脱下来,和凤鸣的破衣衫一换,就又往岳父家去了。

耿介的岳父家也是有名的大户人家,新女婿要来认亲,男女老少都穿戴一新,正等姑爷等得着急时,有个仆人通报说:"门外来了一个叫花子,冒充姑爷,俺把他挡在门外,让小姐出去认认。"大家一听,都跑到大门口看个究竟。只见那人头戴破蓝布公子巾,身穿补丁衫,脚上一双布鞋还咧着嘴,累得满头汗水,一群人正在围着他打趣。妻子一看是耿介,就忙制止。岳父岳母直皱眉,妻嫂子、小姨子捂着嘴直笑。"这就是进士大姑爷?""看他那穷酸样!"听着这冷言讽语,妻子气得两眼泪,耿介忙编瞎话说,路上遇到了强人,险些丢了性命,大家听后才不再说笑了。

耿介任江西湖东道时,有一年春节,他经过距梅岭古驿道不远的一个小山村,村前有条河,人若要过河,需绕很远的路。他见村人杀猪宰羊,张灯结彩,但有一些人家的大门上的对联却有纸无字,就问里长:"村中有几个识字人呀?"里长说:"回禀大人,村里已经五辈人没有上学了。"耿介听后,长叹一声:"读书研理,国之命脉呀!为什么不到对面村庄学堂读书呢?"里长说:"村前这条河太碍事呀,夏天河水暴涨,蹚不过去,绕路又太远,谁愿上学呢?"于是耿介就用自己的俸银修造了一座石桥,以便此村的孩子上学。这座桥人们就叫它"耿道台桥",据说至今犹存。

耿介任大名兵备道时,他的官舍后面有一道山岭,每逢吃饭,透过窗户,常常看见两个孩子翻山到岭下村庄去上学。每当看见这两个学生,他就对妻子和儿女夸奖一番。有一年下了大雪,吃饭时,耿介对妻子说:"这场大雪恐怕耽误他们上学哩!"正说着,见那两个孩子又冒雪翻岭上学来了。突然一阵狂风,一个孩子就被刮倒,滚下山来。耿介慌忙放下碗,把孩子抱回来,并吩咐马夫以后只要一遇雪天就接送他们上学。

后来,耿介辞官归家。他表弟想:表兄在外做官多年,肯定积攒了不少银子,回来会不修庄盖屋,置买田地,静心养老? 于是,他就来看看。谁知一见面,寒暄过后,耿介就对表弟说:"这次回来,土地不是进还要出。"表弟一听,心想:真是个怪人! 不过,肥水不能流外人田,他要是真卖地,城东那片水浇地,就是借钱也要买到手里。几天后,表弟带着银子又来了,说:"一拃没有四指近,要卖地就卖给我吧!"说着,他把白花花的银两放在桌子上。耿介说:"八亩地,早就一张纸了结啦。"表弟惊讶地说:"卖给谁啦? 一亩多少两纹银?"耿介说:"不是卖,是舍给嵩阳书院了。"表弟瞪大眼睛,说:"你疯啦不是? 现在谁还当这冤大头哩?"耿介:"你看书院那破穷,谁愿意来这教书? 你也捐点地,给书院作经费,让更多的孩子读书吧!"表弟一听火了:"你昏了头! 现在劝我瞎子跳井哩,石狮子的屁股——没门!"说完,他就气哼哼地走了。

至今,嵩阳书院还立着一通耿介捐地碑,并且还流传着这样一首歌谣:

  翰林耿逸庵,读书心胸宽;
  衣衫赠书生,丢人心亦甜;
  捐建道台桥,学童很方便;
  不图名和利,良田捐书院。

(整理:王鸿钧)

景冬旸与陈屠户

清朝康熙帝末年,景冬旸中了进士,喜讯传到,登封男女老少欣喜异常。

半月后,景冬旸及第归来,进入故乡大冶街,接他的人们都是兴高采烈,唯有陈屠户愁眉苦脸。一天,冬旸走到陈屠户门前,陈屠户急忙从店堂迎了出来,不知所措地叫道:"大人,请到屋里坐。"他嘴里这么说,心里直跳,脸也变了色。"叫什么大人,还叫我冬旸嘛。"景冬旸满脸带笑,进入店堂,坐在一个凳子上。为什么陈屠户满脸愁色? 这里边有个根由。

以前景冬旸家穷,父亲死得早,靠母亲给人家纺棉线度日。这一年,除夕将近,景冬旸家别说买过年的肉啦,白面才仅有一碗。母亲想到孩子一年难得吃上一次肉,舍着脸皮来到陈屠户家。陈屠子出门了,冬旸的母亲好说好求,好心的伙计赊给她一个猪头。

晚上,陈屠户回来了,听说伙计把猪头赊给了景冬旸家,便大发雷霆。景家穷,他们拿什么还账? 再说,年尽节毕,都是讨账哩,谁赊账,预兆来年生意不吉利。于是,他连催伙计们到景冬旸家去讨账,并说要不回来钱,就把猪头掂回来。伙计无奈,只好到景冬旸家来讨账。当他从门缝看到冬旸母子正围着炉火高高兴兴地煮肉,要敲门的手缩了回来。伙计回去向陈屠户说,猪头已煮了。陈屠户听后,骂伙计是窝囊废,并亲自到景冬旸家。他连嘟噜带骂,把正煮在锅里的猪头掂走了,冬旸母子俩在除夕夜抱头痛哭一场。

景冬旸与乡亲们在一起

从此后,景冬旸发愤求学,立志中举。可是,家穷交不起学费,他就在学堂窗外听先生讲书。有一次先生提出一个问题,让学生回答,满堂学生,面面皆觑,谁也答不出来。这时,景冬旸在窗外回答了先生的提问。先生见冬旸勤奋好学,就免费让他进了私塾。从此,景冬旸更加发愤图强,终于金榜题名。

陈屠户这时想,景冬旸对他掂走猪头一事,一定怀恨在心,现在及第归来就亲自上门找自己,心里怎能不害怕呢?于是,他嘴里打着哆嗦说:"小人见识短浅。"

景冬旸和气地说:"一个镇子里的乡亲,过去的事不要提了。再说这次能魁名及第还有你那一'激'的功劳呢。不过,今后眼光要看得远一点,穷乡亲别忘了。"

陈屠户连声说:"小人无知,小人无知。大人的话记下了。"

景冬旸从陈屠户店堂走出来,屠户心里还老惦记那场事。马上掂了十斤鲜肉三斤酒,送到景冬旸家里,并告诉景冬旸的母亲,说是冬旸买的,让他送来。陈屠户走后,景冬旸回家看到这些东西,知道是陈屠户害怕报复,才又来这一招儿。于是,景冬旸又亲自把肉与酒送还陈屠户家去。

景冬旸出任广东省高要县令那天,大冶街的老百姓成群结队出来送行,陈屠户送得最远。

(整理:景新源)

嵩崖尊僧

清康熙年间,登封出了个景日昣,字冬旸,号嵩崖。他是个知名的进士,又是个医道高明的医生,治好了康熙帝皇后的虱包病。他不信巫医神汉装神弄鬼,对于和尚道士治病,他也信不过。可是,他却写了一本书叫《嵩崖尊僧》。意思是,他尊敬和尚。为什么呢?

据说,景冬旸在太医院里治病。一天,来了一个被人搀扶着的将军。那将军脸色苍白,浑身无力,见门里靠墙放着一把罗圈椅子,两腿一软,就势瘫坐在椅子上。

景冬旸走过去一看,大吃一惊,接着详细问诊,仔细号脉,一切做完,才说:"你怎么不早来呢?"

将军说:"战场激杀,汗流浃背。虽战结束,但因恋战而迟了下战场。"

景冬旸说:"你这病咳,叫揭甲风……唉!是来晚了……"

将军瞪大了眼睛,又无可奈何地说:"医生,我……唉!我身为将军,冲杀疆场,不能以身殉职,深感遗憾。如果死在病榻,实不甘心!——这样吧,我家有父母高堂,妻儿幼女,就是死,也要和他们见上一面哪!"

景冬旸说:"也好,那就带些药物回家去吧。该吃就吃,该喝就喝,回家去吧。"

将军由几个随从扶上马。景冬旸又特别嘱咐:"路上不能久停!"

将军一行路过少林寺的时候,被一个少林和尚济众看见了,远远招手,说:"将军有病在身,怎么不快点治呢?"

将军一听,说:"你怎么知道我有病呢?"

济众说:"咦!我咋不知道,一看你的气色就知道。这病叫揭甲风啊!"

将军下马,来到和尚面前,恭敬地问:"师父,能治好吗?"

济众闭目侍立,双手合十,自语道:"阿弥陀佛,能治!"

将军施礼拜谢,叫随从把马从掖门牵入寺里,自己跟和尚师父进入山门,走过天王殿、大雄宝殿,直到和尚院来。

济众给了些药,安排他在和尚院里休息,自己找人在捶谱殿(即白衣殿)门前挖了三米多长、一米多宽、一米多深的壕沟,沟里铺了半米多厚的麦秸草,草上放了一筐鸭梨。一切准备就绪,他喊将军到沟边来,说:"听着,诚则灵矣!现在给你治病。"

将军想:怎么治?把我推沟里去,点着麦秸草,烧死我不成?咳!战场上大风大浪都冲闯了,还怕你这条小土沟吗?可是和尚师父又没有推的意思。

济众说:"下去,在沟里来回跑吧!要不停地跑,跑不动也不能歇下,渴了就拿梨吃。"

将军想:这不难。在战场上,白刀子进去,红刀子出来,有时连战几百个回合,累得筋疲力尽,谁叫过苦?这不算啥!跑!他跳到沟里,跑起来。哪知壕沟很窄,又有膝盖深的麦秸草,他高抬两腿,架起两臂,拖着疲惫的身子奔跑着,不几遭,便浑身冒汗了。脚下的麦秸草虽然被踏实了,但他的腿也抬不动了。他大跑不了,就小跑,实在跑不动了,就走着。他浑身流汗,口也"呼哧""呼哧"喘气,干渴了,抓起一个鸭梨就啃。他啃着,走着,迈着沉重的步子。一筐梨快吃完的时候,他实在走不动了,眼前一黑,身子一歪,累倒在壕沟里。

济众说:"好了,将军的病完全好了。"他让人把将军抬出壕沟,放在和尚院里的一间小屋里,开始一勺勺地灌着白面汤。

十天以后,将军恢复了健康。

二十天以后,将军骑马回到了京城。

将军到太医院复查病情的时候,景冬旸大吃一惊:以为他已经死了,不料他健康地回到京城来见他!他赶忙问起离京后的情况,将军把在少林寺治病的经过详详细细说了一遍。景冬旸认真地听着,却不解其中道理,便决定告假回嵩山少林寺问个究竟。

景冬旸一路策马,进了少林寺。见了济众和尚,出于常礼,他躬身一拜,但心中又不免有些别扭。

谈起给将军治病的事来,济众说:"叫他在沟里麦秸上跑,是为了使他在困难的条件下征服困难,充分活动筋骨,疏松肌肉毛孔,发散体内积郁;叫他渴了吃梨,是为了补充体内水分,使之五脏生津,这也有少林拳术在内。这便是治病不能单靠药物的道理。"

景冬旸听着,恍然大悟,说:"相比是打仗一样,既有武器征服敌人,又有兵员补充自给?"

济众和尚笑了:"是的,药物就是征服病魔的武器,活动就是增强自身体质的兵员。"

景冬旸马上起立,躬身再拜:"感谢师父指教!"济众和尚也双手合十,口中念道:"阿弥陀佛。"

以后,景冬旸对济众和尚更加尊敬,并虚心向他学习,求教治疗各种疾病的医术,成为远近闻名的医生。他还总结整理了师父的医疗经验,写成一本医学著作。为了表达对和尚师父的尊敬,他将书起名为《嵩崖尊僧》。

可是,因为少林寺和尚过去"反清复明",清廷对少林寺和尚既恨又害怕,为了避免政府的追究,景冬旸又将书名改为《嵩崖尊生》了。

(整理:耿直)

巧治皇后虱包症

清康熙年间,景日昣在京城为官。有一年,皇后得了虱包症,奇痒无比,食不成味,卧难安席,十分痛苦。康熙帝从太医院召来太医为她诊治。太医们都诊出皇后患的是虱包症,只要施个小手术,将虱包划破,清除里面的虱子,此病便可痊愈。但在封建王朝,皇室成员尊贵无比,尤其皇帝、皇后二人,更是至高无上。在他们身上动刀子,属犯弑君之罪,轻则流放,重则杀头,哪个敢冒此险?因此,太医院里的太医来了一茬又一茬,诊断后都推托自己医术不精,往后退缩,不敢妄治。而皇后的病情日益加重,痛苦不堪,她甚至产生了寻死的念头,弄得康熙帝无心上朝,整日愁眉不展。

对此,一向为朝廷和国家社稷着想的景日昣心中也十分着急。这天,他突然想出了一个妙法,便进宫面见圣上,向康熙帝毛遂自荐,说皇后的病属奇痒症,他能医治。

康熙帝听罢,面露喜色,问道:"爱卿有何妙方,可除皇后病苦?"景日昣奏道:"我们家乡有个偏方,名叫蛤蟆墨,即用蛤蟆一只,浸在墨斗内,数月之后,即化为汁液,治疗无名肿毒,最是灵验。臣为疗人疾苦,虽在京都,亦常年备有此药。皇后的金恙,只需用笔一支,蘸取此墨,在金体患处研磨,其法儿叫作'禁',即可根治。"康熙帝当即依其所奏,要他第二天即进宫为皇后治疗。

景日昣这晚回宅,便准备起进宫治病的用具。他先精心备下一支针头大小锋利的散刀,又取来一支毛笔,再将此刀巧妙地隐置在笔头内,又备好蛤蟆墨。第二天,他进了皇宫,在后宫以大礼见过皇后,然后镇定地取笔蘸取蛤蟆墨,在皇后虱包上适度轻研起来。研磨之中,他轻巧地将虱包划破,清除了里面的虱子,最后敷药包扎。

景日昣就这样治愈了皇后的虱包症,皇后对其感激有加,康熙帝对他也大加赞扬,从此每每重用他。景日昣的聪明才智,也由此得到了尽情的发挥。

(整理:郝焕斌)

景冬旸写书

景冬旸是嵩山东麓大冶镇人,名日昣,字冬旸,清朝康熙时进士,初任高要县令,以后官至吏部侍郎兼尚书,著有《说嵩》和《嵩崖尊生》两部书。《说嵩》记载了中岳嵩山的山脉、河流、名胜古迹、地方风情等;《嵩崖尊生》是一部医学书。现在嵩山一带还流传着他写书的故事。

一、合穿裤

景冬旸自小就很聪明,十二岁就读完了"四书""五经"。二十岁以后,景冬旸边读书边写《说嵩》。结婚的前几天,他到张秀才家去拜年,见秀才家里挂着一幅中堂,中堂上是岳飞题词。他问张秀才,词是什么时候题的,张秀才说是宋朝高宗绍兴十年题的,当时岳飞在蔡州(今上蔡县)大破金兵以后,在中岳休整军队。景冬旸听罢,看着词的内容好,书法也好,他想把词抄下来,写在《说嵩》一书上,可是天已经晚了,就回家去了。结婚后没几天,天还不亮,他就到秀才家来抄岳飞的题词,从头至尾,一字不落地把全文抄录下来:

目中原板荡,夷狄交侵,余发愤河朔,起自相台,总角从军,历二百余战,虽未能远入夷荒,洗荡巢穴,亦且快国仇之万一。今又提一旅孤军振起宜兴,建康之役一鼓败虏,恨未能使匹马不回耳!故且养兵休卒,蓄锐待敌,嗣当激励士卒,功期再战。北逾沙漠,喋血虏廷,尽屠逾种,迎二圣,归京阙,取故土,上版图,朝廷无虞,主上安枕,余之愿也!

岳飞建炎十年秋

景冬旸刚刚抄完,张秀才的茶童送茶来了,看见景冬旸穿着茄色起花新女裤,哈哈笑着说:"景先生,你怎么穿着新娘子的花裤子?"景冬旸低头一看,才知道起床早,没点灯,把新娘子的裤子穿上了,羞得满面通红。

张秀才对着茶童说:"奴才多嘴!'要得富,合穿裤'嘛!还不走开!"茶童笑着出门去了。直到现在,中岳一带的新婚夫妻,结婚头一年里,都要合穿一条裤子。这个风俗,就是从景冬旸那时传下来的。

二、马踏石

有一年冬天,大雪下得铺天盖地,冻得人伸不出手来。景冬旸的妻子老小都坐在火炉前取暖,唯有他坐在书案桌前,在写《说嵩》。当写到马鸣寺一节时,他忘记寺内竖有几道重修寺碑,急得直搔头搓手。他妻子看到他急成这个样子,就说:"看你,写个字比生孩子还难!"

景冬旸站起来说:"生孩子你肚内有啊,现在我肚内没有啊!"

他妻子说:"没有不会找找。"

妻子的一句话,提醒了景冬旸。他来到马棚,牵出一匹大马,翻身骑上,冒着漫天风雪,朝马鸣寺方向奔去。快到的时候,一阵风雪卷来,马打了个滑蹄,眼看人畜要跌下崖去,景冬旸左手一勒马缰,右手在马屁股上猛地一鞭,大马一抖精神,来个飞马跳涧,踏上崖石。就这样,一个猛踏,在一个大石头上踏了个蹄窝窝。如今,这个大石头上,还有个马蹄窝。人们看见这个马蹄窝,就想到了景冬旸的《说嵩》。

三、大人坠

景冬旸《嵩崖尊生》一书快完稿的时候,为了弄清"落新妇"这药的形态、性味和功能,有一天一早,他带着三个家人上嵩山去了。他们山前山后、崖边谷洼找遍,半天时间,没有找到一株完整的落新妇,三个家人这时有些灰心丧气了。中午,大家来到白鹤观的客厅里睡,别人躺下就睡着了,景冬旸咋睡也睡不着。他起来走出观门,又到处转悠起来。当他来到大铁梁峡,一道短崖下边的草坪上长满了绿草,草丛中长满了不知名的鲜花,他决心下崖去。短崖虽然只有丈余,但是刀切一般陡,怎么也下不去。最后景大人把腰带解下来,一头绑在崖边荆树上,一头抓在手里坠下崖去。打眼一看,这个草坪长满了落新妇,二尺多高的茎儿,全棵都是短线毛,小叶如卵形,开满淡紫色的小花。他拔了几棵,坐在石板上,细细观察起落新妇的根、茎、叶、花。直到太阳落山时,他感到饿了,才想起回观去,可是怎么也上不去短崖了。

三个家人睡醒后,不见大人了,就赶快出门找。白鹤观的和尚打上灯笼也到处找起来。大家找了一夜,也没有找到。直到第三天才发现景冬旸躺在草坪上,饿得连话也说不出来了。大伙用绳子把他拽上崖,背进白鹤观去。从此,人们就把这个短崖,叫"大人坠"。

(整理:王鸿钧)

康大人与洛阳举子

封建科举制度是统治阶级选拔人才的主要途径。主考官大人都是皇上驾前的名臣,需要具备很高的文化修养,方能胜任此职。

传说清朝乾隆年间,北京有位康大人就曾出任主考官来河南洛阳选拔人才。他临行前,京都大学士纪昀(纪晓岚)曾提醒他:"河南洛阳乃历朝古都,文化底蕴深厚,名人辈出,非同一般。你这次下去可要小心,以防丢手,别让洛阳才子看你的笑话。"康大人记下了大学士的话。

康大人下来,先到陕州灵宝,后又到洛阳。在洛阳考试结束,康大人接见举子们时,也没遇见什么特殊的事。他心想:纪大人说洛阳是出才子的地方,我看也没有出奇的举子。

考试结束,康大人离开洛阳时,举子们送他到黄河边上。康大人坐在船上,眼看就要和举子们离别,心想:我得再考考他们,看有没有新发现。此时他提议,自己愿出一副上联,向大家征求下联,举子们欣然同意。

康大人面对洛阳一座古塔,在船上大声朗诵道:"远望古塔,稳稳七层,四面八方。"他声音刚落地,举子们没有一人应声,只是左手举起,摇摆不定地欢送康大人乘船离去。

康大人回到北京见了纪大人,说起临行对联一事,颇为败兴,竟然连一个人也没有对上,何以洛阳才子多?

纪大人问:"你出了什么对联?"康大人说:"即景生情,'远观古塔,隐隐七层,四面八方'。"纪大人又问:"那些举子没有对答,就没有一点表现吗?"康大人说:"他们个个举手欢送我。"纪大人说:"举子们已经给你答复了,你还不知道!"康大人问:"他们是怎么答复的?"纪大人说:"他们是'近视双手,摇摇五指,两短三长'!他们不吭声就给你对上了!"康大人听后,觉得分析入情入理,如临其境。他既赞叹洛阳才子们出神入化,以形代声,又佩服纪大人聪明过人,不同凡响。

(整理:程秀斌 程广五)

"老实官"蔺挺达

一

清代偃师蔺窑村人蔺挺达,考上进士后留下的一些故事,如今仍在流传——他的爷爷,就是明代的蔺完植,正四品,官至湖广衡州知府。他告老还乡回到偃师后,生活俭朴,住在先祖留下的窑洞内。他去世前的十几年,粗茶淡饭,和睦乡里,遇到豪绅欺压百姓时,总是站出来干预,替老百姓说话,留下了好口碑。

蔺挺达在爷爷的影响下,自小读书用功,德行很好,清顺治九年(1652)考中进士,走上仕途,先后在工部、刑部、吏部、礼部、户部干过,工作岗位多变,人生阅历很丰富,官至吏部给事中。

蔺挺达清正廉洁,忠君爱国,最大的特点是敢于检举不法官员。有一年,他遇上一档子事:钱塘(今杭州)令沈虬,对地方建设漠不关心,却整日里盘算怎样捞外快。朝廷发现钱塘这个地方的税收老是上不去,就派人前去调查,结果发现沈虬玩忽职守,致使国家税收大量流失。

当时蔺挺达还是一个小言官,其工作部门隶属于都察院。他接到这个案子后尽力去办,把下面弹劾沈虬的案卷整理清楚,如实上报,沈虬被免职。

事情到此,一桩案子就处理完毕了,至于被免职的沈虬,该去哪儿凉快就去哪儿凉快吧。但事情没这么简单,当时的浙江巡抚陈应泰,与沈虬关系密切,又让沈虬承担了一项重要任务——掌管一个船队,为朝廷漕运军粮。

这是很重要的差事,怎能交给一个戴罪之人去办?可陈应泰不但让沈虬放心大胆去办差,还通过关系找到浙江按察使牟云龙,为沈虬翻案。

牟云龙听从陈应泰的指令,搞了一个材料,要替沈虬翻案,眼看事情快要办成,沈虬也将复职了,有人把此事密报蔺挺达。他感到事情的严重性,就直接向皇上写了检举信,揭发浙江巡抚和浙江按察使的不法行径。他向皇上写道:已经烧过的灰烬,现在有人欲使其复燃,这是为什么?若不是为了钱财,就是为了关系和情面。这两个浙江官员,起用一个不思悔罪之人,让他东山再起,岂不是让白骨头上再生肉!

蔺挺达的检举受到朝廷的重视,朝廷经进一步审查后,沈虬没能官复原职,有关人员也受到了处理。在后来的工作中,他不断向朝廷提合理化建议,为官二十年,奏疏二百件,顺治皇帝非常欣赏他。

二

顺治皇帝喜欢下象棋,尤其喜欢和蔺挺达下棋。别的官员和皇上下棋,总是正襟危坐,显得非常紧张,心里盘算着怎样才能不赢棋,生怕皇上输棋后场面尴尬。而蔺挺达与皇上下棋,总是自自然然的,该穿什么衣服就穿什么衣服,该怎么走棋就怎么走棋。

一次他们两个正在下棋,顺治帝见他衣着朴素,就问:"你有月薪百两银,怎么还穿得这么简朴?"他回答:"臣的俸禄虽然丰厚,但家乡父老生活还不宽裕。"他的这句话,其实说得唐突,好像顺治帝领导的大清国不富裕似的。可顺治帝并不在意,让他谈谈偃师老家的境况。他说:"我母亲已经七十岁了,每天还在纺花;我的妻子深夜不寐,每天都要织布。我一想到她们的辛苦,就不想穿好衣服了,想在生活上节俭一些。"顺治帝说:"这样吧,朕准你回乡一个月,把一家老小接到京城,衣食供给由朕负责。"

蔺挺达听了皇帝的话,知道这是对自己的关心,就跪下来谢恩:"谢万岁恩典,但无功不受禄,臣实在不敢领受。因为我一家老小没为朝廷作出什么贡献,不能接受这样的待遇,就请万岁收回成命吧!"皇上拿起棋子,在手中摩挲,说:"卿真乃忠臣也!"

蔺挺达与顺治皇帝对弈

可顺治帝很固执,他玩了一个小幽默,接下来连续三次不登殿、不上朝。朝臣们很纳闷,同时也很担心,因为当时有这样的通例:皇帝两次不上朝,就是对朝官政务有意见了;如果三次不登殿,那就是要惩治一些官吏了。蔺挺达当时负责打钟,每次都要通知正在等候的朝官进殿面见皇上,所以皇帝上朝不上朝,这个信息他是最早知道的。于是大家都来问他:皇上不上朝,这是准备惩治哪个官员呀?

这些官员来见蔺挺达时,多多少少都要带些礼物,尤其是那些自知违法的官员,都带着贵重礼物来打探消息,以便得到实信,早做打算。一时间蔺挺达的寓所人来人往,使他觉得非常别扭。他赶紧在门上贴出一张便条:"议国事请进,送彩礼问罪。"

这个便条写得很生硬,容易得罪人。可他就是这种个性,行事磊落,他就是要用这种方式杜绝行贿。结果,纸条一贴,马上就没人登门了,消停倒是消停了,但也让很多人记恨他。隔了几天,顺治帝又和他下棋,笑着问他:"爱卿呀,前几天你已经发了大财,为啥还穿这么简朴的衣服呀?"蔺挺达大惊,连忙跪地说:"臣诚惶诚恐,不知万岁此言从何说起?"皇上哈哈大笑:"朕不登殿,不就是让那些善于钻营的官员给你家送钱,让你一家老小免受辛苦饥寒吗?"蔺挺达一听,惊出一身冷汗,才知这是皇上在进一步考验他,就说:"我在门上贴了个便条……"顺治听后说:"爱卿真是个'老实官'!"

顺治帝专门写了一块匾,题上"老实官"三个大字,赐给蔺挺达,表彰他的正直清廉,同时警告其他官员要奉公守法。从此,满朝文武都知道偃师出了个"老实官"蔺挺达。

三

顺治帝驾崩,康熙帝上台。俗话说"一朝天子一朝臣,这朝不用那朝人",此时蔺挺达已经六十多岁,该致仕还乡了。加上他过去常与先帝下棋,属于近臣,有人就向新登基的康熙帝告状,打他的小报告。见此情景,蔺挺达就打了个报告,说自己年老体弱,患有足疾,奏请退休。

康熙帝批准了他的请求,考虑到京城离偃师路途遥远,赏赐他十匹高头大马,让他把必带的用品运回老家。谁知蔺挺达利用这十匹马,也要了一回黑色幽默,临走时"回敬"了一下那些诬陷他的人。

这天,蔺挺达要启程,那些别有用心的人也来送行。当他们看到马背上驮着鼓鼓囊囊的布袋,以为其中必是蔺挺达多年积攒的宝物,就连忙奏知皇上,说蔺挺达多年来貌似忠厚,其实暗收贿赂,积攒了许多财物,动用了十匹好马,正准备运回他的老家呢!

康熙帝似信非信,派人来查,把所有行李物品都弄到皇宫。那些别有用心的官员说:"马背上驮的布袋鼓鼓囊囊,看上去十分沉重,不是金子便是银子,请当场打开检验!"康熙帝看了看,说:不会都是金银吧?也许是一些书籍,就不必检验了,让他自己说说里面装的是什么。

可那些人不依不饶,纷纷说:"一定要打开看看,他平时总是检举别人,这种人其实往往会中饱私囊。如果打开以后是金银,就让他等量赔偿,同时还要治罪;若不是金银的话,我们情愿用等量银子赔偿他!"

皇上准奏,命人打开布袋。谁知打开之后,全是零零碎碎的建筑垃圾,有砖块也有碎石。皇上不解,问:"你带这些东西回去干什么?"蔺挺达从容回答:"这些东西都是老臣寓所之废物,我走之后,寓所定要分配给新来官员居住,我要把这些东西清理干净,扔到城外去,免得妨碍他人居住。"

那些别有用心的官员见了,面面相觑,十分懊恼,只好等量赔偿了银子。康熙帝很生气,训斥那些官员所奏不实,无事生非,对蔺挺达说:"你把这些银子悉数运回吧。"

四

如此看来,蔺挺达并非是一窍不通的"老实官",他是很有智慧的,对于诬陷他的官员,他能及时巧妙地回击。但他的"老实官"是钦赐的,名气很大,所以回到偃师之后,乡里乡亲都很尊敬他,地方官员也很敬畏他。

当时偃师老城东大街有"蔺御史宅",地方官员路过,文官下轿,武官下马,以示对他的尊敬。这种景象让乡亲们颇感自豪,津津乐道,为地方上出了这样一个人物而骄傲。但蔺挺达却如芒在背,感到浑身不自在。他拿出离京时得到的那些赔银,让人在东大街南边又修了一条路,让过路官员避开自己的宅第,免去了这种无端的麻烦。

据偃师一些老人讲,这条路东起东城门,只有一华里,正好避开蔺宅,由于当初是为了解决官员不能坐轿、骑马路过而修的,所以俗名"马道街",后来又改名"泮池街",这件事遂成当地一段佳话。

即使这样,钦赐"老实官"的荣誉,还是招致一些官员嫉妒。他回乡不久,一名在京官员开始举报他:"蔺挺达回乡后,将他爷爷蔺完植的坟墓,迁葬在汤王陵的正前方,截断了天子风水,这是他有意荫佑子孙,图谋天下!"其实蔺挺达爷爷的墓,原本离汤王陵不远,并非有意为之。但消息传来,蔺挺达还是感到害怕:现在退休了,若有人欲借此陷害自己,就不大好办了,于是他赶紧差人,迁移爷爷的坟。

但家人不愿迁坟,就把汤王陵前历朝历代放置的碑刻一一挖坑掩埋了,使人看不出这里是汤王陵。接着他们又托人来到县衙,把明代《偃师县志》上所载的"汤王冢在县东北八里山上",改为"汤王冢在县东北十八里山上"。这样一改,就拉开了蔺完植墓与汤王陵的距离。朝廷也没再追究此事,蔺挺达一家才逃过一劫。

还有一种传说。说是这件事发生在蔺挺达还未离任之时,是他听说那些人的诬告后,连忙传信回乡,让家人快快迁坟,家人采用上述办法办妥此事的。但不论哪种说法,都说明他经常举报他人,引来许多嫉恨,也说明他常与顺治帝下棋,当近臣得罪了一些人——看来,与皇帝下棋,也不是好下的。

(整理:孙钦良)

四、道教传说

三素元君的嵩山恋情

　　传说古时候,一位姓任的书生,心地纯洁,志向专一,隐居嵩山读书。夜里,他经常闻见一种奇怪的香味。有一天,来了一位姑娘,站在门外对他说:"我因命里注定要做您的妻子,所以不揣冒昧,前来和您约会。"她大约二十多岁,异常美丽,仙姿绰约,世上的姑娘没人能比得上,还有两个丫环,穿着青衣,跟在她的身后。书生以为是鬼,坚决不答应。

　　那姑娘忽然推门进来,坐在书生旁边,看着书生读书。但书生旁若无人,照读不误。夜深了,那姑娘对丫环说:"把笔墨纸砚拿来。"她挥笔题诗一首:"我名籍上清,谪居游五岳,以君无俗累,来劝神仙学。"然后,她对书生说三天以后还来,就不见了。那书生看诗写得清新流畅,字又非常秀丽,更加怀疑这姑娘是妖异。

　　三天以后,姑娘又来了,书生心肠更加坚定。那姑娘说:"我不是山精木妖,而是名列上清的正仙,只是命运的安排,让我暂时谪降人间,并允许我自择配偶。我看您志向高远,愿意嫁您为妻,这不仅能为您消灾降福,还可使您富贵长寿。不想你如此执迷不悟,也是你的命薄。"说罢,她又赠诗一首:"葛洪亦有妇,王母亦有夫。神仙尽灵匹,君子意何如?"书生仍然一言不发,还把脸转了过去。于是那姑娘又写了一首诗:"阮郎迷为悟,何要申情愫,明日海山春,彩舟却归去。"写完,她嗟叹好久,才走出门去。

　　姑娘出门向东,走了几十步远,慢慢离开地面,向空中冉冉升起。离地一百多丈高时,人们隐约看见她在云彩之上。忽然,从天上飘下来许多纸片,像是雪花,落到地上,大家才知道是姑娘写的诗。人们知道她是神仙,个个既恨自己无缘,又怨那书生太呆钝无情。

　　几个月后,书生病了。两个黄衣使者拿着花名册进来说:"你已经活到时候了。"说完,他们就把他押走了。大约走了几十里,忽然看见前面有一队仪仗齐整的人马浩浩荡荡地从对面走来。队中间有位女子,乘坐着翠绿的辇车,有几十个人在旁边护卫。那两个黄衣使者赶紧和书生躲在一旁,立在墙根下。那女子看见有人躲避,就停车问话。黄衣使者赶紧上前答话,并说明了情况。那女子笑道:"是嵩山那位读书的薄命汉子吧?"说完,她让黄衣使者拿来花名册,看了看,说:"这汉子是该命尽了,只是

今天碰见了我。他无情,我不能无义。"说着,她拿起笔批了个条子,允许再给书生三年寿命。书生见此情景,再三感谢。黄衣使者说:"这是三素元君,是仙官中最尊贵的,既然她下了命令,我们就还把你送回去。"

于是,那书生就又活了三年。

老子炼丹翠云峰

相传,邙岭上清宫为老子炼丹之处。

老子,名重耳,字伯阳,楚国苦县曲仁里人。老子实在是个神奇的人,就说他的诞生吧。有说其母感大流星而娠;有说其先天地而生;有说其母怀其七十二年才生,生时他还不走常道,是剖开母亲左腋才出来的,且面世就是个白头发的老头子,因此就叫了个"老子";还有说其母适至李树下生他,他坠地就能讲话,指着李树说:"以此为我姓。"(《神仙传》)。说起他的相貌也不凡:耳朵有三个洞,且是重耳无轮(故名重耳,又称聃);眉如北斗,色绿,中有紫毛,长五寸;目方瞳,绿筋贯之,有紫光;鼻双柱;口方,齿数六八一十四个,颐如方丘,颊似横垄……(《酉阳杂俎》)。就是这么个神奇的人,自然是聪明透顶,异于凡人的。因此,老子在周朝的国家图书馆"王城守藏室"里,早早就当上了负责官员"柱下史"。

公元前520年,老子五十二岁时,周王朝内外交困,发生了争夺王位的内讧,守藏室的典籍全被王子朝等囊括到了楚国,诸侯国势力也愈来愈强大,觊觎朝廷。老子见周室日渐衰落,自己又无书可管了,只好心情酸楚楚地离开王城,来到城北的邙岭最高处"翠云峰"上,静心炼丹养性。

翠云峰上松柏葱茏,登临远眺,伊洛河和龙门山、万安山等历历在目,让人心胸顿然开阔。博学的老子对仕途失望后,精力专注地用在炼丹上。他砌了太极八卦炉,以乾、坤、坎、离、震、艮、巽、兑八方位,调动天、地、水、火、雷、山、风、泽之灵性,运用内外相同之道理炼将起来。整整炼了九九八十一天,揭炉时轰然一声,犹似地震,只见炉膛里迸射出万道金光,直冲霄汉。老子先自用一粒,顿时脱了凡骨,面露紫气。

老子上山时,为求心静,将所乘青牛拴在翠云峰旁的一条峪谷之间。丹成后,老子用仙丹点化青牛,青牛也成了神牛。

人成仙体,牛脱凡胎,老子就洒脱地骑上青牛,出函谷关,"西游天竺教化胡人"去了。

后人为了纪念这位道教创始人,在翠云峰巅建了庙宇,后称上清宫,在拴青牛处建了"青牛观",亦叫下清宫,并将拴牛的山谷称为"青牛峪"。明朝诗人张美谷的《青牛吼谷》就描写这个故事:

> 大道归何处?白头一老翁。
> 名逃柱下史,丹炼翠云宫。
> 紫气冲关外,青牛吼峪中。
> 流沙越万里,西去觅真空。

列子跟壶丘子学道

郑国有个巫师叫季咸,能预知祸福寿夭,他能算出某人某年某月某日死,从不出错。列子十分敬服,就对自己的老师壶丘子说:"本来我以为先生之道最了不起,想不到还有比您更了不起的。"壶丘子说:"你叫他来给我看看相,算算命。"

巫咸第一次来时,壶丘子示以地之相。巫咸看完相,出来对列子说:"我看到了湿透的死灰,你的老师十天之内必死无疑。"列子进去,流着眼泪转告了壶丘子。壶丘子说:"你叫他再来。"第二天,壶丘子示以天之相。巫咸出来对列子说:"你的老师运气不错,幸亏遇到我,才有了转机,我让他死灰复燃了。"列子高兴地进去转告了壶丘子。壶丘子说:"你让他再来。"第三天,壶丘子示以全息的人之相。巫咸一看世间诸相应有尽有,不敢妄言,出来

列子跟壶丘子学道

对列子说:"你的老师心不诚,在面相上故意隐瞒自己的内心欲念,叫我怎么看?"列子进去转告了老师。壶丘子说:"你叫他再来。"第四天,壶丘子示之以无相之相。巫咸一看,站都站不稳,转过身撒腿就逃。列子追之不及,回来问壶丘子怎么回事。

壶丘子告以原委:"人总是以自己极有限的所知来揣度万物。巫咸不过是所知较多,尤其是对凡夫俗子颇为深知。凡夫俗子自以为得天道、得地道、得人道,并以得道之心与自然之道相抗,所以巫师能够给凡夫俗子看相,甚至能做出准确的预言。其实不是看相者有道,而是被相者不自知地告诉看相者的。这个巫咸能看出我的地之相和天之相——这是人之相的两种——已经算是有点混饭吃的小本事了。我第三天让他看全息的人之相,他就已经看不明白了。我第四天再让他看自然的清静本相,他就知道看与被看的位置完全颠倒了。所以再不敢狂妄,赶紧逃跑了。列子听了,知道自己对老师的智慧什么也没学到,于是回家老老实实给妻子做了三年饭。平时对待任何有生命的生物,像对待人一样恭敬,毕生对任何事物都不敢妄称了解。就这样,列子像泥土一样任行自然,返璞归真,走自己的路,终于成了仙人。

老君赐煤

嵩山逍遥谷里,有一座老君庙,就是唐高宗时道士潘师正所建的那个道院,名为崇唐观,观内有一尊2.8米高的白玉石老君像。嵩山上还有老君洞、老君殿等与老君有关的遗迹。嵩山脚下的陶瓷、煤矿行业也习惯敬奉老君,还广泛地流传老君赐煤的传说。

老君,就是道教尊奉的老子,姓李名耳,字伯阳,一说老聃,春秋时楚国苦县(今河南鹿邑)人,曾著有《道德经》即《老子五千文》,为道家经典,因此老子被称为"道家始祖"。嵩山金壶峰,按《拾遗记》记载,是老子写《道德经》之处。"浮提国人用肘后金壶墨,佐老子写《道德经》,余墨淋漓泼石上成篆隶蝌蚪文。"他不仅在此写经,还教会当地人用煤为燃料,使炉火更旺,于是被尊为炉火神的祖师。

嵩山地区古代烧陶业非常发达,烧陶器都是用的木材。为了烧陶器,人们把窑场附近的树木砍伐光了,还到远处去砍伐,这样,大片大片的山林被破坏。山上没有树木,风一起,飞沙走石,大雨一来,山洪暴发,水土流失,山下田园被毁,人民生命财产遭受了重大损失。老君看到这种情况,便想:如何才能使人们不大量伐树保护山林,又还能保障烧陶业的发展呢?最后他想到了自己炼丹时往八卦炉送的磁炭。

于是,老君就派两位童子驾鹤向一位因劳累而昏昏欲睡的阳城长官托梦,说:"仙长有请先生。"长官遂起身乘鹤前往,但见四周白云飘荡,星斗闪光,又听耳旁风声嗖嗖,山川后退。长官正在心疑,不觉来到一座高大雄伟的牌楼前面,那牌楼黄瓦盖顶,绿瓦剪边,宝瓶坐脊,风铃挂檐,九彩斗拱,朱柱棂窗,额题"南天门"三个篆字。长官心想:南天门连着天宫,天宫乃天地神仙居住之地,我怎么能到此呢?他随着两位仙童乘鹤过了南天门,来到一座更为巍峨壮丽的宫殿前,只见雕梁画栋,金瓦飞顶,脊施龙凤,透花门窗,银毡铺地,玉树列道。下了仙鹤,他见八卦炉内炭火熊熊,两位童子摇扇鼓风,一位银须飘飘的老者正往炉内送黑色石头。老者看到他,就亲切搭话,说:"长官,有劳您了。"长官说:"没什么,我做梦都想来天宫呢。只是您的炉火怎么没有烟,还烧得这么旺呢?"两位童子抢着答话,说:"这是太上老君,八卦炉内烧的是太阳石!"老君笑着解释道:"太阳石是太阳神从大地提炼出来的精华,也可叫磁炭或者乌金宝石,用它烧陶可以节约大量木材。"

长官忽然想起前几天到各地视察民情,看到陶工大量砍伐山林的事实,总想怎样才能避免毁坏山林呢,听到老君的话,不由胸怀开朗,头脑清醒,上前求道:"太上老君,能否将这些宝物赐给少许,以解民用,实感大德。"老君说:"人间此石很多,有的浅露地表,有的深埋地下,何不挖来燃用?你可以拿些样品回去。"

长官接过样品,谢别老君,骑上仙鹤准备返回。他一高兴,梦醒了。于是他便按照老君的指点,带领陶工到山涧沟壑寻找乌金宝石,拿回窑上试烧,果然炉火熊熊,热度比柴火高出许多,而且还没有滚滚浓烟,烧出的陶瓷质坚、声脆、色泽光亮。于是,人们都相互传诵:"太好了,真美呀!"买陶器的人问:"这陶器是怎么烧出来的?"窑工们就说:"真美呀,这是老君赐的。"

从此,人们便不再大量砍伐林木烧陶,还渐渐把"真美呀"的乌金宝石简读成"煤"。直到现在,嵩山周围各县市很多煤矿附近都修有老君庙,敬奉老君,以求安全生产。

煤土的传说

相传,以前有个要饭的,夜里睡在中岳庙的中王爷寝殿里。一天晚上睡得正香,忽然听见有人在说话,被惊醒后他仔细地听,原来是中王爷和中王奶奶在说话。

奶奶说:"我去走娘家没啥拿。"

爷说:"那你拿点煤。"

奶奶说:"煤也不多了。"

爷说:"你把煤里掺点儿土。"

奶奶问:"掺多少?"

爷答:"三大锨煤,两小锨土。"

奶奶又问:"那会中?火会着吗?"

爷答:"我就打算下令从下一个月开始,凡是用煤户,都要一律掺土用。"

奶奶问:"那是为啥?"

爷答:"因为地下煤是有限的,将来用煤的人越来越多,总有一天地下的煤会挖完的。只有节约用煤,日子才能往长处过。"

第二天夜里,要饭的又听到中王爷和中王奶奶对话。

爷问:"今天你把掺土的煤拿到您娘家,有人问你了没有?"

奶奶答:"俺娘说你这次怎么把煤里掺了土呀?"

"你咋说了?"

"是你那老女婿叫掺的。"

"她没问啥掺法?"

"问了。我说三大锨煤,掺两小锨土。"

第三天,要饭的把在寝殿听到的消息告诉给了许多老百姓,大家照着中王爷的办法往煤里掺土,家家户户的灶火着得都挺旺。当时有一户财主,听说烧煤掺土,有点儿不服气。他家仍然还是光用煤,不掺土。结果不是火不旺,就是火光灭,一天三顿做不熟饭。因为顿顿做饭要生火,家里的女人个个都被烟气熏成了烂眼子,没办法,只好也把煤里掺上土了。

从那时起,烧煤掺土一直延续到今天。

(整理:李妮 张秋灵)

王子晋升仙

周灵王在位时,其子晋聪明过人,少年时读书过目不忘,出口成章,但他不甘于宫廷的寂寞,倾心于脱尘离俗的神仙日子。一天丽日融融,惠风习习,王子晋在侍卫的簇拥下,出了城郭,来到郊野围

王子晋驾鹤飞升

猎。忽然,树林中跳出一只梅花鹿,仰天长鸣一声,即向山里逃去。

王子晋看得清楚,放马追去。马快鹿缓,不时发出"呦呦"的嘶鸣,犹如逗人一般。王子晋连放三箭,才射中鹿的腿部,但它仍跳涧跨壑,如履平地。王子晋穿过茂密森林,涉过潺潺河溪,翻过起伏丘陵,越过陡峭壕沟,一直追到缑山东边一条叫作休水的河边,惹人喜爱的梅花鹿却不知去向。王子晋心中惆怅,但举目一望,好一派风景。虬松古柏傲然挺立于山巅,奇花异葩镶嵌在丛林之间,巨木交柯,曲径通幽,深不可测。王子正为大自然的美景所陶醉,突然发现前面悬崖峭壁下有一窑洞,上雕"浮丘洞"三字,字迹遒劲古朴,洞内金碧辉煌,光彩夺目。门口蒲团上,坐一老翁,鹤发童颜,悠闲自得。王子下马,躬身施礼,说:"请问老翁,方才有梅花鹿逃到这里,可曾见到?"老翁微微笑道:"老汉的一只家鹿,刚从野外归来,请王子观看。"说罢,他从袖中取出一只小鹿放在掌上,王子仔细端详,只见鹿的腿上好像扎了根针,倒像是那只鹿,就是太小了,便摇头说:"不是,我看见的是一只大鹿。""王子莫急。"老汉说着,将手一翻,梅花鹿刚一堕地,蓦然变成了一只大鹿,腿上插的正是王子的箭。王子惊奇片刻,才恍然大悟:"啊,弟子愚眼不识仙体,请师父原谅射鹿之罪,收我为弟子。"说罢,他长跪地下。

老翁扶起王子,沉思一会儿,说:"学道可以,但必须答应我个条件。"王子说:"只要师父收留,什么条件都可答应。"老翁说:"赐给你一把宝剑,回宫将你母后杀了。"王子听到这里,不由惊诧地问:"母后?为什么要杀她?"老翁说:"你母后是一个妖魔化身,扰乱朝纲,陷害忠良,涂炭黎民,不除乃周室之患也。"经过思虑,王子说:"请赐宝剑。"老翁说:"慢来,还得如此这般……"

王子立时拨马回头,扬鞭驰骋,取道缑山直奔京城。回到王宫,王子按照师父的交待,杀了母亲,把头放在首饰盒内,把那一口带血的宝剑,悬于宫门之上,携带首饰盒,向缑山奔去。浮丘公笑迎洞外,接过盒,打开让王子观看,里边只有一把玉簪和宫粉。王子吃惊异常,却待询问,浮丘公大笑道:"你放心吧,你母后还健在,也不是妖魔,只是他们知道你已自缢于宫门,不然,怎能放你遁入空门?"说着,浮丘公把玉簪向空中抛去,在轻纱的烟雾中,玉簪化作一只洁白的丹顶鹤翱翔天空,然后双翅一并,轻轻落在他们面前。老翁在前,王子在后,一齐跨上鹤背,腾空而起。一时间,笙弦管箫齐鸣,缥缈空中,久久不息。

翌日,灵王、王后发现太子于宫门自缢身亡,悲痛不止,传旨隆重安葬。经过皇家风水使臣的多方选择,墓地最后定于缑山。殡葬之日,举国致哀,仪仗连绵数里。灵柩运到墓地,杠夫忽然觉得轻了许多,禀于灵王,开棺一看,里面只有一柄宝剑,并无太子尸体。大家诧异不解,最后将棺木宝剑一同埋葬,后人也就把这坟墓叫"葬剑坟"。

殡好之后,忽听空中鹤鸣,只见太子骑在鹤上向众人招手,大家方知太子升仙了。周灵王为纪念太子升仙,就在缑山之巅,大兴土木,建造了一座"升仙观"。

凤 凰 来 仪

春秋时代,有个名叫萧史的英俊潇洒青年,得到了仙人的指引,名登仙籍,来到了天国。天国风物,奇妙无比,可是,萧史却常常望着下界出神。一位仙姑善解人意,有一天悄悄问道:"你好像总有心事?"萧史脸红了,支支吾吾:"嗯——哦——不,没有。"仙姑轻轻地笑了,说:"有心事不要憋着,说出来,大家帮你解决嘛。"

萧史这才不好意思地说:"飞升之前,来不及通知她,否则可以把她带来的。"仙姑笑得更加粲然,问道:"她是谁呀?"萧史更加害羞,答道:"她叫弄玉,是秦穆公的女儿。"仙姑微微点头,又问:"弄玉姑娘今年芳龄几何?""今年,今年……十二岁。""嗨,人家才十二岁,你呀,单相思!"萧史辩白道:"她很喜欢我的!"仙姑直摇头,说:"十二岁的女孩,今天喜欢你,明天就讨厌你了。"萧史急了,大声说:"不会的,她不是那种人!"这时,仙姑掩嘴笑了起来:"看把你急的,我是和你闹着玩呢!不过,可以看出,你是真心的。难得啊!"说着,她的脸上现出一片阴云。

萧史没有在意,继续说:"我要把弄玉接上来,一起过幸福的生活。"仙姑叹了一口气,缓缓说:"到底还年轻。你说接她上来,就能接她上来?仙缘不到,也是枉然啊!"萧史央求道:"好姐姐,帮我想个法子。"仙姑沉吟片刻,答道:"好吧,精诚所至,金石为开。我去为你说说情吧。"

第二天,仙姑找到萧史,一脸笑意:"好了,玉皇大帝特批,放你回人间度假三年,度弄玉成仙……"不等仙姑说完,萧史一跳老高:"啊,太好了,我这就走。"仙姑双手拦住:"这就走?你打算怎么度她成仙?"萧史搔着头发,说:"咦,这倒没有想过。"仙姑嗔道:"不成仙,如何上得来。愣头青!来吧,告诉你,你不是擅长吹箫吗?你就教她吹箫。等到她学好了,你们可以合奏的时候,看能不能引来凤凰。引来凤凰,你就可以和她乘着凤凰飞升到这里来了。"

萧史辞别天庭,重下凡间。第二天一早,他即去拜见秦穆公。穆公一见,惊奇地问道:"你一走五年,到哪里去了?"这下轮到萧史吃惊了:五年?怎么会有五年?但他随即明白了,仙凡不同时,不足为怪,便掩饰道:"到昆仑山上玩了一玩。"穆公走到萧史身边,亲切地说:"你走后,弄玉想你想得好苦啊!这孩子懂事了。及笄以后,谁也不嫁,一直痴情地等着你呢。"萧史听了,热血沸腾,久久说不出话来。秦穆公慈祥地笑了,乐呵呵地说:"好!看得出,你也是爱她深的。我做主,今晚成亲!"

从此,小两口整日厮守,百般恩爱,如胶似漆。蜜月过后,萧史便开始教娇妻吹箫。萧史取出二十三管洞箫,自己先演奏起来。洞箫刚一沾唇,那奇妙无比的乐声便从唇间轻快地流出来,那乐曲清亮而欢快。一曲终了,白鹤、孔雀从四面八方云集过来。弄玉高兴得跳了起来,一边拍手,一边央求:"好哥哥,你快教我,快教我嘛!"弄玉不仅长得漂亮,人也聪明伶俐,遇事又爱动脑子,不出一月,便学得像模像样了。穆公大为欣赏,又下令为他们修了一座凤凰台。每天,当朝阳冉冉升起,梧桐叶上"嘀嗒""嘀嗒"地掉下露珠时,萧史、弄玉便开始练习吹箫了。

一年过去了,两年过去了。第三年的春天来得特别早,春风和煦,春花烂漫,春山如笑。凤凰台上,更是一派春意。这天清晨,红日刚刚涌出地平线,萧史、弄玉便各执一箫,一唱一和,开始吹奏起来。晨风中,箫声和鸣,时而如高山流水,时而似九天行云。

　　一曲吹罢,白鹤起舞;
　　二曲吹罢,古松增翠;
　　三曲吹罢,和风拂煦;
　　四曲吹罢,祥云四起;
　　五曲吹罢,太阳生辉;
　　六曲吹罢,江河汹涌;
　　七曲吹罢,山岳回鸣;
　　八曲吹罢,蛟龙翻腾;
　　九曲吹罢,凤凰来仪。

　　萧史、弄玉放下洞箫,四目相对,久久凝视。直到一双凤凰分别落在他们夫妻二人肩上,萧史、弄玉才如梦方醒,然后猛地扑到对方怀里,万分激动。"我成仙了!""对!你成仙了!我们都成仙了!"凤凰台上,成千上万的凤凰扑动翅膀,冲天而起。这声音,像一阵风,像一阵雷,滚滚流动。

　　最后,萧史、弄玉满怀深情地看了凤凰台一眼,双双骑上凤凰。凤凰驮着他们,缓缓起飞,一圈,两圈,三圈……凤凰围着秦宫转了九圈,这才昂起头,直插云霄。

张道陵嵩山得书

　　浙江境内有座造型独特的山,名叫天目山,东西两峰遥相对峙,传说古时峰巅各有一弘清池,左右相盼,远远望去,恰似一对明澈的巨目凝视着白云蓝天。汉光武帝时,有个不同寻常的婴儿就降生在山下一户姓张的人家。传说这个婴儿出生之前,他母亲梦见一位身着锦衣玉袍的巨人来到面前,对她说:"我是魁星,将降人间。"说完,巨人递给她一朵仙花。她伸手接过仙花,就从梦中醒来,只觉得异香满室,久久不散,从此便有了身孕。婴儿降生那天,整个庭院黄云笼罩,紫气环绕,曾经有过的异香再次弥漫了整个房间。谁也不曾料到,这个取名张陵的孩子日后竟成一代教主,创立了中国道教的第一个教团,被公认为道教祖师,世人尊称"张道陵"。

　　张陵成人之后,相貌十分奇特。他身高九尺三寸,浓眉大脸,额头很宽,眼睛是淡绿色的,炯炯有神,头发泛红,胡须络腮,美髯垂胸,双手过膝,走起路来龙行虎步,十分威武,就是家人见了不免敬他三分。传说张陵七岁读《老子》,已能领悟其中深意,成年之后更是博览群书,天文地理无所不晓,是当地有名的学士,天目山下方圆数十里都有他的讲堂。他多次由地方推举,被朝廷征诏为官,但时值东汉末年,张陵深感朝廷腐败,官场黑暗,儒家学说进不能治世,退无益延命,与其混迹官场,倒不如远离仕途,浪迹江湖,去追寻长生之道。

　　张陵此志既立,家人也无法挽留。临别那天,他把他的学生们都招来,对他们说:"人情之常,有生必有死,有合必有离,聚极则散,乐极生悲,谁也逃不过去。我已决定离世远游,修性合道,现在跟你们告别,你们有什么要说的吗?"一个叫王长的弟子表示愿随老师同去。于是,张陵遣散其他学生,带着王长离开了家乡。

　　师徒二人出行之后,遍游名山大川,先后在洛阳北邙山、江西云锦山等处修道。传说居云锦山时,张陵在山岩上发现一本异书,照着书中指点修炼"龙虎神丹",一年有红光照室,二年有五云覆鼎,三年丹成,有一条青龙、一只白虎现形空中,护卫丹灶,张陵从此成了真人。后来,人们就把云锦山改称为"龙虎山",山中至今尚存藏经岩、炼丹台等遗迹。

张陵丹成之后,带着王长下了山,据说在山下的西仙源得到制命五岳的秘术,在壁鲁洞得到檄召万灵的秘文。

随后,两人又来到嵩山,一住就是几年。一天,有位白衣使者不期而至,告诉张陵说,嵩山中峰有座石室,石室之中藏有三皇内文和黄帝九鼎丹经,依之修炼者可以升仙。于是张陵斋戒七日,进了石室,脚下所到之处竟铿然有声。他顺着有声之处翻开地面的石砖,果然找到了所藏丹书。自此以后,张陵道法越练越精,不仅能够召唤精灵,驾驭神兽,可以听到千里之外的声音,还有隐身法和分身术,常常同时出现在好几个地方。这时的张陵已经六十多岁了,看起来还像是个壮年汉子。人们都说他道术高超,却不知道他内心深处的真正理想,那就是实现以道化民的宏大抱负。当他听说蜀中多名山仙药,古代曾是神仙高真聚会之地,民风又纯朴,易于教化,是个创业的好地方,就决定南下入蜀。东汉顺帝年间,张陵从嵩山出发,千里跋涉,终于来到蜀地,在这里做出了一番轰轰烈烈的创教事业。

张道陵嵩山得书

寇天师与神仙洞

北魏初年,原在南山修道的寇谦之,在其师成兴的引导下经西岳来到浮戏山修炼,把住处选择在卧龙台之西的幽谷中。

有一天,成兴对寇谦之说:"我有事情得出去几天,我走之后会有人送仙药给你。甭管是些什么,只管吃下就是。"寇谦之满口答应。

成兴走后的第二天,果然有人手提食盒至此,自称是成兴之友,受托来送仙药。寇谦之自是欢喜。谁知打开食盒看时,里面全是毒虫恶臭之物。寇谦之吓得魂不附体,竟撇下来人,跑到洞外的竹林里躲了起来。

七日之后,成兴回到洞中,问寇谦之有人送药没有。见师父问,他非常不高兴地说:"师父若嫌我笨拙,把我赶走就是,何必使人害我?说什么仙药不仙药的,全是些毒虫恶臭之物!"

成兴听到此话,很惋惜地叹了口气,对寇谦之说:"看来你是无缘成仙,只好去做帝王师了。"

次日,寇谦之进洞看时,成兴已经死去多时。

第二天上午,有两个邋遢叫花子闯进洞来,一人抱着一卷破蓑衣,一人手持一根枣木棍,声称要向成兴讨账。寇谦之慎记师父"好好接待,不得怠慢"的临终嘱咐,恭恭敬敬地把他们领到师父的尸体旁。两个叫花子一起把手中之物抛向成兴,只见那成兴一跃而起,披蓑持棍。一时间,那蓑衣变成了金色道袍,那枣木棍变成了玲珑宝杖,金光耀眼,满室生辉。两个叫花子也变成了小道童,簇拥着成兴越门而出,凌空而去。寇谦之这才恍然大悟,原来自己的师父是位下凡的神仙。

成兴升天之后,寇谦之又留在洞中修炼了许多年,后去往洛阳帮助朝廷安顿难民,发展了大批徒众。泰常八年,寇谦之进京向皇帝上书,得到重用,被封为天师。当年他随师父在浮戏山修炼时住过的那个山洞,被当地群众称作"神仙洞"。

(整理:白宗古)

金河九龙讨封号

嵩山春震峰下有一条小河,因为有人在河里拾到过金条,认为是神赐,所以就叫金河。又有人叫它小龙河,因为岸上有九龙王庙。金河有一条支流叫小桥沟,又名小桥涧。入口处有一座圣母庙,相传这里就是九龙圣母龙姬历尽千辛万苦生下九龙的地方。现在庙已被毁,仅存庙址和庙前一棵铁梨寨树。

传说唐代女皇武则天游嵩山途经镮辕关以北偃师县三家店时,一时间狂风大作,飞沙走石,大队人马被阻。这时武则天询问护驾大臣胡超:"胡爱卿,此时何人接驾?"胡超答:"万岁,嵩山金河小龙作乱。"武则天一笑:"督都金龙是也。"话音刚落,云开日出,风平浪静,天气好转。武则天率大队人马浩浩荡荡又向嵩山前进。

武则天游嵩山封中岳大功告成,封嵩阳县为登封县,改阳城县为告成县,改年号为"万岁登封",以示"登嵩山封中岳大功告成"。

武则天下榻石淙河三阳宫。不几日偕太平公主来八龙潭游玩,住龙潭寺行宫。行至金河口小桥涧,听说村姑龙姬受神仙点化生九龙,救苍生为民造福,很受感动,遂作五言诗曰:"山窗游玉女,涧户对双峰。岩顶翔双凤,潭心倒九龙。酒中浮竹叶,杯中写芙蓉。欲邀三家尝,唯有风和松。"为表彰龙姬生子有功,当即下旨,建造圣母庙。

御驾前行来至九龙王庙,武则天猛想起金河小龙为讨封号在三家店兴风作浪扫了她的兴,即兴口占曰:"小龙如此讨封号,对朕真乃没礼貌。此间只有八龙在,封你九龙去道袍。"从此,九龙被武则天贬到后山倒拜沟。九龙圣母由于疼爱小儿,也随九龙去了后山倒拜沟。

从此,嵩山"九龙潭"改为"八龙潭",偃师"三家店"改为"参驾店"。

(整理:郑松 于丙森)

李白访道嵩山

大唐天宝三年(744年)十月,诗仙李白在齐州(今山东济南)正式受箓入道。用他自己的话来说,他已"名在方士格"下了。名闻海内的大诗人,长安城里的大红人,怎么一下子从西京跑到东海,而且还竟然做了什么道士呢?

说来话长。李白的家乡四川昌明,历来道教兴盛。县里有座紫云山,是个道教圣地。邻近绵竹,还出了一位大道士王玄览。推而广之,峨眉山的王仙卿、青城山的赵仙甫,都是名闻四方的著名道士。李白从小生活在这么一个仙风弥漫的环境中,不能不对道教产生浓厚的兴趣。到了十五岁,李白自己已是饱览道书,仙游四海,"五岳寻仙不辞远,一生好入名山游",可说是行者李白的真实写照。只要听说哪里出了个有名的道人,李白总是不远万里,跋山涉水,风餐露宿地赶去拜访。有次,他听人说起嵩山有个焦炼师,道术精妙,十分了得,于是立即动身上了嵩山。可是,七十二座高峰寻遍,也不见焦炼师的影子。人虽没有找着,但李白展开想象的翅膀,在脑海中与焦炼师神仙了一番:"八极恣游憩,九垓长周旋。下飘酌颍水,舞鹤来伊川。还归东山上,独拂秋霞眠。萝月挂朝镜,松风鸣夜弦……愿同西王母,下顾东方朔。紫书倘可传,铭骨誓相学。"又有一次,他听说泰山有仙人,又风尘仆仆登上泰顶,闭上眼睛,在想象中遨游了一番:"登高望蓬流,想象金银台。天门一长啸,万里清风来。玉女四五人,飘飘下九垓。仙人游碧峰,处处笙歌发。寂静娱清辉,玉真连翠微。想象鸾凤舞,飘飘龙虎衣。扪天抱匏瓜,恍惚不忆归。"要说起李白寻仙访道的事儿,那可是三天三夜也说不完。

但是,李白尽管爱道,可他作为一个封建士大夫,更爱功名,总希望做出一番匡扶社稷、名垂青史的伟业来。他想,而今天子圣明,国家昌盛,天下太平,再凭着自己的一片报国之心,凭着自己的一身治国之术,唐尧盛世不就指日可待了吗?于是,怀着幸福的憧憬,天真的李白冒失地闯入了长安。这一年,正是开元十八年(730年)。可是,到了长安,纸醉金迷、歌舞升平的首都却对他理也不理。长安,这个李白原以为可以施展身手的政治中心,似乎更像一个花天酒地的游乐中心,歌台舞榭、勾栏瓦舍,比比皆是。于是,李白不得不放下架子,开始奔走于权贵之间,指望被哪个公卿看中,把自己推荐给皇上,实现自己建功立业的心愿。可是,李白又一次失望了,偌大一个京都,谁在乎一个布衣书生呢?

李白只好满怀激愤地回到家乡。"大道如青天,我独不得出!""行路难,归去来!"十年过去了。忽然有一天,朝廷送来文书,宣李白进京。原来,李白的道友嵩山道士元丹丘(似为吴筠)近来受到玉真公主器重,元丹丘便乘着讲经论道的机会,向公主推荐李白。公主是当今皇上的掌上明珠,于是,李白得以轻而易举地奉诏赴阙。李白雄心勃勃,一路上都在考虑国家大计。可是到了长安,朝廷又似乎把他忘了。好容易奉旨进京,叩见礼毕,李白正待献上国策,玄宗却连打几个哈欠,赏了他一个翰林待诏的官儿,便叫他退下了。从此,李白倒是吃穿不愁,可是,就是没有机会施展自己的安邦之才。

朝廷压根儿就没想让这个大诗人去参与国家大事!皇帝需要的是一个文学弄臣,高兴了让他写几首诗,助助兴,开开心。这样李白违心地写了一连串宫中行乐诗。冬去春来,兴庆宫的芍药开了。这芍药是洛阳贡献的名贵品种,煞是娇艳。唐玄宗带着杨贵妃出来赏花。玄宗一时兴起,说道:"对妃子,赏名花,不可无诗。李翰林呢?叫他来献诗!"李白领旨,三步并作两步跑来,嘴里还在喘粗气。玄宗命令:"快快献上新诗!"李白随口吟出《清平调》三首。

其一：

云想衣裳花想容，春风拂槛露华浓。
若非群玉山头见，会向瑶台月下逢。

其二：

一枝红艳露凝香，云雨巫山枉断肠。
借问汉宫谁得似，可怜飞燕倚新妆。

李白嵩山寻仙

其三：

名花倾国两相欢，长得君王带笑看。
解释春风无限恨，沉香亭北倚阑干。

李白吟毕，举杯畅饮，玄宗乐不可支，命李龟年领梨园弟子纵声歌唱，贵妃也亮开嗓门一起合唱，玄宗手舞足蹈，亲自吹笛伴奏。这种身份，这种生活，这种快乐，在那些势利小人看来，简直就是神仙过的日子。可是，李白是一个胸怀大志的有为之士，这种压抑、苦闷、被人玩耍、供人使唤的生活，简直比地狱还难熬。

一天，李白好容易抽个空当，逃出翰林院，与饮中八仙张旭、贺知章等人在酒肆中狂饮，李白喝得烂醉。忽然，几个宦官闯进来，一路高叫："李学士奉诏！"李白翻着白眼，朗声吟诵起来：

李白斗酒诗百篇，长安市上酒家眠。
天子呼来不上船，小臣本是酒中仙。

玄宗自然不高兴，可是玉真公主却深深爱上了才气飘逸的诗仙，情愿嫁给李白。李白闻讯，哭笑不得：奉诏进京，不是陪皇帝吃喝玩乐，就是做公主的入赘驸马，我李白是这种人吗？于是，一气之下，上书朝廷，请求还山。玄宗朱笔一挥："恩准赐金还山。"这样，便有了本文开篇的那一幕。

李白入道，特地从北海请来了天师高如贵。高天师站在高高的坛上，披发仗剑，踏罡布斗。李白念念有词，向道君忏悔自己一生的过失："我太天真，太幼稚，一心妄想功成名就，成天幻想救苦救难，我看不清朝廷的腐败，我看不清官府的黑暗……"七天七夜，李白忍饥挨饿，就这么一边走一边念，硬是挺了过来。高天师停止作法，李白也停止转悠。天师训示真言："凡道士者，大道为父，神明为母，虚无为师，自然为友……延尔冰雪之容，延尔金石之寿……"最后，高天师取过白绢朱文的道箓，亲自佩在李白臂上。

从此，李白名隶紫府，品登箓，采石炼丹，散诞江湖，得意之际，引吭高歌：

一鹤东飞过沧海,放心散漫知何在。
仙人浩歌望我来,应攀玉树长相待。
尧舜之事不足惊,自余嚣嚣直可轻。
巨鳌莫戴三山去,我欲蓬莱顶上行。

李白寻访元丹丘

唐朝天宝元年（742年），李白因嵩山道士吴筠的推荐，被玄宗召至长安。李白唱着"仰天大笑出门去，我辈岂是蓬蒿人"的诗句，兴高采烈地告别了家人，乘马进京城长安去了。当时的唐玄宗，昏聩骄纵，不理政事，召李白进京，不过是爱其诗名，让他供奉翰林，成为文学弄臣而已。李白傲岸不羁的性格，又招致了权贵佞臣的谗毁。因此于天宝三年（744年），李白满怀激愤、失望的心情，弃官离开长安，开始了漫游生活。

一年夏天，李白来游嵩山。他走上轘辕关踏入二室道，看到嵩山上的云海雾浪翻滚起来。当他来到逍遥谷中，看见一个公子在云海雾浪中时隐时现。公子头戴麦秸秆编织的草帽，身穿布汗衫，脚穿厚底云鞋，手拿一把尖锨，舞动着尖锨像是挖掘什么。李白看着这位公子大方典雅，风度非凡，便走上前去施一礼，问："先生在挖什么？"公子连看都不看一眼，说："菖蒲！"李白又问："采它有什么用？"公子说："服之益寿延年。"这时候，李白也发现身边崖缝中生长着几棵菖蒲。他走过去拔了一棵，仔细看看，这东西高有尺半，叶是剑状线形，两行排列，基部互相包围，顶部开满绿色小花，散发着淡淡的香气。李白看着菖蒲，问："公子贵姓？家住何处？"他问多时，没人应声，回头一看，一道白雾飞来，哪里还有公子的影子，李白只好走下山来，暂住在承天宫道院内。

夜里，他和道长谈起在山上遇见采菖蒲的公子一事，说这个公子神韵古貌，文质彬彬。道长对他讲，这位公子是将门之子，学识渊博，中了举人，却不做官，来到嵩山到处游览，专爱采集菖蒲。李白听罢道长介绍，对公子顿起敬意，拨亮油灯，飞书《嵩山采菖蒲者》五言诗一首：

神仙多古貌，双耳下垂肩。
嵩岳逢汉武，遍是九疑仙。
我来采菖蒲，服食可延年。
言终忽不见，灭影入云烟。
喻帝竟莫悟，终归茂陵田。

隔了几天，李白来到嵩山道场寺。寺僧们正准备为杨山人饯行，杨山人知道来人是翰林李白以后，连连敬酒。当谈到采菖蒲的公子，杨山人说这位公子名叫元丹丘，常州府人氏，常在他的茅舍落脚，他和元丹丘很要好，希望李白能同元丹丘结交。

当杨山人离开的时候，李白亲自送杨山人到玉女峰下茅舍中。只见一处清净的茅舍靠陡崖而建，东有淙淙小溪,西有郁郁翠柏,背面山坡碧草如茵,杂花竞艳,屋里窗明几净,摆设有致。据杨山人舍中人说,元公子昨天曾来这里,傍晚骑马走了,他刨药用的尖镢还留在他家里。李白拿起元丹丘采药的尖镢,看了看,问道:"公子啥时候还来?"舍中人说:"不定时间。有时一天两头来,有时相隔十天八天。"李白在杨山人茅舍住了几天,没遇到元丹丘,却写了一首《送杨山人归嵩山》诗:

  我有万古宅,嵩山玉女峰。
  长留一片月,挂在东溪松。
  尔去掇仙草,菖蒲花紫茸。
  岁晚或相访,青天骑白龙。

诗写罢,李白在元丹丘用的镢把上写了两句话,"总为浮云能蔽日,长安不见使人愁",便离开了杨山人的宅舍,找元丹丘去了。

过了几日,元丹丘来杨山人宅舍取镢,见镢把上写着两句话,杨山人告诉他是当朝翰林、大诗人李白写的。元丹丘看后,悟出朝廷重用奸佞、排斥贤才,对诗人肃然起敬,问李白哪里去了。杨山人说:"诗人找你去了。"元丹丘听说,骑上他的海龙马,找李白去了。双方互相找啊,找啊,整整找了半月余,一天,在九龙潭的山岔口处,碰到李白送友人裴南图归隐嵩山。元丹丘和李白相见,亲如手足,无话不谈。当谈到许由洗耳的事,李白大泄愤慨,同行路上,又写了《送裴十八图南归嵩山》二首,其中一首写道:

李白寻访元丹丘

  君思颍水绿,忽复归嵩岭。
  归时莫洗耳,为我洗其心。
  洗心得其情,洗耳徒买名。
  谢公终一起,相与济苍生。

从此,李、元结为好友,同游中岳,太室、少室俱到,三十六峰皆登,累了饮酒,乐了赋诗,真所谓"醉眠秋共被,携手日同行"。两人发誓,决不与权贵妥协,不愿为了获取功名富贵而向当朝腐朽势力奴颜屈膝。

夏去秋来,到了分手的时候,李白赠给元丹丘诗一首,题为《元丹丘歌》:

  元丹丘,爱神仙,朝饮颍川之清流,暮还嵩巅之紫烟,三十六峰长周旋。

长周旋,蹑星虹,身起飞龙耳生风,横河跨海与天通,我和尔游心无穷。

(整理:王鸿钧)

张果老耍把戏出家

八仙中的张果老,原来是唐朝长安城里变戏法的高手。人有本事说话壮,开口合口不思量。这是走江湖人的通病。这年正月,长安街上人山人海,各种专卖,各种游艺都有。张果老在热闹的地方搭了个棚子,小镗锣"呛呛呛"地一敲,指着他的箱子就吹开啦:"这里看,这里瞧,老鼠能变成大狸猫。再变个金鸡四条腿,又变个小燕叼老雕。我这口箱子是百宝箱,要啥有啥,变啥是啥!"他这一吹,人立时围了个里三层外三层。

张果老施个罗圈揖说:"列位赏光啦!我先给大家玩上几样新鲜戏法,看神仙会不会?"

这时,正好铁拐李打这儿路过,一听他贬神仙的话心里就有气,停下脚步冷眼观看起来。只见张果老拉过来一个小孩儿,用一条丝巾蒙住眼睛,抱起来正抡三圈儿,倒抡三圈儿,放在箱子里。然后,他说声"走",扳倒箱子,打开盖子,让大家一看,人没有了!观众立刻叫起好来。张果老又向空中一伸手说:"孩子,回来吧。"果然他又从箱子里把孩子抱了出来。满场又响起一阵喝彩声。张果老洋洋得意,又撂了一句:"跟着老汉学一天,强似上山去修行。"

铁拐李一听大怒,好你个耍把戏的,竟不把我们神仙放在眼里,今天一定要教训教训你。他挤进场里,向围观的人们施个礼说:"这位老兄的把戏不算出奇。我也来耍两套,和他比个高低。现在还是冬天,我给大家变出一棵桃树,叫结上五百二十六个桃子,让在场的都尝尝鲜。"说罢,他用拐杖往地上一捣,立刻长出一棵桃树,眼看着长高了,开花了,结果了,长熟了。他给观众每人摘了一个,恰好是五百二十六个桃子。观众们品尝着桃子,又惊又喜,佩服得不得了。张果老傻眼了,知道遇上了活神仙,卷了棚子,背起箱子,溜了。

从此,张果老耍把戏时再不敢提"神仙"二字了,他佩服神仙能耐大,也想学道修仙了。

有一天,张果老在梦里梦见铁拐李,念着《三不沾》的歌走来:"要想成大仙,财物不能沾;要想成大仙,女色不能沾;要想成大仙,酒肉不能沾。想要成大仙,快到终南山。"他醒来后就想着要去终南山,恰好第二天儿子又顶撞他一顿,张果老长叹一声说:"儿孙自有儿孙福,莫为儿孙当马牛!"说罢,他就上终南山修仙去了。

(讲述:赵衍生 采录:赵子谋)

张果老倒骑驴成仙

张果老本是个老农民,吃斋行善,修桥铺路,大家都很敬重他。

这一年,张果老打算朝泰山去烧香送油,就种了一亩芝麻。有一天,他发现芝麻地里踩出了七条小路，踩死了好多芝麻苗子。他心疼坏了，就没黑没明守在地边看着，不让人从地里走。这天清早，他见一个瘸老头儿一拐一拐地又打芝麻地里走，就跑上前拦住他说："老哥，有大路不走，为啥偏要踩我的芝麻？"瘸老头儿说："老弟，我踩了你的芝麻，可不会叫你少收芝麻呀。"张果老说："瞎说，苗子都踩死了，从哪儿收来芝麻？"这时，又一个年轻的姑娘也打芝麻地里过，张果老更生气了，就吵开啦："咋哩，你这姑娘也跟我过不去？我哪一点得罪你们啦？"姑娘知道张果老为啥吵她，笑着说："老人家，别恼嘛。我们路过您这芝麻地，是为了保您多收芝麻呀，不信秋后看吧。"张果老看姑娘和善，说得怪认真，心里虽不全信，还是放他们过去了。以后，又见五个人从芝麻地里走，他也不再拦挡了。

张果老倒骑驴

到了秋后，这一亩地整整打了七石芝麻，喜得张果老合不住嘴。他把芝麻打成油，又买了香，让自家毛驴驮着两篓油，朝泰山去了。

走了一个多月，这天到了泰山脚下的玉皇庙。张果老累坏了，也饿坏了，往石礅上一坐，再也站不起来了。这时，出来一个老道，把他扶到后院一个石桌旁坐下，又端来一杯香茶。张果老喝了这杯茶，只觉得满口清香，只是肚里更饿了，就对老道说："俺一天没吃饭了，能不能再给点吃的？"老道说："这个容易，咱来个现种现收吧。"说罢，他进屋拿出一粒谷子儿，埋在当院土里，又用茶水浇了一下。一会儿，出了谷苗儿，越长越高，转眼结出穗儿来。不多时，谷穗熟了。老道摘下谷穗儿揉成米，放到一口锅里，用勺子搅几搅，米粥就熟了。张果老看呆了，心想，这是不是遇上神仙了？这时，老道看粥有些稀，就往锅里吐了一口唾沫，再用勺子一搅，马上变成稠糊糊的一锅米粥。老道对张果老说："施主，请用饭吧。我回房里去了。"

张果老正饿得心慌，可他见老道往锅里吐了唾沫，直犯碜硬。等老道一走，他端起饭锅，把米粥全喂了他的毛驴。剩下的锅巴，他想着干净些，就铲出来吃了。张果老烧了香，送了油，骑驴回家哩。刚骑到毛驴身上，这毛驴直尥蹶子，不听他的使唤了。原来，那米饭是用仙谷、神水做成的，驴比他吃得多，道行也就比他深，就不愿再让他骑了。张果老没办法，就搬了两块石头，放在两个油篓里，驴才老实了一些。这时候，张果老确信那老道真是神仙，那米饭是超度他成仙的，后悔没有把米饭全吃了。咋办哩？他只好倒骑在驴身上，表明他的道行没有驴的大。这样，驴也就不再尥蹶子了。

（讲述：李文彬　采录：李新明）

醉 仙 石

杜康村东一里地有座小山叫仙人山,山上有块石头叫醉仙石,传说是八仙醉酒的地方。八仙怎么会醉在这里?民间流传着这样一个故事。

很久很久以前,杜康村出了个能人叫杜康,他用村南泉水造出的杜康酒又甜又香,八百里伏牛山都有名。

有一天,玉皇大帝和王母娘娘在灵霄宝殿摆蟠桃宴会,叫天上各路神仙都为蟠桃宴献一樽美酒。各路天神都让自己家中上等酒师精料细做,酿出了最好的天宫琼浆给玉皇大帝送来。玉皇大帝和王母娘娘一样一样尝过,都觉得不中意,心里十分烦恼,就踱步到南天门去散心。把守南天门的神兵天将以为是玉皇大帝起驾到人间去云游,急忙去打开南天门。刚启开了一条缝,一股酒香扑了过来。玉皇大帝一闻,七窍通畅,香满肺腑,真比吃了人参果还舒坦,就问身后的天将:"爱卿,这酒香是从何处来?"众神仙你看看我,我看看你,谁也回答不出来。玉帝恼了,说:"你们枉食天宫俸禄,尽是一班蠢材,人间有这等神仙,你们怎么会不知道?"这时托塔李天王出班奏道:"陛下,凡间诸事均由姜尚封神管辖,何不唤他来问问?"

玉帝道:"好主意,速召姜尚到南天门听旨!"只见托塔李天王走出南天门,唤来天兵击响天鼓,宣召姜尚。不一会儿,姜尚驾云来到南天门外,跪倒在玉阶之下,玉帝道:"姜尚,人间诸神由你册封,你可知人间何处美酒最佳,香味竟冲上云天?"姜尚道:"中州汝阳境内有个地方叫空桑涧,空桑涧上有条小河叫杜康河,河旁有个村庄叫杜康村,这地方有位老人叫杜康,他用酒泉水造的杜康酒是人间珍品,喝一杯身体康健,喝两杯长生不老,喝三杯返老还童。因为救驾富民有功,三十年后,当封为酒神。玉帝所闻,一定是从那里飘来的酒气。"

玉帝道:"杜康政绩昭著,应当速封,为啥要等三十年后?"

姜尚说:"陛下有所不知,地界到天,设有上千道屏障,若要各司去办,少说也要有三十年,如果礼节不周得罪了哪一位天神,三百年、三千年也得慢慢地等。"

玉帝长叹了一口气想:"自从盘古开天地,立下各路天神,本来是让各司其职,行风施雨为人间布德。怎奈官场徇私舞弊,尽录下一班蠢材,弄得俺玉帝也束手无策,只好坐等地下烈火烧上这九重天再说吧!"玉帝想到这里,也不怪姜尚无礼,无可奈何地说:"朕先不问你册封之事,快拿杜康酒来,让朕品尝!"

姜尚速让仙童去取来杜康酒,玉帝轻轻一沾唇,顿时满口浓香沁入肺腑,他高兴地称赞道:"好酒!好酒!凡间能人胜过天上神仙。"遂传旨让八仙人出班。八仙人站在玉阶之下,玉皇大帝道:"八仙,人间酒师杜康政绩昭著,当速封为酒神,来天宫造酒侍奉寡人,只因天地之间等级森严,着各司去办要误了好多时辰,寡人素知八仙办事神速,特差你们去宣杜康上天。"

八仙人是一伙见酒不要命的醉鬼,今天有这等好差事,都连连答应,不等玉帝说完,就驾起云头一齐向杜康村飞去。都说天上神仙比人知礼,其实他们遇事也是各顾各,都想借差事捞点便宜。圣旨叫他们去召杜康,他们心里想的是借机多喝两杯杜康酒,再敲杜康一竹杠。出了南天门,八仙人争先恐后往前飞,都恨老娘少生了两条拨云腿。铁拐李因为腿脚不好使唤,一会儿就落下了一大截。后来,

— 281 —

他看看再也赶不上了,就赌气坐在地上歇息。

再说七仙人来到杜康村,都想借封杜康为酒神敲竹杠,他们争先恐后把杜康拉到一旁窃窃私语,无非都是说自己在玉帝面前如何奉承了杜康,又暗地伸指头打手势,索要贿赂,索要杜康酒喝。

杜康想:我刚造酒时摸不住窍门,烧香求神神不灵,没有一个神仙来帮忙,街坊邻居也说风凉话,今天见酒做好了,村里人点头哈腰奉承我,神仙不求也找上门。别听他们花言巧语,他们的用意,无非是想敲俺的竹杠,混俺的酒喝。他有心不理睬这些天上的泼皮,可又想,不行,这些仙人也确实得罪不起,他们跟在玉帝前后,如能上天言好事,下地报平安,也求个风调雨顺,万民康乐。如果得罪了他们,他们在玉帝面前蜷着舌头说话,不知要给人间带来多少灾难。想到这里,杜康不敢怠慢,急忙招呼几位仙人坐下,捧出一坛杜康老酒说:"难得八仙不辞劳苦,光临寒舍,给俺这里老百姓上天言好事,下地报平安,俺把仅有的一坛开业老酒拿出来,众仙人可尽情吃个痛快。"

七仙人听说就这一坛开业老酒了,也顾不上再讲客气,都拿着酒碗你争我夺抢着喝,不一会儿把一坛杜康老酒喝得净光。这时,汉钟离醉得满脸通红,吕洞宾醉得挥剑起舞,张果老醉得骑驴倒转,韩湘子醉得鼓腮吹箫,何仙姑也醉得东倒西歪,提起花篮,醉眼朦胧地喊:"铁拐李,快来和老娘一起跳八仙醉酒舞!"喊了几遍,也不见铁拐李应声。大家仔细一瞅,才发现铁拐李还没有来呢。这一惊,七仙的酒都醒了一半,急忙返回去寻找。

再说铁拐李,七仙人开怀痛饮时,他才坐下来歇。一会儿,一阵微风吹来,送着扑鼻酒香,使他感到浑身上下都有了劲,忙再起身一拐一瘸往杜康村赶。他刚登上一个山头,七仙人喝得东倒西歪,摇摇晃晃走过来。铁拐李知道七仙人都已经过足了酒瘾,心里就不是味道,正想开口要酒喝,何仙姑说:"拐子,酒我们早喝光了。你要想喝酒,就来老娘的嘴上舔些酒味。"铁拐李是个怪脾气人,一听这话肺都气炸了,一拐棍把身边的一块石头戳出一个大窟窿,又一跺脚,石头上踩出一个一尺多深的脚印,他余怒未息,又一屁股蹲在大石头上,石头上又留下了一个屁股印,这块石头就叫铁拐李石。

这时候,七仙人的酒力也泛了起来,都醉卧在另一块大石头上,把一块大石头也压成了一张床。后来,这块大石头就留下了七仙人醉卧的身影,所以这块石头就叫醉仙石。

仙界方几日,世上已数年,待七仙醉醒再召杜康升天,人间整整过了30年。

玉帝久等在灵霄宝殿,想喝杜康酿造的美酒,左等右等八仙人也不回来。因为没有好酒,蟠桃宴开得索然无味,玉帝十分震怒,一拳头打烂了西半天。从此,西天上总有一片片黑云。据说,那是天上补窟窿的黑布。

后来,他又派太上老君下界去打探,才知道是八仙喝酒误了事,玉帝十分生气,从此不准八仙再进南天门。因为八仙不能上天,只能在人间云游,所以人间盛传八仙的故事就特别多。

(整理:王振昌)

曹国舅散财成仙

传说八仙里的曹国舅是荥阳人,宋代曹皇后的弟弟。曹国舅兄弟俩,他弟弟倚仗权势,横行不法,百姓联名告到开封,包大人把他铡了。

当初,曹国舅也弄了好多不义之财。他见兄弟被铡了,一天到晚忧愁不安,一怕事情败露,弄个人亡家破;二怕被小偷偷了,白当一场守财奴。

有一次,他姐姐把他召进宫里说:"兄弟,你缺啥尽管对姐姐说,我都能给你办到。如今我只剩你这一个兄弟了,不能叫你受一点委屈。"曹国舅迟疑了一会儿说:"姐呀,我实话跟你说吧,自从你进宫后,我没有高兴过一天。夜里一睡着就做噩梦。财帛是祸不是福哇!我决心不再受熬煎了。你若可怜我,就把我忘掉吧!"曹皇后很惊奇:"兄弟,你咋尽说傻话哩。"

曹国舅说:"姐,前天我似睡非睡,做了一个梦。一个老道一瘸一拐地对我唱,'我是长乐老,不爱金银宝;我是长乐老,不爱美人妖;我是长乐老,家财散得了。'唱到最后,又向我额头上点了一指头。我一下子醒了,想了想,就决定弃家修仙去。常言说,财去人安乐。弟真成仙了,比姐姐还要有福哩。"曹皇后问他:"你那几房妻妾和万贯家私咋办哩?"曹国舅说:"我自然有办法处置。"

曹国舅回到家,打发走了几房妻妾,散了家财,烧了账本儿。他做了一身道袍穿上,就出家了,后来真的修成了仙。

(讲述:赵衍生　采录:赵子谋)

圣 贤 愁

从前,有个人叫王小三,这人好吃好喝,又尖酸刻薄,外号"白吃儿"。当地街坊邻居,谁家请客喝酒,他只要闻见香气、酒气,就马上赶到主家。不管你让不让,就坐下大吃大喝起来,而且从来没拿过一分钱礼物。所以三里五村,无人不知他这个"白吃儿"。大家都非常讨厌他,于是谁家办事请客,就想法找个僻静隐秘的地方,躲开王小三白去吃喝。然而这"白吃儿"嗅觉特别灵敏,无论你藏得再妙,他都能找上门来。

有一天,吕洞宾和韩湘子二人相约,来在一个偏僻小庙喝酒。他俩刚好坐下来斟满酒,没料想王小三又赶到了。当时,吕洞宾和韩湘子碍于脸面,一边让他坐下,一边想办法阻止他白吃喝。这时吕洞宾开言说:"咱今天喝酒,得有所表示,我们排次序作诗,谁作不出来,谁不能喝酒。"王小三听了犯起愁来,但无可奈何,只得答应:"您说作就作。"韩湘子一使眼色,吕洞宾首先以"圣"字作诗道:

耳口王,耳口王,
壶中有酒我先尝。
有酒无肴难下咽,
卤个猪蹄喷儿喷儿香。

说罢端起酒杯喝了一杯。接着,韩湘子以"贤"字作诗道:

臣又贝,臣又贝,
壶中有酒我先醉。
有酒无肴难下咽,
拿来腰花汤汁烩。

说完,也端起酒杯喝了一杯。最后该王小三作诗了,他正在上愁,就以"愁"字作诗。他慢悠悠地说:

禾火心,禾火心,
壶中有酒我先斟。
有酒无肴难下咽,
拔根汗毛表我心。

作罢,他大大方方地端起酒杯,并挖苦二人说:"如果今天不是作诗有所表示才能喝酒的话,我连一毛也不拔!"

吕洞宾和韩湘子被奚落得哭笑不得,眼睁睁看"白吃儿"狼吞虎咽,气得直摇头叹气。后来人们把这个庙,起名叫"圣贤愁"庙。

(讲述:黄丙新　整理:赵军)

芝 麻 凹

嵩山南麓,卢崖瀑布崖下藏龙谷口有个韩家村,别名"芝麻凹"。并不是这里好收芝麻,是因为这里流传着一个传说故事。

相传,年年三月三,众八仙都要相会在藏龙谷吟诗答对,吃酒作乐。有一年,八仙们相会以后,七家大仙驾起祥云,相继离去。纯阳子吕洞宾留恋美景,不愿离去,变成一个老道士,徒步漫游,体察民间风情。当他信步走出藏龙谷口的时候,觉得又饥又渴,拐到韩家村去化布施。

当他走到村头,碰见一个老头儿,肩扛着耧,后面他侄儿牵着驴,驴背上驮着芝麻种子,准备到地头种芝麻。老道士深施一礼,祈求说:"老善主,贫道走到这里,又饥又渴,请老善人施舍点吃的喝的吧。"老头儿出于善心,二话没说,让侄儿回家拿馍取水。小侄儿走后,老头儿又想到行路人热身子,吃了冷馍喝了冷水会生病的。于是,自己又赶紧回家添锅烧水,烙馍。

老头儿一走,剩下老道士一人,他大把大把地抓着芝麻种子吃起来。不大一会儿,把芝麻种吃得一干二净。老头儿拿着热馍,侄儿端着热水,来到地里一看,芝麻种被吃光了,心想老道士真是太饿太渴了。他毫无责备之意,赶紧把热馍热水递给老道士。老道士接过馍和水,又吃净喝光了。

老道士感激不尽,顺手从地上拾起一根小草棒儿,从牙缝里掏出来五个芝麻籽,说:"老善主,就这五个芝麻籽就足够种了。"老头儿说:"四四方方一大块儿地,这五个芝麻籽咋种?"老道士"嘿嘿"一笑,说:"你没办法种,我来替你种。"说着,他动手在地的四角和中间,挖了五个坑,把五个芝麻籽种上了。临走时,他交代说:"老善主,芝麻该锄的时候,我来锄。在我来以前,地里草再多,你也不要动啊!"老头儿半信半疑,随口答应,说:"中。"

老道士走后没多天,地里芝麻苗和杂草争着长。老头看在眼里,急在心上,天天扛着锄,来到地边上等。一天,老道士来了,问:"老善主,你看芝麻苗稠不稠?"老头儿嘴上没说,心里却想:一大块地只有五棵苗,还问我稠不稠,我就说老稠,看你咋办?于是,他说:"老稠。"老道士"嘿嘿"一笑,说:"稠了,剔剔苗。"说着,他接过老头儿的锄,"嚓嚓,嚓嚓"剔掉了地四角的四棵,独独留下地中间的一棵。他又问:"老善主,稀稠如何?"老头儿想:再剔一棵就没有了,就说:"不稀不稠正好。"

老道士走时,又嘱托说:"老善主,到秋后芝麻丰收了,可得给我送点儿芝麻,换油吃呀。"老头儿反问:"送到哪里?"老道士说:"浮丘峰下土德观。"老头儿满口答应。老道士没有走多远,又拐回来再三说:"送芝麻的时候,你可得让侄儿也去啊。"老头答应说:"中。"

后来,老头领着侄儿把草锄得净净的,水浇得足足的,芝麻棵长得像大树一样。秋天芝麻快成熟的时候,老头儿把一大块地轧成了一个场。芝麻熟了,籽角炸开,抱住芝麻树一摇,像下雨一样,落下厚厚一层。老头儿家大囤满、小囤流,到处都成了芝麻。这时,老头儿想起了老道士要芝麻换油吃的要求。

九月九这天,老头儿和侄儿赶着驴,去土德观给老道士送芝麻。走到半路上,碰见老道士正同一位老和尚在下棋。老道士说:"请老善主少等一时,让俺两个把这盘棋下完。"说罢,他又聚精会神地同老和尚对弈。老头儿牵着驴,芝麻袋子在驴身上压着。等急了,他们抬起头来看看天,只见天上的日头像手捞住的火轮一样,"咻溜"一圈,"咻溜"一圈。到一盘棋下完,日头转了多少圈,他们没有数。据说,天上日头转一圈,地上的时间就是一年。

老道士下完棋,送走了老和尚,领着老头儿和他侄儿回到土德观,说:"请老善主到客堂少等一时,我去做饭。"老头儿等了好长时间,不见老道士送饭来,肚子饿得"咕咕"响。他走出客堂,来到厨房外,隔着窗棂往里一看,只见老道士蹲在锅台上正往锅里屙屎,不由一阵恶心,赶快离开。

他回到客堂刚坐下,老道士端着两碗黑糊糊的饺子来了。他把一碗递给了老头儿,另一碗递给了老头的侄儿,说:"您两个先吃,我再去端。"侄儿实在太饥了,接过碗狼吞虎咽地吃起来,老头哪能吃得下呢?当着老道士的面,他勉强喝了两口汤,等老道士一走,趁机倒给驴吃了。

老道士端着碗又来了,问:"老善主,你吃了没有?"老头儿一辈子没有说过瞎话,这一回却撒了谎,说:"吃了。"老道士长叹一声,说:"你甭哄我了,你给驴吃了,驴驮着侄儿成仙上天走了。"这时候,老头儿才知道是老神仙要度自己成仙哩,赶快跪下,向老道士说:"请老神仙再给我一碗,我连稠带稀一起吃了。"老道士说:"不中了,你错过机会了。但是,你喝了两口汤,虽不能成仙,却能长寿。"说罢,他隐身而去。

老头儿独自一人,没精打采地离开了土德观往家走。当他回到村里的时候,没有一个人认得他了,他走时的小孩子,现在都成了白胡子老头儿了。他究竟活了多大岁数,自己也说不清楚。

为了纪念这件事,他在芝麻地边上立起一块大石头,上刻"芝麻凹"三个大字。从此,韩村就有了芝麻凹这个别名。

(整理:韩有治)

佛道共处环翠峪

冤冤相报何时了,以恩报冤冤自消。洞宾拜师表真意,黄龙环翠归道教。四句闲言道罢,引出吕洞宾与黄龙斗圣,而后罢武息战、言归于好、佛道共处、和谐万邦的故事。

却说自从吕洞宾上京赶考,途中受汉钟离点化,做了黄粱美梦,历尽荣华富贵之后就看破红尘,决计上终南山,跟钟离先生学道。

一日,吕洞宾途经一仙境所在,细看时,见一巨石上刻着三个神笔篆字:环翠峪。他举目四望,只见这里山间紫气升腾,仙雾浓重,实为仙居之地。在那仙气最浓处,乃玄远圣祖老子老聃正在接受温顺的雄狮纳拜;在另一仙气浓处,则是寇天师修道之"启蒙观",侧旁是广成子仙居的"神仙洞"。吕洞宾见此,怎敢怠慢?他三步一拜,五步一叩,虔诚备至,心想:如此美景,来日于此觅一立足之地,足矣。

吕洞宾离开环翠峪,找到师父,问道:"师父修道多少时日?又收留几个弟子?"师父曰:"有汉朝四百零七年,晋朝一百七十七年,唐朝二百八十八年,宋朝三百一十七年,共计一千一百岁,却只修成洞宾你一人。"

僧人和道士在一起

吕洞宾曰:"师父若能给我三年时间,让我到中原之地,招来三千道徒,兴俺道家,若何?"

师父呵呵大笑,说:"弟子住口!当今世上不忠、不孝、不仁、不义者广,如何做神仙?弟子下山三年,如能收得一个,也就功劳不浅。"洞宾见师父如此小瞧于他,心中虽有不快,却仍强作笑脸,道:"弟子今日拜谢师父,云游收徒去了。"师父曰:"且慢,待传法宝于汝,再去不迟。"洞宾问:"有何珍奇之物?"师父曰:"赠汝降魔太阳神光宝剑,此剑能飞取人头。只要说清住址、姓名,默念咒语,它即可化为青龙,飞去斩首,卸头而来。再念收回咒语,即可化剑入鞘。赠你神剑,保你行止平安。"

吕洞宾听罢一席哀言,双膝跪下,纳头拜授,就要辞别师父,下山而去。师父又说道:"还需依我三件事,方可。"洞宾忙问:"哪三件事?"师父曰:"第一件,到中原之地,不得寻和尚闹事;第二件,休得失落宝剑;第三件,三年为期,不得延误,过了期限,斩首灭形。"

吕洞宾听了,感到并没有多少为难之事,便连连答应。师父大喜道:"速去,速回,切记无误时日。"

吕洞宾下得山来,正要寻找有缘得道之人,却见东京开封府马引街信官王惟善派来飞马,请吕洞宾回京过寿诞。洞宾掐指一算,果是自己生日已到,便驾起云端,随马而去。见了王惟善,吕洞宾祝寿斋度一番。之后,又问王惟善修道成仙之事。吕洞宾问他:"可在何处斋度?可曾遇到善家?"惟善答:"曾在黄龙山上黄龙寺烧过香。山下住着傅永善大善人。"吕洞宾见惟善佛心未退,不能做徒,便急急忙忙驾起祥云,到黄龙山下傅永善家而来。

吕洞宾直至草堂,见了傅永善太公。问曰:"结缘增福,开发道心。如何?"太公曰:"先生少怪,老汉信佛不信道。"洞宾曰:"儒道佛三教,从来总是一家。太公何出此言?"太公曰:"你们道家说谎太多,秦皇、汉武尚被捉弄,何况我等?"吕洞宾问:"有何为据?何出此言?"太公曰:"海漫漫,大海无底又无边,天涯海角有仙岛,仙岛之上有神山,山上多生不死药,服之可以成神仙,秦皇汉武信此话,方士年年把药剜。风浩浩,眼穿不见蓬莱岛,不见蓬莱不敢归,童男童女舟中老。徐福狂言多荒诞,上元太乙虚祈祷,秦皇汉武皆归去,骊山茂陵长青草。道德经上五千言,不言药,不言仙,不言白日升青天。道家不听老子话,为何专事把人骗。"吕洞宾听得此言,怒气冲天,忙问:"你这些言语,是何人所说? 在何处听到?"太公曰:"黄龙山上黄龙寺,黄龙寺内黄长老,一年四季念弥陀,专讲佛经不讲道。"

吕洞宾听言,怒别太公,提了宝剑,径上黄龙山上,与黄龙斗圣而来。

却说黄龙禅师集众上堂,正欲开口讲经,只见吕洞宾满脸杀气冲来。他随即把手中戒尺按将桌上,道:"老僧今日不说法,不讲经,专向大家问话,在下都可作答。"言未了,吕洞宾一步上前,出言不逊:"和尚,你快道来!"长老曰:"老僧今年胆大,黄龙山上扎寨,袖中扬起金锤,打破三千世界。"洞宾呵呵大笑:"和尚! 你前年不胆大,去年不胆大,明年亦不胆大,只今年胆大。"且看贫道答来:"贫道从来胆大,专会偷营劫寨,夺了袖中金锤,留下三千世界。"众人听得,齐声叫好。洞宾见此情景,随将背上降魔太阳神光宝剑拔出,插入砖缝里,双手拍着,道:"这四句只当引子,不算输赢。你和尚诬我道家,我要和你赌经。和尚赢,斩我小道;小道赢,要斩黄龙。"众人听罢,人人失色,个个吃惊。

那黄龙长老却不慌不忙地催促道:"你先下注。"

吕洞宾曰:"辟谷绝粒,神仙能服气练形。"

黄龙对曰:"不灭不生,佛徒能明心见性。"

吕洞宾曰:"道家张虚请(汉张道陵七世孙)炼丹既成,能叫龙虎并伏,鸡犬俱升。"

黄龙对曰:"佛徒梁高僧谈经入妙,可使岩石迸溅,天花堕地。"

吕洞宾曰:"道人奕巴喷酒能灭火。"

黄龙对曰:"佛祖达摩一苇能渡江。"

吕洞宾曰:"葛仙翁作法术,吐饭成蜂。"

黄龙对曰:"佛图澄显神通,咒莲生钵。"

吕洞宾曰:"道法玄,能拘乾坤于一壶。"

黄龙对曰:"佛法大,可藏世界于一粟。"

就这样一言一语,一对一答,从早上斗到中午,又从中午斗到黄昏,不相上下,不分输赢。

这时,吕洞宾急于赌赢,打破道佛界限,高声喊道:"铁牛耕地种玉钱,石刻儿童把线穿,一粒粟中藏世界,半升壶内煮山川,休道此玄玄未尽,此玄玄内更无玄。"这黄龙长老,抢着对道:"自有红炉种玉钱,比先毫发不曾穿。一粒能化三千界,大海还需纳百川。谁知此禅玄已尽,此禅禅外更无玄。"洞宾忙道:"和尚输了,一粒怎能化得三千界。"黄龙道:"近前来,老僧耳聋。"洞宾不解其意,赶忙前移,被黄龙一把抓住,道:"我问你,一粒既能藏世界,为何化不得三千界? 半升壶内煮山川,半升壶外又在哪里?"只问得洞宾无言答对,黄龙手起一戒尺,把洞宾头上打了一个大疙瘩,众人一齐喝彩。

吕洞宾内心不服,望着黄龙长老,宝剑入鞘,往外便走。黄龙长老看着洞宾远去,内心十分不安,大喊一声,道:"老僧今日大难已到。"众人问:"小道已输,还有何难?"黄龙道:"本是烟焦味,却成毒药仇。今夜三更后,飞剑斩吾头。"此夜,黄龙长老吩咐众僧关牢门户,休点灯烛,戴帽裹巾,防备飞剑。他自敞开殿门,蜡烛高照,但等飞剑。

却说吕洞宾坐在山岩,发愁纳闷,心想:限期已近,不曾收得一个道徒。师父虽说不寻和尚斗,挨他这一戒尺,怎罢干休? 狠狠心,报此仇,飞剑斩了黄龙头,显我道法高一筹,见了师父把本奏。"他说做便做,正当三更时分,取出神剑念咒语,吩咐道:"吾奉法旨,让你做护身之宝。现命你到黄龙寺内飞斩黄龙头。"他喝声:"疾!"只见宝剑"忽啦啦"一声响亮,化作一条青龙,直奔黄龙寺而去。

飞剑去后,吕洞宾在此挨磨时光,左等右等,不见飞剑回来。他又连念收剑咒语三千余遍,仍无消

息。吕洞宾这才慌了手脚,乃驾起云头,到了黄龙寺。他见山门大开,佛殿明灯烛火,香烟缭绕,黄龙长老端坐禅床。洞宾揭帘而进,高叫:"和尚!还我剑来。"黄龙用手一指,曰:"剑就在此。"只见宝剑就在黄龙身旁,斜插入泥。吕洞宾大踏步走上前去,双手拔剑,那剑犹如万吨生铁凝聚一般。黄龙大笑:"人无害虎心,虎无伤人意。吾要与你一般见识,必斩于你。看你师父面儿上,先下入困魔岩,参透禅机,大彻大悟,再来见吾。"吕洞宾自觉负了师父之约,后悔莫及。

吕洞宾在困魔岩,日夜思念师父,真想飞到师父身边,自首认罪。吕洞宾本为仙体,认罪之心感动上天,灵气所至,护法天神放行。吕洞宾出了魔窟,驾起祥云,直奔终南山,寻师而去。他见了师父,纳头便拜。钟离师父呵呵大笑,先问:"引来弟子几个?"吕洞宾连连叩头,乞求师父解救弟子。师父曰:"你神通浅,法未精,凡心未退,邪气过盛,修炼未成。饶你初犯,速取剑来。"洞宾再拜,曰:"谢师父恕罪,只是此剑被他用禁法禁住,取之不回,奈何?"

师父曰:"吾修书一封,交与黄龙师兄,他自然还你。"洞宾连忙接过书信,驾起祥云,直到黄龙寺,见了黄龙长老。黄龙观罢书信,二话没说,念个解禁咒语,将手一指,道:"将剑拿去,回禀师兄。"洞宾只轻轻一拿,便拿了起来。黄龙又曰:"冤冤相报非君子,以恩报冤圣贤道。你肯拜我为师,我将传道与你。"洞宾满口答应,情愿拜黄龙为师。礼成之后,师徒相称。吕洞宾大彻大悟,乃做诗一首,表其心迹,诗曰:

摔碎葫芦折断琴,生来只知道门深。
今朝得悟黄龙术,才知佛道一家人。

吕洞宾拜别黄龙禅师,回到终南山,见了本师,纳还宝剑。忽然,他想起环翠峪仙境,恳求师父恩准,到此中原仙山,袭广成仙翁之气,练玄元圣祖之术,学北魏寇天师之道,以达修真养性,行满功成。

吕洞宾二次来到环翠峪,首先寻觅落脚之地。他行至落鹤涧,登上落鹤峰,王子晋在此苦修行;环翠山上走一遭,日霞仙子在练功;茅古堆虽是好去处,月华仙子站顶峰;梅山瀑布景致好,七怪在此正作精。浮丘仙翁来指点,八仙冲内暂扎营,千尺崖下幽静处,正好造做纯阳洞。吕洞宾在此住定,目睹环翠山庄风风雨雨,恩恩爱爱。世间沧桑事,吕洞宾记心中。人间美满事,吕洞宾都促成。只有事一件,常常挂心中。

那就是蜘蛛洞内蜘蛛精,结网拦路,糟踏人畜。大仙甚为着急,随到终南山,找到本师,求来降魔太阳神光宝剑,飞斩蜘蛛精,为民除害。洞宾诵念咒语,"忽啦啦"放剑出鞘,飞剑变青龙。怎奈蜘蛛精法力广大,缩身钻入石缝。剑龙猛撞巨石,一声巨响,剑落石碎。蜘蛛精逃脱,留下一道石沟,就是现在的青池沟。

吕洞宾大仙无奈,又到黄龙山上,求黄龙师父到此降妖,黄龙应允。说时迟,那时快,黄龙长老为降妖魔现出巨龙原形,又邀火龙师兄,齐飞卧龙台上。黄龙使法术引蜘蛛精出洞,火龙紧追,施行火攻,赶至龙潭沟,灭了蜘蛛精。环翠山庄黎民百姓,又过上了太平生活。

吕洞宾大仙要求黄龙师父留下,避邪镇妖,保护黎民百姓。黄龙师父也留恋这环翠峪仙景,就在卧龙台下青池沟住定。黄龙抬起神剑,只见神剑闪出一道道青光,耀眼夺目。他把神剑插入地下,只觉天摇地动,那宝剑发出"嘶嘶"响声,向下硬钻,宝剑入地之处,青气四溢。黄龙急忙把神剑拔出,泉水随剑流出,形成了"黄龙泉"。

黄龙师父又在山上栽了珍奇树,人们就叫"黄龙树"。说也奇怪,这黄龙树平常不开花结果,遇到灾年,哪方有灾,哪方的树枝结榆钱,以示对那方灾民的慰问。

一日,吕洞宾走出八仙洞,上了通天门,路过茅古堆,去到青池沟,拜见黄龙师父,商讨修造居地之事。吕洞宾问:"是造观,是造宫,或寺或庙说个清?"黄龙师父曰:"广成仙祖在,元皇圣祖来,环翠仙气重,道教花盛开。自古佛道是一家,就在此地把庙盖。"这正是:

以恩报冤为上策,冤冤相解冤自开。
儒道佛家言归一,世间何怨不能解?

自此,吕洞宾忙着盖黄龙庙之事。忽一日,巩义水头村一老汉在此放牛,在和煦的阳光照耀下,不觉飘飘进入了梦乡。在似睡非睡朦胧之际,见一白发仙翁来到身边,指点老汉"要在青池沟,建造黄龙庙,供奉黄龙把福造。还有什么不明事,千尺崖下把我找"。一觉醒来,老汉记忆犹新,回到家中,述说一番。那水头村百姓,知道是洞宾大仙点化,于是,踊跃捐钱捐物。庙宇一座,很快建成。后又经明代崇祯年间,清代乾隆、光绪年间三次重修,至今金石之刻犹存。

这就叫做:"儒道佛归一,和谐万邦,天下太平,国家兴旺。"并启迪后人,强者要让,冤家要解,弱者要扶,朋友要结,互助友爱,大同世界。

五岳图和四岳殿

中岳庙始建于秦代,以后经过多次修葺。规模最大的一次,是宋真宗大中祥符六年(1013)增修崇圣殿及亭台楼阁一千余间,并把旧有神像改塑一新,还绘制功德壁画五百余幅,曾有"飞甍映日,杰阁联云"之称。就在这次修葺中岳庙时,发生了一个"举目观看五岳山,百步登完四岳殿"的故事。

那时候,淮南有个书生,乳名郑雷,学名郑雨田。郑雨田家里很穷,父亲早年去世,母子二人每日靠母亲讨到的残汤剩饭充饥。可郑雨田心高志大,幼时就立志攻书。他白天干活,夜里习字,没钱买灯油,就借着月光苦读。就这样郑雨田年年攻书,到十七岁那年,就中了秀才。二十岁那年,郑雨田要进京赶考了,可是家里连盘缠也凑不出来。村里的叔伯大爷们,看雨田是个能成器的孩子,大伙就给他凑了几两银子,让他进京赶考。谁知道,屋漏偏遇连阴雨,船破又遇顶头风。出门的第二天,银子全被强盗劫去。雨田摸摸袄底襟,他娘给他缀在里面的几个制钱还在。他勒勒束腰带,依然往京城赶去。

这时候正是数九寒天,北风呼叫,雪花飘飞,冻得雨田牙打牙直响。他走了一天,又饥又冷,从袄襟下抠出四个制钱,想买两碗热面充饥。他来到镇前一个饭店,饭店掌柜刚刚把面条下进锅里,只听街上有人喊:"先生们,行行好吧,这张画送给您,算一枚钱。"郑雨田往街上一瞧,是个穷画匠,手里提一叠画,沿街叫卖。画匠叫卖半截街,既没人买他一张画,又没人给他一文钱。画匠叫着,叫着,打了个趔趄,差点儿栽倒。郑雨田赶快走上前去,把画匠引进饭店,说:"我买了两碗面条,只能吃下一碗,这一碗请你吃吧!"画匠以为郑雨田想买画,高兴地说:"好,我吃,这画任你挑选!"画匠把饭吃完,高高兴兴地让郑雨田挑画,雨田说:"我是行路之人,无心选字挑画,请先生收起来,到别处去卖吧!"说完,他便登程上路了。郑雨田又赶了一天路程,傍晚时候,雪大风急,饥寒交迫,只觉头重脚轻,几次都几

乎栽倒。黄昏,他来到桥头小镇,走进一家小店,准备弄点饭吃。这时他摸摸袄襟,只有五枚钱了,就买了两碗面条。热腾腾的面条刚端到桌上,只听店房门口有人喊:"救人哩!救人哩!"郑雨田忙走出门口一看,地下躺着一个人,身边放着斧锯等物,另一个挑锛刨的人在拉他,最后挑锛刨的也倒在地下了。围着看的人们说,他俩没什么病,是饿昏啦,有碗热饭灌下去就好了。郑雨田听罢,赶快把两碗热面条端出来,给他俩灌到嘴里。不一会儿,两个木匠睁开了眼,站了起来,听说是郑雨田给他们端的面条,非常感激。郑雨田只剩下一个制钱,买了半碗热汤,度过了寒夜。

　　郑雨田进京以后,经过殿试,得了个头名状元。当时真宗皇帝有个女儿,年满二八,真宗想从状元、榜眼、探花中招一人作驸马。招谁呢?照说,应该招状元郑雨田。可是,同榜"探花"是御史翟贵北的外甥。翟贵北很想让真宗选他外甥做驸马,但是前面有"状元""榜眼",第三步才能轮到他外甥"探花"。翟贵北心生一计,对真宗皇帝说:"万岁招驸马是件大事,不可单看金榜,应让状元、榜眼、探花三人各办一事,谁办得好,办得快,就招谁。"宋真宗听后,认为翟贵北言之有理,就照他的话办理。

　　那一年,朝廷拟订的国计,有重修中岳庙一项。按当时迷信说法,朝廷住的地方为阳都,天中王住的地方为阴都。阴阳必须相配,所以宋真宗就把这项重要任务交给头名状元郑雨田去办。雨田接过圣旨来到中岳庙,便组织匠人动工,工匠们称郑雨田"状元爷"。郑雨田呢,称工匠们为"张师父""李师父",没一点儿架子,有时还帮他们做些活路。工匠们见状元爷勤俭秉事,待人又亲,干劲很大,仅三年零一个月的时间,中岳庙重修工程全部竣工,郑雨田便进京交旨。但朝廷分给翟贵北外甥办的事还没办完,翟贵北急得搓手跺脚。眼看郑雨田要做驸马了,翟贵北眉头一皱,孬点子又想了出来。他对宋真宗说:"万岁!状元既然把中岳庙修葺完毕,何不带领公主亲赴中岳,一则验验郑雨田修庙之才,二则赏赏中岳庙之美景。万岁,你看如何?"宋真宗说:"很好。"翟贵北见万岁答应游中岳,悄悄地贴紧真宗耳朵说:"万岁!听说新科状元郑雨田有挟山移景之术,万岁游中岳时,何不同时赏赏五岳山、登登四岳殿?"宋真宗说:"他能有此奇才?"翟贵北说:"有。万岁不下圣旨,此人不会轻亮其术。"

　　宋真宗选驸马心切,便传旨,宣状元郑雨田上殿。郑雨田走上金殿,刚跪下,太监就朗朗宣读圣旨:状元郑雨田,重修中岳庙,不避辛苦,提前竣工,龙颜大喜。今朕驾临中岳,同皇姑共赏中岳庙美景。与此同时,朕要举目观看五岳山,百步登临四岳殿。此事责任重大,光荣而又艰巨,状元郑雨田可速去准备,届时接驾,不得有误。

　　郑雨田听完圣旨,吓出一身冷汗,磕头曰:"谢过万岁!不知御驾何时到达?"宋真宗话没出口,御史翟贵北说:"三个月如何?"宋真宗点头说:"三个月后驾临。"郑雨田接旨返回中岳庙来。他骑马出汴京的时候,就像丢了魂似的。他想:五岳山四岳殿相距千里,怎么能"举目观看""百步登临"呢?为期又是三个月,就是三年,我郑雨田也难把五岳四殿搬到一处。他越想越觉着这是把他往死路上送,"轰"地一头,栽下马来。等他睁开眼时,跟随他的人高兴得拍手跳脚,另外还有三人"恩人、恩人"地喊个不停。郑雨田定睛一看,原来是他进京赶考路上接受他热饭的那三个人。他马上交代随从,带上他们到饭店先去吃饭,然后送三人上路。三个工匠听后,连连摇手说,他们访问了三年,前天才访到救命恩人是状元郑雨田,昨天听说郑雨田领罢圣旨,要去中岳修建五岳山和四岳殿,他们决心助恩人一臂之力。郑雨田听罢,连连摇手说:"这工你们做不得,吃罢饭登程上路走吧!"三个工匠见郑雨田满脸愁色,跪到地下,苦苦哀求,要为郑雨田效犬马之劳。看样子若不带他们去中岳庙,他们跪死在地下也不起来。郑雨田见劝说不下,只好把皇帝三个月后来游中岳"举目观看五岳山,百步登临四岳殿"的事告诉他们,并说这是逼命之工,再次劝说他们不要受株连。三个工匠听后不约而同地说:"愿与恩人同生死,共患难。"

— 290 —

他们随同郑雨田的人马到中岳庙来。三个工匠合计后,把建五岳山和四岳殿的计策,向郑雨田说出来。没出三天,郑雨田就招集文臣武将、木工石匠、道教信徒,宣布建五岳山、四岳殿工程,并下令两个月竣工。他宣布完,人群中议论纷纷。有一个平时与郑雨田相好的工头,带着畏难情绪说:"状元爷,两个月时间,一半工怕也做不完。"郑雨田听后脸一沉,说:"这是圣旨,你违抗旨意,动摇匠心,拉下去!"几个贴身大将就把工头捆绑起来。众人一看,都吓得目瞪口呆。正当午时,两个刀斧手抬着一口满糊黄表纸的新铡刀,把它往两张相并的方桌上一放,把捆绑的那个工头抬过来,头往铡刀口里一放,"咔嚓"一声,鲜血飞溅好远!众人带着工具,跟着郑雨田所带来的三个工匠,按照图样大干起来,谁也不敢偷懒。那个工头真个被铡死了?没有。这是郑雨田他们搞的督工计。铡是新铡,就是铡刀当中留有一个大豁口,用黄表纸糊满,看不出豁口来。被铡者的脖子根放有一袋红颜色水,铡时红水如血,四溅开来,工头只是受了一场大惊。

光阴似箭,日月如梭。三个月转眼即到。宋真宗带着公主、文臣武将,还有五百御林军,来中岳畅游了。宋真宗来到中岳庙一看,苍松翠柏,亭台楼阁,金碧交辉,风光秀丽。宋真宗夸奖郑雨田:"卿有奇才也!"随驾同来的御史翟贵北马上插嘴说:"万岁!郑雨田的奇才还未观赏呢!"这时候,真宗正好走到将军门处,郑雨田走上前去指着一块石碑,说:"请万岁举目观看五岳山。"宋真宗一瞧,一块矗立的石碑刻有五个篆体字样的图形,上书"五岳真形之图"。宋真宗看罢笑了笑。接着,郑雨田陪皇帝游四岳殿。真宗一瞧,东西不到百步,有砖台垒砌的四个大平台,台上四周立有青石栏杆,前面还砌有石雕台阶,每个台上中间均建有绿瓦琉璃大殿,看起来规模宏敞,制式壮丽,雕梁画栋,殿内供有风、雷、雨、云神像,殿门上分别挂有"东岳泰山殿""西岳华山殿""南岳衡山殿""北岳恒山殿"金匾。翟贵北一看计破图穷,又问:"怎么没有中岳大殿?"郑雨田微微一笑,说:"中岳正在其中矣!"宋真宗听罢厉声斥责翟贵北道:"退下!贫嘴多舌!"因为平时翟贵北常使用奸计,连御林军也恨透了他,今天万岁这样一说,御林军装作听错御话,以"推下!平嘴剎舌!"把翟贵北推下去,用刀剁去了舌头。郑雨田呢,也就此选上了驸马。

明万历三十二年(1604年),河南监察御史方天美,又在五岳真形图下,刻记上五岳演义性传说,现在此碑仍然矗立在中岳庙四岳殿旁。

(整理:王鸿钧)

铁 人 出 征

嵩山中岳庙的"配天作镇坊"北面,有四个七尺多高的铁人,站在路东"古神库"的四角。

这铁人铸造于宋代治平元年(1604年)。庙宇讲究对称,据说,原先路西的"无字碑"亭四周也有四个铁人,一共是八个,一边四个,分别站在东西两边,遥相对称,十分威严。但多少年来,人们看到的却只有东边这四个铁人。西边的铁人哪里去了呢?

据说:"北宋末年,金兵南侵,民族英雄岳飞率领岳家军转战黄河两岸,给入侵者以沉重的打击。中原儿女纷纷投奔岳家军为国效劳。后来,抗金浪潮波及嵩山脚下,震撼了幽静的中岳庙。庙里的八个铁人也都摩拳擦掌,跃跃欲试。他们暗地议论说:"一旦亡国,人民受难,我们岂不成了亡国奴!我们都是堂堂七尺汉子,手中又握着枪、刀、剑、戟,不如奔赴前线,杀它个人仰马翻,为民立功。待敌人退去我们凯旋,岂不受人尊重？"

八个铁人主意已定,便在一个月明星稀的夜晚,乔装改扮,身带兵器,瞒过看守大门的翁仲,悄悄地向北走去。天尚未明,就来到黄河岸边。

渡口有一个摆渡老人,一听这几个人要渡黄河去参加岳家军,非常高兴,便慷慨地答应帮他们渡河。无奈船只太小,八个人乘不下,只好分两批摆渡。第一次渡过四个人,待第二次渡剩下的四个人时,天已大亮。四个铁人此时才看清楚老人的小船宽不足三尺,长不足八尺,便惊疑地问："你这小船能载动我们四个人？"摆渡老人十分不快地回应道："咋？您是铁人？"不料此语一出道破玄机,四个铁人立时现出原形动弹不得。恰在此时,中岳庙道主派人也找到了黄河岸边,发现尚未走脱的铁人,硬把他们推到大马车上往回拉。铁人们不愿回来,便在车上跺脚挣扎,弄得车子东摇西摆,难以前进,竟在回来的路上累死了两匹拉车的大马。

那四个过了黄河的铁人投入了抗金队伍,剩下的四个铁人又无奈回到了中岳庙。由于人数不够,只能看守东边的神库,所以西边的碑亭一直没有卫士。这四个铁人由于失掉了报效国家的良机而终日悔恨。你瞧,直到如今,他们四个那种挥手握拳、满面怒容的神态,分明还在生气呢！

（整理：李书建）

中岳庙铁人的来历

中岳庙崇圣门后东侧,有一座无木结构建筑——古神库。库房的四角各有一尊高约九尺、重三千余斤、用一百多块生铁拼铸而成的大铁人。铁人武士风度,握拳振臂,怒目而视,高大威武,俗称"镇库铁人",也有人称"守库将军"。据说这是在北宋平治元年(1064年)整修中岳庙时,为防火除邪保护神库而铸立的。

相传,北宋英宗年间,敕命修葺年久失修的中岳庙。在大规模的整修过程中,人们正在为拆除的神像如何发落犯愁时,从陕西来了一位看风水的道人,他建议把神像埋入地下保存起来。中岳庙道长接受建议,便在此处挖一地宫,将旧神像封存起来,地面盖一建筑物,名曰神库。

经过内外整修,庙貌大为改观,就在大家都为修复工程将要竣工而高兴的时候,时任道长却高兴不起来。因为他在为庙内过去年年有火灾而发愁,这次庙内整修得这么好,要是再发生火灾,皇上怪罪下来,可承受不起呀！就在道长为此事寝食不安时,有人建议说："何不把前年曾来过的那位陕西道人请来,看他有没有办法解决？"道长听后,喜出望外。对呀,何不把他请来！

道长差人快马加鞭日夜兼程赶往陕西,不几日,陕西道人请到。中岳道长宾客相待,详说来由。陕西道人听后沉思片刻说："那就试试看吧！"道人几天之内详细察看了庙内庙外,东西南北,然后对道长说："庙内发生火灾原因不在庙内,而是庙后西边那座小山头起的凶,只要能镇住它就没事了。"此山头名为红石岩坡,也有称火焰山的。他提议用铁人代表道教信奉祭祀的"水星"去镇住火焰山,便可消灾避难。

道人建议：在神库四角分别铸立一尊铁人,东北角铁人面向西南镇守"神库",其余三个铁人统统面向西北,牢牢盯住庙后西边的火焰山。从此以后,中岳庙再没发生过火灾。

据说,铸造铁人的捐资者为偃师县府店两家同年考取榜眼和举人的董姓和王姓施主。

这四尊铁人是中国现存铸铁艺术品中形体最大、保存最好、造型最佳的艺术珍品,被奉为中岳嵩山"镇山之宝"。许多善男信女慕名不远千里前来烧香还愿,祈求幸福平安。更有每逢三、十两月庙会,携子来此认干亲者成群结队,彩云幛幔、吉祥红绳挂满铁人全身和周围古柏枝杈,形成一道亮丽、吉祥、和睦的人文景观。

中岳庙四铁人

(整理:孟国有 张占清)

黄 爷

黄爷,姓黄名守才,嵩山北麓偃师黄庄人,舅舅是登封颍阳车窑村的一个富户。据说黄爷小时候非常聪明,因父母早逝无依无靠,就到外婆家给舅舅放牛。黄守才见外婆日夜纺线很辛苦,于是就偷偷把花捻(用高粱秆做成的纺线用的空心棉条)拿到山上,挂在荆棘丛上,到天黑赶着牛回家时,花捻就变成了线穗。

舅舅虽然很有钱,但对人极为苛刻,就是对自己的亲外甥也格外刻薄,常常无事生非地说牛没吃好草,没饮好水,对黄爷是不打即骂。聪明的黄爷就想治一治舅舅,一天他把放牛娃们召集在一起,把舅舅家的一头小牛犊杀掉分给大家吃了。事后他把牛尾巴塞进山崖的石缝里,回去哭着对舅舅说:"咱家的小牛犊钻进山缝里出不来了。"舅舅不信就到山上察看,只见牛尾巴翘在石缝外面,用力一拉,就听到小牛犊"哞哞"直叫,不管用多大劲就是拉不出来。他虽然心里狐疑,但也无可奈何,只是心疼得直骂黄爷败家子。

此后,舅舅对黄爷更不放心了,心想牛让他放下去,恐怕最后连牛毛也不会有了,于是罢了他的牛倌儿,让他到地里锄谷子剔苗。黄爷向舅舅讨教怎样锄谷子,舅舅极不耐烦地说:"这还用问?稀谷子稠麦,收割时喜笑颜开。"黄守才就按照舅舅的话去做,二亩五分地谷子,他仅在四角和中间各留一棵,其余的都统统锄掉了。见他早早收工回家,舅舅心里直纳闷:二亩五分地谷子,他怎么一会儿工夫就锄完了?他到地里一看,脸都气歪了,训斥外甥说:"那二亩半谷子,你留了五棵苗,是不是太稠了?"黄爷一听,就到地里把中间那一棵谷苗也给拔掉了。

到收割谷子时,黄爷把地里的四棵谷子一拔就送到打谷场上。晒了两天后,他吩咐伙计们准备碾场用的农具,并特别嘱咐说要多准备一些口袋。舅舅心里一肚子火,伙计们也都掩口而笑,心想:这小子难道还会变魔法不成?等牲口套好,黄爷扬鞭策马,只听蹄声"哒哒"响,石磙"吱吱"转,黄灿灿的稻谷像两股山泉从石滚两头碌脐里源源不断地流出,越流越快,越流越多。舅舅看得眼睛直发绿,伙计们车拉人扛也运不完场上的谷子。后来黄爷看伙计们精疲力竭了,才发话说:"好啦,这车运回去就不要再来了,没有谷子了。"人们本来不信,可再一看打谷场,像风刮过一样,干干净净,一粒不剩。

后来人们才知道山西省有十三个县遭了风灾,成熟的谷子大大歉收。这下子,人们才相信黄爷不是凡人。一天,舅舅对他说:"你是天上的星星,本领高强,应当为国家效劳,在此住久了,会影响你的前程,你就去当兵吧。"黄爷听了舅舅一席话,就报名当了兵,后来屡建战功,一直升为将军。

清朝顺治二年(1645年),黄河在封丘县决口,黄爷在封丘县荆隆口治理黄河,功勋卓著,因而,嘉庆年间黄爷被封为河大王神。从此,中原地区尤其是嵩山地区建起了很多黄爷庙或河大王庙。现在黄爷的外婆家所在的村庄还有黄爷洞、黄爷庙呢。嵩山太室山老君洞下、少林寺景区停车场南也都建有黄爷庙。

灶 王 爷

灶王爷

传说灶王爷叫张保,夫妻二人均是淳朴善良的农民,世代以耕田为生。有一年天遭大旱,庄稼颗粒无收,不少农民逃荒要饭,卖儿卖女。张保夫妇因为年迈体衰,不能远行,只好靠庄中富户舍饭活命。

也算张保夫妇命运不好,常有倒霉之事伴随。真是跑得快,撵上穷,跑得慢,穷撵上。这天庄主舍饭在庄东边,他们却等候在庄西边,结果一天没吃到饭。第二天他们等候在庄东边,庄主却又在庄西边舍饭。第三天,老两口一个在东,一个在西,庄主却把饭点设在了村中间。待到他们闻信赶到,饭又被舍了个精光。夫妻二人三天没吃上一顿饭,当晚就饿死在大街上。

张保夫妇被饿死这件事传到了玉皇大帝那里,玉皇大帝念他们一生勤劳,为人良善,当即传下圣旨,封他们为灶王爷、灶王奶奶,坐在农家厨房,称为一家之主,享受人间香火,专司家庭柴米油盐及诸多家政,并准许他们每年腊月二十三日升上天庭汇报民间事宜,便于玉帝了解下情,汇报之后于正月初一五更降临人间主事。因此民间有两副"二十三日去;初一五更回"和"上天言好事;下界保平安"的对联。为了使他们二位上天见玉帝不胡言乱语,民间送灶王爷升天时总要供些糖果,粘住他们的嘴。

(整理:白天乐)

城隍爷搬迁

古代嵩山叫崇高山，昔日的登封县叫崇高县。那时的颍阳是洭国的国都，人称皇城。崇高县的县城则是洭国的直辖名城。然而国都皇城又置于崇高县的辖区之内，这样就形成了隶属管理的特殊关系。

相传洭国兴旺的时候，城隍爷的地位很高。不论是都城、省城和县城都建有城隍爷庙，塑有城隍爷像，城隍爷在城镇百姓心目中成为最为崇拜的神灵。

有一年洭国的国都皇城遭了旱灾，庄稼颗粒无收，城中老百姓外出讨饭者过半。就在这一年城隍爷庙也塌了大窟窿，城隍爷无法生活和办公。旱灾过后，又秋雨连绵，雨正洒在城隍爷身上。有几位俗家善人外出化缘修庙，皆因百姓贫困而难以如愿。最后有人出了高招儿：崇高县县城秋季尚有几分收成，并且城隍爷庙完好，主殿宽敞，可容纳两位城隍坐殿理事。

大家一听，觉得有道理。第二天就有人动手把国都的城隍爷搬到了县城隍庙内，从此两位城隍爷并排坐在大殿的神位上。

俗话说，官大一级，泰山压顶。小城隍与大城隍并排落座，心里总不是滋味。除了吃喝招待，每日还得阿谀奉迎。转眼半个月过去了，小城隍已感觉力不从心。于是他急中生智，给县太爷托了个梦，说国都城隍爷庙年久失修，大殿塌了窟窿，城隍爷无法坐殿理事，如今跑到我这里住下，搅乱了我这里的正常秩序，请县太爷赶紧拨款修复，好让国都城隍归位。

县太爷醒来，感到梦出有因，他当即派人调查核实。使者调查情况和梦中情况相同，县太爷立即拨款修复了国都城隍庙。都城的善男信女们向县太爷谢恩后，又把国都城隍搬回皇城复位了。

（整理：郑庚银）

刘太尉搬家

登封市东金店村有一座太尉庙，东金店幽兰村西头也有座太尉庙。两座庙曾经有过不和谐的关系，这还要从庙中的太尉爷的为神作风说起。

太尉爷又叫刘太尉，旧时是一种官衔的名称。传说中的刘太尉原来住幽兰，一直受幽兰百姓供奉，逢年过节香火不断，为佑护一方百姓做了不少好事。不过他的作风有点不检点。

二月二龙抬头，民间有炒玉米花、摊煎饼（将面糊浇在擦油的鏊子上做的食品）的风俗。有一年太尉庙附近住户一妇女正在摊煎饼，刘太尉点化成妇女的丈夫站在厨房，妇女一边摊，他一边吃，吃饱了就转眼不见了。

待到中午妇女的丈夫从地里干活回家吃饭，一进厨房，妇女便说："你不是刚才吃罢了吗？你一个人能吃多少？"妻子的话让丈夫大感不解。明明我在地里干了半天活刚到家，怎么就吃过饭了呢？他一怒之下，动手打了妻子，并怀疑妻子在家是否有了外遇。

妻子蒙冤受屈挨了打，便大哭一场。为了洗清不白之冤，她到街上挨家挨户去寻找那个骗吃煎饼不要脸的男人算账。寻遍街坊无果，连太尉庙她也不放过。她踏进太尉庙上下左右细瞅，发现太尉神像后放着她上午烙的一大摞煎饼。她断定是刘太尉装孬让她挨了打，受了气，她一怒之下搬起神像摔到了庙前河沟里。

刘太尉流落河沟，知道底细的人都说："活该！请着百家香烟，受人敬奉，不该私入民宅骗吃人家煎饼，又惹人家两口子生气打闹一场。"

那年河沟发大水，刘太尉神像被洪水冲到颍河的东金店河段，已是半截子朽木了。那年颍河水大，九月九过后桥工也搭不成桥，他们只好在河里摆踏石。半截子朽木，桥工也派上了用场。谁知就是这块朽木疙瘩硬是不听使唤，谁踏上谁准翻到河里。这时人们才悟出这块朽木非同寻常，是刘太尉显灵了。东金店的善男信女得到消息，以隆重的仪式将"朽木"请到东金店，修庙塑身，初一、十五香火不断。大概是为了纪念九月十二日请太尉，东金店人将九月九日重阳节改到九月十二过。九月十二晚上太尉爷庙要唱"连灯戏"（从天黑唱到天明），九月十三是庙会。每年正月二十九庙会还要上供、放焰火，祭祀场面十分壮观。

传说中的刘太尉虽然有点䐃，对百姓倒还不错，对上他可以通融玉皇大帝耕云播雨，保佑一方五谷丰登，对下特别好结交士农工商和下九流，帮其时来运转、四季发财，因此庙堂香火越来越旺。20世纪末幽兰人重修庙堂，重塑金身，吹吹打打去东金店请刘太尉返回故里，东金店人却不开庙门，不予理睬。21世纪初东金店人则花费巨资重修太尉庙大殿，整修院落，同时供奉多路神仙于一庙院，恢复九月十三、正月二十九庙会规模。届时，常有两台大戏对演，两班唢呐对棚和燃放焰火等活动。

（整理：白天乐）

五、佛教传说

白马寺的传说

出洛阳老城,沿着邙山与洛水之间的林荫大道东行,见公路两侧,古冢累累,山岗起伏。每一处迷人的景色,都能唤起人们对这片古老土地的无限遐想。在离洛阳大约三十里的大道北侧,林木葱郁之处,透出一带红色的墙垣,隐约可见一角走脊飞檐。这就是闻名中外的古刹——白马寺。

一、永平取经

洛阳虽然号称"九朝古都",但是,九代王朝分别在洛阳建筑了三处都城。在白马寺以东二里,有一座旧城废址,四周的城垣还在地面上残留着,最高的地方有九米多。这就是汉魏洛阳故城。

传说,东汉永平七年(68年)的一天夜晚,正在洛阳皇城南宫里熟睡的汉明帝刘庄,忽然做了一个奇怪的梦,他梦见一个身高一丈六尺的金色巨人,披着日月光辉,在他的宫殿上空环绕飞行。刘庄一下子醒了。他非常迷信鬼神,不知这梦是凶是吉,于是便召集君臣问梦。大臣们听了刘庄的叙述,个个哑口无言,答对不上。这时候,有个叫傅毅的大臣站了出来,引古论今,侃侃而谈。

傅毅说:"周昭王二十四年四月八日,神州山川震动,江河泛滥。当天夜里,西方的天空上出现了五彩云霓。昭王见了十分惊慌,以为是天降灾难。可是,太史苏由却从容不迫地说:'这种种迹象,都是西方诞生大圣人的征兆。据臣占卜,这位大圣所倡导的佛教,要过一千年之后,方能传入我国。'屈指算来,如今离那时不多不少恰恰一千年了。陛下昨夜梦中所见的'金人',应是当年西方天竺国(即古印度)的得道者,号曰'佛'。此梦正是佛法东传我国的先兆。"

听了傅毅这番高谈阔论,汉明帝不仅深信不疑,事后,还特地派遣郎中蔡愔弟子秦景等十二人,前往西方寻求佛法。

蔡愔、秦景一行拜别刘庄,离开洛阳,踏上了西行的漫长道路。他们一路上穿过一望无际的沙漠,跨越荒无人烟的戈壁,餐风饮露,艰难跋涉,一年后,终于来到了大月氏国(今中亚阿富汗一带)。这里佛寺林立,宝塔到处可见,佛教早已广泛传播,于是,他们便停止西进,开始在这里搜集佛教经籍和佛像。

在大月氏逗留期间,他们又结识了两位正在当地传道的天竺僧人:竺法兰和摄摩腾。经过一段时间的交往之后,蔡愔等人就邀请两位天竺僧人到东土传教,他们也欣然答应了。于是,蔡愔、秦景就开始收拾行装,把一大堆用竹简抄录的佛经和搜集到的一批佛像集中起来,用一匹白马驮上,和两位天竺僧人离开大月氏,启程东归。

洛阳白马寺

永平九年(70年),蔡愔、秦景一行历尽千辛万苦,终于又回到了京城洛阳。汉明帝刘庄十分高兴,在南宫殿堂接见了两位天竺僧人,并向他们询问了佛法要旨以及流传情况。接见以后,汉明帝刘庄又特意将他们安排在鸿胪寺(即当时的外交官署),专门从事梵文佛经的翻译工作。

第二年,刘庄又根据他们二人的建议,在洛阳雍门(洛阳西门有三,中为雍门)外三里,御道北的地方,按照古天竺的建筑样式,派人起造僧院。两年后,僧院建成,为纪念白马驮经,取名"白马寺"。从那时起,原来用作官署之称的"寺"(如鸿胪寺、大理寺等),也就开始成为一般僧院的泛称了。

蔡愔等人取回的佛经,名叫《四十二章经》,也就是佛教传入我国后的第一部经卷。刘庄十分珍惜这些经卷,把它存放在兰台石室(即现在的国家图书馆、档案馆)中,带回来的那些佛像,刘庄又拿去张挂在显节陵(即刘庄生前建成的寿陵)中的殿堂上。

竺法兰和摄摩腾搬进了白马寺的清凉台上,常年在那里翻译佛经,直到生命的最后一刻。现在,白马寺山门里边的东西两侧,有两座馒头般的青冢,就是两位天竺僧人长眠的地方。

二、白马鸣塔

白马寺刚刚建成的时候,佛殿的山墙上有一幅很大的壁画。壁画中间画的是一座宝塔,塔的四周画着成千上万匹引颈长鸣的白马。这幅壁画的内容是与白马寺名字的来源有关的另一则宗教故事。

很早以前,天竺国里有一个十分贪婪而又暴戾的国王,他除了千方百计残酷剥削劳动人民外,还企图强占寺院的佛财。为了这个,他下了一道诏书,命令拆毁天下所有的寺院,没收所有的佛财。命令所到的地方,一座座寺院被拆毁,寺院的财产被抢劫一空,僧人稍有不满,不是杀头,就是活埋。

一天傍晚,诏书传到招提寺,僧人们听到这个消息,一个个吃不下斋、睡不着觉,也没心参禅打坐。寺主看了十分难过,就把他们召集到大殿里,虔心诵经,希望得到佛祖释迦牟尼的解救。

到了天色黎明的时候,国王派来拆毁寺院的士兵赶到了,他们刚刚要动手,忽然远处飞快地奔来一匹大马。马进招提寺,翻身下来一位国王使者,当众宣读国王新下的圣旨:收回成命,停止破坏一切寺院。在场的士兵们一个个目瞪口呆，不大一会儿，就都灰溜溜地退走了。僧人们见招提寺保全下来，一个个连声念起"阿弥陀佛"来。这到底是怎么回事呢？

原来，就在这天夜里，天竺国王做了一场噩梦，他梦见无数白马飞奔而来，一起围着一座宝塔悲鸣，嘶声凄厉，裂人心肺，听了让人不寒而栗。国王从白马的悲鸣声中一下子惊醒，浑身上下冷汗淋淋，被子都湿透了。他越想越害怕，揣测这场噩梦一定是因为他抢掠佛财，惹恼佛祖释迦牟尼而起。于是，他战战兢兢地从床上爬起来，急忙重新写下一道诏书，收回原先的命令，连夜派使者送出去。这样，招提寺才幸免了这场灾难，其他寺院也一起解除了厄运。

当招提寺的僧人们弄清这件事的来龙去脉以后，马上跪在大殿里，齐声高诵佛祖释迦牟尼法力无边。为了纪念白马显灵，僧人们在一起商议，最后决定把招提寺改名叫作"白马寺"。这个消息一传开，其他地方的许多佛教寺院，也都学着招提寺的样子，把名字改作白马寺了。

据说，洛阳白马寺建成的时候，之所以用"白马"二字命名寺院，就是从古天竺这个宗教传说来的。所以，当时寺院里的大殿山墙上，特意画了这么一幅"白马鸣塔"的壁画。时间已经过去将近两千年了，那幅"白马鸣塔"的壁画早已无影无踪，然而，这则故事却一直流传到今天。

三、焚经台

白马寺建成以后，由于当时皇帝的提倡，佛教迅速在我国生根成长。佛教的广泛传播，引起了道教徒极大的不安，就在白马寺建成后的第三年，有个叫诸善信的道士，纠集了五岳十八山观和太上三洞六百九十名道士赶赴京城洛阳。他们借新年朝觐之机，联名向汉明帝刘庄上书，对皇帝舍弃本国的道教，远求天竺佛教表示抗议。他们在奏章中一再陈述道教有无所不能的灵宝法术，痛斥佛教虚妄无稽，并扬言要同胡僧竺法兰和摄摩腾二人比较高低真伪，希望皇帝弃除佛教。他们在奏章中表示：如果比试失败，愿受重责。汉明帝沉吟一阵，最后准了诸善信等人的奏章，即命尚书令宋庠将众家道士带到长乐宫待命。随后，汉明帝下诏，命佛道两家在白马寺南门外的大道东西两侧各筑法坛，道家居东，佛家居西，半月之后进行比试。

正月十五日那天早晨，汉明帝刘庄沐浴焚香，吃过斋点之后，就率领朝中百官到白马寺山门外来观看输赢。头一个回合是教

焚经台遗址

义辩论,双方唇枪舌剑,针锋相对,最后道家失败了。这时,太傅张衍悄悄劝说诸善信认输罢战,可诸善信不服气,还要比试。

于是,比试进入第二个回合。汉明帝刘庄下命,让佛道两家分别将佛经舍利和道藏灵宝各自放在自家筑起的法坛上,举火焚烧,以试真伪。道家法坛在大道东侧,法坛有三,每坛开列八门,共计三八二十四门。佛家法坛在大道西侧,法坛不高,仅置佛经数卷,舍利(即佛祖骨灰合成的小丸)几粒。比试即将开始的时候,三山五岳六百九十个道士,人人手持经卷,一起绕坛祈祷,个个声泪俱下,乞求天尊显灵。这时,只听刘庄一声令下,大道东西两座法坛上烈焰同时腾空而起,风助火势,火助风威,只烧得半边天通红。大火之中,道教经藏一时三刻化为灰烬,随风而去,而佛经舍利,在烈焰中五色光明,旋环如盖,映蔽日月。与此同时,天空中仙乐阵阵,动人怡情,宝花落英,如雨飘下。摄摩腾乘兴一跃而起,稳稳坐在五色云头。围观的人群见此空前盛景,欢呼雀跃,如水鼎沸,一齐涌向地面上的竺法兰。竺法兰也大逞精神,闭着眼睛高声唱经诵法,赞美佛法无边。看到这番情景,六百九十个道士无不面面相觑,个个惊恐失色。南岳道士费叔才大叫一声,当场气绝身死,余下的道士一起抱头鼠窜……

从那次比试之后,道家声名狼藉,佛教声威大振。

现在,白马寺山门南边陇海铁路北侧的地方,还保留着两座方形土台,上面立着一块石碑,书"汉焚经台"四字,传说这里就是佛道两家当年斗法的地方。因为这里被烈火烧过,至今土色褐红,与别处明显不同。

(整理:张若愚)

齐云塔和金蛤蟆的传说

在洛阳白马寺的山门东边,有一座密檐式空腹砖塔,这就是中外有名的齐云塔。这座塔共十三层,高达五十米,玲珑剔透,十分壮观。相传,这座塔是一个蛤蟆精修建的。这只蛤蟆精后来变成了金蛤蟆,一直住在塔底,守护着这座宝塔。人们如果站在齐云塔二十米远的地方,对着塔身连连击掌,金蛤蟆便会发出"呱呱呱"的和声,这声音清脆悦耳,十分动听。金蛤蟆怎么会修造佛塔呢?

很久很久以前,在白马寺的东边,有一块很大很大的洼地。后来,地里忽然发现了三个碗口粗细的泉眼,这泉眼昼夜喷珠吐玉,洼地很快变成了一个清水潭。潭中的水,清甜甘美,周围的百姓既可饮用,又能用它浇灌田禾,所以人们称它为"宝水潭"。

说不清是哪年哪月哪天,突然阴风四起,飞沙走石,接着窜来了一个蛤蟆精,住进了这个宝水潭。这一下子可坏事啦!清清的潭水,霎时变成了混浊的泥糊涂。这还不算,每年到了夏末秋初,这只蛤蟆精还会大发一阵脾气,潭水暴涨,泛滥成灾,周围三乡五里的百姓都得遭殃。就这样,这个造福百姓的宝水潭,一下子变成了祸害乡里的妖水潭啦!

有一年,又到了夏末秋初,那只蛤蟆精又该大发雷霆了。当地的百姓,眼看着滔滔的黄水又漫出了潭边。大家正要外出逃难,忽然见一位远方游僧进了村,这位僧人面目清癯,二目灼灼有光。他的左右手腕上分别戴着两只金镯子和银镯子。他拦住正要逃难的百姓,问明了事情的原委,便劝大家不要惊慌,稍候片刻再走。然后,他扭过身子,迎着滚滚而来的洪水飞快地跑去,在场的百姓都惊呆了,便停住脚步,看个究竟。那僧人身轻如燕,两脚踏上水面,就像在地上走路一样。只见他走了几步,"嗖"地一声,往水面的一个浪头上抛出了一只银镯,银镯过处,现出了一道闪电般的银光。这一下可激怒了蛤蟆精,它施展了魔力,忽然掀起了一个百丈高的浪头。顷刻间,大雨如注,浊浪排空,吞没了那一个僧人。站在远处观望的老百姓,无不为那一僧人担心。

谁知道不到半个时辰,"哗"地一声,那僧人又浮出了水面。真是奇怪,僧人的袈裟和芒鞋并没有沾一滴水星。他镇定自若,一阵冷笑之后,朝着那个百丈浪头,又"嗖"地一声抛出了那只金镯子。金镯子凌空而过,万道金光闪闪。接着就是一声炸雷似的巨响,蛤蟆倒翻了几个筋斗,钻进了那只金镯子里。片刻时间,天晴了,水退了,风平浪静,这潭水又恢复了原来的清澈的面目,逃难的百姓也都回来了。

那只蛤蟆精被制服以后,便跪倒在地向僧人苦苦求饶,表示愿意改邪归正,皈依佛门。僧人饶恕了它,并命它修造一座佛塔,为自己赎罪。从那以后,蛤蟆精就开始造佛塔。它干哪、干哪,一直干了整整十三年。终于修造了这座十三层的佛塔。因为它高耸入云,巍峨壮丽,后人就叫它"齐云塔"。

宝塔造好以后,蛤蟆精就在塔里安身了。日月轮回,年复一年,不知过了多少年月,这只蛤蟆精竟脱胎换骨,变成了一只光彩闪闪的金蛤蟆。为了赎回自己的罪过,求得百姓的宽恕,它就不断地为人造福。每逢天旱的时候,它就发出"呱呱呱"的叫声,这叫声唤来了风云,天空就会普降甘雨,庄稼就获得了丰收。

(整理:盛长柱)

法王寺诞生记

汉明帝永平八年(65年),皇上派遣使臣赴天竺国拜佛求经。历经三年时间,取回经书四十二章。天竺国两位高僧摄摩腾、竺法兰随使臣来到国都洛阳。汉明帝龙颜大喜,设素宴盛情款待。当时中国没有佛教寺院,汉明帝把两位高僧安置在当时的涉外公署——鸿卢寺。因白马驮经,故更名"白马寺"。从此,两位高僧便在白马寺译经传教。

自从天竺高僧来到洛阳以后,汉明帝视为掌上明珠。每逢国事之余,总要到白马寺内朝拜佛祖,听经学法。有一天他来到白马寺,朝佛已毕,摄摩腾在汉明帝龙案前,双膝下跪,行君臣大礼,口念:"阿弥陀佛!启禀我主万岁,京都虽然豪华无比,怎奈人声喧闹,不易讲经说法。昨晚贫僧坐禅入定,佛祖大弟子迦叶来到我身边,对贫僧说:'佛祖法驾嵩阳地,玉柱峰前坐龙椅',说罢拂袖而去。贫僧醒来原来是一梦。今日奏明圣上,望我主另选弘法的清净之地。"

数日后,汉明帝选定了黄道吉日,两位高僧陪同,满朝文武护驾,旌旗招展,鸣锣开道,真乃天子出朝,地动山摇。皇上出京早有快马飞报地方官员,阳城侯刘俊闻报,赶到崇高县十五里铺接驾。中午时分,由阳城侯刘俊带路,来到嵩山南麓玉柱峰下。汉明帝走下车辇,同文武大臣仰面观看嵩山风光,但见祥云缭绕,瑞气升天,百鸟朝贺,群峰争艳,山花烂漫,绿水青山,不禁脱口而出:"真乃御园仙境,神州第一胜地也!"

阳城侯刘俊站在皇帝身边,两个眼珠子直盯着汉明帝御容。话音刚落,他紧接着话题说道:"我主圣明,正前方那个山峰为太室山山脉的玉柱峰,东有嵩门待月和雨峰,西有卧龙岭,群山环拱,合抱如椅,因此当地老百姓都称它为'嵩山龙椅地'。"汉明帝听罢,伸出右手拇指,赞不绝口:"果有神山、奇椅,妙哉!妙哉!"两位高僧看在眼里,记在心里,耳听眼看,早已沉不住气了,望定九五之尊,双膝扎跪,口称:"阿弥陀佛!我主万岁,洪福齐天,天子出京,佛祖指点,擎天玉柱为龙靠,天然龙椅在嵩山。请万岁定夺。"满朝文武同呼:"天赐宝地,龙椅待法王。请万岁下诏……"

嵩山法王寺

汉明帝看罢"嵩山龙椅地",听着满朝文武大臣的奏章,心中有说不出的高兴。他回到国都洛阳,余兴未消,遂下了诏书,由皇家拨巨款,工部侍郎领建,两位高僧督办,择定吉日在嵩山玉柱峰下动工建造中国第一座皇封寺院。东汉永平十四年(71年)工程竣工,一片金碧辉煌。

汉明帝亲临现场,回味着佛祖坐龙椅的梦境,眼观华夏第一座菩提道场,他心领神会,金口吐真言:"好吧,今天封你为法中之王。"随下诏赐名"法王寺"。从此,"法王寺"的金字匾额悬挂山门,光芒四射。天竺国高僧摄摩腾、竺法兰搬进了法王寺,开坛弘法,普渡众生。从此,拉开了中国广建佛寺的序幕,法王寺便成了全国佛寺的老祖宗。

(整理:李旺 赵致和)

刘 俊 出 家

东汉永平年间,嵩山大法王寺建成,天竺国迦叶摩腾和竺法兰两位圣僧就来此住持传法。新兴佛寺跟其他神庙一样,香火旺盛。善男信女成群结队来拜佛进香,然而来者都是求佛给增福添寿的,而真正慧心参悟要修得正果的人一个也没有。为此,摄摩腾、竺法兰心急如焚。摄摩腾叹道:"来者尽是些与佛无缘的外道。如此下去,佛法怎在中国开花结果呢?"竺法兰说:"看来只有在东土找到法嗣,才能使佛法得到弘扬。"于是,二位圣僧双手合十,向佛祖祈祷道:"我们初到东土人地两生,传法无方,望佛祖再开甘露之门,选一东土法嗣,普度众生。"

春去夏至,善男信女们都只顾忙于农活,一时间,嵩山大法王寺成了真正的洁净之地。恰在这时的一天午后,阳城侯刘俊坐着青纱小轿来消暑乘凉。他坐在轿内,如坐蒸笼。在法王寺山门外落道下轿,打发随从走后,他独自一人走进山门。

一阵清风扑面,雾时感到神清气爽,一天的劳困,顿时消散。来到大雄宝殿,三炷香献上,行施儒家大礼以后,他跪下祈祷:"佛祖在上,下跪阳城侯刘俊,我当年寒窗苦读为的是求官得福,如今官我是做了,福也享了,但是也清楚地看到官场的肮脏,请佛祖给我以洁净!"

摄摩腾、竺法兰听了刘俊的叙说,觉得他与众不同,虽为官宦却有慧心,于是暗中把刘俊定为东土法嗣人选。刹那间,佛祖金身像放射出万道金光,膝黑的嵩岳大地被照耀得如同白昼。

摄摩腾、竺法兰拉起刘俊,到殿外观看佛光。出来殿门,他们看见月台下荷花塘中,朵朵紫金莲盛开,大如伞盖,露珠滚滚,洁白无瑕。

佛光隐去,回到法堂,刘俊抬头看见佛祖端坐莲台,迷惑不解地问道:"请问二位大师,佛祖为什么端坐莲台?"

竺法兰回答:"生在污泥中,出水一身洁。"

刘俊略有所悟,得知不管以往行为如何,只要一出家,就能修得一身洁净。又问:"佛祖念什么经?"

摄摩腾回答说:"六泼罗密法。"

"何为六泼罗密法?"

"普度众生到彼岸。"

"彼岸在何地"?

"涅槃净土。"

"何为涅槃净土?"

"脱离生死苦海,到不生不灭界。"

刘俊问道:"像我这样的人能不能得渡到彼岸?"

摄摩腾回答:"能。刚才佛光显现,你没有看见朵朵莲台空空? 就是在等着众生来坐呢。"

到这时候,刘俊已迷雾大开,下决心要出家为僧,到净土境界去。于是,他双手合十向摩腾、法兰二位祖师提出请求:"请师父慈悲,让我入佛门。"摄摩腾、竺法兰当即答应了刘俊的请求。

第二天一早,刘俊用梵汉两种文表上奏朝廷。汉明帝刘庄批准,刘俊削发出家。刘俊出家是嵩山有僧之始。

(整理:韩有治)

护国寺的来历

法王寺大雄宝殿前,古碑林立,其中东侧"重修法王寺碑记",刻立于明嘉靖十年(1531年)。碑文明确记载"法王寺建于东汉永平十四年(71年),佛入中国之始,至魏青龙名护国……"那么魏青龙年间为什么更名护国寺呢? 故事还得从汉朝末年讲起。

东汉末年,朝廷昏庸无道,贪官横行乡里,民不聊生。居住在山西省解州县关家庄的一位富户人家名叫关老大,门首挂有千顷匾额,是富甲一方的首户。因为他广种福田,扶危济贫,因此人称"关善人"。

关善人年过半百,膝下无子,他闻听嵩山法王寺佛祖灵验、香火旺盛,于是和夫人千里迢迢来到嵩山,朝拜法王寺。在朝拜佛祖期间,大雄宝殿上方红云罩顶,久久不散,老方丈双手合十,说道:"阿弥陀佛! 关善人千里朝佛祖,回府降吉祥,善哉善哉。"关夫人回到家后,身怀六甲,次年生下贵子,关家夫妇自然是高兴非凡,大摆宴席,宴请亲朋。关老大给儿子取名关羽,字云长。中秋节时,老两口怀抱婴儿再次来到法王寺,朝拜佛祖,还愿降香,从此关羽和法王寺结下了不解之缘。

关羽从小聪明伶俐，好学上进。关善人从外地挑选了文、武两位老师任教。转眼关羽已满十六岁，文韬武略，德才兼备。他对父亲发下宏誓大愿：为国尽忠，为民除害，打富济贫，惩恶扬善，济世安民，力挽狂澜。

有一次，教武师父孙先生陪同关羽到运城探亲，回来的途中，恰遇当朝太师之子董大赖，带领几十个家丁，在光天化日之下强抢民女，遭到反抗，当场打死了少女的父亲，几十个家丁一拥而上拖起少女就走。关羽上前劝阻，董大赖哪里肯听，十几个家丁一齐向关羽扑来，这时关羽怒从心中起，火由胆边生，双手抽出了龙凤剑，奋力迎敌。眨眼工夫，十几个家丁已倒地不语，董大赖见势不妙，抽身上马，关羽一个箭步跑上去，一把抓住他的脚用力一拉，他便全身着地。关羽手起剑落，董大赖头身分家，在场的群众齐声喝彩："杀得好，杀得好，为山西人民除了一大害！"关羽随手拿出十两纹银交与少女，说："回家给父亲办丧事去吧。"孙先生一手拉住关羽，二人飞身上马，迅速离开了现场。

午夜时分，关羽站在关家庄附近的山头上，远远看见关家大院，火光冲天，自觉不妙，欲待回家，恰遇家里用人逃出，一见关羽，双膝下跪，口称："少爷，大事不好！官兵将关家庄围的水泄不通，逼老爷、太太交出凶手，二老被逼无奈，双双投井身亡！"关羽闻言，悲痛欲绝，连声高叫："父亲、母亲！都是孩儿我闯的大祸！"说着就要上马回去拼个鱼死网破，给父母报仇。孙先生一把拉住了关少爷，说："君子报仇十年不晚，官兵势重，现在回去，是自投罗网白送命。你还记得老爷的教导吗？'大丈夫胸怀天下，志在四方。'"说罢，孙先生硬把关羽扶上马，离开了关家庄地界，在夜幕中消失在山林古道。

经过两天的奔波，师徒二人已经是人困马乏，只好投宿于路边小客店中。二人填饱了肚子，准备安歇，只见从门外进店一个中年男子，手里拿着一张画图。他就是这店的主人，名叫丁二。孙先生是个心细之人，见此情况就尾随其后，以观动静。只见丁二进屋后，关了房门，女店主人接过画图以后，看罢满面笑容，压低了嗓音说："当家的，咱们该发财啦，店内今晚投宿的两个人，就是图上画的两个像。等会儿我在家稳住他们两个，你可速去报官，领回赏银两万两，这辈子咱一家人吃喝不完。"孙先生在窗外听得一清二楚，用手势忙招出关羽，小声说："咱们两人身份已经暴露，被列入朝廷的要犯，店小二拿的图，就是咱俩的画像。店主图谋不轨，欲报官领赏，你我隐身暗处，静观其变。"说话间，店主把房门开了，女的笑嘻嘻地提着烧好的热水向客人卧室走去，男的左顾右盼，欲开大门，被关羽一把拉住，手起刀落结果了性命，女的听到声音，欲待转身，被孙先生一刀身首分家。两个人收拾了现场，为安全起见，师徒两人分路逃命，到嵩山法王寺相聚。他们牵出大马，悄悄离开了贼店。

关羽马上加鞭，眼看要出太行山南口了，忽听有人在喊："关羽不能再往前走了，后有追兵，前有关卡。"关羽定眼看时，是观音菩萨在点化他，忙下马叩拜："那我怎么办呢？""你快把头发割掉三撮，栽在你的嘴边，把鼻子捅破，用鲜血把你的脸和马抹一下。"说罢，观音菩萨又用杨柳枝朝关羽点了三点，不一会儿马成了枣红马，关羽变成了枣红脸，嘴边长满了胡须，看上去如同40岁的中年男子。就这样关羽顺利地通过了关卡，安全地跨出了山西地界。当夜入眠，他又做了一个梦，观音菩萨来到身边，说："你已脱离了危险，速去法王寺出家，净土修行，日后必有重任在肩。"

关羽离开山西地界，很快到了法王寺。当时法王寺主持僧是宏远法师，两日前孙先生已到达寺院，把关家发生的事情详细地向宏远法师一一告禀，知道关羽近日进寺，但今天所见到的关羽，容貌全非，就连孙先生也不敢相认，关羽就把观音菩萨显灵点化、安全渡过关卡细说了一遍，大家一听说是观音指点化险为夷，宏远法师和众僧人以礼相见，当晚斋堂准备了素宴，为关羽洗尘压惊。晚饭后关羽郑重提出，削发为僧，净心修行。但宏远法师说："你的容貌是观音菩萨给的，决定你面对佛祖带发修行。"

原来关善人在世时,关羽已经拜摄摩腾法师为师,现在和宏远法师只有师兄弟相称。从此关羽成了法王寺正式僧人,每日按时做佛事、功课,佛事之余依然坚持习文练武,从不偷懒。一天夜里入定后,一位金甲神人身高丈余,来到他的身边,说:"你的功夫样样都精,就缺少一种功夫——春秋大刀,你可愿学?"关羽说:"只要师父愿教,我一定立志学到手。"于是,关羽便跟随金甲神人来到了法王寺练功场,苦练起来。直到他把一百零九式春秋大刀的招数耍得风雨不透,进而又牵出了枣红马,在马背上练,只练得金甲神人拍手叫好:"你的功夫可以了,今后你要和你的大哥、三弟共创大业,用你的智慧和功夫在民间惩恶扬善。今天这把'春秋大刀'就赠送给你了,使你终生受用。"关羽正在高兴之时,寺院的钟响了。他醒来,原来是一场梦,他翻身下床,认真回忆着梦中的刀术,走到银杏树下,一把春秋大刀放在那里,他心中明白,正是金甲神人所赐。他提起大刀,走进马棚,看枣红马浑身是汗。他恍然大悟,是夜里练功把它累得满身大汗。全寺的僧人看着关羽提着大刀,议论纷纷:"你真神人也,佛祖又显灵助你,日后必成大业。"

关羽出家法王寺,在乱世中,使法王寺名气又一次大震。他带头平息了山贼强盗入侵,怒杀了崇高县的贪官县令。凡是嵩山一带的不平事,都来找法王寺的和尚求救,使嵩山一带出现了太平盛世。

一日枣红马在马棚里昂首长鸣,关羽预感有喜事来临,便飞身上马,辞别宏远法师,走出嵩山。在河北涿州,关羽结识了刘备和张飞。刘备系汉室中山靖王之后,满腹治世经纶,论辈分是当今皇上献帝之叔,谈起治国策略,滔滔不绝。张飞文武兼备,粗中有细。三人议定,在桃园结义,刘备被尊为大哥,关羽排行为二,张飞为三弟,三人在桃园盟誓,结下同心,匡扶汉室,不求同生,但求同死,从此应验了金甲神人传授春秋大刀时的预言,同大哥、三弟共创大业。

刘关张三人从此闯荡四方,招贤纳士,自成体系。在会集诸侯讨伐董贼的大战中,刘关张在虎牢关战役中,打败了吕布,得到了汉献帝的赏识,钦封刘备为皇叔,曹操对关羽也备加赏识。

由于刘、关、张白手起家,以义创立天下,他们没有固定的地盘,因此在一次战役中,兄弟三人被冲散,关羽保护二位皇嫂被困曹营,因曹操爱慕关羽的将才,奏明圣上封关羽为汉寿亭侯,赐以大量的黄金、彩女,关羽忠心事刘,不为侯爷、金钱、美女所动心,并向曹操直言,一旦得知大哥的下落立即寻找大哥,离开曹营,曹操一一应允。在曹、袁大战中,关羽挥刀斩了袁绍二员大将,曹操更加赞赏。事后关羽得知大哥、三弟就在袁营,多次向曹操辞行,曹操避而不见,关羽便挂印封金,毅然决然离开了曹营,便上演了一幕过五关、斩六将、擂鼓三通斩蔡阳的精彩故事。曹操为信守诺言,没有派兵追杀关羽。

在三国群英治世的讨伐战争中,曹操占据洛阳天子位,势力最强,亲率八十万大军决心讨伐江南。江南东吴和刘备结盟共抗曹兵,赤壁之战,曹操大败,率残部落荒逃走。由于诸葛亮善于用兵,在曹操逃走的途中多处设埋伏,曹操屡遭截杀。当他走到华容道时丢盔撂甲,兵不过百,正待休息,关羽带兵杀出,挡住了去路。曹操长叹一声,天不助我,命该如此。但他定睛一看,是关羽,便挺身来到关羽跟前,叙说前情:"你在曹营待你不薄,连杀我七员大将,为守一个'信'字,没有追杀于你。今日我曹某的命就握在你的手中。"只说得关羽"义"心大动,勒马给曹操让出一条道路,让其率残部通过华容道。

华容道关羽义救曹操的命,才保全三国鼎立,而后来关羽被困麦城,吴将吕蒙斩杀一世威名的关羽,但他怕蜀汉报仇,把关羽的头送到洛阳,嫁祸于魏国。但是,曹操一见悲声大放,在洛阳厚葬了关羽的头,在关林建起了关帝庙,曹家世代上香祭奠,以表救命之恩。

魏国传位至明帝曹睿时,忽一日,明帝夜间梦见关云长来到他的床前,说:"我又重新皈依佛门,落迹法王寺,佛祖亲点我为伽兰菩萨,请勿挂念。"明帝醒来知是梦境,但他深信事出有因,想关羽义救先祖性命,真乃护国有功,因而敕令在法王寺动工增建伽蓝殿。从此,关云长位列伽蓝菩萨,永镇法王寺。竣工后,魏明帝下诏将法王寺更名护国寺,以示关羽护国有功,名垂青史,万古留芳。

(整理:赵致和)

少林寺的由来

中岳嵩山有两支脉,东边叫太室山,西边叫少室山。这两座山就像一双孪生姐妹,婷婷玉立在中原。

传说在北魏孝文帝时的某年六月六日,有三个人分别从南、北、西三条道路上山,观看太室山奇景。从南山道上登山的那个人,身高五尺,年过六旬,阴阳先生打扮,手提一个赭石色布袋,内装一面银罗盘镜。他一面走着路,一面"甲子、丁卯"地念叨着。从北道登山的那个人,身高七尺,面如重枣,浑身上下,和尚打扮,腰挎一把带鞘的戒刀,脖颈上挂着一串念珠。他一边走路,一边念着"阿弥陀佛"。从西山道登山的那个人,是财主打扮,拿着一把斑竹大散展纸扇,长着四方脸,大嘴巴,山羊胡子,一边走路,一边口念"招财进宝"。

嵩山少林寺

三个人分别走到连天峰的时候,气候突然变化,随着山谷刮来的穿梭风,雾流像纵横奔驰的野马,越滚越近。他们各自望着山谷中的云海雾浪,背向峰顶,倒退着,慢慢往连天峰登去。登着登着,上云下雾合在一起,像走进云端。那时候连天峰顶有个鼓形黛石,长宽一丈有余。由于云雾笼罩,三个人谁也没有看见谁,分别退着到了峰顶,就在鼓形石上相背而坐,坐下不长时间,听到云端有人说话。他们抬头往上看时,只见天空彩云上边,隐隐约约呈现出一座古刹,雄伟壮丽,颇为可观,红墙黄瓦,朱柱雕梁,五脊六兽,铁马叮当,苍松翠柏掩映山门,门外一对石狮子,眈眈护卫,门上还挂着一块匾额,上书三个大金字——竹林寺。一个小和尚扶着扫帚,正向老僧问话:"师父,竹林寺升天了,天下还有佛寺吗?"

老僧颤着胡须笑着说:"有!有!天上竹林,天下少林嘛。"

"天下还有个少林寺,在哪儿?"

老和尚伸出右手,往云下一指,说:"就在少室山北麓密林丛处。你看,寺北有凌空高踞的五乳峰,寺南有峻峭的九鼎莲花山,山崖下自西向东还排列着旗、鼓、剑、印、钟五座山峦,珠帘泉水从崖上泻下,绕寺东流。"

"啊！那少林寺南面山上,六月天气,怎么还有一片白雪呢?"

"那是少林奇景,余雨少室映晴雪。"

天上说的话,鼓石上坐的三个人都听得清清楚楚。他们随着老僧指的方向,往连天峰下远眺,只见少室山北麓的云海里,果然忽隐忽现地有一座殿宇层层的宝刹,每个殿宇门上,各悬有一块大金匾。从山门往右看,是少林寺、天王殿、大雄宝殿、法堂、方丈室、达摩亭、千佛殿,字字斗大,招人眼目。寺内寺外,松柏遮天,竹梅相映。三个人都看得入了迷,不禁同时脱口而出:"阿弥陀佛","甲子、丁卯","招财进宝"。三句话音刚刚落地,霎时云消雾散,再看少室山北麓,但见一片苍山丛林,哪有什么寺院宝刹,惊得三个人目瞪口呆好一会儿,才恍然大悟,各从原道下山而去。

下山途中,三个人对天上的谈话,心有领会,但各不相同。天上竹林,这个竹林寺升天的故事,他们都知道得清清楚楚。而天下少林,今天才从神仙口中得知,并且也隐隐约约看到了少林寺幻影。他们揣摸着:现出少林寺的那块地方,定是一方"宝地"。阴阳先生想把宝地弄到手里,将祖先坟墓迁移于此,以后家中定出贵子贵孙。财主想把宝地拿到手中,在那里建设宅院,以后定会财运亨通,日进斗金。和尚也想得到这块宝地,在那里建个佛寺,以后能使幻影变真。三个人下了山,天已昏黑,各自找了地方住下,都打算明天去占宝地。

和尚睡到半夜,再也合不上眼睛,就往少室山北麓而去。映着星光,他看见宝地上并膀长着两株翠柏,"就定在这里!"于是他脱下一只鞋子,在两株翠柏中间挖了个坑,将鞋子埋在坑里,走了。

阴阳先生等到鸣叫,便起床来到少室山北麓,忽然间,他看到两株翠柏在"宝地"上挺拔生长,便认定那里是"宝心",便折了一根木棍,深深地插在两株翠柏中间,走了。

太阳升出山头,财主洗梳已毕,往少室山北麓走来。忽然间,他看见两株翠柏茂盛异常,便认定那里是宝地心脏,又见两树中间竖着一根棍子,就把自己的员外帽摘了下来,挂在棍头上,走了。

三天以后,三个人各自带着一帮人,来到少室山北麓,在双株柏处破土动工。三个人一见面就吵起来,争论不休。在无法了结的时候,正好魏孝文帝拓拔宏来游中岳,随从禀报,说有三人在山麓吵架。孝文帝即请来三人问询根由,三个人都说自己占下了这方"宝地"。孝文帝问他们有什么凭据,财主说他的凭据是"帽",阴阳先生说他的凭据是"棍",和尚说他的凭据是"鞋"。孝文帝听后,说了几句话,意思是:"帽在棍上戴,理当棍插早,棍在鞋中竖,还归鞋先埋。"阴阳先生与财主听罢御旨,无言争辩,悻悻而去。

孝文帝发现和尚相貌非凡,问起根由,才知这个和尚原来是到东山传经的印度高僧佛陀,已在中国游方三年了。谈吐之间,孝文帝见佛陀博通佛学,对他很是器重,即命令当地州、县官吏,协助佛陀建寺,当时佛陀请求孝文帝赐封寺名。孝文帝说:"山为少室山,二木名为林,在此建寺,就叫少林寺吧。"据说,现在少林寺的建筑形式,就是佛陀和尚根据云雾中隐约出现的"少林寺"幻影建造起来的。

(整理:林觉兴)

风旋墓的来历

少林寺东南少室河南岸郭店村附近,有一座墓叫风旋墓。为什么叫风旋墓呢?这里有一个传说:北魏时,嵩山南麓禹州有一个人,名叫王成,据说他能掐会算,是个阴阳先生。他有四个儿子,也

都很有力气,只是不很聪明,用村人的话说就是都很实诚。

有一年,王成预感他将不久于人世,而他早就相中了一块绝佳的墓地,想让他的孩子们把他埋在那里,那样他的后代子孙将要出几个大官。但天机又不可泄露,因此他就对四个儿子说:"我快要死了,死后你们千万要记住,入棺时不能给我穿衣服,棺材要用铁链子绑好,不要找人抬,你们四个抬上,一直顺河往西朝少室山走,等到什么时候铁链断了,你们就挖个坑把我埋了。"四个孩子也没有多想,就赶忙答应。

王成死后,他的四个儿子就按照他说的,用铁链子绑好棺材,四人抬着就往西而来,沿着颍河直上,经过白沙、告成、东金店、耿庄、刑家铺,一连走了两天两夜。他们早就累得气喘吁吁,但又不敢停下歇息,只好一步一挪地继续前行。经过玄天庙时,见一个高鼻子、络腮胡子的老头从少室山瓦旋坡上走下来,问他们抬着棺材往哪里去,要把人埋到哪里。老大儿子说:"父亲生前也没有说把他埋在哪儿,只说铁链子断在什么地方就埋在什么地方。"这个老头笑着说:"你们就不想想,就是抬到梯子沟(少室河的尽头)铁链子也不会断。多累呀!我给你们说个办法,用石头砸铁链子,砸得有裂纹后再抬上走,这样不省点劲?"说完,老头就迅速走开了。四个儿子一听,也没有多想,就放下棺材,用石头砸铁链子,快砸断时才绑住棺材继续前行。谁知刚走不远,就听见"嘣"的一声,铁链子断了。这时,忽然刮起了灰风,他们被刮得晕头转向,眯得睁不开眼睛,只听到耳旁飞沙走石"呼呼"作响。等风停后,睁眼一看,哪里还有什么棺材,只见刚才放棺材处已有一个大墓堆。他们还认为这是天意,是老父亲生前就预料到的,于是就只好跪下朝坟墓磕了几个响头,然后便起程回家了。因此当地群众都叫它"风旋墓""风旋坟"。

据说那个让砸铁链子的老头就是天竺僧人跋陀,王成看好的风水宝地就是今天少林寺的位置,跋陀看破玄机,就在那里建了少林寺。

甘 露 台

嵩山少林寺西边有座甘露台,为什么叫甘露台呢?这里有一个传说。

北魏太和十八年(494年),魏朝都城由平城(今大同市)迁到洛阳,跟随而来的有一批天竺国高僧,其中就有嵩山少林寺开山祖师佛陀扇多,即跋陀。

跋陀喜欢清净,一日在大街上碰见中国沙弥慧光,经奏明朝廷,二人来到嵩山。他们到大法王寺一看,见殿堂颓垣,佛面尘遮,昔日的佛门圣地,如今成了一座破寺。在刚刚建立的嵩阳寺,他们问起和尚僧稠:"和尚日诵何经?"僧稠回答说:"天天《四十二章经》。"他们又问:"师承何人?"僧稠回答:"无师自悟。"跋陀经过详细考察后,认为嵩山倒真是一座灵山,眼前虽然少"云"(经)缺"雨"(法),但正是自己开辟道场、弘扬佛法的大好时机。

跋陀回到魏朝新都洛阳,魏孝文帝问起到嵩山观感如何。跋陀回答说:"山是灵山,就是久汉(旱)缺雨(法)。"魏孝文帝对跋陀的一语双关,并不以为然,随口说道:"近来阴雨连绵,怎能说是久旱缺雨呢?"跋陀大师进一步说明:"自后汉永平年间,佛法传入嵩(山)洛(阳),至今已有四百余年,可经还是《四十二章经》,又缺乏高僧传授啊!"

这时候,魏孝文帝理解了跋陀的意思,是嵩山佛教仍停留在四百多年前的后汉水平,就说:"那就请大师你到嵩山耕云(经)播雨(法)吧。"跋陀说:"圣上让我到嵩山弘扬佛法,正合我的心愿,但是,那里更需要天降甘露。"魏孝文帝说:"天高难求。"聪明的沙弥慧光急忙进言:"天子代天。"魏孝文帝心里明白,这师徒二人是要求朝廷的支持。于是,他传下圣旨,在少室峰阴的丛林中为跋陀建造新的道场,这就是现在的少林寺。

北魏太和十九年(495年),少林寺建成,魏孝文帝就命跋陀为寺主,并由他会同天竺国另两位高僧,也就是勒那摩提和菩提流支,在少林寺翻经台上,一边译经,一边传法。

北魏太和二十年(496年)四月初八,佛祖释迦牟尼圣诞之日,跋陀、勒那、流支三位大师,在翻经台上开大法会,临场听法的法俗多达千人。正当三位大师台上说法的时候,五乳峰上涌起五朵莲花彩云,刹那间,清风细雨下了起来。在场的人都受到甘露滋润,欢声齐唱:"天降甘露!"

这就是跋陀译经,天降甘露的故事。

(整理:韩有治)

禅 解 虎 斗

跋陀开创少林寺,布降甘露,架设慈舟,普度众生,天下向往,僧尼们纷纷前来聆听法旨,但是能来的毕竟是少数,对于大多数人来说,仍然是望尘莫及欲求难得。怀州尚书谷法兴寺方丈慧成长老一心想让本寺所有僧人都能受到法雨滋润,他不顾个人年老体弱,千里迢迢到少林寺来礼请跋陀大师去法兴寺讲经说法。跋陀大师正在集中精力主持译注佛经,实在脱不开身,委派僧稠禅师代他前往怀州。

稠公跟随慧成长老去法兴寺途经王屋山的时候,遇到两只猛虎正在为争夺一只羊羔斗得你死我活,牧羊人躲在一旁不敢近前。稠公慈悲心起,要解救羊羔性命,慧成长老不同意,劝说:"虎口夺食,危险!何况一只小羊羔能值几何,咱们还是快走吧。"稠公说:"出家人以慈悲为怀,我们怎能见死不救呢?"说罢用禅杖往两只猛虎中间一插,左右拨动了几下,两只猛虎各自向后退了数步,不能再斗,但却又转而去争夺吓瘫在地的羊羔。稠公一见会意,心里明白:力解只能暂停相争,只有禅智才能终止虎斗,于是使动禅法,让虎羊魂体倒置。这时候,两只猛虎看到地上躺的不是羊羔,而是自己亲生的虎崽,不由得落下了怜惜的眼泪,掉转回头而去。两只猛虎解斗走了,牧羊人怀着感激的心情,先给稠公深施一礼,然后收拢羊群,抱起吓瘫了的羊羔回家了。

慧成长老回到法兴寺以后,把稠公在王屋山禅驱猛虎搭救小羊的事大加宣扬。后来,消息传到了北齐首都邺城,齐文宣帝高洋得知稠公禅法盖世,就请稠公到齐境住持云门寺。齐文宣帝到云门寺拜会稠公,稠公坐在床上不下来迎接圣驾。徒弟们劝说道:"当今皇上御驾来临,你不去接驾有失大礼啊!"稠公解释说:"从前,宾头卢尊者,站起身来去迎接阿育王,走了七步,致使后来阿育王失去王位七年。我现在这样做,是为大齐江山永固。"有人传话给齐文宣帝,说僧稠不接圣驾,是对当今天子的不尊敬。齐文宣帝听了这些传言心中恼怒,二次到云门寺借故杀人,门人一报,说圣驾二次要来,稠公走出寺院步行十里以外相迎。齐文宣帝责问道:"我第一次来你不出寺接驾,这一次你又为什么老远来迎?"稠公回答说:"第一次,你是来拜师参禅的,哪有老师迎接学生的道理。这一次你是来杀我的,我怕我血污染寺院,才走出寺院步行十里就刃挨刀。"齐文宣帝一听更加钦佩,赶紧走下辇车,亲加跪礼,拜稠公为国师。从此以后,齐文宣帝经常到云门寺拜佛听禅。

神雕仙凿石窟寺

嵩山北麓的巩义北邙山脚下,有一条玉带似的洛水。在这山覆水绕的幽境里,矗立着我国石刻艺术的宝库——石窟寺。寺内现存大小石刻造像七千余尊,各具魅力,各有特色,鳞次栉比,熠熠生辉。它们的共同特点是:立意高远,构思新颖,形象生动,刀法纯熟。尤其是《帝王礼佛图》和《皇后礼佛图》这两组人物众多的浮雕,被公认为中外现存的古代石刻艺术中的第一流杰作。据说,这些巧夺天工的石刻艺术是神仙雕琢的。

巩义石窟寺

早在北魏孝文帝年间,有个穷人家的孩子经常到北邙山脚放羊。每当太阳从东方升起的时候,他就听到山包里有一种"铿铿锵锵"的声音,时高时低,时强时弱,像石工在凿石,又像谁用琵琶弹奏优美的乐曲。这孩子常常只顾听,而忘了放羊。

一天,放羊孩子正在凝神细听,不知怎的,这种声音突然停止了,接着传来一个男人的询问声:"成不成?"放羊孩儿举目四望,只见山野茫茫,无有人迹,唯有羊群在岩石旁吃草,他认定是自己的耳朵发生了错觉。

第二天,放羊孩儿又在聆听那"铿铿锵锵"的声音时,重新听到了与昨天一样的询问声:"成不成?"这一次,他听得真真切切,清清楚楚。他又向四处张望,还是不见人影。他觉得奇怪极了,回到家里把这件事告诉了妈妈。妈妈想了想,说:"这恐怕是神仙在修造什么东西。孩子,你要是再听到那个问话,就回答说:'成了'。"放羊孩儿点了点头,赶着羊群出去了。

第三天,果然从山包里再次传来"成不成"的问话。放羊孩儿高声答道:"成了!"话音刚落,只见眼前闪出万道金光。随着"轰隆"一声巨响,大山塌下一个角来,露出一排穴窟和佛像,每个佛像周围都飘动着五彩祥云,缭绕着香雾轻烟。

当地的众百姓见此情景,就围绕着穴窟修起了一座寺院,取名为"石窟寺"。

(整理:贺宝石)

嵩岳寺的传说

嵩岳寺,建于北魏宣武帝永平二年(509年),原为宣武帝离宫。后改名为"闲居寺"。隋文帝仁寿元年(601年)改名为"嵩岳寺"。

北魏永平二年(509年)夏天,宣武皇帝元恪和他的宠妃胡充华避暑嵩山。夜宿凤凰台行宫,宣武皇帝做了一梦:晨钟响过,宣武皇帝端坐金銮殿,等候文武百官来朝。突然,从背后来了一位俏丽女子,走近圣驾,猛推老龙墩,险些使元恪跌倒在地,吓得他出了一身冷汗。醒来,他才知道是一场噩梦。

元恪明知梦幻不是现实,但他生性多疑,总觉得是个不祥之兆。梦中的那个女子是现实中的谁?被猜疑最多的是冯亮。冯亮是南朝平北将军蔡道恭的随军谋士,正始元年(504年)义阳大战中被俘虏,后来得到宽赦,现在嵩山道场寺隐居。元恪想到此,随起杀冯除患之心。于是,他传下圣旨,诏冯亮前来圆梦,欲借机杀人。

冯亮接到圣旨,来到凤凰台行宫门外,侍臣领他进入太极殿。他抬头一看,只见宣武皇帝端坐正中,文臣武将左右分列,场面十分威严,便感到此时自己被诏凶多吉少。但是,既然已经来了,怕也没用,倒不如沉着应付,随机应变。于是,他叩头参驾,称:"罪臣冯亮奉旨前来见驾。"元恪先赐座,让冯亮坐下,然后说道:"朕知道先生博览诸书,深知佛理,又明玄学,善断阴阳。今诏先生前来为朕圆梦,希望你一不奉承,二不隐讳。"冯亮说:"罪臣不敢,只是我才疏学浅,恐怕圣梦难圆啊!"元恪说:"先生不必过谦,你只管直圆梦意就是了。"冯亮没有推托的余地,只好连连称"是"。而那些文臣武将们也都猜透了宣武皇帝的用意,一个个都屏声静气,静观事态。

宣武皇帝当众把梦中之事讲说一遍。冯亮听后暗自叫苦,心里清楚梦情预示着当今皇位不稳,但像这样的凶梦,北朝不乏文臣学博,为什么单让自己来圆解?显然是要借机杀人。但他又无法推辞,只好说:"请圣上容臣仔细解说。"元恪没有说话,只是点了点头。

这时候,冯亮心急如焚,深思中不由自主地举起手来抚天灵盖。说也奇妙,就在他举手时,座椅失去平衡,"咯噔咯噔"摇摆起来。他将座椅挪动一下,往上一坐,座椅便稳稳当当不再摇摆了。这样的平常现象使机智的冯亮受到了启示,霎时有了圆梦之计。

冯亮面带笑容,跪下奏道:"禀万岁,罪臣已经解开圣上的梦意。"元恪急忙追问:"吉凶如何?"冯亮说:"逢凶化吉之梦。"元恪又问:"何为逢凶化吉?"冯亮说:"女子猛推圣驾,老龙墩摇摆,是有人在图谋皇位。"元恪一听,勃然大怒,急问:"梦中女子是何人?"冯亮劝说:"圣上不必动怒,容罪臣再往下讲。"元恪催促说:"先生快说。"冯亮则说:"女者,母也。有母则子生。子者,多矣。梦中之女,并不指世上任何一人,而只是说,现在有人在图谋篡夺皇位。"元恪再问:"既是凶梦,怎么是吉兆?"冯亮说:"虽然是凶梦,但由此引起圣上警惕,隐患先除,使得圣上皇位更稳,岂不是逢凶化吉了吗?"元恪仍不信服,摇摇头说:"何以见得呢?"冯亮把自己的坐椅搬放在凸凹不平之处,用手一推,座椅左右摇摆,接着挪动座椅,座椅再也不摇摆了。冯亮笑着说:"圣上看清了吧,这把座椅原本不稳,现在不是比以前更稳了吗?"

宣武皇帝元恪的疑心一扫而光,高兴地说:"朕的一块心病,让你给治好了。先生既有这样高的才学,就留在朕的身边参与朝政吧。"冯亮深知伴君如伴虎,赶紧推辞,说:"老朽乃大罪之人,蒙受圣上恩

赦,已是感激不尽了,还是让我终志嵩山吧。"

宣武皇帝再三追问冯亮,对朝廷有啥要求。冯亮说:"归隐之士,功名利禄已经置之度外。请圣上在佛前多做功德,让佛祖保佑大魏江山万代千秋吧!"宣武皇帝元恪看冯亮确实无心再来从政,也只好答应他继续在嵩山隐居,说:"朕把这座行宫施舍给佛门,作为我在佛前的一点功德吧。"冯亮叩头谢恩,并请宣武皇帝题写寺名。宣武皇帝欣然提笔,写下"闲居寺"三字。后来,题字被刻成牌匾,悬挂在山门上头。

就这样,原来的一座皇家行宫变成了佛门的寺院。

(整理:韩有治)

僧逻和尚糯米塔

北魏宣武帝元恪,把嵩山凤凰台行宫布施给佛门,赐名闲居寺,又调任全国最高僧官沙门都统僧逻和尚来做寺主,统领全国僧众。僧逻和尚又奏请朝廷,在寺院里建造一座高大无比的佛身宝塔。魏宣武帝答应了僧逻和尚的请求,传下圣旨,命令河南地方官和冯亮居士协助僧逻造塔。

一切都准备好了,开始施工的时候,遇到了难题:砌砖涂缝的泥浆粘结不强,一时又找不到更好的泥料,那么多的能工巧匠都想不来办法。无奈,只得停工待料。谁知一停就是好几年,直到宣武帝元恪晏驾,孝明帝元诩登基,工期一拖再拖。僧逻和尚和冯亮居士的头发都愁白了,众多的工匠终日提心吊胆,怕朝廷降下罪来,性命难保。

话说又一年过去了,众多的工匠家人盼了一年,仍不见亲人回家过年。于是,一过罢年,他们便都携儿带女前来探望。正月十五这一天,寺院特意为远道而来的客人做了一顿灯节饭,让所有的人都喝上一碗汤圆。当开饭的时候,僧逻和尚双手捧碗,面向西天,口念:"阿弥陀佛!"

僧逻和尚的礼佛行动,被一个跟随奶奶来看望爷爷的孙孙看到了。他感到新奇,拉拉爷爷的衣襟,说:"爷爷,你听,老和尚说糯米涂缝呢。"小孙孙的话音虽低,在场的人都听见了,可都不在意,只有居士冯亮得到了启发,提醒僧逻和尚,说:"长老,刚才佛祖通达小儿之口,点化咱们,叫用糯米涂缝造塔呢!"僧逻和尚恍然大悟,转忧为喜,问小孙孙的爷爷:"老施主,刚才小孙孙的话,你听到了没有?"老工匠认为小孩子乱接别人话尾,谐音改意,很不礼貌,连忙表示歉意,说:"请长老原谅,小孙孙年幼无知,老夫我向你赔礼了!"僧逻和尚看老工匠仍然误会,哈哈大笑,说:"老施主,是你误会了,佛祖通过小孙孙之口点化咱们,快用糯米和的泥浆砌砖造塔吧!"在场的人半信半疑。但有一人听,饭也不吃了,端起碗跪到土堆上,用汤圆和土掺合在一起,做成了泥浆,经过砌砖试验,粘结性确实很强,砌砖数块不堕不落。

理想的涂缝泥料找到了,众工匠高兴地跳呀,唱呀,河南地方官甄琛发布命令,从各地调来很多上等糯米,磨成面,做成饭,兑入红土,和成泥浆,很快把塔造成了。

这就是我们中国现存完好的也是最古老的北魏嵩岳寺塔。

(整理:韩有治)

嵩岳寺塔的来历

北魏建于公元386年,初称代国,同年4月改国号为魏,439年灭北凉,统一北方。从此,长江以北有北魏、东魏、北齐、西魏、北周,长江以南有宋、齐、梁、陈相继建立国号,史称"南北朝"。

南北朝时期,是我国民族大融合时期。北方少数民族匈奴、鲜卑、羯、氐、羌不断入侵中原。他们企图征服汉人,建立国家,但都被汉人的先进文化所融合,最后他们还是穿起了汉服、说起了汉话,并采用汉人的政治制度。

自北魏道武帝拓跋珪建国以后,传至魏孝明帝拓跋诩已有一百三十年的历史,所有的拓跋氏几乎全部汉化了,当时他们的国都在今山西大同。

话说有一天晚上魏孝明帝做了一个梦,梦见自己的龙椅断了一条

嵩岳寺塔

腿。第二天他觉得梦中之事有点儿蹊跷,心想莫非是不祥之兆?于是便去寺院找来高僧为其解梦。

高僧听罢皇上叙述,深深地向皇上搭躬施礼,开口道:"启奏陛下,请恕贫僧无罪,方可直言相告。"皇上迫不及待地说:"好,好,好,恕你无罪,快快讲来。"此时高僧抖抖精神说道:"皇上乃一国之尊,龙椅犹如陛下之江山社稷;若龙椅置于天地之中,方能江山永固。而今……"说到这里,高僧有意顿了一下,然后抬头观察皇上有什么反应。哪料皇上已明白了高僧的意图,便示意他别再说下去。

从那时起,皇上便传旨将都城由山西大同迁至洛阳,以示占据天地之中,保江山永固。定都洛阳之后,皇上带领群臣多次游历嵩山,祈求岳神保佑国泰民安。后来他发现嵩岳寺周围群山环抱,林泉秀美,风景宜人,实为不可多得的风水宝地,便传旨在这里建造宝塔一座,以镇灾避邪,象征江山永固。

经过设计人员的匠心独运,无数匠工的辛勤劳动,几年之后,大塔终于巍然屹立在嵩岳寺内。虽经一千五百年的风雨侵蚀和地震灾害,至今仍不倾不斜,完好无损,巍然矗立,实为我国乃至世界古建筑中的罕例。它既是一件极完美的艺术珍品,也是极宝贵的文化遗产,在国内外享有盛名。

(整理:郑庚银 李玉梅)

 嵩山文化大系

鬼 垒 堰

相传北魏时期,嵩岳寺内有个老和尚,不仅武艺高强,而且还精通法术。那时嵩岳寺东墙外有条小河,每到夏季雨季来临,山上的洪水依陡峭的山坡一泻而下,久而久之,墙外小河便越来越宽,河床越来越深。眼看将要冲到嵩岳寺,老和尚便计划在河边垒起一道石堰,以制服山洪泛滥。可惜从太室山冲下来的石头都很大,人根本搬不动。老和尚便每天掐指念咒,使用法术招来一群妖魔鬼怪在河里垒堰。五更天亮之前,他又念咒语使妖魔鬼怪纷纷离去。

有一天晚上,老和尚被邀下山到好友家喝酒。老和尚的一个徒弟便学着师父的样子念起咒语。谁知这一念同样招来了妖魔鬼怪来做工。小和尚很是高兴,就吩咐他们都去垒堰。经过一个晚上的摸爬滚翻,鬼怪们都已筋疲力尽,眼看天将五更,小和尚心里非常着急,心想自己没有学会师父送走魔鬼的咒语怎么办?小和尚急得团团转,一个劲地说:"快走,快走……"这时,在山下喝酒的老和尚大老远就听到鬼怪们搬石头垒堰的响声,心想已近五更,赶紧念咒,鬼怪们刹时离去,不见了踪影。

第二天,小和尚便在师父面前炫耀说:"我也能像师父一样招来鬼怪垒堰,并在五更前送走它们!"师父问:"那咱俩吃罢晚饭后各垒一座塔,天亮鸡叫前你若能和我一样垒起,就算你真的出师了!"小和尚胸有成竹地说:"行!"

吃罢晚饭,小和尚和师父便各自开始垒塔。师父在嵩岳寺下面垒,小和尚在法王寺后面垒。师父在黎明时分就垒成了,然后便去法王寺察看徒弟垒得怎么样了。当老和尚行至坡顶时,隐隐约约看到小和尚已将塔身垒好,只剩下塔顶。

老和尚弯腰捡起两块砖头抛了出去,谁知惊醒了附近老百姓家的雄鸡,雄鸡"呜呜"啼叫起来。小和尚听到鸡叫,便遗憾地走下塔来,自愧不如师父,跪地连连称:"师父高明,师父高明!"

谁知师父抛在山坡顶的那块砖头,在坡顶成了一座戒塔,抛在山坳里的那块砖头,成了一座星塔,而师父晚上垒成的那座塔就是立足千年的嵩岳寺塔,徒弟垒成的那座塔就是位于法王寺的舍利塔。

(整理:李书景 李玉梅)

火 焚 塔 棚

嵩山南麓,有一座古老的佛刹,名叫"嵩岳寺"。寺院里有一座高大的佛塔,把巍峨苍翠的太室群峰点缀得更加雄伟壮观。游人走进塔去,却登不上塔顶。为什么呢?因为没有塔棚,也没有连接塔棚的木梯。塔棚和木梯哪里去了呢?据说是寺里的和尚放火烧掉了。

相传,在很早以前,嵩岳寺的和尚都有明确分工:谁管里,谁管外,谁扫寺院,谁种菜,分得清清楚楚。有一个小和尚,专管清扫塔房。每天早晨起来,洗罢脸,净了手,再把塔房清扫得一干二净。有一天,小和尚开了塔房门进去清扫的时候,突然感到自己的两只脚慢慢地离开了地面,全身升到空中,然后又慢慢地落地。以后,每去塔里清扫,都要升空一次,而且一次比一次升得高。小和尚心里想:凡是

出家当和尚的人，都会得到西天古佛的超度，修成正果。所以，他觉得自己越升越高，就是离西天越来越近了。因此，每当他两脚离地、身子腾空的时候，就双手合掌默默感激佛祖的恩典，并且心安理得地盼望着有朝一日升到西天去。

当这个小和尚的头升得接近第一层塔棚的时候，他心里想：我从小进寺，老师父管我吃，管我穿，把我抚养了这么大，现在我比他先升到西天去了，应当给师父说一声啊。于是，这一天，小和尚便对师父说："师父，你老人家抚养我一场，我永远忘不了你的恩情。我马上就要升往西天去了，我若是见到西天古佛，一定请他也早点把你超度到西天去。"

老和尚一听，觉得怪蹊跷，就问："你咋知道你快升到西天去了？"小和尚就一五一十地把他每天清扫塔房时，两脚离地，身子腾空，越升越高的事情说了一遍。

老和尚不相信，便说："你在这里升一下给我看看。"

小和尚在老和尚面前又是振臂，又是跺脚，但是，双脚却怎么也不能离地，身子也不能腾空，便对师父说："在这儿不中，在塔房里才行。你若是不相信，明天一早，你跟我到塔房里去看看。"老和尚说："中。"但他心里却想：我倒要看看你做的啥精！

第二天一早，小和尚在前面走，老和尚在后面跟，一起来到大塔跟前。小和尚把塔房门打开，进去清扫。老和尚站在塔房外，留神观看。不一会儿，他果然见小和尚两脚慢慢离开地面，身子越升越高。小和尚高兴地叫道："师父，看到了吧？"老和尚没有吭声，站在一旁非常细心地观察着小和尚全身腾空的情形。当小和尚的头顶距离第一层塔棚很近的时候，老和尚猛吃一惊，他发现塔棚门口，有一条巨大的黑蟒，正张着血瓢大嘴，把小和尚往肚里吸哩！

说时迟，那时快，老和尚大喝一声："黑蟒！"小和尚抬头一看，只吓得浑身冒汗，心里只有一个念头：完了！正在这时，只见小和尚又慢慢地落到了地面上。生活经验非常丰富的老和尚立即明白，这是因为大黑蟒的吸力还达不到把小和尚吸进肚里的时候，便已经气弱力尽了。黑蟒的吸力和人的气力一样，是会越练越大的。于是，老和尚二话没说，把吓瘫在地上的小和尚往脊梁上一背，跑出了塔房，又急忙回身把塔门锁上。

老和尚把塔房里看到的事给大伙一说，大伙儿都认为得赶快把黑蟒除掉，避免后患。怎么除掉黑蟒呢？大伙儿商量来商量去，最后决定用火来烧。大家到山里砍了很多柴火，在大塔的周围堆起来，然后，点起熊熊大火。随着火势升高，层层塔棚、楼梯全部被烧光了，那条大黑蟒也被烧死在塔里了。

就这样，大塔里便没有了塔棚。

（整理：韩有治）

永泰寺和太子沟

中岳有七十二座寺院，七十一座寺院住的是男和尚，只有子晋峰下的永泰庵住的是女和尚，即尼姑。永泰庵咋是个尼姑庵哩？话要从头说起。

北魏宣武帝时，东宫娘娘生了一个男孩，西宫娘娘生了一男一女。东宫娘娘生的男孩和西宫娘娘生的女孩同年同岁，像一对孪生子女，男的叫永宝，女的叫永泰。永宝爱读书、画画，永泰爱种花、绣花。起初是你画你的，我绣我的，后来，永泰见永宝画的花比她绣出来的还好，就把白绫交给永宝让他

作画,然后,她再照着刺绣。这样画、绣一搭配,永泰绣出来的花像真的一样,挂在墙上,引得蝴蝶、蜜蜂直往上落。兄妹俩大了,自然情深意长。

西宫娘娘的男孩,名叫元诩,比永宝、永泰大3岁,但不及他们聪明。西宫娘娘怕皇帝立永宝为太子,就起下了歹心,她与哥哥蒯国舅商量,把东宫娘娘与永宝治死,以后好让元诩登基。

蒯国舅是个阴险毒辣的家伙,汤圆嘴,砒霜心,仗着他妹妹裙带,不知陷害了多少文武大臣。这次,他对东宫娘娘和永宝又下了毒手。

中秋节那天晚上,蒯国舅用酒把一个年轻护卫灌醉,趁东宫娘娘去赏月的时候,差一心腹内使,把这醉酒护卫背到东宫娘娘的床上,用被子盖起来。

东宫娘娘赏月归来,已是半夜了。她一揭罗帐,见被窝里躺着个护卫,吓得心慌意乱。她正差人悄悄把护卫背出去的时候,蒯国舅早把皇帝请到东宫来。皇帝一见,恼羞成怒,随即下诏,把东宫娘娘和护卫一同斩首。

除掉了东宫娘娘,西宫娘娘和蒯国舅开始对永宝下毒手了。有一天,西宫娘娘带着公主外出游玩,蒯国舅把永宝喊到面前,说:"公主想要一朵山丹丹花,要你到嵩山去采。"永宝一听就答应了。于是,蒯国舅派了两个心腹随从,陪永宝上山采花去了。

山丹丹花一般是夏季盛开,现在已是秋天,他们只得翻山越岭遍地找。最后,他们来到一山崖背处的坳里,终于找到了一株晚开的山丹丹花。永宝把绳子往腰里一系,另一头让两个从人拉住,就抓住绳向崖下坠去。刚刚坠落一半,两个心腹从人说:"我们尊国舅吩咐送你回'老家'去!"说罢,绳头一松,永宝落下万丈高崖,一下子摔死了。永泰公主随娘娘游玩归来,听说永宝落崖摔死,气得疯三癫四。后来,她脱离红尘,来到子晋峰下的茅庵里,削发为尼,供佛修行。孝明帝元诩为妹妹在茅庵那里修建一处殿宇,金塑佛像,让妹妹住在里边烧香念佛。从那时候起,人们便称摔死永宝的这个沟叫"太子沟",把永泰公主住的地方称为"永泰庵",后称永泰寺。

(整理:王鸿钧 秦慧君)

皇 姑 出 家

嵩山佛寺多,寺寺有传说。距离少林寺不远有座古刹,原名叫"明练寺",北魏孝明帝元诩的妹妹永泰公主来这里出家后,便改为"永泰寺"了。

事情是这样的:北魏末年,魏宣武帝元恪晏驾,小王元诩登基,就是魏孝明帝。起初,魏孝明帝年幼,由皇太后高氏临朝听政,但高太后软弱无能,朝政大权实际落入魏孝明帝生母胡太妃手里。胡太妃心黑手辣,为了独揽朝政大权,凭借"子贵母尊"的淫威,逼得高太后走投无路,到瑶光寺削发为尼。高太后被逼出走的时候,永泰公主虽然还年幼,也掉下了惜别的眼泪。

可是,胡太妃对为尼的高太后仍不放过,借到瑶光寺进香为名,酒内下药,毒死了高太后,用尼礼葬高太后于荒丘。高太后一死,胡太妃为所欲为,当即以皇上的名义,自封为皇太后,独揽朝政大权。

魏孝明帝长到十六岁时,按照封建礼制,胡太后理应归政于帝,但她死抓住朝政大权不丢。为此,引起满朝文武大臣不满。鸿卢少卿谷会等人联名上书,劝胡太后归政。权欲熏心的胡太后对谷会等人恨之入骨,寻机设法对上书的大臣们下了毒手,有的被贬充军,有的被判罪杀头。当时,孝明帝也曾结交密多道人,发动夺权政变,没有成功,密多道人也被胡太后杀死在皇宫门外,孝明帝本人也被囚禁到西苑。

有一年,胡太后挟天子和皇后,由数百名嫔妃、公主、太监陪驾,到中岳嵩山游春。途中,孝明帝和永泰公主相遇。永泰公主见哥哥愁容满面,问道:"王兄,游春玩景应该高高兴兴,你为何闷闷不乐?"孝明帝长叹了一声,答道:"御妹你还年幼,不懂得朝事,为兄名为出京游春,实是囚徒被解啊!"永泰公主不解其意,问:"却是为何?"孝明帝就把胡太后不肯归政、贬杀忠臣、自己被囚叙述一遍。永泰公主年幼识浅,还不知道宫廷中相互残杀的厉害,说道:"请兄王放心,我一定劝说母后归政于你。"孝明帝忙说:"我的好御妹,在母后面前,你千万不可提及归政之事,你若提及,母后一定猜疑是我的怂恿,到那时候,不但为兄大祸临头,恐怕还要连累御妹你哩!"幼稚的永泰公主坚持道:"那有啥?常言道:母子骨肉亲,我……"永泰公主的话没讲完,一位太监来到,说是太后有旨,命永泰公主前去回话。

永泰公主

因为孝明帝和永泰公主的交谈,已被胡太后发觉,她起了猜疑。当永泰公主策马来到太后驾前,胡太后问道:"你们兄妹久不相会,今日见面一定格外亲吧?"永泰公主随口答道:"是啊,兄妹情同手足呀!"胡太后听着很不耐烦,把脸一黑丧,狠狠地责问道:"方才你二人都讲些什么?"纯真无瑕的永泰公主,也不看胡太后的脸色已变成铁青,反而认为既然太后问话,正是劝她归政的好机会,便滔滔不绝地讲起应该早日归政的道理来。胡太后越听越恼,骂道:"该死!"接着,她又嘿嘿冷笑一声,说:"好个手足之情!"说罢,她就怒气冲冲地起驾走了。这时候,永泰公主像炸雷击顶,呆站路旁。

正当永泰公主泪落涕流之时,孝明帝驾到,见到妹妹泪流满面,忙问道:"妹妹,你方才还高兴,怎么哭起来了?"孝明帝越问,永泰公主越泣不成声,最后说:"王兄,妹妹害苦了你啊!"孝明帝惊异地问:"你在太后面前提起归政之事了吗?"永泰公主哭得说不出话来,只是点了点头。孝明帝也潸然泪下,看着永泰公主说:"妹妹不必悲痛,兄死不足惜,只是连累了你,我心不忍啊!"永泰公主问道:"既然如此,该如何是好?"孝明帝说:"事情到这种地步,你想活命,只有一条路可走:效法高太后。"永泰公主问:"我也削发出家?"孝明帝说:"正是,京城你是万万回不得了!"永泰公主一听,哭成了泪人,问道:"那么你呢?"孝明帝催促道:"御妹快走,不要管我,若再被太后看见,想走你也走不脱了!"永泰公主这时候也顾不得许多了,向孝明帝深施一礼,顺着山沟向深山逃去。

胡太后在中岳游春三日,起驾回京走的时候,传宫太监禀告说永泰公主失踪,胡太后传旨搜山不见,又询问孝明帝,孝明帝也说不知道。胡太后无奈,只得起驾回京都洛阳了。

永泰公主逃进深山,在一个岩洞中住下,三日饥饿干渴,最后昏迷不醒了。正当这时候,明练寺老

尼慧玉上山打柴,发现洞中有个宫装打扮的少女,已不省人事了,就背回寺院。经过抢救,女子醒来,慧玉一问,才知道是当朝的皇姑。慧玉问道:"你既是当朝皇姑,不在洛阳皇宫享福,来这深山老林做什么?"永泰公主把她的遭遇从头至尾诉说一遍,并再三恳求慧玉收下她当弟子。慧玉欣然同意。从此以后,永泰公主就在明练寺里当了尼姑。为尼期间,永泰公主积德很多。她圆寂之后,人们为了纪念她,把明练寺改为"永泰寺"。

(整理:韩有治)

胭 脂 坡

嵩山南麓有道白沙岩石坡,被人们称为"胭脂坡"。每当春夏季节,雨过天晴,经阳光曝晒,行人路过此地,白色衣服便能映出鲜艳的乳红色来。为什么叫"胭脂坡"呢?这里边还有一则动人的故事呢。

北魏末年,朝廷内发生内讧,魏孝明帝元诩和他的生身母亲、皇太后胡充华争夺帝位。元诩的妹妹、胡充华的女儿永泰公主站在哥哥一边,慑于皇太后的淫威,无奈逃离皇宫,到嵩山明练寺出家,削发为尼。魏孝明帝暗中策动掌握重兵,镇守晋阳的尔朱荣起兵南伐。胡太后得知此事后,便先下手为强,毒杀孝明帝于显德殿。尔朱荣渡过黄河,攻入洛阳,发现胡太后向东逃窜,追至河阳县境,杀死胡充华,把死尸投入滔滔黄河。

魏孝庄帝登基以后,派人到嵩山明练寺,劝说永泰公主还俗回京。但是,永泰公主对政事已经心灰意冷,执意不肯。后来,魏孝庄帝年年施赐很多银粮布匹,供给永泰公主生活。永泰公主又常常拿这些东西用于救苦救难。因此,嵩山地区僧尼俗民都对永泰公主十分感激,从而明练寺也盛极一时,民众多达近千人。

有一年,孝庄帝赐给永泰公主数车香粉胭脂。当嵩阳县令押送满载香粉胭脂的车辆快走到明练寺的时候,正好碰上永泰公主到民间去化缘。嵩阳县令把香粉胭脂交给永泰公主以后走了。尼姑们问永泰公主:"这么多香粉胭脂怎么办?"永泰公主说:"出家之人要这些无用,把它们倾倒在这山坡上吧。"尼姑们说:"扔了多可惜啊!不如转让给民间女子。"永泰公主说:"富家女子,她们有钱买,不给她们;穷家女子,她们连饭都吃不上,哪有心去擦胭脂抹粉呢?"说着,她就亲自动手,把数车上等香粉胭脂倾倒在路旁山坡上了。

后来,天长日久,香粉胭脂便溶化沉浸在砂石坡中去了。从此,春夏季节,行人路过,白色衣服便映出鲜艳的乳红色来。

这就是胭脂坡的来历。

(整理:韩有治)

紫 金 莲 池

法王寺大雄宝殿前,有一个石砌长方形水池,名叫紫金莲池,相传是少林寺二祖慧可在此讲经说法的遗迹。

二祖慧可在没有得道前,是法王寺的大德高僧,原名神光,禅悟精透,佛法深厚,开坛弘法,名贯中州。当时有许多僧、俗信徒,从四面八方云集法王寺,倾听神光讲经说法。

北魏孝昌三年(527年)四月初八,正值如来佛诞辰之际,法王寺僧为佛祖举办水陆大法会,法坛设在大雄宝殿前的月台上。佛坛高筑,锦墩辉煌。红日尚未东升,大雄宝殿前,月台上下已是人山人海,都在注视着讲坛。顷刻只见一位和尚,中等个儿,身披袈裟,项戴念珠,彬彬有礼走上佛坛,双手合十道声"阿弥陀佛",听众定睛看时,正是大法师神光。

这时大众都屏住了呼吸,佛坛上下鸦雀无声,只有神光大师的讲经声清晰可辨。他说:今日开讲"三法印",所谓"三法印"就是说诸行无常,诸法无我,涅槃寂静三重道理。所谓常,所谓无常,就是说平常一切世间法,生住异灭,刹那不住,不停地运动是有常的。这种常,不会因为有了尧舜一样的明君而长存,也不会因为有了桀纣一样的昏王而寂灭。这种常,能说出来的,叫出名字来的,不一定是真正的常,然而,往往叫不出来名字的,人们说不出来的常,才是宇宙万法之始。相反,能被人叫出名字来的,说出名称来的常,才是宇宙万法的细枝末节……紧接着他又讲起了"佛"的真谛……

一时间,座下四众听着法师把天地至理讲得深入浅出、娓娓动听,人人无不佩服。讲着,讲着,一道霞光,由地下冲出,直射天空,众弟子目随霞光抬头观望,只见五彩缤纷的天花飘飘落地,清香扑鼻。紧接着站在月台上的听众自觉足底浮动,慌忙后退。刹那间,一个造型秀丽的石砌紫金莲池由地下涌出,池里面盛开着几朵紫金色的莲花,亭亭玉立,秀香无比。神光大师闻到异香,便停止了讲经。在场的听众用神奇的目光观赏着眼前的奇花异蕾,久久不愿离去。

从此大雄宝殿前,池水清澈透底,莲花鲜艳夺目。此景成了法王寺古今不衰的一大奇观。清代咸丰五年(1855年)补修地藏王殿碑记中赞曰:"大法王寺,古之名刹也。其后院大殿乃地藏王菩萨同十王谛听二祖神光讲经说法之所。当其时,只说得天花乱坠,地涌金莲。上神为之皈依,下民为之瞻仰。苟非深得我佛心传无上妙道,安能感悟地藏王菩萨现金身,施法力,威镇嵩阳,福荫中州也哉!"

由此可见,紫金莲池的故事,感悟地藏王菩萨法驾嵩阳,开辟第二道场;感召十殿阎君入寺落座,禅道归一,古今传颂,永驻法王。

(整理:崔咸诰 赵致和)

脚 拨 泉

嵩岳寺有一股川流不息的清泉水,名叫"脚拨泉"。

传说嵩山少林寺开山祖师跋陀的弟子僧稠,住持嵩岳寺的时候,每天早晚两次上堂说法,都有数百僧俗大众前来聆听,连嵩山中的一位神妇,也常常变化成一个民间白头发老婆儿,前来听法。寺院里头有一个泉眼,流出来的泉水仅仅能够供给本寺僧人食用。来听法的人多了,用水就显得有些紧张。因此,大家都十分注意节约用水,而且又都非常注意保护泉水的清洁。

有一次,稠公又聚众说法,中间累了,回到室内休息。这时,一个和尚发现有个衣着不整的白头发老婆儿,坐在泉眼石头上,就大声斥责道:"你坐在泉台上,弄脏了泉水,怎叫大家饮用?"这个和尚一咋呼,在场的人也都齐呼呼地责怪起来。嵩岳神妇无端遭到指责,很不高兴。于是,她站起身来一跺脚

隐身不见,而且泉水也随着枯竭了。

大家一看白头发老婆儿无影无踪,泉水也断流枯干了,方知白头发老婆儿不是一般俗子凡人,一个个心中害怕,赶紧去禀告稠公。稠公一听,感到蹊跷,来到泉台上一看,泉水真的枯干了,再看四周,又没有发现什么异常现象。于是,他合十当胸,叫喊几声:"讲法了!"白头发老婆儿又出现在泉台上,但她仍然不言不语,静等着稠公讲法。

稠公笑眯眯地上前深施一礼说:"老人家,刚才弟子们对你无礼,都怨我平时教训不够,老僧我给你赔礼道歉,请你多多原谅!"接着,他又说:"这口泉眼,是本寺僧人修炼佛法的必需用品,而且跟你老人家一样,还有许多俗子友人来本寺做客,也要饮用泉水。"嵩岳神妇听了稠公的话,感到刚才自己做的也有些过分,二话没说,就用脚在泉眼上轻轻拨动了几下,泉水又"突突突"地喷涌而出,而且水量更大,味道更甜。

大家都只顾高兴哩,没有注意到白头发老婆儿啥时已经走了。稠公知道白头发老婆儿是嵩岳神妇,就命在场的僧俗弟子静立泉台下面,恭恭敬敬地双手合十施礼,感谢嵩岳神妇之脚拨泉涌。

(整理:韩有治)

稠禅师求力

北齐时邺地有一个姓孙的少年,体弱多病,先在河北巨鹿景明寺出家,后到少林寺拜跋陀为师,取法名僧稠。当时少林寺有一些小沙弥,每当空闲时就聚集在一起,或摔跤,或练拳,或嬉打喧闹,互相比试气力。僧稠刚入寺,体质又弱,力气又小,无论与谁交手都不是敌手,摔跤时总是被压在别人身下,练拳时总是被打的对象,往往被羞辱、戏弄,吃尽了苦头。

几年后的一个下午,寺内无事,一群小沙弥又要拉僧稠出寺玩耍,他一本正经地说:"休得无礼,恐怕交起手来,你们谁也不是我的对手。""嘿,这家伙今天说起大话了。"小伙伴们哪里肯信,硬把他拉出山门,接着便是拳脚相加。僧稠忍无可忍,稍一还手,便将一个家伙打翻在地。另几个沙弥见状,一齐上前,扭住他的胳膊,怎奈他筋骨强劲,怎么也扭不动。僧稠胳膊一挥,一个个被甩出了三四丈之外,个个鼻青脸肿,再也不敢上前了。小沙弥一个一个地从地上爬起来,面面相觑,感到非常奇怪。

据说这是僧稠向金刚大力士求来的力气。原来他每次都受人欺负,也不敢告诉师父,总是蒙头大哭,忍气吞声。有一天,他哭了一阵后,心想:"哭有什么用?受欺负是因为自己体弱力薄,如果自己力气大了,自然就不受欺负了。"于是,他突发奇想,便跑进殿中,关上殿门,紧紧抱住金刚大力神的双腿,说:"我因为体质瘦弱,被人欺负,羞辱已极,不如死去。您是大力神,以力量大而闻名,给我一点力气吧,保护保护我吧!我咋能也像您那样呢?从现在起,我抱您双腿七天,如果七天之内不给我力气,我就一头撞死在您的足下,决不再生还。"

就这样,他每天都抱金刚大力神的双腿,边抱心里边默默祷告。一直到第六天拂晓,金刚神被他的诚心所感动,现出原形,手里端着一个盛满肉筋的大钵,对他说:"小和尚,你不是要力吗?"他急忙跪下,说:"是的。""能吃肉筋吗?""不能。""为什么?""出家人戒吃肉食。"金刚大力士从钵中拿出一条肉筋,说:"要想长力气必须吃肉筋。"僧稠恪守佛规,怎么也不敢吃,最后金刚大力士拿金刚杵相威胁,逼他入口,他才不得不吃。当他刚吃下一条肉筋时,奇迹出现了,他那羸弱的身躯立即变得健壮无比,也力大无穷了。后来,他每天除了做佛事和杂务外,就坚持踢腿、扭腰、腾跳、摔打,日日苦练。

比武失败后,小和尚们让他表演,他说:"好,我为你们试试。"只见他稍稍活动了一下手脚,便跃身飞上墙壁,自西至东横行如飞,又一纵身,跳上殿梁,落地后随手把地上的千斤香炉提了起来。这时,那些小沙弥都惊叹不已。

一苇渡江

达摩是南天竺香至国的三王子,出家后潜心研究大乘经典,在师父般若尊者的偈语"路行跨水复逢羊,独自栖栖暗渡江,日下可怜双象马,两株嫩桂久昌昌"的指点下,不辞艰险,到中国弘扬佛法。这首偈暗含了对未来的预言,"跨水"暗指达摩渡海东行,"逢羊"暗指他将在广州登陆,"渡江"说的是去北方传法,"二株嫩桂"暗指少林寺。达摩在广州受到刺史萧昂的热情招待。梁武帝萧衍派使臣迎至都城金陵,奉为上宾,而且不惜以天子之尊,御驾亲陪达摩游历京城各寺。他满以为自己功德无量,定能受到天竺高僧的赞扬,就微笑着对达摩说:"大师,您看我佛业如何,造寺写经,度僧不可胜数,能积多少功德?"达摩冷冷地说:"陛下并无功德可言。"武帝大吃一惊,大感不解,连声追问:"什么?你说什么?我施财修寺,舍身事佛,岂能没有功德?"达摩解释说:"陛下所为,积福而已,若说功德,实在没有。"梁武帝又问:"什么才是真功德?""明心见性,体自空寂,才是真功德。""什么才是圣谛之理?""你这里没有。""你是什么人?""不知道。"

梁武帝满心希望这个西天高僧对他弘扬佛教的业绩大加赞扬,万万没有想到这和尚不但不给脸面,反而说自己毫无功德可言,自讨没趣,心里好生不快,便对达摩大为冷淡。达摩也自知机缘不契,感到这里不是久留之地,便主动告辞,准备渡江北上。当他路过雨花台时,听到有人讲经,便信步走进去,原来是魏都洛阳的高僧神光正在说法,台下人无不合十赞佩。达摩听了一会儿,便皱眉摇头,连连叹息,听众哗然,便戏言相讥。神光也十分生气,就赶将出来,欲论高低。

达摩离开雨花台,向北走去。到了长江边,已是夕阳西下,暮色降临,渡船早已下帆收桨,只见江面波涛汹涌,江水拍打着江岸,"哗哗"作响。达摩在江边踱来踱去,竟无一人敢冒险渡他过江。好心的船家对他说:"江宽浪大,夜晚渡江风险太大,师父先回城休息,明天一早便渡您过江。"此时的达摩恨不得立即飞过江去。天无绝人之路,突然他看到江边坐着一位老太太,身边放着一捆芦苇,立即走上前去,恭恭敬敬施礼道:"老妈妈,请您舍给我一根芦苇,好吗?"老太太仔细端详达摩,只见他两眼炯炯有神,络腮胡子卷曲盘旋,身材魁梧,举止坦然,便随手抽出一根给他说:"行行行,不要说一根,这一大捆拿去都行。"达摩双手接过,轻轻把芦苇放在江面上,只见一朵芦苇花昂首高扬,五片芦叶平展伸开。他便双脚踏上芦苇,眼观鼻,鼻观心,心观丹田,趁着一阵东南风悠悠北去。

这时,神光紧紧尾追而来,只见达摩脚踩一根芦苇过了长江,就气急败坏地跑到老人面前,不问青红皂白,抱起芦苇就放入江中,双脚跳上芦苇捆。谁知这捆芦苇不但不向前行进,反而很快沉入江里。神光慌忙上岸,责问老太太,说:"你给他一根芦苇就能过江,我用一捆为何过不去呢?"老人从容不迫地说:"他是化我的芦苇,你是抢我的芦苇。物各有缘,既非礼又无缘,岂能相助?"神光恍然大悟,连忙赔礼道:"老人家,恕我无理,万望海涵慈悲!"但眨眼间老人却突然不见了,神光知是观音菩萨再现,便连连顶礼膜拜。风浪越来越大,江水翻滚,波浪滔天,只见那捆芦苇又浮出水面,神光便踏上芦苇过了江,一路一直追赶到少林寺。

却说梁武帝在达摩出走后便后悔了,慌乱中骑上一头骡子急忙追赶达摩。谁知走到两座山峰之间时,他越向里跑,山隙越窄,直到将骡子夹住动弹不得。最后,追赶到江边时,达摩早已没了踪影,他只好望江兴叹而返。现在南京钟山还有一座夹骡峰呢。

达摩一苇渡江

达摩一苇渡江

达摩的师父叫他来中国传教时,对他说过:"你到了中国南方,会遇到一个知音。知音者会把你带到中国北方该去的地方。"达摩漂洋过海来到中国,在南方走了多天,没有遇到知音,不免有些丧气,长叹一声。就在这时,忽然听见有人喊:"西来意,西来意,请你歇脚消消气。"达摩想:这"西来意"指的是自己,噢,遇到知音啦!达摩顺着喊声望去,旁边一座茅屋的屋檐下挂个竹笼子,里面有一只鹦鹉。达摩很惊奇,难道这鹦鹉会是我的知音吗?这时鹦鹉又说:"西来意,西来意,请你告诉我出笼计!"达摩想,它知道我能救它,看来它就是知音了。他随口说:"出笼计,出笼计,两腿舒直眼紧闭。"鹦鹉听了说:"西来意,谢谢你,出笼之后我带你!"达摩一听暗喜,果然是知音哪!他放心了,站在那儿,要看着知音逃出笼子来。

不一会儿,一个白胡子老头儿回来了。那鹦鹉腿一伸,倒在笼子里不动弹了。那老头儿瞅见鹦鹉伸腿儿了,忙取下笼子,打开笼门,掂着鹦鹉翻动一下,看看闭了眼,一动也不动,就把它拿出来,轻轻放在门前的石板上,刚一放下,鹦鹉"扑棱"一下子站了起来,"嗖"一声飞到了空中。

鹦鹉在空中又对达摩叫着说:"西来意,西来意,请你跟我向北去,菩萨江边等着你。"达摩跟着飞飞停停的鹦鹉,来到长江岸边,江上没有船,江边坐着一位老奶奶,面前放着一捆芦苇,达摩心想这一定是鹦鹉说的菩萨了,就上前双手合十施礼说:"请菩萨施舍贫僧一根芦苇,用它当船渡弟子过江。"菩萨点点头,抽出一根一花七叶的芦苇,递给了达摩。达摩又施礼道谢,然后把芦苇扔到江里,一个箭步登上去,闭目合十地立在上边,恰好有一阵东南风刮来,眨眼间漂过江来。

达摩一苇渡江上了岸,鹦鹉直把他带到嵩山五乳峰。他见那里有个山洞,就进去打坐念经。九年后,达摩在少林寺开始传佛教禅宗。

(讲述:释德禅 采录:甄秉浩)

禅宗祖师达摩

达摩祖师,为印度得道高僧,本是南天竺(今印度)国王香至王的第三子,姓刹帝利,最初名叫菩提多罗,后来才改名为达摩多罗。

梁武帝普通八年(527年),达摩从印度航海到达我国的广州。这一年的十一月初一日,达摩到达了建业(今南京),梁武帝便派遣法驾将他接入宫中。梁武帝迎候于大殿的丹墀上,寒暄过后,梁武帝矜持地问:"请问大师,我曾经建造了许多寺庙,也抄写了许多佛经,更剃度了许多比丘和比丘尼,究竟有哪些功德?"

达摩祖师很严肃地回答说:"任何功德都没有。"

梁武帝听到这样不如己意的回答,便不愉快地追问道:"何至于全无一点功德呢?"

达摩说:"这一些行为,都不过是人天小果,还是有漏之因。这就好像影儿随着实体,影儿的形象虽有,但是影儿的本身,却是没有实体的。"

梁武帝又问:"要怎样才是真功德呢?"

达摩回答说:"净智妙圆,体自空寂,如是功德,不以世求!"

可是,梁武帝竟不能了悟妙义。接着,第二个无意义的问题又提出来了,他说:"如何才是圣谛第一义?"

达摩简洁地回答:"廓然无圣。"

梁武帝有点懊恼了,他提高语调干脆地问道:"对朕者谁?"

"不认识。"达摩也只简单地答了这三个字。

因为与梁武帝的晤谈并不默契,他准备北渡长江。可是,江边并无渡船,他只好折了一支枯萎的芦叶,置于江中,于十一月十九日乘着芦叶渡江,二十三日进入到北魏境地。于是,他到了洛阳,上了嵩山,进入了少林寺,拜过了佛,便一声不响地上了五乳峰顶的洞窟,面壁而坐。

此时正是梁武帝大通二年,也就是魏孝庄帝永安元年(528年)。到了永安二年(529年),孝庄皇帝认为北来自己国境的高僧,是一件大瑞大祥的事体,于是,他便急急忙忙地下诏:"恭闻法雨西来,折苇渡江,进抵敝邑,幸何如之!国之祥瑞,应尊于朝,谨备香幢,以迎有道……"魏孝庄皇帝以为他这一道诏书,一定可以将达摩迎至京师。可是,这诏书到了少林寺,达摩面壁如故,钦差大臣竟也无可奈何。

不过,这却轰动了北魏的朝野,也震惊了南朝的梁帝。

于是,梁武帝便问志公和尚:"西来的达摩,自从与我言语不合以后,竟折苇渡江,北趋魏境,住在嵩山少林寺里,终日面壁危坐。然而,魏人派遣专使去迎接他,他又不为所动,难道他还可以回来吗?"

志公和尚反问道:"陛下还识此人否?"

梁武帝回答说:"不识。"

"呵!那就难怪了!此人原是观音大士,传佛心印的。"

"哎呀,我竟得罪于观音大士了,罪过罪过!那应该怎样去忏悔才好?还是再派人去迎请他回来,向他悔罪!"

志公和尚便说:"莫说陛下派人去迎请他,他不会回来,就是全国的人们去请他,他也不会回来了。"

东魏孝静帝天平三年(536年),也就是梁武帝大同二年。有一天,达摩祖师忽然开示门徒,说:"我不久就要西归了,你们各人把自己的造诣说说,看看你们究竟有哪些心得?"

于是,道副便首先说道:"我在师父这里所学的是:不要执着于文字,也不要离去于文字,一都应该为道所用而已。"

道副这样说过以后,达摩祖师便说:

"道副,你所得到的太浅少了,你不过只学得我的一点皮毛罢了。"

达摩祖师评说以后,那位名叫总持的比丘尼站了出来,说道:"我今所解,如庆喜见阿閦佛国,一见更不再见。"

达摩听到她这样的话,便说:"总持比丘尼,你所体会到的,较之道副又多一点点了,但却只算是得到我的血肉而已"。

道育接着说:"师父,我觉得你的道法是:四大皆空,五阴非有,而我见处,无一法可得,言语道断,心行处灭。你老说是吧?"

达摩祖师听到这样的话,很高兴。他说:"道育的成就又大些了,可算得到了我的骨骼。"

这就轮到慧可说话了。可是,慧可并不说话,只是很敏捷地跑到师父面前,一语不发,拜了几拜,便又退回到原来的位置,还是一语不发。

达摩祖师当时的表情,既是愉快,又是严肃,语气极其沉重地发话了。他说:"慧可,就是这样的,就是这样的!你可以算是得到我的神髓了!"

达摩祖师说过这话以后,停了一会,又继续对慧可说:"佛祖如来,早年以大法眼藏,嘱咐摩诃迦叶,辗转相传,而至于我。我现在便将大法嘱咐于你,你好好地传下去吧,不要使它断绝了!"

达摩祖师说过这话以后,便取出一件袈裟和一个钵子,郑重地授予慧可后说:"现在,这一袭袈裟和这个钵子,一并交给你,以为信守!"

慧可当时就毕恭毕敬、郑重其事地接过袈裟和钵子,依旧退到原来的地方,还是默默无语。

于是,达摩祖师又说:"我因为恐怕后世以我为异域人,而不相信你的师承,所以便传了这衣钵,让你拿作证验,而定其宗趣。"随即,他说出偈语:"吾本来兹土,传法救迷情,一花开五叶,结果自然成。"这道偈语说过了,他拿着一部《楞枷经》,授予慧可。

达摩祖师传授衣钵过后,便携着他的门徒,到了禹门的千圣寺。住在千圣寺的时间并不算很久,达摩祖师便奄然物化了,他的门徒们用棺材将他的尸体葬在熊耳山上。

达摩圆寂之年,为梁武帝大同二年(536年),这年正是东魏孝静帝天平三年(536年)。

孝静帝将达摩祖师在禹门千圣寺圆寂的消息,报丧南梁。梁武帝即诏命宗子和王公大臣,祭之以礼,并由梁昭明太子撰写文告。

东魏的使者宋云,从西域回来,正在葱岭的山道上,见到达摩祖师,手上提着一只鞋子,踽踽独行,往西而去。于是,宋云便问道:"大师一个人到哪儿去?"

"呵!我要回西天去了。"达摩回答。

"为什么一人独行呢?"

"你回去就知道了。"达摩答了这一句。

及至宋云回抵国境,才知道达摩竟已圆寂了。于是,他便将这离奇的事件报告了魏帝。魏帝派人偕达摩的门徒到熊耳山上,将坟墓掘开,发现只有一具空棺,空棺里面只留下一只鞋子。

这消息传到南朝,梁武帝听到了,自然又是一番感慨。

至于达摩留下的那只鞋子,魏帝下诏由少林寺珍藏,到了唐玄宗开元十五年(727年)丁卯,被一个信道的人偷到五台山保存过一段时期,后来就不知去向了。

(整理:永胜)

达 摩 洞

嵩山五乳峰之南有个自然山洞,因为达摩在那里面壁九年(也有说十年),人们就叫它"达摩洞",也有人叫它"面壁洞"。

传说,达摩奉佛祖的法旨来到震旦(即中国),一苇渡江后,在这里传授神宗。他在洞里,一面自身修练,一面收徒传法。时间不长,徒众云集,连信奉道教的神光也弃道从佛了。这就惹恼了在嵩山传道的寇天师。

一天夜间,寇天师在太乙观中做了个梦:真武大帝责怪他掌教不稳,修道无方,竟让达摩占了嵩山,夺走了信徒。真武大帝要他施展法术,赶走达摩,独占嵩山。

从此,佛、道两家就开始斗争了。

头一个回合,寇天师画青符一道,命瘟道人前去施法。瘟道人来到五乳峰下,站在山洞外一看,见达摩同他的弟子们正在面壁,就偷偷地将睡魔和瘟魔撒进洞中。睡魔和瘟魔很快钻进和尚们的鼻孔和肚里。后来,和尚们只要开始面壁,就嘴打呵欠,两眼含泪,昏昏欲睡,倒在地上。日子长了,瘟魔在肚里做起怪来,和尚们又烧又冷,无法面壁了。达摩手摸灵盖,静想了一阵,知是左道之徒来犯,便让弟子们先从鼻尖挤出睡魔,又让他们到山上采些金银花来,烧成茶水,常饮不断。但是,和尚们这个病刚好,那个又病倒。后来,达摩悟出了一条道理:欲要觅心,必先强身。于是,他带领弟子们边念《洗心经》,边活动腿脚。过了些日子,果然有效,和尚们个个身强力壮,满面红光。瘟道人失败了,无奈,只好回太乙观向寇天师交符。

第二个回合,寇天师又画赤符一道,再命狼籍老道去施展法术。狼藉老道来到五乳峰下,让一群恶狼昼夜围着山洞"嗷嗷"大叫。每逢和尚们上山打柴,下河提水,恶狼们就拼命追赶。有几个小和尚都被咬伤了。和尚们纷纷请求达摩,说:"师父,这里不是清净之地,咱们走吧!"达摩说:"心越怕,狼来吓,不能离开中岳嵩山。"和尚们说:"左道硬是搅乱,该怎么办呢?"达摩说:"善来善报,恶来恶报,他有利牙,咱有强拳。左道再来打搅就拳脚相待,但切记不能杀生。"有一次,神光同几个和尚结伴打柴,在半山坡上遇到几只恶狼向他们扑来。他们以拳脚相迎,把恶狼打得伤的伤、逃的逃,并且抓住了狼籍老道,带他回洞去见达摩。达摩责备狼籍老道,说:"天没边,地没沿,佛道两家各传其法,何必苦苦相逼?"

狼籍老道羞愧满面,无言以对,也只好回太乙观向寇天师交符。

寇天师法都用尽,也赶达摩不走,只好听任他在嵩山传授佛法禅宗。但他心里老是怕佛再往东来,就把嵩阳县城西岭改名"禁东岭",意思是要禁止佛教再往东来。其实哪能禁得住呢?后来,仍是佛道两家各传其法,谁也禁不了谁。

没有了道家的打扰,五乳峰的山洞里显得十分清净。当达摩和他的弟子们面壁入定的时候,洞中静得连蚂蚁爬行的声音都能听见,蜘蛛能在达摩相合的手掌上织出续而不断的蛛网,燕子也在他的肩头垒窝而不觉这是人。就这样,整整九年(或十年),别的和尚经不起面壁的折磨中途退走了,只有神光始终如一,合掌侍立在达摩身后。天长日久,师徒的形影印入洞壁,最终修炼成佛,成为佛教史上的一大奇迹。

(整理:韩有治)

达 摩 面 壁

少林寺,位于嵩山西麓,挺拔峻峭的少室山屏蔽其前,峰峦起伏的五乳峰拱托在后,山环水绕,林木丛茂。达摩越看越高兴,就选择五乳峰的中峰上部、离绝顶不远的一孔天然石洞,作为他修性坐禅的地方。

这个石洞,形状虽不规则,却没有一点儿人工气息。洞内可利用的地方不过方丈,冬暖夏凉,空气清新。洞前有一块紧凑的小草坪,周围浓荫蔽日,不见天空。真是:"此地无盛夏,空山听鸟鸣。"

达摩,就在这个石洞里,面对石壁,端端正正地坐在那里,两腿曲盘,两手作弥陀印,双目下视,五心朝天。神光合十,侍立在后。静若无人,万籁俱寂,连锈花针落地的清脆声,都可以听得出来。入定后,连飞鸟都不知道这里坐的有人,竟在达摩的肩上筑起巢穴来了!开定后,他就站起身来,做一些径行活动,锻炼一下身体,待倦息恢复后,又是如此的坐禅,入定……开定……

这时,嵩岳名道寇谦之,已继天师之位,正在"宣传新科,清整道教"。听说胡僧占居少室,夺走信徒,非常生气,就千方百计,欲赶达摩他去。

寇天师经过左思右想,就抓住众僧长期坐禅、精神萎靡的弱点,利用道术,散播瘟疫,继而聚徒斗殴,拨弄是非,致使面壁活动时断时续,不能正常进行。在这场摩擦中,使达摩惭悟:欲要觅心,必先强身。他一方面让僧徒广采山药,清热解毒;一方面据自己的径行活动、自卫防身的动作,创造和传授了"如意拳""罗汉拳"。经过一段日夜苦练,个个身强力壮,外出结伴同行,遇到以强凌弱之徒,就以拳相击,才使自己逐渐站稳脚跟。可是,道家在嵩山根深蒂固,佛家对他们也没有别的办法。

后来,佛、道两家在象鼻山会谈,双方言定:"一座仙山,道占中间,佛居两端,各传其法,互不相干。"从此佛、道罢战和好,才使面壁活动日复一日,年复一年,终于渡过了九年的漫长岁月,成为佛教史上的奇迹和美谈。

九年的时间,不算短暂,到达摩离开石洞时候,他坐禅面对的那块石头上,竟留下了一个达摩面壁姿态的形象,衣褶皱纹隐约可见,宛如一幅淡色的水墨画像,人们把这块石头称为"达摩面壁影石",把这个天然石洞称为"达摩面壁洞"。至今遗址犹存。

清道光年间,萧元吉在《面壁石赞》中写道:"少林一块石,都道是个人,分明是个人,分明是个石,石何石?面壁石。人何人?面壁佛。王孙面壁九年经,九年面壁祖佛成。祖佛成,空全身。全身精入石,灵石肖全影,少林万古统宗门。"这形象地说明了达摩面壁影石的事迹。

(整理：宫熙)

达 摩 西 去

达摩祖师把衣钵、佛法传给二祖慧可后，不吃饭也不喝水了。快圆寂时，起身往西方游去了。他来到洛阳西南的熊耳山上住了下来，人们就在这里为他造了个寺院，起名"定宁寺"。不久，他就圆寂在这里了。

洛阳的魏明帝听说后，命地方官把达摩祖师大礼安葬在定宁寺旁，又为他造了一座佛塔，这就是现在的"祖师塔"。在这以前，魏明帝派大臣宋云出使西域。宋云回朝的时节，半路上遇见了达摩祖师，只见他一只手掂着一只鞋，一只手拄着禅杖，光着脚在山路上失急慌忙往西走。宋云觉着很奇怪：老禅师咋光着脚走路呢？这是往哪儿去呢？便上前施礼相问。达摩禅师也不理他，一边走一边说："出家之人，一钵千家饭，孤身万里游，哪儿来还哪儿去。说不得！说不得！"

宋云看着他走没影儿了，回头想想，也不知道他说的是啥意思。回到了京城洛阳，向魏明帝交旨后，他顺嘴说起了路遇达摩的事。魏明帝一听很不高兴："达摩禅师明明圆寂了，你咋说遇见了他呢？这不是欺君嘛！"接着就要治他的罪。宋云大喊冤枉，把达摩禅师说的话又重说了一遍。大臣们觉得事出有因，不弄明白真假不能给宋云定罪，都替他讲情。魏明帝就把宋云打进天牢，等查明真相后再给他定罪。

第二天，印度使臣来了，他们是来寻找达摩下落的。听说宋云为遇见达摩坐了牢，他们赶忙去天牢里探监。宋云给他们讲了事情经过，又说："我这会儿才明白老禅师的话意了。看来他没有死，是回西天了。他不让我说，我一说泄露了天机，就大难临头了。"

印度使臣请求魏明帝先放出宋云，让他带他们去定宁寺开棺验尸。若有尸体在，就说明他是欺君，再定罪不迟。魏明帝答应了，还另派了几名大臣跟他们一同去。

他们来到定宁寺，进了祖师塔，打开棺盖一看，达摩的肉身不见了，里边只放着一只鞋。大家明白了，老禅师真的成佛归西天啦！他带走了一只鞋，为显化后人留下了一只鞋。大臣们回京禀明了查验结果。魏明帝知道冤枉了宋云，就反把他的官职一下子提升了三级。

这段故事就画在少林寺大雄宝殿前西偏殿的后墙上，叫《达摩归西图》。

(讲述：德行 采录：曹宝泉 陈连忠)

立 雪 亭

少林寺内有一座小巧别致的殿堂，叫"立雪亭"。这便是神光立雪断臂的地方。

神光姓姬，北魏虎牢关人。他爹娘都是真武大帝的善男信女。他刚生下的时候，满屋一片青光。爹娘就给他起名神光，意思是道神降临，光明大地。神光长大成人后，也跟爹娘学起道来。

后来，听说西天来了个老和尚，在五乳峰上或少林寺里传授佛法，又听说"佛法无边"，他决心弃道从佛,并剃掉了头发,脱去了道袍,换上了僧衣。很多人都在背地里挖苦他,说:"昨日信道,今日拜佛,朝三暮四,终究难成啥气候!"神光听到人们的讽刺挖苦以后,更加坚定了弃道从佛的决心。他变卖了家产,离开家乡,投奔少林寺来。

神光到少林寺一打听,达摩在五乳峰上山洞里面壁传法。他到山洞里见到达摩,说:"师父,我过去虽然信过道,但那是您没来以前的事。自您来到嵩山以后,我便弃道从佛,请您收下我为弟子!"达摩正在面壁坐禅,对于神光的请求,一眼不看,一言不答。整整一天一夜,达摩不答,神光硬是站着不走。时间老长了,达摩才问:"尊佛参禅,要身入墙壁,心无世俗,你能做得到吗?"神光连忙回答:"弟子一定能做得到。"达摩又说:"那你就暂时留在这里吧,中不中,以后看看再说。"从这时起,神光算是少林寺里的一个小和尚娃了。

达摩禅师传法和别的和尚不一样,他是以静坐面壁为本,坐禅修行。达摩禅师怎样做,神光就不走样地学。不知不觉,一晃两千八百天过去了。在这以前,有很多僧徒都因经不起磨炼而退出,只有神光一人始终二目微合,双手合十,侍立在达摩禅师身后。天长日久,对神光的言行作为,达摩早已看得清楚,但总认为他过去信过道,不能轻信,所以迟迟不给神光取正式法号。

达摩在洞中整整面壁九年(或十年),修成正果以后,回到少林寺内,神光也跟着他下山,进入寺院。达摩在佛堂中坐禅,神光在外面侍立不动。有一天,神光问达摩:"师父,您看我到啥时才能当上您的真正弟子呢?"达摩随口说道:"什么时候天降红雪,什么时候我便收你为嗣法弟子!"神光听后,揣测了好多天,才明白达摩还是不相信自己,经过一番苦思之后,想出一条断臂染雪的办法来。

二祖断臂图

腊月的一天,从清晨起,就下着鹅毛大雪,刮着"呼呼"的东北风,寒气入骨,滴水成冰。达摩禅师在佛殿内照常坐禅,神光也跟平常一样,侍立在殿外的冰天雪地里。时间长了,积雪埋住了双膝。他看时机已到,取下身上佩带的戒刀,狠心向自己的左臂砍去。只听"咔嚓"一声,一只血淋淋的臂膀掉落在雪地上。断臂以后,他仍不声不响地侍立在原地不动,从伤口流出来的鲜血把洁白的雪地染红了一片。

达摩坐禅完毕,走出佛殿一看,神光断了一只左臂,周围的雪都被染成红雪,慌忙把他搀扶进殿。这时,神光仍然谈笑风生,若无其事。达摩问道:"神光,你的左臂膀被谁砍掉了?"神光回答:"是弟子我自己砍的。""那是为什么?""我原来是个左道之徒,砍掉自己的左臂,是为了彻底同道家断绝往来!"达摩十分感动,问道:"难道不疼吗?"神光说:"弟子一心从佛,已经没有俗念,砍掉俗体之臂,自然是不会觉得疼的。"站在旁边的一个小和尚问道:"师兄,念佛只要心地虔诚就中啦,何必自找苦吃?"神光用眼瞅了瞅达摩禅师,才说:"师弟,你出去看看,师兄我的血是青还是红的。"小和尚不解其意,真的到佛殿外去看,回来说:"你的血是红的,把雪都染红了一大片。"

这时，达摩禅师不再犹豫了，决定让神光当自己的继承人。他说："神光，从今以后，你叫慧可吧，我把你当成嗣法弟子。"但他仍然没有说出"真正"二字。为啥呢？他认为佛祖禅宗选嗣法人必须慎重，所以，他还要对神光再考验考验才定呢。因此，他先传法衣，不传法器，亲自把一件棉袈裟披在神光左臂上，盖住了断臂的伤口。以后，和尚穿袈裟，披左肩，穿右肩，即是为纪念神光的标志。

当时，神光单手挡胸，口念："南无阿弥陀佛！"达摩禅师说："慧可呀，常言说伤筋动骨一百天。南山上有一片清净之地，你去那里养伤吧。等到百日期满，你的臂伤完全养好之后，心就炼成啦。到那时，我再传给你法器和真经。一百天时间不算太长，但劫难甚多，你可要经得起啊！"慧可问："师父，弟子我何时动身？"达摩禅师说："机不可失，时不再来。即刻起程！"说罢，达摩禅师站起身来，走出了佛殿。

慧可毫不犹豫，让自己的弟子觉兴搀扶着，冒雪顶风，往南山去了。

后人在神光立雪断臂的地方，建了一座亭殿，取名"立雪亭"。

（整理：韩有治）

李皇后护持少林寺

北周建德三年（574年）秋，周武帝宇文邕，让太子宇文赟在朝监国，自己则亲自同左丞相、大司马、隋国公杨坚，趁着北齐后主高纬荒淫无道，委政群小，民怨沸腾之机，带领十八万人马，以大将王轨为先锋，吊民伐罪，东征平齐。

兵进齐境，宇文邕就传下旨意：大兵过处，大小寺庙一概不留，大小宝塔全部推倒，所有佛像、天尊像一律毁掉，所有佛、道经卷全部焚烧，所有僧尼、道冠一概强令还俗，凡抗旨不从者格杀勿论。当年十月周武帝攻克齐京邺都（今河南省安阳市）时，北齐后主高纬携带冯美人逃亡，正在那里弘传禅法的达摩祖师两个高足和大部禅门子孙，都没能逃出此劫。达摩祖师的两个高足，一个是他的衣钵传人二祖慧可，一个就是在禅门中威望显著的昙林。周兵到来时，他俩不仅挨了毒打，昙林就因双手抱着一捆佛经不让焚烧，被大将王轨一刀砍掉了右臂，成了后来禅门佛徒尊敬的无臂林禅师。后来，慧可（他因断臂求法失掉一臂）和昙林两个独臂禅师，连夜带着惨重的伤势逃到了邺卫（今天安阳南面的汲县），才算保全了性命。

周武帝宇文邕为什么对出家人如此深恶痛绝呢？原来，他早在武成二年（560年），继承父皇明帝宇文毓即皇帝位前，就已看到出家的人和新建的寺庙一天多似一天，尤其僧侣几乎占去了人口的一半，成为国计民生的最大毒害。为此，他便产生了禁止国人信奉佛教的念头。登基做了皇帝后，又接到益州成都（今四川成都市）名叫卫元嵩的还俗僧人的一道灭佛表章，备述：佛、道二教可病国酿成巨祸，成为国家之大患。它可泛滥成灾，使国内田地无人耕种，老弱无人奉养；人口日趋减少，造成护国无兵员、库藏无粮粟、国家贫困、万民饥饿……实为亡国之祸源。周武帝读罢这通表章，当即拍案而起，随手挥笔写下一道圣旨："……断佛、道二教，经像悉毁，罢沙门、道士并令还民，三宝福财散给臣下，寺观塔庙赐给王公……"并调卫元嵩随旨进京，当殿晋升他为灭法总督，赐给尚方宝剑一口，逢到违旨者先斩后奏。

圣旨一出，卫元嵩带着5000人的灭法大军，就先从京都长安起手，不到两年时间，就使八州寺庙4

万多所,全部改作宅第;20多万座佛像、天尊像砸毁殆尽;500多万部经卷被付之一炬;300多万名僧尼道冠还俗成家,也有不少僧尼为避此难,不是流亡到江南,就是隐迹到民间,或钻进山林中躲藏。这次佛门劫难,竟成为我国佛教历史上"三武一宗"灭法中最惨重的一次。

周武帝宇文邕既然对信佛、道的出家人如此仇视,那么当他亲自带兵伐齐时又怎么会放过佛门呢?这天,大将王轨带领着一支人马,前来剿灭少林寺,一到山门前就是一阵鸣金击鼓,然后大声喝道:"少林寺僧徒听着,寺中老幼人等一律到山门前听候发落,谁若胆敢抗旨不出,定斩不饶!"谁知这样一连喊了三遍,寺内却无一人应声,也没一个人到山门前来,这下可真恼坏了大将王轨,他扭头向后一摆手,命令大兵冲进寺去,见人就杀,一个不留。众兵卒一听将令,"冲啊!"一声呐喊,纷纷挥刀挺枪直向山门冲来。当最前面的还没登上台阶,竟从迎门弥勒佛像后转出一位老尼,手里捧着周武帝的圣旨,大声说道:"周军听旨!"这一声喊,竟使气势汹汹的众兵卒,浑身打颤向后倒退了数步,王轨连忙上前,一看真的是武帝圣旨,也吓得目瞪口呆,"扑通"一声双膝跪倒在地,众兵卒见大将军尚且如此,便也一个个地跪在了少林山门之前。

这时,只听老尼读道:"大周臣僚兵卒听旨:日后兴兵伐齐,所有寺庙一所不留,但不得侵犯名刹——少林寺的一僧一尼,一草一木,违旨者家灭九族……"王轨听罢,站起身来,战战兢兢向皇上圣旨三跪九叩,行了君臣大礼。接着就丢下一千人马就地保护,不准有一人擅自进入少林寺。安排一毕,就带着大兵急急向东面去。

少林寺中这位捧旨老尼是谁?周武帝宇文邕要灭掉天下所有佛寺,为什么却独保少林?这里还有一段不凡的原由。

原来,这位老尼法名惠静,进少林寺出家已经十三年了。在她出家之前,原是周武帝宇文邕的结发妻子,当周武帝即位时就被册封为正宫皇后,又是武帝的皇储太子赟的生身母亲。这位本姓李的李皇后,当年权镇周室后宫,母仪天下,怎么又来到北齐境内的少林寺出家了呢?

事情就发生在保定元年(561年),周武帝宇文邕登基,立长子赟为太子,立赟母李妃入主中宫为皇后。帝后二人自幼结发,多年来夫唱妇随,相处十分和谐。想不到武帝一登大宝,北方突厥国主木杆可汗就派大臣前来同周室举行和议,结为睦邻友邦,并商订另择吉日,共同起兵讨伐齐国。议和联合伐齐商讨成功之后,木杆可汗亲自将爱女阿氏娜送嫁周主,又结成联姻之邦。木杆可汗送嫁爱女那天,周武帝亲自出迎于郊外,向木杆可汗行了拜岳大礼。

想不到阿氏娜虽出番族,却生得玉骨冰肌,面若桃花,秋波一闪,胜过巫山神女。武帝宇文邕一见便神魂颠倒,宠爱备至,送进云阳宫中,册封为淑妃。从此,君妃两人坐必同席,行必同辇,游必并马,一时一刻也不忍分离。周武帝不仅一连数月不进昭阳宫,把李皇后丢在脑后,还曾在云阳宫内流露出打算废李立阿之意。

本来深居昭阳宫的李皇后自幼向佛,一直对武帝灭法痛入骨髓,虽多次进谏,却无半点效用。这时,她日日夜夜空帷独守,没有事就拿佛经来消闷解愁,慢慢地对伴君主做皇后也心灰意懒,遂就产生了出家为尼的念头儿。只是国内佛寺已将毁尽,要出家就必须到北齐境内佛寺中去,于是就自然地想到了少林寺。但是,又怕周武帝日后兴兵伐齐,一旦大兵进了少林,玉石不分反遭其难。正在心想到少林寺出家的时候,又得到武帝打算立阿氏娜为皇后的消息,心里想:武帝要立阿氏娜,自己定遭贬逐,还要累及自己的儿子赟不能继承皇位大统,何如自己早一些引退出家呢?于是,更坚定了自己出家的信念。

恰好这天,武帝走进昭阳宫来,李皇后便趁机跪在武帝面前,情真意切地讲出了自己的心腹之言。

周武帝虽然历来对李皇后信佛不满,但在此时也觉得她知趣离宫也正合己意,这样也省得在废立时受到重臣阻挠的麻烦,到那时以阿代李也就顺理成章省事多了。于是,就顺水推舟应允了李皇后的一切要求,并为其做了假扮平民到北齐探亲的过境安排,又亲笔给写了这道《大兵不得犯少林》的圣旨,还在李皇后面前立誓终生不再废立太子,又亲自率领太子赟送她离了京都长安东去。

几天过后,周武帝宇文邕顺利地册立阿氏娜为皇后,入主了中宫。少林寺内方丈大和尚智藏大师也收下了一个女弟子,并为其取法名叫惠静。此后,一直过了十二年,周兵伐齐逼近少林,智藏大师深知周武帝灭佛甚切,眼看大祸临头,满寺僧徒忧心忡忡,自己也感到束手无策。正在坐等劫难到来之时,这位法名惠静的女弟子,才暗暗向师父透露了自己原来的身份,使智藏和尚大喜过望,连忙双手合十口唱阿弥陀佛,并连夜通知相邻的法王、嵩阳、嵩岳、会善诸寺的三百多名僧徒,带着佛经佛像来少林寺避难。所以,周将王轨带着大兵来到中岳嵩山,见大小佛寺早已空无一人,又听到僧徒们都到少林寺避难的消息,便发誓要血洗少林。他怎么也想不到,竟碰到了手捧圣旨的李皇后,连脚尖也没敢踏上少林寺的门槛。

当时,在少林寺中有一千多名僧徒,就这样躲过了这场浩劫。但是,佛门禅宗二祖慧可和昙林、尼总持等近百名在外弘传禅法的僧尼,却没有一个逃回寺内幸免于难的。今天少林寺中唐裴璀所写的《皇唐嵩岳碑》中,尚有"周武帝建德中,纳元嵩之说,断释、老之教,率土伽蓝,咸从废毁……"的记载。

周武帝灭齐三年后驾崩,太子宇文赟即位为宣帝,随即来到少林寺探望母亲。这时,这位法名惠静的李皇后,便眼含悲泪向宣帝一面哭诉武帝的罪恶,一面又劝谏尽力恢复佛教。周宣帝接受了生母的嘱咐,当即传旨在全国大兴佛寺,鼓励还俗僧徒重回寺院。并根据《诗经》"陟岵,孝子行役,思念父母也",改少林寺为陟岵寺,来表示自己的孝母之情。

(讲述:德根 整理:甄秉浩)

卓 锡 泉

少林寺南山有一座庵院,被称为"二祖庵"。庵院有苦、辣、酸、甜四眼井,被称为"卓锡泉"。相传是禅宗初祖达摩为二祖慧可留下来的。

话说神光立雪断臂,取法名慧可以后,遵照达摩禅师的法旨,去南山养伤、炼魔、觅心。起身时,下着铺天盖地的大雪,刮着倾山倒岩的西北风,真是风雪交加啊!山岭大地,积雪茫茫,哪有路呢?弟子觉兴搀扶着慧可,艰难地走在雪白的山坡上,留下了一个个深深的脚窝。他们闯过恶风口,爬上了梯子沟,足足走了大半天,才来到一个小小的平场上。师徒二人取下佩带的戒刀,砍来木棍,割来黄草,搭起了一座小茅屋,住在里面。

两天以后,云散日出,他们又在平场的西南边找到了一个平坦如案的大石头。觉兴说:"师父,你看这个石头多么平坦,以后就坐在这上边净心养伤,我按时把茶饭送来。"慧可也觉得这个石头很称心意,答应下来。从此,慧可天天坐在这石头上养伤、坐禅,觉兴也日不错影地把茶饭送到。

十天之后,达摩禅师拄着禅杖上山,来看慧可,见慧可不顾伤痛,已经在大石头上坐禅入定了。他在石头旁边站了好大时候,慧可全然不知。慧可坐禅完了,睁眼一看,师父到了,慌忙下来,把达摩让进草屋。达摩禅师问道:"慧可呀,你的伤还疼吗?"慧可答:"不疼。"达摩说:"好端端一只臂膀,用刀

生砍下来,能不疼吗?"达摩这样问,实在有意试测慧可的心。慧可说:"弟子到这里以后,一心觅心,心不觉疼,伤口当然也就不觉疼了。"

达摩满意地点了点头,又问:"还缺什么吗?"慧可不解其意,没有回答。达摩问:"有水吃吗?"觉兴说:"没有。"达摩手提禅杖,出了茅屋,这里瞅瞅,那里看看,选定了地点,把禅杖往地上一扎,"噗嗤"一声,一股泉水涌出地面。慧可一看达摩卓锡(立锡杖)成泉,慌忙施礼叩谢,说:"多谢师父赐水!"达摩说:"你们二人把井里的水吃干了,我再来。"说罢,就下山了。

达摩走后,慧可一尝,水是苦的,心里明白师父在继续考验自己,没有吭声。觉兴却说水苦不能吃,要到山下去取水。慧可阻止了他,说:"老禅师卓锡得泉,水最好吃。"觉兴执拗不过,也只好跟着吃起苦水来。

四七二十八天以后,苦水被吃完了。当真,达摩又上山来。达摩问:"水好吃吗?"觉兴抢先回答:"这井里的水苦得很哪!"达摩问慧可:"你也觉得苦吗?"慧可却不从正面回答,说:"师父,经书上不是说'苦海无边,回头是岸'吗?"达摩觉得慧可回答得很好,就转了话题,说:"这井水吃干了,我再给你扎一眼。"说着,他用禅杖在地上又扎了一个窟窿,泉水随着禅杖又流出来。达摩说:"这眼井水又够你们吃多天了。"

达摩下山以后,觉兴舀来一碗新井的水,喝了一口,"哇"地吐了出来,还把舌头伸得老长老长的,惊叫道:"哎呀,真辣呀!"可是,慧可毫无表示,又照常吃起井里的辣水。觉兴见了,只好也跟着吃。

又过了七九六十三天,辣井的水也被吃干了。达摩第三次又上山来,问:"这井里的水啥味道?"觉兴说:"辣得很哪!"达摩又问:"真辣吗?"慧可说:"真辣。"达摩有点不满意了,说:"既然已经知道水辣,你何必还吃呢?"慧可巧妙回答:"辣(来)辛(心),辛(心)辣(来)。不吃辛辣水,怎得辛中心呢?"达摩心里高兴,二话没说,出门又给扎了第三眼井,下山去了。

慧可和觉兴暗想:前两眼井水有苦有辣,这眼井水不知是什么滋味。他用井水做饭,一尝酸得很。觉兴说:"师父,俺师爷看着对咱很关心,其实,他一连给咱们扎了三眼井,没一眼是甜水。我看,他是有意为难咱们。"慧可说:"你小小的年纪,懂个啥?不吃苦中苦,哪得甜上甜?不吃辣井水,怎得辛中心?只有吃尽酸井水,就永不做俗酸之人了。"接着,他又说:"每次老禅师来问我,你总是多嘴多舌。下次可不准胡说八道了!"觉兴受到斥责,连声称"是"。

到了九十天头上,酸井的水也被吃干了。达摩上山一看,很高兴。他到屋内看,只见觉兴一人,便问:"你师父呢?"觉兴说:"在养臂台上。"达摩出门高喊:"慧可!"慧可听了,忙答应:"我在这儿!"达摩走近一看,见慧可仍在那大石头上坐禅呢,就说:"啊呀!好一座清净的炼魔台呀!"慧可和觉兴听达摩说这叫"炼魔台",觉得比自己叫的名字高,也改叫它为"炼魔台"了。

师徒三人回到屋里,达摩亲手脱掉慧可左臂上披的袈裟,一看伤口已经愈合结痂了,就说:"慧可,你的臂伤快好了,身上的魔气也快炼尽了,一百天劫难虽然不长,但你已把人间的苦辣酸甜滋味都尝遍,没有辜负佛祖禅宗的期望,我就把你定为佛祖禅宗的嗣法人。现在,我就把法器授给你。"说着,他便从怀里掏出一个大紫檀木钵盂,交给慧可,又嘱咐说:"慧可,百日劫难数还没有尽,你可要善始善终啊!"

慧可回答说:"师父放心,弟子一定信守始末。"达摩临走的时候,又问:"三眼井水都干了,剩下的这几天,你们吃啥哩?"慧可说:"请师父再施一眼。"达摩把禅杖往地上一扎,"突突突"甘甜的清泉水就冒了出来。他说:"苦尽甜来了。你们再尝尝,那三眼井的水,也成甜水了。"觉兴舀出来一尝,真的,四眼井里都是甜水。

后人就叫这四眼井的水为"卓锡泉",把慧可住的茅草房也修建成了"二祖庵"。

(整理:韩有治)

法王寺舍利塔

法王寺古塔院中,屹立着嵩山地区唯一的一座舍利塔,高耸入云,雄伟壮观。据大唐会昌五年(845年)《释迦藏志》记载,为隋文帝敕建。那么隋文帝何故在法王寺建造舍利塔呢?其中蕴藏着一个动人的故事。

相传北周柱国大将杨忠四十岁开外,晚年得子,喜出望外,阖家欢庆,遂取名杨坚。怎奈新生儿日夜啼哭不止,给杨忠夫妇平添上了一层阴云,日夜坐卧不安。为了给儿子消灾祈福,杨忠夫妇到处求神拜佛,但无济于事。婴儿满月那天,门首突然来了一位僧人,自称是法华寺的云游和尚,特来为婴儿消灾止闹。当时杨氏夫妇疑云不解,但为了给儿消灾止哭,只好礼请长老入宅。须臾,杨氏怀抱婴儿来到前庭,只见那位和尚不慌不忙,用右手掌在婴儿的头部摸了三摸,然后双手合十"阿弥陀佛",口称"施主",说:"令郎自有贵相,妙不可言,只是他佛缘未尽,眼下俗家不可久留,速将你儿送入佛教寺院,抚养成人。今日老衲送他一个玉石护身佛像,此乃'法中之王',让他终身佩戴,便可广种福田,遇难呈祥,日后必成大业,切记!切记!"话音未落,怀中的婴儿停止了哭声,仰面发笑,几乎笑出声来。杨忠夫妇回首拜谢大师,那位和尚早已无影无踪了。

第二天,杨忠夫妇确信是活佛再世,忍痛割爱,将幼子杨坚送入般若尼寺(今山西荔县境内)交与智仙尼姑抚养,并倾尽家中积蓄,捐赠寺院"兴寺养子"。

光阴如梭,转眼十年已过。杨坚天姿聪明,智力过人,在寺院内已经博览经书,悟通佛理。在杨忠夫妇的精心安排和供养下,他又投师学艺,习文练武,文韬武略无一不精。十九岁入朝为官,心怀雄才大略,志在大江南北,跨马征战边关,为国杀敌立功,很快成为北周的一员猛将。

有一次他在西域边界平叛的战役中,擒杀叛首,收复反兵,大获全胜,正待鸣锣收兵,突然坐下白龙马昂首长鸣,前蹄腾空,只见他浑身霞光万道,光芒四射,刹那间他的单骑已跃入异国境内,在场的官兵都看呆了。待他定睛看时,眼前是一座佛教寺院,早有天竺长老山门迎接。那位长老直盯着他项上佩戴的护身佛像,尽管佛光已收,但仍晶莹透亮,确认他是梦中的贵人,长老便请

法王寺舍利塔

杨坚进入寺院的密室相会。长老从内室捧出一包圣物,用华语口念:"阿弥陀佛!请贵人跪拜佛祖,接宝。"杨坚忙行佛门法礼,双手接过红布包,恭恭敬敬捧在胸前。长老对杨坚说:"此乃佛祖真身舍利,现在天竺国昏君无道,到处追抄佛门圣宝。昨晚佛祖托梦,今日当有项戴护身佛像的贵人前来接宝,

带回异国,可保平安。"杨坚听罢长老的话,恍然大悟,今日验证了智仙尼姑对他所讲护身佛像的妙用之处。他叩首拜别长老,翻身上马,回到了北周的国都长安,密藏了释迦舍利。

公元568年杨忠病故,由儿子杨坚继承北周公爵位。公元578年宣帝继位,任杨坚为上柱国大司马,独揽军政大权,进而他带兵攻占了北齐,统一了中国的北方。宣帝驾崩,公元581年,杨坚在百官的簇拥下,让幼主写退位诏书,他登上了皇帝的宝座,改号为隋。他当上皇帝以后,勤政务实,访贤纳士,寻求治国之策,一日他独坐御案,忽然想起父亲在世时曾对他讲过,嵩山法华寺和尚义赠他护身佛像从而终身受益一事,又想到在天竺国护身佛像显灵,想到如今虽已黄袍加身,但江南尚有半壁河山没有收复,属下官吏不规,民心未定。想到这里,他便巧装改扮,飞身上马,直奔嵩山而来。晓行夜宿,数日已来到法华寺院。

他站在山门前仰面观望佛寺:三面环山,群峰争艳,祥云缭绕,瑞气升天,突然寺院正中央红云罩顶,经久不散,杨坚心中明亮,自知是佛祖再次显灵,忙下马叩拜。山门沙弥欲待回禀方丈,中空大师已来到山门,双手合十,称:"阿弥陀佛!老衲特来接驾。"杨坚看看山门前并无他人,回首看看自身,平民打扮,身份已被大师识破,真乃世外高人!他手拉法师臂腕,口称:"平身!今日我们佛缘相聚,当免君臣之礼。"二人并肩同行,到大雄宝殿参禅拜佛已毕,步入方丈室,推心置腹,谈笑风生。杨坚右手托起胸前的护身佛像,说道:"此宝是贵寺长老相赠,家父嘱咐随身佩戴,终生受益。长老临别对家父说,此佛像名为'法中之王',今日特来请教!"中空法师笑而不答,杨坚在方丈室仰面看到有两副条幅悬挂在墙壁上:上首"如来佛法驾嵩阳地",下首"汉明帝钦封法中王"。

观罢条幅,隋文帝顿时开悟,原来是法华寺佛祖现身杨府,指点迷津,赠送宝佛,又多次显灵相助,于是对"法中之王"更加尊崇。今日在法华寺院又结识了中空法师,二人情投意合,彻夜长谈,从天文地理、世俗民情到治国安邦,无所不及。当谈到北周武帝于建德三年(574年)下令废除佛道二教,全国寺庙遭到空前的毁灭时,中空法师指点文帝:"抓住时机,重振佛教,以佛教的宽容精神为旗帜,收揽天下人心,招兵买马以平天下。"文帝遵照中空法师的做法,励精图治,大兴佛教,民众归心,天下大治,物丰粮足,兵多将广,于公元589年一举歼灭了江南的陈国,结束了三百年来的割据战乱局面,全国复归,一统江山,隋文帝终于完成了统一中国的大业。

数年后一个中秋的夜晚,隋文帝携皇后在御花园散步赏月,突然间一道金光,划破了天空,红光中一张谏帖,自空而降,飘飘落地。隋文帝顺手拾起谏帖,只见上面写道:

身为当朝九五尊,四海升平有道君。
天竺沙门赠舍利,高筑宝塔供遗身!

四句谏语看罢,隋文帝心如明镜,显然又是佛祖指路,遂下《隋国立舍利塔诏》。法华寺舍利塔奉诏由皇家拨款兴建,隋仁寿元年(601年)动工,仁寿二年(602年)竣工,该塔呈四角抛物线形建筑,空心正方形,15层35.687米,雄伟壮观。隋文帝即派智教大师将佛祖真身舍利,送到法华寺舍利塔内供奉,以报法华寺佛祖、高僧护身显灵、开示之恩,同时又下诏将法华寺更名舍利寺。舍利塔历经1400多年的风云历史,完好无损地矗立在法王寺古塔院中,塔与舍利并存,载入史册,万古流芳。

(整理:高春仁　赵致和)

会 善 寺

隋文帝开皇年间,嵩山一带,连遭了几个灾年,还有"大家病"(即传染疾病),逼得老百姓饥饿难忍。洛阳的梅知府,亲自来嵩山地区,视察灾情。

他来到嵩山东的几个村庄,见那里的老百姓身强力壮,庄稼活一点儿也没有丢掉,就问他们是什么原因。老百姓说,有个张善人,散给他们一张"强身方",他们照着这个方儿去做,身体就结实了。知府问:"是什么方儿?"老百姓说:"灭苍蝇,喝滚水(开水),大蒜一天吃三枚。"梅知府听罢,就把这个方儿记下来,问:"张善人住在什么地方?"老百姓说:"山下精舍。"

梅知府来到嵩山南的几个村庄,见那里的牛羊头头肥壮,他很吃惊。大灾之年,牛羊肥壮,一定有什么巧方儿。他问村中老百姓,百姓说:"有个王善人送给一张肥牛羊的方儿:'夏季炎热入伏天,4斤韭菜揉斤盐,一把一把喂牛肚,一月3次不间断。'"伏天炎热,每天用盐揉韭菜喂牛羊三四次,牛羊能多喝水,多吃草,自然就肥壮起来了。梅知府听罢,就把这个方儿记下来。他问老百姓:"这个王善人住在哪里?"老百姓说:"山下精舍。"

梅知府来到嵩山西的几个村庄,六月里谷子成熟了。金黄金黄的谷穗,一把粗,沉甸甸的。梅知府高兴得大笑。有这种早熟谷子,灾荒年可以早接嘴,老百姓就不挨饿了。他问当地百姓谷种子是从哪里得来的,老百姓说有个李善人送给他们的。李善人说:"五月早(一种早熟黍子),六月黄(一种早熟谷),灾年种它不饿肠。"梅知府听罢,就把这几句话记下来,问:"这个李善人住在那里?"老百姓说:"山下精舍。"

会善寺山门

梅知府一路打听才知道,在太室山南麓的积翠峰下,北魏孝文帝元宏在那里建造了一座离宫。以后,有个澄觉和尚,占据了这个离宫,作为他的"精舍"。后来澄觉死了,人们还称这个地方叫"山下精舍。"

梅知府视察完毕,特意带着随从人员,来拜访这三个善人。当他们走到积翠峰下一看,这里确实是个山清水秀、鸟语花香的好地方,就是"山下精舍"不精了,破损得不像样子。梅知府走进院中,见东厢房门前,坐着一位穿圆领僧衣的和尚,戴着老花镜,在看药书。西厢房门前,坐着一位穿圆领僧衣的和尚,在炮制草药。北房屋门前,站着一位穿圆领僧衣的和尚,在摊晒五谷。这三个僧人论年纪,都过半百,可是精神好,气脉足,红光满面。

梅知府走上前去,问他们的姓名、年龄、干什么活。三个老和尚看看知府,不言不语,只是点头微笑。梅知府再问他们，他们还是不言不语，只是点头微笑。没有办法，知府只好让他们写出来。

这三个和尚一同指指知府，指指手掌，梅知府领会了他们的意思，知道是让自己也把来干什么写在手心上，于是他们都在手心上写起字来。

写好以后，四个人一同把手伸出来。三个老和尚一看，知府手心写个"会"字，意思是会见他们来了。梅知府一看，见三个和尚的手掌上，各写了一个"善"字，意思是说他们都是行善之人。梅知府拉住他们的手，点着头大笑起来。

这时候，三个和尚清楚了知府的来意，都说起话来了。一个说他是从五台山来的，一个说他是从九华山来的，一个说他是从长白山来的，三个人要在这里建造佛寺，塑金神像，讲经说法，请知府大人资助他们，并请知府起个寺名。梅知府听后，答应了他们的请求，就将四人手中写的字连起来，题为："会善寺。"

（整理：王二河　袁颖敏）

地藏菩萨坐正殿

踏遍大江南北，纵观华夏佛寺，地藏菩萨均在寺院的偏殿落座（九华山除外）。而嵩山法王寺地藏菩萨却在中轴线坐上了正殿。这是因为除了法王寺是他的第二道场外，还有一个精彩的传说故事。

据传，唐太宗李世民于贞观三年（630年）游嵩山来到了法王寺。他夜间做了一个噩梦：十殿阎君把他带到阴曹地府欲加之罪。行进途中，穿堂越院，光怪陆离，忽明忽暗，阴森可怕。十八层地狱上上下下种种酷刑，他看得清清楚楚。他心中暗想：难道是我开创大唐基业屠戮生命太多，罪孽深重，阳寿已尽，命该如此，临死还要受到重重惩处不成？正当他思绪万千，心神不宁，极度恐怖之际，地藏菩萨现身来到法王寺，挡住了十殿阎君的去路。只见她端坐莲花盆中，双手合十，头顶金光四射，口中喃喃道："各位殿下慢走，我有话讲：唐天子今日虽然阳寿已尽，念他开创大唐基业，九九归一，四海升平，有治国安邦之志，护法理政之才，何不开恩赦免其过，让他治理天下，保民太平？"说罢，她挥笔为唐王添寿三十年。十殿阎君听了地藏菩萨的话，觉得国家历经战乱，百姓渴望国泰民安，眼下尚无明君出世，何不就此送个人情，以安抚天下万民？经过一番议论，他们决定采纳地藏菩萨意见，把李世民送回唐宫。李世民回头拜谢十殿阎君大赦之恩，急忙伸手搭躬作揖，原来是在梦境。

第二天，李世民确信无疑是地藏菩萨显灵救下了他的性命。他传下圣旨，在法王寺大雄宝殿后给地藏菩萨盖了正殿，并隆重举行祭拜大典，还把法王寺更名为功德寺。地藏菩萨殿的格局是：地藏菩萨坐中间，十殿阎君坐东西，地狱酷刑墙上画，警告世人善事行。

从那时起，国内佛寺都把十殿阎君塑像逐步增塑在地藏殿内，使佛教圣地平添一景，成了禅道归一的殿堂。法王寺则成了名副其实的地藏菩萨第二道场。千百年来，香火旺盛，代代流传。每年农历七月十五至三十是地藏菩萨的法会，届时全国各地僧俗信徒，云集法王寺，虔诚朝拜地藏菩萨，祈福、祈寿。

（整理：李福盛　赵致和）

四 祖 墓 塔

在少林寺的塔林中,有一座九层塔,人称"四祖墓塔",是佛门第四代禅宗道信祖师的墓塔。传说这座墓塔是唐太宗李世民为他建的。唐太宗为啥单为四祖道信建个塔呢? 说来话长。

四祖道信八十四岁那年,一天接到唐太宗李世民的一道圣旨,叫他到朝里享受供养。道信一听恼了,提笔在圣旨上写了四句诗:

佛门重义不重利,
洛城烽火随流去。
何言相请受供养,
请看谁家为第一?

道信为啥写这样四句诗呢? 因为,唐太宗下过一道圣旨,向天下宣告道家第一、儒家第二,把佛家排在了第三。道信认为李世民这个排法是忘恩负义,把少林寺十三棍僧在洛阳救驾的事给忘了。既是这样轻看佛门,到朝里享受供养有啥意思呢? 钦差见道信这样傲慢,很是恼火,忍着气叫道信随他进京。道信对钦差说:"人去心不去,去了有何益?"钦差没办法,只好回京交旨。

唐太宗看了道信的四句诗,听了钦差的回禀,感到对少林寺佛门心里有愧,又给四祖道信写了封请求原谅的信,要道信必须进京享受供养,来补他往日的不周。

道信看了唐太宗的这封信,对钦差说:"请转告皇上,老衲年老多病,走不动路了,不能进京。"

钦差又回京把道信的话禀给唐太宗,唐太宗又吩咐钦差说:"你带上一顶轿,他走不动路,就把他抬进京来。"

钦差带着轿,第三次来到少林寺,对道信说:"圣上旨意,说你走不动路,请坐轿进京。"

道信说:"那可不行,坐轿会把老衲这把骨头摇晃零散的。一定要老衲进京的话,就把老衲的头砍下来带走吧!"

钦差没法子,只好又回京交旨,还说:"那个老和尚古怪得太不近人情啦!"唐太宗听了也很恼火,随口说:"好! 你就去把他的头砍来见朕吧!"说罢,给他一把刀。钦差接过刀要走时,唐太宗又小声交代道:"这回是叫你去吓唬他哩,能把他请进京就算了,可千万别伤着他呀!"

钦差再次来到少林寺,见了道信,拔出刀说:"这回你进京不进京? 再敢抗旨,皇上说了,拿你的头去见圣驾!"道信笑了笑,说:"那好啊! 老衲这辈子虽说心不进京,让脑袋去见见圣驾,也算是一件不容易的功德啊!"钦差一怒,把刀举了起来。道信眼一闭,伸着头等死。

钦差见道信真要让他砍头,把刀又收了起来。道信等了一会儿,抬头一看,刀收回去了,生气地说:"你咋不砍呀? 皇上的金口玉言算数不算?"到了这个地步,钦差只好说了实话:"老禅师,这是皇上叫我吓唬你哩,只要您进京就好,请息怒。"道信说:"哦,原来是这样。"他想了想,又说,"好吧,明天老衲给你个回朝交旨的办法。"

第二天一早,全寺僧人早课佛事做罢,四祖道信很郑重地对弟子弘忍说:"你去给钦差说一声,就说老衲不进京,只为知道自己不久就要走了,请他代求圣上为老衲修座塔,也就感恩不尽了。"

钦差走后,四祖道信把达摩祖师传下来的衣钵法器传给了弘忍,弘忍成为少林佛门禅宗的第五代祖师。

唐太宗听了钦差这次回京的禀报,也不再勉强叫四祖道信进京了。他按四祖道信的请求,立即派工匠在少林寺为他修了一座九级宝塔。宝塔修成不久,四祖道信就圆寂了,五祖弘忍把四祖道信留下的法身安葬在塔下地宫里。

(讲述:释德正 采录:甄秉浩)

唐僧的传说

洛阳东南的白云山下,有一风景秀丽、绿水潺潺的小村子,这就是玄奘法师、俗称唐僧的故里陈河村。

唐僧是我国有名的佛学家、翻译家、旅行家。他不但闻名全国,而且也为印度、巴基斯坦一带的人民所熟知。自从出了唐僧以后,唐僧故里的人们更为此感到骄傲与自豪。

在陈河村一带,流传着许多关于唐僧的传说故事。

一、唐僧出家

玄奘出家

陈河村,原名陈家谷。唐僧未出世前,这里荒草一片,豺狼出没。山上白云笼罩,深谷黑雾弥漫,人们过着凄凉、悲惨的日子。

这年春天,从缑山上飞来一只凤凰,落在陈家谷南的高台上,连叫几声,展翅飞去。随即,霞光万道,黑雾消散,白云逃遁,整个山谷充满了瑞气。

这时,在村中间陈家院上空,升起了一片白光。陈家一个婴儿落地了,这个婴儿就是唐僧,父亲给他取名祎儿。人们觉得这个孩子有点来头,将来定能干一番事业,就把祎儿家门口的小溪,改叫"陈河",陈家谷改称"陈河村",把落凤凰的这条沟称为"凤凰谷",谷南边的高台,取名"凤凰嘴"。

祎儿自小聪明过人,长得眉清目秀,很惹人喜爱。他很小的时候,父亲就去世了。由于家里穷,读不起书,他只好到寺院里去听老和尚讲经。时间长了,再加上他记忆力强,很多经卷已经能够背下来了。

一次,他路过白鹿寺,又到经堂门前听和尚们讲经。不一会儿,住持长老向小和尚提问,众僧面面相觑,无言对答。这时,站在门口的祎儿脱口而出把经文背了出来。老和尚非常惊异,忙走下讲坛,仔细打量,见他穿着虽然粗陋,却相貌堂堂,眉宇间还流露出一股英气。老和尚满心欢喜,劝他入寺。祎儿回家和母亲商量,母亲就把他送到寺里出家,当了和尚,法名玄奘。

时间不长,玄奘就成了出类拔萃的人物。有时,他提出的问题,连多年讲台上的老僧也回答不上来。他得到老和尚的赏识,被推荐到当时全国有名的几座寺院去学习。后来,玄奘为了寻求佛教的真经圣谛、开阔胸怀,就历尽千辛万苦,长途跋涉,到印度去取经。

二、稀柿胡同

在陈河村一带的人们,常把泥泞的道路,说成是"稀柿糊涂"。这与唐僧回故里有关系。

唐僧印度取经回来,就带着众徒儿回家探望久别的母亲。

那时,这一方,地面宽阔,人烟稀少,平原、山岭到处都是柿树。秋末冬初,枝叶凋零,满山遍野的瓜果,很少有人采摘,成熟的柿子落了一地,根本没法下脚,还散发着难闻的气味。唐僧师徒走到这里,感到实在是寸步难行。

这时,只听猪八戒说:"师父,这一次归家探亲,徒儿没有好礼物孝敬高堂,也没有别的本事,就是力气大,待我给你们前边开路,也好让师父早会儿到家。"说罢,他前蹄抓地,后脚用力蹬,头一低,用他那足有尺把长的嘴,拱起地来。他一边走,一边拱,身后翻起两道土垄,便有了一条平坦的深沟,足有几十里长,直通陈河。

他们师徒就顺着这条蜿蜒曲折的新壕,向家乡走去。以后,人们把这条沟叫作"四十五里稀柿胡同"。

这一道沟拱下来,路是好走了,但猪八戒的嘴磨短了几寸,就成了现在的模样。由于猪八戒拱沟时,烂柿子的酸味把他呛坏了。从此以后,他怕酸味。直到现在,猪还是"吃臭不吃酸"。

三、倒流河

且说唐僧一去西天,多年未归。他母亲在家日夜思念,忧郁成疾,贫病交加,不久,便离开了人世。

唐僧到家,得知母亲过世的消息,悲痛不止,立即带着徒儿,与族人同去母亲坟上祭奠。沙僧牵着马,悟空在前边察看动静,八戒手执耙子探路。唐僧随众乡亲,沿着深谷向前找去。

走到他母亲安葬的地方——凤凰嘴下,因为时间已过了十多年,加上荒草齐腰深,坟墓又经风刮雨淋,已很难寻找了。

谁知就在他们走过的地方,所有的马蹄窝里涌出了一股股泉水,淙淙直流,水势越来越大,便成了一条河。

这时,悟空说:"师父,你来看。"大家顺着他的手望去,只见大水下,有一个土堆,虽然水高于土堆,但土堆周围却没有一点水。他们再一细瞧,土堆前,有一石碑,上刻"陈母坟"三字。师徒四人,上前一

步,向水打躬施礼,水立即退了一截儿。于是,他们来到墓前,虔诚地举行了祭扫仪式。

这一条河,说来还有点奇怪,多少年来,不管是山洪暴发,还是河水猛涨,陈母坟虽然临近水边,可是水总到不了坟上。

原来,这条自东而来的河,不敢冲撞陈母坟,只得向南流去,再向西,而后折向北。转了这么大的一个弯子,又自东而西,故人们叫它"倒流河"。人们把马蹄窝里出水的地方叫"马蹄泉"。

四、晾经台

唐僧扫墓祭母之后,又跨上白马,去看望他从小出家的白鹿寺。谁知凡马踏过的地方,照样还是涌出水来,形成了滔滔河流。

到了柏谷坞这个地方,唐僧忽然发现马身上的经卷被水溅湿了不少。这是他多年的心血结晶,怎能轻易弄坏,于是勒住了马头,赶快把经卷卸下来。悟空、八戒、沙僧急忙把经卷抬到高台上。因而,台上的观音寺,便被人们改称了"晾经台"。人们又在台上前面修了殿堂,并在墙壁上塑了唐僧西天取经的故事。来这里烧香敬佛的人,更是络绎不绝了。

再说马蹄踏出水的这条河,由此流淌起来,天气再干旱,也总是波浪汹涌。后来,历代传递公文的人役,只要是在这里弄湿了公文,可以不追究责任。一是因为这里水流湍急,二来呢,佛法高强的唐僧都湿了经卷,何况凡夫俗人呢?

五、八戒扒河

唐僧的马踏出水后,马也受惊了,顺着古老的马涧,奔驰而上,向东南飞腾,直跑到佛光寺前。马跑过的地方,又形成了一道"马跑泉"。

河水越流越大,水越聚越深。唐僧看势不妙就念起咒来:"水从虚里来,还到虚中去。"霎时,大水又不声不响地从地底下流走了。这就成为这一带著名的"马涧水声",只听到水声,看不见水流。

不过,在河身最下边的一段,还聚着很多的水。八戒急了,用耙子向东南、西北猛扒了几下,扒开了个口子,潭水便注入了伊河。八戒抡起耙子再扒时,因用力过猛,耙头掉了,耙齿也断了一根。从此,人们把这个地方叫"扒头村"。当地群众用的所谓十齿耙子,也只有九个齿了。

唐僧回到白鹿寺后,同师兄弟畅叙了离别之情,给他们述说了在西天取经路上遇到的艰难险阻,并讲述了佛教的来龙去脉。众僧听了,都佩服得五体投地。

在长老的主持倡导下,白鹿寺改为"唐僧寺",并修建了大殿,塑了一丈高的唐僧佛像。从此,"唐僧寺"香火更加旺盛,方圆几十里的人,都来这里朝圣拜佛。

唐僧死后,就葬在寺的西北边。现在,大殿两壁上画的唐僧取经故事,还依稀可见。

(整理:康仙舟 周跃洪)

破经山与龟山

新密城南三十里有道马河。沿河一边有座破经山,另一边有座龟山,两山遥遥相望。

相传,破经山原来叫无胜山。当年唐僧、孙悟空、猪八戒、沙僧师徒四人,从西天取经回来路过此山。突然黑云翻滚,不多时下起了瓢泼大雨。他们取的经不小心被雨水淋湿了。雨过天晴时,就在这无胜山的大石头上晒起经来。

就在这个时候,从东海岸上过来一只大乌龟精。它看见唐僧在河西沿上晒经,孙悟空又不在,就想把经夺走。它吸干了马河水,行起了黄风,把个无胜山吹得天昏地暗,日月无光,飞沙走石,经卷飞扬。大乌龟精趁此机会,一口气把经收拢回来。正在大乌龟精欣喜若狂时,只见西边天际悠悠荡荡飘过来一朵彩云,原来是孙悟空化斋而归。他拦住云头,火眼金睛一扫,认出是大乌龟精在作怪。"看棒!"孙悟空一棒下去,打得大乌龟精眼冒金星。大乌龟精与孙悟空,战了七七四十九个回合,力不从心,且战且退,退到河东岸忙把经卷吞到肚内。

孙悟空抄起金箍棒,照着乌龟精的致命之处——脖子,"当啷"一棒,把大乌龟精打翻在地。孙悟空从乌龟精脖子里只掏出了还没有咽到肚里的一张经卷。这张经卷上只写着"阿弥陀佛"几个字,直到今天,人们遇到可怜或可喜的事时,都叫声"阿弥陀佛"。

无胜山从此改名为破经山,不知名的大石头就成了晒经台,被孙悟空打死的大乌龟精也变成了一座山,人们叫它龟山。

(讲述:阎芝树 整理:崔长发)

净 土 寺

传说,净土寺先时很大,寺中设有僧官,管着附近一带的僧院,连少林寺里的和尚都归这儿管。

当时,僧人有个法名叫长捷的,俗名叫陈素,家住洛阳缑氏,就是现在的偃师县缑氏乡陈河村。陈素的父亲本来是当官的,当过陈留令,后来看隋运将衰,遂淡泊仕途,一心向佛。这陈素弟兄四个,他排行老二,他最小的弟弟叫陈祎。陈祎小时候常常跟哥哥到净土寺来,跟哥哥学习佛经,到 11 岁时,诵起经来已经有板有眼,十分流畅了。

那年,皇帝下旨,派大理寺卿郑善果来洛阳剃度二十七名和尚,陈祎也报了名。当时要做和尚的人不少,陈祎因年龄小未被录取。他心里很难过,就时常去郑善果下榻的地方溜达,想碰碰机会。也巧,有天郑善果注意到了门外这个小孩,一问,听说是要当和尚的,就十分惊奇,问:"你为什么小小年纪就想出家呢?"

陈祎毫不怯生,朗声说:"我要做如来的继承者,使佛教的教义发扬光大。"

郑善果听了又惊又喜,望望陈祎的相貌,说:"这孩子虽然年幼,风骨却奇,若能入住释门,必为栋梁。"便破格录取了他。从此,小陈祎就在净土寺出了家,取法名"玄奘"。

当时,净土寺有几位法师,或是讲起经来废寝忘食,或是论起经义滔滔不绝,旁征博引,饮誉东都。玄奘虚心向他们学习,到十三岁时,已能升座像法师一样讲述《涅槃经》,声音抑扬顿挫,动听悦耳,分析细致透彻,通俗流畅,让全寺的和尚都十分惊讶,佩服郑善果慧眼识人。

后来,为求深造,玄奘才离开净土寺,周游各地,求名师访益友,再后来西行佛天,拜求真经,谱写出感人的《西游取经故事》,被誉为"唐僧",名传千秋。

六祖手植柏

少林寺西北1公里的阜丘上,有座院落。院落中间有座大殿,殿门上雕刻着这样一副对联:"在西天二十八祖,过东土初开少林。"这座殿宇,就是初祖庵。"初祖"指的是达摩,"西天"指的是印度。达摩在印度时,是释迦牟尼第二十八代佛徒。"大开"之年,达摩传经来到少室山,开创少林寺,人们称他为"初祖"。在初祖庵大殿东南角,有一株柏树,高有六七丈,粗有丈余。这棵柏树枝叶繁茂,生长旺盛。柏树下有清圣祖康熙八年石碑一座,上刻"六祖手植柏从广东至此"十个大字。

传说,历史上少林寺有个和尚,法名慧能,此人手粗脚笨,心眼实诚,按少林寺说法,是个标准的"务下僧"。"务下僧"就是勤务僧人。从达摩起,论资排辈往下传,慧能为第六代佛徒。当时少林寺僧众几百口,第六代佛徒就有七八十人。

那时,少林兴"三柏",就是柏珠、柏酒、柏露。柏珠就是用柏木做的佛珠,柏酒是用柏叶浸的酩酒,柏露是拭眼明目用的柏露。这"三柏"并非一般柏树可做,必须是广东罗浮山的柏树,做出来才算是正宗。所以少林僧侣在言谈话语之中,都说要到广东罗浮山采"贵"。

有一年,少林寺有七十二个僧人受戒。受完戒,方丈让受戒僧报名出外"游方"。"游方"就像现在的旅游。七十二个人只有六十六个报名出外"游方"。六十六个人中有六十五个人报名在千里之内,只有慧能报名要到广东罗浮山去"游方"。大家一听,吓得目瞪口呆,都知道慧能识字不多,手头上没积余。方丈和尚问他:"你凭什么去广东呢?"慧能从住室里提出一个挎篓、一把佛铲、一只佛钵。大家一看,笑了。慧能说:"师兄弟们,我就走矣!"说罢,他背起佛铲,带上佛钵,走出山门去了。

时间不到两年,六十五个外出游方的僧人先后都回到了少林寺,唯有慧能没有回来。方丈和全寺僧人都很焦虑,背地里竟有人说:"慧能一定是饿死到外面了。"

其实慧能没有死。自从他走出少林以后,便开始"赶斋""挂单",游寺串庵,有"经"便取,无经行路,有时赶不上到寺、庙、庵、堂食宿,便到俗家去化斋,甚至吃山果,啃瓜菜,风餐露宿。他日行百里,夜走八十,翻山越岭,绕河转谷,年余时间,慧能来到了广东罗浮山。

山上,松柏成林,竹梅相映,慧能进入了罗浮山,便问柏珠、柏酒、柏露之事。当地人说,贵柏在迎客峰上边。慧能背着挎篓,攀荆登崖往迎客峰上爬,最后来到峰顶。峰顶翠柏遮天,香气扑鼻,酿酒的、采露的、做珠的工匠很多。慧能想:"我即使把珠、露、酒带回去一篓,可总有用完的一日呀!不如把香柏带回少林寺去,育活以后,柏株、柏酒、柏露不是都有了吗?"于是他便进山寺请长老赐给他柏苗,山寺长老说:"求柏苗的人太多了,每人只赐一株。你是少林寺僧徒,不远千里,来到这里,赐你三棵,好生带回。"慧能接住三棵柏苗湿了根包了土,放在挎篓里,与山寺长老施礼罢,就北上回少林寺来了。

走到南雄小海关地方,遇到了一场暴风骤雨,他一连被风刮倒几次。有一次风把他与挎篓刮到数丈远,当慧能起身抱篓子时,三株柏苗不见了。他冒着风雨找呀找呀,最后只找到了两株,另一株无踪无影了。他把这两株柏苗包好根儿,放在挎篓里仍往北走。

又走了好几天,他来到常德柏枝台地方。那里有条小河挡住了去路。他放下挎篓,到河边去洗脸,正遇牧羊人,赶了一群羊来河边饮水。他向牧羊人问路,一时不慎,柏苗被羊吞进嘴里,慧能赶忙去夺,三打两拽,两株柏苗夺出来一株,另一株已被羊吞进肚内。慧能连打唉声,牧羊人看到这种情况,连连道歉,慧能说:"哑巴畜牲,怨不得人。"他把仅有的一棵柏苗湿湿水,裹裹土,脱下来一件僧衣包起来,放到篓里背着又朝前走了。

这时候,要说身体主贵,还没有柏苗主贵。慧能走走看看,又怕柏苗被日头晒着,又怕被风刮着。为了把贵柏栽到少林寺,慧能日夜兼程往回赶。

六祖手植柏

又走了几个月,一天来到新野县郭滩,他住在一家客店里。夜里在店房睡下以后,便说起梦话来:"篓里破衣衫裹珍珠……内中有宝啊……"店房掌柜是个"三只手",爱占小便宜,好偷东西。他听见慧能说的梦话,就悄悄从背篓里把"宝贝"取出来,藏在门后。藏好后,他去睡了。谁知这个店房掌柜也说梦话。当慧能五更醒来时,店房掌柜正在说梦话,"和尚!宝贝到我手……门后……"慧能一听,蹑手蹑脚地把柏苗拿过来,往背篓里一放,轻轻拉开门栓,大步登程了。

二月二这天,正是三年前少林寺66个游方僧出门的日子,全寺僧众正在吃"龙抬头饭",务下僧慧能背着挎篓回来了。一声喊,百声应,全寺几百个僧众一听说慧能从广东罗浮山归来,都围上来看他带的柏珠、柏露、柏酒。慧能说他没带这些东西,众僧不信,一定要看。慧能把柏苗拿出来,大伙哄堂一笑,散了。慧能把游方的经过向方丈一说,方丈知道这棵柏苗是贵柏,忙叫慧能去栽。慧能为纪念初祖达摩,把这棵贵柏栽在初祖庵前。经过精心管理,贵柏终于在少林寺扎根生长。

(整理:王鸿钧)

石僧迎宾

去游少林寺的人,不论坐车或是步行,刚到波光粼粼的少林水库东南,就看见对岸瓦旋坡石崖旁,有个石僧在双手合十迎接你了。他是谁?人们都叫他石头和尚。可是你刚转过弯,到水库的北边,再

看他时,他已经不在了,只留下一堆石头。他去哪儿了呢? 有人说,他去寺里禀报去了。

他就是少林寺的年轻和尚觉兴。一千多年前,因为犯了佛法,被二祖慧可逐出寺院,定在瓦旋坡下,化为石僧。传说,石僧觉兴是有灵性的,他看到寺院日益兴隆,尤其隋末十三棍僧救秦王、被唐太宗嘉奖昙宗等人之后,少林寺闻名天下,他无时无刻不在想着回少林寺。但是,寺里总不收他。

觉兴听说,六祖慧能强调修行要"真如",或叫"身心一如",就是内心修性,只要自己内心觉悟,任何人随时都可以成佛,甚至连刽子手也可以放下屠刀,立地成佛。他想:自己虽然犯了佛规,但只要知过改过,一样可以入寺修性成佛。因此,他决心解脱,为佛门作出贡献。

但是怎样作出贡献呢? 自己虽然已经化成了石头,但灵魂是可以游走的。觉兴看到经常有游人路过对面丛林,到少林寺去观光游览,就想为他们导游引路。但这样又往往把人吓跑,人们说:"咦! 石头成精了,咋敢跟着精气走!"因此,觉兴只有远远地站着,双手合十,口念"阿弥陀佛",表示他的一片诚心。

一天,觉兴看见对面丛林中旌旗飘飘,车马粼粼,鼓乐开道,卫士列阵,好不威风! 一打听,才知是唐高宗携皇后武则天驾到,他赶忙飞身回寺向住持禀报,寺内马上准备迎驾。高宗非常高兴,在游乐中为寺里以飞白书题字壁上,武则天也为亡母造塔立碑,给和尚赏赐财物。少林寺住持也很高兴,和尚们都说觉兴立了功。

此后,觉兴不计较寺内寺外,一天到晚,一年到头,白天黑夜,春夏秋冬,他都站在瓦旋坡下,忠于职守,迎接着来少林寺的游客,并要回寺里去禀报,直到今天。

(整理:耿直)

破 灶 说 法

唐朝乾封年间,有个不知姓名和法号的和尚来到嵩山隐居,经常列席会善寺的法会,旁听道安禅师说法。他常来常往,始终一言不发,久而久之,悟得了佛法要领。

距离无名和尚隐居的地方不远,有一座小庙,庙虽不大,神却很灵。前来烧香求神的人,有许多是在山上猎杀野生动物,作为敬神和供食。无名和尚听说了这件事,以为是杀生犯戒,心中不乐。一天,他带着两个徒弟去看究竟。他来到庙里一看,里面仅有一个用泥瓦砌成的炉灶。仔细察看以后,他得知以往那些被猎杀的野生动物,又都是在这座炉灶上烹炒熟以后才供奉神灵的,一时怒火升起,举起禅杖便打,还边打边问:"你这个用泥瓦砌成的炉灶,圣从何来? 灵从何起? 竟敢胡乱烹杀那么多生命!"他连打带问数声,炉灶没有任何反应。无名和尚越说越有气,用禅杖狠狠敲打。因为用力过大,把炉灶打破堕落在地。刹那间,一个身穿青衣、头戴峨冠、面目清秀的道人站在面前。无名和尚问道:"你是什么人? 站在我面前干什么?"青衣道人给无名和尚深施一礼,说:"我是这座庙里的灶神,已经在这里修炼多年,时至今日,才听到师父你讲无生之法,使我得到解脱,特意显身,当面叩谢。"无名和尚听了,觉得青衣道人虽然悟法得脱,但还没有达到最空境界。于是,他又深入说法,启发道人,说:"你今日所以得到解脱,并不全是我说法之力,而主要的是你本性自有。"青衣道人听了,马上心领神会,彻底悟解了佛道无生法要。他二话没说,笑眯眯地给无名和尚施礼后,隐身而去。

跟随无名和尚来的两个小徒弟,把刚才的情形看得一清二楚,对师父产生了埋怨情绪,说:"师父,我们二人辛辛苦苦侍候你多年,不能得到佛法真传,一个破炉灶有什么功德,竟然一见到你就获得解脱?"无名和尚说:"我天天都对你们两个说法,可惜你们二人执迷不悟。今天,我只说他是泥瓦砌成,并没有讲很多很深的道理啊!"两个小徒弟仍然不悟,无名和尚问:"堕堕堕!破破破!领会了没有?"这时候,两个徒弟才开始略有所悟。

过了几天,会善寺又开法会,无名和尚师徒三人又来列席旁听。道安禅师让在场的人都说说自己有什么心得。无名和尚仍像往常一样,坐在众僧中间一言不发,静听别人的答辩。无名和尚的徒弟发言时,说到了无名和尚对破灶说法的经过。道安禅师一听,感到很惊奇,说:"该僧聪慧,会尽佛法禅旨,真可谓朗月处空,无不见者。你的师父是谁?叫什么名字?"无名和尚不答,道安禅师说:"无师无名,你就叫破灶堕吧!"

无名和尚一听道安禅师叫自己破灶堕,赶紧合十施礼,开口说话:"谢师父恩赐法号!"从此,无名和尚有了名,这就是道安禅师的嫡传弟子破灶堕和尚。

竹林寺下书

嵩山一带,山峰突兀,古寺林立,风景宜人,嵩山上有七十二峰,下有七十二寺。众多寺院之中,竹林寺也算赫赫有名,但竹林寺今在何方?除流传下来的竹林寺升天的故事外,至今仍然是个谜。

相传唐代僧人法藏游嵩山,见到一位印度僧人,自称是竹林寺和尚。他对法藏说:"我有事回不去,托你捎封信到竹林寺去。"法藏问:"竹林寺在哪里?"僧人说:"你到嵩岳寺找大证禅师一问便知。"

法藏接过书信来到嵩岳寺,问大证禅师竹林寺在何处,大证禅师说没去过。他登上逍遥谷,用手指着半山腰说:"你去那儿看看。"

法藏顺大证禅师指的方向望去,果然看见那里祥云瑞雾,梵刹峥嵘,金碧交辉,天花散坠。对,那里就是竹林寺,法藏急忙携书前往。

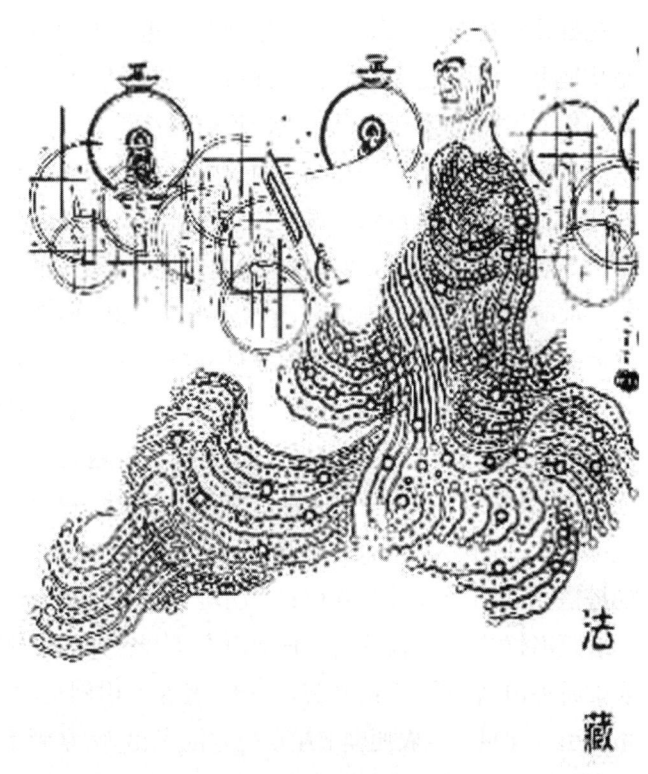

法藏

法藏来到寺前,二童相迎。入寺后拜见住持,将书交与侍者,侍者将书信交给住持。此时只见寺内钟磬齐鸣,释迦牟尼请五百尊者用斋。法藏观诸位尊者,有的持杖,有的掷盂,有的骑虎,有的乘龙,神色各异。

斋宴一毕,释迦牟尼奏乐出迎。有三位侍者每人用托盘端着一匹绢,向法藏走来。法藏看着绢心

生爱意,释迦牟尼便赠他一匹,他接过绢二话没说就放在衣袖里。此时只觉轰然一声,便觉得跌落在崖下。

待他醒来,圣寺不见了,但绢还在衣袖里,法藏回到嵩岳寺内,对大证禅师说了实情。大证听后批评他说:"我天天在这里,时常听到竹林寺的钟声,可每次去都找不到竹林寺。你缘分到了,你不珍惜,还是贪心不改,拿了竹林寺的绢,实在不应该!"

后来法藏听了大证禅师的话,把绢献给了高宗皇上,高宗封他为贤首大师。再后来武则天陪同高宗游历中岳时,送给嵩岳寺金刚佛像一尊。

这一传说有宋释有挺和尚所立《法藏竹林寺下书》碑记为证。

(整理:薛春生 李书景)

竹林寺升天

民间自古就有"天上有竹林,地上有少林"的传说。如今,地上坐落在登封市境内的少林寺早已是闻名世界的佛教圣地和武术之城。可是,对于天上的竹林寺,则只能是一个幽深而难解的谜了。竹林寺在哪儿?在少林寺东三里、邢家铺西二里远的地方。殊不知,这个曾与少林寺齐名的大寺,原来也是从地上升到了天堂。从竹林寺现存的遗址上,只能看到残存在寺前的两根垒门垛和寺院周围的墙基。然而,竹林寺是怎么从地上升天的呢?

传说很早以前,在中岳嵩山西麓少室山的东侧,有一座古老的寺院——竹林寺,寺院内的殿宇亭阁,雕梁画栋,雄伟壮丽,气派非凡。寺居深山,竹林茂密,每当风吹竹动,那呼呼啦啦的响竹声充溢着整个寺院,空旷幽远,好像远离尘世的仙境,神秘莫测。

那时候,寺里的和尚很多,个个都吃斋念佛,盼望成佛升天。有个一只眼的老方丈,年轻时,常在外面惹是生非。一次,他在街上碰见一个人掂着一条大鱼卖,就想去买,可钱又不够,碰巧有个富家公子也想买这条鱼。他出价钱低,人家出价钱高,俩人吵着吵着就打起来了。他不但打死了富家公子,也把卖鱼的打伤了。闯下大祸后,没办法他就跑到了竹林寺来,花言巧语地让寺里的当家和尚收留了他,从此出家当了和尚。后来他资格老了,仍然恶习不改,人虽出家,但内心狡诈,总是白天身披袈裟,腕挂佛珠,口中不断地念着"阿弥陀佛",可一到晚上却偷偷地跑出去吃喝嫖赌,常与地方上的官吏勾勾搭搭,干尽了坏事儿。其他和尚明里不敢说,暗里却给他送了个外号——"独眼龙"。

距离竹林寺不远,住着一户老山农,除老两口外,身边还有个十来岁的男孩。由于家境贫穷,他们农忙时种田,农闲时上山刨药。一天,老农上山刨药时,看到崖顶上长有一丛青草,叶子鲜亮鲜亮的,格外引人注目。老农便爬上崖顶把它刨了出来,拿到手中看时,发现这是一棵酷似于人形的茎根,有头有胳膊有腿,特别奇怪的是头下方的胸部,还鼓着两个挺拔的乳峰。富有经验的老农知道,这就是人们传说中的仙药——何首乌,人吃了它能返老还童、延年益寿。回到家里,老农背着家人,在门前不远处的一个泉水边挖了一个坑,把何首乌埋在里面,并常浇水施肥。天长日久,泉水边竟生长出茂盛的绿叶。老农夫妇久饮泉水,脸色也日渐红润起来,头发也慢慢变黑,牙齿变白,骨骼有力。

这期间,登封县从外地调来一个知县,这人体弱多病,贪生怕死,到处寻医治病。他听说竹林寺附近有个老农,老头老婆都五六十岁了,还是黑发白牙,红光满面,年轻过人。他不禁大喜,当即将老头找来询问："你整天在家都干些啥？""种地采药。""你天天都吃些啥饭？""粗茶淡饭。""你身体恁好，吃啥灵丹妙药了吗？"老头摇摇头。知县看问不出个啥来，便失望地叫老农回家了。

方丈"独眼龙"听说知县寻找灵丹妙药，便登门拜访，表示愿意为知县大人效劳，一旦打听到消息，马上向他禀报。

这年，当地遭旱，许多百姓都背井离乡逃荒去了。老农全家也不能维持生活，为了寻个活路，老两口商量来商量去，忍痛把孩子送进了竹林寺，当家和尚收留了他，并为它起了个法名石远。

石远留在竹林寺，每天除了念经练武，还要用大量的时间做些杂务。每当夜晚来临，寺里的和尚们上殿进香之后，就读经、习字。石远年少，独自在屋念经，时间不长就打瞌睡。不知从哪天起，有个七八岁的小孩，常常到石远的屋里跟他做伴。这小孩结结实实，胖胖乎乎，头上扎着一根朝天辫，水灵灵一双大眼睛，一笑脸蛋上两个喜酒窝，十分可爱。

石远以为他是附近村里的孩子并没有在意，在意的是他过人的聪明。石远读几遍还记不住的佛经，他读一遍就能背诵了；石远习字练很久还不像样子，他却一学就会，提起笔来，龙飞凤舞。石远问他叫什么名字，他总是微微一笑，问他家住哪村，他摇摇头不讲，送他走，他摆摆手不让。一连几晚，天天如此。

这个秘密被寺里的一个叫行空的和尚发现了，他向"独眼龙"作了报告。"独眼龙"听后暗想：寺里的大门关闭得严严实实，院墙又高不可攀，既然他能来能走，想来不是凡人。再说，这一带三里五庄都熟悉，从没有听说过这个聪明的孩子啊。想到这里，"独眼龙"对行空说："你晚上故作不知，去找石远，看情况如何？"

果然，到了晚上，那小孩像往常一样翩然而至。行空在外面敲门："石远，师父让你去给他烧茶。"石远开门，行空进屋却只见石远一人。刚才明明听见说话声，他会藏到哪里呢？石远也感到奇怪。行空说："你不是遇到了鬼怪了吧？"石远摇摇头。

"独眼龙"来了，他一边对行空说要保密，一边等行空走后，却对石远说："这个小孩说不定是个什么精，恐怕以后……"石远想：明明是个活泼的孩子，怎么会是个什么精呢？"独眼龙"又说："这孩子再来时，你不要惊慌，我给你一根针线穿到他的衣角上，他一走，你就放线。"

石远听着"独眼龙"的话，不知他葫芦里卖的是什么药，但又不敢反口。

又一个夜晚来临，"独眼龙"照例出去了。可是，他没有走远，就躲在寺外附近的竹林中，想亲眼看看前来的小孩，并且想抓住他，自己占为独有。他等啊等啊，怎么等也不见来，他实在等不下去，便又外出寻欢作乐去了。

"独眼龙"刚走，小孩就来了。他还是胖胖乎乎的，头上扎着一根冲天辫，非常讨人喜欢。他一来，便与石远在一起读经习字。将近半夜时分，他要走了，石远偷偷把红丝线穿在了他的衣角上。

一会儿，"独眼龙"回来了，今天他在外面输了钱，满肚子是火，本想发脾气的，可是一见石远手里牵着的红线团，就高兴地点头笑了起来。他忙把红线团抢到手里，对石远说："你歇吧。"他回自己屋，点上一只灯笼，顺着红线出了寺院大门，跨上小桥，爬上地堰，顺坡而下来到了老农家的泉水边，红线顺着一丛墨绿的杂草钻进了地下。

"独眼龙"回寺拿来了镢头和铁锨来刨，刨了很深的坑，翻出的泥土比两边的土丘还高，终于找到了一棵酷似人形的肥肥胖胖的块状茎根，红丝线正系在它的一根枝杈上。"独眼龙"一看，是棵何首乌，高兴得直流口水。听老辈人说，吃了成人的何首乌，是能成佛升天的。这下好了，他要一个人把它吃掉，独自升天。回到寺里，他偷偷地把何首乌用布包好，藏了起来。

第二天,知县派人来向"独眼龙"催问灵丹妙药的事情,他心虚地跑到知县那里汇报:"何首乌长在老农的泉水边,老农两口吃了泉水而变得年轻。"

可知县犯愁:"那泉水能抬来吗?"

"独眼龙"说:"我有办法,我去把何首乌给你刨来,把它种在你家井里边,你不就可以长生不老了吗!""独眼龙"一脸讨好的表情。知县不胜感激地宴请了他。

宴会之后,"独眼龙"回到寺里,早已把何首乌送知县的事忘得干干净净,他把何首乌取出来,洗得白白生生,掰成段放进锅里,架起大火煮了起来。

柴火在火膛里噼噼啪啪地响,何首乌在锅里吱吱地叫。可是,从早煮到黑,怎么煮也不见冒热气。这时,知县派人叫他去,没办法,他把寺里最老实的石远找来交代:"这锅里煮的是从城里买来的药,好好地煮,只准烧火,不准揭锅,等我回来,你再离开灶火。"

"独眼龙"刚走,锅里冒热气了,屋里充满了香气。行空和尚在外面闻到了香气,跑来叫门,石远按着方丈的交代,说什么也不开门。过了一会儿,石远听到后院有人大喊:"后院着火了,快来救火呀!"便不顾一切地跑出去救火,行空趁机跑到灶伙,掀开锅盖,香气立即弥漫到整个寺院。行空将锅内煮得东西抠一块尝尝,真香,从舌尖香到心底。

石远跑到后院,发现并没有着火,方知中计,便折回灶火,见里面已聚满了一大堆人。和尚们都禁不住香气的诱惑,围在锅边你抠一块,他尝

竹林寺升天

一块,不一会儿工夫,把锅里的何首乌都吃完了。

石远望着寺院里这些年龄都比自己大得多的师父和兄弟们无可奈何。

"砰砰砰!砰砰砰!"有人敲大门了,小和尚们乱作一团。

"砰砰砰!砰砰砰!""独眼龙"在门外大声喊叫,"县太爷来了,快开门!"外面的叫门声一阵紧似一阵,寺院里面更乱了。一个老和尚对石远说:"慌什么,继续烧火!他回来问何首乌,就说你只叫烧火,不叫揭锅,一定是煮化了!"另一个和尚说:"干脆把水顺墙墙根泼了,就说水也烧干了!""对,对……"大家起哄起来。

慌乱中的石远端起锅顺着寺院的内墙根倒了一圈,待他走到山门口时,锅里的汤已经没有了。

霎时间,天色大变,阴云密布,电闪雷鸣。山门外有人用石头砸门,声音大得惊人。行空从屋里跑出去给"独眼龙"开门,快到山门口时,被雷电劈死。

这时,一道闪电从空中划过,石远只觉得身子不由自主地飘飘悠悠,好像天地都在晃动一样,整个寺院不知不觉地摇摆起来,接着就神奇地飘了起来,开始慢慢地升高。

山门外的"独眼龙"眼看着寺院升起,便凭着自己的武功,发狂地跳起来,抓住寺院墙边上的一棵青竹,对着边上的石远大喊:"石远,快拉我上去,我也要成仙啊!"一个老和尚看见了,操起墙边上的镢头,狠狠地把那棵竹子砍断了。"独眼龙"叫了一声,从升在了空中的寺院上掉了下去。

知县领着一大群衙役们,就在旁边呆呆地看着整个寺院仿佛被山风吹着一般,晃晃悠悠地升天了,而且越升越高,越来越小,最后什么也看不见了。留在他身边的只有那没有泼上何首乌汤的两座砖垒门垛和寺院周围的墙基。

竹林寺就这样升天了,从此人们就有了"天上有竹林"的传说。

至今,竹林寺的遗址上,除了有两座砖垒门垛和周围的墙基外,还有当年摔碎了的"独眼龙"的尸骨,不过这尸骨早已化为石头,而且是个特别难看的石头。

(整理:梅淑贞)

待 仙 沟

在嵩山少室山东麓,有一个待仙沟。待仙沟两边山势陡峭,群峰林立,西南可达莲花寺。入沟不远有一座安阳宫,是著名的道教圣地,一年四季,尤其每月初一、十五,前来烧香的人络绎不绝。现在的待仙沟口,又是大型实景剧《禅宗少林·音乐大典》的演出地。待仙沟原来不叫待仙沟,叫带线沟。这里有一段神奇的故事传说。

在很早以前,少室山下有一个竹林寺紧挨待仙沟,寺里住着许多老和尚和小和尚,和尚们除了化缘,还得自己养牛耕田,方能维持生计。

按照寺院分工,老和尚吩咐小和尚上山割草喂牛。可是小和尚每日只割一小捆,牛吃不饱。老和尚对小和尚说:"你明天多割些青草,让牛吃个饱。"小和尚却说:"我去上山割草,总有一个和我一样大的小孩,非让我跟他摔跤玩耍,不让我多割草。看我割够一捆后,他就不见了。"这时老和尚问:"这个孩子叫什么名字?"小和尚说:"不知道。"

小和尚的话引起了老和尚的疑心。他猜想这个小孩的来历一定非同一般,他要探个水落石出。

这一天,小和尚照样上山割草,老和尚拿出一个线蛋交给他,线蛋的一头纫了一根缝衣针。他吩咐小和尚:趁小孩不被察觉,把针扎在小孩衣服上。小和尚照办了。

第二天,老和尚顺山沟来到山上,很快发现了线蛋。他顺着线绳找去,却发现线绳的另一端别在一棵何首乌的叶子上。此时老和尚方知小孩乃何首乌成精作祟。

从此,这条沟成了"带线沟",后来演变成了"待仙沟"。

(整理:韩兰 焦菊仙)

一行"管"天

唐女皇武则天如意元年(692年),嵩山一带秋庄稼长势很好,可就是丰产没有丰收。为什么呢?

因为庄稼成熟的时候,连遭两次天灾,一次是"风磨谷",一次是"烂场雨"。

那时候,积翠峰下的会善寺,正是兴盛时期,寺内有殿宇千间,僧众千员,还有耕地八百亩。当时方丈和尚叫澄先。他看着寺里的庄稼长得那样好,心想:一千石粮食攥到手里啦。

谁知道,谷子晒米的时候,连扯了三天晒西风,谷子磨掉了一半,抢收到场里以后,又下了二十天连阴雨,谷穗带谷秆大部分霉烂在场里。为这事,澄光气得害了一场大病。

澄先和尚病快好的时候,长安城外元都观的道士尹崇,来探望澄先的病。两个人在深谈的时候,知客和尚走进方丈室,对澄先施一礼说:"方丈,大门外来了一个公子,说是来这里出家。"

澄先问:"相貌如何?"

知客僧说:"此人约二十四五岁年纪,头戴粉红公子巾,身穿豆绿公子氅,腰系双垂灯笼穗,白袜搭于膝盖上,脚穿一双单梁厚底云鞋,脸似银盆,眉如墨刷,肩放一根桑木扁担,挑着两捆儿书,文质彬彬,像个雅儒。"

澄先听罢,笑着摇摇头说:"此人不像出家之人,好言相劝,供他一顿礼餐,让他离寺去吧!"

知客僧听罢方丈的话,转身就要走时,道士尹崇问:"公子报名了吗?"

知客僧说:"报了,姓张名遂,是从京都长安来的。"

尹崇一听,"嚯"地站起来,说:"张遂来了,快,请他进来!"

澄先见尹崇这样尊敬此人,也说:"请!请他先到客庭坐下,随后我们就到。"知客僧走出方丈室后,澄先问尹崇:"师兄,你认识这个人吗?"尹崇连连点头说:"认识,认识!"接着尹崇介绍起来。

张遂是魏州昌乐县人,现住在京都长安。此人从小用功读书,经常到元都观向尹崇借书籍。有一回,张遂借了一部东汉杨雄写的《太玄经》。这是一部哲学著作,也讲到了许多自然科学知识。张遂过了几天,就去还了。尹崇对他说:"这本书的道理非常深奥,我研究了好些年,没有弄明白。只有几天的时间,你都看完了吗?"张遂说:"是的,我已经弄清书中的道理了。"说着把自己的读书笔记交给了尹崇。尹崇看后大为吃惊,认为他是一个了不起的青年。

澄先听后,问:"这么有本事的青年,咋千里迢迢来会善寺出家呢?"

尹崇悄悄对澄先说:"武则天做了皇帝,封她侄儿武三思为梁王。武三思虽然有权有势,可就是没才学,想拉拢一班有名的学者,来提高他的声望,他听说张遂很有学问,就要和张遂结交,张遂厌恶这种飞扬跋扈的人,不肯跟武三思来往,但又怕遭迫害,所以他只有出家了。"最后尹崇劝澄先说:"此人才高学深,将来定是国家栋梁之才,方丈可暂且收他入寺。"澄先听完尹崇的话,答应照办。

张遂在会善寺出家以后,取法名一行。一行这人,好读书研理,并且日观风云,夜察星辰,始终不懈。方丈澄先对僧众讲,一行很有才华。有几个和尚不相信,背地议论说,一行不过是个"书呆子"罢了。

有一天夜里,月亮撑伞了(即月晕)。一行正在观察星辰,有几个师兄师弟走过来,半开玩笑半正经地说:"一行!月亮打伞会看出啥道理?"一行说:"看颜色,辨风云。"

一个和尚问:"月亮撑红伞呢?"

一行说:"近期有大雨。"

一个和尚问:"月亮撑黄伞呢?"

一行说:"近期有小雨。"

一个和尚问:"撑蓝伞呢?"

一行说:"多风云。"

一个和尚问:"撑黑伞呢?"

一行说:"多晴天。"

其中一个调皮和尚说:"撑花伞呢?"

一行笑了笑说:"先晴后阴,晴不多久,阴不多长。"最后他嘱咐大家,三日内有大雨。的确三日内下了一场大雨。

一天小晌午的时候,那个调皮和尚要到城内去买东西,一行对他说:"云从南边长,大雨不过晌。你不要去了吧。"调皮和尚看看天,说:"红光大日头,哪能呢。"起身走了,不到吃顿饭的工夫,他淋得像落汤鸡一样回寺了。

第二天,还是这个调皮和尚,要进城去买东西,早晨,他见天东边有烧云,就不去了。别的僧人问他,他说:"早烧云,不出门。不能再受雨淋。"一行说:"不会下雨,你走吧!"调皮和尚怕落雨淋头,没去,直到晚上,天没有下雨。一行说:"早烧云不一定都下雨,下雨不下雨,还得看天气有没有变化。今天早晨虽然烧云了,但空气里湿度不大,北风又把大块云刮碎了,所以不会下雨。"一行说的有理有据。调皮和尚对一行是佩服得五体投地,到处宣传一行"管天"的事。

一行来到会善寺的第二年,寺里八百亩麦子长得很排场,方丈澄先常常对一行说:"收庄稼的时候,对天气多操点心,别像去年的谷子,干了半年,弄了个瞎欢喜。"

刚过小满节,天火热。一行向澄先说:"这些天来日头毒得很,有可能下冷子(即冰雹),快把麦子收了吧!"

澄先有些迟疑。一行说:"早凉午热湿气大,乌云打架冷子下。提前两天收了吧!"澄先半信半疑,带着众僧,把没大熟的麦子收割起来。麦快收完的时候,一天中午太阳特别毒,一行说:"中午不能休息,下午可能有冷子,快把麦割完运到场里。"附近的俗家,听说一行和尚"管天"很准,见寺里抢收,大家也生割起麦子来。

傍晚,麦刚割完运到场里,黑云、黄云起着红边,闷雷不断头地响,霎时下起冷子来,打烂了房瓦,砸折了小树。但麦子没有损失。从此,方丈澄先对一行更器重了。

就在这年夏天,一行害了多日眼疾,有一二十天没观风云、察星象。几个师兄弟去探望他的眼疾,见他的眼消肿了,向他开玩笑说:"一行!近段天有雨没雨?"一行闭着眼,摸摸床头放的扁担,说:"扁担出汗,天气要变,可能会下雨。"接着,他说出那根扁担是他家的"传家宝",四辈人连用百十年,汗水把扁担浸透了,每次下雨前,扁担很湿润,有时还会凝结出水来。他正和师兄们说话,屋外就淅淅沥沥下起雨来。

连阴了好几天,有个和尚急了,去问他:"一行!啥时候天会晴?"这时候,窗外柏树上,忽然知了叫

一行管天

了起来,一行闭着眼说:"知了叫了,不会再下雨了。你去看看,知了向树梢爬了不?"那个和尚出门一看,说:"知了正往树梢上爬哩!"一行说:"今天就会见太阳。"真的,下午云彩离骨了,红光大太阳普照大地。

传说,一行在会善寺出家期间,为察天象变化,观察蚂蚁搬家历时三年,积累了六七万字的记录。本子上写着:蚂蚁搬家越快,次数越多,连搬几次才定居下来,未来必有阴雨;蚂蚁寻食走得越远、寻食越多,则未来雨越大。如果蚂蚁往阴凉低湿处搬家,则未来有旱灾……后人称他这本资料为《蚁行关天卷》。

后来,一行听说浙江天台山有个和尚,精通数学,他步行了三千多里,到那里去求教,接着又到湖北当阳玉案山去研究天文,五年后又回到会善寺。

唐玄宗先天二年(712年)仲春,一行在会善寺创造观天仪器。玄宗下诏,派人将一行请到长安,让他主持修订历法。一行苦苦钻研数十年,终于编写出一部新历法——《大衍历》。

(整理:郑铁敏 左林东)

武则天嵩山拜禅师

唐朝万岁登封元年(696年),女皇帝武则天,登嵩山,封中岳,大功告成以后,传下圣旨要到嵩山大会善寺拜佛参禅,命年已113岁高龄的道安和尚接驾。

中国佛教禅宗五祖弘忍大师的大弟子、嵩山大会善寺方丈道安和尚接到圣旨,赶紧率领全寺僧众,先把寺院、殿堂打扫干净,然后在山门以外道路两旁列队迎候。

武则天嵩山封禅

不大时候,武则天乘坐龙凤车辇,由文武百官和众多嫔妃护驾来到。道安和尚上前合掌参驾,武则天并不落驾停辇,道安和尚只好手扶车辇辕杆随行。武则天隔着竹帘往外察看,只见道安和尚虽然须发雪白,身体消瘦,但却红光满面,精神饱满,即问道:"和尚高寿?"道安和尚说:"不记。"武则天又问:"为何不记?"道安和尚解释说:"生死之身,如若循环,环无起尽,何必记哉?记则妄也。"武则天一听,方知道安和尚禅行很深,不敢轻视,赶紧落驾停辇,搀扶道安和尚进入寺院。

在大雄殿拜佛进香以后,武则天来到客堂休息。她先赐座让道安和尚坐下,自己才落座就位,边喝茶边问:"老禅师,像你这样禅诣很深的高僧,还有没有欲?"道安和尚实话实说:"有。人生在世,各有所欲。无欲,则无生我矣!"武则天再问:"你欲何?"道安和尚回答:"我欲禅。"武则天对道安和尚的回答很满意,觉得他很实在,不像有些僧人故弄玄虚。

她接着又问:"老禅师,你看我欲何?"道安和尚笑道说:"你何不问自己心意?"武则天诚恳地对道安和尚讲了她在执掌朝政、治理国家之余,还信奉佛法,参究禅学。她问:"像我这样的人,怎样才能悟得禅学要旨呢?"道安和尚不从正面回答,却双目眯合,合掌禅定,问道:"会吗?"武则天知道是让自己面壁自悟,回答说:"我会。"

这时候,道安和尚站起身来扬长而去。武则天对道安和尚的不辞而别毫不介意,眼望道安和尚的背影,连连称赞:"真乃朕的禅门之师也!"

武则天回到京城以后,念念不忘道安和尚。后来,她曾数次驾临嵩山大会善寺,聆听道安和尚登堂授禅。她还加封道安和尚为"国师",并赐摩纳和袈裟各一件,供养终生到128岁。

(整理:韩有治)

玄宗梦起皇觉寺

传说唐朝开元十年(722年),唐玄宗李隆基正月十五晚做了一个梦,梦见洛阳城南一带有二龙在争斗。醒来后,惊出了一身冷汗。他觉得这是一个不祥之兆,第二天早朝,把梦中之事讲给了众位大臣。众大臣听后面面相觑,谁也不敢直言。

唐玄宗看众臣面有难色,说:"但说无妨,朕不怪罪。"过了一会儿,年轻臣子高力士说:"臣以为,二龙相斗,国无宁日,恐怕有人要与我主争夺江山。"玄宗急问:"如何是好?"高力士叩首回道:"以臣愚见,应马上派人到洛阳城南一带察访,弄清情况,再作道理。"玄宗沉思片刻,颁旨命二名识兵机懂风水的大臣火速赴洛南一带察访。

二名大臣来到洛南,翻山越岭,穿涧涉水,处处仔细,终于探明了根由,快马回宫禀报皇上。原来,这二人到龙门南一带后,当地老百姓告知,龙门西山之南有两座山一座土丘。北边的称青龙山,南边的称火龙山,中间的土丘称宝珠山。三山合称"二龙戏珠山"。因有二龙,正合皇上梦中之事。这两人在山上转了两天,看不清眉目,后来听当地民谣说:"欲见二龙戏珠面,请到河东白沙山。"两人就赶到白沙山,登上山顶,放目西望,果见景色奇异:一个不大的村庄被两道山岭和一个土丘呈扇形围裹着,村是胡杜唐村(即现在的郭寨村)。村北的一条山岭呈青色,由西向东,起伏腾跃,且东头粗壮硕大,又有分岔,酷似一条欲吞食物的长龙。村南的一条山岭呈红色,亦是东大西小,但西部高高翘起,似腾云驾雾一般。村西有一座黄色突起的山丘,圆秃光滑,正夹在南北两条山岭的中间,而两条山岭都是由东向西勾头,对土丘呈争夺状。这便是当地人说的"二龙戏珠"。北边不远处,又有一道山岭,西大东小,形似上山猛虎,当地称为"白虎山"。

两人大吃一惊:"这是一块龙腾虎跃的风水宝地,有出天子的灵气。如果有人葬入此地,其后人定要夺取天下,天下将发生二龙相争之事。"

唐玄宗听得禀报,紧张得连大气也不敢喘一口,忙问可有破解之法。

二臣回说:"预先在当地建造陵园,占住宝地可免后患;或在山前建一寺庙,以镇住二龙的灵气,将灵地治成死地。"

玄宗思索一番,派二臣速赴洛南,着速督办建寺事宜。二位大臣接旨,二下洛南,大兴土木,不消数月,就在青龙山龙舌尖下建成了一座气势巍峨的寺院。寺成后,二大臣火速报告玄宗,并请皇上赐名。高力士禀说:"皇上做梦,逢凶化吉,此寺应叫皇觉寺。"玄宗大悦,亲笔题匾,着人连夜起程送到了

寺院。

元珪授戒中岳神

元珪和尚是唐代著名高僧,他住持嵩岳寺讲经说法时,僧徒云集,在嵩山地区有很高的声望。传说他还为中岳神讲授过五戒呢。

有一天,一个身体魁伟、穿着官服、带侍从数名的人,到嵩岳寺会晤元珪和尚。元珪和尚看到来者为非常之辈,问:"你是善意来同我结交呢,还是随便来这里游山玩景的呢?"来者没有回答元珪和尚的问话,反而问道:"你认识不认识我是谁?"元珪和尚说:"我们出家人同你们俗家人一样,咱们初次见面,我怎会知道你是谁呢?"来者夸耀自己说:"我是能叫人生与死的人。"元珪和尚听了这咄咄逼人、带有威胁性的话,只是微微一笑,说:"我本来就不生,你怎能叫我死?我看人的身体是空无一物,我和你都是一样,难道你能目空一切人和你自己吗?"来者一听,知道元珪和尚已经完全悟入空境,赶快恭恭敬敬地给元珪和尚施礼,请求说:"我已经知道大师你有广大之智,请你度我出世,授我以正戒。"元珪和尚说:"你既是来向我求戒,当然我可以对你授戒。但佛门戒律,只授佛门弟子,不授佛门以外的俗人。我怎么能给你这样身份的俗人授以正戒呢?"来者立即表示:"我愿意皈依你为佛门弟子,请师父你开始对我授以正戒。"元珪和尚看来者改变了原来那种蛮横态度,诚恳地向自己求戒,于是便"秉炉正机",开始给来者授戒,说:"我先授你以'五戒',你若能奉持,你就说能,若不能奉持,你就说不能。"皈依者说:"行。"元珪和尚说:"你能不淫吗?"皈依者不说自己能不能奉持,而说:"我已经娶妻成室了啊!"元珪和尚讲解说:"不是说你现在娶没娶妻,而是要求你不能再有罗欲。"皈依者对"罗欲"二字的含意不甚理解,只是摇头不语。元珪和尚看出来皈依者没有听懂,又进一步讲解道:"所谓罗欲,是指除了你同你的妻子以外的多欲、邪欲。"皈依者完全听懂了淫戒的含意,说:"要是这样,我能奉持。"元珪和尚问:"你能不盗吗?"皈依者随即答道:"我家境富有,什么都不缺,我不会去偷盗别人。"元珪和尚讲解说:"不是指的有没有盗窃行为,而是要求你,不要因为有的人对你行贿,你就给人以福,反之,你就给人以祸。"皈依者说:"我现在掌握生杀权柄,惩罚罪犯保护众生是我的职责,我怎能对那些罪有应得者不杀呢?"元珪和尚讲解说:"不是指你杀与不杀,而是说你该不该杀,在杀中不要有滥用权力,出现不该杀的误杀。"皈依者说:"我能奉持。"元珪和尚问:"你能不妄吗?"皈依者很自信地说:"我为人正直,从来不曾有过妄想、妄为。"元珪和尚讲解道:"不是指的你自觉的妄言、妄为,而是要求你对每一件公案,事前决定的处理方法和事后对问题的处理结论,没有不合法律和实际的。"皈依者说:"我能奉持。"元珪和尚问:"你能不遭酒败吗?"皈依者问:"师父是要求我滴酒不尝吗?"元珪和尚说道:"是指的不能因酒误事。"皈依者说:"我能奉持。"

元珪和尚讲解了"五戒"的具体内容以后,接着又讲解了如何奉持"五戒"的方法和要求,说:"在奉持'五戒'的时候,要真正用心按戒律去做,而又不要认为自己是受到戒律约束才这样做的,要承认戒律是客观存在着的东西,而且要做到无戒律同有戒律一样去规范自己的行为。如果你是这样真心奉持戒律,就能达到先天地生不为精,后天地死不为老,终日变化不为动,毕尽寂默不为休。若能悟到这样的境界,就能虽然已经娶妻如同未娶;虽然终日忙于工作而不会错误;虽然有人给你行贿,你就自觉不去受贿;虽然你也喝酒,但不会因酒醉而误事;虽然掌握权柄,而不会滥用权力。"元珪和尚的精辟讲解,使皈依者佩服得五体投地,诚恳地表示说:"我以往愚昧,从来未听过像师父你今天讲得这样透彻,这样入情入理。今天你所授'五戒',弟子我一定认真用心奉持。"元珪和尚满意地说:"你若能如言,也算吾用心不妄。"

其实,来者一进门,元珪和尚就已看出他是中岳神,只是不愿点破而已。

北 树 东 移

唐开元年间,嵩岳寺有一位著名的和尚,名叫元珪。他经常住在附近的山坳里,饿了吃些松柏籽,渴了涧中饮清泉,生活无拘无束,行动来去无常。

有一天,一个身躯高大的人来谒见元珪,元珪上下打量来人。只见他衣衫褴褛,风尘仆仆,但身材魁梧,仪表出众,看他的装束打扮,好像是哪里的仆役家奴。来人自荐:"我是中岳嵩山的岳神,请师父给我讲解正戒的律法要义。"元珪答应了他的请求,他讲解论述了很长时间,精辟地阐明了戒律的核心宗旨,但是,没有讲授正戒,只讲授了"五戒",即杀、盗、淫、妄、酒的禅理。岳神说:"'五戒'的论理我已经领受了,心底豁朗,顿开茅塞,谢谢师父的慈心教诲,誓愿报答师父讲授'五戒'的慈悲恩德。"元珪说:"东面的山岩是寺院的屏障,但是,茫茫然没有一棵树木,实在太空虚了。其他山峦上虽有很多松柏,但都在寺院的背后,岳神你能不能把北岩上的松柏树移植在东面的山岭上?"岳神答道:"此有何难?当遵命照办。但你要沉住气,不要害怕。"他摇身而去。

夕阳西下,天色将晚,元珪早早地吃过晚饭,照例去外面散散步,做一些经行。入夜,掌起灯火,他专心致志地翻阅着《禅门日诵诸经》,等待动静。

岳神接受了元珪的请托以后,即召集属僚计议,诸如分兵把守,刨树转运,挖坑移栽,浇水封土,各有所管。准备完毕之后,群僚们都在整装以待了。

午夜,岳神先召来风神,令其刮起暴风,以作掩护。风吼如雷,地动似倾,大有摧山拔树之势。元珪正坐在殿内阅经,也不由自主地前仰后合,左右摇摆;室内的家具什物晃动起来,闪闪跳跃;房子飒飒作响,到处都在落土。狂风刮得连屋门都开不开了,元珪从门缝向外望去,天黑如漆,伸手不见五指,不由得惊呼:"天哪!这是怎么回事?奇哉!"他实在沉不住气了,内心确实有些害怕,一筹莫展,手足无措。他忽而想起岳神之言,又强打精神,故作镇定,喃喃自语:"我不害怕……"但他心中总是七上八下地安定不下来,不知是福是祸。

岳神趁此大风狂作的时候,一声令下,群僚们一跃而出,如龙似虎,各执其事。雷公刨挖,风婆转运,雨女浇水,土地栽培,不消两个时辰,全都移栽完毕。凌晨时分,大风息止,一切安静如常,旭日东升,天气晴朗。

元珪一夜没有合眼,好不容易熬到天亮。他洗漱一毕,跨门而出,疾步走到山前,仰望东。啊!绿油油的松柏树,横排竖行,井井有条,森然成林,把寺院装点得更加秀丽多娇。元珪仰天合十:"多谢岳神助老僧一臂之力,善哉!"

元珪卒于唐开元十一年(723年),他的门徒为了对他表示尊敬和怀念,在他生前移植松柏的东岩附近,修造了一座舍利塔,使他死了以后还能看见他亲手栽植的松柏茁壮成长,以慰藉他的心灵,使他安然地瞑目九泉。

舍利塔早已塌毁,寺僧们把他的骨函移放嵩岳寺,塔铭镶嵌于岭东法王寺地藏殿的前檐墙壁上。

(整理:宫熙)

龙 赐 泉

嵩山南麓有一座千年古刹,名叫会善寺。从寺后积翠峰下的石岩中,流出一股涓涓细流,泉水清凉洁净,穿寺而过。但是,水出寺院,便入地而走,历代游客都讶然神奇。就是这股神奇的泉水,还有一个"龙赐泉"的故事呢。

相传唐朝中期,有个宴公和尚在会善寺主持禅事。因为他心诚志坚,深明佛理,威望很高,四方信士常常来听他讲经说法。他讲经说法深入浅出,每逢登坛讲法,不仅僧众愿听,就连嵩山各路神仙也都变成了凡人来聆听。当时,在嵩山望洛峰上,隐居着一个龙王,经常变成一个须发皆白的老翁,混在信士里听宴公讲经。龙王在听讲时,心神专注,有时点头称赞,有时如痴如迷。宴公和尚早已识破了龙王的行踪,但从没有当众说破。

一天,骄阳似火,盛暑逼人。宴公不顾天热日晒、口干舌燥,仍然坚持讲经说法。听讲的信士里有不少人忙着去给宴公打水烧茶,但因干旱缺雨,寺前寺后的山泉小溪早已枯干。这时,有个信士发出怨言,说:"佛法度人,造化四方,这寺前寺后连饮水都不足,还造个什么福?还有什么灵验?"宴公听罢,既不争论,也不生气。待到信士们散场时,龙王也缓步向外面走。这时,宴公来到龙王面前,打了个托手说:"连日听讲,可有法理?"

龙王说:"你讲得尽合佛意,使我受益很多。"

宴公说:"神龙如若还要听老纳说法,请赐清泉,以解众渴。"

龙王当即答应,赠宴公宝剑一把,说:"把这口宝剑插入寺后石岩中,水随剑出,流经寺院,足够饮用了。但要切记,水出山涧,就把宝剑拔出。"说罢,龙王眨眼就不见去向了。

宴公遵嘱,到寺后把这口宝剑往石岩中一插,刹那间,一股清泉随剑喷涌而出,顺着山势汇成清溪,直流寺院。宴公见到清泉,喜笑颜开,拔出宝剑,双手捧水畅饮,并连声谢说:"阿弥陀佛!谢神龙赐泉!"不一会儿,宴公解了渴,想仔细看看宝剑,可是,怎么找也找不到,宝剑竟然无踪无影了。

如今,这眼清泉还在,仍然畅流不息,而且出寺院后入地而流,人们称它为"龙赐泉"。

(整理:王正科)

法王寺护宝

走进法王寺山门,穿过未来佛殿,站在天王殿前碑廊南端,仰面向东北望去,玉柱峰左下方可看到四位石僧并排站立,神态各异,但面部都注视着法王寺古塔院。这四位石僧是何方神仙所化,为什么站在玉柱峰下呢?故事还得从头说起。

相传大唐会昌五年(845年),唐武宗心血来潮,定佛教为异端邪说,传旨在全国罢黜佛教,于是举国上下开展了一场排佛、灭佛、遣返僧尼、抄灭佛骨(指佛舍利)、捣毁地宫、没收寺院田产、改佛寺为道观的浩劫。一时间,中华大地乌云密布,灭佛狂风席卷全国佛寺,成为中国历史上最为严重的灭佛大劫难。

此时,法王寺老方丈天如法师,为捍卫佛法和僧徒利益,早把生死置之度外,寺院田产、僧尼安危他已无心考虑,如何保全佛祖真身舍利已成为寺院的头等大事。当众僧为此事急得无计可施时,忽听小沙弥禀报:"官兵已破门而入!"天如方丈身披袈裟出门相迎,意想乞求官兵手下留情,以保寺院免遭劫难。谁知官兵横冲直闯,根本不理睬寺院和尚,直奔保存佛祖真身舍利的塔院。方丈心虽急也无可奈何。

说来也奇怪,方丈随官兵进了古塔院,却不见了古塔,只有茂密的山林随风摆动。官兵搜了一阵子,一无所获,回头怒视方丈,让方丈跪在地下训斥一顿,又宣布了几条禁令,才收兵离开了寺院。

为什么塔院变成了山林呢?天如法师深知是佛祖显灵。这天夜里,他跪拜佛祖后,坐禅入定。忽然观音菩萨驾祥云来到了他的身边,对他说:"今天唐玄奘师徒奉佛祖之命,施法术遮掩了古塔,退了官兵,尔等应该感恩师徒四位神灵。为保护佛宝的安全,今后寺院若有危难,可面向东北烧上三炷香,行佛门法礼,唐僧师徒便随叫随到,可保平安。"说罢驾云腾空而去。方丈醒来,原是一场梦。

第二天,天如法师步入天王殿前碑廊尽头,抬头向东北望去,见玉柱峰下果然多了四尊石僧。但见唐玄奘头戴佛冠,身披袈裟;孙悟空手执金箍棒,目视远方;猪八戒肥头大耳,手握铁耙;沙和尚手牵白马,项戴佛珠,肩挑经书挑子。师徒四人似乎向法王寺缓缓走来。

此时,天如方丈赶紧吩咐众沙弥架案焚香、叩拜,以谢唐僧师徒。

四时无穷,法轮常转。唐僧师徒法王寺护宝的故事,至今仍在中岳大地流传。

(整理:张和灵 赵致和)

赵匡胤发迹法王寺

相传,宋太祖赵匡胤、宋太宗赵炅(又名匡义)是天庭的两条真龙转世。赤须龙赵匡胤,四爪龙赵炅,他们二位奉玉皇大帝之命,投胎赵家,负责建立大宋王朝。关于两条真龙转世,还有一段曲折的故事呢!

五代时期,天下大乱,民不聊生。黄河山西河段,有一个九龙口村,村里住着一户渔民,户主姓赵名大。家中有一独生女儿,名唤葵花。举家三口靠一条小船风里来、浪里去过日子。由于世事混乱,一家人只能漂泊河上,以船为家。葵花一天天长大,帮助父母打鱼结网,很是勤快。

转眼女儿长到十八九岁,老两口就把船舱隔界起来。女儿住内舱,老两口住外舱。到了五六月间,赵大发现女儿的肚子越来越大,好像怀胎似的,便问老婆是什么原因。老婆也觉得奇怪:我儿身不离船,又没外人进船,怎能有怀孕之事?她悄悄地问起女儿,女儿无奈,便告诉了二老真情。

原来去年十月的一个夜晚,三更过后有位白面书生走进内舱向她求婚。出于人之常情,女孩儿一到十七八岁,止不住青春冲动,便与书生同床共枕,皆大欢喜。到了鸡叫三遍,书生便离船而去。不知不觉,身怀有孕,已有七八个月了。

老汉久住江湖,这等怪事他经得多了。他认为这定是水中妖魔作怪。他对老婆说,要女儿在书生再来时,偷偷将一根带红线的钢针扎在书生身上。葵花最听父母的话,她认为父母不会做出对不起自己的事。夜里当和书生恩爱同枕时,她把带红线的钢针扎到书生裤带上。鸡叫时书生带着针线离开了她,她没想到这一别就天各一方,永不得再团聚了。

第二天,太阳出来后,老汉划船在河里四处寻找,发现一只老龟身上带着红线绳,便知道是这只老龟精作怪。他用钢叉扎死了老龟精。女儿一看陪伴自己的原来是一老龟精,心里非常难受,但不管怎样自己和他已有半年多的情意,求父亲把他埋个地方。

老汉心疼女儿,就把龟精埋在黄河边上。可是女儿怎么办?处在当时社会,这种事是伤风败俗,没脸见人的。老太太是个深明大义的人,她对老头儿说:"这是天意,咱老两口没儿,就叫女儿把孩子生下来传承赵家香火吧!"老头儿一想也对,自己膝下无子,百年后有谁披麻戴孝?就同意了老伴的意见。

后来做了皇帝的赵匡胤

当年八月十五,赵葵花生下一子,取名赵舍。赵舍长到十来岁,老两口先后升天,赵葵花埋葬了父母,带着赵舍仍以打鱼为生。小赵舍天生水性过人,不管多大的风浪,多深的水,他都来去自如。他能在水中待七天七夜,能捉到别人捉不到的鱼。

再说山西河东有一位看风水的杨先生,想为自家找块龙脉,将来让自己的子孙得天下,坐皇上。他四处考察,有一天来到九龙口,发现龙脉就在九龙口这一带,但无法得到。为了实现自己的理想,他就在这里住了下来,开了一家鲜菜店。

这年腊月二十三过后,天下大雪,黄河结冰三尺。小赵舍破冰钻入水中,抓到几十条鲜鱼到九龙口去卖。杨老板一见,全部收下了他的鲜鱼,并招待他吃喝。杨老板承许他,凡是他送来的鱼,有多少收多少,一律给他大价钱。这一年,赵舍家的收入胜过任何一年。

时间一长,赵舍和杨老板成了熟交,双方也无话不谈。杨老板不免问他:你在什么地方打鱼,为什么能得心应手?小赵舍便如实说他在九龙口水下捉鱼,水下还有一条大虫,头上长角,身上长鳞,卧着不动,很多鱼虾都在它的身边游来游去。杨老板一听,知道小孩说的大虫就是卧龙,喜出望外,随即又买肉买包子让他带回家吃。

回到家中,赵舍把肉和包子交给母亲吃,并说是杨老板奉送的,母亲并不在意。如此一来二去,杨老板回回款待小赵舍,他觉得欠杨老板人情太多,就对杨老板说:"今后有用着我的地方,我一定尽力而为!"

这一天,赵舍卖完鱼,杨老板又请他吃饭。吃罢饭,杨老板拿出一个小红包对赵舍说:"为兄一事相求,明天你再下水捉鱼,求你将这个小红包放在大虫嘴里。事成之后,为兄永远忘不了你。"小赵舍满口答应。临别,杨老板又给他买了许多东西带回家中。

回到家中,赵舍把杨老板托付的事向母亲讲了一遍,赵葵花明白了一切。她知道儿子说的大虫就是卧龙,小红包就是杨老板家的祖骨,杨老板托付的事是想得龙脉,子孙后代能坐朝廷。这样的好事岂能让别人捷足先登?

她趁儿子睡下,挖出老龟精的骨头,把它烧成灰,也用一块红布包好。她告诉儿子:"明天下水后,见到大虫先把咱这个红布包放到大虫嘴里,然后再放杨老板的。"

小赵舍从小和娘相依为命,是一个孝子,特别听娘的话。这天他来到水下,把他家的小红包往大虫嘴里放,大虫就是不张嘴。他拿出杨老板的红布包一摇,大虫张口就要吞下。赵舍给大虫来了个冷不防,一换手,将自家的红布包扔到了大虫嘴里。他怕大虫吐出,忙扯起一把水草塞进大虫的嘴里、鼻子里。等他再把杨老板的红布包往大虫嘴里放时,大虫再也不张嘴了。赵舍没有办法,只好把红布包挂在了大虫角上。

赵舍回到岸上,向杨老板说了实情,杨老板叹口气说:"天命难违啊,日后你赵家坐江山,我杨家只好给你家当'挂角将'了!"

赵舍年长20岁,娶妻生子。第二年妻子一胎生下二子。二子出生后,妻子一命归阴。后来人们说,凡人撑不起两条真龙。

赵舍又当爹又当娘抚养着两个孩子,日子倍加艰辛。孩子长到三岁,山西大旱,许多人出外逃荒要饭。赵舍用扁担挑着两个孩子来到嵩山脚下,他闻听人言法王寺和尚慈悲为怀,扶孤济贫,便挑着两个孩子往法王寺赶。

这天夜里,法王寺长老昭慧夜梦观音菩萨点化,要他天明到寺前接驾,接驾后好好把小孩培养成人,将来对佛教事业大有好处。

第二天早晨,昭慧长老来到山门,果见一大汉用一条扁担挑着两个筐,一个筐里坐着一个小孩儿,小孩儿头上金光四射,知是真龙天子到了,他赶忙上前迎接。

长老对赵舍说:"施主若不嫌弃本寺条件不好,就在本寺住下。你每天给寺院干活,两个小孩由我负责教养,教他们习文练武。"赵舍听了喜不自胜,就在法王寺安了家。

孩子长到十二岁,长老把赵匡胤送到少林寺学武,把赵匡义送到皇家书院读书。

兄弟二人在昭慧长老的苦心教导下,文韬武略均有长足进步,后终于统一中国,建立了大宋王朝。而河东杨氏后代世代为大宋江山出生入死,南征北战,写下了壮丽辉煌的不朽篇章。

大宋建国以后,匡胤、匡义兄弟不忘法王寺,不忘昭慧长老养育之恩,多次拨款重修法王寺,使寺院香火鼎盛,百代不衰。

(整理:恒孝 赵致和)

宋仁宗上坟

大宋庆历元年(1041年),春风吹绿了大地,百花相继开花。清明节那天,风和日丽,宋仁宗亲率皇家宗亲队伍,浩浩荡荡来到巩县宋陵,为先帝祭祖扫墓。当祭品刚刚摆放整齐,只见一个旋风,高有数丈,由嵩山方向缓缓来到宋陵,徐徐落入高祖墓陵。当时在场的人都惊呆了,宋仁宗也惶惑不解,为

稳住众人的心,他挥手向大家说:"先祖显灵,必有喜事降临,我们开始祭祖吧。"

当天夜里,行宫就设在巩县的县衙。大约二更时分,宋仁宗刚刚入眠,梦中见到宋高祖赵匡胤就来到他的身边,赵祯一看是打江山的皇祖爷爷来了,忙双膝下跪,口称:"爷爷在上,孙儿有礼。"只见爷爷满面笑容地说:"孙儿平身坐下,我有事托你办理。爷爷开创大宋基业,幸有嵩山法华寺长老昭慧大师相助,我登基后,拨款整修了寺院,嘉奖了大师,但尚有一事未了。爷爷本想待统一北方,完成中国统一大业后,再下诏将分开的五个寺院合一,复名法王寺,但国事尚有北方未了,佛事未尽,阳寿已终。现在国事已定,望孙儿代爷爷把法王寺的佛事了结,将五个寺院合一。"说罢拂袖而去。

第二天早晨,宋仁宗将爷爷梦中所托之事,牢牢记在心中,带领皇家队伍,起驾嵩山法华寺。早有人报知九十多岁高龄的昭慧大师,通知五个寺院的住持,早早来到山门前接驾。宋仁宗朝拜佛祖后,对五个寺院的住持,颁发了诏书,将五寺合一,赐名"大法王寺",由昭慧大师出任方丈。同时,由皇家拨款,整修由护国、法华、舍利、功德、御容五寺统一后的寺院。从此,"大法王寺"的金字匾额悬挂山门,历经金、元、明、清至今,源远流长,永放光芒。

(整理:赵致和)

疯和尚路戏欧阳修

宋仁宗皇祐三年(1051年)八月,大诗人欧阳修一行五人来游嵩山。游罢中岳庙、少林寺、镮辕关、会善寺后,这天一早又从县城出发,要登峻极峰了。五个人先到了峰下的峻极院,把马拴在松林中着人养护,弯腰系紧踢倒山鞋,就顺着蚰蜒小道进山了。

一路上,五个人攀上一座山峦又一座山峦,越向前走山越高路越陡,每抬一次腿,都要惊动藏在林莽间的鸟雀,吱吱吱地向前飞去,前边又是云障雾遮,看不清山到底有多高,路到底有多险。路断行人,只有他们几个走路的回声在山谷中回荡。欧阳修到了这里,竟然兴致倍增,随口吟道:

系马青松阴,蹑屐苍崖路。
惊鸟动林花,空山答人语。
云霞不可揽,直入冥冥雾。

吟声刚落,从身后竟走上来一位瘦骨嶙嶙、须眉皆白、高鼻梁、大眼睛、满面灰黑,斜披一领烂得已难披住的袈裟,手扶着一根刚刚折下来的树枝,一边走一边口中哼唱着的疯疯癫癫的和尚。欧阳修由于对前边山路一无所知,便开口向疯僧问道:"大师,要登峻极峰吗?"

那和尚见问,边笑边回答说:"不用问,不用问,来到这里都是同路人。"

欧阳修一听和尚说是同路,便想同路而行,也不用再为不识路犯愁了。便接上说:"咱们一路走好吗?"

疯和尚仍然脚步不停地边走边答:"一路,一路,就这一条登云路。"一边说,一边从他们身旁擦身而过,走到前面去了。

欧阳修连忙追问了一句:"前面的路好走吗?"

那和尚头也不回,又是边走边说:"好走,好走,前面走过汉武帝,后面又走过唐天后。"

欧阳修听到疯和尚的回答,知道这里正是攀登峻极峰的正路,当年汉武帝登峻极祭中岳,武则天登峻极峰封中岳,都是走的这条道,便高兴地朝疯和尚背影大声要求说:"大师等一等,咱们一起走!"

那和尚仍然是头也不回地边走边答:"不能等,不能等,三条腿等不着两条腿,四条腿会在后面催。"

五个人对和尚的这句答话一时难解,眼看他在前面已经走远了。欧阳修着急地又从背后大声问了一句:"请问大师,登上峻极峰到底有多远呀?"

那和尚仍然头也不回地答说:"远在天边,近在眼前,既然头步开了腿,还怕什么千里远!"

疯和尚后面的话被山中回声淹没了,五个人也都想赶上他,便一起抖擞精神大步流星地追了上去。谁知直到追得浑身汗流,气喘吁吁,仍没能追上他。有时疯和尚还出现在头顶峰峦的半腰里,却一晃又不见了。

越向上攀,山越陡路越险,五个人爬呀爬呀,四肢并用,顺着隐隐约约前人踏过的脚印儿,左一拐,右一绕地翻

欧阳修与疯和尚

过这条山梁,又越过那条山脊,眼看着头顶上不远处的山峰都是必经之路,爬了好半天,也没能爬上去。向前看,一条小径露在头顶那棵树梢上,回首脚下,千岩万壑在悠悠白云中忽隐忽现,看着群山好似大海中出没不定的座座暗礁。眼看血红般的残阳已经压在西山顶上,他们总算带着满身汗水,登上了那座早就看到的山峦。这时,斜照的夕阳在条条山隙中射出了一道道忽明忽暗的岚光,把整个嵩山陪衬得俊美无比。欧阳修到了这时,竟然又诗兴大发,当即坐地随口吟道:

　　望望不可到,行行何曲盘。
　　一经林梢出,千崖云下看。
　　烟岚半明灭,落照在峰端。

欧阳修的吟声刚住,听到山峦那边也传来了吟诵之声,侧耳细听,仍然是那个疯和尚的声音。只听他唱道:"在峰端,在峰端,千年往事化云烟,眼前事又临脚下边。……"随着声浪,疯和尚已从松林中转了出来。欧阳修又连忙上前搭讪着说:"师父,咱们真有缘分,到这里又相见了。"

疯和尚仍然是挂着那根树枝,脚不停地边走边说:"真有缘,真有缘,前世缘分今日见。"

欧阳修看天色不早,很想问问到峻极峰还有多远,便连忙问道:"请教大师,到峻极峰还有多远啦?"

疯和尚仍然从他们身边擦身而过,直朝山下走去,边走边答:"说远不算远,不远还算远,上天之路行一半,还有一半在脚下边。"

欧阳修又连忙问道:"天黑前走到走不到?"

疯和尚又是头也不回地边走边答:"不走走不到,要跑能跑到,不跑后面追,四腿嗷嗷叫。"

疯和尚的话音没落,霎时间山风骤起,周围松涛阵阵,犹若狂涛巨浪,突然,一股猛烈的山风,吹来嗷嗷巨响,不知谁说了句:"你听,虎啸!"五个人拔腿就向山顶跑去。也不知从哪里来的力量,把浑身疲劳甩得无影无踪,噌噌噌,一口气就蹿上了那座山头。

蹿上那座山头之后,天公竟像变戏法一样,风息了,声往了,几乎是万籁俱寂,一钩弯月已挂在东边天上。向下看时,隐隐约约还能看到那个疯和尚,他仍在刚才休息之处正向这边招手。回头上望,峻极峰顶已在眼前,当年女皇武则天登封中岳时,在峰顶修起的登封坛,九级三壝,一丛汉白玉石柱犹若条条利剑直刺云天。霎时,人人兴致倍增,又同刚才一样忘掉了疲劳,撒开大步直朝坛顶奔去。

到了坛顶,月光若水,为整个嵩山罩上了一层朦胧白纱,仰观天上,漫天星斗闪烁,俯瞰山下,三五灯火点点,天上地下好似混元一体,分不清哪是天哪为地。随着徐徐清风,人人都有飘飘然羽化登仙之感。五人席地而坐,准备在这青空之中,度过这一难得的良宵。

就在欧阳修陷入沉思之时,一个同伴开口就风趣地说:"那个疯和尚,今天真会捉弄人。"欧阳修应声否定说:"不不,我看那个和尚并不疯,乃是一位道行高深的学者。山下告诉咱的是'千里之行始于足下',山腰讲的是'行百里者半九十',又用风声鹤唳送咱们快步上了峰顶,最后又向咱们挥手而别。他不仅不疯,实在是个不凡的菩萨啊!"几句话说得大伙都愕然了。

(讲述:德禅　整理:甄秉浩)

志 隆 兴 医

金朝兴定年间,东林志隆住持嵩山少林寺。每年他都从寺院收支以后的盈余中,拿出一部分救济民间穷苦人家。金宣宗兴定五年(1221年)初冬的一天,天空阴云密布,雪花飞舞,志隆和监院和尚兴法,到民间了解实情,准备开始善施俗民。他们走到郭店村西头,遇到了远近有名的孝子任恩,任恩面带忧愁,两眼含泪,向隆公诉说家有老娘重病在床,连日高烧不止,昏迷不醒,无钱医治的事。隆公当即施舍二百文铜钱,让任恩赶快去给母亲请医治病。

三天以后,大雪封山,冰锁河谷,少林寺方丈东林志隆和洛阳宝应寺僧木庵性英,站在少林寺山门外的少阳桥上,面对雪景,吟诗取乐。隆公诗问:"银装裹山林多少?"英公诗答:"冰解水清心自明。"正当二人诗兴正浓、意犹未尽的时候,突然一个头戴麻冠,身穿孝服的孝子来到面前,一句话不说,就跪下给两位和尚叩头。隆公扶起一看,孝子不是别人,而是自己三日以前曾在郭店西头施舍铜钱、让其赶快回去给母亲治病的任恩,说道:"你母亲的病到底……"任恩没等隆公把话说完,就大放悲声,痛哭不止,接着诉说了为娘求医找药不成的经过。原来,任恩得到隆公救济以后,冒着鹅毛大雪到三十里以外的登封城为老娘求医取药。医生说山高路远,不能出诊,耽误了时间,致使娘的病没有及时医治而去世。任恩今日来见隆公,一来是感谢救济之恩,二是母亲死后,家中只有独自一人,想到少林寺出家。隆公答应了任恩的要求,收任恩为徒,取法名叫僧侠。

隆公看到寺居深山,缺医少药,施舍钱再多,也不一定能济世活人。这件事对他刺激很大。闲谈之中,木庵性英建议隆公效法青州辨公,开设药局,普度众生。隆公接受英公意见,决定开办药局,但此举遭到监院和尚兴法的反对。他说:"佛门寺院应当以禅业为主,开办药局,势必以利心妨碍佛事。"

兴医道，开药局，是全寺所有僧人的公共事业，既然有人提出反对意见，他也只好暂时搁置缓办。

说起来倒也凑巧，兴法和尚的徒弟僧德在练习武功中，跌断了腿骨，由于寺院附近没有药局（铺），又是大雪封山，不能及时医治，致使僧德成了残废。隆公借此，向全寺僧众说明开办药局的重要性。于是，再也没有人反对开办药局了。隆公在开办药局的过程中，进一步认识到医和药是药局的两根支柱，有医无药不能治病，同样，有药无医也不能疗疾。于是，他让自己的徒弟僧侠去学制药，又让兴法的徒弟僧德去习医。

有了两位热心医药事业的僧人，少林寺药局办起来了。这不仅方便了本寺僧人有病就医，同时，许多俗民百姓有病，也纷纷前来求医。

隆公兴办药局，开创了寺院以禅为主，医药为副，禅医相兼，普度众生的先河。

龙门石窟的传说

在嵩山西北，有一座龙门山，伊河从南向北穿过，把龙门山分隔成东山和西山。在 1 公里长的山壁上，有 2100 多个洞窟，10 万多尊佛像。远远望去，就像蜂窝一样稠密，这就是举世闻名的龙门石窟。在当地群众中间，流传着关于龙门石窟的动人传说。

很久很久以前，在洛阳城南有一道东西走向的大山梁，从南山奔流下来的伊河水到了这座山前就被挡住了去路。有一次，一个放羊娃赶着羊群上山，走到半山坡的龙王庙前时，天忽然变了，一声霹雳惊散了羊群，一只公羊闯进龙王庙，撞倒了东海龙王爷的神像。龙王大怒，奏明玉帝，连下大雨，淹没了山下的村庄。百姓们哭喊连天，都逃到山顶上避难。

龙门石窟中的大卢舍那像龛

这哭喊声传到天宫，惊动了把守宫门的一条老黄龙。他低头一看，知道百姓受难，急忙来到伊河边，收住了雨，喝退了水。山上的百姓回到村里，重建家园。东海龙王看到这情景，心里好生气恼，在玉帝面前奏了老黄龙一本，说他私自收雨、退水，违犯天条，理应问斩。老黄龙不服，说："东海龙王欺上压下，草菅人命。臣慌忙之中只顾救人，未及奏明圣上。虽然有过，但救人要紧。那东海龙王无故

降灾于民,其罪更大。"

这时,太上老君、太白金星也都来为老黄龙说情。谁知玉帝只顾自己的尊严,不管百姓死活,他把脸一沉,说:"看在众卿面上,死罪可赦,活罪不饶。现命你到洛阳城南青石山中造佛像十万尊,明年二月三日前来交旨。如再违旨,定斩不饶!"说罢,他就命力士押送老黄龙到洛阳。

老黄龙有一个女儿,十分孝顺,闻信后苦苦哀求玉帝让她跟随爹爹去造佛像,也好当个助手。玉帝看她一片孝心,也就答应了。老黄龙被压到青石山下,闷得透不过气来。他越想越感到玉帝处事不公,心中十分气恼,就用头在两边石壁上乱撞,想撞出一个口子,飞回天廷,再与玉帝论理。龙女又劝又拦,但是劝拦不住。那青石山高大坚固,老黄龙撞来撞去也撞不开口子,只是在两边壁上撞出了两千多个洞窟。老黄龙还不甘心,正想再撞,忽听山外有人喊道:"老黄龙,你不要枉费心机了,这山撞不开!现在你就在这些洞窟里造佛像吧!切莫过了二月二的限期!佛像造好,你要连声高喊'开不开',那时山口自开,你便可回到天上!"

老黄龙听出这是太上老君的声音,知道他对自己没有啥恶意,也就安心造佛像了。他把自己的利爪当作雕琢工具,一个洞窟一个洞窟地凿石造佛像。

再说山下自从洪水退后,百姓安居乐业,那个放羊娃还是天天上山放羊。近来他经常听到山底有凿石头的声音,心里很奇怪,就把这事告诉了母亲。母亲说:"孩子,这山底下说不定压着受苦的人。你每天去放羊的时候,要留意着点,如果受苦人有用得着你的地方,你要拉他一把!"放羊娃牢记着母亲的话,天天上山都要细听动静。

转眼间二月二就要来到,可是佛像只造了九万多尊,老黄龙一着急,就没日没夜地连着干了起来。到了二月初一午夜,十万尊佛像已经造齐,只有西山壁上的三尊摩崖佛像还没有雕好五官和衣着。这时,老黄龙的爪子都已磨秃,鲜血直往下流。龙女不忍心,要替父亲干,可是她凿不动那山石。老黄龙推开了女儿,咬咬牙接着干,可是爪子疼得钻心。突然,他觉得眼前一阵发黑,昏了过去。正在这时,忽听山外一声鸡啼,二月二到了。龙女急得连声喊爹,可是怎么也喊不醒,只得放声大喊:"开不开?开不开?"

话说二月二清晨,放羊娃又赶着羊群到了山上。这时凿石声已经停了,只听得山底里有人高喊"开不开",放羊娃顺口大喊一声:"开!"只听得"轰隆隆隆"一声巨响,大山梁从中间裂开了一个大口子,紧接着两条龙从底下飞了出来,像箭一样钻进九霄云里去了。山前的伊河水就穿过这条口子往北奔流,东西两边的山壁上布满了佛龛和佛像。放羊娃查了查,足有10万尊佛像,只是西山的摩崖三佛还没有雕刻完毕。

由于山口开处有龙飞天,因此当地老百姓把这座山叫"龙门山",把那些石窟叫"龙门石窟"。

少林冬青缠柏的传说

少林寺对面的钵盂峰上有座殿宇,叫二祖庵,是少林寺二祖慧可断臂后养伤的地方。二祖庵大殿前的卓锡泉旁,有一株伟岸挺拔的柏树,青翠的冬青藤攀枝而上,直插云天,奇特诱人,雄伟壮观,这就是驰名嵩山的冬青缠柏。

相传在一千多年前,二祖庵有个年轻的和尚叫觉生。觉生天资聪明,只因家境贫寒,才出家当了和尚。少林寺东边三里远的地方,有个永泰寺,寺里有个和觉生和尚命运相同、年龄相仿的尼姑,叫玉冬。

一天,觉生到少溪河南岸的五花屏上打柴。他手拉树枝往一座崖上攀登,由于用力过猛,把树枝拽断,打了个趔趄,从崖上滚了下来。永泰寺小尼姑玉冬往少溪河洗衣,路过这里,看到路旁躺着个小和尚,满身是血,急忙摸了摸鼻孔,发现还有气息,就掏出手绢,揩净血迹,又从洗衣篮里拣了一件比较干净的衣服,撕破包扎了伤口,然后把小和尚移到崖边一块山石下。玉冬想:把觉生摔伤的事告诉少林寺吧,但是按照佛教戒律,和尚和尼姑是不能交往的。把觉生背进永泰寺吧,尼姑住的地方藏个和尚,成何体统?老尼姑更不会同意。丢下不管吧,还不叫狼吃掉?怎么办呢?出家人以慈善为本,哪有见死不救之理?想到这里,她决定把觉生背到自己住的永泰寺去。可是,玉冬年小体弱,哪能背得动小和尚?她救人心切,连拖带拉,一步一歇,不知流了多少汗,歇了多少次,终于把觉生拖到了永泰寺。

玉冬把觉生放到山门过道里,就跑去向老尼姑禀报。她以为老尼姑肯定会夸奖自己修行有道,谁知道当老尼姑听说救的是个和尚,还把和尚背到庵里来,就大发脾气,骂玉冬不知羞耻,不懂出家人的规矩,非让她立即把觉生弄出去。不然的话,就要把玉冬赶出寺院。玉冬满肚子委屈无处倾诉,无奈,只得和一个与自己相好的尼姑背着老尼姑,把觉生抬进五花屏一条深山沟,藏在了一个山洞里。野兽发现了咋办呢?她俩想了想,便在洞口垒了石头,摆了树枝。从此,玉冬趁每天到少溪河洗衣的机会,偷偷地给觉生送些吃的东西,同时,又给他擦洗伤口。觉生对玉冬的热心照料,感激涕零。

再说二祖庵丢了一个和尚,四处派人寻找。一天,一个和尚来到这条山沟,走到隐蔽觉生的山洞前,听到有人说话,却瞧不见人。这个和尚顺着说话声音,悄悄

冬青缠柏

来到山洞边,透过树枝往洞里瞧,看到觉生面前站着一个长得俊美的小尼姑。

小尼姑说:"我们寺里的老尼姑满口佛经,背地里却干那些见不得人的事,是个地地道道的伪君子,还装模作样地教训别人。咱们出家人清苦孤单,不如还俗回家过俗人生活,男耕女织,倒也快乐。"

觉生对凄冷的佛门生活,早已十分讨厌,就说:"我对佛祖并无诚心,只不过是为了讨碗饭吃,才出了家。西方极乐世界我不追求,我不相信人能成仙成佛,我也愿意还俗。"

小尼姑见小和尚对自己如此信任,便毫不顾忌地说:"那咱就想法逃走吧!"

觉生坚定地说:"你是我的救命恩人,你说咋办就咋办,一切听你的。"

玉冬听了觉生的话,更是喜出望外。但她看到他伤未痊愈,行走不便,想了想,说:"你尽管养伤,

等伤好以后再说。"

寻找觉生的这个和尚,听到觉生和玉冬的谈话,马上回去禀报给了二祖庵的老和尚。老和尚又到少林寺常住院禀报给了方丈,方丈和永泰寺老尼姑一联系,决定立即前去捉拿他们。

方丈跟前有一个随身小和尚,和觉生是要好的朋友,心底十分善良,他听到这个消息,连忙前去给觉生送信。觉生和玉冬得到要被捉拿的消息,慌忙向后山逃走。觉生行走困难,玉冬就搀着他往山上爬。此时,捉拿的人已到山下,觉生眼看自己要被活捉,还要连累玉冬,心里非常过意不去,就说:"玉冬姑娘,快丢下我,你尽管逃命吧,要不咱们两个都没活命啦!"

玉冬说:"我不能丢下你,就是死,我们也要死在一起!"

捉拿的人叫喊着,越来越近。觉生和玉冬十分艰难地往山上爬。行走中,跟前出现了一个十几丈深的悬崖。觉生和玉冬进退两难,又不甘心被活捉,俩人毫不犹豫地拥抱在一起,纵身跳崖身亡。

觉生和玉冬死后,为了显示他们对佛法的蔑视,又为了表示对爱情的忠贞,便在二祖庵前的卓锡泉旁,一个化作一棵小柏树,一个化作一条冬青藤,藤条盘树而上,你拥我抱,茁壮成长。

一千多年过去了,如今大柏树已有三四围粗,十几丈高,苍翠茂盛,生机盎然;水桶粗的冬青藤攀枝而上,青翠欲滴。如今,除根部外,冬青和柏树已长为一体,成为少林奇景——冬青缠柏。

(整理:景新源)

日本高僧访少林

元朝天历年间,有一年腊月里,中岳嵩山落了一场大雪。一天傍晚,少林寺执客僧(即分管接待客人的和尚)来到禅堂,对正在佛前念经的和尚菊庵说:"禅师,刚才来一个赶斋僧人。"

"按照寺规好好安置。"菊庵和尚念着经,轻轻地回答了一句。

执客僧说:"禅师,这个僧人非同一般,是日本国僧人,来我们中国取经的。"

"日本国?"菊庵听说是异国僧客到来,停止念经,问道:"什么尊惠?"

执客僧说:"他自己说是家居日本,小名邵元,来我中国取经已三年之久,今日路过这里,天色已晚,故来赶斋。"

菊庵又问:"他有多大年纪?"

执客僧回答:"这个客人生得眉清目秀,白面朱唇,细高挑个儿,穿一身灰布僧服,虽然颜色稍退,倒是干净可体,走路潇洒利索,满口中国话说得非常流利,看相貌不过三十四五岁。"

菊庵听后吩咐道:"是位贵客,要好好款待。"他让伙房用江南米给客人做晚餐。

这位来少林寺赶斋的日本人僧人邵元,是日本国山阴道但州正法神寺主持僧。1387年,也就是他三十三岁那年,乘"天龙寺"号海船来到中国,三年时间足迹踏遍了华北和东南,此刻他从中国南方到中原来,途经少林寺。执客僧遵照首座和尚菊庵的吩咐,烹了大鱼,焖了白米,款待邵元。

邵元看到鱼米夜餐,十分高兴,但是因受了风寒,只勉强吞下几口。躺下后,邵元觉着浑身骨节酸痛难受,头疼喉干,浑身发烧,难以入睡。

正在这时候,有人敲门,邵元点上油灯,开开门,见菊庵两手捧着火锅走进门来。菊庵将火锅放在桌子上,笑着对邵元说:"不知大师着寒受凉,姜汤送来晚了,望乞见谅。"

"我……"邵元真是感动极了。

菊庵把火锅推到邵元面前,说:"这是中国人发汗常用的酸辣汤,喝吧!"

邵元看菊庵赤诚待人,十分感激,揭开火锅盖儿,大口喝起来。

邵元喝完一火锅酸辣汤,鼻通喉润,满头大汗。菊庵又让他早早入寝,有话来日再谈,端起火锅,关门而去。

第二天,风息雪止。吃过早饭,执客僧走进静堂,对正在执笔写字的菊庵和尚说:"禅师,日本高僧讲他要挂单,在咱少林寺多住几天。"

菊庵边写边说:"欢迎!欢迎!"

"一会儿他要来拜访您。"执客僧又说。

日本高僧邵元走进门来,见菊庵正在运笔,挥手制止住了执客僧。执客僧出门以后,邵元上前一瞧,菊庵正在录写诸葛亮的《出师表》。满篇草书,称得起龙跃天门,虎卧凤阙。邵元是个喜爱中国书法的文僧,他等菊庵写完以后,深施一礼,称赞说:长老用笔,实在是重若崩云,轻如蝉翼,导之泉注,顿之山安啊!"

菊庵一看,是邵元来了,忙还礼道:"不足挂齿,不足挂齿!师弟善书吗?还望垂教,让敝僧见识见识。"说着,他把七寸笔递给邵元。

邵元接过竹笔,说:"敝僧才疏学浅,望长老指教。"说罢,他蘸饱徽墨,录写起《鉴真和尚东渡赋》。他巧妙地运用藏锋、中锋和裹锋,字的结构方严整齐。邵元写完以后,菊庵伸着大拇指,说:"写得好,写得好!"

邵元放下笔,说:"长老过分夸奖了。"

古人云:酒逢知己千杯少。菊庵、邵元谈起书法艺术,滔滔不绝。从此,两个中日高僧吃饭同桌,睡觉同室,谈经论法,亲如手足。光阴似箭,岁月如流,日本高僧邵元在少林寺不知不觉住了十年之久。

至元四年端午节,两个僧人同去白马寺拜访,回来时途经镮辕关18盘山道,一块风化石,如斛似斗,从山上滚下来。眼看要砸到邵元头顶,菊庵和尚手疾眼快,左手把邵元推过去,右胳膊一挡,岩石从他头顶斜飞过去。邵元幸免负伤,菊庵胳膊却被砸伤了。

后来,菊庵和尚得了不治之症,于当年的九九重阳节圆寂了,享年八十四岁。邵元整整守灵"双七",还为菊庵禅师撰写碑文,这就是有名的"道行之碑"。

由于邵元在少林寺理佛期间德功俱高,菊庵和尚死后,少林寺众僧推荐邵元为少林寺首座和尚。邵元在中国留学长达二十一年之久,五十四岁才返回日本。

新中国成立后,这位日本高僧留下的书法真迹被郭沫若同志看到以后,挥笔题诗曰:

邵元撰写照公塔,
仿佛唐僧留印年。
花落花开沤起灭,
何缘哀痛着陈言。

现在,邵元撰写的"照公和尚塔铭"和菊庵禅师"道行之碑",仍完整无缺地分别矗立在少林寺的碑林与塔林之中,它象征着中日两国僧人的友谊永垂千古,流芳百世。

宜 山 竹

明世宗嘉靖年间,少林寺有个和尚,名叫宜山。这个和尚有个特性,一生爱好画竹。每天除做佛事以外,就是育竹、看竹、画竹。画竹,在宜山和尚的生活中,比吃饭穿衣还重要。

相传,少林寺的和尚受戒以后,有个假期,就可以到其他名山大川的寺庙去参观、访问、取经,这叫"游方"。那时候,别的师兄师弟受戒后,出外游方归来,都要带一两件珍贵物品,例如高级佛珠、上等袈裟、玉雕古玩、翡翠名瓷等等。宜山呢?在少林寺和尚中,也是个数一数二的高僧,不管说话,论文,做佛事,还是习拳舞剑,都是出类拔萃的人物。26岁受戒以后,到江南去游方。宜山游方走后,师兄师弟们议论纷纷,猜测他要带回来的东西不外乎珍贵物品。

宜山从冬初出去,到春天归来,在外面周游了四五个月。当他回到少林寺时,全寺众僧都来看他带回什么贵物。大伙儿越是说要看他带回来的东西,宜山越是迟疑地不想拿出来。他越是谦虚,众师兄师弟越是要看。宜山没办法,只得把他带回来的"珍品"拿出来。只见他从挎笼里拿出一包东西,放在桌子上,首先解开布包单,然后解纸,整整解了八层纸,"珍品"亮出来了,原是一些带根的竹笋。师兄师弟看到竹笋,哈哈大笑,一哄而散。宜山则把竹笋栽在窗外的空地上,并且用砖砌了个圆池。

宜山和尚爱竹爱得出奇。为了体味竹的神态风韵,一年四季,从春到冬,每逢朝日晚霞,霜晨月夜,或暮烟晓雾,晴晦阴雨的时候,他总爱仔细观察竹叶和竹枝姿态的变化。宜山经常钻研宋代著名画家文与可画竹的方法。他把他的扇面、门帘上都画上竹,砚台、笔管上也用刀刻上竹。据说宜山和尚不但睁着眼睛能画,而且闭上眼睛也能描摹出竹的形态神韵来。

有一次,他到少林寺外一竹园旁画竹。竹园旁边放着一块青石碑坯,他把一张雪白的大纸平展在碑坯上,手中握着一支大笔,蘸饱了墨,闭起眼睛,深思怎样描摹出绿竹的神态。正在这时,从山谷丛林中走出来两只大黄狼。狼看见竹园旁边坐着一个人,就偷偷地向他靠近,想吃掉宜山和尚。宜山和尚呢?坐在石头上,挺着腰杆,左手按纸,右手握着饱蘸墨汁的大笔,胳膊悬着,好像一尊处世罗汉。这两只大黄狼见此情况,弄不清是怎么一回事。它们以往碰见人时,人们总是对着它们大声吆喝,或用石头掷砸,或大步跑开。可今天它们看到宜山这个架势,与以往大为不同,不禁愣住了,不敢轻举妄动。宜山和尚由于画竹的思想高度集中,对两只狼的到来一点儿也不知道。当他把腹稿打好以后,"唰"地一笔下去,雪白的纸上突然跃出一株鸡蛋般粗的大竹竿。两只黄狼一看,"嗷"地一声逃跑了。这一声狼嚎,把宜山和尚吓蒙了,好一会儿他才站起来。狼为什么跑呢?因为它们突然看到出现一株大竹竿,以为要挨打了,所以吓得夹起尾巴逃去了。

宜山和尚从16岁学画竹,一直画到34岁,终于学成了。有一天,他把自己画的一大幅"茂林修竹"挂在院子里的墙壁上,站在远处欣赏。这时,两只麻雀"喳喳"叫着,从东边飞过墙来,照直朝他画的竹林飞去。"嘣!""嘣!"两只麻雀碰到他挂画的墙上,"扑棱棱"滚落在地上。少顷,两只麻雀苏醒过来,才又"唧唧喳喳"地叫着飞过墙去。

宜山和尚的竹画得好,求画的人很多。宜山死后,僧徒们把宜山画的竹刻在石碑上,供人观赏,或以拓片馈赠僧俗好友。至今,许多游览少林寺的宾朋,都会买一幅"宜山竹"作为珍贵的纪念品。

五百罗汉像

传说,明代万历年间,少林寺创建千佛殿(又名毗卢阁)时,来了一个山村农民打扮的人,到主持和尚长寿面前,躬身作揖说:"我是来帮助佛爷建造千佛殿的。"长寿和尚一看,这个人有35岁上下,个儿不过五尺高,头戴一顶深灰色卷边毡帽,上身穿一件煮青有襟棉袄,缀了五个铜扣子,个个都有银杏大;下穿一条毛蓝棉裤,针线痕儿像蛤蟆眼,不少鼓在外面;脚穿一双圆头双脸鞋,鞋口上打着个经疙瘩,鞋底子有寸半厚。看脸面,这人长得眉清目秀,银盆脸上还显出两个酒窝儿。长寿和尚见他彬彬有礼,文雅大方,心想:建殿的木匠都是结帮成伙来的,他一个人会干什么呢?他考虑了好一会儿,觉得没什么活儿给他分配。

这个山农打扮的小伙子,见长寿半天不答话,就说:"师父!我爷爷专门让我来帮助建造佛殿的。要是真没有活路让我做,我就走啦!"说着,他向长寿深施一礼,就要告辞回家。

站在一旁的几个管理建殿的僧人都说:"这么大的工程,多他一个人吃饭算什么?多少活路,还会没他做的?人家爷爷专门让他来为佛爷建殿,咋能让人家走呢?"长寿和尚听众僧这样说,就问小伙子:"你会做什么?"

少林寺壁画《五百罗汉朝毗卢》局部

小伙子说:"请师父分配活路。"

长寿听小伙子这么说,一时又想不出来有啥活可让他干。

小伙子见长寿吩咐不出活路,就说:"师父,这样行不行?我手拙眼笨,别的活做不好,就画几幅画儿,等佛殿盖成后,贴在殿里,行不行?"

长寿正愁着没活路给他分配,听小伙子自我介绍会作画,就说:"行行,你就到那间房子里去作吧!"说着,他指着东南角一间破工棚。长寿又问他要什么工具,小伙子说笔墨纸砚他带的都有。

冬去春来,一座筒瓦硬山房,阔七间,深三间,高约六丈的千佛殿建造成了,粉刷、油漆也已竣工。只见红墙蓝瓦,斗拱飞檐,雕琢精细,巍峨壮观。若走进殿门,东北西三面墙粉白干净,但看起来,总觉得缺少点儿什么似的。众人纷纷议论,说粉墙上挂几幅画儿该有多好啊。大家一提,主持和尚长寿才想起山农打扮的小伙子,就赶快到破工棚房里去找。

他刚走到工棚门口,小伙子抱着一卷画纸走出门来,向长寿深施一礼,说:"师父,画已经完成,请师父们看看行不行。"长寿问:"这画儿应该挂在哪里?"小伙子说:"要挂就挂在大殿内东、北、西三面壁上。"长寿听完,更为高兴,于是喊来寺内僧众,把小伙子画的画儿从东墙一张一张往西墙张贴。几百张画儿贴完后,一张不多,一张不少,东、北、西三面墙刚好贴满。大家一看,是一套白描画,画面分为三层,下层的背景为水,中层的背景为云,上层的背景为山林。在各层的背景上,分组绘制着五百罗汉像,形象古朴,姿态各异,轮廓简练清晰,线条圆浑匀整。每个罗汉,不管什么姿态,都对着北墙正中间的一尊主佛——毗卢佛。

主持僧长寿问小伙子:"这画叫什么名堂?"

小伙子回答:"此画名为'五百罗汉朝毗卢'。"

众僧一听,无不拍手称赞。于是,全寺僧众为小伙子设宴致谢。宴席上,许多和尚提出让小伙子把画直接绘画到粉壁上,这样不易损失,可以永葆千秋,还有人要小伙子把壁画涂上颜色,看起来更为美观。最后,主持僧长寿也同意大家的意见。小伙子乐意地接受了大家的提议,并说给他七七四十九天时间,除夜晚以外,请任何人不要打扰他。主持僧说作画中缺什么工具、颜料,由常住僧全部包揽。小伙子有礼貌地说所有绘画工具、颜料,他带得俱全。

七七四十九天过去了,全寺僧众都来看小伙子画的壁画。大家走进殿内一看,都收起了笑脸,有的还摇头责备。为什么?背景和五百罗汉都和纸上画的一样,衣服、景物着色也很精美,唯有五百罗汉的面孔,全部涂为黑色,打眼一看,像五百个锅底片贴在墙上,漆黑漆黑,分不出鼻眼,更不用说看出喜怒哀乐了。主持僧长寿忍着气,问小伙子是怎么一回事。小伙子笑着回答:"请师父三天以后再来看。"

过了三天,众僧又来千佛殿看壁画。只见壁画上五百罗汉像有许多开始变色了,有的由黑色变为棕色,有的由棕色变为红色,有的由红色变为肉红色或粉红色,详细观察,还能看出五官和其他纹理。众僧看后,又是一次鼓掌称赞。主持僧长寿设宴,准备为这位山农画家致谢、饯行,谁知推开工棚门一看,里面空无一人,只见方桌上铺着一张白纸,白纸上书写五言诗一首:

家住华山冲,
窗舍渭水东。
只知昔有宋,
不知今有明。
六世隐名姓,
耕画是家风。

下缀"山村画者"四字。大家读罢这首诗,猜测画家可能是宋朝哪家大臣隐居华山冲后的第六代子孙。

现在这幅壁画的颜色,仍在自然变化中。游客们看到的"千佛殿"这幅壁画,被公认是我国艺术宝库中极有价值的"国宝"。

(整理:徐钦　王鸿钧)

画　中　梅

明朝崇祯年间,少林寺有个和尚,法名别山,外号叫"东风第一枝"。这个外号从何说起呢?因为一年之中梅花开得最早,被人们誉为"东风第一枝",而别山和尚一生爱画梅,每次画完一幅梅花后,总要在画旁边书写上"东风第一枝"五个字,所以众师兄便给他送了这个外号。

别山和尚绘的梅花图,是少林寺的传世珍宝。不管是外宾和内宾,到少林寺参观旅游,不少人都要购一幅别山和尚亲笔绘的"梅花"拓片,满意地带回家去,作为珍品挂起来欣赏。

别山画梅的本领是怎么练就的呢?别山从小读书的时候,就喜爱梅花。每逢新年佳节,他总在市上买几枝梅花,插在堂屋"祖楼"两边的花瓶内。有时候一入冬,他就买几株老梅桩,用山土种植盆中,娇滴滴地放在屋内保管着,等到新年期间,再把梅花搬在客厅里。含苞怒放的梅花,暗香浮动,使客厅显得更富有雅趣。别山二十三岁那年,家乡不幸遭受水灾,万贯家产,付之东流。年轻力壮的别山,抱着一根檩条,顺水漂浮上岸。他走投无路,就到少林寺出家了。削发为僧以后,定法名为别山。别山每天除做佛事以外,就是画梅。师父知道他有这种爱好,就支持他画下去。

别山二十八九岁那年,朝里不少文人墨客来少林寺游玩。别山和尚想把自己绘的"梅花"拿出来让这些墨客骚人赏识一下。于是,经过当家和尚的允许,他把画的"梅花"挂了出来。可是,这些游览的文人,看见别山画的"梅花",不仅不品评,反都夸赞雁荡山能仁寺的和尚梅画得如何如何好。

别山是个有志气的人,他决心去浙江乐清县东北的雁荡山求师,当家和尚也允许了他。五月端阳之日,他跋山涉水向雁荡山而来。途中,别山不避风霜雨露,到十二月才到达浙江南部,溯富春江至瓯江,经过七里濑,进入茆坪。

别山问打鱼的老汉:"尊公,能仁寺在什么地方?"

老翁瞧他是个僧人,指着雁荡山的奇峰,说:"那是'听诗叟',那是'望月牛',过去这两座山峰,是'迎客僧'峰。你看它高达百尺,身披袈裟,挺身屹立,不是在迎接你吗?它的后面就是能仁寺。"

别山听罢,向打鱼老汉作了揖,便顺着山道向能仁寺而来。他经过林立的奇石,穿过飞溅的瀑布,踏着一低一高的石阶,直往高山上登去。他经过打听,知道能仁寺的和尚梅画得好的有几个,不过,最好的当属凝然和尚。他画的梅花,已被朝廷选进皇宫,高挂在御书殿内,曾得到皇帝朱由检的嘉奖。别山听罢,求师的心情更为迫切,唯恐不能把这位名师画梅的妙处学到手里。

这天太阳还未出山,别山就来能仁寺拜访凝然大师。守门的僧徒指着登山道路,说:"大师一早就进山画梅去了。"别山一听,就按照他们指的山道,进山去找凝然大师。

雁荡山,山高峰陡。他爬了"鹰嘴石",绕过"骆驼峰",转过"撑天柱",在"合掌峰"下,见到一位和尚,面对着山崖上生长的一丛梅花在画画。别山大步走上去,深深一揖,道:"师父,我这里有礼了!"画梅的和尚,根本没有扭头,问:"学画梅吗?"

这时候,别山已经瞧见他画得很好,随声应道:"是,求师父指教!"

画梅的和尚停住笔,说:"莫道君行早,更有早行人。"说罢,他又一心一意地画起梅来。

少林寺《别山梅》碑拓片

"您是凝然大师吗?"别山又问。

画梅的和尚摇摇头,伸手一指,说:"他在里山呢。"说罢,他又专心致志地画起来。

别山听说凝然大师在里山画梅,就上山而来,他登上奇峰"上山鼠",翻过怪巅"下山猫",在"猫""鼠"隔溪对峙的地方,看见一位和尚,盘腿坐在溪边,对着隔溪生长的一丛梅花在绘画。

别山依然是先揖后问,这次别山作过两次揖后,画梅的和尚头也未扭地说:"利锋是从石砺出,梅香是从寒中来。"别山问凝然大师,那个和尚说:"在里山画梅。"别山顺着山道,再往深山进。直到太阳偏西之时,他来到了飞瀑崖前。这里一股清泉,从千尺崖顶冲出,化为一条白练飞泻而下,三丈是水,五丈是珠,十丈是烟,最后化云为雾,泻入碧潭。就在碧潭绿水边的平石台上,坐着一位老和尚,拿着笔,对着瀑布旁边的一丛梅花在专心地描绘。这里冷风嗖嗖,寒气刺骨,老和尚的衣服被水珠洒湿了,他却仍然若无其事地在画。

别山作了三次揖,问了三句话,这个老僧都没有答理他,仍然聚精会神地在画他的梅花。别山看着看着也入了迷,他的衣服被水珠打湿了,也没有感觉到。直到太阳落山的时候,他才搀着凝然大师同归能仁寺。

别山为了画梅,在能仁寺住了七七四十九天。最后,画梅的妙处他终于学到了。他回到少林寺以后,天天练习。这年腊月二十八,北风卷着漫天大雪,天寒地冻,而他蹲在梅花丛前整整画了一天。徒弟去"梅园"叫他时,他已变成了一个雪人,盘坐在梅丛前的地上,站不起来了。他的脚和腿都冻僵了,衣服和土地也冻结在一起了。他用这种苦学苦练的精神,整整又画了十年梅花。

话说有一年元旦,当家和尚让别山绘幅"梅花",以备贵客来古刹贺年时欣赏。别山和尚遵照当家和尚的吩咐,绘了一大幅"梅花",挂在客厅里。

元旦佳节这天,新任知县冒着风雪,到少林寺贺年来了。这个知县是近视眼。他一进客厅门,迎面看见一棵鲜艳夺目的腊梅盛开,就哈哈笑着说:"有梅无雪不精神,有雪无梅俗了人啊!今天让我折一枝带回县衙去吧!"他说着,走上前去,伸手就折。当手碰到纸上时,他才知道是幅画,脸上霎时热辣辣。回县衙后,他对太太说:"以前戏中我看过'画中人',今天我见到了'画中梅'啊!"这个知县到处夸奖,说别山画的梅花比真的梅花还好看。

方 丈 借 粮

从唐太宗赐封少林寺以后,少林寺的方丈和尚由朝中钦命,一任三年,三年后另遣派新方丈来接任。到了宋朝,这个制度被打乱了。有时候朝廷派遣方丈,有时候寺中推选方丈,任期也不一定是三年时间了。

传说,明崇祯年间,朝廷给少林寺派遣来一个方丈,名叫魁首。这人虽然精通佛学经典,但不勤佛秉事,生活上好吃爱穿,作风上大手大脚。斗米斗面,他根本不放在眼里。僧徒中谁爱穿戴打扮,他就高看亲近谁;谁若俭朴老诚,他就看不起谁,还说丢佛门的人。

有一年过年,少林寺十八家的当家僧都来给老佛爷上贡,给方丈拜年。按少林寺规矩,中午方丈和尚要请这些当家僧会餐。当时西来庵的当家僧,名叫中兴,文武双全,深懂佛学经典,生活上艰苦朴素,穿粗布僧衣,吃家常便饭,办事耿直而有远见,在众僧中享有威信。因为他总穿一身浆洗粗布僧衣,肩头上打有补丁,方丈魁首见了很不顺眼,认为中兴丢少林寺僧众的人,大年初一中午会餐,魁首就没给中兴下请柬。这件事众师父都看不过去,但因为魁首是方丈,又是朝廷派来的,没人敢直说出来。

办事情,上行下效,古来如此。方丈和尚好吃好穿,大手大脚,常住院的僧徒办起事来也都处处大手大脚,满不在乎。特别是"积香厨"的饭头、菜头、馍头儿,饭后刷洗锅碗时,常常顺水洞眼就被排出寺外去了。

一次,有位老僧看着细米白面做成的吃食被倒在水洞眼里,觉得太可惜,便把这事禀报给方丈魁首。魁首不但不接受这个意见,还说他是多管闲事,一点残菜剩饭,何足大惊小怪?从此,再没人提这事儿了。

西来庵与常住院的积香厨是一墙之隔。起初,中兴看到从水洞眼里流出来的残菜、剩饭、馍头儿白花花的,就收起来喂鸡、喂羊。后来,顿顿饭后如此,并且越来越多,中兴就找一个筛子,放到水洞眼口处全部接起来,然后用清水淘洗干净,晒干,储存起来。有几次,他把晒干的食物用秤称称,有三斤的,有五斤的。

就这样,中兴不吭不哈,顿顿、天天、月月、年年,坚持做下去。四五年后,三间大的库房中装得满满的。

说来事也凑巧,崇祯十年(1637年)遇到了天旱,收成不好,善男信女供佛的香火钱粮也少了,但常住仓库里还有底儿,将将就就吃了一年。崇祯十一年(1638年),又遭重雹灾,庄稼大大减收。这一年,常住仓库里的粮食,全部消耗完了。崇祯十二年(1639年),天又来了一次大旱,田里庄稼,颗粒无收,人们只好吃树皮树叶。这时候,常住积香厨一天连三顿稀菜汤都接不下来。全寺几百名僧众中,身强力壮的年轻僧出外逃荒去了,剩下的老、弱、残和权势僧,人人瘦得皮包骨头,连登殿上香也没人做了。

更严重的是,崇祯十三年(1640年)初春青黄不接的时候,寺里一天饿死了两个僧人。方丈魁首看到这种情况,躺在床上瘫成一堆泥。这时候,几个老僧来找他,说:"方丈!不能白白看着让僧徒都饿死,你出去借点粮吃行不行?"

魁首连眼都没睁,说:"大灾三年,吾身还顾不住吾身,谁家还有粮食借给咱?"

老僧们说:"听说西来庵中兴师父那里存有吃的,一墙之隔,你张张嘴就行了。"

魁首摆摆手,说:"咱们是一个老天爷,他那老诚劲,有什么本事?"

众僧说:"有人见过,他的三间大仓库里,还存着满当当的一屋子吃食呢。"

魁首一听,忙坐起来,问:"真的?"

一个老僧说:"真的,我亲眼见到的。"

于是,方丈魁首就同几个老僧到了西来庵。他见中兴还是穿着一身粗布僧衣,但身体健康,红光满面,心中暗惊。魁首向他施礼,说:"中兴师父!我有眼不识泰山,常山僧徒快饿死了,今天特来向你借吃的。"

中兴听后,忙把他们让进客厅,端上两大盘杂面馍。魁首他们吃起来,说比山珍海味还好吃,一气把两大盘馍吃光了。吃罢,魁首问:"中兴师父!你是从哪里弄来的这些米面?太好吃了!"

中兴说:"远在百里,近在眼前。"说着,他引他们来到水洞眼外,指着说:"是从这里得到的。这些都是前些年从积香厨里倒出来那剩饭馍头儿,我这个没本事的穷酸老僧把它收起来了,淘净晒干又做成馍,说出来惹方丈见笑。"

魁首一听,脸像谁用鞋底打了似的,红一块,紫一块。好一会儿,他才说:"中兴师父!你的作为教

训了我,敝僧从今拜你为师。"说着,他"扑腾"跪在地下了,向中兴连施三礼。中兴忙把他搀起来,开开仓库门,把收拾起来的残米剩馍头儿借给常住僧徒食用。

灾荒过后,魁首向朝廷写了悔过书文,并荐中兴为方丈,他任首座,共谋少林寺佛事。

(整理:王鸿钧)

日僧德始别少林

现在少林寺的碑林中,有一座高大的石碑,碑首上写着一行大字:"少林禅寺主持淳拙禅师道行之碑。"下缀:"日僧,德始书丹。"时间是"大明洪武岁次壬庚五月端阳"。

这个德始是日本国僧人,名字叫佐田木山。明朝洪武年间,他随日本留学僧来到中国少林寺,拜少林藏主和尚淳拙为师。立"门生贴"的时候,淳拙给他起了个法名德始。

德始这个人入地以后,除学习佛经以外,对于少林武术,特别热心,没明没黑地苦练。他常常对寺僧们说,他要继承他老爷爷的大业,为强国富民干一番事业,要把少林拳术学到手。

时间长了,僧众们才弄清楚,佐田木山为什么对少林拳下恁大的功夫。原来,在中国元朝皇庆元年,就是公元1312年,佐田木山的老爷爷,曾来中国少林寺苦学修练十二年,学到了少林寺的拳术和棍术,在佛学上曾得到过"大智禅师"的尊号。直到公元1324年,大智禅师才返回日本国土。回国以后,正遇上日本国北方战火纷飞。大智禅师把他学到的少林拳法棍术,传授给日本带兵大将菊池势的士兵。士兵们竟用少林寺拳法棍术,击败了对方。因此,大智禅师和全家人,受到国王和人民的尊敬。所以佐田木山跟随日本留学僧来到中国,一心在少林寺学好武术,准备在强国富民上出一把力。德始在少林寺习武三年,拳术上学到不少武艺,并且与寺内众僧也建立了亲密的友谊,在感情上如同手足。三年头上,德始和尚要别寺返回国土。那时候,少林寺拥有一千多名僧人,他们对德始均是恋恋不舍。在德始离寺前三天,众僧徒要为他饯行。按照少林寺的规矩,凡感情好的僧友远去,都要饯行,赠送纪念礼品。送纪念品得先送个礼单,行者从礼单中选一二件带上作为留念,其他礼品心中收下就算了。

这天,德始从外面练武归来,见礼单摆满了一桌子,他就一张一张地看起来。有的是送佛珠、袈裟,有的是送枪、刀、剑、戟,有的是送琴、棋、书、画,唯有最后三张礼单上写的礼品特别:一个是喂马僧相从,礼品是"一条腿";一个是伙头僧阔训,礼品是"一只手";一个是执时僧恒用,礼品是"一个头"。德始看完这三张礼单,又惊又喜。因为他虽然来少林寺三年,一则是寺里僧众多,有些只知道是寺僧,不知道姓名,更没有在一起畅谈交往;二则自己拜的有师父,每日专心跟师父学艺,也没多余时间与其他"务下"僧交往;现在送"腿、手、头"礼的三个"务下"僧,以前只见面打过招呼,没有交往畅谈过。因此,德始决定先拜访这三个"务下"僧。

天一亮,德始就到饲养院来拜访喂马僧相从。他来到院门口,看见相从赤着脊梁,卷着裤角,手里拿着一块铁砖,在自己身上,上下拍打,好像是铁锤打在木头上似的,"咚咚咚"直直拍打了一个时辰。等他停下来,德始才走上去向他施礼。相从一见,亲如兄弟。说德始要别寺了,他要陪同德始游看游看"中岳八奇"。说着话就进马厩,牵出一匹白海龙马。这匹海龙马有四尺多高,性情暴烈,出来马棚,又叫又踢,简直像老虎出了笼。可是,相从一点儿也不害怕,他把马往树上一拴,伸出一条左腿,故意让马来踢。马踢了一阵,他又换出右腿,让马重踢。这匹烈性马起初很暴躁,踢的时间长了,累得它自然不踢不跳了。这时候,相从把马鞍备好,让德始骑上,他自己跟在马后,两个人去游"中岳八奇"了。"中岳八奇"又称"中岳八景",即"嵩门待月""轩辕早行""春耕颍水""箕阴避暑""石淙会饮""玉溪垂钓""少室晴雪""卢崖瀑布"。"八奇"游看一遍,有百里路程,他们仅仅用半天工夫,边走边看,不到中午,又赶回少林寺来。海龙马累得通身是汗。

德始从牲口上跳下来一看,相从还是卷着裤角,不哈不喘,满有精神地给他谈话。德始还没问他,相从就说:"德始师,练拳如练兵。人身如营盘一座,心为主帅,身为老营,眼为侦察,手为先行,足为士卒。元帅发出令,一齐往前征。一座营盘应先强士卒啊!"德始听罢,向相从深施一礼,说:"你的厚礼我收下了。"

德始从饲养院回来,走到香积厨前,看见伙头僧阔训,把围裙塞在腰间,袖口卷到肘子以上,一手抓着个掉了耳朵的破鼎腿儿,将鼎举在头顶,在香积厨前旋风似的跑。柳斗大的铁鼎,足有几百斤,阔训像耍绣球一样,两只手来回换着举,不时地还玩个花套路。德始在一旁看得入迷,直到开饭的云板声响起来,阔训才停止旋练,打个飞虎转身势,把破鼎放在地下。

这时候,他看见德始在一旁站着,便走上去深施一礼,说:"德始师,找你好一会儿了,说看'八奇'去了。你要别寺了,拙弟中午去为您做饭饯行。走!您走到饭堂里去坐。"说着话把德始推进饭堂屋里。

德始坐下来时候不长,阔训左手将竹帘一揭,右手握着一只方桌腿,把饭端进来了。一张红明发亮的大方桌面上,摆着四盘八碗一火锅菜,两边还放着两大盘千层油饼,阔训走进餐堂,说声"请",随手把方桌放在屋中央。德始看到阔训这一手,从心中敬佩他。

吃饭时,两人谈到热闹处,德始问阔训如何练手法,阔训直言相告说:"手为先行,先行要精灵。手起撩阴,脚打膝分,膝起望怀,肘法护心。出手不离口,足进紧跟手,足随手起,手随足落;一枝动,百枝动。先行要有硬功夫啊!"两人谈得很投机,起席的时候,德始向阔训深施一礼,说:"您的厚礼俺收下了。"

德始去访执时僧恒用时,天色已晚。他离钟楼还远,就听到上香钟响起来,他紧走几步,往钟楼里一瞧,见执时僧恒用,没有用锤敲钟,而是甩开脑袋往钟上碰,撞得大钟有节奏地当当当响。恒用撞罢以后,走出钟楼,看见德始,两个人相互施礼已毕,恒用先说话了:德始师,你在寺里三年,咱们没有畅谈过,您要别寺了,拙弟送给你一份薄礼,'头',就是说,我向你身上撞一头,你能收起这个礼,我对你归国就放心了。"

恒用把话说出来,德始当场就答应收下了。恒用等德始准备妥当,就从远处硬着脖子,伸着头向德始胸前撞来。德始起初想让他碰一下,试试他的力气,可打眼一瞧,恒用的头像个铁球向他胸前撞来,他忙躲闪开,恒用扑了个空。擦着德始的衣服,一头撞到一座石碑上,"哗!"石碑被撞碎成了好几块。

这时候,上香的师父们正往大殿去,恒用走过去跪到方丈和尚面前说:"我犯了法规,撞坏了石碑,请方丈惩处。"

这一切,来上香的师父们都看见了,方丈和尚说:"无意撞碎,恕你无罪。"

德始看自己还收不下恒用的这份"厚礼",也走上前去,对他师父淳拙深施一礼说:"师父!今年我不回国了,愿在这儿继续住下去。"

众高僧听后,一齐向他施礼道:"诚则灵矣!"

传说,从那时候起,德始又在少林寺住了好几年,继续练功深造。直到他的师父淳拙圆寂以后,德始埋葬罢师父,又给师父立下道行之碑,才返回日本国土。

(整理:王鸿均)

福定兴教

嵩山会善寺有两奇:坐地韦驮和琉璃塔。佛寺里的韦驮菩萨像姿势通常有两种,一是合十当胸,降魔杵横托腕上;二是右手握杵拄地,左手插在腰间。然而,嵩山会善寺的韦驮却与众不同,席地而坐,降魔杵放在身边。嵩山有佛塔上千座,多是砖石结构,唯独会善寺有一座红绿琉璃塔。说起来这两奇的来历,还是个有趣的传说故事呢!

清朝康熙年间,昔日的佛教圣地嵩山大会善寺已经衰败得很不像样,殿堂透风漏雨,佛像暗淡无光,砖头瓦块到处皆是,大部分和尚还俗离寺,剩下十几个老弱病残僧人,终日食不饱腹,衣不遮体,当家的杰庵和尚又年老多病。腊月天,大雪封山,寺院已经断粮停炊。杰俺老人连愁带病卧床不起,眼看就要离世归西了,也没有交代后事。徒弟们不由得问:"师父,在你之后,由谁当家?"杰庵老人嘴里不说,心里清楚:穷家难当!叫谁当家谁作难!再看看几个徒弟,哪个也不是当家的材料。他长叹一声,说:"由福定吧。"说罢圆寂。

杰庵和尚一死,徒弟们把他说的最后一句话当作传法遗嘱,到处寻找"福定",实指望找到"福定"有吃有穿。但是找来找去,嵩山所有佛寺里都没有人名叫"福定"。无可奈何,大家只得苦熬,连师父杰庵和尚的后事也没人料理。已经三天了,和尚们饿肚"咕咕"叫,身上冻得打哆嗦,两眼望穿,盼着"福定"和尚到来。在一天天将黑的时候,听见有"咚咚咚"的叩门声,知客僧去开门一看,门外站着一个游方僧人,便问:"和尚是来挂单投宿吗?"游方和尚点头说:"是。久闻嵩山会善寺大名,今日路过嵩山,一来朝圣礼佛,二来挂单投宿。"知客和尚心想:我们已经三天没吃饭了,哪有东西叫你吃?但他又不能明说,只想把游方和尚推走了事,于是说:"本寺今日不挂单,请你快走吧!"游方和尚感到意外,问:"什么?普天之下哪有寺院不留僧的道理?"知客僧没有理由,说服不了人,只得把游方和尚领进客堂。在上单簿的时候,他问:"请问尊师法名?"游方和尚说:"不敢称尊,本僧名福定。"知客和尚哪管是音同字不同,听到"福定"二字,便欣喜若狂,跑出客堂就大喊大叫:"快来呀!新当家的来了!"游方和尚莫名其妙,也走出客堂察看。再说众僧,一听说是福定和尚来到,一个个齐往客堂里跑。在客堂门口,知客和尚把游方僧往众僧面前一推,说:"这就是新当家的'福定'和尚!"游方和尚说:"我是游方僧人,今晚来到贵寺挂单住宿,怎么成了你们的当家和尚呢?"知客和尚说:"你是神定的新当家僧,不要推辞了。"接着,他把老当家和尚杰庵临终遗嘱告诉了游方和尚。游方僧心想:怎么这样凑巧呢?肯定是福定我来当家。既是福定我来当家,我又怎能不当?因而,他说:"福定我来当家,我就当。今晚大家先回去睡吧,明天一早听见钟声,再来大殿议事。"

众僧走后,福定和尚心潮起伏,心想这个家怎样当呢,重任在身难以入睡。夜深古寺静,福定独自一人走出客堂,把整个寺院详细察看了一遍,寺院的破落景象,实在令人寒心。回到客堂,他仍无睡意,就用松枝照明,把殿堂打扫得干干净净。天色将亮,先给佛祖进上一炷香,然后敲响了晨钟。众僧听到钟声,来到佛前。福定和尚带领众僧做罢早功,又带领大家来到山门下韦驮菩萨面前,宣布他的第一个法令,说:"本寺眼前断粮停炊,老当家的又停丧在地。从今日起,先实行第一个禅七,大家都要切实执行,我们就请韦驮菩萨作监寺。"出家人谁都知道,打禅七就是七天七夜不进水米,但是"福定"的禅七,又有韦驮菩萨监持,谁敢违抗。在第一个禅七期间,福定和尚带领众僧送杰庵和尚的法体火化。禅七期满,福定和尚又召集众僧在韦驮菩萨面前宣布他的第二个法令,要再打第二个禅七。这时候,和尚们饿得实在受不了啦,都要求趁大年初一到民间去化缘。福定和尚心想:到民间化缘,获得吃穿倒也是个办法。于是,他改变主意,说:"韦驮菩萨,刚才大家一致要求去化缘,你是看见了的,就照大家说的办,但你也不能例外,你也要去。"众僧一听让韦驮去化缘,都抬起头来看韦驮菩萨的表情,只见他仍然笑眯眯地注视着大家。大家以为连韦驮都要听"福定"的,自己还有什么可说的呢。于是,一个个都走出山门到民间化缘去了。

众僧出外化缘一天,回来时天已经黑了,各自回到房中睡觉,大家化缘的结果,谁也不知道。第二天一早,晨钟一响,众僧齐集大殿。福定和尚说:"昨天大家化缘一天,功果多少暂且不说,先请大家到库房里去看看。"大家来到库房,只见大圈小囤粮食满满的。福定和尚又让大家来到厨房,蒸馍稀饭热腾腾的。众僧问福定和尚,这么多东西是哪来的?福定和尚说,是韦驮菩萨化缘化来的。众僧一听,都很感谢韦驮菩萨,抬头一看韦驮累得满头大汗,都说:"韦驮菩萨,你太累了,快坐下歇歇吧!"这个拉,那个扯,把韦驮菩萨拉得坐了下来。福定和尚说:"韦驮菩萨,大家都很听话了,没有一个犯戒律的,你的杵没有用,快放下吧!"说着,他接过韦驮手中的降魔杵,放在他的身边。

会善寺难关已过,众僧有吃有穿。开春以后,福定和尚带领众道一边务农,一边参禅,时间不长,整个寺院整修得面貌一新,香火旺盛。因为福定和尚兴教有功,人们称赞他"功比开山"。后来福定和尚圆寂,他的弟子宣和、行化和尚等人用红琉璃砖为他建造了一座红琉璃砖塔,即"开山和尚上佛下定意公之塔"。

这就是嵩山会善寺"两奇"的来历。

少林寺塔林的由来

清高宗乾隆皇帝有一年秋天从京城来中岳游玩,头天晚上住在少林寺的方丈室里。睡到半夜,忽听窗外下起小雨,不觉诗兴大发,翻身起床写下了《宿少林寺》。他刚把笔放下,内侍臣见夜半灯明,进来问有什么吩咐,乾隆说:"少林风光绝佳,诗兴大发,朕写诗一首矣。"内侍臣赶紧禀奏:"万岁,据说少林寺西有一处和尚坟地,风景也非常优美,还有无数宝塔……"内侍臣没有说完,乾隆就打断他的话,说:"怎么会没有数呢?明天派人数一数。"

第二天清晨,乾隆用罢御膳,便去观赏塔景。当他来到少林和尚说的"西老坟"一看,宝塔林立,姿态各异,便兴致勃勃地问陪驾的住持僧:"塔是怎么建起来的,为什么各不相同?"答曰:"按照佛教的葬仪,和尚们圆寂后,弟子们根据他的佛学修养、在佛教界中的地位、生前威望、徒孙的多寡以及经济条件,来建造层级、高矮、大小不同的墓塔。"乾隆又问:"这里共有多少座塔?"住持僧深施一礼道:"启禀万岁,至今还没有个准数。"乾隆一听,笑道:"难道就没有一个准数?出家人怎可打诳语,你出家多久了?""四十余年。""有1400多座塔吗?""没有,大约400多座吧!"乾隆的言外之意,是你一天数一座也该数过来了。他一听又是"大约",便扭头对内侍臣说:"传吾旨意,调御林军来数塔,自东往西,每人抱一座,看共有多少塔。"

这次游中岳，共带了500御林军，内侍臣传罢圣旨，御林军护卫大将叩头问："万岁，派多少人抱塔？"乾隆说："先派400人。"御林军随即鱼贯而入，一人抱了一座塔，可是西边还有很多塔没有人抱。将军就禀告乾隆说："每人一座塔没有抱完。"乾隆说："再派50名。"但还没有抱完。"剩下的人全都去抱。"当最后听到将军禀报"塔还未抱完"时，他便轻轻挥一下手，示意御林军撤出坟地，不禁赞叹说："真乃塔林也，迷魂而无数！"

少林寺塔林

塔林中的塔真的没有准数吗？有，从唐至今共计244座。据说现存的塔要比乾隆数塔时的一半还少。御林军抱塔时，由于花木稠密，再加上有的塔很大，两三个人抱了一座，谁也看不见谁，还认为是一抱一，因而数不出准数来。自此，这坟地就没人再叫"西老坟"了，而改为叫"塔林"了。

第三部 民间故事

一、历史故事

三兄弟哭活紫荆树

巩义市孝义镇有个孝义村。其实,这个村原先不叫孝义村,而叫枣园村。为什么改名叫孝义村?这里面还有一段故事呢。

传说在很多年前,这里住着一户姓田的人家,老两口都是勤劳俭朴的人,生了三个孩子,老大叫田真,老二叫田广,老三叫田庆。他们先后娶了媳妇,有了儿女。田老汉领着三个孩子辛辛苦苦干了好多年,置下了一些田产和骡马牛驴。

田家院子里有棵紫荆树,树干高大,枝繁叶茂,像一把绿伞遮住了半个院子。紫荆花开放时,红艳艳的花,绿油油的叶,把邻近的洛河水映得红飞绿舞,十分好看。

有一年,老夫老妻同时病倒了。临死之前,老两口把三个儿子叫到跟前,嘱咐道:"人生在世,要以勤俭、孝义为本。只要你们兄弟三个同心协力,和睦相处,日子就会越过越兴旺。"三个儿子点头称是,老两口放心地闭了上眼睛。

父母去世后,家里没有了当家人,就像天上的雁阵失掉了头雁一样。这时,三个本来就各怀一心的媳妇更加过不到一起了,她们都公开怂恿自己的男人闹分家。田家三兄弟眼看捆不到一块儿了,便共同商定,把田产家业、牲口农具平分三份,每人各得一份。分到最后,只剩下了当院那棵高大的紫荆树。怎么分呢?三个人都想要,争得面红耳赤,各不相让,一直吵到半夜。最后决定把紫荆树截为三截,各得一截儿。树枝也论斤分了。

第二天清早,三兄弟拿着大锯、板斧来伐树时,只见满树盛开的红花一夜间都枯萎了,茂盛的绿叶都落光了,紫荆树死了!三兄弟十分惊异,不知不觉地把手里的锯、斧都扔到了一旁。突然,老大田真难过地说:"这棵大树一定是看到咱亲兄弟过不到一块儿,给咱爹妈丢人了,才伤心地死去。我们这三个大汉还不如这棵树呀!"说罢,号啕大哭起来。老二接着说:"父母临死前,嘱咐我们要和睦相处,同心协力,可二老刚刚下世,我们就闹分家,咱对得起老人们的在天之灵吗?"说着也大哭起来。老三听着哥哥们的哭声,想着哥哥的心情,也禁不住大哭起来。三个人越哭越悲痛,眼泪像雨水一样洒在大树周围。哭声惊动了三个媳妇。她们跑来一看,先是大吃一惊,问明了原因后,也羞愧得哭起来。哭呀,哭呀,一直哭了三天三夜,泪水落在地上,树的周围像是下了一场透雨。到了第四天头上,那棵紫荆树忽然长长地叹了一声说道:"无孝无义,天地难容。行孝奉义,枯木重生。"话音刚落,只见满树繁花重新放出异彩,碧绿的树叶一如当初。

紫荆树死而复生,田家三兄弟再也不提分家了。他们遵照父母遗嘱,相亲相爱,同心协力,日子越过越兴旺。他们还经常帮助乡亲们解除困难。后人为表彰田氏三兄弟遵从父母遗言的孝心和关怀邻里的义举,就把这个村改名为"孝义村"。

杜 康 酿 酒

在很久以前,洛阳城南全是高山丘陵。山脚下有一个小村庄,村里有一口枯水井,人们叫它"独坑"。独坑的一边有一间破草房,住着杜康和他的老母亲。因为杜康出生时,家里穷得只有一瓢谷糠,所以母亲给他取名杜康,一是"康"与"糠"同音,让他记住吃糠咽菜的穷日子,二是要他继承杜氏香火,健康成长。

杜康忠厚诚实,聪明能干。十几岁时替人牧羊,赶着羊群春放青,夏放绿,秋放黄,冬放白,走遍了洛南山乡。

有年盛夏的一天,烈日炎炎,杜康背着老母亲为他做的干馍馍,提着贮水的竹筒,在山上放牧。天热口渴,竹筒里的水早被他喝光了。于是,他把剩下的干馍馍放进了竹筒,顺手挂在头顶的枯树杈上。他想:这山下要是有条河,该多好啊!我和羊群都可以洗个痛快澡,吃水也不用跑很远的路去取了。正想着,突然,一阵惊雷响过,天上下起了倾盆大雨。杜康慌慌张张地赶着羊群下了山,竹筒也忘了拿啦。

这场大雨,一直下了七天七夜。天一放晴,杜康就赶着羊群上了山。他又来到那棵枯树旁一看,竹筒子还在树上挂着。他摘下来,里面清洌洌一筒子水,一股喷香的气味扑鼻而来。他喝一口,顿觉心神爽快,有桃李的甘美,也有竹子的清香,还有别的啥滋味,是辣,是酸,杜康自己一时也说不清。这是天上下的雨水,为什么会这么好喝呢?他只觉得和竹筒里泡了好多天的干馍馍有关系。他舍不得再喝第二口,急忙把水带到山下,让老母受用,让乡邻尝鲜。喝到这水的人呀,都夸它好得很,美得不得了。

尝过水,大伙就想给它起个名字。有人说它叫"天水"好,因为是雨水变的;有人说叫"神水"好,认为是神仙显灵。杜康说:"这水是久雨而得,今年是酉鸡之年,这筒酉年之水组成一个'酒'字,用'酒'之字,取'久'之音。"大伙听罢,十分赞赏。自此,人间便有了"酒"这一名称。

杜康有美酒的消息像插了翅膀,很快传遍五里三乡,每天前来尝酒的人不断。这一筒酒够多少人尝呢?杜康犯了愁。他跑了好些地方取水,想再做些酒,但总做不出那种味道。

一天,杜康把羊群赶到山上后,闷坐在树下,不知不觉地昏睡了。这时,一位白须老翁手执拂尘,飘飘然自天而下,笑着对杜康念了四句诗,然后把拂尘一摇变成一根羊鞭,交给杜康。

杜康拉住老翁正要问个明白,那老翁就势一推,差点把他推下万丈深渊,惊得杜康大叫一声,翻身坐起,原来是一场梦。但老翁对他说的诗句还清清楚楚记得:"踏山呼喊甩鞭,千响百声四三,天河慰我子民,独坑是尔酒泉。"聪明的杜康一下子明白了诗中的意思,这是让他踏遍大山三千三百三十三天,每天呼喊沉睡的大山一百声,抽它一千鞭,那时这里就会有一条天河,一个酒泉。他摇了摇手中的鞭子,感觉鞭子的分量比原先重多了。他暗暗发誓:只要乡亲们有水用,有酒喝,我杜康宁肯跑断腿,喊破喉咙,甩折胳膊,也心甘情愿。

杜康造酒图

从此,杜康带着羊群,天天在山上跑,天天用力甩着放羊鞭,天天在山上喊:"大山快快开!"冬去春来,年复一年,三千三百三十三天过去了。

到了第三千三百三十三天,他起得特别早,吃得特别饱,拿起放羊鞭,赶着羊群上了山。到了山顶上,他挥起放羊鞭,使出吃奶的力气,"啪"地甩出了最后一鞭。只听得"轰隆"一声响,大山裂开了一条缝。只见滚滚的流水从地底下涌出,变成了一条河水,从他脚下流淌而去。乡亲们看见了,都高兴得跳了起来。因为万事开头称"伊始",所以大家就把这条河叫"伊河"。

说也奇怪,伊河水一流,杜康家那口多年干枯的独坑,真的复活了!一股清水从地下向上喷射,在阳光照耀下发出一束白光。"上白下水"不正是"泉"字吗?人们就叫它"独坑泉"。由于"独坑"与"杜康"音近,慢慢地人们就把"独坑泉"叫成了"杜康泉"。杜康尝了这泉水后,觉得不亚于当年在山上得来的天水,因此,就用这泉水酿酒,开始了专业酿酒的生涯。

(整理:文茗)

杜康造酒醉刘伶

"杜康造酒醉刘伶"这故事,人间几百辈子都有人传说。古书人写着"天下好酒数杜康,酒量最大数刘伶。饮了杜康酒三盅,醉了刘伶三年整。"就是说的这一回事。

刘伶好喝酒出了名,酒量大得惊人。一次,刘伶来到洛阳南边,走到杜康酒坊门前,抬头一看,门上有一副对联,写的是"猛虎一杯山中醉,蛟龙两盏海底眠",横批是"不醉三年不要钱"。

刘伶一看这副对联,算是恼透了,心说,你门面不大,口气不小,不知道天下有我刘伶吧。刘伶带着气进了酒楼,杜康拿出酒来让他喝,喝了第一杯,又要第二杯;喝了第二杯,又要第三杯。三杯酒下肚,刘伶只觉得天旋地转。杜康问他:"先生,酒够了吗?"刘伶醉醺醺地说:"够了够了,真是琼浆玉液。"说着,他往兜里掏钱,一摸是空的,就支支吾吾地说:"掌柜的,我忘带钱了,先记个账吧。我叫刘伶,改天再给你送来。"

刘伶趔趔趄趄地走到家,一进门就跌倒在地上,他媳妇赶忙把他扶到床上,刘伶觉得不行了,给他媳妇交代:"我要死了,把我埋到酒池里,上边堆上酒糟,把酒盅酒壶给我放在棺材里。"说完,刘伶就死了。他一辈子爱喝酒,他媳妇就照他嘱咐的那样把他埋了。

不知不觉,过了三年。这一天,杜康找到刘伶家讨酒钱。刘伶媳妇一听,心中好恼,说:"他三年前不知喝了谁家的酒,回来就死了。原来是喝你家的酒呀!你还来要酒钱哩,我还得找你要人哩!"杜康说:"他不是死了,是醉啦!走走走,你快领我到埋他的地方看看去。"

他们来到埋葬刘伶的地方,挖开坟墓,打开棺材一看,刘伶面色红润润的,跟生前一模一样。杜康上前拍拍他的肩膀,喊:"刘伶醒来!"刘伶果真打了个哈欠,睁开眼来,嘴里连声称赞:"杜康好酒!杜康好酒!"从那以后,"杜康美酒店,一醉三年"的话就传开了。

据说,杜康这次是故意醉倒刘伶,度他成仙的。

(讲述:何修路　整理:任骋)

石 羊 关

嵩山脚下的阳城关,又叫石羊关。

石羊关内的颍河水,从颍谷(今石道乡的椿树庄)发源,流到阳城(今登封市告成镇)东南十里许,诸水汇合,水流湍急,奔腾呼啸,冲击着阻挡去路的阳城山。年深日久,阳城山被冲开一个大口子,形成峡谷。峡谷两岸,怪石嶙峋,崖陡壁削,又成一道险关,成为历代兵家必争之地。这个险关因为离阳城近,称为阳城关。可是后来人们叫它石羊关,而且真有只石羊在此回头观望。这是怎么回事呢?

据说,魏、蜀、吴三国时候,魏王曹操曾经设宴大会宾客,当时有个道士也来参加了。这个道士叫左慈,字符放,庐江(今安徽)人,会各种法术技艺。曹操想试试他有多大本事,等菜上了满满一桌时,便指着那丰盛的山珍海味、猴头燕窝,叫左慈认,还假装惋惜而又恳切地说:"今日盛宴,众位欢欣,只是席上缺少美味可口的淞江鲈鱼,君能取到吗?"

左慈被曹操突然的问话弄得一愣,但很快镇定从容地答道:"这,试试吧。"他叫随从取纸笔来,然后在

左慈与曹操

纸上画了一条鲈鱼,又点火烧了纸画,将灰烬吹向空中,灰烬渐渐飞散。他又拿一只铜盘,盘内倒满清水,然后又用一根竹竿,上有丝线鱼钩,挂上鱼饵,垂到盘里钓起来。他这样做的时候,曹操以为他在

装模作样,别人也以为他在故弄玄虚,都憋着满肚子的嘲笑。左慈镇定自若,只管垂钓。慢慢地,慢慢地,他竹竿一挑,真的从铜盘内拉出一条三尺多长的鲈鱼来,金鳞金片,生鲜可爱。大家一看,真是一条淞江鲈鱼,都目瞪口呆了。

曹操又说:"一条鲈鱼,怎好众人品尝?能否再取些来。"左慈说:"这有何难?"他便又如此这般地做了准备。一会儿工夫,他便又钓出了几条来,条条都是三尺多长,金鳞金片,生鲜可爱。

在众人看傻眼的时候,曹操却想:看你能有多大本事,便又变换样子,说:"有了淞江鲈鱼,没有蜀中生姜做作料,怎好烹来吃?能否取了来呢?"左慈说:"也可得来。"曹操怕他就近弄来,冒充蜀姜,又说:"我已派人入蜀买锦,可传我的命令,叫他再买些蜀姜来。"说罢,不久,便见左慈拿着蜀姜,从门而入,还说,已经传达了魏王命令,并买了蜀姜回来。

后来,曹操派出的使臣从蜀回来,问到买姜一事,所答完全符合曹操命令买姜的情况和时间。

一连三次试验,曹操认为左慈本领高超,便把他留在身边,以备将来交战蜀、吴所用。

一天,曹操出帐到郊外去,跟从的官员百十人。左慈只弄了一升酒、一斤肉,自己亲自散发,叫那些文武百官个个吃得酒足饭饱。曹操感到奇怪,派人查找原因,巡视附近各个酒店,也都全没有酒肉了。曹操佩服他的法术、技艺,但又非常怀疑,感到长期留在身边很危险,便决定把他软禁起来,借机杀掉。回帐以后,曹操便把他圈在一间严实的小屋里,并有两个武士把门。

不久,有人报告:"左慈一人向东南阳城山头去了。"曹操便派儿子曹丕带兵去追。追到阳城关,眼看要追上了,却见他走入羊群不见了。只见百八十只羊都在安静地低头吃草,牧童在一旁撮起两片嘴唇,"嗯——"地打着口哨。

曹丕拦马追问,牧童只说:"没见。"曹丕对羊群说:"出来吧,我们决不杀你。"忽然,羊群中一只老犄羝屈起两条前腿,像人一样,用两条后腿站着,说:"那么,你们为什么这样急急地追赶?"曹丕他们一拥而上地扑捉。一群羊也都屈起前腿,用后腿站着,说:"你们为什么这样急急地追赶?"曹丕命令全军拦杀群羊。结果,他们弄住这只,跑了那只,羊群全都攀登上了关峡岸上的崖壁。

曹丕没有捉到左慈,回师向他的父王曹操汇报去了。牧童拦羊回家去的时候,数一数自己的羊,一只不少,唯见阳城关峡的路边留下了一只回头后望的石羊。

至今,那只石羊还在那里。这阳城关便被人们叫作石羊关了。

(整理:耿直)

曹 操 巡 夜

东汉末年,朝廷昏暗,奸臣当道,好端端的京城洛阳被他们弄得乌烟瘴气,百姓们受尽欺凌,哭告无门。

这时候,曹操举孝廉进京做官。皇帝看他文武双全,能说会道,就派他在洛阳做了北部尉,掌管京都北城政事。这个官虽说不大,可也不大好当。因为住在洛阳北城的除了老百姓,不是皇亲国戚,就是达官豪强。这些人仗势欺人,无恶不作,历任北部尉谁都不敢去捅马蜂窝。

曹操是个有心计的人,从小就胸怀治国安天下的雄心大志,现在当了个北部尉,虽说官小点,但总算英雄有了用武之地。北城豪强为富不仁、坑害百姓的事,他早有耳闻,因而,上任头一天,第一件事就是找匠人做了十根碗口粗细的大棍,染成红、黄、蓝、白、黑五色,让兵丁各持一根,分列衙门大门外两边。过路的老百姓不知道曹操葫芦里卖的什么药,就你一言我一语地议论开啦。有人说,新官气派与众不同,兴许会治治那些欺压百姓的坏蛋。还有人说,自古以来官向官、民向民,曹操不会向着受苦人。人多嘴杂,说啥的都有。曹操听了,啥都没说,顺手拿起一叠告示,叫兵丁去大街小巷分头张贴。老百姓还当曹操又出啥新花样哩,挤过来一看,龇龇牙,冷笑两声又都走啦。告示上也没多少话,只说是为整顿北城社会秩序,严防歹徒夜间行凶危害百姓,自即日起实行宵禁,有敢不遵者,五色大棍严惩不贷。老百姓为啥笑哩?因为这种告示,历任北部尉都贴过,恶人照旧霸道行凶,百姓仍然受害遭殃,这种官样文章,一个钱的事也不济。

曹操

曹操当夜把兵丁分派停当,就让他们上街查夜去了。临走时,他还再三交代:天大的事都由我作主,只要有人胆敢犯禁,无论官宦百姓,一律押回衙门审问。谁知一连三夜,出去巡夜的兵丁回来都报告"平安无事",当然也没抓住一个犯禁的人。北城果然平安无事吗?曹操是何等聪明的人,他听罢兵丁的报告,嘴里没说啥话,心里啥都明白啦。

等到第四天晚上,巡夜的兵丁正要上街哩,曹操忽然来啦。他二话没说,带上书童,打着灯笼,领着兵丁巡夜去了。

这天夜里,正赶上月黑头加阴天,伸手看不见五个指头。洛阳街头隔三差五地听见几声打更的梆子声响,其他啥声音都听不见。曹操带着兵丁,走大街,串小巷,旮旯缝道都查遍了,也没碰见一个犯禁的人。他心里想:北城豪强恶名在外,难道说我这一张告示出来,这些家伙真的都放下屠刀立地成佛了不成?他正想着心事,忽然听见一声尖叫:"救命啊——"曹操一怔,连忙一阵子小跑,赶到一条小胡同里。

这是一条死胡同,最里边有一间破草屋,屋门倒在地上,门外头立着一匹高头大马,马上坐着一个骷髅样的老头,正捻着胡子哈哈大笑哩。再往里看,几个膀大腰圆的大汉正从屋里往外拽着一个年青的女人。曹操不觉勃然大怒,"呛啷"一声从腰里拔出宝剑,大喝一声:"住手!"这一声真如平地一声霹雳,把那帮家伙一个个震得目瞪口呆。骑在马上的干骷髅扭头一看,眼前站的这人好威风,心里不由一怵,身子禁不住直打冷战。停了好一会儿,他才定住神儿,壮壮胆说:"你是哪来的野种?敢来老爷面前捋虎须!"曹操一听这话,知道找见了对头,只见他心不慌气不喘,一字一板答了话:"老爷乃是洛阳北部尉曹操!"干骷髅听说是小小的北部尉,心放下了,"哼哼"一阵冷笑道:"你知道我是谁吗?"曹操说:"老爷是巡夜查禁,哪个管你是谁?来人,与我一齐拿下!"

哪知道曹操一声令下,手下兵丁个个都像木雕泥塑,竟没有一个人动手。他正想发火,一个年纪大点的班头过来,说:"老爷,此人乃当朝蹇硕大人的亲叔蹇老爷,拿不得!"

曹操听说是蹇叔,心中一动。他想:要想整顿北城秩序,非拿这号出头鸟开刀不行,怎么就肯轻易放过他?于是,把眼一瞪,说:"就是王子犯法,也要与民同罪!尔等若要枉法,老爷定斩不饶!此时还不动手,更待何时?"蹇叔平日仗势欺人,无恶不作,就连这些兵丁也没少受他的冤枉气,暗地里早已恨得咬牙,如今有老爷撑腰打气,自然个个奋勇当先,三下五除二,就把这群恶棍捆了个死马倒蜷蹄儿。百姓们见曹操真个动手抓了蹇叔,一家家都开了大门,走出来助威呐喊……

曹操把蹇叔带回衙门,连夜击鼓升堂。这家伙开始还想耍赖,怎奈苦主在场哭诉,四邻百姓又纷纷当堂作证,最后只得画供招认。曹操收起供状,"啪"的一声丢下火签,命令重责五十大棍。兵丁们像拉死狗一般,把蹇叔和几个狗腿子拖到衙门外边大街上,扒开裤子,抄起红、蓝、黄、白、黑五色大棍,"乒乒乓乓"一口气打足了五十下。蹇叔爬在地下痛得鬼哭狼嚎,老百姓高兴得拍手叫好。

从那以后,北城豪强一听曹操两字,脊梁沟子就发紧,一见五色大棍,浑身上下就起鸡皮疙瘩,再也不敢坑害老百姓啦。

（整理:张若愚）

药 王 华 佗

俗话说:家有财神不如人走时运。很久以前,药王华佗在河南行医的时候,虽然他的医术很高,可有一段时间,就像姜子牙不走时运那样,看一个病人死一个,方圆几里地的人甭说请他看病了,就是见了他都怕染上霉气,远远地躲着他。

他有一个内表弟,长得五大三粗,结结实实,生就的一副牛脾气,爱抬杠,听人说他表姐夫看一个病人死一个,看两个死一双,他心想:我一没病,二没灾,找他看看,能怎么样?有一邻居家盖房,让他去帮工。他吃过饭,刚爬上架木,老远就看见他表姐夫来了,等华佗慢慢走近,他急忙从架木上跳下来,走到华佗跟前说:"表姐夫,给咱看看病,看我能死不能?"华佗看了看

药王华佗

他的气色,又号了号脉说:"表弟呀！快回去,你尽多一顿饭的工夫就要死了,快准备后事去吧。"他表弟大瞪两眼,吃惊地说:"我不是好好的吗！刚才还爬架木呢。"华佗不紧不慢地说:"就是刚才,你在架木上往下跳的时候,把肠子震断了。"说着,他表弟的肚子就疼了起来,一时疼得满头大汗。华佗把他搀扶回家,到家不多时就咽气了。

华佗去找算卦先生,想算一算到啥时才能转运。那算卦的让他抽了签,对他说:"你要换一个地方到河北去,不过,得碰上个七八斤重脚的人,才能转过时运。"华佗心想:往哪找七八斤重的大脚呢?只好按算命先生说的到河北去试试看吧！他回到家里,和妻子商量一下,就动身上路了。

华佗行走了一个多月,好不容易才来到河北。他正想找个地方歇歇脚,不料天边飘来一片乌云,

霎时大雨倾盆而至。华佗担着行囊快跑起来,刚好前边不远处有一座庙,正好避雨,他把行囊担进去,就回头去接妻子。妻子的脚下,道路泥泞两脚沾泥,干着急走不快,等华佗来接她时,她指着自己的脚说:"看我这两只脚,有七八斤重,怎么也走不快。"华佗一听心中大喜:啊! 这七八斤重的大脚原来在这里,也许真的该转运了。

雨过天晴正要上路,前边过来一帮出殡的人,哭哭啼啼好不伤心。华佗见棺材里还正往外滴血呢,等他们过去以后,他又仔细看了一下滴在地上的血,认定人还没有死,就追上去问:"我们河南埋死人,您这里怎么把活人也埋掉?"出殡的人说:"你这位先生怎么如此说话呢? 棺材里的女人都死了三天了。"华佗说:"她没有死,还能救活。"死者家属一听心中大喜,就赶紧把棺材放下来,华佗仔细检查了一下死者,然后取出小银针,往死者的心口扎去。一针扎下,只听"哇"地一声,一个婴儿出世,死者的脸上也有了血色。原来这个孕妇是难产,叫作"抱心生"。华佗一针下去扎在小孩的手上,小孩双手松开"哇哇"落地,母子才得救了。华佗这次把死人救活的事,一下名传千里。

华佗死后,当地人们为了纪念他,就在他居住的地方盖了庙,并称他为药王爷。

(讲述:蒋北柄　整理:蒋仲秋)

洛　　神

在嵩山地区有两个古老部族有河氏和有洛氏,有河氏活动在黄河之滨,有洛氏多活动在洛水两岸。有河氏的首领称河伯,有洛氏的首领称洛伯。传说,河伯与洛伯为一个美丽的女子进行了数年的战争,这个美丽的女子叫宓妃,好似洛神的原型。

宓妃是伏羲氏的女儿,她下嫁洛伯为妻,又称洛嫔。这个美丽的公主给有洛氏带来了希望,能和伏羲联姻,也给洛伯带来了无比的荣耀。这一切,使河伯无比嫉恨。河氏与有洛氏这两个相邻的部族并不和睦,曾因战争而留下世代的仇恨。河伯决定发动一场战争,把美丽的宓妃据为己有。

洛伯也在积极备战,以应对不可避免的战争。战前,洛伯请了当时一位著名的占卜师预测这场战争的胜负。占卜师名叫昆吾,他的占卜据说非常灵验。昆吾被请到以后,对洛伯所说的战争进行占卜,结果卜辞上有恶毒的咒语。昆吾告诉洛伯:"战则不吉。"

河伯也把昆吾请到自己的部落,请他占卜战争的结局。昆吾拿出占卜用的龟壳和蓍草,用传统的方法认真卜测,灼烧的龟壳显示出大凶之兆,卜筮的蓍草现出不详的卦象。昆吾对河伯说:"你们进行的将是一切没有胜者的战争。"

但是,河伯决心已定,他的军团开始向有洛氏的营地进发。洛伯必须应战,他别无选择。

河伯的军团迅速攻取有洛氏的多要塞、营地,洛伯节节败退,最后,洛伯和他的族众被逼到洛河边。河伯派出自己的使者,向洛伯下达最后通牒:要么献出宓妃,要么全族被诛灭。

洛伯告诉使者,宁愿全部战死,也决不使自己的爱妃受辱。但是宓妃却深明大义,她对洛伯说:"你是全族的领袖,万万不能为了我,而让全族人跟着我受难。"宓妃又对洛伯说,"在这种大难面前,为了保全族人的利益,就让我去吧。"宓妃抓住洛伯的手,深情地说,"请相信我,我是你的妻子,我的心只属于你。"宓妃劝下暴怒的洛伯,请使者转告河伯,请他划来迎亲的花船。

河伯听到使者带来的消息,大喜。在将士的护卫下亲驾花船前来迎接宓妃,宓妃在族众的哭声中登上了河伯的花船。宓妃对着得意的河伯冷笑一声,纵身跳入波涛汹涌的洛河。

有河氏望着跳河的宓妃,满脸的无奈和沮丧。

公主殉情的消息传给伏羲,伏羲大怒,派兵一举剿灭了有河氏。宓妃为义溺于洛水,人们说她化为洛水之神,世代敬仰。

洛神的传说

在繁华的九朝古都洛阳市里,有一条清澈的洛河,从东向西,奔流不息。这条洛河发源于陕西省,穿越河南省西部的伏牛山,流经洛阳市区,到巩县汇入黄河。

传说,掌管洛河水印的仙女,名叫洛神。有人说她是上古时代伏羲氏的女儿宓妃;也有人说她是三国时期魏文帝曹丕的妻子甄后。关于甄后,在洛阳一带流传着这样一个故事:

曹操的第三个儿子曹植是个学识渊博的风流才子,他能七步成章,应声作诗,是东汉、三国时期有名的文学家。曹植在年青的时候,看中了一家姓甄的姑娘,想娶她做妻子。那姑娘也爱慕曹植的才华,暗暗求告月下老人为他们牵红线。曹操知道甄家姑娘聪明、美丽、贤惠,但是他却为大儿子曹丕娶了这个姑娘。甄夫人到曹家后,曹植和她经常相见,但是从来没有说过一句话,两人默默相爱,只是用眼神来传递他们的情意。

曹操死后,曹丕继承了王位,不久又逼迫汉献帝把皇帝的宝座禅让给他,国号大魏,追封曹操为魏武帝,他自己是魏文帝,封甄夫人为皇后。没隔多久,曹丕把京都从许昌迁到洛阳。

从此,曹植和甄后见面的机会少了,但两人的爱情更深了。后来,曹丕又娶了郭贵妃,对甄后逐渐冷淡起来。郭贵妃想当皇后,就与奸臣密谋策划,制作了一个桐木偶像,上面刻着曹丕的生辰八字,然后把它埋到甄后的宫院里,再派人密告曹丕。曹丕听说这话,半信半疑,命人到甄后宫里搜查,果然从地下挖出了这个木偶,模样很像曹丕。曹丕一见,大发脾气,不容甄后分辩,就赐她自尽,并封郭贵妃当了皇后。

曹丕是个妒贤嫉能的人。他与曹植虽然是亲兄弟,但是由于曹植聪明、能干,有才华,又对甄后脉脉含情,所以曹丕一直想借故杀他。

有一次,曹丕把曹植叫来说:"你平时狂妄自大,夸口能七步成章,我要当面考考你。答不好,别怪我无情!"

"请出题目吧。"曹植满不在乎地说。

曹丕指着一幅《斗牛图》说:"就以这幅画为题,在七步路内作诗一首,但是不能用'斗牛'二字。"

曹植还没有走完七步路,就把诗做好了。曹丕看后,心里暗暗佩服,但更加忌恨,又进一步刁难说:"七步成章,不足为奇。我要你在我出好题目后,马上把诗做出来。"

"请出题目吧。"曹植仍然满不在乎地说。

"以咱兄弟两人为题,但诗中不能用'兄弟'两个字。"曹丕说。

曹丕的话音刚落,曹植应声说:"煮豆燃豆萁,豆在釜中泣。本是同根生,相煎何太急!"

曹丕听后,受了感动,忍不住流下了眼泪。从此以后,兄弟俩的关系稍为缓和。不久,曹丕把曹植封在山东甄城,人们称他甄城王。

曹植

甄后死的那年，甄城王曹植到洛阳朝见哥哥魏文帝曹丕。曹丕叫甄后生的太子曹睿陪曹植一块吃饭。曹植见到曹睿，想起了甄后的惨死，暗暗地流下了眼泪。曹丕看在眼里，也很悲伤，他已觉察到甄后的冤情，觉得对不起她。饭后，曹丕就把甄后的遗物玉镂金带枕送给曹植。曹植见物如见人，心里更加难受，谢过魏文帝，就离开了魏宫。

曹植带着玉镂金带枕回他的封地时，一直在想念惨死的甄后，心神不定，不觉晃晃悠悠出了洛阳城，往东走了一段路，便来到洛河边。曹植命令随从人员停车休息，把马放到河边饮水吃草。

曹植对着西沉的红太阳和滔滔东流的洛水出神，突然，他看到一个非常美丽的女子，像一朵出水芙蓉那样，慢慢地从碧波中升起，随着波涛，轻悠悠、飘忽忽地来到岸边。

曹植觉得她很面熟，但又想不起来在哪里见过，就向随从说："你们看见河岸上那个美貌的女子了吗？"

"没有。"随从回答。

"喏，就在那边。"曹植用手指着那个女子站的地方说。

"那边啥也没有啊。"随从想了一想，又说，"听说掌管洛河的女神叫洛神，一般人是看不见的，王爷看到的一定是洛神了。"

曹植听说后，就向洛神走去，施了一礼，说：

"仙姬想必就是洛神了。小王有礼！"

"还礼。王爷别来可好？"

"别来可好？你我何时分别？"

"王爷难道把我忘记了吗？"

"看来面熟，难道你是……"曹植越看越觉得她像甄后，但是甄后已死，怎么会到这里来呢？他疑惑地说："仙姬像是……哦，不，不，不！小王不敢冒昧。"

"王爷可曾拿到我那玉镂金带枕？"

"拿到了。你、你果然是皇嫂甄后？怎么到这里来了？"曹植惊喜地问。

"唉，一言难尽！"

甄后把自己怎么被郭贵妃陷害的经过诉说一遍，然后又说："玉帝念我死得冤屈，封我为洛水之神。因为你我还有未了之缘，在宫中不能倾诉，所以，特地到这里相会，了却前缘。那玉镂金带枕是我陪嫁的东西，我在暗中感化了魏文帝，因此，他才把玉镂金带枕赠送给你。你留作纪念吧！今后怕不能再见面了。"

"想我曹植空有满腹经纶，反遭别人猜忌。如今我万念皆灰，愿随仙姬守洛河。"曹植忧郁地说。

"唉！"洛神两眼含泪说，"可惜你我有仙凡之别，如今相见之时，也是永诀之刻。这里有耳环一只，赠送王爷。望王爷多多保重，小仙告辞了！"

洛神说着,摘下一个耳环,献给曹植。曹植双手接过,又从自己身上解下一块玉佩,含泪交给洛神:"多谢仙姬厚赠。小王身边没有别的东西还敬,只有这块玉佩朝朝暮暮和我相随,现在赠给仙姬。望仙姬多多保重!"

洛神接过玉佩,转身踏进洛河波涛,又回头向曹植望了一眼,就消逝在波涛中了。

曹植精神恍惚,如痴如呆,不知这是真事还是做梦,只是望着洛河发愣,直到随从人员催他上车,他才猛醒过来。

后来,曹植为这次会见写了一篇赋,题名为《感甄赋》。魏文帝死后,明帝曹睿继位,看到这篇赋后,感到不是味,就把题目改为《洛神赋》。

(整理:顾丰年)

诸 葛 村

在洛阳的龙门东边,有个村庄名叫"诸葛村"。古时候,那里有个较大的庙院叫"上清宫"。

诸葛亮从小父母双亡,跟着叔父诸葛玄离开山东老家,到河南南阳谋生。十七岁那年,他叔父也不幸过世,自己种了几亩地,过着半耕半读的生活,到二十岁左右已满腹学问。那时,他想出外游览,纵观名山大川,欣赏古迹胜景,开阔眼界,增长知识。首先,他想到洛阳观赏一下京都的繁华景象,接触一些文人学士,也好受教上进,于是就离开南阳,往洛阳而来。一天傍晚,他走到洛阳南郊,住在一座庙里。

这座庙宇名为上清宫,是京都附近有名的庙院之一,建筑十分宏伟壮观。主持这庙的道士热情地接待了他,二人对坐聊天,从古谈到今,从天文谈到地理,无不投契合意。当老道士问及他对当今局势的看法时,诸葛亮长叹一口气。老道士问他为何叹气,没有经过世故磨难的诸葛亮,不顾一切就滔滔不绝地说道:"当今世道纷乱,董卓弄权,朝政腐败,忠良被害,佞臣逞凶,民怨沸腾,群雄并起……"诸葛亮还要说下去,谁知老道士早不愿意了,就站起来皮笑肉不笑地说:"小善主,你奔波了一天,我去备酒饭,你用过饭后,早点歇息吧。"说着就走出门去。

原来,这老道是董卓的爪牙,听到诸葛亮痛骂董卓,心里很恼火,决心把他除掉。老道准备好了酒菜,下了蒙汗药,叫小道童送给诸葛亮御寒解困。酒菜刚下肚不久,诸葛亮只觉天旋地转,一头躺在床上就不省人事了。老道立刻带领两个小道童手拿绳索,把诸葛亮捆住,抬到后院的一棵大柏树下。正要开刀,这时只听"砰"的一声,一块大石从树上打将下来,不偏不斜正好打在老道的头上,顿时脑浆迸流,刀落人倒。两个道童吓得魂飞魄散,抱头逃窜。

不一会儿,从树上跳下来一个青年道人,只见他拾起屠刀割断捆绑诸葛亮的绳索,背起诸葛亮就跑。约摸走了十多里地,又翻了一座山,那道人浑身是汗,也实在没有力气了,才放下诸葛亮,坐在一块大石上歇息。这时,诸葛亮也慢慢地苏醒过来了,睁眼一看,大吃一惊:自己怎么在荒山野地呢?那道人见诸葛亮醒来,就把他遇害被救的来龙去脉说了一遍。诸葛亮非常感激。道人劝道:"先生,京都复杂,你去还会遇到不测,不如回家攻读为好。"这时天已破晓,道人要走,诸葛亮问他姓名,他只回答:"后会有期。"就大步流星地走了。

那道人是谁?为啥砸死老道救诸葛亮呢?这也有个缘故,那道人原是京城里的官宦子弟,因父亲

被董卓所害,家门被灭。他独自一人逃出来,隐姓埋名,到上清宫当了道童。他对这上清宫的老道甘当董贼的狗腿爪牙,恨之入骨,心想除了他又没机会。这次老道与诸葛亮谈话,他在外边留心偷听,知道老贼又要害人了,就暗地里观察老贼的每一个行动。他见老贼到后院大柏树下看了又看,断定他要在这里下手,就趁无人之机,找了一块石头,爬上树去砸死老道,救出了诸葛亮。这个道童就是以后诸葛亮麾下的大将——王平。

诸葛亮回到南阳以后,回忆这次遇险的经过,认识到是自己说话不谨慎造成的。从此,他把这一教训作为镜子,事事处处小心谨慎,深谋远虑,终于成为一个杰出的政治家、军事家。后人为了纪念这事,就把上清宫下边的村子叫"诸葛村"。

酒 务 村

在偃师市佃庄乡的西部有个"酒务村",又名"酒候"。这个村名的来历,还牵连着一个历史故事哩!

三国时候,刘备命关云长镇守荆州。因为他孤傲骄悍,刚愎自用,听不进别人的意见,所以兵挫将折,失守荆州,败走麦城。最后被东吴大将吕子明部下马忠所获,押送到孙权那里。关云长叫骂不止,孙权令人把他推出斩首。

孙权得了荆襄,正在高兴的时候,忽然眉头一皱,叫了一声"不好",他突然想到蜀国兵多将广,孔明足智多谋,加上桃园结义情笃义厚,他们如果知道关云长被东吴杀害,必然倾巢出动,为关羽报仇,东吴恐怕抵挡不住。经过深思熟虑,孙权就派一员大将,将关公的首级送给洛阳的曹操,想把杀害关羽的罪责推到曹操身上。

大将怕人头腐烂,乘快马星夜兼程,马不停蹄,人不下鞍,累得他精疲力尽,数天后来到洛阳南边洛河岸上。眼看对面就是洛阳城了,他看到渡船在对岸,一时难以渡河。这时路上的疲劳饥困一齐发作了,他就到路边的一家酒店饮酒解乏。几杯酒下肚之后,不觉心爽神清,困消乏散。当他走出来看他的马匹时,不觉吃了一惊,原来,马驮的木匣上有很多苍蝇在嗡嗡盘旋,一股难闻的气味呛入他的鼻孔。啊!他奉命而送的关羽首级已经腐烂了。

大将愣在那里,陷入了沉思:曹操世称奸雄,生性诡诈多疑,如今我把一个腐烂了的人头献于他,要是人头再变了形,他就会猜疑我们拿假人头来骗他。那时候,还会有我的活命吗?大将越想越怕,不觉冷汗淋淋,变颜失色,呆立在那里像一个木头人。

店掌柜看到这般情形,仔细问明情由后,爽朗地说:"军爷,这称不得什么大事。来,你看我这店内,几净案明,蚊蝇皆无,就是因为有好酒驱臭压邪气。现在,只要用我这酒把关公的首级雾一雾,保险不会出什么差错。"

掌柜从店内取出一瓶好酒。刚一打开,芳香四溢。只见他用口含酒向木匣上喷雾,只雾了三两口,木匣上的臭气便没有了,苍蝇也逃之夭夭了。他对大将说:"军爷,你看,没事了。"说着又用手一指,"过去河,那就是紫禁城。"

大将转忧为喜,付了银两,拱手辞别:"异日当重重酬谢。"店掌柜说:"我也以美酒相候,等你回来开怀畅饮。"

大将拉马上船，渡过河去，将关羽的首级献给了曹操。

曹操本来对关羽就佩服得五体投地，特别是关公华容道把他放走后，心中还有点感激之情。现在东吴差人送来关羽首级，曹操不觉掉下几滴爱将惜才的热泪。在这同时，他又识破东吴嫁祸于人的计谋，因此令人打开木匣，深深施了一礼说："云长公别来无恙乎？"关公的头经过美酒喷雾后，脸色和生前一样红光发亮，面对曹操口启目动，好像要与他攀谈几句似的。曹操又施了一礼，吩咐人役，设牲礼祭品，又命能工巧匠，雕刻檀香木躯体，以王侯礼葬在洛阳城南郊，令大小官员素服送殡。曹操亲自主持葬礼，并谥号荆王，差官守墓。

再说东吴大将向曹操献上了关羽首级，挥汗退出，来到洛河岸上，同酒店掌柜碰杯痛饮，纵情阔叙，并结为仁义弟兄。后来回到东吴，孙权因他送匣有功，加禄晋级。可是，他看到官场仕途险恶，天下不太平，就携同妻儿老小，弃官逃到洛河边上，在这里隐名埋姓，安家落户了。

后人因为店家曾在这里用酒喷雾过关羽的头，所以就把这个村子叫"酒务"。也有人把这村叫"酒候"，那是取"以酒相候"的意思。

关　林

洛阳城南的关林村，相传是埋葬三国时蜀国主将关羽首级的地方。

据说关羽原籍山西解州，本不姓关。他在少年时期，力气过人。父母怕他闯事，终日将他锁在屋内。一晚他乘父母不注意，跳窗逃走。忽然听到邻家老人和少女的痛哭声，他便爬上墙头询问原因。老人说，他的女儿早已受聘，但县官的小舅子却要强娶为妾。关羽听后，非常气愤，便夜闯县衙，杀了县官和他的小舅子，而后外逃。当他逃至潼关时，听说城门上贴有捉拿他的通缉官文。他怕兵勇将他认出捉拿归案，便在城壕内掬水洗脸，正好遇上从城内一家染房流出的一股红水，从此他面如重枣。过关时，兵勇问他姓名，他一时编不出假名，就指关为姓，从此姓关。

关羽向东北逃至涿州，遇见卖肉的张飞。张飞在肉案前竖一牌子，上写"举重千斤石，吃肉不要钱"。这难住了不少英雄豪杰，因为举不起千斤石的必须买肉。关羽见此，就轻易地将千斤石举起，吃了肉不付钱，张飞便扭住不放，争执不下，便打了起来。卖草鞋的刘备从中调解，才言归于好。经过交谈，三人志向相投，便在桃园内结拜为异姓兄弟。

关羽跟随刘备，南征北战，匡复汉室。刘备建立蜀国后，派他镇守荆州，因误中吴国吕蒙的偷袭，败走麦城，被吴将潘璋杀于湖北当阳。吴王孙权恐怕刘备讨伐，便把关羽的首级送到洛阳献给曹操，企图让曹操以为进攻荆州杀害关羽是曹

关羽

操的授意。曹操打开盛关羽首级的檀香木盒观看,见关羽脸色依然红润,长髯依然飘动,惊得跪倒在地。他稍一冷静,便意识到孙权有意嫁祸于他。他立即传令以王侯之礼将关羽首级安葬在洛阳以南,追赠关羽为荆王,并亲自带领百官祭奠。

明万历年间,朝廷的使者路过洛阳,夜宿邮亭,梦见关羽求建新宅。使者将此启奏皇上,皇帝即派使臣到洛阳扩建关羽陵墓。清乾隆年间又经整修扩建,成了一个规模宏大的建筑群。

按照古时对墓葬的称呼,帝王的墓叫陵,王侯的墓叫冢,百姓的墓叫坟,圣人的墓叫林。因为关羽被人们称为武圣人,埋关羽首级的墓便叫"关林",墓旁的村也因此称为"关林村"。

洛 阳 纸 贵
——左思写《三都赋》的故事

俗话说,洛阳出才子。为啥哩?那是因为洛阳地处中原,历代帝王都喜欢在这里建都,所以,全国各地的文人好像星星赶月一般,从四面八方汇集到这里来,梦想着有朝一日平步青云,弄个一官半职,好出人头地。

西晋司马氏建都洛阳的时候,来洛阳求官的人比哪个朝代都多。就连远居江东的才子陆机、陆云兄弟,也老远地跑来,投靠在大官僚石崇门下,终日在金谷园中饮酒赋诗,盼着有个晋升的机会。在这数不清的文人墨客当中,有一丑一俊两个人,最惹人注目:丑的叫左思,俊的叫潘安。潘安每次坐车出门,一街两巷,男女老少,不管是走路的,还是做买卖的,都争着去看这个当世的美男子。大家一边齐声喝彩,还一边往车里扔果子。左思哩,因为人丑得出奇,一说话还是个结巴嘴,平日就不大喜欢出门,要是偶然上一次街,一街两巷的人不光指指捣捣耻笑他,还一个劲地往车上扔石头,用不着走半道街,车里的砖头瓦块就装满了。

潘安不光脸蛋漂亮,心眼也活套,说起话来甜得像个巧嘴八哥。他见朝中贾皇后专权,就变着法儿去结交贾皇后的兄弟贾谧。加上他出身名门大家,写诗作文落笔成章,文辞又花里胡哨的,所以,不久就当上了著作郎的大官儿。左思出身寒门,人丑口讷不说,脑子又死板,更不会看风使舵,就是当不上大官儿。还有,左思写文章思路不敏捷,一篇《齐都赋》,三千两千字的,整整抠了一年工夫。所以,他在洛阳虽然有点名气,潘安和陆氏兄弟还一百个瞧不起他哩。

俗话说:人不可貌相,海水不可斗量。别看左思样子不咋着,心里可秀气哩。还说那篇《齐都赋》吧,虽说写的时间长了点,经过反复推敲,文章可是满篇锦绣,字字珠玉,气势宏伟,壮丽无比。人常说,笨鸟先飞,这话一点不假。左思写完《齐都赋》,又准备着写《三都赋》啦。哪三都?三国魏都邺城,吴都建业,蜀都成都。左思知道自己读的书少,见识不广,别人做官都找肥缺美缺,他偏偏请求去当秘书郎。啥是秘书郎?就是掌管国家图书经籍、手里没权没势的小官。他本来就不爱交游,自从洛阳街头受辱以后,就更少外出了。人家当秘书郎,清闲自在,他上任后却比谁都忙,一天到晚钻到书堆里,读罢了抄,抄罢了又读,弄得连吃饭睡觉的空儿都没有啦。谁都知道,左思为写《三都赋》叫上劲儿啦。

消息一传开,潘安笑疼了肚子,骂他太自不量力。陆机说:"我从江东来到北方,就是想搜集材料写《三都赋》哩。既然左思口出狂言,就让他先去写,量他也写不出什么惊人的文章,到时候我再写出来,非狠狠羞辱他一番不可。"陆云冷笑一声,说:"这个丑八怪写的文章,怕只配给我拿来盖酒瓮。"

左思听了这些人的风凉话,不光没生气,写《三都赋》的决心更坚定了。他老家在齐国临淄,故乡的风物掌故了如指掌,就这样,一篇《齐都赋》还花了一年工夫。如今要写《三都赋》,无论是学问还是经历,他都感觉吃力。他没到过成都,就上门请教阅历丰富的名人张载,向他了解那里的山川地理、风土人情。邺城离洛阳不远,他就骑上毛驴跑去实地考察、访问。

洛阳纸贵

凡是不懂的问题,他都认真向人求教,日夜研读,直到弄个水落石出才放手。为了写这篇文章,左思都快得魔怔了。无论办公、读书、走路、吃饭,就连做梦,想的都是《三都赋》。官府办公的地方,家中门里门外、窗上窗下、院前院后、床左床右,就连厕所里,他都放着纸和笔,只要想起一个好句子,就随时随地记下来。冬去春来,经过了漫长的十年岁月,本来就长得丑陋的左思背也驼了、头也秃了,剩下的胡须也像霜打了一般。但是,他终于写出了《三都赋》。

左思十年苦功没有白费,《三都赋》一下子震动了京都洛阳。大司空张华亲笔写了序,说它能与当年班固名噪一时的《两京赋》比美,文采也不在张衡的《二京赋》之下,还夸左思是当今的洛阳才子哩。这一来,洛阳城中的达官显贵、士农工商,就连闺中少女,个个争抄《三都赋》,无不以先读为快。抄书的人越来越多,洛阳市上的白纸卖得飞快,纸商见有利可图,一日数次涨价。到后来,"洛阳纸贵"就成了一个成语,一直流传到现在。

陆氏兄弟看了《三都赋》,佩服得五体投地。陆机说:"我构思中的《三都赋》,怎敢和左思相比?"陆云再也不敢提盖酒瓮的事了。弟兄俩想起十年前在众人面前说出的狂话,实在在洛阳呆不下去,羞愧得连夜收拾行李,溜回江东去了。至于那个小白脸潘安,因为巴结贾谧升了官,整天和石崇一伙人泡在金谷园中饮酒作乐,再也没见他写出过好文章来。后来,贾皇后被废,贾谧被诛,潘安和石崇被当作同党受到株连,也一齐被砍了头。

(整理:张若愚)

少 林 寺

少林寺这边的山叫少室山,少室山东边的山叫太室山。传说北魏时候,少室山顶上有一块大石头,像个大鼓,有一间房子恁大。一天,一个老和尚,一个阴阳仙儿和一个财主,他仨对着脊梁坐在石鼓上观景致。正看哩,忽然天变了,雾蒙蒙的云彩罩住了山,啥也看不清了。他仨正想下山哩,听见上头有人说话,抬头一看,影影绰绰看见云彩上边有座寺院。那寺院门上头挂一块匾,上写"竹林寺"三个大字。有个小和尚手拿扫帚向一个老方丈问:"师父,竹林寺升天了,天下还有寺院没有?"老方丈说:"有哇,天上竹林,地上少林嘛!"小和尚又问:"地上的少林寺在哪儿呀?"老方丈用手一指说:"你看,那就是少林寺。"仨人朝着老方丈指的方向一瞅,嗨!不假,正北真有一座大寺院,门头儿匾上有"少林寺"三个金字,忽闪忽闪直放光。少林寺北边是五乳峰,南边是九鼎莲花山,泉水从山崖上流下来,绕过寺院往东流去,这地方真是不错。

仨人正想过去看看少林寺,转眼间云雾散了,啥也没有了。竹林寺升天的故事,他仨都知道,可那只是听说,今天可开了眼,亲眼看到了。还听天上的神仙说地上有少林寺,他亲眼看见。他仨都想,出现少林寺那地方肯定是块风水宝地,谁占住谁就会走好运。

到了夜里,老和尚偷偷去到那里,扒个坑埋那儿一只鞋。半夜时,阴阳仙儿偷偷去到那儿,插了一根棍儿。五更里,老财主偷偷去到那儿,把自己的帽子扣到了棍儿上。

三天以后,他仨各自领着一帮人来到那地方,要破土动工盖房子。仨人各说这地方是自己先占住的,谁也不让谁。正吵着哩,当朝皇上来了。他是来少室山游山逛景的,见他仨争吵,就问吵啥的。老财主说:"正好,你给评评理。我的帽子在这根棍儿上扣着,明明这地方是我先占住的,他俩硬说是他俩先占住的。"阴阳仙儿说:"这根棍儿是我先插这儿的,当然是我先占住的!"老和尚说:"你插棍儿这地下,我先埋的有鞋,应该是我先占住的。"说着把鞋扒了出来。皇上说:"你们仨别争了,听我来判:帽子在棍儿上戴,理当棍儿先插;棍儿在鞋上插,理当鞋先埋。这地方应该归老和尚。"

财主和阴阳仙儿一听,都不依。皇上的常随官说:"这是当今万岁爷,你们谁敢不听判?"说着亮出了御印。

他仨慌忙跪下磕头。磕罢头,老和尚把三天前遇神仙的事说了一遍。皇上看他相貌不凡,就问他的法号和来历,老和尚说他是来东土传经的印度高僧佛陀,已经在中国云游了三年。皇上听了很高兴,当即传旨,命令地方官,帮助佛陀修建寺院。佛陀指派着,寺院就按那天看到的样子盖。寺院盖成后,就叫"少林寺"。

(讲述者:林觉兴　采录者:王鸿钧)

嵩 阳 观

今天的嵩阳书院,为什么原来叫嵩阳观呢?

相传,北魏孝文帝巡游嵩山时,在汉封"将军柏"歇驾,一看此处背靠群山,面前嵩水盘绕,风景格外秀丽,就在此处建造了一座"嵩阳寺"。

后来,隋文帝杨坚平齐,同大将杨素在这里和齐将余文俭相遇。两军对垒,一场鏖战,直杀了三天三夜不分胜负。第四天,杨素继续出阵,那厢余文俭也勒马阵前。两将相见分外眼红,不待答话就争斗起来。锤来鞭挡,鞭来锤迎,从早晨杀到日将午,双方仍不分胜负。这时,正在北面高岗上观阵的杨坚,也早按捺不住心中的怒火,便走到催战鼓前,抓起鼓槌儿,挥开双臂,亲自擂鼓助阵。杨素正杀得眼红,一听后面响起"咚咚咚"清脆的鼓声,顿觉精神抖擞,一双黑虎铜锤,霎时如急风骤雨,上下翻飞,借着金灿灿的阳光,闪现出万条金龙,把个余文俭缠绕得眼花缭乱,渐渐招架不住。高岗上的杨坚一看齐将气衰,更把鼓擂得震天价响。

突然,余文俭兜马跳出圈外,抽鞭就走。杨素哪里肯放,一抖马缰紧紧追去。追到嵩阳寺前,已是马头紧接马尾了。杨坚直怪杨素怎不催马上前,一锤把齐将打落马下。心里正在这样想,忽然看见余文俭兜转马头,竟一鞭将赶来的杨素打下马来。杨坚只觉头一蒙,眼中火星乱飞,叫声"不好",就见余文俭已跳下马,来杀杨素。

正在这时,嵩阳寺中飞出一道红光,把杨素罩将起来,红光上面站立一位面容清秀的白衣女神。只见她手执拂尘轻轻一扫,就把扑来的余文俭扫得仰面一跤,随后,红光又陡起高空,回转寺内。这时的杨坚大睁双眼,看着杨素跃身而起,蹿上去一锤就把余文俭砸得脑浆迸流。杨坚看得真切,大叫一声"天助我也",便双臂叉开又"咚咚咚"地擂起鼓来。杨素当即飞身上马,一声呐喊,就带着大兵冲入齐阵,直杀得北齐兵死的死降的降。

杨坚在高岗上看见杨素大获全胜,便命鸣金收兵。回到营中,他亲自为杨素卸甲,一看杨素的左臂已红肿起来,便安慰他好生养伤。他问起女神相助之事,杨素却全然不知,左右也没一人看见。杨素只知道挨了齐将一鞭,头一蒙就跌落马下,睁开眼时余文俭已跌倒在地,便跳起来杀了余文俭。

杨坚这时才将白衣女神救护之恩,细细地向杨素讲述了一遍。杨素十分惊奇,思忖半天,才说:"这也是我主大业当成,才得神女显圣。看来,这位神女定是观音菩萨无疑了。若是观音菩萨,却又怎么从佛寺中出来呢?"杨素这一席话,又说得在场文武大臣只顾点头称"是",谁也说不上话来。最后,还是杨坚说明了情由:观音菩萨本来就是如来佛祖的女化身,"观音菩萨"的圣名,根据如来佛"大慈大悲普度众生"的教义,应改为"观世音菩萨"。

后来,杨坚即位,便传旨把嵩阳寺改为"嵩阳观",并且大兴土木,让杨素亲临督建。他们在观内建起了宏伟的白衣殿,塑起了九尺高的白衣大士圣像,以享人间香火。隋文帝每年三月三日都亲自来观内降香,让杨素一年四季四次朝圣。

从此,嵩山一带佛寺内都纷纷建起了白衣殿,或观音菩萨殿。

后来,到了五代周时,周太祖在这里曾遇到书生点化,又看到这里十分清幽,是个读书的好地方,才将嵩阳观改为"太乙书院"。到了宋仁宗天圣年间,又改为"嵩阳书院"。

(整理:甄秉浩)

托梦周公鼓士气

隋朝末年,农民起义军蜂起云涌,当时势力最强大的,当推李密领导的瓦岗军了。

隋大业十四年(618年)三月,在江都,炀帝杨广的亲信定文化及率领禁卫骁果军政变,杀死杨广,然后回师长安。这支悍军走到洛阳东边的滑台(今滑县)时,军粮吃尽,就向瓦岗军占领的黎阳粮仓发起攻击,于是就和前来营救的李密大军在淇水两岸摆开了战场。

留守洛阳的皇孙越王杨侗在炀帝被弑后,已即帝位改元皇泰。皇泰主为了坐收渔翁之利,就派人招降李密,让李密全力攻打宇文化及的骁果军。李密也怕洛阳隋军在背后夹击自己,就立即应招,在童山下展开战斗,死拼整整一天,把宇文化及这支最强的敌军击败了。宇文化及只好逃到魏郡(今安阳)去。

然而,这两支劲军殊死的决斗,几乎是两败俱伤。瓦岗军的劲卒良马也死伤甚重。李密率领着疲惫的大军班师开向洛阳,刚走到温州(今温县),却听到洛阳发生宫廷政变的消息:被皇泰主封为郑国公的王世充,竟幽禁起皇泰主,把持了朝政。王世充当初就不同意招降李密,因此李密也不愿前去自投罗网,就率军回到洛阳东边的金镛城,休整军队。

王世充知道这时是进击瓦岗军的最好机会。然而,过去他率领的隋军剿击瓦岗军时,屡战屡败,士气不振。他怕隋军一听是攻击瓦岗军,人心惶惶不一,就想出了个鼓舞士气的主意,让左军卫士张永通出头,假说曾三次梦见周公,周公让他告诉王世充急讨李密,定能成功。

这张永通确会办事,还添油加醋在军营中散布说:周公讲了,如不合力击贼,军中将发生疫病,损兵折将!

这一下,许多将士主动向王世充请战。王世充也就"顺天意应军心"地同意进击李密。他当即调集民工抓紧在应天门内侧为周公立庙,同时选精兵二万、马两千多匹,在旗帜上写上"永通"二字,祈祷一番后,扑向瓦岗军主力。

李密以前屡胜隋军,因此十分轻敌,在战斗中扎营竟不设壁垒。王世充派二百骑兵乘夜潜至邙山上瓦岗军大营后面埋伏,自己在第二天的战斗中,选了一个面貌酷似李密的军士,在战斗正酣时突然绑在马上牵到阵前,让兵士大声呼喊:"李密被活捉啦!"瓦岗军的将士信以为真,一时不知所措。这时王世充的伏兵又放炮杀出,烧了李密的大营,从阵后攻来,前后夹击,瓦岗军顿时溃败了。王世充又连连追击,几十万瓦岗军几天工夫便土崩瓦解,仅剩下二万余人,只好投奔占据关中的唐公李渊了。

王世充打败瓦岗军后,更把周公庙修建得宏伟壮观。每次出战,也总要先到庙里祈祷一番,求周公保佑,以鼓士气。

白 鹿 庄

洛阳北行二十五里的邙山上,有一个白鹿庄。关于这个村名的由来,有一段有趣的传说。

相传唐李渊平定西方以后,派儿子秦王李世民东征洛阳。当时盘踞洛阳的是郑王王世充。王世充手下有员战将名叫单雄信,有勇有谋,武艺高强。秦王率部多次与之交战,未能取胜。一天夜晚,月明星稀,秋高气爽,秦王在山上散心,信马由缰,不觉来到王世充的营地。秦王看看四下无人,便偷偷地观察敌方的部署,忽然听到一声断喝:"贼人大胆,休走看刀!"原来单雄信巡营来了,秦王一看不好,回马便走,单雄信扬鞭催马,紧追不舍。由于秦王的坐骑是一匹白龙马,日行千里,夜行八百,一鞭下去如风似电,没过半个时辰秦王把单雄信撇得老远。单雄信看看无奈,张弓搭箭,想射死秦王。正巧秦王走入一片低凹地,看不清。于是单雄信一跃而起,站立于马背之上,目视秦王正好在他的射程之内,只见他开弓似满月,箭去如流星,眼看着秦王就要丧命,说也凑巧,从秦王身边的树丛中蹿出一头白鹿,与秦王并马而行,秦王听见风声,知道大事不好,急忙伏于马背,也许是这风声惊动了白鹿,只见它往上一跃,正好被箭射中,当场倒地而亡。

由于秦王李世民军纪严明,处处体恤百姓,百姓们当然拥戴秦王。当地一个村子的百姓发现秦王被追,身处危境,就全村出动,装作士兵的样子,列队护卫秦王,有个青年还灵机一动,大喝一声:"秦琼在此,哪个敢来送死?"单雄信虽说英勇,自觉寡难敌众,他也看不清前面是不是秦琼,只得拨马而回。

另一个村子的老百姓发现秦王有难,打着灯笼火把,也来相助,他们把秦王一直送到唐营。

第二天,秦王李世民带领人马来向老百姓们表示感谢。为了记住白鹿的功劳,秦王不惜重金,在这里盖了一所规模宏大的"白鹿庙",把附近一个山村赐名"白鹿庄",并把护驾有功的老百姓的村子赐名"护驾庄",把送秦王回兵营的老百姓的村子赐名"送驾庄"。后来人们又把单雄信箭射秦王的地方叫"立射庄",把唐营所在地的村子叫"营庄"。这五个村子一直保留到如今,它们都在孟津县送庄乡境内。

遇 驾 沟

相传,唐朝初期,李世民挥师洛阳,征讨郑王王世充。由于李世民宽厚待人,他的部队是仁义之师,所以,他在洛阳附近一扎下营寨,就有不少英雄豪杰纷纷来投。

一天夜里,李世民想趁着月光,到秦岭一带去察看地形,刚出营门,便遇上一个大汉,匆匆向他走来。这个人脸黑如炭,五大三粗,活像三国时的周仓再世。那大汉向李世民双手一拱,说道:"鄙人愿随秦王讨伐王世充!"李世民一看这位汉子铁塔似的身架,便有三分好感,心里想:这人一定有些憨力气,便信口说道:"好吧,我的宝刀还没人扛哩!你就干这个差使吧!"谁知道,那个大汉一听这话,二目圆睁,狠狠地瞪了李世民一眼,气呼呼地扭头走啦!那大汉是谁呢?他叫尉迟敬德,是一员了不起的虎将。他实心实意来投奔秦王,想干一番大事,李世民却给他个"扛大刀"的差使,他能不火嘛!李世民看大汉走了,并不在意,因为他不知道那大将是赫赫有名的尉迟敬德。

李世民刚来到秦岭的周王陵附近,脚步还没站稳,就听东南方向一声大喊,从山谷里杀出一群人马,为首的正是王世充的大将单雄信。那单雄信手执丈八长槊,直向李世民杀来。李世民大吃一惊,慌忙拔刀迎战。那单雄信勇猛善战,李世民哪是他的对手。只几个回合,就听到"喤啷"一声,秦王的大刀被打飞了!紧接着,单雄信的长槊便狠狠地向李世民的咽喉刺去。正在这千钧一发之际,"住手!"随着炸雷似的一声大喊,从岭上跳下一个黑大汉,猛地一枪挑去,拨开了单雄信的长槊,又顺手一鞭,那单雄信几乎被打落马下。单雄信大吃一惊,拨马便走,部下也"轰"地一下向洛阳城里逃去。

那大汉是谁?——尉迟敬德!他打跑了单雄信,二话没说,一抽身子,便扬长而去。惊魂未定的李世民,眼看那黑大汉走了,急忙上前拦住说:"恩人舍命救我,请留下名讳,吾日后定当相报!"那大汉头也未回,冷冷地说:"救你不死,是你命大,留我姓名何用?"李世民急了,赶紧撂出招牌,他说:"我是秦王李世民呀!恩人如此英雄,可愿和我一块儿打天下?"那大汉说:"我知道你是李世民,才不跟你呢!"李世民忙问:"却是为何?"那大汉这才慢慢地扭过脸来,带着挖苦的口气说:"怕你的大刀太重,我扛不动!"李世民听了这话,才慢慢回过神来!他上前仔细一看,嗨!这个英雄不就是要来投我的那位黑大汉嘛!李世民又羞又愧,真想找条地缝钻进去!他恨自己有眼不识泰山,差一点赶走一员虎将。想到这里,便急忙上前赔礼道歉,再三再四地请大汉骑自己的马回营。尉迟敬德余怒未消,猛地把钢鞭举起来,盯着李世民说:"你敢从我这鞭下钻过三趟,我就随你回营。"李世民看大汉将鞭举起,先是吃了一惊,继而又不惊不慌了。因为他求将心切,便说:"只要你随我回营,这钻鞭又有何难!"说着,便躬身弯腰,从尉迟敬德的鞭下边钻了过去。正要回头再钻第二次时,敬德急忙上前拦住了李世民。他心里像开了锅似的,上下翻腾着:"秦王李世民宽厚待人,礼贤下士,果然名不虚传!"李世民看出了大汉的心情,便又弯腰要钻鞭!这一钻,可把尉迟敬德这条大汉的心钻软了,只听"扑通"一声,敬德跪倒在李世民跟前,眼泪扑扑嗒嗒地往下掉。他说:"秦王!折煞我了!在下尉迟敬德,乃草莽之人,戏弄千岁,罪该万死!"李世民一听是尉迟敬德,更是惊喜万状。他急忙上前将敬德搀起,激动地说:"将军武艺非凡,大名如雷贯耳,我李世民有眼无珠啊!"敬德忙说:"千岁错爱了!"接着,二人手携手回了唐营。

从此,李世民钻鞭的故事,便在洛阳一带流传开了。现在,周王陵西北不远有条沟,叫遇驾沟,沟边有个村子,叫"遇驾沟"村,据说沟名和村名都是由此而来。

龙 虎 滩

汉魏故城南侧的洛河北岸,有个"龙虎滩"村,村名的来历,与李世民、尉迟敬德有关。

隋朝末年,隋炀帝杨广荒淫无道,横征暴敛,骄奢淫逸,弄得怨声载道,民心沸腾。这里烽火遍燃,那里狼烟四起,要推翻这个杨家王朝。最大的一支农民起义军,要属瓦岗兄弟了。啸聚瓦岗的义军首领李密,英勇善战,所向无敌,战旗一挥,一下子直捣洛阳一带。附近饥民也望风来投。瓦岗的势力越来越大,李密就在汉魏故城北侧的翟泉、金村一带,修建宫殿,面南登基,自称魏王。

当时,洛阳还有一股势力,就是隋朝旧员王世充。他自封郑王,还在缑氏东门外设辕州府,控制着一片地方。

且说镇守并州的隋朝守将李渊,他的两个儿子李建成、李世民,都是能杀善战的骁将,反隋兴兵,叱咤风云,很快打进西京长安,建立了唐王朝。由于唐王朝猛将如云,所到之处,势如破竹。他们出西安,闯函谷,一路斩将夺关,打到了洛阳,就在邙山之巅安宫扎寨,与李密、王世充形成了鼎立之势。三方互相牵制,谁也不敢轻举妄动。

唐朝李家父子,对形势作了认真的考虑,为了试探瓦岗军虚实,就派李世民和尉迟敬德出了辕门,装作狩猎的样子,顺着邙山向东而驰。路上恰巧遇到了一只白鹿,纵沟跨堑,跳跃奔腾,他们一直追赶,不幸跳入瓦岗军的防卫之内,经过一场厮杀鏖战,终因寡不敌众,李世民、尉迟敬德被瓦岗军俘虏。他们二人被押解到魏王处,李密经过查问审理,方知是秦王李世民与大将尉迟敬德,遂下令立即斩首。

这时,军师徐世勣向李密奏曰:"处死不如劝降,如能归顺,二兵合一,攻取王世充如探囊取物,唾手可得也。"李密听了,认为徐世勣所奏实属高招,一来兵力增强,如虎添翼,二来进攻王世充,可免除后顾之忧。于是,就吩咐魏徵、徐世勣二人将他们押至城南监狱,好生看守。谁知,半夜时分,魏徵、徐世勣竟偷偷将李世民、尉迟敬德放了。

为什么魏徵、徐世勣要释放他们二人呢?原来瓦岗兄弟虽然兵多将广,但军心涣散,战斗力不强。况且,窦建德、李密原来也是隋朝要员,只是看到隋朝大势已去,才投奔瓦岗。当李密夺取政权以后,更是飞扬跋扈,骄横无比,有时连魏徵、徐世勣的话也听不进去。因此弄得众叛亲离。同时,魏徵、徐世勣也看到李世民、尉迟敬德威武英俊、大义凛然的风范,认为他们将来定能干出一番事业。所以,他俩一商量,就把李世民、尉迟敬德放了。

后来,唐军打败了王世充,又把瓦岗军打得落花流水,溃不成军。魏徵、徐世勣劝李密率部投了唐朝。

李世民继承父王李渊的皇位,当上了皇帝,也就是历史上有名的唐太宗。按传统习惯皇上称"龙",大将和名臣称"虎"。李世民、尉迟敬德当年住过的监狱,自然成了"龙虎监"。但"监"字听着不雅,正巧那一带是河岸滩地,人们就改"监"为"滩",称为"龙虎滩"。附近的村子,就叫这个名字。

五 龙 沟

相传,唐王李世民打天下时,曾派大将尉迟敬德征剿隋末的"洛阳王"王世充。

有一次,敬德兵发洛阳,谁知却中了王世充的圈套。敬德连吃败仗,落荒而逃。他退到洛阳城西的秦岭山中,走得人困马乏,忽然看见一池泉水。他正想歇息饮马,突然,从洛河北边的树林中,又杀出一队人马,吆喝着要抓敬德。敬德大吃一惊,急忙飞身上马逃命。哪知敬德又饿又乏,头昏眼花,一下子从马上栽倒下来。这时,王世充的马队尘土飞扬,直奔秦岭山,眼看着敬德就要被生擒活捉啦!

秦岭山顶有个破草屋,屋中有五个光屁股孩子正在玩耍戏闹。他们听到人喊马叫,急忙跑出草屋站在山顶上观望。他们一见敬德栽倒马下,王世充的人马步步逼近,就飞一样地跑下山,要来搭救敬德。

王世充的人马赶到山下,敬德却不见了,他们四面搜山,连个人影也没有见着。最后,王世充命人放了把火,满山的树木杂草劈劈啪啪着了起来,那个破草屋也被烧成一堆灰。

大火熄灭,王世充以为敬德早叫大火烧死,便收兵回营了。谁知道敬德并没有死,他被五个孩子从泉边拖了出来,藏在石洞中的战马也被孩子们牵了出来。敬德看着这五个救命的孩子,感激得不知说什么好。他拿出随身带的银两,分给这些孩子,接着又问这问那。谁知,那五个孩子没有接这些银子,也没有回答敬德的话,却一齐跳进了泉水中,变成了五条小龙,在水中自由自在地游来游去。

尉迟敬德

敬德这才一下子迷了过来,原来是五龙救我,天助我不死啊!敬德决意重整旗鼓,尽快平息王世充,为民除害。不久,敬德果然把王世充残部杀了个落花流水,取得了最后胜利。

后来,尉迟敬德禀报唐王李世民,在那五个孩子玩耍的地方修了一座庙,取名为"五龙庙"。五龙庙前的那池泉水,也取名"五龙泉"。五龙庙前的山沟里有个村庄,取名就叫"五龙沟",这就是今天洛阳市郊区孙旗屯乡的"五龙沟"村。

南瓦岗寨

南瓦岗寨位于汝州市东北大红寨山顶,传说是隋末唐初程咬金所在的瓦岗军所建。据有关材料记载和老年人相传,隋末瓦岗起义军驻扎在滑县瓦岗寨,由于兵马越来越多,再加上那里地面较平坦,无险可守,起义军将领程咬金便派人寻找新的驻军之地,于是便找到了现在的梁山(今登封徐庄大红寨)。这里南面较缓,其余三面为陡崖,易守难攻,再加上山顶地势平坦,土地肥沃,水草丰美,是理想的屯兵之地。

程咬金带领人马来到山上,安营扎寨,垦荒屯兵。他们在大红寨南坪用石块垒筑成石寨,寨周围垦荒有五六百亩,还在寨西建了练兵场,骑马射箭,操练人马。这些遗址至今还在。

另外,他们在寨东沿山梁筑了三里长的土寨,直通樊梨花寨,主要是戒备南部缓坡被人攻上。寨内的沟泉水旁还建有马棚,北半坡上是家属住宿地,至今还能看到那时残留下来的房基,当地人叫它程家沟。

后来,瓦岗军追随李世民打天下,把部分家属和老弱伤残留在寨中守寨种田。他们的后人就在大红寨上盖了程夫子庙,把程咬金等将领的牌位供奉在庙中,祭祀朝拜。

明末清初,兵荒马乱,大红寨又成了兵家必争之地。为躲避战乱,瓦岗军的后代陆续下山,有几户到小红寨西山脚落户的程姓山民又在小红寨山脚建了程咬金庙,现在庙宇仍在。程姓有五百多口,庄名叫程窑。有些农户家中至今还存着标有"程"字的当年遗物,其中注有"程咬金"的铁锁有八斤多,钥匙有半斤重,保存在村民樊富生家中。

庞 村

偃师县庞村乡所在地的庞村,原名伊滨庄。后来为何改称庞村了,这得从唐朝说起。

那时伊滨庄出了个宰相,名叫庞参,曾任汉阳太守,累迁升擢,位列三公,兼理河南道台。他为官清正,廉洁奉公,一身正气,两袖清风,所处案卷无不泾清渭浊,很得朝野称颂。

庞参的独生儿子名叫庞长,倚仗他父亲官高爵显,鱼肉乡里,横行霸道,整天沉浸于声色犬马之中,尤其嗜好行围打猎,不断射伤人畜,乡邻敢怒而不敢言。

一次他带领家丁人役,弓箭雕翎,出了村寨,来到南岭之上,撒下围场,几匹高头大马在田园中纵横驰骋,任意践踏庄稼,撵得百姓东逃西散。一个老汉正在放马,马因受惊而落驹。老汉看母马与驹子性命难保,怒火中烧,不由地责骂了几句,正好被庞长听见,就以拳脚相加,将老汉打翻在地,又吩咐随行的家丁:"给我狠狠地打,叫他知道知道庞爷的厉害。"本来,老汉已被他打得人事不省,家丁们还没有打两下,老汉就含冤而死了。

村中人等,对于庞长的作威作福,早就恨得咬牙切齿,加上这回又打死人命,更是义愤填膺,便与苦主的家人,同写一状,送到洛阳县衙。

洛阳县令接到状子后，大为震惊，知道事关重大。平时他对于庞长的所作所为略有闻知，但考虑到其父在朝官居要职，而且政绩卓著，德威并行，骨肉之情岂不袒护？况且他又年愈半百仅有一子，依靠的是这棵独苗延续香烟。若依律处决，道台怪罪下来，自己可担当不起。洛阳县令万般无奈，只得将状子送到河南府，请知府大人审处。

河南知府问过案由始末，就要洛阳县令将庞长依律而断。但当他听说庞长乃当今河南道台庞大人的公子时，就对洛阳县令训斥道："啊！原来你是把千斤重担推到了我身上，叫我坐萝卜的啊！"为了推卸责任，又对洛阳县令说："你我都是朝廷命官，受皇封，食王禄，理应上报君王，下泽黎民，管他什么道台巡按之子，只要依律而断，大唐典律岂容亵渎。"

洛阳县令听后"扑通"一声又跪在地下叩头不止，说："那就请大人审清问明，卑职我实在无能，愿奉还纱帽官衣，让我归田务事农桑。"

这下真的难为住知府大人了。不接状子吧，刚才说的义正词严，从无畏惧；按律而断吧，又怕得罪上峰，难以下台。思虑了一阵子，吩咐人将原告传来，又让衙役拘捕来庞长等人。擂鼓三通，升堂理案。大堂上，庞长不但对致死人命供认不讳，而且还气焰嚣张地言及他父庞参，在朝供奉，今又兼理河南道台。河南知府正在为难之时，门上报道："河南道台庞大人到。"

知府将一干人系暂撤下去，将庞参迎进府中，说道："卑职正在审理案事，不想大人驾到，有失远迎，望乞恕罪。"

庞参道："此番巡视，正要稽查要案，河南府可将案卷转来我看。"

庞参接过案卷从头至尾看了一遍，不觉冷汗滴滴，五内俱焚，痴呆呆地坐在那里。

知府说："刚才在询问中，被告言道他是大人的公子，不知是否属实？"

一句话问得庞参半天说不出话来，思索了半天，说道："河南府，你大概是初来乍到，人地两生。我虽是洛阳人氏，也系庞宗，但祖居不在伊滨庄，被告在蒙骗于你，他是冒认官亲的。"

知府说："那么大人仙乡何处？"

庞参沉思良久，才编造了一个村名，说："我乃庞村人也。"

知府说："既然如此，我就按大唐典律秉公而断，请大人坐堂同审同问如何？"

庞参推托说："我一路劳顿，要到官驿小憩，一切由河南府定夺。"然后，随同人役而下。

知府又将原告被告一干人系再次带上堂来经过详察细审，人证物证俱在，将庞长定了死刑，而后将宗卷呈于道台批复。

道台接到案卷，如五雷轰顶，魂飞魄散，几乎昏厥过去。他强打精神，把呈文又从头至尾一审再审，把庞门后裔掂量几番，再将大唐典律与民心向背作了权衡，最后，将朱笔一挥，批了一个"斩"字。知府接到批复，点就侍卫、刀斧手、众人役来到刑场，午时三刻将庞长斩首，回府交令。

当庞参接到知府将庞长斩首的回文后，一时昏倒过去，知府见状也吓晕在道台面前。

等道台苏醒过来，知府还跪在他的面前说道："卑职该死！卑职该死！望庞大人保重。"

道台说："河南知府，你、你何罪之有？有罪的倒是我这河南道台。你秉公而断，维护了大唐典律的威严，待我回得朝去，奏明圣上，一定嘉奖于你。"

知府说："庞大人敢于大义灭亲，乃古今典范，将彪炳千秋，永垂流芳。"

后来，庞参因年事高迈，告老还乡，与其夫人过着孤凄的生活。他为了消闷解忧，就在伊水岸边执竿垂钓，后人就把这里叫作"庞公钓鱼台"，今日犹存。

人们为了纪念庞公的义烈风范，就按照他在河南府临时编造的村名，将"伊滨庄"改名"庞村"。

周 家 陶

洛阳的彩陶,在隋朝就有了,当时最有声望的是周家陶。

相传,隋朝时候,隋炀帝在洛阳修了个显仁宫。宫中亭台楼阁,豪华极了。他下令把各地的异花奇草移植到显仁宫里,供他观赏,又把四方的名贵珍宝搜罗来,供他享用,还抢来了许多美女歌妓,供他寻欢作乐。老百姓看到这一切,肺都气炸了,但是只敢怒,不敢言。

当时,洛阳有一家有名气的陶窑。窑的主人叫周浩,人们把周浩烧制的陶器称作周家陶。周浩刚刚二十出头,勤劳朴实,为人忠诚厚道,大家都很喜欢他。有一天,他到山上背陶土,发现一株被人拔掉的牡丹,拾起来,拿回家,栽在院里。从此,周浩早晚回家,总是满桌饭菜热腾腾,衣服破了有人缝,脏了有人洗,他觉得非常奇怪。为了弄清原因,有一天,他假装出门干活,却暗暗地从门缝中往家里看。一会儿,看到从牡丹的花蕊中出来了一个年轻貌美的姑娘。原来,这姑娘就是牡丹仙子,为了感谢周浩的救命之恩,就在暗中帮他洗衣做饭。后来,周浩和她成了亲,就叫她牡丹。牡丹不光模样儿好,而且手艺也很巧,结婚不久便成了周家陶的行家里手啦,制陶的技术比周浩还高。周浩烧出的人、马、鸟、兽,经牡丹一画眼,陶鸟会飞会叫,陶马会跑会跳,陶人还会走路哩!隋炀帝到处抢劫名贵珍宝,当然也不会放过周家陶。

这天,隋炀帝派的虎狼兵丁来到周家窑,看到这五彩缤纷、千姿百态的周家陶,眼都看花了,不问三七二十一,便要统统带走。周浩还想讲讲价钱,兵丁们咋咋呼呼地说:"还要钱哩,你没打听打听,啥时候给皇上东西要过钱啦!"说着又要动手去抢。周浩和牡丹看着自己用血汗换来的果实要被人抢去,便过来阻拦。这一拦,可出大事啦!兵丁们一见比花还美的牡丹眼都直了,说:"正好宫中还缺一名舞女,一起带走!"边说边像饿狼扑食一样,去拉牡丹。这可把周浩急坏了,扑过去拼死拼活地往回拉。兵丁们一拥而上,揪住周浩就要打,正在这时,只听牡丹大喊一声:"住手!"这一声可把兵丁们给镇住了。牡丹从容地走到周浩跟前,说道:"周郎放心,为妻跟他们去走一趟,在宫中享受上一百天,请你在家准备一千匹陶马、一千只陶鸟、一千个陶兵陶将,一百天后送到显仁宫。我要叫显仁宫好好热闹热闹,让万岁好好享受享受。"说罢,便毫不犹豫地跟着虎狼兵丁们,带着周家全部陶器走了。周浩一想牡丹是仙女哩,也就放心地让她去了。

一百天后,周浩将牡丹要的东西,如数送进宫里。这天晚上,隋炀帝喝得醉醺醺地来到了显仁宫,观赏着这批活灵活现的陶人、陶马、陶鸟。隋炀帝正玩得高兴,忽然,一道白光闪过,照得人眼都睁不开了。紧接着,数不清的彩鸟盘旋宫中,叽叽喳喳地见人就啄;一大群彩马东冲西撞,见人又踢又咬;一个个彩兵彩将手持各种兵器,骑上彩马,遇人乱杀乱砍。隋炀帝吓得魂不附体,"扑通"一声栽倒在地,身子软得活像一摊泥。

天麻麻亮时,只见牡丹和周浩各自跳上一匹彩马,彩马长啸一声,从鼻中喷出一股烟雾,将整个显仁宫团团罩住。烟雾中,只见彩马"呼"地腾空而起,飘然而去。接着,那些彩鸟、彩马、彩兵、彩将也一齐拥出了显仁宫,霎时,都不见了。随后,从空中飘下一条白绫,隋炀帝颤抖着拾起一看,白绫上写了四句诗:

炀帝无道坐洛阳，
百姓遭难气断肠，
天赐神兵周家陶，
三年之内灭杨广。

隋炀帝越看越怕，得了一场重病。不到三年时间，瓦岗寨农民起义推翻了隋王朝，隋炀帝也一命呜呼了。

打那以后，邙山上的周家夫妻不见了，驰名的周家陶也失传了。

（讲述：李树森　整理：苗子修）

陶哥与三彩

嵩山背后，临着巩义。巩义有座青龙山，青龙山下有条黄冶河。黄冶河两岸世代住着陶瓷工匠。这里烧出来的陶瓷，鲜润、光洁，人人喜爱。

有个年轻的陶工，烧陶的技艺很高。因为他为人忠厚、好学，人人都叫他陶哥儿。

陶哥儿常常翻过青龙山，步行几十里九曲十八弯的山路，到嵩山脚下的玉龙湖边采来高岭土，背回家晾干碾碎，做成各式陶模，放进窑里去烧。凡是他烧出来的陶器，白中泛青，光洁如玉，特别耐看。当时，谁如果能得到一件陶哥儿烧的陶器，真如同得了稀世珍宝。

一天，陶哥儿在玉龙湖边采完高岭土，天就晌午了。他把高岭土装进筐里，正要动身回家时，山湾里忽然传来了呼救的声音。他跑过去一看，见悬崖上有个采药老人正跟一条碗口粗的大蛇搏斗。大蛇双目如电，正张开血盆大口，扑向老人。当时，陶哥儿没容多想，立即取出采土砍刀，狠命向大蛇扔了过去。只听"飕"的一声，砍刀不偏不斜正好砍中大蛇的咽喉，大蛇滚了几下便不动了。老人也身子一晃，从崖头上落下去掉进湖里。陶哥儿紧跑几步，跳下水去，把老人背回家，灌些姜汤，老人才慢慢醒了过来。

老人说："年轻人，我的伤只有取来嵩山上的七七四十九种药草，经过七七四十九天的调理，才能治好。你愿意帮我一把吗？"陶哥儿说："老人家放心，只要是嵩山上有的药草，我都要采来给你治病。"

古代制陶

从这以后,陶哥儿把老人看成自己的亲人。他每天上山采高岭土时,都要按老人的指点,采些药草回来,熬药给老人喝,剩下的药草放进药篓里。陶哥儿一面尽心服侍老人,一面抽空烧窑,七七四十九天一过,老人的伤也好了。老人临回山时,对陶哥儿说:"小伙子,你是个好心肠人。我没别的可以报答你,有一桩心事想说出来,不知你答应不答应?"

陶哥儿忙问:"什么事?"

老人说:"我有个三闺女很聪明,你如果不嫌弃,我把她许配给你。"

陶哥儿哪有不高兴的!当时就羞得低下了头。老人说:"我没有啥嫁妆陪送闺女,这只采药篓子伴随我多年,你们留着用吧。"

老人告辞走了,陶哥儿送了一程又一程。到了一座山前,老人说:"不要再送了,你看,我家三闺女在那边等你哩!"陶哥儿回头一看,不见三姑娘,再回头一看,老人也不见了。

陶哥儿回到家里,见床沿上早坐着个十七八岁的大姑娘。姑娘手里正拿着陶哥儿烧的白陶瓶仔细看来看去。姑娘长得跟天仙儿一样,陶哥儿一见就愣在那里,一时不知道说啥好了。

姑娘一见陶哥回来,连忙站起来笑着说:"你就是陶哥儿吧?我等你好一会儿了。"

陶哥儿问她是谁,姑娘说:"我就是采药老人的三女儿,叫三彩。我爹让我来跟你一快过日子。你要是不如意,俺就回去。"

陶哥儿一听,乐得急忙上去拉住三彩说:"百里嵩山转八遍,难挑三彩好人品。我如意!"

陶哥儿寻个好媳妇,黄冶河上下的陶工都来贺喜。

陶哥儿和三彩成亲以后,相亲相爱。三彩心灵手巧,陶哥儿烧活路,她一看就会。小两口不只烧的杯、盘、碗、壶好,三彩还做了许多牛、马、骆驼模坯,跟活的一样。

装窑时,三彩对陶哥儿说:"嵩山上,早晨的七彩虹霓、傍晚的五色云霞,最好看,要是能把这些颜色烧在陶瓷上,才好看呢!"

陶哥儿说:"往哪里找这些釉料呢?"

三彩说:"你把我的嫁妆搬来吧。"

陶哥儿把老人的采药篓搬出来,三彩从头上拔下几根头发,做成画笔,往药篓里蘸一下,往陶模坯上画一笔。她东一笔,西一笔,不一会儿,就全画好了,说:"可以装窑了。"

烧窑时,陶哥儿格外用心,三彩帮着添火加柴,一直烧了三天三夜。出窑那天,窑门一打开,就有几道金光从窑里照射出来。三彩对着窑门轻轻一抬手,彩色陶人有的赶着彩牛、彩马、彩骆驼,有的端着彩色的杯、盘、碗、壶,叮叮当当走了出来,三彩一挥手,它们便不动了。件件彩陶,色泽鲜艳,一套四十八件杯盘、碗具,更是鎏金锃亮,叫人看了眼花缭乱。在场的陶工,一个个惊得目瞪口呆,一齐向陶哥儿、三彩庆贺烧出了宝陶。

正好这时候,武则天游中岳,路过巩义。窑工总管为了讨好皇上,就把这批彩陶送给了她。

当晚,武则天住在青龙山下常庄村。她吃饭时,见满屋子奇光异彩,十分惊奇。等太监从头到尾一说,武则天马上传旨把陶哥儿和三彩找来。

武则天见了三彩就说:"听说你们烧的彩马能跑,彩牛能叫,彩人能舞,我想看看,你马上就叫它们活动起来!"

三彩轻轻一笑,对着陶人、陶马、陶牛抬了抬手,顿时满屋子通明,彩人起舞,彩牛高叫,彩马行动。

武则天一见,哈哈大笑说:"好!我要把你们带回宫中,给我烧一辈子奇物。"

武则天的话音刚落,只见三彩把手一扬,两匹彩马立时由小变大,陶哥儿和三彩纵身一跃,一人跨

— 406 —

上一匹大马,带着彩陶便升天走了。

武则天气得暴跳如雷,当即传旨,要黄冶河的陶工连夜烧出彩陶。

武则天游罢中岳,回到京城。窑工献的陶器只有三种颜色。谁也不能让烧的彩人、彩牛、彩马、彩骆驼变成活的。武则天一怒之下,就把献陶瓷的窑工总管杀了。她哪里知道,采药老人原是嵩山上的药神。药神见陶哥儿忠厚、善良,才差三彩帮助陶哥儿烧彩陶的。

后来,武则天就把这些陶器看成奇宝,不许流入民间。只有当她高兴时,才赏赐一些给有功的皇亲国戚。另外,她还规定这些彩陶必须跟死人一起殉葬。

这种彩陶,就是我们说的"唐三彩"。唐三彩只能在古墓中发现,就是因为武则天当初把它定成殉葬品了。

(讲述:周于氏　整理:贺宝石)

鸡　血　红

古时候,神垕有个老窑工叫王钧,老伴去世早,身边只有一个养子王小。由于家境贫困,在大刘山驹虞河边靠捏泥巴烧制钧瓷为生。

有一天晚上,王钧刚睡下,朦胧中听见有人唤道:"王钧醒来,王钧醒来!"他起来看看,屋内连个人影也没有,翻个身又入睡了。不大一会儿,一道红光照得小屋如同白昼。王钧翻身坐起,只见一位红光满面的白发老人坐在床边,老人对王钧说:"你烧造钧瓷不得秘诀,老君叫我点化你,但仙凡间有别,天机不可泄露,我写两个字,你可以慢慢领悟。"说罢,拿起一根木棍儿在地上画起来。王钧细看,原来是"心血"二字。他不解其中意思,正待细问,老人将手一摆,捋着胡子说:"你不必多问,得秘诀以后,子孙相继,不可盘剥他人,不然上天不容。"老人说罢,转眼不见踪影了。

第二天,王钧醒来,回忆昨晚之事,原来是一场美梦。说起王钧的手艺,真是出类拔萃,七里长街同行无一可比。他捏出的盆、罐、鸟、兽等对象,造型巧妙,做工精细,活灵活现,但是就因为掌握不住火候变化规律,釉色不好,这使他很伤脑筋。看看自己已是两鬓白发,一生愿望不能实现,很是痛心。眼下仙翁指点,需用"心血"才能成功。可这"心血"又往哪里去找呢?王钧左思右想,毫无办法,最后拿定主意:自己以身试火,取得经验传给子孙。

王钧把自己梦见仙翁指点,准备以身试火寻求烧瓷秘诀的事告诉了儿子。王小听爹爹说要这样做,"扑通"一声跪在王钧面前,哭着说:"爹爹万不可这样做,仙翁要你寻求烧瓷秘诀,可不是叫你去送死啊!"王钧脸色严肃,扶起儿子说:"我儿不必多虑,天意如此。"王小见父亲主意已定,一时劝不过来,也暗地里打定了主意。

这一天,父子俩装好窑,生起了火。一连烧了三天三夜,只见窑里浓烟滚滚,不见火苗往上蹿。以往只烧三天就能挂色,可这回情况反常。王钧双眼布满血丝,汗流满面,对王小说:"孩子,就看今夜了,我饿了,你去拿个馍来!"王小不知是计,回身拿馍去了。王钧目视苍天大呼:"苍天有灵,莫负老汉一生心血!"说罢,他脱光衣服,爬到窑顶,纵身跳进熊熊的窑火中。

这时,可急坏了一旁的白发仙翁,他在窑旁边整整守了三天三夜,只等今晚助王钧一臂之力。谁知王钧竟纵身跳入窑火中。他顿足叹道:"罪过!罪过!"他见事已不可挽回,遂手点化,只见窑内浓烟顿消,红浪翻滚。王小拿馍回来,见父亲衣服脱在窑口边,一切明白,遂大叫一声,气绝于地。

王小昏死后,魂魄不散,转悠悠来到大刘山上,看到一位白发仙翁正在和爹爹谈话,王小急忙赶到跟前,拉着仙翁的手说:"救救俺爹!"仙翁说:"此乃天数,命该如此,也是老夫罪过。你要继承父业,做好钧瓷,贡献世人。汝父今已位列仙籍,不必为虑。"言尽,仙翁拉着王钧直上天空,王小抬头看时,只见半空中飘落下一张纸条,抓住一看,上书"可用鸡血代替"6个大字。

再说众乡邻见王钧已死,慌忙救醒王小。王小哭着对乡亲们说了原委,并在烧钧瓷时鸡血祭窑。果然,奇迹出现了,在熊熊燃烧的火势中,只见各种造型的钧瓷作品像涂了一层颜色一样,五光十色,艳丽夺目,十分好看。恍惚中,他好像看见父亲身影一样。他悲痛地对邻居们说:"不管这一窑是什么红色,都叫鸡血红。"

出窑后的钧瓷釉色非常好看,最好的就算鸡血红了。另外还有玫瑰红、海棠红、茄皮紫等颜色。从此,钧瓷里添了一种珍品鸡血红。

王钧烧窑

后来,人们为了纪念王钧,在神垕火神庙里塑了他的像。现在还有人传说,在窑火点燃三天三夜的时候,还能看见王钧的身影呢。

魏徵的故事

在河南省巩义市站街镇的东边,有一条小河,名叫东泗河,又名魏氏河。为什么叫魏氏河呢?因为唐朝的魏徵曾在这里生活过很长一段时间。

魏徵三岁时就死了父亲,母亲守寡把他拉扯大。家里虽说很穷,但魏徵读书很用功,母亲对他要求很严格。

有一天晚上,魏徵放学回家。一进门,母亲就叫他跪下,责问他办了什么坏事。

原来,魏徵从很小开始,头顶和两肩各亮着一盏灯。这3盏灯,只有他的母亲能够看见。如果魏徵办了一件坏事,灯就会灭掉一盏。今天魏徵一进门,母亲见他左肩的灯灭了,所以就罚他跪下责问。

魏徵从小就是个孝顺、听话的孩子,他跪在地上想了半天,也没有想起曾办了什么坏事。

母亲又问他:"你今天除了完成功课,还干了什么事情?"

魏徵猛然醒悟:"娘,先生还让我给他誊写了一份休书。"

母亲"噢"了一声,对他说:"替人写休书,是拆散人家夫妻,就是一件缺德事儿,快去把休书要过来!"

魏徵立即跑回学堂,对先生说:"老师,我给您誊写的休书上,有一个字写错了,快让我看看。"先生递过休书，魏徵接过来，一把撕个粉碎，对先生说："您还是和师娘和好吧！"说罢给先生深深鞠了一躬，扭头跑回家去。一进门，母亲见他左肩的灯又亮了，高兴地对他说："孩子，记住，缺德的事永远不能干！"魏徵牢记母亲教诲，成了一代贤臣。

隋朝末年，李密率领瓦岗军，攻陷了黄河南岸魏氏河东岸的兴洛仓，自称魏王，改偃月城为金墉城，建立了大魏政权，封徐茂公为军师，魏徵为副军师。

当时，隋炀帝已被杀，军阀混战。秦王李世民奉父亲李渊的命令攻打洛阳，洛阳守将王世充被打得大败。

一天夜里，清风徐徐，皓月当空。李世民吃罢晚饭，带了两名随从出外游玩。三人游着游着，忽见山坡上一头白鹿，缓缓走来。李世民掏弓搭箭，"嗖"的一声，射中白鹿右耳，白鹿带箭而逃，李世民在后边猛追。不知翻过几架山，趟过几道河，前边现出一座城池。城门上写着"金墉城"三个大字。李世民一看，不觉心内大惊，知道到了巩县地界，而随从人员早被甩得无影无踪。

这天夜里，秦叔宝、程咬金二人正在巡城，听得城外马蹄响，急忙打开城门，出外察看，见一青年武将，正在四处张望。只听程咬金大喝一声："呔！什么人？敢来私探俺金墉城？"李世民闻声望去，只见这员大将，虎背熊腰，身高八尺，虽夜色中看不清面孔，倒也十分骁勇。连忙在马上拱手答礼道："在下乃大唐高祖神尧皇帝次子李世民是也。无意游猎到此，绝无私探城防之意。请问将军大名？"程咬金一听来者是李世民，不由火冒三丈，举起手中的宣花板斧，便朝李世民砍去，嘴里还大声喊着："好你个唐童，来得正好，我正要找你算账！"秦王李世民急忙把手中的定唐刀一架，说道："将军，孤家与你无仇，何必如此！"程咬金喊道："你不晓得俺程咬金，在紫金山被你兄弟李元霸一锤打伤，差点丢了小命，怎说没仇？今日相逢，难逃狗命！""噔"的一声，又是一斧。李世民抵挡不住，回马败走。程咬金紧追于后，秦叔宝策马接应。

李世民跑着跑着，眼看天色微明，抬头一看，来到一处绝谷。三面都是峭壁，向前无路可走，路边只有一座古庙，匾额上写着"慈云寺"三字。秦王下马，悄悄牵马入寺，看看庙内并无藏身之地，就连人带马缩成一团，躲在了供桌底下。

后边程咬金、秦叔宝赶到，见四处无路，定是藏入寺中。程咬金一斧将庙门劈开，闯了进去。见殿堂一座，只有供桌一张，别无藏身之地，想必躲在供桌底下，刚要举起大斧去劈，忽见从供桌下钻出一人，大声喊道："程王兄且慢！"程咬金一看，不是李世民，而是副军师魏徵。

程咬金见是魏徵，大眼瞪小眼，举起的板斧再也砍不下去，忙问："魏军师怎在此地？"魏徵拍拍身上的土，慢悠悠地说道："我奉魏王之命，前来此寺荐香。昨夜留恋山色，就暂宿此寺。方才还在睡梦之中，忽听有人破门，我还以为是强盗呢！"程咬金问道："方才可见唐童躲了进来？"魏徵惊道："这么小一个地方，别说什么'糖桶'，就连个'盐罐'也没有啊！"程咬金一听，哇哇大叫："怪了！怪了！连人带马，莫非飞了不成！"又要四处去找。魏徵给秦琼使个眼色，秦叔宝连忙拉住程咬金，走出寺外，回城去了。

原来，瓦岗军军师徐茂公夜观天象，预知李世民有今日之灾，必然逃往慈云寺避身，就提前派魏徵藏在寺中，暗中接应。李世民在慈云寺脱险以后，非常感激慈云寺和魏徵。他登基以后，拨巨款，派三藏禅师（即唐僧陈玄奘）重修慈云寺，并重用魏徵，此为后话。

事后，魏王李密得知徐茂公、魏徵设计放走李世民，火冒三丈，要将二人处死。多亏众将说情，免去死罪，被逐出午门。徐茂公微微冷笑，写了一句诗，贴在午门之上："到时首级挂午门，看你两眼泪汪汪。"

徐茂公和魏徵出得城来,道了声:"后会有期!"分东西扬长而去。

午门外的值星官急忙取下徐茂公写的诗句,报给魏王。魏王大怒,立即派心腹将官率兵追赶二人,就地正法。

魏徵出了金墉城,径直朝神都山下的黄河边走去。刚走到黄河边,只见大水滔滔,空无一人,更无一叶舟船。忽听身后人声鼎沸,马蹄踏踏,知是魏王的追兵赶来。眼看追兵越来越近,面对滔滔大河,连个藏身的地方都没有。万般无奈,双膝跪倒,对着神都山拜了三拜,含泪祈祷道:"神都山啊神都山,您是圣哲神仙居住的地方。念我魏徵,自幼家贫,从未干过伤天害理之事,何必今日置我于死地?倘若神灵保佑,度我脱险,我定要为民肝脑涂地,以报万一!"魏徵祈祷刚完,忽见黄河上游飞来一只小舟。魏徵刚刚跨上小船,后边追兵赶到,小船像箭一样向黄河河心飞去。

魏徵为了纪念这次脱险,待李世民登基,封他为谏议大夫以后,自己捐资,在神都山下的黄河岸边,也就是魏氏河入黄河处,修了一座河渎庙,后来改名为河大王庙。后世屡经修葺,至今庙宇犹存。庙内现存的一副石刻对联:

范围万派千流无容泛滥　鞭辟惊涛骇浪并入沧溟

据说是魏徵授意刻写的。

修 城 隍 庙

唐朝时候,郭子仪父子平定了安禄山叛乱以后,郭子仪的儿子郭艾被招为东床驸马。公主金枝生性骄横,从来不把公婆放在眼里。郭艾受不了这窝囊气,两口子经常吵架。有一次,郭艾还打了金枝。唐王知道后,要斩驸马,多亏国太说情,才免了。这一来,金枝更加厉害,动不动就噘公骂婆。

郭子仪想了个办法,暗地里请了一些工匠,在城外修了一座庙,起名叫城隍庙。京城的百姓都来看,郭家故意不让金枝看。城隍庙里有阴曹地府、阎罗宝殿、十八层地狱。这十八层地狱有抽筋狱、剥皮狱、刀山狱、火海狱、磨研狱等等,专门惩罚那些生前作恶和不忠不孝的坏人。除了十八层地狱,还有一座奈何桥,八丈高,桥面只有三寸宽,没有扶手栏杆。那些淫妇、泼女、噘公骂婆的媳妇死了以后,被小鬼赶着上桥,掉下去的叫蛇缠狗咬,不叫她们再托生。

金枝不知道这些,越是不让她看,她偏要去看。她从头到尾看了以后,吓得心惊肉颤,下决心要痛改前非。从那以后,她再也不骄横了。

唐王听说女儿看了城隍庙,变得贤惠孝顺了,心里很高兴。他下了一道圣旨,叫各州各县都修城隍庙,用这种办法教育人。

(讲述:吴润苍　采录:何鑫)

灶王奶奶的传说

年年农历腊月二十三到三十这几天,嵩山地区家家户户都要依次地烙灶干呀、扫房子呀、熬百岁呀。这些风俗习惯是怎样形成的呢?

传说,玉皇大帝的小闺女贤惠善良,十分同情天下的穷人,她偷偷地爱上了一个给人烧火帮灶的穷小伙子。玉皇得知后,十分恼怒,就把小闺女打下凡间,跟着"穷烧火的"受罪。王母娘娘疼爱女儿,从中讲情,玉皇才勉强给"穷烧火的"封了个灶王的职位,人们就称"穷烧火的"为灶王爷,玉皇的小闺女自然就成了灶王奶奶了。

灶王奶奶深知百姓的疾苦,就常常以回娘家探亲为名,从天上带些好吃的、好喝的分给穷百姓们。玉皇本来就嫌弃穷女婿、女儿,察觉此情后,非常恼火,就只准他们每年年底回去一次。

第二年,眼看快过年了,可穷百姓们还缺这少那的,有的户连锅也揭不开了。灶王奶奶看在眼,疼在心。腊月二十三这天,她决定回娘家,给穷百姓们要点吃的。可自己家里连点儿面星也没了,路上没有干粮咋办呀?穷百姓们知道后,便想方设法烙了些馍团,送给灶王奶奶路上做干粮。

灶王奶奶回到天上,向玉皇讲了人间苦情,可玉皇不但不同情,反而嫌女儿带回来一身穷灰,要她当晚就回去。灶王奶奶气得当即就要走。可转念一想,两手空空,回去咋向穷乡亲们交代呀?再说也不能就这样便宜了狠心的父亲。这时,正好王母娘娘也过来说情,她便顺势说:"不走了,明天我要扎把扫帚带回去扫穷灰哩!"

二十四这天,灶王奶奶正在扎扫帚,玉皇来催她回去,她说:"催啥哩,眼看要过年了,家里没豆腐,明天我要拐豆腐哩!"

二十五这天,灶王奶奶正在拐豆腐,玉皇来催她回去,她说:"催啥哩,家里穷得连只鸡也养不起,明天我要杀鸡哩!"

二十六这天,灶王奶奶正在杀鸡,玉皇又来催她明日回去,她说:"催啥哩,过年要吃肉,明天我要割肉哩!"二十七这天,灶王奶奶正在割肉,玉皇又来催她明日回去,她说:"催啥哩,路上要带点干粮,明天我要发面蒸馍哩!"

二十八这天,灶王奶奶正在发面,玉皇又来催她明日回去,她说:"催啥哩,过年要喝点喜酒,明天我要去灌酒哩!"

二十九这天,灶王奶奶刚刚灌罢酒,玉皇又来催她明日回去,她说:"催啥哩,俺们一年到头连顿饺子也没吃过,明天我要包饺子!"

三十这天,灶王奶奶正在包饺子。玉皇大动肝火,要她今日必须回去。灶王奶奶的东西已经准备得差不多了,就不再多说话,只是舍不得离开王母娘娘,一直挨到天黑才离开皇宫。这天夜里家家户户都没有睡,坐在火炉边等灶王奶奶。人们见灶王奶奶回来了,都点起香纸,放起鞭炮迎接她,此时已到初一五更了。

人们为了纪念灶王奶奶的恩德,年年腊月二十三都要烙灶干,二十四扫房子,二十五拐豆腐,二十六去割肉,二十七杀灶鸡,二十八把面发,二十九去灌酒,三十捏饺子,夜里不睡觉叫"熬百岁",实际上是等着迎接贤惠、善良的灶王奶奶回到人间哩!

晾经台和马涧河

唐僧扫墓祭母后,又跨上白马,去看他小时候常去的白鹿寺。谁知,白龙马刚才踏出泉水,找到陈母坟立了大功,蹄劲更重了起来,一路走去都带出水来,水连水竟形成了滔滔溪流。这匹龙马,莫非看完成了取经重任,那管水的龙性又恢复了?

一行人来到柏谷坞,唐僧忽然发现马身上带的经卷被水溅湿了不少。这是他多年的心血结晶。他心疼得立即勒住马头,跳下马急唤悟空、八戒过来,帮着把经卷卸下来,抬到谷旁的一个观音寺里摊开来晾干。

以后,人们就称这个小寺所在的高台为"晾经台"。传递公文信件的人役,在这里弄湿了公文信件,一般是没人追究责任的。因为过了九九八十一难的高僧唐玄奘都在这里湿了经卷,何况凡夫俗子!

唐僧取经

水湿了经卷,急红了猴眼,悟空想着西行的艰辛,不由从耳里掏出金箍棒,晃一晃,变成碗一样粗细,就要教训白龙马。

白龙马知道这家伙的厉害,顺着河谷撒腿就朝东南飞窜,看看前边成了丘峦,慌得变出龙劲钻开道口子仍往前跑,一直跑过佛光寺,把马鞍子跑掉了,才住下脚来。它跑过的地方,又形成了一道马跑泉。这泉水连起来,就成了现在的马涧河。平常的河都是由西向东流,这条河是马随意踏出来的,也没按常规,成了由东往西流,故俗称"倒流河"。龙马钻开的那个口子,以后形成了村庄,就叫成了"口孜村"。马身上惊掉的鞍子,成了现在海拔1258米的马鞍山和奇峰突起、海拔1320米的鞍坡山。

唐僧看着白龙马过去水越流越大,念及着下游母亲的坟墓,急忙念咒止水,那水忽然走入地下了一段,变得水声汩汩响,不见河儿流,形成了著名的"马涧水声"。

那八戒最爱讨好师父,看师父想退水时,就跳到空中,抡起耙子用力往谷岸上扒去,要扒开口子泄水,谁知他用力过猛,竟将耙子头扒掉了,还折断了一根齿。以后,这地方的村子谐音就叫成了"扒头村"。这一带农民用的"十齿耙子"实际上也只有九根铁齿。

唐僧到白鹿寺,同昔日的师父、师兄弟们叙说了取经过程,阐述了大乘佛教的含义,众僧佩服得五体投地,于是在长老的倡导下,改寺名为唐僧寺,以纪念当地出现的这位伟人。

粮仓失火的传说

龙池景色名闻洛阳,常引得帝王和百官到此一游。

那年夏天,武则天来到龙池沟避暑,但见曲谷幽深,林木葱郁,百花争艳,小溪潺潺,一路暑气顿消。她沿溪北进,越进景色越美,来到深潭边,见水清鉴人,游鱼历历吸浮叶,彩蝶款款戏柳枝,竟似世外一般,不由赞道:"好去处!"

武则天住进龙潭寺。寺中有一高台,台上建有檐角高耸的亭阁。她白天流连潭旁戏鱼,晚上登临高台赏月,炎夏过得竟似中秋一般,凉意爽身,心坦气畅。这位热衷于权柄的女皇也忘却公务,迷恋起世外闲适的生活来,真是乐不思蜀了。

女皇过得惬意,便派人在寺东边岗顶上专门盖了粮仓,打算美美气气长住下去。

转眼间,夏去秋来,留在东都洛阳的狄仁杰等重臣派人请圣驾还京。武则天想想朝廷的公务繁忙,忧心忡忡,更不想离开这人间仙境,就想方设法挨着不愿离寺。后来,朝臣们多次表催亲迎,武后仍是置若罔闻。眼看着秋天将过,武则天仍然无返京意思,而且给来迎圣驾的人大大写了"延秋"二字。

狄仁杰见皇上老不回宫,影响国事,脑瓜一转,派人悄悄烧掉寺旁的粮仓。没了吃的,气得武则天柳眉倒竖。可她仔细一想,臣子们也是为了自己的江山着想,堪称用心良苦,就消了气,没有追究粮仓失火之事便圣驾返京了。

武则天在龙潭寺避暑不思返归,还想延长至秋天的事传开后,来这里避暑安家的人愈来愈多,慢慢形成了村庄,并且约定俗成以"延秋"二字取了村名。

清朝年间,这里商户云集,逢双日有集,成了远近有名的集镇。那临街建筑也为了方便雨中交易,一律出了一二米宽的房檐,在洛阳一带独具特色。

现在龙潭古寺已荡然无存,潭东山顶圆台上仅有一堆青色的残砖碎瓦。四周的麦田里,还可见烧成黑焦炭的麦粒,村人称之为火烧麦。然而,一年一度的农历三月十八龙潭寺大会,照旧吸引得满沟人来人往,交易繁忙。

古唐寺佛神斗法

古唐寺位于洛阳市东郊唐寺村内,陇海铁路、焦枝铁路、郑潼公路在此交汇。该寺坐南朝北,和一般"坐北朝南"的中国佛寺方向迥异。

据有关资料说,古唐寺原名福先寺,始建于唐朝,原址在今郊区瀍河乡塔湾村西头"唐寺崖"处。明朝洛河泛滥,将寺冲毁。洪水过后,乡民将寺中留存的部分遗物北移数里,重建寺院。1922年重修寺院后,军阀吴佩孚的参谋长张佐民为山门门额题"古唐寺"三字,保留至今。寺内现存山门殿、观音殿、白衣殿、立佛殿,"后大殿"毁于十年动乱期间,另有碑石十余方。

相传,古唐寺原来在洛河边上,垂柳掩映,庙门前就是清波荡漾的洛河,风景十分宜人,吸引得游人如织,香火盛极。寺院门口,有座极高的佛塔,塔高得让人仰看时,脑瓜儿上挂不住帽子。每逢朝日初升,那塔长长的阴影能遮到现在的七里河;夕阳落山,塔影又拉到白马寺。因此,人们都习惯把福先寺称为"塔寺"。

寺因塔而名,洛河却不高兴了。河神有天来找寺中的佛爷说:"你这塔太高,遮了我的风光;你这塔太粗,碍了我行水。你该把塔挪到寺后才是!"

佛爷也不高兴了,说:"田野宽宽,各占一边。你行你的水,我赏我的天,谁也别管谁家事儿!"双方互不相让,争了起来,越争越气,越气话越难听。

河神说:"我冲断你的根!"

佛爷答:"我断了你的筋!"

河神不再说了,气冲冲地返回水中,发动虾兵蟹将,鼓起滔天大浪,"哗哗哗",大浪一个劲儿朝塔脚砸去。那塔也太高了,根脚一松,"哗啦啦"瘫坐下来。

佛爷气得脸色铁青憋足了气,将那坍塌的塔身越长越大,要把河道堵死,挤断河身。这一挤,虽没能挤断河身,却也把河道挤得朝南边弯了个大大的弯儿,憋得河神泪汪汪的,到现在还乘更深夜静佛爷睡觉时,"呜呜"地哭个通宵呢。这就是"洛河夜哭"的来历。

争斗的结果是两败俱伤。武则天的母亲杨氏太喜欢这寺院了,就捐出块儿地方,把寺往北边重移又建了起来。

孙思邈与禹州

孙思邈二十岁以前,初涉医界,经验不足,民间曾传他背时运,用甘草也能毒死人。一次有位老婆婆要买毒药,准备毒死自己那忤逆不孝的儿子,孙思邈便抓了一服甘草,哄骗来者。谁知,老婆婆回家后,把甘草与其儿子掂回的一条鲤鱼合炖,儿子吃下后,真的七窍出血,当即毙命。后经一道士指点,方知甘草和鲤鱼犯忌。之后,乡人便传说他为人看病,看一个死一个,治两个死一双。其外甥为驳斥流言,没病装病,让舅诊治。舅甥二人谈话时不慎坐凳摔倒,将其外甥的肋骨和肠子跌断,回家不久便离开人世。乡人更加流传孙思邈的确医术不精。

在沉重的压力下,孙思邈决心云游天下,遍访名师,提高技艺。在携妻带子云游途中,孙思邈仍不断为人诊治,但依然屡屡失败,其内心十分痛苦。

一日,孙思邈遇一老道。老道说:"故人云,读万卷书,行万里路。如今你读书虽然不少,路却走得不多。"孙思邈说:"我已遍游太白山、终南山、峨眉山,这还不够吗?"老道说:"中原是伏羲制九针、神农尝百草、黄帝修道研医、教民治百病的主要地方,又是中华医药的发祥之地,你不妨再游中岳嵩山。啥时你妻子的脚长到八斤重了,你就不会医死人了。"孙思邈听后不以为然,谁的脚丫子能有八斤重呢?

后来,一个阴雨连绵的日子,他们行走到阳翟境内,在翻越城北八里岗时,因道路泥泞,推车前行的孙思邈催促落在后边老远的妻子赶快上前帮忙,妻子抱怨说:"我的脚总有八斤重了,咋会走得快!"当行至岗下村口时,正遇众人抬着一位难产昏死的孕妇下葬,孙思邈遂拦下救治,一针扎下救活了两条人命。

从此,孙思邈名声大振,便在阳翟禹州定居行医,登门求医者络绎不绝。一次在行医途中,孙思邈遇一雄虎挡道,因怕被虎所伤,就绕道而行,结果又遇此虎,虎低首哀鸣,似在求助。孙思邈当时非常纳闷,对虎言道:"我为人治病,有啥不妥?你再三阻挡,莫非要我治病不成?"此虎听罢,两眼含泪,连连点头。孙思邈恍然大悟,便随雄虎进入一山洞,见一只雌虎横卧洞中,表情痛苦。撬开虎口,孙思邈发现一根兽骨刺入虎喉,吐咽不下。孙思邈立即取出兽骨,并用银针刺破肿块儿,消除了雌虎的痛苦。之后,雄虎为报答孙思邈的厚恩,便常常与之结伴而行,以保护其行路安全,若遇上难行的山道,老虎便驮着孙思邈,像坐骑一样接送孙思邈四处行医。

孙思邈高超的医术,救活了不少濒临死亡的人,加之他给穷人治病分文不取,名声越来越大。有一天,龙王下界游玩,不经意撞了蜈蚣窝,晚上熟睡后,蜈蚣钻入龙王头部顶鳞之下,直吸脑髓,痛得龙王死去活来。孙思邈以"一物降一物"的办法,用七七四十九只大公鸡消灭了蜈蚣,为龙王医好了病痛。龙王病愈之后,腾身入云,为示答谢,降了一场透雨。以后每年一场,阳翟年年风调雨顺,五谷丰登,草长药旺。

贞观二十三年(649年),唐太宗之女身患重病,久治不愈,不少御医因束手无策而被贬。孙思邈应召入宫,经悬线诊脉,确诊为百花香气扑身导致怀孕。孙思邈当即取出随身所带的灵药让公主服下,不多时,公主产下一具似虎类狮、里外透明的怪胎,取其名为"花蕊"。数月后,唐太宗召见孙思邈,欲授之官职,孙思邈不从。唐太宗遂封其为"药王",并赐"花蕊"带回。

孙思邈离京后,继续到阳翟行医采药,并将采到的草药加工成丸、散、膏、丹,灌入"花蕊"口中,进入五脏六腑,哪里有疾,药物就会在哪里受阻溶化。经过数年

孙思邈行医

反复试验,孙思邈积累下数千验方,并着就闻名后世的《备急千金要方》和《千金翼方》。

孙思邈死后,阳翟不少药铺纷纷到陶瓷作坊烧制酷似"花蕊"的陶瓷制品,以铭记药王的功德。同时,为了纪念药王孙思邈,阳翟人在城内西南隅建造起一座"药王祠",并用上好的石料刻制一通有药王孙思邈坐于虎背之上为龙王治病图案的方形石碑。传说,凡到禹州学医的人,只要到药王祠瞻仰一下"药王"圣容,给人治病十治九愈,所以民间有"药不到禹州不香,医不见药王不妙"之说。为了占据禹州这块"风水宝地",各地药商纷纷在药王祠以北投资开设门面店铺,卖药行医。禹州至今仍保留着一条约350米长的"药王祠街"。

武则天投金简的故事

嵩山东麓西南崖巅,有一山峰恰似皇冠,人称皇冠峰。传说是唐武则天的国师胡超代替武则天祭天留下的。

武则天执政期间,第八次来嵩山祭天,先在偃师缑氏升仙太子庙留宿。留宿期间书写升仙太子碑一通。此碑两万一千多字,她整整用了半天时间才书写完毕,累得腰酸腿疼,浑身流汗。紧接着上嵩山峻极峰,去登封坛祭天。待回到八龙潭行宫就病倒了。太医让武后服了药,武后仍然头昏脑涨不见好转。太医又来诊治,认为是劳累伤肝。武后却认为自己的病是颠倒了本末,先拜升仙太子再来祭天,惹恼天帝发怒所致。她决定重登峻极,祭告天帝忏悔自己的罪过。只因眼下身体不适,不能重登嵩顶。

这时胡超国师启奏武后说:"圣上龙体欠安,足见上天之子已知天意。以臣之见,神人同理,陛下有恙在床,还要登坛洗心忏悔,向天谢罪。心诚则灵,此举足以感动天帝。依臣之见,你就写一通奏疏,让臣到祭坛焚烧……"武后打断胡超的话,说:"那就显得太轻薄了,我即刻动身。"胡超无奈,只得豁上性命拦住马头。武后沉思片刻,说:"这样吧!朕向上天写一通'谢罪表',让金工镌刻在朕那块儿压书金简上。再加上一些金币,一齐投于天上,以表朕谢罪之心。"

武则天写了"谢罪表",胡超看后说道:"启奏皇上,因为此表是微臣代陛下启奏天帝,圣上是否加上'小臣胡超稽首再拜谨奏'几个字?"武后觉得有理,就将这几个字排在奏疏后面,连同一些金币一齐交给胡超说:"事不宜迟,快去找金工镌刻吧!"

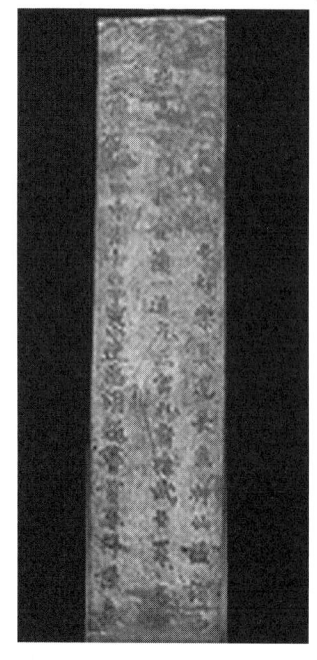

武则天金简

第二天一早,胡超就高高兴兴地来见武则天道:"小臣胡超祝贺圣上龙体康复。"武后笑道:"爱卿怎知道朕的病已经好了?"胡超说:"小臣昨晚午夜已知。"于是他便绘声绘色地讲起投金简的经过:昨夜小臣奉旨登峻极,仆隶把小臣送上十八隞,天色已晚,就叫他们赶快下山等候。谁知他们走后竟狂风大作,臣到石仞崖下避风,突然一声吼叫,跳出两只大虫(一对镇山虎),臣一看惊了。心想:臣的命不足惜,只是圣命在身。我赶紧往山顶跑,两只大虫紧追不放。我一口气跑到登封坛上,霎时风平浪静,天空晴朗,一轮皓月当空,两只大虫端坐两边,虎视眈眈。啊,原来是监视小臣。小臣在坛上摆起香案,祭器,已是午夜时分。焚香三炷后,忽然南方飘来一片白云,小臣急忙望空叩拜,启奏:"小臣胡超特来代我主万岁武曌乞三官九府,以谢对上苍不恭之罪。望上苍怜大周数千臣民安康,恕我主无罪。待臣祈告上苍之后,就打开皇封,一手托主公紫金冠,一手抓住金简投掷天空。此时突然卷起一股剧烈旋风,耳边响起呼呼啦啦之声。小臣知道是上天显灵了。只听咣当一声,随之出现了万道金光,照亮了整个山峰。接着小臣耳边忽然有说话声:胡超听旨,念你忠心无邪,大周国王武曌谢罪心诚,特除其三灾九难。钦此。当小臣仰面之时,白云飘然而去,两只大虫也无影无踪。"

武则天听了,浑身冒汗,大病痊愈。安慰胡超说:"爱卿为朕受惊,为民所敬,特赐锦缎百匹,黄金百两,以表彰其忠。"

胡超谢恩后,又说:"只是陛下的皇冠小臣回来时慌不择路,不知丢在哪里了!"武后说:"派人找回来就是了!"后来去的人找到石门口时,皇冠已变成了一块大石崖。

这块儿大石崖,人称"王帽石"。

(讲述:于丙森　整理人:刘爱琴)

"连理树"上诉哀怨

在位于汝州市骑岭乡境内的风穴寺入口处夷园内的刘希夷坟墓上,长着两棵柏树。大的一棵有碗口粗,另一棵稍细一些。奇怪的是两棵树根部相距1尺多,树干生长离墓土一人高时,稍细的一棵却倾斜着和大树干融为一体,此树被当地人们称为连理树。说起这连理树,还流传着唐代著名诗人刘希夷一段凄婉的爱情故事。

刘希夷,字庭芝,河南汝州人。生于唐高宗永徽二年(651年),是一位颇有才华的诗人。他的诗句"年年岁岁花相似,岁岁年年人不同"成为脍炙人口的千古绝唱。相传刘希夷家境贫寒,幼年丧父后,和其母寄居在弘农(今灵宝市)外祖父家,与舅父宋之问同师而学。刘希夷仪表英俊,天资聪明,能歌善咏,风流潇洒,才华横溢,不拘小节。由于长期相处,日久生情,和他年龄相仿的舅娘(宋之问之妻)逐渐对他产生了爱慕之情。刘希夷虽然也喜欢舅娘,但限于亲情、寄人篱下等原因,没有过多的表达这份爱。随着时间的推移,俩人的相互爱慕之情不断升温,这使宋之问大为烦恼。其母为避嫌,在刘希夷二十多岁时,带他回汝洲定居。此后,他游山玩水,勤奋苦读,以此转移对舅娘的思念。唐高宗上元二年(675年),二十五岁的刘希夷和宋之问等人同登进士。及第后他无心在朝做官,而是沿长江入四川经三峡直至扬州,深入边关要塞,考察民情风俗,写下了《蜀城怀古》《将军行》《江南曲》等绚丽篇章。几年的读书游历生涯,并没有冲淡他对舅娘的思念之情,在游历后借回洛阳休住期间,他一面和宋之问、贾曾、殷遥等地方名士吟诗欢宴,一面接近舅娘。看到舅娘的红颜渐逝,想到自己至今孤单一人。不禁感叹万分,写出了著名的代表作《代悲白头翁》,又名《代白头吟》,其中的"年年岁岁花相似,岁岁年年人不同"更是为人所称赞,广为传颂。宋之问酷爱这两句诗,欲夺为己有,为刘希夷所不允。唐高宗永隆元年(680年)冬,宋之问再次求之,并以他和舅娘的暧昧关系相威胁,这下刘希夷彻底看清了舅父的丑恶嘴脸,严词拒绝。宋之问更加恼怒,于是,在刘希夷由洛阳回汝州至庙下时,设计派人将刘希夷骗到一个文人家中饮酒,趁刘大醉时用土囊将其压死,对外则称刘醉酒而死,年仅二十九岁。舅娘听到他的死讯后也自缢身亡。刘希夷生前喜欢风穴山水,人们便把他葬在风穴山下。也不知什么时候,刘希夷墓上长出了两棵柏树,成为连理树。当地人们把坟上小的一棵柏树比作刘希夷的舅娘,大的则比作刘希夷。

这正应了白居易的诗句"在天愿作比翼鸟,在地愿为连理枝。天长地久有时尽,此恨绵绵无绝期"。

鲁班巧造老龙窝

嵩山有座中岳庙,中岳庙大殿的顶棚上,悬着一个用木笔子对成的老龙窝。人们进了大殿,一仰脸就可以望见。传说,这个老龙窝还是鲁班造的呢!

清朝乾隆皇帝游中岳前,先传下圣旨,重修中岳庙。

开工不久,来了一个木匠老头,头戴破毡帽,身穿破棉袍,腰间束着一根破草绳,一把破锛挑着一个破篮子,里头放着几件破工具。他在修大殿的工棚下,立了好久,也没有人答理他。

老头等了一阵,放下篮子,笑眯眯地问:"谁是领作的师父?"

工匠祖师鲁班

连同几声,都没有人答应。一来大家都在忙着做活,二来大家看他的打扮,以为是来混饭的呢!

老头见这情景哈哈大笑,说:"我是奉旨而来的,您要是用不着我,我可要走啦!"

领作的木匠一听说他是奉旨而来,慌忙放下工具,上前拦住说:"老头,你这股劲儿会干啥呀?"

老头说:"请你指派吧,指哪儿去哪儿,派啥做啥,保险打不住把。"

领作的木匠心里说,你说得怪好听。看你这打扮也不是好手艺,要是做坏了材料,又该我倒霉!叫他干啥呢?一看工棚外面有两个柏树疙瘩。就指着对老头说:"哎,你就把这做做罢!"

老头问:"做成啥呢?"

"你看着做啦,做成啥是啥。"领作的木匠漫不经心地回答道。心想:保险你做不坏材料。

老头啥都没有说,把两个柏树疙瘩,滚到山门底下。这边测测,那边量量,这儿锛锛,那儿砍砍。终日起五更打黄昏,只见他忙。从山门下过往的人,总是见他在做。还是没人过问一声,都想:"看你到底做成啥物器!"

一天,老头来到工棚里,笑眯眯地对领作的说:"做好啦你去看看中不中?"

领作的木匠心里想,两个柏树疙瘩,有啥看头!一定是老头不想在这儿了。不过,去看看也没有啥。趁机把老头打发走算啦!说了声"走",就跟着老头去了。

说来也怪,从远处看着,还是两个囫囫囵囵的柏树疙瘩,走到跟前,老头用脚一踢,"哗啦"一声,两个柏树疙瘩解体了,成了大大小小的各式各样的木笔子。领作的木匠一看愣怔住了,忙问:"这是咋回事?"

老头说:"那边鲁班来了,你问他!"领作的木匠扭头一看。没人,拐回来再问:"在哪儿?"

"在这里。"老头在山门的房脊上说:"回去把这大大小小的木笔子,对成一个老龙窝,悬在大殿的正上头。山门下我画了一个图样,照着对,一个不照就对不成。"说罢就不见了。

木匠们听说鲁班爷来了,都跑出来看,鲁班已经无影无踪了。大家都很懊悔,当时咋没有想到这是鲁班爷来了呢!

后来,木匠们按照鲁班画的图样,把大大小小的木笮子对成了一个老龙窝,悬在中岳大殿的正上头。

您要是不相信,就请去中岳庙的大殿里看看,老龙窝还好好地在上头悬着呢。

鲁班立唐碑

嵩山玉柱峰南麓,有一座古书院,这就是全国有名的四大书院之一——嵩阳书院。嵩阳书院大门外西侧,立有一通高大的石碑,全称是"大唐嵩阳观纪圣德感应之颂"碑。该碑高9米余,唐天宝三年立,为嵩山地区石碑之冠。关于这座石碑的竖立还有许多故事呢!

在唐朝时候,嵩阳书院叫嵩阳观。观内住着一位老道士,名叫孙太冲,道号"嵩阳真人"。他终日上山刨药,炼取仙丹,为人治病,疗效很好。为此,很远很远的人,来嵩阳观取药治病。因此,孙太冲在当时是一位很有名气的道人。

一次,唐玄宗李隆基身染重病,太医们想尽了办法,却久治不愈。唐玄宗久闻"嵩阳真人"孙太冲炼的仙丹很灵验,就派大臣到嵩阳观讨取仙丹。玄宗皇帝吃了仙丹,疾病果然好了。事后,他为了纪念这件事,便派人到嵩阳观立碑铭志。朝廷从各地挑选来许多能工巧匠,干了九九八十一天,做成了一个又高又大的碑身和一个又高又厚的碑帽。

谁知,碑做好了,却立不起来,那巨大的碑帽也戴不上!工匠们急得团团转,谁也想不出好办法。监工大臣为了催促尽快地立碑戴帽,一连杀了三个县官、六个领工头目,但碑身仍然立不起来,碑帽仍然无法戴上。最后,监工大臣亲自到碑前,对石匠下令说:"再限你们三天,再不把碑立起来,把碑帽戴上,就把你们统统杀掉。"说罢,袖子一甩,两眼一瞪,头也不回地走了。

全体石匠听到这个命令,一个个愁眉苦脸,唉声叹气。

正在这时,忽然从东南方向来了一个老头儿,头戴破毡帽,身穿烂棉袄,背个木箱,手搦小石锤。他走到石碑前,这边瞅瞅,那边看看,笑眯眯的,一言不发。有一位好心的石匠悄悄对老头儿说:"老师父,你快些走吧!俺们正犯愁脱不开身呢,你别来自找苦吃啦!"那老头儿答道:"我是半截子入土的人了,还怕个啥,还不是过一天少一天,啥时候土围到脖子上,也就算完事。"那位老人说罢,转眼不见了。

这"土围脖子"4个字,使大家受到了启示,提醒了众位石匠,于是,工匠们就抬了大量的黄土,围到石碑脖子的根儿上,大家顺着土坡,把碑帽推了上去,安到了碑身顶上,后将黄土挑走,完成了全部竖碑任务。据传,那个老头儿就是鲁班的化身。从此,鲁班智立唐碑的故事,就在嵩阳观一带传开了。

(整理:韩有治)

恭　陵

　　偃师市呼沱岭上,有一座大冢,占地35平方米,东、西、北三门各有石狮一对把守,南门除有石虎一对外,还有石人、石马分列两行,正前方是一对高约6米的石蜡,排列严整,极为壮观。这就是唐太子李弘的陵墓——恭陵。

　　李弘是武则天的长子,显庆元年(656年)立为太子。他看不惯武则天的所作所为,武则天也嫌他处处不听自己的话,母子俩便互存戒心。李弘没有办法对付武则天,终于在上元二年(675),饮鸩而死,当时才24岁。

　　武则天明知太子的死与自己有关,为掩人耳目,想不声不响地把他埋葬了事。而唐高宗呢? 除追谥李弘为"孝敬皇帝"外,还要按照天子的埋葬礼制,隆重办理儿子的丧事,从河南、山西征调数万民工开始建墓。唐高宗的这个决定和武则天的想法是针锋相对的,但武则天不敢反驳高宗,便将计就计,说要在天现异兆的时候埋葬太子,提出了根本难以办到的条件:要看到"鲤鱼打鼓鹰打锣,扁担开花驴骑人"的时候,方能下葬。

　　这条件,实际上是武则天对抗高宗和刁难监工大臣的手腕。高宗不明她的用意,就按她的意见传了圣旨。有道是:圣命难违。待到陵墓挖成即要下葬的时候,监工大臣和数万民工都发愁了:什么时候才能看到"鲤鱼敲鼓鹰打锣,扁担开花驴骑人"呢? 武则天又怂恿高宗传旨:每三天为一期,这一期如果不能将孝敬皇帝安葬,就将负责葬仪的官员杀掉。而委派去负责葬仪的官员,又都是反对过武则天的刚直朝臣。就这样,过了三天又三天,官员被杀了一个又一个。数万民工日夜守着陵墓,等候下葬的时机到来。

　　这一天,伊洛河涨水,水落后一条肥大的鲤鱼被晾在浅滩上。一只老鹰在高空中看见,就将鲤鱼叼走,朝正南飞去。它刚飞上山岭,听见下面人声吵嚷,一惊,叼着的鲤鱼掉了下来。那鲤鱼不偏不斜,恰巧掉在等待举行葬礼的大鼓上。"咚"的一声响,人们嚷着说:"鲤鱼敲鼓了!"老鹰对着自己叼了二十里的鲤鱼俯冲了下去。当它叼住鲤鱼扑扇着翅膀起飞的时候,翅膀尾梢恰巧打在了挂着的铜锣上,发出"咣啷"一声响。人们高兴地大喊:"鲤鱼敲鼓鹰打锣啦!"可是,"扁担开花驴骑人"在哪儿呢?

　　碰巧这一天,万安山有兄弟俩到山外赶会,老大挑了一担柴,卖完后,给女儿买了一朵红绒花,装在口袋里怕揉搓坏了,拿在手里怕不方便,后来,干脆将绒花插在扁担梢的栓眼中。老二呢? 买了一头刚满月的小毛驴。庄稼人爱惜牲口,于是便左手握住小驴的两条前腿,右手握住两条后腿,往自己脖子上一搭,就像一条肥大的皮围脖。兄弟俩正兴致勃勃地走着,发现前面有人声吵嚷,便凑过去看热闹。二人还离得老远,人们就发现扁担梢上那朵鲜艳的小红花和被人驮着的小黑驴,立刻齐声吆喝:"看哪,'扁担开花驴骑人'了!"于是,数万人一齐动手,安葬了孝敬皇帝。

(整理:李宗德)

死姚崇算计活张说

关于姚崇墓的神道碑,还有一个有趣的故事,明朝作家冯梦龙《智囊》记载说:姚崇与张说一起当丞相,但二人之间隔阂很深。姚崇病危时,担心自己去世后张说会报复自己和家人,就告诉自己的几个儿子说:"张丞相与我不合,但这人向来喜欢奢侈,尤其嗜好服饰、玩物之类。我死后,他会来吊唁。你们把我一生所有的服饰玩物都陈列出来,宝贵的、值钱的东西放在床帐前。张说假如不看,你们就无希望了;假如他注意这些东西,就记下他喜欢的玩物给他送去,乘机请他为我写篇神道碑。得到他写的文章后马上记下来。先准备好石碑,拿到文章就镌刻,并把它送给皇帝过目。张丞相考虑问题常比我慢,几天后一定要反悔。假如他要收回碑文,就告诉他皇帝已经同意,并领他看刻好的石碑。

姚崇死后,张说果然来了。张说看到姚家陈列的服饰、玩物,眼露欲光,看了三四遍。姚家人按姚崇吩咐的那样去做,张说果然收下赠物,写了一篇祭文,叙述姚崇的生平、褒扬姚崇的政绩,详尽而生动。张说本来就是当时有名的诗人,故文章确为杰作。姚家人连忙呈上皇帝过目并刻石。

几天后,张说果然派人来索要稿本,说文辞不够周密,想修改修改。姚崇的儿子们领来人看了已刻好的石碑,并告知皇上已过目同意。来人回告张说,张非常悔恨,抚着胸说:"死去的姚崇还能算计活着的张说,我今天才知道我的才能不如他呀!"

诗 圣 显 圣

大清雍正十年(1732年)正月初一,大雪飘飞,家家户户都在欢度春节。从郑州通往巩县的官道上,一队人马正簇拥着一乘四抬暖轿,自老犍脊上匆匆而来。

暖轿内坐着一位四品朝官,四十多岁年纪,姓张名汉,字月搓,新迁河南知府,皇上有旨,命他在正月初三之前务必赶到洛阳府衙上任。

张汉出身平寒人家,自幼靠三亩薄田糊口。十年寒窗,铁砚磨穿。临上京赶考之时,竟连几两盘缠也筹措不起,还是老父忍心卖了耕牛,他才勉强进了京师。三场下来,竟一举成名。先选翰林学士,近放河南府尹。

一路颠簸,难免有点困乏。暖轿内放着两只铜炭炉,炭炉里炭火随着轿杆的颤悠忽明忽暗,炭气熏得他昏昏欲睡。他猛地打了个激灵,见轿前一位老者,青衣方巾,面目清癯,形如枯枝,骑一蹇驴,横桥而过。他急忙掀开轿帘,大喝一声:"何处村夫?如此无理,竟敢闯我轿杆!"

众轿夫和护从人员正在大雪中埋头赶路,忽听大人这一喝,急忙停下脚步。那随身书童扑打着身上的积雪,上前禀道:"启禀老爷,路上并无闲杂人等。"

张汉抬头看看,见茫茫大雪中,轿夫和吹鼓手们个个气喘吁吁,哪有什么老者?想是自己白日做梦,不觉哑然失笑。摆摆手,喝令继续赶路。

他放下轿帘,恍惚间正要入睡,又见那骑驴老者喝着驴儿,踏着积雪,再次从轿前穿过。这一次,

他看得真真切切。只见那人瘦刮骨脸儿,满脸皱纹如同晒干的大枣,下颌上挂着一把苍白的胡须,两眼昏昏,像是被柴烟熏了一般。破旧的衣衫在风雪中索索飘抖。

张汉猛地一惊,原来又是一梦。这老者好生面熟,只是一时心急,想不起曾在何处谋面。他把平生所见之人一一在脑海中寻出,仍是没有头绪。

轿子转下大坡,来到南窑湾村,风雪似乎小了许多,四处响着噼噼啪啪的鞭炮声,空气里弥漫着鞭炮的硝烟味和烧柏枝的清香味。家家门上贴着红彤彤的春联,在白雪的映照下,红得耀眼。一群穿着新衣新帽的顽童,在雪地里追逐嬉戏。转过一片柳林,路边现出一座小小的酒肆,门上还插着柏枝,贴着春联。书童见了,便命轿夫停下,上前问道:"老爷,轿夫们一路疲劳,可否让他们休息片刻,喝杯水酒驱寒解乏?"

张汉说道:"今日路程还远,若不及早赶路,只怕天黑到不了偃师。明日仓促进入洛阳,慌乱之中怕有差错!"

这些轿夫都是临时抓来的官差,大过年的,不让与家人团聚,本来就窝着一肚子的火,一听不让歇脚,心中更加恼怒。其中一个年轻后生嚷道:"老爷坐在轿内,自然不知抬轿人的辛苦。'咫尺荣枯异',古今都是有的!"

张汉一听轿夫吐出杜甫诗句暗责自己,不由怒声喝道:"一个烂轿脚夫,也配在本官面前搬弄杜诗?"

那轿夫脸一红,瞪圆了眼,回驳道:"'诗是吾家事',与你何干?"

张汉冷笑一声:"'诗是吾家事'?好大的口气!你家可出过赵、钱、朱、王?"

赵、钱、朱、王为当代四大诗人,闻名天下。可是那轿夫却道:"我不认识什么赵、钱、朱、王!"

杜甫

张汉怒道:"连赵、钱、朱、王尚且不知,竟敢夸口'诗是吾家事',真是狂妄至极!"

那年轻轿夫却指着不远处的一块儿石碑冷笑着问道:"大人饱读诗书,不至于不识此人吧?"

那张汉正待继续发作,抬头看时,见路旁一块儿石碑,那石碑青石刻成,半截埋在雪中,因年代久远,斑斑驳驳,甚是粗糙,只是那"大唐杜工部故里"几个大字还赫然醒目。

张汉一见到了诗圣故里,不觉满面羞惭,立即走下轿来,对着石碑深深作了三揖,而后传令前面衙役,快马报知洛阳,就说老爷路上劳困,要在此处住宿一晚,后日方可到达。

打发走衙役,一行人进了酒肆。卖酒的大嫂见是官员,急忙擦桌挪凳,洗杯涮盏。张汉坐下,唤来那年轻轿夫问道:"听你话音,定是诗圣后裔。下官不知天高地厚,多有冒犯。更不料一代诗圣,千秋之后,其后人穷困如此、斯文如此!只是不知先生名讳,系诗圣几代子孙?请……赐教,也好让下官一表景仰之情!"

那轿夫慌忙恭身拜道:"小人名祺,贱字有禄。虽祖上有诗圣之名,然小人家境贫寒,并无田产延师读书。只是家祖终生搜集先祖奇闻,闲时讲于我听,偶有几句记心,也只是挂一漏万。"

二人正在说话,酒家端上酒菜。杜祺接过摆在桌上,端了酒壶斟上。那张汉端起酒杯,呷了一口即又放下,问道:"不知令祖还健否?下官欲一拜尊颜,不知可否赏脸?"

"大人屈驾寒舍,自是蓬荜生辉。只是家中破败,有辱大人玉趾。"

"吾自幼熟读诗圣大作,心驰神往。只恨生世太晚,不能投拜为师;又惜诗圣后世潦倒困苦,未能解囊相助。今至家门,岂有隔门而过之理?劳烦先生带路。"

二人谈了几句,那张汉就急着要登门拜访。杜祺无奈,只好前面导引。

众人冒着风雪,转过一片竹林,张汉忽然想起一件事来:那年进京赶考,来到廨围之内。一入围房,大门咔的一声便被锁上,门外重重兵士,枪刀剑戟林立。一个穷乡僻野的小书童,哪见过这样的阵势?早被吓得七魂出窍,头脑里一片空白。面对考题,汗流浃背,头昏脑涨。眼看终场将近,还不曾写出一个字来。眼见举士无望,便伏桌打盹。刚要入睡,见一老者,面目清瘦,满脸皱纹,颔下一把花白胡须,青衣方巾,骑驴而来,口中喃喃念道:"致君尧舜上,再使风俗淳。"一句话提醒了他,顿然大悟。猛然醒来,却是南柯一梦。自此,文思泉涌,下笔如神,三篇文章,一挥而就。那考场上所梦见的老者,与今日所见的老者正是一人。莫非诗圣暗中相助乎?

张汉想着,来到一座山前。此山虽说不大,倒也奇特。三个峰尖,并肩而立,中间一峰略高,两边两峰略低,俨然像座笔架。雪封冰裹,犹如玉雕一般,透出一股灵气。张汉看着甚是惊奇,忙问杜祺道:"此山何名?"

杜祺停住脚步答道:"笔架山。相传这是吾家诗圣先祖自天宫下凡之时,玉帝所赐笔架。山后还有一山,山顶之上,四面高,中间低,像个砚台,当地百姓称之为'砚窝池'。那池中一股泉水,冬夏不枯,有人曾梦见先祖就是蘸着砚窝池中的清水,在蓝天上写诗。"杜祺说到这里,腼腆地笑笑:"这些都是俚语村言,不可当真。"

张汉忙道:"民心是秤,天意难猜。虽然荒诞怪异,听来倒也有趣。"

再往前走,笔架山下,一方小院,坐北向南,大门朝东,门上贴着春联。进得门来,一股梅香扑鼻。只见三间瓦舍,一孔土窑,窑脸用青砖表砌。院中一棵枣树,一棵香椿,还有一株梅花。那梅树有一围粗细,只是半边已经枯朽。那立着的半边上,发出一枝新条,条上正开着几朵小花,红得耀眼。张汉一见此梅,不由想起杜甫那句"秋风楚竹冷,夜雪巩梅春"的诗来,想着诗圣晚年漂泊江南异乡,孤舟一叶,无衣无食、饥病交加的凄凉景象,一股悲酸不由袭上心头。

张汉正在雪中品梅忆诗,杜祺在院中喊道:"爷爷,知府张大人看你来了。"

杜祺喊了几声,没听应声,就独自进窑去了。过了一会儿,搀出一位老人。那老人也是面目清瘦,头发已经雪白,两眼宝光四射,拄着一根竹杖,颤巍巍地迎了出来。

"杜老先生玉体安康?"张汉顾不得拍掉身上的雪花,急忙上前拜道。

"愚民杜耕,草字村夫,拜见大人!"那老人说着,就要跪拜,张汉慌忙双手将他搀住,说道:"我等儒生,自幼习学诗文,自是诗圣私淑弟子,今日慕名拜访诗圣故里,何敢辱老先生玉体?"

二人说罢,张汉被让进窑内。

这窑洞有三丈多深,里边也是青砖砌圈。进门右手边放着一张桌子、两把椅子,桌子只有三条腿,另一条腿用根树枝撑着;一把椅子已经没有靠背;另一把椅子的座板已烂了一角。虽然这些家具破陋,但擦拭得非常干净。桌上摆着一个香炉,点着两根红烛。香炉里香烟袅袅。香炉前还摆着两盘供果、三杯水酒。

张汉一见这种场面,猜知是个喜庆的日子,忙问:"今日是……?"

杜耕答道:"今日是诗圣先祖一千二十周年诞辰。年年如此,略表敬意。"

张汉一听说是诗圣诞辰,也未敢落座,急忙恭恭敬敬地站在桌案正前,作了三揖。抬头观看,只见桌案上方挂着一幅画像。张汉不看便罢,看过以后,不由泪如泉涌。原来画上画着一位老者,面目清瘦,满脸皱纹,颔下一缕花白胡须,两眼昏花,正骑着一头寒驴,迎着秋风落叶在天地间漂泊。画的右上方,题着《诗圣杜工部员外郎之写真》。张汉想起今日路上所见和当年考场之事,猛地扑地跪拜,大声嚎啕起来。

那杜祺和老翁见知府大人跪地嚎哭,心中不由觉得蹊跷,上去劝止,扶坐在破椅上,沏了茶来,细问根由。张汉便把今日路上所见和当年考场显圣一节说了。杜村夫击掌惊叹道:"吾家自诗圣先祖之后,再无写诗之人。但民间对先祖传闻很多。老夫好奇,多有采撷。不料奇中更有奇者,竟有知府大人所遇之事!"

张汉上任以后,筹措银两,修缮了杜甫故里,重修了杜甫祠堂,此为后话。

杜甫故里的传说

从巩义原来的城区站街往东行走约一里许,有一个绿树掩映、流水环绕的村庄,叫南窑湾。南窑湾背依黄土岭,面临东泗河,小桥流水,青柳垂杨,竹篱瓦舍,风景十分秀丽。村中央,土岭由西向东延伸出一个孤零零的山头,山头上三峰并立,呈笔架形状,这就是有名的笔架山。笔架山的后侧旁有一方形土坑,人称砚池。在笔架山下,有一所幽静的院落,院内数间瓦房,一孔土窑,看上去虽显简陋,却不失优雅古朴。大门西侧的墙上嵌着一块儿五尺多高的青石碑,上面刻着"诗圣故里"四个大字——这里便是我国唐代大诗人杜甫诞生的地方。

传说当年天上的文曲星因写诗不慎,冒犯天颜,惹恼玉帝,被发配到尘世受苦。文曲星被发配的地方,恰在这笔架、砚池之间。而这户姓杜的小官吏的家,就在笔架山下这所院落里。此时,正值一户姓杜的小官吏的夫人分娩。婴儿"哇哇"坠地,是个男孩儿,全家不胜欢喜,遂取名叫做杜甫,字子美。当夫人分娩之际,只见笔架山上一道金光直射九霄,小官吏心中十分惊异。

杜甫从小就聪颖过人,三岁能认字,五岁能背诗。七岁时的一天,他和同村的孩子在村前的河湾里玩耍。突然,他看到从远远的南天飞来一只美丽的凤凰,越飞越近,飞着、飞着,竟翩翩落在河滩上。杜甫跑上前去看时,却不见凤凰,只见河滩上端放着一颗五彩斑斓的鹅卵石。那卵石晶莹剔透,光彩闪烁,杜甫又惊又喜,急忙拾到手中。同村的小伙伴们出于好奇,都围上来,你争我夺,想要看看。杜甫生怕别人抢去,急中生智,随手将卵石放入口中。谁知,那卵石一入口,非常光滑,"咕咚"一声,竟被杜甫咽进肚里去了。孩子们一见这种情景,都吓慌了,一窝蜂跑到杜甫家告诉了杜甫的妈妈。杜甫的妈妈也吓得变了脸色,急忙又是叫人请医,又是灌药,想让杜甫把那卵石呕吐出来。村中的父老乡亲们听说了,也都赶来,虔诚地对天祷告,祈求保佑小杜甫平安无事。

就在这时,小杜甫突然感到腹内有一股温馨之气直往上涌,他实在忍不住,就"哇"地一声吐了。随着一阵喷吐,只见满天五光十色。哪里是卵石?竟是一串串光彩闪耀的瑰丽诗句!众人都不禁瞪大了惊奇的眼睛。据说,这些诗句就是他最早的《咏凤凰诗》。说也奇怪,从此,杜甫心中总有一股抑郁不平之气,只要看到人民的苦难,心里就难受,就翻腾,一翻腾,便顺口吟咏出绚丽的诗章,诉人民之苦,道百姓之难,穷其一生,直到最后停止呼吸。因此,历朝历代的封建统治者都把杜甫视为眼中钉、肉中刺,极力诬蔑贬低,对杜甫诞生的地方,更是漠然置之,一直无人问津。

却说到清朝雍正年间,有个名叫张汉的举人上京应试。开科之日,他坐在考场上,无论怎样也写不出满意的文章来。他愁思百转,如坐针毡,含笔抚毫,伏案遐想。恍惚间,他看见一个老者飘然走来。那老者方巾青衫,骨骼清奇,面貌和善,对着张汉笑道:"你怎么聪明一世,糊涂一时呀?"老者说着,顺手展开一张薄纸。张汉看时,那竟是楷写杜工部的五言律诗一首,老人用手指点之处,正是"文章憎命达,魑魅喜人过"之句。这恰如一把钥匙,使张汉茅塞顿开。定睛看时,静静考场之上,又哪里有什么老者?仿佛是一场幻觉,他却又分明觉得自己头脑清爽,文思汹涌,提笔做起文章来,竟如同行云流水,笔下生花。他三场得意,中了进士。未过多久,他被钦点河南府尹。张汉兴高采烈,带着仆役随从,一路赴洛阳上任而来。

一天,行至窑湾红土沟,张汉在轿内,突然看到一个老者,步履从容,在前面横轿而过。张汉暗想:山村野老,怎么这样不懂礼数?竟在老爷轿前横过!他虽是这样思想,但又觉得这老人好像十分眼熟。在哪里见过呢?沉思间,他猛然想起,这正是考场内恍惚间案前指点的方巾青衫老者,便急命落轿。待他出轿看时,却踪影全无,问左右人役,也说没有看见什么。他心中狐疑,便来到村中,询问百姓:"此处可有名人遗迹?"老百姓指着笔架山下

杜甫诞生窑

的院落说:"这个宅院,就是唐朝杜工部诞生的地方。"张汉一听杜工部,顿时恍然大悟,急忙弹衣整冠,入院拜谒圣迹。只见院落荒废,蒿蓬满院,破墙颓垣,十分冷落凄凉。他念及诗人一生行吟,忧国忧民,颠沛流离,潦倒终身,不禁戚然长叹:"一代诗圣,竟何以身后萧条至此?真是'文章憎命达'啊!"他想起两次见到的方巾青衫老者,定是诗圣无疑,遂亲自立案焚香,拜谒诞生窑,瞻仰笔架山,慨叹不止。

张汉到任后,想起杜甫在文学上的伟大成就,为国为民奔赴呼号的一生,常常夜不能寐。他亲自查寻杜甫后裔,主持为杜甫建起家庙,又把杜甫诞生的故居修葺一新,并在故里门前立了石碑一块儿,亲笔草书"诗圣故里",字体苍劲,雄浑有力。他又带人到康店北邙山把杜甫的坟墓重新修整,立石刻字,以铭后世。

从此,前来杜甫故里谒拜的人络绎不断,笔架山,砚洼池,诞生窑,东泗河,为人们所津津乐道,杜甫故里作为诗圣遗迹保留至今。泗河流水,朗朗添韵,河湾的绿柳,依依增色,"泗河柳烟"成为中原胜景之一。

(整理:贺宝石)

东郭寺的神童

　　唐朝"安史之乱"爆发后,太原人白锽丢掉巩县县令的官职,领着大儿子季平、二儿子季庚来到新郑,在县西一个叫福胜寺(俗名东郭寺)的小屯避难。

　　福胜寺本来地势低洼,这年夏天瓢泼大雨又一连下了数日,好不容易盼到大雨停止,寺中又出了一个碗口粗的泉眼,昼夜冒水,眼看这一带有淹没的危险,男人们都堵水去了。就在这时,白家季庚夫人生了一个男孩儿。妇女们急得在家里烧香祷告:只要泉水不流,保住他们母子平安,愿意杀猪、宰羊去还愿。说也奇怪,她们刚刚祷告完毕,泉水就不再涌流了。白家转忧为喜,就给小孩儿起名"居易"。意思是说,在这里居住实在不容易呀。

　　白居易小时身体娇小瘦弱,然而,却绝顶聪明,深惹家人怜爱。他长到半岁时,奶妈抱他到书屏底下看画,为了逗他玩耍,就给他念画上的字。虽然小居易当时口不能言,所念的字,却都记在心里。以后,只要大人念出字音,他就会手指那个字。这事在白家传为奇闻,邻人起初不太相信,经过多次试验,见没有一次指错,大家才认为这小孩儿确实是个神童。

　　尽管居易被长辈护爱,然而却经常面带愁容,整日郁郁不乐。奶妈无意中把他引到水边,他脸上竟露出喜色;她又给他折了些花草,他脸上便绽出了笑容;和美丽的女孩子一起玩的时候,他显得特别高兴。家人从此发现,爱水、爱花、爱美丽的女孩子,这是他的天性。

　　白居易长到5岁时,突然得了一场大病,吃药也不见效。父亲季庚这时已到彭城(今徐州)任职,母亲对他又心疼又怜爱。这天,正是三月三城南溱洧之滨大会。有人提议说:吃药不见效,这孩子可能是中了魔,何不去大会上散散心呢?白母听了觉得也有道理,于是,连忙命家人套车上路。来到会上,小居易听着溱洧河的"潺潺"水声,看着如云的女子,闻着扑鼻的花香,不知不觉入了梦乡。

　　梦中,他眼前出现一束鲜花,鲜花又幻成一个艳丽佳绝的美人,便欣喜地问道:"大姐,你是谁?"那个花容月貌的美人笑着答道:"我是花仙。"居易听了有点惊奇,又问:"你来有什么事?"那美人温和地说:"我知道你很爱花,想和你交个朋友,不知你愿意不愿意?"居易看见她手中拿了一本书,很是羡慕,灵机一动,说:"大姐,你把书给了我,就和你交朋友。"说着,他就去拿书,那美人把书往上一举,说道:"我给了你书,你得听我的话。"接着,她柔声唱道:"我生来爱人夸,河边是我家;有事来求我,定会有报答。"白居易听了,半信半疑,翻开那本书一看,里边都是诗歌。待要详细看时,书本不见了,那个美人也隐去了,他不由得大叫了一声。在跟前的白母吃了一惊,问明原因,才知道儿子做了个梦。

　　自此,白母常教小居易吟诵诗歌,让他日日与诗书为伴,他的病也就不治而愈了。他六岁会写诗,九岁懂音韵。由于他每天刻苦学习,废寝忘食,弄得口舌生疮,胳膊肘都磨出了膙子。他十一岁时离家出外远游,十六岁来到当时的京都长安。在长安他举目无亲,只好以卖诗为生。白居易二十八岁考中进士,被任命为周至县尉。一天,他和朋友王质夫周游仙游寺,两人谈起唐玄宗和杨贵妃的故事,朋友劝他写成诗歌。白居易一听,便挥笔写成了流芳百世的名诗《长恨歌》,从此,名声震动京华。

　　可是,好景不长,他被削职贬官。待在家里闲着没事,他心中十分苦闷,又想起当年帮助他的那位女子,口中念道:"花仙乎,归来乎,你带我去江南乎?"花仙有求必应,就把他带到有水有花的江南。她把他带到浔阳江边,他写了一首倾诉长安歌女苦情的《琵琶行》。她又把他带到西子湖畔,在那里修建了很有名的白堤。晚年,白居易从江南回来,很是想念他小时学诗的地方,便下马在溱洧水边停留了很久很久,然后,面对满天晚霞写了一首感念旧情的诗:

  落日驻行骑,沈吟怀古情。
  郑风变已尽,溱洧至今清。
  不见如云女,但闻芍药名。

  诗歌写成,已是黄昏,他策马回到阔别十多年的东郭寺,在自己的老宅停了一夜。这一夜,他没有睡觉,将自己一生的经历,书写在一块儿光滑的石碑上,作为家乡哺育他的永久纪念。

(整理:陈留美)

香 山 庙

  嵩山南麓30里的荟翠山上,有一座香山庙,这是为"香山居士"白居易修建的。
  唐代大诗人白居易,晚年在洛阳伊河岸边的香山隐居时,曾经到盛产陶瓷的登封大冶镇和新密市平陌镇一带游览。当他听说每窑陶瓷要烧去数万斤木材后,便想:附近的山林已被砍光了,风景被破坏了不说,窑工们要跑很远的路去伐木,多不方便啊!为此,白居易很想帮助平陌一带的人民解决烧窑的燃料。有一天,他独自一人走出镇子,在西南方向的一条小山沟里漫游,无意中发现山洪冲刷后的土层下面露出了一块块闪闪发亮如同墨锭似的石头。白居易随手捡起几块儿带回住所,想试试它能不能当墨用,结果没有如愿,就把黑石头扔进一个木匣内,坐在炭木盆前读起书来。他读着读着,两手托腮靠在桌旁睡着了。不知过了多久,忽然看见一只仙鹤破窗而入,飞到他的面前,让他骑在背上,然后出了房门,一直往天上飞去。飞呀,飞呀,不知飞了多久,才落在一座雕梁画栋的大门前。白居易定睛一看,门楣上镶着"南天门"三个斗大的金字。这时,两位把守天门的武将向白居易深施一礼道:"香山居士,玉皇大帝请你到兜率宫一游。"说毕,便领他走进南天门,绕过瑶池与蟠桃园,来到兜率宫前。宫门口有两位鹿童,汗流满面地在八卦炉前摇扇鼓风,太上老君不断地把些黑宝石似的东西投进炉内。白居易上前施礼拜道:"请问李老仙长,你投进炉内的是什么珍宝?"李老君捻须笑道:"此乃太阳神提炼之大地精华——乌金宝石,俗名叫作煤炭。"白居易又道:"仙长能否赐给学生一块儿,仔细看看?"太上老君笑道:"你屋里那个木匣中已经有了。"白居易一听这话,十分高兴,竟忘了去拜见玉皇大帝,也没有和太上老君告辞一声就朝回走了。一不小心,他被南天门的门槛绊了一跤,只觉得额头上一阵疼痛。他睁眼一看,原来是个梦,脑袋碰在桌沿上了。然而,梦中情景却记忆犹新。他急忙取出木匣,发现原先放进去的黑石头与梦中在天宫所见的"乌金宝石"完全一样,连忙将"乌金宝石"扔进火盆。不一会,便升起了蓝色的火苗,火力比木柴强多啦!
  白居易急忙跑到陶瓷场,对烧窑师父们述说了"乌金宝石"的用途。窑工们听后无不惊喜万分。经过大家试验,才知道用煤烧制陶瓷不但速度快,而且产品的光泽更加耀眼夺目。从此以后,密县便开始用煤炭烧瓷了。
  后人为了纪念白居易传授用煤炭烧瓷,从而保住了荟翠山上的森林,就在万木葱茏的荟翠山上,修了一座香山庙,并为白居易塑起一尊全身彩像。

(整理:高力升　崔长发)

白居易与香山庙

自新密新城南去9公里,群山叠翠,峦峰起伏。香山就矗立于群山之中,雄伟隽秀。它那极宽的底座,承着均匀对称的峰顶,恰似天公挥笔写下的巨大"金"字。山顶建有香山庙,庙里供奉着香山爷。据说,过去这里春秋祭祀,朔望祷告,来人络绎不绝。香客中的善男信女,不是达官贵人,多是名人骚客,更多的是当地的陶工和窑主。

白居易动员百姓建窑制陶

这个香山爷,就是唐朝的伟大诗人白居易。白居易,字乐天,号香山居士。唐代宗大历七年(772)生于河南新郑,卒于唐武宗会昌六年(846),享年75岁。白公敏悟绝人,工诗文,十五六岁入京师,拜谒当时名人顾况,况见其名为"居易",戏曰:"京师不易居!"及开读白居易所写《古原诗》"离离原上草,一岁一枯荣。野火烧不尽,春风吹又生"时,连连点头,说:"居易,居易!"大赞其才。白居易二十九岁中进士。由于生性耿直,抨击时弊,因而仕途坎坷,曾累官补校书郎,迁左拾遗,科左赞善大夫,后谪为江州司马,继迁杭、苏二州刺史,刑部侍郎。白公勤政爱民,就是在被贬谪时,也不忘为人们做好事,百姓深得其利。到晚年,他还在洛阳龙门潭南边领导人们凿了一条水路,减去了纤夫冬天下水拉纤的痛苦。由于他常深入民间,深知百姓苦难,所以他的诗文多是揭露当时社会黑暗,同情人民的痛苦之作,文辞平易近人,妇孺皆知。

传闻,白公为河南府尹时,游鸡公山路过此地,见这里山秀水丽,风光宜人,遂留恋不忍离去,寄居于山阳古洞之中。现此洞尚存,洞距香山庙有二里之多。庙中碑文记有:"常闻香山一名香湖山,乃唐名士白居易游之所⋯⋯"白公见这里的石头质地脆腻,细理缕迭,又见遍地皆煤炭,是烧制陶器的大好所在,于是动员当地的居民,建窑制陶,并亲自动手指点。当地居民掌握制陶技术后,获利甚厚,一时建起了"南缸窑""碗窑沟"及登封境内的"马窑沟""关帝庙沟窑",总称为"平陌窑场"。当地人民为了表达对白公的崇敬,便在原香浒山顶建香山庙,并四时顶礼祭祀。据庙内清咸丰年间的碑文记载:"桧阳之坤,阳城之巽,有巍巍然特出,名香浒山,盖两邑之吉地也。上有太傅白乐天庙⋯⋯相传太傅流寓于洛以陶冶教居民,民享其利,故立庙祀之⋯⋯"

白居易的功德泽及后世,历代居民皆获其利,直到现在制陶之业,仍兴旺不衰。特别是改革开放以后,由原来的只能烧缸、碗、盆、罐,发展到瓷管、电料以及高度耐火、绝缘材料,规模也逐渐扩大。

至今,香山庙还存有大殿三间,卷棚两间和明清重建香山庙的碑、碣十通。

(整理:薛绍宋)

吴道子的传说

吴道子是唐代著名的大画家,是河南禹县人,他擅长画佛教、道教人物画和壁画。传说,他画人人活了,画鸟鸟会飞,画花花有香味,人称"神笔"。至今河南还流传着许多关于吴道子作画的故事。

一、烙馍的启示

传说,吴道子小时候并不聪明。他喜欢画画,但是画不好,一次画不好,两次画不好,三次还是画不好……最后,连他自己也灰心丧气了,认为自己不是那个材料,永远也画不出什么名堂了。这一天,他怀着苦闷的心情,没精打采地出门游玩散心。

他来到一座庙里,进了大殿,看见有两个妇女正在烙馍。年老的坐在大殿东头做馍,年轻的坐在大殿西头烧鏊子。只见年老的把面团用小擀面杖擀成了薄馍,随手又用小擀面杖一挑,那馍就像长了眼睛一样,从东头飞到西头,正好落在那年轻妇女面前的鏊子上。年轻的妇女一面烧火,一面用竹劈儿翻。馍熟了,她也像年老的妇女一样,随手一挑,那馍就飞起来,一丝不差地落在大殿中间的一块儿木板上,叠得整整齐齐。吴道子看得呆了。

吴道子看了一会儿,就走近那年老妇女的身边,问道:"你看都不看,馍就会一丝不差地落在西头鏊子上。这么难的事,你是怎么学会的呢?"那老年妇女看了他一眼,说:"这没有什么诀窍,也不过是天天烙、月月烙,专心一意,功夫练得久一点、熟一点罢了。"她说完,又忙着烙馍去了。

吴道子一听,恍然大悟,从那妇女的话里,他明白了一个道理:无论做什么事,都要专心,都要下苦功,"功到自然成"是很有道理的。从那以后,他勤学苦练,见山画山,见水摹水,见人描人,见树绘树。天长日久,他终于成了一个誉满全国的大画家,被人们称为"画圣",他画的画也在人们的传说里成了"神画"。

二、玉兔和白菜

吴道子有一个邻居是大财主,这个财主雇了一个长工。这个长工是个老实、忠厚的年轻人,很喜欢吴道子这个和蔼善良的老人,管吴道子叫吴大叔。他在劳动之后,常到吴道子家去玩,帮助吴道子担水、劈柴、研墨。吴道子也很喜欢这个勤劳的小伙子。

在一个雨天的晚上,这个青年又到吴道子家去玩。吴道子正在作画,青年就给他研墨。他一边研墨,一边讲述着白天财主叫他上山打柴衣裳都淋湿了的事。吴道子听着听着,停住笔,想了想,就换了张纸画起来。不一会儿,他画成了一棵水灵灵的小白菜,白菜叶下趴着一只蛐子。他把画送给了小伙子,对他说:"你回去把这张画贴起来,如果看见蛐子在叶下,就是雨天;蛐子在叶上,就是晴天;要是蛐子在叶边上,就是风天。你知道了天气的变化,就不会受风吹雨淋了。"小伙子双手接过画,谢过吴道子,就回到长工房,把画贴到床头墙上。

夏天到了,这个小伙子家里种的麦子也熟了,他母亲把麦割下,打好,等他回去扬场。财主的麦子

也打好了,也等着扬场,可是一连几天都没有风。这天早上,小伙子一看画,见蛐子趴在白菜叶边上。他想起了吴道子的话,知道有风了,就去向财主说,要回家去扬场。那财主心想:"傻瓜,没风,你如何扬场?"就答应了。没想到,小伙子刚走,东南风就刮起来了,财主后悔得很。又过了几天,早晨起来,财主一看,万里无云,天晴得很好,就叫来很多短工,准备晒麦入仓。小伙子一看,见蛐子趴在白菜叶下,就说:"别晒了,今天有雨。"财主不信,叫人把百十石麦子全摊在晒场上。中午,正在吃饭的时候,一块儿乌云飞上了头顶,紧接着一声炸雷,大雨像瓢泼般地倒了下来。财主忙叫着、骂着,让人往回收麦。但是,哪里还来得及?麦子早被大雨冲跑了一半,财主气了个半死。小伙子很高兴,心想:就该这样治治你这老龟孙。第二天,雨还在下,小伙子又一看画,见蛐子又趴在叶上面了。他看天要晴了,娘没柴烧了,该回去给娘砍点柴。他又去对财主说要上山打柴,财主心里气还没消,就没好气地说:"去吧,去吧,下着雨,看你咋打柴?"谁知小伙子走后,云散天晴,红日高照。财主大惊,他想这个长工一定能预先知道天气好坏。可他是怎样知道的呢?趁着小伙子不在,他到长工房去查看,当他看见那张画着白菜蛐子的画时,十分高兴。他知道这是吴道子画的,他想:我求他几次,他都不给我画,不料今天撞在我的手里。他就把画揭下来,拿回自己的屋里。第二天,天又阴了,他在屋里看画,忽然发现蛐子不见了,找了半天,才见蛐子趴在叶底下。这时候,他才知道小伙子是从画上看天气的。他欢欢喜喜地把画挂在床头上,当作宝贝一样爱护。

小伙子回来,一看画不见了,就急忙找。有个长工说,他见财主来过长工房,画怕是被财主偷走了。小伙子去问财主,财主一口咬定说没看见。小伙子没法,只好去告诉吴道子,说画被财主偷走了。吴道子听后,劝小伙子不要难过,马上展开纸,又画了一只雪白雪白的玉兔,对小伙子说:"这张画你拿去卖,要二百两银子。你就说从兔子的肥瘦上,能看出年景的好坏。等那财主买了它,就有法治那财主了。你得到银子,买点牛犋车料,回去和你娘一块儿种地吧,别再当长工了。"

小伙子谢过吴道子,回来和长工们合计了一下。第二天吃早饭时,几个长工议论纷纷,有的说:"这么好的画,五百两也值。"有的说:"我要有钱,一定买下它。"有的说:"就是赊账,我也要买。"那财主一听,忙问是什么东西。小伙子说是吴道子的一张画,要卖二百两银子。财主听说从这张画上能预知年景好坏,就忙取出二百两银子,要买这张画。小伙子故意说:"俺吴大叔说了,不叫卖给你,俺不卖。"财主说:"哎,我一样给钱嘛!卖给谁还不是一样?我再加五十两,把画卖给我吧!"小伙子接过二百五十两银子,把画卖给了财主。

那财主把玉兔画和白菜画贴在一起,心想:"这些画能知道天气阴晴,年景好坏,对收租放账多有好处哇,今后就可以发大财了。"他越想越高兴。没想到第二天早上,他一看画,见玉兔跑到另一张画上去了,吃了白菜,踩死了蛐子。他气得一把把玉兔撕了下来,撕成了碎片。这时,他才知道上当了,气得病了三个月。

那小伙子把银子和长工们分了,自己回到家里,买了牛、犁,和母亲一起种田,日子过得很快活。

三、画虎抗粮

有一年麦子刚熟,官府的粮款就派下来了。如果按数上缴,麦子就得缴光,大人小孩吃啥哩?村里人没了主意,就找吴道子,商量咋办。吴道子说:"这样吧,我画了一张画,等催粮官来时,你们把画放在路口上,他们一见就不敢来了。"说罢,拿起笔画了一张下山虎,交给乡亲们带走了。没过几天,人们听说催粮官要来了,就把那张画放在路口儿。催粮官走到路口儿,见站着一只猛虎,张着血盆大口,吓得屁滚尿流,扭头就跑。催粮官跑回县城,对县官儿说,到吴道子住的那村里催粮,有一只猛虎拦道,险些送了命。县官儿不信,亲自骑马去察看。他一看也吓坏了,拨转马头就跑,乌纱帽跑掉了也不敢回去拾。从这以后,再也没人敢来这村催粮了。

几个月以后,有人向县官儿告了密。县官儿心里盘算,吴道子要是画个老虎扔进衙门,还不把我给吃了?再说,他就是不画老虎吃我,照样抗粮,我这县太爷也不好做了,这祸根得拔掉。他打定主意,立即带领人马,去捉拿吴道子问罪。县衙有个用人得了信儿,赶紧骑上快马去给吴道子报信儿。这时,吴道子正在院里画鹤,只剩一只翅膀和两只眼睛没画好,佣人向他报了信儿,劝他赶快逃命。吴道子很感激,对这个用人说:"你放心回去吧,他们捉不住我!"说完,又去作画。那个用人就上马去了。

一会儿,县官儿带着人拥进了吴道子的家。吴道子不慌不忙,给鹤点上眼睛,鹤就活了。他一跨到鹤的背上,鹤就飞上天了。县官儿瞪眼看着吴道子骑鹤飞走了,又气又怕,赶紧溜回了县衙。

四、办嫁妆

吴道子有一个女儿,名叫玉妹,是一个勤劳善良的美丽姑娘。玉妹长到十八岁,和邻村的一个青年定了亲。

在那个时候,女儿出嫁,父母要陪送桌椅箱柜,被褥衣衫。可是,穷画匠哪有许多钱给女儿办嫁妆呢?玉妹知道家中没钱,为了不让父亲作难,在婚期临近的时候,她手脚不停地纺花、织布,想着在出嫁时穿上自己做的新衣,让爹爹喜欢喜欢。

这天晚上,吴道子坐在灯下,看着正在织布的女儿,说:"孩子呀,你就要出嫁啦,爹用什么给你当嫁妆呢?"玉妹说:"爹,你给穷人画画,不要钱,给富人画画的钱,又救济了穷人,哪有钱给我办嫁妆?布织好了,我做一身新衣裳就行了。今后,我会织布,又会纺花,还会下地干活,不愁没衣穿没饭吃。你就别再为办嫁妆作难啦。"吴道子想了一想,就说:"你说得对,会干活就有饭吃。可是,我就只有你这么一个女儿,总得尽一点当爹的心意。这样吧,爹是画家,就给你画点画吧。"玉妹一听,高兴地站起来,说:"爹,你就给我画几张画吧,这比啥东西都好。我把画挂起来,想你的时候看看,就和看见你一样了。"

就这样,吴道子开始给女儿画画了。玉妹给他研墨,他画桌子,画箱子,画衣衫,画帐子……画好一幅,玉妹就放在一个破箱子里。不管画什么,玉妹都很喜欢。这是爹给她画的呀!有时,她见爹画累了,就说:"爹,别画了,你歇歇吧,画得不少啦。"吴道子没有停笔,画着说:"玉妹,你是爹的好女儿。爹没啥给你,要给你画一箱子画,这也是当爹的一点心意。"就这样,他白天画,晚上也画,晴天画,阴天也画。到了玉妹出嫁的日子,果然画满了一箱子画。玉妹走时,这箱画也随着她的花娇抬到了婆家。

吴道子的女婿是一个贪财、自私的人。他见岳父没陪什么嫁妆,只带来一个破箱子,非常生气。趁玉妹出去吃饭的空儿,他打开了箱子,马上点起大火,把画一张接一张地扔进火里。

玉妹吃过饭回房来,当她看见丈夫在烧画时,就不顾一切来夺。可是晚了,画已经烧完了,她只抢过来一张画着花绸被的画。玉妹气坏了,哭着责问丈夫为什么烧她的画。她丈夫说:"这些画,不当吃,不当穿,几张破画,有啥用?你要可惜,你不是还拿着一张吗?今晚上别盖被子,盖你爹给你画的吧。"说完,他就盖着新被子睡了。玉妹是个要强的姑娘,就是冻死也不会屈服。她哭了一会儿,就抱着那张画和衣躺在床上。这时候,她忽然发觉怀里的画变成了一床厚墩墩、软和和的新花绸子被。她这时才知道,爹的画是画啥是啥了。她把被子盖到身上,睡着了。

第二天早上,她丈夫醒了,看见玉妹盖着一条新被子,很惊讶,不知道她哪来的被子。这时,玉妹也醒了,她把被子一卷,又变成了一张画,放进了箱子里。她丈夫才知道这画主贵了,他悔恨极了。可

是,悔恨有什么用呢?

吃过了早饭,玉妹要回门了,伴她同去的丈夫急忙套上车,给她拿出花衣服,低三下四地给她说好话,承认自己错了,要她再去向爹要一些画。可是,不管他怎样说,玉妹总不搭理他。

吃过午饭,玉妹把丈夫烧画的事说给她爹听了,吴道子叹了口气,什么也没说。玉妹的丈夫在一旁苦苦请求,要爹再给他画一些画。吴道子说:"我的画可以当财物,但财物不是我的画。我给你画的画,你烧了。今天你要的是财物,不是画,我怎么给你画呢?"

真的,玉妹的丈夫至死也没有得到吴道子的一张画。

五、星星和月亮

有一天晚上,吴道子从一个朋友家里谈天回来,走到一所房子跟前,听到里面有纺花的声音。他仔细一看,却看不见屋内有灯光。他感到奇怪,决定第二天再来看看。

第二天一早,吴道子带着画具来到这所房前,见一个白发苍苍的老太太迎了出来,她把吴道子请进房里坐下,端上一碗竹叶茶,说:"吴先生,没有什么招待你,请喝碗清茶吧。"吴道子接过茶问:"老太太,你认识我?"老太太说:"认识,我去集上卖线,见你从集上过,人们都说你是画匠吴先生,还说你为人好,不巴结财主,专给穷人画画。"

吴道子点点头,又问:"你家有几口人哪?"老太太伤心地说:"就我一个呀!丈夫死得早,有个儿子,前几年也生病死了,撇下我孤老婆子,靠纺花卖线糊口。"吴道子叹了口气:"你晚上纺花为什么不点灯呢?"那老太太眼里流着泪,说:"吴先生呵,我昼夜不停地纺,赚的钱还顾不住吃饭穿衣!哪里有钱买油点灯呵?自从我儿子死后,我已经3年没点过灯了。"

吴道子听了,对老太太说:"你的日子很苦,可是我穷,帮不了什么忙,我给你画幅画吧。"老太太一听,非常高兴。吴道子就铺纸研墨,开始作画。他先把蘸饱墨汁的笔往纸上甩了一下,纸上出现了千万个亮晶晶的小点,他又用笔在小点上轻轻拂了几处,像是几缕轻纱,最后挥笔在空白处画了一个圆圈。他对老太太说:"你把画贴在屋里,对你会有用的。"那老太太虽然看不出他画的是啥,可是很喜欢。她接过画,郑重地贴好,然后取出一缕刚纺好的线,对吴道子说:"谢谢你,吴先生。我不知道该怎样报答你的情意,这点线送给你,用它换点笔墨吧。"吴道子感动地说:"你把线给我,你用什么换米呢?我给你画画,不是为钱。如果是为钱,你就是拿一千两银子,我也不会给画的。"说完,吴道子收拾好画具,出门走了。

天黑了,老太太发现那幅画变成了一片蓝天。千万颗星星在闪烁,一个银盘似的月亮,发着柔和的光,把屋里照得和白天一样明亮。从那以后,老太太就不再摸黑纺线了,一到夜晚,画上的星星和月亮就发出光来,照着老太太纺线。

六、狗咬堂倌儿

吴道子的小女儿芙蓉姑娘过门后,每逢回娘家路过一家饭铺的门前时,总见那堂倌儿把自己门前的路用污水泼得稀稀巴巴,芙蓉姑娘不得不用手把自己下身的裙子抓得老高,露出脚来。一次经过这里是这样,两次、三次、四次……还是这样。日久天长,芙蓉姑娘便烦恼起来,心想:"我每次回娘家路过这里时,为啥这堂倌儿总是把他门前的路弄得那么稀巴?"

一次回娘家时,她把这桩事向父亲说了。吴道子听罢,心里琢磨道:"好你个赖堂倌儿,竟敢戏弄我的女儿!"于是,他对女儿说:"今儿我给你画一张画儿,等你明天回去时把它揉成蛋儿,塞进自己袖

— 432 —

筒里。你再路过那家饭铺门前时,如果那堂倌儿还是把门前弄得稀巴巴的,你就把袖筒里的纸蛋儿掏出来,掷进那家门里头。"

第二天,当芙蓉姑娘走到那家饭铺门前时,只见那堂倌儿仍然把门前的路用污水泼得稀稀巴巴的。她按照父亲的吩咐,把自己袖筒中的纸画蛋儿掷进了那家饭铺的门里头。嘿!这时只见一只凶猛的大黄狗张嘴吐舌地在院中横冲直撞起来。那只大黄狗,可真够厉害,它逢人就咬,见了喷香的好肉好菜就跳上蹿下地大吞大嚼。不一会儿,这饭铺里就被糟踏得不成样子了。

可那大黄狗呢,却跑着还要找那个赖堂倌儿算账哩。最后,那大黄狗直咬得这堂倌儿哭爹喊娘,抱头鼠窜。

从这以后,这家的堂倌儿再也不敢戏弄吴道子的女儿了。

七、明烛

一天,吴道子避雨来到了一个姓艾的员外家里。艾员外非常喜欢图画,常常请各地名家为他画画,各种画幅几乎把整个客厅都布满了,来这里做客的人都很称赞这些画。

对于这事,吴道子也听人说了。今天他来到这里,就是想看个究竟。艾员外把吴道子迎进客厅,便滔滔不绝地讲述起每幅画的来历和好处。吴道子耐心看了一会儿,不禁哑然失笑。客厅里装饰得倒还不错,正中画一幅神像,两旁各有一上山和下山的猛虎,再旁是四季花卉。其他三面壁上,有仕女画,有花鸟画,有山水画……乍看起来,青枝绿叶,山山水水,好不热闹!实际上,平平淡淡,呆呆板板,没有一点生气。吴道子看到这喜欢图画的人竟把这些平庸的作品当宝贝,不禁可怜起他来,就想给他画些真正的好画。

画圣吴道子

吴道子看到神像下面还空一点地方没有画画,就跟主人商量,要替他在那里画上一幅画。主人听说他要画画,喜出望外,赶紧拿来纸笔颜料。吴道子只用了青色做底,又用白色画了一支燃烧的蜡烛,便告辞而去。

吴道子走后,艾员外好不气愤,心想:"这个人好不自量,对名家之作没夸一句,反倒逞能画了一支不伦不类的蜡烛!"他有心把画扔掉,但时间已晚,只得到明日再作理论。

谁知就在艾员外用晚餐的时候,随着夜幕的徐徐降临,神像下面的蜡烛渐渐放出了雪白的光亮,把整个客厅照得如同白昼。艾员外惊呆了:"这画真叫他画活了,难道他是'画圣'不成?"当他揉揉眼睛再仔细看时,方才发现在那支明亮的蜡烛下面有"道玄"字样。艾员外后悔地拍着脑门,说:"真该死,'画圣'到了门上,我还不知道哩!"他急忙派人四处寻找,可是始终没找到他。

八、画竹除雀

唐朝开元年间,阳翟县西南有座青龙寺。这寺建在光山秃岭的大山里,麻雀都飞到寺里做窝安家。年深月久,麻雀越来越多,成群结队地在寺里乱叫乱飞乱屙,大殿里的雕梁画栋、漆柱粉墙,都叫麻雀屙得斑斑点点,不成样子。

吴道子被请到这里画壁画,麻雀不是把窝里乱草弹到他头上,就是把屎拉到他刚画好的画面上。他很生气,求寺里的方丈慧清想办法除雀。慧清说:"出家人以慈善为本,从不杀生。这些麻雀糟蹋佛寺,佛祖自有报应。"

吴道子一听和尚不肯杀生,灵机一动,有了主意。他画了一张《翠竹图》挂在殿外的山墙上。画上的翠竹跟真的一样,麻雀一见争着飞往竹林里找食儿吃,箭一样飞过来,一头就撞死在山墙上。就这样,麻雀不断头儿地往墙上撞,很快寺里的麻雀就被除光了。

(搜集整理:赵景斌　张中英　张中杰　王同全)

吴道子和钧瓷的传说

一、封笔吏烧钧瓷

名扬海外的钧瓷,据传是唐朝大画家吴道子和几个老窑工一起烧制成功的。吴道子是民间画匠出身,喜欢和老百姓打交道。凡是穷人向他求画,他是有求必应。唐朝天宝年间,吴道子的画成了宝画,一幅画能值二十石米。玄宗知道这情况以后,心想:要是平头百姓都有了他的画,这还有啥珍贵的?于是他挖空心思,给他赠了一个美名叫"封笔吏",没有皇王圣旨,不准随便作画。吴道子一气之下,告病回到了故乡阳翟(今禹州市)。

这一天,吴道子到古钧台游玩散心,他看到古钧台旁边有不少瓷窑,窑工烧制成的瓷器,尽管胎质浑厚,工艺精细,可就是釉色非常难看。吴道子心想:朝廷封了我的笔,但封不了我的双手,我帮助家乡父老想想办法,改进一下瓷器釉色,这总不会犯啥王法吧?

吴道子来到一窑场门口,窑工们认出他是大画家吴道子,连忙热情地把他请进屋里。窑工为他倒了一碗清茶,递了过去。吴道子接过茶碗仔细看了一阵儿说:"这瓷碗做得够精细的,如果改进一下釉色,就是一件瓷器珍品。"

屋里坐着两个窑工,一个叫卢青,一个叫卢红,他俩是一对亲兄弟。听罢吴道子的话,卢青叹了口气说:"先生有所不知,俺爷当年是个烧窑高手,为了攻破釉色这道难关,花费了半辈子的精力。他一直摸索到八十多岁,才算烧出一件色彩如玉的花瓶,不料这花瓶出窑以后,被窑霸抢走了,爷爷上门去要,被窑霸一脚踢死在地上。俺爹爹一生,只知道配方、上釉,可就不知道料里是啥成分。爹爹去世后,俺兄弟俩也费了不少功夫,可是搞来搞去,总不成功。"

吴道子听罢,想了一会儿,说:"我们画匠对颜料十分讲究。我曾用神垕山上几种彩石配制出一些颜料。百姓们都称我是神笔,其实是这种颜料帮了我的大忙。"

卢红上前恳求说:"吴先生,能不能用你的颜料在俺的坯子上试一试呢?"

吴道子笑了笑说："这当然可以喽！我又不怕你们抢我的生意！"

卢青拿出早已制成的坯子，请吴道子往上面涂抹他配制的颜料，涂好以后立即装窑里烧。几天过后出窑了，打开匣钵一看，只见件件精美的瓷器展现在面前，卢氏兄弟跪在吴道子面前，感激地说："吴先生，你给窑家带来了希望，窑民子孙万代都要感激你啊！为了纪念先生为家乡烧出宝瓷，这瓷就取名叫'道玄瓷'吧！"

吴道子扶起卢氏兄弟，摇着头说："这万万使不得。这瓷虽是道子配料，可主要是经过你们兄弟俩烧窑，火工也是重要哪！这是大伙儿的功劳。咱阳翟这地方，存有几千年的古迹'钧台'，这瓷就叫钧瓷吧！让它和钧台一样流传百代。"

二、道子线

吴道子是我国唐朝有名的画家，他是禹州人，年轻时曾在家练字习画，并经常出去写生、游览。

有一天，吴道子去附近的钧窑场游玩，看钧瓷工匠做钧瓷。他来到一个作坊屋，只见匠人们正忙活着，一个在揉搓泥，一个在拉坯做碗，一会儿工夫，坯板上就放满了做好的坯。吴道子看到，当每一个碗坯做成时，拉坯匠人都要把足部捻细，然后揪下来，再放到坯板上。由于底尖，这样放很不稳当，放后还得在底上垫点儿泥支平。吴道子就问拉坯匠人："师父，你为啥不用刀把坯割下来呀？"拉坯匠人说："先生有所不知，用刀割虽然足底很平，但太慢了，手里拿着刀还碍事，弄不好，坯还会不圆范，掉地下。"吴道子听后说："噢，原来是这样。"

但是，吴道子看这样揪坯总觉得不好。有没有其他东西能割足呢？想来想去，吴道子突然心头一亮：有了，用线！这线在手里拿着不碍事，还能割下坯来。

吴道子咋会想到用线呢？因为吴道子经常要裁纸，他裁纸不用刀，就用线。线既然能把纸割开，割个软泥也是不难的。就这样，吴道子找了一根线，让那个拉坯匠人试试。你还别说，这根线真管用，当坯做好后，线搭到坯的足中上不动，轮子转够一圈，坯足也就割掉了。

用线割坯足这个办法不错，钧瓷窑场上所有的拉坯匠人都用上了。后来，由于割足线是吴道子最先让使用的，大伙儿就把这割线叫做"道子线"。一直到今天，拉坯的钧瓷艺人还在使用它割足呢！

三、左右转

很早很早以前，在一座大山上，钧瓷祖师为传授钧瓷技术收了两个徒弟，一个叫钧左，一个叫钧右。这两个徒弟都来自阳翟城（今禹州市），他俩不怕吃苦，又都很聪明，学得都很卖力。

钧左是个左撇子，惯使左手，无论做啥事都用左手干；钧右是个右撇子，惯使右手，无论做啥事都用右手干。祖师看他俩各有所长，就因材施教。有一天，祖师把二人召到眼前，说："法本无定则，变则通。你二人一个是左手灵巧，一个是右手灵巧，今天开始用钧轮学拉坯，钧左的轮子就往左转，钧右的轮子就往右转，你们两个一左一右，左右开弓，看谁做的坯最好。"

两个徒弟听祖师讲后，就各自转轮学拉坯。钧左的轮子往左转，以左手为主，右手为辅；钧右的轮子往右转，以右手为主，左手为辅。一天下来，两人拉的坯一样多，一样好。拉了一段时间后，祖师对他俩说："坯是拉成了，都不赖，再看看烧成后咋样。"

钧左和钧右就忙着去学烧窑，从素烧、药坯，到装窑、烧窑，一个是学得上心，一个是干得精细。待出窑一看，两人烧的都是呱呱叫，颜色都很好看，釉面上开片也很多。钧左拿了一件玉壶春瓶，钧右拿了一件鹅颈瓶，两人一块儿去见祖师。祖师正在睡午觉，两人不便打扰，就把两个瓶子放在祖师床前

的桌子上回去了。

待太阳快落山时,祖师把徒弟俩叫来,一见面就说:"钧左烧的玉壶春瓶,钧右烧的鹅颈瓶,我看了,都很好。这样吧,你们两个已经出师了,可以带徒弟了,以后钧瓷要发扬光大就靠你俩了。"钧左、钧右齐声说:"我俩一定照祖师的吩咐去做。但有一事不明,您老事先又不知道,咋能看出玉壶春瓶就是钧左烧的,鹅颈瓶就是钧右烧的呢?请恩师指教。"祖师说:"徒儿啊,这就是今天我要给你们交代的你最后一点。你俩看见这瓶子上开的片了吗?钧左拉坯时往左转,釉面上开的片就往左;钧右拉坯时往右转,釉面上开的片就往右。"钧左和钧右拿起玉壶春瓶和鹅颈瓶一看,果真是这样,玉壶春瓶上的片纹自左上向右下斜来,鹅颈瓶上的片纹自右上向左下斜来。二人今天才知道钧瓷开片还有方向。

钧左和钧右告别祖师下了山,回到家乡阳翟城,分别带起了徒弟烧制钧瓷。跟钧左学的人,也都是左撇子,拉坯时轮子往左转;跟钧右学的人,都是右撇子,拉坯时轮子往右转。到了后来,由于使右手的人越来越多,拉坯的轮子都逐渐变成了右转,就是到现在还是这样。

四、蚯蚓走泥纹

听老年人说,原先禹州城北关的颍河水很深,水里边生活着鱼鳖虾蟹等水族。水族有个共同的首领,叫"头王"。这头王至高无上,掌握着水族们的生杀大权,厉害得很。

蚯蚓那时候也生活在水里,和螃蟹、蚂虾一样,在水里游来游去。蚯蚓还和螃蟹是很要好的朋友。

到了宋朝,有一天,螃蟹头上的两个钳子无意间夹断了蚂虾的两根长须,蚂虾就到头王那里去告状。蚂虾偷偷送给头王一个米粒大的夜明珠,头王一见十分欢喜,就收下了。常言道:吃人家的嘴软,拿人家的手短。头王受了贿,就向着蚂虾,于是判螃蟹死罪,要用炉火烧死。

蚯蚓听说了这事,心里不忿儿,就去找头王评理,头王哪能听得进去,不由分说,也判蚯蚓与螃蟹同罪,一块儿处死。

两个行刑的水鬼押着螃蟹和蚯蚓来到岸上,四处寻找有炉火的地方。转来转去,来到颍河南岸的钧窑场,刚好有窑工正在装窑。两个水鬼就乘人不备,把螃蟹和蚯蚓装进了放钧瓷釉坯的笼里。螃蟹爬到了一个鸡心盘上,蚯蚓爬进了一个鼓钉洗里。两个水鬼在暗地里看着窑工把窑装齐,封住了窑门,就返回水里向头王复命去了。

一会儿,窑工们就把窑点着了火。顿时窑里烟雾弥漫,熏得螃蟹直流眼泪,眼泪都滴在了鸡心盘上,它受不住了,就挣扎着往盘外爬,终于爬出了盘子。这时,窑里温度已升起来了,螃蟹还是给烧成了灰。蚯蚓呢,开始也在鼓钉洗里往外爬,但鼓钉洗边沿儿高,蚯蚓爬得又慢,没多会儿也给烧成了灰。

这窑钧瓷住火后开窑,窑工们发现有一个鸡心盘里,出现了不少像螃蟹爪子一样的纹路,并且有很多珍珠点儿;有一件鼓钉洗上出现了很多像蚯蚓一样的纹路。窑工们觉得这两种纹路怪好看,就分别起名叫"蟹爪纹"和"蚯蚓纹"。

说来也怪,以后凡是在这个窑里烧出的钧瓷,窑窑都有一两件带蟹爪纹和蚯蚓纹的,间或还有"珍珠点"出现。窑工都感到神奇,不知是咋回事,但是有知道的。谁知道?颍河里的水族它们知道。这是螃蟹和蚯蚓的冤魂不散啊!不该死罪,硬被判成死罪,这真是天大的冤枉!

螃蟹和蚯蚓被炉火烧死后没多久,蚯蚓后代们觉得这个头王太不公道,不想再在水里受欺负,就搬家来到了陆地上,拱到土里去呆着。但完全离开水还不行,看哪儿土湿,就往哪儿去,还经常在湿泥地上爬来爬去。后世的人见了,只知道蚯蚓会拱土,走泥,人们就把"蚯蚓纹"改称为"蚯蚓走泥纹"了。

吴生远擅场

唐代"画圣"吴道子,是阳翟(今河南禹州市)人,年未二十已有画名。他曾当过县尉,后来干脆辞去官职,到东都洛阳埋头从事自己热爱的绘画事业。

后来,吴道子的画名传到唐玄宗耳里,玄宗将吴道子召入宫廷,授以内殿博士职,改名道玄,使其成了宫廷画家。玄宗宠爱有加,竟糊涂地下令,除非有诏书,否则吴不得随意作画。

开元二十九年(741年)玄宗下令"两京诸州各置玄元皇帝庙"。东京洛阳,聚集了众多能工巧匠,在松柏覆盖的翠云峰上,建了座宏丽的玄元皇帝庙。庙成后,让当时有名的雕塑家杨惠之泥塑了神像,让吴道子画了壁画。

吴道子画的是玄宗以前的五位唐代皇帝像,他把五位皇帝画得庄重威严、栩栩如生,而且艺术形式上独树一帜,笔势圆转,衣服飘举,敷彩染色,得神如塑,被誉为"吴装"。后成语"吴带当风"据传即由此而来。玄宗天宝八年,皇帝给他的这五位父祖加封尊号:唐高祖为神尧大圣,太宗为文武大圣,高宗为天皇大圣,中宗为孝和大圣,睿宗为玄贞大圣。于是,这幅壁画就被称作《五圣图》。

吴道子作壁画

这年冬天,被誉为"诗圣"的唐朝大诗人杜甫曾游览了玄元皇帝庙,看到神采奕奕的帝王画像、气势磅礴的画面,挥毫写下了《冬日洛城北谒玄元皇帝庙》的诗句:"……画手看前辈,吴生远擅场。森罗移地轴,妙绝动宫墙。五圣联龙衮,千官列雁行。冕旒俱秀发,旌旆尽飞扬。……"诗中说画师们总是尊崇他们的前辈,可吴道子的技艺远胜过所有的画师。

"诗圣"对"画圣"的赞誉并不过分。《五圣图》不仅饮誉当时,对后世画坛也深有影响。200多年后的北宋时,宋真宗看了此画,大加赞赏,并命随从画工认真观摩。画家王瓘经常废寝忘食地流连画前,冬天甚至冒着大雪来庙里临摹品味。时代久远,壁画上蒙了尘垢,王瓘为了看清笔意,还用水小心地将画洗净,细细揣摩。后来,王瓘的声名果然很响,被誉为"小吴生"。

据传在北宋末年,皇帝降旨修葺该庙,有个自认为技艺高明的画工看了《五圣图》,发现自己差得太远,妒意大发,竟借机将吴道子画的这壁画全部铲掉。有个无名的画家脑瓜子一转,买些壁画残片运回家,闭门三年,潜心揣摩,然后为了防止别人再从这画上学到吴道子的笔艺,就将这珍贵的墙皮全扔到洛河中去了。后来,这无名画家所绘的帝王像,神态骨相非凡,竟充满吴道子的画味儿,名声遂振。

曹家湾与妖婆山

你知道曲剧《卷席筒》中曹家湾在什么地方吗？原来它和豫剧《朝阳沟》中的朝阳沟本是同一个村。这个村就是登封市大冶镇朝阳沟村，原名曹村，曾是曹保山的家乡，现在还有曹家上院、下院的遗址。村前有一湾好地，人称曹家湾。村东有一座平顶山，名叫"妖婆山"。提起曹家湾和妖婆山，还有个故事在里边。

相传在唐代，曹家湾住着一位曹员外，膝下一子，名叫曹保山，娶妻张氏，生下金哥、玉妮一双儿女。曹员外夫人去世，后娶赵氏进家，并带来男孩儿一个，名唤张仓。这赵氏甚不贤惠，经常虐待前房子女。大比之年，曹保山进京赶考，没有盘费，趁继母赵氏外出之机，到上院找父亲求借。父亲随即拿出五十两纹银，交给保山。当他手拿纹银从后门外出之时，恰被继母赵氏归来碰上。她上前一把夺过银子，把曹保山赶出门外。曹保山无奈，只得手拿竹笔瓦砚，沿途卖诗，进京赶考。在途中，他碰上了弟弟张仓。张仓见哥哥这等打扮，忙问情由，曹保山把来龙去脉说了一遍。张仓听后，赠银两、马匹并靴帽蓝衫，叫哥哥赶快进京，千万莫误了考期。

再说赵氏为了灭门霸产，在家心生毒计，趁中秋节全家团圆之机，往酒内下毒，想害死保山之妻张氏。可是，张氏是个孝顺的媳妇，把这杯酒端给公爹饮用。曹员外饮了酒后，毒性发作，顿时死亡。赵氏为了逃脱罪责，用金钱买通了地保和登封知县，把张氏屈打成招，定成死罪。张仓明知事情原委，怎奈是自己的母亲所为，所以，就想出了替嫂嫂坐监顶罪，叫嫂嫂抚养金哥、玉妮的计策。后来，曹保山得中头名状元，并被钦封为八府巡按，到洛阳视察，惩办了赃官，昭雪了张仓冤案，阖家老小在洛阳团圆。

这妖婆赵氏，自从爱子张仓替嫂坐监之后，常到监中探望，劝说张仓推卸罪责，重新嫁祸张氏。张仓不但不从，反把她斥责一顿。妖婆赵氏，盼子心切，疯癫成疾。不久，家里又着了大火，全部家产焚烧殆尽。妖婆无奈，只得靠乞讨度日。这年夏天，她讨饭回来，途经曹家湾北岭，忽然天降暴雨，"喀嚓嚓"一声炸雷，妖婆赵氏被雷击身亡。由于当时百姓迷信鬼神，都说她是坏事做绝，苍天不容，被龙"抓了"。因而，这个岭后人就起名叫"抓岭"。妖婆被雷击身亡后，村里百姓把她的尸体拉到村东山坡上挖坑埋葬。因而，这座山后人就叫"妖婆山"。

（整理：张存义）

纸衣瓦棺郭威墓

在新郑县西北20公里处，有一座不足20米高的墓冢，这里长眠着一千多年前的一位明君，他就是后周太祖郭威。在方圆几十里地中，长期流传着郭威革除积弊、减轻人民负担、个人生活俭朴的故事。"纸衣瓦棺"就是其中的一个故事。

郭威出身贫苦家庭,深知民间疾苦,后来从军领兵打仗有功,被部下拥立为皇帝。他执政后,一些州县和朝中官员争先恐后地献珍品和名贵特产给皇上。郭威都严厉拒绝。他对宰相说:"我是穷苦出身,得幸为帝,岂敢厚自奉养贻害百姓!"从此以后,官员们都不敢行贿受贿了。

郭威当皇帝时间不长,使长期受暴政和战乱之苦的百姓,减轻了负担,看到了希望,百姓都非常拥护他。这时候,郭威因南征北战,操劳国事,劳累成疾,病倒了。临终时,他把义子柴荣叫到跟前,嘱咐说:"我死后埋葬时,陵墓务求节俭,不修地下宫殿,不刻立石柱、石人、石兽,纸衣瓦棺即可!"世宗柴荣谨遵父命,就用纸衣瓦棺埋葬了郭威。墓冢前仅立一石碑,上写着:"周天子平生好俭约,遗令用纸衣瓦棺,嗣天子不敢违也。"民众知道后,无不流泪称颂:堂堂一代帝王,竟能这样爱惜民财,节俭薄葬,真是少有的明君。

(讲述:薛文灿 整理:赵克勋)

柴　王　陵

新郑市郭店街北1公里,有一座20米高的墓冢,古朴壮观,它就是后周世宗柴荣的陵墓,人们都叫它"柴王陵"。

柴王是我国历史上很受百姓尊敬的皇帝,史书上称他为"五代第一明君"。他出身贫穷,深知农民的疾苦。当了皇帝后,一直不忘农民。他叫能工巧匠把农夫、蚕妇的形象刻成木人,设置在朝廷上,使自己一上朝就能看到农民,想到农事。有一天,他坐在朝廷上查看各地的奏折和百姓们的状子,看着看着睡着了,似乎听到农夫、蚕妇对他说:"现在有许多官吏豪绅,强迫农民在全国各地造了成千上万的大佛像,那像都是用铜铸造的。农民交不出铜,就得交钱,交不出钱,就得出人,逼得农民走投无路。您赶快想个办法救救我们吧!"柴王听了非常气愤,连忙站起来呼唤大臣查办此事。这一站,使他从梦中醒来。柴王仔细想想梦中听到的农夫、蚕妇说的话,和自己查看的奏折、状子上的话一模一样,断定真有此事。他决心要限制造佛,制止官吏豪绅的盘剥,于是就下了一道圣旨,命令全国各地把所有铜佛像搜集起来,统统砸碎,铸制成铜钱,在全国使用。还指令全国各地,以后不准再向农民摊派造佛钱,违令者一律治罪。从此,农民的负担减轻了,到处传颂着柴王的恩德。

柴王死后,埋葬在郭店附近(郭店古称景阳镇,据传说是柴荣的家乡),和他父亲郭威一样,也是薄葬,没有地下宫殿,没有石柱、石人、石兽,只有一个较大的墓冢。百姓们为了纪念他,在他的墓前立了许多石碑,后来石碑越立越多,成了碑林。

碑林里的石碑究竟有多少?据传说谁也数不清。民国时候,有一支军队驻在郭店,有个当官的听了后,不服气,就带了两个勤务兵去数石碑,结果三个人数了一天也没数清。这个当官的决心非要数清石碑的数量不可,第二天他就带了一个连的人,叫一个人抱住一通碑,结果还是没数清。

现在碑林毁了,但陵墓仍完好地矗立在那里。

(讲述:马薛三 整理:赵克勋)

"唐三彩"窑民造反

北宋初年,宋太宗赵光义在他哥哥赵匡胤不明不白地死了之后,登上了皇帝宝座。有一年秋天,他忽然心血来潮,想要亲自祭一祭父陵,尽一尽孝心;祭一祭兄墓,表一表手足之情,就来到巩县芝田镇(当时是永安县城)祭奠皇陵。有一天晚上,月朗星稀,他雅兴大发,要观山川夜景。在文臣武将、侍卫、太监的簇拥下,登上了白虎山山顶。展眼四望,巩义的山山水水在月光下显得更加秀丽。起伏的山岭,朦胧之中好似那巨龙遨游在缥缈的太空。邙山脚下的伊洛河水,在月光下熠熠发光,更像皇帝腰间束的玉带。他不禁感叹地说:"如此卧龙宝地,定能使我大宋江山流传百世。"那些溜须拍马的文武大臣们立即跪伏在地高呼:"万岁洪福,万岁洪福!"赵光义心里非常高兴,又转身向东方望去。突然看到东方的十里以外,火光冲天,好像一条火龙自北向南游动,他大吃一惊,急问左右大臣那里是什么地方、为什么火光冲天,有一个大臣急忙跪倒在地奏道:"那里是黄冶河十里窑场,是烧瓷窑的火光。"赵光义眉头一皱,问道:"这大火对我宋室皇陵的龙脉可有损害?"另一大臣急忙跪倒,阴阳怪气地说道:"臣启万岁,龙乃水中之神,近火必伤,那窑场之火必定烧坏皇陵龙脉。"赵光义不由大怒,对那些文武大臣喝道:"关闭窑场,不准再见烟火,违旨者家灭九族!"

当时的黄冶河两岸确实是十里窑场。河的上游是出白瓷的窑家,烧出的白瓷碗、盘,坯胎细薄,釉色洁白,远看似玉,近瞧如镜。河的下游,到黄冶村口那一段,是烧三彩瓷的,专为皇家烧制器皿和陪葬的骆驼战马。那时候,把这条河改名叫"皇冶河",河两岸的村子叫"皇冶村"。后来为避"皇"家之讳,改名叫黄冶河、黄冶村。黄冶河两岸的彩瓷造型精美,色泽艳丽。烧出的战马威武雄壮,高大的骆驼栩栩如生,世世代代受到人们的喜爱,曾远销波斯国。黄冶村口是个繁华的工商码头。

黄冶村烧制彩陶最有名的是一家姓陶的人家,有父子二人,父亲人称陶老仙,据说他就是在嵩山遇见过仙人的陶哥儿的后代。他的儿子叫陶头儿。他们父子俩手艺好,为人厚道,技术上从不保密,所以,这里几十家窑场的匠人差不多都跟陶老仙学过手艺,每逢陶神庙会那一天,窑家都请陶家父子主持神社。酒席摆好,都请他父子坐上座。陶家父子自然而然成了黄冶河窑工的领头人。

赵光义的"圣旨"一下,黄冶河两岸,刹时大祸临头,人心惶惶不安,一齐来到陶家商量对策。陶老仙说:"咱们把烧窑时间改为白天,夜晚做坯,黑天看不见火光,兴许就不会触犯龙颜了。"大家异口同声赞成。至今在黄冶河两岸还能拾到一种叫"搅釉"的瓷片,据说就是当时窑匠因天黑灯小看不清,把两种釉搞"搅"了的产品。

第二天晚上,赵光义放心不下,特意登上高岗查看,果然不见火光,嘉奖了手下的大臣。不久,他就回汴京去了。

过了一段,他在宫中忽然患了病,心神恍惚。一会儿看见哥哥向他讨要江山,一会儿又看见他的弟弟赵光美要他偿命;一会儿又见一条火龙飞入皇宫,吓得他大呼小叫,醒来以后,立即派了个得力大臣到黄冶河查看烧窑情况。那个大臣从汴京出发,乘黄河中大船逆水而上。到洛口进入洛水,又进入黄冶河,直抵黄冶村口码头。看到那里还是一派繁荣景象,知道窑业未停,下令拨转船头回京复命。赵光义听了那个大臣添油加醋的奏本,勃然大怒,立即派了一个武将,带了几百名兵将,乘大船杀向黄冶河来。

黄冶河的窑匠们被逼到这步田地,只好扯旗造反,推举陶老仙当了义军首领,陶头儿当了先行官,扯起了红绿黄三色彩旗。义军探听到官军乘船杀来,就定下了迎战的巧计。

从伊洛河到黄冶村码头中间,有个叫袁湾的地方,两边两座山头,自然形成了一个山口,中间有个小山岗,叫封门山,黄冶河水在封门山下流过。陶老仙率领义军埋伏在袁湾两边的山头上,陶头儿带领一队人马埋伏在封门山顶。官军进入黄冶河擂鼓呐喊,杀声震天,义军悄悄埋伏不动。待官军船队全部进入封门山里,从两边山头上和封门山上飞下来几千个熊熊燃烧的火把。此时,从南往北又刮起一阵顺河大风,火趁风势,风助火威,一阵大火把官军船队烧的七零八落。那个带兵的武将也被烧焦了胡须和眉毛,狼狈逃回汴京。赵光义见官军被窑花子打败,一怒之下斩了那个武将。又派了两个能干的大将,带了上千的人马来镇压义军。这次,他们接受教训,不走水路,从陆地杀向巩县。官军刚刚涉过东泗河,从西岸的高岗上飞下来一阵弹雨,有石子,有烧成的瓷圆蛋,有烧窑的模具。官军不防遭到袭击,被砸得头破血流,义军勇猛出击,又把官军杀得大败而逃。

赵光义听说又打了败仗,气得昏头涨脑,又派了几千人马,十几员大将,杀向黄冶河来。这一次因为力量悬殊太大,义军只好边杀边退。因为窑匠们常到南山采料,道路熟悉,官军追寻不到。窑匠们多数撤退到山南去了。只有陶头儿带领的一支义军断后,被官军团团包围,伤亡很大。最后,只剩下陶头儿一人躲进陶神庙中。官军追到陶神庙,反复搜查,也没找到。后来人们都说,他被陶神藏到了禹州的神垕。从此,神垕兴起了烧窑业。

赵匡胤选陵址

北宋开国皇帝赵匡胤即位以后,就开始为自己选地造墓。

有一天,他传下圣旨,诏募天下法道高深的风水先生进京。经过千挑百考,选出了一位独具慧眼、才华超群的风水先生吴怡道。然后他又派遣一个亲信大臣,陪同吴怡道云游天下,选择建造皇陵的风水宝地。

那大臣和风水先生游遍天下名山大川,终于在河南汜水的母猪窝一带,发现一处上好的茔地。此处岗峦环绕,流水潺潺;坐南向北的山梁,就像一位君主躺在龙床上休息;突出的山峰,宛若皇冠;清清的流水,恰如玉带。在此处建造墓陵,可保帝业万古不衰。吴怡道选好茔地,准备和大臣回京交旨。

谁知,赵匡胤的这位大臣本人想占用这处茔地,就对吴怡道说:"这处茔地风水虽好,地名却很不好。万岁一听我们要让他在母猪窝建造皇陵,怪罪下来,谁能担当得起?不如另选一处,让万岁定夺为好!"

吴怡道一听这话,就猜透了这位大臣的心思,但惧于他的权势,只得来个顺水推舟,再到别处去选。

一日来到巩义,风水先生登临城南群岭之上,放眼眺望,只见纵横几十里的黄土丘陵,南依嵩岳,北临伊洛,嵩岳诸峰在云遮雾障中若隐若现,千里邙山在洛水映照下巍然生辉,景象十分壮观。这时忽然走来一群山村儿童,挎着篮子去割草,走在最前面的一个小孩子小手一挥,说:"咱上老龙崖去,保你一会儿就能割满草篮。"吴怡道一听"老龙崖"三个字,便悄悄地跟在孩子们的后边,不一会儿,来到了老龙崖。吴怡道举目一望,只见迎面一座山崖,峻峭秀丽,状如龙头,山崖上祥云缠绕,松翠藤绿。

山崖下有一石洞,洞口被幼树嫩草半遮半掩,石洞前有个绿如碧玉的水潭。

吴怡道站定一个位置,往北望,收入眼底的是波光粼粼的澄清湖。往左看,高高的御寨山在群峦后露出尖顶,恰似一颗玉印。往右望,中岳峻极峰巍然矗立,如同一把天子剑。山似龙跃,水如蛟腾,各路风脉,汇拢至澄清湖心,正是一处绝好的茔地。吴怡道心中大喜,便急忙返回县城,与那个大臣商定,连夜回京交旨。

赵匡胤

回朝之后,赵匡胤立即接见。那大臣抢先禀奏道:"万岁,臣奉旨选择陵地,共得两处,一处叫'母猪窝,'一处叫'老龙崖'。请万岁定夺。"

赵匡胤不假思索地答道:"寡人自然要选老龙崖,谁要那个母猪窝?"那大臣趁势又说:"起初,吴怡道选了母猪窝,就要回京交旨,多亏我多方阻拦,最后才又找到老龙崖!"

赵匡胤一听,大怒道:"阴阳术士,定然心怀不测!"一声令下,"把吴怡道推出午门斩首!"

那大臣高兴得几乎笑出声来。不料,这时开国老臣赵普奏道:"万岁息怒,造墓建陵,关乎社稷,尚未动工,先杀风水先生,万万使不得!"

赵匡胤余怒不息,道:"死罪可免,活罪难饶,把吴怡道押进牢中!"

吴怡道万没想到辛苦奔走,反赏为罚。他一恨进谗奸臣,二恨无道昏君,紧急之间,灵机一动,连忙奏道:"万岁慢来,小人有话要说。那老龙崖虽好,要用它却难!"

赵匡胤急问:"难在何处?"

吴怡道说:"那里的风水中心,不在地面,而在那澄清湖的正中间,修陵建墓的诸多奥妙,只有小人知道,若把我押入牢中,定有许多麻烦!"

赵匡胤暗想此话有理,就问:"既然如此,你可讲讲其中有何奥妙。"

吴怡道说:"茔地中心必须设在湖中。事先须用太湖里的大兵舰,载上大铁锚,在澄清湖中巡游三圈,然后把铁锚任意一丢,再放干澄清湖水察看,从那铁锚落地的地方动土建陵,才能得到风水。"

赵匡胤道:"这有何难!"便立刻传下圣旨,调来太湖的兵舰,用铁锚选定了茔墓中心,又传旨凿开黑石关,放干澄清湖水。这时,在湖底现出一个泉眼,直冒黑水,谁也不知道有多深。

吴怡道又向太祖奏道:"此泉直通东海,万岁既在这里建墓,须派一位心腹大臣,经过泉道,前往东海转告龙王,方可相安无事。"

太祖问道:"谁能担当此任?"

吴怡道说:"陪我选陵的大臣,忠心耿耿,由他出使东海,万无一失。"于是,赵匡胤便命令那个大臣出使东海。那人一听,明知是去送死,但也不敢违抗圣旨,只得由御林军送至巩义,抛进泉眼之中。

接着,太祖又派人在泉眼里投以避水宝珠,又用一块儿大石磨把泉口盖好,便开始了规模浩大的建陵工程。本来,按照这个茔穴的地形和风水走向,陵墓应当坐南向北而建,但吴怡道为了报复赵匡胤,故意来个坐北向南。

建陵造墓的过程中,为了挡住嵩岳诸峰的山洪,征用了上万人,在金牛万泉山与白云山相交的地方修筑一条护陵大堤,把一个好端端的杏花村隔为两半,形成了今日的"堤东村"和"堤西寨"。当时为供应建陵民工吃饭而设立的东西两个作坊,就是今天的"东作村"和"西作村"。皇陵所在的地方叫作"岭洼",则是由于澄清湖一岭一洼高低不平的样子而得名。

陵墓刚刚完工,赵匡胤就死了。赵炅登基之后,召集群臣商议安葬太祖之事。这时他把吴怡道召来询问吉时良辰。此刻吴怡道已病得要死,他为了不让赵匡胤的遗体顺利入茔,故意说道:"安葬太祖,非同一般,要等到'石人露头''兔子敲锣''鲤鱼擂鼓'的时刻才能下葬。"说完之后就咽了气。

京城停灵已毕,赵炅派三千御林军护灵,众臣围棺,浩浩荡荡地开往巩县。当时御林军就住在今天的"御林庄",灵柩停在现今的"滹沱村"。由于当时守灵的皇亲国戚们终日哭声震天,泪流遍地,故而留下了"滹沱村"的名字。

安葬事宜一切就绪,单等"石人露头""兔子敲锣""鲤鱼擂鼓"的时刻到来。天近午时,从殡仪亭里传出圣旨问道:"石人露头没有?"众位大臣谁也不知道"石人露头"是什么意思,都回答说:"没有露头。"又一道圣旨传下来说:"凡回答'没有露头'者,杀!"这样不到一个时辰,杀了很多大小官员。当时巩义的七品知县也在场,看到这种情况,暗想到:回答"没有露头"者,要杀头,如果问到了我,干脆就说露头了,看能把我怎么样!不一会儿,圣旨又下,果然询问巩义知县:"石人露头没有?"他把脖子一梗说:"露头了!"话没落地,只听"轰隆"一声巨响,东面的山头崩裂了,顿时呈现出一尊石人来,这就是如今的"石人山"。这声震天动地的巨响,吓得地上的兔子乱窜,有的撞到了鼓乐队的铜锣上,便"当当当"地乱响起来。说也巧,这时恰有几只鱼鹰从河中叼起几尾大鱼飞在空中,听得那声巨响,吓得嘴巴一张叫出声来,口中的鲤鱼恰恰落在几面大鼓上,摔得乱蹦乱跳,发出了"咚咚咚"的鼓声。这样一来"石人露头""兔子敲锣""鲤鱼擂鼓"都出现了,赵炅便传旨奏起哀乐,安葬了赵匡胤。

赵匡胤在这里埋葬后,宋太宗、宋真宗、宋仁宗、宋英宗、宋神宗、宋哲宗均先后在这里下葬,再加上赵匡胤的父亲赵宏殷的陵墓,共计七帝八陵。这些皇陵排列的顺序不是由高到低,坐南向北,而是由低到高,坐北向南。这是风水先生吴怡道为报复赵匡胤而有意安排的。

(整理:贺宝石)

欧阳寺奇景

从新郑市区西行二十里许,有一个几十户人家的小村庄。村西北高地上,墓冢累累,碑石林立,古柏苍翠,郁郁葱葱,这就是宋代著名文学家欧阳修的墓地——欧阳坟。坟前有一坐北向南的佛寺,巍峨壮观,叫作"欧阳寺"。为此,这个原名叫"旌贤乡"的村子,也就改名为"欧阳寺"了。

相传,欧阳修生前曾到新郑游历。一天下午,他路过旌贤村,忽见西北高处,白茫茫,雾腾腾,烟云缭绕,霓霞满天,好像仙境一般,于是便止步观望。恰在这时,一个老翁扛着把锄头从坡下走上来,欧阳修就走上前指着那地方询问根由。老翁说:"那是仙气,只要那里一有烟雾,出不了两天,必然有雨。"欧阳修不由得仰望天空,果然看见乌云在慢慢聚集着,不多时便笼罩了四野。他为了证实是否灵验,就借宿下来。夜里,只听冷风呼呼作响,不一会儿,便渐渐沥沥下起雨来。翌时,雨过天晴,艳阳高照,欧阳修走近看时,只见这片高地侧依翠山,前有清溪,绿树掩映,果然是奇景独秀。他想,唐朝大诗人白居易就出生在距此十里的东郭宅,真是难得的一块儿宝地呀。从此,他就记在心里。临终前,根

据当时辅臣安葬离京畿不超过200里的规定,他嘱托孩子将他安葬在此处。以后,他的晚辈也都相继埋葬在这里,致使这块儿墓地一直发展到五六亩地那么大。

且说一天清晨,看墓人突然发现欧阳修的墓前爬来了一只大石龟,龟背上驮着一块儿六七尺宽、一丈多高的大石碑,像塔一样伫立着。仔细看时,原来上面刻着欧阳修的名篇《醉翁亭记》,笔文清晰,是苏轼的手迹。看墓人喜出望外,连声称赞,从此更加精心护理。

过了几年,看墓人又发现一个石龟,驮着与前边那块儿大小相同的石碑,立在佛殿东山头。走近看时,原来是苏轼的弟弟苏辙为欧阳修写的铭文,名曰《欧阳文忠神道碑铭》,详细地记叙了欧阳修的生平事迹。看墓人把村里亲属喊来,个个欣喜若狂,奔走相告。自此,登临拜谒者络绎不绝。可惜的是,不知谁把那石龟的头砸掉了,从此,再也不见石龟驮碑来了。

一天夜里,这块石碑突然失踪了。欧阳晚辈埋怨不已,拜谒陵墓的老人也甚感遗憾。大家猜想,大概是那龟怕再遭祸殃,便悄悄地爬走,藏踪匿迹了。直到明朝万历年间,有一妇女在溱洧水边洗衣,看见一块儿大石头微露水面,光滑洁净,宽敞平坦,便坐在上边搓起衣裳来。

就在这时,有个落第的儒生在岸边散步,发现了这块儿石碑,便找人打捞出来,仔细看时,原来就是苏轼手书的那块儿《醉翁亭记》碑,便迭迭称赞,视如珍宝,随后请人运回家去。没多久,这块儿石碑又被罢职还乡的内阁首相高拱发现,强行抬进高家祠堂。直到1960年新郑归属郑州管辖时,这块儿碑又被送往郑州,现在还存放在郑州碧沙岗公园里边,供人们观赏。

欧阳修还有画像和手迹四幅,每幅长六七尺,宽二尺许,粉红色装潢,最早是被欧阳家族里的一个老妇人收藏着。金兵入侵中原时,在此大肆烧杀抢劫。那老妇人一看情况紧急,心想,这是传家之宝,无论如何也不能落入敌寇之手。于是,就用一个珍贵的匣子,把那些条幅装起来,挂在脖子上,当金兵临近时,她便跳到村东那口井里去了。金兵走后,每天夜里,乡亲们只见井台那边,金光闪闪,耀眼夺目。有人便下去打捞,结果捞到一具老妇的尸体,接着发现了她脖子上挂的小匣子。打开一看,原来是欧阳修的画像和手迹,大家就把这套珍品交给了村里最有学识、最受人尊敬的老人保存。此无价之宝,传了近千年,一直到1950年还在。

这欧阳寺一带还有这么个风俗,不是欧阳的家族,房上的屋脊兽只能闭着嘴;不是欧阳家的后裔,小孩子不准戴红帽子。原因是,别的姓氏,都比不上欧阳家的官职高。你现在若到欧阳寺,便会看到,村中那屋脊上的兽,还有的张着嘴、有的闭着嘴哩!

(整理:蔡柏顺)

洛 阳 桥

传说真武大帝得道成仙时,拔剑剖腹,将肠肚抛落在洛阳江中。后来,这些肠肚变成了龟精蛇怪,不时兴风作浪,危害过往船只。

一日,一只渡船过江,龟蛇作怪,大风狂吼,浊浪翻滚,眼看渡船被弄得要翻过去。这时,天上传来了喊声:"蔡学士在船上,不得无礼!"龟蛇两怪听了,吓得钻入江底。只一会儿,江面又风平浪静。船上的客人很惊奇,互相问谁是蔡大人。全船没有一个姓蔡的,只有一个怀孕妇女,丈夫姓蔡。那孕妇心里清楚,就对天暗暗许愿:"我这胎若能生下男孩子,长大后一定要叫他在洛阳江上修造一座大桥,便利过往客人。"

那孕妇果然生个男孩,取名蔡襄,字君谟,号端。蔡襄从小聪明伶俐,20岁那年中了进士,后来授封端明殿大学士,很受皇帝的器重。他在京城时,挂念着建造洛阳桥之事。但当时朝廷有规定,不准文武官员回原籍做官。

有一天,蔡襄要陪皇帝游玩御花园,事前,他暗中叫一个太监预先在路边的芭蕉叶上,用毛笔蘸蜂蜜写了8个大字。蚂蚁嗅着香甜味,都围来叮蜜,排成了字阵。皇帝经过这里便顺口念了芭蕉叶上的字:"蔡端蔡端,本府做官。"蔡襄赶紧跪下谢

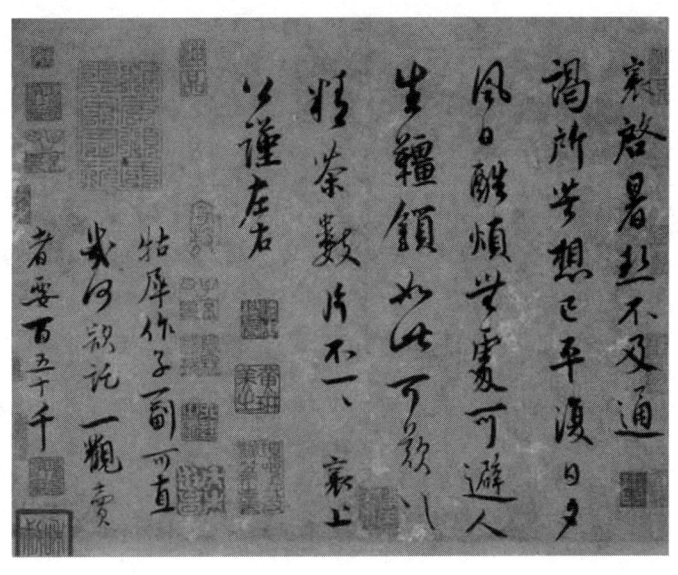

蔡襄书法

恩。皇帝笑着说:"朕只是念叶子上的字,并非当真!"蔡襄一直跪着不起来,说:"君无戏言,岂可失信于臣?"接着,他又将母亲许愿造桥的事情对皇帝讲了一遍。皇帝也很感动,就派他到泉州府做太守了。后来,蔡襄就在洛阳江上修造一座大桥,这就是中外闻名的洛阳桥。

冯京变马凉

冯京是北宋人,出身农家,读书很用功。当时,君王昏庸,奸臣当道,加上金兵不断南侵,老百姓生活很苦。他忧国忧民,常说:"朝廷腐败君王错,苍天应怜众黎民。只恨贫生无官做,空怀一片报国心。"

冯京这话叫玉帝听见了,就取黄绫一卷,提笔写上"汴京开科取英贤,要点冯京为状元"两句话,扔下天庭。

这时京里正好开科大选,冯京赶考进了京城。开场考试的前一天,皇上正和主考官在金殿议事,忽见从天上降下一卷黄绫。皇上接过看了上边的两句话,忙对主考官说:"这是玉帝的旨意,要点冯京为状元。务必照旨行事。"这一科的主考官是后来那个大奸臣张邦昌的爷爷。这家伙当上了主考官,对这一科点谁为状元早有自己的打算,对皇上的话表面上答应得很好,却不管什么天意和皇上的旨意,就在开场考试这天传下命令:"凡是姓冯的,一律不准入场。"冯京听了倒不怕,报名入场时,把自己的"冯"姓的两点,移到了后边的"京"字上,成了姓"马",名"凉",入了考场。

皇上点状元时,就找冯京,可就是找不到姓冯的。状元不能不点哪。他看马凉的三篇文章写得很出色,就点"马凉"为头名状元。

金榜一出来,冯京见旁边贴了两句话:朝廷选拔状元郎,不是冯京是马凉。

冯京看后,约摸是那个不准姓冯的进场的主考官写的,就回敬了两句:来到京城受皇封,马凉原名叫冯京。

主考官一看马凉就是冯京,气得一病不起,不久就死了。

冯京当官后,清正廉明,忠心报国。后来"天上点冯京,地上中马凉"的故事就传开了。

(讲述:魏殿臣　整理:高力升)

秦椒的由来

相传南宋初年,宋王赵构重用卖国贼秦桧。这个秦桧仗着他有靠山,手握大权,就拼命重用奸臣,陷害忠良,勾结外患,卖国求荣。当时朝阁内外,一提起秦桧,无不咬牙切齿。

一年夏天,岳飞为收复失地,带兵打到朱仙镇,收复河山大有希望。秦桧得知却万分惊慌,他假传圣旨,一连下了十二道金牌,把岳飞和他的大儿子岳云骗到临安,害死在风波亭上。

秦桧害死了岳飞父子,以为可以放手干自己卖国求荣的勾当了。

十月的一天,老贼忽生邪念,想到民间去私访,探听一下百姓对他杀害岳飞父子的反映。他装扮成一位算命先生,骑一头毛驴,让两个仆人扮成要饭花子,远远跟着他。

他们主仆一路朝嵩山脚下中岳庙而来。

这天,中岳庙恰逢古刹大会。老贼到达后把驴子一拴,就挤到人群中去了。他看见一位老汉挑着一担又大又红的辣椒高声叫卖:"秦椒,秦椒!"

秦桧听了直纳闷:明明是辣椒,怎么老叫秦椒呢?他的三角脸上带着奸笑,上前去问老汉:"老人家,你为啥把辣椒喊成秦椒呢?"老汉回头看了看,见他一副穷算命先生的打扮,就说:"听你的口音不是本地人,看你的打扮也不像富户,量你也不会跑风告官。我实话说吧!自从岳元帅父子被害死以后,俺这一带老百姓没有一个不骂秦桧老贼的。人人都说他心狠手辣,胜过辣椒,俺们就把辣椒说成了秦桧。百姓都恨不得把秦桧千刀万剐,卖肉熬汤……"

老汉只顾骂得痛快,没留神秦桧的三角脸早已由红变白了。他没等老汉说完,就悄悄溜走了。

老贼回到家后,一气之下,卧床不起,不久就一命呜呼了。他临死前还下令全国各地:一律不准把辣椒喊成秦椒,违者斩首。但青天不可欺,民心不可侮,百姓的口谁也封不住。秦桧下世距今上千年,中原一带百姓仍一直把辣椒叫作"秦椒"。

(整理:韩书田)

岳飞题词中岳庙

公元1140年秋,南宋领兵大元帅岳飞带兵进入登封的当天,便去嵩山北麓祭奠宋陵。在祭陵回来的路上,牛皋在马上对岳飞说:"大哥,听说中岳庙好玩得很,咱今天顺路去玩一趟,好不好?"岳飞若有所思地答了个"好"字。牛皋一听岳飞说"好",便两腿一夹他骑的那匹乌骓马,飞一样朝前跑去,眨眼工夫来到了中岳庙。

这时,有两个小道士正在天中阁下扫地。牛皋在马上一声大叫:"呀呔!庙中道士听着,岳元帅有令,今天特来游玩,你等要小心侍候!"说罢,两腿一夹乌骓马,掉过头来,又迎着岳飞跑去。

小道士正在扫地,忽听"呀哒"一声,像炸雷一样,直吓得浑身哆嗦。当他俩听明白了岳元帅要来游庙的消息时,扭头就跑去报给当家道士。当家道士岂敢怠慢,立即吩咐道徒们,打扫的打扫,烧茶的烧茶,自己带着两个小道士迎出庙来。迎者还没走到天中阁,岳飞一行已走进庙来。老道一看,扑通跪倒,嘴中不住地说:"元帅在上,小道迎接来迟,死罪死罪!"岳飞一把搀起老道,让他头前领路。

走过配天作镇坊、崇圣门、化三门,到了将军门,牛皋看着门两边手拿长矛大刀的武士塑像,脱口而出:"看样子怪威风,敢与俺牛皋较量一下吗?哼,无用的东西!"牛皋说的是两句玩笑话,不料岳飞却郑重其事地说:"贤弟,你我还不如他们呢!他们虽是木雕泥塑,却威武地镇守着中岳王的宫殿,不准邪魔干扰。我等都是七尺好汉,且吃着宋王俸禄,却看着徽、钦二帝在黄龙受罪,高宗皇帝偏坐临安,心中不觉得惭愧吗?"说罢,竟然泪如泉涌。牛皋、杨再兴等一听此话,也跟着落下泪来。

岳飞

这时,岳飞胸中感慨万千,抑制不住,便向老道要来笔砚。只见他运起手腕,一阵挥舞,在将军门内的墙壁上龙飞凤舞地题了一首词:

自中原板荡,夷狄交侵。余发愤河朔,起自相台,总发从军,历二百余战,虽未能远入夷荒,洗荡巢穴,亦且快国仇之万一。今又提一旅孤军,振起宜兴,建康之城,一鼓败虏,恨未能使匹马不回耳!故且养兵休卒,蓄锐待敌。嗣当激励士卒,功期再战。北逾沙漠,喋血虏廷,尽屠夷种,迎二圣,归京阙,取故地,上版图,朝廷无虞,主上奠枕,余之愿也!河朔岳飞题

岳飞题词一毕,张宪、杨再兴等人上前细细品读,不禁频频点头,说道:"大帅的雄心壮志,我们更明白了。今生今世,愿从大帅征战一辈子。"岳飞对他们的心愿称赞了一番。然后,他们一齐登上峻极殿,朝拜了中岳王圣像,转身出了庙门,奔回县衙。次日清晨,岳飞便升帐点兵,即刻出发,杀奔朱仙镇。

(整理:甄秉浩)

满公方丈计救金宣宗

金宣宗贞祐四年(1216年)初春,成吉思汗铁木真带领察合台、窝阔台两个王子和木华黎大将,统兵数万,在金降将耶律留哥的引导下,进攻金大都燕京。金宣宗完颜珣命左元帅高琪和大将胡沙虎率兵出战,竟被木华黎杀得落花流水,退还城中。察合台、窝阔台又从东、西两面架着云梯攻城。宣宗皇帝登城一看,蒙古兵像潮水一般直向城下涌来,好好的大都已经三面受敌,只剩下南面一条路了。于是就传旨封大将完颜承晖为留守大元帅,带兵固守燕京,自己则连夜同三宫后妃和文武大臣,打开南门向南逃窜,并要迁都汴京。

当宣宗皇帝等一行到达汴京时,燕京已经失守,完颜承晖已经带领败兵逃到汴京来,成吉思汗旋即挥兵南下,眼看又要围困汴京了。这可把宣宗皇帝吓破了胆,又连夜逃向潼关,在半路上又闻听潼关已经失守,守将乌库里德战死关外并全军覆没。宣宗皇帝进退无路,只好改道嵩山。成吉思汗却又在后面紧紧追赶,大有拿不住金宣宗不肯罢休的架势。

这天,宣宗皇帝来到了嵩山下的登封县城,只见县城窄小难以守护。在无计可施的时候,想起在大都时,曾听国师万松行秀和尚说过,他的师父雪岩满公,就在天下名刹少林寺内为方丈。于是便连夜来到少林寺找满公和尚问计。

恰好满公和尚在寺,一听说宣宗皇帝驾到,便带领全寺僧众迎出山门以外。宣宗皇帝见到方丈后,就把蒙古进兵中原,燕京、汴京先后失守,国师万松行秀不知去向,以及他带领满朝文武逃到这里的经过,向满公讲述了一番。接着又说:"如今汴京、潼关和洛阳均已陷于贼手。铁木真这贼又在后面追朕甚急,朕同文武大臣,已经无处存身,还望方丈给想个万全之策,让我们君臣免陷贼手!"

满公和尚听罢沉思良久,才说道:"为今之计,圣驾只有进山一避了。"

宣宗皇帝说:"和尚对中岳嵩山地理甚熟,应进哪个山头为好?"

满公和尚说:"这嵩山共分两大部分,北面为太室山,山顶上虽然十分辽阔,但在它周围有十多条登山路,不宜避兵,南面为少室山,山顶平坦地方虽较太室山为小,但是,四周尽是悬崖峭壁,只有两条路可达山顶,还必须通过通天洞、上天梯、阎王鼻等险关,只要在每道关上有一将把守,就任凭他千军万马也不能上去,那上面真正是进可攻退可守,一夫当关,万夫莫开的避兵患的好地方。"

宣宗皇帝听罢大喜说:"那里应该从何处进山呢?"

满公和尚伸手向南面一指说:"就从山门前进山好了,先登上钵盂峰,这座峰顶地势平坦,又有水草之利,既可起石筑寨防守,又可在上面开荒种粮。再登上朝岳峰,峰顶更为平坦宽阔,水草更为丰实,是个养兵屯田的好地方。从那里再向上攀,就可登上连天峰,那里更是再保险也没有了,任凭成吉思汗持兵百万,也别想得到连天峰的半寸土地。只是在眼前进山,一定要带足吃用才行。"满公和尚说到这里,停了停又说:"现在寺内有十多万斤麦米,就先带上去好了。"

宣宗皇帝听罢,这才放下心来,高兴地说道:"他日兵退下山时,朕一定为大和尚再建上一座寺院。"

接着,满公和尚又派了两个熟悉地形的沙弥作向导,于第二天天没亮,就带领宣宗皇帝君臣一行进山了。

当木华黎带着大兵追到山下时,宣宗皇帝君臣早已无影无踪。本华黎顺着脚印,从少林寺正南追上山去,刚刚追到半山腰。上面一声鼓角长鸣,无数斗大的礌石"咕咚!咕咚"滚落下来,特别是石头撞着石头,碎石四下飞溅,只砸得蒙古兵喊爹叫娘,连声怪叫。好强的木华黎,几次身先士卒向上面冲,除留下满坡尸体之外,却没能前进一步,就连他自己若不是躲在大石头背面,也早就没命了。到了这时木华黎对金宣宗确已毫无办法,只好兵退山下。

第二天,成吉思汗到来,听了木华黎的奏报,便大声骂道:"好一个完颜珣,你躲进深山,我就把山围起来,饿死你。"说罢,就让木华黎指挥大兵把少室山里三层外三层地围了个水泄不通。

多少天来,一直处于提心吊胆、奔波逃难中的宣宗皇帝如今被围在少室山上,反倒安下心来。因为山上有水有草,又带有粮米。为了长久之计,便传旨在连天峰上让胡沙虎带领一支人马,驻守望洛峰,一边缘着峰沿起石筑寨,加强防守,一边在寨内开荒种粮,做长期战斗准备,让高琪带领大部人马,驻守朝岳峰,也一样筑寨开荒,还要砌建军营,自己则同太子守忠、丞相图克垣镒,以及后妃百宫,同守连天峰,也在四周筑起石寨来。

少室山绝壁

成吉思汗围困少室山一个月过去了,两个月也过去了。田里的麦苗由起垅到秀穗,最后又泛黄了。但是,在山下却一天一天地急坏了少林寺方丈雪岩满公大和尚,他手扳指头掐算着,宣宗皇帝带去的粮米也该吃完了。然而,紧紧围困少室山的蒙古兵,却没看出他们有一点点的懈怠,真的就要把宣宗皇帝困死在山上? 如何才能使蒙古兵不战自退呢? 如何才能拯救宣宗皇帝君臣平平安安下山呢? 满公和尚白天思夜里想,一天、两天,不知经过了多少个不眠之夜,终于想到了一个办法。可是,有了办法照样也无济于事,如何才能上得山去告知宣宗皇帝呢? 正在苦思冥想之时,十几个蒙古兵,拥着他们的将军木华黎走进寺来,求深懂医学的满公和尚给他看病。

原来,木华黎的后背上突然红肿高大,生出了一个疮疖,疼痛难忍,浑身发烧,眼看就要成一个大疮了。满公和尚给他看过病之后,心里万分高兴,因为上山办法已油然而生。于是就信口说道:"这个疮疖好厉害呀!是长期兵马劳顿,突然终止奔波,加上水土不服,血毒瘀结的结果。如若一直奔波不停,就不会产生这样的病了。这就好像水不停地流动,就不会瘀结一样。如今,蒙古军中这样的病,肯定并非一人。"

满公和尚情绪激切地说到这里,木华黎正要接话,另一个军官模样的人却连忙接上说:"不错,老和尚讲得一点不差,军中生病、生疮的不少。"

这个军官的话音未落,又一个接上说:"这些天来,在这里久住不动,人家不下来,自己又不敢上去,也不知这样能住到何年何月? 军中一个人比一个人心烦,烦也烦出病来了!"

接着又一个说:"大汗也不知怎么想的,叫咱在这里当着人家金宣宗的保护兵,也不再向南进兵,只怕让人家金宣宗笑掉大牙了!"

木华黎见他们你一句我一句,便大声骂道:"他妈的你们在说什么!现在是为我治病,还是让你们讨论军事?再这样谈论,就以扰乱军心论处。"

人们鸦雀无声了。木华黎又转过脸来,求满公和尚说:"老和尚!这种病用什么药才能治好呢?"

满公紧锁着眉头说:"草药遍地是,只是山下的疗效太差,根据你的病,可不能再那样挨日子了。再拖延下去,就要坏大事,怕的是毒入心肺呀!"

木华黎一听这话便急急地问:"那究竟要什么药,应该从哪里去取上好的呢?"

满公和尚又郑重其事地说:"这种药是:山尖丁,山下草,山腰里边的黄苗苗。"

木华黎由于背上疮疖疼痛难忍,浑身又发着高烧,便急急地追问说:"大和尚请您直说吧!到底是什么药?"

满公和尚仍然是不紧不慢地说:"山尖丁,讲的就是地丁根,它是主药。只是山下的疗效比山上的差远了,山上的又比连天峰上的差远了,连天峰上的长得最高,风霜雨露经得最多,疗效也就自然好。说山尖丁,讲的就是连天峰上的地丁。山下草,就是山坡上的翻白草。山腰里边的黄苗苗,就是山背阴处的蒲公英。这三样药放在一起熬出汤,喝上几剂,要比神医华佗用刀子割掉疮疽好得都快。"

满公和尚讲罢,蒙古官兵几乎同声地说:"这些药草,我们不识,还是请和尚为我们拔一些吧!"

满公和尚看着时机已到,就直截了当地伸手向南一指说:"拔蒲公英、翻白草都好办,可是现在金人占据着连天峰,那里有金兵屯集,怎么能到那上边去拔地丁草呢?"

木华黎听罢,双眉紧锁着说:"山下是咱的地盘好说,只是山上边……"说到这里就噎住了。接着又说:"和尚得大发慈悲,想个办法瞒过金人,上去为咱拔下一些来。"

满公和尚趁势说道:"我们佛门弟子是以慈悲为本,以普度众生除疫除疠消灾解难为乐事,从来与世无争,倒是有可能说服金人。只是到了那里,怕他们拿住了当奸细办,就难再下山来。那样,老衲的生命倒是小事,耽误了将军的病,事情可就大了。"

到了这时,木华黎竟带着祈求的眼光说:"这个,就看和尚您的道行了,就凭和尚您在这一方的德行,那个完颜珣也不敢怎么对待您啊!"

满公和尚听了这话,点了点头后,叫来二十多名弟子,一一安排他们进山采药,却谁也不愿到连天峰上去。最后,满公和尚带着为难的神情,转身到观音菩萨像前,双手合十说:"弟子愿承担上连天峰这趟险事,求菩萨保佑无灾无难,取回地丁草来,以解救将军和众生之苦。"

木华黎这才高兴地说:"感谢老和尚亲自上山,为俺上山采药,回来时定当重谢。"接着,就派人把满公和尚送进了包围圈。

满公和尚就这样顺利地到达了山顶,见到宣宗皇帝,两人见面悲喜交加。满公和尚如此这般地讲出了退兵之计,使宣宗皇帝喜出望外,称谢不迭。接着宣宗就吩咐身边太监,代满公去挖地丁草,又传旨让军士们大割山上长势酷像麦草样的黄白草来……

两天之后,满公和尚带着地丁草胜利而归。木华黎一见就说:"和尚德高望重,胜利而归,俺木华黎永远也不忘和尚大恩。"接着就拿出一锭黄金作为酬谢。

当满公和尚在高兴地把木华黎的药交人煎煮的时候,木华黎也高兴地打听山上的情况,满公和尚便趁机绘声绘色地把早已想好的话倾吐出来,不是讲山顶上大片麦子长势甚好丰收在望,就是讲金人士兵井然有序,操练认真,一派兴旺景象。最后和尚说:"山顶已经是兵营排排,宫殿森森,俨然若一国之都了……"这些话竟使木华黎大吃一惊,连忙报与成吉思汗知道,成吉思汗对这件事却也甚感疑惑。

几天之后,金人在山顶上真的打起场来,人欢马叫好不热闹,从山下还可看到金人在扬场呢,特别是大量的麦秸、麦糠向山下直落,弄得蒙古人满头满身皆是。成吉思汗一见随风飘下来的"麦草",竟恶狠狠地骂道:"真他妈的见鬼,金人上山两个月麦子就丰收了,难道那里有回耧即熟的地吗?若这样让他们在上面长住下去,恐怕他们还要在上面平平安安地传宗接代呢!"接着成吉思汗又听到"金宣宗不该绝,还要向下再传几代"的谣言,也就信以为真,便丢下金宣宗这一敌对势力,带着大兵向南去了。

山下解围,金宣宗下山后为答谢满公和尚的退兵之恩,特意传旨在少室山南,为满公和尚又修起一座清凉寺。接着金朝皇室就在风雨飘摇中,又延续了十多年,下传了完颜守绪、完颜承麟两代皇帝。

如今的少室山,依然是高耸入云,刀劈斧刹,峻峭峥嵘,风光依旧。当年金兵在连天、朝岳、望洛三座峰上修筑的石寨,仍有部分存在,所以人们就分别把它们称为小寨、大寨和御寨了,甚至把整个少室山,也叫成御寨山,山上那大片大片的平地,却真的被人们称作回耧地。还有一年四季碧波荡漾的大、小两个饮马池。当年金兵建造的房舍,除屋顶已荡然无存外,条条石造墙壁,依然如故,并已成为永远留在人们心中的历史铁证。

(讲述:德禅　整理:甄秉浩)

马庙的由来

汝州黄龙山下,洗耳河之滨,有一新村名曰"马庙"。这村因建有"马庙"而得名。这里的"马庙"供奉的既不是有三只眼的马王爷,也不是哪位姓马的神仙,而是一匹神仙宝马。民间的"东汉铁牛扶刘主,南宋泥马渡康王"中的"泥马渡康王"的传说就发生在这里。

北宋末年朝廷昏庸,金兵入侵,汴京失陷,康王赵构随徽钦二帝被掳北国。康王赵构年长后逃亡,金兀术率兵追杀。至汝河边,河水波浪滔天,挡住了康王的逃路,前面河宽浪大,后面追兵杀急,康王仰天长叹:"孤王休矣!"在这危急关头,神人救驾,宝马嘶鸣。康王跨上宝马,勒紧嚼口,抓紧马鬃,神马四蹄腾空,劈波斩浪,踏波渡河。岸上金兵乱箭齐发,众矢落河,康王逢凶化吉。当神马驮着康王蹚过河,整匹马全身都是黄汤泥浆。康王扶住宝马气喘吁吁无限感叹地说:"多亏你这匹泥马呀!"

这一说,一语道破天机。这匹神人赐的宝马就是庙里泥塑麻扎的泥马。神马一下子瘫倒在地,成了一堆烂泥。

后来,赵构在临安建立南宋,在此修建庙宇,奉祀神马。当地香客也在庙内金塑康王爷,以示纪念。

康 王 算 命

南宋初年,赵构在江南临安建立了朝廷,大号高宗。北方人因泥马渡康王的传说,仍习惯称他为康王赵构。

康王赵构自从做了南宋皇帝之后,为了自己的江山,表面上抗金战事不断,但心里竭力求和,听信奸臣秦桧的谗言,陷害忠臣,不采纳主战派李纲、宗泽等的直谏,安于半壁河山,取乐于宫廷花市之间,

又喜信神听命,致使朝政紊乱不堪。

有一日,康王赵构不顾人议,与奸臣秦桧着便服,到杭州市井之上寻花觅奇,优哉游哉,踱往闹处,忽见一群人围在一起,不知在干什么,便悄悄挤身上前,才看清是众人在围观一位测字先生卖艺。他一时忘了自己是一国至尊的身份,凑到跟前,要求给自己测个字算算命,声言只要字测得好,要多少银子都行。那测字先生并不知他就是高宗皇帝和丞相秦桧两位权贵,只道是两位寻常客官,立时便请来者随意写出一字,给予拆解。只见康王略一犹豫,执笔于手,写出一个方方正正的"春"字请教。那测字先生看罢这个字猛然一惊,稍加沉思,便即躬身向来人施得一礼,开口说道:"客官题字出手不凡,凭这一个春字,我敢料客官来日必定大富大贵,虽不敢说能在金銮殿中发号施令,也可成为一方豪雄。恭喜恭喜!"康王听他如此一说,自个面上即显异色,赶紧向周围人等扫视一眼,除看到身旁秦桧的奉承目光之外,再无其他面熟之人,即把情绪稳定下来,随即追问道:"先生之言,何以见得?"测字先生回道:"客官你看,'春'字乃万物生灵之首,阳光和暖,又兼繁荣景象,客官占下一个'春'字,岂不正应了统天下之兆吗?"康王听后,不禁心内欢喜,旋即又问:"照先生如此说来,某家命运倒还不错,但不知还有什么讲究没有?"测字先生闻听此话,倒有些难为情和不好出口的意思。康王见状,又说道:"先生但讲无妨,我又不曾怪罪于你,既是测字,有话不说,却是为何?"测字先生无奈,只得说道:"我要说了出来,务请客官不要动怒。"康王说道:"哪有此事!"测字先生说:"客官所占'春'字,虽有荣华富贵之貌,但有一点,还请先生注意,你看春字虽好,但又有秦头压日之象,使客官难以充分发挥光芒,意思是说,客官身旁最好不接近姓秦的人,不然将会耽误您的大事。"康王听后,即向身旁的秦桧看了一眼,已见他面有愠色,因今日是微服玩景,又在皇帝面前,不好发作。康王见状,为了安慰秦桧,便请秦桧也占一字。秦桧为讨主子欢心,哪敢驳回,随手写得一个"幽"字。测字先生说:"也是个大富大贵的福相,幽字说明客官学识很深,计谋无穷,文思韬略,山谷可填,客官有此之才,来日定能做大官。不过这一幽字又有一种说处,却于客官不利,不知讲得讲不得?"秦桧起先也听得高兴,听至此,装作不在意的样子说:"先生请讲,莫存他虑。"测字先生说:"这个'幽'字暗示客官的结果不妙,若仔细分析这个幽字,你看:一个好端端的丝字被分开落于山凹之间,预示着客官将来可能会心思用尽,命丧山中,且有尸骨不全的下场,除此别无他言可述。还望客官恕我直言。"秦桧越听越不是滋味,脸色似气似怒变得非常难看,竟一言不发携起康王就走。康王呢,此时也觉着不便在街上久留,顾不得打发测字银子,就和秦桧一道起身走了。

测字先生见状,刚要上前讨这半天磨嘴银两,忽被人丛中几个老汉拉住劝说道:"先生快快离开此地,你今天闯下大祸了,你要再多嘴恐怕就没命了。"测字先生不解其意,就问:"我为何闯了大祸,还会祸及性命?"一位老汉说:"刚才二位测字之人,先生有所不知,那先测字的就是当今高宗皇帝,另一位就是那奸相秦桧,你方才之说,不是祸又是什么?若那二人进得宫去,带了人出来,你还有命吗?赶快逃命要紧!"测字先生听罢,直吓得出了一身冷汗,随即收拾起摊子跑了。等秦桧带了人马出来一看,哪里还有测字先生的人影。

(整理:霍德运)

天 心 地 胆

元代初叶,气候反常,水、旱、风、雹等灾害,连续不断。元世祖忽必烈就骑着御马,带领随臣,南走北访,想找一位"管天"的能人。

有一次,忽必烈来到须德府邢台县境内,见一个乡场上摆着许多测量天象的器具。他下得马来,亲自观看一番,当即派人查问这些器物是谁造出来的。随臣查问后,禀报说:"造器者是该乡监生郭荣之孙郭守敬。此人学识渊博,尤其擅长天文。"忽必烈闻听大喜,立即下了一道圣旨,选郭守敬进京研究天文,改革历法,并赏他快马十匹,随从多人,以利外出观测。

郭守敬带着随员,乘着快马,到全国各地周游,想挑选一个合适的地方建立一座观星台。据说,修建观星台的地方,应该选在大地的中心。可是,大地的"中心"在哪里呢?郭守敬想尽办法也测不出来。他又急又愁,头发脱落了,两眼凹陷了。就在这个时候,有位医生送给郭守敬的随从一张药方,说郭大人只要照方服药,就不急不愁了。郭守敬接过药方一看,只见上面写着:

天心一个,地胆一枚。
引子:中药一钱。

郭守敬心里大喜,"天心""地胆"不正是他要找的地方吗?忙对随从说:"去!赶快把那个大夫请来!"

随从走到大门口一瞧,转回来说:"大夫早已走了。"

郭守敬十分惋惜地说:"此药妙矣!"

随从人员问:"有天心地胆这样的药吗?"

郭守敬说:"药虽然还没找到,可是药引子已经找到了。'中药一钱',这'中药'即中岳嵩山,'一钱'即'以前',莫非'天心地胆'就在嵩山前面?"于是,郭守敬就带着人马,来到"中岳以前",寻找"天心地胆"。

有一天,几个随从在嵩山扳倒井边,见一处悬崖好像刀切一般齐整,一个石匠拿着拐尺墨斗,在崖壁上画了许多正方形格格。一个随从走上前,问:"师父,你画这做什么用?"

石匠说:"做尺子量天用。"

随从讥讽说:"听师傅的口气,你是个心大胆也大的人啊!"

石匠一本正经地说:"再大还能比天心地胆大吗?"

随从听到"天心地胆"四个字,忙问:"天有心地有胆吗?"

石匠回答:"怎么没有?没听人说,天有心,地有胆,天心地胆在告县(今登封告成)。"

随从人员急忙又问:"告县在哪里?"

石匠用手一指,说:"中岳以前。"

随从听到石匠这番话,又仔细看了看他的相貌,好像是从前见过的那位送药方的医生,就问:

郭守敬建观星台

"师傅,您……"

石匠听他问话,忙指着山下,说:"看,山下来了一帮人马。"

随从人员一看是郭守敬他们上山来了,赶忙下去迎接,把老石匠的话,全部讲给了郭守敬。郭守敬一听,急忙往山上赶来,来到扳倒井边一看,哪里还有石匠?只见青石崖上画着三十六块方格格。随从人员再次提醒郭守敬,说:"郭大人,那石匠不是说'天心地胆在告县'吗?告县可能就是告成县,咱去那里看看吧?"郭守敬"嗯"了一声,就带领人马,直奔告成而来。

这时,正值仲夏,第二天就是夏至。知县陪同郭守敬一行上街察看,来到县内铸铁市口,看见一群小孩子拍手高唱:"称天秤,在地中;夏至到,日无影。有了秤,人胆大;老天爷,害了怕……"知县向郭守敬解释,说:"称天秤就是石圭,古时夏至这天中午,太阳直射石圭而四周无影,由此可知,石圭所立之处为地中。"接着,他们又来到周公测景台,观看了当年周公测天用的器具。知县又说:"古时候人们就把这里称为'地中'。百姓们常说,地中就是天心地胆。"

郭守敬这才恍然大悟,就上书朝廷,在告成建立了一座观星台。后来,郭守敬又得知扳倒井壁上的方格格可以量地,就凿了下来,运到观星台去。从此,他就在这座观星台上测天量地了。

(讲述:尹荆坡　整理:王鸿钧)

朱洪武的传说

一、黑牤牛跑进石头缝儿

朱洪武小时候给财主放牛牧羊,很有组织才能。牛羊都听他指挥。他把牛、羊各分一队,牛有头牛,出坡、进圈,依次排队,如有乱者,头牛自会维持。羊有头羊,头羊领路,群羊紧紧跟上,谁也不敢乱跑,如有出队吃庄稼的,朱洪武只要一声令下,头羊回来就狠狠地抵,直到老实听话为止。由于他精明能干,附近许多放牛放羊的娃娃,都喜欢和他一起玩。日子长了,这些牛群、羊群也模仿编队,结果都不及他。朱洪武还组织牛羊作抵头游戏,小伙伴都觉得有趣。

一天,朱洪武问小伙伴们:"大家想吃肉不想?"大家回答:"哪有肉呢?"

他说:"只要想吃,咱杀牛吃。"小伙伴们以为他说着玩哩,说:"中啊,你没刀咋杀!"他随手折了片草叶子说:"这就能杀。"大家都笑着说:"那你杀谁的牛呢?"他说:"当然杀俺掌柜的牛。"大家说:"那你杀吧。"

朱洪武拉着一头黑牤牛,三下两下果真杀完了。大家七手八脚地拾来了干柴,把牛肉烤得又熟又烂,一个个吃得顺嘴角流油。

小伙伴们发愁了,问:"你回去,财主追问牛哪里去了咋办?"他说:"大家走吧,我自己来应付好了。"他将牛尾巴扎到石劈缝里,对此山山神爷说:"你听着,一会儿财主来拉牛尾巴,你在里头要抓紧,他用力拉,你在里头用力学牤牛叫。"山神爷哪敢抗旨,唯唯听命。

回到家,财主一数,差一头黑牤牛,问丢哪啦,他说:"黑牤牛跑到石劈缝里出不来了。"财主当然不相信,就领着他上山了。

财主一看,石头缝里果然露出牛尾巴来。他上前用力往外拉,一用力,山神爷在里边哞哞叫。他再用劲拉,山神爷再哞哞叫。山神爷在里边一松手,财主把牛尾巴拉出来了,却摔了个大跟头。牛尾巴上还流血哩,牛再也出不来了。他只好自认晦气。

二、站着的土地爷

朱洪武由于杀吃了财主家的黑牤牛,被赶出了门。他漂流到登封,进少林寺出家当了和尚。不过,他这个和尚没有剃光头,叫门外弟子。为啥?由于他天庭饱满,二目炯炯有神;地阁方圆,海口宽阔可以容拳;双手过膝,两耳垂肩,再加上聪明过人,说话不打诳语,一是一,二是二。师父知道他决不久居人下,必登人极之尊,所以叫他带发修行。

朱洪武出家后,习武念经之余,进少室山砍柴,或打扫庙宇。他到哪庙打扫,神像就自动离位儿,扫完了再回到座位上。一天,他到土地庙打扫,土地爷还大模大样地坐着。他一笤帚疙瘩打到泥胎屁股上说:"你神不大,架子还不小哩。"土地爷没敢还嘴,一扭一扭出去了。他打扫完了便说:"回去坐下吧。"土地爷满肚子牢骚没敢发,回庙坐下。

土地爷坐在位子上,咋也想不通:"我大小是一尊神,你朱某为啥抬手就打!"半夜他找到方丈,托梦说:"你的弟子扫庙堂,抬手动脚打神像,阴间阳间都说理,你说应当不应当?"这样连托三梦,师父已知端底。

天明,师父对朱洪武说:"以后打扫庙宇不要再打神像了。"他说"中"。

朱洪武来到土地堂,对土地爷说:"既然你怕挨打,不打你啦,以后就给我站着吧。"

传说那里的土地爷和别的地方不一样,是站着哩,一直到现在还是这样站着,因为怕朱洪武打屁股。

(讲述:张西平　整理:崔振普)

朱元璋招亲

在登封市送表西北方向,有一座坚固的山寨。那里翠竹丛生,树木遮天,依山傍水,风景秀丽,传说是明太祖朱元璋正宫娘娘、大脚马腊梅的老宅。

元朝末年,天下大乱,群雄相斗,战火不息。朱元璋率领的人马,攻无不克,战无不胜。这年冬天,朱元璋带领五百僧兵在前,刘伯温率兵压后,浩浩荡荡向南征战。不料天降大雪,道路堵塞,前锋人马驻扎在送表一带。雪越下越大,数十天不晴,军中粮草急需补给。朱元璋坐在帐中,面带愁容。军师刘伯温心中明白,躬身说道:"主公不必忧愁!听说此处不远有个马家寨,寨内粮草甚多,可以接济军队,我已派人去了。"朱元璋听后大喜。

时近中午,只见借粮的士卒丢盔弃甲,狼狈不堪地回营,跪倒帐前,禀道:"马寨主有粮不借,派女儿马腊梅与我们交战。那女将十分勇猛,实在战不过她。"朱元璋一听眉毛倒竖,立时披挂上马,要与女将交锋。朱元璋来到寨前,见吊桥高悬,寨墙高有三丈,寨壕宽有丈五,寨子虽小,固若金汤。朱元璋端坐在马上,傲气十足地说:"哼!蝇头小寨,何足一击?"他一招手,战鼓"咚咚",人喊马嘶,撼山动地。一会儿,只见吊桥升处飞出一队人马,为首的一员女将约十八九岁年纪,胯下一匹枣红马,手持闪光宝刀,气势非凡,十分威武。朱元璋看得真切,哪把她放到眼里,便拍马舞枪,直向女将杀来。大战三十多回合，不分胜负。

马寨主在门楼上望见朱元璋人马如潮，恐怕自己兵少将寡，更怕女儿吃亏，忙鸣锣收兵。女将马腊梅听到锣声，虚晃一刀，便勒转马头，收兵回寨。那时朱元璋正是血气方刚，见女将败退，便催马紧追。眼看追到吊桥边，女将勒马站定，回头观望。这时，只听"咚"的一声，朱元璋连人带马跌入陷坑。寨上乱箭齐发，礌石、滚木如雨点般打来，马腊梅回马将朱元璋擒拿过来。

马腊梅得胜回寨，与父亲商议如何处置朱元璋。马寨主道："朱元璋虽然被咱活捉，生死由咱，可他手下还有千军万马，更有刘伯温机智过人，杀他不是上策。"马腊梅说："朱元璋英勇无比，招募天下豪杰，连少林寺五百僧兵都帮助他，将来一定会成大器。"马寨主

朱元璋招亲

见女儿如此爱慕朱元璋，便暗自思忖道：现在朱元璋人心所向，久后必成大业。他再想想女儿的终身，更兼自己也有投顺之意，便和女儿商量，同意借给粮草。于是，马寨主命人放下吊桥，接刘伯温进寨，并亲自给朱元璋松绳解绑，让女儿端酒，为朱元璋压惊。

马寨主父女设宴，招待朱元璋。酒宴中，刘伯温见朱元璋与马腊梅隔帘相望，情意绵绵，便从中做媒。朱马两家不胜欢喜，当天就拜堂成亲，寨中粮食取出尽为军用。后来，马腊梅随朱元璋南征北战，成为朱元璋的得力助手。

皇 后 庄

登封城西南四十里处的送表乡属伏牛山支脉。这里山清水秀，鸟语花香，是个远离京城的穷乡僻壤。然而，这里却有一个叫皇后庄的村子，村里流传着一个美丽的故事，那就是皇后庄的来历。

传说，有一年明太祖朱元璋游罢中岳回到京城。他身困体倦，睡卧龙床，蒙眬中见一女子柳眉杏眼，樱桃小口，桃花粉面，发辫乌黑，年不过二十，生就闭月羞花之貌，沉鱼落雁之容。太祖惊问："这位小姐你是哪家女子，为何来此？"那女子落落大方，飘然来到太祖面前施礼道："家住伏牛山前六台山后，钢叉门楼活兽头，若不嫌小女貌丑陋，愿在驾前执帚侍候。"太祖听后喜形于色，手舞足蹈，正要伸臂搂抱，那女子忽然消失。太祖不觉喊道："啊呀！我的爱妃！"猛然醒来，原来是南柯一梦。梦中之事，记忆犹新，历历在目。他呼唤侍人，询问现在何时，侍人答曰："半夜三更。"

次日早朝，太祖将梦中之事述于文武大臣。文武大臣投其所好，都说可以差人去访美人。于是太祖传下圣旨，派一位将军带领随从按照梦中所见，去嵩山寻访娘娘去了。

却说那伏牛山前，六台山后，有个无名山村，村东的山叫小嘉岭，村西的山叫大嘉岭，村中间住着

一户人家。这一户五口人，一双父母，哥嫂二人，还有一个女儿聪明伶俐，十分可爱，唤作精妮子。

有一天晚上，精妮子刚入睡，见一位老太婆披头散发，满面灰尘，左手执碗篮，右手拄着拐杖来到精妮子跟前道："善人啊！将您那剩馍剩饭给俺一点吧！"精妮子看到这般情景，便答应一声前去接碗。谁知刚一伸手，冷不防那讨饭的老太婆将那沾满饭疙夹的破黄碗一下子扣在她头上。精妮子只觉得头上有什么东西一击，吓了一跳。她心里一急，"哎呀"大叫起来。这一声惊动了母亲，母亲唤醒精妮子询问，精妮子将梦中之事述于母亲。她觉得头上奇痒难受，双手一挠，满头流黄水。母亲忙唤醒老伴，说女儿中邪了。

从此老头到处求医抓药，多方医治不见效果。天长日久，精妮子变成了秃妮子。她满头满脸黄水疙痂，连她的名字也变成了秃妮子。爹娘哥嫂看着她那丑陋的样子，也都心灰意冷，不像以前那样待见她了。于是，把她赶到山上去捡柴。

秃妮子从此在大嘉岭上捡柴。山前那绿树参天，荆棘满地，百鸟齐鸣的自然风光，山后那流水潺潺，竹苇青青，梯田层层的迷人景色，招惹着少女的春情涌动，情思绵绵。再看看眼前自己的满头秃疮，蓬头垢面被人舍弃，禁不住落下泪来。她怀念儿时父母的娇宠，向往美好的未来，只可惜这一切在一梦之后化为乌有。

面对突如其来的灾难，她产生了死的念头，但她又不忍心就此离开人世。

一天，秃妮子在石泉旁，见泉水清如明镜，伏下身去喝水时，水面映出个貌似天仙的少女。她仔细观看，正是自己原先那美丽的容颜。她觉得有些奇怪，用手去摸头顶，顺手摸下来的竟是几年前梦中老太婆扣在头上的那只破黄碗，定睛再看，分明是黄灿灿的黄金碗。

面对这只黄金碗，姑娘思绪万千，悲喜交加：黄金碗啊黄金碗，是你改变了我的容颜，是你把我赶出了家园，是你将我引上深山，有心把你摔个粉碎，可又觉得你来路非凡……

在泉边，她将金碗扣在头上，黄水疮立即又现。她将金碗取下来，美丽的容颜又现。如此反复，这个谜让姑娘心里忐忑不安。她回家以后，又不敢对家人言讲。

后来，嫂嫂说因家务忙，棉花纺不了，秃妮子也长大了，该学纺棉花了，要让秃妮子一边放猪，一边学纺棉花。于是，秃妮子很不情愿地将纺车搬到山上，带上棉剂纺棉花。

正当秃妮子将纺车摆好取出棉剂时，忽然一阵风把棉剂全部刮走了。只见棉剂飘呀飘，一个个挂到了棘针上。秃妮子觉得没办法向嫂嫂交差，气得趴在地下哭了起来。一会儿，她抬起头擦擦泪一看，棘针上的棉剂变成了一个个线穗。她用手去摘线穗，发现棘针竟没有钩。

从此以后，秃妮子就把嫂嫂给的棉剂挂在棘针上，等天黑的时候去摘，线穗就成形了。嫂子看她任务完成顺利，由最初的每天二三两增加到每天二三斤，至于怎样纺，嫂嫂从来没问过，她倒是觉得秃妮子纺线手头快，又放猪又纺棉花，一举两得，还挺合算。

大嘉岭离山村五里之遥，秃妮子每天上山放猪，纺棉花，收线穗。猪跑远了，她吆喝一声"勾头"，猪就勾头回来了。天长日久，把大嘉岭也喊得勾了头。如今西送表村后沟西边的山头就叫勾头山。

却说奉旨前来中岳嵩山一带寻访娘娘的将军，在伏牛山前六台山后的沟沟岭岭山山水水之间却找不到一个太祖梦中形象的女子。眼看出访日期已到，把他愁得寝食不安，日久成疾。

一日他带病上山来到村北山上，由于中午天气炎热，口干舌燥，不幸死在山顶。

一连数年不见将军回朝，满朝文武议论纷纷。忽一日地方官来报，访娘娘将军已死在山上。太祖又派钦差大臣带着皇兵继续去找娘娘。皇兵们听说将军死的地方石厚土薄，就每人捎去一把黄土，把将军的尸体掩埋。如今，遗留下的山顶将军墓，方圆约十平方米，有黄土一堆，当地人仍叫将军墓。

且说钦差大臣带领皇兵驻扎在郝沟村。一天,钦差身着素服,漫步在山野。他信步来到大嘉岭石泉边,正遇见一位女子在石泉边梳洗。他见此女子貌若天仙,气质不凡,便走上前去小声问道:"这位小姐哪里人氏,缘何在此梳洗?"

姑娘用手指曰:"我放猪在此。"她用手一指,说:"那里是我家。"钦差顺着姑娘遥指的方向望去,见有一座院落,一口破缸扣在大门楼上,两只公鸡站在上面"呜呜"啼叫。此时钦差恍然大悟,真是心有灵犀一点通。他默念"钢叉门楼活兽头"。啊!可叹将军踏破铁鞋无觅处,累死在高山峻岭,而我得来全不费功夫。正是,正是!可喜可贺!

钦差马上回到驻地,换上朝服,搬鞍上马,带领皇兵和杂役来到无名山村。

钦差来到庄前传唤秃妮子的父亲,询问他家人等,并立即唤出相见。老人不解其意,只得将家人唤到钦差面前。钦差见姑娘相貌和在山上见着的姑娘相似,只是长了一头黄水疮。钦差大惑不解,问姑娘缘何一头黄水疮。

秃妮子向前给钦差深施一礼,钦差立时头晕目眩,差一点倒地。他右手抬了一下,按在随身佩戴的天子宝剑上,方觉心清目明,此时已明白了八九分。姑娘此时将梦中之事叙述了一遍,钦差站起,让姑娘自己取下金碗。

此时,一位美丽动人、貌若天仙的少女亭亭玉立在众人面前。姑娘家人及钦差、群臣无不惊喜若狂。钦差口呼:"娘娘千岁,千千岁!"并叩头参拜。

接着,钦差将皇上传旨访娘娘事详细述说于姑娘家人,喜坏了姑娘全家。邻村百姓也闻讯而至,小山村热闹异常。

第二天五更,九声炮响,鸣锣开道。钦差、大臣和皇兵们簇拥在姑娘的轿前,拥护着姑娘赴京。周围山村百姓夹道欢送,口呼:"娘娘千岁一路平安!"

从此,这个无名山庄有了自己的名字——皇后庄。如今,皇后庄是送表乡的一个自然村,住着一百多口人,世代以农为业。

(整理:崔振南 李西庚)

皇 坟 传 说

到汝州怪坡去经过黄庄,黄庄北地有个"皇坟"。皇坟四周荆棘丛生,十分苍凉。以前还有坟冢,现在难以找寻了。据传说,那是明太祖朱元璋父亲的坟墓。

朱元璋家祖祖辈辈给地主当佃户。到他父亲这一辈,更是穷困潦倒。朱元璋母亲怀孕那一年,他的家乡淮河流域发生旱灾和瘟疫。朱元璋的父母就离开家乡,一路讨饭来到汝州。

之后,朱元璋父亲就找到一个大户家扛起长工。朱元璋生下来就忍饥挨饿。母亲时常带着他到山上挖野菜回家煮熟吃。朱元璋四五岁就开始给人家放牛羊。到十来岁时,父亲突然暴病死亡。母子俩哭天呼地,无法埋葬父亲,因为买不起棺材,就连挖墓坑的力气也没有。

碰巧,大户家也死了人。他们在早已选好的茔地里开始挖掘墓坑。墓坑挖到底部,却发现一块四方石头,上面刻着四个字"葬狗之地"。大户人家感到十分晦气,随之决定弃之不用。

也许是怜悯,也许是侮辱,有人来到朱元璋家,告知母子俩说:"你们不必哭了,北地现成一个墓坑,把老朱席卷埋掉算了。"

朱元璋母子无奈,就照此办理了。事情奇巧,朱元璋父亲的小名就叫"狗儿"。这名字恰巧就照应了"葬狗之地"。

父亲死后,朱元璋母子俩的日子更是艰难。为了糊口,母亲不得不拖着病体给大户家洗衣服,伺候老人,打扫卫生。不到三年时间朱元璋母亲也累死了。

埋葬母亲之后,朱元璋索性离开伤心之地。他先是当了几年和尚,跟着师父学了些武功,读了些书籍。他天生聪慧,悟性极强,且勤学好问,不论文武,他一学即会。后来,朱元璋参加了农民起义军。

朱元璋为人诚实,处事机敏,勇敢作战,同伴们信任他,爱戴他,也深得上峰的赞赏和器重。后来,他自己也发展了一支武装力量,经过几年的充实壮大,开辟了自己的根据地。到了兵壮粮足、实力雄厚的程度,将士们拥戴他当上了皇帝,也就是明朝开国皇帝明太祖。

至此,人们才意会到,那"葬狗之地"却是专出帝王的茔地,他人想用也没有福分用到。然而,能够当上帝王,而且成为一代明君,并非像人们所迷信的茔地与福分的缘故。

(讲述:郭更尧　整理:高万须)

王得楼的由来

王得楼是汝州市骑岭乡东坡行政村的一个自然村。因洪洞县一王姓的移民迁到此地,在一个栖身的窑洞得到一张耩地的木耧而得名。

据王得楼村王氏后裔退休教师王孟申讲述:相传明朝初年,河南因灾荒战乱,人烟稀少,山西洪洞县大量移民迁入河南。有一个叫王三成的携儿带女、一担两筐来到汝州洗耳河之滨,为避官府盘剥,想在此寻一个世外桃源。他看到洗耳河东坡依山傍水,风景秀丽,是个理想的地方,就想在这里安家落户。经过寻找,王三成发现一个窑洞,并意外发现一张布满蛛网的耩地木耧。他高兴得拍手叫好,把两个儿子叫到木耧前说:"这真是天无绝人之路啊,这就是前人留给咱的最好礼物。"

此后王三成带领两个儿子漫山遍野开垦荒地,用前人留下的木耧耩麦种谷、播豆植菽。利用农闲植树栽竹,美化庄园,繁衍生息,这个美丽的小山村从此有了生气。

这里人杰地灵,王氏家族香火旺盛,现已有九百余人。当地群众把"王得楼"的"得"念转为"滴",人们也把"耧"字改写为"楼"了。

大槐树底下来的人

明太祖朱元璋做了皇帝以后,心想:连年征战,男不能耕,女不能织,仓廪空空,民不聊生,要不注意发展生产,让百姓得到温饱,百姓们还会起来造反的,到那时朱家江山就难保了。可是,连年战争,中原百姓十死八九,大片土地荒芜,得把人丁稠密地方的百姓迁些来耕种才好。当即,他就下了一道迁民的圣旨。

山西洪洞县令接到圣旨,第二天就贴出告示:接皇上圣旨,本县应往河南新郑迁民三百户,愿者即可搬家。

三天过去了,没人搬迁。十天过去了,还是没人搬迁。

县令贴出第二张告示:接皇上圣旨,凡搬迁农户,免交三年皇粮。

三天过去了,没人搬迁;十天过去了,还是没人搬迁。有人传说:河南新郑山川秀丽,土地平旷,风调雨顺,是务农桑的好地方。也有人说:"金家,银家,不如咱这穷家。"种庄稼的季节眼看就到了,愿搬迁的人仍寥寥无几。

山西洪洞大槐树

县令正束手无策,县尉献了个计。县令听罢,连声说好。

第二天,县令又贴出第三张告示:自贴出告示之日起,三天内,全县百姓均到县城东北外汇集。违令者斩。

三天后,洪洞县东门外,集满了人。有的扶老,有的携幼。县令站在城门楼上,高声说道:"愿意搬迁的,都到北边的那棵大桑树底下;不愿搬迁的,都到南边那棵大槐树底下!"听这一说,百姓们争先恐后地往大槐树底下跑,大槐树底下霎时站满了人。这时,县令又说话了:"大槐树底下的人,统统迁到新郑去!违抗者,就地处死!"说时迟,那时快,县尉带领一队手握刀枪的士兵,很快把大槐树底下的人围了起来。后来,大槐树底下的人,都被迫迁到了嵩山一带。

现在嵩山一部分人的祖先,就是从山西省洪洞县大槐树底下迁来的。不信,脱下鞋子看看,凡大槐树底下迁来的人,小脚指头的趾甲盖都是两瓣的。

(整理:王进发 张永林)

君召与赵军

嵩山西麓,有个乡叫君召。谈起君召名字的来历,还有一段故事哩。

明朝末年,统治阶级为了防止和镇压农民起义,实行"卫地屯田",即派遣部分军队,携带家属,分驻各处,一面生产自给,一面维持地方治安。

那时候,朝廷派遣到嵩山地区卫地屯田的有两队人马,一队带兵的军官姓赵,一队带兵的军官姓蔡。姓赵的带着百名士卒,镇守嵩山西边,方圆五六十里。姓蔡的带领百名士卒,镇守嵩山东边,方圆五六十里。两个军官卫地屯田的办法,各不相同。

姓蔡的军官,带着人马来到嵩山东,看见那里土地平坦肥沃,渠水畅流,道路宽广,他就在那里安营扎寨,并且大抓夫役,为他们造房、凿井、修堡、铺路,弄得百姓鸡犬不宁。百姓们背地大骂不休。

姓赵的军官却不是这样。他带着人马来到嵩山西,见那里石厚土薄,荒地没人耕种,就在那里安营扎寨,带领士卒开荒垦地、凿井汲水、建房造堡、饲养军马,对百姓秋毫无犯,很受百姓们欢迎。

过了两年,朝廷传下圣旨,要各卫地屯田的军队就地招兵买马,镇压反叛。蔡军官接到圣旨,马上竖起招兵旗,但是报名的人很少。后来,他急了,就率领士卒抓起兵来。马买不到时,他相中谁家的马就强拉硬牵。老百姓恨透了这个蔡军官,蔡军官只要一进村,老百姓就关门闭户。

赵军官就不是那样。他看到嵩山西部人烟稀少,地瘠民贫,大多地方还在垦荒耕田。怎么办?不招吧,朝廷下了圣旨;招吧,他确实不忍心。他只是把招兵旗竖起来,做做样子,实际上,五天里练武一天,其它四天全用来耕耘。

后来,府、州武官到各地巡视卫地屯田与招兵买马情况。当武官来到赵军这里,村村有兵有马,同时田里庄稼长得又好。他走到哪村,哪村的老百姓敲锣打鼓欢迎他。赵军的人马,又开荒又练武,兵强马壮,还帮老百姓看门守户,所辖之地平安无事。武官巡视后,乐呵呵地赏给赵军许多粮钱。

府、州武官来到蔡军那里,见兵不多,马不肥,田里庄稼稀稀拉拉,又黄又瘦。府、州武官向百姓询问蔡军情况,人人唉声叹气。府、州武官巡视后,蔡军不但没领赏,还落了一脸没趣。因此蔡军对赵军非常嫉妒,时时想坑害赵军。

明朝万历四十年(1612年),天遭大旱,树头发火,五谷不收。朝廷派御史到中岳嵩山地区视察灾情。赵军官亲自带领士兵与父老乡亲跪在道上,为民请命。御史一看,地里没有庄稼,户户没有粮食,老百姓吃的是草根树皮,便令百姓三年不交皇粮。御史来到蔡军卫地屯田那里,蔡军硬逼老百姓交粮纳役。后来,老百姓被逼急了,有的拿菜刀,有的拿锄头,起来造反了,吓得蔡军浑身打颤,连夜逃回京去。

蔡军有个表妹,是神宗朱翊钧的珍妃。他找到表妹,胡编了一套瞎话,说赵军在嵩山不务军事,欺上瞒下,不给皇上交粮运草。他表妹以裙带关系,用"枕头状"告给皇帝,皇帝一怒,下一诏书,指派赵军带着兵卒去镇压刘六、刘七起义军。赵军家眷都留在原地,老百姓称他们那个地方叫"赵军"。

赵军官走的时候,没带嵩山西麓的壮丁、马匹,只带着他的百名老兵老卒。一到战场,没斗几个回合,便溃退下来,就四散潜逃了。皇上听说赵军打了败仗,便派兵来抄赵军的家眷。老百姓听说这个消息,立即把赵军和他部下士兵的家眷送进深山,让他们隐蔽起来,同时把这个村庄的名字,颠倒一下

改为"军赵"。后来,百姓们还不放心,又把"军赵"二字改成为"君召"。

明朝灭亡以后,君召这个村人越住越多,今天竟成为一个山乡集镇。

(整理:王鸿钧)

裴 商 庙

巩县西部的洛河岸边,有一个颇有名气的村庄,叫訾殿村,因为村小,都把它叫小訾殿。别看村不大,却是个很有名气的古村。周朝的时候,是訾王的封地,村里曾耸立过訾王的金銮殿。在村东北有一个比村高的高岗,叫东地顶儿,站在东地顶儿,奔腾的洛河一览无余。原来在这个高岗上,建有一座气势恢宏、远近闻名的庙宇,叫裴商庙。庙里奉祀的不是天神、道祖,而是一个姓裴的商人。说起来这还有一个故事。

大明崇祯十三年(1640年),天下大旱,赤地千里,百姓们无衣无食,吃树叶,吃树皮,吃土粉子(观音土),最后连死人肉也割下来吃了。这样的大灾,朝廷应该赈济,但是崇祯皇帝正被李闯王的义军闹得焦头烂额,自己还是泥菩萨过河——自身难保,哪还顾得上穷苦百姓?訾殿村的村民也和大明朝的其他臣民一样,忍受着饥饿的无情熬煎。

眼看到了腊月,天寒地冻,滴水成冰,日子过得越来越艰难。村民们都绝望了,都在伸着脖子等死。

村里有个李祥麟,四十岁出头,三绺长髯,相貌堂堂,为人办事公道侠义,并且会几路拳脚,在村里威信很高。他曾带领着人下河捕鱼,回来分给大家,但交九以后河水封冻,没法下河,只得停止了。他也曾领着几个手脚利索的人,利用黑夜去摸过栖息的大雁,得手了两次以后,村民甚至外村的人都去摸雁,一人失手惊了雁群,大家都空手而归。眼看着只能眼睁睁地等死了,这时船工王发带回来了一个好消息。

王发十几岁就上船当学徒,三十年来风里浪里几生几死,但为了生活,只得继续干着这"埋了没死"的职业。他回到村里说,他要跟一个姓裴的掌柜下一趟山东青州,到那里装三船粮食,大概有四五十万斤,赶在年前运到洛阳。李祥麟听到这个消息,跟几个人商量了一下,决定截下这三船粮食,救活这一方百姓。

他们跟王发商量截船的计划,开始王发死活不同意,说这样坏了行船人的规矩,也砸了他的饭碗,坏了他的名声。后来,他经不住大家的一再哀求,终于答应了,他说他会想法叫粮船停在张船码头。至于怎么把粮食卸下来,叫他们想办法。

王发走后,李祥麟又和几个人商量了具体细节,譬如在粮船要回来的时候,在张船码头的上游打上暗桩,阻止粮船连夜驶往洛阳。因为粮食有四五十万斤,訾殿村当时也就是三百来口人,根本运不及,就提出了联络益家窝、稍柴、北石灰厂、南石灰厂、寨沟、清易镇等几个村的村民共同劫粮。但后来少了两个村子:一个是清易镇,因为摸雁,两个村曾发生矛盾,去通知清易镇的人没有通知;一个是益家窝,因为去通知益家窝的人走到野猫沟口,被人打死杀吃了。

粮船到了七里铺以后,村里派出的人跟王发联系上了。王发说粮船不能截了,因为船主雇了保镖,几个镖师都功夫了得,三五个人近不得身。李祥麟听了,沉思了很久,但为了这一方百姓,决定还是要冒险劫粮。为了使粮船天黑时靠在村西的张船码头,他采取了两个办法。第一个办法,就是在河边的拉纤路上泼上水,等结冰以后,又撒上一层稀土盖起来,这样纤夫就会因为立足不稳而使不上劲儿,逆水行船不进就要退。另一个方法,就是从上游放一条船到黑石关,在看到粮船以后返回,然后在粮船前边不紧不慢地走着,使粮船不能快速前进,保证天黑停在张船码头。

由于方法巧妙,粮船按预定计划停在了张船码头。但是镖师警惕性很高,粮船没有靠岸,而是停在了河心。李祥麟以李闯王的大军要借军粮为由,要船家把粮船靠到岸边。不料被镖师看出了破绽,光说就是不靠岸。有个村民叫王义,为人机灵,水性也好,他乘船家和镖师正跟李祥麟纠缠时,从上游划一条小船顺流而下,在北边接近了粮船。两船相交,他飞身纵上粮船,用匕首逼住了货主裴商。裴商只得下令将船靠岸。五村的村民很快把三船粮食搬运一空。

粮船被劫以后,镖师们走了,船工们走了,姓裴的商人没有走。失去了粮食,他有点失魂落魄,不停在河岸上游走。两天后,他疯了,在张船码头和訾殿村之间狂奔乱走,不停地叫喊着:"粮食,粮食,我的粮食!粮食,粮食,我的粮食呀!"

开始几天,村民们都躲着他,怕跟他见面。后来,村民们感到他并不可怕,就不时有人给他拿块馍,端碗汤。他有时接住吃了,有时会把馍扔了,把汤碗摔了。

年关逼近,天气已经到了滴水成冰的季节。他到处游荡,有时狂奔得汗水直流,有时又被冻得瑟瑟发抖。有人把他领进了村里禹王堂,在神像的旁边铺上麦草,给他打了个地铺。他晚上不再游荡,就蜷曲在禹王堂过夜。

村民们有了粮食,又开始敬神,禹王像前每天都摆满了供食。裴商也不管神灵享用没有,抓起来就吃。村民们开始叫他裴商,后来慢慢地就叫他裴商爷了。

过年了,家家都给他送吃的,供桌上摆得满满的。他就把这些吃的和供食摆在地上,摆成了三条船的样子。然后他就围着转圈,边转边喊:"我的粮船回来了!我的粮船回来了!"

过了灯节,天气开始转暖。疯癫了一段时间的裴商爷似乎清醒了,他不再狂喊乱叫,而是长时间地对着禹王像坐着,有时出神,有时哭泣,或到村外、河边转悠,对着河水叹息。正月二十八日,人们在东地顶儿看到裴商爷吊死在歪脖树上,两只眼睛已经被饿老鸹啄吃了,眼眶成了两个大血窟窿。人们算了一下,已经三天没有看到裴商爷了。这样算来,裴商爷是正月二十五上吊死的。村民们怀着愧疚的心情,把裴商爷埋在了歪脖树下。

灾年过去,村里人感到对不起裴商爷,不是裴商爷的几船粮食,五村之人难保活命!现在灾荒过去,怎么纪念裴商爷呢?给裴商爷修个庙吧。

这个建议得到了村民一致拥护,又和稍柴、北石灰厂、南石灰厂、寨沟几个村串联了一下,各村一齐响应,选出了领头人五名,专办此事。各村村民有钱出钱,有粮出粮,有力出力,买了訾殿村东地顶儿裴商爷吊死的那块地,盖起了裴商庙。

裴商庙大门朝南,高大的庙门飞檐斗拱,四角起脊,庙门高大,石狮威武。门楼和大殿角上的铃铛,被风一吹,丁零作响。进庙门是一个戏楼,两边是配殿和僧房。正面大殿里供奉着裴商爷,偏殿里供奉着四大药王。裴商爷的金身是一个坐像,官服玉带,金面长髯。老人家慈眉善眼,以慈祥的微笑,迎接着前来烧香的芸芸众生。

正月二十五日,是裴商爷升天的日子,这一天就定为庙会。每年到了会期,五村的社火都要到庙上赶会赛社。社首还要进庙拜祭裴商爷,以感激他在灾荒之年舍粮赈济灾民,并祈求他保佑一方风调雨顺。裴商庙的香火一直很盛,中华人民共和国成立前因为打仗开始败落。现在訾殿村学校存一块石碑,其余的遗物不知流散何处。

(讲述:王存芝 整理:魏三兴)

神笔王铎

洛阳东北五十里的孟津老城,明末清初时出了个大书画家,此人姓王,名铎,字觉斯。他天资聪明,博学多才,工诗文,精史学,尤其擅长书画。人们都称他为"神笔王铎"。据说,玉皇大帝曾传旨命他为南天门上写对联,王母娘娘叫他去蟠桃会上画寿帐。他去了没有,谁也说不清。几百年来,洛阳一带流传着这样几个小故事。

一、烙馍的启事

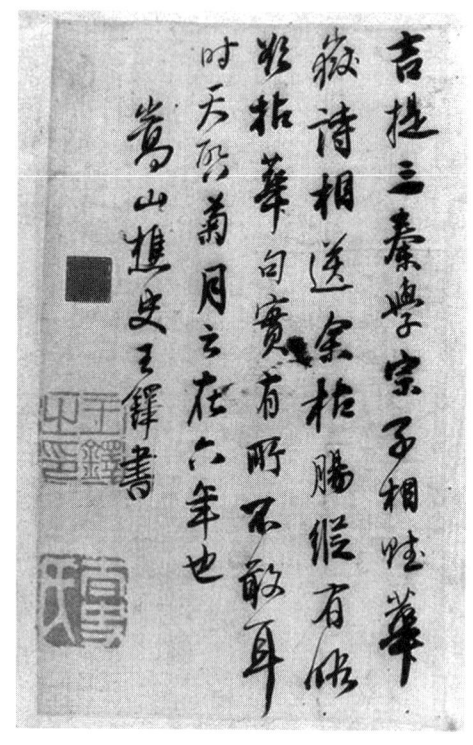

王铎书法

王铎自幼勤奋好学。为学书法、绘画,他无帖不临,有画必摹,用坏的笔堆成堆,洗砚台的水积成潭,笔杆儿把他的手指磨起层层厚茧。家里人怕他熬坏了身子,劝他休息,他虽然嘴里答应,但总是身不离案,手不停笔,舍不得休息。常言道:功夫不负有心人。他在未登仕途之前,在书法、绘画方面已有很深的造诣。亲戚朋友、街坊邻里,都夸他是"灵童转世""马良再生"。

在一片夸奖声中,王铎不禁沾沾自喜起来,慢慢地,就忘记了勤奋,懈怠了学业。家里人看在眼里,急在心里,可是也想不出什么办法。三月三日,孟津城大会,他不听家里人的劝阻,刚吃罢早饭,就跑到会上去逛游。他一出大门,就见一大群人,围着两个卖烙馍的老太婆看热闹,他便凑了过去。这两个老太婆相背而坐,一个擀馍、一个烙馍。擀馍的把馍擀好,用小擀杖一挑,向背后一撂,正好撂在烙馍的前边的鏊子上,得得当当;烙馍的馍烙好,用翻馍劈儿一挑,向背后一撂,正好撂在擀馍的前边那一摞子馍上,整整齐齐。王铎看得出了神,入了迷,一直看到晌午错,家人来找,他才恋恋不舍地回去了。

看了两个老太婆的烙馍之后,王铎心里一直不能平静。他翻来覆去地想:我虽然在书法、绘画方面打下了些底子,但要像卖烙馍的老太婆那样得心应手,还得再下一番功夫。于是,他又刻苦地勤学苦练起来。真是劲不白使,汗不白流,时间不长,他的字写得更好了,画儿画得更奇了,名望也更高了。

二、飞笔点太平

这年,当朝皇上看到举国上下风调雨顺,五谷丰登,又听到臣民们称颂他皇恩浩荡,就一时心血来潮,要在金銮殿上加一块"天下太平"的金匾,以纪念这段太平盛世。这块匾由谁来写,朝臣们议论再三,最后一致推举王铎。于是,皇上传旨,宣王铎上殿。

王铎奉诏来到金銮宝殿,行过朝君大礼,就被内侍臣引到等他来写的那块匾前。他掂起斗笔,毫不费劲地一挥而就。不知是他一时疏忽,还是故弄玄虚,竟把"天下太平"写成了"天下大平"。在场的一些文武大臣、工匠待诏虽然看出了这个毛病,可是在金銮宝殿之上,哪个敢多嘴逞能?看见只当没看见。

皇上闻报金匾挂了起来,便带领满朝文武前来观看。开始,他一直夸奖王铎的字写得好。可是,当他发现"太"字少写一点时,便暴跳如雷。他斥责王铎竟敢在金銮宝殿之上,众文武面前,篡改圣谕,欺君犯上,立命御林军将王铎拿下,推出午门斩首。

大臣们看到这种情况,都埋怨王铎不该掉以轻心,但又念他才华出众,便纷纷跪倒在地,为他讲起情来。皇上见大臣们出来讲情,为显示自己恩德无量,便准其所奏,但又传旨:"挂上的匾不能卸下来,也不准搭梯子,如王铎能把那一点添上,便恕他无罪;如添不上,定斩不饶!"讲情的大臣们听了,全都面面相觑,为王铎捏着一把汗。

王铎谢过皇上的不杀之恩,活动了几下手臂,便从从容容地拿起刚才用过的那支斗笔,蘸好金粉,站在匾底下,搭手一掷,那支笔便从他手中腾空而起,"飕"的一声,飞向金匾,笔锋所触之处,正是"太"字下边那一点儿应点的地方,不偏不倚,与上边那个"大"字浑然一体,不露丝毫破绽。

众大臣看了,才都把心放回肚里,并不约而同地发出一阵赞叹声。刚才还是暴跳如雷的皇上,现在看了王铎的这一绝招,顿时龙颜大悦。他忙离开龙案,来到王铎面前,竖起大拇指,夸奖道:"爱卿,你真不愧称'神笔王铎'呀!"

(整理:褚书智)

李际遇揭竿起义

一、柳垂动手

明朝崇祯年间,河南府这一带,一连遭了三个荒年,官府的苛捐杂税,像割韭菜一般,一茬连一茬,弄得民不聊生,妻离子散。登封城东北二十里地方,有个磨沟村,村里有一个长工,名叫李际遇。他为人忠厚正直,喜练身习武,白天给掌柜做农活,夜里和村中小伙子们学习少林拳。因为他练得精,学得透,平常遇事又好打不平,所以三里五村的人们都很尊敬他。

这年,旱灾、虫灾交逼,民不聊生。冬天大雪纷纷落地的时候,掌柜的又把他解雇了。他又恼又气,夜里似睡非睡,一时幻见一人穿身儿皂色道袍,边走边说:"柳梢垂地,动手反官,人人随从,不受灾难。"他猛醒来,冒出一身冷汗。平静了一会儿,他披上衣服,走出村。月光下,只见南大坟里的柳树,随着微风袅袅摇摇,离地三尺。他想:"定是应在这里。"

从此,他练武心更切,一日瞧柳一次。天数多了,小伙子们也知道了他这个心事,人人为他喝彩,督他练功。腊月二十三到了,县衙又来了个人头税,一人一串(即一串铜板)钱,除夕交齐。老百姓听见里长一敲锣,都吓得胆战心惊。但李际遇随即奋身上前,抓住他说:"要钱没钱,要人有拳!"老百姓一致拥护。可是,衙役提绳握鞭,逼税上门来了。里长士绅随从大喊:"不交者问罪。"老百姓纷纷议论,李际遇怒气冲天,一日三次看柳梢。可是,柳梢怎么也挨不住地。税款把人逼急了,一个小伙子偷偷用石头把柳梢压到地上。李际遇挺身奋起,带着老百姓抗了人头捐,赶跑了衙役和里长。

二、金刚石进城

李际遇棒打衙役、里长,构成了殴打役吏案。于是,县里来了一帮人马,李际遇寡不敌众,被绑进城去,拴到衙门右边的石狮子腿上示众。县衙生怕百姓劫案,贴出告示:"男女老少,僧俗人等,皆不得执铁握石进城。违者,一律同罪。"县衙传出消息:元宵红灯时节,法场斩首抗捐犯李际遇。李际遇听说了,却面不改色,挺胸立于衙门前,老百姓们都急得心烧火燎。

正好东关河有个金刚石,在河里冲刷年久,成了一个绣球形的顽石蛋。老百姓都知道金刚石坚硬,能砸石断木,石狮子腿别说用铜锤铁棒,就用这块金刚石也能砸它个粉碎,可谁也不敢把它拿进城。常言道:众人是圣人。百姓们背地一议论,就你一脚,我一脚,趁腊月集人多拥挤,一脚一脚,一直把金刚石踢到衙前。一个人趁衙役不防,抓起金刚石"铛"一声,石狮子腿被一截两断,李际遇趁机逃出城去。直到20世纪60年代,人们还可以看到县城门前右边的石狮子还是断腿。

三、草木皆兵

李际遇出城回家,当日就招人制械。当时,人烟还稀,磨沟又处于山区,参加的人不够多,大家非常着急。李际遇却存住气,叫大家用纸糊旗,用木头制兵器,老百姓都很听他的话。兵器一捆一捆地做好以后,他带着人马登到磨沟村后的尖山上,让大家把红旗、木械捆绑到山坡生长的荆棘林丛上,然后用绳子把荆棘丛连起来,并告诉大家见红旗飘展,就连声呐喊,拉绳摇树。

三天以后,县衙官兵来围困磨沟村,人马包围了尖山。中午时分,李际遇在尖山峰上,握住一根高杆,杆上随风扯着一条大红床单。大家一看旗展,便一齐呐喊起来。随着喊声,满山遍野的荆棘树丛摇晃乱动,大旗小旗齐展,喊声喧闹震天。官兵一看这种阵势,谁也不敢上前,从此,跟随李际遇的人越来越多。不几日,李际遇攻下了登封城,杀死了县官,开仓分了粮,百姓们痛痛快快地过了一个元宵灯节。

四、回耧地

李际遇攻开登封城杀死知县鄢廷海,从河南府来了大批官兵,围困了登封县城,李际遇带了人马,暂退到城西少室山上。少室山是立山,峰峰俱是刀切岩,攀峰时从哪里上,下山还得从老路回。其中一个最险要的山峰,叫三皇寨,三皇寨三面是万丈深沟,一面是仰脸岩峰。

这是个虎不能攀鹰不能过的地方。人要上去,手得抓住岩缝上钉的大铁环一步一步往上爬。当然粮食、对象向上运输就更困难了。官兵紧紧追,他们节节退,最后直退到三皇寨上,是进退不得的地方了,官兵在下边急得团团转,心想上边没有吃的,不打也困死他们。山峰上的人呢,也有些着急,可李际遇却稳如泰山,昼转夜游,一天他命令大家套耧耩麦,大家很听他的话,扶上耧耩起麦来。山下的官兵听到峰上咚咣咚咣的耧铃响,非常惊奇,可上午听到耧响,下午却看见上面扬起场来,麦糠随风飞舞。官兵都吓得目瞪口呆,自行退出,却不知道这是李际遇用的计策。

五、马踏金花泉

李际遇率领人马,挥戈东征,一气攻下新密鱼米水乡超化寨。寨里住着一个阴毒士绅,假意设宴,出门顿首相迎，厚资慰劳李际遇部下，却派人把李际遇骑的马牢牢地拴在大柏树上，暗派下人埋伏于超化寨北、西、南三面，只留一个东口。东口是一个两公顷大的金花泉，泉水从地下往上翻，喷射而出，形似金花，水深数丈，人畜不能过此，若坠水，死而无救。留这个东口，也就是阴毒的士绅给李际遇设计的最后一条死路。

酒至三巡，李际遇见陪同绅士脸色不正，端茶送饭人等鬼头鬼脑，便觉得情况不对头，因而起身说："酒力太大，心有怄气，到门外亮亮风即回来。"他欲立起，陪人死缠，但见他目一瞪，陪人缩手。他便大步走出大门，抽剑砍断马缰，乘马即跑。这时，南、北、西三面喊声四起，唯有东方无人。他拉马正东，心急如火，还顾什么两公顷大的水池？他连打马屁股三鞭，那马大吼一声，飞渡过金花泉去。

李际遇马踏金花泉以后，泉里的鱼便俱一只眼鼓出。据说是马蹄把鱼眼踏出来了。

从此以后，李际遇这批人马，如雪地滚球越滚越大，越闯人马越多。后来，随从闯王李自成部下，一直攻打到北京。

（整理：王鸿钧）

花园口的传说

花园口位于郑州市区北郊17公里处的黄河南岸。民间传说，最早这里并不叫花园口。

相传在很多年前，黄河在这里决了一次口，人们费了几年功夫才把决口堵住。堵口修堤的老百姓不少是灾民，早已无家可归，等把黄河水堵住，有的干脆不走啦，住在堵口修堤时盖的临时草庵里。他们在这里开地耕种，成家养孩子，慢慢人多了，就成了一个村庄，取名叫贵家庄。又过了好些年，从荥阳流出来的汜水在这里流入黄河。这样一来，这里南来北往的人多了，成了个热闹的地方。

到了明朝，贵家庄出了个大官，叫许赞，在这里当天官。许赞当了几年官，搜刮了不少钱，就在家里修了个大花园。这个大花园方圆五六百亩大，种了许多奇花异草，一年四季花园里都开花，飘着香，远近几十里的人都来这里看热闹观花。

一年春天，许天官回家。贵家庄像赶庙会一样，一群群，一伙伙，搀老人，背小孩，挤拥不堪来许家花园看花。人多了，做小生意的，卖吃食的，也多起来。许天官的花园在黄河和汜河角角里，来看花的人要过汜水，水上无桥无船，蹚过来蹚过去很不方便。许天官看到这些情形，就想：我要在汜水上弄个船，摆渡来往的人，这是个赚钱的买卖呀！

许赞想发财，就开挖了汜水入黄河的水口，让黄河水倒流到汜水里去。这样一挖，汜水河面宽了，水也深了。许天官弄了个大船，找了几个船工，修了渡口，摆渡行人。人们听说有了摆渡，来看花的人更多了。不几个月，许天官就赚了不少白花花的银子。

夏季到了，黄河一涨水，呼地涌进了汜水，水越涨越大，黄河冲着汜水河口，向南滚了几里，稀里糊涂把许天官的大花园也淹没了。后来这里真的成了南北来往的渡口。人们去这里的时候，总是说：到花园口去。这样花园口的名字就叫起来了。

团圆沟的传说

嵩山万岁峰东有一条大沟,被当地老百姓称为老龙窝。相传汉武帝游嵩山时,就是从此沟上峻极峰的。这条沟又叫"团圆沟",关于团圆沟得名的来历有一个传说。

李际遇农民起义

传说明朝末年,朝政昏暗,官贪吏虐,民不聊生。嵩山地区又大旱三年,庄稼几乎颗粒无收,但登封知县还是强迫老百姓交纳各种苛捐杂税。常言道:官逼民反。唐庄磨沟村有一个村民叫李际遇,忍无可忍,在家乡树起了义旗,一时应者云集。登密巩三县百姓纷纷来参加义军,队伍迅速壮大,达几千人。登封知县鄢廷诲得知后大惊失色,就调集人马镇压,但被义军打得落花流水,人仰马翻。无可奈何,他只好向河南巡抚求救,河南巡抚就派了三万人马,前来围攻。李际遇一看形势不利,就带领人马暂退到城西少室山上。

少室山又叫御寨山,峰峰俱是刀切岩,攀峰时从哪里上,下山还得从老路回。金朝末年,元兵一路猛攻,金军招架不住,金宣宗就曾驻军其上,故又名御寨山。御寨山山高路险,有四大天门,一夫当关,万夫莫开。元兵见围困遥遥无期,攻打又损失巨大,最后,只好狼狈退兵。

李际遇这次上了御寨山,官兵望山兴叹。但朝廷有令,打不败起义军,斩首示众,因此,他们只好把少室山团团围住。起义军凭险据守,一时相安无事,但时间一长,给养补充困难,李际遇愁眉不展。他的部下有一个能人,非常聪明,有军师之才。这时,他就对李际遇建议如此如此。于是,李际遇就命令士兵们割山上的白草,然后像收麦一样,用石磙碾碎,趁天刮西北风时,让士兵扬场,并且在"麦糠"中夹杂了很多字条,上面写道:"明朝官兵别得意,休想困死李际遇。犁到地头麦就熟,山上百亩回耧地。再困三年也白搭,粮草充足不着急。下山就把狗官拿,打到京城做皇帝。"

官兵一看到从山上刮下来的"麦糠"和字条,都信以为真,丧失了斗志。河南巡抚认为肯定是登封百姓有人帮助他们,于是,就气急败坏地命令士兵杀尽登封的老百姓。一时,整个登封惨风凄雨,哭声惊天动地,老百姓逃的逃,躲的躲。巡抚看没杀多少人,就又让官兵把银元宝丢在路上,一些老百姓一听说就出来拾元宝。这时,官兵又大开杀戒,登封城血流成河,白骨累累。

据说,当时全县百姓都被赶尽杀绝,只有马峪川的一户张姓人家,不贪元宝,躲进了万岁峰东沟的老龙窝,才得以幸免于难。因为张姓人家在此沟一家团圆,所以,后世人就称这条沟为"团圆沟"。

(整理:常松木)

闯王跃马过鱼桥

在新密市超化寨东边,有个几十亩大的金花泉。水当中有许多泉眼,整天"咕嘟咕嘟"地翻着浪花,人们又叫它"翻花泉"。说来也怪,这泉里的鱼左眼珠子都像肿了一样地往外冒着,人们都叫它"冒珠子眼鱼"。

明朝末年,超化寨里住着一个姓韩的大财主。这家伙头顶长疮,脚底流脓,坏透了。他仗着寨子西面和北面临河,南面是深沟,东面临着好几丈深的翻花泉,地势险要,易守难攻,再加上他鬼心眼儿多,借口护寨养了不少乡兵,称霸一方,无恶不作。老百姓恨透了,暗地里都叫他"韩阎王"。

那年,闯王李自成打到了密县。韩阎王听说闯王除恶霸,救穷人,不管你养多少乡兵,都不是他的对手,这下子可吓坏了。他白天吃不下饭,夜里睡不着觉,急得在寨子里乱转。一天夜里,他转到东寨墙上,一眼看见了下面的翻花泉,眼珠子一转,心里生了一条毒计。

韩阎王想趁闯王初来乍到,人地两生,假意归顺闯王,就派人送信,请闯王到寨子下面的寺院赴宴。同时,他悄悄派人拉了几车麦秸,在翻花泉的水面上铺一条"路",又在寺院里埋下了伏兵。韩阎王准备在酒宴上掷杯为号,暗害闯王,好向皇上邀功请赏。

那天下午,闯王就骑马来到寺院里。宴席上,只有韩阎王一人作陪。他们喝着喝着,太阳下了山。闯王一看天色晚了,正要起身告辞,韩阎王连忙又捧了一碗酒敬他。闯王接酒一看,知道先脱身为好。只见闯王一扬手,把酒泼了韩阎王一脸,再飞起一脚,踢翻了桌子,把韩阎王压在桌下。闯王转身跨出佛殿,抓住拴在大柏树上的马缰绳猛一拉,结果把树皮拉破了,也没把马缰绳解开。闯王抽开宝刀,"刷"的一声,砍断了马缰绳,飞身上马跑去。寺院大门已被紧紧顶住,只有东偏门大开着,闯王拨转马头,冲出了寺院东门。他抬头一看,只见前面一片大水,水中间有一条明晃晃的大路通向对岸。闯王把马狠抽了一鞭,冲了过去。

再说,埋伏在寺院里的乡兵听到响声跑来一看,哪有闯王的影子。他们把韩阎王拉起来,忙去追赶闯王。韩阎王远远望去,见闯王策马直奔那条麦秸铺成的假路,以为他的诡计就要得逞。不料只见闯王扬鞭催马,从那条麦秸路上跑了过去,不但没有掉进深泉里,连袍子襟都没有沾湿。韩阎王眼睁睁地看着闯王过了翻花泉,张着大驴嘴,傻脸了。

那条路不是麦秸铺成的吗?为啥闯王没有掉进泉水里呢?原来,这翻花泉里的鱼知道闯王是为穷人造反,都不忍心看着他遭韩阎王的毒手。它们为了搭救闯王,就挤成团,排成队,在麦秸下面搭起了一座鱼桥,托着闯王平安过了泉。闯王虽然脱险了,可是泉里的鱼因为闯王的马蹄踩得太重,把左眼珠子都踩得冒出来了。打那时候起,翻花泉里的鱼就成了"冒珠子眼鱼"了。

(讲述:张文蔚　整理:张振犁)

李闯王与作揖楼

靳老官庙位于新密市苟堂靳寨村。传说明朝末年,当朝大臣靳老官,姓靳,名尔时,字昂昂,原籍在尉氏县,曾教过万岁太子,做过南京尚书,抱过万岁牌,老官是人们对他的尊称。

明朝末年,李自成领导农民起义。初期,李自成曾被当朝捉拿,判为斩刑,于第二天就要开刀问斩。此时,靳老官在朝正任廉理大臣。有一宿,三更时分忽做一梦,梦中见有两条玉龙缠金柱,当时他并不介意,又睡着了。可是刚一闭眼,又梦如前。他再也睡不着了,半夜时分就起了床,上殿查看,果见金銮殿的柱子上绑有一人,问及原是李自成。靳老官暗思:此人并非凡人,将来必有一帝。他便将李自成悄悄放出金銮殿,帮他逃出京城。此事做毕,靳老官唯恐天子知道,心中甚为不安,借口年迈辞朝还乡。后因世道混乱,由尉氏迁入密县靳寨村隐居。

时隔不久,李自成起义大军节节胜利。不久义军来至河南,到新郑县时访出救命恩人靳老官居住密县靳寨村,便乘马来到密县。行至关口,下马步行,前往靳寨拜望恩人,以表感谢。

靳老官知道后,因怕皇上知道他与闯王私通,立即差人送信给李自成,免去闯王前来拜望。李自成得信后会意,没有前去靳寨拜访。但是为谢救命之恩,李闯王行至大磨岭魏家门"十亩地"处,遥望靳寨村给靳老官行揖相拜,表示恩谢,而后起程。

后来在李闯王给靳老官行揖相拜的"十亩地"处,修了一座楼房,称为"作揖楼",至解放初期被拆除。

(讲述:靳宝芹　整理:高松)

李闯王进铁李

明朝末年,闯王李自成树旗造反。

一天,新郑县东北铁李村一带,有人传说李闯王的队伍要从这里经过。地方豪绅吓得早逃跑了,普通百姓也到处躲藏。可唯有铁李村的一堂学生在老师的带领下纹丝没动。这个老师姓李,他对学生说:"跑个啥?谁说李闯王杀人?李闯王若杀人,来了叫先杀我,你们别动!"

第二天,李闯王的队伍果然来了。浩浩荡荡的大军,威武雄壮,所到之处,秋毫无犯。闯王随队伍走过铁李,听到琅琅的读书声,感到新鲜,就跳下坐骑,向学堂走来。走到书屋门前,见一位先生坐在门旁,沉静专注地在听学生们读书,神情坦然。闯王心中无限敬佩,就问先生:"在这兵荒马乱的年代,人们见队伍经过,躲的躲,藏的藏,你老先生坐在这里,这样平静安心,不害怕吗?"李先生慢条斯理地回答说:"怕什么!你没看到啥时候啦?眼看新皇帝就要登基,不赶快培养些人才,谁保这江山哩?"李闯王一听,十分高兴,就称赞说:"老先生真有远见卓识!"说罢,取出一支令箭插到学堂门上,传命起义军各部,保护学校,不准骚扰。他拿出银两,奖励了这位先生。

(讲述:安丰学　整理:王雅湘)

李自成与洛阳

明末农民起义领袖闯王李自成于1640年秋率领五十余人由商洛山进入伊、洛河地区。当时河南正是灾荒之年,饥民遍地。但盘踞在洛阳的福王朱常洵仍然横征暴敛,残害百姓,搞得天怒人怨,李自成一到豫西地区就喊出了"除暴安良"和"均田免粮"的口号。因此,"河南饥民相率归之",李自成的起义大军迅速发展壮大到几十万人。义军兵临洛阳后,与明军展开了激烈的战斗,最后攻陷洛阳,处死福王,天下震动。洛阳之战敲响了明王朝灭亡的丧钟,因此在洛阳一带有了很多关于李自成的传说。

李闯王进洛阳

一、宋献策投闯王

传说明朝末年的洛阳龙门南面有个小村,村中住有几十户人家。村子离洛阳只有六七十里。村里有个姓宋的后生,个子低而瘦,可为人忠厚侠义,足智多谋。他有个大号叫"献策",但村里的老人常喊他的奶名"矮俫"。宋矮俫从小读了几年私塾,后来父亲过世,为了养活老娘,他推车挑担,做起了贩运药材的买卖。这期间他走南闯北,结识了不少朋友,还从少林寺学会了一身武艺。那时节,河南连年大旱,官家还催粮要差,逼得老百姓实在过不下去,就结伙聚义,占山造反。矮俫在外边做不成生意,就在村东边药王庙里设馆教学。这时,人们都说李闯王反出了潼关,要来攻打洛阳。有人说:闯王的人马逢州劫州,逢县抢县,杀人放火,无恶不作。有人说:闯王的人马都是穷苦百姓,被官府豪绅逼得活不下去,才聚众造反,义军到处,劫富济贫,开仓放赈,并不伤害穷人。每天黄昏,药王庙里宋矮俫的小学堂,成了乡亲们闲话的场所。可宋矮俫这些天来却没心思说闲话,倒是热心教村里年轻人使枪弄棒,练习武艺。

第二年新春,"破五"刚过,传说李闯王的前哨人马已到山南,村里的乡绅富户都逃往洛阳城里,乡亲们纷纷来寻矮俫拿主意。矮俫说:"常言小乱躲城,大乱避乡。那闯王的人马是造大反,听传说,尽是攻州夺县,我看逃到府城里也未必是福,不如把村西岗子上老寨重修一下,乱兵来时,咱全村老老小小都上寨去,关起寨门,死守山寨,乱兵过去,咱还得耕作呢!"矮俫说得头头是道,众乡亲都点头同意。

第二天,全村老少都一齐上岗修寨。宋矮俫又把全村的壮丁编成队伍,进行操练,修造兵器,准备自卫。乡亲们见宋矮俫处理事情井井有条,就公推宋矮俫当了寨主。

正月十五,风声更紧。宋矮俫就传话众乡亲带上武器、粮食、家畜、衣被一齐上寨避乱。寨内房舍

并不多,却有不少天井窑院,窑院下边有洞,洞相连,洞里有井有灶,外通山坡老林,另有秘密出口。乡亲们刚刚安顿住下,天就纷纷扬扬飘起鹅毛大雪,到了五更头上,大雪停了,派往村边的游哨回寨来禀报,说是山南来了一支人马,正是闯王的大军。矮徕连忙传话全寨,有了敌情,留心寨外动静。

说话不及,只见山下一支人马朝着山寨涌来,人马越来越近,借着雪光,看出那个头前带路的是村里员外的家丁,众人心中都十分恼火,暗骂那只恶狗,平日仗势欺人,如今又给闯王引路,来坑害乡邻。矮徕看得清楚,就用弓箭将他射死。双方互相射箭,高声呐喊。但天色将亮时,闯王的兵却鸣金收兵迅速撤退。

一走几天没有一点动静。矮徕派人探得方圆十里开外,尽是闯王的人马,前哨已开到龙门山口,正和官兵对垒。矮徕就领着乡亲们趁机加固寨防,添造兵器。可是,在寨内一巡视,难题就来了,原来乡亲们带上寨来的口粮已不多了,要是长此被围下去,纵然齐心拼命可以保寨,可人丁口粮要发生困难。矮徕正在着急,寨垛上的瞭望哨急来禀告说:寨外又发生了敌情。只见岭下一片人马,有的安营搭帐,有的埋锅造饭,却不像马上来攻寨的样子。

一连三天,寨外四周仍是没有攻寨的迹象,远远望去,只见闯王的兵丁都在放牧歇息。矮徕又想:看来闯王的人马是不会很快撤去,可千万不能让他们觉察到我寨中缺粮短草,得使个计谋。他叫人逮来一只猪,挖来两升苞谷,将猪喂饱,暗地从寨墙水洞把猪放了出去。那猪拱出水洞,竟直朝山下跑去,立刻被闯王的兵丁捉住了。

不到一个时辰,只听闯王营里传出一阵乐声,接着从茂林深处走出一队人马,领头的一匹枣骝大马上,骑着一位头缠红布、身着战袍的首领,身后紧跟六员虎将,各骑一匹高头战马,随后又是一个黑大汉子,高擎一面杏黄大旗,上书斗大的一个"闯"字。那队人马走到距老寨约有一箭之地停了下来。几个兵丁,挑担抬筐,吹打着响器,继续朝寨前走去。矮徕和乡亲们看得入神,不防"飕"的一声,一支箭飞上寨垛。宋矮徕眼疾手快,刀举箭落,顺势用左手接过折断的箭羽,只见上面系着一封书信,拆开书信,见上写道:"闯王义军,不扰百姓,前次攻打是听了坏人谗言,实属误会,特来送上谷米百石,聊解寨主燃眉之急。"矮徕看罢,心中暗自折服,并决心下山去会会闯王。他命人准备了几件礼物:一个大码钱,一包寨上的红土,一只公鸡,一只小羔羊。他挑了四个壮实的汉子,跨上快马,打开寨门朝着闯王那伙人马奔去。

再说闯王为什么要亲自来送粮呢? 这里有个缘故:前几天,员外派家丁冒充老百姓,跑到闯王那里造谣说,老寨上住着一户大财主,招兵买马,勾结官兵,马上就要来攻打闯王义军。闯王听说后十分恼火,因此带领人马攻打老寨。员外的家丁被矮徕射死后,过路的村民认出他的真面目,把真实情况告诉了闯王。闯王又派人四处打听,才知道矮徕也是个穷苦百姓。这时闯王正准备攻打洛阳,因此没和矮徕联系。直到寨里放猪后,闯王觉察到寨里一定断粮了,所以矮徕布下疑兵之计。因而闯王决定亲自来送粮,同时解释前几天交战的误会。

闯王见了矮徕,把前因后果细说一遍,矮徕又佩服又感动,就命人把礼品呈上。闯王仔细看了看这些礼品,不由得仰天大笑:"好礼物,有意思! 前(钱)、途(土)、吉(鸡)、祥(羊),亏你兄弟想得出来。既然如此,就请你兄弟共举大事吧! 万望不要推辞!"宋矮徕返回寨上,安抚了众乡亲,拜别了老娘,领了十名青壮子弟,投了闯王,在攻打洛阳时立了大功,闯王军中尊称他为"献策先生"。

二、路上撒金试人心

传说,李自成在宋献策的参谋下,经过激烈战斗,最终攻下了洛阳城。但在攻城战斗中,亲临前线指挥的李自成被乱箭射伤了一只眼睛,而且义军伤亡惨重。李自成内心非常恼火,因此他想杀一些人来雪心头之恨。福王和一些士绅豪强被杀以后,李自成心里还不能平静。这时,有一个心术不正的部下献了一计:部队每到一村,先由先锋官在村口撒上一些金银财宝,如果没人拾,就说明这个村子里的人路不拾遗,民风淳朴,不能骚扰;如果银子不见了,就以义军的银子被盗为名,把全村人处死,以解闯王心头之恨。当时闯王由于情绪激动过度,神情恍惚,对这个计谋没有认真斟酌就答应了。就这样,洛阳附近有很多村寨的人,因拾走银子而遭到灭顶之灾。

这一天,闯王的部队来到了洛阳城南,先锋官把一些银子放在现在刘富村前的路口上。时间不长,那些银子便不见了。闯王的部队便把全村人都集中起来,查问银子的下落。百姓们见杀气腾腾的将士在追问银子下落,个个吓得浑身打颤。当一个首领下令要将全村人处死时,一个叫刘富的小伙子,从人群中站了出来。他脸不变色,心不发跳,在承认银子是他拾了之后,又指名道姓地把李自成数落了一顿,说他不该因心头恨就乱杀百姓。那个首领听到刘富指责李自成,就挥起战刀要杀刘富。

就在这时,李自成挡住了他的手。李自成走到刘富跟前,拍拍刘富的肩膀说:"我李自成对不起支持我造反的穷百姓,你是个硬汉子,有骨气。看你的面子,全村人免死。那银两就送给你吧!"刘富见李自成满脸羞愧的样子,说道:"连年战争,百姓受苦。这个村子,十有八九的人家早已揭不开锅了。我听说你的部队故意在村口放银子试人心。我就横下一条心,先把银子拾了,让老百姓买点粮食糊口再说。至于死活,我们老百姓也顾不得那么多了。"刘富的这几句话,把全村人都说哭了。李自成此时才清醒过来,当即命令,取消了那个心术不正的部下所出的馊主意,并颁布命令,严禁乱杀无辜。他痛定思痛地对将士们说:"从今以后,乱杀一人如杀我父,请全军将士谨记。"

从此以后,闯王的军纪更加严明,而且视百姓如父母,因此更得到百姓的拥护。全村老少都非常感谢刘富拯救全村人的英雄行为,有的想给他立碑,有的想给他建庙,最后商量出了一个统一的意见:用刘富的名字为村子命名。从此,关林以东便有了"刘富村"。由于闯王的军队确实有过任性杀人的行为,所以后来在李自成的军队失败以后,一些文人学士便传说:"闯王反洛阳时,杀得路断人稀,白花花的银子放到路上也没人拾。"

焦村的由来

汝州市焦村乡政府所在地焦村,从前不叫焦村,叫左村,说起来这事还有一段故事哩。

相传,李自成头一次打汝州时,在纸坊乡长皋街和明军大将靳于忠对阵。靳于忠曾任工部尚书,为官清廉正直,后来受奸臣排斥,被贬到汝州带兵。靳于忠很会带兵打仗,和李自成交战时,按兵不动。李自成急于攻寨,夜里亲自带人化装到寨前侦察地形,靳于忠出了伏兵,一下子活捉了李自成。靳于忠见李自成是个少有的人才,有心把他放了,又摸不透手下人的心思,就心生一计,召集手下人说:"我昨天晌午头歇晌儿,刚迷糊一会儿,梦见绑李自成的柱子上盘了一条龙。"手下人一听,都愣住了,议论纷纷说:"龙是贵相,随着李自成,莫非那李自成是真龙天子下凡?赶快把他放了吧!"靳于忠借坡下驴,就把李自成放了。这事儿后来被朝廷知道了,就派钦差到汝州,来捉拿靳于忠回朝问罪。靳于忠见势不妙,就给手下人全部发盘缠遣散回乡,自己单身进了焦村北边的紫云山仙人堂隐居了。

李自成被靳于忠救了命,老想着报答靳于忠,可是又不知道靳于忠在啥地方。第二次李自成带兵

打到汝州时,为了报答靳于忠,他提前派人到焦村被救的地方,捎话给老百姓,说大兵所到之处,只要谁家到时门插红旗,可保家不被烧,人不被杀。因此李自成兵到,谁家插了红旗,都平安无事,活了不少老百姓。但是当时在汝州驻兵的将领是左良玉,这人也很会带兵。和李自成交战时,左良玉站在左村的寨墙上,说是要和李自成亲自见面说话,其实暗地里布置了弓箭手,站在黑影里。李自成不知是计,骑马来到了左村寨墙外边。寨墙上的左良玉一见李自成,二话不说,手往后一摆,那些弓箭手乱箭齐发,李自成没有防备,被一箭射中了面门,把一只眼给射伤了。

李自成手下见大帅受伤,慌忙救下李自成往左村北边的紫云山里撤兵。李自成在紫云山中养伤。这天,来了一个穿道袍的道士,说是手中有奇妙的药草,可尽快治好李自成的伤眼。手下人把那道士带到大帐,李自成一见说:"这不是我找了好久都没找到的恩人靳大将军吗?"靳于忠一见李自成,说:"别叫我大将军了,我已是世外之人,法号云山真人。前世和将军有缘,让咱们又见面了。"说着,他拿出身上的疗伤草药,交给了李自成,对李自成说:"此药连敷三天,伤可痊愈。"李自成说:"先生救命之恩,不知如何报答。"靳于忠说:"听说将军让汝州百姓们插红旗,即可免遭涂炭,这已给了老夫很大面子了,恳请将军今日手下留情,不要让无辜百姓受苦受难,就是报答了老夫。"李自成说:"救这一方百姓,也是自成的心愿,只是那左村官兵,暗箭伤人,我要血洗左村,刀劈左良玉,报这一箭之仇。"

靳于忠听了这话,心中不安,心想左良玉在左村射伤了李自成,李自成心中恼怒,必定不听自己劝告,那左村的百姓要跟着受累了。百想无法,他就对李自成说:"左村中有一焦姓大族,是老夫的至近人,将军一旦打破左村,望能保全我这焦姓至近亲人,也算看得起老夫了。"李自成两次被靳于忠救命,这点面子还是要看的,就满口答应了。靳于忠辞出了李自成的大营,连夜把这消息托人告诉了左村百姓。左村左氏家族的人得到了这个消息,连夜聚在一起商议,村中的左姓人一律改姓为村中另一大姓焦姓了。李自成后来果然破了左村,派人一问,村中人差不多都姓焦,只好收刀没有大开杀戒。

左村从此改为焦村,一直沿用至今。如今焦村南边四里外的泰山庙里,有一座碑文上边还写着焦村原来叫左村的事哩。

妻贤庄的由来

汝州市寄料镇有个齐庄村,位于汝州市区到寄料镇的公路边上,据说这个村原来叫妻贤庄,后来因嫌"妻"字不雅改成了齐贤庄,又为了写起来省事说起来方便简化成了齐庄。那么为什么叫妻贤庄呢?说起来这里面还有个故事。

传说有一年,大清国皇帝康熙微服到民间私访,他跋山涉水一路走来,有一天就来到了这里。当时正是盛夏季节,天气非常炎热,一丝风也没有,只有天上的太阳在发威,树上的知了在鸣叫。康熙走到这里时正是中午,他汗流浃背,饥渴难耐,但一路寻来连个饭铺也找不到,无奈只好到路旁的一棵树下暂时休息。

就在这时,他看到一个村妇提着一个罐子走来。康熙喜出望外,上前施了一礼问道:"大嫂,你那罐子里提的是水还是饭呀?"

村妇看那问话的人,相貌堂堂,气宇轩昂,穿得不华丽但却讲究,虽猜不透他的身份,但觉得也绝非一般农夫,于是说:"你问这干啥?是渴了想喝水呀,还是饥了想吃饭?"

康熙又施一礼,说:"大嫂,我是从汝州去鲁山的,到这里错过了饭点,天气又热,我是又饥又渴,你那罐子里要是水就让我喝几口,要是饭就让我吃几口,我给你钱,行吗?"

村妇把罐轻轻放下说:"这罐里是麦仁汤,是给我在地里锄地的男人送的,它是又解渴又解饥。你一个行路人,在这前不靠村后不着店的地方找点吃的喝的也不容易,谁没个难处,你就喝吧,我不要钱。"

康熙没想到这个乡下大嫂会这么懂事,对人这么好,他打心眼里佩服。但又一转念,人家是给锄地的丈夫喝的,我要是给喝了,人家男人喝什么?于是又说:"大嫂,你这是给锄地的男人喝的,我喝了你家男人怎么办?"

"我家里还剩一些,是我和孩子们喝的,我再回去盛出来给他送去就是了。"

"那你和孩子喝什么?"康熙又问。

"我和孩子在家不干重活,忍一忍也就过去了。可他是俺家的顶梁柱,地里活儿重,天又热,不能叫他渴着饥着呀!"村妇回答。

康熙听了这话,着实感动,心里说难得有这样体贴丈夫的妻子。人家既然是君子,我怎么能做小人,只顾自己而不顾人家呢?于是面带微笑地说:"大嫂,你真是个贤惠的妻子,这汤我不能喝,喝了你和孩子要挨饿的,你还是把它送到地里去吧!"说罢就转过身去。

村妇看这位饥渴难忍的行路人这么知理,心有不忍,把坐在罐口上的碗取下来放到地上,抱起罐子倒了一碗,递到康熙面前说:"这位大哥,出门难啊,天这么热,不喝一点,走路会晕倒的。我们家粮食不多,水总还是有的,喝吧,咱都将就着过去,过去这一会儿,咱再想办法。"

康熙看着手捧饭碗站在面前的村妇,心潮翻滚,宫廷里那么多嫔妃,整日里勾心斗角,哪个能像这个村妇纯朴善良!他接过饭碗说:"大嫂,你是天底下最好的女人,我——"他想说我回京后一定要下道圣旨表彰你,但他现在不是在朝堂,而是一个行路人,又怎么能这样说呢?于是改口道:"谢谢你,我喝我喝。"

康熙喝着这麦仁汤,不知是口太渴肚太饥,还是村妇的品德太感人,他觉得那味道特别鲜美,就像是琼浆玉液,里边的麦仁就像是粒粒珍珠,使他终生难忘。

喝罢一碗麦仁汤,康熙饥渴暂解,谢过村妇就向前赶路了。待他回到京城,大谈村妇美德,并诏告汝州对这个村妇进行慰问和表彰,又把她居住的村庄命名为"妻贤庄",据说后来又召她进京做过麦仁汤呢。

乾隆贬翰林

中岳庙中华门外,有两个方亭子,亭子内各站着一个石人。石人高达三尺,头顶平整,腰中系有大扣纽带,轮廓古朴大方。这是东汉安帝元初五年的石雕,俗称"翁仲"。传说1770年清高宗乾隆农历十月一日来游嵩山,祭中岳山神以后,这一对翁仲脊背上各出现12个小孔。提起这24个小孔的来历,还有个"乾隆贬翰林"的故事哩。

乾隆是个学识渊博的风流皇帝,酷爱读书赋诗,又喜欢题字撰文。他当皇帝60年间,经常到全国各地游山玩景,赋诗写字。乾隆这次来游嵩山,除带文武大臣和500名御林军外,还特意带了一个翰

林。

他带的这个翰林，姓卢，名文远，出身官宦家庭，从小读书时，不下苦功，爱嬉戏贪玩。清朝时，要举官为宦，必须参加科举考试。卢文远依靠官宦家庭，有钱有势，乡试、会试中靠他父亲暗地行贿，得了秀才，中了举子。到殿试这一关，文远的父亲采取各种手段，疏通关节，贿赂人情。恰巧礼部的主考官是文远父亲的结拜兄弟，于是找人替文远做了一篇文章，蒙混过朝廷，做了个翰林官。因为这篇文章做得好，后来传到乾隆皇帝的耳朵里，乾隆以为卢文远很有才华，故这次出游中岳带上了他。

乾隆带着文武大臣，来中岳祭奠天中王时，来到翁仲塑像前，陪同他的有当时的登封七品知县。这个知县学问渊博，口齿伶俐，谈到这对汉代翁仲，讲得津津有味。传说翁仲是秦朝一个巨人。据辞书记载，这个巨人身高五丈，脚长六尺。到魏明帝时，有人用石雕或用铜铸成巨人像，设立在司马门外，号为"翁仲"。魏以后，凡皇帝陵墓前的石人石马，均称为"翁仲"。乾隆皇帝听着，频频点头。

乾隆皇帝祭罢天中王，来到九龙宫休息，让翰林卢文远给他读书。这本书的文章里，几处有"翁仲"这个词。卢文远在念书时，两次把"翁仲"念成"仲翁"。两个字位置一颠倒，意思就错了。翁仲是石像、铜像的总称，而仲翁则成了"二老头"。乾隆皇帝听了非常生气，当即将卢文远这位翰林贬为通判，还提笔写了一首贬诗。诗曰：

翁仲何尝是仲翁，
可知当年少夫功，
如今且莫为林翰，
贬去江南作判通。

翰林，是殿试后选拔到翰林院担任机要文书、起草文件的官员，在当时是读书人最高的学衔。通判是掌握州府的地方官。乾隆皇帝执笔写的这首诗的每句最后二字都反着用，把"功夫"写成"夫功"，把"翰林"写成"林翰"，把"通判"写成"判通"，还在诗后引用古代良史周伍的话"陈力就列，不能者止"等八个字，讽刺翰林卢文远学识浅薄，说明他贬卢文远的理由。

卢文远知道自己念错了词，又看到皇帝的诗，非常羞愧，自觉面目扫地。他临往江南上任时，偷偷地在中岳庙门前的两个"翁仲"脊背上各刻下12个小孔，作为雪耻发愤的记号。意思是他上12年学，却在此丢人被贬，12年后要雪耻复誉。传说这个通判到了江南任上，勤政秉事，刻苦用功，博览群书，12年后，真的又升为翰林官。

（整理：王鸿钧）

九支玉如意

据《登封县志》载：大清国皇帝爱新觉罗·弘历乾隆十五年（1750年），奉老太后旨同皇后文武大臣出巡游览中岳。

大清国的属国——越国，这一年向大清国进贡。越国王命夫人带珍宝——九支玉如意出发，直奔大清国都城——北京。此时乾隆皇上正在中岳嵩山巡游，越国使臣不便在北京停留，就同大清国皇子八阿哥追赶皇上前往中岳嵩山。经卢店到登封后,他们听说皇上游八龙潭去了,就又立刻追赶,直奔八龙潭。当大家追赶至八龙潭时,皇上又回中岳庙了。

越国使臣来到八龙潭,看到瀑水跌流,龙气十足,越国夫人提议就在此地畅游一番,以便领略嵩山胜景,遂在塔湾河饮马处东石壁留言凿字:"八阿哥之行越国夫人张氏与兄汝州大傅携次妹四人随十八登卢县待观三十人。"留言后又追赶皇上至中岳庙。

在中岳庙,越国夫人及使臣向乾隆皇上献上贡品——九支玉如意。

这九支玉如意镶有水晶玉一只,云碧玉两只,白玉两只,翡翠玉二只,黄玛瑙一只,红白玛瑙一只,均为上等玉雕刻,玲珑剔透,光彩夺目,十分好看。乾隆皇帝看后,连声称赞好宝。他念及中岳大帝神通广大,便将九支玉如意放在峻极殿天中王神御案之上,同众位大臣和越国夫人及使臣一道大礼参拜。礼毕,乾隆皇帝将其交给中岳道长说:"这九支玉如意就作为中岳镇庙之宝。"众人谢恩,众道士跪拜,口呼:"万岁,万岁,万万岁!"

大清皇帝御下巡幸

皇帝回京以后,中岳庙道士受宠若惊,小心看管镇庙之宝,但恐一旦强盗行凶,偶遭不测,关系重大,他们忙把宝贝送至登封县衙。县令不敢怠慢,在县衙内盖起藏宝房一座,专人日夜守护看管。

民国年间,军阀混战,九支玉如意不知去向。再后,得知流落台湾,现在已被台湾博物馆收藏。

(整理:燕进功　于丙森)

将 军 门

中岳庙中心院落象征性的大门叫峻极门。"峻极"之名源于《诗经·大雅》篇中的"崧高惟一岳,峻极于天"一语。"峻"有高大之意,"极"有地位高到无以复加之意。因为嵩山的主峰为峻极峰,所以中岳神闻骋坐的大殿叫峻极殿,又叫中岳大殿。

峻极门两侧各塑有一尊一丈五尺高的武士像。塑像持钺握斧,气势雄伟高大,人称大将军。因为有二位大将军把门,此门也叫将军门。

二位将军身材相似,面目却一红一白,都显示出愤愤不平的神色。这里边还有一段发人深思的传说故事。话说这两位把门将军,西边的叫朱海,东边的叫李用。二人身材魁梧,力大无比。在很早修建中岳庙时,干活卖力,不计报酬,功勋卓著。死后人们塑其金身,立于峻极门口,护佑天中王,以示纪念。

朱海、李用作为把门将军,他们忠于职守,依法办事,尽职尽责,不徇私情,就连违犯庙规的天王老子也不让走进峻极殿。相传乾隆皇帝来游中岳时,因其随从违犯庙规,被二神阻在峻极门外。此时其

中一个随从官员悄悄溜到崇圣门告诉了崇圣大帝。崇圣帝听后急忙赶到现场,质问两位把门将军:"人间皇帝驾到,不让进门是何道理?"朱海说:"他们有人违犯庙规,照章办事,当然不能进门!"崇圣帝此时已顾不得给他们讲道理,不分青红皂白,"啪"的一声给了朱海一个耳光,回头对乾隆一行人说:"请进!"

崇圣帝这一耳光把朱海打得满脸通红,李用一看正义得不到支持,坚持照章办事反遭毒打恶报,一怒之下气得脸色苍白,显出敢怒而不敢言的样子。

从此以后,两位将军便成了一个红脸、一个白脸。

(整理:张冠 李秉锡)

王聿修做官

乾隆皇帝越来越觉得自己的老师王聿修清正得有点过分了,身为皇帝的老师,他连妻子也养活不起,让她在家乡纺花卖线度日。于是,他就下了一道圣旨,叫王聿修去九江做官。为什么呢?因为九江田地肥沃,是个鱼米之乡,在那里做官,可以日进斗金,乾隆想让自己的老师去发点财。他给了王聿修一个写着"皇师"二字的红灯笼作为凭证,叫他回家乡禹州搬取家小赴任。

王聿修父母早亡,又没有儿女。他回到了河南禹州老家,找了个小车,把乾隆给的红灯笼和一些旧衣服放在一个衣箱里,装在小车上。他妻子舍不下自己的纺花车,王聿修就把纺花车也装到上面,自己推着,让妻子跟着,去九江上任。

他们走了许多日子,终于进入了九江境内。进入九江这天,王聿修累得不行,看看妻子也实在走不动了,就打算早点住店,明天早行。走到一座集镇头上,他见有一家客店,就推着小车走上前去,不料店主人说:"客满了,到别处去吧。"王聿修只得再寻一家,但是这家也住满了客人。一连几家,都是客满。

王聿修感到奇怪:这里的住客为什么这么多呢? 他去问一个店掌柜,那个店掌柜告诉他:"这里新官老爷要上任了,是皇帝的老师。接官的差人已经来了好多天,把沿路的客店都住满了。"王聿修一听,心想:如果声张起来,多麻烦!今天太累了,先找个地方睡一晚,明天再说。他就对店掌柜说:"我们是过路的,走不动了,请你方便一下,给找个地方歇一晚吧。"店掌柜说:"实在没有空房子。"王聿修说:"只要能睡就行,窄一点、脏一点,也不要紧。"那掌柜的想了想,说:"那你们进来吧。"他把王聿修夫妻领到他的磨房里,扫出一片空地,铺了点草,让他们住下。

王聿修躺下就睡着了,可他妻子无论如何也睡不着。原来,这磨房里驴屙马尿,牲口粪就堆在墙角里,气味难闻。老太太虽然惯于吃苦,却性喜洁净,她受不了这股气味,就不住地埋怨王聿修:"跟你死老头子来享福哩,闻屎尿味来了。这是人住的地方吗?"王聿修被吵醒,说:"将就睡一晚吧。"她说:"这气味呛得我直想吐,咋能睡着?"王聿修没办法,只得拿出乾隆给他的红灯笼,挂到了磨房门口。

红灯笼一挂可不得了啦。人们一见写着"皇师"的红灯笼,知道是新官老爷到了,官吏、差人们都跑了来,跪在王聿修面前,请他到接官亭去,要给他摆宴接风。王聿修苦笑着对妻子说:"我说将就着睡吧,你不愿意。这一折腾,怕今晚连觉也睡不成了。"

王聿修上任了,当天他就发现九江市场冷落,生意萧条,还有一个怪现象:几乎家家都放着死人。

他不知道这是什么缘故,一问,才知道是因为税赋太重太多。人们卖柴卖米得交税,老太太卖鸡蛋卖线也得交税,死了人埋人也得交税。人们交不起税,只好不做生意,死了人也只好放在家中不埋。

王聿修察访清楚之后,就下了一道告示,晓谕九江百姓,所有税赋一齐免去,限三天之内把家里的死人埋完,贫穷之家由官府支钱帮助埋葬,如三天不埋受罚。告示一下,万民欢呼。不几天,死人埋完,市场繁荣,生意兴隆。可是,税赋免了,官吏们没有油水可捞,都对王聿修不满。但他是皇帝的老师,谁敢说二话?王聿修呢,因为薪俸钱都接济穷苦人了,生活无法维持,他妻子只得又支起纺花车,开始靠纺花卖线度日。

九江人是烧柴草的,他们为什么不烧煤呢?原来人们不会垒烧煤的炉灶,王聿修就教人们垒煤灶。当人们知道王大人垒的煤灶烧煤而不烧柴,做饭又清洁又快以后,纷纷请他去垒煤灶。有人请,他就去,成天忙得不行。这时候,他有个侄子从家乡去找他,求他给找个事做,他就叫这个侄子帮他教大家垒煤灶。就这样,你教我,我教他,很快人们都会垒煤灶烧煤了。

人们敬的灶王爷不都是姓张吗?这是传说中的张灶君。但九江的灶王爷却姓王,那就是王聿修。因为他教会了人们垒煤灶,人们为了纪念他,就尊他为灶王爷。

王聿修免尽一切税赋的事,终于让乾隆皇帝知道了。他想:这老头真是个书呆子,照你这样,怕连我也要没饭吃呢。但他是老师,乾隆皇帝不好意思责怪他,又不忍心看着他受穷,就下了一道圣旨,让王聿修告老还乡,而且还给了他一笔钱,叫他回家修盖府第,安度晚年。

王聿修还像他上任时一样,带上乾隆给的钱,用小车推着衣物和纺花车,在九江百姓的欢送下,离任回乡了。

走到半路,他遇到一条河。河水不深,但没有桥,只有几块石头放在中间,叫人踏着过河。王聿修想:自己可以脱下鞋袜,从水中推车过去。可妻子怎么办呢?一双小脚,从石头上过,不行;脱鞋下水,更不行。他感到为难。

这时,岸边有个老汉叹口气,说:"要是有人出钱,修座桥,就好了。"王聿修一听,心想:自己不是带有钱吗?为什么不用来修桥呢?他问老人:"如果有人出钱,就能修桥吗?"那老人说:"只要有人出钱,愿出力的有的是。但有钱人谁肯行这个善呀?"王聿修告诉老人,说自己愿意出钱修桥,并马上把乾隆给的钱拿了出来,交给老人,让他找人修桥。

桥修好了,钱也花光了。王聿修告别当地百姓,和妻子推着小车回到了故乡。

乾隆给的钱是叫他修盖府第的,可是,修桥花光了,用什么修呢?如果不修,那不是违抗圣命吗?王聿修想了想,就买了一块琉璃瓦,镶到他住的旧茅屋的屋顶上,阳光一照,那块琉璃瓦闪闪发光。他给乾隆上了表章,说自己的府第修建得"一片明"。

乾隆看了表章,认为他把府第建得一片辉煌,明光闪亮,很是喜欢。他哪里会想到"一片明"只是一块琉璃瓦在发亮呢?

于是,王聿修夫妻男耕女织,在故乡禹州开始了简朴的晚年生活。

(整理:赵景斌)

乾隆皇帝与偃师的传说

清朝的乾隆皇帝弘历,一生传奇无数。这位风流天子也曾到洛阳一带巡游,因此洛阳民间也流传

有关于他的传奇故事。

一、歇驾安乐寨

现在洛阳偃师有个村子叫"道湛"。据说这个村从前叫"安乐寨"。传说到清朝乾隆年间,安乐寨已成为方圆几十里内的一个大集镇。镇上有家酒店,饭菜酒食货真价实,店风良好,童叟无欺,来往客商都愿在这里歇息用餐,因此生意相当红火。

有一年,乾隆皇帝见四海升平,国泰民安,就仿照以前帝王的例制到中岳嵩山封禅祭天。河南府知府得报,急忙通令所属准备迎接圣驾。当时河南府的府治在洛阳,下辖包括嵩山所在地登封在内的十县。当朝皇上驾临登封,知府急忙前去迎接。

乾隆到嵩山封禅祭天以后,传旨到洛阳龙门游览。河南知府伴着御驾向洛阳开去。车驾路过安乐寨时已近中午时分,安乐寨那家酒店的红火劲,也被皇帝注意到了。

皇帝看到酒店的门楣上挂着一块匾额,上书"醉龙眠虎"四字。不由一惊,他想:"醉龙眠虎"是前人来形容杜康美酒的,杜康酒久已失传,难道小店也有佳酿吗?再说天子如龙,大将如虎,既然这家小店敢打这块牌子,我们何不在此歇驾,来个醉龙眠虎呢?想到这里,皇帝传旨歇驾安乐寨,用膳醉龙眠虎店。

河南知府连忙指示下属到那家酒店安排皇上用膳事宜。当问及有何好酒时,店掌柜说所有酒已全部卖完,现在店内连一杯酒都没有。洛阳知县正在发愁,乾隆已被太监搀扶进了酒店。店主想,反正都是欺君之罪,走一步,说一步。他派一个伙计,掂一个空坛,向附近酒流沟走去。

过了一会儿,一桌丰盛酒宴摆了上来,除了鸡鸭鱼肉之外,还用当地所产的蔬菜,做出了辣白菜、糖醋萝卜丝、拔丝红薯、清蒸南瓜,最后还有一大盆浆面条。

河南知府来敬酒了。乾隆按常规是只饮九杯,取天长地久之意。据说乾隆能活八十八岁,成为清朝帝王中的寿星,有他自己的生活秘诀,其中"饮而不醉""色而不乱""食而不暴"是他严格遵循的戒律。不论是欢宴群臣,还是陪伴后妃,他从来没有醉过。可是今天他连喝几杯之后,觉得这酒清醇甘美,余香绕口,就一连干了十二杯。总管太监伏胜,看到皇上有点失控,便悄悄把皇上的酒杯倒扣在饭桌上。皇上只管饮酒,拿杯就喝,却发现酒杯倒扣,就随口说了一声:"这是倒盏!"皇上经群臣提醒答应当天不再饮酒。接着,皇上传唤店家询问美酒的产地品牌。店主不敢隐瞒,就叩请皇上恕罪,皇上答应恕他无罪后,店主就把取酒流沟的泉水代酒一事的经过如实禀报。

乾隆听后不但没有怪罪店家,反而高兴地说:"洛阳真是风水宝地,一股酒流沟的泉水竟如此醉人!店家可速去再装一坛供朕回京时饮用。"在等待店主取水封坛时,皇上回味着酒流沟里泉水的好处,不禁脱口赞道:"酒流沟里山泉水,胜过琼浆与玉液。"皇上的赞赏使得那股泉水身价倍增。

乾隆帝饮酒不停,直到倒盏的故事被广泛传扬以后,安乐寨的乡亲父老都倍感荣耀。大家就把村名改称"倒盏"。后人根据它的谐音,把村名改成比较文雅的"道湛",一直沿用至今。

二、御封白龙王

传说乾隆帝来游龙门时,行至伊河岸边,忽见一个农民装扮的人道中拦驾,自称是偃师白草坡人氏,愿保天子游览龙门。侍卫正想将此人轰开,乾隆帝却见此人相貌不凡,话非戏言,答应说:"其心可嘉,令驾后随行。"此人行个礼,往仪仗队后去时,身子一晃,却化作一道白光,变成一条银光闪亮的玉龙,护在皇上的轿顶。众轿夫惊得目瞪口呆,但见皇上目光安定,如视无物,也不敢乱语,就继续前行。

队伍将至伊阙,头顶阳光分外光亮,明晃晃刺眼,热辣辣晒人。轿夫挥汗如雨,叫苦连天;皇上精神疲倦,游兴大减。忽然,众轿夫觉得肩头一轻,只见轿顶玉龙腾起,在天空几番翻飞,便播出一片祥云,遮挡住酷日,投下一片凉荫。人行云行,人始终走在凉荫之中。乾隆帝大喜过望,立即敕封这条玉龙为都督龙王。

据说,当地村民在皇帝御封白龙王后,就为龙王建庙设祀。这庙就建在偃师白草坡的一个白龙潭边。

过了将近二百年,到了民国二十六年(1937年)又发生了一件稀奇事。这一年,洛阳一带已大旱三年,洛阳行政专员兼洛阳县长王泽民到白龙庙祈雨。王专员对着龙王塑像说:"人都传你能呼风唤雨,我今日特来祈雨,你若有灵,三天以内下雨,我为你赠挂大匾;过了三天仍无雨下,我就来扒你的神庙。"言罢下山。

白龙潭离山下不过五六百米,专员刚拐过山嘴,便见山顶罩上浓云,紧走慢行间,大雨已洒落下来。待专员下到山脚,地上已经淋湿成泥,专员只好脱鞋赤脚踏上归途。旱情解除后,王泽民专员就给白龙王庙赠了一块大匾,上书"甘雨谷我"四个大字。这块匾一直悬挂至今。

乾隆横扫贼要店

在洛阳一带,流传着乾隆皇帝游龙门扫"要店"的故事。清朝乾隆年间,在洛阳通往北京的一条官道上,有个村子名叫"要店寨"。寨子不大,只有一千多户人家,但地理位置十分重要,北倚巍巍邙山,俯瞰滔滔洛水,南通古都洛阳,北临黄河孟津渡口,自古以来,一直为陈兵要地。周武王、汉光武、唐太宗都在这里摆过战场。如今,寨子附近还保存有汉代阅兵点将的平乐观台和三座古冢。

那时候,要店寨的人大部分姓黄,只有一家姓张的。张家有兄弟五人,在这里开了一家客店。他们以客店作掩护,在这一带打家劫舍,无恶不作,百姓称其为"五只虎",就连河南府(即现在的洛阳)知府付中庸,也不敢惹他们。

这一年,乾隆皇帝来洛阳游龙门。眼看夕阳落山,乾隆传出话来,就在前面村庄住下歇息。听说皇帝要在要店寨宿驾,可吓坏了前来接驾的河南知府付中庸。他连忙向总管太监禀告:"前面要店寨有一伙强人,经常打家劫舍,为非作歹,下官不才,至今尚未将其剿灭。恳请总管大人禀明皇上,今晚千万不要在此住下,以免歹徒惊驾。请御驾再向前行一二十里,即可到达洛阳府。那里已备好接驾事宜,敬请皇上三思。"大总管听罢知府禀告,就如实奏明皇上。乾隆一听,大怒道:"好个付知府,在这堂堂河南府治下,朗朗官道之上,竟有强人劫道。这里又不是深山老林,几个小贼,竟拿办不了,真是个不中用的奴才!"接着,乾隆寻思了一下,让大总管靠近身边,如此这般吩咐了些话,然后起驾向河南府城洛阳奔去。

再说这要店的张家弟兄,听说乾隆皇帝要来游龙门的消息,一个个嘀咕开了,说可要千万小心,不能惊了皇上。于是,他们传令一班狐群狗党,说皇帝近日过往,切不可惹是生非。张家弟兄也提心吊胆地躲在寨里,时刻准备逃上邙山。后来听说乾隆皇帝的人马匆匆赶过要店,张家弟兄这才松了口气。当晚,他们招来狐群狗党,摆开酒宴,大吃大喝起来。不到一个时辰,一个个喝得酩酊大醉。

他们万没料到,正在这个时候,乾隆皇帝亲自带着一支御林军,已把整个要店寨团团围住。乾隆皇帝不是向洛阳去了吗,怎么会这样神速地就围住了寨子呢?原来,当总管向他转报要店贼情时,乾隆皇帝就打定主意,在今夜一定要扫灭要店小寇。于是,他就暗中部署,让后面卫队留下一部分兵丁,埋伏在邙山的深沟里,待到三更,出其不意地包围山寨,把张氏五虎一网打尽。所以,到了三更头上,御林军就迅速把这个山寨围了个水泄不通。

村中的穷苦百姓,一看村外一片灯笼火把,得知皇上的御林军把山寨团团围住,便打开寨门,迎进官兵,又带领着他们冲进张宅,一举活捉了张家兄弟和他的几十个大小头目。

天色大明,乾隆皇帝传出圣旨:张家兄弟就地处斩,焚毁张家客店。同时,他把付知府削职为民,而且把要店寨改名为"耀店",寓意永远光耀。

在乾隆皇帝当晚住宿的汉冢附近,有一个马蹄形大坑,人们叫它"马蹄洼"。说是乾隆的御马求战心切,一声长嘶,前蹄用力一蹬,竟踩通了邙山的泉脉,一股清泉喷涌而出。这马蹄洼清澈见底,雨再大,永不溢,天再旱,水不落。汉冢影子正好倒映其中,微风一吹,在碧波荡漾中,有时还能显现出三个汉帝的遗容,成为邙山一景。

(整理:郭汉斌)

仁 义 胡 同

在新郑城南街,有一条宽一丈,东西走向的胡同,名叫"仁义胡同"。这条胡同原先是仅有四尺宽的小胡同,住在胡同北侧的是当朝丞相高拱本家的叔侄们,南侧的是巨商李员外。

一天,高拱本家为了院子宽敞,趁修围墙之机向外挪了一墙根儿,李家一看气不过,心想:你们官家有权有势可侵吞土地,俺就不兴占点便宜? 于是,他也立即拆除旧墙,向外挪了一墙根儿。这样一来,两边把胡同挤得只能单行一个人,胡同深处的住户人家办事,都得绕道别处,闹得人们怨声四起,联名上告县衙,要求处理这件事情。为此,高、李两家也就打起了官司。李家气冲冲地说:"高家首先侵占地盘,只许他们放火,就不兴俺们点灯?"高家怒不可遏地说:"这李家为富不仁,到处侵占,还血口喷人,情实可恨,决不可轻饶!"两家各不相让,一时闹得满城风雨。

李家是县里豪富名绅,财大气粗,高家官居一品,权势逼人。当时县官左右为难,按情理应先责高家退出地盘,可怕得罪高阁老,官职难保;若只判李家拆墙,又怕李家不服,百姓骂他赃官。此时,这县令才真知做官真难! 他无计可施,只有暂且拖延。

高氏人家仗着高拱官大,咆哮公堂,要求县官处罚李家。见县官态度暧昧,他们非常恼火,就修书一封,飞马进京请求阁老,为家里撑腰做主。高阁老打开书信一看,原来是为此事,就淡淡地笑了笑,随即回书一封道:

千里来书为一墙,
让他三尺有何妨?
长城万里今犹在,
不见当年秦始皇。

阁老的书信捎回以后,高家诸辈看罢,心凉了半截,心想:既然阁老说了,我们就向里挪它三尺,也显示一下我们官家高风亮节的气度。当时外面都议论纷纷,说高家的人从京都回来了,这下可有好戏看了。谁人不知,嘉靖皇帝钦命旌表,从阁老门前向北一连五座大石碑坊,御笔亲书,煊赫一时,李家不是拿鸡蛋向石头上撞吗?其实,李家也明知不是高家的对手,只为一时顶气,骑虎难下,只好硬着头皮等着灾祸来临。还有那七品县令自认倒霉,碰到这麻烦官司,急得像热锅上的蚂蚁。

可是,一连几天过去了,丝毫不见动静。接着,看到高家拆墙,在原基础上又向里挪了三尺。这一下可轰动了全城,都知道阁老回书自责,谦和仁让。李家对阁老的宽厚仁爱非常感动,立即找工匠拆墙,也向里挪了三尺。这样一来,两家互让互谅,言归于好。

从此,这里就有了一条宽敞的大胡同。后来,人们就把这条胡同叫作"仁义胡同",这名字一直沿用至今。

(整理:王建民　李新明)

仁义胡同

梁文秀造反

清朝同治年间,登封县东金店乡骆驼崖村出了个有胆识之士梁文秀,他逢恶不惧,见软不欺,慷慨大方,仗义疏财,方圆几十里都知道梁文秀这名字。

梁文秀自幼习武练拳,爱打抱不平。有一回,县里的捕役到骆驼崖,他们以派粮派款为名,对良民任意讹诈,还奸污妇女,十分猖獗。梁文秀知道这事后,极为不满,领十几个人到县衙喊冤。县知府周起俊袒护捕役,连判几次,都说梁文秀没理。他咽不下这口气,下堂后闷闷不乐。为消愁解闷,他和十几个人登上嵩山顶,回来经过嵩阳书院,发现山半坡苍蝇多如旋风。梁文秀跟几个人坐在崖头上商量:"别说苍蝇了,有了乌梢都别怕,咱们放礌石砸死它!"可滚了一阵礌石,并没有乌梢踪影,苍蝇一个劲儿往高处飞。梁文秀和大家奔下山坡,用手扒开蕾草,见下面到处是水,蕾草根扎在沙子里。经过分析,他认定下面有水晶石,立即派人去村里借来镢头、铁锨,不大工夫,就挖出水晶石几百斤。梁文秀他们看到这种珍贵的东西,无不欢欣鼓舞。

此事传到衙门县知府耳朵,他本来对梁文秀耿耿于怀,又加上水底取宝之事,越来越不放过他,立刻传梁文秀过堂,并给他上了刑法。在审问时,由于梁文秀博才多学,县知衬毫无辩驳之处。于是,他皱一下眉头,猛击惊堂木,喝道:"梁文秀,你干什么职业?"梁文秀毫不踌躇地回答:"我以耕田为业。"县知府又问:"你家喂牛了吗?"梁文秀慷慨地回答:"当然有。"县知府又故意提高声音喊:"牛笼罩上有几个窟窿?"梁文秀见县知府想法刁难他,就说:"大老爷,我在公堂上是打官司的,不是编牛笼罩的?"县知府粗鲁地骂道:"放屁,每日耕田连牛笼罩上几个窟窿都不知道,证明你在本县面前耍刁。"于是,他又对左右衙役喊:"来呀,拉下去重打四十大板!"梁文秀急中生智,他挥手喊道:"慢!请问大老

爷,大堂台儿可是你常来常往的地方?"县知府说:"是本官常来常往之地。"梁文秀轻蔑地向他笑笑,又问:"你可知大堂台儿是几个砖组成?"县知府无言答对,急得面红耳赤,不住抓耳挠腮……突然,他站起来一脚把书案蹬倒,妄想砸死梁文秀。梁文秀闪身躲过,乘机挣开枷锁,逃出虎口。县知府吓瘫在公堂上,他用发抖的手指着衙役们喊:"给我抓回来,千刀万剐!"衙役们仓促而去。

梁文秀跑到城南小河旁,把氅衣脱下,抓一把清泥涂到脸上,低头弯腰在绿草滩里搬石头,摸螃蟹。黑压压的一群衙役追到跟前,不见梁文秀的踪影,就喊:"小孩,你见一个小个子、穿氅衣的老头过去没?"梁文秀不抬头,不答言,只是往南挥手指指,衙役们顺着大路追去。梁文秀又悄悄从黑楼沟抄小路回骆驼崖,把打官司的事告诉了父老乡亲。

乡亲们怕事越惹越大,都四面八方逃跑了,只有梁文秀的堂兄,名叫骆驼的,坚持不走,后来被衙役抓到县衙斩首了。

梁文秀在外得知堂兄被斩的噩耗,就联合亲友十人,在郏县、禹县、郾师、巩义召集人马,要报仇雪恨。他心急如火,一个人先到登封县衙,恰好县知府不在家,去君召一带监死尸去了。梁文秀气得眼红,杀了他老婆孩子,又掂住他家小闺女的腿,大脚一蹬,一撕两半,挂到南城门上示众。然后,他敲鼓撞钟,竖旗造反,火烧县衙门。

县知府回来后见家破人亡,就连夜往上起文。皇上派兵剿杀骆驼崖,抄家灭门。

梁文秀此时兵不取胜,逃到大雄寨上,死守阵地。皇兵攻不下山寨,就用土炮往山上轰炸,山寨被摧毁,梁文秀母亲和家族弟兄死了,兵马人役死得无计其数。梁文秀是个忠义孝子,他哭了一阵,把尸骨埋到山上。在一筹莫展的情况下,他冲出重围,逃到山西去了。皇上又下通缉令,到处捉拿梁文秀,梁文秀便改了姓名,皇上也就捉不到他了。

(整理:李有德)

黄 瓜 泉

登封市送表街西南部有座无名小山,山背面的半坡处有眼碧绿色的山泉叫"黄瓜泉"。

古时候,有一年的盛夏,百日无雨,许多老百姓都患了瘟疫,巫婆、神汉就借机装神弄鬼,骗人钱财。

当时,登封有个清正廉明的知县,他母亲也患了这种病。听说黄瓜泉水会治这种病,他想去看个究竟。

第二天一大早,知县化装成百姓模样,来到黄瓜泉。他老远就听到泉边有鞭炮声乱响,到泉边一看,见拜仙水的人都面向泉水,各种供品摆了一圈,口中喃喃道:"老仙老仙显显灵,下药治好俺的病,香表银钱烧个足,猪羊果品摆大供。"祷罢起身,他们用罐子提了水,再用红布盖在罐口上,轻快地往回走去。留下来的供品,全被倒在泉边的一个巫婆守着的大箩筐里。知县随人流挤到泉边,摆上供品,烧着香表,一边祷告,一边注视着水中的动静。忽然,他见水深处隐隐约约有一个碗口粗细的东西摆动了一下,便钻入石洞中不见了,水面上还"咕咕嘟嘟"冒了一串气泡,气泡升到上空,呈现出彩色的光泽,一会儿便消失了。知县又凝视了一会儿,不见什么动静,便提了水,一边往回走,一边沉思着……

说来也怪,知县的母亲饮了黄瓜泉的水,病很快好了。可这个老太太贪心不足,有一天,她听说黄瓜老仙奉上帝之命,要度人成仙,老太太高兴极了,把儿子叫到跟前,说:"多亏老仙治好了娘的病,明天我要亲自去还愿。"

第二天,老太太乘了花轿,知县乘了绿轿,猪羊果品拉了几车,一班鼓乐吹吹打打,衙役轿卒前呼后拥,往黄瓜泉奔来。

老百姓听说县太爷亲自还愿,来看热闹的人山人海,挤扛不动。将近中午时分,县太爷赶到了,红、绿轿子停在山脚下的草坪上。然后,知县搀扶着母亲,仆从抬着供品,衙役们手持刀枪剑戟,威风凛凛地往黄瓜泉走来。

知县命人摆上供品,烧上香表,点鞭放炮。一心想成仙的知县母亲,守在泉边目不转睛地注视着泉水。突然,"咕嘟嘟"一连串的水泡冒出水面后,即变成光怪陆离的颜色。老太太一见,欣喜若狂。她拉住儿子的手,说:"儿呀!娘真要成仙了!"知县说:"娘,先别忙,供食还没给老仙送去呢。"说罢一挥手,几个从人便把猪羊供品一齐投入水中。

突然,"咕嘟嘟"一声巨响,整个山泉都沸腾了,随之,一条小檩似的蟒蛇漂在水面上。围观的人们一见,一个个吓呆了,呼叫着争先逃奔。知县的母亲也吓得"娘呀"一声,瘫倒在泉边。

知县命人把蟒蛇打捞了出来,放在一块大石头上,蟒蛇似睡非睡地,一会儿睁开眼睛,一会儿又闭上了。知县往高处站了站,向在场的人大声讲道:"大家都看清楚了吧?黄瓜老仙原来是条吃人的大蟒蛇!咱们看,这个山坡是个青石阴坡,从青石中流出的水很凉,再加上这条蟒蛇呼出的气有毒,今年夏天人们得病,是因为百日不雨,天气闷热,所以病人饮了这个山泉的水,以凉解热,以毒解热,才治好了这种热瘟病。蟒蛇刚才吃的供品,是灌有蒙汗药的,所以,它才漂浮了出来。"在场的人们一下子全明白了。

如今,这个地方还有四块大石头,一块叫"绿轿石",一块叫"红轿石",一块叫"杀蛇石",知县站过的一块叫"老爷石"。

(整理:段占周)

培风塔

汝州东南三十里的三台山,又名三堆山、湖浪山、三山寨、塔橛山、凤凰山、莲花山。三山寨北峰顶上有座七层砖塔,民间也有个故事。说是三山寨北边虎摇头村有姓马的,家庭很富有,主人弟兄几个又仗义疏财,不仅帮贫济富,还出资延师建学校。全村不论穷富,其小孩都免费去学校读书识字。马家主人对教书先生也非常尊重,除工资不低外,临年傍节还给他们发慰劳金。据清道光《汝州志》记载:马云翼,字汉飞,乾隆二十七年十月举,县丞职,住虎摇头街。丰于财,设立家塾,延请名师,凡来学者自备资斧毫不吝惜,所成就者甚多,如廪生魏越、唐儒华其尤著者也。

后来来了个南蛮子,自荐当老师,马家一试,果然很有学问。马家兄弟很高兴,就接连三天大鱼大肉加好酒地招待他。三天以后,当然就和其他老师一样,生活标准照常,在伙房就餐了。谁知这个南蛮子虽有学问,但心性高傲,心胸狭窄,又好吃好喝。他看马家人对他只三天的高规格招待,三天后把他与其他老师一样看待,就心生不满。南方蛮子鬼点子多,由不满生坏主意,想败坏马家的风水气脉,他对易经八卦、相生相克之学也很有研究,便装作很近乎的样子给马家出主意,说马家已经出了好几

个举人,将来还会出挂印封侯之人,但风水气脉很紧,虽然日子红火,但距水近距山远,气脉不能久存,要想富贵长久必须在三山寨北峰建一高塔,以求永固。瓦头街(虎头)是船型,南北街开不通,船没有赵不行,船没有高不行。

马家人听了他的话,花巨资请高氏、赵氏入住虎头,真的拿出重金交给他,由他负责建了一座七层砖塔。谁知建塔之时,南蛮子又使了镇物符咒,这塔就等于拴马桩,马被拴住再也跑不动了,于是马家慢慢就败落了。至今只出教师不出官了。

这个故事在三山寨周围十里八村流传久远,好多老人耳熟能详。此塔命运多舛,刚建成就被雷电击倒,马家后代复又重建。1949年夏天的又一次雷击,把底部洞穿一个大口子,顶部震松裂。据山下魏楼村老人讲,那天好多人都看到一条火龙从塔底北门钻进去,从塔顶东瞭望窗钻出来,然后,龙尾巴一甩,"轰隆隆"一声炸雷,把塔底炸开一个大洞。碎砖头飞崩到山下和坡上。炸雷过后,村人都往山上跑,把山坡上雷击过的碎砖块拾回家避邪。

火烧瓦摇头

清宣统年间,在汝南一带活跃着一股土匪,其匪首名叫崔狮子。有一两千之众,因其是虎摇头人,故对虎摇头从未下手。百年前,曾留下这样的民谣:"崔狮子,张正德,为啥不打瓦头街,瓦头街又有银子又有麦,好大闺女有几百,要是打开瓦头街,又有银子又有麦,悦德的媳妇做老婆,悦德的闺女支应客……"因摄于马姓之威,崔狮子垂涎三尺而未敢动其分毫。崔狮子匪众在方圆百里烧杀抢掠,民不聊生。于是,汝州各县官民欲诛之而后快。

马朝福时任虎头寨寨守,人送外号"大红炮"。时任宝丰县县大队队长马芝亭(芝亭为族叔)为清末武举,枪法奇准。匪首崔狮子欲拉其入伙,谓其曰:"你要入伙,情愿让你当正架,我为副,何如?"马芝亭不允。崔狮子趁其大婚之时,假冒马芝亭之名夜袭宝丰县城,马芝亭大婚之后,回到县府,县主诬其为黑红饺子(即黑白两道),马芝亭反驳,县主乃道:"要证汝等清白,提崔狮子头来见,否则,殃汝祖众!"之后,马芝亭回到家中先找好友马朝福商量。马朝福听了马芝亭所说的情况,立马就将本族的马朝悦、马朝德招来,四人共商计策,决定摔杯为号,欲斩崔匪之狗头。

于是,在民国元年(1912年)八月中秋之夜设下宴席,骗来崔狮子。崔狮子带着其二杆张正德及八名随从前来赴宴。酒宴喝至午夜,又为崔匪点上鸦片,让其过足烟瘾。夜正三更,崔匪似有所悟,乃告朝福:"老表,时候不早了,我该回去了吧?"马芝亭端其酒杯又来劝酒,其不允。遂高举酒杯:"你走不了啦!"顺手摔下酒杯,马朝福手起刀落,斩崔匪于卧榻之上。马芝亭手起枪响,将其二杆张正德击毙。趁乱马朝福四人背其二匪首级越寨而走,匪众急追至十字路河大王庙前,马朝福等四人诈唬:"一军来了,一军来了(一军乃樊钟秀之建国豫军)!"马芝亭等手起枪响,枪枪不落空,匪众魂飞魄散,惊慌而逃。四人将丧尽天良的二匪首级交予县府,悬挂于东城门上。

次日,匪众在其副手赵廷带领下(赵廷乃汝南人),杀进虎摇头。对马家大开杀戒,见马姓之人必杀,马姓之房必烧,可怜马姓老幼妇孺被杀十数口。其长门秀才马维壮,从北门回来,路遇匪众,匪问其姓,壮道姓马,有好心人为其辩,此乃李姓之人,老先生不解其意:"我本姓马,何来姓李?"遂被匪开枪杀害。长门还有秀才一人,其名讳不详,亦被匪抓,还有其子,最后被匪众烧死在楼院之中。马家

168间转圈楼在这次浩劫中被毁,因此楼全为贵重木料所建,桌椅板凳皆为漆木所造,大火烧了七天七夜,方才熄灭,方圆十里乡亲皆目睹。据马全喜所讲,马姓回到家中,园中野瓜已有碗口大,蒿草长有五尺多高,好一派凄凉之境也!事后余匪被官兵剿灭,只有匪首赵廷未获。

有虎摇头名士袁世林奉马氏所请,前去诱降该匪。因袁世林(袁老海之祖父)与该匪是换帖弟兄,二人见面后,袁世林道:"事情是吾弟所干,兄替你顶罪,你我弟兄你死我死都一样,请帮忙照顾好你嫂子及侄儿侄女。"赵廷急忙反驳:"祸是弟闯,岂能让兄顶罪?请兄替我照顾好我的孩子老婆,我就瞑目了。"遂叫人缚住手臂,随袁世林回虎摇头,被乱棍打死在村东戏楼前。此段事件后被艺人编为剧本,其名为《火烧瓦摇头》,在中原各地广为传唱!

火烧瓦摇头

(讲述:马毛立　马长立　马绿林　马全喜　马万山　崔瓦斗　整理:马宗伟　马宏敏)

马秀才与汝瓷

传说,清朝时,汝州城东南有个马秀才,他家有个祖传的汝瓷壶。这壶圆溜溜的,色如天然翠玉。釉泽浑厚发亮。马家祖传家训,这汝瓷壶是无价宝,只能妥善珍藏观赏,不可使用。这样一来,谁也不知这壶"宝贝"在什么地方。

马秀才好奇心大,老想用用这壶,看看有何妙处。一天马秀才用汝瓷壶泡上了香茶,刚要呷茶品尝,妻子慌忙进来告诉他岳父生急病,叫他们速去。马秀才撂下壶就走了。

马秀才一走三天,回来时是又累又渴,喉咙里干得难受。他见汝瓷壶还在桌上放着,端起来晃晃,水还在,就不顾冷热,就着壶嘴就喝。一口茶水进肚,他惊呆了,里边的水还烧嘴哩,滋味清香醇甜,和刚泡的一模一样。这时马秀才才知道,壶能保温,存水不凉,水质不变。他有意把这壶茶水又放了三天,仍是温乎乎的热茶。从此,马秀才知道了这壶果真是宝,把它供起来,不准使用。

后来,马秀才家遭劫,汝瓷壶被毁。他十分痛心,看看壶的残片,不忍心扔去。突然,马秀才发现壶身是两层,壶底是三层。三层壶底,一层印着八卦图,一层写有天干地支,一层正中间是个"火"字。他摸着残片,心里赞叹,老祖先们的汝瓷烧制技术太高明了!

宝壶已毁,汝瓷失传,马秀才痛心疾首,他把汝瓷壶的残片保存起来,准备有朝一日传给后人。

季　　寨

　　季寨是汝州市小屯镇的一个行政村,这个"季"字上本不是一撇,而是一横。因字典里和电脑里没有这个字,于是在有关印刷文字里甚至地图上只能以"季"代之,但读音决不应读"季"而应读"归"。这是为什么呢？这里边有个故事。

　　谁也记不清是哪朝哪代,有一个清廉耿直的朝廷大臣,因遭奸臣陷害要被满门抄斩。好心人给他透了这个消息,为保全自己和全家性命,他决定逃离京城,隐姓埋名,远走高飞。

　　一天,他逃到了汝州与宝丰交界的地方,看这里土地虽不甚肥沃,但还可以耕种。这里远离京城,又是两县交界之处,向西南不远便是深山老林,地僻人稀,官府疏于管理,他便决定在此定居。他们选定地方后便修房盖屋,开垦荒地,播种庄稼,开始了新的生活。

　　奸臣对他的陷害没有达到目的,不肯罢休,便向朝廷继续进谗,说要不将他缉拿归案,必将后患无穷。朝廷便画影图形,下令全国搜查。汝州自然不敢怠慢,派人对近来迁居的外来户一一排查。

　　一天,地保领着上面派来的人到了这个新的外来户家里查问:"你是从哪里来的？为什么要迁到这里？"

　　外来户主答道:"从山东来的。山东连年荒旱,日子过不下去,来这里寻条活路。"

　　上面派来的人又问:"你姓什么？"

　　这句话问到了要害。他本姓李,又不敢说姓李,但又实在不愿改了祖宗的姓氏。他思想很乱,没有直接回答,只在桌子上用手指蘸了口水写了一个"李"字。但他很快意识到这样会引来麻烦,甚至是杀身之祸,于是很快又在"李"上加了一横,说:"我就姓这,认得吗？"

　　被派来的人往桌子上一看,问:"你姓季？"

　　外来户主笑了笑说:"不,'季'字是'李'字上加一撇,这是一横。"

　　"那这个姓读什么？"被派来的人问。

　　读什么？他也不知道,因为本来就没有这个字,是他在情急之下造出来的。那么这个既不是李又不是季的怪字读什么呢？他真不愧是饱读诗书、满腹经纶的朝廷大臣,灵机一动,心里说怪就怪吧,于是声音洪亮地说:"读怪。"

　　"没听说《百家姓》里有这个姓呀？"来人提出了质疑。

　　外来户主一笑说:"我听先人说,姓氏不止一百,《百家姓》只收了常用的,还有不少稀有姓氏没有收录进去,所以咱这个姓就不在《百家姓》里。"

　　来人一听,说得有理,而且也听说要缉拿的朝廷逃犯是被奸臣陷害的,不想深究,所以就向上面报告说:"查无此人。"从此,这家人就在这里居住了下来。

　　后来又有其他人家迁来,为了防匪防盗,他们又筑起了寨墙,这个寨就叫作"怪"寨,再后来又转了音叫"归"寨。

　　几年后奸臣被除,这家的冤案得到昭雪,姓李的大臣又回京上任了,但这个季寨留了下来,直到今天。

— 488 —

二 里 半 墩

民间有俗语说:"猫记千,狗记万,小鸡娃能记二里半。"说是这几种家养的动物也有一定的记忆力。

早些年前,在郑州南郊十八里河村与南小李庄村之间的大路边,有一个方正的大土台。两村相距五里,这个土台正居中间,故村人都叫它"二里半墩"。这个"二里半墩"却是"小鸡娃能记二里半"这句俗语的出处,它是从一个悲惨的传说中引申出来的。

很早以前,村里有兄妹两人,因父母去世早,兄妹相依为命,日子虽然清贫,也安然自乐。哥哥成人后,娶了嫂嫂,这是个贫嘴又多舌的女人,见丈夫对小妹关怀备至,心里老大不高兴,总把小姑当成多余的人。有时趁哥哥不在家,嫂子就虐待小妹,时间一长,哥哥也有察觉。可男人总不能老守在家里,也要出门干活挣钱,养家糊口。

有一次,哥哥出门时对妻子说:"我到外面做活,妹妹交给你,要好好对她。你待妹妹好了,咱们是夫妻,若有差错,决不依你。"妻子当面应承说:"妹在家和我做伴是好事,哪能错待她,你就放心地去吧!"妹妹送哥哥走了二里半地,哥哥一再叮嘱妹妹不要和嫂子顶嘴,有事等哥哥回来再作商量。兄妹俩就在这二里半地含泪分了手。

哥哥走后,嫂子越发看小姑不顺眼。第一天让小妹挑满三缸水,第二天叫她拾三捆柴,百般刁难,还不让吃饭。第三天又叫去锄地。小妹一步一挪来到二里半地,坐在地上叫一声"哥哥"哭一声,一直哭到天黑,最后连气带饿死在了二里半地。第二天,嫂子做主把小姑就地掩埋,封了个土堆。

一个月后,哥哥回到家,妻子假装抹泪对丈夫说:"你走了之后,妹妹想你想死了。"哥哥来到妹妹的坟旁,哭得昏了过去。朦胧中他听到一个声音:"哥哥呀,手足情,哥离家,妹丧命,只因嫂子太残忍,害得兄妹两离分。"哥哥醒来后,发现妹妹坟上有一只小鸡娃在"唧唧"叫着找东西吃。小鸡娃又跑到哥哥的身边,一头钻进哥哥的怀里,"唧唧"叫个不停。哥哥就对小鸡娃说:"鸡呀鸡,屈了你,若是小妹魂变的,你在前面来引路,回到咱的家里去。"小鸡娃前边走,哥哥后面跟,一直到了家门口。转眼间小鸡长成大鸡,进门一见嫂子,就惊慌地叫:"哥哥打,哥哥打!"哥哥听了,知道妹妹是被嫂子虐待死的,就把妻子撵出了家门。

从此,哥哥精心喂养这只可怜的鸡子,每当下地干活,鸡子总在前面引路,哥哥随后跟。鸡子陪哥哥生活了几年,等鸡子死后,哥哥把鸡子埋在了妹妹的坟里,然后远走他乡,云游四海去了。

后人为了记住这个不幸的姑娘,就在埋她的地方又加土封堆,成为一个方丘。这里离村正好二里半路,因此称为"二里半墩",也叫"鸡娃冢"。

五 里 庙

从前,登封县大冶街住着一户姓王的人家,有兄弟二人,人称王老大、王老二。大冶盛产窑货,也就是盆、罐、缸、坛。二位兄弟以挑担贩卖窑货为生,日子过得十分清贫。

一日,兄弟二人卖完窑货连夜往家里赶。三更时分,他们已是筋疲力尽,精神恍惚,便坐下来休息。老二问哥哥:"咱走到什么地方了?离家还有多远?"哥哥还没有来得及回答,只听身旁一位老汉伸着一只手高声说:"看,还有这个(五里)。"兄弟二人觉得奇怪:半夜三更,荒郊野外,怎么身边坐一位白胡子老人,还向我们答话。

兄弟二位忙站起身,细问老人从哪里来、是做什么生意的,老人二话没说,抬起胳膊让兄弟二人看。借着闪闪星光,二人看见老人上身穿着红布衫,袖子却是绿的,觉得很是怪异。他们还没来得及问,老人便说:"别看我穿着红布衫绿袖子,明年要保登封一溜子。"说罢,他便没了踪影。兄弟二人感觉莫明其妙,也解不开这句话是啥意思。不过,他们知道这里离大冶他们家还有五里——因为老人举手伸指头,他们看见了。

转眼年终月尽。第二年春天,天气大旱,从立春到小满滴雨未下,麦子颗粒无收。秋苗刚长上来,从豫东又飞来了蝗虫(蚂蚱)。蝗虫遮天盖地,吃完了禹县、密县、巩县、偃师周边几个县的秋苗,却没飞到嵩山登封。那年,登封的秋庄稼得到了大丰收。

登封粮食大丰收,结果招来了周边许多逃荒要饭的。此时此刻,王氏兄弟才恍然大悟,方知是山神显灵,保住了"登封一溜"免遭虫灾。兄弟二人重新来到那天晚上休息的地方,经丈量尺寸,距大冶街正好五里。

此事传开,四方百姓对山神佑护一方百姓感恩不尽,大多数人主张修庙祭祀。王氏兄弟拗不过大家的推举,就主持在此处建了一座山神庙,庙里塑了一尊山神爷像。从此,这里就叫南五里庙。

修庙以后,王氏兄弟的窑货生意越来越好,都说是蒙了山神爷的福。消息传开,山神庙成了周围百姓祈福求富的宝地,山神爷成了人们心目中崇拜的偶像。许多过路客商也顺便进庙顶礼膜拜,先叩头,再祈福,后走路。

为了纪念山神爷佑护百姓的功德,广大善男信女每年正月二十五、七月初九都来烧香还愿,祈求平安。于是便形成了一年两度的古刹庙会。

(整理:郝发祥　张秋玲)

船　　城

传说在很古的时候,有一天管城(即今郑州市管城区)县官正在坐堂,忽然天摇地晃,他急到海滩寺求助。法僧说:管城本是一个船城,头向西尾在东,因漂泊到嵩山脚下碰上岩石走不动了,所以一直摇晃,须用铁锚镇住,方能平安无事。县官立即叫铁匠铸造一个千斤铁锚放在大堂上,大堂果然不再摇晃了。现在民间还流传着这样一首歌谣:"管城像只船,塔儿是桅杆,铁锚放大堂,县城不摇晃。"

磴　槽

背依嵩山距登封市区南五十里是有名的金店川,过了金店川涉过颍河,属八百里伏牛山脉,金店人叫它南山。南山中有一个小村叫磴槽,小小山村坐落深山,但名气不小。因为登封市龙头企业——郑州磴槽集团总部就设在这里,它是全国煤炭行业唯一不败的"五朵金花"之一,民营企业先进单位。磴槽知名度高了,有不少人会问:这里咋叫"磴槽"？村民们会告诉你一个传奇的故事。

相传很久以前,村民们依山而居,以农耕为主,过着几乎与外界隔绝的生活。某年六月的一天,从山外来了个南蛮子(旧时北方人对南方人的称呼)。山里人淳朴老诚,热情好客,便杀鸡款待这位山外来客。由于山里人热情招待,南蛮子一住就是两个月。接着第二年同期,他不约而至,并带着礼物,以谢村民。

一晃二十年过去了,南蛮子已年届花甲,身体也不如以前。这位上了年纪的南蛮子,预计来年无力再来这块为他带来财富的宝地,同时也被诚实的山民朋友历年来的厚爱而感动。为了表示谢意,他向这户房东道出了一个令人惊讶的秘密:"在你家门前几丈深的山崖石缝里,有股泉水喷出,泉水带金。泉下有块房屋大的石头,石面有个不易发现的凹槽,仅一寸见方。泉水经凹槽流过,金子便沉积槽内,年可得金一斤,孟秋可取,机密不可泄露,仅供自家世代享用。"

该户山民遵照南蛮子的嘱托,每年孟秋得金子一斤,家境很快富裕起来。该山民年老后,将秘密传给儿子。儿子取金几年后,便起了贪心,心想:等一年才取一次,只有一斤,若把石槽凿大些,不就多得金子了吗？他说干就干,拿来斧头钎子,不几下把石槽凿大了。谁知适得其反,从此,半点金子也没有澄出过。

村里人知道后,一传十,十传百,说长道短,埋怨这个贪心鬼,不该弄巧成拙,破坏了风水。为警示后人,揭露贪心,人们就用这块石头的"澄金凹槽"起了个村名,叫"澄金槽村"。因为没有了金子,又把金字略去,简称"澄槽"。又因为这个澄槽是石质,人们觉得把"澄"改为"磴"更为贴切,所以就叫"磴槽"了。

据说黄金没了槽,陆陆续续钻入地下,结果变成了"乌金",那就是蕴藏在伏牛山深处的煤炭。

(整理:袁从隆　袁颖敏)

懒　地

很早以前,登封城北的崇福宫附近有一块地,人称"懒地"。按常理,地是刮金板,人勤地不懒。人们会把粮食产量低的地叫"赖地""薄地"。那么为什么偏偏把这块地称为"懒地"呢？这里有一段有趣的传说故事。

嵩山周围属于山区,岗岭起伏,石厚土薄,加之十年九旱,农民种地经常是种一葫芦打两瓢。大多数百姓过着贫穷日子,正常年份穷得连盐也吃不起。登封的官员们也想为百姓谋利益,可惜无能为

力。

有一天,上级来报:皇上要来登封视察。县衙里的官员们合计,借此机会沾沾皇上的光,改变一下登封的贫困面貌。他们决定:待皇上驾临,就领他到崇福宫附近这片石厚土薄不长庄稼的地里看看,再替老百姓申诉一下穷得吃不起盐的日子,能让皇上把这片地封成咸地(也就是盐地),以后老百姓就有盐吃了。

他们让老百姓把这块地犁了又犁,耙了又耙,满地裸露出一片石砾,连一棵草也不见。

皇上来到地边,有位大臣说:"万岁,你看这块地什么都不长,太不像话了!"皇上说:"这块地什么都不长,证明这块地是懒地!"

此时官员们都目瞪口呆,无话可说。本来想让皇上说成闲(咸)地,可以解决老百姓吃盐问题,皇上却金口玉言说成了"懒地"。

从此,登封城有一块懒地的故事就流传了下来。

(整理:张长顺　李学仁)

凤 凰 台

传说很早以前,郑州老城区东门外有个湖泊叫东湖,湖边梧桐树上住着一只美丽的凤凰,渴饮湖中水,饥食梧桐果,每年春天百鸟便飞来朝凤。后来人们陆续来这里居住,与凤凰做了邻居。老鹰嫉妒凤凰,勾结青龙吸干湖水。凤凰不忍人们受难,便让自己的泪水流入湖中,直至泪干身死。人们用凤凰的泪水浇灌水稻,长出的稻米也像凤凰的眼睛一样美丽,蒸熟后呈立状,表现了凤凰威武不屈的高尚品格。为纪念舍己救人的凤凰,人们把它埋在湖边土岗上,又修了一座凤凰台,并把这里定名为凤凰村。

九 天 阿 胶

禹州有种中成药叫九天阿胶。这种药滋阴补肾,益气延年,远近有名。

明朝崇祯年间,洛阳府有个王爷叫朱常洵,是当朝天子的亲叔。一年春天,朱常洵到郊外游春,看见两个美貌的女子,就想霸占。他给随从使个眼色,随从就去抢人。

这两个女子,一个叫香瑞,一个叫香芬,是双胞胎,一块儿嫁给洛阳名医张百芳。朱常洵抢走了香瑞,香芬跑了。香瑞已有四个月身孕,被抢到王宫里就小产了,出血不止。朱常洵叫太医治病,不见好转,就张榜求医。

这天,护榜者押着医生来见朱常洵。这医生不是别人,正是香瑞的丈夫张百芳。张百芳是禹州人,世代行医。他见了朱常洵,从怀里掏出一块儿药,说:"这叫九龙胶,专治妇女体弱血亏。请赶快交给病人吧。"

香瑞见到九龙胶,知道是丈夫送来的,背着人把胶块儿敲开,里面有个小纸蛋儿。她展开纸蛋儿一看,上写四个字:三更逃走。原来张百芳跟好友侠客玉蜻蜓商定,当夜三更,由玉蜻蜓进宫搭救香瑞。三更天,玉蜻蜓神出鬼没,把香瑞救出了虎口。

张百芳和妻子团圆后,改名换姓,全家逃到山东阿城。从这时候起,九龙胶开始在民间使用。到清朝,这种药曾治好慈禧太后的病,它的名气更大了。这时,人们把它叫做"阿胶"。

道光三年(1823年),张百芳的后代张华平从山东回到禹州老家,住在城北牛沟村。他照祖传秘方研究改进,采用优质黑驴皮、新郑枣花蜜、城北九龙口河水为原料,精制成胶,起名叫"九天阿胶"。

(讲述:冀福立　整理:张炳灿)

花甲老汉选孝儿

从前豫巩邙山中段西黑石关住着一位开明的孟姓绅士,他有三个儿子和两个女儿。儿女们都已个个成家,不觉中老汉已进入花甲之年,心中总在考虑一个问题:如果自己行走不便时,跟哪个儿子好呢?所以,他每日都在细细观察儿女的动态,分析儿女和媳妇的心理活动,以便以后选择去向。

经过两个月的细心观察,最终心里有了一个完整的主意。老汉把自己手中的银子作了一个使用计划。于是把小孩的舅舅请到家来,把三个儿子和两个女儿叫到了老汉房内,让舅舅主持儿女养老商议会。

这时舅舅开始讲话:"我的意见让两个女儿每年多来看望二老,穿戴由两个女儿供给,侍候由儿子负担,你们姐妹五个有不同意见吗?"

五人同声回答:"没有意见!"

舅舅高声说了一句:女儿供穿戴定下来了。接着又先问:"大外甥,你怎样孝待你父母?"

老大不假思索地讲到:"以前怎样对待,把二老接来后还是依先前那样对待二老。"

老汉听后,随手拿出一包盖宅屋的银子,对大儿子说:"你拿上这笔银子另盖房吧!"

这时舅舅又问二外甥:"若接你二老进屋过活,你怎样善待二老呢?"

老二听罢,稍深思了一会儿说道:"我哥怎样善待二老,我就怎样善待父亲母亲。"

老汉听后又拿出一包给儿子盖房的银子,对二儿子讲:"拿上这包银子,你也选个地方建个宅房吧!"

老二把银子接到了手中。

这时舅舅又对老三开了口:"老三,你接你父母进家后,怎样孝顺二老呢?"

老三脱口就讲道:"我一定拿我对待自己儿女的心和行动善待父母,因为天下只有父母恩情最深最大。"

老汉和舅舅闻言都高兴地流下了激动的泪水,连连说道:"老天不亏好心人啊!"于是,舅舅当场宣布:"二位老人由三外甥接屋孝待,欢度晚年之乐。这是老人的选择,我尊重他的选择!"

处理完姐与姐夫的归宿问题后,孩舅告辞回返,二位老人都去送行。这时孩舅对二位老人讲了一句语重心长的话:"我为姐夫的选择感到高兴,姐夫有眼力,选三外甥孝待,我真放心了!"

(口述:孟谦　整理:孟庆勋)

荞麦的来历

在很久很久以前,嵩山脚下有个叫荞麦的姑娘,家里虽穷,但人不仅长得漂亮,而且天资聪敏,勤劳善良。年方十八,求亲的人就踏破了门槛。邻村有位财主听说荞麦贤惠,就托媒人提亲,让她嫁给自己的傻儿子芒种做媳妇。荞麦的父母为攀大户,答应了这门亲事。

说来荞麦的命真够苦的,荞麦嫁给财主的傻儿子芒种不久,财主老俩口相继撒手而去,撇下荞麦和芒种。常言说,嫁鸡随鸡,嫁狗随狗。荞麦跟老实巴交的芒种过日子,按风俗过日子,男主外赶集上店,下地干活。女在家生儿育女,做好针线茶饭,生活过得也算凑合。

荞麦家有两匹马,想卖掉一匹。一天,荞麦让芒种赶集到牲口市上去卖马。芒种很晚才回家。荞麦问:"马哩?"

芒种回答:"马给人家了。"

荞麦又问:"钱拿回来了?"

芒种回答:"没。"

荞麦着急地追问:"那马你就给人家了?"

芒种回答说:"买马的让我五天后到他家去取。"

荞麦问:"你知道他家住哪里?"

芒种回答:"不知道。"

荞麦又问:"买马的没说啥?"

芒种回答:

他姓西北风,名叫通汴京。
家住半天空,明月落山中。
门前大明镜,屋后响叮咚。

荞麦一听,放心了。五天过去,她对芒种说:"你去取马钱吧!记住,买马人叫寒露,家住西山村,门前有个大水潭,房后有个铁匠炉。你记住了没有?"

芒种在家把荞麦的话重复了一遍又一遍,走了。他按照荞麦的吩咐,没费劲儿就找到了买马人。

寒露挺纳闷,这个闷头闷脑的憨小子靠啥找来的?就追根问底地打听起来。芒种把事情原原本本一说,寒露笑了,心想:这个小子还真有福气,找了个好媳妇。就热情地留芒种吃饭,临走还送给了他一包东西。

芒种回家后把寒露送的包拿给了荞麦,荞麦打开一看,脸气得煞白。包里放着一棵葱,一枝花,一个大南瓜。荞麦明白,这是寒露在讥讽她,聪明伶俐一枝花,嫁给一个大傻瓜。荞麦越思越想越伤心,一气之下回了娘家。

芒种骑着马跑去找寒露,让寒露赔他媳妇。寒露问明了事由以后,一招手,笑着在芒种耳边嘀嘀咕咕说了一番话。

芒种听后,就照寒露说的话去找荞麦。他在老丈人家门口下了马,手提皮鞭狠狠抽打马,一边打一边骂:"我让你配双鞍,我让你配双鞍!"

荞麦闻声走出来,看见芒种的举动,叹了口气,喊了声:"别打了。"就无奈地跟着芒种回了家。

荞麦回家后,想到芒种无能,自己受欺,越想越气,整日里闷闷不乐。

这一天,芒种外出,荞麦正在洗脸,寒露嬉皮笑脸闯进荞麦家,口中唱道:

荞麦天生一枝花,聪明伶俐人人夸。可惜嫁个傻女婿,真是让人笑掉牙。

荞麦吓了一跳,忙问:"你是谁?"

寒露笑答:"我就是买你马的那个人。"

荞麦问:"你来干啥?"

寒露上下打量着荞麦,口中说道:"美人,没让我白想,你真有闭月羞花之容啊!马我买了,你也跟我走算了,保你享不尽荣华富贵。"寒露说着就禁不住垂涎三尺地对荞麦动起手脚。

哪知荞麦死也不从。

寒露色胆包天,不由分说,将荞麦捆绑起来,背起来就往外跑。寒露跑到野外,放下荞麦,坐下喘息。

荞麦哀求道:"寒露大哥,你既然想娶我,就应该让我体面些,你瞧我脸还没洗好呢。你就让我打些井水,洗洗脸,跟着你走就是了。"

寒露看荞麦顺从了,一时心花怒放,就给荞麦解开了绳子。荞麦来到不远处的一个井边,掏出随身的手帕,咬破手指,在手帕写道:

从小红脚丫,长大一枝花,寒露来害我,难以转回家。

荞麦写罢,就纵身跳进了井里。

寒露做梦也没想到荞麦的性格会如此刚烈,眼看闯下大祸,撒腿就跑,从此无影无踪。

乡亲们发现荞麦跳井后,把她打捞上来,叫来芒种一起将荞麦掩埋在井旁。

一年过后,在荞麦的坟头,长出来一种红杆绿叶、开白花结黑籽的植物。以后,年复一年,这种植物长满了大地,漫山遍野开满了白花。

有一年秋季,天下大旱,田里颗粒无收,人们为饥饿而忧愁。一天深夜,十里八乡的人都听到荞麦姑娘在唱歌,她唱到:

今年闹灾荒,荞麦当口粮,荞麦可充饥,荞麦可度荒。

荞麦的歌声娓娓动听,饱含着对人间的无限深情。人们闻声而起,看见天空中荞麦姑娘脚踏祥云,身穿红装,头戴粉色花环,天女散花般向大地播撒着种子。

说来也怪,种子一落地,一夜之间,便成熟结果了。

天一亮,人们便纷纷争相采割这种开白花结黑籽的植物,将打下来的籽磨成面,好吃极了。就这样,乡亲们依靠着这种植物,平平安安地度过了灾荒年。为纪念这位善良美丽的姑娘,人们将开白花结黑籽的植物称之为——"荞麦"。

后来,荞麦成了当地人主要的粮食作物和救荒作物。荞麦生育期短,夏种秋收,抗逆性强,耐旱,但耐寒力弱,怕霜冻。每年一到寒露节,不管熟没熟,人们都要把荞麦收割回家,不然过了寒露节,西北风一刮,荞麦的籽就会洒落一地,收不回家了。正如荞麦姑娘所言:

寒露来害我,难以转回家。

(搜集整理:王建松)

二、少林武僧故事

少林拳的来历

　　传说,南北朝时期,北周武帝遣返僧道后,第三年有一天,少林寺山门前,挨边躺着两个男人,一个三十多岁,一个二十多岁,整整躺了两天,到第三天下了一场冷雨,两人才睁开了眼。坐起来一看,年轻的喊了声:"师父!"年长的喊了声:"投子!"两人抱头哭起来。那个年轻的说:"师父你咋也回来啦?"

　　这两个人,都是被遣散回家的少林寺和尚,被称师父的法名叫还源。还源听徒弟问他,止住哭,揩干了泪,便对徒弟讲起重来少林的经过。

　　还源从小家里穷,十二岁上,就雇给财主放羊。这个财主家业很大,地有千顷,骡马成群,不但雇了男工,还雇了不少丫环仆女。其中有个丫环,名叫小杏,两人见面多了,产生了爱情,背地说妥,决计一起逃出财主家门,到远处谋生。两人当即立下盟约,如果逃跑失散,男不娶,女不嫁,海枯石烂不变心。事情也真应了盟约,出逃那天夜晚,他俩被财主发现。他们前边跑,财主派了家丁打手在后边撵。还源跑得快,小杏跑得慢,跑到淮河边,眼看要被财主的打手捉住,小杏大喊一声:"快跑!"她自己"扑通"一声跳到淮河里。还源扭头一看,小杏已沉进水里。于是他扭头又跑开了,打手们看看撵不上他,就拐回去了。

　　天明时还源跑到阜阳,痛哭了一场,就到少林寺出家来了。北周武帝下令废佛遣僧,还源返回老家,途中又碰到了小杏。原来小杏投淮河后,被一个老艄公救出水,从此她女扮男装,贩粮卖米,苦度营生。两人诉说衷肠,结了婚。哪知这事叫老财主知道了,老财主诬告还源霸占他的小老婆,命家丁打手一齐上,把小杏抢走,小杏当晚就碰死到财主家的砖墙上。县衙还贴出告示,缉拿归俗和尚还源。还源走投无路,只好再次出家少林寺。

　　还源来到山门口,见寺毁神倒,气上加气,头一晕栽倒地下,想不到竟在山寺门口遇到了徒弟投子。

　　投子听完师父的遭遇,泪水像断线珠子,"扑扑嗒嗒"落下来,边哭边向师父说出自己的遭遇。投子也是穷家出身,他三岁的时候,母亲就去世了。当时又是大旱灾年,父亲没办法,把他领到少林寺,指望逃个活命。他父亲收到寺里几升养子粮,就回家去了。武帝下旨遣僧毁寺,投子便还俗回家。

当时有农民起义军打富济贫,除奸灭霸,给当时昏暗的社会带来了一丝亮光。投子看到了希望,他和父亲一商量,便想投入农民起义军队伍。这事却被当地一个财主知道了,那个财主就派出打手,趁黑夜推开投子家的门,抓住他父亲,拉到镇上,屈打成招,没到三天,砍头示众。那个财主为了斩草除根,声言要逮捕投子,逼得投子没有办法,也只好再次跑到少林寺来。

还源听投子讲说一遍,替投子擦擦泪,说:"天无绝人之路,石板还有翻上下的时候。既然咱师徒俩又走到一块来了,就在这里先干着,以后再说。"从此还源与投子在少林寺以开荒耕地为名,偷偷寄宿下来。

人要倒霉,称四两盐也会生蛆。还源与投子手持锄头,大干一春天,开了五亩荒地,种下了大豆和玉米。这年雨水连绵,大豆黄,玉米穗尺把长,正是丰收在望的时候,可是狼虫虎豹成群结队地来偷吃庄稼。没办法,还源在屋里看门,投子在地里看守庄稼。一次,他追赶野兽,被一个大石头绊倒,摔伤了胳膊,半年才愈。

少林拳

这年,他们获得了丰收。打下的粮食,除吃,余下的卖了一罐子银钱。一天,投子上煤矿去挑煤,夜里没赶回来,第二天早晨回来一看,师父在院子里躺着。怎么了?原来是那天夜里,来了一个强盗,把他们卖粮食的一罐银钱偷走了,还源出来撵贼,黑夜碰到院中柏树上,碰伤了腿,贼也跑了。师徒俩气得两天都没吃饭。他们俩恨野兽恨贼,又想起杀父之仇、夺妻之恨,气没地方出,恨都撒在石头和柏树上。

投子不论是往地里运粪运庄稼,还是耕种锄耙,看见石头想起摔伤的胳膊,一怒之下就踢。今天踢,明天踢,天天如此,时间长了,脚不但不疼了,竟把石头上踢了个窝,最后能把百多斤重的大石头踢飞几丈远,脚也不疼,腿也不酸。

还源呢,早晚看见碰倒他的柏树,就想起了偷钱贼,火也来了。火一来,就用拳头在柏树上夯,起初夯树手疼,夯的时间长了,拳头上起厚茧,手不疼胳膊不酸,并且把柏树夯得摇晃半天,吓得麻雀老鹊不敢往柏树上落。

第二年麦收,打麦碾场没石磙,得把原先寺里打麦用的石磙推来。还源对投子说:"走!咱去把老石磙推过来吧!"投子说:"你不用去啦!我把它踢过来吧!"说着,他走到坡下,用脚一踢,大石磙"嗖"一声,飞上岭来。夏天,他们师徒要修房子,需砍一棵树,一时缺锯,投子说:"师父!我去拿镢头,咱俩把树刨倒吧!"还源说:"不用费那事,我把它推倒算了!"说着,他一卷袖口,拳头用力向树上一撞,盆粗的大树随即倒下来。

经过几年的拳打足踢功夫,师徒身体结实如铁,拳大胳膊粗,面如枣色,声如洪钟。投子来个扫堂脚,能踢倒三狼四豹。还源来个猛夯拳,打得墙倒树倾。从此野兽强盗,再也不敢欺负他们了。师徒二人知道了武艺中用,就加劲练习,还向其他有武艺的人学习,创出了许多姿势、套路。

到周静帝大象年间,朝廷又提倡修复寺院。原来少林寺遣返还俗的和尚,大部分又回来了,并且又添了许多新僧。大家见还源、投子师徒二人归来得早,又练就一身武艺,就推举他二人为寺首领。知府改少林寺为陟古寺,寺里把习拳练武列为佛法之一。

后来,隋文帝杨坚统一中国,当了皇帝。隋文帝又把陟古寺改为少林寺,并把偃师县柏谷屯的田地,拨给少林寺一百顷,以供寺僧们食用资费,并鼓励他们练武习功。少林寺僧在练武中,多次接纳、充实,逐步形成一套完整的少林拳。

(整理:王鸿钧)

僧稠打虎感道房

北魏孝明帝孝昌年间,少林寺第一代方丈大和尚印僧跋陀,让弟子道房到山东巨鹿度来一个姓孙的孩子进寺出家,并为他取法名叫僧稠。

僧稠天资聪颖,学佛认真,师父、师兄每有指点,只要一览佛经,就能很快领悟,并能讲出自己的独到见解。师父跋陀常说他是葱岭以东学佛最好的一个。唯有一点,僧稠身体羸弱常受人欺,每当为人所辱,他必以死相拼,不到对方认错不会歇手。他还常说:"常受人欺,不如死了心安。"跋陀看他意志坚强,便于每天半夜教他武功,而僧稠则硬要练到天明。三年后,僧稠就变成五大三粗、臂力过人、单手能举石狮的力士,而且拳捷骁勇无比。因他在佛、武两项之中均有超人本领,跋陀就让他到少林寺下院嵩岳寺当了方丈。

僧稠作方丈,师兄道房则老大不服,以为僧稠本是自己所度来,不管在学佛和学武上自己也算他半个师父了,师父怎么就这样偏心,偏让他去当方丈,便要求师父也委任他主持一座寺院。跋陀笑了笑就让他到会善寺去了。一年之后,僧稠在嵩岳寺已会聚僧众300多人,四众弟子还尊称他为稠禅师。而道房在会善寺虽努力经营,三六九日也认真讲经说法,但僧众总是寥寥无几,道房又常为此怨师父对他开路不到,照顾不周。

这年夏初,师父跋陀专门派道房和僧稠,一起去山西参学访友。俩人到达怀州的第二天早晨,上路不远就进入了王屋山区。转过几座山峦,忽然一声虎啸,斜刺里蹿出一条吊睛白额大虎,直向他二人扑来。道房一看转身要跑,僧稠大喊:"别怕!"话刚出口,道房已蹿出了一丈多远。那只白额大虎却偏偏丢下僧稠直朝道房追去,那大虎一纵身从背后把道房按倒在地。这时,急得僧稠大叫一声"不

好"！他晃了一下手中的禅杖，急忙上前抢救。那大虎听到身后来人，竟昂起头向后张望，一见僧稠赶来，便丢下道房，掉转身张着血盆大口又朝僧稠扑来。僧稠借着大虎的凶猛来势，举起禅杖对准猛虎冲来的血盆大口就捅了进去，只听大虎"吭"的一声，禅杖的尾部铁锤已扎进2尺有余。大虎疼痛难忍，奋力向后一挣。血淋淋的禅杖就拔了出来。恰在这时，僧稠听到身后又是一声大吼，只见又有一只大虎已蹿到身边。面对前后两虎，僧稠早把生死置之度外，急转身使出全身力气，"唰"的一声禅杖便朝身后的大虎打来。只听"叭"的一响，杖锤恰恰正中大虎左眼。那大虎带着剧痛，一声咆哮，蹿将起来就向僧稠头顶压来，僧稠连忙一缩身子，借着大虎扑来之势，双手举起禅杖，使出朝天一炷香的解数，甩杖锤顶住了猛虎的下颚，使尽全身气力，向上猛一纵身，把那只四五百斤重的大虎，"吭"的一声撂下左边的山谷。这时，先前的那只大虎大口大口吐血不止，一看大事不妙，也"嗷"地一声，转身窜向山后去了。

到了这时，被大虎扑倒在地的道房，才气喘吁吁、战战兢兢地坐起身来，僧稠连忙上前将他扶起，幸好道房也没伤着哪里，只是心跳不止。一轮圆月升上东方，皎洁的月光照得王屋山如同白昼，座座山峦历历在目，僧稠扶着道房在一块数丈长的平石上坐了下来。道房又喘息一阵，心中才慢慢地平静了。

道房面对眼前的事实，心中无限愧疚，一方面对师弟僧稠的勇健，佩服得五体投地，一方面又为自己的无能感到无地自容。好半天才双手合十说道："阿弥陀佛，今日若不是师弟神勇，师兄是怎么也难逃此劫了。"

僧稠听了这话，哈哈地笑着说："今日不在师弟打虎，而在师兄不在此劫。"说到这里，停了停又说："师兄的武功甚好，今日怎么就怕起来呢？在这个节骨眼儿上，可真得不以身为身，不以命为命啊！刚才之事不是虎死咱手，就是咱亡于虎口，两者必居其一，不会有第三种结果。越是怕死，越要死，越想跑掉，越跑不掉，相反不怕死同虎斗还会活下来。师兄不是讲过：佛门弟子要上求佛道，下化众生，以普度众生为己任，只有普度了众生才能自救。师弟听过师兄讲后，也有一点儿新的领悟，觉得反正菩萨也是属于众生的，没有众生，一切菩萨也不能成为无上正觉。我正是从这一点出发去精进武术，才感到佛门弟子没有什么可以惧怕的。"

道房听了僧稠的一席话，深愧自己佛性不纯，说得做不得。好半天才开口说道："师弟佛性纯，智慧广阔，今日师兄才知道对您是望尘莫及了。"

从此，道房彻底改变了旧有的看法，视师弟僧稠如师父，格外地尊重他，再也不敢目空一切瞧不起他人了。

（整理：甄秉浩）

大 鞋 僧

历史上，少林寺有三武之祸，即北魏太武帝、北周武帝和唐武帝。这三个武帝执政期间，废寺院，赶僧侣。少林寺也曾三次萧条，三次复兴。特别是北周武帝之祸，长达12年之久。各寺院人走畜散，墙倒寺塌，鼓破钟裂，佛毁经失，一片废墟。

北周武帝死了以后，寺庙再度复兴起来。少林寺重修殿宇，塑像安神。少林拳术也得到再生。隋文帝开皇年间,寺里有个和尚,法名文载,外号"大鞋僧"。也不知他人有多大,他的鞋内可放个七斤重的猪娃。文载的手脚,比起别的师兄师弟稍笨一些,因此,当家和尚分配他到厨房干饭头事务。饭头,相当于现在的炊事班班长。文载不但自己做饭,还要安排一班人的炊事活,所以一天到晚忙不闲。

习拳练武是少林寺的传统佛风,寺中不拘老和尚和小沙弥,在武术技巧上,或多或少都会几套。文载看见师兄师弟们,练拳习棒的武艺都很高强,十分羡慕,自己也想学一些武艺,只是这饭头事务太忙,腾不出手来。

正好厨房门前放着一个破钟。钟是南北朝兴光年间铸造的,上边铸有一行字:重八百斤。此钟在北周武帝之祸时,钟鼻被砸掉了,还破了两个钟角。除了钟鼻与钟角,剩下的重量至少有七百斤。文载向师兄弟学习武术,开练基本功。他每逢在开饭前后,就要抱一抱这个破钟。起初抱钟时,钟连动都不动。可练到三年头上,他不但能把钟抱起来,而且还能把钟抱在怀里,在寺院里边转悠三圈儿,并且是气不发喘心不跳。就这样,在一年一次全寺的比武会上,文载的抱钟功夫被众僧评为"金箍架"之功。

有一年伏天,雨水过多,各处的道路被水冲坏,行商来得少了,少林寺内一时买不来盐吃。典座和尚吩咐文载赶一匹骡子,驮三百斤小麦,到洛河黑石关码头去换盐。

文载遵照典座和尚的吩咐,赶着四尺高的骡子,到了辘辕关的十八道弯,迎面来了七八个商人。只见他们一个个丢帽掉鞋,衣破膀露,狼狈不堪。这帮商人看见文载,劝他说:"师父,前边有'闸大堰'的,去不得啊!"

"闸大堰",就是指小股土匪断道截路,抢劫过路客商财物。

文载问他们:"有多少人?"

一个年老的行商抖着手说:"太狠毒啊!伸手就打,开口就骂,我们要不是抛弃了银物,连性命都难保啊!你问贼人吗?少说也有二十个,他们各个手拿铁器,见啥抢啥。"

文载边听边走路,说道:"这些盗贼,是活够了吧!"

老行商见他仍向前走,好心劝说:"师父,你赶匹大骡子向前去,是……是往虎口里送肉啊!"

文载过了小相村,没走多远,看见辘轳沟边,有几个人在探头探脑地张望,他连甩几声鞭子,骡子向前走得更快了。当走到沟边时,牲口突然站了下来。文载往前去一瞧,原来是辘轳沟上边架的桥被洪水冲坏了,只留下尺把宽没有塌完。空手人可以将就着过去,一匹骡子驮着三百斤小麦,怎么也难过去啊!文载上下看着,桥左边是几丈高的土崖头,桥右边是几丈深的白土沟,只有从这三尺宽的残桥上慢慢走过去,否则无路可走。这时候,他想喊几个人帮帮忙,可那几个探头探脑的人,连影子也不见了。文载一急,将腰带一勒,袖口一卷,双手一抱,把骡子带粮食一齐抱起来,背靠着土崖头,脸朝着深土沟,慢慢横过桥去。他将骡子放下来的时候,发现路上乱脚印中,洒有几摊鲜血。他想,这一定是土匪劫路,伤害了人命。这时,他很想找几个土匪替商人出出气,可土匪哪里还敢出来呢?

这群土匪,本想劫走文载的骡子和粮食。他们在一边探头探脑的,见到文载这种行动,在背角处早吓得浑身筛糠,谁也不敢出头露面了。文载赶着骡子走到黑石关码头,见到许多买盐的老百姓,围着盐行大门,有的唉声叹气,有的唾骂不休,还有几个人捶着店门叫嚷,求掌柜开恩卖盐。盐行门口,一个身穿黑缎子长袍、外罩花马褂的人,手中端着水烟袋,坐在紫檀木椅子上,神气地吸着烟说:"只能怨天,不能尤人。天下这么大雨,河水暴涨,盐运不上来,怎么办?只有涨价了。"说着还眯缝着眼冷笑。

一群百姓求他开恩,还照原价卖盐。那个人摇晃着脑袋说:"这是杨掌柜的吩咐,涨水期间,一斤

盐按原来的二斤盐钱,这是你们的运气呢!"说罢,又塌蒙住眼抽起水烟来。

文载把粮食从牲口身上卸下来,将骡子拴在一旁的槐树上,正要走上前去,与拿水烟袋的人说理。这时候,人们忽然一阵骚动,喊叫:"杨掌柜下船了!杨掌柜下船了!求杨掌柜开恩吧!"围店门的人们霎时四散开来。

文载一看,这个下船的杨掌柜,约四十岁年纪,穿一身雪白的夏布大衫,戴一顶细篾竹笠透风帽,手中拄着一根黑油漆拐杖,大摇大摆地从河边向盐行门口走来。他看见买盐的人们,冷笑一声说:"盐不提价,叫杨老爷吃风屙沫!嗯——?"然后他指着端水烟袋的人说:"账房先生,他们嫌盐贵吗?王八帽子便宜,咋不去买呀!挂牌,从现在起,盐再涨价一倍!"

人们一听,有人气得瞪眼,有人气得握拳,因为盐商有钱有势,大伙是敢怒而不敢言。文载看到这种情况,气得心里直冒火。打吧,这里有许多杨掌柜的心腹人,难以近前,不打吧,他仗凭行中存有盐,把穷人捏扁再揉圆,他实在咽不下这口气。况且他自己不能照典座和尚的吩咐,用三百斤麦子换不到一半重的盐,回去如何向典座交代?文载急得搓手跺脚。他转了几圈,猛想起一个窍门,把手巾往头上一扎,两眼一闭,装作失目之人,手向前摸着喊:"杨掌柜!杨掌柜!人们都说你长得魁梧,我是失目之人,看不见你的富贵身体,叫我摸摸吧!"

盐行的杨掌柜一听,是失明之人在夸奖他,就哈哈笑着说:"我这福体,九州八府,有多少人知道啊!好!你来摸摸吧!"并问文载:"洗手没有?"

"洗了!洗了!摸杨掌柜的福体哩,俺刚用洛河水洗过三遍哩。"文载说着走到他身边。杨掌柜也故意斜着身子,让文载抚摸他的福体。文载挨住杨掌柜,上下抚摸他穿的夏布白衫,夸奖说:"福体福体,果然不假,杨掌柜,都说你身体魁梧,叫我抱一抱吧!"

杨掌柜被喊得入迷,高兴得浑身耸动,说:"好,就让你抱一抱我的福体吧。"

文载伸出胳膊,拦腰将杨掌柜抱住,双手一扣说:"魁梧!魁梧!"说着他两只胳膊一用力,勒得杨掌柜"妈呀"一声,抖着手说:"松开,快松开!"

他越说"松开",文载勒得越紧,胳膊一架,把姓杨的胯到腰间,夹到洛河岸上。看样子像要把他扔到河里去。盐行的人们一看这种情形,吓得浑身筛糠,谁也不敢靠前。姓杨的吓得面色苍白,连喊:"老爷,老爷,饶了我吧!"

文载胳膊又一使力,姓杨的伸腿瞪眼了。文载一松手,把他扔在地上。好一会儿姓杨的才喘过气来。这时候他见文载是个和尚,就跪在文载面前,磕头如捣蒜般地说:"师父有什么吩咐,师父有什么吩咐?小的有罪,请您教训!请您教训!"

文载问:"盐价还涨不涨了?"

"不……涨了。原价,三个钱一斤,三个钱一斤。"他说着,回头骂端水烟袋的管账先生:"想死哩!还不赶快把牌子换换。"

这时候,管账先生吓得像夹着尾巴的狗一样,开开盐行大门照原价钱卖起盐来。

(整理:王鸿钧)

少林和尚救唐王

唐朝初年夏季的一天,在登封通往洛阳的大道上,走着十三个少林寺的和尚。他们一个个精神抖擞,气宇轩昂,前头走的和尚名叫觉远,他武艺高强,胆识过人。最后边跟的是他们的师父紧那罗和尚。他们师徒十三人手提棍棒直奔洛阳而来,他们边走边谈,只听师父紧那罗说道:"徒弟们!现在隋朝灭亡,唐朝建立,唐高祖在长安爱民如子,奖励农耕,黎民百姓安居乐业。王世充为了反对唐朝李渊,在洛阳竖起大旗,自称郑王,又封他的侄儿王仁则为领兵大元帅,这王仁则领着郑军横行霸道,到处烧杀抢掠,逼得百姓有田不能耕种,都往陕西逃荒要饭。唐高祖为了统一中国,搭救河南百姓,特派他的儿子李世民乔装打扮来洛阳打探军情,不幸被郑兵元帅王仁则活捉,定为'钦犯',押进牢监。常言说'国家兴亡,匹夫有责',少林和尚应该除暴安良,搭救李世民。"众和尚听后个个摩拳擦掌,齐声说道:"咱决不能叫王仁则为非作歹残害忠良,救出李世民一为国家立功,二为咱少林和尚争气!"他们走着说着,不由得加快了脚步,天刚黑就赶到洛阳城东门外。十三个和尚抬头一看,只见城墙高四丈,两扇城门又高又大,八个郑兵把守森严,对过往行人个个盘查,没有良民证件休想进城。紧那罗一看这种情景,心中暗想:何不趁夜晚翻墙进城,见机行事。于是他和觉远二人低声耳语了几句,轻轻把手一挥,十三个和尚都钻进了洛阳城东门外的密林里。

黑夜,满天星斗闪闪发光,为了翻越城墙,紧那罗吩咐徒弟们暂且把平时练武的"重身"去掉,和尚们先解了腿上的铁沙袋,又抹下了胳膊上的铁护袖,卸了前后铁护胸,拿了左右铁压肩,每个人身上去掉了几十斤,顿觉身轻似燕。紧那罗带领徒弟们来到城墙没人把守的拐角处,把手一挥说了声:"上!"一个个使出练就的"轻功","唰唰溜溜"爬上了城头。城里的郑军还蒙在鼓里,对少林和尚的这一举动,他们一点也不知道。进城以后紧那罗和尚对徒弟们说:"洛阳城过去我不断来,这里的大街小巷我都熟悉!听说'钦犯'囚

十三棍僧救唐王

禁在王城里,咱们顺街往西走!"他们师徒来到王城,只见巡逻禁卒来回走动。紧那罗急中生智,低声吩咐觉远道:"你溜着墙根爬过去,抓一个禁卒问问,看'钦犯'到底在哪里?"觉远听了师父的吩咐,顺着墙根爬了过去。正好这时一个禁卒巡逻路过这里,觉远使了个猛虎跳涧势,顺手卡住了禁卒的脖子,就像鹰抓小鸡一样,把他提到偏僻的角落,低声厉语地问道:"快说'钦犯'囚禁在哪里,如用瞎话诓骗洒家,小心你的狗头!"禁卒一听,扑通往地上一跪,连连求饶:"和尚爷,我说实话,我说实话!'钦犯'囚禁在内监,钥匙百总拿着哩!"这时候紧那罗和徒弟们也都动了手,把来往的禁卒都捆了手脚,堵住了口。觉远问明情况同师父商量之后,带领两个和尚直奔内监而来,他们搭起人梯,翻过狱墙来到内监门外,只见门口明灯高挂,两个禁卒持刀把守,四只眼瞪得像灯盏一样。觉远给两个和尚暗递了眼色,他俩点头会意,使了个珍珠倒卷帘,飞身跃到了房上,两个禁卒还没弄清是咋回事儿,俩和尚又来了个蜻蜓点水,双手卡住了两个禁卒的喉咙,提到暗处用绳绑了手脚,塞住了嘴。觉远见除掉了两个禁卒,快步来到了百总门口,使了个倒挂金钩头朝下,用舌尖舔破窗纸往里观看,只见百总独自一人坐在灯下昏昏欲睡,觉远翻身而下冲进门去,一步上前抓住了百总的衣领,厉声问道:"内监的钥匙放在哪里?"正做升官美梦的百总万万没有想到深更半夜会有人冲进他的房间,睁眼一看眼前站着个大

和尚,不由心里吓了一跳,听说要钥匙心里早明白了八九分,狡猾地说:"钥匙我我……没拿!"觉远一见他不交钥匙,心里十分恼火,用手照百总脑门上轻轻一点,百总"娘呀"一声跪在了地下,一边叩头一边说:"和尚爷饶命,我交钥匙,我交钥匙!"说着,乖乖地把钥匙交了出来。觉远对他说:"你在这屋里不准出去,动一动叫你脑迸血浆!"百总忙说:"我不敢动,我不敢动!"觉远拿着钥匙来开了牢房门,留下两个弟兄在门口把守,他独自一人闯进房来,进门又转了两个弯,只见李世民面黄肌瘦,戴着木枷靠墙坐着。忽然见进来一个大汉,还以为是监禁卒来提审他呢?觉远来到他跟前,蹲下身来开了木枷,李世民顿觉浑身轻松舒畅,正要开口问明来由,觉远摆手示意不让他问,蹲下身来背上李世民,走出监房,急匆匆来到大门口。这时紧那罗师父带着九个徒弟也赶来了,他们十三个前呼后拥保护着李世民边走边战,杀开一条血路,冲出了洛阳城。他们正往前赶,忽然身后赶来一队人马,旗上绣着一个斗大的郑字,和尚们一看知道是王世充派兵来追赶李世民来了,眼看着郑军已把他们包围,紧那罗和尚沉着应战,使了个只身穿云计,"啪啦"一声把郑将打下马来,刹那间郑军四下逃散。众和尚牵过马来,把李世民扶到了马上。正往少林寺行走,忽然前面又闪出一彪人马,为首的是一个红脸将军,金盔金甲耀眼光明,骑一匹黄骠大马挡住了去路。众和尚正想退兵之策,忽然红脸大将军开口喊道:"主公快过来,我已找你好几天了!"李世民一听高兴万分,忙对众和尚说:"众位恩人,这是秦叔宝,特来接我。谢谢你们少林和尚的救命之恩,回京之后,定然犒赏众位恩人。"说罢各奔东西走了。

李世民建元贞观登基以后,降诏到少林寺,这时众和尚才知道那时所救的就是当今皇上。他们对太宗的一切封赐全然不受,每人只领取袈裟一件。唐太宗无奈又二次降下诏书,封赐少林和尚可以享受"吃酒肉、开杀戒、招僧兵、参政事"四大特权。又立了一座"少林寺主教碑",唐太宗在碑额上亲笔草签了"世民"二字,这座石碑现在仍完整地保存在少林寺院内,成了少林和尚救唐王的历史见证。

(整理:张存义)

寂 月 除 霸

唐僖宗中和年间,少林寺和尚寂月从九华山受戒归来。路过鸡公山下武胜关,进茶馆喝茶时,见卖茶老汉一手拉着风箱,一手将树叶、杂草往炉膛里塞。寂月问卖茶老汉:"鸡公山上有这么多树木,为啥不砍些柴背回来烧火呢?"老汉一听说砍柴便来了气。

原来,武胜关这里有个财主,外号叫"土蝎子"。他仗凭有一身武艺,霸占了这一带山林,不准庶民百姓进山打柴放牧。前些时,有几户家中断火了,偷偷进山去打柴,被"土蝎子"的狗腿子发觉后,罚了款还挨了打。

他们正说着话,街上的人们忽然骚动起来。老汉说:"可能是'土蝎子'进街来了。"寂月走出茶馆一看,从街南面过来一个三十多岁的汉子。那人上穿白缎子小紧身,胸前系布扣;下穿一条骑马兜裆夹裤,素白绫带子打在腿肚子上,脚穿抓地虎靴子,走路踢得石子乱飞。手中握着一根丈二长矛,矛头闪着寒光。汉子后边跟着八个年轻随从,他们都穿着紧箍身黑缎子衣裳,四个人手执双刻线偃月大刀,四个人手执红缨长矛,走起路来惊得满街鸡飞狗跑。老百姓看见了他们,吓得心惊肉跳,躲路关门。寂月看着这种景象,心里发火,故意往街上走去。"土蝎子"看见他这个光头和尚,不但不给让路,反而走到街中央来,有意挡他的道。正要大声吆喝,寂月已传过话来:"英雄,拿的好枪啊,叫咱看看如何?"

"土蝎子"听完寂月的话,嘿嘿冷笑一声,嘴上说着"给枪",便嗖地来了个"青龙扑海",长矛直向寂月刺来。寂月急忙来个"金蝉滚背","咔!"抓住对方投来的矛脖,将长矛夺过手来。"土蝎子"一看,这一手未刺死和尚,伸手接过随从手中的长矛,一个箭步向寂月扑去。寂月打个转身,左手一把将"土蝎子"的长矛抓住。"土蝎子"看二次未成,接着又来个"五花飞脚",想一下结果寂月的性命。寂月却趁桩来了个"猛虎跳涧"。"土蝎子"的飞脚,恰好夹在寂月抓的两根长矛中间,他"噔"的一声跌在地下,弄了个仰面朝天。寂月连忙上前,将"土蝎子"扶起来。

寂月笑着说:"对不起!对不起!""土蝎子"恼羞成怒,说:"和尚,明天校场见个高低,若要溜走,男盗女娼。"说罢,气呼呼地返回原路走了。来者不怕,怕者不来。当晚,寂月在武胜关住下。

第二天早晨,寂月刚刚盥洗完毕,"土蝎子"的两个随从,推开店门,高声喊道:"和尚师父,我家公子有请!"寂月二话没说,跟随他们走出店去。看热闹的人们,早已把街口处一个广场围得水泄不通。广场中间,放着一把朱红太椅,"土蝎子"威风凛凛地坐在朱红大椅上。红椅后边,站着一个秀才模样的文人,他

寂月除霸

看见寂月进校场,高声叫道:"众位乡亲听着,今日我家公子,要与……啊……什么?"

寂月接着说:"少林寺和尚释寂月。"

"对,与寂月师父比武。武术界有规矩,校场比武,伤不包养,亡不偿命。"他说罢走到寂月面前问:"师父,听到了吧?"

寂月说:"校场比武,法规众所周知,不过鄙僧才疏学浅,粗莽之处,乞望公子、众师父包涵。"

"土蝎子"呼地站起来,对着寂月说:"今日比武,是先拳后枪,枪、拳混用。"

"随你的便吧!"寂月一句话没有说完,"土蝎子"就扑地来了个"狮子大张口",向寂月扑将过来。寂月身体一侧,来个"鹞子翻身"。"土蝎子"一看扑了空,转身一抖,来个"双手开弓",寂月就势来个"腋下藏花"。"土蝎子"见势不妙,嗖嗖来个"两耳灌风",寂月两手一推,来个"双关铁门"。两个人你来我往,用尽了进、退、虚、实、闪、转、腾、挪、开、合、收、闭、刚、柔、硬、软等十六般武技,不分胜败。寂月见"土蝎子"急得筋暴眼红,忽转身做个诈败之势。"土蝎子"不知是计,以为有机可乘,双腿一跃来个"雷公飞天",想一下子置寂月于死地。寂月呢,却趁势来个"猿猴缩身",双手抓住"土蝎子"两只脚脖,往头上一举,向前一送,把"土蝎子"摔出去老远。"土蝎子"趴在地上呼哧呼哧直喘气,再也动弹不得。

家丁们看见公子败在和尚手下,像疯狗一样,对着寂月围了上来,枪刃剑戟齐呼呼地对准了寂月。双方正要交战,"土蝎子"忍着疼站起身来,把手一摆对打手们说:"滚开!"然后对寂月深深一揖,道:

"我宋同有眼不识泰山,这次冒犯师父,请尊师原谅。"寂月也顺便还礼道:"鄙僧拳笨枪拙,不过是一时得势,何足挂齿。"

"土蝎子"宋同扑通跪倒在地,说:"小生今日拜你为师,请师父不要嫌弃。师父有什么见教,请提出来,徒弟照办。"

寂月郑重其事地说:"宋公子,我见乡亲们少木缺柴,山上这么多树木,何不让乡亲们砍些燃火使用。山柴众用,这是古之常理呀!"

"是,是,师父说的对,徒弟照办。"宋同说罢,转身对观看的百姓们说:"师父所讲,宋同照办。从今日起,乡亲们可随便进山打柴放牧,我宋同不再追究。"

当天,"土蝎子"宋同把寂月请到家中,发誓掏尽红心要跟寂月学艺。寂月知道宋同这样做,是老鼠给猫理胡须,舍命巴结他。他也想再教训教训这个山霸王,于是就暂且住在宋同家里。

有一天,宋同陪着寂月在庄园里游看,来到饲养院里,看到一头大黄牛,寂月夸奖说:"这头牛像个水獭,真是膘满肉肥啊!"寂月说这话,不过是夸奖夸奖牛长得漂亮,可是当天宋同就让家丁把这头牛宰了,以大盘牛肉慰劳寂月,让寂月相信他是真心学艺。寂月在宋家不长时间,宋同把许多心爱之物,能吃的送给寂月吃,能用的送给寂月用,对待寂月,比孩子对待父母还孝敬。

寂月在宋同家住了几个月,拳术、棒术教给宋同许多。寂月打算走的时候,给宋同说,不能再住下去,他该回寺了。宋同再三劝留,寂月主意已定,非走不可。宋同就设宴为寂月饯行。寂月自从被宋同请到家里,他断定"土蝎子"最后要与他较量一次。他也准备着留下几手,好教训教训这个小霸王。他临走前几天,特意寻了一根鸡蛋粗的竹竿作拐杖用。说是走山路挂着好走。这天寂月走的时候,"土蝎子"吩咐家丁守好门户,他要送师父一程。

果然没出寂月所料,"土蝎子"存心不良,想在送行路上,趁寂月不备之时,好结果寂月的性命,因而他在腰中暗暗塞了一把操镰。

路上,寂月在前,宋同在后。当他们走到山神庙前,宋同一看四处无人,掏出操镰,来了个"猿猴摘桃",企图一镰削掉寂月的脑袋。寂月早有防备,当宋同蹿步时,他来了个"打虎登山"之势,用竹杖一挡,"土蝎子"的操镰,正好砍在竹竿上,把一根鸡蛋粗的竹竿削掉半截,成了一根又尖又利的竹扦子了。寂月拿着这根竹扦子,如闪电一般,转身来个"白鹤亮翅",左手往前一晃,右手一甩,来个射箭式,锐利的竹尖,不偏不斜地扎进"土蝎子"宋同的咽喉上。"土蝎子"一仰脸,应声倒下。寂月走向前一瞧,"土蝎子"宋同倒了几口气,伸腿了。

"土蝎子"宋同以为把和尚寂月的武艺掏尽了,谁知寂月用"竹矛刺咽"这一武技,为民除了一害。

(整理:王鸿钧)

铁掌小沙弥

明朝崇祯末年,少林寺的静善和尚,收了一个徒弟,法名叫龙宝。十二岁的龙宝,长得眉清目秀,聪明伶俐。师父干什么活儿,他学什么活儿,师父干农活他学农活,师父念经文他学经文,师父习拳练棒,他也跟着学。师父早晨起来,在沙盐石头上磨手掌,他也学着师父的样子,天天磨炼手掌。

起初,他在木头上磨,接着又在砖头上磨,后来就能在石头上磨了。开始他一天磨一次,慢慢地增加到一天早晚磨掌两次,最后又增加到一天三餐饭后磨三遍手掌。磨得久了,他也跟师父一样,能在沙盐石头上磨了。天长日久,他的手掌上终于磨起了一层厚厚的茧子。

后来,小龙宝见师父磨罢手掌后,在磨过的地方涂上一层桐油,他也跟着师父学,磨完后,再往手掌上涂一层桐油。这样整整磨了三年半,两只小手简直变成了两扇小磨盘。砸核桃,削树枝,砸钉子,小龙宝不必用家伙,只用一只巴掌就能把事办妥。

少林铁掌功

龙宝十五岁那年,师父静善要到西安佛寺去取经学佛,龙宝恳求师父也带他去。那时候,佛门有个规矩,不受戒的沙弥是不准外出参房的。但师父很爱见他,就带龙宝到小庙去外游。他们来到渑池县解冤寺,正赶上县城有个元宵节大会。师父静善要和小庙的师叔们去赶会,让龙宝在寺内看守门户。并再三交代龙宝,来了要较量的人,可先举手作礼;倘是同派,必与之和好;若系外家,则待机而动,非到万不得已之时,不可轻易伤人。

师父和师叔们赶会走后,龙宝拿起扫帚,从后院往前院打扫。当他扫到山门外的时候,只听一阵"嗒嗒嗒"的马蹄声,从东边传来。他抬头一看,从东边大路上飞跑过来一匹海龙马,马上骑着三个人:一个男子,右手向怀里拐着一个少女,左手在身后拉着一个少女,直向山门前奔来。龙宝遵照师父的嘱咐,头也不抬地照样干自己的事。

那人跳下马来,粗声大嗓地问:"小沙弥,你师父呢?"

龙宝停住打扫,转过身来一看,面前站着一个彪形大汉,穿一身青色缎子衣服,除胸前缀着一排密密麻麻扣子外,两只袖口和裤角也缀满了扣子,头上裹块青布巾,腰上系着一条四指宽的枣红板带。细看过来,衣服像箍到身上似的,两只大眼睛直愣愣地盯着龙宝。

龙宝按戒约微言,将右手作掌,举与肩齐,等对方做手势答礼。可对方好像不懂得似的,依然气势汹汹地问道:"你师父呢?"龙宝一看,来者不是同派,便漫不经心地回答说:"我师父赶元宵节大会去了。"说着又扫起地来。

"嘿,晦气。"大汉转身走了几步,又扭回头问:"喂,这个寺为啥叫'解冤寺'?"

龙宝看此人来意不善,他没有抬头,边做活边说:"师父讲过,战国时候,秦国和赵国交战,三年不分胜负。两国和谈以后,收起兵器,埋入寺下,故名'解冤寺'。"

大汉听了,不屑地哼了一声,又转身走了几步,看见墙下放着一个新制成而未刻字的碑坯,就说:"喂,回来告诉你师父,就说山东'腾天龙'来访未遇!"说罢,伸出右手中指,在青石碑坯上划起来。划过去就像刀刻斧凿一般,字入碑坯三分深。

龙宝看见了,肚子冒火,气愤地说:"你怎敢这般无礼,把臭字涂到我们的碑坯上!"他扫帚一放,卷起袖口,走过去伸展出右手,像抹黑板上的字一样,三五下子,把彪形大汉在青石碑上划的字擦平了。

"嘿嘿!"大汉冷笑一声,向马前走去。

龙宝也走回来,正要弯腰拾扫帚扫地,大汉拿出绳鞭,对准龙宝后心打去。龙宝只听背后一声响,急忙闪身躲开。"乓!"他伸手接住枪头,趁机一拉,那彪形大汉打了几个趔趄被拉到他的面前。龙宝随即将夺过手的绳鞭抛扔了。这时,大汉又来个"独龙寻穴",伸出右手来挖龙宝的眼珠,并用左手指直戳龙宝的咽喉。

龙宝呢?忽地闪到大汉背后,双足向上一弹,就势来个"泰山压顶",一巴掌把大汉的脑袋打进肚里,光露出两只眼在打扑闪。大汉趔趄几下倒在地上。这时候,树上拴的海龙马,看见主人倒在地下,咴儿咴儿盘着蹄子叫起来。龙宝急中生智,托起大汉放在马鞍上,捡起绳鞭,紧紧地把他缠在马背上,将马缰绳一解,盘在马脖子上,举起右手,照屁股拍打了一下。马挨了这一巴掌,像刀砍一样,疼得它一凹腰,"咴儿"一声,驮着主人向大路上飞奔而去,一会儿就无影无踪了。

这时候,龙宝听见两个少女在大路边水沟中哭泣。他走过去向她们问起原因,两个少女对他说,她们是来赶元宵会的,半道中被大汉抢抓上马。龙宝告诉她们,强贼已经败走了,让她们快回家。两个少女听说后,又惊又喜,向少林寺的小沙弥深深施了一礼,急步走开了。

后来才知道,这个外号"腾天龙"的大汉,在山东曹州一带,武艺出众。他早有心会会少林和尚。昨日他路过渑池城时,听说少林寺来了两个和尚,今天是存心来和少林和尚在武艺上见个高低。不料,却败在小小铁掌沙弥的手下。

月空执法如山

月空在少林寺,任首座和尚时,佛规谨严,执法如山。那时候,少林拥有僧众千人,不论是老和尚和小沙弥,都得会背会讲"三规(一要饭依佛性,二要归奉正法,三要奉敬师友)五戒(一不杀生,二不偷盗,三不邪淫,四不妄言,五不贪酒)"。若有僧徒犯"三规五戒"者,根据情节轻重,定要惩处,决不宽容。就是长老、方丈违反佛法,也得与僧众一样治罪。传说,月空是老汝州人,从小吃奶的时候,父母相继去世,他是吃嫂子的奶汁长大的。月空早晚谈起家庭,少不了"老嫂比母"的言语,所以他对待嫂子,如孝敬父母。出家以后,逢年过节,少不了回家去探望嫂嫂。嫂嫂对待月空,虽是平辈弟弟,但像对她孩子一样亲。有一年,豫西遭旱灾虫灾,土匪又到处抓人,逼得老百姓不能安生。中秋节时,月空买了些月饼水果,回家探望嫂嫂了。他一进屋内,见嫂嫂大病在身,卧床不起,侄儿哭成了泪人。

月空就赶快去请医生给嫂嫂看病。嫂嫂吃了几服药。不但不见轻,反而病情越来越重。月空守在床头,捧茶捧水侍候,眼看病得不行了,嫂嫂拉住月空的手,落着泪说:"我不行了,你哥哥又早年去世,身前就留下你这个侄儿,才刚刚十七岁,出门不知道东西南北呢!万一让土匪抓去,难有活命啊!咱家三辈仅留下这条根,你……你把他带到少林寺去吧!他跟着你,我也放心啊!"嫂嫂说罢,时间不长,就离开了人世。月空殡埋罢嫂嫂以后,就遵照嫂嫂的嘱咐,把侄儿带到少林寺来了。

入寺以后,月空向众长老说明情况,把侄儿收做徒弟,并给他起法名叫海法,分配到僧兵营中去练武。海法这个小青年,本来长得聪明伶俐,到少林寺后,顿顿吃得饱饭,加上经常习武,两三年,个头就长到五尺高,膀大腰圆,浑身是力。练武的同时,月空又让他读书写字打算盘。到二十五岁,海法一气能打四十八套拳,不重路数。文才上,双手能打两个算盘,能写两封书信,成了有名的文武僧兵。那年,少林寺选配一百单八职时,海法任提点职务,管理常住院一切粮米财物。

那时候,少林寺安了一盘石碾,除僧人用以外,附近住的老百姓,也常有人来用碾的。这盘碾,紧靠常住院仓库,管财粮的提点海法,就住在挨仓库的耳房内。

当时,寺东有一户,家中有三口人,父母和一个二十岁的大姑娘。这家租种着寺院的田地,所以常常和寺僧们打交道,碾米也常常用寺里的大碾。姑娘的父母年岁大了,碾米的事情,姑娘做得多。姑娘碾米时,和海法不断见面。起初,姑娘没什么表示,可海法情心蠢动起来。姑娘碾米一离开碾道时,他就把仓库里的米,量一斗偷添在碾盘上。开头海法是偷添米,后来姑娘知道了,她也不吭气,海法就明添起来。次数多了,两个人就暗暗拉上关系,有了男女私情。

姑娘家住的隔壁,有个邻居大嫂,见姑娘每次碾米,去时扛的谷少,回家扛的米比谷还多。有一次,大嫂偷量了姑娘碾的谷和米。一斗谷子碾了一斗二升米。平时一斗谷子出七升米,就可称糠喜了。她就谣传起来,传得三五十里都知道:"少林寺的碾,一斗谷子碾一斗二升米。"这个贬词,至今还有人传说。

这个事传得僧众都知道了,大家私下嘀嘀咕咕,就是没人明说。因为这事出在首座和尚亲侄儿身上,海法又是管财粮的提点。可是,没有不透风的墙,后来,月空和尚终于知道了这件事,把他气得喉咙眼憋大粗,两天没吃饭。

监寺、都寺、侍者、维那、知客、书记、禅和子等寺中管事僧,知道首座月空执法如山、六亲不认。大家商量后,先让海法跪香三天,重打四十戒尺,然后由两个僧兵搀着打伤的海法,向月空和尚来请罪。大家这样处理,想的是:月空家中三辈儿就留这一条根,是他嫂嫂的一个独生子。月空又是他嫂嫂养大的,嫂嫂临终又再三交代,让月空把海法带大成人。因此,月空待侄儿比亲孩子还亲。大伙对海法先来个处分,月空再看到嫂嫂情面上,会免去海法迁单之罪。谁知,僧兵把海法架到法堂内,海法连喊"师父!叔叔!叔叔!师父!"数声,月空扭着头没看海法一眼。半天,月空把法签往地下一扔,说声:"送入罪房!"起身走出法堂。

两三天,寺僧不知月空到哪里去了。后来才知道,月空回老家去了,他跪在嫂嫂的坟前,又哭又打自己,哭着说着:"嫂嫂,我对不起你!我没有把海法带好。嫂嫂,我对不起你!我没有把侄儿带好!嫂嫂,正人先正己,法从自身起呀!己不正不能正人呀!嫂嫂,古往今来,王子犯法,与民同罪呀!"他哭啊哭啊,哭到最后站起来说:"嫂嫂,事到如今,也只有如此了!"月空回到寺来,把全寺千多僧众,聚集在校场上,将犯规戒僧海法,绑到众僧面前。月空先让众僧齐声背诵"三规五戒"。众僧背毕。他手执法签,高声说:"少林禅寺,威扬神州,决不要偷盗邪淫之徒。败类海法,偷盗邪淫,佛祖决不会宽容。立佛教之名,正少林法规,按我寺规戒条例……"他说到这里,千百僧众一齐跪下,齐呼:"望首座宽容海法一次吧"!月空把法签往地下一扔,说声:"燃眉,迁单!"起来走回寺院去了。

燃眉、迁单,是当时少林寺法规最严的处分。就是把犯戒规的僧侣,用火把眉毛烧去,开除佛籍,赶出寺院,永远不能回寺。海法挟着行李卷离寺的时候,许多人都掉下了眼泪。但对首座月空,更加尊重。

大 刀 义 静

  明朝穆宗隆庆年间，有一年秋天，直下连阴雨。黄河上游，山洪暴发；黄河下游，洪水泛滥。正当高粱吐红的时候，汴梁城以东黄河突然决堤，浪涛滚滚，淹了五州四府一十八县。少林寺和尚义静听说这个消息，愁得几顿没有吃饭。方丈和尚知道义静的心情，就批准他回家探亲。为什么呢？义静十二岁那年，讨饭路过少林寺的时候，父亲就把他舍在寺院里。至今已经十七八年了，义静还没回家探过亲。今年黄河又一次决堤，他定要回家探望探望。

  义静探家的时候，什么东西也没带，只带着他平常练武用的一把大刀。义静这把大刀名曰偃月刀，刀长三尺，把长一丈，从刀身到刀把，纯是钢铁铸成，不多不少四十八斤。义静还在刀背的鼻上，扣上四个大铜环，拴上一束红缨，早晚练习起刀来，环响缨舞，好像一群蝴蝶绕着他的身体上下翻飞。义静不但学会了七七四十九套刀法，还能一只手把刀打转，使刀站在他的手心里，像陀螺一样，嘟噜噜旋飞。他的刀术更高的是当刀舞到最激烈的时候，一碗水向他身上泼去，湿不了他的衣裳，一把石灰向他身上撒去，他身上沾不了白点。

  少林寺召开的僧侣比武大会上，义静的大刀，好几次都被评为"偃月神刀"。师兄师弟们有人称他"大刀义静"，也有人称他"神刀义静"。

  义静的老家在兰考城县东南，老黄河故道里。这里是有名的盐碱窝地，曾有"风吹起云雾，六月遍地雪"的说法。这次决堤，他们村虽然不是急流处，但也挨着洪水边。义静从少林寺归来，站到黄河故道上一瞧，庄稼棵子半截子淹在水里，半截子露在水外，叶儿棵儿都像害黄病一样，没有绿色。他卷起裤腿，扛着大刀，提着鞋蹚水走进村去。

  村子里，狗不叫，鸡不啼，许多人家半掩着门，有的门头上还贴着黄贴子，上边写着"违者治罪"四个字。义静进到家里一看，母亲躺在床上呻吟，父亲两手抱着头唉声叹气，弟弟一只手掂着斧子，一只手叉着腰，骂声不绝："什么水捐火捐，还不是狼捐狗捐鱼鳖捐，不叫老子活下去，你们也别想囫囵着过日子！"

  义静把大刀向门口一靠，进了屋。父亲、母亲、弟弟见他回家，三个人抱住他大哭起来。义静慢慢地劝说，等父亲、母亲和弟弟止住哭后，他问他们，为什么要哭，弟弟骂着说："黄河决堤后，县衙下文要在十月一前堵住堤口，督官黄半县趁火打劫。老百姓除锁门上堤堵口以外，一亩地五百钱，一口人五百钱，限七天交齐，违者要治罪的。村里门上贴黄纸条的，是说了反捐话，把当家人抓走了。"弟弟说罢，拉住义静的手说："哥哥，水淹的连庄稼棵都收不来，咋能拿出捐款？明天，老虎场是古庙会。黄半县要在会上亮刀，亮罢刀就开始收捐款。一天交不到捐款，三十大棍，两天交不到捐款，八十竹板；三天交不到捐款，就得坐监牢啊！咱交不上捐款，别说三十大棍，十大棍就难见爹的活命了。"

  义静问："黄半县为什么亮刀？"

  他爹说："还不是要耍威风，吓唬吓唬老百姓！"

  弟弟接着说："哥哥，咱不如和黄半县拼了，把咱爹咱娘都带到西山去，我也到少林寺出家当和尚。"

  "住嘴！"爹上去捂住弟弟的嘴，眼泪又"扑嗒扑嗒"落下来。

义静说:"光咱一家逃走,还有半个县的穷人怎么办？商议商议再说吧。"

夜里,义静和村里老少爷们蹲在屋子里,商议了半夜。第二天,义静去老虎场赶会了。你看他:身高八尺,膀阔三停,肩宽背厚,肚大腰粗,面如红枣,两道浓眉,一双大眼,翻嘴唇,高颧骨。头上戴一顶崭新青布平顶僧帽,穿一身深灰色僧袍,一巴掌宽青缎子护领相衬,系一条香色丝绦,双垂灯笼穗来回乱摆。穿一双高腰袜,搭于护膝之上。蹬一双鹅黄布鞋千层纳底,走起路来一溜风。义静后边,弟弟和另外一个小伙子,抬着用红布裹着的四十八斤重的"偃月刀"。大刀后面,跟着一帮年轻人,他们气昂昂地走着,赶会的人们见了,又是羡慕又是胆惊。

他们进入老虎场庙会一看,卖的、买的,赶会的真不少,特别是关帝庙前,围得人里三层外三层。义静赶上去一看,黄半县坐在一把太师椅上,拿着水烟袋在咕噜咕噜地抽烟,几个打手,围坐在一张油漆发光的方桌前。黄半县的大少爷右手举着一口大刀,刀有三尺半长,四寸多宽,刀上还刻着双线,把上系着一块大红绸子,刀擦得雪亮闪光。大少爷走来走去,拨拉着胸袋,阴阳怪气地说:"我们黄家这口神刀,人称削铁如泥。"说着他拿起一根捅火铁条,"乒！""乒！"磕在刀刃上,果真一截两断。然后又洋洋得意地说:"雁毛碰刃必断！"他又拿起一支雁绒毛,用口一吹,把羽毛吹到刀刃上,羽毛碰到刀刃,断为两截飞去。他把刀一举说:"哼！有人扬言不纳堤捐！怎么,想叫神刀动荤哩。"

"黄半县"的大少爷说到这里,义静挤进人群,拿起他的大刀,对着大少爷说:"你这口刀,我咋看不像神刀？"

大刀义静

大少爷一看,说话的是个和尚,嘿嘿一笑说:"不是神刀,我黄家不收堤捐；要是神刀,你……"

大少爷话还没说完,义静截住说:"说话算数吗？"

打手们齐呼呼地站起来,应道:"当然算数！"

义静冷笑一声说:"我看不像神刀。"他说着,两手一扳,把刀折成了秤钩钩。

大少爷指着义静说:"你……你赔我刀！"黄半县和狗腿子们一看,惊得齐呼呼地也站起来。

义静"嘿嘿"又一声冷笑:"赔你什么鸟刀！"他两手一撸,又把刀撸得直立立的。

这样一来,黄半县直吓得脸色苍白。"啊啊——"半天说不出话来。

义静气昂昂地说:"来,看看我们的神刀！"他向后面一指,看热闹的人们,闪开一条路,义静的弟弟把偃月刀抬到他前面,扯去红布,亮出刀来。义静抓起四十八斤重的偃月刀,先放在手心上,拨动刀把,嘟噜噜打了几个旋转,然后,执起大刀,照着方桌旁边长的一棵枣树,扑声砍去。这一刀下去,像切葱一样,枣树"咯巴"一声变为两段,树头"呼——"地一下倒在了地上。他把刀往方桌上一放,说:"黄半县免捐吧！"

这时候,黄半县吓得浑身打颤,连连点头说:"免捐……免捐……我免捐！"

鹤　　拳

　　少林寺第十代和尚中,有个人名叫彻空。此人身高八尺,虎背熊腰,头大如斗,掌大如扇,说话如响钟,大喝一声,震得房上掉土。相传他精练一手"鹤拳"。

　　早晨,彻空除练棒习拳以外,还去到寺附近僻静的山林中,面对初升的太阳,吞吐运气,每天至少一个时辰。晚上夜深人静的时候,他点上芝麻油灯,灯焰着的半尺长,他张开大嘴"哧——"一吸气能把灯焰吞到嘴里去,闭气的时候,灯焰还不灭。据说这叫一种"气功"。一天早晚两次,春夏秋冬,一年三百六十天不间断。彻空这样练了整整九年,聚精会神时,能够调动周身之气。如果把气使到哪里,哪里的肌肉就会鼓成疙瘩,坚硬如钢,锤砸无痕。有人向彻空请教练"鹤拳"的妙诀在什么地方,彻空常说:"此拳遇紧事用之为得宜。盖以鹤之精凝神,舒臂运气。所谓神亲志暇,心手相忘,独立华表,壁悬千仞,学者,久练精熟时,自能于言外得之,非仓促所能领悟也。"

　　北宋真宗咸平年间,彻空叔父的大儿子要结婚,捎书带信,请彻空回家为弟弟办喜事,全家好欢聚一堂。彻空老家的隔壁,有座私塾。喜事办完以后,有一天,彻空转游到私塾里来。

　　先生和学生,都听说彻空在少林寺练就一身武艺,师生又喊又嚷,让彻空演习几项,叫他们看看。彻空再三说:"武艺与读书一样,并非一蹴而就。读书人应勤于学问才对,不要贻误大家时间。"

　　不管彻空怎么说,先生和学生坚决请他演习一项,让大家看看。彻空看推辞不掉,就答应了他们。当时正是中伏天气,私塾距河沟不远,沟里蚊子较多,彻空刚把袖子挽到胳膊弯上,一只花脚蚊子,"哼——"一声飞进屋来,落在他的手背上叮起来。

　　彻空对师生们说:"你们仔细看着。"他聚精会神,把小肚子一收,嘴一紧闭,把气运到手背上。手背霎时像厚了许多。这时只见蚊子嗡嗡叫着,腿乱弹动,扇动着翅膀,任凭它怎样挣扎,就是无办法把嘴从肉里拔出来。学生们试着把蚊子取下来,但蚊子嘴还是留在了彻空的手背上。师生们一看,惊讶得瞪眼张嘴,一时说不出话来。

　　私塾先生把彻空请进套房,冲好一杯茶叶水,递给彻空,尊敬地问道:"师父!没见你身体行动,而力从何来?"

　　彻空一边喝茶,一边把练功中得来的道理,讲给私塾先生。他说:"力以柔则刚,气以运而实;力从气出,气稳力显。无气则力自何来?俗家之力,其来势猛,多浮而不沉。名手之力,其来如在有意无有意之间,全力一吐,沉重如山。由于俗家之力刚,名手之力柔,刚则虚浮,柔则沉实,习之久矣,自能知晓。盖一举或一拳之打击,手一首力,气则有三停,一停于肩穴,二停于拐肘,三停于掌根。一举手则全身之力,奔赴于气之所运处。意到气随,速与声响。精确之功,学者可以悟矣。"

　　私塾先生听彻空讲得有理有据,不住点头,称赞彻空的真实功夫。

　　有一年的冬天,洛阳城里有一家办丧事,特意请少林寺和尚去念葬经做斋。那时候,世事混乱,土匪丛生,到处抢劫杀人。临去洛阳做佛事的时候,方丈和尚召集全寺僧众,议定三条戒律。其中有一条,就是留三十名武艺精强的和尚守寺,这三十名武艺精强的和尚,由彻空在家率领。大家佛事走后,不管发生什么意外,均由彻空指挥。若有损失、轻则"跑香",重则"燎眉"。

　　方丈和尚带着众僧去洛阳做佛事的第五天,从西南窜来一股流匪,约百人以上,包围了少林寺,声扬要劫少林寺武器财宝。彻空把30名武僧,按武艺高低,分配在寺内各要害之处。抗抵土匪。他自己手执长矛,大开山门,立在大门外台阶下边的道上,来对付土匪。起初,土匪见寺门大开,只有一个和尚守门,就满不在乎地手执武器往寺里进。当他们走近彻空时,彻空打个转身,舞起长矛,三挑两戳,五六个匪徒死于道旁。土匪一看势头不对,便采取了另一招。开始,土匪是一个两个向前去与彻空搏斗,去斗的不是死,就是伤。后来土匪头子见死伤众多,就指派十人八人,一齐向前与彻空对打。谁知去七八杆枪也敌不过彻空一杆枪。头一天,土匪死伤最惨,凡与彻空对打的,囫囵逃走的人寥寥无几。

第二天,土匪见到他们没抢到东西,却丢下许多尸首,人人心急。不知他们从哪里搞来一门土炮,炮内装上火药,药中掺入黄豆大的铁丸,对准彻空,点火就放,只见火光一闪,一声炮响,一股火舌喷向彻空。可彻空像腾空一样,被火药摧起离地丈余高,又落下来,照样执枪站立于道上。土匪们放过三炮之后,眼见土炮无效,只是高喊"捉活的",但谁也不敢近前。

第三天,土匪又将土炮架起来,把纺棉花用的两头尖铁锭子,装进炮膛里,对准彻空点起炮来。这样一打,彻空不但不往半空起身,只是后退了几步。铁锭子射他身上,就像碰到石板上,当啷啷地碰落在地下。土匪们见此情景,个个吓得浑身打颤。他们议论纷纷地说:"天神下凡了!天神下凡了!"

去洛阳做佛的少林众僧,听说寺院被土匪围困,连夜赶回寺来解围,内外夹攻,打得土匪抱头鼠窜,又丢下许多尸体。土匪败走以后,大家慰问彻空时,只见彻空浑身上下,布满了黑紫色疤痕和香头大的红点点,方丈和尚拍着彻空的肩头,称赞彻空说:"真神功也!"

"铁膝盖"提敬

从少林寺大门口,朝西北方向走二里,有座阜丘,左右有小溪环抱,苍松翠柏中间,有碑碣数座。这里有一处寺院,名曰:初祖庵。是少林僧侣为纪念初祖达摩修建的殿宇。

这座殿宇创建于宋徽宗宣和七年(1125年)。大殿为一座绿色琉璃瓦覆盖的歇山房,坐北向南,阔、深各为3间,门两边有一副砖刻对联,上联是"在西天二十八祖",下联是"过东土初开少林"。这座大殿从宋朝以后,虽然经过历代的多次修补,但主要构件如斗拱、月形梁架、檩条以及石柱、石础等,仍是宋代原物,是河南省现存最古老的砖木结构建筑。传说,建筑初祖庵大殿,烧砖瓦的时候,正是严冬,这一年风雪次数多,落雪大,天冷得很,砖瓦坯子装过两次窑,都没有烧成功。第一次烧窑,土坯仅仅变了变色,第二次烧窑,土坯只烧了半熟。查起原因来,一是天寒,二是煤的质量低。眼看离动土吉日只有30多天光景,木工和泥水匠,一天催逼几次,要当家和尚交砖、瓦。当家和尚看着建殿的木料、石料等一切准备齐全,只有砖瓦烧不成功,愁得直搔头顶,茶饭也咽不下去。

当家和尚心里很清楚,要想把砖瓦按时烧好,必须有好煤。俗话说:烈火炼真金。烧砖瓦也是火里求财。没有好煤,不燃烈火,神仙手也烧不出好砖瓦。

少林寺用煤,在那时候有两个地方。一个是嵩山北麓,下去轘辕关十多里,有个煤矿。这里煤质差,用来做饭,取暖可以,烧砖烧瓦就没有保证,前两窑货就是用北路煤,加上严寒都没有烧成功。再一个地方是嵩山南面的马峪煤矿,这里煤纯,炭大耐火,用来烧砖瓦窑最合适,可就是难运回来,一则少林寺距马峪煤矿六十多里远,二则主要是中间要经过一道石羊关。

那时候,石羊关林木茂密,奇岭夹峙,一条颍水穿关而过,地势险要是一,关中还住着个财主,此人武艺高强,外号洪天外。他自己掏钱,在神宗元丰年间,捐了个武举,大门上挂过千顷牌,家里豢养着打手和恶犬,独霸一方,有钱有势。封建社会有"秀才是守户之犬""举人是一县之虎"的说法。外地人到这个县任知县,上任三天内就要到武举洪天外家去拜访,如不这样做,县太爷大印在这个县就掌不稳。

洪天外在宣和年间,立个新规矩,叫拉官煤。不时地派出打手,带上恶犬,蹲在石羊关口上。凡是赶牲口驮煤的,经过石羊关这里,打手们用手一指,恶犬就扑到牲口身上又叫又咬,挡住牲口不能走。打手们上前再喝骂几声,不管有多少牲口驮煤,都得送到洪天外家的煤山院去,把煤向他的煤山上一倒,赶着空牲口请各回各家啦,煤钱两空,算白白给洪天外送一次煤。洪天外家的煤山院从拉官煤起,没过几年,院里的煤堆比煤矿上的煤堆还大。煤堆上面长了几棵椿树,棵棵都有丈把高。就这样他还是继续拉官煤。洪天外对庶民百姓是这样,就是对僧、道两家也不饶恕。因此,少林寺的当家和尚不敢安排寺僧经过石羊关去驮煤。

那时候,提敬是少林寺管库房和粮钱等事项的和尚。提敬到少林寺出家以后,起初他用斧头劈柴禾,后来他嫌用斧头劈柴太慢,干脆把斧头放下,用两手抓紧树木两端,腿起手落,用力朝膝盖上一磕,柴便折为两段。开始他能折断鸡蛋粗、胳膊粗的柴棒,练的时间长了,他能拿得起树干,只要往膝盖上一磕,同样折为两段。提敬的"少林二十路短拳"练得也很成功。但众僧兵没人表扬他的拳,却佩服他的"铁膝盖。"

这几天,提敬见到当家和尚为运煤的事愁得茶饭难咽,就亲自找当家和尚说,他愿带着一帮牲口去马峪驮煤。起初当家和尚只是摇头,提敬要求的次数多了,当家和尚心一狠,就让他带着一帮牲口,去马峪驮煤了。

驮煤走以前,他们在寺里商议了两天,决定这次闯关,文武结合,教训教训洪天外这个地头蛇。驮煤去时,过石羊关的时间是正半夜,人不吭声马摘铃,空牲口偷偷走出关去。出石羊关不到两里路,他们没到煤矿上去,就休息起来,人吃干粮,马喂草料。等到天明,提敬在附近老百姓家里买了两袋煤炭,故意用烂口袋装上,让煤炭露在外面,专挑选一匹大马驮上,他前边赶着走。其余的牲口,煤袋里装的净是石头烂砖,驮着在后边走。到入关时,他们来了个人唱高歌马挂铃,故意招摇过关。

洪天外的打手们一看,前边提敬赶着一匹高头大马,马背上驮着两袋明朗朗的大块煤炭:往后又一瞧,一连几十匹大牲口,匹匹满载煤炭,高兴得不得了。带班的打手一挥手,恶犬便扑到大马前面,又咬又叫。马队被挡住不能走了。

提敬走向前问:"这是干什么?"

打手们耀武扬威地说:"送到煤山院去。"

提敬深施一礼说:"这是少林寺运的煤,看在老佛爷情面上,我这一牲口煤送'煤山院'去,让他们把煤运走吧。"

打手们眼一瞪说:"什么老佛爷小佛爷,天王老子也不行,统统送煤山院去。"

"好,好。遵命,遵命。"提敬一挥手,几十匹牲口,浩浩荡荡进了煤山院。

提敬见人马进院以后,故意向打手们说:"老爷,让我们把煤留下一半吧,等着建初祖庵烧砖瓦用呢,那一半让我们运走吧。"

打手们恶狠狠地说:"什么初祖庵二祖庵,你敢犟,再去驮一次。"

打手伸出手,指着洪天外的大门说:"识字看看,不识字摸摸招牌。"

提敬一看，门口上挂着一块金字千顷牌。他走过去，伸手把牌子摘下来，两手一端，右腿一抬，牌子磕到膝盖上，一崩四瓣。

"啊！你……"打手们一看提敬把千顷牌打烂了，一挥手，恶犬朝提敬扑了上去。提敬的两只手，抓住两个狗耳朵，右腿一起，把狗头往膝盖上一磕，把恶狗的下颚骨碰酥了，那狗拖着尾巴窜出关去了。

打手们一见这情况，"嗷嗷"乱叫，带班的骂着往提敬跟前走来，提敬趁机走上前去，带班的还没来得及动手，提敬一手抓住他的脖子，一手抓住他的大腿，两手一举，这小子脸朝天到了半空。提敬的右腿一抬，两手向膝盖上一磕，"咯巴"一下，这小子的脊梁骨一折两段，他"娘呀"一声没叫出来，提敬早把他甩在地上。其他打手们一看，嗷嗷叫着围上来。提敬使出二路短拳的"夜行换马"势，扑扑通通打倒几个，其余没被打倒的抱着头跑进洪天外的院中报信去了。

趁这个工夫，其他赶牲口的僧人，把煤山院的煤炭块儿装满袋子，放在牲口背上，出了石羊关，回少林寺去了。

提敬呢？站在石羊关北口，单等着洪天外到来，约摸有吸袋烟工夫，洪天外的弟弟洪二天，提着六十斤重的月牙斧，带着一群人马走出院来。提敬两手叉腰，问："来者何人？"

洪二天说："大宋武举洪天外的弟弟洪二天。"

提敬听完，哈哈大笑，说："不要哄我，刚才一个洪二天被我打败在那里。"

"败在哪里？"

洪二天不知是计，又问。

"败在那里。"提敬伸手往关外一指，洪二天扭头去瞧，提敬飞步向前，伸手把洪二天手中握的月牙斧夺过来。他一手抓住斧脖，一手抓住斧把，用力向膝盖上一磕，胳膊粗的铁制斧把，齐刷刷地折为两段。然后往地上一抛，说："拿这朽物有何用处！"

"你……"洪二天吓得往后退了几步。提敬和尚往关口处的崖石上一坐，居高临下，吃起馍来。洪二天带的人马，一看二爷的斧把被折断，只是在关上咋呼，谁也不敢近前。提敬将馍吃完了，又等了一会儿，估计驮煤牲口走出十里以外了，他站起来说："对不起，今日不等了，欢迎您明日到少林寺做客。"说罢，扬长而去。

原来，洪天外去禹州城办事去了。他晚上归来，一听这事，气得一夜没睡好觉，第二天一早，带着武器，领着人马到少林寺来。少林寺里也早有准备，几百僧兵手执棍棒，整整齐齐站在山门以外，当家和尚与管库僧提敬，站在队前。当家和尚见了洪天外，深深施一礼，说："感谢施主，为建初祖庵施给万斤煤炭，您立下了功德，老佛爷要保佑你福、禄、寿三者俱全。"提敬随着也深施一礼说："愚僧鲁莽，昨日冒犯施主，实在有罪。"众僧兵也接着说："感谢洪施主。"

洪天外看着几百僧兵威武雄壮，又看看当家和尚以礼相待，一时弄了个哑巴吃黄连——有苦难诉。只得强笑着说："愚生缺德，愚生缺德，愚生诚心取消拉官煤，万望老佛爷保佑我福、禄、寿三星高照。"

后来，就用这次驮的大煤炭烧出的砖瓦，建造了初祖庵大殿。这个大殿，1966年11月被国务院公布为全国重点文物保护单位；2010年8月，并入"天地之中历史建筑群"，被第34届世界遗产委员会正式列入世界文化遗产名录。

神胳膊鬼腿

五代十国时期,刀兵频繁,战火不熄,土匪丛生,恶棍遍地。灾祸时刻都会落到百姓头上。当时大别山的固始郡,是个山高皇帝远、人穷恶棍多的地方。有一年,山上出了个怪物。红眼绿鼻子,四只毛蹄子,一脸血道子,似虎非豹子。一夜咬死了半个村庄的人。这里有个恶棍,外号霸半郡,传出鬼话说:咬死人的怪物是山魅神。山魅神给他托梦,要周始郡人们一个月向它一小祭,三个月向它一大祭,一年送个大姑娘给它婚配。不然要吃光固始郡的人,连鸡狗都不给留。霸半郡扬言以后,便派出家郎打手,逼老百姓捐钱献金,每年七月七日,选一名美女送往深山魔窟,任何人不得进山接应。这样一连三年,逼得老百姓哭天天不应,叫地地不灵,就在第四年的七月七日选美夜,出现了"神仙",搭救了这一方百姓。

七月七这天晚上,天气闷热闷热的,蚊蠓糊面。霸半郡家门前广场上,中央竖着一根百尺高杆,杆头吊盏大明灯。场周围每隔丈把远也悬有明灯,一时照得场子如同白昼一般。距百尺高杆不远,站着一群穿红挂绿的美女,人人泪流满面。场周围是被逼来观看"选美"的老百姓。老百姓后边是骑马携械的家郎打手。霸半郡骑着一匹高头大马,身挎弯弓,手拿彩圈儿,站在场子侧面。一群骑马执械的护身家郎,在他背后虎视眈眈。

一切准备停当,霸半郡高声大叫:"今晚给山魅神选美,与往年一样,鼓响彩圈起,套在哪个美人头上,就是你的'洞房花烛'之禧,马上送你进山去婚配。"霸半郡作这些骗人的把戏,早有人认破看穿,皆因他有权有势是个杀人魔王,老百姓是敢怒不敢言。

霸半郡大哗一阵后,选美鼓敲响了。当霸半郡手举彩圈向美人群中投掷时,一个黑点"呼"地一声从他背后高树上飘飞下来,正好落在百尺高杆跟前。原来是个人,只见他右腿一抬,"乓"一脚踢向百尺高杆,"喀嚓"一声,杆折两段。与此同时,百尺杆也"噌嘣"响了一声,大吊灯也被击灭。围观的人们一阵骚动,霸半郡急忙挽弓在手,声嘶力竭地喊叫:"速反叛!速反叛!别让反叛逃走!"周围的家郎打手,听到主子命令,一齐策马向前,把踢杆人团团围起来。踢杆人不怯不亢,飞步上前,从家郎手中夺过一把利刃,猛然一个"腋下穿花",脚变龙行虎步,转身又来个"8"字亮相,弹跳到众家郎打手之中。只见刀随人走,人起腿飞,刀与腿在他身前体下,翻飞起舞,呼呼生风。时而如苍龙出海,冲波逐浪;时而如飞龙腾空,赴云追月,上砍下旋,左穿右挂,攻守相顾,进退双关,来去莫测,变化多端。与此同时,从场外不时飞来颗颗铁丸,"嘭噔嘭噔!"不是打中人头,就是打中马头,人挨弹丸翻身落马,马挨弹丸逃窜狂奔。一时间只杀得家郎打手,脚残臂断,头掉肋劈,哭爹叫妈,四散开去。

一阵骚动的观众,这时不嚷了也不动了,人人闭口静气,目不转睛,见家郎打手死伤遍地,心中大喜,窃窃私语:"出神仙了! 出神仙了!"霸半郡见此情况,怒火万丈,挽起铁弓,"嗖!"一箭向神仙射来,只见火光一闪,"当"一声,刀与箭皆一截两段。霸半郡带着护身家郎冲了上来,口口声声喊叫:"抓活的! 抓活的! 抓住活的赏银! 赏金! 赏美女!"

神仙冷笑一声,把手中半截刀柄"呼"地向打手群中掷去,趁机飞步向前,展开双腿,左踢右扫,"嘭! 嘭! 嘭!"照准马腿,踢一断一,踢二断二,马如斧劈刀砍,倒的倒,窜的窜。有些家郎打手脚朝上头朝下,被马拉出场去。人撞马,马撞人,一时人马大乱。"霸半郡"见稳不住阵脚,挽弓拉箭赤膊上前,正待他对准"神仙"放箭之时,"瞪"的一声,一粒弹丸,不偏不斜正打中他的眼珠,"哇"一声落下马来。"神仙"飞步上前,照他头部狠踢几脚,霸半郡脑浆四溅,呜呼哀哉了。

固始郡东门处住着一户人家,户主叫刘平心,也被逼去看"选美"。他见"神仙"把恶棍、魔王平治了,心想:是不是自己去少林寺搬僧兵时外甥派来的人?他犹豫着走进大门,正待随手关门时,走进两个人来,一高一矮跪到他面前,说:"老舅爷!您去少林寺搬兵,方丈想,荒乱年头,少惹是生非,不便派大队人马,差俺两个前来打探。现在祸害已除,特来向您禀告,俺就回少林寺去了!"

平心老汉一听,喜出望外,知道今晚上的"神仙",就是少林寺的僧兵,他问:"踢断百尺高杆的……"

高个儿说:"是我。"

"啥尊讳?"

"不敢称,僧号'鬼腿'。"

"那么投弹丸打瞎人眼、打烂马头的是你了?"

矮个儿说:"是我,老舅爷!"

"啥称讳?"

"不敢称,法号'神胳膊'。"

刘平心老汉留他们吃饭,他们不吃,扭头就走,听到脚步声,人早不见了。

方丈为啥单派神胳膊、鬼腿两人去固始郡平贼?这里有个道道。俗话说:"天遭灾年,老和尚'坐月子'。"意思是:每遇天灾荒祸,是老和尚收徒弟接徒孙的时候。为什么呢?男女削发为僧以后,算脱离红尘。"金榜题名"没份,"洞房花烛"妄想,与酒肉绝缘,更有甚者连葱韭芥蒜也禁吃。因此,俗家称和尚为"苦行僧"。丰收平稳之年,谁舍得把亲骨肉送进寺庵?只有遇到灾年荒岁,穷人才忍受割肝摘心之苦,把儿女进进寺庙做僧尼。

五代后梁时,少林寺广惠庵的当家和尚圆通,和周富庵的当家和尚圆觉,早有收徒弟的打算,总是遇不到机会。贞明三年,虫、旱双灾,有一天,圆通圆觉两个和尚,各收了一个徒弟。圆通收的徒弟十二岁,个头稍矮,赐法名静光。圆觉收的徒弟十三岁,个头稍高,赐法名静亮。圆通分配静光牧羊,圆觉分配静亮放牛。

圆通是少林寺赫赫有名的武艺僧,对弟子学艺要求严格。从分配静光牧羊起,一条十五里长的登山路,距路三十步远的巨石上、岩壁上、大树上,用石灰水在那上边画个米筛子大的白圈,总计画了三百个,让静光每天上山放羊时,边拾石子儿,边往白圈中投。圆通还派人暗地监视。一次,静光偷懒,没投够三百石子,晚上放羊回来,圆通把静光叫到跟前,让另一个徒弟,将一个饭碗大小的铜香炉,端到大门外边,然

少林神功

后关上大门,圆通捡起个石子,"噗"地隔墙投了过去,只听"当啷"一声,他让静光出门去瞧看,静光出

门一瞧,核桃大的石子在铜香炉里放着,吓得他伸了伸舌头。师父圆通气呼呼地走了出来,"嘭"一声照他屁股上端了一掌,静光觉着火烧火燎地疼,从墙外落进院去。圆通走进来,两指夹住他的脖梗,说声:"起来!"又把他提到半空,好一会才放到地上。静光觉得浑身如蛇咬狗拽般疼,忙跪到师父面前,连说:"师父!以后我再也不偷懒了。"

圆通说:"'要得人前贵,必须多受累。''要想功夫练得好,一年三百六十早'。还没投三年五载,可耍懒偷滑哩!"静光见师父态度严肃,要求认真,哪里还敢怠惰,从此用心投了起来。

少林寺的武赛规矩,除"选兵节"外,年终还有"岁考"。成绩分"魁手""亚手""平手"三级。头一年,静光只得了个"平手"。师父气得几天没理他,他自己气得也两天没端碗。

第二年"的圈儿"缩小了一倍,距离由30步远改为50步远。伴随着年龄的增长,静光再不是由人监督着投的,而是自觉自愿投的,风雨无阻。这天,圆通发现静光没吃晚饭,就休息了。他站窗外一听,静光哼声不断。知道是投石子胳膊累肿了,赶快熬了一盆"五条"水,又加了些消炎药,端去给静光洗起来,直洗得止住了疼,圆通才去休息。这一年岁考,静光得了个"亚手"。第三年静光自己把"的圈"改为"的点",距离由50步远改为百步,并且是百投百中。除此以外,还作投鸟投兽,"隔墙投器"、"逆风投叶"等。这年岁考,稳拿了个"魁手"。就在这当儿,少林寺出了桩"疑案"。

"疑案"牵涉到周富庵圆觉的徒弟静亮。圆觉也是少林寺的武功高手,对徒弟学艺是恨铁不成钢。静亮放牛开始,圆觉在一条十里长的放牛路上,或树或石"点"下三百六十处,让静亮每天放牛出坡时,照每个"点处"狠踢一脚。静亮答应下来。可是没坚持三天,就感到脚疼腿酸浑身难受。他看看前后无人,便偷功减力起来,想踢就踢两下,不想踢就把点处隔过去;或慢抬腿轻轻踢应付一下。半个月过去了。圆觉把静亮叫到跟前,问:"踢'点处'坚持没有?"静亮说:"都踢了。""用力踢没有?""用力啦!""把鞋脱下来我看看!"师父这样一说,静亮害怕啦,原来鞋头只破了一层皮。圆觉见他迟迟不脱,对面前放的练功大石锁,"嘭"地踢了一脚,石锁"哗啦"一声炸碎了。抬腿又照静亮屁股上踢了一脚,静亮觉着如刀砍般疼,一下被踢出一丈多远,好半天静亮才爬起来。圆觉走上去用脚照他腋窝一挑,静亮又直挺挺地站了起来。圆觉又问:"真用力踢啦?"这时静亮哪里还敢再说瞎话,跪到师父跟前直说:"请师父饶恕!以后我永不偷懒了。"圆觉说:"戏子练武讲好看,少林练武讲真功。还没入门,就偷懒脱滑?"说着把一双新圆头鞋扔给静亮,又说:"掌似流星眼似电,腿似旋风功在练!"说罢转身走去。

"严师出高徒",从此,静亮再也不敢偷懒了。每天放牛早出坡,晚下山,狠踢三百六十个"点"处。到山上见到能踢的东西,他还要踢。不到半月,一双新圆头鞋磨出了几个窟窿。师父要他用皮子掌掌再穿。以后皮子又磨透了,静亮用铁片子补住窟窿,还穿。两年后,双脚板磨起的茧子有一铜钱厚。有时静亮干脆不穿鞋子,赤脚踢练。第三年除坚持踢练外,还练攀岩越壑,跃峰跳谷。直练到攀崖如猿赛猴,越壑如雕似鹰。一次两头犍牛抵架,抵恼了,棍打不开,石砸不退,静亮伸出脚往两头牛的中间伸去,两个牛头一齐抵在他的脚上,如触铁碰钢,撞得两头犍牛后退丈远。它们一瞧,抵的是静亮的腿脚,吓得夹着尾巴走去了。

严冬时节,鹅毛大雪落了三天三夜,牛不能出坡了。而牛倌静亮却不见了。师父圆觉知道出了事,叫了几个徒弟,带着绳子、竹竿,到山上去找静亮。当他们来到大仙峡时,见几只老鸹,旋圈叫着在谷中飞上飞下,圆觉拉住崖缝上长的树棵,探身往深谷一瞧,发现雪中一个黑点,老鸹正在抓呢!忙差一个徒弟系绳下谷。这个徒弟坠谷一瞧,果是静亮。埋在雪窝里,头部被老鸹叨了几处血窟窿,就赶快用绳子系好把静亮拔上去。抬回周富庵时,静亮已经冻僵了,给他灌下一碗酸辣汤,又用厚棉被裹起来,暖了三天,静亮才苏醒过来。大家问他,他说是练雪中飞越,被朔风打落谷中。这年岁考,静亮稳拿了个"魁手"。

获"魁手"后时间不长,静亮在旗峰上放牛,发现一只怪兽,马头豹身狼尾巴,窜到峰下羊群中大咬起来。吓得羊四处逃窜,静亮居高临下,蹴身跃下崖去。飞步跳到怪兽身边,抬腿向怪兽踢去,与此同时,又听得"乒"一声,怪兽眼睛上落一石子,怪兽大叫一声,跌倒地上死了。

静亮弯腰去提怪兽,静光也走到跟前,两人同时伸出手来,就这样争执起来了。静亮说是他用脚踢断了怪兽的腿,静光说是他用石子投瞎了怪兽的眼。争执不下,官司打到方丈那里,方丈经过检查,怪兽的眼与腿均是致命伤。到底是谁打死的,一时成了疑案。

方丈想亲眼看看两个人的武技,于是想出一个解除疑案的办法。常住院便挂出比武牌,上写:

经寺班首研究,定于二月三日,广惠庵沙弥僧静光,周富庵沙弥僧静亮,二人到校场比试武技,十八家僧众,与常住院、僧兵营等,俱临场观看,不得有误。

少林寺常住院

正月三十日

比试这天,静亮站在校场兵器库房脊上,静光站在校场沿,二人精神抖擞,双目圆睁,等待方丈命令。日出卯时已到,开赛鼓"咚咚咚咚"响毕,兵库门"哗啦"大开,从门内"呼"地蹿出来一只尾巴上燃着油火的大犬。那猛劲儿、悄劲儿、急劲儿、狠劲儿比怪兽还要凶猛十分,直朝观众群中窜去。当它刚跑到场中心,只见一个黑点眨眼从库脊上飞了下来,正好落在狂犬跟前。"是静亮!"谁喊了一声,果然是静亮。只见他飞起右腿,"乒"一脚踢向狂犬后腿。与此同时,静光投出的石子,也"乒"一声,正中狂犬眼睛,狂犬趔趄几下,倒在了地上,从此"神胳膊"静光、"鬼腿"静亮,在少林寺赫赫有名。

(整理:王鸿钧)

觉 敏 接 箭

北宋徽宗年间,汴梁城内有一个讨饭孩子,每天他讨饱饭以后,便到相国寺那里,去看卖艺人弄枪、舞剑、耍绳鞭。时候长了,他边看边学,后来也学会了几势武艺。有时候,他也想在闹市中玩几势,亮亮他学的本事。许多卖艺的师父对他说:"要想学武艺,须到少林寺。我们的武艺,比少林寺的和尚还差得远呢!"这个讨饭孩子一听,就下决心到少林寺出家当和尚,去学一身好武艺。

讨饭孩子一路讨饭来到少林寺,真的出家当和尚了。师父给他起了个法名叫觉敏。他见全寺上下一千多个和尚,天天都舞拳习棒,他也向师父要求学习武艺。师父交给他一双铁筷子,叫他去夹蝇子。觉敏接过铁筷子,心中很不乐意,但是不敢说出口,因为拜师的时候,就给师父妙贵立下了"门生帖"。

以后,觉敏就夹起苍蝇来。苍蝇身体小,起飞迅速,用两根铁筷子是不容易夹住的。觉敏整整夹了一年,落在地上的活苍蝇,可以伸出筷子夹住。第二年师父还叫他夹苍蝇,他又夹了一年,飞的苍蝇也可以伸出筷子就夹住。第三年,师父又叫他夹蚊子,夹麻雀。

夏天又闷又热。一天,趁师父午睡的时候,觉敏带着铁筷子走出山门,到少溪河里洗澡。河边有

一棵杏树，结满了又红又黄的大杏。他伸手摘了几个，脱下衣服，一边吃杏，一边在河里洗起澡来。

杏树是老百姓的，看杏的娃娃们见小和尚摘他们杏吃，就骂起来，"小和尚，背筝筐，拐个弯，我骑上。"觉敏过惯了流浪生活，你骂他，他就敢还骂，几个娃们骂不过他，就打起水仗来，跑在河里围了一个圈，向觉敏身上泼水。觉敏也泼水还击他们。几个小孩见用水打不过他，就用小石子往他身上掷。

这时候，觉敏就用铁筷子把掷来的小石子，一个一个地夹住放在身边。小孩们越掷石子越大，觉敏不拘他们掷来的大石头、小石子，都用铁筷子夹住，放在身边，到师父喊他归寺的时候，他身体两边垒起两堆石头了。

"出必告，返必面"，这是当徒弟的一般规矩。觉敏不但背着师父出门，又摘了俗家的杏吃，还和俗家的孩子吵嘴打架，这是佛门戒规所不允许的，师父当然很生气，除罚他"跪香"外，又罚他"巡僚"。直等到觉敏认错受罚以后，师父仍让他夹飞虫，并且比以前要求得更严，不拘飞虫大小，必须是十夹十稳。觉敏又坚持练了一年，前后算起来，整整夹了三年飞虫。

第四年，师父让他回家探探亲，再回寺来。觉敏走的时候，除带随身行李以外，还带着练了三年的铁筷子。他前边往山门外走，师父拿着弹弓在后边送他。师父为了试试他的本事如何，故意慢慢离觉敏远些。等到拉开一定距离的时候，师父拉开弹弓，对准觉敏的后心窝，"乒——"地放了一弹。这一弹若没有真本事抵挡，死不了身体也得残废。

觉敏呢？听说师父让他回家探亲，真是归心似箭，一股劲儿往山门外走，走着走着，听到"嗖——"一响声，他以为是只苍蝇呢！身子一侧，执起铁筷子，"乒！"把一个青皮核桃大的铁蛋蛋夹住了。师父走到他跟前，告诉觉敏说："你功夫成了，放心大胆地回家去吧。"

觉敏路过虎牢关那里，有两支人马正在打仗。他打听后才知道，围关的兵马是金兵，关内被围的兵马是宋朝的官兵，关已经被困了七天，关内率兵的将领是程魁。觉敏在汴梁讨饭的时候，程魁在严冬曾舍给他过衣服。于是，他决心走进关去，见见恩人程魁。

觉敏进关一看，官兵几乎弹尽粮绝，有仓没有粮，有弓没有箭。他拜见率兵将领程魁的时候，自告奋勇，愿替程魁出一臂之力。程魁见他是个小和尚，摇摇头，长叹一口气，说："外边敌兵如虎，关内少粮缺箭，我们有枪有刀，都用不上，你手无寸铁，助什么力气？"

旁边的卫士们也讲，敌人弓箭凶狠，寨垛不敢站人，若人一露头，敌人箭如飞蝗，"嗖嗖"射来，十战九败，你歇歇吧，我们只有等援兵来救了。

觉敏向程魁再三请求，让他到关寨上，看看敌人阵势如何。程魁叹口气说："官兵数千人马，还不敢伸头露面，你去也是白白送死。"他连连摇头，不让登关。觉敏决心已下，最后说出死而无怨的话，程魁才勉强答应他去观观阵势，但必须换上官兵服装，不然让敌人看见一个小和尚把关，有失大宋体面。

觉敏很听话，换罢服装登关的时候，程魁吩咐四个卫士护送，如果敌人射箭，要迅速把觉敏拉下关来。觉敏走上虎牢关寨，刚刚站到寨垛口往下眺望时，金兵的飞箭就"嗖嗖"射上关来。

觉敏拿出铁筷子像夹蝇子一样，"叭！叭！叭！……"支支箭都被他夹住，放在寨上。不到一个时辰，寨上收到两大堆箭。

卫士们把这个喜讯报给程魁，程魁起初有点不信，决定登上寨去看看，当他亲眼见到觉敏接箭如夹菜豆一般，拍着双手为觉敏喝彩。等金兵鸣锣收兵以后，程魁摆上酒席，为觉敏庆功。

吃饭中，觉敏说金兵很骄傲，趁机再接他们一次箭。士兵们也说，敌人太刁，他这样再次上阵，怕敌人识破，不再射箭。觉敏和士兵们商量，共同想出个主意，让他装扮成个姑娘上阵，惹敌人生气，还会捞到一批利箭。

确实如此。金兵看见一个穿红挂绿的女流之辈,在关寨上扭捏着走,即击鼓射箭。觉敏仍旧如此,拿出铁筷子,"叭!叭!叭!……"一支支的利箭都接了下来。他上面接,士兵们下面搬。直到金兵鸣锣收兵,大家数了数,除去残箭,收起来的利箭比头一次多得多。

第三次,敌人又击鼓攻寨了。觉敏穿上自己的灰布僧衣,一手拿看铁筷子,一手拿着佛珠坐在关寨上头,若无其事地在"喃喃"念经。金兵见是个秃头和尚在摆弄他们,眼都气红了,鼓擂得更响,箭发得更多,如飞蝗,似雨点,左中右三方一齐向他射来。觉敏呢?一边口念佛经,一边执筷接箭。从日出开始,直到日过午时,金兵才停止射箭。这一次,比前两次的箭还多。

金兵见几次都上了当,再不敢轻易放箭攻寨了。

程魁见到觉敏的武艺高强,大摆宴席,再次为觉敏庆功,并提出让觉敏做他部下将领。觉敏再三感谢,说出自己是削发僧人,不能随便转行跳业。他只在关内休息了三天,就回汴梁探亲去了。

(整理:王鸿钧)

和尚坐花轿

宋理宗瑞平年间,祥符县有个大汉,名叫王兴勃,遇事好打不平,喜于扶弱抗暴。有一次,王兴勃去赶年集,碰到一个财主公子,不掏钱,强抢一个卖鱼老汉的大鲤鱼。老汉卖鱼是为换些钱办年货,所以死活不丢。财主公子仗凭人多,乱拳把老汉打翻在雪地里。王兴勃一见,怒火万丈,飞身扑上去对准财主公子狠狠几拳。这几拳正打在太阳穴上,那公子没哼一声,四肢一伸,就断了气。财主听说儿子被人打死了,便串通县衙,追捕王兴勃。

据说那个时候,犯了杀人血案的事,只要入籍寺院,削发为僧,官府就不再追究了。过新年这几天,官府逼得王兴勃走投无路,他就入籍少林寺削发为僧,师父给他起个法名,叫普润。

普润这个人性格开朗,勤学好问,又有一身武艺,师父很高看他。不管是上香念经,游寺串庙,佛事做斋,都要带着普润一同去。有一年,伏牛山里有个富户,老太太死了,儿子为尽孝心,派人连夜到少林寺来,请普润师徒为他母亲做斋。

由于普润师徒走得慌张,到斋主家里,要供佛念经的时候,一查,钵鱼忘带了。钵鱼是念经时敲的那个东西,少不得。师父把普润喊到面前,要他回寺取钵鱼,速去速来。斋主把酒菜端上,普润又吃喝一顿,开腿上路,回少林寺取钵鱼去了。

普润走够十多里路程,酒劲上来了,身上发热,头也有些晕昏。路过朱马铺的时候,他想坐到村头大槐树下凉凉风,刚坐下来,听到墙内有哭泣声。他往大门里一瞧,见一对老夫妇扶着一位女子,三个头抵头地哭成了泪人。旁边还有一群男女,在落泪相劝。

普润见此情况,知道不是小事,走进门去问起根由。

帮劝的人们对普润讲,这对老夫妇六十多岁了,跟前就这一女儿,今刚刚十七岁,招了个养老女婿,后天就要办喜事,谁知昨天女儿上镇上去买嫁妆,不幸碰到山头寨上的官兵头目"一盏灯"。"一盏灯"明是官兵暗是土匪,看见这个女子长得好,就要与这个女子婚配。昨天送来帖子,说今日就要抬人。两位老人舍不得女儿,女儿也离不开二老,三个人相抱要投井死去。

好打不平的普润一听,心头火起,连骂"一盏灯"不是人生父母养的。他对大家说,他是少林寺和

尚,会武功拳术,这事由他担当,劝老汉带领老伴和女儿快快逃走。乡亲们听罢普润的话,喜出望外。一面急送老汉一家三人逃走,一面招待普润吃饭喝酒。酒菜端满一桌子,普润说他才吃罢饭,不吃了,可是乡亲们情意难却,普润只得接酒而饮。乡亲们这个端,那个敬,不一会儿普润又喝了两大壶酒。

老汉一家刚刚逃走,"一盏灯"派来的人马,点着"三眼铳",就在村头嚷起来。普润呢?这时候头重脚轻,一头栽倒床上,醉成一摊泥。乡亲们正在着急的时候,八个人抬着一乘花娇,已放在大门口,引婆进门来连声催促,要新娘子快快上轿,这下可难坏了众乡亲。大家知道,别看"一盏灯"只有一只眼,却心如毒蛇,杀人不眨眼,不把人装进轿里,恐怕朱马铺的所有人家,都不得安宁。

这时候,是谁想了个计谋,说把醉酒和尚,换上姑娘的嫁衣,抬进轿里先应付一阵。大家一听,齐说是个好办法。于是,几个人忙给普润更换服装,打扮好后,头上搭块大红布,裙子盖住一双大脚,就把普润架入轿内。轿帘一放下,八个轿夫驾起轿杆,三眼铳炮一打,"嗵嗵嗵"三声响,鼓响锣鸣,官兵抬着花轿走了。

不知走了多久,普润酒醒了,他迷迷糊糊听到一个尖嗓门女人在吆喝:"快走!快走!猛雨快来了,回去晚了,头目拿你们问罪!"普润慢慢睁开眼一看,自己坐在花轿里。他透过轿窗往外一瞧,只见轿夫累得满头大汗,一个装束打扮令人恶心的女人,指手画脚地骂轿夫走得迟。普润心里明白过来,他舒了舒筋骨,想跳出轿门,打它个落花流水。正在这时候,暴风雨来了。引婆盼咐说:"停下!你们都到茶庵里去避避雨,我进轿里陪新娘子。"

轿夫们落下花轿,都去附近茶庵里避雨了。引婆揭开轿帘钻进轿去。她刚一进轿,普润一伸手,卡住了她的喉咙,勒得引婆伸着舌头瞪着眼,说不出话来。普润厉声地说:"你敢声张,我一把捏死你!"引婆一瞧,是个秃头和尚在她面前,吓得她四肢一软,瘫在轿里。普润灵机一动,和引婆换了换衣裳,把手巾往引婆嘴里一塞,又把引婆捆个四脚朝天,丢在轿里。

雨停了,普润忙走出轿来,学着引婆向避雨的轿夫们一挥手,意思是让他们抬轿走,他自己佯作报信的样子,前边先走了。

说也巧,这条路正是普润返回少林寺经过的道路。普润这次取"钵鱼",算是坐在轿里消消停停地睡了二十里路程。等他到少林寺把钵鱼取回去,正赶上师父念经使用。

(整理:王鸿钧)

武松当僧兵

快书《武松打虎》段子里,有这样两句话:"出家就在少林,功夫练到八年上"。当年,武松进少林寺当僧兵,还有一长串故事哩。

那时候,少林寺为了挑选精兵良将,成立有僧兵"预选堂"。"预选堂"不但管登记、挂号,还想出许多选兵办法,除考察挂号人的武术,气功以外,还要考察挂号人的胆量、见识。如果挂号人武功、胆量一时还不具备,"预选堂"看你像个"僧兵胎",就明里暗里对你进行培养,到"选兵节"时,经考试合格,就可以入寺当僧兵。

武松二十九岁的时候,到少林寺来,经过"预选堂"考察,他的胆量、武功还不够僧兵资格。可是,"预选堂"的师父们见他头戴六棱八角英雄帽,身穿素白缎子英雄靠,雪青丝绒打就十字绊,四个灯笼穗垂于肩下，腰中系一丈二尺八寸色鸾带，脚上穿一双一马三条箭平升三级短腰靴。浓眉大眼，红光满面，五尺高个子，腰挎一把七星剑，说话走路浑身是劲儿。众师父认为武松是个"僧兵胎"，就把他留下来进行培养。

一天早晨，嵩山上笼罩着浓雾，远一点儿，就看不清谁是谁了。"预选堂"中一个师父来喊武松，说是洛阳"罗汉炉"家，给少林寺定打了十把方天戟。方丈吩咐，由他两个去取回来。

武松听罢，就跟着这位师父走了。他们刚进入辗辕关，只听头顶咕咚咕咚响，响声越来越近。武松抬头一看，是个斗大礓石，从雾中滚下来。因大雾天，只听到响声，看不见礓石，等到看见了，礓石就向头上砸来，就在这千钧一发时刻，同伴师父把武松往后一拉，跨前一步，伸起右腿，一脚把礓石踢下关去，吓得武松一身冷汗，说："师父，你怎么不害怕，敢用脚把礓石踢过去？"同伴师父回答："一个小小礓石，有什么可怕，只要腿脚有功夫就行了。"武松听罢这几句话，觉得也不害怕了。

洛阳"罗汉炉"家，给少林寺订打的方天戟，一色纯钢，每把净重三十八斤。同伴师父把十把方天戟，捆了两捆，一捆六把，一捆四把。武松想：师父年近六旬，两鬓斑白，个矮身瘦，让他扛四把捆，自己年轻力壮，扛大捆。师父却说，他练出来的老腿老胳膊，还是扛六把捆，让武松扛四把小捆。武松只好听从师父分配。

俩人扛着器械一路同行，过去李村，武松汗流浃背，有点赶不上师父了。他想喊师父坐下歇会儿再走，还没开口。师博却说："方丈吩咐，晚上一定让咱赶回寺去，吃点儿苦，走！"

这还有什么说呢？师父前边走，他在后边跟，走到参驾店的时候，武松口渴舌干，觉着喉咙眼里冒火，他想给师父说说，到村中讨碗水喝喝再走。话还没出口，同伴师父却说："走啊，咬紧牙！上去坡，到关上'剑引泉'喝水。"师父说着，不停地登起山来。武松咋能说没骨气话呢？只好咬着牙，跟着师父往山上登去。

辗辕关下了十八盘路，十七盘那里，有刘邦攻打秦国经过辗辕关时，拔剑劈出的"剑引泉"。武松早听说过，"剑引泉"水凉味甘，久旱不枯。他心想：到"剑引泉"要痛痛快快地喝次水。当登

武松

上十六盘时，同伴师父把器械放下，让武松前边走，说他要方便一下。

这时候，天已经淹黑了。武松喝水心切，扛着器械，大步登上十七盘。他把器械放下，急步走到泉边，往地下一蹲，就要捧水喝。猛听见"嗷"的一声怪叫，武松抬头一看，面前一个妖魔，红眼绿鼻子，张着血盆大嘴，半尺长的獠牙露在嘴外，一身白毛羽，伸着两只魔爪，来抓他的眼睛。吓得武松扭头就跑，妖魔在后边紧紧追赶。没跑多远，同伴师父赶到眼前，器械往地下一扔，与妖魔搏斗起来，不上几个回合，师父手一晃，右手"乓"地打在妖魔心窝上，妖魔惨叫一声，逃跑了。

这时，武松顾不得干渴了，他说："你咋不怕妖魔呢？一拳就把它打跑了！"

同伴师父说："妖魔、禽兽同人一样，硬的怯，软的捏。你泼上与它干，再有功夫拳，怕什么！"武松听着浑身添了劲儿。两个人喝足水，就回寺了。

又有一次，天下起大雨，仅几个时辰，山洪暴发，河水飞涨。"预选堂"一个师父来喊武松，说是方丈吩咐，让他两个到松涛峰上去刨嵩参。武松一看，这个师父有四十几岁年纪，身上挎了两盘粗麻绳，扛了一根一丈多长的竹竿。竹竿头上安着个铁钩儿。他接过竹竿扛上，和师父一同登上松涛峰。松涛峰上哪里有嵩参，只见崖头上长着两棵老松树。

同伴师父对武松说："嵩参在北面积翠峰上长着哩！"

武松向对面积翠峰上望去，峰端高高地插进云彩里。峰上一片鲜绿，还有红花黄花点缀。可是由松涛峰去积翠峰，中间隔着三丈宽，七八丈深的一道崖谷，谷底奔腾着山洪，浪头南撞北溅。武松站到崖边往下一看，头晕了一下。他赶快走过来，问师父怎样越过沟去。

师父把挎的两根粗绳，从肩上摘下来，拿起一根，一头拴在古松树上，一头紧系腰中。然后他向武松交代系绳方法，让武松也像他那样系好绳。武松照他那样，将绳一端拴牢在树上，一端紧系腰中。师父拉武松站到崖边，趁他不防备，一伸手把武松推下崖去。武松只觉一阵风凉，跌落深谷。腿脚紧擦水面，像打秋千一样，来回摆动。飞溅的浪花，不断向他身上打来。他欲要呼唤，师父用竹竿钩儿，牵动绳子，几下子把他提到积翠峰上。师父问武松："受惊了吧？"

这时武松心里虽然还"嗵嗵"跳着，却摇了摇头。师父说："胆越练越大，武艺越练越高。一道小蛊谷，何足挂齿！"说着两个人刨起嵩参来。回寺的时候，武松见师父腰系绳子，手持竹竿，一跃飞过谷去。然后，师父用竹竿钩儿，牵动绳子，把武松拉过谷去。武松想想师父的话，看着师父的行动，他也想自己撑竿越谷。师父说："该回寺了，以后练吧。"

隔了一段时间，百姓们传说，少室山出现一只马头狼，咬死老百姓许多羊和猪。吃饭时，方丈和尚在大雄宝殿前招呼，不管是寺僧或预选壮士，凡擒到狼者，就算立功，又有重赏。武松听罢，正在犹豫，"预选堂"走过来个师父问他："武松！你敢去打狼吗？"

武松一挺胸说："敢！"

武松上山去打狼，他东山找，西山找，找了一天，没见马头狼的影子。天黑他来到大仙峡。这里，两边俱是立陡高崖，高崖下夹着一道山谷，谷中乱石交错，荆棘丛生。他越往前走，峡谷越窄，路越陡。走够一个时辰，仰脸看着天，天如一条线，几颗星星，挂在线上眨眼睛。这时，武松觉着累了，坐在大石头上休息，坐着坐着，竟不觉打起盹来。他刚刚打了几下盹，就听到呼哧呼哧的声音，有毛毛扎他的脖子。他甩开巴掌，"啪"一下，打在毛疙瘩上，武松随即跳下石头，映着星光一看，石台那边一只马头大狼，两只灯盏似的眼睛死盯着他。武松向右边一跳，那狼向右边跳来，武松向左边一跳，那狼跟着撵到左边，武松跳得快，那狼追得也快，并不时地发出叫声。武松心一稳，想起师父们几次说的话，他用劲跳上石台，马头狼也跟着追上石台。武松"刷"地来个"回头望月"，两手卡住狼的脖子，把狼提到半空中，马头狼四条腿正弹蹬时，忽然身旁有谁说："武松，甩出去！"武松灵机一动，用力一掷，把马头狼扔出去一丈多远，掷到乱石堆中，只听"嗵——"的一声响，马头狼不会动弹了。

这时，武松定睛一看，原来是前两次同他做伴的两位师父走了过来，感动得武松流下热泪，躬身向师父作揖后，问："师父！深更半夜，你们……"

两位师父哈哈笑着，拍着武松的肩头说："行了！够个僧兵资格了。"

武松当僧兵以后，闲谈中曾问两个同伴师父："怎么那样巧，大雾天磕石、妖魔都让我碰上了？正好山洪暴发，就叫我去挖药？"师父告诉他，那是"预选堂"想出来的锻炼预选僧兵胆量的办法。武松在少林寺，苦练了八年武功，后来才干出"景阳冈打虎"惊天动地的事来。

（整理：王鸿钧）

恒 林 破 案

宋真宗景德年间,有一年腊月二十三,落了一场百年不遇的大雪,下得沟满河平,路上断了行人,天上没有飞鸟。

少室山南麓,有座清凉寺。这个寺是少林寺的小院。寺院内有八个和尚,都是从少林寺派来的。在这八个和尚里,其中有一个外号叫"铁脚板"的和尚,法名叫恒林。恒林自小家里很穷,父亲去世早,母亲是个瞎子,不会做针线活路,所以恒林从开始学走路起,就是赤脚。等他长大了,不管是在地下干活,或是上山放牛放羊,砍柴割草,春夏秋冬,一年三百六十天,总是赤着脚板,在乱石窝里,荆棘丛中蹚。那时候,嵩山北麓一带,山上生长着漆树。常上山的人,不断用漆树皮里浸出来的生漆,涂在鞋上,这样穿起来结实耐磨。有时候,恒林的脚被山路磨得发疼时,他也用生漆在脚板上涂一层。这样年长日久,恒林脚板上磨的茧子,足有二指厚,再加上他常常用生漆涂脚板,因此在乱石头上、蒺藜窝中走路如走平川。每逢他赤脚挑着柴火赶集上店去卖时,有人看见,骂他是"牛蹄子恒林",有人称他为"铁脚板"。

宋天禧五年(1021年),恒林已长到二十岁。这年天气出现怪现象。夏、秋两季,禾苗被冰雹砸毁,粮食颗粒未收。寒冬到来,家里没啥下锅,恒林的母亲又是双眼瞎,天气寒冷,冻得老人直打颤。那时候,官府又到处抓人到汴京去垒城墙,挖寨壕,恒林几次侥幸未被抓走。在这种情况下,恒林心一横,就到少林寺出家了。出家以后,师父给他三斗小米,让他给他母亲扛回家去吃。从此他就在少林寺做佛事。在寺内如有上山做活路的事,恒林总是报名前去。师父给他的衣帽鞋袜俱全。衣,他穿;帽,他戴;就是不习惯穿鞋袜。有时候师父强逼他穿鞋袜,恒林勉强穿上,等师父离开他以后,他就把鞋袜脱掉,又是赤脚走路。时间长了,师父也就不强迫他穿鞋袜了,随着他的意儿。

少林和尚的武术,代代都负盛名。恒林在少林寺当徒弟期间,跟着师父们也练熟了好几套拳和枪、刀等术。比武会上,他也被列入僧兵行列里。

有一年,恒林的老家望陵县,新上任一个知县,名叫魏天平。他敢和地方上的豪绅恶霸做对,很受百姓爱戴。这年春节,恒林回家探母,在大年初一这天,他进县城游玩,城中人议论纷纷,都说知县的少爷被盗贼抢跑了。还说,盗贼走的时候,留下一张条子,上写:"东平府'难遇见'起票"。

在封建社会中,土匪盗贼为了得到金银财宝,就到城乡抢劫。如果抢劫不到金银,就抓人。抓人又叫"起票"。抓到大人叫"肉票",抓到姑娘叫"花票",抓到吃奶孩子叫"快票"。土匪抓到谁家的人,谁家就得拿出金银,趁夜晚到土匪通知的地点去"回票"。

"肉票""花票"晚回一天,不过多挨几次打,或多受污辱。而"快票"晚回一两天,就要饿死。所以土匪盗贼抓到吃奶孩子叫"快票"。抓到"快票",失去孩子的父母怕孩子饿死,会很快拿出金银去赎,这样土匪可以很快得到金银。

恒林听罢,就往县衙来,要为知县魏天平抱回儿子。他见到老院公,问罢情由,对老院公说:"贼子有住址有姓名,为啥不派人去破案?"

老院公说:"派人去了。怎奈贼人武艺高强,还和当地官府穿着一条连裆裤,是地上一霸。就因为老爷在那里做官时,惩罚过他,因此他和老爷结下冤仇。老爷在他们那里做官,贼子还不敢强下毒手。

现在,老爷上这里上任,贼子才敢抱走正在吃奶的少爷。"老院公说着落下了泪:"老爷半世无子,40岁才得下这个少爷。抱走少爷像摘走老爷的心啊!少爷已经被抢走两天了,再有一两天救不回来,就要饿死了。"

恒林听罢,去见魏天平,跪下说:"老爷,少林寺和尚释恒林,愿去东平府替老爷破案。"

知县听着恒林有这样的决心,加上望子归来心切,就让家郎赶快为恒林准备饭吃。吃饭的时候,知县把贼人"难遇见"的武艺及家乡住处,向恒林交代一番,并嘱咐恒林,一路多加小心,防备贼人下毒手。抱回少爷抱不回少爷没什么,千万不能为救少爷而让恒林受害。临走时,知县又派出精悍衙役数人,随恒林前去,随机助他一臂之力。又送给恒林一双鞋,要恒林带上。

恒林和衙役上路以后,一溜小跑,日夜赶路,加上他平常腿脚锻炼得有功夫,一明一夜时间,他们就赶到了贼子"难遇见"的村庄。这个村庄十分严整。寨子里有一处红墙蓝瓦新院落,走马门楼下边,站着一个少年,一身武士打扮。恒林和衙役商量好,让衙役在寨子外边放哨接应。他穿好鞋,向着门楼走来,对着看门的少年说:"喂!去给你家老爷说一声,就说河南客人求见。"

管报信的少年进到院中,对"难遇见"说:"有河南客人求见。""难遇见"回答说:"就说我今日有事,改日再见。"少年走出门来说:"老爷不在家,请客人改日来会。"

恒林想:救孩子是燃眉之急的事,怎么能改日相见呢?他思索了一下,又说:"喂!掏个火,暖袋烟。"

看门少年回去对"难遇见"回说,老贼一伸下巴说:"给他捏块火去!"

看门少年就照着当家的吩咐,用三个指头捏着一块红火炭走出门来。恒林把裤腿往上一挽,拍着膝盖说:"放在这上边吧!"

看门少年把恒林用膝盖接火一事,报告给老贼,老贼听后吃了一惊,说:"请他到客厅里坐。"看门少年把恒林安排在客厅内,已到点灯时分了。少年说:"你先坐下,我家老爷一会儿就来。"少年点上灯就出去了。

恒林一看,客房里只有两把椅子,一张油漆方桌,门后放着一块六尺高、八尺宽、一尺厚的青石碑坯,别的什么东西也没有。他就坐到椅子上,等了好久,不见人来。因为他走了一天一夜,有些累了,心想:靠椅休息一会儿,到半夜时再下手。他走过去将门一关,抱起石碑顶在门上,然后靠着椅子打起盹来。

恒林刚刚闭了一会儿眼睛,听见有人拨门,他睁开眼睛一看,门闩已被拨开。由于他用石碑顶着门,门外人没办法进来。少顷,一个人喊:"河南客人,茶到。"

恒林把碑拖到一旁,拉开门。见一个壮年汉子提着茶壶走进来。这人一看那块石碑换了地方,心中一惊,却强打精神,倒上茶让恒林饮。恒林知道这不是一般茶水,他没饮,便开门见山地对汉子说:"把魏知县的小少爷抱出来。"

汉子一听,嘿嘿几声冷笑,说:"你这样来不行,不能把小崽子给你!"

恒林说:"怎样来才行?"

汉子说:"掂着魏天平的头来。"

恒林一听,满腔怒火,忽地站起来,"乒"地一拍桌子,"胡说!"出手来了个"金沙飞掌"。那汉子看事不妙,忙来个"双月开弓",打个筋斗跳出门去,说:"稍等一时,老爷就到。"

恒林等了好久,不见人进来。他欲出门,一个白点扑地向他心口飞来。他一侧身,一个姑娘提着一根花枪跳进门来,闪光的枪头径直往恒林身上刺来,边刺边说:"你来替魏天平送死,看枪!"于是,两个人打了起来。女的来一个"连退连环枪",恒林来一个"五花起脚",踢开了她的枪杆;女的来一个"偷使回马枪",恒林即来个"双手开弓",次次挡过她的枪头。两个人在客厅里一来一往,斗了十几个回合。当女子用"背后莲花瓣枪"时,恒林连着来个"猛虎跳涧"与"执印翻天",把女子的枪打落在地下。他正要飞脚结果女子性命时,从门外跳进来一个赤手空拳的老婆,挥手来挡恒林,女子趁机逃了出去。恒林随即来个"顶心炮拳",老婆"哎呀"一声,退出门去,恒林随后撵出客厅。恒林追到后院一看,屋里院里都点燃着明灯,只有这个老婆和他搏斗,不见别人。在搏斗中,老婆节节败退,直退到一个空院子里,院子里埋了许多四五尺高的粗木桩。恒林知道这叫"梅花桩",是少林寺已经不用的玩艺了。老婆退到这里,纵身跳上桩去。利用"梅花桩"搏斗这一套,已是恒林的老把戏,他随着也跳上桩去。两个人在桩上跳来跳去对打。不几个回合,老婆只有招架之功,没有还手之力了。正在这时,从墙那边飘飞过来一个人,说:"秃驴!我来也!"恒林映着灯光一看,是知县老爷说过的"难遇见",他撇下老婆,去撵这个老贼。老贼一闪,跳出墙外去,恒林也跟着翻过墙去。谁知道,墙外是个水牢,水牢里插满铁锥,锋利的尖子密密麻麻,有的露出水面,有的未露出水面。老贼走在水面上,得意洋洋地说:"秃驴,这就是要你命的地方!"恒林一看,双脚一踢,把鞋子扔掉,赤脚在上面与老贼搏斗起来。老贼一看,恒林赤脚敢在锥尖上行走,威风就减去三分。恒林呢,看见仇人,分外眼红,拼死与"难遇见"搏斗。老贼哪能斗过有实功夫的少林和尚?诈唬一声"招镖",跳出高墙以外,跑了。

墙外边,几个衙役,早溜进寨来。他们正要翻墙进院,就碰到"难遇见"老贼跳出墙来,他们跟着追出寨去。

恒林见院中无人了,就到各个房间寻找县太爷的孩子。当找到老贼姑娘的房内,看见小少爷正在那里,已经饿得奄奄一息了。他赶快从袋中掏出一块馍,放在嘴里嚼碎,喂进小孩嘴里,抱着小孩走出寨来。路上,他们轮流抱着孩子,并给小孩寻奶吃、喂稀粥,终于把小少爷平安抱了回来。

(整理:王鸿钧)

凝诚唱戏

南宋嘉泰年间,山西省晋城附近,有个小伙子名叫银成。传说他年轻的时候,没有穿过一条囫囵裤子。即使穿一条新裤子,裤子其他地方还新崭崭的,膝盖处就烂成了窟窿,母亲就得给他补上两个大补丁。为什么呢?银成这个小伙子从小就爱唱戏,八岁时,元宵节村里闹高跷,他就扮演过角色。

唱戏需要鼓乐伴奏,农村唱"路戏",都是自唱自乐。银成呢?只要坐下来,指头就是"击棍",膝盖就是"扁鼓",两只眼睛一塌蒙,"独戏一台"就开演了。口中唱,指头敲,鼓、锣、梆、弦、镲齐全,生、旦、净、末、丑俱有,一个人唱得还挺热闹。裤子贴膝盖的地方,早早地就被他敲"扁鼓"敲出窟窿了。他娘给他补裤子的时候,骂过他也打过他。当时,银成也说过再也不唱不敲了。可他一离开母亲,喉咙眼就痒了,"独戏一台"就又开演了。

银成长到二十岁的时候,父母相继去世。因为家里穷,就到邻村张财主家当长工。张财主是个刁滑、奸毒的人,他知道银成好唱戏,在雇工的契约上,对银成好唱戏特别加上一笔,"因唱戏误工,轻则打板,重则扣工钱"。当时银成也认下这一条,下决心不再唱戏,心想:扛二年长工,赚下钱,回去好安家立业。

上工的前几个月，银成确实不唱戏了，一心干活。时间长了，听到谁哼"路戏"，或说"戏"的事儿，他心里就发痒，想开口唱几句过过瘾。但又一想，契约上写有条款，伸伸脖子把戏词儿咽到肚里去了。直到秋收以后场光地净，开始积肥的一天，银成拿着筢子，去野外搂树叶杂草。休息的时候，他一看四处无人，秋风又凉，就拿着筢子活动起来。活动着活动着，"戏瘾"上来了，他就用竹筢子当大刀，唱起"关公斩蔡阳"来。你看他跳得高，姿势活，舞得竹筢上下翻飞。正在这个时候，村中一个婆娘，从娘家回村来。她看见银成又是唱又是抡竹筢。唱的、玩的比大戏班上的武生还好。这个婆娘在一旁看得入了迷，当银成唱到斩蔡阳时，这个婆娘再也憋不住，哈哈大笑起来。银成正唱到高兴处，一刀下去就要斩蔡阳了，听到有人笑，马上收刀。由于收得过猛，竹筢碰到一棵树干上，折断了四个筢子齿。张财主见到筢子齿损坏了几个，又听到这个婆娘回村说，银成在地里唱戏，就照银成身上打了几皮鞭，并且说还要扣他的工钱。

银成是个有骨气的人，为此事气得几夜睡不着觉。有一天夜里，银成起来小便，听见掌柜的住室里传出唱戏的声音，才知道这个财主也爱唱戏。在封建社会里，唱戏人为"下九流"，不准进科中举，不准在官场出面，死后连老坟也不能进。所以有钱有势的人只看戏不唱戏，谁若谈戏子的事，就有点丢身份。因此，张财主在人前是不谈戏的，可他爱戏的程度也和银成一样，不过一个是明唱，一个是暗唱罢了。

张财主唱戏总是在夜深人静的时候，和妻子两个人在住室里偷偷地唱。这天晚上，夫妇俩高兴了，点上蜡烛，在屋里唱起来。

银成溜到窗下，舔破窗棂纸一看，张财主两口正在唱《断桥亭》。张财主饰许仙跪在地下，他婆娘饰白娘子坐在椅子上，一递一句唱得很是热闹。当轮到青蛇唱时，没人饰青蛇，银成早忘了是在什么地方，就装作青蛇，在窗外接上腔，唱了两句。张财主一看露了馅，"噗——"地一声就把灯吹灭了，大声吆喝起来："院里有贼了！捉贼！捉贼！"银成一听，赶忙回屋关上门睡了。

事后，张财主什么话也不说，可银成心里亮了，暗暗笑道："掌柜哩，外表你装成正人君子，背地里你却是……"从此银成想唱戏也不憋着了，想唱就轻轻哼几句，张财主听见时，他也不怕了。

冬至以后，往地里运粪。这个地方是丘陵地带，行不得车，得用牲口驮粪往地里运。

冬季天短，运粪得起五更，不然一天干不出多少活。所以银成赶着牲口下地时，牲口驮着粪。人在后边跟着牲口走，等走的田里把粪倒了后，人就可以骑在牲口上回粪场来。

头一天，张财主吩咐银成，起早备牲口驮粪，赶吃早饭时把粪运完，腾出粪场再堆粪。银成遵照掌柜的安排，四更天就备好牲口驮起粪来。当拐回来时，他骑在牲口上，想起掌柜两口唱《断桥亭》，他一塌蒙眼，翘起两个食指，就"嗒嗒嗒——嗒嗒——"敲起"扁鼓"哼起来。他骑的这个牲口，是匹老马。老马识途，当拐回来走到村中粪场时，老马站下来，银成没有睁眼看，以为老马途中停住了，就照马脖子上踢一脚，口中吆喝了一声。马以为是叫拐回来，它一掉头，又往地里走去。银成愈唱愈高兴，简直入了迷，老马拐来拐去，直到天明没有停步。当张财主出门看运粪的情况时，银成还骑在马上敲着"扁鼓"，唱得正热闹呢。张财主走上去，恶狠狠抓住他的腿拉下马来，要扣银成半年工钱。

一年的工钱眼看挣到手中，却被掌柜扣走了半年的，气得银成咬牙切齿。打吧，财主家人多势众。告状吧，县衙门朝南开，有理没钱难进来。打不得，又告不得，银成一气之下，到少林寺出家当了和尚。按字排辈，师父把银成的名字，改为法名凝诚。

凝诚报名参加了少林僧兵"五花大刀"队。每日早晚，拿着"偃月大刀"练习。练到第五个年头上，传说十八个人站在凝诚周围，等他耍起刀来，一齐用青皮核桃向他身上砸，核桃砸不到他身上，并且每个核桃皮上都带伤。最后凝诚被挑选到护卫队,常常保卫皇上派下来的钦差总督。

就在凝诚当和尚期间,有一年除夕,师父派他到达摩亭念经、值班。凝诚念罢经,天已经很晚了。他坐着坐着唱起《刀劈杨凡》的戏文来。起初,还怕别人听到,是用小声哼。后来夜深了,他就大声唱起来:"樊梨花家住在西蕃,西凉地里有家园,老爹爹居官理朝事……"一边唱戏,一边还抡着他的"偃月大刀"。一本戏从头唱到尾。戏刚刚唱完,门咕咚开了。师父走进来,皱着眉头问:"你咋不唱了?跪下!"

凝诚知道犯了佛规,"扑通"跪倒在地。

师父又说:"再唱唱'樊梨花家住在西蕃'!"

凝诚一听,知道师父在外边听他唱戏的时间已经很长了,就说:"师父,你知道我唱戏犯佛规,你咋不早些进来处罚我,你咋听完以后才进来呀?"

他师父确实早就来到门外,听到凝诚唱得确实好,就一直听他唱完,才进殿来。这时被凝诚一问,师父也无话可答,走上去拉起凝诚说:"饶你四十大板。这里是释方佛地,僧徒只准念经,不能唱戏。起来吧!"师父说罢出门去了。从此凝诚才知道:不管是僧家俗家,都爱听戏啊!

过了数年,凝诚护送钦差从壶关府归来,途中他向首座和尚告了假,顺便回老家看看。路过下家村时,听说一台大戏正在戏楼上演着,当时他也听到了锣鼓声,就大步向戏台下走去,刚拐过火冲庙墙角,见一个像戏班上

凝诚唱戏

的人,抱着头坐在房山墙下唉声叹气。凝诚问他为什么叹气?这个人抬头一看,是一个和尚问他,便摇摇头,摆摆手说:"师父,你走你的路吧!"

凝诚见这个人很作难,又问他到底是什么事,必要时他愿助一臂之力。这个人又是摇摇头,摆摆手,叫着师父让他走。他越这样,凝诚越问。那个人见凝诚问得诚心,就说他是戏班上"掌班"的,今晚"大社头"点的是《刀劈杨凡》。他们这个戏班缺少樊梨花,今晚难演。演不出这个戏,要扣掉一半戏价。

凝诚一听,笑着说:"看戏人多,识戏人少,马马虎虎唱唱算啦!"

"掌班"的说:"不行,今晚'大社头'的表弟要'打炮',他亲自饰杨凡呢!"说罢又抱住头叹起气来。

凝诚心一横说:"不要怕,今晚我'打炮',演樊梨花。但有一件,你得给我保密,不能说我是和尚。"并讲清楚,演完戏他就走。

"掌班"的一听凝诚会演樊梨花,喜从天外来。把凝诚拉一旁让他吃饭,给凝诚借了衣服、帽子、化了装。出场的时候,凝诚看舞台上那口假大刀没有他带的真大刀耍起来得劲儿,就提着他的大刀出场

了。当他唱到"一刀劈下丁山死,可惜丁山好容颜;一刀劈下杨凡死,可惜杨凡龙虎双状元"时,丁山和杨凡跑到前场。他一看饰杨凡的是扛长工时的那个掌柜张财主。仇人相见,分外眼红。唱到劈杨凡的时候,薛丁山、樊梨花、杨凡三个人前后场撵起来。当头鞭乒乒乓乓一点,凝诚扭回头,举刀向张财主脖中抹了一下。张财主就势倒了下去。戏在众人掌声中散了。观众散去,凝诚脱去戏装,扛着大刀走了。演员们都在卸装,却不见"打炮"的"大社头"的表弟下装,"掌班"的提着灯,到前台一看,杨凡脖子割了一道血口,鲜血正在流呢!这时大伙找"打炮"和尚"樊梨花"也找不到了。因而大家传出:真是"樊梨花"显灵了。

(整理:王鸿钧)

紧那罗王的故事

在少林寺大雄宝殿东侧,有一座面阔三间的雄伟建筑,这是全国独有的紧那罗王殿。殿内塑三尊蓬头裸背、下穿单裤、手握大棍、造型雄奇的武士塑像,他们分别是紧那罗王的持法、护法和妙法法身。法身的头顶又塑有一缕袅袅青烟,烟雾上面是赤脚而立的观音菩萨佛像。要知道紧那罗殿的来历,还要从头说起。

紧那罗王

元朝至正年间是少林寺的鼎盛时期,寺僧过千,香火不断。一天,和尚们正在习武练拳,忽然从门外走进来一个蓬头裸背、下穿单裤、双脚赤足、手提木棍的和尚。他进寺院以后,既没有去拜方丈,也没有给其他和尚打招呼,径直奔寺院寮厨而来。他整天棍不离身,寮厨和尚做饭,他就用木棍往灶膛里捅柴烧锅。因为吃饭人多锅大,所以烧开一锅水需要很多柴火,但他从不让别人帮忙,天长日久,就练就了两手功夫。捅火铁叉重达几十斤,初次使用双手持叉尚很吃力,然而他一手持叉竟灵活自如,两臂已有千钧之力。他在少林寺寮厨烧火,数年间沉默寡言,闲则闭目打坐,看似若无其事,实则琢磨少林棍法,创造了"小夜叉棍六路""大夜叉棍六路""阴手棍六路""排棍六路""穿梭棍一路"等棍法,成为少林棍法的创始人。除此以外,他还在暗中练习打沙袋、手插豌豆、吊在墙上睡觉和嵌在墙壁木桩上睡觉等功夫。不久,他的功夫已经达到炉火纯青的地步,用手插入时能插出五个血洞,抓人时能抓掉一手肉,跑五步可以上城墙,丈把高的房子跳上去踩不碎瓦,落地时像跳水一样在空中翻三个跟头轻轻落地,可以扯着马尾巴上马,鬼头大刀劈下去可以砍透十个铜板。

元至正十一年(1351年)三月二十六日,一队红巾军来到少林寺欲行劫掠。方丈组织寺内武僧出来阻挡,被打得大败而归。正在方丈和寺僧惶恐之时,突然从寮厨内跑出来一个手提木棍的烧火和尚大声说:"僧众无忧,待贫僧一棍驱之。"众僧抬头一看,说话的是几年前从偃师许家屯来的貌不惊人、勤勤恳恳在寮厨做活的烧火和尚。众僧一见是他,嘴里不说心中暗想:少林武僧都抵挡不住红巾军,你一个烧火和尚能有多大本事,敢说如此大话。不过危难之时,就让他和红巾军比试比试也可。于是众僧齐声说道:"光说大话很容易,两军阵上见高低,出水才看两腿泥。"烧火和尚听了回答说:"好,看我出阵。"说时迟,那时快,只见他提起烧火棍往灶炉中一跳,顿时烈焰腾空,一股黑烟冲天而起,随着烟起处,向上一看,那个烧火和尚已站在黑烟上,变成了一个顶天立地的大汉。只听"呼"的一声,他一只脚踏在少室山连天峰顶,另一只脚踏在太室山峻极峰上,手中那根烧火棍也变成了能够支撑天地的巨柱。只见他朝着满山遍野的红巾军把火棍一挥,大声叫道:"我乃少林寺烧火和尚紧那罗王是也!"说罢,他手握烧火棍上下飞舞,水泼不进,刀枪不入,无人敢近前半步,吓得红巾军不战而逃。

当红巾军逃过唐庄,打算从孝义逃走的时候,那里竟又出现了一个紧那罗王。红巾军又回兵向西,准备出大金店向临汝逃走时,谁知又碰上一个紧那罗王。紧那罗王的三个法身,在以上三地出现,红巾军将士已感到无路可逃,只好又回到少林寺,望空叩拜后,才得以安全离开少林寺。

紧那罗王用烧火棍打退红巾军以后,又回少林寺把棍法传授给众僧,从此离开少林寺不知去向。后来一个少林和尚告诉众僧曰:"退红巾军者,乃观音大士化身,紧那罗王也。"由于紧那罗王保护了少林寺,所以寺僧们为他建了神殿,又在三尊塑像的头顶雕塑了赤脚而立的观音菩萨佛像。紧那罗王被少林僧徒称作少林寺的护法伽蓝,武僧尊称他为"二辈爷",大辈爷是唐代被李世民敕封为大将军的昙宗和尚。

(整理:张存义)

福居捉"鬼"

福居的乳名叫大山。大山三岁的时候,父亲和母亲相继去世,他是跟着奶奶和姐姐长大的。

过去,人们信鬼信神,许多地名都带着鬼、神色彩。在中岳嵩山地区,就有大仙沟、龙潭河、鬼火店、阴阳川等。

大山小时候也怕鬼,天黑了就不敢出门,奶奶总是鼓励他说:"去吧,女人属阴,男人属阳。属阳的头上三尺火,你走到哪里害怕时,用手擦擦头发,鬼看见火都吓跑了。"大山照着奶奶的话出门去,走到哪里害怕时,就用手擦擦头发,直到十二岁,他都一直这样。

大山长到二十岁时,不幸奶奶病故。那时候,人死后要"出殃"。迷信说,"出殃"就是死人的魂灵到阴曹地府去阎罗王那里报到。"出殃"需要一个时辰。在这个时辰里,死者家中的人,必须躲到别家去。不然,"殃"碰到谁,谁不死也要不幸一辈子。因此,谁家死了人,都要出去躲"殃"。那二年,传说南边过来一个人,专趁死人"出殃"时候偷抢死者的陪葬财物,并且把死者家里的贵重物品也要抢劫一空。

经阴阳先生定下,大山的奶奶是半夜子时"出殃",这当儿正是人们睡熟的时候。家中就大山一个人,他姐姐早些年被人拐骗卖出去了。这个时候,若躲到别家去,家里东西被盗贼抢劫一空,可怎么办?大山想:奶奶是我的亲奶奶,我是奶奶一手养大的,她要害我,何不活着的时候把我害掉?死了决不会拿"出殃"害我。今晚"出殃"我不出去,不能让盗贼盗走奶奶的陪葬品和家里的财物。

于是,大山准备起来,快到子时"出殃"的时候,他把屋里明灯拨得亮亮的,把奶奶的尸体从棺材里抱出来,放到床上,用被子盖起来。他自己躺在棺材里,盖上被子,让棺材盖露出一道小缝好透气。大山想:即如"殃"出来,也不会往棺材里拐,要是盗贼来盗窃东西,就和盗贼拼了。子时到了,他躺在棺材里,瞪着眼,侧着耳,浑身攒着劲,等"出殃"和盗贼到来。

确实,不一会儿,听到"咣当"一声,大门被推开了,"噔噔噔"的脚步声向屋里棺材走来。接着"咕咚"一声,棺材盖被揭开来,当来人手伸进棺材摸物件时,大山"呼"地从棺材里跳出来,盗贼没有看清从棺材里跳出来的是什么,吓得"娘呀"一声,扭头就跑。大山随后就追,由于盗贼拼命跑,没有抓住。大山拐回来,把奶奶的尸体安放在棺材里,"出殃"的时辰也过去了。

第二天,大山把撵盗贼的事说出来,村里人听后又惊又喜。从此,人们不叫他大山,而改叫"大胆"了。自从大山撵盗贼之后,听说南村的阴阳先生得了一场大病,差点儿死去。至此,这一带再没有盗贼到死者家里盗宝劫物的事了。

邀集武林十八家创编拳谱第一僧

福居

南宋时,红袄军的密探,要逮捕他下狱,逼得大山没路可走,就到少林寺出家了。出了家师父给他起了个法名叫福居。福居在少林寺习武的时候,好学善钻,几年后不但深懂少林拳法,还有许多新创造,这就是至今少林拳派中还流传着的"福居和尚二十路短拳"。他的短拳已在全国推广开来。

福居三十四五岁的时候,有人给他送来个信,说他姐姐被人拐骗出去,卖到南召县太山集了,很想见见老家的人。福居听罢,喜出望外。半月以后,他就去南召县探亲了。当他找到姐姐时,姐姐一家人愁眉苦脸,茶饭不吃。福居问起原因,原来是入冬以来,南召县大山里出了个魔鬼,浑身白毛羽,四只毛蹄子,圆眼睛,血盆嘴。夜里出来,专吃猪羊,吃后毛骨都不吐,扰乱得老百姓下地干活时也不敢起早摸黑。姐夫在县衙当班头,知县老爷吩咐他,让他带着衙役们,限期捕获妖魔。可是魔鬼非常狡猾,嗥声瘆人,衙役们都害怕不敢捕捉。眼看限期已到,捉不住魔鬼,县太爷要治他姐夫的罪。

福居劝他姐姐和姐夫说:"光发愁不吃饭不是办法,得想办法捉住魔鬼。我愿帮助姐夫出一臂力。"于是每天吃罢饭,他和姐夫带着衙役们,打探魔鬼的来龙去脉,察访魔鬼吃猪羊的办法。经过一番了解,发现魔鬼总是在夜深人静的时候,发出瘆人的三声嗥叫,每声嗥叫相差半里,三声嗥叫接应上之后,谁家羊大猪肥,栏门便大开,猪、羊从此便无影无踪了。

福居与姐夫、衙役们商量,定下计策,让姐夫的叔父,到集上买只顶大顶肥的羊,买了后故意在集上转悠几圈,让人们夸奖他买的羊好,然后再牵回村来,圈在村头羊栏里。村人见了也议论纷纷,说某某买了一只大羊,最少值多少多少串钱。福居让姐夫托木匠,秘密地把羊栏的双扇门摘掉,换上单扇门。门的中间相隔一尺，平行挖两个胳膊粗的圆孔，孔能伸进去人的胳膊，并且手一动，门即可摘下来。

一切准备妥当，福居让姐夫与衙役们埋伏在羊栏周围，他把自己关进羊栏里，待到半夜时，他打得羊直叫唤。不一会儿，魔鬼接连嚎叫三声以后，很快就从门上两个孔内，伸进来两只毛爪，拨拉门栓。福居迅速抓住这两只毛爪，转过身来，连门带鬼背到肩上，往村口走来。

魔鬼呢？急得两条后腿乱踢腾。由于中间隔着扇门板，胳膊被人抓住，有力也使不上，只是踢得门板"咚咚"响。福居呢？背着魔鬼吆喝着："魔鬼捉住了！魔鬼捉了！都来看呀。"这时候，姐夫与衙役们从埋伏的地方围上来，村里老百姓也开开门走上街，大家看见魔鬼，分外眼红，有的用拳打，有的用脚踢，不一会儿，魔鬼却变成人的叫喊声了。他们背着魔鬼往县衙时，过一个村庄，群众打一次，等到福居把魔鬼背到县衙时，魔鬼被打得快要死了。这时候，天已经明了。县衙的人都围上来看魔鬼。县太爷的夫人走过来一瞧，对着魔鬼哇哇大哭，喊起哥哥来了。

他这一喊，事情算透了底，原来魔鬼是县太爷的大舅子。这个人仗着有个县太爷姐夫，他和他的两个儿子假装魔鬼，父子三人应声嚎叫，偷抢老百姓的肥猪、大羊及财宝。县太爷派衙役逮魔鬼是虚张声势，想欺骗更多的人。不料这个案子被少林寺和尚福居破获了。

（整理：王鸿钧）

觉 远 访 师

觉远是少林寺武艺高强的和尚，说话办事，诚恳虚心，总觉着自己本领不足，认为天外还有天。

明熹宗天启年间，觉远向方丈和尚告假，出外游访。觉远改换成俗装游遍了黔、滇、蜀各地，后来游到了陇中兰州。

在兰州，有一天早晨，他转悠到一个小巷口。这里是个菜市，买卖人不少。觉远刚站下来，看见一个老人，年纪近六旬，却是童颜鹤发，神采奕奕。老人左手提着一瓶油，右手提着一瓶酱，迈着阔步，正在向巷口内拐的时候，一群兵，骑着高头大马，从北往南经巷口奔过。

老汉随着买卖的人们躲避，一闪身体，不料油和酱溅了出来，污染了一位客人的长衫。这个客人霎时暴跳如雷，伸出蒲扇大的巴掌，就照老人脸上打去，一连扇了三巴掌，都被老人躲闪过去，一次也未能打中。老人却躬身作揖，向客人乞求饶罪。他越陪情，那客人越愤怒，甩开大腿向老人踢来，老人大声求饶说："我污染了你的衣服，我已知罪，你也打了骂了。要念我是个老人，望乞恕罪！望乞恕罪！"他边说边作揖，躲到巷口旁边的一个墙角里。客人不但不听，怒气更大，尾追赶来，仍要踢老人。在场的人们，看到这种情况，都愤愤不平。众人正在纷纷议论的时候，客人甩开大脚，又踢过来。谁知这次用力过大，飞脚太猛，老人一避身体，暴客的脚一下踢到墙上，震得尘土"哗啦啦"落到地下。客人恼羞成怒，飞脚又踢将过来。老汉躲过三脚，第四次客人又飞脚踢来时，老汉伸出右手，并起二指，向暴客脚面上敲击了一下。暴客立即跌在地下，不能动弹了，并且嘴唇发青，面色发白，痛得难以忍耐。众人一看，皆惊呆了，认为老人拳术高明，"啧啧啧"赞声不绝地四散去了。

觉远和众人一样，认定老人武艺出众。百日访师，今日幸遇高手。于是老人前边走，觉远后边跟。他以为老人就在市内居住，谁知老汉出去城门，直向高山密林深处走去，到昏天黑地的时候，来在山谷

深处，走进一所茅屋里去。觉远站在茅屋门前，躬身喊道："老师父！愚徒觉远前来求见！"觉远连喊三声，老人不但不理，反而扣门便睡。觉远看着天空，缀满了繁星，也就依着老人的门扇睡了一夜。

第二天，太阳像火一样，把地面晒得烙脚，老人却扛着板镢，登上山坡，挖起药来。老人在前边挖，觉远在后面拣，直拣到天黑方回。觉远跟着老人归来，站在茅屋门前，躬身又连喊三声师父，老人仍然闭口不答，扣门而睡。觉远仍旧依着老人的门扇，睡了一夜。

第三天，乌云翻滚，西北风刮得"呜呜"叫，老汉却提着斧头上山砍柴。同样是老人在前边砍，觉远在后边替他收。直到天黑，他们两个一同扛着柴捆走下山来。这一夜老人仍闭门不开，觉远还是依门而睡。

第四天，雷声隆隆，彤云密布，白帐子大雨从天上泼下来，老人却冒着大雨去担水。他在前边走，觉远仍在后边跟，老人走到峡谷深处，把桶一放，接起雨水来。觉远和老汉一样蹲在桶前。等两只空桶落满雨水的时候，觉远抓起钩担就要担水。这时候，老人伸手把两桶水泼去，抓住觉远的手，开口说话了："行啦！咱回去吧！"

他们走进茅屋里，两个人换去湿衣服，老人问他："你是来学武艺的吧？"

觉远说："徒弟特来访师学武艺。"

老汉一听，"哈哈"笑了一声，闭口不谈技艺，只让觉远吃饭喝茶。

云散了，天晴了，老人约觉远出门散步。他们走进丛林时，老人屏住气，瞪着眼，伸出两个指头，朝一块石头上点去，碗大的石头，霎时一炸两开。他对觉远说："这种功夫叫柔术。柔术以眼为第一要着。眼力钝视之人，万不能习练此术，应敌时易于受制。拳法说：'此道无它谬巧，在于眼尖手快，步坚力实，四者而已。'这虽为浅近之语，用处大啊！"

"那怎么使用呢？"觉远又问老汉。

"各家眼法不同，"老汉说，"关中派遇敌，先用眼注敌之肩窝；洛派则视敌之胸膛；北派则认为敌手足须先注意；川、黔、湘、楚拳家，以眼光注意敌之眼光；少林拳术，在于内功。内功，即解脱生死，心定神清；眼力到处，威如猛狮，锐如鹰猿。至于注射之点，以敌之眼光为目标。手尖物尖，不注自注。习至精熟，自能解悟。"

觉远听老人谈起少林内功，口若悬河，便讲出自己是少林门徒，改换装束出门访师。老人听后拉住他的手，说他祖父就是少林和尚，名叫善道，因"梁武之祸"被迫归家，祖父把武艺传下来，他是跟着父亲学的武艺，因兵荒马乱，逃到这里隐居。

他们两个一排辈儿，老人是淳字辈，叫淳发。觉远当面称起师叔来，从此，觉远就和师叔淳发住在茅屋里，一心一意学武艺来。

（整理：王鸿钧）

秀才取兵印

明朝永乐年间，少林寺贞身法师，收了个徒弟，是陕西渭南秀才，因遭水灾，落魄到少林寺削发为僧，贞身见他聪明能干，给他起了个法名叫慧法。慧法入寺以后，一边攻诗，一边练袖箭。不到三年时间，文武学得都很出色。

袖箭是少林特创兵器之一,弓长七寸,箭长不过盈尺,弓镶铜头,箭淬钢尖,制作小巧玲珑,平时装在大袍袖中,没人防备。在"九九"重阳日,少林寺一年一度选兵赛武节大会上,慧法使用袖箭,夺得了魁首。

有一天寺主僧把慧法叫到跟前说:"刘知州在山东登州任职时,那里有个'水陆霸'张恒,善文会武,豢养着一批打手,经常欺压良民。刘知州廉洁奉公,不畏强暴,根据百姓递的状纸,惩治过'水陆霸'几次。因此'水陆霸'怀恨在心,当刘知州调河南来上任时,路过冀鲁豫交界,'水陆霸'暗放那里的家郎打手,把刘知州的大印抢走了。据查寻'水陆霸'将大印吊在中堂屋梁上,房门落锁,守卫甚严。刘知府来寺相邀,寺里班首们商量,'只可智取,不能强夺。'这事需要你走一趟。"寺主僧说到这里,又如此这般交待了一番。

慧法接受了命令,换了农服,带上袖箭,日夜兼程,不几日就来到登州"水陆霸"张恒家门前,只见家郎打手站在门前,手执武器,好不吓人。慧法上前施一礼说:"学生前来卖诗,请禀告员外。"

"什么卖死(诗)卖活(画),巧要饭是了!滚!"

慧法见家郎们张牙舞爪,一时难以进宅,便从墙外往西走去。当他走近一道花墙处,内有一幢书房,从屋内传出教书先生的话声,"今日要在'然'字上做文章,'然'字有多少妙用?书在纸上,晚上员外要亲自过目"。说完先生走出房去。慧法灵机一动,便对着书房的窗子唱:"油'然'而生哟!肃'然'起敬也,焕'然'一新啊,蔚'然'成风矣!"

书房里坐个书生,是"水陆霸"张恒的独生子,名叫张凤阁,对着先生出的"然"字题正在作难,忽听窗外有人唱"然"字歌,慌忙走出门来,见墙外站个公子,头戴文生巾,身穿补丁公子衫,开口便问:"刚才是你唱的'然'字歌?"慧法说:"然也。""你再唱一遍好不好?"慧法摇摇头:"我唱不动了。""怎么啦?""饿得很呀!""那我给你拿馍端汤,你再唱唱。"

慧法见张凤阁着急的心情,就说:"吃喝得到书房里去。"

张凤阁听公子说要进宅院,一愣说:"这个……"

慧法说:"不让进,俺讨饭去也!"转过身来,走着唱着:"肃'然'起敬,泰'然'自若,嫣'然'一笑,断'然'拒绝。"

张凤阁急忙挥手喊:"公子!公子!不是那个意思,你回来。"慧法转过身来走近花墙,张凤阁悄悄地说:"近日我爹有令,不许生人进宅,违者同罪。我开开后花园门,让你进来,只准到书房,不准到后宅去,不然我爹知道了,咱都吃罪不起!"慧法说:"开门吧!我听你的。"张凤阁又问:"'然'字你能唱多少?"

"能唱好多。"慧法说:"依'然'如故,庞'然'大物,一目了'然',恍'然'大悟。""你再唱几个!"

慧法不停地唱:"巍'然'屹立,索'然'无味,浩'然'正气,飘'然'而去。"

张凤阁听完,高兴地开了门,慧法就进到了"水陆霸"张恒家。

夜里,丫鬟把文章送进大厅,张恒一看,大吃一惊,知道儿子没这样才华,便派家郎去查看。家郎却把慧法带进大厅来,张恒一看是生人,就命家郎绑起来进行审问,慧法一口咬定,他是陕西渭南秀才,姓徐名鼎,字立三。因遭水灾,才沿门乞讨,卖诗度日。"水陆霸"张恒起初认为慧法是暗探,想拉出去斩首。后来感觉慧法说话文气,手无寸铁,又无赃证,实是善书工诗的秀才。看打扮确实像个穷公子,便转主意:考考他学问再斩不迟。于是"水陆霸"张恒问:

"诗歌之父是谁?"

慧法答:"战国屈原。"

"诗圣是谁?"

"唐朝杜甫。"

"诗仙?"

"李白。"

"诗魔?"

"白居易。"

"诗豪?"

"刘禹锡。"

"诗佛?"

"王维。"

"诗鬼?"

"李贺。"

"诗囚?"

"贾岛、孟郊。"

张恒问得快,慧法答得快。张恒心服了。立刻命家郎给慧法松绑。但他还不放心,又说:"徐秀才善工诗,那就请作一首,我张某有爱诗的雅兴……"

慧法说:"员外,小生虽善书工诗,但年幼学浅,尚不能出口成章,并且这儿是员外厅堂,并非文帝逼迫,七步成诗。待小生今晚琢磨琢磨,明晨献丑如何?"张凤阁在一旁也插嘴说:"父亲!今晚我陪徐秀才一同写诗,明晨也献上一首。"张恒听说孩子也作诗,便让他们回书房去了。

两人回到书房,略谈一会儿,张凤阁上下眼皮便打起架来,躺下不一会就睡着了。慧法正在取印上打主意时,见张凤阁的衣服滚落在地上。他一机灵,穿上张凤阁的公子氅,戴上张凤阁的公子巾,拿上斑竹股泥金折扇,轻轻开开门向后宅走来。三进三出,见一个黑影在一座高大的厅堂门前站着,他先发制人,大步走上去,摇着折扇学着张凤阁的腔调说:"小心!宝贝呢?"

守卫的家郎正打瞌睡,猛听有人问,睁眼一瞧是少爷到来了,忙说:"在房梁上悬着呢,少爷放心!"慧法指门上锁:"打开!让少爷查看一下!""老爷有令,他不在场,谁若开门要……""我是少爷!""是!是!"家郎忙把锁打开,慧法进屋一瞧,室内漆黑,唯有梁上悬着一根点燃的红香头,闪着个光点,不用说那就是大印子。于是他又喝道:"狗头!怎么你一个人护卫?"

家郎颤抖着说:"刘三他……他去睡了。"

"你不要脑袋啦?去!把他绑来!"

"我……不能……离开这……"

"我去叫老爷宰了你!"慧法说着假意出门。

"我去!我去!"守卫家郎带着武器往前院去了。

慧法马上掏出袖箭,对准红点,"嗖"的一声,大印带红香头一起栽下来,他右手一伸,抓在手内,方方的大印一点不假。他忙往袋内一装,拔腿便跑。越过花墙,连夜奔回少林寺来。

(整理:王鸿钧)

雪 岩 保 镖

明朝嘉靖年间,倭寇疯狂骚扰我沿海城乡。少林寺接到都督万表下的檄文,方丈永光便命令月空法师,带领八十三名武艺精良的僧兵速赴东南沿海一带抗击倭寇。时间仅隔三天,河南知府派人送来手谕,大意是沿海御倭将士,急需军饷、军械,河南府已备好饷银十万,兵器百车,准备往沿海押运,令少林武僧前去保"镖"。手谕中还特别指出:"……近日骆马湖畔,流匪众多,打家劫舍,断道害命,尤如常事,保镖者应选高僧,以防万一……"方丈永光手执知府手谕,心里像十五只吊桶打水,七上八下不安宁。

十方堂的当家和尚雪岩知道了这件事,亲自来找方丈,要求由他去保镖。永光知道他武艺高强,年轻时曾保过多次"镖"。可现在已是八旬高龄,发白如霜,雪胡撒胸,况且,徒弟月空前日挂帅刚走,家中只剩下他和一个十二岁的徒孙长明。古有:"老的老,小的小,老的不能骑战马,小的不能使枪刀。"怎能让他去呢?万一途中有失,丢少林寺名誉事小,失去皇银军械,可是关天大事啊!便说:"你……"

雪岩见方丈吞吞吐吐,露出不放心的表情,便说:"方丈!国家兴亡,僧侣有责。倭寇扰我沿海,欺我华夏,现在不为国效劳,等待何时?"

"这是保皇银、军械的大事啊!"

"我誓与皇银、军械同在。"

"你……"

"军中无戏言。"

方丈永光问:"给你派校刀手?还是派长矛军?"

雪岩说:"不用,带上我徒孙长明就可以了。"

"那能行?"

"能行!"说着领了令签,第二天就启程上路了。

明清时期,"保镖"也称"走镖",走镖有三种走法。一是威武镖,在车辆上插一杆大纛旗,旗上写镖师名字,旗帜是活动的,把镖旗拉在杆的顶端,名为"贯顶旗",车前锣声不断,边敲边喊:"啊——嗨"号子。这叫"亮镖"。二是仁义镖,就是把镖旗降低一半,打十三太保锤长锣,或五星式锣,或七星式锣。三是偷镖,如某关卡厉害,不让过,斗又斗不赢,那就马摘铃铛,车轮打油涂蜡,收杆卷旗,偷偷过去。雪岩与徒孙长明,走镖进入苏北地界,边走边打听,闻讯在骆马湖畔有股匪贼,武功高强,专劫官银富贾。许多官府车辆与巨商豪富的车辆都绕道宿州、蚌埠前往苏杭。雪岩想:"绕道路远,不能按时到达目的地,从骆马湖过,必与匪贼较量,较量就较量吧,国家兴亡,僧侣有责,不能光挂在嘴上。"于是他再次督促车夫,加鞭驱车前进。

人马进了骆马湖畔,空气与别处显然不一样了,良田沃土,杂草丛生,镇埠买卖萧条,路途铺少人稀。车辆过了皂河,雪岩就让长明把镖旗下降一半。长明说:"爷爷!识字的看看,不识字的摸摸,谁不知道少林寺镖师释雪岩!"

雪岩说:"听话!'仁义'是少林寺的规矩。"

长明刚把镖旗降到半空,只见井几头村西边的大路口处,绑扎着一处木制牌坊,牌坊门洞两旁挂着一副对联,字如斗大,醒目招人:

倒旗安全　竖旗艰难

门洞外不远有几十个人,人人头扎蓝巾,衣服箍身,手拿器械,气势汹汹地排列在大路两边。雪岩大师瞧罢,嘴没说,墙高门洞低,竖着旗的车辆怎能过得去?这不明明是戕客欺人吗?便对徒孙长明悄悄安排几句,然后精神抖擞,站立车头,命令车夫扬鞭催马。马儿着鞭后,竖耳多鬃跑起来,眼看就过门洞了,说时迟,那时快,只见雪岩大师只手抓旗,来个"旱地拔葱","噌"一声蹿上水楼,紧跑两步,一招"大鹏展翅",飞身下楼,不偏不斜,正好跳在从楼门冒出来的车子上。"少林寺"三字镖旗又直直地插在车上,好家伙,这身轻如燕、灵若猿猴的绝招,做得干净利索漂亮,在路旁站立的土匪们,无不目瞪口呆。当车辆来到众匪面前,雪岩大师跳下车来,向众匪作了个罗圈揖,道:"少林寺贫僧雪岩跟府车去沿海给御倭将士送饷银军械,今日路过贵地,小憩片刻,请诸位海涵。"说罢头一辆车先停下来,徒孙长明蹦着去给驾辕的枣红马去嚼子,却偷偷向马来个"铁翅投云",照马的顶门上击了一掌,马像被刀削斧劈,"咳——"的一声大叫,驾着车飞跑起来。头一辆车跑起来后边的车也跟着跑。

雪岩大师一见,怒气冲冲,从车上抽出一把铁柄重锤,走过去高高抡起,照着长明的脑袋"嘭嘭"就是几下子,几个土匪大惊失色,"啊"一声,急忙闭上了眼睛。待他们睁开眼时,一瞧,小沙弥脑袋并没有开花,就像不曾砸过一样。有个匪首模样的人走过来相劝。雪岩大师装作生气地说:"缺德!缺礼!在贵地竟敢蔑视众位。"抡起大锤又砸,一下、两下、三下……锤落铿锵有声,就跟搜木橛子似的,边砸边说:"不知天高地厚的东西,鲁班门前弄大斧,我今儿个倒要看看你有多大本事?"几锤下去,再看地上,沙弥长明的双脚已入地脚脖深。

匪首模样的人,忙拉住雪岩大师的胳膊,连连说:"师父息怒!别跟顽童一样。"这时两个土匪也走上来拉沙弥长明,就跟拉生根浇铸的铁塔一样,怎么也拉不动。接着又来了两个土匪,四个人一齐拽,还是拽不动。长明呢?脸不发红气不喘,等到最后一辆车过来,他伸手拽车后辕,只听"咔"的一声,装满器械的大车和三匹大马,翻了个底朝天。长明却拔出腿来,往前追车去了。雪岩大师说:"不知天高地厚的东西!"说着猫下腰,伸出一只胳膊,轻轻一提,只听"嗖"一声,连车带马地翻正过来。车夫一扬鞭,三匹大马撒开蹄子追上前去。

这时路两旁的众土匪,呆若木鸡,听话听声,锣鼓听音,这顿"油锤贯顶"和翻车扶马,分明是冲着他们来的。哪个还敢动弹?这时雪岩大师又向众土匪做了个罗圈揖,边做边说:"惹众位见笑了!惹众位见笑了!"说罢大步走开。

(整理:王鸿钧)

单棍伏倭记

少林僧兵平倭寇时,僧兵中有两个人法名叫"空"——一个月空、一个彻空,他俩在平倭中都立过功。现在单讲彻空平倭寇的故事。

彻空身高八尺,虎背熊腰,头大似斗,掌大似扇,说话如响钟,大喝一声,震得房上掉土。武功也练得非常精娴。但他好睡,只要让他睡够,斗打起来如狮子般厉害。嘉靖三十四年(1555)八月,南江城一战,僧兵消灭倭寇大半,御倭总兵俞大猷,写出手谕,嘉奖僧兵,并令僧兵赴大团镇休整三日。

谁知残匪是霜后茅草心不死,暗地把残兵败将收拢起来,会同汉奸,连夜攻占南桥,企图困守顽抗。少林僧兵呢,人不解甲,马不卸鞍,又连夜开往南桥去。当时彻空负责辎重,大队人马赴南桥以后,他和几个辎重僧兵,慌忙整理器械,坚壁缴获物品,准备尾随队伍赴南桥与倭寇火战一场。

当他们刚把物资鉴理完毕,彻空提起齐眉棍,刚要走时,从门外进来老少两个农民,扑腾跪在彻空面前连连磕头。彻空把他们扶起来,问:"老大爷?有什么事,请讲。"

老汉落泪说:"我是来搬请僧兵,救我们姜家坎五百口人命呀!"

一个快嘴辎重兵说:"您晚来一步,僧兵奉命刚才开往南桥去了!"

老汉一听,吓得昏倒在地上。彻空问少年:"到底是怎么回事?"

少年流着泪说起来。老汉是他的爷爷,名叫姜春宝,今年六十九岁,是大团镇南三十里姜家坎村的村长。去年秋天的一个深夜,从海岸窜上来六七十个全副武装的倭寇,血洗了姜家坎。临走时,倭寇把群众赶到南大场上,一个头目当众宣布,明年这时候他们还要来,要姜家坎每户献粮二担,鱼虾一担,百斤以上猪或肥羊一只,新衣服两套,另外准备十二个花姑娘,陪头目们睡一夜,还要酒席款待。如若怠慢,再次血洗姜家坎。五日前倭寇派人送来一封信,说定今晚来姜家坎。村里人没有办法,整整哭了五天啦。昨天听说有勇有谋的少林僧兵在南汇连连获胜,现驻扎在大团镇,今天众人推他们爷俩为代表,来搬僧兵救村中五百口人性命。少年说罢又给彻空连连磕头。

这时老汉神志也清醒些,又连连哀求:"师父,救救俺村五百口人性命吧!"

彻空听后胸中冒火,喉中生烟,大手一挥,说:"少林僧兵定设法救您!"接着问:"大爷!姜家坎村的地形如何?说说让咱听听。"姜春宝说:"婆家坎离海岸不远,地势平坦,土质肥沃,百户人家占有五十亩地大的地方。村周围有水渠环绕,渠深一丈,宽有丈二,水深五尺,渠水中养有鱼、育有藕,村子里树多竹多,家家鹅鸭成群,猪羊满栏。"

"还有什么?"

"村东头渠水上边架有吊桥,若把吊桥拉起来,人进村庄就不容易了。"少年补充了几句。

彻空听罢,说:"好!"又深思一会儿,然后对着老汉耳朵如此这般交代了一番,挥手说:"你现在就回去做准备,僧兵按时前去接应。"

"师父说话当真?"

"军中无戏言!"彻空说着躺在了床上。姜春宝不放心,磨蹭着不想走。当他又想问话时,彻空在床上早打起了呼噜噜的鼾声,如雷响鼓震。几个辎重兵齐给姜老汉使眼色,让他赶快回去准备,说他们师父说话是算数的。那一老一少怀着忐忑不安的心情回姜家坎了。

在繁星缀满天空的时候,彻空肩头用齐眉棍挑着一个包袱来到姜家坎村,当他登上村东头吊桥时,三四个站岗的倭寇,用刀枪"呼"地对准他的胸口,呜哩哇啦问他什么,彻空摇摇手中的拨浪鼓,说是做生意的。倭寇呜哩哇啦指着他挑的包袱,意思要他解开看看。彻空假装害怕的样子,把包袱放在地上,趁倭寇弯腰看包袱的时候,他双手从衣袋内掏出两把早准备好的石灰面,"唰啦"一声甩在倭寇的脸上。倭寇疼得"啊呀啊呀"乱叫,都揉起眼睛来,彻空趁势拿起齐眉棍,像敲石头扫树叶,把四个倭寇打下桥去。倭寇咕嘟咕嘟在渠里喝水时,他双手把吊桥拉了起来,急忙走进村子里。

进了村,见户户大门敞开,屋屋明灯蜡烛,又见南大场那里搭个大布棚儿,周围挂着三盏大鳖灯,灯焰子蹿得一尺多高,灯下一拉溜摆了十几张桌子,桌子上摆满了火锅,酒菜,肥鸡大鱼,桌周围坐满了带武器的倭寇。每张桌子前都有个姑娘敬酒递烟,棚外聚着一群穿新衣服的男女,在敲锣打鼓,放炮助兴。

从外袭看热闹非凡，可在场的男女百姓，从太阳压山就等着少林寺僧兵大队人马到来，直等到倭寇进村，宴席开始，有的倭寇已喝得酩酊大醉了，才走进一个挑包袱讨货郎。大家嘴里没说，但人人都像头上浇水，脚下结冰，凉透啦！心想，今晚非得让倭寇蹂躏宰割不可啦！

姜春宝见彻空一人到来，心中也像浇了一瓢冷水，但还存着一丝希望，马上站起来迎上去。并把彻空让到倭酋坐的那张桌子上。一个倭酋见来个生人，个大身高，挥起朴刀指着彻空的鼻子，问："你的，什么的干活？"

姜春宝点头笑着说："是我的表弟，做小生意的。"

陪倭酋的汉奸，正喝到热闹处，见此状况怕耽误喝酒，忙对倭酋翻译，"表弟！表弟！做买卖的！"一边说着一边比划着。

倭酋哈哈一笑："狡猾的死啦死啦的！"

去年这个时候，姜春宝老汉亲眼见到这个刽子手，嘴说了一句"死啦死啦的"，就杀了4个人。他的大儿媳妇，就是被这个疯狗杀死的。所以他连连点头说："实话！实话！是我表弟！"

少林棍僧

彻空还未坐下，另一个倭酋哈哈一阵奸笑，突然用匕首戳起一块肥肉，说声："你的！米西！""呼"地一声对着彻空掷了过去。说时迟那时快，只见彻空把嘴一张，用牙咬住了刀尖。接着其他倭寇又一阵奸笑，七八支匕首戳起肥肉，"呼呼呼"，一把接一把地向着彻空飞来，边掷边说："你的，大大的米西！"

彻空不慌不忙地张嘴全部咬住，倭酋们顿时大惊，这时彻空牙一咬，嘴一鼓头一低又猛一抬，"呼"地一声，七八把匕首同时飞起来，只听得"啪啪啪"一阵响，支支匕首钉在栅杆上，或树上，有的钉在竹竿上，还有一把匕首打灭了一盏鳖灯。正在吃酒的倭寇们吓得缩头扭脖子，有的吓得往桌子底下钻。陪客的姑娘与助欢的百姓们顿时四处逃避起来。

那个说"死啦死啦"的倭酋挥起朴刀，挨刀子似的怪叫一声，七八十个倭寇如梦初醒，挥起刀枪围了上来。彻空一见，一脚把桌子踢翻，提起齐眉棍迎了上去，只听"噗通"一声，怪叫的倭酋头破血流倒在地上。彻空又一个箭步，跳进倭寇群中，一阵左打右扫，前劈后掠，只听"哐当""骨碌"一阵乱响之后，又有七八个倭寇倒地。一倭酋像疯狗似的，扯喉咙怪叫起来，四个倭寇一听，提起火铳对准彻空就要开火。这时候在一旁的姜春宝老头,乒乒把两盏鳖灯也打落在地。一霎时倭寇像无头苍蝇相互撞碰起来。有的想往老百姓家躲,谁知这时候家家闭户、屋屋关门,有几个倭寇被彻空打得头破血流,想过桥逃窜,谁知吊桥早就拉起来,一脚踏空,跌下水去,只听一阵鬼哭狼叫,也一命呜呼!怎么啦?姜春宝老汉照彻空的安排,今晚不但把渠水加深,水底又插满竹签,倭寇落下水去,浑身被竹签刺满血窟窿,咋会不一命呜呼呢?没落水的倭寇听到落水的倭寇怪叫,知道情况不妙,想拼命抵抗。一倭寇吹着哨子刚刚把零散倭寇集合在一起,正要和彻空拼命时,谁知这时家家点火,处处冒烟,烟中带有浓郁的辣椒、皂角、檬树皮味儿,呛得倭寇眼流泪、打喷嚏、喉咙痒、流鼻涕,哪还能顾得厮杀!这又是怎么回事?仍是姜春宝根据彻空的安排,让点狼烟助阵。倭寇一时像钻进狼烟洞中,连气也出不来了。彻空呢,和老百姓一样,早把准备好的布单,将头脸包裹严实,只露一双眼睛。大伙挥起棍,拿起锄头,握起镰刀、斧头、剪刀、锨头与倭寇拼杀起来,整整厮杀一个夜晚,被打死的倭寇死尸遍地,没被打死的跳下水渠也被竹签扎死。

东方发亮的时候,三四个躲在背角处和竹丛中的倭寇,举着手走出来,乖乖地做了俘虏。姜家坎村的百姓见到这种情景,欣喜若狂,热泪盈眶,要设宴款待彻空。彻空因军务紧急,再三向姜春宝他们致谢,把俘虏的手绑起来,把缴获的枪炮让俘虏拿上。他提着齐眉棍,押着俘虏直奔大团镇来。

(整理:王鸿钧)

海用劫法场

明朝崇祯年间,嵩山地区连遭三年旱灾,地里不打粮食,老百姓缺吃少穿。可是官府的苛捐杂税,还是要了这遍要那遍,农民们实在忍受不住了。在距少林寺东五十里远的地方,有个磨沟村,村里有个长工,名叫李际遇,为人忠厚耿直。他白天给掌柜干活,夜里练习少林武术;平常遇事又好打抱不平,所以远亲近邻对李际遇都很尊敬。

这一年冬天,在大雪纷纷落地的时候,掌柜又把李际遇解雇了。他又气又恼,就到少林寺找他的朋友海用商量办法。

海用没出家当和尚以前,和李际遇在一起给财主扛长工好几年,两人亲如手足,无话不说。后来,海用到少林寺出家当了和尚。海用对李际遇说:"际遇哥,这年头,官逼民反,你领着干吧,替咱穷百姓出出气。若有人伤害你,老弟一定给你帮忙。"

从此,李际遇练武练得更有劲了。还编了四句顺口溜让人到处传唱,这四句是:"柳梢垂地,动手反官;人人随从,不受灾难。"腊月二十三到了,县衙又来个"人头捐",一人一串钱,谁不交就绑谁进衙门。老百姓听见里长一敲锣,吓得胆战心惊。这时李际遇挺身而出,上前抓住管公事的里长说:"要钱没钱,要人有拳!"穷人们见李际遇顶了门市,都非常拥护他。不知是谁偷偷把柳梢压在地上。李际遇一见柳梢挨地,就挺身而起,带领老百姓抗了"人头捐",痛打了衙役、里长。

殴打衙役、里长,就是犯了王法。知县带了一帮人马,亲自来磨沟村逮捕李际遇。李际遇寡不敌众,被衙役们绑进城去,拴在县衙大门外右边的石狮子腿上示众。知县生怕老百姓劫走李际遇,贴出告示:"男女老少,皆不得执铁握石进城,违者一律问罪。"同时传出消息:"元宵节时,在法场斩抗捐犯李际遇。"人们听说这个消息,都急得火烧火燎。

海用听说李际遇被知县绑进城里,就带上八尺长的齐眉棍向县城走来。路上许多人把知道的情况讲给海用,劝他把大棍藏起来再进城。海用心想:"是呀,进城去是救际遇哥,不能弄虎不成反类犬呀!"于是他把武器放在半路朋友家,空手进了城。

走进城门,来到衙门前一看,李际遇双手被反绑在石狮子腿上,面不改色,挺胸站立。海用气得眼红,可手无寸铁,怎么个救法呢?他低着头,皱着眉,城里城外地转悠着想计谋。

在城外,他发现东关河边有个绣球大的鹅卵石,还是"金刚石"料的。人们都知道,"金刚石"坚硬如钢,能砸断树木。石狮子腿别说用铜锤铁棒,就用这个"金刚石"蛋也能砸它个粉碎。可是,怎么把它拿进城呢?海用用脚一拦,"金刚石"蛋滚动好远,就这样趁腊月赶集人多,有遮拦,左一脚,右一脚,一脚接一脚,直把这个"金刚石"蛋踢到县衙门前。海用趁衙役不防,搬起"金刚石"蛋"砰"地一声,把石狮子腿砸断了。李际遇在海用的掩护下,逃出了县城,而海用却被衙役逮住了。

劫法场,私放罪犯,是要罪加一等的。知县见是个光头和尚。出家在少林寺,又知道少林寺和尚多有武功,即吩咐衙役,给海用戴上重型脚镣。当衙役们对海用砸脚镣时,海用拿指头点哪个砸脚镣的衙役,哪个衙役就立时仰翻在地上,头上不是窟窿,就是血泡疙瘩。整整大半天,一群衙役还没把脚镣戴在海用脚上。知县听说后,把每个衙役揍了几皮鞭。直到太阳落山黑了天,海用见衙役们实在为难,就伸开两脚让他们砸上铁索大脚镣。知县见脚镣牢牢实实砸在了海用脚脖上,才放心回到寝室去休息。

海用等知县走开后,把全身的气力往脚上一聚,两腿一使劲,"砰"一声,脚镣一断两开。守卫的衙役一看,吓得舌头伸出多长,慌忙去给知县报信。知县看没有办法治他,天又黑了下来,便吩咐众衙役暂且把海用下狱,等第二天再对他进行处治。

海用被关进监狱后,气上加气,他心想:一不做,二不休,既然挂上罪犯的名字,就大干它一场。可房高墙厚,手无寸铁怎么办?海用用手一摸,监狱墙是用石头砌的,其中有两块石头之间有条小缝,他使出气功,用指头挖起来。不到半夜,将后墙的石头掀掉一块,渐渐又挖开一个水桶粗的大洞。随即,他掩护犯人,一个个钻出洞去。出洞后,大家七手八脚砸断脚镣手铐,由海用和尚带着,去参加李际遇组织的抗捐队了。

时间不长,李际遇带着农民起义军,攻开了登封县城,杀死知县鄢廷海,从此人马越来越多。据说,李际遇后来又投了李自成的起义军,形成一支打击明朝统治势力的武装力量,名震中原。

(整理:王鸿钧)

妙经灭匪

清朝末年,军阀混战,干戈不息。地方上的财主绅士,趁火打劫,剥削农民更是变本加厉。当时豫西马岭山下有个财主,私下规定,如果穷人不按时交地租、纳税捐,或有反抗的表示,轻则罚役,重则罚"囚"。罚"囚",就是把犯财主"法"的人囚起来,外人不得相会。

当时有个佃户名叫李春发,犯了财主定的法条,财主把他弄到少室山的三皇寨上去囚了起来。三皇寨位于少室山半腰的西洼处,四面全是悬崖绝壁,唯有西崖上有一条人工开辟的梯路。登寨时必须抓铁环、对脚窝,一步一步往上爬行。如果寨门口有一个人阻挡,那就"一夫当关,万夫莫开"。

李春发被囚三皇寨后,财主还要派人在寨门处把守,任何人不得登山进寨。春发有个孩子,才十三岁,小名叫经,个头长得很魁梧,心眼也挺机灵。他想给父亲送上山些油盐,但山寨门口把守得很严,怎样才能送上山去呢?为这事他皱了三天眉头。一天,小经把三斤油渗透在淘净晒干的沙子里,把五斤盐化成汁渗入一身干净衣服里。他用扁担,一头挂上一袋玉米面,一头挂上一箩筐沙子,湿衣服搭在扁担上,进山了。山寨门口看守检查以后,除了一定数量的玉米面,没有发现其他能吃的东西。小经也说:"湿沙是给父亲治腿病用的,这两件是给父亲送的浆洗衣服。"看守人这才让他进了山寨。他将沙倒进锅里加上水,点上柴火将水烧得滚烫,油漂上了水面;渗盐的衣服,放到水盆里好好洗净,盆里的黑水被太阳蒸发以后,盐便全部剩在盆底。就这样,有小经定期给父亲送粮、油、盐,李春发被"囚"半年,健康状况还好。

伴随着年龄的增长,小经看着人吃人的社会太不公平,就出家到少林寺当了和尚。根据佛教的规矩,师父给小经起法名叫妙经。妙经入寺以后,跟着师父们精心学拳练武。由于他肯动脑子,习武中还有许多新的创造革新,众僧都很佩服他。后来妙经武艺超众,技术娴熟,被众僧推为少林僧兵自卫队队长。

军阀连年混战,豫西有些地方土匪猖獗一时,奸淫掳掠,无恶不作。一次,土匪竟扬言,要消灭少林寺众秃驴。自卫队长妙经得信以后,一面组织僧兵准备对匪厮拼,一面探听土匪消息。没隔几天,土匪头子朱保成带着几百个匪兵,向少林寺开来。当时正是中伏天,妙经心想,土匪天热走路急,见水一定喝。他指挥僧兵们埋伏在少室山北,塔林河岸处,等土匪到河边喝水时,以他的枪声为号,把土匪杀个措手不及。

少林寺众僧兵按照妙经的安排,在河岸处埋伏下来。妙经呢?他化装成个牧羊人,提着一罐水,拿着皮鞭赶着羊群,向西南山尖走去,目的是打探土匪的动静虚实。当他快到山尖时,三个土匪霍地从荆棘丛中钻出来,用枪口顶住妙经的心口,问他是干什么的,见少林寺和尚没有。妙经说他是放羊的,没见少林和尚。土匪听他说话,看他穿戴,确实像个放羊的,就夺他提的水罐,争着喝起水来。妙经趁他们喝水之时,来个"云顶出拳",一个土匪随即断了气。剩下的两个土匪拔腿想溜,妙经来个"旋风脚",两个土匪都嘴啃了地。妙经用脚踩住他们的脊背,告诉他们说:"听话饶你们性命,不听,立即叫你们去见阎王。"两个土匪听罢磕头如捣蒜似的,连说:"听、听、听!"于是妙经换上死去土匪的衣帽,将死匪推下崖去,带着两个活着的土匪向塔林河边走来。

他们三人刚刚走到河边,朱保成带着土匪爬上山尖,妙经即速让被俘的这两个土匪向朱保成对暗号。朱保成在山头上看到三个探匪向他打出信号,意思是没有发现意外,又见妙经他们脱掉衣服去河水中洗澡。山上的众匪早已热得口干舌燥,咽喉冒烟,此刻便拼命地向河边跑来。这时,大部分土匪到河边喝水、洗脸、脱衣抹澡,土匪头子朱保成大声吆喝制止。说时迟,那时快,妙经掏出枪来对准朱保成"乓"地一声,朱保成应声倒下。土匪们见驾杆的死了,霎时乱成一窝蜂。埋伏在河边的少林僧兵,闻声齐起,拳打脚踢,棍棒齐击。甚至还有拿快枪的,对准跑远的土匪射击,不到一个时辰,三百多个土匪被消灭干净。从此以后,土匪再也不敢到少林一带骚扰了。

(整理:王鸿钧)

行端打擂

行端是少林寺的放羊和尚。这个人从小就手脚不闲,一天到晚,好像力气总没有用完过,不摸摸

这东西,就动动那物件,再不然用脚踢得石子四处飞,手脚没个闲。

行端放羊走过的路两边,长满了大小树木,他不攀着摇这棵,就攀着摇那棵,攀得小树儿来回摆动。当时少林寺西,甘露台那里,有棵猪毛松,行端放羊走到那里,都要用手攀一攀这棵松树。同时,他见天去厨房吃三顿饭,必经寺院的藏经阁,建藏经阁的檩梁,都是用石柱子顶着,其中一根有洗脸盆一般粗。行端每天吃饭往来六次,他都要用胯骨照这根石柱子上撞一下。就这样,他的力气越来越大。三四年工夫,他竟能把一棵大松树扳倒在地,上千斤重的石柱子,用胯骨撞一下,石柱竟会颤动。

行端过了30岁以后,专习攀树撞柱之功。有一年端午节饭后,行端的师父在藏经阁里,仰卧在床上歇息,刚迷迷糊糊塌蒙住眼,行端吃饱饺子,从厨房高高兴兴地走出来,走到藏经阁石柱子旁,他用力甩动胯骨"咚咚"地照着石柱子上撞了两下,石柱子颤动起来,房上的碎土尘灰,哗啦啦落了下来,撒得师父满脸都是。师父大声怪道:"谁在那边淘气哩?又是行端吧?"

行端吓得一伸舌头说:"不……师父,是刮大风啦!"

"胡说!刮大风为啥树梢却不动?"

"师父,你没听人家说:'雷声隆隆不下雨,树梢不动刮怪风'吗?"

"贫嘴!还不放羊去!"

"就走!就走!"行端吓得缩着脖子跑了。

还是这年夏天,师兄行成赶着寺里牛群,到莲花峰上去放牧。当牛吃草来到"余雨少室观晴雪"那里,两头大牤牛抵起架来。牲畜和人一样脾气,越斗眼越红,谁也不让服谁,行成用棍也打不散。眼看这两头大牤牛抵到了崖边外,再退两步,两头牛就要滚下崖去。万丈高的山崖,要真滚下去,别说要牛,连张囫囵牛皮也难保住。两头牤牛正在生死关头,行端打个箭步跑上去,一手抓住一只牛腿,用力一拉,把两头牤七牛拉回一丈多远,两头大牤牛才没有摔下崖去。行端救牛的事,师兄行成告诉给当家和尚,当家和尚知道以后,还奖励给行端一身新袈裟。

康熙年间,有一年行端去保定探亲,路过怀庆府的时候,碰见了外号叫"鹞子头"的人在那里立擂。校场口搭了一座十二丈见方的擂台,擂台前边写着一副红对联。对联旁边挂着一个招牌,招牌上写着三条擂规,字如拳大。

第一条是:比武时,枪头染上红色。谁先把红色点到对方衣服上谁就算赢。被点红的人,输给对方白银十两。

第二条是:能擒伏对方者,被擒伏的人要输给对方白银二十两。

第三条是:能战胜对方者,败者须输给大马三匹、轿车一辆,并递"服"字。

行端在台下看摆擂规,不禁嘿嘿几声冷笑,说:"尽吹牛皮!"说罢即走。台下几个打擂输给"鹞子头"银子的人,正想找人替他们报报仇,今天却碰到一个和尚,敢说"鹞子头"吹牛,他们随即拉住行端的衣服说:"师父,他确实是吹牛,看来师父武艺高强,请登台与他对一手,这家伙实在以势压人。"

行端本来是无意说了一句话,但听大伙这么一说,却迟疑起来。大家见他犹犹豫豫,有几个就在一旁哈哈大笑说:"嘿,信佛教的和尚师父也爱吹牛哩!"

行端是个直性脾气,别人一"激将",他就说:"谁说我吹牛?"

几个人一齐说:"不是吹牛,怎么不登台与他比一手?"

行端听着这话,顿觉脸上热辣辣的。

众人齐声说:"师父,他是让猴和人打擂,有种,上台和猴打一仗!"

行端说声:"好!"便登上擂台。立擂的"鹞子头"一看,是个穿圆领粗布衣服的和尚,根本不把他放在眼里。只见"鹞子头"也斜着眼递给行端一件白布衫,让行端穿上,然后递给行端一根枪头蘸有红颜色的长枪。在行端穿衣、接枪做准备的时候,"鹞子头"立着不动。等行端准备就绪,时间到了,"鹞子头"把后边布幕一撩,幕后忽地跳出来一只猴子。这只猴子个头比较大,足有三尺高,穿了一件白衣服,手中提着一根枪,枪头上蘸有红颜色。这只猴子,是"鹞子头"训练出来会武术的刁猴。这些天,"鹞子头"就是靠着这只猴子发了很大的财,还打伤了几个打擂的人。猴子看着"鹞子头"对行端比划了几个手势,这只猴子就提起长枪,"味——"蹿了过去,枪头几乎戳到行端身上。行端忙来个"猛虎跳涧"之势,躲过猴子这一枪。可猴子就是"猴",接着照准行端的大腿又是一枪,行端又来个"珍珠卷帘"之势,又躲过猴子这一刺。当行端反刺的时候,猴子一跃,跳得与行端头平,对准行端的喉咙,猛地来个斜刺。这一下,行端看出来猴子想下毒手,要伤害他。他随即来个"执印翻天",用枪一挑,挑得猴子趔趄着后退几步。行端看这个猴子又狠又毒,想来个飞脚,踢死这只猴子。不料他的脚来势太猛,脚一起,甩得鹅黄僧鞋飞上猴子头顶。猴子呢,毕竟还是猴子,训练时它只学会使枪,没学过接鞋的武艺,于是,它只顾抬头往上看,行端"噗——"地一枪刺去,霎时猴子的白衣服上,染上了一点红颜色。"哗——"台下观众鼓起掌来。

猴子见行端赢了自己,把长枪一撂,照着行端忽地扑过来,目的是想用蹄爪抓瞎行端两只眼睛。赤手空拳对打,行端更不在话下。当猴子扑来时,行端用胯骨一顶,像玩皮球一样,猴子"咮"地飞了几丈高,"咚"一声落在擂台下边,口中流股鲜血,死了。

台下观众看到这种情形,掌声雷动。特别是被"鹞子头"骗走银子的打擂人,又是喊又是挥帽子,高兴得双脚齐跳。"鹞子头"一看,"摇钱树"被摔死了,吓得他出了一身冷汗。心想,他若亲自出马也是输,不如来个脱身之计,于是对着行端说:

行端练武

"今天闭擂,明天继续开打。"说着跳下擂台,钻进马车上的轿子,车夫鞭子一挥,三匹大马拉着轿车就走。许多看打擂的人们,看出"鹞子头"耍的是脱身之计,齐声抗议说:"是好汉是孬种,今天打擂看输赢。"人们越喊,"鹞子头"让车夫把车赶得越快,跑得三匹大马的十二只蹄子乱扑腾。

行端也看透了这个狠贼的计谋,心头怒火万丈,从擂台上跳下来,紧跑几步,伸手抓住轿车后边横档,用力往后一拉,连车带马,骨碌碌向后拉退了三尺远。那车停下来再也走不动了。"鹞子头"一看,是打擂的和尚抓住了车后辕,吓得他浑身发抖,忙跳下车来,跪在行端面前,磕头求饶。行端揪住他的衣领,像提鸡娃一样,把他拎起来说:"饶你小命容易,你得答应我三件事。""鹞子头"说:"请师父讲出来,三百件我也答应。"行端说:"这些日子你诳骗的银两,全部退回给人家,这是第一。第二,打伤的人你要包治包养。第三,今后不准你再立擂台,骗银子行凶。"说后把"鹞子头"丢在地下,"鹞子头"连连磕头说:"奴才照办!奴才照办!"

(整理:王鸿钧)

沙弥戏大侠

　　大清朝时,朝廷一度计划重修龙门石窟,工银由晋、冀、豫三省资助。保定知府接圣旨以后,连明彻夜筹备款银。当把款银备好往洛阳送的时候,怕途中有强人断道抢劫,便榜招觅雇镖客,大名鼎鼎的献县大侠窦尔墩,揭榜应雇了。

　　窦尔墩个儿虽不高,但身材魁伟,胳膊粗壮,力大无比。七八岁开始就练"北斗功""露水功",十八岁上水里功夫练得精娴超人。什么"分水揽""雁月刺""峨眉剑""梅花壮元笔"之类,他使起来得心应手。一次窦尔墩去山东济南府办事,看到趵突泉处有两个壮汉殴打一人,他便上前去劝解。不料一壮汉对他大骂:"狗咬耗子,你小子多管闲事,想尝尝老子的拳头吗?"说着挥拳向窦尔墩打来。窦尔墩不慌不忙用手接住,右掌一挥,来个"小鬼叫门",只在壮汉脑门上轻轻一拍,那壮汉顿时头晕目眩,几乎倒在地下。另一壮汉跑来援助,窦尔墩两手一挽,来个"双关铁门",那壮汉跟跄几步,撞到墙壁上,又折回来摔倒地下。两个汉子见不是窦尔墩的对手,狼狈逃去。围观的人无不拍手称快,异口同声地说:"响马也会下马啊!"除此以外,窦尔墩还独臂挡过车,斗过洋人大鼻子,因而渐渐骄傲起来。

　　这次保镖护官银,出来保定府,就拉起"威武镖",把"窦尔墩"三个斗大的字,缝在大纛旗上,拉在高高的旗杆顶端,把他的装鹌鹑玩鸟的袋儿,也挂在旗下。途中几个人对他说:"镖师!在咱河北省随你怎么做都行,到河南省可得收敛些,少林拳名扬天下啊!"窦尔墩每听到这话,总是微笑一下。心想:"吓唬别人可以,吓唬不住我窦尔墩,早想见见少林和尚是铁铸的还是泥捏的。"

　　所以车辆驶过虎牢关,窦尔墩指示领队:"这次送官银要'车闯少林寺'。"狂妄地叫车夫和押运兵,把银包堆放在车头显眼的地方,并在旗杆两旁高悬一副对联:

　　　　山东响马递服字
　　　　少林和尚不挂齿

　　车过城镇村庄,窦尔墩还特意吩咐使役高喊号子,重锤敲锣,他还故意坐在领头的车上,大腿压着二腿,装出威武神气的样子。

　　这天晚上,车辆走在嵩山东麓荒村野岭处停宿下来,第二天就要闯少林寺了。三更时分,人已入睡,窦尔墩坐在车前平石台上,手把着鹌鹑在嬉戏。忽然看见一个七八岁身穿圆领僧衣的童子,从山岭上走下来,跃上车厢,提了一包银子回身就走。清代凡属官银包装有个规定:小包三十斤,大包五十斤,不能多也不能少。童子提的是大包,闪身登上山去;窦尔墩便跟踪追击。童子一忽儿越石,一忽儿穿林,一忽儿登峻峰,一忽儿攀险巅,窦尔墩紧追紧赶,童子总是离他百步远。童子见他追赶不上,还敲石哼曲,有时还坐下笑几声。起初,窦尔墩满不在乎,以为小小顽童,何足挂齿。谁知累得他满身是汗,还没抓住那个童子。约追够两个时辰后,面前突然出现一个寺院。山门紧闭,门上悬块大匾,月光下"少林寺"三个金字,如斛似斗般大,他不禁吸口凉气。再看那童子呢,没从大门进,却提银包越墙而入。窦尔墩也跟着跃进墙去。

　　墙内殿宇,鳞次栉比,一条甬道,通往深处,院落有七八进,四处寂静无声。找那童子,却不见了踪影。窦尔墩踏着甬道直往前走，登上一遭数级石阶，迎面两丛"千枝柏"，柏隙前露出一座殿宇，殿内一盏铜灯高照，神龛上悬一朱匾，"雪印心珠"4个大字灼灼闪光。桌前坐着一位老僧，须发皆白，红光满面，手拿佛珠，盘膝而坐，口中喃喃有词。窦尔墩知遭今晚遇到少林高手，立即收敛狂妄盛气，长揖施礼说明来意。

老者是少林寺方丈和尚永炳。前天听头单知客僧能聪，从怀庆府归来说："大侠窦尔墩这次护官银保镖去龙门石窟，傲极了，一路高挂威武镖不说，还挂出一副羞少林寺和尚的对联，声扬要车闯少林寺。"永炳听后，便对沙弥僧宝乾如此这般安排一番。宝乾遵照方丈旨意，便来个"携银游中岳"。

方丈永炳听窦尔墩说完，向后院呼道："宝乾出来，快把窦师父的银包交出来，这也可以开玩笑吗？"说话间，沙弥僧宝乾把一大包官银放在方丈面前的桌案上。窦尔墩重施一礼，向永炳道了一声："谢谢！"提过银包出门来，想纵身上墙。谁知跑了两个时辰的峻峰陡岭，现在又提着50斤重的银子包，蹿了两下没过墙去，腰中塞的鹌鹑袋也落下地，一只鹌鹑从袋内出来，飞到两三丈高的银杏树上，窦尔墩一时没辙了。永炳对宝乾说："去！把它捉下来。"这时天将微明，沙弥宝乾身一蹿，手一拍，跃上树去，伸手抓住鹌鹑跳下树来，恭恭敬敬放在窦尔墩的手里。然后接过银包，越墙而出。这时窦尔墩满面羞涩，对方丈永炳又施一礼，说："少林神功我一百个服了，交差之后，定来宝刹深造。"

方丈永炳意味深长地说："山外有山，天外有天，目中无人者，必是瞪眼瞎，只要去掉骄傲自大，你不用再向我们学什么了。"有了这次教训，窦尔墩处处虚心，后来竟三进少林寺学艺，一生做出许多行侠仗义的事情。

（整理：王鸿钧）

寂照打擂

同治年间，京城里来了个名叫呼达汗斯的洋人，要在中国立擂比武。他向清廷提出条件：百天之内，若输给中国人。他的国家将向大清帝国称臣纳贡；若中国人败在他手下，清政府必须向他的国家称臣纳贡。当时同治皇帝年龄小，慈禧太后掌握着朝政，她惧怕洋人，对呼达汗斯的条件满口答应。于是，呼达汗斯在校场立下擂台。眼看过了70多天，还没有人将呼达汗斯打下擂台。慈禧太后如坐针毡，火速派人到少林寺挑选武艺高强的和尚打擂。

这天，少林寺的老方丈听说钦差官驾到，慌忙出寺迎接。听完圣旨，老方丈心里怒火万丈，想到清廷曾几次清剿少林寺。有心拒绝不去打擂，但仔细一想，事关国家存亡、百姓安危，不能撒手不管。老方丈："钦差大人，平时不养兵，临阵来选将，哪有现成的呢？"钦差一听，也忘了自己的身份，乞求老方丈说："长老，您无论如何得派一个和尚去打擂，要不，我就交不了差呀！"老方丈看他一副可怜相，不由哈哈大笑说："好吧，你今晚安安稳稳睡觉吧，明天跟你去一个打擂和尚就是了！"钦差官这才放了心。

钦差官走后，和尚们都埋怨老方丈承当打擂欠思量。老方丈笑笑说："大家不必担心，我已选定你们的寂照师叔，他一定能够打赢。"然后叫了一个小沙弥，让他连夜请回寂照和尚。

再说还俗和尚寂照，家住登封城东二十五里练术沟。小时候，家境贫困，爹娘送他到少林寺出家当了和尚。他在寺内勤学苦练，成了一个十八般武艺件件精通的名手。后因老娘年迈多病，无人侍候,他向方丈提出还俗。老方丈恋恋不舍地说:"按寺里的规矩,你若能打出山门,就放你走。"那天,从千佛殿到山门外。人挨人一字排开。寂照使出真功,个个较量,一直打出山门。临走时,老方丈拉着寂照的手说:"师弟,你还俗以后,千万记住。一不能忘了少林寺,二不能废了功夫。"寂照也恋恋不舍地说:"师兄,要不是老娘病重,你就是赶,也赶不走我。以后寺里有事,叫我一声,我即刻就到。"说罢,寂照就离开了少林寺。

这天晚上,寂照侍候老娘睡下,打了几套拳,练了几路棍,正要脱衣睡觉,猛听得有人叫门。他开门一看,见是师侄来了,问道:"你半夜三更赶来干啥?"小沙弥谎称说老方丈得了重病,要他连夜赶去探望。寂照二话没说,留下小和尚照看老娘,掂了一根齐眉棍,三步并作两步,直奔少林寺来。

天刚亮,寂照就来到了少林寺。老方丈和一群小和尚们已经在等他了。寂照把老方丈上上下下打量了一番,问道:"师兄!小徒弟说你有病,我看你不像有病啊!"老方丈拉着寂照说:"我这病跟往常不一样,非你治不可呀!接着,老方丈把呼达汗斯立擂,朝廷派钦差找人打擂的事说了一遍。寂照听后,犹豫不决。老方丈见状,激他说:"师弟,你常说好钢使在刀刃上,这一回可看你这块钢硬不硬啦。"寂照说:"我去了若能打胜啥话不说,要是有个一差二错,谁给俺老娘养老送终呢?"老方丈说:"嗨!你不敢去算了!我另选别人。"寂照一听,火冒三丈,忽地站起来

寂照打擂

说:"谁说我不敢去?"老方丈说:"洋人是钢骨铁筋,咱少林寺的和尚是泥捏的?让人家指头一捣就零散了?"这一激果然奏效,寂照啪的一声两拳相击,双脚一跺说:"师兄,你甭说了,我去!家中的老娘您替我侍候几天。"老方丈说:"你的娘也是我的娘,你放心去吧!"说完。老方丈让寂照换去俗衣,穿上僧装,挑了一匹青鬃大马,然后请出钦差官,领着全寺和尚,把他们送出山门外。

寂照来到北京,先到校场察看。校场入口搭了一个彩棚。凡来打擂的人,都要先到彩棚里留名挂号。校场当中是高三丈、宽十丈的擂台。擂台上,一个好汉和呼达汗斯正打得激烈,忽听彩棚内铜锣当当当响了三声,有人喊道:"今日不分胜负,明日再会。"洋人呼达汗斯和打擂好汉都住了手。

寂照等打擂好汉走下擂台,上前施了一礼,问道:"好汉高名大姓?""小生姓李名焕。师父从何而来?"寂照回答:"嵩山少林寺。"打擂好汉惊喜万分:"师父,可把您盼来了!实不相瞒,俺爹就是死在这个洋人手里。我是来为参报仇的。可惜我武艺不高,打他不过。早听说少林寺师父武艺高强,您一来,咱就能赢了。不过这个洋人确实厉害,您可要当心啊!"寂照点点头,两人道别,各回住处去了。

第二天一早,寂照腰带一紧,掂了禅杖朝校场走去。他先到彩棚留名挂号,号牌上写着:打擂人,嵩山少林寺和尚寂照。寂照走近擂台,一个箭步,"噌"地一下跳了上去。呼达汗斯看寂照相貌平常,

就想吓唬寂照,说:"你远道而来,我给你搬个墩,先坐下歇歇。"说罢,跳下擂台,搬起一个五百斤重的大制石。打个箭步蹿上擂台,把制石往擂台中间一放,说道:"请坐。"寂照明白呼达汗斯的意思,也说道:"你来中国是客人,哪有主人坐客人站的道理?我再去搬一个。"说着也跳下擂台,把另一个五百斤重的制石,举过头顶,走近擂台,身子一蹴,跃了上去,把制石也放在擂台当中,说:"来,咱们都坐这歇歇。"呼达汗斯一看,知道这和尚有本事,问道:"今天比啥?"寂照说:"十八般武艺任你挑拣。"呼达汗斯以为自己拳击得手,说道:"比拳术吧。"寂照说:"中。"呼达汗斯又问:"是按套路比,还是比拳力?"寂照答道:"任你挑。"呼达汗斯说:"比拳力吧!"寂照仍说:"中。"呼达汗斯再问:"是你先打我,还是我先打你?""你是客人,让你先打我。"呼达汗斯暗暗高兴,心里说:哼!你这个和尚活到头了。你让我先打你,我一拳打下去。就叫你回老家!这时候,寂照也暗暗高兴。心里说:哼!你要和我比拳,算你龟孙错打了主意,今日就叫你尝尝嵩山少林拳是啥滋味。寂照往制石上一坐,气贯全身,像一尊铁罗汉。呼达汗斯说:"和尚,我可是来者不善哪!"寂照说:"愿意领教。"呼达汗斯用尽力气,照寂照的脊背"嗵嗵"连打两拳。他以为这两拳就够寂照受了。谁知寂照像没事人一样。他使尽力气打出第三拳。拳头好像打在青石板上,使他自己疼痛难忍。这下他怯了,慌忙说:"和尚,咱不比吧,算我输行不行?"寂照一看呼达汗斯耍滑头,说:"那不行!你是客人,你给我送了礼,我不能不还礼。"呼达汗斯无可奈何,只得坐在制石上。寂照说:"咳。你是来者不善。我是善者不来。你好好坐稳当吧!"寂照气贯全身,头一拳打断了呼达汗斯的左臂,第二拳打落了呼达汗斯的右膀。当寂照第三次举起拳头时,吓得呼达汗斯身子一躲,寂照的拳头落到制石上,囫囵圆的大制石,被打得粉碎。寂照骂道:"哟,你龟孙怪精哩,叫制石替你挨了一拳。"呼汗斯吓得面色苍白,慌忙跪下求饶:"和尚爷爷饶命!"寂照说:"饶命可以,但你得答应我一条,回国以后,给你的主子说清楚,以后再敢欺负中国,和尚爷爷决不再饶!"呼达汗斯满口答应:"是,是!"寂照说:"为了两国友好,今天我饶了你。走,我要送客!"说着两个指头一挑,呼达汗斯像个皮球一样,滚下擂台。

这时,校场内有人喊道:"各位听着,今天是打擂的第99天,嵩山少林寺和尚寂照把呼达汗斯打下了擂台!"霎时间,校场内外响起一片掌声和欢呼声。

慈禧太后这时也坐着金辇从皇宫出来,一见寂照便问:"你是要钱呢,还是要官做?"寂照说:"一不要钱把福享,二不做官把民欺,俺回嵩山少林寺,白天种好地,夜晚练武艺。"说罢,也不给慈禧太后行礼,骑上青鬃大马,回嵩山少林寺去了。

(整理:韩有治)

烟术退匪记

民国初年,天下大乱,军阀混战,土匪丛生。一天,嵩山少林寺里和尚正在上殿诵经。一个沙弥气喘吁吁地跑到方丈跟前,递过一封信说:"这是刚才一位汉子送来的。"

方丈觉兴问:"那位汉子呢?"

"他走啦!"沙弥回答。

觉兴展开信纸,一看,上写着:

少林寺方丈台鉴：

我"三石戡乱军"，昨天进入登封县境，驻扎在送表寨内，今日特令人前去函告，兵行在此，可东可西，少林安危，在此一举，若方丈明智，速速送来白银千两，元宝百枚。如暂备不足，翌日可派人前来商榷，这里薄水相候。反之，踏平登封，横扫少林，方丈悔乏晚矣！

"三石戡乱军"军长：万天才

月　日

觉兴看罢，将信的内容向众僧述说一遍，问："大家说怎么办？"

众僧议论纷纷，最后牧羊僧妙松走向前说："方丈！让我先去看看，能回奉时就回奉他几句，不能回奉，归来咱再商量。"

觉兴知道妙松的功夫，在寺僧中数一数二，就答应他先去试试看。

那时候豫西老百姓把土匪的罪恶编成了歌谣："说民国，道民国，说起民国不自在。灾荒多，生刀客，杀人放火真厉害。逮住有钱哩，先罚几口袋。逮住没钱哩，先得几顿挨。提起架杆（土匪头子）哩，个个有名色，王老五、袁太升、王根、王有、万天才……"

就是这个万天才，出身于豪门富户，爷爷是同治年间武举，父亲做过直隶省镖局局总，他自小不但学文，又练就一身武功。因与邻村财主占田夺产结下冤仇，双方打擘仗不息，无奈趁混乱拉起杆子。这人架杆与其他杆头不同，别的杆头是唯利是图，而万天才则是，先礼后兵，最终达到名利双收。

历史上少林武功驰名各地，习少林武功的老百姓，也遍布登封，所以一般杆头不敢轻易进登封县，扰少林寺。土匪头子万天才，却想到登封捞一把，但他知道少林武术的厉害，杆子拉到登封县境的边界地，就驻扎下来，向少林寺写出邀请信。

第二天一早，万天才命令部下准备好丰盛的宴席，可一等再等，却不见少林和尚到来。一直等到正午，岗哨在门口传递一声："少林客人到！"万天才和副军长刘苟与众打手，以为闻名天下的少林寺，一定要来众多的人与他们相会，于是把准备好的器械慌忙握在手中，居高临下，严阵以待。谁知进来的只有一个貌不惊人的矮子和尚，四尺八高，光头大鼻子，赤红脸，扫帚眉，穿一身赭石色圆领僧衣，肩挎一个黄布包袋，穿一双鹅黄色鞋，高腰白袜扎于膝盖之上，手拿一串佛珠，蹒跚地走来。到他们跟前，口念："阿弥陀佛！"施了个合十礼，自我介绍说："鄙人是少林寺牧羊僧——释妙松，前来拜会军长！"

"哪里！哪里！请坐！请坐！"万天才和刘苟嘴是这样说，却早泄了气，心想："咋来个脏羊倌？霉气！"

他们原计划是等少林和尚到来，先比试一番，或胜或败，宴席上再立契定约。谁知来个放羊和尚。怎么办？既是下帖请来的，就应以礼相待，少叙片刻，万天才便命部下端酒上菜。

侍候人按原来安排，每人面前放下满满一大海碗酒，每碗至少装酒半斤，万天才端着酒碗站起来说："今日少林师父到来，众弟兄要与少林师父痛饮一顿，少则三碗，多则更好。"

妙松忙站起来施一佛礼说："请众首领痛饮，鄙僧肠胃不适，不宜饮酒。"

万天才把酒碗一放，阴着脸说："怎么瞧不起人，你是我们请来的贵客，贵客就是知己，常言道：酒逢知己千杯少，来！饮！"端起酒碗咕咚咕咚喝了个底朝天。

刘苟和众打手见杆头一饮而尽，也都来了个"门前清"。

侍候人又把酒碗添满，万天才端起酒碗，对着妙松又说："师父！不要敬酒不吃吃罚酒啊！"

妙松又施一佛礼说:"军长!常言说:'能者多劳'。鄙人不才,不善饮酒,请诸位痛饮,鄙人嗜好吸烟,用抽烟回谢众位如何?"

副军长刘苟与几个打手听后,哈哈大笑说:"吸烟能算本事?"

妙松说:"本事倒称不起,不过是本人嗜好,鄙人吸烟与别人略有不同。"

万天才哈哈一笑,说:"师父既然提出来就不勉强啦!"端起酒咚咚连饮三碗,然后对着妙松说:"看师父的吧!"

妙松站起来从挎包里掏出一根旱烟袋,烟锅大如拳头,烟杆不足一尺。接着又掏出一袋烟末,足有三四斤重,只见他把烟锅装得满满的,燃着火,一边吸烟,一边吐气,但看不到烟出入。过了一会儿,他要了一杯茶,喝了下去,随之一张口,吐出来一团烟雾。那烟雾旋动扩展,转眼间化成两把烟刀,往返盘旋在空间,竟有十余次。这时,妙松喉咙里隐隐作响,张口又吐出来一团烟云。那烟云的云鳞里,还有许多小刀小剑,随着烟云外延,越来越大,最后凝聚成两支雪白的大刀。妙松把手一招,烟刀像有灵性的活动物似的,驯服地从空中归来,又进入他的口中。

万天才与众打手吓得目瞪口呆,惊叹不已,非请妙松再来一次不可,妙松看推辞不过,又装了一锅烟,像上次一样,吸完烟喝了一杯茶,张嘴又吐出一朵烟云,但见云中飞刀不止,万马奔腾,有追有赶,刀光剑影,剑影丛中还现出"少林寺"三个字。满屋人直盯着烟云慢慢化去。几个打手还不满足,阵阵喝彩,要妙松再来一次。

妙松笑笑说:"拙劣嬉戏,惹军长与众首领见笑。来日方长,后会有期。"说罢拿起烟袋离席便走。万天才忙上前拦住,态度和蔼地说:"师父咋看不起人,今日薄水相候,实感遗憾,请师父赏脸赠光。"

"哪里!哪里!"妙松才又坐下来。

这时候,为啥万天才像换了个人呢?因为他从小听爷爷讲过,武术中以气功为最高超,气功到家的人,可吐烟作画。今天他亲眼看到了少林和尚的气功。在妙松吐烟作画之时,他心中连喊三个:"厉害!厉害!厉害!一个放羊和尚就这么厉害,何况他僧呢?"今天虽没较量,他却早递出了"服"字。

宴毕,妙松去茅房解手,解完手刚走出茅房门,副军长刘苟便横在他面前,问:"少林寺来的和尚,你烟功好,肚子上能吃我一拳吗?"

席间,妙松见这人翻眼撇嘴,骄横到极点,现在又跟随他来,定是不怀好意,就说:"请首领饶恕!请首领饶恕!"边说边做气功准备。

刘苟便说:"少说废话!"随着话音,举拳照妙松肚子上打来。他想一拳结果妙松的性命,谁知妙松的肚子像吸铁石一般,拳头一贴近肚皮,便吸进肚子里,如斧劈剑削,疼得刘苟杀猪一般叫唤。万天才和众匪头听见嚎叫声,赶快跑来。看到这种情况,忙给妙松施礼说:"师父请饶恕他吧!师父请饶恕他吧!"

妙松把肚子一鼓,说:"去吧!"只听"噔"一声,把副军长刘苟撩出去三丈多远,好一会儿刘苟才慢慢爬起来。

万天才与众匪首叩头如捣蒜一样说:"鄙人有眼不识泰山,冒犯!冒犯!"

妙松归寺的第二天,万天才便带着众土匪离开了登封县境。

(整理:王鸿钧)

德 根 平 愤

　　德根八岁出家到少林寺当和尚。当时他就喜爱习拳练棒。少林寺的拳术和棍术,到他二十岁时基本上就精通了。特别是对"心意把"和"炮拳"用起来更是得心应手,从容自如。民国十七年(1928年),关帝庙古刹大会特别热闹,他向师父告了个假,一则回家探亲,二则顺便赶关帝庙大会。

　　德根他舅家距关帝庙不远,回家后他和父亲一道,备了些礼品,顺便到他舅父家走走。德根到他舅父家以后,还没坐多长时间,几个年轻的表兄表弟,拉住他定要表演表演少林武术。德根没法,和表兄弟到村头打麦场上练起武艺来。父亲等他不着,就跟德根他表姐赶会去了。

　　太阳过午的时候,表姐搀着他父亲回来了。德根一看,父亲黏了满身泥土,双手抱着胸口呻吟不止。他表姐泪水直流,骂声不绝。德根停下表演,问是怎么一回事。他父亲和他表姐讲述了事情的缘由:原来他表姐患了胃病,她的病常治常犯。今天去赶关帝庙古刹大会,会上有一个卖狗皮膏药的,搭了一个白布大棚,棚内的桌子上摆满了许多大张小张膏药。卖膏药的是个三十来岁的壮年人,浑身穿黑,胸前缀一溜十三太保小扣鼻,腰扎一条黑丝带,有一巴掌宽,一丈多长,下穿黑色夹裤,脚蹬三道脸黑靴子,夸起他的膏药时,真是说得天花乱坠,成了"神仙一把抓"。

　　德根的表姐治病心切,听卖膏药的吹罢大话以后,她就提出要买他两张狗皮膏药。卖膏药这家伙一看,德根他表姐虽是农家打扮,人才倒异常出众。于是他在拿膏药时,就眉来眼去,嘴里不干不净地臊起人来。德根他父亲一看,卖膏药的耍流氓,就走上前去说:"喂,你怎么骂起人来?"卖狗皮膏药的人一瞧,说话的是个白胡须老汉,态度更傲慢地骂起德根他父亲,说什么"你狗咬耗子——多管闲事"等等。德根他爹还没还口,这卖膏药的人就一拳打在德根他爹的心口处。他爹年老体弱,一下子跌在泥地上,痰中带血喷出来。

　　德根听罢,二话没说,掂着一根矛子枪来到了庙会上。卖膏药的汉子,正在耀武扬威地招揽生意。德根猛地一枪向他胸前刺去,这小子右手"呼"地一挡,枪杆打在他的胳膊上,他"啊呀"一声,跳过桌子,说:"来者报名!"德根说:"少林和尚释德根!狗东西刚才为何毒打我父亲?看枪!""刷"地又一枪过去,那家伙一摆头,枪头擦他左脸庞而过,霎时脸上鲜血流落地下。

　　看热闹的人吓得高声大叫,一哄而散。这时候,大会上不知是哪个地头蛇,朝天空"砰——砰——"放了两声土炮,庙会霎时炸了营。那个卖狗皮膏药的捂着脸上的血口,趁此机会溜掉了。德根仇恨未报,十分后悔,便赶快回来给父亲请医治病。谁知这小子打的闷拳,心伤皮不伤。由于老人内脏伤势过重,当天晚上吐血而死。这个杀父之仇,德根未报,哪能平去他的心头之愤?

　　德根二十八岁这年,西安一个寺院,开寺摆坛,广招天下出家僧徒,前去受戒,僧人受过戒,始能称为"和尚",才有资格出寺游方。德根和另一个师弟就应招去西安了。谁知道他们两个去晚了,受戒期已过,早就闭经收坛了。那时候陇海铁路已铺轨兰州,他们游罢西安,乘车又去兰州参观。

　　他们到兰州第二天,上街去观市容,来到热闹街口处,见一处空场上,搭了一个大白丝布棚,棚脊高架,棚的四角还缀了四个大绣球,白布棚口两边,挂着一副白绸布制作的对联,对联上书写十二个面盆似的大字,上联是"拳打陕甘两省",下联是"脚踢少林和尚",横额是"独此一家"。德根一瞧,不禁心头火冒三丈,走上去就想扯掉对联。师弟拉住他说:"师兄,《戒约微言》第二条:'宜深体佛门悲悯之怀,纵技术精娴,只可备以自卫,切忌逞血气之私,有好勇斗狠之举,犯者与违犯清规同罪。'不能冒犯戒约呀!况且咱来这里人地两生,进去看看再扯不迟。"德根听师弟说得有理,就忍气走进白布棚去。

棚周围看玩武艺的人,挤得里三层外三层。他两个走上前一看,耍武艺的是个卖狗皮膏药的。只见那人豪杰打扮,浑身穿黑色衣服,正在挥舞着一把三尺长的削铁宝剑,招揽生意。德根走上前去,扯住他的胳膊说:"棚外边的对联是你挂的?"卖狗皮膏药的人听到他的话,理也不理,仍在挥剑,哗众取宠。

"你把下联扯掉!"德根又说。

那人听后仍然若无其事,剑挥舞得更花哨了。德根又向前跨了一步,往桌上"乓"地一声拍了一掌,厉声说:"住手!"

听了这一声吃喝,卖狗皮膏药的才停下手来,向他瞟了一眼,嘿嘿一声冷笑。这个人笑什么呢?原来德根他们师兄师弟到西安去的时候,嵩山地区已是杏花开的季节。这年的气候有点倒春寒,到兰州时还下了一场小雪。德根他们出来的时候,向寓馆借了棉衣、风帽,披戴着出来,像个市民打扮。卖狗皮膏药的汉子看见他非英雄豪杰相貌,所以冷笑一声,又舞起剑来。

德根把风帽棉衣摘脱下来,塞给师弟,走向前去,"刷"地把他的剑夺了过来,指着卖狗皮膏药的鼻疙瘩,说:"你有技术,可以拳打陕甘两省,少林和尚干你何事,为什么脚踢少林和尚?"

卖狗皮膏药的现在仔细一看,面前立个和尚,心里一动,问道:"你?"

德根说:"我是少林和尚,去把下联摘掉!"

壮年汉子心里翻腾几下,心想,他会不会是少林和尚?少林和尚来这儿干啥?因为他是少林和尚的手下败将,早晚提起少林和尚,浑身就打颤。怎么办?摘掉吧,他今后难以来兰州行商了,威信算扫地了,眼前挣到手的一堆钱也要成为泡影。不摘吧,对方来意确实不善。最后,他心一狠,想:不知道这是哪山上下来的秃驴,冒充少林和尚吓唬老子!如果真是少林和尚,能劈死他一个,也出出老子的气。于是卖狗皮膏药的汉子一拍胸口,说:"不摘!不摘!就是不摘!"

德根一听,火上加油,即刻提出要与他交手。国民党统治时期,有个规定,校场比武,得到政府备案。不然打死人要抵命的。壮年汉子看看要来真的了,在这种场合,骑虎难下背。于是双方就到伪政府备了案。

比武开始时,德根发现他左脸上有条伤痕,猛然联想到关帝庙刺枪一事,就说:"毛贼!还我河南关帝庙之账。"

"你?"卖狗皮膏药的汉子向后退了一步。

"少林寺和尚释德根。"德根还没说完,卖狗皮膏药的汉子从正面举剑朝德根砍来。德根飞起一脚,踢在汉子的手腕上,"当啷"一声,三尺长的钢剑飞出去一丈多远。汉子吓得面色如土,正想逃走。"哪里去?"德根来个"饿虎扑食",使个"飞云炮(拳)",正击在卖狗皮膏药汉子的心窝处。汉子趔趄了两下,倒在地上,嘴里流出一股鲜血,闭上眼睛,伸了腿。

观看的人们,见少林寺和尚把卖狗皮膏药的打死了,掌声四起。许多人还高声叫喊:"打得好!打得好!强盗再不能欺负人了。"后来才清楚,这个卖狗皮膏药的人,外号叫"野狸猫",凭他有一身武艺,勾通官府,欺压百姓,老百姓对之恨之入骨。少林寺和尚释德根,终于给百姓平了愤。

(整理:王鸿钧)

三、民俗故事

大禹与筷子

传说尧舜时代,洪水泛滥成灾,舜命禹去治理水患。大禹受命后,发誓要为民清除洪水之患,所以三过家门而不入。他日日夜夜和凶水恶浪搏斗,别说休息,就是吃饭、睡觉也舍不得耽误一分一秒。

有一次,大禹乘船来到洪水中的一个岛上,饥饿难忍,就架起陶锅煮肉。肉在水中煮沸后,因为烫手无法用手抓食。大禹不愿等肉锅冷却而白白浪费时间,他要赶在洪峰到来之前治水,所以就砍下两根树枝把肉从热汤中夹出,吃了起来。从此,为节约时间,大禹总是以树枝、细竹从沸滚的热锅中捞食,这样可省出时间来制服洪水。如此久而久之,大禹练就了熟练使用细棍夹取食物的本领。手下的人见他这样吃饭,既不烫手,又不会使手上沾染油腻,于是纷纷效仿,就这样渐渐形成了筷子的雏形。

促成筷子诞生,最主要的契机应是熟食烫手。上古时代,因无金属器具,再因兽骨较短、极脆、加工不易,于是先民就随手采摘细竹和树枝来捞取熟食。当年处于荒野的环境中,人类生活在茂密的森林草丛洞穴里,最方便的材料莫过于树木、竹枝。正因如此,小棍、细竹经过先民烤物时的拨弄,急取烫食时的捞夹。蒸煮谷黍时的搅拌等,筷子的雏形逐渐出现。这是人类在特殊环境下的必然发展规律。

其实,筷箸的诞生,应是人民群众的集体智慧,并非某一人的功劳。但传说将数千年百姓逐渐摸索到的制筷过程,集中到大禹这一典型人物身上。所以,筷子至少起源于禹王时代,经过数百年的发展,到商代成了普遍使用的餐具。

登封烧饼的传说

登封的焦盖烧饼历史悠久,是登封最有代表性的特色食品之一,其外形墩厚,表面酥脆,内层松软,吃起来焦香可口,可谓登封一绝。登封焦盖烧饼是当地人一道传统美食,逢年过节或者谁家有红白喜事,走亲戚看朋友,人们总会买些烧饼当作礼物。随着历史的不断发展,登封这一民间传统食品的名气越来越大。凡来登封出差、旅游的人们吃了以后赞叹不已,大都买几个带回去让家里人或朋友品尝。烧饼好吃,但追根求源,这里还有一个在历史上与国家有关的大事呢!

登封民间流传,这焦盖烧饼跟金代岳飞抗金有关。相传,最早的焦盖烧饼还是登封的一个店小二发明出来的。当年抗金名将岳飞来到登封抗击金兵,胜利后在一家酒店里吃饭,这家的店小二对岳飞仰慕已久,说什么也不肯收酒饭钱。但岳飞还是如数把钱给了店小二,店小二很感动。

登封烧饼

后来从京城传来岳飞被当朝宰相、卖国贼秦桧害死的噩耗,人们都痛恨秦桧,骂他是王八。于是店小二就把面和成王八的样子,两面沾上芝麻,放在炉壁上烘烤,并为焦盖烧饼取名"秦桧"。秦桧烧饼烤得又圆又厚,吃起来又焦又香,很是招人喜爱。秦桧,你个大卖国贼,吃了你,看你还嚣张不?

店小二的这个举动,得到了登封老百姓的赞同。消息传出后,许多人都来买店小二的秦桧烧饼。人们买了烧饼后,边吃边骂祸国殃民的秦桧:

秦桧秦桧你是鳖,
吃你的肉,
喝你的血,
还要把你的盖子揭。

人们在借吃烧饼,抒发对秦桧的愤慨。后来,"秦桧烧饼"也就变成了后来登封"焦盖烧饼"的模样。现在,这一登封的历史名吃,越来越红,几乎遍及整个嵩山地区,很多市县都有专门制作登封烧饼的店铺。

(整理:梅淑贞)

杂烩菜的由来

河南人遇到逢年过节或是家中来客,总爱做一大锅杂烩菜来招待客人。杂烩菜就是把白菜、粉条、白豆腐、油炸豆腐、肉丸子等放在一起,再加上姜、葱、香菜以及其他作料熬成一大锅。吃时,一人一碗,或配蒸馍,或配白米饭,既简单方便,又经济实惠,这种就餐形式在河南一带由来已久。其实这道菜最初的名字不叫杂烩菜,而是叫做"炸桧菜"。关于它,至今民间还流传着这么一段有趣的传说呢!

相传南宋时期,金兵屡屡南犯,赵宋王朝摇摇欲坠。当时朝廷内部分作两派,一派主和,一派主战。身为兵部侍郎的朱敦儒因主张抗金,被奸相秦桧在高宗面前奏了一本,丢了官职。他回到河南老家以后,对朝廷心灰意冷,不再过问政事,常常约上三五个好友饮酒作诗,打发时光。

这一年,时逢朱敦儒六十寿辰,便邀集了一些亲朋旧友前来小聚。不料这时突然从京城临安传来消息说,抗金元帅岳飞因接连打败金兀术,惹恼了被金国收买的奸相秦桧,秦桧遂与其妻王氏密谋,以"莫须有"的罪名将岳飞杀害于风波亭。一时间,国仇家恨交织在一起,朱敦儒哪里还有心情饮酒欢聚,但客人既已前来赴宴,又怎能让他们空着肚子回去。于是朱便吩咐家厨:"今日不饮酒,也无需摆那些盘碟,只把备好的蔬菜熬在一起,一人一碗,配上蒸馍端来即是。"

想来这些亲朋旧友都是些养尊处优的人,平日里吃惯了山珍海味,喝顺了美酒佳酿,如今这一碗碗粗制的熬菜哪里咽得下去!朱敦儒见大家迟迟不动筷子,便夹起碗中一个丸子说:"如今奸臣当道,残害忠良。岳元帅一生精忠报国,竟然惨死在'莫须有'的罪名下。我恨不能砍下秦桧的头颅下油锅……"他的话还没说完,一位客人便忽地站了起来,义愤填膺地说:"大人,这碗熬菜中的丸子就是秦桧的头,油炸豆腐就是秦桧的肉,粉条就是秦桧的肠子。来,我们大家一起把秦桧这厮吃下去,替我们的岳元帅报仇!"

于是,满座客人一齐响应,纷纷拿起筷子,顷刻之间就把一碗碗熬菜吃了个精光。菜吃完了,有人问:"该给这道菜起个啥名字呢?"朱敦儒想了想说:"就叫'炸桧菜'吧!"

很快,这件事传入了民间。人们出于对秦桧的愤恨,纷纷做起"炸桧菜"吃。后来,因为这道菜是将各种杂七杂八的菜烩在一起做成的,所以,人们就将它叫做"杂烩菜"。

水瓢的来历

嵩山地区的农村家家户户都使瓢舀水挖面。这里面还有一段传说哩。

很早很早的时候,有一家兄妹二人过日子,哥哥叫黄柏,妹妹叫黄莲,后来她有了一个嫂子,嫂子很不贤惠,什么活重什么活脏,她就让妹妹干什么活,冬天她让妹妹住猪窝,夏天她让妹妹住灶火,动不动就拳打脚踢。黄莲被打哭了,就坐在门前的梧桐树下,唱道:"树叶青,树叶黄,朝廷请我做娘娘。"她一直唱到星星稀,月亮落。嫂嫂恶狠狠地骂道:"看看你那样子,头长哩跟葫芦样,还想当娘娘哩!"

话说黄莲长到十七八岁,还总是在梧桐树下唱呀唱呀,从早上唱到夜里。这事一个村传十个村,一个县传十个县,从州里传到京里,嘿嘿!传到朝廷老子耳朵眼里了,他感到怪稀奇。这一家伙不大要紧,惊动得州官、县令、乡里可都忙活开了。这黄莲的哥嫂吓得魂不附体,昼夜难安,他们着实对妹妹好起来了。

朝廷来的那一天,阳光普照,风和日暖。这金车辇一进到庄,那黄莲笑嘻嘻地唱道:"树叶青,树叶黄,朝廷啊!你快来挬娘娘!"嫂子一听吓得两个腿肚子转筋,浑身打颤。她拉着妹子的衣裳角,说:"妹子啊,别唱了,你惹大祸啦!"可黄莲并不理她,只管唱她的歌。

那朝廷只顾看稀奇,带着文武百官往前走,正走之间,只觉得眼前一闪,那个傻丫头变成了一个如花似玉的少女,身旁的地下留下了两个金瓢。朝廷仔细一端详:啊!这三宫六院,宫娥彩女,没有一个抵得上这姑娘的。于是,他就走上前去,把黄莲挬上了轿。

这时候,黄莲的嫂嫂明白过来了,忙跑过去拉着黄莲的衣裳角,说:"妹妹呀!带上你的哥哥嫂嫂吧！到宫里俺、俺……侍奉您！"黄莲转身说道："嫂嫂，这也不是个小事，让我禀给万岁。"那朝廷还没等黄莲回禀，就哈哈笑了一声，指着地上的两个金瓢，说："你们把这两个金瓢拿回去，用它挖面舀水，待到把缸里的水舀完了，盆里的面挖干了，我再来接你们！"

娃娃虎头鞋

谁家添了娃娃，总喜欢弄双虎头鞋让娃娃穿穿。说起人们的这种爱好，里面还有一段动人的故事呢。

早年，黄河岸边有个姓石的船工，他老实本分，为人厚道，摆渡从不死要钱，有钱多少给俩，没钱拉倒，而且不管刮风下雨，随叫随到。照老石的话说，他摆渡是为两岸的人行个方便。老石平常不爱多说话，有一幅憨厚老实相，三四十岁了，还没讨老婆，人家都说他是老实（石）疙瘩。

有一天，风凉嗖嗖的，还下着小雨。老石正在小渡屋里收拾工具，听见门外一声接一声地哼哼。他出门一看，见一位老奶奶坐在河边上，双手捧着头呻吟。他看老奶奶身单衣薄，全身都湿透了，赶忙把她搀进小屋。老石又烧了点热汤让老奶奶喝下，不一会儿，老奶奶就好多了。原来，老奶奶的儿媳将要临产，她急着到对岸请人接生，谁知，风一刮，雨一淋，头就一阵一阵地疼开了。老石一听事情紧急，便冒雨过河替老奶奶请来了接生婆，并把她们送到了家里。

风停了，雨住了。老奶奶的儿媳生下了一个大胖小子。老奶奶喜得合不上嘴，她对老石谢了又谢，还觉得过意不去，就从屋里拿出一张画，说："多亏了你，俺一家才平平安安。你风里雨里在河上摆渡，一个人怪孤单，这张画送给你做个伴吧！"老石接过画一看，画上是个俊俏的姑娘在绣一双虎头鞋。老石谢了老奶奶，带着画回到了茅屋，把画贴在了墙上。

谁知，自打这天以后，老石收罢船回到屋里，都有一桌香喷喷的饭菜在等着他。他很纳闷，但又累又饿，顾不了多想，就大口大口地吃起来。酒足饭饱，他总是仔细地端详着画上的姑娘，进入梦乡。

有一天，老石回到茅屋，忽然发现画上的姑娘正坐在自己的床上。他站也不是，坐也不是，脸一下子红到了脖子根。姑娘却笑眯眯地看着他，说："我是天帝的女儿，天帝看你忠诚老实，派我下来与你做夫妻。"

娃娃虎头鞋

老石过了半辈子，穷得叮当响，光棍一条，现在有这样一个标致、贤惠的姑娘做妻子，当然十分欢喜。过了一年，他们添了个胖小子，因为生在虎年，取名叫石虎。

一晃几年过去了。老石娶画上美人做妻的事被知县大人知道了。知县大人姓范，整天不干一点正经事，老百姓都叫他饭（范）桶。范知县一心二心想弄到老石的画，霸占他的妻子。

一天，知县坐着轿子，前呼后拥，来到了小渡口。碰巧老石带着小虎摆渡到对岸了。老石妻子一人在家，她一见来者不善，来不及躲藏，便收了凡身，回到画上。范知县来到茅屋，找不到美人，就顺手

把画揭了下来,耀武扬威地走了。

等老石领着小虎回来,一看小虎妈不在了,墙上的画也没有了,就知道是恶人来把她抢走了,急得他抱着小虎痛哭了一场。

再说知县抢走了画,当晚就贴在了自己的床边。可是,不管知县怎样甜言蜜语,钱财相许,画上的美人就是不下来。范知县急得要死,想把画撕了,可又舍不得,也就只好干着急。

过了几天,小虎一直哭着要找妈,老石也乱了方寸,团团转,就是想不出一个好法子。就在这个时候,那位老奶奶又来到了渡口。老石把画被偷以及妻子不见的事说了。老奶奶说:"你不要急,你的画和小虎妈被知县抢去了。我有一个办法可以救她。让小虎的姑姑连夜给他做三双虎头鞋,让小虎穿上,烂了就穿新的。你带着他,直奔县衙,就可以找到小虎妈。"

按照老奶奶的吩咐,小虎的姑姑为小虎赶做了三双虎头鞋。这三双鞋一色的白底红帮,虎头绣得活灵活现,跟真的一样。第二天一早,老石为小虎穿上一双虎头鞋,把另两双牢牢地绑在小虎腰上,就带着他上路了。

父子俩一路上翻山爬坡,忍饥挨饿。说也奇怪,几岁的小虎穿上虎头鞋,怎么跑也不知道累。山里的狼见了他们也躲得远远的,不敢近前。来到县衙门前,小虎的第二双鞋也跑烂了。小虎喊着要妈妈,老石说要进县衙门找人,可那些衙门连打带推,就是不让他俩进去。这时,老石突然想起老奶奶的话,就对小虎说:"孩子,把这双新鞋换上,咱不能穿着烂鞋见你妈。"虎子扔掉烂鞋,换上新鞋,父子俩双双往衙门里闯。

那些衙役,刚轰走一老一小,忽又见一人带着一只老虎直闯过来,吓得他们乱喊乱叫:"老虎来了!有人带着老虎来了!"一个个抱头鼠窜了。

范知县听说有人领着老虎进了县衙,吓得扭头就往后花园里跑,刚好被小虎看见。小虎一急,脱下鞋子就向知县砸去。谁知鞋子一出手,就变成了两只老虎。老虎呼啸一声,直扑知县而去,把知县活活咬死了。

小虎妈妈见他父子俩来救她,就从画上跳下来,抱着小虎亲了又亲。然后,她把她绣的那双虎头鞋从画上拿下去,给小虎穿在脚上,三人高高兴兴地回家了。

现在的人们喜欢给孩子做虎头鞋穿,就是说老虎驱鬼辟邪,除恶魔保平安。特别是在河南的有些地区,至今还保留着姑姑必须做三双虎头鞋给侄儿穿的习俗。俗语有:

头双蓝(取谐音拦,即拦住不夭折),
二双红(红能辟邪,可以免灾),
三双紫落成(意即孩子在自家长大成人)。

有了蓝、红、紫三双不同颜色的虎头鞋,孩子必会安然无恙。

五 毒 肚 兜

每当端午快到的时候,老太太们就忙活起来了,她们飞针走线,为孙子或外孙缝制五毒肚兜,这五毒就是蝎子、蜈蚣、蛤蟆、长虫(蛇)、蝎虎(壁虎)。这几种东西看上去就叫人恶心，可为啥人们却偏偏要在孩子们的肚兜上精心绣上它们呢？

传说，嵩山深处住着一对老伴，身边无儿无女，两人相依为命，以打柴为生。有一天，老汉天不亮就起来了。他想赶个早集，把柴卖掉，换点米面回来。老汉见老伴睡得正香，就自己动手做饭。老两口家境贫寒，点不起油灯。老汉摸黑烧开了水，把老伴头天晚上切好的半筐儿苋菜倒进锅里，做了几碗糊涂。

老汉匆匆吃了两碗菜汤。上路前，他又顺手从水桶里舀了半碗凉水喝了，免得路上干渴。老汉担起柴担，脚下生风，翻山越岭，一口气走了十多里山路。天放亮时，他突然感到肚子疼痛难忍，喉咙里热辣辣地像火烧一样。他看看前不着村，后不着店，只得放下柴担，捧起路边小水坑里的肮脏水就喝。几捧水下肚，老汉觉得好受多了，就又担着柴担继续走。约摸又走了两袋烟的工夫，肚里又是一阵疼痛，口干舌燥。好不容易遇到一户人家，可家里只有一个小孩在玩，老汉忙上前问道："小兄弟，家里有水吗？寻给我点喝。"

"没有。得到山下去挑！"

这时候，老汉一眼看见这家灶房的窗台上有一把破茶壶，上面落满了灶火灰。他抓起一晃，里面还有半壶水，不管三七二十一，对着壶嘴就喝。

喝过这壶水，老汉肚里竟一点也不疼了。他谢过孩子，就担起柴担赶集去了。

再说老太太早上起来洗脸时，发现桶里漂着老伴喝水的碗，碗沿上还趴着一个死蝎虎。老太太这下可担忧了：听人说喝了蝎虎尿，人就会哑巴，身上还出白斑，不知道老头儿喝了泡死蝎虎的水有事没事。

等老太太去做饭时，发现锅里剩了两碗苋菜汤，汤里竟有一条死毒蛇。这一下，老太太可真害怕了，心想：肯定是毒蛇钻进了苋菜，老头儿没看见，就放在锅里一块煮了。老太太顾不得吃饭，一路哭哭啼啼去追老汉，心想老头儿要是有个好歹，日后自己指靠谁呢。

老太太紧跑慢跑，来到山下的集市一看，老头儿竟像没事人一样在卖柴呢，这才松了一口气。老汉正在卖柴，忽见老伴气喘吁吁地跑来，就问："你咋跑下来啦？"

"你没事吧？"

"咋啦？"

"你还问我，早起喝凉水了没有？"

"喝了，就这路上还渴哩！"

"吃饭没有？"

"吃了，苋菜糊涂。锅里还给你剩两碗，你没看见？"

"看见啦，看见啦，看见锅里有根儿死长虫，桶里有个死蝎虎！"

"哟嘿！真的？怪不得来时候肚里恁疼，口渴得难受。"

"现在啥样？"

"好了，一点事儿也没有。"

老太太惊奇了："你吃解毒药了？"

"没有。"老汉想了想，突然想起了那半壶水和那个小水坑。

散集以后，老两口又回到了老汉早起寻水的那一家。老汉对这家主人说："我早起从这里路过，家里只有小孩，喝了您的半壶水，真谢谢啦！"

这家主人忙说:"哎呀!这都是小孩儿不懂事,那壶水放在那儿好多天了,不能喝!"

"我喝了觉得怪得劲。"

主人把茶拿过来一看,里头有一只死蝎子和一条死蜈蚣,便吃惊地说:"看看,这都是有毒的东西,弄不好要坏事的,你快去找先生看看吧!"

老两口急急忙忙赶回去找医生,路过那个小水坑时,只见坑沿上爬着许多癞头蛤蟆,老汉也禁不住恶心起来。回去找到医生,老汉把前前后后说了一遍。医生看看老汉跟没事人一样,就说:"你早上喝了有毒的汤和水,所以似火烧心,口干舌燥;可后来你又喝了有蛤蟆、蝎子和蜈蚣毒的水,这五毒相克相解,你才平安无事。这就是以毒攻毒的道理。"

这件事一专十、十传百,许多人都知道了。后来人们就把五毒绣在小孩子的肚兜上,用来避邪驱毒。据说,孩子们只要戴上五毒肚兜,什么毒虫都不敢来伤害他们了。

女人缠脚的故事

过去,我国的女子,不论官宦小姐还是农家姑娘,从小就要用一根长长的布条把脚裹起来,裹得又尖又小,像莲花瓣一样,所以有"三寸金莲"之称。为什么要缠脚哩?这事还需从隋朝说起。

隋炀帝杨广是我国历代封建统治者中一个最荒淫的皇帝。据说,他从运河乘船到南方去游玩,不用划桨摇橹的船夫,而要选一百个长得漂亮的年轻姑娘,穿上漂亮的衣服为他拉纤,于是钦差们便到各地去选美女。

运河边一个村子里住着个姓吴的铁匠,叫吴老大。他有一个女儿叫吴月娘,年方十六岁,不但品貌出众,而且勤劳能干。父女俩以打铁为生。这天,吴月娘正帮父亲打铸家什,突然几个差人和一个大肚子钦差闯进来。钦差看了看月娘,一眼就选中了,留下十两纹银,要月娘买些衣物打扮打扮,三日后就走。

女人小脚

钦差刚一出门,吴月娘扑在父亲怀里大哭起来。谁都知道杨广无道,他除了封有三宫六院七十二妃外,又从各地选了美女三千,关在皇宫供他寻欢作乐。月娘的姐姐就是去年被抓去后大骂昏君,被杨广割去舌头,活活疼死的。月娘的母亲为此痛哭了三天三夜,结恨成疾,不愈而死。月娘哭着想:昏君已逼死我家两口,前仇未报,新恨又来,害得我家好苦啊!她越想越气,越想越恨。哭了一阵儿,突然,她泪水一抹,对父亲说:"爹!女儿主意已定,我要趁此机会,刺死昏君,为死去的母亲和姐姐报仇雪恨!"接着,她就把自己的打算告诉了爹爹,并要爹爹给她打一把小刀。吴老大听罢,万分激动,他沉思了一会,对女儿说:"好!我给你打一把最锋利的刀子!"当天夜里,吴老大就动手打,费了整整一夜功夫,才把刀子打好,天明交给月娘。

月娘双手接过刀子,不禁又流下热泪。吴老大问女儿为啥又啼哭,月娘泣不成声地说:"当年聂政、荆轲都是有胆识的人,但终于刺杀未成,事败身亡,这次女儿去,怕也……"吴老大听到这里,忙问:"我儿怕死了吗?"月娘跪在地上说:"爹,为民除害,为母亲和姐姐报仇,就是上刀山孩儿不皱眉头。我是想爹爹这么大年纪了,事成与不成都会连累您老人家!"

吴老大听女儿这样说,连连点头,他把女儿拉起来,说:"儿啊,俗话说,有钢使到刀刃上!杀死昏王是件大义大勇的事,怎能为我动摇不定呢?"说罢,他向女儿要过那把刀,对女儿说:"让我先试试刀刃利不利吧!"转身割断了喉咙。月娘惊叫一声,昏倒在父亲的尸体上……

第三天,月娘把刀子缠在脚掌下面,穿一双尖底鞋,被送到运河岸上拉纤。这时,只见一只雕着龙头凤尾的大彩船停泊在水里,杨广在文武大臣和宫女的簇拥下,得意洋洋地坐在船上。彩船一开,两岸锣鼓喧天,船上笙乐齐鸣,一长队拉纤的女子,有的穿红,有的穿绿,有的穿黄,有的穿白,像朵朵鲜花开在河岸上。杨广望着拉纤的女子,心中大喜。常言说:男要俏,一身皂;女要俏,一身孝。月娘白衣白裙、白袜白鞋,头裹白绫,臂披白纱,穿白挂素,亭亭如玉,醒目出众。杨广一眼就看见了,指令唤她上船。

钦差一听,慌忙跪倒禀报:"万岁!那个穿白衣的叫吴月娘,父母才死,穿的重孝啊!您不能见她!"

杨广把脸一沉,说:"孤王出宫,凶丧回避,既然知道,为何还把她选来?"

钦差连连磕头,说:"万岁恕罪!万岁恕罪!只因吴月娘容貌出众,百里挑一,故此小臣选了她。"

"噢——,既然她长得好,孤是真龙天子,还怕什么丧服?宣她来见!"于是吴月娘被搜身之后,扶上船来。月娘走在搭板上,像微风轻摇柳枝一样多姿,满脸的泪珠反倒像荷花含了晨露一样好看。杨广都看迷了。钦差看杨广高兴了,又跪到跟前禀报:"万岁!您看这女子的脚真奇怪!用布裹着在岸上走路,一步印一朵莲花呢!"

杨广一听更高兴了,两眼盯着月娘的脚,问:"你为何把脚裹起来,还步步生莲花呢?"

月娘不慌不忙地说:"小女子实不敢瞒哄万岁,我原是王母瑶池宫中的莲花仙子,投胎人间。我这是金莲玉趾,怎不步步生金莲呢!"

杨广听这样一说,喜坏了,看着月娘笑道:"原来你是荷花仙子,怪不得长得这么好看呀!你快抖开裹脚,让我看看金莲玉趾!"说着,他就去摸吴月娘的脚。

月娘强忍怒火,倒退几步,心想:机会到了,但周围这么多人,咋好动手呢?她环视一下其他的人,低下了头,意思是让杨广令人退下。

杨广一看就明白月娘的意思,随令众人退下。只有那个自以为选美有功的钦差不肯远离,偷偷躲在一旁,想听听杨广说些什么,盼着加封受奖呢。

月娘看看船台上只剩杨广一人,背过身去解开脚上裹布,拿出尖刀握在手中,然后呼地转身来,猛朝杨广的胸口刺去。杨广吓得尖叫一声,身子一扭,刀子扎在他的臂上。吴月娘正要刺第二刀,那个钦差闻声赶来,月娘顺手朝钦差脸上扎一刀,钦差疼得"妈呀"一声滚在地上。这时,惊动了船上的其他人,他们齐来捉拿月娘,月娘见事不遂心,眼看要落入敌手,纵身跳进涛涛的运河里……

从此以后,杨广接受了教训,挑选美女时,人样再好,裹脚者一律不选。打那时起,天下女子怕被杨广选去,都把脚裹了起来,时间长了,就形成了风俗。但这毕竟是一种陋习,随着社会的进步而被破

除了。

房顶没有烟囱的传说

在嵩山地区,无论你走到哪儿,都看不到房顶上有烟囱。为啥哩?有这么个传说:说是明朝以前,嵩山地区农村的房顶上,和山西、河北一样,家家户户都有一个高高的烟囱,每当烧火做饭的时候,浓烟就从房顶上的烟囱里滚滚升起,飘到空中。

元朝末年,朱元璋在安徽举旗造反,势力一天比一天大。元顺帝怕朱元璋打到北京去,推翻他的统治,就派兵去镇压。元军被朱元璋打败后,没命地向河南境内逃窜。朱元璋穷追不舍,一直撵到了河南。元军被追赶得走投无路,就分散钻进村里,藏了刀抢,换了军衣,混到群众里头,吃百姓的粮,穿百姓的衣,并下令:谁向朱元璋的部队告密,就满门抄斩,灭绝九族,株连全村。老百姓被控制得死死的。

话说朱元璋带领千军万马,紧追慢赶来到河南,不见了元军的踪影,心里非常纳闷:元军前边跑,我在后边追,为啥一进河南元军就没有影了呢?朱元璋细细一想,元军上不了天,入不了地,准是藏起来啦。于是,他便命兵将沿村侦察。果然,兵将们在村里发现了元军的刀枪、军衣。朱元璋又命他的部队挨村挨户地去抓元军。可是,元军都换了老百姓的衣裳,脸上又没刻字,谁是谁不是,也分不清楚。于是,不管青红皂白,他们见人就抓,抓住就杀。这一下,老百姓遭殃了,好多百姓都被当作元军杀啦。人们一看朱元璋的队伍胡抓胡杀,都躲的躲,逃的逃,不敢露面啦。

朱元璋抓不到人,使了个"金银计",叫他的兵将在村里的路上和农民院里,扔下些散金碎银。第二天,他们再去检查,发现散金散银被人捡了,说明庄里还有人,又来一次大搜查,搜出人来又杀了。人们上了朱元璋的当,再也不敢捡银子啦。

朱元璋不放心,又叫他的队伍隐藏到高大的树上、土岗上,看到哪个村的房顶上冒烟,就去哪个村里抓人。很多农民又遭到杀害,尸横遍野,血流成河。有些村庄杀得鸡犬不留,人烟断绝。侥幸活过来的人们,一看朱元璋的队伍是寻着房上冒的烟来的,就把房上的烟囱扒了,在地上砌个尺把高的小烟囱,让烟顺着地皮排出去。朱元璋的队伍看不到房顶上的烟囱冒烟了,认为人都被杀光了,才走啦。

从那以后,豫西北农村的房顶上,再也不留烟囱了。

(整理:缪华)

门楼上为啥要插小红旗

嵩山地区的农村里,群众新房的门楼上边大都要插上两面小红旗。你知道房主人为啥要插这两面小红旗吗?

相传很早以前,一个小山村里有个叫刘二的庄稼人。他一家省吃俭用,十几年才积攒起盖房钱。他高高兴兴地买了砖瓦木料,准备盖三间上房。他想:庄稼人盖房子一辈子也遇不上几回,要盖就盖得结结实实,得得劲劲。他知道要想把房子盖好,全凭匠作的心劲和本事,而要想让匠人把本事都使出来,必须把匠人招待好。于是,他跑了几十里路,请来了远近闻名的张木匠。

庄稼人厚道。刘二见张木匠一会儿拉锯,一会儿抢锛,还要爬高,心里很过意不去。他打算先把张木匠的饭菜安排好,等房子盖成后,再多付几个工钱。可是,这里离县城较远,又是初春时节,肉和蔬菜都不好买,他想来想去,便在自己喂的那群鸡上打起主意来:早上米饭配炒鸡蛋,晌午蒸馍配炖鸡肉,晚上鸡蛋面条配油馍。虽然算不上什么好饭,但在这偏僻的山村里也算说得过去了。他主意一定,就交代老婆天天给木匠做这样的饭菜。

一开始,张木匠见每顿饭不是鸡蛋就是鸡肉,心里很满意,曾对刘二说了很多客气话。可是过了几天,就感到有些呆板单调了。特别是当他发现他每天晌午吃的炖鸡肉从来没见有鸡腿时,心里不禁暗自嘀咕起来:这刘二可算真刁!他把鸡腿留下自己吃,光让我吃些鸡头鸡翅膀,这不是故意耍弄俺这出力之人吗?张木匠越想越气,但又不好张嘴直说,想来想去,才想出了个出这口气的歪点儿:他趁刘二不注意,悄悄地用黄泥捏了个小人儿,泥人背上背着一条布袋,在房子封脊时神不知鬼不觉地把它封在了房脊内。张木匠想:我这个泥人会替我出气,非让它把你家的财产都捣腾出去不可。

房子盖成了,刘二对张木匠说了不少感谢的话,又跑了好几里山路买回猪肉,为张木匠包了一顿饺子。吃罢饭,刘二按高于一般的工价付了工钱。当张木匠背起工具要走时,刘二又从厨房里取出一个油布包递到张木匠面前,说:"我去请你时,见你家有老母。你在这里为我盖房子,她老人家在家受了不少苦。当我每天给你杀鸡时,想到她老人家,我就把鸡腿剁下来,用盐淹好。这也算俺一家人的一点心意吧,请你给她老人家捎回去!"

张木匠得了刘二高于一般工价的工钱,心里已经很过意不去,现在看着这一包又肥又大的鸡腿,更加惭愧,后悔自己做事不当。但是,封进房脊里的小泥人已取不出来了,这可咋办?他急得一屁股蹲在院内的一块捶布石上,张口结舌,说不出话来。忽然,他两眼一扑闪,嘴角挂上了一丝笑意。他从捶布石上站起来,指着刘二家塌了半边的门楼,说:"你对俺有情,俺不能对你无义。我晚回去几天,用盖房子剩下的砖瓦,把这门楼修一修。"没等刘二回话,他便掂起瓦刀,蹲在砖堆旁,"噼里啪啦"地干起来。

张木匠日夜加工,只两三天工夫,一座新门楼就盖成了。门楼上边砌着两个用砖刻成的力士。刘二不知道安这玩意儿是啥用意,就询问张木匠。张木匠脸上红了一阵,眼里又流出了热泪,一五一十地把他因错怪刘二而在房脊里封进背布袋的泥人儿的事前前后后说了个清清楚楚,最后说:"现在我给你修这个门楼,又砌上两个力士,让它看住那背布袋的泥人,使你家永远不会丢东西。"

从此,人们就把张木匠修门楼的事传开了,慢慢地形成了门楼上刻两个力士的习俗。后来,人们感到刻力士太费事,就插上两面小红旗代替。时间长了,庄稼人不仅在新修的门楼上插小红旗,而且新盖的房子上也要插上小红旗。

盖房上梁放鞭炮的传说

盖房上梁为啥放鞭炮呢?这是姜子牙年轻时候的故事。

传说黄河北有个村庄,有一家财主,新盖了五间新瓦房,高高大大,漂漂亮亮。于是,三个儿子争着要住新房,要不是老财主许下晚些再盖两个五间,分别由老二、老三住,他们非打破头不可。

谁知老大住进新房的第一天夜里,窗前月明地里就有一位神仙训斥一个披头散发的小鬼:"日后再不许他到处乱跑,只准在此歇宿、玩耍。"第二天,老大把这事一说,老二、老三都说他没福气,不压邪,该把新房让出去,老大却舍不得,硬着头皮没有让。夜里,他早早拴上房门,刚躺床上就听屋角"吱吱嘎嘎"地响,一会儿哭,一会儿笑,一会儿嚷,一会儿叫,还说他占了它们的家,要他滚出去。老大本来就胆小如鼠,吓得赶忙用被子蒙住头,身子蜷成一团,不敢吭,不敢动,活活给闷死了。

埋了老大,老二洋洋得意住进了新房。谁知夜里又闹起鬼来。这个鬼头大如斗,上下一身黑,扒着窗棂向屋里喊:"老二,你好狠毒,还我命来,还我命来!"老二不以为意,对着窗外的鬼说:"别来这一套,有啥绝招请使吧,反正这房归我了。"别说,他还真安安稳稳地过了十天。但是,第十一天头上,丫环去叫他吃饭,一看他伸着舌头翻着眼,一命呜呼了。

盖房上梁放鞭炮

埋了老二,财主说啥也不叫老三往里住,怕这唯一的儿子再被鬼害死。

这财主为人奸诈,算账能抠到你的骨子里,一般人谁也不愿来他家当把式。这几年只有个外地的年轻人在他家当伙计。他想:我的五个儿子死了两个,这是鬼要害我断子绝孙啊!我得给老三找个替身,叫这小伙计住进去。

主意一定,财主就拿出黄鼠狼给鸡拜年的本领,对小伙计说:"你看,那五间新房成天空着没一点用场,你住进去享享福吧!"哪想到小伙计竟毫不犹豫地满口答应了。是他傻吗?长得浓眉大眼,精灵着呢!说来也怪,自他住下以后,夜夜安安静静,一个月既没有神来,也没有鬼闹。

这是咋回事?除老三知道外,就数这小伙计清楚了。

原来,老二、老三表面听了爹的话,背地里却商量出个坏主意。他俩夜里装神扮鬼,吓死了老大。老三比老二更毒,为了独占家产,他一不做二不休掐死了老二。这些都没躲过聪明的小伙计,只是他们一家狗咬狗,不碍自己的事,没戳穿罢了。要说呢,他真恨不得这一家都死绝才好。另外,他也明白,老三已稳稳地成了这家唯一的继承人,只等老财主把腿一蹬了,何必再害他,因此甘心情愿地答应住进这闹"鬼"的房中享几天福。

可老财主并不知道内情,先前以为小伙计是个屠头、傻瓜,后来又认为他是个大命大福之人,能够镇住鬼神,将来肯定是个了不起的人物。他与老婆一合计,决定把女儿嫁给小伙计。老三当然不同意,有心阻拦,可又不能把原因明讲,只好听之任之。反正嫁出的闺女泼出的水,老爹一死,这产业还不是自己独吞?

咱们再说小伙计,一听说老财主要把闺女嫁给他,心里又气又急。为啥?因为他知道这闺女和她爹、她三哥一样毒,河边洗手鱼也死,路过青山树也枯。他咋能娶这样的人做老婆过一辈子呢?无奈何,他把财主家的丑事向朋友一抖搂,就远走高飞了。

几十年后,姜子牙辅佐周武王打江山来到牧野,吕村有人认出了他——原来率领各路诸侯大军的大元帅姜子牙,就是当年的小伙计啊!

后来,一代代传下去,"姜太公封神的故事"在百姓中间普遍传开了,大家都觉得他是位高于众神之上的大神仙。于是,吕村一带的泉水也称"太公泉"了,老百姓还在那一带修了庙来纪念他。当然,这时候谁也不愿相信当年财主家闹鬼是他们自家搞的,而宁愿相信是姜太公的神力驱赶走了各路神仙和众多小鬼。

往后谁家盖房,都在上梁的时候先贴在梁上一条红纸,上写"姜太公在此诸神退位"几个字,还要"劈劈啪啪"放一挂火鞭,为的是迎太公,驱鬼神,避妖邪,保平安。有的人又多想了一层,说既然请太公保佑,就该让他常住下去,就该有吃有花,所以就在新梁上搁一双筷子一个碗,用红线系一串制钱。

这种办法代代相传,越传越远,至今许多地方上梁时都还沿用这种风俗。

虫王的来历

外地人敬虫王,大多敬一位姓刘的勇猛将军,传说是北南宋初年抗击金兵的大将刘琦,而登封人敬的虫王爷却是辅佐大禹治水的伯益,这里边有个故事。

伯益是舜的大臣皋陶的儿子,也是个了不起的英雄。他原姓伊氏,名益,字贵凯,年轻时,伯益是个发明家,他最早发明打井取水。伯益的聪明才华,使他名闻遐迩。夏禹于是向帝舜推荐伯益,帝舜就派他去当夏禹的助手,辅佐治理天下的洪水。在治水时,伯益立下了汗马功劳,夏禹在治水成功后受赏时对舜说:"治水不是我一个人的功劳,伯益的辅佐也起了很大作用。"舜于是又对伯益大加奖赏说:"你立了大功,你的后代将繁荣兴旺。"舜的话果真灵验,后来伯益的后嗣非常发达繁显,分衍出黄、赵、秦、江等十多个姓氏。

大禹继任华夏部落联盟首领后,伯益和他的父亲皋陶都深受大禹的信任,大禹原本打算禅让给皋陶,恰巧皋陶死了。于是,大禹又指定皋陶长子伯益为自己的继承人,并在晚年授政于益,而让自己的儿子夏启为臣。大禹在位10年,东巡会稽时去世,临终遗命传位给伯益。伯益为大禹守丧三年后,也像大禹避让舜的儿子商均一样,避让王位给大禹的儿子夏启,自己隐居到箕山之北。但是大禹的臣属都跑去朝见夏启,却不理会伯益;那些诉讼的人也都只去找夏启而忽略伯益,老百姓也前往归附夏启而疏远伯益,人们甚至歌颂起夏启来:"我们君王帝禹的儿子,才是我们的新君主。"于是,夏启在人们的拥立下,自即天子之位,"家天下"而建立了中国历史上第一个王朝——夏朝。夏启即天子位后,便开始消灭伯益的势力,夏启六年,伯益被夏启杀害。伯益死后,夏启为了笼络人心,又以隆重之礼安葬伯益。

传说大禹治水后,原先洪水里的鱼仔都被晾晒在大地上,变成了蚂蚱。等到庄稼即将成熟时,蚂

蚱们成了一大祸患，它们铺天盖地，飞来飞去，飞过去后地里的庄稼即被叼食得干干净净。人们眼看即将成熟的庄稼被叼食得光秃秃的，就急红了眼，纷纷挥舞树枝拍打蚂蚱，但蚂蚱还未被消灭，其后代就又长大了，吃庄稼像刮大风一样，飞过去一溜儿庄稼就被一扫而光。

这时，夏启惊恐万状，又想起了被他杀害的伯益。因为伯益本是东夷少昊鸟氏族的首领，传说伯益知禽兽之言，有能与飞鸟通话的本领，曾帮助帝舜调驯鸟兽。帝舜还让伯益掌管火，伯益就用火焚烧山泽，迫使猛兽逃匿。因此夏启就不断祭祀伯益，希望他保佑天下黎民。据说伯益可怜黎民百姓，就指点人们用火攻、挖沟土埋等方法消灭了蚂蚱，过上了安定的生活。夏启于是每年都供献牺牲来祭祀伯益的亡灵。后来人们也就尊伯益为"百虫将军"，建了很多虫王庙来供奉伯益。现在，登封大冶北五里庙等村的庙宇里都还供奉着虫王爷伯益，希望他保佑人们免遭蝗虫伤害呢。

（整理：秦福宽）

红毡避邪的由来

嵩山地区人们娶亲时，总要有一人夹块红毡，走在新娘坐的轿前或车前，遇见奇石怪树、古老建筑，便走上前去，用红毡遮一下。据说，这是为了避邪。咋会形成这样一种风俗呢？还得从一个故事说起。

很早以前，嵩山脚下，洛河岸边，有董庄、柳营两个村子。董庄的小伙子董山和柳营的姑娘柳水结了婚。男才女貌，乡亲们都说他们是天生的一对、地就的一双。谁知道他俩结婚不久，董山竟写了一封休书，把柳水给休了。柳水模样儿好，又聪明贤惠，是打着灯笼也寻不来的好媳妇，为啥被休了呢？找不到原因，人们说：八成是董山中了邪。

董山写罢休书，来到一个小酒馆里喝酒解闷，正好遇着邻村一个名叫李勇的朋友，也在这里喝酒。董山本来不会喝酒，几杯辣酒落肚，再也憋不住心中的闷气，便把休妻的事倒给了李勇。原来他休妻的原因，是听孔二说柳水在娘家不规矩。孔二和李勇是一个村上的人，李勇最摸他的底细。李勇听完，便对董山说："你上当了！那是孙二向柳水求婚，遭到了拒绝，他怀恨在心，才故意挑拨你们的关系呀！你也不打听打听，三里五村谁不知道柳水在家是个百里挑一的好姑娘？"董山听罢，知道冤枉了柳水，心里非常后悔，可是休书已经抛出，可咋办呢？他心烦意乱地走到村口，蹲在一块大青石上，愣起神来。

再说柳水，受到这样的屈辱，气得大哭了一场。她想想自己立得端、行得正，事情总有水落石出的时候，便决定回娘家住一时再说。走到村口，她看见董山在大青石上蹲着发愣，头也不扭，便从他面前走了过去。董山看着柳水气成那个样子，心中更是不安。柳水在前面走，董山悄悄地跟在后边，有心上去拦住柳水，又不知咋说才好。眼看柳水快走到前面一座桥上，过去桥就是柳营了。董山撒开双腿，急步跑到桥上，拦住了柳水，流着泪说："我冤枉你了！"接着，他就把事情的原委讲述了一遍。他把休书又要回来，撕碎扔进了河里，然后咬破中指，血滴桥头，向柳水起誓，从今以后，夫妻重归于好。从此，夫妻恩恩爱爱，和睦相处，日子过得美满幸福。

本来，董山夫妻破镜重圆，是由于解除了误会，可是，不明真相的人，却认为是中了邪的董山，血滴桥头，冲散了邪气，夫妻才重归于好。因而，人们认为红色能避邪，所以娶亲时，都要用红毡在路上遮遮挡挡。

(整理:苗子修)

"天作之合"的由来

唐朝贞观年间,洛阳王生与邻居一个姓李的姑娘相爱,海誓山盟要结为夫妻。但不久,王生被征入伍,去镇守边关。接着,李家的姑娘也被选进皇宫,当了宫娥。

这年冬天,皇帝命宫女缝制棉衣,慰问边防将士。姓李的姑娘怀念王生,暗暗写诗一首,缝在棉衣内送往边关。

冬去春来,战士拆洗棉衣,恰巧那首诗就缝在王生穿的袄内。诗曰:

沙场征戍客,苦寒难成眠。
战袍亲手做,知落阿谁边。
含情更添线,蓄意多着棉。
今生已过也,愿结来世缘。

这件事传来传去,一直传到皇帝那里。皇帝查问这首诗是谁写的,姓李的姑娘承认是她写的。皇帝很感动,说:"这真是天作之合啊!你们别等来世了,今生我就让你们成亲。"于是,他便下令把王生召回来,与姓李的姑娘结为夫妻。

所以,后来凡是办婚事的,门上都用红纸写上"天作之合"四个字。

闹洞房的来历

嵩山一带人们结婚时,亲朋、好友、村人都要闹洞房,据说这还是大禹时传下来的风俗呢。

相传大禹和涂山氏结婚时,惊动了淮河水怪巫支祁。巫支祁父子四人神通广大,他们就准备当夜暗中滋事,不想让大禹安度新婚之夜。王母娘娘知道巫支祁父子将要派人前来滋扰,就托梦给大禹的部下庚辰、竖亥、黄魔、大翳等人,要他们好生小心,守护洞房,以免发生不测。

大禹和涂山娇从相见到结婚才仅仅四天,第一天纳采与问名,第二天纳吉与纳征,第三天请期,第四天迎亲。大禹的部下竖亥认为时间太过紧急,就建议说:"婚姻大事,百年好合,不可草率,应该尊重夫妇之礼,选择一个吉日。"大禹说:"合婚择日,自是正理。但天下事有轻有重,我现在身负治水重任,不可在此事上耽延时日,再说结婚是人生第一大喜事,合乎天理,日子即使不吉,只要吾心所安,也会化而为吉,何必再等待时日呢?"竖亥当时虽无话可说,但心想无论如何都不敢掉以轻心。

大禹拜完天地后,就进入了洞房安寝。竖亥为不让更多人知道巫支祁闹事,以免惊扰大响,就陪着真窾等其他人员吃喜酒,而让庚辰、黄魔、大翳三人一人拿了一面轩辕宝镜,不住地在洞房之外照耀巡视。到了寅时,果然从西北方向飞出一个夜叉模样的妖精,直向洞房徐徐扑来。庚辰对大翳说:"你们守在此地,不要走开,也不要惊扰崇伯大禹,我去拿他。"说着手执大戟迎上前去。那妖怪见庚辰到来,虚晃几招,便往后退去,庚辰不赶了,妖怪便又回来了。庚辰一看,知道是调虎离山之计,提了戟退回洞房周围,只见大翳正与一个妖魔交战,妖魔败下去后,大翳正要追赶,庚辰止住他说:"不要追赶,这是调虎离山之计,想把我们引开,他们好趁机闹事呢!"大翳恍然大悟,不再追赶,那妖魔看庚辰说破了他的计策,就也退了回去。庚辰问大翳道:"黄魔哪里去了?"大翳说:"追妖精去了。"庚辰说:"他已上当,我们两个万万不可离开。"等到卯时,黄魔回来了,还说:"那妖魔可恶,用车轮战法来诱我,但都被我杀散了。"大翳说:"你已经中他的计了,都像你这样,洞房里不出事才怪呢?"黄魔一想也是,后来他们只将妖魔驱散,不再追打,一直守到了天明。竖亥听了晚上发生的事后,认为守护洞房的人太少,就又到治水工地叫来了伯益、狂章、童律等人。

闹洞房

第二天,真窥就问竖亥:"昨夜怎么不见庚辰等人吃喜酒?"竖亥就将昨夜发生的事讲述了一遍。庚辰道:"千万不要告诉崇伯,如果让他在新婚燕尔和夫人受到惊吓,那可是我们的罪过。"真窥说:"那今天晚上妖魔再来怎么办呢?"竖亥说:"有我们七个保护,不会有什么妨碍。"到了夜里,巫支祁见小妖无能,就派三个儿子领了几十个小妖前来挑衅,竖亥就让真窥、童律守洞房,其他人都人头迎敌,结果杀死了巫支祁的小儿子和无数小妖,其他妖魔也大败而归。

第三天夜里,恼羞成怒的巫支祁亲自出马,竖亥等七员大将拼死奋战,庚辰用神宵宝剑刺伤了巫支祁,巫支祁才狼狈而逃。这三天晚上发生的事,大禹浑然不知,等到三天灾症过后,竖亥才告诉了他。后来,大禹治理淮水时,就将巫支祁锁在了淮河源头的一口井里。

大禹结婚后,和涂山娇相携回到了家乡嵩山,嵩山一带的人们听说妖魔扰乱大禹洞房的事情后,洞房花烛夜亲朋好友们就来闹洞房,以免妖魔惊扰新郎新娘,这种风俗一直流传到今天。现在人们还说:"前三天无老少,人不闹鬼闹。"

三媒六证

从前有个员外好行善,人家求他办啥事,从来没不中的。

天上的金牛大仙、北极大仙、南极大仙想试试这个员外到底有多善良,这天他们下凡变成三个要饭老头儿,一起来到员外家。员外问:"你仨想要啥?"金牛大仙说:"我想要点米,做一顿饭。"员外叫老婆给他挖了一碗米。金牛大仙说:"这么一小碗,太少了。"员外问:"你要多少?"金牛大仙说:"我要的米跟五湖四海的水那么多,三天以后我来拿。"北极大仙接着说:"我想吃蒸馍。"员外老婆给他拿来一个蒸馍。北极大仙说:"这馍太小了,不够吃。"员外问:"你要多大的?"北极大仙说:"我要的蒸馍要跟四大名山一样重,三天后我来取。"南极大仙最后说:"我不要吃的。我的衣裳烂了,给我拿块布补补吧。"员外老婆拿出一卷布,叫他做衣裳。他说:"这布太少,不够用。"员外问:"你要多少才够?"南极大仙说:"我要的布和天一样长,一样宽,再停三天我来拿。"说罢,他仨一块儿走了。

员外正为这仨要饭老头儿要的东西发愁呢,他五六岁的小男孩跑来问:"爹,遇见啥难事啦?"员外没心理他。他一直缠住追问,员外最后跟他说了说。小男孩听完说:"就这点儿事可把爹难住了。甭发愁,到时候我有办法对付他们。"

第三天,仨老头儿又一块来了。第一个老头问:"我要的米准备够了吗?"小男孩说:"准备够了。"第二个老头儿问:"蒸馍呢?""蒸好了。"第三个老头问:"布呢?""撕好了。"仨老头儿一齐问:"都放在啥地方啦?"小男孩说:"别慌。你们把一件事办好,回头再来取东西。"仨老头儿问:"办啥事?"小男孩说:"从这儿往南走五六里,那里有个小村庄。庄上有一户人家,住得最高。你们到他家,把你们要东西的事说说,叫他家给你们三样家什,回来我给你们取东西。"

三个老头儿答应后,一直向南走。走了五六里地,果然有个小村庄,进村就瞅见住在最高处的那户人家。他们走进院里,一个老人迎了出来。仨老头儿把前后事情一说,伸手向他要三样家什。老人一下愣住了,要啥家什也不说个名,给啥哩,从屋里跑出来个小女孩。她见爹在那儿发呆,问:"爹,他们来咱家找啥呀?"老人不耐烦地说:"你知道个啥,到外边去!"小女孩缠住爹妈,非要问个明白,老人只得把实情告诉她。小女孩笑着说:"这没啥难,他们要的东西我知道。"说着,她跑屋里把东西拿出来。她爹一看,只见她拿着一杆秤、一个斗、一把尺子。老人把三样东西接过来,交给了仨老头。

仨老头回到员外家,把取来的三样家什交给了小男孩。小男孩接过东西,把斗递给了要米的老头儿说:"你去把五湖四海的水量量有多少,回来我给你挖米。"他把秤递给要蒸馍的老头儿说:"你去把四大名山称称有多重,回来我给你拿馍。"他把尺子递给要布的老头儿,说:"你去把天量量有多长多宽,回来我给你撕布。"仨老头儿接过三样家什,都傻眼儿了:海水、大山、天咋称咋量哩,这不是自找难堪吗?东西别要了,干脆走吧。路上,他仨觉得小男孩和小女孩都有本事,还不如给他俩说合订亲哩。他仨回去一说,这亲事就说成了。小男孩和小女孩长大结成了好夫妻,恩恩爱爱过了一辈子。因为他俩的婚姻是三个神仙说的媒,有斗、秤、尺和提到的天、海、山这六样东西作证,合起来叫"三媒六证"。

后来,男女结亲都跟着学,订婚要找三个媒人,结婚要"拜天地":当院放张桌子,叫"天地桌",桌上放个斗,斗里插着秤和尺子,新郎新娘对着天地桌先拜天地,再拜高堂,最后二人对拜。这样就算按

照"三媒六证"的规矩结成了美满姻缘。

(讲述:李连成　采录:李清选)

民间婚俗的由来

在嵩山地区,农村娶媳妇至今还保留着新娘子进门放鞭炮、绑草把、骑马过栖子、铺红毡、扒斗,斗内放镜子、红枣、花生、对把儿葱,新娘子怀揣梭子的习俗。这些习俗来源于古老的民间传说。

很久以前,嵩山南麓有一位老妇人,丈夫早逝,只有一个孩子在外做生意,三年未归。老妇人终日思念着儿子,以泪洗面。

这天,她到周公子那里给儿子算卦。周公子听完老妇人讲完了她儿子的生辰八字,推测片刻,断然说:"你儿子命已归黄泉。"

老妇人一听,如五雷轰顶,痛苦万分,回家一直哭了三天。

老妇人的哭声惊动了邻居一位姑娘。这姑娘名叫桃花。桃花问明了原因,对老妇人说:"你再把你儿子的生辰八字讲一遍。"

老妇人又讲了一遍。

桃花闭目沉思了一会儿说:"你儿子没有死。不过你得按照我的话办,方可保你儿子平安。"

母亲思子心切,忙问怎样去办?桃花说:"两天以后,天下大雨时,你用饭勺敲打你家大门头,边敲边喊你儿子的名字即可。"

这天,老妇人的儿子因外出三年,便急急忙忙回家探母,路上天忽降大雨。正好路边有一破瓦窑,他便走进去避雨。刚进瓦窑,似乎听到母亲的喊声,便出来探望。

他刚出窑口,瓦窑轰的一声倒塌了。他吓得倒吸了一口冷气,这时,他也顾不上雨了,赶紧往家里跑。跑到家门口,见母亲用饭勺子敲打门头喊他的名字呢!

母子相见,甚是欢喜。

这件事传扬开来,桃花名声大震,弄得周公子好没面子。周公子再三谋虑,如果与桃花结为夫妻,岂不珠联璧合!二人通力合作,互相切磋技艺,卦术岂不更加准确!

周公子多次请媒人去桃花家求亲,均一一被桃花拒绝。周公子十分恼火,要寻机陷害桃花。

数月后,桃花同外村一位后生择定吉日就要结婚。

周公子闻知,心生毒计,请来两条犀牛精,企图害死桃花。

桃花早已心中有数,暗中告诉丈夫说:"结婚那天,在花轿落地时要放鞭炮,用醋浇烧红的犁铧,大门两边竖两个捆好的草把儿,草把儿里包上鞭炮食品,上插松柏树枝儿。从轿前到天地桌前要用红毡铺路。我走在红毡上要用麸子草料迎着我的面撒。我进大门时要骑马过栖子,怀揣织布梭子,梭子上用红线系上照妖镜、酒壶、花生、红枣。还要准备一个装满粮食的斛斗。当我走到天地桌前,将梭子插入斛斗内。拜罢天地,方可搀我入洞房。照此办理,犀牛精纵有种种毒汁,它也无能为力。"

婚礼那天,桃花的丈夫一家照桃花的安排,平平安安地举行了婚礼。从此,后人都沿用了桃花女的婚礼程序,直到今日。

灶王爷吃糖瓜

从前,嵩山地区有一种风俗,家家户户都敬灶王爷,说他是老天爷派给下界庶民百姓的"一家之主"。

年年腊月二十三晚上,各家各户都祭灶神,说是灶王爷在下界住了一年,这天晚上要起程上天去朝圣,把一年来家家户户的饥饿寒暖、顺逆善恶,庄稼收成好坏,禀告给老天爷,让他了解下情,好为新的一年安排生计。到新年的正月初一五更,灶王爷从老天爷那里领来一本新的历书带回下界,保佑当年风调雨顺五谷丰登。因此,人们都恭敬他,一年三百六十天,饭菜做成叫他先吃。到腊月二十三晚上,灶王爷上天朝圣走的时候,给他备下一匹大红马(即一只大红公鸡)让他骑,又给他烙三个烧饼,叫他路上做干粮,还给他一串元宝(即汤面条里煮饺子),路上做盘费。临行前,都为他送行,祈求他"上天言好事,下界保平安"。

起初,灶王爷到天上如实给老天爷汇报下情,所以下界风调雨顺,五谷丰登,国泰民安。后来,灶王爷变得又懒又馋,自认为自己职位虽然不高,可是老天爷钦奉,下界的平民百姓,谁也不敢短缺自己的供食。人们都起早摸黑到地里忙活,灶王爷跟灶王奶却并膀坐在灶房里一动不动。单等着人们从地里干活回来,做成饭端来吃。焦麦炸豆的季节,人们只顾忙活,慢待他一点,他上天朝圣的时候,在老天爷面前说瞎话。这一年,凡间都是防旱哩,结果是大涝,到了下年,人们又都防涝哩,却又来个大旱,赤地千里,寸草不长。一连三年,旱涝不收。人们猜想,一定是灶王爷上天言坏事,得想办法治治他。这年腊月二十三晚上,灶王爷上天走的时候,家家户户像往常一样,为他送行,但多了一样供食——糖瓜。灶王爷知道糖瓜吃着老甜,但他也知道糖瓜粘得厉害,心里想吃,又怕粘住嘴张不开,不吃吧,又舍不得。到底吃不吃,

灶王爷

自己拿不定主意,问灶王奶:"哎。你看这糖瓜咱敢不敢吃?"灶王奶早就口水流老长,等不得了,抢白道:"傻瓜!送到嘴边的甜甜儿不吃干啥。"灶王爷说:"吃了粘住嘴张不开咋办?"灶王奶把眼一瞪,说:"撑死胆大的,饿死胆小的,你不吃,我吃。"说着拿起一根糖瓜一折两节,一根递给灶王爷,一根自己吃。这一吃不要紧,嘴被粘住张不开了。这时候天鼓响了,上天朝圣的时候已到,灶王爷慌慌张张装起干粮,藏起元宝,骑上大马走了。人们照常为他送行,但祈求词变了,说:"二十三日去,初一五更

回。"

说也真灵,这一年灶王爷的嘴粘住了,没有在天上言坏事,结果这一年风调雨顺,五谷丰登,百姓又过上了好日子。于是,后来就形成了一种风俗,年年腊月二十三日晚上祭灶,都用糖瓜做供食。

(整理:韩有治)

熬年的由来

传说很久很久以前,老天爷为了使天下的老百姓都过上好日子,每逢大年三十晚上,就把天门打开,把库里的金银财宝撒往人间。到了那个时辰,遍地金灿灿,银闪闪,所有的砖头、瓦块、石头蛋儿都变成了金银。但是,有一条规矩必须遵守,就是谁都不能贪心,捡到的金银还一定得放在屋里,等天亮才能开门。

李家庄有兄弟俩,老大叫狗崽,为人尖酸刻薄,爱财如命;老二叫五子,心地善良,勤劳忠诚。这年三十晚上,弟兄俩都坐在屋子里等待天门开。等啊,等啊,天门老是不开。狗崽想:我得生个法,等天门一开就能不费力地多弄一点金银。于是,他将一大堆大石头和大石磙、大磨扇都弄到自己家门口,准备天门一开就把这些东西搬进屋里。五子却一动不动地坐着,点着蜡烛,耐心地等待着。

三更时分,天门开了,院子里的砖头瓦块,果然都变成了金银。五子把金银放进筐里,搬回屋内,关上房门。狗崽拼出全力,才把预先准备好的东西搬进屋内。他看着这满屋的金银,像吃了蜜糖似的甜透了心。他想,从今后自己就是天下最有钱的人了。他着急地等待大明,大却老不明。他耐不住了,便开门出去看天,竟忘了"不到天亮不开门"的这条规矩。等他回到屋里时,他发现所有金银又都变成了石头、石磙、石磨。他气得痛哭起来。五子呢,天大亮了才打开了门。哎呀,一筐子的金银财宝把人眼都照花了,五子高兴得跳了起来。

后来,老天爷发现像狗崽子那样贪财如命的人越来越多,一生气,就再也不开天门了。但人们为了希望能过幸福富裕的生活,总是存着侥幸的心理,痴心地等待着。虽然,等了一年又一年,天门总不见开,但这天晚上,人们还是全家团聚在一起,点上蜡烛,守到天亮,就这样慢慢形成了"熬年"的风俗,这种风俗一直传到现在。

(整理:张国兴 段国合)

元宵灯节的故事

每年的农历正月十五为元宵灯节,这一天晚上人们都要到街上观灯,热闹非常。你知道这个节是怎样来的吗?

相传公元604年,隋文帝的儿子杨广杀了父亲杨坚和哥哥杨勇,篡夺了王位,当了皇帝,称隋炀帝。他是个历史上的暴君,嫌首都长安"关河悬远,兵不赴急",认为洛阳地理位置适中,可以控制全国,又水陆交通方便,便于各地运送贡赋,就把首都迁到洛阳,并大肆兴建显仁宫、汾阳宫、迷楼和西苑，搜罗全国各地的奇材异石、奇花异草、奇禽异兽，运到洛阳供他玩赏，还有七十二妃供他玩乐。

隋炀帝生活奢侈，荒淫无耻。他妹妹杨婵有几分姿色，他也想娶。但他妹妹性格温柔中又很刚烈，对他的作为早看不惯，对他的几次纠缠非常恼怒。

色迷心窍的隋炀帝杨广，一天偷偷溜进妹妹的闺房，欲行不轨。杨婵站起要走，杨广急忙拦住。杨婵想了想，说："好吧，结婚可以，除非正月十五，月落洛河，星撒邙山。"

杨广想：正月十五月儿正圆，高挂天上咋会落入洛河，星星咋会撒上邙山呢？想来想去，没办法。还是一些奸臣给他出主意：十五那天叫百姓准备大量柴草，晚上在京城内外点燃，不得有误。百姓哪敢怠慢！结果，正月十五晚上京城内外，到处点燃柴草，熊熊火光照亮天上地下，天上的星星月亮失去光辉，京城边的洛河、邙山处处闪亮，真好像月落洛河、星撒邙山一样。杨婵看到这种情况，误以为真是如此。她想：自己的身体真要落到昏庸的哥哥手里了，死也不能落下这样的坏名

元宵灯节

声！她便开了闺门往外跑，准备去跳洛河，没想到正和跑来的哥哥撞个满怀。原来杨广也看到月落洛河、星撒邙山的情景，正高兴地跑来找妹妹成亲。杨婵看到是哥哥，知道他的来意，脱身闯出宫门，跑出大街，跑到洛河边，不顾天黑河险，河水奔腾咆哮，纵身跳进河里。河水翻着浪涛，打着漩涡，杨婵没入水中。等杨广和一些官人赶到，只能望河长叹。

百姓们听说杨婵不受哥哥凌辱投河而死，都打着灯笼、举着火把找她，可再也没有找到。然后人们就去观看烟火，回家吃汤圆。

后来，每年的正月十五夜，人们都要以柴燃火或提灯游走，吃汤圆夜饭，慢慢成为节日习俗。

（整理：耿直）

灶画的来历

民谚云"二十三，祭灶天"，农历腊月二十三，俗称"小年"，这一天，家家户户都要贴灶画、燃香烛、烙烧饼、供芝麻糖，以打发老灶爷上天。这个风俗是怎么来的呢？

也不知是哪朝哪代的事了。嵩洛地区有对夫妻，良田美宅家境小康，美中不足的是，二人结婚多年却不曾生育，后遍求名医，终于在不惑之年喜得一子，宝贝儿子自然被视为掌上明珠，百般宠爱。

孩子十五六岁时，老夫妻自觉身体不佳，为能早点抱上孙子，就早早给学业未成的儿子娶了媳妇。媳妇呢，勤俭贤惠，只是大儿子几岁，为的是儿子自小娇生惯养不谙世事，媳妇大点能操持家务。但儿子却因此受到同学的嘲笑，闹死闹活，非要休妻不可。

二老念着媳妇过得门来早起晚睡,持家有方,于心不忍,也实在无法张口,煎熬得茶饭不思。善解人意的媳妇看出了二老的心思,说:"爹妈,您也不用为难了,我走就是了。"话未说完已是泪下数行。老两口泪纵横满脸愧疚:"哎,孩子作孽呀!真是坑了你闺女。咱家的东西,房子、田地,你随便要。"媳妇强忍眼泪:"田地房产,我什么也不要,只求您把咱家那匹白马给我就行了。"二老过意不去,硬是又塞给了媳妇半袋碎银。

辞别二老,走出熟悉的村庄,媳妇失魂落魄信马由缰。但见四野茫茫,道路迢迢,娘家遥遥在望却有家不能回,自己像一叶漂萍不知漂往何处,不禁悲从中来,手拍马鞍泪如雨下:"白马呀白马,哪儿才是我的安身之处啊?"

这天行至野外,白马忽然驻足不前,媳妇举鞭抽打,白马只是嘶鸣就是不肯挪步,媳妇猛然一惊,叹道:这儿,莫非就是我的安身之处吗?

举目四望,旷野无人,只在路边不远处有一间井屋,媳妇迟疑了好一阵子才胆怯地走过去。井屋里,一个老实厚道的后生忙碌着……后来,他们喜结了连理。

再说那对老夫妻,媳妇走后老两口郁郁寡欢,生气归生气,但还是有张罗着给儿子找了个稚气未脱的俊俏媳妇。没几年,老两口积劳成疾先后故去,留下小两口相依为命。小两口不懂稼穑,不善理家,又逢天不作美灾荒频仍,竟至家产败尽,只得外出逃荒。

将近年关,天寒地冻,天当房地当床饥一顿饱一顿的小两口仍四处流浪。这日,听说附近一大户人家施舍饭菜救济灾民,便赶了过去。

大户人家门旁蹬着一块长木板,上面放了一排碗,开饭时有人提着饭桶,一个碗里一勺饭,分完为止。两人来得晚,只占住最后两个,饭分到他俩时刚好分完。无奈小两口只得等到响午,并早早占住最前面两个碗。谁知这次分饭却是从另一头开始,轮到他俩时又是饭尽桶空。晚上,饥肠辘辘的小两口占住最中间的两个,可晚饭却是两头往中间挤的,结果只能眼馋地看着别人狼吞虎咽。

一天水米不沾牙,饥寒交迫的小两口委屈得抱头痛哭。仆人见状,问清了缘由很是同情,禀告了女主人,并把二人领进家中。

当女主人看到眼前这位衣衫褴褛面容憔悴的乞丐时顿时呆住了:这不是当年自己的夫君吗?"夫君"也认出了眼前这位女主人,羞愧、尴尬,无地自容。女主人连忙把小两口领进上房,吩咐家人盛情款待。席间当听说公爹公婆双双亡故时,女主人唏嘘不已,潸然泪下,小夫君更是泣不成声。

翌日,日上三竿,迟迟不见二人起床,女主人诧异,差人探看,只见二人已双双悬梁。女主人闻报抚尸痛哭,哭当年公爹公婆的良苦用心,哭不谙世事的小丈夫忤逆老人心愿遭苦受罪结局的悲惨。

把小两口安葬后,女主人仍觉意犹未尽,就请人把二人的模样画了出来。贴那儿呢?那天是腊月二十三,外面寒风凛冽滴水成冰,鸟雀无处觅食,女主人说:要过年了,就贴灶房里吧,又暖和又不挨饿。并吩咐在像前摆上烧饼、芝麻糖等供食。

以后,当有人问起灶房里画上两人时,女主人脱口说:"老灶爷、老灶奶"。这消息不胫而走,人们议论说:怪不得人家富有呢,原来敬着老灶爷、老灶奶啊!于是大家都仿效起来。后来有人为灶画配了副对联:"上天言好事,下界保平安。"久而久之,便成了今天"二十三、祭灶天"的风俗。

灯谜的故事

春节猜谜咋又变成了灯谜呢？这里有个故事。

据传，很早的时候，有个姓胡的财主，家财万贯，横行乡里，看人行事，皮笑肉不笑，人们都叫他"笑面虎"。这笑面虎对人的衣帽穿戴最是认真，只要是比自己穿得好的人，他全是老鼠给猫捋胡子——拼命巴结，而对那些粗衣烂衫的穷人，他却像饿狗啃骨头——恨不得嚼出油来。

那年春节将临，胡家门前一前一后来了两个人，前边那人叫李才，后边那人叫王少。李才衣帽华丽整齐，王少穿得破破烂烂，家丁一见李才，忙回屋禀报，笑面虎慌忙迎出门来，一见来客衣帽华丽，就满脸堆笑，恭敬相让。李才说要借银十两，笑面虎忙取来银两，李才接过银两扬长而去。笑面虎还没回过神来，王少忙上前喊道："老爷，我借点粮。"笑面虎瞟了一眼，见是衣着破烂的王少，就暴跳如雷地骂道："你这小子，给我滚！"王少还没来得及辩驳，就被家丁赶出了大门。

回家的路上，王少越想越生气，猛然心生一计，要斗斗这个笑面虎。

转眼间，春节已到，元宵将临，各家各户都忙着做花灯，王少也乐哈哈地忙了一天。到了元宵灯节的晚上，各家各户街头门前都挂上了各式各样的花灯。王少也打出一盏花灯上了街，只见这花灯扎得又大又亮，更为特别的是上面还题着一首诗。王少来到笑面虎门前，把灯挑得高高的，引得好多人围着看。笑面虎正在门前观灯，一见此景，也挤到花灯前，见灯上题着四句诗，他认不全，念不通，就命身后的账房先生念给他听。账房先生摇头晃脑念道：

猜灯谜

> 头尖身细白如银，
> 论称没有半毫分
> 眼睛长在屁股上，
> 光认衣裳不认人。

笑面虎一听，气得面红耳赤，哇哇乱叫："好小子，胆敢骂老爷！"他就要命家丁来抢花灯。王少忙挑起花灯笑嘻嘻地说："老爷，咋见得是骂你的？"笑面虎气哼哼地说："你那灯上是咋写的？"王少又大声念了一遍。笑面虎狠声说："这不是骂我是骂谁？"王少仍笑嘻嘻地说："噢，老爷是犯了猜疑。我这四句诗是个谜，谜底就是'针'，你想想是不是？"笑面虎一想，可不是哩，只得干瞪眼没啥说，转身狼狈地溜走了,周围的人直乐得哈哈大笑。

这事传开了,越传越远,第二年灯节,不少人都将谜语写在花灯上,供观灯的人猜测取乐,所以就叫"灯谜"。以后相沿成习,每逢元宵灯节,各地都举行灯谜活动,一直传到现在。

正月十五十六挂红灯的缘由

传说很久以前,每年正月十五、十六夜里,老天爷总是要下一场雪白雪白的面粉,供天下老百姓充饥度时光。

为了让天下老百姓都有雪面吃,老天爷还给人间定了一个规矩,就是下到谁家地盘的雪面,归谁家所有,由谁家收藏使用。这样时间长了,便逐渐形成了一句俗话:"各人自扫门前雪,休管他人瓦上霜。"

正月十五挂红灯

人们为了把天上降下来的雪面很快地收拾起来,不抛撒和浪费一星半点粮食,每年一到正月十五、十六这两天傍晚,不论城里乡下,家家户户在门上都挂起了他们早已准备好的一盏盏红灯,青年儿童们手里还打着灯笼、火把,在自己的门口庭院,等待着老天爷下雪面。当雪面从天空下完后,各家男女老少一齐出动,扫的扫,装的装,抬的抬,一直张罗到深更半夜,把大地上的雪面收拾得一干二净。

当时有个王寡妇,平时贪心十足,爱占小便宜。她把自己宅基地上的雪面打扫干净,还要偷偷地去打扫人家的雪面。她家里的缸里、瓮里、坛里、罐里到处都盛满了雪面。雪面吃不完,她就任意糟蹋,用雪面和成面块,垒成烟囱、锅台、桌子、凳子、大床、鸡窝、猪圈等各种家什,更可恶的是,给她儿子擦屎、垫屁股用的也是雪面饼子。

这天晚上,下罢雪面后,老天爷想察看一下民情,他扮成一个讨饭叫花子,手拄木棍,身穿烂衣,提着一个篮子来到人间。说来也巧,正好来到王寡妇门前不走了,连声喊道:"可怜可怜吧,大嫂行点吃的吧!"一连喊了好几声,里边无人答应,老天爷不免有些着急。他推门一看,只见院内的一切用具,都是雪面做的,顿时火冒三丈。他强压怒火,又用更可怜的腔调喊道:"可怜可怜我吧,大嫂给点救命食吧!"王寡妇听到门外的喊叫声,便从屋里跳了出来,黑沉着脸,没好声没好气地说:"穷叫花子,没长眼,这哪里有吃的!"老天爷忍气吞声地指着灶房说:"好大嫂,那里不是还有几张剩饼子吗?"王寡妇恶狠狠地嚷道:"剩饼子!哈哈,还留给小孩子擦屁股呢,快走开!"老天爷再也按捺不住心头怒火,摇头叹道:"人间竟有这般无义之人哪!"说罢,他扔掉木棍,摔碎破碗,一气之下上天去了。

从那以后,天上再也不下雪面了,把下雪面改成了下白雪了。人们得知后,个个切齿痛恨,纷纷要用乱棍将王寡妇打死。王寡妇觉得没脸见人,就一头栽进茅池里淹死了。

人们为了纪念老天爷降雪面、救世人之恩,每逢正月十五、十六夜里,家家户户门前仍旧挂起红灯,青年儿童仍旧打着灯笼、火把,这个风俗在民间一直流传到现在。

二月二的传说

武则天篡夺唐室江山,改国号叫周,自称大周武皇帝。玉帝闻听大怒,命太白金星传谕四海龙王,三年内不得向人间降雨。

这下可苦了老百姓,从立夏到寒露,长达一百五十多天滴雨难下。眼看生路断绝,人们哭干了眼睛,哭哑了嗓子。众雨神听着人们的哭声,虽不忍心,但也不敢违抗玉帝的旨意。

这天,忽然从远处飞来一朵云彩。那云彩越来越大,不一会儿遮住了整个天空。一阵和风吹过,"哗哗哗"下了一阵倾盆大雨。久旱得雨心欢畅,人们不顾衣湿身冷,望空礼拜。

原来,这是司管天河的玉龙行的雨。这些日子,它听着人们的哭声,看着饿死人的惨景,便不顾被打下凡间的危险,喝足天河之水,张开巨口行雨。玉帝听说后勃然大怒,把它打下凡来,压在一座山下受罪。山下立通碑,上写着:

> 玉龙降雨犯天规,
> 当受人间千秋罪。
> 要想重登灵霄阁,
> 除非金豆开花时。

这时候,人们才知道玉龙原来是为老百姓触犯了玉帝。人们为了拯救玉龙,报答它的救命之恩,盼望它重上云天,再降甘霖,急待金豆开花,找啊找,总是找不到金豆开花。到了第二年二月初一,这天街上逢集,一个老婆背着一袋苞谷去卖,一下没招呼好,袋口松开了,金黄金黄的苞谷粒撒了一地。人们心头一亮,心想:这苞谷粒不就是金豆吗?炒炒不就开花了吗?于是一传十,十传百,很快传得这地方人都知道了,大伙商定,到次日家家都炒苞谷豆。

二月二日那天,各家各户把炒好的苞谷用簸箕盛着,供到当院,有的还端着送到玉龙身边。玉龙见人们待它如此好,再也忍不住了,便大声喊道:"太白老头,金豆开花了,还不快快放我出去!"太白金星老花眼,看不真切,便一招手收了拂尘。镇压玉龙那座大山原是太白金星的拂尘变的,随着拂尘升起,玉龙一声长啸,腾身跃上云去,用尽平生力气,对着旱得冒烟的大地"哗哗哗"又喷将起来,转眼之间,沟平河满,地得饱墒。

再说玉帝这时正在灵霄殿看仙女歌舞,值日官曹进一禀报,玉龙又违旨降雨。玉帝急唤来太白金星责问。太白金星已知把事办坏了,只得说:"你那时不是说等金豆开花便放它吗?今早我看见金豆都开花了,就收了拂尘。"玉帝气得浑身发抖说:"那是苞谷花呀!"太白金星见玉帝发了火,就一言不发地站在那儿,直到玉帝气消了些,才试探着说:"我想着咱天上的香火全靠老百姓供奉,要是真把他们

都饿死了,咱以后咋办哩?"玉帝想了一阵,无可奈何,只得召玉龙回了天庭。

虽然玉龙不被治罪了,但民间形成了习惯,每年二月二日那天,人们很早就起来炒苞谷花,有的还炒着唱着:"二月二,龙抬头,大仓满,小仓流。"就这样,二月二炒苞谷花的风俗一直流传到现在。

清明节的来历

很早以前,晋国有个大清官,名叫介子推。他一辈子爱民如命,不贪图荣华富贵。有一年,一伙权奸密谋害死晋国大公子重耳,扶小公子申生继位,介子推知道后,就保着重耳离开了晋国,到处流浪。

有一天,他们在一座大山里迷了路,几天几夜没吃东西,晋公子重耳饿得头昏眼花,再也走不动了。在这荒山野沟里,谁也找不到吃的。重耳坐在一条破席上,绝望地仰天长叹:"重耳一死事小,恐怕将来晋国的百姓就难康乐了。"介子推一听这话,想到重耳苦难中还不忘百姓,只有尽心辅佐。他咬咬牙,跺跺脚,跑到背静处把自己腿上的肉割下一块,用火烤熟送给了重耳。重耳接过,狼吞虎咽,片刻吃了个精光。重耳问:"哪来的肉?还有没有?"介子推把裤腿向上提了提,说:"肉从腿上来,公子喜吃,臣愿再把这个腿肚割下奉君。"重耳望着介子推的腿肚,感动得流着泪,说:"你这样待我,我将以何报答你!"介子推说:"我不求公子的报答,但求公子不忘我割肉奉君的一片丹心。你我君臣流亡在外,饱经风霜,深知民间疾苦,但愿日后你多思治国之方,做一个清明的国君。"

晋公子重耳在外流亡了十九年,晋国忠胜奸败,迎他回去做国君。在回国的途中,车将至国都,他望着那条和他流亡作伴的破破烂烂的席子,倒有点不称心,信手用剑挑下车去。车后边的介子推拾起那条烂席,深思了一阵,悄悄地回家去了。

重耳当了国君,把流亡期间跟随他的人都封赏了,却忘记了介子推。有人在重耳面前替介子推叫起屈来,重耳猛然想起旧事,心里很觉惭愧,马上差人去请介子推上朝受赏。差人去了几趟,介子推只是不来。无奈,重耳便亲自去请。当重耳来到介子推的家时,只见门闭锁扣,问起邻人,方知介子推不愿见他,背着老母躲进了绵山。于是,重耳便让他的御林军上绵山搜索。人在前山搜,介子推背着老母去后山,人在后山搜,介子推背着老母去前山。山高路险,树木丛杂,怪石林立,一两个人藏进山里,就像针落海底,米落沙滩,搜来搜去连个影子也没见。这时,有人献计说:不如放火烧山,三面点火,留下一方,大火起时介子推准会自己走出来的。

于是,重耳下令火烧绵山。满山枯木干草,遇火便着,风吹火旺,满山通红,烟雾遮天。前山后山,左山右山,眼看就烧光了,终不见介子推走出绵山。火熄后,只见介子推背着老母靠着一棵烧焦的大柳树死去了。重耳望着介子推的尸体跪拜一阵,又放声大哭起来,哭了一阵,移尸安葬,发现介子推的脊梁堵着柳树树洞,洞里好像有件什么东西,掏出看时,原来是一片衣襟,衣襟上用血写了几行字:

　　割肉奉君尽丹心,
　　但愿主公常清明。
　　柳下作鬼终不见,
　　强似伴君做谏臣。
　　倘若主公心有我,

忆我之时常自省。

臣在九泉心无愧，

勤政清明复清明。

重耳看罢，把介子推的血书衣襟折叠好藏入袖中，然后把介子推和他的母亲分别安葬在那棵烧得焦枝胡皮的大柳树下。为忌烟火，他就把这一天定为寒食节，晓谕全国，寒食一日。

第二年，重耳领着群臣去绵山祭奠，先在山下寒食一日，第二天素服徒步，登山致哀。行至坟前，只见那棵死柳复活，千万条嫩丝随风曼舞，重耳心有所动，望着复活的老柳树，像看见介子推一样，敬重地走到跟前，珍爱地掐了一丝，编了一个圈儿戴在头上。群臣们见主公戴柳，便也学着折柳插头。君臣们戴柳祭扫后，重耳就把那棵复活的老柳树赐名为清明柳，把这一天定为清明节。

重耳把介子推的血书衣襟经常放在身边，作为鞭策自己执政的座右铭，他勤政清明，把国家治理得很好，后来成了五霸之一，这就是有名的晋文公。百姓们能安居乐业，自然对死谏有功的介子推非常感激，为此寒食、清明成了全国百姓的隆重节日。

每逢过节之时，人们喜爱清明柳，有的用柳条编帽戴，有的把柳条带回家插在门头，有的把柳枝插在门前沟边。谁知清明柳挨土就生根，迎风长枝杈，插在哪里，活在哪里，年年行祭，年年插柳，没几年，绵山柳满坡，村村柳成荫。清明节戴柳、插柳的风俗代代相传，直到今天。

端阳插艾的故事

端阳节这天，家家门上插艾草。这是咋回事呢？传说是这样的：

宋朝末年，元人入侵，见到汉人就杀，见到房屋就烧。百姓们携儿带女纷纷逃难，有的逃往深山，有的躲进河湾。

有个中年妇女带着两个孩子也逃到山坡上，她身上背个大的，约摸五六岁，手上扯个小的，约摸三四岁。眼看元兵追赶上了，那妇女很着急，小孩子走不动，只是"哇哇"地哭，越哭，那妇女越着急。元兵赶上来要杀她，一个首领模样的人走上来，看她背个大的，穿戴衣帽整齐；手上扯个小的，穿得破衣烂絮，他拿刀指着大的问："这是你的小孩？"那妇女低头看着小的，说："这个是。"那首领又问："奇怪，为什么不抱着小的，拉着大的？"妇女说："大的是我哥嫂家的，哥嫂死后，托我把他收养，我不能亏待他呀，我不能只爱自己的亲生儿子！"

端阳节插艾

那首领听了，深受感动。"啊，仁义之人，可敬可佩，我不杀你。"他随手拔起一棵艾草，说："回家

吧,把它插在你的门上,我下令:凡见插艾之门,一律不准入内。"

妇女迟疑了一阵,拿着艾,带着孩子下山去了,回到家,便把艾草插在门上。

五月初五这天,元人又来村里,见她家门上插着艾草,连家门也没进。村里逃难的人事后回村来,知道了原委,一传十、十传百,家家门上都插起艾来。

因为那天是五月初五端阳节,后来每到这一天都插艾,这便沿用下来,成了风俗。

(整理:耿直)

禹州金银花的传说

很久以前一个村子里,住着一对老年夫妇,开个小药铺,日子倒也过得去。老两口有个独生女儿,心灵手巧、眉清目秀。姑娘爱戴金色和银色的花朵,人们便顺口儿叫她"金银花姑娘"。

金银花姑娘长到十六岁的时候,能做一手好针线,还学会了诊病配药。有一年闹瘟疫,得病的人上呕下泻,吃药也没用,不到一天,就会死去。大家都心神不定,十分担忧。金银花姑娘见了,日吃饭不香,夜睡觉不着,对他爹说:"救灾治病是我们的本分,还是想办法救百姓吧。"她爹听了,便写了很多红纸招贴:"我家专治瘟疫,贫困者送诊给药。"大街小巷,到处贴满了招贴。三乡五里外的人都来诊病讨药,店堂挤得满满的。金银花姑娘不分白天黑夜地给人们诊病配药,不到半月,所有得病的人都好了。从此,金银花姑娘的名字,传得远近皆知。

不久,有个富户知道了金银花姑娘,便托人给傻瓜儿子说亲。金银花姑娘不愿意,她想嫁个情投意合有本事的小伙子。可是,穷人家哪能拧得过富户,金银花姑娘被迫嫁到富户去了。金银花姑娘出嫁后,终日啼哭,饭不吃,茶不喝,身体一天天地瘦了。这事被一个父亲做县官的无赖知道了,心里就打起了坏主意,想勾引金银花姑娘。无赖找着姑娘的丈夫傻小子,说:"你媳妇得了一种怪病,我家里有一祖传秘方,只要她一看,连药都不吃就会好的!"傻小子拿着秘方高高兴兴地回家,交给金银花姑娘。姑娘一看,越加哭得厉害。原来药方上画了一大堆牛屎,牛屎上插了一朵鲜花,旁边又写着:"高山有好水,平地有好花。可惜金银花,落到傻瓜家。"金银花姑娘越哭越伤心,从天黑一直哭到天亮,第二天就悄悄地回娘家。无赖仗着自己父亲是县官,有钱有势,横行霸道。他知道金银花姑娘回家,便派人在半路等着。待姑娘到时,强拉硬扯地把姑娘拉上轿去,叫人抬起直往家里奔。金银花姑娘啼啼哭哭,不知道出了什么事。一到无赖家,只见无赖弯着腰,嬉皮笑脸地来拉她。金银花姑娘气极了,"啪啪"给赖皮两个嘴巴,又"呸"地吐了一口,然后一头撞在石柱上死了。

消息传遍了全村,人们为了报答金银花姑娘给大家治病的恩情,将姑娘埋在风景最好的地方。不久,在她的坟上长出许多金黄色和银白色的花朵,鲜艳秀丽,清香扑鼻,人们都说是金银花姑娘变的。大家锄草,浇水,并给它取了个名儿叫做"金银花"。第二年,村子里很多人害了眼病,男的不能下地,女的不能纺织。有一夜,人们梦见了金银花姑娘,她对大家说:大叔大婶听得清,金银花能治百病;大叔大婶听得清,金银花能治眼病。从那起,人们就把金银花当成药材。夏天小孩子喝了用它熬的水,就不生疖子,不生痱子。害眼病的人用金银花熬的水洗一两遍就好了。

属相相克的来历

按老皇历,一年一个属相,人生在哪年,就是哪年的属相,男女成婚的时候,都要看两个是不是属相相克。这种说法是从汉朝传下来的。

有一年元宵节,皇上脱去龙袍,换上便衣,上大街观灯。他见人群里来来往往有不少姑娘都打扮得漂漂亮亮的,一连问了几个,都说是十六岁。他想:民间有恁些美人儿,选进宫去多好。他回宫后就下旨,要选一千名十六岁的姑娘进宫。

皇帝选美女进宫的事很快传遍了全国,上至文武百官,下到黎民百姓,凡有十六岁姑娘的人家都吓坏了。

朝里有个叫东方朔的大臣,有个女儿叫玉妹,正好十六岁,长得天仙一般。这天,玉妹正在花园里赏花,有个选美大臣来到玉妹面前,从怀里掏出圣旨说:"万岁有旨,宣玉妹明年正月十五进宫伴驾。选中不从者,以欺君之罪,家灭九族!"说完,就走了。

当天晚上,玉妹把这事给她爹一说,东方朔急得直打转。他掐指算了算:十六岁,丁卯年生,是属兔的。算到这儿,他哈哈大笑起来:"女儿,别发愁。我有办法啦!"

眼看就要过年了,东方朔化装成平民,到大街上卖皇历,走着喊着:"卖皇历!卖皇历!皇历里面有天书!"赶集的人看看皇历上的天书,都说看不懂。东方朔说:"天书只有天子能看懂,你们去问当今天子吧。"

很快,皇历传到了皇上手里。皇上看那天书,只见写的是:"属相相克,切莫违背。鼠羊一旦休,白马怕青牛,虎蛇如刀锉,龙兔泪交流,金鸡怕玉犬,猪猴不到头。"皇上不明白是啥意思,忙问东方朔。

东方朔说:"万岁,人都有属相,有的属相相克。就像这天书上写的鼠羊相克,就是说属羊的和属鼠的不能成婚。下面这马和牛、虎和蛇、龙和兔、鸡和犬、猪和猴,也是相克的属相。万岁,您要选的一千名十六岁的女子,她们都是丁卯年生,正是属兔。万岁是龙体,选她们进宫伴驾,岂不正好是龙兔相伴,要泪交流吗?我说话打嘴,不是您驾崩,就是她们丧命。今天幸好得了皇历天书,要不可就糟啦!"皇上听罢,当即收回选美女的圣旨。

东方朔为了自己的女儿和天下十六岁的姑娘不被选进宫里,编造了"属相相克"的瞎话。人们不明真相,信以为真,就流传了下来。

(整理:乔玄行)

燎锅底的由来

燎锅底的习俗,最早还是起源于农村。相传,民间有一刘姓人家,金来和银来是同父异母兄弟。父亲去世后,家由母亲李氏一人掌管,她做主提出分家,以跟亲子银来为由,把家里像样的东西全算在银来名下。金来是个懂事孝顺的人,以继母把自己养大不易,劝说妻子春花不必相争,分给啥要啥。

春花虽有一肚子的委屈,为了丈夫和这个家,也只好听之任之。

分家后,春花回娘家对母亲诉说分家的不平事,说分给一个锅还是破的。其母是过来人,知道做媳妇的苦和分家后的难,且心地善良,通情达理,认为家庭以和为贵,遂劝说女儿:"一个大家庭总是要分的,该分不分憋断牛筋。人们常说,好女不图嫁妆衣,好男不图庄和地,只要自己双手勤,土坷垃里刨出银。"一番话,说得春花点头称是。

做母亲的总惦记着女儿。第二天,春花娘背了捆高粱秸秆,拿了把用脱过粒的高粱穗做成的小笤帚,还有两瓢高粱面,直奔闺女分得的小草屋而来。女儿见娘落下泪,母亲却强装笑脸用自带的小笤帚,把破锅底扫了几下,点着秸秆,烧了一锅高粱糊涂。这顿饭,女儿、女婿边吃边笑,非常香甜,很是开心。这一来,锅不漏了,秸秆总也烧不完,高粱面烙的黑饼咋吃咋香。小两口自此过得有滋有味,痛痛快快。

乡亲和邻居们知道了这件事后,传为美谈。凡遇到女婿家分家时,也都学着春花娘的做法去给闺女、女婿燎锅底,做一顿可口的饭菜。日子久了,便形成了一种民俗,流传下来。

在长时间的流行演变中,有的母亲去为女儿燎锅底时,还要带上油条和发面的渣头,说是让女儿分家后扎牢根基,兴旺发达,图的是个吉利。还有人家不但送去米面吃食,还买一口新锅,在女婿家门口当众点火燎锅底。

有歌谣道:

> 一燎锅底明晃晃,做的饭菜喷喷香。
> 二燎锅底不沾灰,一锅做出百样味。
> 三燎锅底不招虫,五毒四害死干净。
> 四燎锅底避风尘,家中多出做官人。
> 五燎锅底响当当,福禄寿喜尽吉祥。

麦梢黄,女看娘

嵩山地区的农村有一种风俗,每年五月小麦黄熟的时候,出嫁了的闺女要扛着一篮白馍回娘家去看望老娘。俗称:"麦梢黄,女看娘。"

相传很早以前,有个德高望重的老学士,名叫党阁老。家中有个如花似玉的独生闺女,名叫小青。这闺女从小体弱多病,百般医治吃药无效,老是病歪歪的。

党太太心疼女儿,盼女儿早日病除安康,百般无奈只好带着女儿常去庙里烧香还愿,求神问卜。

一天,党太太和女儿小青、丫环春香上山烧香,回家的路上突然狂风大作,暴雨倾盆,山洪暴发,洪水冲垮小河上的木桥,三人被阻挡在河边。正在犯愁的时候,有个小伙子从对岸走来,看到小桥冲掉了,河边有三个女人过不了河,回头就走。不大一会儿工夫,扛来两块又宽又长的木板,搭在小河上,又跳进水中扶着木板,很有礼貌地请党太太三人过河。党太太拉着小青、春香的手,稳稳当当地过了河,对小伙子千恩万谢,说了许多感谢话。小青也被小伙子助人为乐的行为感动,用饱含感激的目光看了小伙子一眼。只见那小伙子眉清目秀,英俊朴实,一表人才。那小伙子也正看着她,四目相对,小青心里一慌,羞得满脸通红。

第二年春天,小青和春香去赶集,看到许多人都拿着工艺精巧、造型优美、栩栩如生的泥人、泥马,十分喜爱,就打听卖泥人、泥马的地方。两人来到一个小摊前,果然看见五颜六色的泥人、泥马,买的人挤拥不动。小青和春香一看,卖泥人的就是扛木板搭桥的小伙子。小伙子也认出了小青和春香,拿起两个雕工精致的泥人、泥马,说:"你俩也来啦,拿两个去玩吧。"小青说:"那天多亏你帮助俺啦,要不是你给俺搭桥,俺就过不了河啦。"

男大当婚,女大当嫁。青春妙龄的小青,招来许多说媒的,求亲的都是些官家、财主家的公子和少爷,小青一个也不同意,把党太太急坏啦。说:"闺女家迟早要寻婆家。这个你说不行,那个你相不中,我再给你说个吧。"

说媒的越多,小青越急。不久就急出病来了,整天不吃不喝,痴痴呆呆地抱着泥人、泥马。党太太更心焦啦,问春香:"你每天在小青身边,知道她的心思吗?为啥提亲的那么多,她一个也不同意呢?"春香说:"太太,提亲的都不是小姐心上的人,她能同意吗?小姐相中那天扛木板搭桥的那个小伙子啦。"

"噢,原来是这么回事。"

党太太费了几天工夫,打听清了小伙子的情况,对小青说:"那个小伙子虽然品德端正,真诚厚道,人才英俊,可是家景太穷,无田无地,是靠捏泥人、泥马为生的。你嫁给他要受一辈子罪的,你爹也不同意,算了吧,另找个门当户对的吧。"

小青理直气壮地说:"我非他不嫁。爹娘要逼我,我就出家当尼姑去。"

麦梢黄,女看娘

党阁老看看说不转铁了心的小青,火冒三丈,气咻咻地说:"随她的便吧,只当没她这个女儿,我一文钱的嫁妆也不给她!"

就这样,小青和小伙子成了亲。

转眼就是几年,小青的孩子会放牛了,党阁老也不认她,她也没回过娘家。党太太心想:女儿是娘身上掉下来的肉,生米已做成熟饭,好赖还是骨肉之情,女婿虽穷,总是一门亲。她就不断捎口信,叫小青回家来看看,还背着党阁老送点银钱给女儿。

其实,小青结婚后,一反在家的小姐脾气,纺纱织布,还学会了雕捏泥人、泥马的手艺。小两口恩恩爱爱,和和气气,勤劳致富,盖了房,买了牲口,日子越过越红火,街坊邻居都眼气她会过日子。

这一年五月,小麦黄梢了,本来是青黄不接的时候,小青家的粮食还吃不完,仓里满满的,小青怕老娘担心她吃不饱穿不暖,就扛着一篮白馍,穿着新衣服,带着女儿,骑着枣红马回家去看老娘。党太太见女儿、外孙女穿着新衣服,扛着大白馍来看她,笑得眯着眼,说:"女儿变白了,变胖了……"小青说:"娘,你放心吧,女儿不受罪,你看看小麦又黄了,俺的陈粮还多着哩。"

街坊邻居的大娘大嫂见出嫁几年的小青回来了,就问她:"你回家怎么带一篮馍呢?"小青笑嘻嘻地说:"我是想告诉老娘,女儿有吃有穿没受罪,叫她老人家甭挂念呀!"

邻居的姑娘媳妇们听小青说得有理,都效仿她的样子,扛着一篮白馍去看老娘。天长日久,就形成"麦梢黄,女看娘"的习俗,一直流传至今。

贴春联的由来

年年过春节,家家都要贴春联。你知道春联是咋来的吗?这里面还有个故事呢。

那是很早很早以前的事情,那时候在风景秀丽的度朔山上,有好大好大的一片桃林。在桃林中,有一棵最大最大的桃树。大桃树下有两间青石屋,石屋内住着弟兄俩,哥哥叫神荼,弟弟叫郁垒。兄弟俩的力气大着呢,雄狮见他们低头,恶豹见他们瘫地,老虎为他们守林。

这桃林原是一片野桃林,兄弟俩就生在这野桃林里。父母早就死去了,兄弟俩相依为命,吃着野桃长大,为此对这桃林可亲啦。天旱了,他们挑来山泉水;生虫了,他们一个一个细心捉;培土整枝,辛勤劳作。功夫不负有心人,那野桃林结的桃子,吃起来又香又甜,特别是中间那棵大桃树,结的果更是格外大,格外甜。人们都说这大桃树上结的桃儿是仙桃,吃了这仙桃能延年益寿,成仙成神。

在这度朔山的东北方向,还有一个野牛岭,野牛岭上有个野王子,野王子心比蛇蝎毒,手比虎狼狠,常常吃人心、喝人血,可把这一方百姓害苦了。野王子听说朔山上有仙桃,吃了仙桃能成仙,他的口水流了三尺长,立时派人上了度朔山。

来人到了桃林边,喝令神荼兄弟俩献仙桃,兄弟俩冷冷一笑,说:"俺这桃只送穷人不贡王。"说完,他们就把来人撵下了山。

春节贴春联

野王子听了手下人诉说,只气得七窍生烟,立时带了300人马上了度朔山。神荼兄弟也带着守林虎迎出桃林,两方相遇,一场恶战,直把野王子打得七零八落,狼狈逃窜。

野王子逃回野牛岭,想仙桃茶饭不香,思报仇昼夜难眠。他想啊,想啊,想得头上脱了三层皮,脑门上添了三道沟,终于想出了个坏主意。

一个风大天黑的夜里,神荼兄弟在石屋里睡得正香,忽听外边有动静,忙起身开门向外看去,只见东北方有几十个鬼怪,个个青面獠牙,红发绿眼,奇形怪状,"嗷嗷"乱叫着向石屋扑来,兄弟俩一生清白,没干过坏事,所以面对恶鬼一点儿也不害怕。神荼随手提了根桃枝迎上去,郁垒抓了把苇绳跟在后边。神荼在前边抓,郁垒在后边捆,不多一会儿,几十个鬼怪全被捆了起来,一个个都喂了老虎。

原来,这些鬼怪都是野王子和他手下人装扮的,本想把神荼兄弟俩吓跑,谁知却毒计不成丧了命。

第二天,这件事一下子传开了,人们感谢神荼兄弟俩为民除了害,兄弟俩的名声越传越远。后来,兄弟俩去世了,人们传说他们成仙上了天庭,老天爷命他们二人专管惩治万鬼,碰上恶鬼就用苇索捆起喂虎。人们还传说,因桃林是神荼兄弟俩种的,所以也能驱鬼避邪。从那以后,逢年过节,人们纷纷削制两片桃木板,上面写上神荼、郁垒的名字,挂在门的两边,以示驱灾避邪、保家平安之意。这就是我国最初的春联,也叫作"桃符"。

时间过了一年又一年,年年人们都挂桃符。一直到了五代的时候,后蜀有个叫孟昶的人,在桃符上题了两句词:"新年纳余庆,嘉节号长春。"挂在门的两边,就是我国第一副联语对联。

后来,明太祖朱元璋在南京建都之后,曾下令:除夕之日,各个公卿家,门上都要加贴春联一副。这时的春联已经是写在红纸上了。起初,春联只限于官府门第,后来一般平民百姓家也都张贴起来了。从那以后,春节贴春联便成为我国人民的一种风俗习惯,一直传到现在。

送大蒸馍的传说

正月初二,嵩山地区出门的闺女走娘家,有给自己爹娘送大蒸馍的规矩。

过去有一家姓陈的,老两口和一个独生闺女。这闺女叫春枣,人品好,又孝顺,二老很疼爱她。春枣长到十八岁,这年腊月初十,婆家给娶走了。春枣出嫁没多长时间,二老就病了。

春枣听说了,就用杂面做了些爹娘爱吃的团团,用篮子装着上路了。

从婆家到娘家有十几里,中间隔着一条河,河上有一座石桥,石桥边有一块石碑。春枣走到这里累了,就坐在石碑旁边歇歇。不一会儿,春枣好像听见桥下有说话的声音:"春枣,春枣,团团太小,没有实心,病不能好。"春枣往桥下看看,见一条鲤鱼翻个浪花跑了,心想八成是自己耳朵出了毛病。她也没在意,来到娘家,瞧罢二老,又回婆家。

过几天,春枣又去瞧二老,又在石碑旁边歇息哩,桥下又说起话来:"春枣,春枣,团团太小,没有实心,病不能好。"这一回,春枣可听清楚了。来到娘家,春枣把两回路上的经过对旁院的一个大娘说了。大娘说:"桥下边不是说团团太小嘛,你做个大个的;不是说没有实心嘛,你把团团里包几个石子儿。再从那儿过时,听听还说啥不说啦?"

正月初二,春枣做了几个大团团,里面包上石子儿,把几样好吃的东西放在篮子里,又去瞧二老。走到桥边的石碑旁,她又坐那儿歇歇,再没听到桥下面说啥。这回她来到娘家时,二老的病见轻了,半个月后二老的病全好了。从这以后,每年正月初二,春枣总是做几个大团团给二老送去。

后来,出门的闺女都跟春枣学,正月初二走娘家,给爹娘送大团团。大家觉着团团里面包石子儿不能吃,就把石子儿换成红枣。日子好的人家,也不做杂面团团了,用白面做成大蒸馍,有的大蒸馍一个就有好几斤重。几斤重的大蒸馍能蒸熟吗?有办法,就是把蒸熟的馍包一层面再蒸。这样,包一层面蒸一次,馍就越蒸越大,馍越大越显得闺女有孝心。

(整理:秦保红)

六月六的传说

"六月六,请姑姑。"每逢农历六月六日一到,农村各家各户都要请回已出嫁的老、少姑娘,好好招待一番再送回去。这个风俗是啥时候兴起的呢?据说是从春秋战国时候兴起的。

相传在春秋战国时期,晋国有个宰相叫狐偃,他是保护和跟随文公重耳流亡列国的功臣,封相后勤理朝政,十分精明能干。晋国上至文公,下至黎民对他都很敬重。每逢六月初六狐偃过生日的时候,总有数不清的人给他拜寿送礼,恭祝他长生不老。就这样捧来敬去,狐偃慢慢地骄傲起来。时间一长,人们对他不满了。但狐偃权高势重,人们都敢怒不敢言。

狐偃的儿女亲家是当时的功臣赵衰。他对狐偃的作为很反感,就直言数落了他许多不是。狐偃听不进苦口良言,当众把亲家责怪一番。赵衰年老体弱,经不起邪气,不久竟因气而死。他的儿子恨岳父不讲仁义,决心找机会为父报仇。

第二年,晋国夏粮遭灾,狐偃出京放粮,临走时对家里人说,六月初六一定赶回来过生日。狐偃的女婿得着这个消息,不由心中暗喜。他把几个至亲厚友请到家里商量,决定六月初六大闹寿筵,杀狐偃,报父仇。

人们走后,狐偃女婿回到后堂见了妻子。他试探着问:"像我岳父那样的人,天下老百姓恨不恨?"狐偃的女儿对父亲的作为也很生气,就顺口答道:"连你我都恨他,还用说别人?"她丈夫一听这话,再想起平日夫妻感情深厚,料想无妨,就把他的计划说了出来。妻子听了,脸一红一白,愣了半天才说:"我是你家的人,顾不得娘家事啦,你看着合适就那样办吧!"

从这以后,狐偃的女儿整天心惊肉跳,她恨自己的父亲不该狂妄自大,对亲家太绝情,但转念想起父亲的许多好处,又觉得杀了太过分,亲生女儿决不能见死不救。她犹豫了好几天也拿不定主意,一直到六月初五后响,才趁丈夫忙于准备之机跑回娘家去。她问母亲:"丈夫跟父亲比较,谁亲近些呀?"母亲见女儿匆匆回来,心里怀疑,就答道:"父亲好比你的头,割掉就长不出来了;丈夫好比身上的衣服,脱了这件还能换那件。"女儿一听,就把丈夫的秘计说了出来。母亲大惊,急忙差人连夜给狐偃捎信叫早做准备,又吩咐家将严密防备,守护本府。

狐偃的女婿见妻子逃跑了,情知机密败露,吓得浑身筛糠,闷在家中等狐偃来收拾自己。

六月初六一早,狐偃女婿刚吃罢早饭,就见门官惊慌来禀:"老爷!狐相爷亲自来到咱府,说是请你哩!""请?"狐偃的女婿苦笑一声,知道祸躲不过,硬着头皮出门迎接。谁知狐偃见了女婿,就像没事儿一样,翁婿二人并马回相府去了。

今年的拜寿宴席,狐偃没有老早坐到寿堂上等众人叩拜。他恭恭敬敬地请女儿、女婿坐上席,小夫妻二人苦推不过,只得心惊肉跳地坐下来。

这时,狐偃对众人说:"老夫今年放粮,亲见百姓疾苦,深知我近年来做事有错。今天贤婿设计害我,虽然过于狠毒,但事没办成。他是为民除害,为父报仇,老夫决不怪罪。女儿救父危难,尽了大孝,理当受我一拜。并望贤婿看我面上,不计仇恨,两相和好!"一席话说得满座宾客又惊又喜,女儿女婿一齐离坐,跪在父亲面前叩头请罪。狐偃连忙搀起,这才各归座位,给狐偃拜寿贺喜。

从此以后,狐偃真心改过,翁婿比前更加亲近。为了永远记取这个教训,狐偃每年六月初六都要请回闺女、女婿团聚一番。这件事情张扬出去，老百姓个个效仿，也都在六月六接回闺女，应个消仇解怨、免灾去难的吉利。年长日久，相沿成习，流传至今，人们称这天为"姑姑节"。

中秋赏月的来历

每年中秋节的时候，人们都要赏月。这种习惯是怎样形成的呢？

古时候，有个国君后羿，娶了个美貌的妻子，名唤嫦娥。一天，后羿从西王母那里求得长生不老药。嫦娥听说后，半信半疑。

这天晚上，嫦娥来到院中。只见一轮明月挂在中天，那月亮上影影绰绰，似有亭台楼阁。她仔细看时，却又是一片冰轮，洁净无瑕。她想，那上边一定是个纯洁美妙的世界。于是，她想到了那包升天的仙丹。主意拿定之后，她回到茅屋，打开箱子，从首饰匣里取出了那包升仙之药，也来不及倒水，便将仙丹吞了下去。霎时，只觉得头晕目眩，飘飘欲仙，身不由己，升向天空。嫦娥舒展衣袖，天空中立刻出现一团五彩缤纷的天花。那团天花越升越高，终于消逝在月亮四周那片清辉里。嫦娥奔到月宫里去了。

天上一位神仙见了嫦娥，说："宝药不该你吃，偷吃更是罪过。"神仙说："赎罪，就是要你日日月月为神仙制造桂花酒；受罚，就是将你打入嵩山下的冰井里受冻。你选择吧。"

嫦娥想了想说："我愿意做酒。"

神仙说："只是你要注意一条。"

嫦娥问："哪一条？"

神仙说："桂花酒乃是金桂之花酿成的，只许仙人享用，不可向凡间有半点滴漏。如让凡人尝到酒或闻到酒气，他们就都变得漂亮起来，那时善恶美丑就难以分辨了。"

嫦娥听了，点头答应。

从此，她起早搭黑，勤恳造酒。不知过了多少年月，嫦娥渐渐思念起人间来。就在一年八月十五日的夜里，私下舀了一瓢酒，遥遥向凡间洒来。那天夜里，大部分男人睡了，没有碰上好运气，女人们在月亮下忙着纺花、干活儿，大都闻到了酒香，她们第二天就变了样：好看的更漂亮了，丑陋的也俊俏起来。以后，每年八月十五，嫦娥都要洒一次酒。时间久了，人们看出了门道，八月十五坐夜赏月的人就多起来了。

现在漂亮的女人比漂亮的男人要多得多，就是因为很久很久以前，女人们闻到了桂花酒香的缘故。

嵩山下确实有一口冰井，一年四季冰冷，伏天不例外，又叫"伏冰井"。见到这口井，人们就讲起这个故事来。

嵩山文化大系

中秋节的传说

相传很早很早的远古时候,有十个太阳一齐出现在天上,只晒得大地冒烟、海水干枯,天下百姓难活下去。这时,有个叫后羿的英雄力大无穷,能开万斤宝弓,能射巨蛇猛兽。他同情受难百姓,就弯宝弓,搭神箭,一气儿射下九个太阳。最后一个太阳认罪求饶,后羿才息怒收弓,严令太阳按时起落,为民造福。

从此,后羿的名字传遍天下,人人敬仰。后来,他娶了个妻子叫嫦娥。这嫦娥美丽非常,温柔贤惠。夫妻二人相亲相爱,生活非常美满。嫦娥心地善良,常把丈夫射来的猎物接济乡亲们。乡亲们都非常喜爱她,夸后羿娶了个好媳妇。

有一天,后羿得了一包不死药,吃了这药,就能长生不老,成仙升天。可后羿舍不得自己心爱的妻子,也舍不得父老乡亲们,不愿自己一人上天,回家后,就把不死药交给了妻子。嫦娥把药藏在了床头首饰匣里。

那时候,因为羡慕后羿的威名,不少人跟着他拜师学艺。其中有个叫蓬蒙的,是个奸佞小人,想偷吃后羿的不死药,自己成仙。

这一年的八月十五,后羿又带着徒弟门出门射猎去了。天近傍晚,蓬蒙却偷偷溜了回来,闯进嫦娥的住室,威逼嫦娥交出那包不死药。嫦娥在迫不得已的情况下,把不死药全部吃下,立时,身轻似燕,冲出窗口,直上云天。可她一心还恋着心爱的丈夫,就飞到离地面最近的月亮上安了身。

后羿回家后,不见了妻子嫦娥,忙向侍女打听,才知道事情的经过。他焦急地冲出门外,只见天上的月亮比往日格外亮,格外圆,就像心爱的妻子在看着自己。他心似刀绞,拼命朝月亮追去。可他追三步,月亮退三步;他退三步,月亮进三步,咋也到不了跟前。后羿思念心爱的妻子,心痛欲裂,默默流泪,无可奈何,只得命侍女在院内月下摆上供桌,上面供放上嫦娥最爱吃的各种水果,遥祭远去的妻子。乡亲们听说以后,也都在各家院内摆上供桌水果,遥祭善良的嫦娥。

再说嫦娥飞入月宫之后,每日里思念丈夫,思念乡亲,虽有珍馐佳肴,宫女歌舞,仍不能消解愁烦。每年的八月十五晚上,她都要走出宫门。这时,天清气爽,下界景象就在眼前,她默默遥望,此时她那美丽的容颜也使得月亮格外明,格外圆。

到了唐玄宗年间,在一个中秋节的夜里。唐玄宗在宫中赏月,道士罗公远邀玄宗去游月宫,玄宗欣然应允。罗公远将手杖扔向云天,立时化为一道银色长桥。二人走过这桥,眼前现出一座宫院,宫门上方写着"广寒清虚之府"。再看那广寒宫内,水晶为阶,如行镜中,仙山琼阁,引人入胜。嫦娥一见凡间人来,非常高兴,忙将他们邀入宫中,命宫女端出酥甜的仙饼让他们吃,并让数百名宫女在庭院里轻歌曼舞,然后才把他们送出月宫。回人间后唐玄宗暗记下仙女的舞曲,命人整理,成为优美动人的《霓裳羽衣曲》。他还命人仿造月宫仙饼,因这种饼原是月中之饼,又加形如圆月,所以人们就叫它"月饼"。

自此以后,每年中秋节的晚上,人们都合家团聚,在月光下赏月,还摆出丰硕的果品、月饼祭月。有的人吟诗唱和,表示对月中嫦娥的怀念,对美好生活的向往。年年如是,直传至今。

腊 八 粥

每逢腊八这一天,家家户户都要吃"腊八粥"。这是啥意思呢?

远在北宋年间,八百里伏牛山里,有老两口和一个娃过日月。老头是个勤快人,虽然年过六十,还是天天鸡叫起床,扫地攒粪;天明下地,精心耕耘,八亩坟园地年年五谷丰登,粮食囤年年装得冒尖,还得卖出点儿了。院里呢?树木成林,瓜棚遮天,菜豆鲜果,四季不断。一家吃喝以外,还能换回不少银两,那日子真是吃甘蔗上山——一步比一步高,一节比一节甜。村里人问他:"你家种有摇钱树,日子过得恁舒坦?"老头笑笑说:"摇钱树,人人有,就是自己两只手。"因为老汉天天早起,人们送他个外号——"打鸣鸡"。

老婆呢?是个勤俭的治家主。一天三顿饭,精打细算,闲月吃稀,忙月吃稠。平时多把菜,省把面。邻居们说:"一顿省一把,十年买匹马。"饱时想饿时,丰年想歉季,老婆吃穿都俭省。做件衣裳,新三年,旧三年,缝缝补补照样穿,一身粗布棉袄能干干净净穿十几年。老两口和儿子三口人年年丰衣足食,常常拿出余钱剩米周济左邻右舍。又有人问:"您家业不大,咋过的恁滋润,是不是藏个聚宝盆?"老婆说:"聚宝盆不算好,勤俭才是无价宝。"因为老婆不抛米洒面,不轻易花钱,邻居们称她"不漏汤"。

日子一年一年可快了,转眼之间,那娃已经十七大八了。这娃儿虽说是长得五大三粗挺壮实,可就是跟爹妈不一样,从小就是槽上吃食,圈里蹭痒,长大了也是饱吃闷睡不干活,街坊送号"瞌睡虫",是个十足的败家子。

有一天,老汉摸摸花白胡子,知道自己老了,就对娃子说:"爹娘只能养你小,不能养你老。要吃饭,得流汗。靠天靠地靠爹娘,都不如靠自己保险哪!你以后甭光睡了,也得学会种庄稼过日子啊!""瞌睡虫"哼哼两声,这个耳朵听,那个耳朵扔,照样睡他的懒觉。

不久,老两口又给儿子成了家。这个媳妇和儿子一样,也是好吃懒做,日头不落睡,日出三竿起,不拿针线,不进灶房,油瓶倒了也不扶,整天扔馍块、泼剩饭,人送外号"没底锅"。

腊八粥

有一天,老婆梳着满头白发,自叹土已埋住脖子了,就把满心的话说给儿媳妇:"初一扎针十五拔,强似挨门求人家。家常便饭吃得长,粗布衣服穿得久。嫌吃嫌穿没吃穿,过日子可得会精打细算啊!"儿媳妇只当耳边风,一句也不往心里放。

过了几年,老两口同时身染重病,卧床不起,就把小两口叫到跟前,嘱托再三:"要想日子常常富,

鸡叫三遍离床铺。俭是聚宝盆,勤是摇钱树,男当勤耕耘,女应多织布……"说罢,老两口一同下世去了。小两口看看囤里粮食缸里米,男人说:"吃不愁,穿不愁,何必种地晒日头。"再看看被满床,衣满箱,女人说:"冬有棉,夏有单,何必纺织月西偏。"小两口一唱一和,谁也没把二老的教诲记心上。

转眼又是一年,八亩坟园地成了荒草园,家里柴米油盐一天少一天,衣服鞋袜一天烂一天。树叶一青一黄,燕子飞来飞去,一年一年过去了,地里颗粒没收,家里吃穿将尽。春夏过去,秋冬又来,小两口呆在屋里,开始忍饥挨饿了。好心的邻居们看在去世的老两口面上,这家给一块馍,那家端一碗汤。于是,小两口又在想:"这样也能混时光。"

一九二九不出手,三九四九冰上走,天气越来越冷。到了腊月初八这天,大雪封门,北风呼啸,小两口偎在一起"筛糠",肚里没饭,身上衣单,命在旦夕。他俩眼盯着地,手抠着墙,忽然发现地缝里有几粒米、麦、杂粮,墙缝里塞几根干菜、玉秸。这可是宝贝呀,一米救三慌,快放到锅里去煮。他们把最后的一把铺草也拿来填到灶膛里,煮了一锅杂七杂八的米粥,有大米、小米、黄豆、萝卜叶、芝麻叶、红薯叶,凡是能充饥的全丢进了锅里。小两口这时想起了二老的话,可是已经晚了。腊七腊八,出门冻个大疙瘩。小两口只得悲悲切切地一人盛了一碗杂七杂八的粥。端起来刚吃了几口,一阵大风刮来,由于房破年久失修,被风刮倒了。等邻居们冒雪赶来,扒开房子一看,小两口已经死了,每人身边放着半碗杂八饭。

从此,每到腊八这天,人们就熬这样一锅粥让孩子们吃,边吃边讲"瞌睡虫"和"没锅底"饿死这回事。一传十,十传百,越传越远。父传子,子传孙,世代相传,从宋、元、明、清,直到今天。由于熬这粥是在腊八这一天,人们就叫它"腊八粥"。

(整理:杜道德)

披麻戴孝的由来

以前有个叫张果老的人,活了八千六百岁。一天,他的一个不知是第多少代的孙女对他说:"祖爷爷呀,我做个梦,阎王爷叫你哩。"张果老笑着说:"那生死簿上就没有我的名字,你祖爷爷要跟天地同寿哩。"他孙女说:"你不信,去问问阎王爷嘛!"张果老嘴上说不信,可心里犯了嘀咕:这傻闺女今儿个咋说这种话哩?

张果老心里有事,就哼着小曲儿到山道上去散心。他走到一条小河边,看见个闺女在河边洗东西,只见她洗呀洗呀,洗个没完没了。张果老问:"闺女,你洗的啥东西,咋老是洗不净啊?"闺女说:"俺今年打罢新春就二十岁了,俺爹不给俺找婆家。俺看中个人,俺爹听说了不愿意。他逼俺说,啥时把这木炭洗白了,才答应这门亲事。"张果老一听生气地说:"我活了八千六百岁,没见过木炭能洗白的。您爹不懂人情,我去劝劝他。你爹姓啥叫啥呀?"闺女站起来说:"俺爹是阎王。你看他来啦!"张果老一扭脸,闺女不见了。张果老想:不好,这一定是阎王爷派来的小鬼来找我哩。他急急忙忙回到家,对满堂子孙们说:"阎王爷叫我去哩。我死后,你们不要吃好的穿好的,要吃粗粮素菜,穿白麻布衣。"张果老说罢就死了。他的子孙按照他的嘱咐,穿着白麻布衣给他送葬。

张果老来到阎罗殿,阎王对他大喝一声:"张果老!你知罪吗?"张果老跪在殿下说:"我不知罪。请阎王指点。"阎王说:"你活了八千六百岁,在阳间作了不少恶,挥霍浪费掉不少吃的、穿的。你的名字在生死簿的夹缝里，叫我找了无数遍才找到。你害得我好苦啊！今天我要把你打进十八层地狱，叫你永世不得托生！你有啥话说吗？"张果老说："阎王爷，我冤枉。我张果老活的岁数大，都是做的好事，修桥铺路，积德行善。我吃的都是粗茶淡饭，穿的是白麻布衣，从没有挥霍浪费过东西。我的子孙后代也像我一样知道俭省。你不信，可以去查访查访。"

阎王亲自一查访，当真见他的子孙个个穿白麻布衣，桌上摆着粗茶淡饭。阎王回来，对张果老说："念你是个诚实人，一生节俭，教子有方，我让你升天堂，去成仙。"

张果老上天成了仙，把这事托梦告诉子孙们。人们听说后，为了让死去的人能升天堂，下辈人也穿上白麻布衣给死去的人送葬。后来有棉布了，人们就穿上白棉布衣，腰里勒麻绳，给死去的长辈送葬。这就是披麻戴孝的由来。

（整理：乔吉焕）

摔老盆的故事

出殡时，赌死人家业的人要摔个瓦盆，这叫"摔老盆"。这风俗是烧盆的祖师爷陶朱公传下来的。

陶朱公的真名叫范蠡，是越王勾践的大臣。他帮勾践打下江山后，看勾践对他不一样了，怕落个卸磨杀驴的下场，就从朝里逃了出来，改名叫"陶朱公"。陶朱公的意思，就是逃出来的穿着朱红衣裳的公卿。

这天，范蠡身上带的钱花完的时候，来到了一个小镇上。他在街上正走哩，迎面过来个老头儿，手拿一根竹竿，在地上打摸着路走。范蠡向东躲，他向东走；范蠡向西躲，他向西走。"咚"，俩人碰了个响头。范蠡手捂头，发火说："你瞎啦？"老头儿说："你也瞎啦？"范蠡仔细一看，见老头儿真是个瞎子，心里说：唉，睁眼的碰着瞎眼的，还有啥讲呢？他只好说："好，好，你快走吧！"瞎老头儿一把抓住他，说："别慌。我要问问，你叫啥名字？"范蠡说："我叫陶朱公。你，你想咋着？"瞎老头儿说："嗯，你叫陶朱公，你知道这儿是啥地方吗？这地方叫定陶，定住你走不了啦！"瞎老头儿说罢，一阵大笑，撇下范蠡走了。

范蠡一想，这老头儿话里有话，我得问问他，抬脚就撵那老头儿。撵到一条小河边，他见瞎老头儿把竹竿往河面上一伸，又往外一甩，钓出一条大鱼来。范蠡正愣神，"扑棱"一声，那鱼落到了他的怀里。他抱住鱼，一抬头，瞎老头儿不见了。范蠡想：今儿个这怪事都叫我碰上啦！管它哩，先把鱼弄熟吃了止止饿再说。他从河边挖泥，捏个泥盆，把鱼收拾收拾放进去，添上水，找些柴火，点着煮起来。

不一会儿，鱼煮熟了，范蠡把鱼吃完，端起盆把汤也喝了。喝罢汤，他看看盆，又结实又硬邦邦，用手敲敲，"当当"响。

这时，忽听一声大笑，瞎老头儿又到了他面前。常言说，拿人家的东西手软，吃人家的东西嘴软。范蠡吃了人家的鱼，想着瞎老头儿是来要鱼钱，就说："老人家，我把你的鱼吃了，眼下没钱给你，把这个盆赔给你吧。"

瞎老头儿说："你过去好行善，又帮越王打江山，积了大德。眼下你穷得没一个子儿，我咋能要你的东西呢？我是特意来给你指路哩。你在这儿烧盆卖吧，这样既方便了百姓，又能使自己有饭吃，死后还能收一路香火。这根竹竿也送给你，你敲敲盆，跟这个盆的声音一样的就卖，可别把那些炸纹漏

水的坏盆拿到街上坑人。"

范蠡连声道谢。

瞎老头儿又说："这个盆你可别卖,留着有用。你记住:谁摔了它,就让谁得你的家业。"说到这儿,瞎老头儿一晃又不见了。

范蠡想:既然神仙指路,看来自己后半生只能操持这个行业了。

从这儿起,范蠡就在定陶做起了烧盆子和碗罐的营生。他把烧好的这些物件担到街上,用竹竿"当当"一敲,不用吆喝,都争着买。因为这是陶朱公制出来的,大家就叫它"陶器"。后来,范蠡收了很多徒弟,烧陶器的人就多起来了,所有烧陶器的人都拜陶朱公为师父。

范蠡是个绝户头,日后家业留给谁哩?临死前他躺在床上,想起了神仙交代他的话,就把徒弟们叫到床前,拿出一个瓦盆,对大徒弟说:"这是我当年烧的头一个盆,我一直当宝贝放了几十年,现在我把它交给你。我死后,等出殡的时候,你当着乡亲们的面把它摔烂,我的家业就算给你了。"说罢,他两眼一闭咽气了。大徒弟按师父交代的话,出殡时把那个盆当众摔了。

从那以后,谁家死人出殡时,下辈人也弄个瓦盆摔烂,谁摔谁得死人的家业。

(整理:田聚常)

给死人烧纸的由来

先前,有个人叫胡能,会做纸,靠做纸养活老婆孩子。可他手艺不强,做的纸不好,没人买。眼看日子过不下去了,咋弄哩?他两口子想啊,想啊,最后想出个孬点子。

他们悄悄做了口棺材,棺材后面安个活门,能往里面递吃食。胡能就装着暴病死去,他老婆把他装进棺材里,请人砌个墓丘。他老婆天天拿些纸去烧,烧纸时把带的吃食从墓丘后面留的孔里递进去。一连烧了七天纸,胡能又活着出来了。邻居听说后,都来看胡能,问他咋又活啦?胡能就把早编好的一套瞎话讲了出来。他说:人死了变成了鬼。鬼在阴间过日子,跟人在阳间差不多,谁有钱谁好办事,谁没钱谁作难。他老婆给他烧的纸,就是阴间的钱。他用钱买通阎王爷,阎王爷又把他放回阳间来了。

邻居听了胡能的话,都买他家的纸去给自己死去的亲人烧。胡能卖不掉的纸,很快就卖光了。这事一传开,谁家死了人都要买纸烧,可烧来烧去,谁也没把自己死去的亲人烧活。

不过,人们都想念死去的亲人,总想着就是不能把亲人救活,也能使亲人在阴间有钱花。这样,给死人烧纸就成了一代代人的规矩。

(整理:刘德俊)

出殡的趣闻

早先的时候,村里有两个大胆,一个叫于大胆,一个叫许大胆。

有一天,村里老齐家吊死了人。阴阳先生看了看死人的手,说:"三天后的半夜子时,要出殃。到时候,全村人都要躲开。要不,殃照着谁谁死。那就叫遭殃了。"这话一传出,全村男女老少都准备躲开。唯独两个大胆哈哈大笑,说:"我才不信那鬼八卦呢。人死如灯灭,啥也没有了。"

阴阳先生说:"你俩敢看,我就输你每人二两银子。"于大胆、许大胆当即打手击掌,说:"我们不敢看,输你二两银子。"

于大胆回家一想,出殃就是鬼回门。鬼最怕无常神,我咋不打扮成无常神吓鬼跑。于是,他做了顶黑高帽,用纸剪了个三尺长的红舌头,准备吓鬼。

许大胆也是那么想的,他做了顶白高帽、三尺长的红舌头,也准备吓鬼。

阴阳先生回家一想,于、许二大胆,敢在棺材里睡觉,咋不敢去看殃?要是没殃,二两银子输了岂不可惜。于是,他就装扮成了个吊死鬼。

到了第三天半夜,于大胆扮成黑无常,拿着铁索链爬上了老齐家的房东脊;许大胆扮成白无常,拿根大木棒,爬上了老齐家的房西脊;阴阳先生打扮成吊死鬼,舌头伸着,脖子上套着绳子,从正门进来。

就在这时候,月牙升起,把院里照得朦朦胧胧。阴阳先生刚进门,于、许二大胆就从房上跳下,大叫一声:"无常来也!"说时迟,那时快,黑无常将铁链套在吊死鬼的脖子上,白无常用木棍捣住吊死鬼的脊梁骨,拉着就走。

阴阳先生吓得魂不附体,急忙缩回舌头哀叫:"神仙饶命!我不是吊死鬼,我是阴阳先生……"他话还没说完,就栽倒在地上。

两个无常,互相看了一眼,也吓得掉头就跑。他们回到家,把帽子一摘,舌头一拿,钻在被窝里,直打哆嗦,第二天就病倒了。

天亮了,阴阳先生被人唤醒之后,他眼都吓直了,一个劲儿说:"我遭殃了,遭殃了……"回到家里,他也是卧床不起。

大胆终归是胆大,没有两天,就好了些,他俩又到一块儿晒太阳。于大胆问许大胆咋病的,许大胆说:"那天晚上打赌,我想不能输,就头戴五尺白高帽,身穿爷爷的白布袍,用三尺长的红纸剪个舌头,挂在嘴上……咳!哪知道,我从房西头跳下去捉吊死鬼,那真无常来了……"

于大胆听到这里哈哈大笑,说:"那就是……"他也说了一遍,许大胆也大笑起来。二人一笑,病就好了。第二天,两个大胆去找阴阳先生要银子。阴阳先生问:"以何为证?"他俩就把他们装扮黑白无常捉住假吊死鬼的事说了。

阴阳先生一听,赶紧向他俩磕了两个响头,说:"你俩可把我的病治好了。我送你每人二两银子。至于出殃这事,我也只是听说,并没有亲眼见到过。"

于大胆、许大胆从此以后更大胆了,阴阳先生在那一带就吃不开了。

(整理:丁丁)

烧七纸的缘由

民间有这样的风俗:人死以后,每逢七天忌日,还要带上酒肉、果点等供品和烧纸、鞭炮等,到死者的坟上去祭奠一番,俗称"烧七纸"。

相传,包公在世的时候刚正不阿,秉公执法,耿直无私,是个难得的清官,很受老百姓的尊敬,都称他"包青天"。包青天死了以后,玉皇大帝念他在人间的功德,就封他为地下阎君,专管亡灵鬼魅,审理枉死的冤魂。在人间作恶多端的人,死了以后就被包公一铡两段,推入十八层地狱,永远不得投胎还阳。在人间行善积德的人,包公一审理,就让其升入天堂享福或投胎还阳。

包公审案

当时,有一户人家,只有母子二人,母子俩相依为命,为人善良。儿子叫王小,因家境贫寒,眼看四十就出头,还没有讨来个媳妇。王小娘守寡半生,实指望孝顺的儿子为自己养老送终,不料想有一天王小忽然暴病身亡。这一来,年迈的母亲失去了依靠,抱着儿子的尸首哭得死去活来,迟迟不忍将儿子下棺入葬。王小娘越哭越痛,哭着哭着就骂开了:"老天爷呀,你为啥不长眼,撇下我这老婆子今后可去靠谁呀!全指望俺儿给我养老,没想到却叫我这白发人去送黑发人。俺只知道阳间的昏官不讲理,谁知道这阴曹地府的当官的也不讲理呀!"

包公正在理案,忽听人间哭声凄凉,忙令王朝马汉:"快去打探明白,是谁为何如此悲伤。"不多时,王朝马汉就回殿报告:"大人,哭者为一老妇,她儿子王小,今日暴病身亡。"包公说:"让王小来殿见我。"

王小来到殿前,急忙跪下。包公问:"王小,家中还有何人,如实讲来。"王小说:"家中只剩年迈体弱的老母亲,别无他人,请大人明鉴。"

包公拿过亡灵册一看,王小所讲属实,便说:"念你在人间老实本分,为人和善,孝敬老人,今暴病而亡,家中老人无人养,本官现将你发还阳世,增寿二十,回家好好孝敬老母。"王小听罢,忙磕头谢过包公,返身出了地府。

地下一日,人世七天。王小娘抱着儿子整整哭了七天七夜,王小忽然睁开了双眼,活了过来。母子重又团聚,自然是欢喜不尽。王小把在地府见到包公的事一说,王小娘更是感恩戴德。从此以后,民间凡有惨死之人,都不肯下葬,停尸在家,期望七日后能死而复生。

后来,因包公放还人世的死者太多,玉皇大帝听信谗言,想加罪于包公,但又知包公不畏权势,只得把包公调任二殿阎君。据说鬼魂每过一殿,人间就是七日。十四天被包公放还人世的还有。这样,包公一直被玉帝从二殿、三殿、四殿,调到五殿。鬼魂从一殿走到五殿,人间已三十五日,就是该放还人世的,也因肉身已变,不能还阳了。尽管这样,民间却仍然期望自己死去的亲人死而复生,所以每逢七忌日都要烧纸祭奠,久而久之,就形成了一种逢七烧纸、寄托哀思的习俗。

"驾鹤仙游"的来历

洛阳东南一带的农村,哪家死了人,大都要在门头上贴上"驾鹤仙游"四个字。这是从何说起呢?

相传周灵王在位的时候,太子子乔厌倦宫廷生活,一心想到深山拜师修道。但他知父王母后不会同意,就把这种想法一直埋在心里。

这一天,子乔心烦意乱,想去打猎散心,骑马离开洛阳,朝城南万安山走去。来到山中,忽然草丛里跳出一只白鹿,子乔张弓搭箭,一下射中了白鹿的后腿。白鹿带箭东跑,子乔骑马在后边追,一直追到缑山下的体水河边,转眼不见鹿的去向,只见悬崖峭壁下有个山洞,名叫"浮丘洞",里面坐个老翁。

子乔上前施礼,问道:"老人家,方才我射住一头白鹿逃到这里,请问可曾见到?"

老翁微微一笑,说:"我的家鹿,刚从野外回来,请公子观看。"说罢,他从袖中取出一只小白鹿,放立手掌之中。

子乔一看老人掌上的鹿那么小,摇了摇头,说:"这不是我射的那个。"

这时,老翁将手一翻,小白鹿落在地上,变成了一只大白鹿,腿上还带着子乔的雕翎箭。

子乔这才恍然大悟,向老翁再拜道:"啊!您老人家就是浮丘仙翁了,子乔愚眼不识仙体,请恕我射鹿之罪。师父,我早有出家修道的心愿,请收下我为弟子吧!"说罢,跪在地下。

老翁扶起子乔,说:"修道可以,你必须答应我一件事。"

子乔说:"浮丘仙翁,只要您肯收留,什么条件我都可答应。"

浮丘公拿出一把宝剑,说:"我给你这把宝剑,回宫将你母后杀了。"

子乔一听大惊,望着宝剑,不敢去接。

浮丘公看子乔为难,又说:"你母后是妖魔所化,将要犯乱朝纲,残害忠良,不杀是我周朝的大患。"

浮丘公这么一说,子乔伸手接了宝剑。浮丘公又如此这般地交代了一番,便飘然而去。

子乔扬鞭催马回到朝中,按照浮丘公的吩咐,砍下他母后的头,放在首饰盒内,把宝剑挂在宫门上,就向缑山奔来。

浮丘公笑着迎到洞外,接过首饰盒,打开让子乔看,里边只有一只玉簪和一盒香粉,别的什么也没有。

子乔很惊奇,他正要问是咋回事,浮丘公说:"子乔,你放心吧,你母后不是妖魔所化,也没有死,还健康如常。现在,他们倒说你自缢于宫门。在他们眼里,你不死是不会放你出家的。"

子乔还没有解开到底是咋回事,只听浮丘公吹一声口哨,白鹿就规规矩矩地站在他面前。浮丘公用香粉敷在鹿的伤处,伤口即刻痊愈。他把玉簪又向空中一抛,化作一只白鹤。子乔正看得入迷,只见白鹤轻轻飘飘地落在他们面前。

浮丘公骑在鹿身上,让子乔坐在鹤背上,二人一前一后,慢慢升上天空。

再说子乔挂在宫门上的宝剑,在皇宫所有人眼里却是子乔的尸体。周灵王和王后悲痛万分。

安葬太子的茔地选在缑山,殡埋之日,灵柩运到墓地时,抬的人觉得棺材突然轻了许多,不知是啥原因,就议论开了。消息传到灵王那里,便命开棺察看。打开棺材,里边只有一把宝剑,并无太子尸体,灵王就让把宝剑埋下。

宝剑埋好之后，忽听空中鹤鸣。众人抬头望去，只见太子骑在鹤背上在空中徘徊。大家都很惊奇，说是太子升仙成神了。

从此以后，这一代谁家死了人，就要在门头上贴上"驾鹤仙游"四个字，渐渐成为一种风俗。

独脚舞的由来

关于"独角舞"的由来，有一个美妙的民间传说故事。很早以前，嵩山地区是一片海洋，太室、少室等山只是海中的几个小岛。每当暴雨过后，小岛被冲淹，百姓们房屋倒塌，流离失所，无家可归，这就是民间传说的"混沌初开，嵩山尖上挂杂草"的年代。为了拯救一方百姓，大禹携妻子涂山氏来到嵩山，决心降龙治水，让百姓过上好日子。大禹先在轘辕关治水，水退露出一些山头，而大地仍是一片汪洋。大禹又率治水人马在分水岭一带安营扎寨，计议治水方案。他们在岭东凿开大河口，岭西扒开龙门口汇入洛河。大禹治水成功，亮出了大片土地，百姓们搬下山来，丰衣足食，过上了好日子。为感谢蒙大禹治水的福，又"蒙"与"孟"同音，就定村名叫孟村，在村西盖大禹庙，供奉尧舜禹的盖世功劳。往南不远，发现一片低洼地，三面环水，似海中一小洲，就叫它"海渚"。随着地壳的运动，环绕海"渚"周边的水越来越少了，水中的蛟龙存不住了，就在水中乱蹦乱跳。百姓们认为这里就是海底，直到如今，海渚村人耕地时还常捡到大蛤蟆壳。后来，那蛟龙适者生存，竟能站立起来尾巴着地往前走，上边两腿乱动，很是可笑，人们叫它"独角兽"，又名"独角龙"。久而久之，人们好奇地在耕作之余用双腿夹住工具柄学"独角兽"的动作蹦跳起来。这个活动很快传遍千家万户，男女老少都学着跳起来。到粮食丰收冬藏之后，百姓们就到大禹庙前摆上供品，打起乐器，跳起用木杆做腿的"独角舞"。从此以后，每年五谷丰登庆祝大禹治水有功时都要跳，到唐宋时期，孟村的独角舞就作为民间艺术团体演出于周边郡县，很受欢迎。

独脚舞

据说明代有个叫孟龙的年轻人,身高七尺,臂长过膝,玩独脚舞非常出色。他站在独木柄上高足丈余,老远看去就像巨人一般。一天,洛阳府官来登封巡视,知县叫孟龙到大堂表演。他献出绝技,从堂上蹦到堂下,又从堂下蹦到堂上,一会儿双臂展翅飞,一会横脚空中行,花样繁多,舞姿翩翩。府官大喜,当场奖他银牌一个,百姓见之很受鼓舞,奔走相告,都说孟村受封了,该出大人物了。从此以后,学舞者越来越多,独脚舞越跳越好。

(整理:戈清波)

四、动物故事

十二属相没有猫

相传在很久很久以前,有一座悬空山,在空中悬着,离天一千丈,离地一千丈,山高一千丈。山上生活着十三种动物:龙、猫、牛、虎、羊、狗、鸡、马、鼠、兔、蛇、猪、猴。龙是山中大王,它和其它动物一起保护着家园,过着安定的生活。

有一天,玉皇大帝派神使来,对龙王说:"玉帝让你在这山上挑出十二种动物,作为民间生肖(即属相)。"

龙王道:"尊神,我这山上一共十三种动物,都很团结,望尊神奏明玉帝,让我这山上所有的动物都做生肖吧!"

神使道:"我已奏明玉帝,他老人家说:'爱卿有所不知,那悬空山上有一个动物,奸诈狡猾,爱干一些偷鸡摸狗之事,它没有资格做生肖的。'"

神使走后,龙王心想:玉帝说的那个动物,到底是谁呢?忽然,它眼睛一亮,情不自禁地说:"莫非是它?"

第二天,龙王召集众臣开会,说道:"昨日玉皇托梦给我,说本山上有一个最奸诈、最狡猾的动物,望你们各表己见。除它之外,其余的兽类名称都可以做民间生肖。今日征求众卿之意,让为王作定论。"

大家商量了一会儿,一起奏道:"启奏大王,臣等愿以脑袋担保,那个兽类定是兵部尚书老鼠。"

龙王道:"众卿之言,正合我意。"

这时老鼠说:"大王……"

没等老鼠说出口,龙王就打断它的话说:"我意已决,不必多言。"

"那么,谁当老大呢?"

"自然是大王您了。"老鼠讨好地说。

"话可不能这么说,我看猫爱卿武艺高强,屡立奇功,而且聪明伶俐,让它当老大,众卿意为如何?"

"依臣等之见,如此尚好。"

"猫爱卿,快来受封。"

这时,恰好猫去净手,老鼠眼珠一转,计上心来,赶快奏道:"大王,猫元帅刚对臣说道:'我不愿当生肖,把那个位子让给你吧。'再说,臣一定改过,就请大王开恩让我做个生肖吧!"

龙王见老鼠诚恳,便说:"好吧,就把老大让给你吧。"

属相分定,退朝下去,转呈玉帝。

次日,小猫上朝诉苦,龙王无奈,最后对小猫说:"命你世代捉老鼠,讨回封赏,什么时候把老鼠捉完,什么时候你可正名出任生肖。"

从此,猫世世代代捕捉老鼠,老鼠理亏,望风而逃。

(讲述:李合义　整理:李江鹏)

鲤鱼跳龙门

很早很早以前,龙门还未凿开,伊水流到这里被龙门山挡住了,就在山南积聚了一个大湖。

居住在黄河里的鲤鱼听说龙门风光好,都想去观光。它们从孟津的黄河里出发,通过洛河,又顺伊河来到龙门水溅口的地方,但龙门山上无水路,上不去,它们只好聚在龙门的北山脚下。"我有个主意,咱们跳过这龙门山怎样?"一条大红鲤鱼对大家说。"那么高,怎么跳啊?""跳不好会摔死的!"伙伴们七嘴八舌拿不定主意。大红鲤鱼便自告奋勇地说:"我先跳,试一试。"只见它从半里外就使出全身力量,像离弦的箭,纵身一跃,一下子跳到半天云里,带动着空中的云和雨往前走。

鲤鱼跳龙门

一团天火从身后追来,烧掉了它的尾巴。它忍着疼痛,继续朝前飞跃,终于越过龙门山,落到山南的湖水中,一眨眼就变成了一条巨龙。山北的鲤鱼们见此情景,一个个被吓得缩在一块,不敢再去冒这个险了。这时,忽见天上降下一条巨龙说:"不要怕,我就是你们的伙伴大红鲤鱼,因为我跳过了龙门,就变成了龙,你们也要勇敢地跳呀!"鲤鱼们听了这些话,受到鼓舞,开始一个个挨着跳龙门山。可是除了个别的跳过去化为龙以外,大多数都过不去。凡是跳不过去,从空中摔下来的,额头上就落一个黑疤。直到今天,这个黑疤还长在黄河鲤鱼的额头上呢。

后来,唐朝大诗人李白专门为这件事写了一首诗:

> 黄河三尺鲤,
> 本在孟津居,
> 点额不成龙,
> 归来伴凡鱼。

哑巴蝈蝈

传说清朝乾隆皇帝游中岳登嵩山,御驾途经登封唐庄乡三官庙村后坡,那里有一个叫龙尾的小山沟。这里山道两旁清水潺潺响,松竹瑟瑟鸣,茂林修竹,树荫蔽日,再加上草盛花繁,蝶飞蜂舞,虫鸟争鸣,堪称一方世外乐土。

皇帝君臣一行路过此地,恰遇天气炎热,跋山涉水已是劳累不堪,侍臣奏请皇上恩准歇息片刻。

安排人马停息之后,帐前一方杂草丛中传来阵阵"唧唧唧"的鸣叫声,由于人困马乏,进入静息状态,此叫声显得格外响亮。这些鸣叫的小虫就是蚰子,老百姓也叫它蝈蝈。蝈蝈身体呈绿色或褐色,靠背上的双翅摩擦震动而发声。这时,一声接一声,连续不断的鸣叫声惊动了皇帝。乾隆很不耐烦地发话说:"朕要睡觉,大家也在休息,那是什么虫子在乱叫,还不给朕住声!"话音刚一落地,此处便一片寂静。不时凉风习习,林荫之下更觉凉爽,乾隆休息了一个时辰,便又起驾前行了。

从此以后,这片五六亩大的地方,也就是皇帝休息的地方,大小蝈蝈都成了哑巴,人们认为那是皇帝金口玉言所致。

(整理:张海西　张占清)

盘龙尖与红水河

从前,在嵩山的五指岭一带,有两个年轻货郎是一对孪生兄弟。成年累月,他俩总是一起游乡串集。有时候,哥哥挑着货郎担,弟弟摇着拨浪鼓;有时候,弟弟挑着货郎担,哥哥摇着拨浪鼓。因为他们方便山乡父老,对人又非常和气,所以,五指岭一代的众乡亲对他兄弟二人非常欢迎,亲切地把哥哥称为"大货郎"、把弟弟称为"二货郎"。

有一天,二货郎在山间小路旁边的草丛里捡到一个方形鸟蛋,弟兄两个都觉得很稀罕,就用一块小手帕包起来,放到货郎担里。过了三七二十一天,方形鸟蛋破了壳,从里边爬出来一条小长虫。大货郎一见是条长虫,抓起块石头就要砸。二货郎呢,说啥也不依,非要养起来不可。末了,两人说定,小长虫不许往货郎担里放,由弟弟装在一个小葫芦里,带在身上喂养。于是,二货郎每天揣着小长虫,除了随哥哥摇拨浪鼓、挑货郎担之外,还忙中偷闲,专门买来鸡蛋,煮熟掰碎,喂养他心爱的玩艺儿。

慢慢地,小长虫被喂熟了。每当兄弟俩进村摇响拨浪鼓时,只要把葫芦盖子打开,它就会伸出头来,随着"丁丁冬冬"的节奏,前后左右地摆动,好像在翩翩起舞似的,招来了很多围观的群众。

随着光阴的流逝,小长虫越长越大,竟能在二货郎身上缠绕好几圈儿,每天要吃很多的东西,有时还在夜里悄悄跑出去偷吃乡亲们的鸡、鸭、猪娃。大货郎知道了这个情况,就劝说弟弟赶快把长虫打死,免得惹事。二货郎也挺生气,但他舍不得打死长虫,就把他送到深山野林放生了。

随后,五指岭一带大旱三年,许多乡亲外出逃荒,两个货郎也跑到很远的地方做生意去了。

那条长虫放进山林以后,先是捕食飞鸟、野兔,接着,山猫、獐子也能捉到了。它越长越长,越长越粗,胃口也越来越大,不但敢去捕食各种走兽,也开始伤害过往行人了。

这类事情尽管不断发生,但是乡亲们一时还没有弄清出了什么怪物。停了很长时间,才有人发现一些踪影。有人看到草篓子粗的蟒身在山顶上绕几圈儿,有人看到柳斗大的脑袋伸到泉边饮水,有人在夜里看见山上有一对盘子大的眼睛喷射着闪电似的光芒。这究竟是什么怪物呢?猜来猜去,谁都说不清楚。后来不知是谁说了一句:"大概是从东海飞来的蛟龙吧!"于是,大伙便都把那无名的怪物称为"东海蛟龙"。为了祈求它给这一带老百姓免灾降福,每月初一、十五,大家都抬着生猪活羊至尖山跟前上供。说也真灵,猪羊一摆上祭坛,不用多久,便向空中飘去。大伙儿都认为这是蛟龙接收了供饷。这样一来,尖山也没人敢叫了,改称为"盘龙尖",表示大家对蛟龙十分尊敬。

尽管这样一月两祭,仍然不见蛟龙降福,丢失牲畜或者人口失踪的事儿,反而越来越多,闹得人人自危,户户担惊。

又过了一段时间,货郎弟兄听说五指岭一带度过了灾荒,重新回到这个熟地方。在他俩路过尖山的时候,刚巧轮到弟弟挑货郎担,哥哥摇拨浪鼓,两人一前一后地走着。突然,阴风骤起,浓雾弥漫,一阵拔树折草的"咔咔嚓嚓"的声音过后,丛林里伸出一个巨大的蛇头。只见那巨蛇轻轻地把嘴一张,二货郎还没来得及叫喊,就连人带挑子一起被吞进巨蛇的肚里。

当那巨蛇再次张开血盆大嘴时,大货郎一面高喊"救命啊",一面举起拨浪鼓乱打乱抡,拼命抵挡,连连响起一阵阵急骤的"叮叮咚咚"的响声。说也奇怪,巨蛇听到拨浪鼓的响声,猛地一愣,顿时合起嘴来,缩回头去,转身溜走了。

大货郎吓得满头是汗,浑身颤抖,拔起腿来就往村子里跑。待到他跑进村里,见到熟人,惊魂稍定,坐下来叙说蛇口余生的经过时,才渐渐悟出了究竟来。他一口咬定:巨蛇就是从他弟弟捡来的方形鸟蛋里孵出来的那条长虫。乡亲们听了,纷纷点头赞同。接着,大货郎与众乡亲商量出一个除掉巨蛇的办法:让铁匠们特制七七四十九把利刃,由大货郎带着拨浪鼓前往山林,在巨蛇出洞接受供饷必经之路,把四十九把利刃埋进地里,只露出三寸尖锋,让巨蛇自己把自己扎死。

一切准备齐全后,大货郎带上东西进了山,四乡百姓都在远远的山上提心吊胆地遥望着。刚巧在大货郎布置停当之后,巨蛇从东北的山坡上冲下来了。它冲过了七七四十九把利刃,肚子被划破了四十九道口子。那巨蛇猛地一下腾空几丈高,然后落在地上翻滚挣扎,最后,终于死去了。那鲜血像泉水一样涌出来,染红了一条河。

阴风消了,黑雾散了,四乡百姓欢腾雀跃,一起围住大货郎祝贺。大货郎却沉痛地说:"这场灾祸是我弟弟带来的,我也有一份责任。我一定引以为戒,从今往后,见到害人虫,马上除掉,不能再干这种养蛇贻患的蠢事了!"

乡亲们为了记取这场血的教训,直到如今,还把五指岭下的尖山叫作"盘龙尖",把巨蛇鲜血染红的那条河叫做"红水河"。

(整理:贺宝石)

老猴攉碓

很久很久以前,山脚下有一人家,姑嫂俩经常一同去碓米。一天晚上,嫂子说:"明清儿碓米我准比你起哩早。"小姑说:"嫂子你别说大话,看咱明清儿谁起哩早。"嫂子说:"咱家离村西头的碓窑儿那么远,天不亮你敢去?"小姑说:"打个赌吧?"嫂子说:"我要比你去哩早,你给我做件花布衫;你要比我早,我给你做条红绸裤,让你结婚那天穿……"谁知院墙外正好过来一只老猴子,把她俩的话听得真真切切,心想:"哈哈,明天我早点儿去,背个花媳妇回来!"

姑嫂俩说说笑笑,各自进屋睡下啦。小姑躺在床上,翻来覆去睡不着。她平时逞强惯了,这回也不想让嫂子领了先,心想:"哼!我非让嫂子做条红绸裤不行。"就悄悄起身,蹑手蹑脚地背着大半布袋谷子往村西头走。走着走着就听到"嗵!嗵!嗵!"的攉碓声,她想:"咦!这回嫂子是咋着哩?比我来哩还早?"就加快了脚步。月光下,看见正是"嫂子"在那儿攉碓哩,小姑又想:"好哇,别看你来哩早,我先攉完,咱俩来个不输不赢。"她便三步并作两步走,还没到碓窑儿边,就先叫:"嫂子——好早呀!"只听得"嫂子"细声细气地"嗯"了一声,不再理她,只顾"嗵——嗵——嗵——"地攉个不停。小姑便问:"嫂子,我看你攉多少啦?"刚走到"嫂子"身边,"嫂子"一把抓住她,背起就跑,小姑吓了一大跳,忙喊:"嫂子嫂子行行好,放下妹子慢慢跑,今儿个就算你领先,我给你买个花布衫。""嫂子"也不理她,一口气把小姑背到半山腰一个深洞里了。

原来这"嫂子"就是那只老猴子。小姑发觉上了当,连哭带喊挣着要回家。老猴子慌忙陪着笑脸说:"姑娘姑娘别哭了,你看这个家多好!你只要听我的话,过几天我再背你回娘家。你要不听我的话,今夜我就把你吃了!"姑娘一想,要是叫它吃了,还不如留下一条命,以后再想法逃跑。于是她就顺着老猴的话说:"我不跑了,跟你过日子,只是你这一抓我,快把我吓死了,得让我好好歇儿天。"老猴子脸上乐开了花,说:"中中中,依着你。"

自从小姑失踪以后,全家都慌了手脚,东家喊,西家叫,全村到处都找遍了,也没找到。老娘哭得一把鼻涕一把泪,天天到碓窑儿那里愣愣地坐着,等闺女回来。

再说那小姑,本是个聪明人,一心想着逃跑的办法。想着想着,办法来了。这天老猴子赶集回来,一看她以往都是愁眉苦脸的,今天却很高兴,就跟姑娘说:"我老猴待你不错吧?你只要好好跟我过日子,我明儿上集给你买条红绸裤,再割块肉。"姑娘"扑哧"一声笑着说:"夫君,我不吃肉也不穿红绸裤,只是每天想俺娘,整天哭哩眼老疼,你给我买瓶眼药回来吧。"老猴了一听,二话没说,拔腿就又上集买眼药去了。

老猴子一走,姑娘从石洞边一棵松树上抠下来一些胶,放在一个小瓶子里。这时,一只灰喜鹊飞过来,姑娘就对喜鹊说:"麻嘎儿、麻嘎儿跳跳,快把俺娘领来瞧瞧。"喜鹊扑棱棱飞走了,一飞飞到姑娘家住的村上,看见一个老婆儿正坐在碓窑儿那儿哭闺女,就落下来"喳喳喳"叫个不停。老婆儿听见喜鹊一个劲哩叫,也不哭了,问喜鹊:"麻嘎儿、麻嘎儿叫喳喳,莫非俺妞有信啦?"喜鹊叫哩更欢啦,一边叫,一边跳,老婆心里一高兴,就朝喜鹊走去。喜鹊一边叫,一边飞,飞飞停停,给老婆儿引路。老婆儿跟在喜鹊后边,紧走慢赶,左拐右转,不一会儿就来到了老猴子的山洞前。喜鹊"喳喳喳"一个劲儿哩叫,姑娘一听跑出来,老娘一把抱住闺女哭起来。母女俩抱头痛哭了一阵,一想,光哭没有用,得赶快逃跑呀！娘说："趁它不在这儿，咱赶紧跑吧。"母女俩正要跑，听见老猴子的脚步声，闺女慌了神，还是老婆儿拿哩稳，对女儿说："别怕，我藏到箱子里。"老婆儿刚藏好，老猴子就进了门，高兴地说："眼药给你买来了，累死我了！"姑娘赶快打来洗脸水，老猴子一边洗，一边皱着鼻子闻："哪儿来哩生人味？"说着闻着，在洞里到处找，姑娘一急，说了实话："我娘来了。"老猴子一听，连忙说："哎，你不早说，原来是岳母大人来了。快快出来，让我给岳母大人磕头。"老婆儿在箱子里听哩一清二楚，也就大大方方地出来了。她忙说："贤婿免礼，请起请起。"老猴子站起来就跟岳母攀谈起来："你家小女到我这里，没让她受半点委屈，只是她想您老人家，您就在我这里住下吧！"老婆儿说："是呀，我不走啦，就在闺女这儿住下啦！"接着又显出关心的样子说："贤婿哪儿都好，只是这两眼明晃晃哩，总像流着泪一样，是咋回事儿？"老猴子说："我这眼是老毛病了，一见风就流泪。"老婆儿说："我这有个祖传秘方，专治风流眼。"老猴子一听很高兴地说："那就烦劳岳母大人给小婿治一治吧。"老婆儿说："那好办。"就让闺女把那瓶松胶拿出来。老猴子一连赶了两趟集也跑累了，正想睡一觉，躺在那儿就让岳母给点眼。说时迟，那时快，老婆儿唧溜咣当，一下把那胶全倒在老猴子的两眼上。老猴子痛得直叫："哎哟，老疼啊！"老婆儿说："不疼能治病？那是药劲上来了，一会儿干了就不疼了。"老猴子怕岳母笑话，只好强忍着疼睡觉了。

这时，洞外喜鹊又"喳喳喳"哩叫着，母女俩一递眼色，就一起跑出洞外，喜鹊在前面引路，女儿搀着母亲紧走慢跑，一会儿绕出窝，来到了家门前。嫂子闻声赶出来，一家人又团圆了，喜鹊高兴地拍拍翅膀飞走了。

那老猴子躺着躺着听不到动静了，一骨碌爬起来，糟了！眼睛咋也睁不开，越睁越疼，啥也看不见了，这可怎么办啊？老猴子急得抓耳挠腮，一着急，两爪吃力抓，使劲掰，好不容易才把眼睛掰开，疼得老猴子

红屁股猴

"哇哇"叫，直在地上打滚，血流得满脸，在洞里洞外跑来跑去找花媳妇，哪知她们母女早跑得无影无踪了。

过了一个多月，老猴子眼睛不太疼了，只是双眼烂糊糊的，眼珠红毛毛的。传说，猴子从那时起就落了这个红眼睛。

老猴子丢了媳妇，又落下眼病，越想越伤心，天天晚上跑到姑娘家门口，坐在石头上大哭大叫，闹得四邻不得安宁。老婆儿又想了个新招。一天，估摸着老猴子又快来了，就烧红了一块铁板，放在那块石头上。老猴子眼烂了，也没在意，一屁股坐上去，"哧溜"一声，屁股上的毛全烧焦了，屁股也烧红了。从此，它再也不敢到村上来了。以后，猴屁股就变成红的了，世世代代传下来。如果见到猴子，说一声："猴屁股失火了！"猴子就马上回头往屁股上看看。

（讲述：杨秀华　整理：侯松平）

聪明的小鸡

一只小鸡,在村口被狐狸逮住了。小鸡既不惊慌,也不叫唤,眨眨眼对狐狸说:"狐狸先生,你硬要吃我吗?""当然。"小鸡说:"我死,倒没什么;不过,我刚学会狐狸叫,恐怕今后没有人能听到了,可惜呀!""什么,你会装狐狸叫?""当然会。""嘻……"狐狸笑道,"我倒想听听你装狐狸叫。"狐狸相信小鸡跑不掉,飞不了,便把它放在地上。小鸡用力仰起受伤的脖子,便"咯咕咕"地高叫起来。

狐狸听了摇摇头说:"根本不像。"

小鸡争辩道:"像,就是像。"

狐狸说:"就是不像。我们狐狸是这样叫的——"就大声叫了起来。

狐狸一叫,被一只大黄狗听到了,它"嗖"地从村子里蹿出来,一口咬住了狐狸。小鸡望着被狗叼着的狐狸,"咯咯咯"地笑了。

(讲述:李金环 整理:王俊宝)

老虎怕锅漏

一只老虎,夜里下山找食吃,走到一家农屋前,见圈里圈着牛,就不走了,站在牛圈栏杆外打主意。

这时,屋里传出了说话声,老虎忙支棱起耳朵。只听男的说:"今儿个在山上看见只老虎,可把我吓坏了!"女的说:"老虎我倒不怕,就怕锅漏!"

老虎不知道锅漏是啥,听女的说不怕老虎怕锅漏,心里猛一惊:嗨,只说我是兽中王,谁都怕我,没想到还有人怕锅漏不怕我。看来这锅漏比我厉害,得小心着点。

正好这时有个偷牛贼,来偷这家的牛。夜不观色,偷牛贼以为站在牛圈外的老虎是一头没关进圈的牛犊子,忙解下缠在腰上的绳子拴住老虎脖子,牵着就走。

老虎正怕遇上锅漏,在小心呢,见来个黑影,上来就拿绳套了自己脖子,想着准是碰上锅漏了,吓得浑身乱颤,就乖乖地跟着偷牛贼走,一点儿也不敢犟。

出了村,偷牛贼转身骑到老虎背上,甩开手中的绳头儿,狠抽老虎的屁股。老虎更怕了:我的妈,锅漏拴住我是把我当马骑呀!它狠抽鞭子,这不是叫快跑吗?跑就跑,不跑可不把我撕吃了。老虎心惊肉跳,驮着偷牛贼就跑。

不一会儿,月亮出来了。偷牛贼一看自己骑的是个老虎,吓得冒出一身冷汗。他想下来,又不敢下来,老虎跑着也下不来。正没法呢,他见前边有棵弯腰树,弯到了路上,等老虎跑到弯腰树下时,他伸手抓住树枝,往上一就,骑到了树腰上。老虎正喘着气跑哩,觉着身上猛一轻,不知是咋回事,大着胆子回头一瞅:咦!锅漏眨眼上了树,准是飞上去了!我那猫师父会爬树,不传徒弟,算得是它的绝招了。想不到锅漏会飞,这一招比我师父还厉害,怪不得有人怕他不怕我。

老虎生怕锅漏再撵上来,赶紧往山里逃。进山碰见个猴子,老虎说:"傻瓜,快走,快走,山下来个锅漏,拴住你脖子当马骑,骑上狼用鞭子抽。这家伙还会往树上飞,可厉害!快逃命吧!"猴子不信,对老虎说:"那只怕是个人吧?咱再瞧瞧。要是人,你把他吃了。"老虎摇摇头:"算了,算了,好不容易逃了条命,再回去送死吗?"猴子很好奇,一心想见见锅漏到底是个啥怪物,独个又不敢去,就骗老虎说:"虎大哥,听你说的那个样子,锅漏八成是我们猴族里的一员,黑夜里没认出是你,才那样胡来。快领我去见见,我一说你的厉害,准叫锅漏给你赔礼道歉。"老虎点点头说:"嗯,也许是个误会。跟我来吧。"说着,它就领猴子往山下走。

走着,猴子又多个心眼儿:万一锅漏不是个人,真是比老虎还厉害的怪物,见了就拿绳子拴,骑到身上抽鞭子,要逃走我可没老虎跑得快呀!不如把自己绑在老虎的尾巴上,逃时,让它带着,也逃得快些。想着,它就对老虎说:"虎大哥,今儿个我可是替你办事啊。老弟胆小,见人就怕。为了同去同回,谁也甩不了谁,我想把我绑到你尾巴上。行吧?"老虎本不想再见锅漏,听了猴子的话,尽管答应下来,心里还怕猴子半路变卦,偷偷溜掉。听猴子这么求它,心里暗喜,忙说:"行,行,绑吧,可要绑牢靠点。"猴子就把自己结结实实地绑在老虎尾巴上了。

来到弯腰树下,老虎心里还发憷,不敢抬头,对猴子说:"树上瞅,树上瞅,是你的同族这就好,不是咱就赶快溜。"

再说偷牛贼,骑到了树上还害怕,吓得不敢下来。这时,他见老虎拐了回来,走到树下停住了不由大惊。天哪!要是老虎往上一蹿,我可就没命啦!心里一阵发慌,就吓拉稀了。这时,猴子正仰脸往上瞅,稀屎汤"噗噗嚓嚓"浇到了脸上,糊住了眼。猴子尖叫一声,挣得乱蹦。老虎以为锅漏又使出了绝招,吓得撒腿就往山里跑。

翻过两架山,老虎才停住步。它往后一看,猴子没皮没肉了,只剩下一把骨头还在它尾巴上绑着。老虎想,多亏我跑得快,慢一步也得让锅漏扒了皮吃了肉啊!

打这儿,山里的老虎、豹子和狼下山找食儿时,只要看见木头栏杆围的牛圈、羊圈和猪圈,就想是锅漏设的圈套,扭头就走了。直到现在,山里人养的牲畜,夜里只要赶进木头围的圈里,比锁在屋里还放心。

(讲述:曹高娃 采录:张楚北)

磨牙快磨牙快

老歹在山上碰见老驴在啃草,就说:"老驴大哥,咱俩蹦沟吧?"老驴说:"中啊!"它俩走到深沟边,老驴说:"谁先蹦啊?"老歹说:"我先蹦!""噔"一下,老歹可蹦过去了。老驴一蹦,"咕咚"一下掉到沟里头了,干扒蹬上不来。老歹想吃老驴,就问它:"驴大哥,你在沟里弄啥咧?"老驴看老歹不怀好心,就说:"我在这儿磨牙哩。"老歹问:"磨牙弄啥咧?"老驴说:"磨牙快磨牙快,一口吃个大老歹!"

老歹本来想吃老驴哩,一听老驴说要吃自己,日奔儿就跑。跑到山上碰见只狼。狼问:"老歹大哥,你跑啥咧?"老歹就把老驴磨牙要吃它的事对狼说了。狼说:"我不信。走,咱俩看看去。"

狼跟老歹来到沟边,狼问:"驴大哥,你在沟里弄啥咧?"老驴见老歹引来只狼,就说:"磨牙哩!"梅花鹿问:"磨牙弄啥咧?"老驴说:"磨牙快磨牙快,一口吃个大老歹!大老歹尾巴长,一口吃个狼!"

狼一听要吃自己,给老歹使个眼色,扭头就跑。它俩跑到山上,碰见个梅花鹿。梅花鹿问:"你俩

跑恁快弄啥咧?"狼和老歹把老驴磨牙要吃它俩的事说了说,梅花鹿说:"我不信,咱仨看看去。"

它仨来到沟边,梅花鹿瞅瞅老驴问:"驴大哥,你在沟里弄啥咧?"老驴一见又引来一个梅花鹿,就说:"磨牙哩!"狼问:"磨牙弄啥咧?"老驴说:"磨牙快磨牙快,一口吃个大老歹!大老歹尾巴长,一口吃个狼!狼的尾巴粗,一口吃个梅花鹿!"

梅花鹿一听要吃它,叫着狼和老歹撒腿就跑。它仨跑到山上,碰见个狲猴。狲猴见它仨跑得呼呼哧哧,就问:"你们几个跑啥咧?"梅花鹿把老驴磨牙要吃它仨的事说了一遍。狲猴说:"我不信。走,咱几个看看去。"狼说:"猴大哥你跑不快,找根藤条把你绑到梅花鹿身上,叫梅花鹿带着你。"狲猴说:"中啊。"老歹跟狼用藤条一头儿绑住狲猴的腰,一头儿绑到梅花鹿身上,它们就去了。

它们几个来到沟边,狲猴问:"驴大哥,你在沟里弄啥咧?"老驴一见又引来一个狲猴,就说:"磨牙哩!"狲猴问:"磨牙弄啥咧?"老驴说:"磨牙快磨牙快,一口吃个大老歹!大老歹尾巴长,一口吃个狼!狼的尾巴粗,一口吃个梅花鹿!梅花鹿尾巴细,给狲猴撑得一溜屁!"

狲猴大喊:"不好,快跑!"老歹、狼和梅花鹿就跑开了。跑到山上,梅花鹿看看屁股后头的狲猴龇牙咧嘴的,就说:"哎呀,猴大哥,俺都快跑累死了,你还龇着牙笑哩!"老歹跟狼也都围上来说:"你干啥咧?"干问不听狲猴吭气。它们仔细一瞅,狲猴牙茬骨露着,叫给拉死啦!

(讲述:刘春女　采录:刘选民)

狼　外　婆

伏牛山脚下有个小村庄,住着一个老大娘,老大娘听说闺女和女婿都不在家,只剩三个外孙女儿,就扡上篮子放进包子、油馍,拄着拐棍儿,瞧外孙女儿去了。

天气很热。老大娘沿着山上的小路走啊,走啊,一会儿出了一身汗。她看着离外孙女儿家不远了,就搁下篮子,打算歇一会儿再走,树丛子里传来"呼哧呼哧"的喘气声,一只灰毛狼朝她走来,问道:"老婆子,往哪儿去?"

老大娘说:"去俺外孙女儿家。"

"篮子里盛的啥?"

"包子、油馍。"

"给我个尝尝。"

老大娘扔给灰毛狼一个包子,它张开嘴,"呱嗒"一下吞吃了。它伸出爪子说:"再给我一个。"老大娘又扔过去一个,它又"呱嗒"一下吞吃了。

灰毛狼边吃边问老大娘:"你外孙女儿家在哪里?"

老大娘说:"那不是,前面村子里,院里有棵大枣树。"

"你外孙女叫啥?"

"大的叫门搭儿,老二叫门鼻儿,小的叫炊帚骨朵儿。"

灰毛狼站起来伸伸懒腰,龇着牙说:"吃点包子、油馍算啥,我还要吃人哩!"说着,就扑向老大娘。

灰毛狼吃掉了老大娘,穿上老大娘的衣裳,扡上篮子,拄上拐棍儿,打扮成老大娘的样子,冒充外婆,朝外孙女儿家走去。

狼外婆来到外孙女儿家门外,一屁股坐在一个舂米的碓窑上,把尾巴藏起来,就学着外婆的腔调叫门:"门搭儿、门鼻儿、炊帚骨朵儿来开门儿!"

姐妹仨一听,就问:"你是谁呀?"

"我是外婆。"

"你咋来恁晚哪?"

"路赖,路远,我紧赶慢赶,搭了个黄昏。"

小妹妹炊帚骨朵儿一听,是外婆,就要开门。大姐门搭儿忙拉开妹妹,借着月光,隔门缝儿一看,不像外婆,就说:"你不是俺外婆,脸上没有黑雀痣。"

狼外婆一听,嘴里就念叨说:"东北风,西北风,刮俺一脸荞麦星。"它从地上抓起荞麦皮往脸上一按,脸上立时有了黑雀痣,接着又叫起来:"门搭儿、门鼻儿、炊帚骨朵儿来开门儿!"

二姐门鼻儿学着大姐的样子,隔门缝儿一看,见狼外婆的脸上果真有了黑雀痣,可是,再一打量,见它没有扎腿带儿,就说:"你不是俺外婆,腿上没扎腿带儿。"

狼外婆一听,嘴里又急忙念叨起来:"南来雁,南来雁,给我送一副扎腿带儿。"

它从地上抓起高粱叶子,往腿上一扎,就有了扎腿带儿,接着又喊:"门搭儿、门鼻儿、炊帚骨朵儿来开门儿!"

小妹妹炊帚骨朵儿隔门缝一看,就说:"这可真是咱外婆,我来开门。"说着"哗"的一声,就开了门。

狼外婆走进屋里,一屁股坐在盛粮食的木桶上,把尾巴藏在里面,就对外孙女儿说:"天不早了,咱们赶快睡觉吧。今晚谁跟外婆通腿儿睡呀?"

门搭儿说:"我不跟你通腿儿睡。"

门鼻儿说:"我也不跟你通腿儿睡。"

炊帚骨朵儿说:"我跟外婆通腿儿睡。"

炊帚骨朵儿睡在床上,一伸腿,碰着个毛茸茸的东西,就问:"外婆,这毛茸茸的东西是啥呀?"

"是给你家捎来的一团麻,快睡吧。"

门搭儿、门鼻儿心里怀疑,一直没睡着,半夜里她俩听见床那头儿"喀嚓喀嚓"直响,门搭儿就问:"外婆,你吃的啥? 叫俺也尝尝。"

"外婆夜里咳嗽,吃点红萝卜,你也嘴馋。给,吃去吧。"说着顺手扔过去一截儿。

大姐门搭儿接过来一摸,黏糊糊的,中间还套着个铜顶针。她知道这是外婆的手指头,心里马上明白了,一定是灰毛狼吃了外婆,又装扮成外婆来吃她们的。她悄悄给门鼻儿一咕哝,赶快推醒小妹妹炊帚骨朵儿。

过了一会儿,门搭儿喊:"外婆,我屙哩。"

狼外婆说:"半夜三更恁多事,爬床底下屙去吧。"

"不,有床神。"

"屙煤渣坑里去吧。"

"不,有灶神。"

"屙门后去吧。"

"不,有门神。"

"死妮子,爬门外粪堆上屙去吧。"

门搭儿答应着摸下床,悄悄拿了一盘子井绳出去了。

过了一会儿,二姐门鼻儿又喊:"外婆,我屙哩。"

狼外婆说:"死妮子,事儿真稠。爬床底下屙去吧。"

"不,有床神。"

"屙煤渣坑里去吧。"

"不,有灶神。"

"屙门后去吧。"

"不,有门神。"

"死妮子,爬门外粪堆上屙去吧。"

门鼻儿答应着摸下床,提上案板上放的一罐子油,也溜出去了。

接着,小妹妹炊帚骨朵儿也叫喊起来:"外婆,我屙哩。"

狼外婆说:"死妮子,真多事。爬床底下屙去吧。"

"不,有床神。"

"屙煤渣坑里去吧。"

"不,有灶神。"

狼外婆

"屙门后去吧。"

"不,有门神。"

"死妮子,爬门外粪堆上屙去吧。"

炊帚骨朵儿摸下床,也溜出了门外。

姐妹仨来到院子里,都爬上了大枣树。她们把提出来的油罐用绳子拉上去,倒了一树身油。

狼外婆独个儿睡在床上等啊,等啊,一直不见姐妹仨回来,就爬起来站在门口大声叫:"死妮子,咋还不回来?"

门搭儿在树上回答说:"外婆,快来看,红灯笼,绿宝盖儿,东邻娶媳妇,越看越好看!"

狼外婆一心想吃姐妹仨,赶快来到大枣树下,搂住树就往树上爬。谁知一爬一跐溜,一爬一跐溜,老树皮把爪子都磨疼了,狼外婆还是爬

不上去,就对她姐妹仨说:"外婆老了,爬不动了。快把我拉上去吧。"

门搭儿在树上回答说:"外婆,这儿有根井绳,放下去你缠住腰,俺拉你上来。"

狼外婆一听用绳子拉她,赶快抓住放下来的绳子往腰里一缠,就喊:"绑好了,快拉吧。"

炊帚骨朵儿和门鼻儿拽着绳子拉呀,拉呀,眼看快拉到枣树老母柯杈了,她俩把绳子猛一松,只听"扑通"一声,狼外婆摔到地上,疼得它龇牙咧嘴直哼哼。狼外婆爬起来,看了看说:"死妮子,想把外婆摔死呀!"

门搭儿看看还没摔死灰毛狼,就说:"外婆,两个妹妹力气小,拉不动,这回让我帮她们来拉。"

狼外婆只想快上去吃掉她姐妹仨,也顾不得疼了。它把腰里的绳子紧了紧,又喊:"这回可要使劲拉,别再摔着外婆啦!"

姐妹仨答应着,又开始拉呀,拉呀,眼看又拉到枣树老母柯杈了,三人同时把绳子一松,只听"扑通"一声,把狼外婆摔得鼻孔直冒血。姐妹仨个在树上拉拉,也不见狼外婆动弹,听听,也不听狼外婆哼哼了。

天快亮了,姐妹仨从树上下来,一见狼外婆死了,就高高兴兴地回屋了。

(讲述:陈贵珍　采录:张振犁　王金钟　胡汉卿)

胆 怯 必 败

以前,有一家的马挣断缰绳跑丢了。主人找到一个岭子上时,忽然听见岭下马叫虎吼,他往岭下一看,只见他的马正和一只老虎斗架呢!主人吓得不得了,赶忙叫来一些人帮他救马。

人们来到岭子上,看那老虎张牙舞爪,一次次向马身上扑,马也不怕老虎,闪身就用蹄子踢。它们斗来斗去,斗了半天没分胜败。人们看马额头上的鬃毛遮住了眼,想着太碍事,要是能把那鬃毛割掉,保准马能斗败老虎。正好这时候老虎斗累了,到旁边坑里去喝水。有个胆大的愣小子猛冲下去,伸手抓住马额头上的鬃毛,用刀割掉了。

老虎又过来跟马斗。人们想着,这下马该斗败老虎了。不料,马没了鬃毛遮眼,看清了老虎那凶猛样子,倒害怕起来。马一害怕,跳也跳不高了,踢也没劲了,连叫声也小了。老虎朝马一扑,马吓得直往后退,老虎一口咬住马脖子,把马咬死了。

人们很后悔,想不到好心办了个坏事。后来,他们悟出一个道理:不明事理,莫做主张。瞎做主张,定帮倒忙。双方争斗,胆怯必败。

(讲述:程耀庭　采录:程远荃)

金 马 驹

禹州市境内西南有一座东西走向的三峰山。此山绵延六十里,因主要由东中西三座山峰组成而得名。三峰山物产丰富,人杰地灵,史称"画圣"的唐代著名大画家吴道子便出生于山脚下的吴村。古往今来,这里民间流传着一个美丽的传说。

相传很久很久以前,三峰山里有个洞府,里面住着一匹金马驹。这匹金马是孙悟空大闹天宫时从天上下落凡间的天马,它在山里过着悠然自得的生活,饿了就吃山上的青草,渴了喝一口甘甜的泉水。有时金马驹会仰天嘶鸣,百里之外都能听到它的叫声。据说,有人在山上打柴时还曾亲眼见过它。三峰山因有金马驹这个宝贝的佑护,风调雨顺,民风淳朴。

时间长了,金马驹的事不知怎么被一个南方人知道了。南方人来到三峰山想盗宝。他在山脚找到一户农家,给了他们一些银两,要他们帮自己种一棵丝瓜,结了丝瓜后一定要等到第一百天才能把丝瓜摘下来。农户不知就里,见钱眼开,欣然同意。

丝瓜种下后,很快就发出了嫩芽,不久长藤结瓜。说也奇怪,藤上只结了一个丝瓜,而且这个丝瓜

长得又粗又长,通体碧绿。丝瓜长到第九十九天时,农户见它已经成熟,就顺手摘了下来。

约定的时间一到,南方人来了,抱着丝瓜上了山。那天中午,本来晴空万里,突然阴云密布,天上的响雷一个接着一个在空中炸响。不一会儿,大雨倾盆而下。

忽然,空中一道闪电,紧接着雷声响起,三峰山被拦腰劈开了一道口子。南方人趁机将手中的丝瓜一抛,丝瓜刚好顶在了裂缝处。南方人把手伸进裂缝里,一把抓住了金马的笼头使劲向外拽,金马驹拼命抵抗。正僵持间,又一声雷响,山体裂缝开始慢慢合拢。原来是丝瓜没有长足一百天,法力不够。眼看裂缝将要合住,南方人只得拼力一搏。只听"嘣"的一声,马笼头被拽断了。山体裂缝合拢,三峰山又恢复了原状,金马驹逃过一劫,向洞府深处狂奔而去。

雨过天晴,了解真相的人们纷纷追打盗宝的南方人,南方人带着金笼头落荒而逃。金马驹依然留在了三峰山,但由于受到了惊吓,许多年它都没有再露面。那家贪财的农户,受到人们的唾弃,一家人灰溜溜地迁到外乡去了。

(整理:王伟锋)

蚯 蚓

蚯蚓又叫曲蟮,是古老的环形动物,喜欢在潮湿温暖的地方繁殖生长。它专吃腐枝败叶与泥土,经过消化腔的消化,拉出来的粪便便成了腐殖质。它通过身体的蠕动,对土壤有蓬松作用。所以动物学家称它们是原始化肥厂和原始拖拉机。

在嵩山地区,人们对那些不讲良心、专干坏事的人有一句咒语,叫"让他曲蟮死了变蚂蟥,两辈子没眼"。这话的由来还得从一则民间故事说起。

很久以前嵩山脚下有个王家庄,王家庄有户庄户人家生了一个孩子,名唤王孬。此人生性野蛮,桀骜不驯,早早地气死了他的父亲。母亲终日操劳供他吃喝,他非但不感恩,反而非打即骂,弄得母亲终日泣啼涟涟。更可恶的是他还起了歹心要杀死母亲,从此远走高飞,再也不回王家庄。

母亲去找大伯子禀报此事。大伯子给她出主意:每天晚上你把床铺抻好,用一个西瓜放在枕头上虚掩起来,你自己躲到一边去睡觉。

这天晚上,王孬果然提刀闯进母亲房间作案。只听手起刀落,"咔嚓"一声,王孬自知心亏理屈,罪孽深重,弃刀落荒而逃,在一个很远很远名叫桃花庄的地方入赘为婿,过上了平静日子。

自从经历了那次劫难以后,母亲终于看清了王孬的歹毒之心,害怕得再也无心耕织,无奈,她四处漂泊,沦为乞丐。

一日,母亲在集市上讨饭。正逢集日,人来人往有买有卖,非常热闹。此时正好王孬上街赶集,遇见了母亲。母子见面,互叙衷肠,愿意重归于好。他答应母亲,让其随他回家,但有个条件,不能以母亲的身份出现,只能以挖灰婆(仆人)身份相称。因为入赘前他已给妻子讲过父母双亲早已亡故,一旦老人出现,恐妻子恼怒,自己也不好存身。母亲反复考虑,如今已是风烛残年,能有碗米汤喝总比沿街乞讨好得多。管他挖灰不挖灰,只管有个安身处。她答应儿子的条件后,就随儿子回到了桃花庄。

母亲来到儿子家,履行挖灰婆的工作,每日做饭、洗衣、扫地、铲灰,外加上喂猪喂鸡带娃娃。妻子家务活有了帮手,加上老人勤快,手脚麻利,主仆关系还算融洽。每当妻子问起母亲家乡住处,母亲总是遮遮掩掩,吞吞吐吐,避而不答。妻子也不好再往下问。

这年春天,母鸡孵了一群小鸡。母亲看着母鸡与小鸡相依相偎,母鸡不住用双脚朝土里刨食让小鸡吃。此时母亲回想起自己的经历,感慨万端,不由口中叹道:"母鸡呀,母鸡,你辛苦刨食为儿女,我当挖灰为何人?"不小心此话让细心的儿媳听到。她断定这位老人定有难言之隐,就决定向她问个究竟。母亲隐瞒不住,只好将自己的实情如实向儿媳道来。儿媳深明大义,十分激动,立即向母亲跪下叩头,开口叫娘,并叫来王孬谴责其不孝行为,当场让王孬向母亲请罪。

为了庆贺全家团圆,妻子命王孬赶集买来酒肉,要孝敬婆母一番。

席间,夫妻二人跪下向母亲敬酒请罪。母亲此时纵有千言万语,却一句话也说不出来。她感谢儿媳妇的贤孝宽厚,认下了她这个婆婆。她恨自己儿子忤逆不孝,阴谋杀人害命,母亲落难又不肯与母亲相认。正在百感交集之时,忽然天空"咔嚓"响起一声炸雷。为避雷殛,她急中生智,大声喊:"孝顺媳妇站起来,不孝儿子钻地下。"说着说着,地下裂出一道缝,王孬一缩一缩钻了下去,从此变成了蚯蚓。

蚯蚓不孝敬父母怕雷殛它,所以它总是趁雨过天晴才从地下钻出来晒太阳。

传说上神造物的时候,虾是没有眼睛的。因为没有眼,所以才叫"瞎"(虾)。有一天蚯蚓出来晒太阳,被虾发现了。虾欺侮蚯蚓这个有罪之人,趁它不防备,蹿到它身边夺下两只眼睛,慌慌张张戴在自己头上,拔腿就跑。蚯蚓失去了眼睛,日子更加难过,只好在傍晚或夜间不住声地叫"虾……虾……"

而虾呢,因为是偷来的眼睛,没有安放到正经位置,至今仍旧是吊在面部两边。

(整理:张青莲　白天乐)

藏　龙　谷

嵩山南麓卢岩瀑布下,有一条山沟,叫葫芦夸,也叫藏龙谷。

传说很早以前,这里住着一户姓何的人家。有一年夏季的一天,晴空万里,烈日炎炎。中午,一家三口人坐在大门外的树荫下吃饭。刹那间,从嵩山顶上涌出一块黑云,"咔嚓"一声响雷,伴随着狂风,一阵暴雨从天而降,闪电中有一条黑龙掉在门前的峡谷中。

不大会儿工夫,雨过天晴。何老头儿放下饭碗,走下谷底,要看个究竟。当他快要走到沟底的时候,看见一条头上长角,身有四足,浑身生麟的大黑龙,横卧在沟底,周围许多鱼鳖虾蟹、蟒蛇毒虫齐向黑龙袭来。大黑龙被咬得遍体鳞伤,摆动着身躯,张着大嘴直喘粗气,毫无反抗能力。何老头儿看到此情此景,毫不犹豫地从地上拾起一根树枝,赶走了群魔。然后,他又用双手捧起河水,洒在大黑龙身上。常言说:饥了一口,饱了一斗。就这一点点儿水,大黑龙得救了。只见大黑龙越变越小,最后成了一条不足一尺的小龙。何老头儿出于善心,掂起小龙,扔进潭中。小黑龙在水潭中抬起头来看看,摆动着尾巴,潜入潭底。

冬去春来,何家父子正在地里劳作,听见身后有脚步声,转身一看,见是一个黑大汉。还没有等何老头儿开口问话,黑大汉"扑通"一声跪下,给老人叩头,连连说道:"多谢老人家救命之恩!"何老头儿莫名其妙,问道:"壮士何出此言?"黑大汉说:"实不相瞒,我是天上管行云布雨的黑龙神,只因玉帝误

听颍河蛟龙谗言,把我打下凡来受罪。不料来到凡间,强龙反被小蛇欺!幸得恩人搭救,方得活命。现在我的罪期已满,明天是二月初二,我就要返回天庭。今日特来当面给老人家叩谢。"何老头儿说:"区区小事,又是我无意中做的,不值得一提。"黑龙神说:"老人家,我现在还在黑龙潭暂住。您要是想见我,就去黑龙潭外,在石头上敲三下,我听见响声就出来迎接你。若没有啥事,我明天一早就上天走了。"说罢告别而去。

黑龙神走了,何老头儿倒不在意,但是,他的儿子何金龙却动了心。他想:以往只听说过天庭老好,到底好不好,没有亲眼见过,何不趁机跟黑龙神到天堂游游?当天晚上,他就偷偷地一人来到黑龙潭外,在石头上敲了三下。黑龙神出来一看,见是何老头的儿子,就问:"金龙弟,你来干什么?"何金龙实言相告,说:"你明天走哩,我想跟你到天庭玩玩。"黑龙神说:"你身上无鳞,驾不起云,咋去?"何金龙说:"就求你这一次,你还不答应,不中算啦!"说罢,他转身就走。

黑龙神为了报何家恩情,下决心带何金龙上天,连忙叫回金龙,嘱咐说:"明天一早不见红日,你烙几张煎饼带着来。我在这里等你,咱就一同上天。"何金龙问:"带煎饼干啥?"黑龙神说:"你吃了煎饼,身上就生出鳞来了。"何金龙一听,心中高兴,二话没说回家去了。

二月初二这一天,天刚一明,何金龙带着煎饼来到黑龙潭,看见黑龙神已经在等候了。金龙骑在黑龙神的脊背上,飞上天去。

他们飞过后,在黑龙潭西岩壁上留下了一条闪光发亮的龙腾路来。一直到现在,在去黑龙潭的峡谷崖壁上还留有一道印痕。

(采录:韩有治)

蛤蟆招亲

从前有一家人,只有老两口,男耕女织,行善行好,心地善良,为人厚道,受到人们的好评。但是没儿没女,大家都非常惋惜。

这一年,大忙季节,老婆手上害疔疮,老头在地里犁地,老婆在家做饭还得送饭。眼看饭做好了,但手不会提,怎么办呢?她自言自语地说:"要是有个孩子多好啊!"正在这时,忽然听到孩子叫娘的声音:"娘,你不会送饭,我会,你不用作难。"随后老婆便发现了一只蛤蟆蹦到了跟前,便:"你一只蛤蟆会送饭?""娘,不要紧,你把饭罐放到我身上,你闭眼就可以了。"老婆说:"中,试试看。"结果很顺利地把饭送到了地里。

来到地头,蛤蟆便喊了起来:"爹,饭送来了,你来吃吧。"老头喝住牲口,东瞧瞧,西看看,从哪里传来恁亲的喊声?一眼看到地头放着一个饭罐,便快步来到地头。"爹,你吃吧,我来犁地。"老头一看是只蛤蟆在喊,便说:"你会犁地?"蛤蟆说:"你把我绑在犁上就行了。"结果老头把蛤蟆绑在犁上,一会儿地就犁完了。

回到了家里,蛤蟆对老头说:"爹,今天你累了,晚上你休息,我来喂牲口。"老头说:"那说啥也不中,万一牲口被人偷跑咋办?正是用牲口的时候。"蛤蟆说:"不要紧。爹,我有办法。"老爹想到白天送饭、犁地的事儿也觉得没问题,因此就答应了。

半夜里,有人去偷牛。这个偷牛贼,刚一露头,就听到大喊一声:"谁来偷牛,不要命了!"偷牛贼一听,赶紧逃跑了。

第二天蛤蟆便把这件事说给老头听,老头一听夸奖说:"你还怪中哩。""爹,我还想娶媳妇呢。"老头一听,说:"说别的我还相信,要是说你娶媳妇,一点门儿也没有,你没想想,谁家的大闺女肯嫁给你一个小蛤蟆?"蛤蟆说:"反正你得给我娶个好媳妇,媳妇还得是员外家的三小姐。"老头一听,连忙说:"老天爷,人家员外家有权有势,家有万贯,人家三小姐,大家闺秀,相貌出众,世上少有。不中,可不中。"蛤蟆说:"爹,那你甭管,你只给我腾一间房子就中了。"老头说:"中,中。"

蛤蟆一蹦一蹦来到了员外家,在水道眼里喊起来:"员外大人快出来,我有句话给你说。"家人赶紧喊来了员外,蛤蟆对员外说:"大人,我要娶你家三小姐做媳妇。"员外一看是个蛤蟆在说话,非常恼火地说:"不中,不中,你一只小蛤蟆,想吃天鹅肉?没门儿!"蛤蟆说:"你要是不愿意,我可要哭哩。"员外说:"哭就哭,谁管你哩。"于是蛤蟆哭起来,顿时,老天翻了脸,刮起狂风,下起暴雨,专下在员外家的一片儿庄园,直下得人人心焦,个个着急,鸡犬都在乱叫唤。员外一看不得了,赶紧说:"蛤蟆,别哭了,别哭了,我同意。"于是,天放晴了,风也不刮了。蛤蟆说:"那你快让三小姐见见我,跟我一块走吧。"员外一听,心里可着了大急,心想:我刚才诓了一下蛤蟆,我女儿俊秀漂亮,咋能嫁给一个小蛤蟆?心里很不乐意。蛤蟆一看员外没答应,想变卦,就说:"员外大人,你不同意,这次我就笑。"员外说:"你笑着才好呢。"他的话音一落,冰雹下了起来,越下越大,真把员外吓坏了,连忙说:"别下了,别下了,我同意。"蛤蟆接着说:"岳父大人,让三小姐跟我走,还得和平时嫁女一样,用大轿抬到我家,我在前边骑马,她在后边跟。"员外不敢不答应,只好说:"中。"

男耕女织

三小姐出来一看,心里很不乐意,心想:我咋和一个蛤蟆过日子?但又一想,如果不同意,蛤蟆大哭大笑,老百姓可要遭殃了,为了大家好,就这样委屈一辈子算了。

于是,大轿、高头大马,吹吹打打,鼓乐相伴,还配了双"喜"字,三小姐很快就来到了老头家。老头一看,真是高兴极了,把屋子打扫得干干净净。大轿一落地,蛤蟆和三小姐在一块拜天地,这时蛤蟆在地上猛地打了一个滚儿,立即变成眉清目秀的精干小伙子,大伙儿先是吃惊,后是高兴。蛤蟆很有礼貌地说:"爹,娘,娘子,老少爷儿们,我原是个仙人,在仙界受不了孤独,向往着人间。我知道爹娘行善,受人尊敬,现在年事已高,又无儿女,我愿做您二老的儿子;也知道娘子心地善良,知书达理,所以愿和她喜结良缘,共同孝敬二老。"大伙儿一听都高兴地说:"好!好!"

就这样,蛤蟆夫妇男耕女织,创家立业,孝敬老人,关心邻里,一家人过着幸福的日子,三乡五里也都夸赞不绝。

(讲述:韩海甫 整理:王占文)

斑 鸠 鸟

又到了杏儿成熟、麦子炸籽的季节了,每逢到了这个时节,在辽远的高空上总会响起斑鸠鸟那声声悠长而凄楚的叫声:"咕咕咕——咕!"那是一种怎样的叫声啊! 每每闻听此声,人们都要为它辛酸的经历掬一把同情的泪水。

传说那是很久很久以前的事了,在我们这里一处贫穷的小村落里住着一户人家,有一个老太太和一儿一女,这个老太太心狠手辣,生性残忍。据说这一儿一女也并非她亲生。后来孩子长大成人,儿子娶了媳妇,是个心地善良、贤惠孝道的女人,和她的小姑关系和睦融洽,相处犹如亲姐妹一般。

老太婆生性贪财,她丝毫不为自己的家私满室而满足,还时时强迫女儿和儿媳每天上山打柴、打草,回家挑水、做饭、洗衣服。姑嫂二人整天起早贪黑,辛勤操持家务,没有一刻的空闲,但是仍然满足不了老太婆贪得无厌的心理。人不是铁打的,精力毕竟有限,嫂子终于病倒了。于是这副沉重的担子就落在小姑一个人身上,她又是打草,又是喂猪,又是挑水,又得做饭,里里外外的一切全都由她一个人操持,嫂子仅躺下两三天的工夫,她本来就消瘦的脸又瘦了一圈。

老太婆更是变本加厉,把对媳妇的不满全部发在女儿身上,除了要她把平常姑嫂二人所干的活干完外,还要女儿每天把水缸挑满。

要知道,她们挑一担水来回要走十几里路,还要翻一座大山和一架小山,姑嫂二人一齐挑,缸也没挑满过,现在要她一个人来挑满,谈何容易? 可是又想到嫂子重病缠身,平常又待自己恩重如山,如若不按老太婆的意愿,那么她不仅会难为自己还会更加刁难嫂子的。小姑想到这里,不顾寒冬腊月,北风呼啸,也不顾路途遥远,举步艰难,一担又一担地挑呀挑呀。但是,不管她的脚掌磨出了多少血泡,也不管她的肩膀磨掉了几层皮,可她始终没有把缸挑满过,因此,她不得不每天忍受老太婆恶毒的咒骂和残暴的毒打。

小姑再也忍受不下去这样非人的待遇了。又是一个黑得伸手不见五指的寒夜,小姑独自一人挑着水桶,经过她每天挑水必经的那个山头,她的泪水早已在漫骂和毒打中流干,可此刻她忍不住放声大哭。尽管她再也流不出一滴眼泪,可是她还是那样干哭着,一直哭得天昏地暗,昏了过去。在迷迷糊糊的幻觉中,她发觉有一位白胡子老者来到她的面前,在她歪斜的水桶里放了一股什么明晃晃的东西,并轻轻地俯下身子对她吹了一口气,说道:"好姑娘,醒来回去吧!" 姑娘渐渐被凛冽的寒风吹醒,发现两只水桶都盛了满满的两桶水,以为是哪位好心人在自己昏倒时,替自己打满了水,于是,她不敢再多加思量,挑起水桶,急急地向家里走去。

说也奇怪,两只小小的水桶这一次竟怎么倒也倒不完,直到把水缸倒满,还有满满的两桶水。老太婆恼羞成怒,又无可奈何,就故意刁难:"贱坯子,打的猪草呢? 打的什么猪草? 连你也不吃,去,重新给我打新鲜的猪草来。" 想一想,寒冬腊月,哪能打来什么新鲜猪草,姑娘绝望了!

可怜的小姑走进寒夜里,就再也没有回来。

第二天,嫂子发觉小姑好长时间都没有来自己这里了,就挣扎着爬起来,才发现小姑昨晚根本没有回来。嫂子再也顾不得什么了,披头散发地满山野乱跑,口里喊着:"姑姑呀,姑姑! 姑姑呀,姑姑!"

可怜的小姑,再也听不到嫂子那凄楚的呼唤了。就这样,好心善良的嫂子一直找啊喊啊,最后也终于走了小姑的那一条路。不久,在麦熟的当儿,在她死去的地方,出现了一种口里叫着"咕咕咕"的斑鸠鸟,人们都说那是那位好心善良的嫂子变的,她还是在寻找她失去的小姑呢。

(整理:周玉玺)

皮 狐 子

从前,张家并不富裕,也是吃了上顿没下顿、穷得叮当响的主儿。说起他们的致富经,里面还有一个耐人寻味的故事呢!

这年,已是大年二十八了,张家夫妻你望我,我看你,愁眉不展,闻着别人家飘来荡去的肉香味,听着噼里啪啦的鞭炮声,看着土坯炕上盖着半条棉絮的儿子,再看面案上,糠面做成的鸡、鸭、鱼,连放进油锅炸的油都没有,只能用白水煮熟了吃。

"唉,人家是人,我也是人,人家老婆孩子吃香的、穿光的还不随心,我怎么就连温饱都不能给他们?"张家男主人百思不得其解,烦躁极了。他站起身来,推开那扇千疮百孔的烂木门,信步走去,"唉,人比人气死人呀!"

咦,脚底下是啥? 脚猛地被垫了一下,软乎乎,黑漆漆,什么也看不清。

"喂,宝娘,快把灯拿来。"女主人小心翼翼地举着昏昏暗暗的豆油灯闻声而来。

"这是啥?"女主人眼尖,首先发现了那只和猫差不多尖细小脑瓜、小长尾巴的小精灵,浑身油亮浓黑的毛细密柔软。

"是狐狸? 又不太像。"男主人把这个气息微弱的小东西翻来覆去地看,既不像猫,又不似狐,一种怜悯之情油然而生。

皮狐子

"多可怜的小东西呀,十冬腊月天不在窝里过冬,出来受这份罪,险些冻坏了小命,宝他娘,咱把它留下吧。"男主人说。

"嗨,留吧,咱又多了一个张嘴货儿,不留吧,怪可怜的。"女主人为难地留下那只可爱的小生灵。

年三十啦,家家都熬年呢,宝宝领着他的狐子去找同伴玩,半路上狐子撒腿如飞,一会儿跑没影了。宝宝追呀,追呀,眼前是黑茫茫的一片杂草丛林,只有天上的星星冲他眨眼睛,宝宝伤心极了,回家告诉了爹妈,张氏夫妇好说歹说才算劝住了儿子。

约摸又过了一个时辰,门外响起了怪叫声,张氏一家子惊恐地开门观看。眼前有两个华丽的大箱子,一个箱里边装的全是吃的——烧鸡、炸鱼、白馍,另一箱子里装的全是穿戴的——各种各样的衣服、金、银、珠宝,宝宝狐子在他的脚边得意地叫着。守了大半辈子穷困的张氏夫妻乐得近乎于发狂,手忙脚乱地往屋中搬东西,爱怜地把狐子放在心口暖了又暖。

从此后,张家过起了花天酒地的生活。

这天,他们又开始抱怨狐子驮的东西少,质量不好,狐子片刻功夫就从外边跑回来,张妻一看狐子驮回一个大圆石磨盘,咬牙切齿地咆哮:"我们家啥奇珍异宝没有?谁稀罕这破东西?咋不给你压死呀!"狐子伤心极了,眼泪滚出了眼眶,再也没有力量撑起来了,石磨盘一点一点向下边压去……男主人恼羞成怒,命令家人把石磨扛出去,掀起磨盘,只见下面有一片殷红的血迹。

"哼!我们堂堂员外之家,绝不允许妖畜玷污。来人,用沸油、红铁条把这污物给我烫净烫干!"

从此,人们只知道有一个飞扬跋扈、不可一世的张员外,并没有人知道可怜惨死的皮狐子。

(整理:宋开颜)

王刚哥和可傲

每年一到夏天夜里,在箕山的北面,就不断地听见两种鸟的叫声。这里叫:"王刚哥,等着我!"那里马上就有一种鸟接着叫:"可傲!可傲!娘炒麻籽谁知道!"

传说,这两种鸟都是人变的。

相传,很早很早以前,这里住着一户姓王的人家。夫妇俩相亲相爱,男耕女织,日子过得很美,跟前只有一个孩子,名叫王刚。这孩子生来聪明老诚,夫妇俩爱子如命,从没见打骂过一次。一天,妻子忽然得了不治之症,临终时,把丈夫叫到跟前嘱咐说:"刚他爹呀!我的病是不行了。别的我没话说,只要你续娶一个好妻子,把刚儿照顾成人,我就死也闭眼了。"

后来,经媒人说合,丈夫又娶了一房姓姚的妻子。姚氏带来个孩子叫可傲。

姚氏过门以后,看待王刚就如眼中钉,只嫌王刚不快死。要是死了,全部家产不是就都归可傲了吗?!因此,她想尽方法来折磨王刚。

一年春天,丈夫出外,姚氏就想趁机会害死王刚,可是又怕落下坏名声。好想歹想,想出一条"妙计"。这天,她把一袋炒熟的麻籽交给王刚,一袋生麻籽交给可傲,对他们说:"去吧!春天正是种麻的时候,到高山种麻去吧!看着,等麻长出来时再回来,麻不出来就别想回来!"

弟兄俩就按照姚氏的话种麻去了。走到南山半坡上,两人的肚子都饿了,可傲提出吃麻籽。起初是各吃各的。王刚的麻籽是熟的,吃着很香;可傲的麻籽是生的,吃着有点苦。后来互相一尝,可傲就要跟王刚换麻籽。王刚怕可傲回去在母亲面前说自己的坏话,就跟可傲换了麻籽。

到山上把麻籽种上以后,只有五六天光景,王刚种的麻就长出来了,可傲种的却一棵也没有出。

本来,王刚的麻出来了,是该回家去的。但他想弟弟年纪小,需要照顾,就又等了几天。等呀等的,可傲种的麻总不长出来。真是等不得了,王刚只好回家去了。可傲连饿带急,很快就死在山上了。可傲死后,变成一只小鸟,整夜叫着:"王刚哥,等着我!"

王刚回家把事情经过一五一十都说了。姚氏一听,气坏了,把王刚狠狠打了一顿,要王刚马上到山上去找可傲,并且说:"找不回可傲就别回来!"

王刚离开家,哭哭啼啼上山去找可傲。走到半山坡,一只小鸟在后面紧跟着叫:"王刚哥,等着我!"王刚心里就不是味。他到山上好找,找不到可傲。碰见一个放牛的老头,王刚就问老头:"老伯伯,两布袋麻籽为什么一袋吃着香,种上不出,一袋吃着苦,种上就出了?"放牛的老头说:"吃着香,种上不出的是麻籽炒熟了。"

王刚一听,知道是继母害人没成反害了自己。他痛哭一场,也不敢回家,不久,也死在山上了。王刚死后,也变成了一只小鸟,终夜叫着:"可傲!可傲!娘炒麻籽谁知道!"

姚氏因为害人没成,反害了自己,又羞又恨,没多久,也死了。直到现在,谁家的后娘待前房孩子不好时,人们就骂她是"后姚婆"。"后姚婆"就成了可耻的名字。

(整理:韩有治)

狗 和 猫

从前,有一户赵姓人家,掌柜得了一块元宝,爱不释手,整天揣在怀里掖在兜里从不离身,见人就说逢人就讲,就是到了夜里,也要掏出来放在桌子上,仔细地端详一遍又一遍,真是高兴得不得了。过了不久,有一天夜里,元宝放在桌子上他睡着了,醒后发现元宝不见了踪影,被小偷偷跑了。

掌柜的一看没了元宝,整天闷闷不乐,茶不思饭不想,得病卧床不起,寻来名医看遍,还不见好转,这可急坏了全家人,连掌柜最宠爱的看家狗和猫都坐卧不宁,就在大家都想不出办法的时候,狗对猫说:"猫弟,掌柜对咱不薄,咱不能看着掌柜这样下去。况且,家里不能没掌柜,咱也不能没有这个家,咱两个去把元宝寻回来怎么样?"猫说:"咱凭啥去找呢?"狗说:"我的鼻子灵,可闻着小偷的脚印找,只能知道小偷家,却不能去小偷家。"猫说:"那好,我身子小,你只要引到小偷家,我就能跑到他家里把元宝找回来。但我跑不快跑不远,你得背着我。"狗听了后心想:猫这家伙,真是怕下四两力。但为了忠实于掌柜,也为了掌柜一家人,甘愿受苦受累。狗说:"中,咱一块儿找元宝去。"

狗和猫辞别了掌柜家,踏上了寻元宝之路。

走了一村又一村,赶了一程又一程。饿了,狗寻不来吃的,就跑到人家茅厕里去吃屎。猫呢,总是从水道眼里跑到人家家里,专拣好的偷着吃。这一天路过一家办喜事儿娶媳妇的人家,猫闻着好香好香的香气儿,嘴里直流口水,就从狗背上跳下来,"刺溜"一声从水道眼里跑到人家家里偷嘴吃,它看见案子上香喷喷的肉块子,不管三七二十一张嘴就吃,吃饱了又捎了一块儿等饥了再吃。还没起身就被发现了,人们齐呼呼地追打起来,猫一看势头不好,赶紧从水道眼里往外跑,跳到狗背上说声:"快跑。"

狗和猫

人们追来了,看见狗背着猫跑,气愤极了,把一股脑儿的气儿往狗身上撒,有的用棍子,有的用石头,不说猫的事儿,围着狗打起来,猫跳到一边儿看着狗挨打,一会儿把狗打得遍体鳞伤。人们打累了,也就都回家继续办他们的喜事。狗又拖着带伤的身体背着猫,起程上路。该过河了,好冷的天,狗浑身哆嗦着迎寒风趟冰碴子,身上好疼,但它坚持着。翻山,它四肢酸麻,行走艰难,它无怨。越岭,它又饥又渴,受尽了罪,它无悔。终于,鼻子很灵的狗,闻着气儿沿着脚印,在一个漆黑的夜晚,找到了小偷的家。猫从狗背上跳下来,从水道眼里跑到小偷家,发现了被偷的那个元宝,等小偷睡着后,猫抱起元宝就走,来到门外,跳到狗背上一起往回跑。

狗和猫回到家的时候,已经到了后半夜,掌柜家的大门关得严严实实,狗回不了家,就忠实地卧在了大门外,猫从水道眼里抱着元宝回到了掌柜身边。

掌柜一见到猫把元宝找回来,立刻从床上爬起来,捧起元宝,一会放在胸口上,一会儿贴在脸蛋上,高兴极了,看了一遍又一遍,摸了一次又一次。猫又把找元宝的路上,受冻、挨饿、受屈辱、受冷眼、遭毒打以及爬山、过河、越沟、翻山的艰辛,添盐加醋地说了一遍,只字没提狗一点儿,全是猫的功劳。掌柜听了以后,抱起猫又是亲又是吻,给了很多好吃的和好喝的。猫真是享尽了口福,听尽了夸赞的话。掌柜对猫真是宠爱有加,掌柜忘记了狗,认为狗是没用的,是多余的。因此,对狗瞪一眼,横一眼,连理不带理的。

狗知道猫说了谎,贪天之功归为己有。因此对猫很生气,见猫就咬。猫自知理亏,见狗就跑,跑到掌柜跟前告状,说狗欺负了猫。掌柜对狗不客气,不是罚就是打,或者不给吃的。狗就更生猫的气,把猫称为奸贼和奸臣。

狗在繁衍生息,一代传一代,猫在繁衍生息,一代传一代,到现在狗见猫仍然追着咬,猫见狗还是起来就跑。

(讲述:景银彪　整理:王湛文)

老鹰群战蟒蛇

南大洼山上,陡峭嶙峋的山崖中有一凹槽,凹槽里栖息着几只老鹰。老鹰翅膀张开,鹰头前伸,就像飞机在天空巡航。

南大洼的村人,看到在天空中巡航的老鹰,心神向往面惬意。

这一天大清早,人们感到气氛不同寻常,仿佛空气凝固,南大洼陡地飞来了成百上千只老鹰,"呱哇——,呱哇——"地叫着,把天空遮住了。刚刚黎明的天空,突然又暗了下来。上学的孩子停住了脚步,赶着牲口驮粪的男人喝住牲口,担着挑子的货郎放下了挑子,在家做饭、喂鸡、喂猪的女主人,走出了院门都抬头往南大洼山上瞅。

人们看到,蓝色的天空中,一大群老鹰一个个抖动着翅膀,愤怒地鸣叫着,在人们的头上盘旋,一个个气势汹汹地猛烈地朝山崖凹槽处俯冲,狠狠地"扑嗒扑嗒"着翅膀,然后又"呱——"地一声振翅一飞,腾空而起,像剑一样射向天空。

人们惊呆地睁大眼睛,屏住呼吸,生怕有什么奇怪的事情发生。大家有生以来从未见过如此壮阔的场面,平时不几只老鹰,今日咋这么多？老鹰们从哪里来？为什么对山崖凹槽处进行攻击？人们百思不得其解。

突然,人们惊恐地张大了嘴巴,只见几十只老鹰伸长双爪,一齐朝凹槽俯冲下去。哇,人们看见,这群老鹰抓起了一条长长的大蟒蛇,有的抓头,有的抓腰,有的抓尾,老鹰们齐心协力向上提升,就像一架巨型提升机把蟒蛇提升起来。向上,向上,再向上。天空中的黑团由大变小,渐渐不见了踪影。

人们的大脑顿时凝固了,不知所以然。

嘿!不知哪个人发出一声惊呼:"你们看!"

人们顺着他的手指,看到蟒蛇从高空天际上突然落了下来。在人们还没反应过来的时候,只听"嘭"的一声响,蟒蛇忽然被这群老鹰狠狠地摔到了一块大石头上。顿时,蟒蛇身上喷出的像白色浆糊一样的东西四下溅起,溅得那块大石头上面,全都是白呼呼汁液。此时的蟒蛇像一根粗大的橡皮条一样,无力地软瘫在石头上。

事后,有人说,在南大洼村南山崖中的凹糟处,原来是老鹰的巢穴。不知什么时候,什么原因,被这条蟒蛇占据了。因此,惹来老鹰家族与蟒蛇的一场恶斗。

老鹰群战大蟒蛇

这一奇观,成了人们长久谈论的话题。人们感慨、唏嘘、惊叹,南大洼从此闻名。

(口述张金贵　整理王德昭)

斑鸠的叫声

沈成是个富有的生意家,他又要外出做生意了,看着夫人和好心厨子张嫂帮做的新被褥,心里很激动,站在船板上依依不舍地向夫人挥手告别。

晚上,夫人卸装突然不见了头上的金钗,那可是丈夫赠给她的最心爱之物呀,自己一向珍藏,保存得挺好,怎么一下就丢了呢?沈夫人心急火燎地东翻西找,哪儿也没找到。"会不会是厨子张嫂?"沈夫人想起了张嫂殷勤帮忙时的情景。

第二天早上,张嫂下完厨,就被沈夫人叫到内室,严严肃肃地询问:

"张嫂,我平日里好好待你,你怎么还这样辜负我?"

"这是从哪里说起呀,老奴深知夫人恩重,只一心一意报答夫人,从没有做对不起你的事啊!"张嫂不明白夫人说的是什么意思,十分小心地回答。

"张嫂,你不必搪塞,你偷我的金钗呢?"沈夫人心平气和地问。

"金钗,啊!金钗,什么金钗?我没见过。"张嫂惊慌失措,说话舌头好像也短了许多,深深地跪在地上叩着头,"夫人,夫人明断啊,天在上,地在下,老奴跟夫人这么多年,可从没做过违背良心的事啊!十几年来,奴才只一心报答夫人,从不敢胡作非为。"

"张嫂,你也别慌张,你想,为老爷做被褥,我还戴着,只有你我二人,怎么送老爷一走,就找不到了呢?"

斑鸠

"奴才实在不知道,冤枉呀,夫人。"张嫂浊泪洗脸,泣不成声地分辨。

"张嫂不必委屈,若你真不知道,可以对天盟誓。"沈夫人很平静。

"夫人可知老奴只有一个独生儿子,我愿以亲子作赌,如若偷了夫人金钗,让我三天之内,死了独生子。"张嫂认真地说。

日子一天天过去,张嫂的独生子,却在她发毒誓后的第三天早上突然暴死。消息传开,人们都说张嫂偷了夫人的金钗,触犯了天意。

从此,张嫂离开了沈家。

"好倒霉呀,没偷人家东西,倒落了个偷名,还赌死了一个和自己相依为命的人。"张嫂越想越气,整天在家没明没夜地哭啊,哭啊,直到哭瞎了双眼。

张嫂的独生子死后不久,沈家最高的树枝上,每天都有一只很丑的鸟,唧唧喳喳地叫:"拆新被,明人心,赌咒就怕恶时运,死儿独哭。"

一天两天,一个月两个月,天天如此,知书达理的沈夫人,犯起了猜疑:"难道有什么冤情吗?难道我的金钗……"

这天,沈夫人认认真真地给丈夫写了一封信。十天后,丈夫把缝在棉被里的金钗带了回来。从此,丑鸟也不再来他家树枝上叫了。

人们都说,常在沈家树枝上啼叫的丑鸟儿,就是张嫂的儿子变的,大家见到这只只会叫"死儿独哭"的丑东西,取名叫"死咕嘟",书本上却叫它斑鸠。

(讲述:杜妞 采录:王湛文 宋开颜)

狗腿之来历

从前,衙门里有一个衙役头,无论哪一任县令来,他都不被辞退,一直干到老死。因为好听的话他会说,称心的事他会做,老爷、太太哪里痒,他就往哪里挠。

有一年,老老爷卸任走了,新老爷上任来到。这个衙役头像往常一样,衙前有事,他为老爷办得称心;后宅有事,他为太太办得如意。没有几天,就又取得了老爷太太的欢心。但是在老百姓面前,他又是一副嘴脸,经常暗地里欺侮百姓。人们对他恨之入骨,可又对他没办法。

一天,衙役头在乡下讹诈人家以后。又夜入民宅,奸污民女,被人捉住,砍断了他的右腿,被扔出村外。他连爬带滚到半路上,就昏迷过去了。到第二天一早,有一个老道士下乡化布施,路过这,看见路上躺着一个血迹斑斑的衙役,急忙抢救。当衙役头清醒过来后,道士问他因何成这个样子,衙役头漫天撒谎,说是他昨日下乡催交皇粮,回来路遇强盗,抢走了银钱,又砍断了自己的腿。说着两眼泪珠直落,老道士看着他怪可怜的,发了善心,当即施法,掘土提水和泥,做了一条泥腿,给衙役头安上了,并且嘱咐说:"这条腿虽然是泥做的,照样能走路,但是千万记着,见不得水,下雨天不能出差,就是晴天,每逢洒尿,也要把这条腿跷起来,以免湿水溃烂。"你猜咋着,衙役头好了疮疤忘了疼,连句谢谢的话也不说,站起身扬长而去。老道士十分生气,骂道:"孬东西,连只狗都不如,是一只狗,我给你安一条腿,临走也得给我摆摆尾巴。"

衙役头回到县衙,见了县官,把谎撒得更离奇,硬说是老百姓们抗差不交,在争斗中被小民砍断了腿,老百姓怕官府追查,请了个老道士,给他安了一条泥腿,还拍着泥腿说:"老爷,你甭看这是一条泥腿,还照样能为你办事。"说到这,他猛想起老道士的嘱咐,连忙又说:"老爷,这条腿可不能见水,下雨天可千万不能派我出差。"县官一听说泥腿不能见水,下雨天不能出差,恼羞成怒,骂道:"这个老道士真可恶,要赔,你就赔一条皮包骨头的肉腿,安一条泥腿,难道下雨天,衙门里头就没事吗?"随即派衙役,手持火鉴,把老道士抓进衙门。

老道士不知因何被抓,心里胡乱猜疑,来到大堂一看,县令已经升堂,两班衙皂分站两厢,杀气腾腾,心中害怕,既然来了,怕也没用,慌忙上前叩头,说:"贫道法犯哪款,为何把我带进衙门?"县令把惊堂木一拍,大声斥道:"呸!大胆的妖道。竟敢怂恿刁民,反上作乱,抗粮不交,砍掉班头的腿,既知有罪赔腿,就应该赔一条皮包骨头的肉腿,却安一条泥腿,咋叫他雨天出差办事?"老道士一听,心里明白了。县令又说:"老道,我命你来当堂把泥腿换成皮包骨头的肉腿,如若不然,我叫你皮肉受苦。"老道士听罢,暗自想道:这明明是讹诈嘛,中!就换腿。连忙答道:"大老爷,换腿者不难,但有一条,你得照办。"县令说:"你说吧。"老道士说:"要在这个时辰内换了,过了这个时辰就不中啦,你看远的已来不及了,就在这大堂上,你看把谁的腿砍下来。给这位班头安上呢?"众衙役一听都吓毛了,哪还敢乱诈唬。这个时候,县令看看自己,再看看别的衙役,身上都只有两条腿,砍掉一只,都只剩一只了,难住了。县令越急,道士催得越紧:"老爷,快些定下来吧,砍谁的都中,要不,过了这个时辰就不中啦!"县令急得抓耳挠腮,衙役们吓得心惊肉跳。正在这时,从后官宅跑出来一只大黑狗,县令一看,狗有四条腿,喜出望外,忙下令说:"老道,快将这狗的腿砍下来一只,给班头安上。"衙役头一听说要给他安一只狗腿,"咕咚"一声跪在县令面前,求告说:"老爷,就用这条泥腿吧,安一条狗腿要是叫外人知道,说起来多不好听。"县令说:"嗯!你说得老美,我不管他狗腿不狗腿,安上,不论晴天、雨天,能出差办事就中。"说着就下令叫老道士动了手,刹那间,去掉了衙役头身上的泥腿,砍下狗的一条腿,给衙役头安上了。衙役头虽然内心不高兴,但为了讨好老爷,还是满脸堆笑。

那只剩下三条腿的大黑狗,甭说走路了,连站都站不起来,在大堂上"汪汪"乱叫。老道士说:"老爷,这狗也怪可怜的。剩下三条腿,咋为你守大门哩?是不是把这只泥腿给狗安上?"县令一听,觉得怪趁自己的心,说:"中!你就给狗安上吧。"老道把泥腿给狗安上。大黑狗有了腿,站起身来,摆着尾巴儿,又跑回后宅去了。

后来,狗为了爱护自己身上的泥腿,每逢洒尿时,总是把腿跷起来。那个衙役头因为身上有一条狗腿,他每次下乡催差派粮,人们背地叫他"狗腿子"。时间长了,凡是摇尾奉上、仗势欺下的人,人们都称其为"狗腿子"。

神 鹿 引 路

白居易晚年在东都洛阳度过了十八个春秋,卒后葬于龙门东山琵琶峰上。后裔繁衍,世居洛阳。

白氏后裔以先祖功德为荣,流传着神奇迷离、生动感人的传说故事,反映了白氏后裔对先人的无限崇敬和爱戴。

元朝末年,洪武兵伐中原,元顺帝失位,洛阳大乱。白氏族人百余人,各奔他乡避乱,大多外逃未归。白居易第三十二代孙白介、白超兄弟二人,为避兵乱,西逃宜邑,居宜阳城北门里。洪武十四年(1381年),介公归迁洛城南庄,超公则安居宜邑。介公归洛后的第一件事便是赴香山拜祭先人。家人备好祭品,一行十余人,经伊河,船夫闻讯,争相摆渡。介公欲付银两,船夫连忙谢绝:"不能收,不能收,若不是白氏先人当年开凿八节滩,我们还得下水推舟呢!"

由于连年战事,白公墓碑毁茔平。琵琶峰周围,杂草丛生,介公等人几经周折,仍未找到先茔。介公心想:难道我白氏裔孙从今无从祭祀祖宗不成?忽然,众人面前出现一只黄色神鹿。介公对众人言:"定是先人显灵,神鹿引路。"于是,众人尾随神鹿而行,至公墓前,神鹿消失。介公等人果然在草丛中发现白公墓残碑。介公等人见祖茔如此惨状,怆然泪下,决定重修白公之墓。

经过两年的精心筹划,介公于明洪武十六年(1383年)春,重修白公之墓,又将白氏宗谱整理成册,使白氏谱系免予中断。迄今,白氏后裔对介公修墓立石、续修族谱之事,有口皆碑。

(整理:白剑)

牛　冢

嵩山少室山待仙沟安阳宫下山坡上,有黄土堆起相邻的两座墓冢,冢前立有一通石碑,记述了牛冢的由来。

清朝末年,山东女道人吴援舟从河南方城人刘宪礼学道,后到少室山,在待仙沟口搭一草棚暂住。一天夜间,月明星稀,吴援舟蒙眬中听到棚外有响动之声,以为是夜间有人过此,便从小窗探头去看。只见月光下草棚前有头小牛,席地而卧,不时地抬头,摇着耳朵,嘴里不住地嚼着什么。吴援舟想是谁放牛不小心,将牛丢在这里了,便没去理它。

次日清晨起来,她见是头膘肥体壮的红牛犊,头上还没有犄角,鼻子上也没带鼻拘,很是可爱。她赶它起来,轰上山去吃草,等放牛的人来认领。可等了两天,也没人来认。她赶着它到四乡邻村去问,都说不是自己的。那牛犊还是白天上山吃草,到溪边喝水,晚上便回到草棚外卧下休息,倒沫。吴援舟蹲下,抚摸它绸缎般溜滑的脊背,它也回过头来,亲昵地摇着耳朵,看她几眼,"哞哞"地叫几声,甚是可爱。

一天,有个陌生的外乡人来,说是他家的牛犊。吴援舟说:"是你家的,你就赶走吧。"那人用树条子驱赶它,它硬是不走,还满山地跑。那人用棍子打它,用石头掷它,强把它赶下山去。但不几天,它自个儿又回来了,鼻子上还带了鼻拘。小牛慢慢长大,头上也长出了犄角,弯弯的,锋利无比,身上的毛色由红变黄,真像一头大犍牛了。

吴援舟要修建安阳宫,发愁没人运石头砖瓦。工匠说:"把牛套上车试试吧,能拉一车是一车,比人抬着快。"吴援舟也同意,说:"不过,路要修好。砖瓦窑在山下,一溜上坡路,铺石垫土,要能过去车才行。"

说干就干,通往采石场、砖瓦窑的山路,依山就势,赶弯就趄,很快便修好了。

调试阶段,那牛很听话,像接受重大任务似的,老老实实地站着让人套上车,装上石头,被人牵着鼻子拉车。一溜上坡路,它"呼呼"地喘着气,一步一步地将车子拉到工地。人们将石头卸下,它转身折了回来。

以后,人们只要将车子装满,它便拉着车走了。到工地人们将石料卸下,它又拉着空车返回。它不用人牵和驱赶,一趟一趟地运送。

拉砖瓦也是这样。

吴援舟说:"这是一头懂人情通人性的牛。"她越发地爱护它了,又找人割来了鲜嫩的青草喂养它。

在这儿干活的原先赶它走的那人说:"这是头傻牛,牵着不走,打着倒退,可现在甘愿出这傻力气!"

大家都说:"它甘愿做大众的牛,真是'傻'得可爱呀!"

随着工程的进展,石料和砖瓦的需要也大量增加,黄牛拉车也格外地用劲了。山路坡陡,崎岖难行,但它用最快的速度,迈着最大的步子,使出最坚实的韧性和耐力,一步一步地前进。有时,脚下打滑,它还要跪着爬行,也不让车退下。它累得满身大汗,气喘不止,但一上了坡,拉到稍平的路段,它稍微喘口气便走。就这样,它趟趟如此,天天如此,工地上的石料、砖瓦总是堆得足足的,任石匠随时选用,建房的速度也不断加快。

可是,黄牛实在是太累了!它拉车满载,只觉得负重千斤,山路难行,头重脚轻,一下子踩在光滑的石子上,石子一滚,一打滑,它便歪倒在狭窄的谷路沟山道上。车子前倾,摆好的砖瓦塌下来,砸在它的身上。它挣扎着,"哞哞"地叫着,起不来了。人们听到牛叫声,飞快地跑来,七手八脚地拿去了压在它身上的砖瓦,卸了车,把两根夹着它的车把扳起,才把它牵出了车外。

但是,黄牛被砸伤了,胯骨尖上流着血水,走路也一瘸一瘸的。吴援舟看了,很伤心,请兽医来给它治伤,

黄牛

割青草掺饲料喂给它吃,让它好好歇歇。谁知那牛歇不住,不到两天,它又四蹄不安地踢蹬起来,身子也踅圈乱转,像是有用不完的劲。

吴援舟再次让人将黄牛套上车。它比以前更卖力了,好像要弥补两天来耽误的活计,一个劲儿地拉着,一个劲儿地上路……

房墙节节升高,房屋座座立起……

突然,有一天,黄牛真的累倒了。它拉着装满砖瓦的车,在上坡路上,伸着脖子,梗着头,一只前腿已经歪下,另一只前腿还没伸出的时候,支撑着地的两只后腿也颤颤地歪倒了。随着整个身子都歪倒了,它瞪着眼,却没叫出声来……

黄牛永远地倒下了,正当房子完全竣工的时候。吴援舟流着泪,说:"黄牛辛辛苦苦一辈子,真为

咱们出力了。它通人性,下辈子别再为牛而要为人吧!请把它的牛皮剥下,同骨肉分别埋了吧。"大家都不忍心吃它的肉、用它的皮,同意埋下。

人们含着泪,小心翼翼地将黄牛的皮剥下,分别在它拉过砖石的砖瓦窑旁埋了两个墓冢。

20世纪80年代后,诗人、作家李铁城来游少室山,听说黄牛的事,看了牛冢,很受感动,遂撰文,捐资,给黄牛立了碑。

(整理:耿直)

蟒 川

南出汝州城,过王寨,便是蟒川乡。蟒川,原本不叫蟒川,因一段神话般的传说,才得名"蟒川"。

很久很久以前,汝州城南30里地,有一大镇,叫作杜店镇,该镇生产一种酒叫"杜店酒",此酒酒味浓淳,过往商客,必畅饮之后方才离开此镇。杜店镇北往汝州城,需经过一个人烟稀少、蛇虫出没之地,此地地势险要,人称瓦石角(今蟒川乡长岭坡林场东北深凹,附近有新建的碑坊,碑坊上书"蒋姑山"),过往商客,经过此地,需要白天结伴通行,夜间或独身时,决不敢往,皆因此处盘踞着百年大蟒蛇,红芯一出,吸人于半里之外,煞是惊人。

话说一日,杜店镇王员外家用人王小二,按员外之命,进城进货归来,因路上耽搁,天色已晚,不由加快了脚步,将至瓦石角,天已完全黑了。王小二想起那大蟒,十分害怕,脚下更快了。行至瓦石角,王小二想,如果能飞起来多好,说时迟那时快,王小二真的如发疯一般,飞了起来。这一飞,顿觉身轻如燕,别提心里那个美啊。远远的,王小二便看到了远处王员外家门口的两盏灯笼,渐飞渐近,归心似箭。突然,王小二发现那两盏灯笼竟自己会一闪一闪的,仿佛眼睛一般。想到此,不由得心里一惊:完了!难道那是大蟒的眼睛?慌忙之中,他想转身回撤,这哪里还回得去,那大蟒已经好几天没吃人了,好不容易遇见个敢走夜路的,一顿美餐啊,岂能放过,一收蛇腹,猛吸一口,但见那王小二如一片树叶,飞进了那蟒蛇的大口,一个活生生的人,就此被一条大蟒生吞了。

此事一出,全镇大惊:大蟒又吃人了,这可怎么办?于是全镇百姓齐出祭品,燃起香火,希望上天能够派出神仙,收服大蟒,以保地方平安。百姓的虔诚没有感动玉帝,但却感动了隐居杜店镇南山的树仙。此树仙乃一千年青冈树修炼变成,自成仙以来,常年受当地百姓敬拜,看到地方百姓受难,决定施展仙术,收服大蟒,以报百姓平日之爱戴。

于是,树仙化作一白发老者,手持青冈枝,来到杜店镇的酒肆,叫了一壶"杜店酒",自顾喝了起来。刚喝了两口,树仙大声说道:"酒保,换酒!"酒保道:"这是本镇最好的酒,还换什么?"树仙道:"这不是地道的杜店酒。"酒保笑了:"先生,您没喝两口,咋酒醉了,这是地道的杜店酒,如假包换!""不是,不是!真正的杜店酒不是这种口味!""笑话!我家主人酿了几代酒,我也卖了半辈子的杜店酒,这还是第一回听说,你倒说说,真的啥味?"树仙一捋白须道:"真的?真的杜店酒那是起封香十里,一口醉百年。杜康不曾酿,刘伶不敢饮。"一旁的店主听到此处,知道遇见高人了,急忙请老者入正堂,恭敬一拜:"请仙人赐我秘籍。"树仙哈哈一笑,拿一青冈树叶,掷入杯中:"哪里有什么秘籍?用心!用心!用心足矣!"话毕,化作一缕清风,悠然飘去。那店主方知此乃神仙指点,再次倒头三拜。于是,杜店酒从此又加入了新的配料,酒味果然是"起封香十里",饮者一口即醉,酒香盈口月余不断,杜店酒自此名声大振。

回头再说那大蟒,自吃了王小二后,由于人们防备,再也没有吃到人,郁闷非常。这一日,实在烦闷,又出洞口寻人吃,突被一阵香气所吸引,愈闻愈香,不能自制,竟爬出洞来,直奔杜店酒肆而去。

这大蟒一进镇,吓得人们四散奔逃,霎时无了人踪。而这大蟒只顾被那香气吸引,哪里顾得着寻人吃,爬进酒肆,蛇首一探,竟把那几缸好酒吸了个精光。这一喝不要紧,那酒是什么酒啊?!那是神仙酿的酒,常人喝一口醉百年,连刘伶都不敢喝的酒,你一个大蟒竟敢喝了几缸!乖乖,这会了得?只见那大蟒摇摇晃晃,刚走到门口,一个踉跄,碰倒了几缸尚未酿成的酒,差点摔倒,出得门来,竟不辨东南西北,径直向瓦石角的相反方向,奔东南而去。

那被大蟒碰倒的几缸酒,虽说是没有完全酿制成功,但也毕竟是经神仙指点酿造的,自然不同凡响,一经入地,化作一条大河,向东流去,后人称此河为"蟒河"。每逢夏季,河水暴涨,黄浪滔天,两岸阻隔,给人们的出行带来了很多困难。如今,乡政府在此修建了六孔大桥,称之为"蟒川桥",从此再无水患所扰。

再说那喝醉了的大蟒,摇摇晃晃爬到杜店镇的镇东下坡处,实在忍不住,"哇"的一声吐了一口。这一口不要紧,竟在此地吐了一个大水坑,后人称该水坑为"东大坑"。由于是大蟒所吐,故千百年过去,该大坑仍浑浊不堪,常年不清。人们常常不让孩子们在此玩耍,因为坑里水蛇颇多,伤人无数。

这大蟒吐完酒后,神志依旧不清,继续向南爬去,爬了整整一天,爬到一个大山窝里,实在爬不动了,这时候酒劲也彻底上来了,再也支持不住,于是盘作一团,醉死过去。后人就把此地叫做"蟒窝"。

人们听说大蟒醉死的消息后,举镇欢腾,纷纷制作祭品,赶往蒋姑山,找到山顶的那棵千年老树,祭拜为民除害的青冈树仙。

直到现在,每逢踏青季节,附近的村民仍会不辞辛苦,成群结队登上青冈岭,拜祭这位为民除害的树仙。那棵树附近的村民叫它"青冈树",那树现在依旧枝叶繁茂,香火不断。而那杜店酒,也被当地村民起了个响当当的名字——杜店大曲。杜店大曲现在没了,但这段故事留下的遗迹还保护得很好。

五、幻想故事

蜜蜡山的传说

嵩山之南四十里,有架山叫蜜蜡山,蜜蜡山有处陡石崖,石崖的半腰有个石缝。每到春暖花开时,老远的,就可以听到这里蜜蜂"嗡嗡"的叫声。有些手脚灵便的牧童,爬到石缝旁边,用竹筒往里一扎,拔出来,流出的蜜就能卷着吃一张烙馍。

传说在蜜蜡山石缝里,有很多宝贝。在蜜蜡山附近田园里,有一把开蜜蜡山的钥匙。这钥匙跟平常开门的钥匙不一样,是黄瓜,谁要是得了这把钥匙,一辈子就不再受穷了。

这一年,一个老头在蜜蜡山下种了几亩瓜。一天,老头吃罢晌午饭,正在凉棚下打瞌睡。忽然,来了一个穿黄衣服的老人,见了老头,就说:"我渴极了,请你给我一个瓜吃吧。"

老头说:"要是我的瓜呀,你不要说吃一个,就是吃十个也行。可我是给人家种的,要让掌柜知道了,挨骂挨打不说,还得被撵走。就是你这吃瓜的人,他也不会轻易饶过的。"

黄衣人渴得太厉害了,他顾不了这些,还是一个劲地向老头要瓜吃。

种瓜的老头看见这人渴得直喘气,心里很不忍,就硬着头皮,拣了一个又大又熟的瓜,递给他。

黄衣人吃了瓜,满面笑容,不住地向老头道谢。他走了几步又返回来,问老头道:"你知道今年开蜜蜡山的钥匙在什么地方?"

"这谁会知道?"

"我就知道。"

"在什么地方?"

"就在你的瓜园里。"

黄衣人领着种瓜的老头,走到瓜前,指着说:"就是这个,再等二七一十四天,瓜熟了摘下来,往蜜蜡山石缝里一插,'咔嚓'一声,山就开了。不过,你一定要记住,不敢在里边停的时辰长,见了东西,拿了就走,就够你一辈子吃喝了。这事可千万不要让别人知道。"

话刚说完,转眼间,黄衣人就不见了。

种瓜老头真高兴呀!他又是浇水,又是施肥,等了半个月,这个瓜长熟了。他摘下瓜,趁黑夜上了蜜蜡山,开了山门,进去见壁上挂着一个布袋,拿了就走。他刚一出山门,"蹦"的一声,山就又关住了。回到家里,老头撑开布袋一看,原来是一颗颗光闪闪的金豆。

后来,这事被财主知道了。他把老头叫去,恶狠狠地问:"你的金豆是从哪里来的?"

老头不肯说。

"你不说?我就当是偷的!"

"我这么大年纪了,怎么会去偷?"

"不是偷的,从哪来的?说呀!"

老头被逼得没法,只得把黄衣人吃瓜以及开蜜蜡山的事一五一十地说了。

当天夜里,财主就把老头勒死了。他抢走了这布袋金豆还不算,又拿上开山钥匙,到蜜蜡山去取宝。他开开山门,往里一看,一个蜜蜡人,正赶着金骡驹、银马娃在玉石磨上磨金豆呢。财主跑上去就拉金骡驹,可又舍不得银马娃,他把金骡驹、银马娃一齐拉住,但又舍不得蜜蜡人。拉来拉去,拉了一个时辰,啥也没拉出来,但他又舍不得离开。正在这时,只听"哗啦"一声响,山门关住了,把财主和那把开山钥匙也关到里边了。

现在,牧童再用竹筒挖出来的蜜,就不像过去那样好吃,总带着一股血腥味,就是这个缘故。

(整理:韩有治)

朝阳沟的由来

你看过豫剧《朝阳沟》吗?你知道《朝阳沟》这个名字是怎么来的吗?要知道《朝阳沟》的来历,还必须从朝阳寺说起。

朝阳寺是登封有名的七十二寺院之一,位于中岳嵩山南麓三十里的登封大冶朝阳沟村的山沟里,正殿坐北向南,廊房数间,

朝阳寺东西有两个村庄。传说很早的时候,东庄住着一个员外姓赵,西庄住着一个员外姓张。张赵两家,门当户对,关系密切。张家生了一个男孩,起名张朝,意思是长大在朝中做官。赵家生了一个女儿,起名赵阳,因为她出生的时候,初升的太阳正好照进屋里。张赵两家来往频繁,张朝、赵阳也经常在一起玩耍,上学读书又在一起,青梅竹马,两小无猜。两家老人眼看儿女逐渐长大成人,通过媒人说合下了红契,结为儿女亲家。可是,事隔不久,张家突然发生了火灾,全部家产被一火尽烧,张朝的父母也相继去世,撇下张朝一人无依无靠,只好来到赵家投亲。那赵员外是个势利眼,一见张朝倾家荡产,就起了昧亲之意,一脚把张朝踢出门外。赵阳虽有爱夫之心,但在那时也无能为力。张朝被赶出赵家之后,只好四处流浪,乞讨度日。

这一天晚上,他投宿到一座山神庙里。忽然,庙门"咣当"一声,进来一位神仙,说道:"山神,你说今晚去阳城给周公看病,咋又不去了?"山神说:"土地,坐吧,今晚我庙里有一客人投宿,故而不能前往。"土地坐在了山神的供桌前,两个神仙就攀谈起来。土地问:"阳城周公已经卧床不起多天了,他这种病用啥药才能治好?"山神说:"要治好周公的疾病,单方只有一个,就是把他家大槐树下的铜茶壶取出来,喝三杯铜壶里装的陈酒,疾病立刻痊愈。俗话说:'多年陈酒治百病'嘛!"土地说:"好好好,明晚咱就去他家治病。"说完,他就走了。张朝自从土地进庙之后就假装入睡,把山神、土地说的话一字

不落地记在了心里。

第二天,张朝来到阳城街头,只见街上围着一群人正在看一张红榜,上面写着:"谁能治好周公的病,赏给白银万两。"张朝上前一把撕下红榜,跟着随从来到周府,果见院中有一棵几搂粗的大槐树。他按照山神、土地说的办法,叫人们把槐树根部掏空,取出了盛装多年陈酒的铜壶,随即倒三杯请周公饮下。不到三天光景,周公疾病痊愈,拿万两白银酬谢张朝。

张朝说:"万两白银我不要,我只求您铜壶让我带去,好为百姓治病。"周公听后,高兴地答应了。

张朝提了铜壶出阳城,直奔家乡而来。路上,他碰到一只死蚂蚁,张朝用铜壶里的酒滴一点,蚂蚁立刻活了;又往前走,碰见一只死蟋蚌,用酒一滴,它又活着跑了;再往前走,又碰见一只死喜鹊,他又用壶中陈酒滴了一滴,喜鹊"刺楞"一下飞起。后来,他又用壶中的陈酒治好了附近许多穷人的疾病,并且分文不取,过着清贫的生活。

登封朝阳沟

再说东庄赵员外的女儿赵阳,因为父母昧亲,张朝出走,愁闷郁积,得下重病,卧床不起。赵员外邀请众多名医治疗无效,无奈只得写出告示:"谁能治好我女儿疾病,就让女儿与他成婚。"张朝听说以后,赶往东庄撕了告示,直奔赵阳的绣楼。赵阳一见张朝,疾病就好了一半,又喝了三杯陈酒,疾病全无。张朝满心欢喜,准备吉日迎亲。赵员外见女儿病体复原,容貌更加动人,认为跟张朝成婚有失赵家的尊严,就又心生毒计,提出:"要与我女儿成婚,必须办好三件大事。"张朝问:"哪三件大事?"赵员外说:"这第一件,是一斗芝麻、一斗谷掺到一起,你一夜把芝麻、谷子分两下,屋里不准点灯,明天早上我来查看,如发现有一粒谷子、芝麻混杂着,就不能与我女成婚!"张朝闻听此言,心中吓了一跳,暗暗想道:"这一斗芝麻、一斗谷掺到一块,不要说屋里不叫点灯,就是叫点灯,我一个人一夜也拣不完呀!"赵员外一见张朝低头不语,心中暗暗得意,急忙开口问道:"这第一件事,你办不办?"张朝心想,为了能和赵阳成婚,就是累死我也在所不辞,于是把牙一咬,说:"办!"赵员外吩咐家人开了间房间,把一斗谷子、一斗芝麻兑在一个簸箩里,掺搅均匀,"啪"一声关上房门走了。这时,张朝在屋里发起愁来,心中暗想:赵阳呀赵阳,你我今生今世恐怕是难成婚了,不由痛哭起来。正在悲泣之时,忽然,门"吱"一声开了,一种声音传来:"朝哥,你哭啥哩?"张朝问:"你是谁呀?""我乃是那天你救活的蚂蚁,你有啥为难事情就对我说吧。"张朝就把事情的根根梢梢说了一遍,蚂蚁听后,说道:"朝哥,你只管睡觉吧,这件大事由我们弟兄完成。"张朝半信半疑地问:"你怎么完成呢?"蚂蚁说:"我去把整个家族动员起来,有的搬谷子,有的搬芝麻,芝麻、谷子分两下,叫他明早来检查。"张朝听蚂蚁说得有道理,十分高兴,就坐在一旁睡着了。

第二天天刚亮,赵员外高高兴兴地来到门口,高声问道:"拣好了没有?"张朝答道:"拣好了!"赵员外进门一看,谷子是谷子、芝麻是芝麻,一边一堆。他拨拉几下,芝麻里找不出一粒谷子,谷子里找不出一粒芝麻。赵员外目瞪口呆，只得说："这第一件事算你办好了，现在吩咐你第二件事！我有一百亩芝麻已长四指高了，现在还没有剔苗，你今天夜里按四指远一棵全部剔一遍。明天早上我到地里查看，如果发现有稀稠不匀，就不能和我女儿成婚！"

赵员外把张朝领到芝麻地边，对他说："这一片总共一百亩，明早我来看。"说完，扭头就走了。张朝在芝麻地边又发起愁来。这时，爬来一只蝼蛄，问道："朝哥，你为何事发愁？"张朝把事情经过说了一遍，蝼蛄听了哈哈大笑，说道："这有何难？我们蝼蛄弟兄会咬赵员外的芝麻苗。我回去动员一番，保证一夜按四指远一棵把一顷芝麻苗剔完。你不要发愁了，安心去睡觉吧。"第二天清早，赵员外来到地里一看，一百亩芝麻苗全部剔完，并且棵棵距离都是四指远。赵员外看后，又惊又气。张朝说："三件大事我已办了两件，快说第三件吧！"

赵员外说："这第三件大事是认花轿：今天晚上我雇一百乘花轿，轿轿里边都坐人。你若认出我女儿的花轿，就让她立即和你拜堂成亲；如果认不出来，你立即滚出家门！"张朝无奈，只好答应了。

晚上，街头巷尾，人山人海，他们都为张朝、赵阳成亲贺喜。花轿过来了，张朝一看，一百乘花轿一模一样，从轿杆到轿顶，连轿夫的打扮也没有什么差别。可是，哪乘花轿里坐着赵阳呢？认对了，就能拜堂成亲，认错了，就要前功尽弃。正在着急，忽然，天空里飞来一只花喜鹊，落在了张朝的脚下，说道："朝哥，不必发愁，你只要看到我在哪乘花轿顶上，哪乘轿里坐的就是赵阳姑娘。"喜鹊说罢，腾空而去。张朝听了喜鹊的嘱咐，高兴地坐在街旁，任凭花轿一乘乘过去。

一百乘花轿眼看就要过完了，张朝还像没事人一样坐在那里。街上看热闹的人都替张朝着急了，大声喊着："快认吧，快认吧，不认就没有了！"花轿已经过了九二七乘。在第九十八乘花轿顶上，落着一只花喜鹊。张朝一见，飞步上前，扒开轿门，赵阳姑娘跳出轿来，二人手拉手肩并肩穿街而过。顿时，街上欢声雷动，鞭炮齐鸣，把一对新人送入洞房。

因为他们的名字叫张朝、赵阳，他们的洞房坐北向南，四季朝阳，加之登封古代寺院多，所以后人就把他们居住的地方叫"朝阳寺"。朝阳寺东边有一道山沟，张朝、赵阳常年在这里劳动，所以起名叫"朝阳沟"。

历史车轮转到1957年，河南剧作家杨兰春到这里体验生活，借朝阳沟的地名和回乡知识青年赵银环的人名，创作了现代豫剧《朝阳沟》。由于剧本主题思想好，豫剧三团演出成功，所以受到广大群众的好评。1963年，长春电影制片厂拍成戏剧片在全国放映。1964年元旦毛泽东、刘少奇、邓小平等党和国家领导人，在北京怀仁堂看了豫剧《朝阳沟》，并和演员合影留念。同年春天，河南豫剧三团的全体人员又到曹村大队体验生活，和当地群众结下了深厚的友谊。为了纪念这一创举，曹村大队改名为"朝阳沟大队"。

为了把《朝阳沟》电影变成现实，前几年在这里修建了朝阳沟水库和电灌站，改变了大冶几千年来干旱缺水的面貌。河南豫剧三团把这里作为体验生活的基地，亲切地称之为他们的"老家"。现在这里山上绿油油，水库鱼儿游，渠道流清水，年年大丰收，成为独具风格的嵩山风景区之一。

杨兰春在《朝阳沟内传》中塑造了王银环抓计划生育的光辉形象，原型赵银环在大冶计划生育办公室工作，终日不辞劳苦，到各村耐心向广大群众宣传基本国策。她今年四十一岁，有三个儿子，大儿张怀庆今年已经十九岁，在村里开采铝矿，爱人张廷彦在地方铁路当工人。家庭生活美满幸福，正准备买汽车、搞运输，当致富"状元"。

（整理：张存义）

龙门开不开

古时候的龙门山是一道东西走向的青石山,并没有"龙门"这个山口。这个山口是怎样开的呢?民间流传着这样一个故事:

那时青石山下,住着母子二人。母亲纺花织布,儿子上山放羊。有一天,正午时分,放羊娃把吃饱的羊群赶到树下倒沫,他躺在树下乘凉。一闭上眼睛,蒙眬间,忽然有个白胡子老人向他走来,问道:"龙门开不开?"放羊娃睁眼一看,周围啥人也没有。他想:是我做梦吧?也不在意,继续在山上放羊。

第二天晌午,他把羊放饱了,照样把羊赶在树荫下倒沫,他躺在树下乘凉,又见那位白胡子老人走来,弯下腰问道:"龙门开不开?"放羊娃一骨碌爬起来,四下瞅瞅,仍然没有个人影。放羊娃想着奇怪,便急急赶着羊群下山了。

他的母亲正在纺花,见儿子早早回来,便问:"今天咋恁早就回来了?"放羊娃说:"娘,今天我遇到仙人啦。"接着便把事情的经过说了一遍。母亲想了想,说:"娃呀,你想想,这架大山南边阴雨连天,已经积水成灾,莫不是山神显灵,要救那一边百姓哩?明天那老人再问你,你就答应开。"

第二天上午,放羊娃急着答应老人的问话,天不晌午就把羊赶到树荫下,他又躺在原来的地方,闭上了眼睛,心里说:"白胡子爷爷你快来吧,俺娘叫俺答应哩。"他想着想着,老人已站在他的身边,低头问道:"龙门开不开?"放羊娃应声答道:"开!"这一声回答很响亮,远近的山都听见了,连声应着"开!开!开!"的回声。说时迟那时快,只听轰隆一声巨响,天昏地暗,接着是电闪雷鸣,倾盆大雨下起来了。

一阵狂风暴雨过后,只见青石山开了一道山口,山南的积水顺着山口流了下来,像一条长龙奔腾而下。这个山口,人们就称它龙山,青石山也改名龙门山。

山开之后,人们发现山口两边的峭壁上,满是石窟佛像。有些佛像活灵活现,好似真人一般,有些佛像鼻子眼睛模模糊糊。人们说,那些鼻眼不清的石像是因为放羊娃的心太急了,没到正午就答应开了龙门,它们还没长好呢。

放羊娃呢?传说龙门开了之后,河水奔腾而下,他来不及躲开,被滚滚的河水冲走了。后来他变成了一棵柏树,长在龙门上,四季常青,却不往高处长,好像永远就那么大,人们叫它"童子柏"。

(讲述:郭大拴　整理:梁书根)

殷　娘　娘

禹州北部有个小村庄,这就是曾经出过娘娘的殷家村。娘娘姓殷,在她未入宫时,当地人都叫她殷姑娘。入宫后,人们才正式称她为殷娘娘。

殷姑娘小时候,长得十分难看,秃疮,臭气难闻;鼻涕,像喇叭一样流得很长。她的父母死得早,撇下她跟着哥嫂过日子。嫂嫂是个心眼褊狭、不明事理的泼妇,总嫌她没成色,一辈子济不了大事,对她苛刻到了极点,说打便打,说骂便骂。每天启明星刚露头,就逼她到老雕山砍柴放牛,天黑时才准她回家。

老雕山就在殷家村东清沂河畔,山高路陡,遍地都是怪石。春夏季节,山坡上倒也青草繁茂,只是缺少可以遮雨乘凉的大树。一年四季,不管风雨阴晴,严寒酷暑,殷姑娘每天都得上山放牛、砍柴、割草。小花牛每天吃得饱饱的,劳累了一天的殷姑娘,回家吃的却是残汤剩饭,睡的是草窝窝。她衣服破了没人补,身患重病无人疼,挨打受气无处诉,只得伸伸脖子往肚里咽。

一天中午,烈日当头。小花牛吃饱了草,喝足了水,卧在姑娘身边,闭目养起神来。姑娘看着小花牛那种舒服劲儿,心里感到孤独冷落,不觉流起泪来。她对着山崖长叹一声,道:"山崖啊!你咋不长出个石屋,也好让俺躺里边歇歇呢!"

殷姑娘

说也奇怪,殷姑娘话音刚落,只听"轰隆隆"一阵闷响,转眼间烟雾翻滚,山崖上真的冒出一座石屋来。殷姑娘进去一看,里面石床、石桌、石椅样样齐全,香气扑鼻。从此以后,殷姑娘到山上放牛困倦时,有了喘气儿的地方。衣裳破了,就坐在石屋里缝补。针尖用秃了,就在石头上磨磨。天长日久,殷姑娘睡的石床、坐过的石椅、磨针的石头上留下了深深的痕迹。

殷姑娘除了砍柴、放牛、割草外,稍有空闲,就得给嫂嫂洗衣服。一次,她拎着一篮子衣服到清沂河边去洗,当走到村头的堰坎上时,一不小心,一丛酸枣树上的倒钩棘针挂住了她的裙子,她弯腰扯了好大一会儿,才把裙子扯开。裙子被挂烂了,手指也被刺破,流出了鲜血。她瞪着那棵酸枣树生气地说:"也不知长那倒钩棘针干啥哩!"说罢就向河边走去。当她洗完衣服又从那里路过时,那些酸枣树上的倒钩刺全没有了。

人们常说:女大十八变,越变越好看。殷姑娘却不是。从春到夏,从夏到秋,山花开了又谢,谢了又开。殷姑娘到了该出嫁的年龄,照旧是一头秃疮,两筒浓鼻涕。村上和她年龄相仿的姑娘一个个都出嫁了,有的早抱上了胖娃娃,可她连个说媒的人都没有。嫂嫂一天几遍骂她:"喂头猪也卖一大堆钱,养活你算是净赔本儿!"殷姑娘听了,又生气又伤心,常常背地里偷偷淌眼泪。有一天,她给嫂嫂洗衣服时,从河水里又看见自己的面容,不觉落起泪来。泪水洒在清沂河内,随着清清的河水向前流淌。也不知哭了多长时间,衣服洗完了,泪水哭干了。她一抬头,见一个慈祥和善的婆婆站在身旁向她道喜:"恭喜娘娘千岁!"

"我是娘娘?"她惊疑地问。

那老婆子说:"是呀!菊花开,树叶黄,皇上请你做娘娘。"说完转眼就不见了。

回家的路上,殷姑娘比哪一天都高兴,她虽然不相信那老婆婆的话,心里倒希望这能成为事实。

她一边走,一边唱:"菊花开,树叶黄,皇上请我做娘娘!"回到家里,嫂嫂听到这话又骂起来:"贱货,没撒尿照照你自己那样儿,别说做娘娘,能寻个'二百五'汉子就算烧高香了……"

殷姑娘听了,大胆地冲着嫂嫂说:"别看我这样儿不好,说不定出门时还踩着你的肩膀上轿哩!"

"哼!想得怪美,别说你一个丑八怪,就真个是娘娘上轿,也不会踩着我的肩膀。"

事也真凑巧,这年秋天,新主登基,举国上下,一片欢腾。皇上听一位老道士讲:"娘娘出在殷家村,赶着花牛搭黄昏。"于是皇上急忙召集满朝文武大臣,寻查殷家村的情况和娘娘的下落。当时,朝内有个胡尚书,他的家乡在胡家楼,和殷家村隔河相对。他对殷家村和放牛的殷姑娘非常了解。他当着文武百官,把殷家村的位置以及殷姑娘的容貌、品行、身世一一上奏皇上,皇上听了龙颜大喜,降下圣旨,封殷姑娘为娘娘。

皇上到殷家村迎亲来了。文武百官、宫娥彩女、御林校尉前呼后拥,好不威风。刚刚放牛回家的殷姑娘接过圣旨,悲喜交集,急忙梳妆打扮。嫂嫂也笑嘻嘻地帮妹妹梳洗、更衣,左一个娘娘千岁,右一个亲妹子。殷姑娘坐在窗前一理头发,头上脱了一个壳,秃疮痂变成一只金碗。她一擤鼻涕,鼻孔里掉出一双象牙筷子。她对着镜子一照,自己的容貌完全变了,镜子里头出现了一个美貌绝世的少女。嫂子收拾起金碗、象牙筷子,搀着妹妹向花轿走去。来到轿前,殷姑娘"喷儿"地吐了口唾沫,唾沫落地变成金豆子。嫂嫂一见金豆,弯腰就拾,殷姑娘踩着她的肩膀走进轿内。

千百年过去了。当年的殷家村已不存在,但是胡家楼还在,老雕山的石屋、殷娘娘睡过的石床、坐过的石椅、磨针石和那丛无倒钩刺儿的酸枣树仍然存在。当年皇上迎亲时路过的那条河,被人们叫做"皇路河",河水常流不断。

(讲述:尚文兴　整理:王根林)

神　　画

从前,洛阳有个著名的画家,叫孟卢陵。

孟卢陵从小就爱画画,十多岁就能画啥像啥。他天天画画,那握笔杆的几个指头都磨起了老茧,那画秃了的画笔,可以用大车来拉。他画的画,越来越好,越来越奇。他画一朵菜花,引来蜜蜂绕着飞;画一堆青草,老牛用鼻子闻了又闻。

孟卢陵的画出名了,谁都想请他画一张画,每天找他画画的人数也数不清。凡穷人来了,要啥画啥,分文不取;要是有钱有势的大官、财主来了,就是挑金担银,也别想得他半幅画。因此,这些地方上的权贵都恨透了他,总想出些鬼主意陷害他。孟卢陵人穷志不穷,宁死不低头,眼看呆不下去了,就把铺盖一卷,躲到山里画画去了。

孟卢陵搬进深山以后,画画更加刻苦勤奋了。他终日留神农家的田间耕作,精心描绘桑麻园林的景色。有一回,他整整花了一天一夜的工夫,一口气画成了一幅"耕牛图"。图上两头大黄犍牛拉着犁在耕田,神态悠然自在,犍牛脚下一片田野无边无际,翻出来的湿土仿佛直冒香气。他看了也很得意。不过,美中不足的是,孟卢陵画画时,一不小心洒上了两滴墨点,恰巧这墨点又洒在两头牛的额头上,好像牛头上生了两个大黑痣。

"耕牛图"贴在墙上,实在逗人喜爱。两头牛摇摇摆摆地套着犁,真像活的一样,谁见了都夸。孟卢陵却叹了口气说:"好是好,只可惜它走不下来。我要真能画出两头活牛来,不也可以帮帮穷人的忙了吗?"

说也奇怪,孟卢陵头一天有了这个念头,第二天一清早,"耕牛图"就变样了:画上一切照旧,只是两头耕牛不见了。村上的人都知道他丢了两头牛。就在这时候,有人在山沟里捉到了两头大黄犍,问谁也没人认,牵到村里一看,正是孟卢陵"耕牛图"里丢的那两头牛。不信你看,牛头上正好长着两颗大黑痣哩!

这样一来,到处都知道孟卢陵画的牛活啦,孟卢陵的画是神画。从此以后,他画的啥都会变成活的了,来找他画画的人也更多了。老大娘、大嫂子求他画一张蜡烛贴在纺车旁,晚上可以照着纺线;喂牛的老大爷求他画一张大雄鸡,可以替他五更打鸣报时辰。这家缺柴,他画一团火;那家少粮,他画一锅饭。孟卢陵的画比金子还值钱,比珍珠还宝贵。

当地有个大财主,一心想让孟卢陵画几张画。可是,给钱他不要,央求他不理。文的不行,大财主就动武的,派家丁、打手抢走了孟卢陵的一只盛画的大木箱。大木箱里盛着满满的一箱子画。大财主可乐坏了,打开箱子一看,一幅一幅的画上画的不是高粱穗穗,就是几个破碗烂瓢。财主心想:这算啥神画?拿来贴墙补壁,还嫌恶心哩!一气之下,他就把画扔到院子里,点把火烧了。

可是,画烧了不久,出了一件稀罕事:财主家有个长工,会算什么时候阴天下雨,什么时候出太阳晴天,算得可准啦!有一天财主出门,眼看是万里无云的晴天,长工却说要下大雨。财主不信,果然淋成个落汤鸡。又一天,场下正晒着新麦,忽然乌云遮天。家家都抢着收麦,这个长工却说:"别慌,没雨!"果然一会儿,天又转晴了。

原来,这个长工从那一箱被烧的神画中,捡到了一张没烧完的纸角。那画上画着一棵谷穗,谷穗上趴着一只蛐子。不料这个蛐子却是个活的,每天早晨,它爬到谷穗上,这一天必定是晴天,要是躲到谷穗底下,保准有雨。大财主一听烧的果然是一箱神画,后悔也晚了,还特地多派几个家丁、打手,准备动武抢画。谁知这一次,孟卢陵竟满口答应,并立即提笔画了两幅画,让打手们带回去。

财主接过来,把头一幅画打开一看。只见里面画着一坑水、几根芦苇。再仔细一看,见画的水直动、芦苇直摇,接着从芦苇里窜出一只癞蛤蟆。过了一会儿,一只只癞蛤蟆一连串向外蹿,满厅满屋里乱蹦。财主急得没法,连忙点火烧了这张神画,打扫了半天房屋,才算了事。财主又打开了第二幅神画。只见上面画着一个火炉,地下蹲着一个小孩,手拿芭蕉扇,不停地扇火。又过了一会儿,炉里慢慢地冒出了青烟。一霎时,满屋烟雾弥漫,火光冲天,火苗很快就蹿到房顶上。在熊熊的烈焰中,地主的厅堂化为灰烬。

这一来,财主可发火了,立刻派家丁打手去抓孟卢陵。孟卢陵不慌不忙地说:"捆尽管捆,得让我先给老乡们留幅画。"说罢,孟卢陵在地上铺了一张大纸,提起笔刷刷几下,画成几朵云彩。他立即往上一站,那云头便腾空而起。等打手们要上前抓时,孟卢陵已升到半空中了。

(讲述:王干　整理:古长友)

张 三 闹 海

人们一来到古都洛阳,都要到白马寺去看看。白马寺里有个清凉台,清凉台上有座毗卢阁。毗卢

阁里如来佛坐的莲花盆下,压着四个咬牙切齿、怒目圆睁的大力士。凡是看到这四个大力士的人,没有不对如来佛像骂上几句的。原来,自从如来佛帮助玉皇大帝,把孙悟空压在五行山下以后,又干了许多坏事。

传说很早以前,山东泰山脚下有一个小伙子叫张三。这人生来肤色如雪,身高八尺,膀大腰圆,力大无比。人们送他个绰号——"恨地无鼻",意思是大地如果有个鼻子,大力士张三也会一把提起来。

张三从小死去了父亲,依靠母亲给人家纺线织布过活。他的母亲心灵手巧,做的一手好针线活儿。东邻西舍的穷苦人家,无论是娶亲嫁女,都要请她帮忙。人人都夸她是个勤劳善良的巧妈妈。

张三从小就在山上东奔西跑,猎虎打豹,练就一身好武艺。他为人直爽,乐于助人,结识了不少朋友。

一个夏天的中午,张三肩扛一只虎、手提两只小梅花鹿,从山上正往家走。忽然狂风骤起,炸雷震耳,雨似瓢泼,竟像天翻地覆似的。张三只好躲在山崖下避雨。他看着翻江倒海的山谷,心中万分愤怒,心想:这场雨不知又要糟塌多少人命,毁坏多少田园!

一会儿,雨过天晴。张三急忙赶到自己家门口,抬头一看,不禁大吃一惊。只见家里仅有的两间小草房被大风掀掉了顶,锅碗瓢勺弄得一塌糊涂。他急忙扔下手中的小鹿,放下肩上的老虎,喊叫着去寻找母亲。可是,整个屋子都找遍了,也没有母亲的影子。他去问邻居,邻居都跑来告诉他:大娘被龙抓走了。

张三顺手掂根大棍,发誓非要到东海找龙王报仇不可。说罢,就一个人愤愤地往东走了。

这天,张三走得口干舌燥,忽见一个人提着个小黑茶罐迎面走来,便急忙赶上前去,施个礼说:"老兄,借借光,寻口水喝吧!"那人抬头一看,随手"哐当"一下,把茶罐子摔得粉碎。张三捺住心头之气问:"不叫喝水罢了,何必摔掉自己的罐子?"

"我看你的个子大,这点水不够你喝。"说罢,那人身子一蹲,拳头一举,轻轻一捶,地上便被捅出了一眼井,清泉水咕嘟咕嘟直往外喷。

"好大的力气!"张三吃了一惊,禁不住称赞。

那人看见张三吃惊的样子,便笑了笑说:"我还没我大哥的力气大呢!"

"你大哥是谁?"

"'恨地无鼻'张三。"

"见过面吗?"张三心中暗暗惊喜。

"没有。"那人摇了摇头说。

张三笑着说:"我就是张三。请问你的姓名是?"

"小弟叫李顺。因两手有排山倒海之力,人们都叫我'拳打井'李顺。大哥现在往哪里去?"

张三怒视着东方说:"母亲前天无故被东海龙王抓去,我要找东海龙王报仇!"

"小弟愿往,助大哥一臂之力。"

张三听了连忙说:"谢谢兄弟帮助。"说罢,二人携手往东走了。

二人走了三五日,来到一片荒野。正是三伏天晌午,太阳似火,把人晒得浑身流油。两个人想找个阴凉地方歇歇再走。可是,四周没有一棵树,哪来的阴凉呢?二人走着,走着,忽然看见远处有一棵大柳树,树梢摇摇晃晃的,好像在往前挪动一样。二人心中一喜,加快步伐,向大柳树走去。等他俩走到大柳树跟前,不禁大吃一惊,齐声称赞说:"好大的力气!"原来是一个年轻农民,为了锄地时乘凉,就把这棵大柳树别在腰里。所以,远远望去,树梢在悠悠荡荡,像会挪动一样。

锄地的农民听见有人夸奖他,抬起头来看看张三和李顺,不以为然地说:"这算什么,我大哥的力气比我更大。"

张三惊奇地问:"你大哥是谁?"

那人回答说:"泰山脚下,'恨地无鼻'张三。"

"见过面吗?"

"久闻大名,可惜还没见过面。"

"拳打井"急忙指着张三说:"这就是张三大哥。"

那人扔下锄头,连忙赔礼说:"小弟失礼,请大哥原谅。"

张三忙说:"哪里话!请问兄弟尊姓大名?"

"小弟叫赵虎。因勇力过人,大家就送我个外号——'腰别柳'。二位哥哥往哪里去?"

张三悲愤地说:"母亲前天叫东海龙王无故抓走,我要到东海为母亲报仇。"

"小弟愿往,愿助大哥一臂之力。"说罢,三人携手向东走去。

三个人又走了五六天,来到崇山峻岭之间,看见一个人正用手揭树皮,揭得唰唰直响,却毫不费力。三人不禁同声称赞说:"好大的力气!"那人听见有人叫好,一抬头,看见三个人已经到了跟前,就停住手说:"我还没俺大哥力气大呢!"

"你大哥是谁?"

"'恨地无鼻'张三!"

"拳打井"李顺和"腰别柳"赵虎喜得直拍手说:"真巧!真是大水冲了龙王庙——一家人不认一家人了。"二人拉着张三说:"这就是'恨地无鼻'张三。"

那人喜出望外,忙问:"三位大哥如今往哪里去?"

张三回答说:"母亲前天不幸被东海老龙王无故抓去了。我们兄弟三人要去东海为母亲报仇!"

那人听了,愤愤不平地说:"小弟愿往,助大哥一臂之力。"

张三感激地说:"多谢兄弟相助,请问尊姓大名?"

"小弟叫王逵,因两手有抓千斤之力,所以人们叫我'千斤臂'。"说罢,四人又向东走了。

经过长途跋涉,张三弟兄四人,终于来到东海,找到了龙宫。仇人相见,分外眼红。张三一见老苍龙,恨得咬牙切齿,大喝一声:"弟兄们,动手!"话音一落,四人立即拥上前去。张三腾地跃上去,一把抓住龙尾巴;"腰别柳"赵虎搦住龙角;"千斤臂"王逵掐住龙脖子。那老苍龙用尽全身力气,也动弹不得。"拳打井"李顺抡起拳头只管狠狠地痛打。他那铁锤似的拳头上下飞舞,如雷鸣电闪,势如泰山,打得老苍龙嗷嗷直叫,声声哀求说:"你们为何这样无礼?咱们一无仇、二无冤,为什么寻到龙宫里打我?"

龙王

张三紧紧抓住龙尾巴厉声说:"你害死了多少人?!无故抓走了我的母亲,还说无仇!今天非打死

你这老苍龙不可!"

老苍龙急忙分辩说:"这是玉皇大帝的圣旨,与我无关。你们要报仇,就去找玉皇大帝,为什么找我出气?"

张三听罢,才松手说:"弟兄们,先放了它!咱们找玉皇大帝算账去!"

四人丢下老苍龙,来到东海岸上,直往天宫奔去。正往前走,看到树荫下有个白胡子老头摆摊卖茶水。这时,张三弟兄四人因为赶了几天路,又跟龙王打了一仗,都很口渴,就来到茶摊跟前喝起茶来。

那卖茶的白胡子老头,看见张三他们喝着茶,就问:"客人,你们往哪里去呀?"

张三说:"玉皇大帝无故派东海龙王害老百姓,还抓去了我的母亲,我们弟兄四个要去找他算账!"

卖茶老头听张三说罢,捋着胡子,轻蔑地说:"嘿嘿!你们四个人,才有多大一点力气?"

"拳打井"李顺一手端着茶碗一手叉着腰说:"哼!我们谁的两个指头都能把你捏碎!"说着,他把拳头往地上一捶,立即出现了一口水井,清清的泉水咕嘟咕嘟直往上冒。

卖茶的白胡子老头,摇了摇头说:"这点力气不值得一提。你们四个人连我坐的小椅子也抬不起来。"

"腰别柳"赵虎气得两脚直跺说:"你胡扯!我一个人就能连人带椅举起来。"说罢,他便伸手去抓椅子。谁知那椅子好像长在地上一样,赵虎用尽全身力气,竟然不能使椅子摇晃一下。

于是,弟兄四人便一齐动手。可是,当他们把椅子抬起来,刚刚放到肩上的时候,椅子突然像大山一样,一下子压了下来。张三和三个弟兄用尽全身力气,抬着椅子,愤怒的眼睛瞪得溜圆。他们像四根柱子一样,被椅子压在那里,再也不能动弹了。

原来,玉皇大帝听说张三兄弟要来大闹天宫,便急忙派如来佛到东海岸上制服他们。这卖茶老头就是如来佛变的。

在白马寺毗卢阁佛像下面,顶着莲花盆的大力士,就是张三、李顺、赵虎、王逵弟兄四人。他们虽然被压得不能动了,却始终没有低头屈服。

(讲述:张明德 搜集:包化国 贺福全 整理:李东方)

启 明 星

每天早晨,在东方天空上,最早出现的那一颗又明又大的星星,名叫启明星。天上原来并没有这颗星星,据说,是古时候一个聪明的小姑娘变的。

很久以前,在洛阳邙山的一个偏僻山村里,住着一户姓金的老夫妇。他们没有生男育女,临老收养一个义女,名叫金花。小金花七八岁时,遇上了荒年,金花年纪幼小,爹妈又年迈多病,日子可真难熬。锅下没柴烧,锅里没米下,吃了上顿断下顿,连老鼠都不来她家掏洞。金花姑娘虽说是小小年纪,却很懂事,知道孝敬老人,她天天到山坡上挖野菜,好让爹妈充饥。

有一天,饿得头晕眼花的金花又上山挖野菜。她挖着,挖着,忽然在草丛里发现了一颗闪闪发光的金豆豆。她捧在手里,叹口气说:"金豆呀金豆,你多好看!可惜不能吃。"金花望着金豆,想起秋天收割黄豆时,爹爹点起一把火,把几棵结着饱腾腾豆角的黄豆角架在火上,只听"劈劈啪啪"一阵响,被烧熟的黄豆籽儿滚在地上,捏起来一颗填到嘴里,牙一咬,"咯崩崩"响,黄澄澄、香喷喷的。现在想起来,金花还直流口水。

想到这里,天真的金花在地上扒了个小坑,把金豆埋在土里,然后又端来一瓢清水浇了浇说:"金豆呀金豆,你变一棵黄豆苗吧!秧儿长大大的,角儿结多多的,让俺烧烧吃。"谁知她话音刚落,真的从埋金豆豆的地方长出来一棵黄豆苗苗,转眼就是老大老大的黄豆秧儿。金花眼瞪着见它开了花,结了角,一会儿就长熟了!金花高兴极了,忙把长熟了的豆秧拔了出来。

她拿着这棵豆秧正要走,只见地上金光一闪,那颗埋进土里的金豆又滚了出来。金花想,金豆会变黄豆,也一定会变别的豆豆。黄豆烧熟,爹妈还是咬不动,这可咋办哩?让它变一棵绿豆秧吧,结了籽儿好给爹妈熬绿豆汤喝,还能去火哩。

想到这里,金花又把金豆埋进土里,照样又端一瓢清水浇了浇,说道:"金豆呀,金豆,你变成一棵绿豆苗吧!秧儿长大大的,角儿结多多的,让俺给爹妈熬绿豆汤喝。"金花的话音一落,埋金豆的地方真的又长出了一棵绿豆苗苗,转眼工夫又长成了好大好大的绿豆秧儿。金花看着它开了花,结了角儿,一会又长熟了。

金花把这棵绿豆一拔,那颗金豆又从土里滚了出来,这时,金花想起妈妈给她讲的王小得了宝葫芦要啥有啥的故事。她把金豆捡起来,心中暗暗高兴:哎呀,俺得宝啦!这金豆一定是个啥都会变的宝贝!

金花回到家里,爹妈见她拿回去两大棵豆秧,豆秧上长着嘟嘟噜噜的角儿,把一棵豆秧上的籽儿剥出来,也能盛两大碗呢!爹娘问金花是从哪里弄来的,金花便把捡到金豆的事说了一遍。爹妈不相信,金花就走到院中,把金豆埋到土里,又端了一瓢清水浇了浇,说道:"金豆呀金豆,你变一棵玉米吧,秆子长粗粗的,棒子结大大的,让俺给爹妈做块馍吃。"顿时,院里长出一棵玉米苗苗,像手提着一样"噌噌噌"地往上长。不大一会儿,秆子长粗了,顶上出缨了,腰里甩"花线"了,玉米棒子也出来了。玉米秆上一下子长出三个棒子,个个棒子长得都比棒槌还大呢!

金花家得了宝贝,左邻右舍都争着来看。金花爹人和善,心肠好,对来看的人说:"金花得了这宝贝,这是天意,是让它救咱们全村的穷人的。谁家没吃的,拿去让它变粮食吧!"有了这颗金豆,家家清水锅里都煮上了豆豆或玉米糁子。

消息像阵风一样传到财主孙敬仁的耳朵里,他硬说金豆是从他家的山坡上捡的,立逼金花交出来。金花生怕金豆被财主抢走,就把金豆噙在口中。财主让人用耙齿撬开金花的嘴,金花没有办法,就把金豆咽到了肚里。

金花咽下金豆以后,通身立刻闪闪发光,这光刺得孙敬仁和他的狗腿子们连眼都睁不开了。孙敬仁一伙睁开眼时,什么也不见了,吓得像筛糠一样打颤颤。这时,金花突然腾空而起,飞到天上去了。

金花升天以后,就变成一颗星星。这颗星星每天早晨又明又亮地出现在东方,人们叫它启明星。看见这颗星星,人们都说金花舍不了她的家乡,舍不得她的爹妈,天天一大早便一眨一眨地睁大眼睛在张望呢!

(整理:盛长柱)

过节为啥放鞭炮

从前有个做鞭炮的人,他的鞭炮在方圆几十里都很闻名。一天黄昏,他担着卖剩下的半担鞭炮,来到一个村子里投宿,问了几家都没有住处。一个老翁告诉他,村中有家大户刘员外,家里新近盖了一幢楼房,没人敢住,常闹鬼,如果谁有胆就可以去住。

过节放鞭炮

卖炮人根据老汉的指教,来到刘员外家里,说明来意,刘员外摇头道:"此屋不能住人,晚上时常闹鬼,请客人多多包涵。"卖炮人说:"员外放心,我走南闯北,从不怕鬼怪,就让我住下吧!再说盖了房不敢住也怪可惜的,我给您开个先例,以后就不会再闹鬼了。"刘员外一听,心里十分高兴,就答应让他住下,如果可除邪的话,还愿意给他三十贯钱,说着就让家人把卖炮人领到了房内。卖炮人随着房主人来到了楼上,他把半筐炮放在香炉案子下边,铺开行李就睡下了。起初,没有什么。

睡到半夜,他昏昏沉沉地听到房上窸窸窣窣地有声音,睁开眼一看,原来房顶被揭了个小洞,从洞里伸进两只穿着白绣花鞋的小脚来,慢慢地整个身子都下来了,是一个身着白衣、满头白发的女妖精。她下来后,先是"哈哈"大笑,而后把脸一沉,大怒道:"大胆的人,竟敢在我的房子里居住,我岂能饶你!"女妖精说着就伸出很长的尖指向卖炮人抓来。那卖炮的跳起来围着桌子与妖精逗起圈来,瞅个空子抓起一把椅子朝妖精砸了过去,妖精急忙躲过,却砸在对面供桌上的香炉上。三支正燃着的香火一跳,正好落在下面的炮筐里,只听"噼里啪啦",两筐炮先后响了起来,如爆豆般,响了大半夜。屋子里硝烟弥漫,火光四起。炮声停了,他低头一看,炮纸碎屑落满了地,那白衣妖精早没影了。

第二天刘员外见他安然无事,果真为他的新房除了妖精,就送了他三十贯钱,作为他的鞭炮本钱和路费。后来人们才知道妖精鬼怪都惧怕鞭炮,所以逢年过节人们在喜庆日子里怕有妖魔鬼怪捣乱,都燃放鞭炮以驱之。

(讲述:蒋振太 整理:王振峰)

青 蛙 石

从前，一个村子里有块石头，形状很像青蛙，人们管它叫青蛙石。

这个村里有个叫匡二的半大孩儿，从小跟着兄嫂过日子。有一天，匡二挑着大粪从青蛙石前走过，不小心溅了青蛙石一身。谁知，那石头竟说话了："呔！真脏，赶快给我洗干净。"匡二二话没说，赶紧担来两桶井水，把青蛙石冲洗个干干净净。忙罢，正待要走，青蛙石又说话了："匡二小弟，我嘴里的金子，你拿一块儿吧。"匡二就拣块小的揣在怀里，便匆匆离去。这件事被匡老大知道了，他暗暗打定了主意。

第二天，匡老大挑了两桶大粪，经过青蛙石前，故意洒了青蛙石一身，青蛙石气愤地嚷道："你安的什么心眼儿？弄我一身脏，还不快给我洗一洗！"匡老大一阵风似地担来两桶水，洗罢，急不可待地就往青蛙石的嘴里掏金子。掏哇，掏哇；装啊，装啊；累得他背也背不动，走也不能走。青蛙石哈哈大笑："既然你走不了啦，就留在这里陪伴我吧！"话没落音，匡大就变成了石头人。

（讲述：史三伦　整理：李新明）

恶媳妇变狗

嵩山东麓的张村有个出名的恶媳妇，对待她的婆母十分不孝。她婆母有病，她嫌脏不侍候，终天吆喝大骂。有一天晚上，见婆母在院里坐着，她就端起一锅滚水，朝婆母头上泼去。婆婆"哎呀"一声，立刻起了满头燎泡，双眼也被烫瞎了，啥也看不见了。

恶媳妇越加烦恼，光想叫婆母马上死了，她心才干净。她经常不给婆母饭吃，饿得婆母面黄肌瘦。这天中午，婆母饿得实在忍不下去了，就央求媳妇给一个馍吃，恶媳妇拿了一张烙馍，到厕所里挖了一蛋屎卷在馍里，没好气地递给婆婆说："给你还不如喂狗，狗还能看个家，你连个家也看不成！"婆母忍气吞声地接过馍来，越吃越觉着不对味，就问："这咋吃着有臭味呀？"恶媳妇恼恨恨地说："你个老不死的，瞎眼不干活，还怪难侍候哩！嫌臭你别吃！"婆母强吃了一半，实在难咽，就抖开烙馍，放在身边。

当即，霹雳火闪，"咔嚓"一声雷响，恶媳妇吓得跪在了婆母面前，央求说："婆母，我再也不敢了，往后我要孝敬您。"说罢，只见她的头不见了，换上了个狗头。从此，她就变成了狗，每天到厕所里去吃屎。

（讲述：王许氏　整理：王雅湘）

宝　鼓

从前,有个穷人叫李诚,他在黄河滩上开了两亩荒地,没啥下种,就到洪员外家借一斗高粱做种子。洪员外的老婆听到后,就说:"到明天来吧。"晚上,洪员外对老婆说:"要是借给这些穷光蛋,叫他发了财,咱还给谁放驴打滚账?"老婆子说:"我早都想好了,今晚高粱放在锅里炒炒,叫它出不成芽,过年让他还两斗。"

第二天,李诚来借高粱,洪员外把炒过的高粱借给了他。李诚看见地下撒了一粒,就捏了起来放进布袋里,背回去种到地里。

两亩地只中间出了一棵高粱。李诚浇水、施肥、锄草,精心管理,这棵高粱很快长得像棵大树,抽了穗,大得如箩筐。李诚非常高兴,日夜守护。眼看成熟了,这天早上,飞来一只大乌鸦,一嘴把高粱穗衔住,飞向东南去了。李诚随后紧追,追到了半山腰,李诚见乌鸦飞到山洞里去了。他一时没法进洞,急得在洞口乱转。忽然听到老虎叫声,他吓得躲在一棵松树上。这时,只见老虎、狐狸、狼、猴一群野兽来到树下。老虎说:"把咱的宝鼓拿出来。"猴就蹿到山洞里把宝鼓拿了出来,一边敲一边说:"宝鼓一敲,要啥就到,来头野猪。"果然,一只大野猪躺在地下,一群野兽撕着吃光了。闹腾了一阵,老虎又叫猴子收回宝鼓放进山洞。李诚等野兽走了,战战兢兢地从树上下来,设法从山洞里拿出宝鼓,一口气跑回家。他边敲边说:"宝鼓一敲,要啥就到,来两斗红高粱。"果然,两斗红高粱堆在面前。他背着去还洪员外,洪员外一看,十分惊奇,问他哪儿弄来的粮食,李诚就把得到宝鼓的事说了一遍。员外和老婆急红了眼。

当天半夜,洪员外贼头贼脑地溜进李诚屋里,看到闪闪发光的宝鼓,拿住就往外溜,心想:这回可发大财了。他跑得跟头流水似的,刚到家门,没留神一脚绊住门槛儿,摔得头破血流,奄奄一息。他老婆忙问:"宝鼓在哪里?"员外想喝水,迷迷糊糊地说:"水缸……"话没说完就死了。他老婆只当是宝鼓在水缸里,就趴到水缸边往外捞,谁知用力太猛,一头扎进水缸淹死了。

第二天,李诚发现没了宝鼓,事情只有洪员外知道,肯定是他偷走了。他急忙跑到洪员外家里来,一看:员外死在屋门前,老婆死在水缸里,宝鼓在门内地下扔着。李诚拾起宝鼓就走了。听说,每到荒年,他就拿出宝鼓,要些粮食,救济穷人。

(讲述:王艮针　整理:王雅湘)

宝　帽

从前,有个人叫王洋财,他常常睡懒觉。这天,他的妻子把他从被窝里拉起来说:"日头晒着屁股了,做饭没柴烧,快起来上山砍柴去吧!"

王洋财伸了个懒腰,打了几个哈欠说:"你吵个什么?烦死我了。"

妻子没好气地说:"你不砍柴,吃生米去!"

王洋财无奈,只得慢吞吞地起了床,拿起斧头出门上山去了。他来到半山坡,看见一棵古老的大树,就举斧欲砍,这时只听树上有说话声:"你别砍我的家,我愿给你件宝贝。"说罢,只见树上落下一顶帽子。王洋财接过帽子,朝树上张望,见树杈上蹲着一只猴子,向他说:"你能发财的。"他把帽子戴在头上,不大不小正合适,心中高兴,就收起斧头回家去了。

　　王洋财回到家里,见妻子正在烙馍。他正饿得发慌,拿起一个馍就到门外,连三赶四地吃完了,又转身回去拿。这样一连拿了几次,妻子一点也没发觉,他有点蹊跷,于是把馍全拿在手里。妻子烙完馍,端馍筐时,发现空空的,就惊奇地叫道:"怎么见鬼了!这馍都到哪去了?"

　　王洋财手里掂着馍,逗趣地说:"在这儿呢,看我手里是什么?"

　　妻子东瞅西望,知道是丈夫在捣鬼,可就是听声不见人,就嘟噜说:"你钻哪了?还不快出来。"

　　王洋财惊喜万分,知道这是宝帽的奥妙,于是摘下帽子说:"我就在你跟前呀!"

　　"啊!刚才我为什么没看到你?"妻子奇怪地问。王洋财把帽子在妻子眼前亮了亮,兴奋地说:"这下可好了,戴上这顶帽子,就谁也看不见我了,我可以到外边想拿什么,就拿什么,我要发财了。"

　　从此,王洋财真的发了大财,有吃、有穿、有银子花,置了庄院,生活过得很舒坦。他也就更加懒惰了,每天饮酒作乐,叫他妻子侍奉他,稍有一点不如意,就又打又骂。妻子见丈夫行窃作盗,变得蛮横霸道,自己却越来越苦,都是这顶宝帽作怪,于是就趁丈夫睡懒觉时,用菜刀把宝帽剁烂了。

　　王洋财一觉醒来,去拿宝帽行窃,一看宝帽烂了,知道是妻子干的,就一阵拳打脚踢,逼她把帽子缝好,妻子只得哭哭啼啼用红线把宝帽缝合完整。

　　王洋财戴起宝帽又到镇上去偷银货。卖银货的老汉多次丢货,赔了本钱,苦不堪言。可就是不知是谁偷的,所以他格外小心。这天他影影绰绰看见一根红线向摊前飘来,在红线下,银货像被吞了进去,一件一件不见了。老汉顿时醒悟,原来是这条红线作祟,这回可让我撞见了。他一时气冲心头,喊声:"哪里逃!"一把将红线逮在手里,仔细一看抓了一个帽子,王洋财马上现了原形。老汉一看是这个无赖,怒不可遏,大声喝道:"好你个王洋财,是你用这隐身法偷我的银货,害得我好苦哇!走!见官去!"

　　这喝骂声惊动了左邻右舍,大家都围拢了上来,当他们弄明白后,都纷纷抓王洋财算账。这个说:"我的绸缎丢了十多匹。"那个说:"我的银钱天天被盗,害得我们全家吵闹,老少不和,原来都是你干的。这一回要给你算总账。"大家连打带骂,一齐拉着王洋财去告状。

　　县太爷问明事情经过,重打王洋财五十大板,把他的家产全部变卖,补偿了丢失东西的人家。王洋财遍体鳞伤,躺在床上动弹不得,心中恼恨,就一把抓起那顶"宝帽"扔进了炉膛。

(讲述:王许氏　整理:王雅湘)

打子认妻

　　从前,有个农夫叫仙农,他勤劳忠厚,终天下地干活。这天一早,他背着锄下地,路经一庙院高墙旁,忽见一只黄鼠狼拉着一只花母鸡,从院墙水道眼儿中钻了出来。他听见母鸡"咯咯嗒"的叫声像是喊救命。这仙农一锄头下去,打死了黄鼠狼。他见母鸡被咬伤,就抱回家里,采了草药,给鸡敷到伤口上。吃饭时,他先喂饱鸡,自己再吃。花母鸡在他的精心护理下,伤慢慢地养好了,能慢慢地走了。仙

农照常下地干活。

仙农干活回来,只见四碟四碗热腾腾的饭菜放在桌上,他东瞅西看不见人,就端着饭菜先喂饱花母鸡,自己也吃起来。这样一连两天,顿顿如此。到了第三天下午,仙农下地干了半晌活,就提前回家,想看个究竟。他不声不响走到自己屋门前,隔着门缝往里瞧:只见床前的花母鸡"咯嗒"一声,"扑啦"一下,扇着翅膀,脱去鸡皮,变成了一位天仙似的美女,耳下挂着个大圆镏,像盏明灯,闪闪放光。她手脚麻利地在灶前做饭。仙农看得一清二楚,惊喜万分。他"哗"地一下推开门进屋,一把抓起鸡皮握在手里。美女变不成鸡,当天夜里仙农和仙女成了婚。

仙农夫妻恩爱,天长日久,生下一男一女,两个孩子聪明伶俐,一家四口,过得非常幸福。不觉到了三年头上,夫妻俩因为家务吵了几句嘴,妻问丈夫要鸡皮,想看看原来的衣裳咋样了。仙农想,反正已成夫妻,有了儿女,也不在意。他就对妻说:"你那张皮在咱屋檐下塞着哩。"妻趁夫下地不在家,就把鸡皮拿了出来,铺在地上,她往上一躺,扑扑棱棱地变成一只花母鸡,"咯嗒"着跑回庙院墙的水道眼里了。

仙农回家后,看见儿女在床上睡觉,却不见妻影。他东找西叫,没人应声,顿起疑心,跑到房檐下找那张鸡皮,已不见了。他扛起锨来到庙院水道眼前,挖了个大洞,钻了进去,只见一位老太婆身边坐着九个美女,长得一模一样。老太婆开口说:"你这位男子到此做啥?"仙农恭敬地向老太婆施礼说:"我来找妻子。"老太婆笑着说:"你看这九位女子,谁是你的妻?你能认准了,我就叫她跟你回去。"仙农猛想起妻的耳下挂个大明镏,可是一看,九位美女的耳下都有闪光的大镏,还是认不出来。又恐怕时间长了孩子哭,就先回到家去。

仙农一进家门就听见孩子又哭又叫要妈妈,心中很不是味,他急中生智,一手拉儿,一手牵女,从庙院水道眼中钻了进去。在九位美女面前,拉着孩子就打,直打得儿女哇哇大哭叫妈妈。这时,前八位美女都无动于衷,只见排行第九的美女流下两串眼泪。仙农上前拉住她说:"快跟我回去吧!难道你断夫妻情,能断母子情吗?"老太婆说:"小九回娘家看看,快跟丈夫回家吧。"

夫妻俩一人抱一个孩子,双双回到家里。从此,过着你恩我爱的美满生活。

(讲述:王许氏　整理:王雅湘)

灰　子

传说古时候,在双洎河北岸住着一个淹死鬼,在桥头护卫着双洎河。河的南岸,住着一个高老汉,在河边种瓜看瓜园。他俩经常在夜里一块聊天。六月暑天,高老汉摘个大西瓜给淹死鬼送去,他俩吸烟、吃瓜、拉闲话,成了知心朋友。

一天晚上,淹死鬼对高老汉说:"高老兄,我在此护河一年期满,该脱生人间了,咱俩该分别了。"高老汉恋恋不舍地说:"咱俩在一块惯了,你一说要走,我心里不好受。不知你咋脱生人间呢?"淹死鬼说:"实不瞒你,明天中午有个戴铁帽的男子汉从桥上过,他要到河边洗脸,我把他拉下水,他就成了淹死鬼,该让他看护河了,我就投胎人间了。"

第二天,高老汉想看稀罕,就在桥头看看究竟啥人戴个铁帽子。他一直等到中午时分,从河北岸走过来个顶着铁锅的中年汉子,高老汉等他走近一看,原来是本村人,家有八十老母,他若死了,老母由谁照应？老汉正想着,就见顶铁锅人脱下鞋要往河边洗脸。老汉忙上前劝阻:"你今天河边洗刷不吉利,我看你热着走吧,可要听话。"此人善良,尊敬长辈,见老人劝阻,也就离河走了。

到了晚上,高老汉摘个大西瓜给淹死鬼送去,淹死鬼生气地说:"老兄呀!你咋多嘴多舌,坏我的事?"高老汉抱歉地说:"对不起,一来咱俩在一块玩惯了,我不舍得你走;二来么,那戴铁帽人家有八十老母,没人照应,叫他死了,我也不忍心。我看咱俩也怪对劲儿,你就在这儿别走啦。"淹死鬼无可奈何地说:"唉!我就替戴铁帽人再看一年河吧。"

说话不及,又到第二年暑天。晚上,淹死鬼对高老汉说:"老兄啊!咱俩今晚得好好说说话,明天中午有个推小车的要来过河,他就是我的替身。"

第二天,高老汉又守在桥头要看个究竟。到了中午,只见过来一个推小车的,快走到桥边,高老汉问道:"推小车的,连天晌午也不歇会儿?"推车的中年汉子说:"唉,家里孩子老婆七张嘴,全得靠我吃饭穿衣呀!"高老汉怜悯地说:"我劝你今天甭出门,回家歇一晌吧,今个老不吉利。"推车的半信半疑地拐回去了。

晚上,淹死鬼十分生高老汉的气,问高老汉为啥坏他的事。高老汉又很抱歉地说:"那个推小车的要是死了,撇下孩子老婆谁养活?再说,我是真舍不得你走哇!"淹死鬼无可奈何地说:"我就再替推车的看一年河吧。"

转眼到了第三年暑天。一个晚上,淹死鬼又对高老汉说:"明天我又该脱生了,是一个贪官的恶少来替我,这一回你可别再多嘴了。"高老汉说:"一定,一定。可是我真不想叫你走,这次分别,不知啥时候能再见面?"淹死鬼说:"这次,上边看我护河有功,要我到河北城隍庙里当城隍爷。我去上任,你有啥为难事,可去城隍庙里找我,只要晚上躺在庙堂里,睡上一觉就可以见着我……"

且说不几年,高老汉家乡连遭三年大旱,寸草不生,五谷不收,全家人饿得黄皮寡瘦。这天,高老汉忽然想起自己的知心朋友在河北当城隍爷,就去找他。

高老汉到了庙里,当晚就躺在庙堂里睡觉。到了夜半,见到了好友,说明来意。城隍爷设酒宴招待他三天。高老汉临走时,城隍爷说:"你回去吧,到了家里,在院西北角挖地三尺,有两缸银子是灰子的,可暂借于你买粮食,置庄田,做生意。等三年后,再还给灰子。"

高老汉回到家,叫孩子们在院西北角挖地三尺,果然有两缸雪花银。他们就用银两置庄田,做生意,赚的银子就积攒在缸里,不到一年,就发了家。

到了第三年,大年三十晚上,家家都放鞭炮庆贺新年,高老汉全家欢聚一堂度佳节。忽然来了一个要饭花子,央求老汉说:"东家高抬贵手,留我妻子住在这里,她快坐月子了。"高老汉可怜落难人,就满口答应,安排在磨房里。

第二天一早,要饭花子就来拜见高老汉说:"实在对不起,我妻子夜半生下了孩子,天太冷,我不敢打搅你,就拿磨房屋里的柴草叫妻子烤火,你可别生气啊!"高老汉笑着说:"那有啥!"随即叫家人送去炭火饭菜,又问道:"生下的孩子起了名没有?"要饭花子说:"因孩子落地时掉进灰窝里,就取名叫灰子吧。"

"灰子!"高老汉惊喜地说:"是恩人到了,我等你们三年了。我曾借灰子的两缸银子,现在还给你。"说罢,就叫儿子把两缸银子抬给了要饭花子。要饭花子在这村置了庄田,两家从此互相帮助,共同富裕。

(讲述:王许氏　整理:王雅湘)

公 平 交 易

相传，新郑市东乡，有一个名叫公平的人，拾了一个元宝，上写"公平交易"四字。他拿回家中，让母亲看了看，并对母亲说要去找交易。他母亲说："儿啊，不要找了，不过一个元宝，你上哪儿去找他！"公平说："元宝上明明写着交易我们两个的名字，我怎能一个人独吞！"他坚持要去，母亲也无可奈何。

公平交易

公平找呵，找呵，一直找了三个多月，终于找到了交易。原来，禹州一家药店，有个当掌柜的人，名叫交易。公平说明来意，交易很受感动，就对公平说："公平兄，既然你来了，这元宝我就不要了。这元宝呢，你就拿回去得了！"公平听后连声说："不妥，不妥。既然上面写着咱俩的名字，叫我一个人要哪能行呢。"一个坚持要给，一个决意不要。没办法，交易只好拿把剪子把元宝剪下一半。只听"当啷"一声，剪掉的一半元宝掉进了砖头缝里。两人扒开砖头来找，见砖头底下有许多元宝，上面都刻着"公平交易"两人的名字。公平和交易就把那些元宝平分了。

为了教育人们要忠诚厚道，后来秤杆上都写着"公平交易"四个字。

（讲述：邢大妮　整理：李留英）

吃杯茶、黄鸰和知了

听老年人讲，过去九里山有个忤逆郎叫知了，爹死得早，娘纺花织布，把他拉扯成人。

后来，他娘瞎了眼，求爷爷告奶奶，好不容易给他说了个媳妇。到娶亲这天，知了嫌他娘是瞎子，把他娘背到深山里扔了。

新媳妇一到家，不见瞎婆婆，就问丈夫："咱娘去哪儿啦？"知了说："咱娘是个瞎子，人多害羞，出门躲几天就回来。"

新媳妇今儿等明儿等，咋也不见婆婆回来，又打听不出来消息，就背着丈夫到山里找婆婆去了。找呀找呀，这天找到深山里，见一个石洞口坐着一个瞎老婆儿。新媳妇想，这兴许就是俺瞎婆婆吧，待我问问她。新媳妇走到瞎婆婆跟前问："大娘，您老人家好哇！"瞎老婆儿问："你是谁呀？"新媳妇又说："我是上庙烧香的。"瞎老婆点了点头说："噢，是个行善的香客。"新媳妇又说："大娘，你自个儿在这儿怪没意思，咱俩对经吧？"瞎老婆儿说："中啊，你先念吧。"新媳妇就先念开了：

人生在世几十冬，

积德行善念真经。
父母养儿防备老，
儿应尽孝又尽忠。

瞎老婆儿听罢，心里很难受，叹了口气，接着念起来：

老身念经实可怜，
儿娶媳妇把娘嫌。
十冬腊月诓出门，
深山里头受熬煎。

新媳妇一听，知道正是自己的婆婆，随即又念：

新媳妇念经一朵花，
面前坐着活菩萨。
早知您是俺婆婆，
捧茶捧水侍候妈。

瞎老婆儿听了，一把抓住新媳妇："咋，你是娘的好媳妇?"新媳妇倒在瞎老婆儿怀里说："娘，您老人家受苦了!"就这，婆媳相认后，一块儿在山洞头住了下来。

这时候忤逆郎得个急病死了，死后变成个带翅膀的虫。因为忤逆郎原名叫知了，人们就把这虫叫知了。忤逆郎变成了虫，还是光想妻子不想娘，一天到晚在树上不停地叫着"妻——"。

后来，婆媳俩也死了，变成了两只鸟。媳妇变的那只鸟叫"吃杯茶"，婆婆变的那只鸟叫"黄鸠"。它俩在一棵树上搭窝，每天早上，天不明"吃杯茶"就叫："捧茶捧水侍候妈!"黄鸠哩，一听见知了叫，就骂："不忠不孝不得好死! 恼!"

（讲述：冯大妮　采录：崔长发）

打　石　人

在北宋七代皇帝的陵墓前面，雕了许多石人群像。现在，就说个打石人的故事。

传说在皇陵区里的一个村庄，有对小夫妻开了个豆腐坊，终日以卖豆腐为生。每天夜晚，小两口"呼噜噜、呼噜噜"地推磨磨豆腐。第二天一大早，丈夫担上豆腐去赶集。因为他们夫妻俩忠厚勤快，豆腐做得又白又嫩，三里五村的庄稼人都争着买，有时担一担豆腐走不到集上就卖光了。小两口相亲相爱，和和睦睦，日子过得非常红火。

一天夜里，刚打过四更，豆腐坊里的男主人装好豆腐准备去赶早集，突然，"哐啷"一下，从门外闯进来一个腰佩宝剑的武官，只见这人板起面孔，进门二话不说，切着豆腐就大嚼大咽起来，吃罢，嘴一

抹拉,分文不给,扬长而去。那时老百姓经常受官家的气,哪敢惹事向当官的讨钱?男主人只好忍气吞声,恨在心头。谁知从那天起,这武官每天五更前都来吃豆腐,吃罢就走,天天如此,日不错影。

又有一天,男主人要赶个路程较远的早集,提前上路了,只剩下女主人料理家务。那武官又来豆腐坊吃豆腐了。他进门见豆腐挑子不在,男主人已经上集去了,又瞧着女主人长得漂亮,就起了歹意,拉着女主人强行非礼。女主人拼命和这武官厮打,"啪",给了武官一耳光,却震得手掌麻木生疼,"啪",又一耳光,好像打在坚硬的石头上。她用牙咬,咬得牙根出了血也咬不动。武官仍然死皮赖脸纠缠不清。女主人急中生智,见身旁有一大桶豆腐渣,就一把把抓起豆腐渣照这无赖脸上摔去。武官只顾擦脸,女主人乘机挣脱,到外面大声呼叫:"有贼啦!有贼啦!"

喊声惊动了左邻右舍,人们拿着权把、扫帚、长棍、短棒赶来捉贼。武官见势不妙,兔子腿长草——荒(慌)了脚啦,他拔腿逃跑,后边的紧紧追,吆喝着:"截住坏人!别让他跑掉。"那武官一溜烟地直向皇陵跑去,人们脚跟脚地赶到。可是,进到宋陵里,东寻西找,怎么也找不到刚才的人影,最后人们扫兴地转回村去。

天亮以后,豆腐坊男主人赶罢集回来,听妻子把刚才发生的事说了一遍,心中十分恼怒,掂着磨杠、铁火棍同妻子一块儿到宋陵去找歹人,找来找去,能藏人的地方都找遍了,连一点踪影也没有。夫妻俩一早连惊带累,这时真有点儿困乏了,两口儿坐在松柏林前休息。女主人一抬头,啊!眼前站着的石人,不正是天天去吃豆腐的坏蛋吗!他半边脸上和胸前还沾着白乎乎的鲜豆腐渣哩!夫妻俩认准了,连气带恼,不问三七二十一,抡起磨杠朝石人屁股上狠打,接着用铁火棍敲着石人的脑袋说:"你这坏家伙还作怪哩!今儿给你留个记号叫人看看吧!"说着,他用铁火棍捣瞎石人一只眼。

从此往后,再没有"武官"敢去吃豆腐了。

现在宋陵石人中还有一个脸上和胸前有白印痕的,据说那就是他干坏事时被豆腐渣摔打的印记。

(整理:陈庚煦)

龙 抓 王 小

传说从前有一个孩子叫王小,是一个背逆人伦的不孝之子。他幼年丧父,母亲靠纺纱卖线把他抚养成人,又给他娶妻成家。结果呢?"麻野鹊,尾巴长,娶了媳妇不要娘。"两口子对老人更加苛刻,对老人非骂即打。

有一天,娘儿仨在庄稼地里锄庄稼。天将中午,娘回家做饭去了。中午刚过,娘就把饭送到地头。王小两口赶紧收工吃饭。吃饭的时候,王小抱怨娘做的饭不好吃,又送来得太晚。吃着饭又吵又骂,把娘气得哭了一场,饭也没有吃就又锄起庄稼来。

午后不多时,忽然乌云遮日,一声惊雷,天上"唰唰"掉下大雨点。接着雷雨交加,大雨倾盆。王小撇下老娘不管,背起媳妇跑到一棵大树底下避雨。这时恰恰被云端里的八龙王看见,它可怜一个孤老婆婆淋在雨地里没有人管,可恨年轻少壮的男子汉只顾自己和老婆。它气愤不过,恼上心头,就"咔嚓"一声巨响,抓住了王小,押到八龙潭东崖处令其服罪。久而久之,王小便化为石头。

现在八龙潭东崖边上,有一块石头,活像人头,侧靠在宛如刑具的石崖间,面带哭相,人们叫它"王小服罪石"。

龙抓王小的故事广为流传,在康村西面的九龙圣母殿的壁画上也有龙抓王小的画面,用以警示那些忤逆不孝的孬种。

(整理:郑海周　于丙森)

阴阳先儿和他的儿子

在登封城西南二十多里的一个小山村,有一位远近闻名的阴阳先儿,谁家修房盖屋造坟地,都去找他帮忙。人们都说他善于选风水,经他看过的人家,有的升了官,有的发了财,即使没有升官发财,起码是平平安安,全家和睦。因此,他的名气越传越大。

阴阳先儿虽说给别人看得很准,但是他自己的儿子就过得不怎么样,因为儿子又懒又馋不争气,吃喝玩乐还爱赌博。

有一天,儿子对父亲说:"都说你看阴阳看得准,为啥不给咱家看看,也让咱家发财,出个当官的。"

阴阳先儿说:"不是我不给咱家好好看,而是你不争气,也没有缘分和福气享受福地。"

儿子说:"我就不相信我没有福气和缘分!"

阴阳先儿说:"那好吧,今天晚上二更时分,你到村东头的那块大田里去,看看会发现些啥。"

到了夜里二更时分,月亮正圆,儿子赶紧跑到村东头。这时他看见几个三四岁的小和尚,身穿金黄色无领衫,在地里互相追逐、打拳嬉戏。他一看,心想这么小的娃娃长得这么好看,还会打拳,真有意思,他就津津有味地看了起来。正看得起劲,娃娃们突然不见了。他失落地回到家中,把所见告诉了父亲,父亲无语。

停了好长时间,父亲说:"那你明天晚上再往村西头去看看。"

第二天二更时分,儿子又来到了村西头。这时他又远远看见身穿银灰色服饰的和尚娃,在地里追逐玩耍,有的手中还拿着棍子和长枪在比试。儿子这一回又看呆了。正看得高兴,娃娃们又不见了。

儿子回家把情况讲给父亲听。父亲叹了口气,说:"唉,这事是不能说破的,要靠自己领悟。说破了要折我的寿,你怎么这样笨呢?那是金娃娃和银娃娃呀!你怎么就没想起抓住一个呢?这样吧,你今天晚上最后再到村南头去一下,看看会发现些什么。"

第三天晚上,儿子早早来到村南头。二更时分,他又看到了穿青玉色衣服的女娃娃,个个长得漂亮可爱,真像天仙一样,有的手里拿扇子,有的手里拿宝剑。她们翩翩起舞,好像在腾云驾雾。此时他想起了父亲的话,赶紧跑过去,想抓住其中一个。谁知她们个个都会轻功。她们上下翻飞,逗得儿子满头大汗,气喘吁吁,也没抓住一个。他停下脚步,女娃也不见了。

儿子回来对父亲说:"看起来自己真是没有福气,也与金银财宝无有缘分,到手的金银美玉一件件都从眼前不翼而飞了。"

父亲怕儿子气出病来,就劝他:"不必生气伤身,不是你的,你追也追不上。不过,只要你今后勤劳走正道,福分早晚也会降临到你的头上。"

(整理:潘红　叶荣霞)

金 鸡 娃

相传在登封告成镇西八方村东玉仙寺内,曾有不少人看到过金鸡娃,且看到的时间不同,有时在早晨,有时在中午,有时在傍晚,多为无人之时、十分寂静的时间出现。远远望去,只见一只大金鸡,引着十几只金鸡娃在寺院周围空地上刨食。大鸡"更更",小鸡"喳喳",蹦蹦跳跳,十分逗人喜爱。不知底细的人,一见到就想蹿上去逮几只抱回家中。

某年,一个炎夏中午,太阳像团大火球,晒得大地火辣辣的,直冒火星。田里干活的人早已收工回家了,唯有在寺后锄玉米的高某过了晌午,才经寺院回家。他猛一抬头,发现一群金鸡娃在寺院左侧地上刨食吃。那金黄的羽毛,红嘴红腿,蹦蹦跳跳,活泼可爱。高某顿生捉鸡之心。他一个箭步跑上前去,连追带撵,都不能擒上。他想找个帮手,四面望望,寂静无声,空无一人。他稍一喘气,又撵了起来,慌忙中乍一回身,抬脚踢死了一只,捡起来一看,是个金元宝。这时大金鸡恼火了,飞起来扑过去,朝高某腿上叨了个窟窿,当即鲜血直流。高某从地上抓把土按住伤口,咬着牙,揣着金元宝溜回家中。

三日后,高某伤口感染,化脓成疮,疼得他日夜不能入睡。父亲跑着为他四处求医,母亲为他烧香许愿。三口之家焦虑万分。整整折腾了三个月,疮口才算治愈。此时他捡来的那个金元宝早已花了个精光。

(整理:高丁 韩书田)

画 姑

很久以前,在一个依山傍水的小山村,住着一位孤儿。他勤劳善良,以捕鱼和打柴为生。由于他为人忠厚,品德高尚,人们把他的事编成歌谣教给自己的子女:"张小山,住村南。前有河,后有山。不捉鱼,就打柴,不到天黑不回来。"

话说年终月尽,腊月的集市熙熙攘攘,张小山和乡亲们一块儿来到集上置办年货。他来到年画摊前观看良久,没有自己中意的。突然他发现摊位地下有一张印有俊俏姑娘的年画被人踩在脚下,已是破旧不堪。小山顿生恻隐之心,急忙从地上捡起来,掸掉灰尘,展平褶皱,向卖画的付了钱,将它带回家中,贴在墙上。

张小山万万没有想到买回的这张画竟是误落风尘的画仙姑娘。她在画摊前几经磨难,几乎被人踩死,不料张小山却成了她的救命恩人。

从此,张小山与画为伴,忽一日,他觉得画上的姑娘容光焕发,越来越艳丽多姿,甚至有时看出想和他说话的样子。

一日傍晚,张小山荷担归来,一进大门就闻到扑鼻的香味。一进房门,却发现桌子上摆放着热腾腾的饭菜。他猜想,这是邻居大嫂又来帮忙了。他没有在意,就狼吞虎咽地吃了起来。

不料从那天起,张小山顿顿都有可口的饭菜享用。这样一来,使张小山顿生疑团,村里人也迷惑不解。还是邻居大嫂提醒他:你不妨暗访一下,佯装上山,留在家里一晌,看是哪位好心人干的好事。

这一天,张小山假装收拾好扁担绳索,欲上山打柴,暗地里却用一领席卷起来,藏在席卷里。房子里显得像往常一样平静。

该做饭的时间到了,只听得墙上发出"窸窸窣窣"的声音。抬头看时,那画上的姑娘幻化成人,迈着轻盈的步子姗姗走向厨房。她先舀水,后添锅,再生火做饭,神态自然而羞怯,动作轻巧而娴熟。再看姑娘的面庞,那真是闭月羞花之容、沉鱼落雁之貌,一下子让张小山呆住了,他不敢相信自己的眼睛。

张小山趁机从墙上撕下了画皮,两个人四目相对,都显得有些尴尬。姑娘的脸色羞得更厉害了,简直像三月的桃花。两人互诉衷肠之后,都产生了爱慕之情。在乡亲们的撮合下,他们俩结了婚,都说是千载良缘,美满婚姻。

俗话说,没有不透风的墙。张小山与画姑结婚的事一下子传到了县衙,时任知县胡太爷听后顿生恶念,欲强霸画姑。他将张小山传至公堂,重打四十大板,判他拐骗民女之罪。但经公堂对证,罪名不能成立。胡太爷仍不甘心,又判他无理狡辩之罪,罚张小山上交一百只白鹁鸽,一律得红嘴红腿红眼睛,限期三天交付公堂,否则,将打入大牢。

张小山一路愁眉不展,妻子却说这事不难,让他只管放心养伤。

第二天,妻子让小山到集上买了白纸、红纸。待晚上丈夫睡下,她拿出剪刀,在灯下细细剪了起来。一只只白鹁鸽剪成了,再贴上红嘴、红腿、红眼睛。第三天早

画姑

上,妻子叫醒丈夫去大堂交鸽子。只听妻子"咕咕"一叫,一百只鸽子扑扑棱棱飞了一院子。张小山手捧一只,那九十九只尾随其后飞到了衙门公堂。县太爷有了鸽子,喜出望外,但又贼心不死,借故晚来一步,又罚张小山一百头小毛驴儿,一律得粉鼻子粉眼白顶门儿,还得是四只白蹄子,驴背上得有乌木鞍、铜镫子儿,外加金辔银笼嘴儿,三天交不上来还要打入大牢。

张小山回家诉说一遍,气得妻子咬牙切齿,暗暗骂道:"这个狗官是要成心破坏他人婚姻。"她安慰丈夫只管安心休息,一切由她应付。

第二天妻子又让丈夫从集上买来各种彩纸,趁夜晚在灯下剪了起来。第三天早上,只见一百头活蹦乱跳的小毛驴,个个备着乌木鞍、铜镫子儿,头上扎着金辔银笼嘴儿,在院里院外"嗷嗷"乱叫。只听张小山"咳咳"一叫,他手牵一头,后头跟着九十九头踢踢踏踏来到县衙。县太爷命人一数,一头不差。他阴谋两次未能得逞仍不甘心,又借故罚张小山三条火龙。县太爷想:火龙乃稀世之物,任凭你画姑再能,也难交出,如果三天交不上,哼,事情就不由你们了!

张小山回家又向妻子诉说一遍,妻子骂道:"这个狼心狗肺的县官,明明是要置人于死地,达到他灭门霸妻的目的!他不叫咱活,他也别想好死。"

妻子连夜剪了三条火龙,个个竖眉怒眼,浑身银光闪闪,不时冒着金星。第三天张小山头顶一条

龙,两肩扛着两条龙来到县衙,跪在县太爷面前。县太爷说:"我要的是真龙、活龙,谁要你的纸糊龙灯! 拉下去重打四十,判他个捉弄本官之罪,押赴大牢。"谁知话音刚落,只听"咔嚓"一声,三条火龙腾空而起,火光燃着了县衙公堂,一霎时把衙门烧了个一干二净,县太爷也葬身火海,死有余辜。

(整理:白天乐)

范　沽

很久以前,嵩山脚下有一个苦命的孩子叫范沽。他三岁丧母,七岁丧父,流落乡里,从小给人家放牛,长大给富人家扛长工。他年过三十,仍然穷困潦倒,孑然一身,连自己为什么穷困也说不清楚。有人说,在那遥远的西方住着一位佛祖,他能解脱人世的许多烦恼,解答人生的疑难,范沽可以去找佛祖问个明白。范沽接受了乡亲们的指点,决心去找佛祖问个明白。

听人说,去西天佛祖住的地方道路就是唐僧取经走过的路,要经过广阔无垠的沙漠,涉过荒无人烟的沼泽,渡过烟波浩淼的通天河,翻过高耸入云的昆仑山。但范沽决心已定,不再反悔。他准备了一斗二升芝麻背在肩上,哪怕一天吃一粒也要找到佛祖。

临走那天,乡亲们都来送行。一位好心的老大伯托他问事。老人家一家三口,日子过得挺好,美中不足的是独生女儿是个哑巴,他托范沽问一下佛祖这是为什么。范沽记下了老人的嘱托。

范沽一路走沙漠、涉沼泽,夏天头顶烈日,冬天破冰滑雪,旅途的劳累自不待言。忽一日,一条茫茫大河横亘眼前,挡住了去路。范沽想:这大概就是人们所说的通天河吧? 在这荒无人烟的旷野,无舟无桥,怎能过河? 范沽独自蹲在河边犯愁。

恍惚之中,一只大鳖精爬到他的身边,瓮声瓮气地对他说:"范沽,我在这里等你多时了。听说你要找佛祖,我可以把你渡过河去,但你得代我问一问,我积德行善修了三千年,为什么还不能升天?"范沽答应了它的话。他坐在鳖精背上,闭上眼睛,只听耳边"呜呜"作响,一会儿来到了彼岸。

大约又是数月过去了,范沽来到昆仑山口,借宿一座土地庙内。睡梦中土地爷向他发话了:"范沽呐,你去西天路上要路过昆仑山,那里天气奇寒,老朽可以助你一臂之力。但你要代我问一下佛祖,我镇守山口二千余年,也算尽职尽责,为何不能早升天界?"范沽醒来,觉得刚才的梦亦真亦幻,但也不敢多疑,只是默念了刚才的一番嘱托,继续上路。他陡然觉得脚下生风,好像腾云驾雾,很快翻越了昆仑山。

又是数月的艰苦跋涉,范沽终于来到了西天古府。只见一座金碧辉煌的殿堂内,佛祖慈眉善目,正襟危坐,逐一接待来访者。

轮到范沽会话。佛祖传下话说:问自己的事不准问别人的事;问别人的事不准问自己的事。这下子可难坏了范沽。在权衡个人与别人的得失利弊之后,范沽决定代别人问事,放弃个人的事。

范沽问:"昆仑山口的土地佬为什么不能升天?"

佛祖答:"啃财不吐。"

"通天河的鳖精为啥不能升天?"

"有宝不献。"

"乡亲大伯的女儿为啥不会说话?"

"见了她的丈夫自然开口说话。"

三个问题问毕,范沾带着愁眉悻悻而归。

夜宿昆仑山口的土地庙内,梦中回答了土地佬的问题,土地佬方知自己积财误事。土地佬让他天明赶路时带走身旁的一罐银子。范沾离开庙门不远,只听"咔嚓"一声响雷,土地佬驾着五彩祥云向他招手致意。

范沾来到通天河,坐在鳖精背上渡河时传达了佛祖说它"有宝不献"的话,鳖精顿时大彻大悟。它立即伸出爪子在舌下拽出自己的护身避水珠赠给了范沾。范沾没走几步,身后又是"咔嚓"一声惊雷,鳖精升天了。

范沾掂着银子,怀揣珠子,回到了家乡。

大伯一家正在担水浇园,突然哑巴姑娘对着爹妈喊道:"爹,妈,那不是范沾哥回来了!"老两口一下子愣得走了神,水桶摔在了井台上……哑巴闺女怎么今天突然说话了?

范沾向大伯一家传达了佛祖的指点。大伯一时又愣住了。这……女儿的丈夫该是谁呢?老人正在发愣,只听女儿甜甜地、长长地叫了一声"爹——",然后羞涩地把目光从范沾身上移了过去。大伯见此情景,才如梦初醒,随即与范沾商议女儿终身大事,范沾赶忙叩首拜谢岳父母大人。他们很快择下良辰吉日,拜堂成亲,两家合为一家,永享人间天伦之乐。

(整理:白天乐)

金 水 河

传说,金水河旁的官道边早年住着一位独身老汉,名叫刘义,以开饭铺为生。老汉待人厚道善良,买卖公平,遇上付不起店钱饭钱的人从不伸手要,还常常将攒下来的钱周济附近村里的穷苦人,因而,方圆左近的人都敬重老汉。

老汉每天都要跑远路去山上的泉源里担水,因为泉水比河水干净、清甜。老汉说:"待人实诚,心才安生。"

有年三月二十三,老汉起早挑担来到泉源边,忽然听到有说话声。四下瞅瞅,大清早,山岭上冷清清的没个人影,老汉以为是自己人老耳朵背,听错了,就放下桶去舀水。他一弯下身子,说话声更清楚了,是从泉水里冒出来的:"刘老汉,心实诚,四乡八邻都称颂;每年三月二十三,来我口中取金锭。"

老汉呆住了,想:莫非世上还真有仙有鬼哩!惊疑间,泉口涌出一股水泡,水泡升尽,下面露出一块黄灿灿的金子。

老汉拾起金子,挑着泉水下了山,他边走边想:这金子是因为我待人实诚厚道才来的,我更不能独自贪占了!于是,他仍用这金子周济穷人。

从此,年复一年,每年的三月二十三,老汉去泉源挑水时,总能取回块金锭。老汉就用这钱行善助贫。

刘老汉慢慢老了。有个叫王贪的过路人见老汉对贫穷人施吃施穿,心想老汉一定积蓄不少,就脑瓜儿一转,主动留下来侍候老汉,说老汉人好,要为老汉送终。

老汉临终前,果然郑重告诉了王贪泉源吐金锭的秘密,并告诫说:"给多给少,不能强求;白得的金子,不能独自享用,要周济贫穷人。"

王贪埋葬老人后,疑疑惑惑挨到三月二十三,挑上水桶跑到泉源边来。果然,随着水泡,泉口吐出一块金锭。王贪伸手捞出来,惊喜得嘴都笑歪到耳朵根上了。他想:这泉源每年才吐出一块金锭,这得等多少年呀!

他就下山取来铁锹、镢头,对着泉口挖起来。挖一下就是一块金锭,坑越挖越大,金子越挖越多,后来,水里明晃晃映出的竟都是金块儿!王贪高兴得跳进水里要往外捞金块儿,谁知他一进去,泉水就汹涌地冒大了,一下子成了一条河,把王贪给冲没影儿了。

那以后,人们在这河水边偶尔能拾到些碎金子,当然,也只有心地善良的人才有这福气。于是,人们就把这条河称作"金水河"。

六、生活故事

朋友的由来

很久以前,在伏牛山脚下的李家湾住着两个关系要好的青年,一个叫阿朋,一个叫阿友。

一天,狂风突然袭来,吹倒了阿朋的两间茅屋,阿朋一家无处躲身,年老体弱的母亲在狂风中瑟缩着。在这艰难之时,阿友路过此地,便急忙背起老人请阿朋去家中避难,并把自己积攒下来的血汗钱交给阿朋建房,阿朋感激不尽。

事后,阿朋勤于劳作,不久,家里便有了积蓄。一天,阿友为了考验阿朋的友情是否真诚,便故意说:"阿朋,我家被盗,什么都完了。"他说得很逼真,叫人不得不信。

阿朋听了,便把自己仅有的钱和衣服送给阿友。阿友见阿朋如此真情,便笑道:"我是考验你呢!"

从此以后,他们俩互相帮助,你有困难,我帮你;我有困难,你帮我,同甘苦,共患难。后人为了纪念这两个人,就把两个人的名字合起来,称为朋友,流传至今。

(讲述:张娟　整理:赵三萍)

彩陶出嫁

很久以前,洛阳邙山上,住着一家姓王的陶匠,他们祖传几辈烧陶卖陶。王陶匠身边有一个女儿,名叫王彩桃,十七八岁。彩桃长得聪明伶俐,心灵手巧,从小跟着她爹学了一套烧陶制陶的好手艺。

当时,洛阳城有个恶棍,名叫刘喜,是县官的衙内。这家伙仗着老子手中有权有势,专爱玩弄女色,家中虽有三房四妾,还是到处寻花问柳。

有一次,刘衙内来到邙山上游春,正好碰上了王彩桃。他见王彩桃长得像朵牡丹花一样,魂儿都掉了。他一直跟到王彩桃的家门口,死皮赖脸地拦住她。这时,王陶匠正好出门,"啪"地打了他一耳光,要送他去官府问罪。刘衙内冷笑一声说:"我才不怕,县官是俺爹哩!"刘衙内有恃无恐,发誓要把

王彩桃弄到手。回家以后,立刻打发管家马虎星夜赶到王家庄提亲下聘。

王陶匠听说管家上门为刘衙内提亲,可把他吓坏了。如果答应了这门婚事,那就活活坑害了女儿;不答应吧,又怕刘衙内三天两头来胡搅蛮缠,村里的乡亲也遭连累。他左右为难,吃不下饭,睡不好觉。王彩桃很明白爹爹的心事,掉着眼泪对爹爹说:"爹!答应他算了!"接着,父女俩抱头大哭了一场。王彩桃这一夜都没有合眼,翻来覆去睡不着。

第二天,刘衙内的管家又来催逼婚事。王彩桃对他说:"你来提亲,可能当得刘家的家?做得刘家的主?"管家点头哈腰地说:"能,全能!刘衙内委托小的前来,一切我全包了!"王彩桃说:"有三个条件,你们如果答应了,亲事就算定了;若不答应,我宁死不从!"管家心想,只要婚事能成,别说三个条件,就是三十个条件也中。于是,管家说:"说吧!哪三个条件?"

王彩桃扳着指头说:"第一,立即送来白银千两,绸缎百匹。第二,娶亲那天,八抬大轿上门迎娶。但刘家的人不准进村,由俺王家把新人送到村口。第三,对上面两条立字画押,不准反悔!"管家满口答应。王彩桃当即写了两张字据,双方画押,各持一张。管家高兴得像得了金马驹一样,接过字据,连看一眼也没有看,便一路小跑,下山报功去了。

次日天刚亮,刘家按字据送来了王彩桃要的钱、物。王彩桃清点以后,把这些绸缎、银两全分给了王庄的乡亲,并求他们到办事那天多多帮忙。

三天头上,刘衙内带着花轿娶亲来了。按照字据,刘衙内的迎亲队伍在王庄村口等候。乡亲们接过花轿,进村抬上新娘。然后,又将花轿抬到村外,刘家的迎亲队伍,这才吹吹打打把花轿抬走了。花轿进了洛阳城,很快来到刘衙内的家门口。这时,鞭炮齐鸣,看新娘的围了里三层外三层,场面十分热闹。刘衙内心里痒抓抓的,没等花轿停稳,就急着想去看新娘。花轿停住了,就是不见王彩桃出来。刘衙内像只馋猫,急不可待地上前撩开轿帘。轿帘一掀,他见花朵一样的王彩桃,蒙着盖头布,端端正正地坐在轿里,不由得神魂颠倒,伸手猛地扯掉了盖头布。可是,新娘仍然一动不动。刘衙内忍不住动手去拉,这一拉,可把他吓蒙了。他一下子倒退三步,差点蹲在地上。为啥?原来,那人手脚凉冰冰,身上硬邦邦,怎么拉也拉不动。他大着胆子,仔细一看,原来是个和王彩桃一模一样的陶人,上面还打着"王家彩陶"的大印戳哩!

这是咋回事呢?原来,那天刘衙内的管家拿着字据下山以后,王彩桃就忙活开了。她对着莲花镜,照自己的模样做了一个不低不高的陶人,接着又涂上各种彩釉,最后又周周正正打上"王家彩陶"的大印戳。她把陶人放在陶窑里烧好以后,专等着刘家来取。那字据上有个条件是不准刘家人进村,原因就在这里。娶亲那天,乡亲们帮了大忙,他们按王彩桃的吩咐,把陶人装进花轿里,送到村外。这一切,刘衙内哪能想到呢?

看稀罕的人越来越多。刘衙内恼羞成怒,当即唤来管家,要上邙山找王陶匠算账,咋咋呼呼要去抢亲。正在这时候,王彩桃突然来了,她说:"别去啦!我自己来了!"刘衙内正要上前,被王彩桃喝住了。然后,她拿出一张字据,上写道:"洛阳城衙内刘喜,愿取王家彩陶,由管家马虎前来说合,今立字画押,决不反悔!"接着,她向众百姓叙述了事情的整个经过。刘喜马上拿出自己留存的那张字据一看,嘿,糟了!这娶亲的"娶"字,写成了"取"字;彩桃的"桃",写成了"陶"字。这不明明是人家有理吗?

这时,众人都嚷嚷开了:"刘喜要取的就是这个王家彩陶,现在花轿把彩陶抬来了,就得算数!""字据上写得明明白白,不能反悔,那还有啥说哩!"王彩桃大声说:"他想反悔,也不中!字据在这里,要不咱去州官那里打官司!河南府尹近日要来洛阳巡察呢!"

— 654 —

刘衙内听罢,倒吸一口冷气,瘫坐在地上。管家拉着他说:"去吧!还有啥说哩!王彩桃手里有字据,她要到州官那里告咱,事情就更麻烦了!"刘衙内还想要那一千两纹银和一百匹绸缎。王彩桃说:"那是陶人钱,已经分给乡亲们了!"说罢,她拿着那张字据大摇大摆地走了。

(讲述:马明人 整理:张万柯)

红叶良媒

唐朝时候,洛阳有个秀才,名叫于佑,自幼与邻家韩美娘订了娃娃婚。

韩美娘长到十五六岁的时候,就像一朵出水芙蓉,光彩照人。两家老人正商量着与他们完婚,恰赶上皇帝派人到民间挑选美女。美娘人品出众,一下就被选中了。

美娘入宫前一天夜晚,于佑冒着杀头之罪,偷偷与美娘相会。两人一见面,就抱头痛哭。美娘说:"走遍天涯海角,我生为于郎妻,死为于郎鬼。"于佑说:"今生今世,除非美娘,誓不娶妻。"

美娘是个独生女,被选进宫以后,父母无依无靠,思念成疾,不到一年,双双去世。于佑对二位老人的去世非常痛心,埋葬之后,生了一场大病。这时,他更是思念美娘。心想,怎样才能见到美娘呢?想来想去,觉得只有读书,将来在朝中得个一官半职,也许还能搭救美娘逃出火坑。病愈以后,他便闭门不出,发愤读起书来。三年之后,他到长安应试。

于佑虽然有些才华,但是,朝中无人难做官。加上他出身寒微,三场下来,就名落孙山了。等他回到家乡洛阳的时候,自己的生身父母也相继去世。从此,于佑孤独一人,四处漂游。

后来,于佑听朋友们说,被选进长安皇宫的美女,有不少被送到洛阳上阳宫里来了。他心里想,不知在这批美女中,可有自己的美娘?从那天起,他一有空,就独自一人来到洛河岸边的上阳宫外转悠,希望能见上美娘一面。怎奈上阳宫墙高院深,离远了什么也看不见,离近了御林军把守,想见上一面,那真是梦想。

上阳宫很大,有一条河穿宫而过。宫女们的洗脸水泼在河里,胭脂把水都染红了,所以,人们就把这条河叫作"胭脂河"。于佑来到胭脂河边,望着河水,不由得想起了小时候和美娘常在河边游戏的情景……水面上忽然飘来一片红叶,他捞上一看,只见上边还有字呢,写道:"流水何太急,深宫尽日闲。殷勤谢红叶,好去到人间。"诗意很明白,宫女恨皇宫,希望回到民间。于佑想,这诗也许是美娘在宫中所作。他跑到胭脂河的上游,也在一片红叶上写了二句:"曾闻叶上题红怨,何日得见故时人?"然后把它放在水中,看着它悄悄

红叶良媒

流进宫去。从此以后,他天天跑到下游去等,希望再见到题诗的红叶。但是,时间一天天地过去了,他

等了不知多少天,再也没有见到题诗的红叶。

于佑的学问被在洛阳做官的韩大人赏识,聘在家中教家馆。韩大人为人谦和,敬重读书的人,因此把于佑待为上宾。于佑虽说思念美娘,见韩大人如此厚爱,却也一心扑在教馆,只是发誓终生不再娶妻罢了。

几年以后,老皇上死了,新皇上登基,又从民间选了一批美女进宫。早先进宫的美女,因为年纪大了,便被放出宫外,让家人领回。美娘父母已去世,又无兄弟姐妹,出宫后没有去处,恰好遇上韩大人,被收为义女。韩大人收下美娘,一来可怜她无依无靠,二来想起家馆于先生尚未娶妻,二人正好可以配婚。他把这个想法对夫人一说,韩夫人拍手称赞。于是,一个去跟于先生说合,一个去跟美娘提亲。

谁知,韩大人一说,就被于佑一口谢绝。再三追问,他才流着泪拿出了那题有诗句的红叶,说:"我愿终生与它为伴,永不娶妻!"美娘那边呢,韩夫人一提婚事,她就哭成了泪人。哭足哭够了,也拿出一片题诗的红叶,发誓说,终生再不嫁人。韩大人和夫人把两边的情况一摆,都觉着奇怪。老两口想,既然他们如此看重红叶,可能他俩的心事都与这红叶有关,让他俩见见面再说吧。

于佑和美娘一见面,都立刻认出了对方正是自己日夜思念的亲人,俩人抱头痛哭起来。韩大人夫妇知道了二人根由,也被感动得流下泪来。当下,韩夫人就命家人置办嫁妆、聘礼,让他们二人拜堂成亲。

于佑和美娘把红叶置于新房,望着它一唱一和吟出一首诗来:"一联佳句题流水,十载幽思满素怀。今日却成鸾凤友,方知红叶是良媒。"从此,"红叶良媒"传为佳话。

(整理:张金保)

勤俭匾

从前,有个种田的老汉,干什么活都是好样的。他从自己的经验里,深切地体会到:人要想过得像个样子,一定要勤俭。

老汉有两个儿子。他为了使儿子时刻记住"勤""俭"两字,就把大儿子取名"克勤",二儿子取名"克俭"。后来,日子越来越富裕了,他在大门上又挂起一个匾,匾上刻着"勤俭"两个金字。

在临终时,老汉把两个儿子叫到跟前,嘱咐说:"我下世后,你们兄弟俩可要勤勤俭俭和和气气地过日子,逢事要精打细算,切不可懒惰浪费……"

最初,兄弟俩靠着老汉留下来的家产,过得还不错,后来谁都想当家理事,谁都不愿意老老实实劳动生产。活没人做,东西却只嫌霸占得少,日子就过得一天不如一天了。俗话说:槽里无食猪咬猪。眼看着兄弟俩真的过不下去了,只好分家,各过各的。

分家时他们把所有的东西都分了,连大门上的"勤俭"金字牌匾也锯成了两半。老大分得了"勤"字,老二分得了"俭"字,他们把分得的这半个匾,各挂在自己的门上。

分家以后,弟兄俩都有着"过在人前"的想法,并且都根据自己的心愿来努力。老大根据"勤"字,生产劲头很大,也确实打了不少粮食,可是过日子却不知道节约。老二呢,正跟老大相反。结果是只勤不俭,或者只俭不勤,过来过去还是穷。

有一天,乡亲们提起他们父亲怎么又勤又俭,才提醒了他弟兄两个,他们才明白为什么老是富不起来。弟兄两个认识到自己往日的不是,决定重新合起来过,同时也把"勤俭"两字合在一块,挂在了大门上。

从这天起,他们不但勤劳动,而且非常注意节约,一针一线都很爱惜,都不浪费。果然,日子过得一天强似一天,不几年,就又富足起来了。

(整理:韩有治)

抗 官 戏

前清时候,登封有一种风俗,年年秋收后,各村都要请台大戏,也叫"保秋戏"。唱上三天,欢乐欢乐。

那时候,县官也有一个"拉官戏"的规矩。哪个村请的戏好,叫县官看中了,就要拉到衙门内去唱。要是去得晚一点儿,大社头和戏班上掌柜的就得坐牢。

光绪二十八年(1902年),芝麻凹村按"三大件"摊了五百贯钱,请来了梨园班子。前几天各家各户都忙着磨面、蒸馍,准备待客。到唱戏那天,有的牵着骡子、马,没有的牵个小驴,再没有的就步行着把亲戚叫来看戏。方圆左右的人也都说:"哈呀,芝麻凹真泼上啦,掏五百贯请台大梨园班!"看戏的真是人山人海,台子底下挤都挤不动。

吃罢晌午饭开戏,刚"加了官"开正出,唱的是《李桂枝写状》,小生小旦唱得腔口顺,做功也好。正唱到热闹的时候,从西边大路上来了个衙役。这人姓薛,是本县城里人。他到台子下没多大一会儿,把火签往台子上一撂,可刹戏了。看戏的人一见拉了官戏,哄的一下子都散了。

这时,可气坏了管台的韩秀成。这人还很年轻,长得膀宽腰圆。他不管三七二十一跳下台来拉住薛衙役就问:"你是咋着?戏是俺掏钱请来的,为啥不让俺看?"薛衙役正准备走哩,一见有人拉住,扭回头眼瞪得跟牛蛋样,气呼呼地说:"咋着?你说咋着?拉官戏!这是老爷的盼咐,你不服见老爷去!"说着就来拉韩秀成。薛衙役吸大烟吸得瘦得像鬼,叫韩秀成把他揉得一溜波浪子,差点儿摔倒。韩秀成说:"我也不去见老爷。今儿这官戏你就是拉不走!"大伙儿一见有人抗住官戏,也都大声粗气地说:"不去,看他咋着!"韩秀成指着台上掌班的说:"你给我开戏!"真的叮叮当当又唱起来了。

这一下可把薛衙役气坏了,脖子上的筋憋得有二指高。他气呼呼地说:"哈!好一个愣头青!真不知马王爷几只眼,敢在太岁头上动土。回衙去禀告给大老爷,才叫你吃不清兜着走哩!"他咋呼着也没人理他。他又大声叫:"这村谁是大社头?"大社头连声答应着:"在这哩,我就是。"薛衙役指着韩秀成说:"你快把这个愣头青儿给我绑住,我要带走他。"大社头一听要带人,心里可毛啦,嘴上也说绑就是不动手,使着眼色叫韩秀成跑。你猜咋着?韩秀成说:"绑就绑,给我绑起来!"他这一说,呼哩哗啦蹿出几个小伙子,七手八脚地倒把薛衙役给绑住了。韩秀成说:"把他押在空屋里,先看半天戏再说。"几个人就把薛衙役往屋里一推,把门给锁住了,大伙都去看戏了。

快刹戏了,韩秀成想:"得去看看哩,绑得紧了勒死了事就大啦。"他叫了几个人开开门一看,人没影了。这一下大伙儿都慌了。韩秀成想:糟了!一定是偷跑回城去了。他要跟县官一说,非住班房不行。他又一想,一不做,二不休,赶上把他抓回来,痛痛快快地打一顿,先解解恨再说。他把这意思跟大伙一说,怕事胆小的人说:"就那吧!胳膊扭不过大腿,马蜂窝窟窿越捅越大。"说着就溜走了。胆大的人说:"敢干敢当才中哩,谁也不能当胆小鬼。"说着,有的掂着枪杆子,有的扛矛子枪,还有的拿着土手炮,顺着往城里的大路赶去了。

拐回来说薛衙役。薛衙役被锁到小屋里,心想:糟啦!今黑儿一顿打是少不了啦,不如趁没人看着跑了的好。他四处一看,看见屋里有个铁火炉,心里暗暗高兴,慢慢走到铁火炉跟前,把绑的绳子向铁棱子上磨了一会儿,可拉断了。他听了听,外面没有什么动静,撬开门翻过墙打后院跑走了。他出去村,一来大半天没吃饭,饥了,二来烟瘾也发了,又恐怕被人看见赶来,心里慌,腿又软,跑也跑不快,他走了好一会儿,才走了一里多地。

再说韩秀成领着一伙人跑着赶薛衙役,赶到甘河就赶上了。他们拉薛衙役回来,谁知他来个"耍死狗",再拉就是不走。你指头捣到他脸上,他又来个"光棍不吃眼前亏",一声不吭。这时候有不少人都气急了,有的就动手打开了。在路上时,韩秀成就给大伙儿交代过:打,光照屁股上打,打得狠,又不会打伤。只听噼里啪啦,活像染坊捶布一样,打得薛衙役不住声"哎哟""哎哟"地叫,跪在地上,口口声声喊"大爷饶命!"

韩秀成看大伙气也出啦,薛衙役也挨得不轻啦,就问:"姓薛的,官戏还拉不拉了?"薛衙役连忙说:"不拉了,不拉了……"韩秀成又问:"你回去跟官说不?"薛衙役想:说回去不说吧,回去要说;说回去说吧,还得挨打,就吭哧吭哧地说:"我……我……"韩秀成说:"我什么?你听着,这次是轻的。"薛衙役不住地叩头,连说:"谢谢大爷。"韩秀成接着说:"回去你不给县官说,咱以后车走车路,马走马道;回去要是跟县官说,你可招呼着。再揪住你,可要你的小命,听见没有?"薛衙役一听,忙说:"这……这,我……小的不敢。"

韩秀成向大伙使了个眼色,叫放薛衙役走。大伙立刻嚷着说:"你还不滚!还准备挨二次打!"吓得薛衙役屁滚尿流,连爬带滚地窜了。大伙看薛衙役那股劲儿,都哈哈大笑起来。

事后,薛衙役果然没敢对县官说。一来因为拉官戏是他的私意,想弄几个钱花花;二来怕人家不饶他,真的往死里整他。村里人一方面防着衙门来捕人,一方面欢欢乐乐看了三天戏。

就从那天起,算顶住事啦,衙役们再也不敢来这里拉官戏了。

(讲述:韩提娃　韩三池　整理:韩有治)

猜　字

邵夫子算卦灵验如神,常在洛阳桥头摆摊。他一天只摆两个时辰,挣得钱够度日即可。他收摊之后,别的算命先生才敢出摊。

有次,邵夫子被城里名流请去做客,他的侄儿代他把卦摊摆了出来。不多会儿,有位泪流满面的老汉来到桥头询问:"你可是邵夫子的卦摊?"

这老汉是南方人氏,年过半百始得爱子。孩子入私塾后,老人每日接送,直到十三四岁。这天放学时间早过,仍不见孩子回家,老人便四处寻找。没有踪影,从此就打点行装,外出寻找起来,这一找就是几年光景。这天,老人找到洛阳,闻说洛阳桥头邵夫子算卦赛过神人,就满怀希望地寻来了。

邵夫子的侄子说:"你随便写上一字,或说上一字,我给你解字意。"

老汉回首看到桥头堆了一堆西瓜,随口说:"就算这'堆'字吧!"

邵家侄子写下一个"堆"字,琢磨片刻,吐出一个"人"字,惊得老汉紧问:"人怎样?"

"您看此字,左边是个土字,右边是土上撂土,土堆中间加个人,看来人已入土为安,埋在斜坡上了!"

老人"啊呀"一声,栽倒地上,半天才哭出声来,哭了一阵,爬起来,嘴说着:"这样还有啥活头!"跟跟跄跄走到洛阳桥上,就要投河自尽,幸亏被路人拦住。

这时,邵夫子刚好回来,见桥上围了这么多人,忙问清原委,走到老汉面前说:"老先生,听我再给你算算如何?你看,这'堆'字,人是在土中立着,并没有倒下呀!这是人在窑洞里住着呢!"

老汉仍然哭泣不止,说:"你们不要给我开心啦,这活着也没意思呀!"嚷着哭着又要往河里跳。路上人就劝说:"老先生,这位算卦的才是邵夫子,刚才那位是他侄子,你该相信夫子才是,他的卦总没错过的。"老汉半信半疑,睁开泪眼问:"那,那……您说孩子他在哪里呢?"

猜字算卦

邵夫子掐指算算,说:"你往城北走,邙山脚下有条驾鸡沟,里边多是窑洞。"夫子又将"堆"字看看,说:"左边之土移上边,土上加土便是山。山下有佳是崔字,你只管寻姓崔的问便是!"

老汉收了泪,谢过夫子,将信将疑地往城北驾鸡沟寻来。来到沟口,见一少妇坐在窑洞外的树荫下纳鞋底儿。老汉就问:"此处可有姓崔的人家?"

"您是……?"

"我找儿子……"老汉话没说完,那少妇瞪大眼瞅了瞅老汉,回头就走进窑洞,说:"快看快看,外边这老人和你口音一样,长得也像,莫非是你家人!"

一个少男跑出窑洞。老汉一看,正是儿子。父子抱头大哭。哭了一阵,少妇劝父子进窑坐下,沏上茶水。少男说:"我那天放学,失足跌落沟里,昏过去,幸被过路的崔家老爹救起,带到了这里。后来,老人招我为婿。前些时老人病故,只剩我夫妻二人度日。我本来早想返家,只因路远途生,今日爹爹登门,真是万幸万幸。"

那老汉找到儿子,又得了佳媳,自然高兴万分,改日到洛阳桥头谢了邵夫子,又请择个吉日,带着儿子儿媳回了家乡。

人说:"算卦入门不难,不外乎看面相、查手相、抽签析字之类,但算卦人灵气不同,道行深浅有异,那算出来的卦就有天壤之别了!"

实 憨 媳 妇

久旱无雨的夏天,大地滚烫滚烫,天气好热,天快晌午的时候,地里干活儿的人们,都聚集到林边的一棵大树下歇凉。

远处,慢腾腾地走来一位白发苍苍的老太婆,只见她来到大树跟前,向大家说:"我现在渴得很,请寻给我一口水喝喝行吗?"

大家一听,你看看我,我看看你,都不吭声,谁都知道,滴水贵如油啊,要点吃的还可以,要水喝,可真是太难了。

正在这时,人群中走过来一个20岁左右的小伙子,他对老太婆说:"行,你等着,我回家给您舀水喝。"大家一看这个小伙子是个实在人,心眼儿挺好,因为太老实,人们给他起了一个绰号叫实憨。实憨有一个老母亲多年有病,母子俩相依为命。

不一会儿,实憨便从家里端来了一碗水,老太婆接过水,一口气就喝完了。她说:"小伙子,一看就知道你心眼儿好,你家几口人?"实憨就把家里的情况告诉了老太婆。老太婆说:"我给你一个西瓜子,你埋在地下不用浇水,时间不长就会长出一个大西瓜来,你把它切开,让你母亲一吃,你母亲的病就好啦。"说着就随手把西瓜子递给了实憨。实憨半信半疑地接过西瓜子,装了了口袋里。老太婆又递给实憨一把扇子,说:"等你母亲病好后,你就拿着这把扇子,向东方走,过一条河,不管水多深,你攥紧扇子,就会飞越过去。然后,翻过七七四十九架山,越过九九八十一道岭,看见一座庄园,只要拿着扇子就会有人迎接,那里有个姑娘愿意嫁给你,等你完婚。"说完,老太婆头也不回向东方走去。

老太婆走后,实憨就回家把瓜子埋在地下,不一会儿,真的长出一个很大很大的西瓜来。实憨把它切开,给母亲一块儿,让母亲一吃,病果然完全好啦。实憨看西瓜这么好,就把剩下的西瓜,分给了左邻右舍的大伯大娘老爷老奶奶们,大家一尝这神奇的西瓜,有病的没了病,没病的都说,这西瓜真甜,真好。

母亲的病一好,实憨就打点行装,辞别了母亲,拿着老太婆给的扇子向东方走去。他按照老太婆说的,来到一条河边,向河里一看,河水好深,深不见底儿,实憨心里有点儿怕,但他紧紧攥着扇子,只听"呼"的一声响,不自觉地就飞过了河。接着,经过千辛万苦,艰难跋涉,终于翻过七七四十九架山,越过九九八十一道岭。果然,眼前出现一座庄园。

这座庄园,门楼高大,两座神气的石狮子分别蹲在两边,忠实地守卫着庄园大门。石憨手拿着扇子,来到庄园门前,不等他喊门,门就开了。见过面的老太婆,满面笑容地迎接了实憨。庄园里边好气派,亭堂楼舍,一排排一座座,到处花木飘香,鸟儿歌唱。实憨有生一来都没见过这么美丽的地方。

实憨被老太婆引进一座客厅屋,里边坐着一个上了年纪,但满面红光、神采奕奕的老头儿。这个老头儿一见实憨进屋,忙起身让座,随后寒暄一阵后,老头儿说:"你到这个家,就别着急,多玩几天。"实憨不自然地笑了笑没回答,他哪有心思在这玩,家里还有老母亲呢。但既然来了,只好客随主便了,当晚实憨就被安排住下了。

实憨在家干惯了活儿,是个闲不住的人,每天就早早地起床下地干活儿了。今天照样早早地醒来,来到院子里,一眼就看见院子里放了一大堆竹子。闲不住的他,就像在家里一样,操起放在一边的劈刀，就劈了起来，一会儿就用劈好的竹子编成了一对竹篮子，又编了几对竹筐，这些竹器精细别致，好看结实耐用。不知什么时候老头儿就来了，一看实憨的手艺，心里说："这孩子，人勤，心灵，手巧。"老太婆也喜上眉梢，连忙招呼实憨吃饭。饭后，老头儿就让实憨扛上锄头，一块儿去锄地。刚走到半路，忽然，一只猛虎张牙舞爪向他们扑来。实憨一看，不躲不闪，挺身而出，抡起锄头，就向猛虎打去。老头儿大喝一声，猛虎立刻跑到了一边儿。原来，这只虎是老头儿家的一只看门狗，很明显，老头儿在考验实憨。一看实憨这架势，连连称赞石憨很勇敢，高兴地说："小伙子，你已经成为我家的女婿啦。"实憨连忙说："谢谢岳父大人。"随后老人家和实憨一起回到家，坐在客厅里，唤过老太婆耳语一阵后，就喊女儿出来见实憨。

只见姑娘，亭亭玉立，眉清目秀，羞羞答答地来到客厅，含情脉脉地看了一眼实憨，实憨一看见有一个这样好的姑娘做妻子，真是有福气，高兴透了。

老头儿对姑娘说："女儿，你也不小了，我和你娘为你选好了女婿，你跟他回家完婚吧！"姑娘点了点头。老人家问姑娘要啥嫁妆，姑娘说啥也不要，要求给她一把剪子就够了。两个老人相视一笑，答应了她的要求。

第二天，实憨和姑娘，带了简单行装，便踏上了回家的路途。路上该吃饭了，姑娘就拿出剪子，剪出了可口的饭菜，两个人美美地吃过后就又继续上路。整整走过七七四十九架山，翻过九九八十一道岭。

这天，他们刚来到河边，看见三个落水的人，连喊："救命呀！救命呀！"姑娘马上拿出剪子，剪了一条小船，实憨坐在船上，递给一根木杆，三人立即抓住木杆上了船。来到河边，不看则已，一看都愣住了，这三个人和实憨是一个村子的。

原来，这三个人听说实憨拿着扇子去寻媳妇，都欺实憨太老实，长相又不好，商量着跟在实憨的身边，看看如果真的寻着好媳妇，就想办法把实憨害掉，抢走新媳妇。但谁知实憨走得真快，一上路就没了踪影，怎么赶都没赶上。实憨领着新媳妇都回来了，这三个人才到了河边，他们看着河水不深，就一齐往下跳，想蹚过河去，谁知一下河就上不来了。刚好遇上了回来的实憨，才被救上来。

这三人一看新媳妇长得水灵水灵，都想着可不能便宜了实憨这小子。三人挤眉弄眼说了谎，也不再向

实憨媳妇

前赶路，一同往回走，晚上一同住店。新媳妇就用剪子剪出一道道丰盛的夜餐，有酒有肉，这更让这三人眼馋嘴馋，暗暗在新媳妇身上打主意。吃过晚饭后，三个人住一间屋，新媳妇和实憨住一间屋。新媳妇通过察言观色已看出这三人不怀好意，就告诉实憨说："我看这三个不是好人，咱要格外小心。"实憨说："不会吧，我们都是一个村的，经常在一起，不要想那么多。"新媳妇没多说，但她多了个心眼儿。

刚刚睡下不久，新媳妇就听到隔壁屋里在小声说话。一个说："新媳妇长得真美，可惜一朵鲜花插到牛粪上了。"另一个人说："咱不如今晚上后半夜就动手，用绳子把实憨勒死，抢了新媳妇。"又一个说："我看也中，今晚上后半夜咱就动手。"三个人都说："一言为定。"新媳妇听后打了一个寒颤，心想：

这三个人真是心狠手辣,果然不是好人。今晚上我也叫你们知道知道,好心得好报,办坏事就不会有好结果。

她拿出剪子,剪出猪头、马面、驴脸,剪好后,放在实憨跟前,又剪了"万年粘"糨糊,涂在实憨周围。待到半夜,三个年轻人拿着绳子便轻手轻脚地来到实憨住的房间,一进屋子,刚想动手,只听"忽"的一声,屋子里亮堂堂的如同白天,三人同时"哎呀"一声喊叫,脚下被糨糊粘在地上,浑身僵在那里不会动了,拿着绳子的手怎么挥也挥不动。三个人的脸,分别变成了猪头、马面、驴脸,相互一看,吓得全身哆嗦直打颤,连声求饶。新媳妇指着三个人厉声说道:"你们三个人到底怀的啥歹心,都瞒不过我。告诉你们,我就是相中实憨心眼儿好,人实在,肯劳动,才愿意永远和他在一块儿过日子,谁也拆不散。说,你们还敢不敢起歹心办坏事?如果敢有半点儿恶意坏心眼儿,我叫你们戴着马面、猪头、驴脸永远在这里不能动弹。"三个人哪还有犯犟的份儿,连说:"今后再也不敢办坏事了,保证当个好人。"

新媳妇听这三个人不敢办坏事了,饶了他们,又用剪子剪出了让三人变模样的东西,三人又恢复了原来的模样,在实憨和新媳妇面前老老实实,再也不敢欺负实憨了。

实憨和姑娘一块回到了母亲身边完了婚,新媳妇对婆婆百般孝顺,婆婆对媳妇疼爱有加。小两口一起勤劳创家业,日子越过越香甜。全村的人都称赞他们心眼儿好,对老人孝顺,是一对好夫妻。

(讲述:贺金桃　整理:王湛文)

陈　喜

陈家庄有个十五岁的少年,名叫陈喜。

这天陈喜在放学回家的路上,发现了一个包裹,四下看看并无人踪影,打开看时,见是几件衣物和银两。他想:"这是谁丢的呢?我还是在这儿等等,免得人家着急。"快到天黑,果见一位约有三十四五岁的书生,一路急急寻来,面带焦急之色。陈喜上前问道:"大哥,你可丢了东西?"书生语不成声:"是呀,我是进京赶考的,眼看考期已到,我的包袱银两丢了,这可如何是好哇!""你看这可是你的?"那人一见陈喜递过来的包袱,顿时心中大喜,急忙打开,一看银两衣服全在,连句感谢的话也没说,便赶路去了。

陈喜回到家里,已是掌灯时分。父母问他为何回来这么晚,他便把在路上遇到的事说了一遍。谁知他母亲立即瞪起眼睛指着陈喜大骂:"奴才,真是个该受罪的货!那东西是老天爷送给你受用的,你却白白送给了人家,天下哪有你这样的傻瓜。滚吧!这个家不留你这个丧门星。"陈喜被赶出家门,饿着肚子流浪在外,最后跟一群要饭花子在一起了。

两年过去,这天陈喜手里拿着竹板边走边敲,来到一个大户门口讨要。朱漆大门,楼房瓦舍很是气派。陈喜在门外打着竹板等了好久,却不见有人出来施舍,于是又用尽力气边喊边打。谁知这家主人正在宴客,听到讨要声心里厌烦,便让家人把要饭的赶走。那家人甚是蛮横,出来不管三七二十一把陈喜打了一顿。

陈喜回到叫花子们存身的地方,痛哭流涕,向花子头说了挨打的经过,最后悲凉地说:"这些人真没良心,不给饭还打人,我咽不下这口气。"花子头长叹道:"唉,这年月你要想出气,只有吊死到他家门口,然后我们大家一起到公堂替你喊冤。"陈喜仔细想想:"人活到这种地步还有啥活头,不如就这么死了吧。"

第二天,陈喜起了个大早,来到那个大户门口,解下腰带,找了个地方绑好。他正要往里伸脖子,忽听"嗵"的一声,不知什么东西从院里边扔了出来。陈喜顾不得上吊,近前一看是个大包裹,掂在手里还沉甸甸的。于是,他二话没说扛起就走,走了好远,才发现后面还跟着一位身着红衫、年方二八的姑娘。原来这姑娘是那户人家的小姐,准备跟家里的小长工私奔,由于天黑看不清,把陈喜当成了小长工,等天亮看清面目,已走出好远了。回去吧,又不敢,她见陈喜生得面目清秀,干脆将错就错,跟了陈喜。

这天,二人来到一个村子里,天色将晚,想找个地方借宿,但找遍全村也没个住处。这时有位老人对陈喜说:"我们东院老刘家,前年盖了一所新房,里边每天晚上都闹鬼,住进去的人,不是被吓死,就是得疯病。现在一直没人敢住。"陈喜笑笑说:"咱又不做昧良心的事,怕啥鬼呀!麻烦您给刘家说说,今晚我们住啦。"

刘家的新房子一共三间。晚上,二人一块住到了西间。到了半夜,果然有了动静,东间里传来"咚咚"的敲打声,一直到鸡叫。第二天晚上二人住进东间,那"咚咚"声又在西间响。一个东间住,一个西间住,那声音就在中间响。到了第三天晚上,陈喜想了个办法:把灯点着,到睡觉时用一只大斗把灯光遮住,等那声音响时,把斗掀掉,看看究竟是什么东西。晚上,当那"咚咚"声刚一响,陈喜迅速掀开遮着灯的斗,那声音一下停止了。他近前一看,一座金人立在面前,身上还挂着一把大斧。正惊奇间,只听有人嗡嗡说道:"我们在这儿给你照看房子多时了,现在你来啦,我们也该走了。"说完,一切都恢复了宁静,再没什么响动。

陈喜有了房,又置了地,很快发了家。转眼间他们的儿子也已过了周岁。这天有位大商人从南方到这儿做生意,带了十二船芝麻来卖,陈喜出言全部买下。这位商人非常惊讶,心想:这家究竟有多大资产,竟开口要十二船芝麻?于是,便有心到陈喜家去看看。陈喜初见这位商人,觉得有点面熟,就是想不起在哪儿见过。当他把客人让进客厅用饭时,听其诉说家事,什么时候高中皇榜,什么时候弃官经商,家住何处……陈喜忽然想起,这不是当年开科考试丢了盘费的那位考生吗?恰在这时,陈喜的妻子让家人把他唤了进去,悄悄对他说:"客厅里的那位商人,是咱孩子他姥爷。"陈喜一听,慌忙拉着妻子,抱着儿子来到客厅拜见岳父。

那商人得知事情始末,又羞又悔又喜,当下认了恩人、女儿,一家人得以团圆。

(讲述:王艮针 整理:王雅湘)

金 银 花

很久以前,在巩义、新密、登封交界的五指岭的山腰里,住着一个姓金的采药老汉。金老汉为人厚道,勤劳朴实,与一位姓任的老中医在山下合开了一家中药铺。

任老医生也是个善良淳厚的老人,并且有一手超群的医术,经常给人看病,还舍药给远近村民,因而很受百姓的尊敬。

金老汉跟前有一个女儿,名叫银花,生得温柔美貌,聪明伶俐。她从小就跟着爹爹上山采药,每天把采到的中药,送到山下的药铺里。

任老医生跟前有个儿子,名叫任冬,勤劳勇敢,纯朴善良,从小学过医道。他十五岁时,去登封少林寺习武,是个文武双全的后生。由于金、任两家交往密切,任冬和银花从小便青梅竹马,非常要好。随着年龄的增长,二人在交往中默默相爱。两个老人也看出了年轻人的心事,就做主给儿女订了终身。从此,两家老少相处得更加融洽了。

却说五指岭上有一种叫金藤花的名贵草药,能解邪热,除瘟病。一天,金老汉和女儿银花在山上采药。突然,浓云翻滚,狂风大作,飞沙走石,鬼怯神惊。黑云中有个怪物,伸出簸箕一般大的利爪,将银花一把掳走,不知去向。原来,这是一个名叫瘟仙的北海黑熊精。它听说从五指岭上的一百株金藤花上,采摘一百斤花苞,用一百斤天河水,煎一百个日出日落,熬成膏丹,久服可以长生不老。所以,它就在五指岭上住下来,想采花制药。这天,它发现金老汉和女儿银花来采金藤花,又见银花生得十分美丽,便吹起狂风,掀起飞沙,喷出云雾,挟走了银花。金老汉忽然不见了女儿,就呼喊着在妖风后面拼命追赶。

追啊,追啊,金老汉追到了一条黑黝黝的深谷,仍然不见女儿。忽然,一阵瘴气迎面扑来,金老汉觉得心里一阵绞痛,当即晕倒在山谷里。醒来后,浑身无力,两腿发麻,他只好一个人勉强摸回家中。

瘟仙有个嗜好,就是经常吞云吐雾,散布瘴气,传播瘟疫。它来到五指岭后,没有多久,五指岭一带的百姓,便染上了瘟疫。

再说山下的任老医生每天看病,近几天病人多得挤破门,还都是很厉害的瘟疫,就感到事情有些不妙,再加上一连数日不见金家父女下山送药,更是放心不下,便对儿子说:"冬儿,这些天为啥患瘟病的这样多?要治这病,必得用金藤花。你快到山上找你金伯父和银花,多采些金藤花回来。"

任冬遵了父命,挎上腰刀,直奔五指岭而来。任冬来到金老汉家里,没见一人。原来,金老汉一早又上山找女儿去了。任冬就直奔大山寻找,寻过一架大山又一架大山,寻了一条深谷又一条深谷。忽然,在一条谷口的草地上,他发现了昏迷不醒的金老汉。任冬急忙上前呼唤,金老汉睁眼看看,知道是任冬来了,便拉着他的手,说:"冬儿,五指岭来了瘟仙,抢走了你银花妹。你一定要除掉瘟仙,救出银花啊!"

任冬急忙把金伯伯背回家中,让父亲照管,又返身来到山中,心里暗暗发誓:不除掉瘟仙,救出银花妹,我绝不还家!

任冬又来到黑黝黝的深谷,走哇,走哇,山路越来越陡,山谷越来越深。突然,头顶峭壁上响起求救声:"任冬哥!任冬哥!你快来救我呀!"

任冬抓住崖壁上的藤条,攀上洞口,在洞内找到了囚禁银花的石牢。他砸开牢门,见银花面容憔悴,满脸泪痕,躺在苔藓斑斑的石板上,便跑过去抱住银花说:"银花妹!我救你来了!"

银花见了任冬,二话没说,拉着他就往外跑。二人出了洞口,沿着青藤溜到谷底,越过山涧,爬上峭壁,走过一座座山头,终于回到银花家里。

这时,银花才说:"任冬哥,我在洞中听瘟仙发呓症,说它最怕药王。它是挨了药王的痛打之后,逃到这里来的。要想治服它,我们必须请药王来!"

任冬想起金伯伯和无数被瘟疫缠身的乡亲,更加仇恨瘟疫,便问银花:"银花妹,你知道药王住在哪里吗?"

银花说:"听瘟仙说,药王现住在蓬莱仙岛灵芝洞里。"

"好,咱这就去!"说着,任冬从后院牵出白玉飞龙马,两人双双骑了上去,那马一声嘶鸣,直奔山东蓬莱。

马蹄哒哒，风声呼呼。终于，任冬和银花来到了山东境内。突然，黑云弥漫，狂风大作。银花急忙对任冬说道："任冬哥，你看这漫天风沙，怕是瘟仙追来了。"

任冬说："银花，我留下挡住它，你一个人去请药王。快！"说着，他就跳下了马背。

银花哪里肯依，勒马说道："不，任冬哥，我们要留都留，要走都走……"任冬说："银花，瘟仙马上就到了，再说咱俩骑一匹马也跑不快。如果不让我留下来，咱们都走不脱，那就请不来药王，怎能降服瘟仙，拯救父老乡亲啊？"

银花垂泪说："要留就让我留下。"

任冬见银花也要下马，就猛地朝马背上抽了一鞭，只见那马闪电一般飞腾而去。

银花走后不久，瘟仙果然驾着黑云赶来，冲着任冬哈哈冷笑道："呔！你这小畜牲，狗胆包天，想请药王治我。今日落在我手，看你还往哪儿跑！"说着，它降下云头，来抓任冬。任冬怒从心头起，举刀便砍，瘟仙急忙招架相迎，两个你来我往展开了一场恶战。瘟仙能吞云吐雾，善施魔法，任冬纵然有些武艺，哪是它的对手？战了十几个回合，他便被瘟仙拿住。瘟仙逼问银花下落，任冬死也不说。瘟仙无奈，只好携上任冬，返回五指岭。

再说银花骑着白玉飞龙马，跳沟壑，钻密林，涉过了九十九道川，翻过了九十九座山。终于，她来到了蓬莱仙岛灵芝洞，见了药王，把事情前后经过讲述了一遍。药王见这个年轻姑娘如此见义勇为，就说："既然姑娘诚心相求，老汉怎敢推托？待我打点行装，即刻与你一同前往。"说着，他从身边的葫芦里，倒出两粒仙丹，让银花服下。仙丹落腹，银花顿觉精神焕发，饥饿全消。药王也已准备就绪，便牵出梅花鹿，带着沉香龙头拐、药葫芦与白玉杯出发。他让银花骑上白玉飞龙马，往马背上猛击一掌，只见一道金光闪过，那马腾空驾起一朵祥云，跟随骑着梅花鹿的药王，一起向五指岭奔来。

瘟仙远远看见药王与银花赶到五指岭，感到大事不好，就先把受尽折磨的任冬推下背影崖，扔进背影潭。然后，他站在五指岭上张开血盆大口，把生长在五指岭上的所有金藤花全部吞进肚里。正在此时，药王和银花赶到，只见药王手起杖落，打得那瘟仙连声惨叫，吐出金藤花，驾起一团黑云，向西南方逃去。

药王让银花把瘟仙吐出的金藤花拿回去重新种上，急忙动身追赶瘟仙去了。那瘟仙被打得遍体鳞伤，一跛一拐地继续奔逃。据说，它逃到了云南一带，在那里仍旧没有改邪归正，继续喷云吐雾。所以，直到如今，云南山区里一年四季瘴气不断。

再说任冬被瘟仙推进背影潭里淹死了，但他的尸体却直立在水中，硬是不下沉。乡亲们发现之后，便把他的尸体打捞上岸，葬于嵩山北麓的燕儿坡前。

银花回到家里时，父亲已经死去，任老中医也因思儿心切去世。她听说任冬也被瘟仙杀害，悲愤交集，痛不欲生。她来到燕儿坡前任冬的坟上痛哭起来。她哭呀，哭呀，那晶莹的泪水如同串串珍珠，洒在坟前的黄土上，坟上顿时长出一丛丛茂密的金藤花蔓。她哭哇，哭哇，眼泪哭干了，哭出了滴滴鲜血，那殷红的鲜血洒在金藤花蔓上，藤蔓上便开出金灿灿的花朵。最后，银花实在太悲痛了，便一头碰死在任冬坟前的岩石上。

乡亲们听到银花姑娘惨死的消息后，无不悲痛万分。大伙儿把她和任冬葬在了一起。

合葬仪式刚刚完毕，一个奇迹陡然出现在人们面前：只见整个的五指山岭上，漫山遍野开满了金藤花，金灿灿，银闪闪，一簇簇，一片片，光彩夺目，如云似锦。凡是患了瘟疫病的人，喝了金藤花茶，立刻痊愈。

再说药王追赶瘟仙返回五指岭后，听说银花姑娘已经死去，非常惋惜。他来到山上，看到满山盛开的金藤花,对乡亲们说:"这些花全是银花姑娘和任冬的化身哪!"说着,他拿出白玉杯,倒上一杯水,把两朵金藤花放进杯内,并指着花朵,说:"为百姓捐身,德高气正。溺水死身不下沉,应为汝花之气节也!"

后来,人们为了纪念银花和任冬这两个年轻人,就把金藤花叫作"金银花"或"任冬花"。为祝愿银花和任冬永远成双成对,也把这种花叫做"二花"或"双花"。直到如今,巩密关燕儿坡前所产的银花仍然是泡在杯中直立而不沉,这正是药王亲口封赠给它们的特有气节。

(讲述:李长锁　整理:高力升)

张大胆戏死狗法师

相传,很久以前,有个法师,不知从哪里学了一套降妖捉怪的法术,不久,就发了大财。

他利用人们相信封建迷信的弱点,靠骗术经常干一些寻花问柳、猪狗不如的勾当。附近的人们恨透了他,但慑于他的法威,却敢怒而不敢言。

这事儿慢慢传到了张大胆的耳朵里。

张大胆好打抱不平,胆子特别大,不论什么事儿,只要理不顺,他都敢管。谁家有了难事儿,他只要一听说,就不请自到,主动帮忙;对狗法师的作为,他早已气愤不过,只是苦于没有机会下手。

本村有个张老汉,跟前有一女,年方二八,长得像天上仙女一般。狗法师早已垂涎三尺,始终得不到下手的机会。这一年,张老汉之女得了黄病,久治不愈,疑是邪气缠身,就去请法师给女儿除邪。法师故弄玄虚地说:"呀!邪气还不小呢。需要公开设法场,降了妖,捉了魔,我才能为姑娘除邪。这得你闺女跟我受几天委屈。"老汉听后,无可奈何地说:"唉,救人要紧,只要能治好女儿的病,按你说的办就是了。"

狗法官

这一天晚上,法师摆下法场。只见法场正中横杆上挂着两盏油灯,灯下摆着法桌,桌后坐着自鸣得意的法师,桌前撒着白灰粗线。人们都想看稀罕,把法场围了个水泄不通。

法师上了法桌,身披黑色道袍,头蒙黑色道巾,两眼左右看了看,右手举起了斩妖剑,左手指着正前方的三道粗灰线,念念有词地说:"前面的三道灰线是我布下的三道法城,一般的妖怪进不了我的第一道法城,道行较深的妖怪进不了我的第二道法城,修行成的妖怪才敢进我的第三道法城,但却躲不过我的斩妖剑。张老汉之女是被修行了七七四百九十年的黄狼精所缠,故张老汉女儿浑身发黄。黄狼精的道行已经修行成了,所以我设了三道法城。如三道法城拿它不住,我手中的斩妖剑就首次派上用场了。"说着,他又用眼睛向左右瞟了一下,继续向围观的人神秘地说道:"黄狼精,凡眼是看不着,我有仙眼,看得见,到时只要大家看我的动作,听我的声音就行了。"言罢,只见那法师用嘴对着左手吹了三吹,又向前抓了三抓,右手把宝剑左右挥了三挥,抬脚把桌子跺了三跺,嘴里"呜哩哇啦"念了三遍咒语,突然提高嗓门,拉长了声音,喊出了牛犊般的声音:"胆大妖怪——敢过我的第一道城!"

法师的喊声刚落,就听见法师的正前方响起了"吱哇吱哇"的声音,只见一个妖怪浑身长满了毛,头有斗那么大,腰有磨扇粗,两只脚像两个半圆球,张着血盆大口,露着半尺长的獠牙,张牙舞爪地过了第一道法城。真吓死人了,围观的人们都吸了一口冷气,不约而同地"啊"了一声。

围观的群众怕,法师心里更怕,他见了眼前那毛茸茸的怪物,吓得心里发了毛,暗想:"今儿咋会遇上真妖怪呢?"他只好硬着头皮,壮着胆子,喊了起来:"胆……胆大妖怪,敢……敢过我的第二道法城!"

听见喊声,那妖怪忙摇头晃脑,"吱吱哇哇"地又进了第二道城。

这时,法师的头"轰"的一下,吓得已站不稳脚步,周围看的人心也一下提到了嗓子眼儿上。只见那法师把手中的斩妖剑又战战兢兢地晃了晃,发出了近似哀求的声音:"敢……敢过我的第三道法城。"

好个妖怪,头一扬,嘴一张,连蹿带跳,蹿过了最后一道法城,一下子钻到桌子下连人带桌拱了起来。那法师,吓得魂飞天外,头一晕,眼一黑,"扑通!啪嚓!"从法桌上摔了下来。

围观的人也吓昏了,一时间齐呼乱叫,四散奔逃。这时,只见那妖怪从桌下钻了出来,把鬼脸一摘,高声喊道:"老乡们,不要跑!我不是妖怪!我是张大胆啊!"众人回头一看,果然是他,这才稳了下来,都呆呆地望着他,感到莫名其妙。

张大胆对大家解释说:"是这么回事,我早就对狗法师的所作所为看不惯了,为了揭穿他骗人的花招,使大家明白世间并无妖怪的道理,我就给他来了个假戏真演。我头戴斗笠,上罩黑布,脚穿牛笼嘴,腰绑竹圈,翻披皮袄,本想戏弄他一番,让他当众出出丑儿,谁知这法师这么胆小,降了一辈子妖,捉了一辈子怪,竟让我这个假妖怪给吓死了。"张大胆说罢,哈哈笑了起来。

从此,这里再也没有人相信鬼怪了。

(讲述:刘全喜 整理:刘全周)

宝 衣

相传距今一百二十多年前,赵小庄有个卖菜的小伙子,名叫俊三。他聪明能干,年轻力壮。

初冬一个早晨,天气较冷。俊三担着一担萝卜到集上去卖。刚放下担子,东边过来一个五十多岁的老头,头戴礼帽,身穿棉大衣,拄着文明棍,他就是南丁庄有名的大财主丁有福。他看到俊三穿一身单衣,头上还冒着汗,自己穿一身棉衣反而觉得冷,感到有些奇怪,便上前问道:"你穿的衣服这样单薄,为什么还浑身出汗?"俊三听了暗自好笑,可又一想,这家伙有钱有势,我何不说些谎话戏弄他一番,便上前说道:"主家,你有所不知,我这衣服,表面看是普通单衣,但实际是祖传宝衣,它的妙处在于天气越冷,穿上越暖和;天气越热,穿着越凉爽。"丁有福听了非常羡慕,说:"老弟,我给你一身棉衣和一身单衣,咱们换一换,你看如何?"俊三说:"因为这是祖传宝衣,你就是再外加五十串钱,我也不换!"

丁有福说:"给你外加六十串。"俊三装出无奈的样子说:"看在您老的面子上,就依您说的了。好,钱货两清吧!"丁有福说:"那是自然。"他立即派人回家拿来新棉衣、单衣各一套及铜钱六十串,交给了俊三,俊三也把衣服脱给了他。

一个风雪交加的早晨,丁有福想试试"宝衣"的效力怎样,就穿上"宝衣",冒着严寒去十里铺赶集去了。眼看快中午的时候了,还不见掌柜的回来,家里人就派人去找,在距十里铺二里远,路西的一棵老槐树下,找到了他。他已蜷缩着,冻死在树洞里。附近几个村的人,听到后都说:"这可真是个宝衣。"

(讲述:赵军　整理:吕水田)

金　不　换

很久以前的一个夏天,突然下起一场暴雨。山洪暴发,眼看像猛兽一样的洪水要冲到山前的一个村庄里。人们闻信,纷纷扶老携幼,往山上逃。只有财主万斗金,在自己的院子里,看着万贯家产舍不得走。有人催他快走,他气恼地说:"天哪!我的金银财宝哇!"他突然想起,自家佃户张五还没见出来,就想去叫他,帮着把一些金银财宝带出去。当他来到张五的家时,只见张五正在往怀里揣东西,就说:"张五呀,你不要拿你那不值钱的东西啦!给我的一箱金元宝帮着带走,我分给你一半。"张五说:"东家,来不及啦,逃命要紧!"说着就跑了出去。万斗金没办法,就又跑回自己的家里去背箱子,背不动,赶紧打开箱子,顺手拿了两颗金元宝,揣到怀里就往外跑,心想:有钱就饿不死。他们刚跑到街上,洪水就冲过来了。张五赶忙爬到一棵树上,万斗金一看不好,就也连忙爬到另一棵树上。刚爬上去,大水就冲毁了房屋,淹没了村庄。一天不见水下,两天不见水下。张五饥了,就从怀里掏出一个窝头啃几口,而财主万斗金,可就没办法了。他拿出一个元宝看看,啃不动,饿得肚子直咕噜。他想问张五要口吃的吧,又不好开口,怕丢面子,心想等明天水下去了,我一定用元宝买点好东西,饱饱吃一顿。他忍着饥坚持着,又过了三四天,水还不见下去,这时他实在饿得发慌,再不吃东西,就会饿死了。到了半夜,他又见到张五在吃东西,就哀求说:"张老弟,你吃的啥?叫我吃点吧!"张五说:"我吃的是包谷面窝窝头,叫'金不换',您是不会吃的。"万斗金听了,心想:"那多难吃,还金不换?想要我的元宝,没门!"等了一会儿,只觉得头晕目眩,没法,他又说:"张老弟,你叫我吃一点吧?"张五说:"不行。"万斗金又说:"我用我的一个元宝,换你的一个窝窝头,该行吧?"张五说:"我这个'金不换'别说一个元宝,就是一箱元宝,我也不换。你不常说,钱就是命吗?有元宝还怕饿死?"万斗金心里说:"是呀!有钱就饿不死,你不换,我还不给你呢!"他怕元宝掉到水里冲走,就把一颗塞到嘴里,一颗拿在手里,心里还念着:有钱就有命,钱就是命。不一会儿,他一头栽到树下的水里,淹死了。后来,当大家把他从水里捞出来时,他嘴里还紧紧地噙着个元宝。

(讲述:任得明　整理:任东成)

僧 申 回 家

从前,有一个村,叫僧家庄。庄内住着一户人家,户主姓僧名申,家中有七十开外老母和贤惠的妻子李杏花,一家三口人。一天,僧申对妻子说:"我要到远方读书,家中的一切事务,都落在你身上,对咱的母亲要照顾好。"妻子点头。

第二天,僧申备好行李,到远方读书去了。一去几年,杳无音信。僧申的母亲,因想念儿子,身得重病,茶不饮,饭不吃,媳妇杏花非常着急。她想,丈夫不在家,婆母娘要有个三长两短的,可叫我怎么办呀?眉头一皱,计上心来。她回到自己的房间,把女装脱下,换上丈夫的靴、帽、蓝衫衣,到厨房端起做好的饭菜,来到病床前说:"母亲起来用饭,儿僧申回来了。"僧母睁开模模糊糊的眼睛,一看穿着靴、帽、蓝衫衣的儿子回来了,高兴得病好了许多,端起饭便吃起来。杏花一看婆母吃饭了,心中非常高兴。因终日侍候婆母,又累又乏,她就躺在婆母身边睡着了。婆母吃罢饭,想着儿子走路累成这样,让他睡吧,也舍不得叫,就悄悄把碗放在床边,也睡了。

这时,恰巧僧申从远方回到家中。僧申连自己屋里也没进,便来到母亲房中,一看母亲身边躺着个读书公子,不由十分恼怒,抽出压书宝剑便想往下砍。忽然他想起临下山时,老师再三交代他,以后做事要三思而后行,不如叫醒他问个明白,再杀不迟。他把宝剑收回,又把公子叫醒,一看竟是自己的妻子,惊讶地问:"你怎么打扮成这等模样?"妻子说:"你出外读书,一去几年没有音信,咱母亲因想你得下重病,茶饭不思,你又不在家,母亲若有个三长两短,可叫为妻我怎么办?于是我就打扮成你的模样,哄骗母亲多吃些饭菜,身体好得快点,才成这般模样。"僧申暗想:要不是老师叮嘱,遇事三思而后行,今日差一点把贤妻杀了,这真是千古明训,多亏老师的指教呀!

(讲述:张书振　整理:张凯勤)

王大胆与张胆大

从前,有个人经常说他如何大胆,因他姓王,人们就叫他王大胆。

一天,有一个人找到王大胆说:"我姓张,叫胆大。其实你叫大胆起错名了,你并不大胆,没有我胆大。"王大胆一听很恼火,就说:"你先别吹,咱俩不妨比试比试。"张胆大说:"正好,北地庙里有一口棺材,里边有具死尸,已经死几天了,你老兄大胆,今儿晚上你端点米饭去喂他,才算你大胆,明日见嘴里有米饭算数。"王大胆一听,就满口答应了。

到了晚上,王大胆来到庙里,把棺材盖磨开,一手端饭碗,一手拿筷子,喂起死人饭来。说来也怪,他喂一口,死人吃一口,一连吃了好几口。王大胆心里发毛了,手不由得抖起来了。这时死人张着嘴还等着喂米饭,他强硬着头皮,用筷子剜了一大块米饭抹到了死人脸上,就头也不回地逃回家中。第二天,张胆大来找王大胆,见王大胆病倒在床上,正发高烧,屙了一床稀屎,就问道:"老兄,昨夜你去了没?"王大胆对张胆大战战兢兢地说:"可把我吓死了。那死人快成精了,吃了半碗米饭还张嘴吃。我

王大胆

差一点没瘫在那里。"张胆大说:"你别骗我了,死人怎么会吃饭?我就不信你去过。现在咱俩去看看死人嘴上有饭没有?"王大胆强打精神和张胆大一起来到庙里。一看,死人脸上并没有半点米饭,王大胆傻了脸,连叫:"有鬼!有鬼!"跌跌撞撞地跑出庙门。

原来,张胆大为了打赌,在天黑前把死尸搬出来,自己躺在棺材里,吓得王大胆屁滚尿流。从此,他再也不敢吹自己大胆了。

(讲述:王信昌　整理:李留英)

文盲驸马

传说很久以前,有一貌似天仙的皇姑,到了二八年纪,要招驸马,向父皇提出了三个要求:一要相貌出众,二要才智过人,三要经她隔帘过目。

按照皇姑提出的条件,百官之子都相遍了,不是貌不端,就是才不全,没有一个中意的。这下可难坏了当朝万岁。一天,皇上宣文武百官进殿,说:"今宣各位爱卿进殿,商议驸马人选。爱卿替朕拿拿主意。"众爱卿闻言,纷纷献计道:"中华地大物博,贤才众多,不是人才难选,实是方法不当。要是皇姑愿意,榜示天下选婿。"皇帝闻计高兴,挥笔传旨天下:"不分贫富贵贱,不论满蒙回汉,只要才貌双全,均可进京应选。"

皇城附近的一个小村庄里,有一个叫李百慧的小伙子,长得一表人才,模样英俊,俩眼儿透着灵气,只因家境贫寒,上不起学,斗大的字不识一升,年过二八还没有成家。一天闲来无事,到皇城游玩散心,他东游游、西逛逛,不知不觉来到了贴皇榜的地方。他听到人们在低声地议论:"喂,伙计,这纸上写的是什么?""这是皇榜,是为皇姑选女婿的事。因皇姑要求的标准太高,贴那几天了,也没人敢揭。"听到这里,百慧心生一计,走上前去,揭下皇榜,说道:"我倒也看看这驸马是个怎么选法。"看榜的侍卫把李百慧领到皇宫,先让皇姑隔帘相看。皇姑一望,满心欢喜,当即向父皇传信:相貌不错,请测试他文才如何。差役带着百慧到客厅会见主考大人。百慧揭榜进宫,实属好奇,想见见稀罕,并不担心中与不中,因而他见了主考官,并不像其他文弱书生那样,小气害羞,扭扭捏捏的不自在。只见他走上前去,深施一礼,大大方方地说道:"见过各位大人。"各位主考官见百慧举止大方,外表不俗,心里就喜欢三分,问了他姓名籍贯后就开始了面试。

主试大人问道:"百慧,'五经''四书'你常读吗?"百慧心想,我根本就没读过书,什么四叔?什么五景?我连见都没见过,可怎么回答。猛然想起小时候跟随父亲犁地的情景,我何不把套牛犁地的事编一通,糊弄他们一下呢?想到此,他笑着说:"'五经''四书'那算什么,我早就跟父亲学'牛背犁经'

了,'牛背犁经'比'五经''四书'可高深多了,各位大人,你们读过吗?"主考官你看看我,我看看你,不知如何回答。百慧见各位主考犯难了,乘机道:"连'牛背犁经'都不知道,还问什么'五经'和'四书',笑话!"主考犯难,只好奉承道:"李公子果然博学多才,家传之书我等知之不深,还望你今后多多指教。""主考过奖了,百慧读书不多,但'牛背犁经'我是深有研究,各位如若有兴趣,来日一定传给您。"说罢,他又随即到书房应付书画测试。

担任书画测试的主考,书画方面造诣很深,一开始就提出了"画分几派,字有几体"的专用术语,这下可难住了李百慧。他低下头来暗着急,大字不识几个,画儿见的不多,这下可怎么说。他忽然想起妈妈绣梅花的情景,何不把妈妈绣梅花的事儿编一通,用几句大话把他蒙住。想到这,他笑着说:"大人不必太神秘,几派几体谁不知,母亲从小就教我,几体几派太俗气,独爱妈妈教的梅花体,大人你来写写看,能不能比得上我妈妈的梅花体。"一听百慧反问,主考一时没了主见,吞吞吐吐地说:"百……百……百慧,你太放肆了!是你考我?还是我考你?你咋把考试弄了个颠倒!"百慧说:"大人你别急,学生今天我不迷,有本事你就把我考,没本事我为啥不能来考你。"主考一听更生气了:"好,好,今天我不给你磨嘴皮,就依你说的梅花体,你我各写三个字,你写得比我好了当驸马,写得不好滚回去,快拿笔墨纸砚来伺候。"听见主考大人把话挑明,百慧急中生智说:"我百慧有个习惯,写字不在人前写,怕的是有人模仿我,要写请为我准备一间屋,我独自在屋才能行。"

主考依百慧之言,退了出去,百慧随手关上了门,闷坐在屋内,低头呆望着地。这时,只见一只屎壳郎在地下爬来爬去。百慧一见,喜上心头,立刻拾起屎壳郎,放入墨内,然后铺上白纸,把浑身沾满墨汁的屎壳郎放到白纸上,用茶碗扣着,过了一会,百慧把碗揭开一看,好圆好圆一个大圆圈,密密麻麻发着岔,说是字,不像字,说是画,不像画。他又照此重做了两遍,三个字就算写完。他把墨纸放好,打开屋门,叫道:"诸位大人请过目。"

众主考来到书房内,围着两幅梅花篆字来评判,看到百慧书写的三个字,个个都伸大拇指,这个言:"当朝驸马选之无愧。"那个讲:"稀世之才,世间少有。"书画主考来到字跟前,仔仔细细把字一看,看罢三字面带愧色,忙向百慧把礼赔:"你的字,字中有画,画中有字,字画艺术融为一体。和你比起来,我真是班门弄斧太俗气,望百慧不要把我怪,在你面前,我今后再不敢把书画提。"听罢,李百慧急把自己的字撕碎了。

测试完毕,诸位主考一齐来到金銮殿,奏明圣上:"恭喜万岁,贺喜万岁,李百慧容貌出众,气度不凡,博学多艺,世之罕见,选为驸马,皇姑准能喜欢。"万岁闻奏,龙颜大悦,破例点百慧为独榜状元,封为驸马。

(讲述:刘百姓　整理:刘金周)

百花锦缎

很早以前,有一个人叫毛员,在朝中做高官,是个忠臣。毛员爱妻名叫刘翠花,是一个善良的女子,长得如花似玉,还是个纺织能手,能把各种不同颜色丝线织成百花锦缎。她织的锦缎,构图新颖,色泽鲜艳,在一百朵花之间布局精巧,错落有致,正好裁做一件皇帝袍衣,做成衣服后,花朵又不会被剪坏。朝中文武百官都很钦佩毛员妻子的才能。

毛员夫妇只有一个女儿,名叫毛云英。云英自幼聪明伶俐,跟随母亲学针线、习纺织。刘翠花就把纺织丝绸的技艺传授给女儿。云英才貌出众,真像下凡的仙女。毛员夫妇爱如掌上明珠。俗话说:天有不测风云,人有旦夕祸福。云英刚满十七岁,母亲忽得重病,不幸去世。毛员和云英悲痛万分。

毛员妻子生前织的百花锦缎,专供皇帝穿用,当时除刘翠花一人,再无第二人会织。一天,皇帝召大臣在金銮殿上议事。皇帝说:"毛员爱卿夫人刘氏已经去世了,百花缎也没有人织了,不知哪位爱卿家里有人会织?"这么一问,满朝文武,哑口无言。皇帝心中不悦,等了一会说:"散朝!"

毛员回到家中,为皇上征用百花锦缎之事,愁眉不展。聪明的云英看出父亲心中有事,就问:"爹爹往日散朝回来,总是欢天喜地,为何今日闷闷不乐?"毛员说:"往年万岁穿的百花锦缎,是你母亲所织。自你母亲去世,再没人会织。就因此事,皇上不乐。我想咱应该为皇上解愁分忧才是。"云英说:"这事有啥难,我早就跟母亲学会纺织百花缎的技艺了。明早上朝给皇上说明,让女儿织就是了。"

第二天,毛员上朝说明此事,万岁一听,龙心大喜,立刻叫内侍臣打开丝线宝库,拿了一些各色丝线交给毛员。云英把爹爹拿回的各色丝线,调配均匀,安在织布机上,动手织了起来,不多几日,就织成了。毛员高高兴兴地把女儿织的百花锦缎献到金銮殿上,万岁一看,比往年织的更为标致,龙心大喜。万岁说:"毛爱卿,你女儿真聪明,真是个好闺女!这百花锦缎,来,查查花朵够不够一百朵。"文武百官都全神贯注地看着万岁数缎上的百花,一块数完,是九十九朵花,差一朵不够一百。万岁心中不悦,说:"毛爱卿,你女儿织的百花缎,为何只织九十九朵,少一朵花呢?是否有意欺我?"毛员说:"请万岁息怒。这百花锦缎是小女所织,把女儿叫来一问便知。"

这时皇上说:"来人,传毛员女儿上殿。"不多时云英来到大殿,双膝跪下说:"民女毛云英上殿叩见万岁。"万岁说:"今日你织的百花缎,非常好看,但不知为什么只织了九十九朵花,少织一朵呢?"云英说:"万岁有所不知,因我母在世,一手能织百花锦缎,如果我要织的同母亲织的一般多的花朵,那能显示我母亲的技艺吗?俗话说得好:山高遮不住太阳,儿大遮不了爹娘。再说天下之数,以九为大。天下皇上最大,所以织了九十九朵。望万岁恕罪。"

万岁一听,立刻高兴地说:"云英真是个好闺女,不但心灵手巧,还知忠、孝、礼、义。今日我要认云英做义女。毛爱卿,你意下如何?"毛员更是高兴万分地说:"女儿快与你父皇叩头谢恩。"万岁满心欢喜地说:"这都是父皇错怪女儿,莫记心上。"

(讲述:张书振　整理:张凯勤)

缺心眼儿县令

以前,有个县令,终日不理政事,爱拿智力不全的缺心眼儿人开心。

这天,县城适逢集会,县令闲来无事,觉得无聊,就对衙役们说:"好多天没有开心了,心里闷得慌。今日你们几个到集上逛逛,找三个缺心眼儿的人,让老爷开开心。"按照县令的吩咐,众衙役不敢怠慢,立刻分头寻找去了。

张三、李四衙役到了南城门,见一位壮年大汉,骑着毛驴,身背一大袋东西,足有一百多斤,向城门走来。张三、李四相对一笑:"有了。"说着上前拦住壮年汉子:"下来,下来!县老爷有请。"壮年汉子说:"我和县老爷非亲非故,请我干啥?"说罢赶着毛驴便走。二衙役一齐上前,拦住了去路,连推带拉把他从驴身上拖了下来,恶狠狠地说:"不识抬举的东西!叫你走,你就走,啰嗦个啥?快跟俺走!"

壮年汉子怯生生地跟着二衙役到了县衙。见了县令,二衙役指着汉子,把他背着东西骑毛驴的事向县令讲述了一遍。县令听罢,哈哈大笑:"算一个,算一个。你二人快快把他带到集上,等把三个缺心眼儿人都找齐了,我要破例让他们到集上表演一番,让众百姓都开开心。"说罢,洋洋自得地随张三、李四和骑毛驴的汉子一起到了集上。

赶集人见状,一下子围了上来,纷纷议论说:"瞧,今天又有稀罕事了。"县令一听,满心欢喜,乐滋滋地对围观的百姓们说:"稀罕的事还在后头呢,等着把缺心眼儿人都找齐了,本官要让他们分别献献丑儿,那才叫稀罕呢!"

人越聚越多,都想见识见识县令开心的新高招。就在大家等得不耐烦的时候,到北门去的王五和赵六,领着一个身扛长竹竿的人来了。那竹竿足有两丈多。王五、赵六两人拨开人群,来到县令跟前说:"奉命到了北门,碰到扛竹竿人,竹长门窄横着进,老是进不来,累得他满头大汗直喘气,自言自语说:'天哪,家里等着用钱,过不去城门叫我怎么卖呀!'俺俩见他这么不开窍儿,就把他带来了。老爷,你说他算不算一个缺心眼儿人?"县令一听,自作聪明地说:"大家都听见了,也都看见了,这人真是太傻了,太缺心眼儿了,竹竿那么长,城门又那么窄,横过咋能过来呢,用锯把它截几截不就过来了吗?"

众人听罢县令之言,都忍不住笑了起来。县令还当是众人为他的妙法高兴!又说:"这有啥好笑的?等一会儿把第三个缺心眼儿人找到了,让你们好好高兴高兴,让你们在笑中增长知识,变得聪明一点儿。"县令话音刚落,众人齐声大喊:"县太爷,不用再找了,第三个缺心眼儿的人已经找到了!"县令忙问:"在哪儿?快把他带上来!"大家说:"就是太爷你。""啊!你们反了不成,怎么是太爷我呢?"县令气愤地大叫。众人齐说:"竹竿虽长,横着过不去,竖着不就过来了吗?怎么能把现成的材料截坏呢?"

县令一听,顿觉舌头短了许多,张口结舌说不出话,愣在众人之中,不知如何是好。众衙役见状,忙上前搀着县令,灰溜溜地走了。

(讲述:刘丙元　整理:刘金周)

打官"是"

从前,一个石匠和一个木匠相处很好。因为穷,两人常受人欺侮。木匠对石匠说:"就是累断筋骨,也要供儿子上学念书,待学成业就,好谋个一官半职,为咱顶顶门事。"石匠说:"等以后儿辈真的做了官,咱只许他秉公办案,可不准他贪赃枉法。"

后来,老石匠的儿子十年寒窗苦读,大比之年进京赶考,金榜题名,在吏部领取大印,到老木匠的家乡当了七品知县。老木匠的儿子虽然把"五经""四书"读通,但他不愿做官,仍然继承父业,当了木匠,而且手艺在他爹老木匠之上,名传四方。

有一年,县衙师爷嫁闺女,请小木匠去做嫁妆。小木匠整整做了七七四十九天。师爷不但不给工钱,反而说小木匠弄坏了他家的木料,要送官治罪,倒罚十两银子。小木匠回家一说,老木匠很生气。老木匠知道县太爷是石匠大哥的儿子,心想:我不叫你向我,就凭我跟您老子的交情,你也得秉公而断。老木匠击了堂鼓。县官升堂理事,一听说是小木匠的父亲老木匠来为儿子鸣冤,不容分说,打老木匠四十嘴巴子,轰出衙门。老木匠从县衙门出来,连家都没有回,日夜兼程找老石匠去了。两位老人见了面,老木匠把事情经过一说,老石匠听了很生气,说:"走,我跟你去,我要问问这官司他咋能这样断?"

老石匠见了儿子,数落他错断了老木匠的官司,谁知知县争辩说:"爹,你真是糊涂,官司官司,就是官'是'。穷木匠跟师爷打官司,我当然只能断成官'是'。我要是断成师爷没理,我在这里做官,谁还来抬举我呢!"老石匠一听恼了,举起拐杖就打。知县赶紧躲到太太的屁股后头,来来回回转圈圈儿。县太太一见,慌忙劝架。说:"公爹大人,有话好说,你是打啥理!"老石匠说:"我打,我就是要打。我打的不是儿子,打的是他的官'是'!"

老石匠把儿子痛打之后,怒气冲冲地同老木匠一同去州衙门告状。州官派人查访以后,发现知县是受了师爷的贿赂,就罢了知县的官,让他回家为民去了。

憨女婿找织布机

有个媳妇要用织布机,对她男人说:"憨子,去俺家给织布机找回来。路上走慢点儿,可别把织布机腿碰坏了。"憨女婿说:"中啊。"

傻女婿

憨女婿见了丈母娘,忘了要啥机了,就说:"丈母娘,机,机……"丈母娘想着他肚子饥了,忙给他拿馍吃。他吃饱了,还说:"机,机。"丈母娘生气了,推他一把,把他推到织布机上了。憨女婿说:"就是这个机,就是这个机。"

憨女婿扛着织布机走到半路上,看见一个人骑着毛驴怪自在,猛地想起媳妇的话:"可别把织布机腿碰坏了。"他知道这织布机也有腿,生气了,把织布机往地上一扔,指着说:"人家是四条腿背着两条腿。你也有四条腿,为啥叫我这两条腿背你哩?咱谁也不背谁了,你走大路,我走小路,看谁先到家!"

憨女婿空手跑回了家。他媳妇问:"织布机哩?"他一惊:"咋,它还没回来?我两条腿都到家了,它四条腿还没到家?"他媳妇说:"你呀,真是憨驴!放哪儿啦?还不去给我扛回来!"

憨女婿又回到搁织布机的地方。这会儿,才下过一阵小雨,织布机淋得湿淋淋的。憨女婿一见骂开了:"你个懒家伙!我都跑家转一圈儿了,你还懒在这儿不动弹,就这还使一身汗哩。要不是老婆不依,我都不管你啦!"

(讲述:范秀云 整理:亦建伟)

聪姑订婚

聪姑一十八岁,才貌双全,聪明过人。许多公子哥儿向她求婚,胡说瞎吹来讨好她,都瞒不过她的眼睛。

李财主家的李公子是有名的吹塌天、瞎话篓。这天,李公子向聪姑求婚。他一见聪姑光彩照人,恨不得一下子抓到手,就对聪姑说:"姑娘,俺家有棵摇钱树,一摇银钱三尺深;俺家有棵宝高粱,一摇粮堆五尺高。姑娘若是随了我,吃喝不愁乐逍遥……"聪姑厌烦得受不了,没好气地说:"你何许人也?不知天高地厚,满口胡言,有事就说,无事快滚!"李公子结巴着嘴说:"我是来找你爹呐。""找俺爹啥事?""我嘛,是向他借瞎话本哩!"聪姑随机应变道:"俺爹去打露水籽去了。"李公子心里高兴,想这次可抓住话柄了,就追问:"露水会有籽?""瞎话会有本?"李公子无言对答,悻悻而去。

李公子垂头丧气地在路上走着,碰到赖公子。赖公子问他气色为啥不好,李公子向他诉了情由,赖公子笑道:"嘿嘿!你真没本事!我只用半个嘴就说住她啦。"说罢,他摘了个树叶,贴住嘴半边,来到聪姑家里,鼻齉着用鼻音说:"妮,你爹在家没?"聪姑看他那模样,又恶心又好笑,灵机一动应道:"我爹套毛驴在锅台上犁地呢。"赖公子趁机污言秽语说:"驴在锅台上犁地,不怕屙到你家锅里驴屎?"

"怕啥,用树叶贴住半个屁股眼哩。"赖公子讨了个没趣,赶快溜之大吉。

这天,有位高公子进京赶考,路过此地,听到了关于聪姑的趣闻,就想试一试。他不知去说什么才好,于是,就拿了一棵含羞草,来见聪姑。聪姑见一位斯文俊秀的白面书生站在家门前,手拿一棵含羞草,遮着脸,不言不语。聪姑一看便知其意,问道:"公子有什么不好意思?"高公子见聪姑一语道破了自己拿含羞草的用意,更加倾慕,就向聪姑道了自己的姓名,介绍了自己的详情,诚恳地向聪姑求婚。

聪姑道:"女子古来稀,良心紧相依;千里来相逢,自解其中意;守徐州失去大半,战吕布打掉巾冠,骂罗成盗去花马,恨董卓有心无肝。"

高公子领悟其谜,答道:"好姑娘重德啊!"于是,二人相见恨晚,满腹心事,彻夜长谈。由于情投意合,就订下了终身。高公子后来进京考上了状元,聪姑做了状元夫人。

(讲述:王许氏 整理:王雅湘)

柳絮袄

李家寨有一户人家,妻子早丧,留下一个三岁的闺女柳花。李某又在外地教书,家中无人看管,便又娶一妻陈氏,一年以后得一子,取名柳生。

一晃七年过去,柳花十一岁,柳生七岁。这年秋天到了,该做袄的时候,陈氏便用丝棉做了一个薄袄,用柳絮做了一件厚袄。

到了冬天,柳花穿上厚袄,柳生穿上了薄袄。柳絮岂能挡寒?所以,柳花整天叫冷。李某非常生气,说:"你穿厚袄还叫冷,你兄弟穿薄袄可怎么过呀?"说着,拿了一根树条子向柳花打来。不料,这一

下竟把袄打烂了,柳絮飘了一院子,李某又把柳生的袄撕开,一看是丝棉做的,他明白了,要把陈氏休了。这时柳花说:"爹,你别休我娘。现在是我自己受苦,休了我娘,我和弟弟都得受苦。"

李某没有休陈氏,陈氏非常惭愧、内疚。从此,她对两个孩子一样疼爱了。

(讲述:李合义　整理:李江鹏)

害 人 害 己

一日,天色已晚,一个肩挑扁担的中年人,做生意赶路回家。他走到离自己村约二里地时,遇到一个身穿艳装的漂亮女子。那男的是个贪财不贪色的货,欲劫这女子的衣服。这女子四下里瞅瞅,见无人搭救,心想:硬斗是不行的,他手里又有扁担。转眼见路边有条沟,她就心生一计说:"这位大哥,要我脱衣给你也中,只是俗话说:'男不露脐,女不露皮',你先下沟别看,等我脱罢衣服走远了,你再来取。"那男子一听,乐不可支,心想:"这女子如驯羊,知趣,知趣。"就丢下扁担,跳下沟去。这女子见扁担在地,就捡起来,趁他不备,向他头上打去。只听"扑通"一声,那男人栽倒在沟里。这女子扔下扁担,撒腿逃走了。

不多一会儿,小女子跑进了村里,来到一个路边小院。女主人见她惊慌万分,就问缘由。小女子把路上遇险而逃的情况说了一遍。女主人一边安慰,一边让她吃了饭,随同自己的女儿同床睡觉去了。

约有个把时辰,那中年男子苏醒过来,一副狼狈相,回到家中。妻子见状问道:"你咋弄成这般模样?"那男子说:"咳,别提啦!"接着把劫女子未成反被打的事说了一遍。妻子听罢,拍着丈夫的肩膀说:"妮他爹,你的仇可以报了!"丈夫问:"咋报?"妻子压低嗓门说:"那女子撅屁股看天——有眼无珠,失急八慌跑咱家了!"丈夫急忙问:"现在哪儿?"妻子说:"现在正和咱闺女一块床上睡觉哩!她睡在里头。"丈夫一听,喜怒交加,拿过菜刀,又在水缸沿上"刺啦""刺啦"磨了两下,然后夫妻二人蹑手蹑脚来到床边里头,"咔嚓"一声,砍掉了那女子人头。夫妻点灯来照,要脱掉那身棉衣,看见砍掉的人头,不是那女子的,是自己的闺女!吓得倒退三步,一屁股蹲到了地上!夫妻俩百思不得其解,不知遇到了什么妖魔。

原来,那女子躺到床上并未睡着,院子里发生的一切,她都听得一清二楚。听到夫妻二人又要害她时,就趁机将他的闺女换到床里头那边,自己溜出屋门,跳墙跑到别家去了。

这夫妻二人真是追悔莫及!众乡邻听说这事,都说:想要害人却害自己,自酿苦酒自己喝。

(讲述:赵明妮　整理:李广斌)

为 财 双 亡

从前,有弟兄俩长年以讨饭度日,他俩每天要的钱,合起来买香、买纸,给财神爷烧香祷告,保佑发大财。财神奶奶对财神爷说:"这弟兄俩对咱这么忠心,要饭讨点钱还给咱焚香烧纸,你该周济周济他们才是。"财神爷听了这话,就说:"好吧,我马上就周济他俩。"

到了晚上,兄弟俩和往常一样,给财神爷烧纸磕头。当老大点着纸,老二点着香往香炉里插时,用手一扒砂土,突然扒出一个黄灿灿的金元宝来,二人喜出望外,心知这是为财神爷烧的香纸多了,感动了财神爷,特来成全他们。于是,他俩忙给财神爷磕了几个响头,拿着元宝,高高兴兴地回家去了。

弟兄俩高兴过一阵后,各自打算着,今后再也不用讨饭了。有了金元宝,可置田地,盖瓦房,再娶上一个美娇娘。但是,要是一个人独用不是会办更多的美事吗?如果死了一个该多好哇!……他弟兄俩都各自想着自己的心思,一夜翻来覆去睡不着。

第二天一大早,老大说:"兄弟,我拿这元宝到城里兑成银子,拿一点买些菜、割块肉,回来咱饱吃一顿再说。"说罢,提着篮子赶集去了。

老二想:哥哥赶集回来,我一定要害死他,才能独占钱财。他打好了主意,就准备好一根木棍,藏在屋门后,只等老大回来。

老大割肉、买菜,装了满满一篮,特意到药铺,买了一包砒霜,想用它来毒死老二。当他一进门,棍子就打在头上,顿时倒在地上。老二紧接着又是几下,老大脑浆迸流,一命呜呼。

老二见哥哥已死,忙用锨挖坑埋了。他又把篮子里的肉和菜放到锅里,这时他发现另有一纸包粉面,心想,这一定是五料粉调味的,随即也倒在锅里。他做好后就连三赶四地狼吞虎咽起来,不一会儿,肚子剧疼,接着七窍出血,中毒身亡。

这时财神爷知道了,埋怨财神奶奶说:"他俩不会享福,你非叫周济他们,看他兄弟俩为财双亡。"

(讲述:王许氏　整理:王雅湘)

彭祖夸寿

传说彭祖八百八十岁那年,有一天高兴,来到大街夸起寿来:

> 彭祖今年八百八,来到大街把寿夸。
> 谁若比我年纪大,我把老婆送给他。

人们听了说:"天底下比这老头儿岁数大的怕一个也没有。怪不得他敢夸口,拿老婆打赌。"

有个名叫祸害的人过来说:"老头儿,咱俩比比岁数。"彭祖说:"你多大岁数啦?"

祸害说:"你听说过这句话没有,好人不长寿,祸害一千年。"

彭祖说:"嗯,听说过。"

祸害说:"我就是祸害,祝福不是我。我多大岁数了,不是很清楚了吗?至少比你大一百二十岁。好啦,我这就跟你去家里领老婆。"

原来祸害知道彭祖刚娶了第十九个老婆,长得如花似玉,他一见就起了坏心。今儿个彭祖夸寿,拿妻子来打赌,他一听机会来了,几句话可把彭祖说住了。彭祖很后悔,又没法改口,只好对他说:"祸害,让我回家先说一声,明天你去领人吧。"

祸害说:"一言为定。"

彭祖到家,闷闷不乐,吃饭时还唉声叹气,饭菜难下。他老婆问他咋啦,他才把夸寿打赌的事说出来。他老婆一听就笑了:"把心放宽,吃饭吧。祸害来了有我呢。"

第二天,祸害来彭祖家领老婆。彭祖老婆一问是祸害到了,劈脸就说:"你骗了彭祖,可骗不了我。说什么活了一千年,你起码比他晚生八百年!"祸害说:"'祸害一千年',这话从何说起?"彭祖老婆说:"众口所云。"祸害说:"对呀,我祸害没有一千岁,众口会这样说吗?"彭祖老婆说:"众人痛恨你祸害,嫌你老不死,十年如同百年,百年如同千年。恨你死得慢,明白了吧!"

祸害对不上来了,说:"我跟彭祖打的赌,让他出来说话。"彭祖老婆说:"他不在家。既然是论说见输赢,不妨我跟你再比比年龄。如果我说不过你,就跟你走。"祸害说:"好,一言为定!"

彭祖老婆说:"天上桫椤是我栽,地上黄河是我开。生你时我是收生婆,你妈出嫁我是送女客。"

祸害听后,勾着头走了。

(讲述:李金钟　采录:张楚北)

六吊钱和一匹马

以前有个侯七,家里穷,去汜水镇上帮大丈哥开杂货店,讲定一月五百文,一年六吊钱。侯七嘴甜人勤快,给大丈哥家挣了不少钱。每月的工钱,侯七都存放在床下的瓦罐里,准备攒两年,自己也开个小铺,养家糊口。

他大丈哥外号"小麦",是两头尖;大丈嫂是有名的"荞麦",有尖儿还有棱。干到腊月二十三,侯七该歇工回家了,掂着钱杈儿装钱,一看瓦罐上的封条是才贴上的,就知道坏事了。他掀开盖子一看,一罐子铜钱变成了一罐子糖瓜!他也没吭声,把糖瓜拿回去了。

侯七家有二亩山地,闪过年,犁犁准备种棉花。他去借大丈哥家的马犁地,人家的条件是:使马一天,扣人工五天;马瘦赔半价。侯七只管把马牵回来使,用它犁地耙地,拉磨拉碾,外带出门拉脚儿,不叫马停一会儿。他叫家里去给大丈哥说,自己伤风了,过些天才能来上工。大丈哥也不问马的事,想着歇着也顶工。

又过了些天,生意大忙了,还不见侯七来,大丈哥找去了。到侯七家,大丈哥问他好了没,能上工不能。他脸枯搐着,不吭气。问的时候长了,侯七才说:"唉,变了,变了,马变了。"大丈哥一惊:"变成啥啦?"侯七说:"嘴大,体方,没尾巴,发怪腔!"大丈哥说:"别胡扯,你给我牵出来看看。"

侯七从桌子腿上解下一根绳子,一牵一牵,牵出一只蛤蟆。那蛤蟆被拉得"哇哇"直叫。大丈哥一蹦八丈高:"马变蛤蟆?真出怪啦?"侯七一蹦十丈高:"钱会变糖瓜?真出鬼啦!"

大丈哥这才知道船在哪儿弯着,忙拿来六吊工钱,把使瘦了一巴掌的马牵回去了。

(讲述:赵遂令　采录:赵相如)

— 678 —

炅有光读书

古时候,西山脚下住着一个拼命读书的小孩——炅有光。他自幼父母双亡,孤苦伶仃,家境贫寒,无奈何给一家财主放羊。

炅有光除了天天放羊、垫羊铺以外,还得天天给财主打扫庭院。一个十多岁的小孩,干这么多活,真够劳累哩!

炅有光就在这样疲劳的情况下,有时候站在书房外窗户下,听老师讲书,听学生读书。听得多了,他就常常学着老师讲书,或者学着学生读书,这样一来,他会背了很多篇文章。可是,他一个字也不认得。

时间长了,那些阔少爷把炅有光找来,指着他的鼻子骂道:"你一脸灰道子,两只黑爪子,一个放羊穷小子,还跟你少爷学哩,还跟俺老师父学哩,看你那胡须也不像杨延景。"可是炅有光并不生气,只抿着嘴一笑,转身走了。

后来,这位好心的老师,把炅有光找来,和蔼地问:"炅有光,你能背多少书?""能背很多。"炅有光就学着学生背书的声调,滚瓜烂熟地背了很多篇。老师哈哈大笑了一阵说:"你能讲吗?"炅有光壮了壮胆子,又学着这位老师讲书的语气,滔滔不绝地讲了起来。紧接着老师拿了厚厚的一本书,交给炅有光说:"好孩子,你能照着书读一读吗?"可是,炅有光一个字也不认得,真是洋人看戏——傻脸了。最后,这位老师抚摸着炅有光的头说:"这本书交给你,照我说的办法自学去吧。"

炅有光得了这本书,如获至宝,读书的劲头就更足了。每天晚上总是到村外的一座家庙里整夜整夜地读书。炅有光学呀,学呀,读呀,读呀,终于成为一个有学问的人。他写了很多理论文章、诗歌、民间故事,批判了那些四体不勤、五谷不分的阔少爷、书呆子,歌颂了那些因材施教、循循善诱的好老师和勤劳勇敢的工人、农民。

(讲述:赵泉铭 整理:沈惠芳 方珍魁)

捎 麻 糖

从前有个叫张赖孩儿的,麻糖炸得好,出了名。他不光手艺好,还是个大孝子。他娘三十熬寡,五十下瘫,能活到七十多,没个孝顺儿子早过阴间了。

汜水春会三天,上街春会半月,一连干了十八天,张赖孩儿炸麻糖累得腿疼腰酸,还是供应不及。这个来说:"给俺孩子捎点儿。"那个来说:"给俺妮儿带点儿。"张赖孩儿用柳条子给他们穿着麻糖,总要瞪他们一眼,心里老大不高兴。

上街会快完结时,有一个张罗的王瘸子,挑着挑子一拐一拐地走来,对张赖孩儿说:"今年赶会赚钱不多,啥都不买,得给俺娘捎串麻糖。"张赖孩儿一听,瞪着两眼问:"你真是给你娘捎的?"王瘸子说:"养儿养女防备老,不给娘捎给谁捎?"张赖孩儿喜得手一拍:"那好,再给你添一串!这二斤麻糖我要钱是龟孙！十八天算是碰见一个孝子！"

麻糖摊儿前转的买主们一听，脸都红了。

（讲述：赵振宇　整理：赵子谋）

棋看五步

有一年，邙岭上红薯收成好。有一户姓王的人家，红薯堆满院，连个下脚的地方都没有。这时候，黄河滩里来了一帮子人，有的赶车，有的挑担，都是来买红薯的。王家儿子对王老汉说："爹，咱把红薯卖了吧，放也没处放，坏了就一文不值。"王老汉说："你说的也在理。不过，日子比树叶还稠哇。下棋得看五步，过日子得有长打算，咱这红薯一斤也不能卖！"

王老汉一看西北风刮得"呼呼"叫，正是晒红薯干的好天气，一声号令，全家男女老少齐出动，日夜不停，切片晒干。红薯干晒好了，王老汉又叫把红薯碾成面，再脱成坯。全家人都弄不明白，脱红薯面坯干啥哩？红薯面坯晒干了，王老汉下了第三道命令："把红薯面坯搬屋里，垒成隔墙。"儿孙们不敢不听，只得照办。

过了几年，王老汉生病了，卧床不起。他把全家人叫到床前，叮咛说："不到要饿死人的时候，隔墙千万不要扒！"说罢，他就合上了眼。

后来，这一带连年大旱，五谷不收，饿得人们成群结队往陕西逃难。王家正准备逃难，猛地想起王老汉的临终嘱咐。他们把隔墙的红薯坯扒下一块儿尝尝，甜丝丝的！这算有救了，一堵墙保住一家人渡过了难关。直到这时，儿孙们才明白了王老汉的用心。

大布施与小布施

李财主见了个长工，说定干十年活给一头牛。十年过后，李财主赖账，只给长工十斤油。长工说李财主答应的是"牛"，李财主说他答应给他的是"油"，俩人就吵开了。吵了半天，李财主脸一黑说："这十斤油你不要，想要牛，咱就打官司去！"俗话说，穷不跟富斗。长工提上油走了，打算第二天把这十斤油布施给寺里。

寺里老和尚这晚做了一个梦，梦见一个人拿出十年的积蓄，来寺里布施。第二天一大早，他就交代小和尚洒扫寺门，好好接待来"大布施"的人。小和尚忙了半天，才见一个穷汉提了十斤油来，很失望，可有老和尚的话在，小和尚也不敢怠慢。接受了长工的布施后，老和尚领着长工拜佛爷，到各殿观看。到了后殿，长工见墙上画着一个大官儿坐着八抬大轿，就问老和尚："师父，那上头画的啥人哪？"老和尚笑笑说："那叫'来世图'，画上那位官人，就是下辈子的你呀！"

长工回家，遇上了李财主，把往寺里布施油的事给他讲了。李财主想：布施十斤油，下辈子就能捞恁大个官儿，我明天挑一挑子去，下辈子不就能当皇帝了吗？这晚，老和尚又做了一个梦，梦见一个没良心的人假充善人来布施。第二天一早，老和尚交代小和尚说，待会儿有个来"小布施"的人，随便招呼一下就行了。过了一会儿,李财主挑着一挑子油进寺了。小和尚心里别扭:这一大挑子油咋会是"小布施"呢?他也没说啥,收了布施,就领着李财主到各殿观看。到一个殿里,李财主见墙上画着一个磨面的,手里拿着鞭子在打拉磨的一头驴,就问:"这是啥意思哩?"这时,老和尚来了,寒着脸说:"施主,那瘦驴就是下辈子的你呀!"李财主听了心里一颤,问:"师父,来生命运能变吗?"老和尚说:"能,回去你要办好三件事:先把你大孩子的头砸烂,再把你二孩子的腰打断,然后把你闺女搭成桥。"

李财主回到家里,饭也吃不下,觉也睡不着,像掉了魂。他闺女再三追问,他才说了庙里的事。闺女说:"别犯愁了,人家是叫你把那出九进十一的斗砸烂,把那出九进十一的秤撅断,再把我的彩礼嫁妆卖了,换成钱修座桥。"李财主不忍心哪,可害怕下辈子变驴,只得咬住牙办了这三件事。过后,他到庙里一看,拉磨驴换成一匹高头大马了。老和尚指着马对他说:"这就是下辈子的你,能变到这一步就很不错啦!"

(讲述:胡素云 采录:吴祺祥)

活 钟 馗

过去有个"海蜃"戏班在城里演出,来个戏友毛遂自荐,要"打一炮"。掌班的问他学的啥行当,他说他善唱毛脸戏。掌班的就安排他唱《钟馗捉鬼》的折子戏。

开戏了,这个人还和没事人一样,一不妆角,二不对词,只是圪蹴在凳子上,捧着水烟袋"咕噜咕噜"一个劲儿地吸烟。掌班的催他妆角,他总是说"甭慌,不耽误事"。光吸闷口烟。掌班的赶紧找个备角,准备替换他。

锣鼓紧催,到出场的时候了。他这才放下烟袋,登上皂靴,披上皂袍,戴上红胡子,左手五指蘸上五色,帘子里喊一声,就要登场。掌班的见他脸还没画,忙一把拉住,不叫他出场。他猛地挣开,双手撩袍遮脸,倒退着上场了。

随着锣鼓点,他到台前一亮相,台下齐声叫倒好。为啥?净脸。他把袍襟往脸上又一遮,接着放开,二次亮相,台下顿时响起震耳的叫好声。咋着啦?只见这钟馗:金鸡独立,脸上画着"五燕齐飞"的五色脸谱,右手掂起袍角;左手不知从哪儿弄来一把折扇,慢慢地扇动着;嘴里、鼻子里、眼里、耳朵里,一齐往外冒青烟。眼睁睁一个活钟馗,算叫他扮绝啦!那烟是咋回事呢?原来他事先吸的烟,都存到肚子里,节骨眼儿上叫冒出来。奇怪的是耳朵、眼睛也会冒烟。

掌班的服了。同行们也惊得目瞪口呆。"五燕齐飞"的钟馗,实是一绝。

(讲述:崔泽民 采录:崔振普)

糊涂官断案

从前有个老头儿,儿子不养活他,他去县衙告状。老头儿慌着走,把一个卖砂锅的挑子碰倒了,砂锅全给摔烂了。卖砂锅的叫老头儿赔钱,老头儿没钱赔他,就拉着老头儿去见县官儿。

县官儿升堂,见地上跪着俩人,使劲把惊堂木一拍:"你俩有啥冤枉?"

老头儿说:"孩子不养活我,不给我做饭……"县官儿不等老头儿说完,转脸问卖砂锅的:"你咋不养活你爹哩?"卖砂锅的说:"老爷,他哪里是俺爹,他把俺的锅弄打啦!"县官儿一听,恼了:"你不给你爹做饭,他能不砸你的锅吗?来呀,先打四十大板!"

打罢,县官儿又问:"你还养活你爹不养活?"

糊涂官断案

卖砂锅的忍着疼说:"老爷,他,他不是俺爹呀!"县官儿大怒:"大胆!公堂上连你爹也不认,这还了得,拉下去再打八十!"

卖砂锅的吓飞了魂,赶紧改口说:"他是俺爹!他是俺爹!"

县官儿"哈哈"一笑:"认了就罢,不认还打。去,把你爹背回去,好好伺候!"

(讲述:王福 整理:侯发山)

点 心 案

民国初年,嵩阳镇街东头住着一户姓马的,全家三口人,马二成夫妇和他们的儿子马圪瘩。这家人既种地,又经商,三间临街房,开的是点心铺儿。起初,马家本金少,赚钱也不多,倒是实实在在地做买卖。后来,马二成一心想发横财,于是,明里把点心盒儿做得花里胡哨,暗地里却往点心里掺杂兑假,腊月集销量大,马二成把料礓石面也掺进点心里,集上人山人海,马二成扯着大嗓门吆喝:"俺家养了四十五笼蜂儿。采的蜜多得没处搁,女婿来都舍不得沏茶喝,要问我存恁多蜂蜜干啥用?全都做点心灌了蜜角儿,我马二成是老不哄、少不骗,都快来买俺的点心哟!"果然,这年马家的点心卖得格外多,马二成暗自高兴,心里说:中,真中,今年我马二成也算是财运亨通啦。

俗话说,腊月买(点心),正月串(亲戚),入了二月进牙关(吃掉)。那时候很多人买点心并不是为了自己吃,过罢年,从正月初二开始,用点心作为礼物,这家串那家,那家串这家,一正月到底串多少家,谁也说不清。当然,也就没有人去评价它的好赖了。进入二月,家家户户把亲戚都串过一遍了,点心串到谁家,谁家就把它吃掉。无巧不成书,马家也有一包串来而再串不走的点心。一天,老婆说:"亲戚都串过一遍了,还有一包点心哩,拿出来吃了吧。"说着取出点心,解开盒子,放在桌子上,先拿一块儿给了儿子马圪瘩,又拿一块儿递给丈夫,马二成却光笑不接。老婆说:"你不吃,我吃。"她啃啃、啃不动,咬咬、咬不开,嘟嘟噜噜地骂道:"这是哪龟孙家做的点心?跟他娘那……"马二成不等老伴把话说完,截住话茬说:"点心块儿塞不住你的贱嘴!骂啥哩?"老婆不服气,骂得更狠:"我骂了,谁叫他个绝户头做这种赖点心呢！"马圪瘩说："娘，你甭骂了，这点心是咱家做的。"老婆一听更气，指头捣到马二成的脸上数落："你个老东西，憋得可真严，你为啥不说这点心是咱做的，欺负我不识字？"说着，"咣当"一声，把点心扔到桌子上。马圪瘩说："我就不服，它该有多硬？"说着拿个秤锤就砸，只听"嘣"的一声，砸成两半儿，一半儿崩到院里的粪堆上，一半儿崩到马二成的腿上。马二成"哎呀"一声，双手捂着腿蹲在地上，疼得满头大汗，卷起裤筒一看，哟！血顺着腿直往下流。老婆、孩子都劝他到药铺里上点儿止血药。马二成疼得结结巴巴地说："人，人家要问是咯崩住了，咋说哩。名声传……传出去，以后生意还咋做……做哩！"硬是不去。后来，伤口化脓成疮，也不请医生治，直到五月间麦熟，还不能下地干活。

麦熟一晌，蚕老一时，马家的麦子眼看熟焦在地里，没办法，只得雇短工收麦，雇来的短工叫屈智，说好的工钱，七亩麦子，连割带运，一天干完，工钱两贯五。那天，马二成拄着拐棍来到地里，坐在树凉阴下监督着。前头是屈智掌掠子（豫西一带割麦工具），后头是马圪瘩捞包子（掠子的配套工具）。早上、中午的饭送到地里吃。到后半晌，七亩麦掠得只剩下个地横头了。马二成心想：天不黑就干完了，工钱全掏老吃亏，这不中，得想个办法，少付点工钱。

这时候屈智掠得正有劲哩，只听"咔嚓"一声，掠子碰在一块硬东西上，把钐刀碰了个大豁子，掠子也碰走了形。这可叫马二成抓住"理"了，说掠子是两贯钱新买的，钐刀虽旧最少也值一贯五，要屈智照价赔偿。屈智心想，平展展的地，又没有石头，是啥东西恁硬？拾起来一看，是半块儿点心。不用说，马家开有点心铺，点心肯定是马家的，便说掠子是你马家自己的点心碰坏的，坚决不赔，并且还要马家付给工钱。双方正吵得不可开交，马二成的老婆来了，她是这一带出名的"麻缠货"，一来就胡搅蛮缠。屈智看跟这种蛮不讲理的人也吵不出个啥名堂。一气之下，把半块儿点心往布衫口袋里一装，气冲冲地走了。马二成心里美得像猫娃儿舔一样，心里说：是你要走的，今晚上又少管一个人的饭。

屈智憋着一肚子气回到家里，不说话，不吃饭，躺在床上生闷气，心想，哪兴这呢，累死累活干了一天，不但工钱分文不给，还挨了一顿骂。越想越别扭，手往布衫口袋一摸，那块儿点心还在里头装着，劲头又来了，不中，还得去向马家要工钱，

马二成的点心铺

他给了，啥话不说；要是不给，我带上这块儿点心到衙门去告他。当他来到马家的时候，已打罢二更。马二成一看是屈智，就来个先下手为强，劈头就问："深更半夜来俺家干啥？""来向你要工钱。""不，你是来偷俺的。""你血口喷人。"两个人越吵劲儿越大，马二成抓起一块点心照屈智砸去。屈智大叫一声："娘啊。"晕倒在地。马二成恶狠狠地说："喊娘？喊奶奶也不中！"他怕屈智醒过来不好对付，大声喊道："快来人呀！逮住贼啦！"马圪瘩和他娘闻讯赶来，没等屈智醒过来，便五花大绑捆起来，以"盗窃"之名，送进了衙门。

五月端午，嵩阳镇古刹大会，新到任的县长在大街上设下公案，当众审判马二成控告屈智偷盗一案。四乡来赶会的人都感到稀奇，到现场看热闹的人山人海。马二成控诉说："屈智碰坏了掠子不赔偿，我扣了他的工钱。他怀恨在心，便在夜里来我家偷盗，被当场逮住，请求县长严惩。"屈智不等县长

问话,就大喊冤枉,说:"给马家干了一天活,工钱分文不给,掠子是马家的点心块儿碰坏的,当然不应赔偿。晚上我去向马家讨要工钱,马二成反而诬良为盗,用点心砸伤了我的头,请求县长给我做主。"

县长听后,觉得马二成说的藏头露尾,屈智说得虽有道理,但哪有点心块儿碰坏掠子、砸破头的?便问:"屈智,你说掠子是马家的点心块儿碰坏的,有啥凭据?"屈智说:"点心块儿还在我布衫口袋里装着哩。"县长说:"呈上来叫我看看。"屈智把点心块儿呈上去。县长接过来仔细一看,点心块儿倒是真的,但这是不是马家的?为什么一块儿点心成了两半儿?这半块儿点心又是怎么跑到地里?那半块儿点心现在在哪里?这一连串的问题使他陷入了深思,他拿着半块儿点心,离开座位,边踱步边思索,自言自语地说:"那半块儿在哪儿?"马圪瘩只当县长问自己,就赶紧回话说:"在俺家祖先牌位前香炉里放着哩!"县长一听,觉得问题有了线索,很高兴。

马二成沉不住气了,赶紧摇头,使眼色,不让儿子往下说。县长把马二成的举动看得一清二楚,把惊堂木一拍,斥责说:"大胆的马二成,竟敢当着我的面装神弄鬼,你要干啥?"马二成赶紧解释说:"县长,你不知道,这孩子是个二百五,说话没准头,你可不敢相信啊!"县长见马二成不想让马圪瘩说实话,很恼火,传下令来:"好个马二成,竟敢搅乱堂规,先拉下去打四十嘴巴子。"四十嘴巴子打过,马二成两个腮帮子肿得像发面锅盔,嘴像贴了封条,再也不敢吭声了。

县长又问马圪瘩说:"小孩儿,我看你倒是个老实人,老实人可要办老实事,赶快回家去把那半块儿点心取来。"马圪瘩说声"是。"回家取来点心。县长接过去把两半块儿点心一对,严丝合缝,真是一块砸开的,证明点心确实是马家的了。他又一想,马圪瘩既然知道这半块儿点心的下落,也会知道那半块儿点心是咋到地里去了,又问:"马圪瘩,囫囵囵的一块儿点心,是谁用啥砸开的?""是我用秤锤砸成两半儿的。""这半块儿怎么跑到地里去了?""当时是崩到院里粪堆上,后来连粪带点心运到地里的。""这半块儿又为啥放在你家祖先牌位前的香炉内?"这时候,马圪瘩光看马二成的脸,不说话。县长问道:"马圪瘩,你为什么不说话?"马圪瘩说:"县长,你不知道,在这儿你厉害,你打俺爹。在俺家是俺爹厉害,他打我。"县长把惊堂木一拍,说:"我说马二成,你儿子马圪瘩是个老实孩子,他在这儿给本县说实话,回家以后你要打他,我可不依你!"马二成怕再挨打,结结巴巴地说:"县长,我保证回家里决不难为他。"县长说:"马圪瘩,你听见了没有,你说实话,他要打你,你来找我,我给你做主。"……"只要我知道的我都说。"……"那我问你,你家的点心咋恁硬哩?"……"里头兑的有料礓石面儿。""半块儿点心为啥放在你祖先牌位前的香炉里?"马圪瘩说:"这半块儿点心是崩到俺爹腿上了。当时崩得他顺腿流血,后来化脓成疮,到现在还没有好。我好吃核桃,把它放在香炉里,想着早晚砸核桃吃用着方便。"县长听了又好气又好笑,他强压怒火,又问道:"我再问你,屈智头上的窟窿是谁砸的。""是俺爹用点心块儿砸的。""嗯!你马家的点心可真结实啊!……那还是麻叶酥哩,要是夹杂糕哇,这官司就更大了。""为什么?""夹杂糕更硬,把人砸死了,人命官司不比这大?"

整个案子让马圪瘩一个人说清楚了。县长当众宣判:第一,掠子是马家自己的点心碰坏的,不应该由屈智赔偿;第二,屈智为马家掠麦一天,马家应当照付工钱;第三,马二成诬良为盗,用点心砸伤屈智的头,应该包工养伤。最后问道:"屈智、马二成你俩说说,这案子本县我断得公道不公道?"

屈智和马二成一齐叩头说:"县长断案清如水,明如镜,真是包公再世!"

这时候,围观的人都以为官司到此已经完结,县长却又说话了:"你们别慌,这场官司本县还没有处理完呢!"人们一听,不走了,要看看县长怎样了结这场官司。县长说:"马二成往点心里兑料礓石面儿,坑害了很多人,本县今天要当众处理。"马二成吓得心惊肉跳,不知道县长怎样处理他。县长问道:"马二成,你是愿挨打,还是愿意受罚?"马二成说:"听凭县长发落。"县长说:"你要认打,本县打你四十大板；要是认罚，本县罚你当众把你做的点心吃一块儿。"马二成吓得出了一身汗，苦苦哀求说："县长，我情愿挨你的四十大板，也不敢吃我做的点心。""你为什么不敢吃？""料礓石面儿吃到肚里是会坠死人的呀！"县长又问马圪瘩说："你是老实人，你说说这案本县断得公不公？"马圪瘩说："公不公我也说不清，反正这一回你算治住俺爹啦。他一辈子都没有说过实话，这一回他说了句实话。"在场的人听了马圪瘩这一番话，放声大笑，县长命衙役们把马二成拉下去狠狠打了四十大板。

（整理人：韩有治）

村 名 入 药

陕西渭河北岸有个孙家渡。孙家渡的孙财主请个洛阳木匠给他干了半年活，他不给工钱也罢，还诬赖木匠偷了他家的银酒壶，扣下了木匠工具，把人攘走了。

木匠忍着一肚子气出了村，半道碰见个江湖医生乔老八。俩人一搭腔，原来是洛阳老乡，家都住在北邙山。乔老八听木匠诉说了冤枉，很生气，叫木匠到县城一个客店住下等他，他去找孙财主算账去了。

乔老八到了孙财主家门口，见大槐树下拴着一头牛。他看看四下没人，就逮了个屎壳郎，用细线儿拴到牛尾巴根上，然后找到孙财主说："你家牛病得可不轻呀！得赶紧治。治不好，传给了人，一家子都不得安宁。"孙财主以为是臊他的气，破口大骂："滚蛋！巧要饭也不拣个地方，再啰嗦我叫人把你绑起来！"乔老八说声"得罪得罪"，扭头就走了。

拴在牛尾巴根儿上的屎壳郎干急脱不了身，爬到粪门儿上一闻有那个味儿，就钻进去了。那牛正卧在地上满口倒白沫，猛觉着后头不对劲儿，"呼"的一声站起身，拧绳掉尾地"哞哞"大叫起来。一会儿挣断了绳子，跑回家了。孙财主一见牛像疯了，吓了一大跳，忙叫人把牛拴住。他猛地想起刚才那人说的话，立即派人去追。

乔老八没走多远，又给追回来了。孙财主一个劲儿赔不是说好话，请他救牛。乔老八围住牛转了一圈儿，皱着眉头说："晚了点儿，不知能不能治过来。"孙财主说："神医无论如何得动动高手，一定重谢！"乔老八说："那我就试试吧。怪病得用怪方，你赶紧去找个墨斗来。"孙财主拿来墨斗，乔老八一看惊叫一声："嘿！这不是我兄弟的墨斗嘛，咋会在这儿哩？"孙财主只得红着脸认了错，答应还给木匠工具，补回工钱。乔老八心里好笑，看讨账的事成了，把牛拉到僻静处，拽住那细线，把屎壳郎拽了出来。牛的"怪病"立时好了。

孙财主感激呀，连忙派人准备酒菜，招待"神医"。乔老八酒足饭饱，接过谢金和"兄弟"的工钱、工具，正要开路哩，孙财主又赔着笑脸说："先生，要不要给这牛开剂药啊？我怕它再犯病啊！"乔老八想想说："好，是得吃剂药。"说罢开了药方。

乔老八一走，孙财主就派人去抓药。抓药人跑遍了药店，买不到方子上开的那几味药。原来药方上写的是"汤村、响村、小关庄、李洼、陡沟、毛岭头、冢油坊……"净是洛阳北邙山上的一些村名，往哪儿买呢？财主发觉上了当，早不见了乔老八的踪影。

（讲述：王永乐　采录：王秀德）

小孩儿分牛

从前,山里头有个老头儿,家里养了十七头牛。

这个老头儿有三个儿子。临死的时候,老头儿把三个儿子叫到床前,说:"我劳碌一辈子,也没有给你们留下啥产业,只养了这十七头牛。我死后,你们分家的时候,这十七头牛,要按我说的办法分。"

三个儿子都说"中",叫老头儿说个分法。

老头儿说:"恁大哥受了劳碌,他分二分之一;老二也有功劳,你分四分之一;小三儿你没啥负担,分六分之一。分时,不许作价,也不许把牛杀掉,还不许改变我的分法。"

三个儿子都说:"记住了。"

老头儿死了不久,兄弟三个在一起不能过了,就把族里的老人请来,给他们分家。别的东西都好分,分到这十七头牛时,兄弟三个把老头儿活着时嘱咐的话一说,分家的人可作难了。十七头牛,老大分二分之一,是八头半,不够九头;老二分四分之一,是四个多,不够五个;老三哩,应分两个多,不够三个。不叫把牛杀掉,又不叫作价,神手也分不开。分了两天,咋个分法还想不出来。

邻居一个十来岁的孩子来玩,见他们为分牛分不开作难,就说:"我能把这牛分开,不叫杀牛,也不叫作价。你们等着吧。"

这个小孩儿跑回家,把他家里的牛牵了一头,赶进这家的牛群里,说:"按十八头分!"

小孩儿指着这家的老大说:"十七头牛,你分二分之一,不够九头,给你九头。牵走你的九头牛吧!"

咦,老大高兴了,说:"反悔不反悔?"

小孩儿说:"不反悔,你牵走吧!"

小孩儿又指着老二说:"你分四分之一,分不到五个,给你五个。牵走!"

老二一想:哎,我也沾光了,赶忙去牵他的牛。

剩下老三了。小孩儿对他说:"你只能分俩多,也不够三个。"

老三说:"哎,是分不够三个。"

小孩儿说:"牵三头,牵走吧!"

分的结果,老大九头,老二五头,老三三头,都占了便宜,一共分了十七头。

还剩一头牛,就是小孩儿牵来的那头。小孩儿又把牛牵了回去。

(讲述:耿国范　采录:郭水林)

刘半仙教子

以前高村有个算卦先生姓刘,人称"刘半仙",常在高村集上摆摊儿算卦。

这天一时,刘半仙带着儿子在集上刚摆开摊子,天就下起了毛毛雨,人都往店铺的屋檐下躲。他孩儿说:"爹,咱收摊儿吧?"刘半仙说:"早起下雨一天晴,最多不过半个时辰。"真的,不多时,天晴了。

这时,有个骑驴赶集的来到卦摊儿前下了驴。刘半仙扫他一眼,张嘴就说:"来客本姓张。"那人一惊说:"啊,啊,是姓张。"刘半仙接着说:"家住东北乡。"姓张的更吃惊啦:"对,对,是东北乡张沟人。"刘半仙笑笑说:"本是新发户。"这时围观的人越来越多,都看姓张的咋回答。姓张的又惊又喜,大声说:"准,准,我去年才发财!"刘半仙又摇头晃脑地加上一句:"自幼干屠行。"姓张的再没恁服气了,说:"先生真是神仙转世,说的一点不错!"

当天,刘半仙生意很好,问卦的排成队,一直算到黑才收摊儿。一回到家里,孩子就急着问:"爹呀,你给那个姓张的咋算恁准哪?"刘半仙笑笑说:"你真是二杆子。我头一句说他姓张,是见他背的钱袋上写了个'张'字,这还用算吗?""他家住东北乡,你咋知道的?""这更简单,你没看下小雨时刮的东北风吗?他脊梁上是湿的,自然是从东北乡来的啦。""你是咋断定他是新发户哇?""嘿嘿,算卦时一定要仔细观察,你没看他穿的、戴的都是新的,连驴鞍子、钱袋儿也是新的。不是新发户是啥?还有,他下驴时,我看他用嘴噙着鞭子,只有杀猪宰羊的人,才有这种习惯,我就断定他是自幼干屠行的。"

那孩子听罢,高兴地一拍大腿:"嗨!想不到算卦恁容易!"他爹瞪他一眼:"娃子,看似容易不容易。不会察言观色,不会动脑筋,一辈子也学不精!"

(讲述:赵振宇 采录:赵子谋)

句句不离本行

一个秀才和一个郎中是好朋友,俩人常来常往。

这天,秀才过生日,和郎中一起到野外游玩,走着说着,见路边有棵腊梅,分出五枝,只有一枝开着花。秀才说:"咱俩对句吧!"郎中说:"行,你先说。"

秀才就以这棵腊梅为题,吟出一句:"五枝腊梅一枝开。"郎中对道:"一剂药。"

秀才一愣,以为郎中对不上来,也没吭声。又往前走,见一处大宅院多数房屋都倒塌了,秀才又吟出一句:"楼房十二七幢塌。"郎中又对:"一剂药。"

秀才过生日哩,听郎中光对"一剂药",心里就不高兴,也没说出来,忍着又往前走。猛抬头,见一个姑娘提着酒过桥哩,秀才随口又吟:"美人提酒过小桥。"郎中马上又对:"一剂药。"

秀才很憋气,没心再看景了,就说:"天寒地冻,咱回去吧。"郎中说:"行。"二人往回走。

二人回到镇上,进了个小吃店,要了一大盘包子吃起来。秀才见了包子,又想到一句:"内无馅时外皮空。"不料,郎中又接了一句:"一剂药。"

秀才再也忍不住了,拍着桌子说:"你太不够朋友啦!句句不离'一剂药',这不是跟我作对,咒我害病吗?咱找人说说理去。"正好县官儿打这儿过,秀才拉着郎中找他评理。县官儿听了秀才的诉说,指着郎中说:"真不识抬举!为啥故意伤害朋友?拉下去,先掌四十个嘴巴!"郎中说:"慢,看来,老爷也得吃我一剂药呀!"县官儿一摔惊堂木:"你还敢胡说,给我狠打这贼的嘴!"郎中说:"老爷息怒,你能不能听小人分辩为啥那么对,再评判是非呢?"

县官儿说:"好。那么我问你,见了腊梅为啥要对'一剂药'?"郎中说:"老爷,'五枝梅花一枝开',医书讲是'四肢乏力'呀,不用一剂药,会治好吗?"县官儿点点头:"嗯,不错。那下一句呢?"郎中接着说:"'楼房十二七幢塌',医书上讲是'五劳七伤'。该不该服药啊?还有第三句'美人提酒过小桥',这叫'酒色过度'哇,犯此病的人,不服我一剂药,能治好吗?"县官儿又问:"秀才提到包子,你咋又对'一剂药'呢?"郎中说:"他说那包子'内无馅时外皮空',医家都知道,这叫'脾虚气胀',当然还得用一剂药啦。"

县官儿的气慢慢消了,又问:"你怎么叫老爷我也吃一剂药呢?"郎中笑笑说:"老爷,兼听则明,偏听则暗,是不是?你只听秀才一面之词,就发起火来,这是'肝火过旺'的症状,不服药能行吗?"

县官儿一听笑着说:"你真是句句不离本行啊!"

（讲述：宋小同　采录：赵子谋）

傻女婿串亲戚

大年初一,妻子对傻女婿说:"俺娘家嫂子说你半吊子不足成儿。明儿了去串亲戚,可要给俺装装脸!"傻女婿说:"那中,咋装哩?"妻子交代他:"往常去,见了俺爹娘总是喊'老丈人''丈母娘',多难听!俺嫂子鼻子差点笑歪。这回改改,喊'岳父''岳母'。"

傻女婿说:"中。"妻子又交代:"俺家前院有棵梧桐树,你见了就说:'凤凰落到梧桐树上',随后问俺爹树是谁栽的。他会说是他栽的,你说:'坑挖深深的,茅粪浇多多的,树长大大的,放倒树,板解厚厚的,做两口寿木,将来打发二老入土为安。'"

妻子还交代他说:"俺爹买了个黑母牛,三岁口了,是二十五串钱买的。你问他掏多少钱,谁买的。他会说是他买的,还要叫你估价。你充当内行,先据着鼻子看看口齿,再牵出圈遛两圈儿,捞住尾巴照屁股蹬两脚,再说:'不用估,不用估,大钱能值二十五。'"傻女婿说:"中,中。"

傻女婿串亲戚

大年初二,小两口串亲戚,娘家一家人出来迎接。傻女婿说:"岳父、岳母大人万福!"老两口一听笑了,嘿,傻女婿精啦!

进大门,看见梧桐树,傻女婿说:"凤凰落到梧桐树上。"大家听了更喜欢。他问:"岳父大人,这树谁栽的?"他岳父说:"我栽的。"他说:"坑挖深深的,茅粪浇多多的,树长大大的,放倒树,板解厚厚的,做两口寿木,将来打发二老入土为安。"老丈人和丈母娘听了这番话,心里是灌了蜜。妻子抿着嘴笑。

又矮又胖的小姨子,也挤到跟前听姐夫讲精话哩。傻女婿指着她问老丈人:"岳父大人,这是谁的闺女?"老丈人只当他不认得了,就说:"我的。"傻女婿说:"粗细差不多,嫌短些。坑挖深深的,茅粪浇得多多的。再过几年,闺女长大就放倒,板解厚厚的,做两口寿木,打发二老入土为安。"老丈人、丈母娘听了,气得直翻白眼。小姨子噘着嘴说:"跳油锅的,才见面就没正经!"

傻女婿见黑母牛在槽上吃草,就问:"岳父大人,这牛是谁买的?"老丈人说:"我买的。你看看几岁啦?估估值多少钱?"傻女婿抓住牛鼻子,掰开嘴看看,说:"三岁了。"又把牛牵出圈,到院里遛了一圈儿,捞住牛尾巴照屁股上蹬两脚,说:"不用估,不用估,大钱能值二十五!"一家人听了都笑了。

傻女婿一高兴,指着丈母娘问老丈人:"岳父大人,这老婆儿谁买的?掏多少钱?"老丈人一听他又冒撂了,赌气说:"我买的,估估值多少钱?"

傻女婿拧住丈母娘的鼻子看看说:"三岁口了。"又拉着丈母娘遛两圈儿,伸手去捞尾巴,没有,就往屁股上蹬一脚,丈母娘叫蹬趴地下了。他说:"不用估,不用估,大钱只值二十四!"老丈人忍住气问:"为啥少一串?"傻女婿说:"嘻,没后劲儿!"

(讲述:崔秀钦　整理:崔振甫)

解不开的病

有个戏迷,不仅看戏成癖,还总要为剧中人的遭际和命运担心,甚至忧思成疾,任你百般劝解也无济于事。因此,外人给他送个绰号叫"解不开"。

一日,"解不开"看完《西厢记》回家,一路上闷闷不乐,总想着张生和崔莺莺这样一对天生佳偶,本应该结成美满姻缘,然而到底没有结成,心里实在别扭。正想着,忽然抬头看见横跨街面的一座牌坊,他想,受了几百年风雨侵蚀,终有一天要倒塌,行人又不断从牌坊下通过,倒塌时必然要砸死人。两愁一并涌上心来,回到家里,辗转反侧,一夜不曾合眼。

妻子见他如呆如痴,问明缘故,不禁暗笑。无论怎么劝说,总难打消"解不开"的忧愁,妻子假意嗔怪他说:"你若是再要一味解不开,我宁可嫁给王二麻子也不再跟你了。""解不开"信以为真,认定是妻子变了心,于是病上加病,越来越重,竟至茶饭不进,卧床不起。

妻子无奈,请来个中医先生。先生诊过脉,问过病因,煞有介事地讲起病论来:"此症乃忧虑所致,忧伤脾,脾胃不和,则不思饭食……不妨事,吃上几剂药,管保药到病除。"说罢,他提笔开了个药方,不外健脾开胃之类药物,而后三天一改,两天一调。"解不开"一连吃了十几服汤药,半点功效也不见。

有病乱求医,也不能一棵树上吊死人,再换个西医大夫。那大夫用听诊器听了听,量过体温,量过血压,又从耳朵上采了点血作了化验,均无发现异常。他详细问了病历,才确诊为精神抑郁症。对症下药,又是打针,又是口服,还在病榻旁边挂了个瓶子输液,一连几天,仍然不见好转。

这天,表弟闻讯赶来探视,一进门,遇到表嫂,摸清了表哥的病根。走到床边,只见液体还在滴着,表哥已是面色苍白,奄奄一息了。问候几句之后,"解不开"说:"表弟是特意进城看我,还是顺便来此?"表弟说:"昨天晚上看戏来了。""看的什么戏?""《西厢后传》。张生进京赶考,得中头名状元,老夫人欢喜不尽,叫他和莺莺拜了天地,入了洞房……"

话还未完,"解不开"眉开眼笑,忽地一下坐了起来,那病似乎是好了大半。接着,他又问表弟:"你来时从街上路过,见那座牌坊倒塌了没有?""正巧我走到跟前,牌坊呼隆一声倒塌了。""解不开"忙问:"可曾砸死了人?"表弟说:"连脑袋都砸碎了,还能不死?"他大惊:"哎呀不好!"立即又倒在床上,

两眼扑闪了几下,少气无力地问道:"没听说砸死的是谁?"表弟说:"知道。王二麻子。"

"解不开"如释重负,大病全消。

(讲述:李志强　整理:李国现)

山神庙往事

相传,嵩岳寺东有座山神庙,庙里发生过一件离奇的故事,曾在民间广为流传。

话说山神庙年深久远,庙宇破败不堪,庙院也荒草满径,无人问津,一片凄凉景象。有一年夏季的一天,大雨如注,破旧的山神庙房脊被冲了个窟窿,雨水透过窟窿流了下来,正好浇在山神爷的头上。这时有一位农夫从山神爷庙前经过,看到雨水流到山神爷头上、身上,遂生恻隐之心,忙取下头上的草帽戴在山神爷头上,自己赤脖冒雨而去。过了一会儿,又有一位双手抱头的农夫到庙里避雨。他看到山神爷头上有顶草帽,便顺手取下戴到头上,高兴而去。

山神爷见此状况,不愠不火,平心静气地对山神奶奶讲:第一个人心地善良,勤劳持家,与人为善,会有一女堂前尽孝,定有善终。第二个人膝下虽有五男二女,但他见利忘义,不顾他人,将来会劳累而死。

多年以后,两位农夫的结局果然被山神爷言中了。第一个农夫勤劳持家,婿贤女孝,孙辈有成。由于孩子少,负担小,悠闲度过晚年,无疾而终。第二个农夫由于子女多,总有劳不完的神、干不完的事,大儿子要娶妻,二女儿要嫁妆,老三孩子缺学费,老四孩子惹官司,老五孩子经济太拮据等,他们二位老人忙了这家忙那家,有时几家的事一齐来,忙得身心疲惫,累出一身病来,在诸多的不称心中离开了人世。

(整理:王兰英　李书景)

耿家房兽

很多年以前,登封古城衙前街住着崔、耿两户人家。两家宅院坐北朝南,通脊通檐,比邻而建。而耿家上房的脊兽却与众不同,别家上房的脊兽都是头朝外安装,耿家上房的脊兽却是头朝内安装,看上去别有一番风味。

这是怎么回事呢?原来建房时间崔家在先,房顶脊兽伸到了耿家院中,到耿家盖房的时候没法装脊兽,要装脊兽就得敲掉崔家的兽头,这样做就等于欺侮了崔家,必然惹起纠纷。没办法,耿家只好写信请示在京城做官的耿大人,请求拿个主意。耿大人接信后,立即给家人复信说:"两家为邻,和好胜于千金。古有'千金买宅,万金买邻'之说,今人更应以和为贵,不必斤斤计较。既然崔家建房在先,兽头出墙情有可原,今番我家盖房,兽头不妨朝内安装,料无大碍。望家人遵此施行。"

耿家听从耿大人的嘱托,把上房的兽头朝内安装,屁股套在崔家兽头头上,形成一幅特有的景观。后来耿家的家业日见兴旺,胜过崔家,两家关系仍和好如初,成为城里城外邻里关系的典范。

后人有诗赞曰：

和则两旺仇必伤，礼让和谐堪赞扬。
邻里关系传佳话，堪比南京六尺巷。

（整理：徐凌霄　李德深）

石羊关大蒸馍

登封市告成镇东南十二里处，有一处军事要塞——石羊关。它是古代许昌至洛阳的官道隘口，所以此处饭店、客栈生意兴隆。在饮食业中最有名气的是蒸馍。途经这里的客商，一致认为石羊关的蒸馍又大又虚，吃了后悔，不吃也后悔。意思是：不吃吧，看着挺大；吃吧，太虚不耐饥。其实，石羊关的蒸馍真实情况是：个儿大，有分量，虚是蒸馍技术高。

据传说，石羊关早年在街心开饭店的有位徐师傅，他的蒸馍技术堪称一绝，美中不足的是人到中年尚未成亲。有一年东南路闹水灾，一位逃荒途经石羊关的难民妇女，被徐师傅收留后结为夫妻。二人夫唱妇随，经营小饭店，效益尚好。数年后，因妻子思念故土，想抛夫还乡，但苦于没有机会，找不住借口，不好意思离去。

一日店内住了一位制秤师傅，因连降大雨多日不晴，久居店中，不能出去揽活儿。徐师傅看见制秤客人，又想到自己的生意：如果能制一根十四两秤（一斤应为十六两），不是更赚钱吗？于是就与制秤师傅商量，让他给自己制一根十四两当一斤的秤。制秤师傅犹豫了一阵，最后也同意了。

谁想到，他俩谈的话被屋内店婆婆听得一清二楚。店婆婆暗自好笑，她想：机会来了，我若能把他的生意搞干，他没法养活我，我要走他不是没啥说了吗？

这天，徐师傅出门买菜，妻子趁机找到制秤师傅说："你们制秤的，一手托两家，秤上短一两，关乎你福禄寿三件大事。你若干那伤天害理的事，老天爷叫你老婆生个孩子没有屁股眼儿！我劝你还是给他制一根十八两秤，为儿孙们积点儿德！"

制秤师傅听了徐师傅老婆的话，就给徐师傅制一根十八两秤，徐师傅一直用它下料做蒸馍。因为他蒸出的馍又大又虚，销量越来越大，生意比以前更加红火。

徐师傅的饭店薄利多销，财源广进，他万万没有想到是自己的妻子弄巧成拙，给自己帮了个正忙。

（整理：李长明　李文超）

寡　妇　桥

登封城西的十里铺有一座寡妇桥，并非哪位寡妇所修。这座桥流传着一个劝人改恶从善的故事。

传说小林庄有一位小青年,父亲去世较早,只有娘儿俩艰难度日。由于小青年乐善好施,助人为乐,村里人都称赞他、喜欢他。

有一天,他好奇地来到一座寺院,让老和尚给他看看相,想知道自己一生的未来怎样。老和尚让他闭上眼睛,给他领到地狱里。他睁开眼,发现有几个人抬着一乘花轿。花轿里坐了一个人。这位老和尚说:"你一生做好事,有好报,这坐花轿的人就是你,你会很幸福地生活下去。"

村里有个大财主,一生强占民田,欺男霸女,无恶不作。听说老和尚会看相,也来到寺院请求看相。

老和尚同样让他闭上眼,把他领到地狱里,让他看到不少骨瘦如柴、衣衫褴褛在做苦工的人,还有不少骡马牛驴。那骡马牛驴也因不堪重负而气喘吁吁。和尚指着一头驴对他说:"你今后转来阴间就是那头驴。因为你大斗进,小斗出,缺斤短两,仗势欺人,霸占民女,已是罪孽深重,不可救药,必有报应。"

财主听后,吓得毛骨悚然,面如土色,他忙问老和尚:"还能赎罪吗?"

老和尚告诉他:"你回去以后必须把老大孩子的头打烂,老二孩子的腿打断,你的女儿也让人欺侮,才能赎你的罪。你的后半生才能过上平安日子,死后方免遭地狱之苦。"

回到家里,财主又害怕,又生气,吃不下饭,睡不着觉。他的女儿问他怎么了,他把去地狱的详情告诉了女儿。女儿是个读书人,听后宽慰爹爹说:"爹爹不必害怕,也不必生气,咱寻上一个破法儿不就可以了吗?把咱家的斗拿出来打烂,不就等于把大哥的头打烂了;把咱家害人的秤折断,不就等于把二哥的腿打断了吗;再在村西小河上修一座桥,起名寡妇桥,让千人走、万人踏,不就可以赎罪了吗?"

财主听了女儿的话,一一照办,并保证以后改恶从善,不再祸害乡里,也算有了个善终。

从此,寡妇桥的故事也代代流传下来。

(整理:张长印 王战丝)

公叶长与鸟语

传说在很早以前,嵩山脚下住着一户姓公的人家。这家有个小孩叫公叶长,他从小一直生活在山里,以砍柴、采药为生。每当各种鸟儿鸣叫时,他都静心揣摸,仔细分析。时间长了,他便懂得了许多鸟语,并能从中翻译成人的语言。

有一天,被老虎咬死的一只山羊留在山坡上,一只喜鹊想吃羊肠,就飞到了公叶长家的上空,口叫:"公叶长,公叶长,北山有只虎托羊,你吃肉来我吃肠!"公叶长听了喜鹊的叫声,就提起篮子,带上一把屠刀上了山。在山坡上,他找到那只死羊,把羊皮剥下来,把肉放在篮子里,却把羊肠子埋在了山坡上。这只喜鹊在树上看到此情此景,非常气愤,但也没有法子对公叶长说。

又过了几天,山上突发人命案子,死尸躺在山坡上,衙役们正要缉拿凶手。喜鹊认为报复公叶长的时机到了,它又飞到公叶长家的上空,把老虎咬死山羊的事叫了一遍。公叶长听后又提上篮子,拿上屠刀上山去了。他走到山坡一看,见一具尸体躺在那里,正欲转身下山,被两名衙役抓了个正着。此时尽管他据理申辩,但有屠刀为证,还是被捉住送到了州衙。

州官把公叶长带到大堂开始审案。州官问:"你为什么杀人,从实招来,免得皮肉受苦!"公叶长答:"我没有杀人。"州官问:"手持屠刀,上山作何用途?"公叶长把他识鸟语、割羊肉、埋羊肠、惹喜鹊、喜鹊有意报复、栽赃陷害之事从头说了一遍。州官似有认同,但要进一步考察他识鸟语的真伪。

此时州官抬头观见大堂房梁上有个燕窝,窝里乳燕嗷嗷待哺,老燕不住衔食进进出出。州官命衙役将乳燕掏出放在堂上抽屉之内。此时老燕在堂上飞来飞去,不住声地"啾啾"鸣叫。州官问公叶长:"你说老燕子在叫什么?"公叶长稍停片刻,对州官大人说:"禀大人,老燕子在说'知州,知州,往日无冤,近日无仇,你为什么把我们四个儿子,放在你抽屉里头?'"

州官听公叶长这一说,开口笑了,称赞公叶长真乃奇人。州官认定公叶长申诉属实,当场就把他释放了。

(整理:程秀斌 程广五)

兄弟俩分家

从前,有弟兄俩,老大刁滑,老二诚实。爹娘下世后,老大嫌老二连累自己,一心想要分家。

一天,老大说:"老二,咱分家吧。"

老二说:"咋分?"

"西岭上的二亩石碴地分给你,那里地势高,日头出来先照那儿,在那儿干活暖和。"老大还说,"再给你一只老公鸡,公鸡会打鸣,早上叫你去干活。"

老二说:"中。"

请人写了分单,兄弟俩都在分单上按了指印。老二分得二亩石碴地,一只老公鸡。剩下的好房子好地,都成了老大的。

姑姑听说两个侄儿分家了,回娘家来燎锅底儿,跟来一只小黑狗。

姑姑问:"老二,你分的啥?"

老二说:"分了一块石碴地,一只大公鸡。"

姑姑说:"叫我看看你的大公鸡。"

老二放开鸡笼,老公鸡拍着翅膀走出来,没提防,小黑狗"忽"地一声蹿上去咬住大公鸡的脖子。大公鸡扑棱扑棱了两下子,腿一伸,死了。老二哭了起来。

姑姑说:"甭哭了,我把小黑狗赔给你。"

姑姑走的时候,就把小黑狗留下来了。

从此,老二做饭自己吃,也让黑狗吃。老二白天出外,小黑狗在后头跟着。老二夜间睡觉,小黑狗守在身边卧着。春天,老二扶犁,小黑狗拉犁,老二把石碴地犁得虚腾腾的。老大一见,眼气,说:"老二,把小黑狗借给我拉拉犁吧?"

老二说:"中。"

老大犁地的时候,老嫌小狗走得慢,举起皮鞭猛抽狠打。小黑狗回过头来去咬老大。老大生气了,搬起大石头,砸死了小黑狗。

天黑了,老二不见小黑狗回来,去跟老大要:"哥,小黑狗呢?"

"打死啦!"

"死狗呢?"

"在地里。"

老二来到地里一看,小黑狗污血满嘴。老二心疼地哭着,用手扒了个坑,掩埋了小黑狗的尸体,还在小黑狗的坟上插了柳幡。老二天天担水浇灌柳幡。头天浇得柳条发芽,第二天浇得柳幡长高成树,第三天浇得柳条垂地。老二采下柳条,剥了皮,编成个白光光的柳筐。筐里放一把小米,嘴里念叨:"东来的鸽儿,西来的燕儿,吃个米儿,下个蛋儿。"不大一会,从东面飞来一群鸽儿,一个个吃个米粒下个蛋飞走了;一会儿,从西边又飞来一群燕儿,也都是一个个吃个米粒下个蛋飞走了。老二天天收得鸟蛋吃不完。

老大一见,又眼气。

老大说:"老二,把柳筐借给我用用吧?"

老二说:"中。"

老大放了满满一柳筐米,也学着老二念叨:"东来的鸽儿,西来的燕儿,吃个米儿,下个蛋儿。"念叨罢,回屋里睡懒觉去了。鸽儿燕儿一齐飞来,把一筐米吃完了,屙了一筐屎飞去了。老大睡醒一看,一筐米变成了一筐粪,恼了,"咔嚓咔嚓"两脚,把柳筐踩得稀巴烂,还不解恨,又点火把柳筐烧成了一堆灰。

老二来找老大:"哥,柳筐哩?"

兄弟分家

"烧啦!"

"在哪烧的?"

"在后院。"

老二去到后院一看,柳条筐烧成一堆灰。有一个大豆烧得焦黄焦黄,老二捡起来吃了。从此以后不饥又不渴,放个屁满屋喷儿香。老二到员外家门外喊叫道:"香香屁儿,屁儿香香,我给员外熏卧房,熏得臭,打我肉,熏得香,金子银子足我装。"

员外把老二请进家里,老二从客厅到卧房,都给熏得喷喷儿香,员外赏给老二好几两银子。

老大一见,更眼气,问老二咋弄来的银子。老二一五一十说了一遍。

老大想,老二吃一个豆,放的屁闻着香,我炒吃两碗,放的屁闻着会更香,当然也会得到更多更多的银子。于是,他炒了两碗豆,全吃到肚里,觉得渴,又喝了两大碗冷水。进城到衙门前高声喊叫:"香香屁儿,屁儿香香,我为官家熏卧房,熏得臭,打我肉,熏得香,官家银子足我装。"

前几天,官家听员外说过,有个放香屁熏卧房的,熏得满屋喷喷儿香。县官就叫衙役把老大叫进官宅,给太太熏卧房。

这时候,老大的肚子憋得实在难受,一进门,就"吐吐噜噜"屙了官太太一屋稀屎。

县官一看恼了,叫来三班衙役,"噼里啪啦",把老大打死在衙门里。

后来，人们听说老大死在衙门里头，都说："活该，这是坑害人的下场！"

（整理：韩有治）

一件汝瓷富三家

从前，有个人叫王三荒，家里穷得叮当响。这一年，眼看要过年了，王三荒家里面没一把、柴没一根。看着别人家又是杀鸡又是杀猪，王三荒心里不是滋味，心想不如死了算了，掂根绳子往村东的"文昌阁"大殿里上吊。

王三荒进了"文昌阁"大殿，刚掏出绳子，还没往梁上撂哩，从神像后边跑出来一个人影儿，丢奔儿（汝州方言，奔跑）往外窜。王三荒吓了一跳，那人影儿跑后，掉到地上一件东西，王三荒过去捡起一看，是件汝瓷碗。

原来那人影儿是个小偷，刚在一家珠宝店里偷了一个汝瓷碗，躲到"文昌阁"大殿内的神像后，瞅见王三荒进了"文昌阁"，手里掂根绳子，以为是人来逮他，失急慌忙往外跑，谁知道把偷的汝瓷碗丢了。

王三荒拾了汝瓷碗，心想：拿这个汝瓷碗到古董店里，赖好换几个钱，凑合着过个年也中。他就拿着碗进了城，找到至盛德老店。掌柜的一看，王三荒拿着一个"堆釉如脂"的汝瓷碗卖，眯着眼一个劲儿地笑，拿出五十两银子，买下了这个碗。

第二天，至盛德掌柜连年也不过了，找了一个专门贩卖汝瓷的古董商，让他给出个价。汝瓷商一见这个碗，是个罕见的汝瓷天青釉珍品，从前是朝廷里用的东西，价值连城。害怕至盛德掌柜的漫天要价，当即出八百两银子。至盛德虽然也懂行，可是他没想到汝瓷商掂这么高的价，心里更高兴了，净赚了七百五十两银子，高兴得屁花子似的走了。

汝瓷商得了这只汝瓷碗，和几个同行交易，有人掂三千两银子，有人愿掂五千两银子，汝瓷商懂行，都没有出手。后来，汝瓷商遇到一个蓝眼睛白皮肤的外国商人，一口出价八千两，汝瓷商这才把汝瓷碗卖了，一下子成了富商。

至盛德掌柜的虽然只赚了几百两银子，可是别人都知道他的店里有好东西，都到他的店里来买东西，至盛德成了远近闻名的古董店，生意从此红火起来。

再说那王三荒，得了五十两银子，托人置买了几亩田地，又盖了几间新房。他是个穷人，不怕干活，日子也越过越富裕。

一个汝瓷碗，富了三家的故事从此也就传开了。

（整理：孟坤元）

喜 鹊 引 路

从前一个老婆婆有个媳妇和一个女儿。一天晚上她对媳妇和女儿说："我烙了三张油馍，放在面

盆里,明早你们俩谁起得早春米,谁就多吃一张。谁起得晚谁就少吃。"不料这话却让一个从此路过的猴精听见了。

第二天这姑娘鸡叫头遍就起来了,她不声不响地来到碓窖前,一看,愣住了,嫂嫂已经在那里春米呢。她轻步走到嫂嫂背后,一把捂住嫂嫂的眼睛,撒娇地说:"嫂嫂,你怎么不叫我一声,想吃独份呀?"

嫂嫂也不吭声,也不掰她的手,两手向后一搂,把她背起来,嘴里说着:"背、背、背高高,背到南山吃酸枣。"

姑娘还不知是咋回事,早被猴精飞快地背跑了。它把姑娘背到山洞里,硬逼着她成了亲。

转眼几年过去了。姑娘的母亲想念女儿,眼泪都快哭干了。一天早上,她正思念女儿,忽然一只喜鹊飞来了,落在院里的一棵老枣树上"喳喳喳"地叫起来。老婆婆抬头一看,见喜鹊是冲着她叫的,便说:"小喜鹊,我喂你把米,你领我去找女儿,能找到我女儿,我今后就天天喂你。"老婆婆说完,抓了一把米,撒在一只碗里,放在枣树下。那喜鹊抖开翅膀落了下来,啄口米,望望老婆婆,"喳喳喳"地叫几声,好像是说:"放心,放心吧,我一定领你去见你女儿。"

喜鹊吃完了米,老婆婆也收拾好了,穿了黑蓝色连襟粗布大褂子,扎着裤腿,拉着一根拐棍走出了家门。喜鹊见她出来,便在前头飞,老婆婆后边紧紧跟,喜鹊飞不远,停一停,等一等她,"喳、喳"地叫两声。

中午时分,他们来到了一架大山上。那喜鹊一直把老婆婆领到女儿住的山洞跟前,落在一棵树上,"喳、喳、喳"愉快地叫起来。

姑娘听到喜鹊的叫声,从洞里走出来,惊喜道:"娘,你怎么来到这地方了呢?"

老婆婆指着树上的喜鹊说:"是这只喜鹊把我引到这里的。"老婆婆喘了一口气又说:"去挖点米喂喂它。"

女儿挖了米,撒在地上,喜鹊飞下来,吃饱就飞走了。

这里女儿把老婆婆让到洞里,刚坐下,三四个小猴娃儿就跑过来围着她看,一齐问:"妈妈,她是什么人?"

姑娘说:"她就是你们的姥娘。"

猴儿们一听姥娘来了,一齐围过来,要叫姥娘抱。老婆婆点点头,抱起一个来,她见女儿瘦多了,眼睛里又盈满了泪水。接着姑娘把老猴精抢她的经过对母亲说了一遍。

老婆婆听罢愤恨道:"这老猴精真作孽,我们非得想法治它不中。"正说话间,姑娘听到外面有脚步声,忙对娘使了个眼色说:"娘,你先躲一下吧,老猴回来了。"女儿说着用缸把她盖了起来。老猴回来一进洞,便叫道:"洞里怎么这大生人气,哪来的生人?"姑娘胆怯地说:"是孩子他姥娘来了。"老猴精一听说岳母来了,哈哈大笑道:"这还怕我干啥,快快让她出来,我们一起欢乐欢乐嘛!"

女儿揭开了缸,母亲从里边出来了,那老猴精一见,又是作揖又是叩头,并让姑娘赶紧给丈母娘做饭。

吃罢饭,丈母娘就和老猴精拉起家常,老婆婆看着老猴精的眼睛,心里不住地盘算着,忽然计上心来说:"吃饭时我见你和外孙孙的眼睛有些红,像是要害眼的样子,我知道一种偏方,能治这种眼病,要不要给你们治一下?"老猴精一听丈母娘会治眼病,非常高兴,一定要让给他们治一治。老婆婆为难地说:"不过这需要用半斤辣椒、半斤皮胶来配药,这里一时不好找。"老猴精说:"这不难,让我出去找。"说着就出去了。不一会,它便掂着一串辣椒,拿着一大块皮胶回来了。

老婆婆和女儿一起把辣椒放在锅里炒了炒,又把皮胶炖在锅里。炖好后把辣椒和皮胶水拌在一起,然后对老猴精说:"你和外孙们都躺在太阳地里,我把这眼药给你们点上,只用半个时辰眼睛就好了。"

老猴精拉着猴娃们一起躺在院子里。老婆婆把辣椒皮胶糊,给它们一一涂在眼上,猴儿们直叫:"哎呀怪疼哩。"老婆婆忙说:"别吭声,不受一点疼,能治眼病吗?忍着点,一会儿就会好的。"

老猴精和猴娃们都忍着不再叫了。老婆婆看着它们都躺好了就和女儿到屋里收拾起东西悄悄地离开了这里。

老猴精和它的猴娃们在太阳地里躺了足有两个时辰,也没人来管它们。小猴娃们被辣椒糊蜇得疼痛难忍。老猴精也疼得昏昏沉沉,想爬起来,却睁不开眼睛,它急躁地叫道:"丈母娘,这眼睛怎么睁不开了,时辰不到吗?"院里静悄悄地没人应声,这才知道上当了。它使劲用手想掰开眼睛,可是怎么也掰不开。它暴躁起来,摇醒四个儿子,嚷道:"快起来,咱们上当受骗了,你姥娘和你妈她们跑了。"

老猴精说着摸到洞里,一边摸一边找,发现它们的金擀杖、银擀杖不见了。这时几个猴娃子也爬着叫着来到洞里。它们围在老猴精的身边,齐叫要妈妈。老猴精哭丧着脸子说:"孩子们,都怨我,怨我啊。怨我起初太相信那老婆子了!现在咱们看不见路,怎么好去找你们的妈妈呢?"可是猴娃们哪里肯依?齐声嚷着要妈妈。老猴精无法只好背起猴娃们凭着过去的记忆,又找到了姑娘家的碾道院里,唱道:"丈母娘啊丈母娘,你偷走俺家的金擀杖,就是宝贝全拿完,不该领走猴娃它亲娘!哎呀呀,丈母娘啊,你一来,俺家遭了殃!"它唱着、走着,走着、唱着,一会儿走累了也渴了,就把背着的抱着的儿子放在了碾盘上休息。谁知它把猴娃往碾盘上一放,它们"叽哇"一声跳下地哭起来,手还不住地摸着屁股。老猴精生气道:"怎么都不愿下去玩?"说着又把它们放到碾盘上。刚放上,它们又是"叽哇"一声跳了下来,摸着屁股哭得更凶了。老猴精骂道:"孬种让我背了半天,就不让我歇一下!你们不坐,看我坐。"老猴精说着一蹦,便坐在了碾盘上,谁知它也是"叽哇"大叫一声跳了下来,摸着屁股,疼得不停地"哈咻"起来。屁股上的猴毛早被烫掉了,露出了红腚来。

原来那老婆婆和女儿回家后怕老猴来,事先就把碾盘烧热了。从此以后就给猴子的屁股上留下了烙伤的痕迹。因为它们的眼睛被皮胶和辣椒糊过,所以猴眼总是流泪发红,至今还是如此。

(讲述:马清山 整理:王振峰)

熬　年

传说很久很久以前,老天爷为了使天下的老百姓都过上好日子,每逢大年三十晚上,就把大门打开,把库里的金银财宝撒往人间。到了那个时辰,遍地金灿灿、银闪闪,所有的砖头、瓦块、石头蛋都变成了金银。但是,有一条规矩必须遵守,就是谁都不能贪心。捡到的金银还一定得放在屋里,等天亮才能开门。李家庄有兄弟,老大叫狗崽,为人尖酸刻薄,爱财如命;老二叫五子,心地善良,勤劳忠诚。这年三十晚上,弟兄俩都坐在屋子里等待天门开。等啊,等啊,天门老是不开。狗崽想:我得生个法,等天门一开就能不费力地多弄一点金银。于是,他将一大堆大石头和大石碌、大磨扇都弄到自己门口,准备天门一开就把这些东西搬进屋里。五子却一丝不动地坐着,望着蜡烛耐心地等待着。

三更时分,天门开了,院子里的砖头瓦块果然都变成金银。五子把金银放进筐里,搬回屋内,关上房门。狗崽拼出全力才把预先准备好的东西搬进屋内。他看着这满屋的金银,像吃了蜜糖似地甜透了心。他想,从今后自己就是天下最有钱的人了。他着急地等待天明,天却老不明。他耐不住了,

熬年

便开门出去看天，竟忘了"不到天亮不开门"的这条规矩。等他回到屋里时，他发现金银又都变成了石头、石碴、石磨。他气得痛哭起来。五子呢，天大亮了才打开了门。哎呀，一筐子的金银财宝把人眼都照花了，五子高兴得跳了起来。

后来，老天爷发现像狗崽那样贪财如命的人越来越多，一生气就再也不开天门了。但人们为了希望能过幸福富裕的生活，总是存着侥幸的心理，痴心地等待着。虽然等了一年又一年，天门总是不见开，但这天晚上，人们还是全家团聚在一起，点上蜡烛，守到天亮，就这样慢慢形成了"熬年"的风俗，一直传到现在。

黑 布 衫

在豫西地区，广泛流传着一句俗话："黑布衫轮着穿。"譬如一个人对自己的处境表示不满时就会说："哼！黑布衫轮着穿，倒霉事也不单是我的。"可你知道它的出处吗？这还有一段有趣的故事呢。

从前，豫西赵家湾有户人家，家里只有三人，主妇刘氏，丈夫早亡，上有一瞎眼婆婆王氏，下有独生儿子赵宝。刘氏为人刻薄，骂人的本领高强，左邻右舍都不愿和她交往。她对婆婆更不当人待，把婆婆关在后院破窑里，不准迈进前院。吃饭时，倒一碗饭在婆婆的小瓦盆里，盆又多日不刷，夏天飞满了苍蝇，冬天结满了冰霜，王氏穿的一件黑布衫，夏天当衬衫，冬天当罩衫，常年不洗不换……王氏的女儿早时还常来照看，可刘氏又闹又骂，甚至还施展绝招，寻死觅活，结果使亲戚都不敢登门。赵宝也无能为力，街坊邻居更不敢多管闲事。

俗话说："好事不出门，坏事传千里。"时间长了，三里五庄都知道赵家湾赵宝的母亲是个泼妇，眼看赵宝已长成了大小伙子，但谁家也不愿让闺女嫁给他，他常常为此事苦恼。

距赵家湾不远有个李庄，庄上有个聪明、漂亮的姑娘叫李玫。她了解到赵宝才貌出众，就说服自己的父母，和赵宝订了终身，不久就结了婚。

结婚那天，李玫有意问刘氏："娘，俺奶哪去了，怎么不见？"

"她呀，说自己又瞎又傻，这两天身子骨也不好，不肯出来陪客。"刘氏搪塞着借故走开。

待到夜深人静，李玫提着包袱，赵宝端着热水，悄悄来到后院，唤醒王氏，说明了自己的身份，就给老人擦身换衣，并拿出好点心给奶奶吃。王氏拉着赵宝的手，摸着李玫的头，祖孙三人相对抽泣……

鸡叫了，李玫将奶奶脱下的黑布衫和吃饭用的盆筷，用包袱包好，和赵宝一起把老人背到自己的新房，安顿她睡下歇息，就出去扫地做饭。

按当地风俗，新媳妇婚后，要给家里长辈进点礼物，如衣服呀、鞋呀之类的，以表示自己的孝心。早饭后，李玫就拿出包袱对刘氏说："娘，这是孝敬您的，您看中意不？"

"哟，这么多！有你这样孝顺的媳妇，娘算熬出头了。"刘氏高兴地一边说一边解包袱，"这……"

她惊呆了：里面放着一件又脏又破的黑布衫和沾满了饭圪巴的盆筷。

"黑布衫轮着穿，盆筷轮着使，后窑轮着住。现在您也娶来媳妇了，这回该轮到您了，您搬到后窑住吧……"这时，赵宝搀着奶奶出来了，李玫忙打住话头，跑过去给奶奶搬椅子。

刘氏看见一身新的婆婆，什么都明白了。思前想后，她悔恨极了，上前跪在王氏面前道："娘，过去我不该亏待您，现在我给您跪下，您心里有气就打我骂我吧，以后我一定好好侍候您……"说着泪就淌了下来。

王氏听到刘氏泣不成声，心也软了，她叹口气说："打你，我也嫌手疼；骂你，我也嫌口渴。你只要自个儿知错，真心改过，过去了的事还提它做啥？"

李玫见婆婆泪流满面，跪在奶奶面前，知她真心悔改，就拉起她说："娘，谁家不娶媳妇，哪家没有老人？人都会老的，谁能不打这步过？只要您好好侍奉奶奶，我们做晚辈的，还能不孝敬您吗？"

从此后，他们祖孙三代互敬互爱，和睦相处，小日子过得美满幸福。

乡亲们都赞李玫聪明、贤惠，一直把这件事作为美谈广为传播。久而久之，"黑布衫轮着穿"就成为一句哲言流传下来了。

（讲述：祖素敏　整理：王湛文）

变骡马还钱

早些年，一位乡人以赶牲口卖煤为生，经过几年的省吃俭用，家道逐渐殷实。一天，这位乡人的舅舅找到他借钱做生意。这位乡人心中虽不十分乐意，但也不好拒绝，就叫老婆给舅舅拿了50块现洋。

没过多久，舅舅因无从商经验，加上兵荒马乱，来往过路损失了不少没明没黑的冤枉钱，折了本，加上生气害病，不久就撇下老小撒手而去。这位乡人不但没有埋怨，而且还要时时接济舅舅一家人。

三年后的一天半夜，这位乡人梦见舅舅来到家里对他说："外甥啊！你舅没本事，做生意没看准时机赔了本钱，欠你的50块现洋，舅舅今日变骡马还你。"

这乡人一觉醒来，自家骡马果然生下一匹活蹦乱跳十分喜人的小骡驹。这位乡人把梦中之事向老婆学说一遍，一再交待一定要好料好水侍候。三年过去，骡驹长大，身高四尺，肥胖滚圆，跨子盘大，谁看谁喜欢。

这天米河逢集，这位乡人牵着骡子到集上去卖。他对骡子说："舅舅，我给你找个好人家。"

集市上人来人往，挤挤扎扎。卖针头线脑的，卖衣服鞋袜的，卖笔墨纸砚的，卖芦苇席、荆货的，卖铁器瓷器的……一街两行一个摊位连着一个摊位，卖啥东西的都有。

这位乡人牵着骡子从摊位中间走，开始还算顺当。谁知半途中，骡子说啥也不走了，停在一家卖瓷器的摊前。摊主面前摆满了碗、盘、酒杯等。

这位乡人拽住细绳往前拉，骡子硬梗着脖子挺住四蹄往后挣，不知谁在骡子屁股上拍了一巴掌，骡子跷起后蹄，"哗哗啦啦"地把碗盘踢烂了一大滩。摊主发怒，抢起扁担就往骡子身上夯。

这位乡人赶忙上前拦住摊主："大哥，大哥，别夯别夯，这是俺舅。踢坏的货物，我照价赔偿。"

摊主放下扁担疑惑地说："它是你舅？"

"对,它是俺舅。"

赶集的人都驻足看热闹,把他们围得水泄不通。其他摊位也停止了,大家的注意力全都集中到这里。这位乡人看大家惊奇,就把事情的来龙去脉说了一清二楚,最后说:"你算算数,得赔你多少钱?"

摊主说:"先别算,你舅叫啥?住哪村?"

这位乡人一一作了回答。

摊主说:"这是你舅向我讨账来了,12年前我还欠你舅20块现洋呢!你舅可是个好人哩。"

二人清点了一下踢烂的盘碗,正好价值20块现洋,周围看热闹的人惊呼:"哎呀,天底下还有这等奇事!"

这位乡人把骡子牵到哑巴骡马市,几位买主争着出大价钱要买,这位乡人拣一个忠厚的买主说:"就卖给你了,我只要50元现洋。但有一个条件,你要侍候好它,尽管使役,但不准打骂,过一段时间我要来看看。"

(口述:王子忠　整理:王德昭)

挨　扁　担

村里有个张大胆,还有个王不怕。王不怕砍柴卖柴,张大胆锔漏锅卖锅。

一天,王不怕砍了一担柴上街卖,张大胆上街赶集锔漏锅。天将黑,天阴得很重,眼看快要下雨了,王不怕一看天不早,赶紧扛着扁担往家赶。张大胆一看天气不好,慌慌张张收拾工具,匆匆往家跑。

他们回家要路过一条山坳,山坳有一座破庙,这里经常出事儿,庙里还经常停放死人和棺材,是个人人提起都害怕的地方。

天眼看就黑了,突然就下起大雨来,王不怕壮着胆子进庙里避风雨,他站在门后,心里"扑扑通通"地乱跳,生怕有什么神鬼妖魔出现,俗话说:"越是怕狼来吓!"就在愈加紧张的时候,突然看见外边有个东西,头有大楞剔透(柳条编织成的圆形提篮)大,黑咕隆咚的,往庙里跑,王不怕一看真是个妖怪来了,浑身起了鸡皮疙瘩,头发都竖了起来,害怕极了,他不能死在这里,本能地举起扁担,照着来者的头上,狠狠地就是一扁担,只听咣当一声响,他顾不得一切,夺路往家跑。此时一边跑一边听见后边有东西响。他心里想:我打了那妖怪一扁担,那妖怪肯定不会放过我,一定在后边追。他越想越害怕,越害怕越跑得快。回到家里一睡不起,得了大病。家里人请来了郎中给他看病。郎中一听很纳闷,正在纳闷的时候,张大胆家里人听说村里来了郎中,也请他去看病,原来张大胆也得了病,他就听张大胆把得病的情况说了一遍儿,张大胆说一天赶集回家天要下雨,他到庙里避雨,头顶着锅还没进庙里,突然发现一个鬼不知用什么东西在他的头上狠狠地打了起来,害怕极了。他赶紧往家跑,到家就得了病。郎中一听哈哈大笑,大家一看郎中大笑,忙问怎么了,郎中对王不怕说:"王不怕你见到的不是什么妖,挨你扁担的是张大胆,他头顶着铁锅慌着去庙里避雨,你也没看清楚,糊糊涂涂给了他一家伙。"又指着张大胆说:"张大胆,你见到的更不是什么妖魔鬼怪,王不怕避雨比你先到,看到你,他就往外跑,认为你是鬼,蒙里蒙腾给了你一扁担。"原来是这样,两个人一听哈哈一笑,马上都没病了。

(讲述:杨国营　整理:王湛文)

傅 二 别 子

说起"傅二别子",登封城方圆十里八里没人不知道。可是"傅二别子"的真名叫啥?谁也说不上来。原来,"傅二别子"弟兄两个,他是老二,这人脾气虽然有点倔,办事儿倒很利落。因此,别人给他起个绰号叫"傅二别子"。当面叫他,他也答应,以后傅二别子的真名倒没人知道了。

傅二别子的家在中岳庙西天民街。这个村总共住了一百来户,一百来户轮流年年要给中岳大帝进供品做神社,这规矩不知是啥时候传下来的。说是谁家心不诚,一社做不好,供品进不上,中岳大帝就要选招谁家的孩子、闺女作金童玉女;要想免选,就得心诚,把社做好,供品进齐。供品是:"一猪二羊三匹绸,五两银子十担油。"庙里的道士年年诈传:"今年中岳大帝要选金童玉女了。"吓得一百多户人家人人胆战心惊。虽然年头久了,没见过谁家的孩子、闺女被选走,可也没人敢违这个规矩。

这一年,轮到傅二别子给中岳大帝做神社了。傅二别子整天东奔西跑,托人说合卖地借钱来筹备供礼,可偏偏这年是歉收年,卖地没有人买,借钱没人给,眼看进供品的日期就要到了,还是没有一点门。道士天天上门催供品,每来一次,就像火上加一把干柴,愁得傅二别子老少四口人饭都吃不下。

一天,道士又来催供品了。一进傅二别子家门,就说:"傅二别子!这路我真跑够了。时候到了,供品你还不进,昨夜里中王老爷给我托梦说:'今年的社是该谁家做了,到现在咋还不见供品进来?'我好说,把嘴唇都磨破了,才把他老人家打发走。你要是再不进供品,中王老爷怪罪下来,可真要选你孩子、闺女了。"

傅二别子家老少四口人一听,吓得汗直往外冒,都给老道跪下了,磕头求告说:"过几天卖了地借来钱,一定把供品进上。只求道长在中王老爷面前说几句好话。"

谁知越求告,道士的态度就越硬,眼瞪得比鸡蛋都大,非叫马上把供品交来不可,逼得傅二别子走投无路,老婆孩子放声大哭。道士一见,越发生气,大声说:"啊!好你个傅二别子,竟敢软抗中王老爷的供礼,真是胆大包天,我今黑儿跟中王老爷一说,才叫你吃不清兜着走哩!"说着气呼呼地朝外走。到大门口又拐回来问:"傅二别子,中王老爷的供品你是打算进不进了?"傅二别子真叫逼得没法了,心一横也大声说:"要供礼没有,要命四条,你只管看着办啦!"

道士一看,事弄僵了,怕真把话说死以后没法办,就马上改口说:"嗨!我也知道你艰难,可我干这份差事,中王老爷的供品不催又不中。我图得啥?还不是想叫中王老爷保佑咱过好日子!唉,叫我看,光棍不吃眼前亏,还是赶快想办法进供品的好。人老几辈子,谁敢惹他老人家呀!这个家我替他当,再宽你一天,明儿不进可不中啊!"说罢,扭头就走。

道士走了。傅二别子一夜没合眼,想得头疼也没想出一点门来。后来他想,谁也没见过显灵的真神,管他呢,反正是过不成,泼上了。

第二天老道士又来催供品了,说啥也不肯宽期了。傅二别子一急,跑到屋后掂一把砍刀可出来了,老道士一见可真也毛了。傅二别子蹿上去拉住老道士说:"走吧!咱一同去见中王老爷。说清楚与你没事,不叫你作难了。"老道一看,傅二别子那股别脾气上来了,一句话都不敢吭就跟着走了。来到中岳大殿,两人往地上一跪,傅二别子说:"中岳大帝在上,下跪弟子傅二别子,今年中岳大社是该我做了,可是供品我进不起。我听道长说你立时不等,要选我的一双儿女来侍奉你老人家。要叫我看,

你是阴间一帝王,三宫六院七十二妃都有,也不差我的一双儿女,我求你还是免选了吧!咱大家都能过去。你要是一定要选,反正你不叫我活了,我有四条命交给你。可咱还得说清楚,你不叫我过,你也不得太平,我现有砍刀一把,先砍你的金像,再焚你的庙宇。大家都不过算了!"说罢站起来,一刀下去把一块青石砍成两半,扭头走了。

老道士在一旁吓得浑身筛糠,好大一会儿才哆哆嗦嗦地回庙院去了。

就这一回算顶住门事了,老道士再也不敢催供品了。从此,中岳神社倒了,再没人进供品了。